DISCARD

BESTSELLER

Tosca Soto es el nombre con el que firman **Susana Tosca** y **María Soto**. Ambas nacieron en Madrid en 1973 y se conocieron al comenzar sus estudios en la facultad de periodismo. Fue allí donde descubrieron su común pasión por las grandes historias de aventuras y donde empezó a gestarse su colaboración literaria. Actualmente, Susana Tosca, doctorada en literatura digital, vive en Dinamarca y es profesora titular en la IT University de Copenhague. María Soto, que realizó estudios de posgrado en historia moderna, ha trabajado como periodista y traductora literaria. En 2014, después de un trabajo de cuatro años, se publicó *Corona de damas*, su primera novela, que ha gozado de una excelente acogida de público y crítica.

TOSCA SOTO

Corona de damas

DEBOLS!LLO

Le christianisme nous apprenant à mépriser les superstitions qui étoient en grande religion parmi les païens, je ne rapporte pas ces circonstances pour croire qu'il y faille avoir égard en d'autres occasions; mais l'événement ayant justifié la vérite de ces présages, prédictions et vues extraordinaires, il faut confesser qu'en ce que dessus il y a beaucoup de choses étranges dont nous voyons les effets et en ignorons la cause.

ARMAND DU PLESSIS,
cardenal de Richelieu

The guys we were stealing from are the Greeks.

DAVID SIMON

Personajes principales

Ana de Austria. Reina de Francia. Hija de Felipe III de España, casada con Luis XIII de Francia en 1615.

Angélique Paulet. Dama famosa por su bella voz, asidua de la Estancia Azul de madame de Rambouillet. Antigua amante de Enrique IV. Conocida como la Leona.

Anna d'Este. Princesa de Ferrara. Madre del duque y del cardenal de Guisa. Amiga de la reina Catalina de Médici y superintendente de la casa de la reina María de Médici.

Anne Bompas. Ama de Madeleine de Campremy.

Antoine Deramp. Mayoral de los Campremy.

Auvergne, conde de. *Charles de Valois*. Sobrino bastardo de Enrique III de Francia.

Baliros, barón de. Viejo vecino de Bernard de Serres.

Baradas, François de. Joven favorito de Luis XIII.

Bassompierre, François de. Mariscal de Francia. Militar y miembro de la Corte de Enrique IV y Luis XIII.

Baudart, padre. Párroco de la iglesia de Ansacq.

Bellegarde, Roger de Saint-Lary de. Favorito de Enrique III y compañero de armas de Enrique IV. Amante de Gabrielle de Estrées.

Bernard de Serres. Gentilhombre rural nacido cerca de Pau.

Boisrobert, François Le Métel de. Abad y poeta, protegido del cardenal de Richelieu.

Bouteville, conde de. *François de Montmorency-Bouteville*. Famoso duelista, pariente del duque de Montmorency y gobernador de la ciudad de Senlis.

Boyer, Jean. Joven músico, autor de aires y ballets de Corte.

Buckingham, duque de. *Georges Villiers*. Favorito de Jacobo I de Inglaterra y primer ministro de su hijo y sucesor Carlos I.

Budos, Louise de. Madre del duque de Montmorency y de la princesa de Condé. Muerta en 1598 en extrañas circunstancias.

Carlos I. Rey de Inglaterra y de Escocia. Casado con la princesa Henriette de Francia, hermana de Luis XIII.

Catalina de Médici. Antigua reina y regente de Francia, nacida en Florencia. Esposa de Enrique II y madre de Enrique III. Muerta en 1589.

Cellai, baronesa de. *Valeria de Cellai*. Dama napolitana al servicio de Ana de Austria. Viuda del gentilhombre francés Michel de La Roche.

Charles Montargis. Poeta y soldado del regimiento de los Guardias Franceses. Hijo de un cirujano de Pau.

Charlotte de Montmorency (ver **Condé, princesa de**).

Chevreuse, duque de. *Claude de Lorena*. Primer gentilhombre de cámara de Luis XIII. Segundo marido de Marie de Rohan, duquesa de Chevreuse.

Chevreuse, duquesa de. *Marie de Rohan*. Amiga íntima de Ana de Austria. Casada con el duque de Chevreuse tras un primer matrimonio con el condestable de Luynes. Hija del duque de Montbazon y prima del conde de Lessay.

Clément, Jacques. Fraile dominicano que asesinó a Enrique III.

Colletet, Guillaume. Abogado y poeta libertino de vida disipada.

Combalet, Marie–Madeleine de Vignerot de. Sobrina del cardenal de Richelieu. Hizo votos de carmelita al quedarse viuda. Amiga íntima de la condesa de Lessay.

Concini, Concino. Antiguo favorito florentino de la reina María de Médici. Esposo de Leonora Galigai. Murió asesinado por orden de Luis XIII en 1617.

Condé, princesa de. *Charlotte de Montmorency*. Hermana del duque de Montmorency. Esposa del príncipe de Condé, primo del rey. Pretendida por Enrique IV cuando era una adolescente.

Condé, príncipe de. *Henri de Bourbon-Condé*. Esposo de Charlotte de Montmorency. Primo del rey y primer príncipe de la sangre.

Conti, princesa de. *Louise de Lorena*. Hermana del duque de Chevreuse.

Cordelier. Magistrado del Parlamento de París.

Des Chapelles, conde. *François de Rosmadec*. Primo del conde de Bouteville, asiduo de su sala de armas.

Elbeuf, duquesa de. *Catherine de Bourbon*. Hija natural de Enrique IV y Gabrielle d'Estrées.

Enrique II. Rey de Francia entre 1547 y 1559. Esposo de Catalina de Médici.

Enrique III. Último rey de Francia de la dinastía de los Valois. Hijo de Enrique II y Catalina de Médici. Casado con Luisa de Lorena. Muere sin hijos en 1589.

Enrique IV. Rey de Francia y de Navarra. Primer monarca de la Casa de Borbón. Padre de Luis XIII y Gastón.

Épernon, duque de. *Jean-Louis de Nogaret*. Gran favorito del rey Enrique III, conocido como el Medio Rey. Padre del marqués de La Valette.

Escoman, Jacqueline de Voyer de. Dama que acogió a François Ravaillac en su casa de París y trató de advertir a la Corte de sus intenciones.

Felicia Orsini (ver **Montmorency, duquesa de**).

Felipe IV. Rey de España. Hermano de Ana de Austria.

Fourilles, marqués de. Capitán de la compañía del regimiento de los Guardias Franceses en la que sirve Charles Montargis.

Gabrielle d'Estrées. Amante de Enrique IV y madre de tres de sus hijos naturales: César, Catherine y Alexandre.

Garopin, Léocade. Antiguo vecino de Pau y camarada de regimiento de Charles Montargis.

Gastón de Francia. Hermano menor de Luis XIII. Heredero del trono.

Grillon, Olivier. Cirujano al servicio del Presidial de Justicia de Senlis. Encargado de asistir al juez Renaud durante el proceso de Ansacq.

Guisa, duque de. *François de Lorena*. Hijo de Anna d'Este y cabecilla de la Liga católica durante las guerras de religión. Asesinado por orden de Enrique III en 1588.

Henriette de Francia. Reina de Inglaterra. Hermana de Luis XIII. Casada por poderes con Carlos I de Inglaterra en mayo de 1625.

Holland, conde de. *Henry Rich*. Cortesano inglés, amigo del duque de Buckingham, encargado de negociar el matrimonio de la princesa Henriette con Carlos I de Inglaterra.

Jacobo I. Rey de Inglaterra y de Escocia, muerto en marzo de 1625. Escribió una *Demonología* y persiguió activamente la brujería.

Joseph, padre. *François Leclerc du Tremblay*. Monje capuchino, consejero de confianza del cardenal de Richelieu.

Jovat, Jean. Servidor de la familia Campremy. Desaparecido.

La Roche, Michel de. Ayo del conde de Lessay. Difunto marido de la baronesa de Cellai.

La Valette, marqués de. *Bernard de Nogaret*. Hijo del duque de Épernon y de Marguerite de Foix. Coronel general de la Infantería. Casado con Gabrielle de Bourbon-Verneuil, hija bastarda de Enrique IV.

La Valette, marquesa de. *Gabrielle de Bourbon-Verneuil*. Hija de Enrique IV y de una de sus últimas amantes, Henriette d'Entragues.

Léna (ver **Combalet**).

Leonora Galigai. Amiga de la infancia y dama de confianza de María de Médici, nacida en Florencia. Condenada a la hoguera por brujería en 1617.

Lessay, conde de. *Henri de Rohan*. Gentilhombre de la reina Ana de Austria. Primo de la duquesa de Chevreuse.

Lessay, condesa de. *Isabelle de Laval*. Esposa del conde de Lessay. Asidua de la Estancia Azul de madame de Rambouillet.

Lorena, duque de. *Charles de Vaudémont*. Duque consorte. Primo, esposo y rival político de la duquesa Nicole de Lorena.

Louison. Hermana de leche de Madeleine. Hija de la cocinera de los Campremy.

Luis XIII. Rey de Francia. Hijo de Enrique IV y María de Médici. Casado con Ana de Austria.

Luynes, condestable de. *Charles d'Albert de Luynes*. Condestable de Francia. Favorito de Luis XIII y primer marido de la duquesa de Chevreuse. Muerto de peste en 1621.

Madeleine de Campremy. Hija de una familia de pequeños gentilhombres de la aldea de Ansacq. Ahijada de la duquesa de Chevreuse.

Margarita de Valois. *(Margot)*. Primera esposa de Enrique IV. Hija de Enrique II y Catalina de Médici.

María de Médici. Madre de Luis XIII y esposa de Enrique IV. Reina y regente de Francia durante la minoría de Luis XIII. Nacida en Florencia.

Mirabel, marqués de. *Antonio Dávila y Zúñiga*. Embajador del rey de España.

Montbazon, duque de. *Hercule de Rohan*. Amigo y compañero de armas de Enrique IV. Padre de la duquesa de Chevreuse y tío del conde de Lessay.

Montmorency, condestable de. *Henri I de Montmorency*. Padre del duque de Montmorency y de la princesa de Condé. Casado con Louise de Budos. Muerto en 1614.

Montmorency, duque de. *Henri II de Montmorency*. Gobernador del Languedoc, almirante de Francia y señor de Chantilly. Casado con Felicia Orsini.

Montmorency, duquesa de. *Felicia Orsini*. Esposa del duque de Montmorency. Nacida en Florencia. Ahijada de María de Médici.

Morinus. *Jean-Baptiste Morin*. Médico, astrólogo y matemático al servicio del duque de Luxemburgo.

Nicole de Lorena. Duquesa soberana de Lorena. Hija del anterior duque y de Margarita de Mantua. Casada con su primo Charles de Vaudémont.

Nostredame, Michel de. *Nostradamus*. Astrólogo, médico y boticario del siglo XVI. Autor de un famoso libro de profecías y protegido de la reina Catalina de Médici.

Ornano, coronel. *Jean-Baptiste d'Ornano*. Militar y ayo del príncipe Gastón.

Pascal. Joven criado de Charles Montargis.

Poullot. Patrón de la posada La Mano de Bronce.

Rambouillet, marquesa de. *Catherine de Vivonne*. Dama francesa exquisita y cultivada que aborrecía los modales de la Corte y recibía a los espíritus refinados en su Estancia Azul.

Ravaillac, François. Asesino de Enrique IV.

Renaud. Magistrado del Presidial de Justicia de Senlis a cargo del proceso de las brujas de Ansacq.

Rhetel. Gentilhombre al servicio de Ana de Austria. Pariente del favorito real François de Baradas.

Richelieu, cardenal de. *Armand du Plessis*. Presidente del Consejo privado de Luis XIII. Protegido de la madre del rey, María de Médici.

Rubens, Peter Paul. Pintor flamenco al servicio de la gobernadora española de Flandes, la infanta Isabel Clara Eugenia.

Sablé, marquesa de. *Madeleine de Souvré*. Asidua de la Estancia Azul de madame de Rambouillet.

Servin, Louis. Abogado general del Parlamento de París y consejero de Estado.

Soissons, conde de. *Louis de Bourbon-Soissons*. Primo de Luis XIII y príncipe de la sangre.

Suzanne. Camarera de confianza de la condesa de Lessay.

Thomas, maître. Secretario personal de Michel de La Roche.

Van Egmont, Justus. Pintor del taller del maestro Rubens. Colaboró en la elaboración de los lienzos del ciclo de «La Vida de María de Médici».

Vendôme, duque de. *César de Bourbon-Vendôme*. Primer hijo natural de Enrique IV y Gabrielle d'Estrées.

Vendôme, caballero de. *Alexandre de Bourbon-Vendôme*. Gran prior de Francia. Segundo hijo natural de Enrique IV y Gabrielle d'Estrées.

Viau, Théophile de. Poeta libertino protegido por los duques de Montmorency. Autor del *Parnaso Satírico*, una recopilación de poemas licenciosos que le supuso dos años de prisión.

Voiture, Vincent. Poeta, hijo de un comerciante de vinos, asiduo de la Estancia Azul de madame de Rambouillet.

Wilson, Percy. Paje de Jacobo I de Inglaterra.

Zamet, Sébastien. Financiero de origen italiano. Su hôtel de la Bastilla era un lugar de encuentro habitual de los miembros de la Corte en tiempos de Enrique IV.

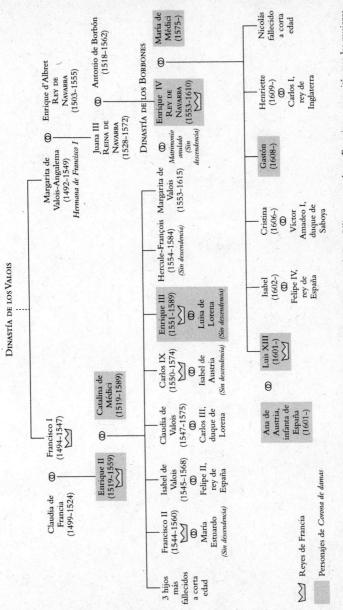

DINASTÍA DE LOS VALOIS

DINASTÍA DE LOS BORBONES

Claudia de Francia (1499-1524) ⚭ Francisco I (1494-1547) 〰

Margarita de Valois-Angulema (1492-1549) *Hermana de Francisco I* ⚭ Enrique d'Albret REY DE NAVARRA (1503-1555)

Antonio de Borbón (1518-1562) ⚭

Enrique II (1519-1559) 〰 ⚭ Catalina de Médici (1519-1589)

Juana III REINA DE NAVARRA (1528-1572) ⚭ Enrique IV REY DE NAVARRA (1553-1610) 〰 ⚭ María de Médici (1575-)

Claudia de Francia ⚭ Enrique II

Francisco II (1544-1560) 〰 ⚭ María Estuardo *(Sin descendencia)*

Isabel de Valois (1545-1568) ⚭ Felipe II, rey de España

Claudia de Valois (1547-1575) ⚭ Carlos III, duque de Lorena

Carlos IX (1550-1574) 〰 ⚭ Isabel de Austria *(Sin descendencia)*

Enrique III (1551-1589) 〰 ⚭ Luisa de Lorena *(Sin descendencia)*

Hercule-François (1554-1584) *(Sin descendencia)*

Margarita de Valois (1553-1615) ⚭ *Matrimonio anulado (Sin descendencia)*

3 hijos más fallecidos a corta edad

Ana de Austria, infanta de España (1601-) ⚭

Luis XIII (1601-) 〰

Isabel (1602-) ⚭ Felipe IV, rey de España

Cristina (1606-) ⚭ Víctor Amadeo I, duque de Saboya

Gastón (1608-)

Henriette (1609-) ⚭ Carlos I, rey de Inglaterra

Nicolás fallecido a corta edad

〰 Reyes de Francia

[recuadro] Personajes de *Corona de damas*

A pesar de que Enrique IV era sobrino-nieto por línea materna del rey Francisco I, la Ley Sálica que regía en Francia no permitía que las mujeres reinaran ni que transmitieran derechos dinásticos. La legitimidad de Enrique IV provenía de la línea de su padre, Antonio de Borbón, que entroncaba con la familia real de forma mucho más remota, en el siglo XIV, y no tiene cabida en este árbol genealógico.

I

París, mayo de 1610

El silencio, denso y profundo, lo envolvía todo como un sudario. Las vidrieras negras que sellaban las ventanas de ojiva hacían imposible adivinar la hora del día y el aire estaba tan inmóvil que hasta las llamas de los cirios parecían moldeadas en cera.

Él siguió avanzando. El frío de las losas grises de la iglesia atravesaba la gastada suela de cuero de sus abarcas de labriego. Diez pasos le separaban apenas del altar.

La figura alta y oscura que aguardaba sobre los escalones, de espaldas a él, se dio la vuelta. Aun así no pudo ver su rostro. La capucha del espeso manto con el que se cubría no dejaba adivinar sus rasgos. Era casi como si la tela estuviera hueca y se sostuviera en pie mediante algún tipo de sortilegio.

Entonces la sombra empezó a hablar. Su voz tenía una sonoridad metálica y un timbre femenino y vagamente familiar:

—Por fin. El campesino ha llegado a su destino.

No podía ver sus ojos. ¿Por qué sentía entonces las pupilas de aquel ser clavadas en las suyas con la fiereza de dos colmillos? Un dolor afilado le atravesó el costado izquierdo, a la altura del pulmón.

La figura encapuchada siguió hablando, con el mismo tono indiferente:

—Será entre el 13 y el 14 de mayo. Cuatro horas después del mediodía. Un gran príncipe, que estuvo prisionero en su juventud, perecerá bajo el puñal de un asesino.

La voz no parecía la misma de antes. Su sonoridad mayestática se había quebrado. De repente tenía la impresión de encontrarse ante una mujer mucho más joven, casi una niña. Levantó la vista e inmediatamente dio un paso atrás, lleno de horror.

La silueta que se alzaba frente a él ya no parecía informe, pero tampoco era la de la adolescente que había imaginado. Envuelta en el mismo manto negro, lo que tenía frente a él era la figura encorvada de una anciana decrépita.

Parpadeó, aterrado, y cuando volvió a abrir los ojos dejó escapar un jadeo. La misteriosa silueta negra no tenía ya nada ni de niña ni de anciana. Era apenas una forma sólida que permanecía ante el altar observándole en silencio, con la majestuosidad intemporal de una estatua clásica.

El dolor en el costado era cada vez más intenso. Apenas podía respirar. Las rodillas no le sostenían. La vista se le nubló.

Pero tenía que resistir. Un instante más. Tenía que saber. Tenía que ver el rostro que ocultaba aquella imagen inaprensible. Sintió algo frío que resbalaba entre sus pies. Una culebra, tan gruesa como su brazo, se enredaba entre sus tobillos desnudos.

Intentó apartarse, asqueado, pero el suelo crujió y una grieta profunda y rápida partió en dos la losa de piedra sobre la que se posaban sus abarcas. Levantó la vista, desesperado. En ese momento la silueta encapuchada alzó muy lentamente las manos y asió la tela que cubría su cabeza para descubrirse…

Se incorporó de un salto y con un gesto brusco descorrió las cortinas del lecho, sofocado. Corrió hasta la ventana y abrió la boca con desesperación para atrapar algo de aire fresco.

Aún no había amanecido. El patio del palacio estaba vacío. Las ventanas oscuras y el silencio pesado de la noche le hicieron vacilar. Ni siquiera se oían los pasos de la guardia. ¿Era aquél el mundo real o seguía atrapado en otro de los turbadores sueños que no le habían dejado descansar en toda la noche?

—*Ventre saint gris*, esto es ridículo.

Inspiró hondo, enderezó la espalda y, con un paso casi marcial, regresó a la cama. Su Majestad Muy Cristiana Enrique IV, Rey de Francia y de Navarra por la Gracia de Dios, aún no había cumplido los cincuenta y siete años. Sin embargo, su cuerpo castigado por las guerras y los excesos amorosos parecía desde hacía tiempo el de un anciano. Y ahora, esos viejos huesos que habían sobrevivido a veinticinco años de contiendas civiles temblaban como los de un adolescente horas antes de su primer combate. Por culpa de una miserable pesadilla.

«Campesino», le había llamado la figura encapuchada.

Sólo una mujer, hacía ya muchos años, acostumbraba a llamarle así a la cara. El campesino, el pariente lejano criado en las montañas, el navarro rústico. Eso había sido él durante su primera juventud para la vieja reina Catalina que, investida de toda la gloria de la estirpe de los Valois, regía por entonces la nación como una viuda negra agazapada en su tela de araña.

Treinta años había ejercido su influencia aquella mujer sobre los destinos de Francia a través de sus siete vástagos. Hasta que el tronco de la dinastía se había secado. Sus hijos habían muerto, uno tras otro, sin descendencia. Y al final, sólo había quedado él, Enrique de Navarra, el primo remoto, el hereje.

Pero de eso habían pasado ya demasiados años para venir ahora a atormentarle en sueños. Sintió de nuevo una opresión en el pecho. Aquellas pesadillas repetidas e indescifrables le provocaban más inquietud que los ejércitos enemigos que le aguardaban al otro lado de la frontera. Cinco días. Sólo le faltaban cinco días para marchar hacia Châlons y ponerse al frente de sus tropas. Para salir de París. Eran la incertidumbre y la espera en la ciudad las que le estaban consumiendo.

Las campanas de la iglesia de Saint-Thomas dieron las cinco. En el exterior se escucharon unas voces y un sonido metálico y gastado. Los hombres de guardia abrían las puertas del Louvre, como todas las mañanas. Los sirvientes que habían pasado la noche en sus casas cruzaban el patio con pasos dormidos, y las voces gruñonas y los alegres saludos trepaban por las fachadas. El aspecto de fantasmagoría de aquel recinto encerrado entre muros grises empezaba a disiparse.

«Será entre el 13 y el 14», había dicho la sombra de su sueño. Ahora recordaba dónde había escuchado antes esas palabras. Hacía unos meses, en la residencia que el acaudalado negociante florentino Zamet poseía a los pies de la Bastilla; una casa confortable y acogedora que el avispado financiero ponía a su disposición cada vez que sentía la necesidad de escapar del ambiente cargado del Louvre.

Aquel día había ido allí a jugar a los dados. A pesar de su reputación de tacaño, Enrique IV era un apasionado jugador y gustaba de apostar fuerte. Rondando la mesa había pasado la tarde un personaje peculiar que no apartaba la mirada de la suya. Un hombre barbudo, con una toga negra de médico y rostro enjuto, llamado Thomassin, de quien se decía que veía al diablo y dominaba el arte de la astrología. El monarca le había gastado un par de bromas de mal gusto. No le agradaban los pájaros de mal agüero.

Pero el astrólogo no se había azarado. Había seguido observándolo fijamente mientras la partida seguía su curso y sólo al verle ponerse en pie para marcharse se había acercado y, sin mayor ceremonia, le había dejado oír por primera vez una voz cascada y remota:

—Será entre el 13 y el 14 de mayo. Cuatro horas después del mediodía, un gran príncipe, que estuvo prisionero en su juventud, perecerá bajo el puñal de un asesino.

Él se había reído en sus barbas. Había echado la cabeza hacia atrás y había dejado retumbar sus sonoras carcajadas por toda la sala, tratando de encubrir con hilaridad la sensación extraña que tenía en las entrañas, como si dos dedos de uñas afiladas le pinzaran las cuerdas del corazón. El astrólogo no se había inmutado. Sin despegar sus ojos de los suyos se había limitado a añadir: «Guardaos de la primera gran magnificencia a la que asistáis».

No. Aquello no podía ser. Sacudió la cabeza y saltó de la cama, enrabietado con su propio miedo. Apenas se reconocía a sí mismo. Enrique de Navarra, el monarca escéptico que se reía de las supersticiones. El hombre que había cambiado seis veces de religión, siempre a favor de donde soplara el viento. El guerrero que había sobrevivido a conspiraciones de poderosos señores feudales, a conjuras de antiguas amantes y a una veintena de intentos de asesinato. Amedrentado por un mal sueño.

Se dirigió a su gabinete privado, tomó papel y pluma, y se sentó a escribir: «Mi alma bien amada, acabo de despertarme…». Se interrumpió, indeciso entre la necesidad de confesarse y una coquetería de viejo galanteador que le aconsejaba ocultar sus debilidades ante la mujer amada. Por nada del mundo quería arriesgarse a aparecer como un viejo timorato ante la belleza de quince años a la que iba destinada aquella carta, aunque hiciera tiempo que la pasión extravagante de la que era presa le hubiera convertido en el hazmerreír disimulado de la Corte.

La había conocido el año anterior, cuando el invierno daba sus últimos coletazos. El tiempo gélido y las tormentas de nieve le habían impedido salir a cazar en varios días y, aburrido, había decidido colarse en los ensayos del ballet que estaba organizando su esposa la reina. El plato fuerte de la función consistía en un cuadro formado por doce damitas disfrazadas de ninfas, y los entendidos en belleza femenina aseguraban que la mera visión de Angélique Paulet, hija de uno de los secretarios de la Corte, con su cabellera dorada esparcida sobre los hombros, justificaba el espectáculo.

Enrique se había acercado al grupo de ninfas adolescentes entre chanzas. Su instinto de viejo cazador le decía que debía mostrarse inofensivo si no quería asustar a una pieza tan joven. Las doncellas habían respondido con inocencia a sus bromas de viejo verde. Todas, menos Angélique. La hija del secretario real tenía un ingenio picante y rápido, y sus atrevidas contestaciones habrían alterado al hombre más templado. Se relamía ya interiormente, anticipando su victoria, cuando había escuchado una risa infantil, como un sonido de cascabeles.

La hija menor del condestable de Montmorency, una niña llamada Charlotte que aún no había cumplido los quince años, blandía un venablo labrado y le apuntaba al corazón con una flecha de madera dorada. Apenas poseía formas de mujer. Tenía los cabellos rubios, los labios fruncidos en un gesto de concentración y los ojos más grandes del mundo.

En ese momento había empezado su locura.

Para calmar sus ardores, había convertido a la atrevida Angélique en su amante de inmediato. Mientras, su mente trazaba todo tipo de estratagemas para conquistar a la otra.

La dulce Charlotte estaba prometida a François de Bassompierre, uno de los hombres de su círculo más cercano. Así que le había hecho llamar y le había expuesto sin vergüenza el dilema: no quería convertir en cornudo a un amigo, así que le pedía, sin más, que se retirara del juego. Y el futuro marido, hábil cortesano, había renunciado al compromiso. Acto seguido, Enrique le había ofrecido la mano de la adolescente a su propio sobrino, el príncipe de Condé, un jovenzuelo tímido y huraño a quien era sabido que no le gustaban las mujeres, convencido de que éste le dejaría el campo libre sin problemas.

El príncipe había aceptado sin remilgos las cien mil libras de renta que le ofrecía su tío y soberano, así como sus suntuosos regalos de boda. Pero luego, bujarrón o no, se había negado a convertirse en un marido complaciente a los ojos de toda la Corte y se había refugiado en sus tierras con su joven esposa.

Durante meses, el monarca la había perseguido sin descanso. En París, a través de los bosques de Fontainebleau y por tierras de Borgoña, despertando la hilaridad a sus espaldas. Disfrazado de campesino, de lacayo, e incluso ataviado con unas patibularias barbas postizas. En una ocasión había conseguido que su Dulcinea se asomara al balcón en camisa de noche y con los cabellos desatados. Hasta que el marido, harto del esperpéntico acoso real, había hecho el equipaje y se había instalado con su esposa adolescente en la ciudad de Bruselas.

Una de las capitales del Imperio español.

Una ciudad que pertenecía al enemigo, contra el cual estaba a punto de alzarse en armas el ejército francés.

Para apoyar a sus aliados alemanes, sin duda alguna. Pero también para recuperar a Charlotte.

Depositó la pluma sobre la mesa y se frotó los ojos. Sabía lo que en aquel momento se murmuraba en las calles. No le había resultado fácil ganarse el afecto de los parisinos. A pesar de sus modos cercanos y de su capaz gobierno, su pasado hugonote aún despertaba recelos en aquella ciudad orgullosa de su catolicismo. Y, por encima de todo, el buen pueblo de París no quería otra guerra. Menos aún una guerra provocada por los caprichos de viejo verde de su rey.

Se puso en pie con un suspiro. Al menos había terminado de alzarse el día. Aquélla era la hora a la que solía recibir a sus gentil-hombres de confianza, mientras desayunaba un caldo de buey y un pedazo de pan.

Al frente del grupo, aquella mañana, se encontraba su hijo César.

Su Majestad Enrique IV se había casado dos veces. Su primer matrimonio, con una de las hijas de la vieja reina Catalina, había sido largo y estéril. Había durado veintisiete años y su esposa había sido incapaz de concebir herederos. Así que tras la anulación papal, hacía ya una década, había vuelto a contraer nupcias.

Y de la fecundidad de su esposa María, una italiana rolliza y feraz, hija del Gran Duque de Toscana, no tenía ninguna queja. La florentina le había dado ya seis hijos. El mayor, Luis, aún no había cumplido los nueve años. Era un niño serio y tímido que adoraba a su progenitor, y ya sabía sostenerse a caballo con la suficiente destreza como para seguirle cuando salía de caza. Las niñas eran encantadoras y el más pequeño de los varones, Gastón, que apenas contaba dos años, tenía embelesado a todo el mundo con su simpatía y su cabellera de rizos negros. Él, por su parte, era un padre cariñoso y cercano, al que no era raro ver gatear entre los críos o cargándolos a sus espaldas.

Pero su ternura no se limitaba a sus descendientes legítimos. De la docena de hijos que había engendrado fuera del matrimonio, el monarca no ocultaba su predilección por el joven César, a quien había otorgado el título de duque de Vendôme. Tenía casi dieciséis años y había heredado de su padre un talante directo y unos modales desenvueltos, de los que éste se enorgullecía. Sin embargo, esa mañana el adolescente titubeaba al dirigirse a él:

—¿Pensáis salir a cazar esta tarde, sire?

El rey apuró su desayuno de un trago, se limpió los restos de caldo con el dorso de la mano y sonrió:

—He tenido una noche de mil pares de demonios. Casi no he pegado ojo. Pero nada que me impida salir a buscar unas perdices para la cena después de despachar los asuntos urgentes. —Vio que el joven duque tragaba saliva, indeciso, y le apremió—: ¿Queréis decirme algo?

—Hay una persona a la que me gustaría que escucharais antes de salir hoy del Louvre.

—¿Qué persona es ésa y qué es lo que quiere?

El adolescente clavó la vista en el suelo, antes de contestar:

—Se trata de Isaie de La Brosse. Pero preferiría que fuese él quien os informara. Permitidme guardar silencio hasta entonces.

—Hijo, no tengo todo el día para perderlo en adivinanzas. Decidme de una vez de qué se trata.

Vio como el muchacho se mordía el labio, dubitativo. Isaie de La Brosse estaba al servicio de uno de sus primos, y tenía fama de sabio. No sólo atendía a sus familiares como médico y cirujano, sino que dominaba las matemáticas, la botánica y otras ciencias. También sabía leer los movimientos de las estrellas y elaborar horóscopos. Pero era evidente que a su hijo le azoraba transmitirle su mensaje. Fuera cual fuera el contenido se prometió no reírse en sus incipientes barbas:

—Sire, quizá no deberíais salir hoy del Louvre. La Brosse aguarda en la antecámara para explicaros, si lo permitís, que vuestro horóscopo…

Con una brusca risotada el monarca interrumpió las explicaciones de su hijo y le pasó un brazo por los hombros.

—¡Vaya por Dios! Veo que habéis estado consultando el almanaque esta mañana. Y también que habéis prestado oídos a quien no debíais. Escuchadme bien: La Brosse es un viejo loco, y vos sois demasiado joven y aún os falta sabiduría para discernir ciertas cosas.

—Pero, padre, el viejo dice que si lográis evitar el accidente que os aguarda hoy, viviréis otros treinta años…

—¿Treinta años? Prestad atención a lo que os voy a decir, hijo mío: hace treinta años que todos los astrólogos y charlatanes de la cristiandad me predicen que la fortuna ha decretado mi próxima muerte. Liberati, Perrier, Rodolphus Camerarius, Coeffier... He perdido la cuenta. El año en que finalmente muera, el mundo se hará lenguas de todos los presagios que me habían advertido y se admirará, olvidando todos aquellos de los que me habían hablado en los años precedentes.

Sus gentilhombres corearon su ocurrencia, pero el joven César no parecía convencido:

—Quizá tengáis razón, pero... La Brosse no es un charlatán. Anoche me dijo...

—Vamos a ver —continuó el rey, paciente—, ¿no vaticinaban los sabios que a mí me enterrarían sólo diez días después que a mi predecesor en el trono? ¿Y no lleva el viejo Enrique III veintiún años pudriéndose en una fosa de Compiègne, mientras que yo estoy aquí, discutiendo con vos, cuando debería estar ocupándome de los asuntos de gobierno? ¿Qué más prueba queréis de que esos augurios no son más que dados lanzados al aire por locos y charlatanes ladinos en busca de fama y fortuna?

Finalmente, despidió a su hijo y al resto de los hombres y se encerró a trabajar en su gabinete con los jefes militares. Apenas quedaba tiempo para ultimar los preparativos antes de la partida hacia el frente. Pero la respiración le pesaba y a cada hora que transcurría le resultaba más difícil mantener la fachada de falsa jovialidad con la que había acogido los temores del joven César.

«El campesino ha llegado a su destino.»

La voz de la vieja reina Catalina se enredaba en sus pensamientos y le impedía concentrarse. No había mentido al afirmar que los presagios le habían acompañado durante treinta años sin jamás cumplirse. Pero nunca habían sido tan ominosos, tan insistentes. Nunca habían penetrado de aquella manera en sus sueños.

No se le iba de las mientes que, dos semanas atrás, había tenido otra pesadilla, igual de viva y escalofriante. Se había visto a sí mismo paseando por París. Se encontraba junto a un mesón cuya macabra enseña lucía un corazón coronado y atravesado por una flecha. De repente, el edificio había comenzado a desmoronarse, sin hacer ningún ruido. Él había intentado escapar, pero los muros se habían derrumbado sobre su espalda y había quedado atrapado, sofocándose, solo, sin que nadie acudiera en su auxilio.

A los pocos días, otras dos tétricas coincidencias habían vuelto a perturbar su ánimo.

Como todas las primaveras, se había plantado en el patio del Louvre un árbol de mayo esbelto y frondoso, símbolo de la renovación y la fuerza del reino. Un ejemplar magnífico. La mañana estaba tranquila y luminosa. No corría ni una sola gota de viento. Pero, de repente, el árbol había caído a sus pies, fulminado, mientras él cruzaba por delante. Se había reído, como siempre, intentando calmar la emoción de sus hombres. Sin embargo, más turbado de lo que quería dejar ver, había puesto una excusa cualquiera para alejarse de allí y se había refugiado en la Gran Galería para calmarse paseando. A los pocos pasos se había detenido un segundo ante la obra de un artesano encargado de elaborar un escudo de armas ornamental para la reina; y entonces había sentido como si alguien hubiera dejado caer una piedra en el fondo de su estómago. Aquel ignorante había cometido un error inexplicable. Las armas de su esposa María aparecían ceñidas por un cordón blanco y negro. El símbolo de las viudas. Había dado orden de traer a aquel hombre a su presencia de inmediato, pero nadie había podido localizarlo.

De cualquier modo, ninguna de esas advertencias le había marcado el alma como el sueño de aquella noche, habitado por esa figura siniestra que ocultaba el rostro bajo un capuchón y le hablaba con una voz conocida.

Imposible seguir trabajando con el espíritu invadido por visiones negras de reinas viudas, iglesias sombrías y losas frías como lápidas de cementerio que se quebraban bajo sus pies al paso de las serpientes. Tenía que salir a distraerse.

Se puso en pie, decidido, y entonces fue cuando recordó. La piedra que se había resquebrajado a sus pies en el sueño… La conocía. Había caminado sobre ella en la vida real. Y había sido el día anterior, al inicio de la gran solemnidad que había reunido a toda la Corte en la basílica de Saint-Denis. Camino del altar, se había fijado en que una grieta profunda atravesaba una de las losas del suelo, cruzándola de arriba abajo. Justo debajo se encontraba la cripta donde descansaban los cuerpos de los reyes de Francia. Sus acompañantes habían insinuado, cómo no, que aquello tenía que ser un mal presagio. Hastiado de tanta superstición y tanto augurio sombrío, él no había hecho caso y la había pisado con determinación. Pero por lo visto el episodio se había colado en sus sueños por la noche.

—Maldita ceremonia de Consagración. Al final va a terminar conmigo —gruñó.

Era costumbre, desde los tiempos remotos de los merovingios, que los nuevos reyes de Francia acudieran a la catedral de Reims al ocupar el trono para sellar ante el altar su pacto con la divinidad en una ceremonia que los sacralizaba y los investía de poder taumatúrgico y de una potestad de orden celestial sobre sus súbditos.

Si estaban casados, sus esposas eran ungidas junto a ellos. La autoridad invisible que aquel rito ancestral confería a la reina podía resultar providencial si el monarca fallecía antes de que sus hijos alcanzasen la mayoría de edad, o si por cualquier otro motivo la esposa del soberano tenía que hacerse cargo temporalmente del Gobierno.

Pero Enrique IV había sido coronado años antes de su matrimonio con María. Y aunque desde su llegada a Francia ella había empezado a exigir una ceremonia de Consagración propia, él siempre se había resistido con la excusa de que era un rito costoso e innecesario.

Lo cierto era que no confiaba en las cualidades de su esposa. Él era un hombre de acción, amante de la vida al aire libre por encima de todas las cosas, madrugador y siempre en movimiento. Sus modales llanos, que podían confundir a quien no le conocía, escondían un carácter firme y una mente perspicaz, a la que sólo apartaban de sus objetivos las trampas que ponía a su paso su arrolladora sensualidad. María, en cambio, era una mujer indolente y glotona que dormía hasta bien entrada la mañana. Poseía un talante altivo y distante, y tras sus estallidos de furia se agazapaba un corazón frío. Tampoco tenía demasiadas luces.

Ésa era la principal razón por la que nunca había querido asociarla a su Gobierno. Dios sabía bien cuánto había odiado en tiempos a la vieja reina Catalina. Sobre todo durante los cuatro largos años de guerra civil en los que había sido su rehén. Habían sido enemigos más de media vida. Pero nadie podía negar que había sido una mujer inteligente y capaz, sibilina. Tanto, que él la llamaba madame Serpiente. Había sabido mantener su influencia, desde las sombras, mientras sus hijos reinaban, uno detrás de otro.

María era italiana, como ella. También había nacido en Florencia y la sangre de los Médici corría por sus venas, igual que por las de la antigua reina madre. Pero ahí terminaban los parecidos.

Sin embargo, después de nueve años de insistencia, ataques de ira y persecuciones, había terminado por ceder, obligado por las circunstancias. La guerra le obligaba a alejarse de París durante una temporada incierta. El Delfín, el pequeño Luis, ni siquiera tenía aún nueve años. Alguien tenía que ser la cabeza visible del Gobierno en su ausencia. Y si había algo que temía más que la ineptitud de su esposa era la avidez de la alta nobleza. Con su propio sobrino desafiándole desde la casa del enemigo español y negándose, empecinado, a cederle a su adorada Charlotte, Enrique no podía confiar en ninguno de sus parientes. María era su única opción.

Así que había nombrado a quince gentilhombres para que la acompañaran en un Consejo de Regencia y había accedido a que se celebrara la condenada Consagración, que aunque no otorgaba más que un poder simbólico, pesaba con la autoridad de lo sobrenatural en el ánimo del pueblo. Ahora se daba cuenta de que la decisión, tomada a regañadientes y sin mucho convencimiento, era lo que le estaba trastornando el ánimo.

A pesar de que, al final, la ceremonia había resultado espléndida. Él mismo había acabado dejándose contagiar por el regocijo del pueblo. La más alta nobleza del reino, los príncipes y los obispos habían desfilado, cubiertos de sedas, encajes y piedras preciosas, ante los ojos maravillados de sus súbditos, que gritaban vivas a los soberanos y se precipitaban a recoger, anhelosos, las monedas de oro y plata que llovían a sus pies.

La imagen de María, ataviada con el más suntuoso manto de armiño y flores de lis que jamás se hubiera visto, se le había grabado en la mente. Radiante, majestuosa, solemne, transfigurada, mientras el cardenal de París depositaba sobre su frente la corona de la Consagración. Por primera vez en su vida, le había parecido una mujer hermosa.

* * *

Con un sonido gutural, el hombre del pelo rojo arrojó un grueso esputo de saliva amarillenta entre sus pies. Llevaba cerca de doce horas apostado frente al foso del Louvre. De madrugada, sus ropas raídas poco habían hecho para protegerle del frío húmedo que trepaba desde el río. A aquella hora de la tarde, sin embargo, el sol pegaba con fuerza. Tenía la boca seca. Pero los tres cuartos de escudo que le quedaban en el bolsillo no daban para muchos lujos. Ni siquiera soñaba en malgastarlos en vino.

Se frotó los labios agrietados con una mano ennegrecida y se dejó caer en el suelo, apoyando el dorso contra el parapeto del foso.

Las campanas de Saint-Germain dieron las tres de la tarde. El hombre del pelo rojo introdujo una mano en el bolsillo de sus calzones, fijó la mirada en la puerta de salida de la residencia real y siguió aguardando.

* * *

Hercule de Rohan ascendió trabajosamente la amplia escalinata de mármol que conducía al primer piso del Louvre. La maldita gota le estaba matando. Después de varios meses sin incomodarle, se estaba cobrando el precio del festín del día anterior y todos sus réditos acumulados.

33

Se dejó caer en uno de los bancos del rellano con un resoplido y le preguntó al primero que pasó dónde se encontraba el rey. La respuesta, «en los apartamentos de Su Majestad la reina», le hizo exhalar un segundo gruñido. El mensaje que traía era de los que debían entregarse con discreción, y ni la discreción ni la diplomacia eran su fuerte.

Bastaba un rápido vistazo a su figura para maravillarse de lo acertados que habían estado sus padres al otorgarle el nombre de pila. Hercule era un hombre corpulento, con un torso poderoso, una tupida barba entre rubia y cana, y unas mejillas sonrosadas y llenas de hombre satisfecho. Con algo más de cuarenta años y a pesar de su aspecto de leñador disfrazado de príncipe, aquel vividor que ostentaba el título de duque de Montbazon presumía de una larga lista de cargos y honores. Su linaje era tan antiguo que se perdía en los territorios de la leyenda y su fidelidad al rey, que le consideraba uno de sus amigos más cercanos, no se había tambaleado nunca.

Con un suspiro de resignación reunió arrestos para ir poniéndose en pie. Había otra razón por la que remoloneaba ante la idea de presentarse ante María de Médici. El día anterior, durante la ceremonia de Consagración, Hercule había ocupado un lugar de honor en la galería acristalada, apiñado junto al rey y otros grandes de la Corte. Con tan mala suerte que cuando se había apoyado en el ventanal, para intentar ver mejor, éste había saltado en pedazos sobre las cabezas de la reina, el arzobispo y un buen puñado de invitados. El monarca había tenido que sostenerle de un brazo para que la inercia y la sorpresa no le precipitaran a él también galería abajo.

Al menos no había sido el único que había deslucido la ceremonia con un comportamiento de patán. Los embajadores de Venecia y de España casi se habían sacado los ojos en una de las naves de la basílica por un asunto de precedencia.

En fin, no había más remedio que afrontar a la reina. Se estaba animando a levantarse del banco cuando oyó una voz conocida:

—Me alegra ver que os encontráis perfectamente. El incidente de ayer no os ha dejado ni cortes ni rasguños, por lo que veo.

Hercule alzó la cabeza y reconoció al duque de Épernon, que subía los últimos peldaños del primer tramo de la escalinata.

—Gracias —respondió, seco. No estaba seguro de que el interés del recién llegado no encerrara una burla camuflada. Más que preocupándose por su salud, seguramente estaba regodeándose en su torpeza. Al fin y al cabo, nunca se habían llevado bien. Pero no había forma de estar seguro. Épernon tenía un temperamento vivo y ardiente. Ni siquiera los reyes a los que había servido se habían librado de sufrir alguna vez sus estallidos de furia. Pero poseía toda la sutileza que a él le faltaba.

Físicamente, tampoco podían ser más distintos. Aunque el recién llegado estaba más cerca de los sesenta que de los cincuenta años, parecía el más joven de los dos. Alto, esbelto, con unos modales elegantes y refinados, más propios del reinado anterior que del ambiente relajado de la Corte de Enrique IV, vestía siempre con una discreción que contrastaba con los colores chillones que favorecía Hercule.

Era, en efecto, un hombre de otra época.

De modesto origen gascón, el joven Épernon había llegado a París con una bolsa medio vacía y un corazón lleno de ambición cuando apenas contaba quince años. Intrépido, inteligente y dotado de una belleza distinguida, había acabado por llamar la atención del rey Enrique III, el último de los monarcas de la dinastía de los Valois. El último de los hijos de la vieja reina Catalina que habían ido ocupando el trono, uno tras otro, sin que su simiente diera fruto.

Épernon había sido el predilecto entre los favoritos de Enrique III, el príncipe consentido. Resuelto, capaz y dispuesto a todo, se había convertido en el brazo derecho de aquel soberano sin hijos, frágil y lleno de extravagancias, atacado por todos los frentes y asediado por parientes de varios bandos que competían por hacerse con la corona a su muerte.

El duque había demostrado una inquebrantable fidelidad, siempre y contra todos, recompensada con una lluvia de dignidades, riquezas y tierras. El soberano lo adoraba. El pueblo le llamaba el Medio Rey.

Pero cuando, en su lecho de muerte, Enrique III de Valois había designado como heredero a su primo Enrique de Navarra el hugonote al que su madre llamaba despectivamente «el campesino», Épernon se había negado a jurarle lealtad.

Tras la sucesión, la ruptura había sido inmediata. En reacción, el nuevo rey había tratado de recortar su inmenso poder para hacerle menos peligroso. Y, enfurecido, Épernon había acumulado las traiciones, los contactos con el extranjero, los falsos arrepentimientos y las revueltas durante años.

Enrique de Navarra se había mostrado paciente. No porque sintiese ningún afecto hacia él. Sino porque a un súbdito como ése, poderoso e ingobernable, era mejor tenerle cerca que lejos; de su lado, mejor que en su contra.

Al final la perseverancia del rey había dado fruto y Épernon había acabado por regresar a la Corte, amansado, al menos en apariencia. Duque y par del reino, poseedor de inmensas riquezas, gobernador de numerosas plazas fuertes, coronel general de la Infantería y caballero de las Órdenes más prestigiosas, bajo su apariencia de respeto, el soberbio gentilhombre no había dado su brazo a torcer. Había acatado al monarca, pero no sin antes dejarle claro que no por ello contaba con su amistad.

Hercule prefería no tratar con él más que lo imprescindible. Pero tampoco tenía motivo alguno para rechazar el brazo que ahora le ofrecía para ayudarle a caminar, por humillante que fuera aceptar la asistencia de un hombre que le sobrepasaba quince años en edad.

Entraron juntos en los apartamentos de la reina. El lugar estaba concurrido. Un grupo de gentilhombres charlaba a los pies del gran lecho de aparato sobre el que reposaba María de Médici, y el rey se encontraba entre ellos.

Hercule se acercó a saludar a la reina, mohíno. Junto a la cama, encogida entre los brazos de un sillón, la acompañaba su amiga inseparable, la horripilante Leonora Galigai, una mujer fea, de tez cetrina, aficionada a la astrología y a la cartomancia, que se había criado junto a María de Médici en Florencia. Ejercía el cargo de camarera mayor, poseía un apartamento de tres habitaciones, contiguo al de la reina y, aunque estaba casada con un arrogante matamoros italiano, derrochador y jactancioso, gustaba de permanecer en la sombra. Tenía un carácter áspero y discreto, apenas salía de palacio y cuando lo hacía llevaba siempre el rostro cubierto por un velo tupido. A Hercule le ponía los pelos de punta.

Por suerte, tras su triunfo del día anterior, la reina estaba de buen humor. No hubo recriminaciones por el incidente que había provocado durante la ceremonia. Tan sólo una cálida felicitación por la floreciente belleza de su hija Marie, que como otros niños de la Corte había formado parte del cortejo real. Hercule agradeció los halagos. La pequeña no había cumplido los diez años, pero era una muchachita despierta, de inteligencia viva y rápida, muy distinta a él. Una auténtica perla, que quizá en un futuro no muy lejano pudiera tentar a alguno de los hijos naturales del monarca.

Éste se encontraba singularmente pálido y agitado, y paseaba de un lado a otro con semblante nervioso. De repente se detuvo frente a él, como si acabara de darse cuenta de su presencia, y sin preámbulo alguno le espetó:

—¡Ah, duque! Perfecto. ¿Qué haríais vos? ¿Saldríais a tomar el aire?

La reina intervino antes de que Hercule tuviera tiempo de opinar:

—El rey está pensando en ir a visitar a su superintendente de Finanzas, que se encuentra enfermo. Yo pienso que esa visita no va a hacer más que ponerle de peor humor. Quedaos junto a nosotros, sire.

El monarca parecía no escuchar a nadie. Casi entre dientes murmuró:

—Sí, el aire fresco me hará bien. —Alzó la voz—. ¡Preparad mi carroza!

Pero no se decidía a partir. Tan pronto se acercaba a las mujeres para comentar los detalles del gran desfile que aún estaba por celebrarse para festejar la coronación de la reina, como se arrodillaba junto a sus dos hijos pequeños a jugar un rato. Hercule decidió llevarle aparte y confiarle de una vez su mensaje, seguro de que le ayudaría a determinarse. Le susurró que quería hablarle en privado y el rey le pidió que le acompañase a su gabinete.

Cuando por fin se quedaron a solas, el fornido noble se dejó caer en una silla, haciendo uso de la libertad a la que el rey le autorizaba cuando no estaban en compañía, se desabrochó el jubón y con una amplia sonrisa se dispuso a borrar de un plumazo la expresión sombría de su señor: le había arreglado un encuentro en casa del banquero Zamet con la hermosa Angélique, la pícara ninfa que le mantenía entretenido con sus favores, aunque siguiera suspirando por la inalcanzable Charlotte de Montmorency.

Pero el monarca no reaccionó. Hercule le vio encogerse sobre sí mismo, como si sufriera un vahído. Se puso en pie para sostenerlo:

—¿Qué os ocurre? ¿Os encontráis bien?

Enrique IV alzó su rostro macilento. Dos profundos surcos morados subrayaban una mirada febril. Se apoyó en la pared, con la frente entre las manos, y murmuró:

—Dios mío… Tengo algo aquí dentro que me está trastornando… No sé lo que es, pero no puedo salir del Louvre.

Hercule frunció el ceño un momento y luego rió:

—Lo que tenéis ahí dentro se cura con un poco de aire fresco y un buen revolcón. ¡Vamos!

El rey se giró. Tenía el gesto poco convencido. De pronto se quedó petrificado, con los ojos clavados en su escritorio:

—¿Qué es eso? —Sobre la superficie de madera había un papel plegado y con el lacre intacto—. No estaba aquí esta mañana.

—Alguien lo habrá traído mientras estabais ausente. —Hercule cogió el papel de la mesa y se lo entregó—. Pero hacedme caso. Es normal que estéis revuelto por dentro antes de partir a la guerra. Más aún si no paráis de reconcomeros a solas, pensando en la mujer de vuestro sobrino. Venga, dadle una alegría al cuerpo y se os quitarán las penas.

Enrique IV no contestó. Desplegó el papel, mudo, y con un gesto mecánico se lo dio para que lo leyera. Era una nota breve, de una sola línea. Sin firma: «Sire, no salgáis esta tarde».

—No lo comprendo. ¿Qué significa? —preguntó Hercule.

—Significa —respondió el monarca con un timbre vibrante—, que o bien mi hijo César es un cretino ignorante, convencido de que me está haciendo un favor, o que alguien me está gastando una broma muy pesada. *Ventre saint gris*, esto se ha terminado. ¿Quieres que salgamos? Pues venga, ¡ven conmigo! Vamos a ver a mi ninfa.

En cuatro zancadas se plantaron de nuevo en los aposentos de la reina. El rey reclamó la compañía de los allí presentes. Liancourt, Mirebeau, Roquelaure, Lavardin, todos ellos fieles desde los viejos tiempos. También le hizo un gesto al duque de Épernon y comenzó a descender las escaleras del patio sin volver la vista atrás. Hercule les siguió trabajosamente, sufriendo cada vez que el peso de su cuerpo enorme caía sobre su pie derecho.

La carroza estaba ya dispuesta. El capitán de la Guardia esperaba firme junto a la puerta para acompañarles.

—¡Fuera de aquí! —le espetó el soberano—. No quiero saber nada ni de vos ni de vuestros hombres. Buscaos otra cosa que hacer si estáis aburridos.

El oficial, desconcertado, intentó protestar:

—Sire, la ciudad desborda de extranjeros y desconocidos que han acudido a los festejos de la Consagración. Las calles no son seguras. Dejadme acompañaros con mis hombres.

—No seáis zalamero, capitán. —Enrique IV había recuperado su buen humor como por arte de magia—. Llevo más de cincuenta años guardándome yo solo. Creo que podré sobrevivir unas horas más.

Hercule le vio alzar la cabeza un momento antes de penetrar en el coche. Hacía un día espléndido. Cálido y lleno de luz. Un leve viento de poniente arrastraba hasta allí los aromas de los campos próximos, mitigando el hedor del patio siempre sucio.

—Vamos, messieurs. —El rey se instaló al fondo de la carroza y ordenó retirar los manteletes de cuero para que pasara el aire. Indicó a Épernon, en un signo de deferencia más, que se sentara a su derecha. Hercule se acomodó a la izquierda de su señor. Con un poco de esfuerzo, los siete hombres lograron encontrar hueco en el vehículo. Un grupo de gentilhombres de menor categoría se dispuso a acompañar al coche a caballo, mientras los sirvientes lo seguían a pie.

Justo antes de dar la orden de partir, el monarca hizo una última pregunta:

—¿A qué día del mes estamos?

—Estamos a 13, sire —respondió uno de sus acompañantes.

—No —intervino Épernon—. A 14.

—Eso es. Veo que estás pendiente del almanaque… —Y luego añadió con una risa extraña—: «Será entre el 13 y el 14».

Sus acompañantes le miraron, sin comprender. Por toda explicación el rey gritó:

—¡Vamos, fuera de aquí!

* * *

A las cuatro de la tarde el hombre del pelo rojo observó cómo la carroza real cruzaba el foso del Louvre. Se puso en pie, con calma, y se dispuso a seguirla. En circunstancias normales su presencia habría llamado la atención. No era alguien que pasara fácilmente desapercibido, con sus seis pies y medio de altura, su torso corpulento, su traje verde y su barba rojiza. En una ocasión, una niña apenas destetada le había preguntado si acaso era el diablo.

Pero París estaba lleno de forasteros. Gente de los más variopintos pelajes se paseaba por las calles contemplando las decoraciones y los arcos de triunfo recubiertos de flores que se habían alzado para celebrar la coronación de la reina. Así que nadie prestaba atención al coloso que seguía el rastro de la carroza real con una determinación fija, un par de pasos por detrás de los lacayos, sin esconderse y sin revelar ninguna emoción.

* * *

El coche entró en la calle de la Ferronnerie, una vía estrecha que bordeaba el cementerio de los Inocentes. El rey estaba animado y daba la impresión de haber olvidado todas sus inquietudes. No había informado a nadie de su destino final. Cada vez que se le antojaba cambiar de rumbo, se limitaba a asomar la cabeza y gritar una orden al tronquista que conducía la carroza montado en uno de los caballos. Saludaba con entusiasmo a los conocidos que se cruzaban con ellos. Bromeaba. Hacía sólo unos instantes había extraído de un bolsillo una carta del frente que no había tenido tiempo de leer:

—Dime tú lo que pone, Épernon. Me he dejado los anteojos en mi gabinete. —Rodeó el cuello del duque con el brazo derecho. Con el izquierdo se apoyó en el hombro de Hercule, quien tuvo que hacer un esfuerzo para contener un resoplido de irritación. Aquel intrigante no merecía semejante muestra de amistad por parte de su señor. Desvió la mirada hacia el exterior, con la excusa de averiguar por qué el coche había detenido su marcha.

Se encontraban parados al lado de un mesón que tenía por enseña un corazón coronado atravesado por una flecha. La calle era angosta y tanto las fachadas de las casas como el muro del cementerio estaban invadidos por tenderetes amontonados los unos sobre los otros. Frente al vehículo real, una carreta cargada de heno y otra repleta de toneles de vino obstruían el paso. El conductor se ciñó a la derecha mientras el séquito que seguía a la carroza se adentraba en el camposanto para anticiparse y esperar a su señor al otro extremo de la calle. Únicamente dos lacayos permanecieron junto al rey. Uno de ellos se adelantó a ladrar una serie de órdenes a quienes impedían el paso. El segundo se rezagó sólo un instante para ajustarse una liga que estaba a punto de perder.

En ese momento, Hercule vio aparecer una extraña figura junto al estribo derecho, en el breve espacio vacío que quedaba entre el coche y la pared. Un hombre con el pelo rojo que se agarraba con la mano diestra al carruaje, retrepado sobre la rueda. Llevaba un cuchillo en la izquierda. No tuvo tiempo de reaccionar.

El hombre dejó caer el brazo sobre el costado del rey, cerca de la axila. Enrique IV abrió unos ojos llenos de asombro y, apenas empezó a pronunciar las palabras «estoy herido», una segunda puñalada, algo más baja, le atravesó de nuevo el jubón. Hercule logró arrojarse sobre su señor, a tiempo sólo de detener el tercer golpe con el brazo. El resto de la compañía, desprevenida, vio tarde la veloz agresión. Todo había ocurrido en apenas dos segundos:

—No es nada —murmuró el rey—. No es nada…

Un chorro de sangre espumeante de color rojo vivo brotó de entre sus labios. Épernon se incorporó violentamente y trató de sostener al monarca entre sus brazos, mientras la voz resignada de otro de los gentilhombres rogaba:

—¡Sire, acordaos de Dios!

Pero Su Majestad Muy Cristiana Enrique IV ya no le escuchaba.

El hombre del pelo rojo ni siquiera pensaba en huir. Permanecía inmóvil, con el cuchillo ensangrentado en la mano y el éxtasis del iluminado en la mirada. Uno de los gentilhombres de a caballo se arrojó sobre él, le arrebató el cuchillo y alzó la espada lleno de rabia. Pero la voz del duque de Épernon resonó poderosa:

—¡No lo matéis! ¡Os va en ello la cabeza! —Era imprescindible conservar al asesino con vida si querían interrogarle.

Se escuchó entonces un estruendo de cascos de caballos y alaridos airados. Hercule, que aguantaba al rey contra su pecho, alzó la cabeza. Por el fondo de la calle desembocaban una decena de hombres a pie, acompañados de un par de jinetes, todos con los aceros desenvainados y el sombrero calado hasta los ojos, clamando por la muerte del asesino y prestos a abalanzarse sobre él. ¿De dónde demonios habían salido?

Uno de los gentilhombres de la escolta real espoleó a su montura, espada en mano, y les hizo frente. Y antes de que Hercule pudiera comprender lo que ocurría, los desconocidos acallaron sus gritos, se dieron media vuelta y se escabulleron entre la multitud alborotada.

El hombre del pelo rojo estaba rodeado. Alguien le propinó un fuerte golpe en la nuca con el pomo de la espada y le arrastraron fuera de allí. El desconcierto y el desorden crecían por momentos entre los viandantes. Varias mujeres lloraban. Unos se empujaban para acercarse a la carroza y otros intentaban abrirse paso a codazos para alejarse de allí.

Sólo Épernon mantenía la sangre fría. Arrojó su capa sobre el cuerpo del rey para ocultarlo a la vista del pueblo, se puso en pie y clamó con voz tranquila:

—¡El rey sólo está herido! ¡No ha sido nada grave! —Inmediatamente se giró hacia ellos—. ¡Cubrid la carroza, messieurs!

Los manteletes de cuero se abatieron en un instante y el coche se abrió paso al galope rumbo al Louvre, pasando por encima de cuantos se encontraban en su camino. Penetraron en el patio del castillo a las voces de «¡Vino y un cirujano!».

Pero ni el uno ni el otro eran ya necesarios. Hercule tomó el cuerpo del rey entre sus brazos y con la ayuda de otros tres hombres lo transportó escaleras arriba y lo depositó en su lecho con el jubón desabotonado y la camisa empapada en sangre.

La conmoción había envuelto los apartamentos reales en un silencio denso intercalado de súbitos estallidos de llanto, ruidos de carreras y gritos que repercutían desde otras estancias. La reina irrumpió corriendo en la habitación, lívida. A la vista de la sangre que teñía las sábanas y del rostro de su esposo que empezaba a adoptar el color de la cera, estuvo a punto de desmayarse entre los brazos de su inseparable Leonora. La dama a duras penas lograba sostenerla:

—¡Mi hijo! ¿Dónde está mi hijo? ¡Id a buscar al Delfín!

Poco después, un niño de ocho años y medio, pálido y asustado, penetraba en la cámara real. El capitán de la Guardia lo condujo frente al lecho donde reposaba el cadáver. El crío se aproximó con paso rígido. Permaneció unos instantes en silencio, contemplando a su padre con las pupilas dilatadas. Luego se giró hacia la reina y pronunció, serio:

—Si yo hubiera estado allí, con mi espada, habría matado a ese hombre. —Su voz tenía una fiereza infantil, pero su mirada insegura buscaba aprobación. Incluso ante los restos de su progenitor, el niño temía la censura de su madre, casi siempre distante y áspera.

Pero la reina se había derrumbado a los pies del lecho, entre sollozos, y no tenía ojos para su hijo. El canciller real dio dos pasos al frente:

—Ruego a vuestra majestad que me excuse, pero éste no es momento de lágrimas.

María alzó la vista y el duque de Épernon intervino a su vez:

—Dejad que sea el pueblo quien llore, madame. Vos tenéis que cumplir con vuestro deber y haceros cargo de Francia.

* * *

Hercule de Rohan inclinó la cabeza en señal de respeto cuando el maestro de ceremonias depositó el cetro real sobre el almohadón color púrpura que sostenía en sus brazos. Tardó unos segundos en alzar la vista. Los necesarios para parpadear con fiereza y liberarse de las lágrimas que le arrasaban la mirada.

La basílica de Saint-Denis estaba tapizada por completo de negro. El coro, la capilla ardiente, los ornamentos, los cirios, los blasones que decoraban las paredes. Incluso la reina iba vestida de negro.

Tradicionalmente, siempre había sido el blanco el color del luto de las reinas de Francia. Hasta que medio siglo atrás, al enviudar, la reina Catalina de Médici había elegido vestirse según la costumbre italiana. Y María había decidido imitarla.

Hercule se preguntaba hasta qué punto estaba dispuesta a seguir los pasos de su compatriota. La vieja Catalina había mantenido su influencia en los asuntos de gobierno durante treinta años, y habría que ver si María era capaz de resistir siquiera hasta el final de su propia regencia.

El maestro de ceremonias retiró reverencialmente el manto de oro y terciopelo que cubría el féretro real y gentilhombres de cámara y arqueros lo alzaron del suelo. Hercule se unió al cortejo, junto al resto de los grandes señores que portaban los símbolos reales.

No lloraba sólo la pérdida de un amigo y compañero de armas. También se lamentaba por sí mismo. Los príncipes de sangre real, los grandes señores y la propia camarilla de la reina aguardaban ansiosos a que el cuerpo de Enrique IV descansara bajo tierra para empezar a descuartizarse entre ellos. Y aquella perspectiva, después de tantos años de acomodo, le producía una invencible pereza.

Pero ni su sincera tristeza ni su desánimo impedían que su mente de viejo cortesano se perdiera en cálculos y combinaciones. Por lo pronto el duque de Épernon era quien contaba con toda la confianza y la gratitud de la reina. Él había sido el más hábil y el más rápido en actuar tras la muerte del rey. En sólo dos horas había desplegado a la Infantería, había tomado el control de París y había convencido al Parlamento para que otorgara a la viuda una regencia que ni magistrados ni nobleza tenían claro que le perteneciera por encima de los primos del rey, que llevaban su sangre.

Nadie había tenido demasiado tiempo en aquel día frenético para el niño triste y asustado que deambulaba por los pasillos del Louvre en busca de consuelo. Sólo después de cenar, el pequeño Luis se había atrevido a acercarse a su madre para pedir con voz tímida que coronasen a su hermano menor en su lugar. Tenía miedo de que le mataran si subía al trono, como habían hecho con su padre.

En cuanto al asesino, había resultado ser un pobre iluminado llamado François Ravaillac. Había sido condenado al terrible suplicio de morir desmembrado por cuatro caballos. Y ni las amenazas ni la tortura habían logrado hacerle confesar la existencia de cómplice ni instigador alguno. Dios, decía, era el único que había guiado su mano para evitar que Francia entrara en guerra con otras naciones católicas.

El cortejo fúnebre llegó junto a la fosa para poner punto final a los dos meses de fastos fúnebres que habían transcurrido desde el asesinato. El penúltimo acto había tenido lugar hacía sólo unas horas, cuando los monjes de la abadía habían rodeado el ataúd, se habían acercado a oler el cadáver y habían proclamado, graves, que los más grandes reyes no estaban hechos de una materia diferente a la de los más pequeños habitantes de la tierra. Pero el ceremonial había empezado el mismo día de la muerte del soberano.

A medianoche, Enrique IV había sido despojado de sus vestimentas, revestido con un jubón blanco y tendido de nuevo sobre su lecho. Cuatro médicos y veinticinco cirujanos habían abierto el cadáver y le habían extraído las entrañas. Luego, el cuerpo había sido embalsamado y expuesto en un féretro sobre una cama recubierta con un manto dorado, frente a un gran ventanal desde el que se vislumbraba el Sena.

Mientras, los artesanos se afanaban en confeccionar un maniquí de mimbre y cera, utilizando como molde la máscara mortuoria del rey. Una vez finalizado lo habían vestido con un manto de púrpura y armiño, sembrado de flores de lis, y la Guardia lo había acomodado sobre un gran lecho de aparato. Durante dos semanas se le habían servido almuerzo y cena, igual que si estuviese vivo, para dejar patente mediante aquel rito ancestral que la monarquía era algo sagrado, tocado por una autoridad sobrenatural que nunca se desvanecía. Sólo cuando, tras el plazo establecido, el Delfín se había acercado a la efigie de su padre, disimulando su espanto, para rociarla con agua bendita, habían dado comienzo los auténticos funerales.

Sólo restaba un problema. La basílica de Saint-Denis albergaba la necrópolis de los reyes de Francia desde hacía casi mil años. Sin embargo, el predecesor de Enrique IV, Enrique III de Valois, había muerto en tiempos de guerra civil, lejos de París, y había sido inhumado de manera provisional en la abadía de Compiègne a la espera de que las circunstancias hicieran posible su traslado al panteón real. Pero veinte años después nadie había cumplido con el trámite. Épernon, su antiguo favorito, había recibido el encargo de realizar el traslado lo antes posible para que los despojos del último de los Valois ocuparan la tumba de los reyes antes que los de su sucesor.

Ahora, al pie de la fosa, mientras el féretro real descendía al interior de la sepultura, Hercule recordó la vieja profecía de la que se habían reído tantas veces y sintió que un escalofrío le recorría la espalda. El viejo augurio decía que Enrique IV sería enterrado sólo diez días después de que su predecesor en el trono ocupara su tumba.

Hacía menos de dos semanas que el duque de Épernon había depositado los restos del monarca al que en su juventud había servido con tanta devoción en aquella misma cripta. Veinte años después, la predicción se había cumplido.

Las piernas le temblaron un instante y se santiguó con presteza. Agradeció que la voz ronca y profunda del gran chambelán resonara en las paredes de la nave y le sacara de sus siniestras ensoñaciones:

—¡El rey ha muerto!

Un silencio glacial acogió aquella voz terrible.

Un heraldo avanzó entonces hasta el centro del coro y proclamó a su vez:

—¡El rey ha muerto, rogad todos a Dios por su alma!

Por tres veces repitió la misma invocación, ante la concurrencia arrodillada.

Entonces, el gran chambelán introdujo el brazo en la fosa, extrajo el bastón de mando de su interior y gritó, con voz jubilosa:

—¡Viva el rey Luis Muy Cristiano, decimotercero de ese nombre, por la Gracia de Dios Rey de Francia y de Navarra, nuestro alto Soberano, Señor y Buen Amo, a quien Dios otorgue una muy dichosa y muy larga vida!

ἀταύρωτος

1

Un brazo inerte y peludo se estrelló contra su cara. Otra vez. Charles se retorció entre las sábanas y volvió a quitárselo de encima. Su compañero de catre apestaba como un jabalí. Y no paraba de moverse. No le había dejado pegar ojo en toda la noche.

Se incorporó y se quedó contemplando la corpulenta figura que roncaba a pierna suelta, estirada a sus anchas. Después de año y medio sin saber nada de él, su amigo Bernard de Serres se le había presentado en casa hacía unas horas, arrastrando los pies e incoherente del cansancio. Lo único que había logrado arrancarle, antes de que cayera derrengado en la cama, era que había matado a su vecino, el barón de Baliros, que le habían robado el caballo y que tenía que darle asilo.

¿Qué habría pasado? ¿Le habría buscado gresca el barón? ¿O le habría retado él sin ton ni son? Bernard no era pendenciero, pero era bruto. ¿Un asunto de faldas? Charles rió para sí. Eso sí que le sorprendería. A no ser que hubieran cambiado mucho las cosas en el tiempo que llevaban sin verse, su amigo era más de pastoras que de damas cuyo honor robado exigiera duelos.

Además, Bernard era un torpe con el bello sexo. Por eso siempre era él quien tenía que acercarse a hablar con las mozas, en las fiestas o en el mercado, mientras el muy inútil se quedaba mudo a su lado, mirando.

Ninguno de los dos había cumplido aún diecinueve años, y Charles había pasado más de la mitad aguantando mofas de los zagales sin desbastar del vecindario donde se había criado por culpa de su figura delicada, sus cabellos ondulados y su rostro pálido, más propio de una niña.

Hasta que un buen día había descubierto que sus ojos azules y su melena rubia atraían la atención de las mujeres de un modo igual de vivo. Y que ellas no le veían enclenque, sino grácil y elegante, y si le miraban a escondidas no era para reírse de él. De inmediato, las malas caras de los patanes habían dejado de importarle y se había concentrado en sacarle provecho al hallazgo.

En fin. Imposible volver a conciliar el sueño. Lo mejor que podía hacer era salir de la cama y despertar a su criado, que dormía al otro lado de la puerta, para que les preparase un buen desayuno. Le echó una última ojeada al voluminoso bulto que roncaba sobre el colchón de lana y se puso en pie de un salto.

Aunque sus orígenes no tenían nada en común, Bernard era para él como un hermano.

Charles había crecido en la orgullosa ciudad gascona de Pau y su padre, el maestro cirujano Pierre Montargis, era un hombre instruido: un hugonote de convicciones muy templadas, que había estudiado en Montpellier. Había hecho del desempeño de su labor mucho más que un oficio manual y se ganaba la vida con amplia holgura, gracias a una nutrida clientela de notables locales.

Para su hijo, el maestro Montargis había ambicionado siempre un título ilustre de doctor en medicina y, durante su primera infancia, Charles había satisfecho todas sus esperanzas. Era un niño estudioso, aplicado y precoz, que seguía al viejo cirujano como una sombra. Aunque también un crío enclenque, el único varón de la familia, ablandado por los mimos de su madre y sus hermanas. Hasta que un verano, a los diez años, había caído enfermo de unas fiebres y su padre le había enviado a fortalecerse a las tierras de un modesto gentilhombre rural al que había tratado en alguna ocasión.

El señor de Serres tenía un hijo de su misma edad. Un pequeño montañés, acostumbrado a andar todo el día de acá para allá, sin zapatos ni sombrero, a perseguir conejos por los campos y a bañarse desnudo en las corrientes heladas de los Pirineos. Gracias a él, Charles había aprendido a montar, a luchar con espadas de madera y a no llorar cuando una pedrada le tumbaba en el suelo en medio de una refriega. A partir de entonces habían sido uña y carne.

Hasta que, recién cumplidos los diecisiete, él había dejado su provincia para probar suerte en París.

Marchar no había sido fácil. Hacía tiempo que había igualado los conocimientos de su progenitor no sólo en anatomía, sino también en griego, latín, matemáticas y retórica. Incluso conocía los movimientos de los astros. Pero prefería la poesía a la ciencia. Y la gloria militar le atraía más que la vida universitaria. Había intentado convencer a su padre de que su destino no estaba encerrado en un aula durante años, comentando textos de sabios griegos, ni con la nariz enterrada en un tratado de Galeno. En vano. El cirujano se había negado en redondo a que su hijo desperdiciara sus brillantes dotes para hacerse matar en cualquier guerra.

Así que después de meses de peleas, Charles había fingido someterse a los designios familiares a condición de que le permitieran estudiar en París. Y una vez en la capital no había tardado ni tres meses en abandonar los estudios y cambiar la toga por una casaca militar.

Lo había logrado gracias a una mezcla de empeño y casualidad. Remoloneaba una mañana entre las calles de la Universidad, con unos comentarios de Terencio bajo el brazo, arrastrando su toga negra de estudiante en busca de una excusa para no asistir a clase, cuando el azar le había llevado a tropezarse con un viejo conocido frente al puesto de un barbero. Léocade Garopin tenía cinco o seis años más que él, se había criado en el mismo barrio de Pau y servía como enseña en el regimiento de los Guardias Franceses. Charles se había pegado a él como culo a camisa y no había cejado hasta lograr, tras semanas de insistencia, que le recomendase a su capitán para entrar en el cuerpo.

En Pau nadie se había enterado. Sólo un simple de espíritu habría puesto en peligro con la verdad el dinero que le enviaba su familia para mantenerse. A Bernard era al único al que se lo había contado, en una carta larga y desbordante de orgullo. Y su amigo sabía guardar secretos.

En realidad, lo que a Charles le hubiera gustado habría sido que Bernard le hubiese acompañado cuando se había marchado de Pau. Había intentado persuadirle con denuedo. Pero su amigo le había dejado claro que sólo estaba malgastando sus esfuerzos, a él no se le había perdido nada en la capital del reino. Terco como una mula e incapaz de apreciar las ventajas de estar cerca de la Corte, del mundo de las letras y de los grandes de Francia, se había negado en redondo a abandonar su pequeño señorío y sus ocupaciones de campesino.

Le había echado mucho de menos. Aunque fuera un gañán sin pizca de interés por ningún asunto elevado y se burlara siempre de sus ambiciones. Pero finalmente, aquel otoño de 1625 lo había traído a la puerta de su casa, después de casi dos años.

Allí estaba. Roncando como una mala bestia.

Vertió agua en la palangana y abrió las contraventanas. Su alojamiento estaba encaramado a lo alto de un edificio desvencijado del costado soleado de la plaza Maubert, en la margen izquierda del Sena. Las paredes estaban desnudas, las losas del suelo gastadas, el catre era viejo, la mesa y las dos sillas estaban desparejadas y el baúl, roto y parcheado con un trozo de cuero de otro color para evitar que entraran los ratones.

No era que le sobrase el dinero, pero la verdad era que entre su soldada y el dinero de su familia, habría podido amueblar el cuarto algo mejor. Si en la vida no fuera necesario establecer prioridades.

Y en la Corte, para mantener vivas las ambiciones, lo imprescindible era tener criado, ser espléndido con las invitaciones, frecuentar las mesas de juego con cierta regularidad, tomar lecciones de esgrima y, sobre todo, poseer un vestuario cuando menos digno, que permitiese causar buena impresión. Si a cambio había que pasarse una semana sin comer, se pasaba. Y si había que dormir en un tugurio infecto, se dormía.

Escuchó un gruñido a sus espaldas y se dio la vuelta. Bernard se había incorporado y estaba sentado en el borde de la cama, con los pies colgando. Tenía el pelo mugriento y aplastado, los ojos legañosos y las mejillas cubiertas por una barba leonada de aspecto sucio y descuidado.

—Por fin se despierta el oso maloliente.

—Cuidado con lo que dices, que ya estoy recuperado y te puedo partir la cabeza.

Por toda contestación Charles le arrojó a la cabeza el paño que tenía en la mano. Bernard se levantó de un salto y se lanzó a su cuello. Estuvieron un rato forcejeando entre risas, hasta que se quedaron sin resuello.

Por fin se sentaron a desayunar y Pascal, el mozalbete que Charles empleaba su servicio desde hacía casi un año, se encargó de servirles. Tenía catorce años, el pelo color paja, la voz destemplada y las extremidades desproporcionadas. Pero era espabilado y dispuesto, cuando no se le iba el santo al cielo con alguna pamplina.

Ahora remoloneaba en torno a la mesa, tratando de escuchar el relato de Bernard, mientras este le contaba cómo había llegado a su casa después de varias horas dando vueltas por un París dormido, la noche anterior, sin apenas nadie a quien preguntar y temiendo todo el tiempo que le asaltaran, le desvalijaran y le dejaran sin su menguada fortuna: quince escudos que traía en el bolsillo, una camisa de repuesto y un par de cartas de recomendación. Dos días atrás le habían robado el caballo mientras echaba una cabezada a la sombra de un árbol, le explicó, con un deje de mal humor, mientras engullía la sopa. Así que había tenido que cubrir a pie las últimas diez leguas de camino. Y con la montura a cuestas.

—Pero ¿qué diablos ha pasado con el barón de Baliros? ¿Fue un duelo?

Su amigo contestó entre dientes, sin alzar la vista:

—Qué más da. El caso es que está muerto y toda su familia me persigue. Así que ni siquiera sé cuándo podré volver a casa.

—Pero ¿por qué luchasteis?

—Y dale. Que eso no importa. Déjate de comadreos.

Vingt dieux. Pues sí que tenía un despertar avinagrado el muy zoquete. Mejor esperar a otro momento para enterarse de los detalles. Muy terrible tenía que ser para que ni siquiera pudiera hablarlo con él. Le dio una palmada en la espalda, conciliador:

—Anda, zafio, alegra esa cara. Sea como sea, por fin has venido a París. No te arrepentirás.

Bernard no tenía expresión de estar muy convencido. Su plan era intentar que le aceptaran como cadete en el regimiento de los Guardias Franceses, como tantos gentilhombres gascones, muchos de ellos más pobres que las ratas, que acudían a París, año tras año, para hacer carrera. Lo que no sabía era de qué iba a vivir cuando se le acabaran los pocos escudos que tenía en la faltriquera. En las cartas de presentación que traía no tenía mucha confianza, aunque contaba con que al menos le granjearan la protección de sus destinatarios si tenía algún problema.

Charles asintió, comprensivo. Los guardias rasos, como él, recibían una soldada pero los cadetes-gentilhombres no tenían paga alguna, Bernard no era rico y la vida en París era cara.

Aun así, le envidiaba sin reservas. Él llevaba más de un año sirviendo en los Guardias Franceses y sus superiores le tenían bien considerado, pero aun así el puesto más alto al que podía aspirar en un futuro era el de brigadier. Los cargos de altos oficiales y los cuerpos más prestigiosos, como el de los Mosqueteros, estaban reservados a los militares de sangre noble. Y por sus venas no corría ni una sola gota.

Bernard, en cambio, ni siquiera había abandonado de buen grado sus tierras y hablaba de entrar en los Guardias como si se tratara de un sacrificio mortal. Pero poseía las pruebas de nobleza necesarias. Seguro que le tenía dándole órdenes antes de saber siquiera orientarse por las calles de París.

Menos mal que guardaba un as en la manga. Porque en esta vida quienes no tenían padrino ni apellido ilustre, tenían que buscarse las artimañas. Y él siempre se había considerado un hombre de recursos.

De hecho, no eran las armas, sino su afición por la poesía y las artes la que le había abierto una vía inesperada para hacer carrera en la Corte.

La verdad era que lo único para lo que le había aprovechado su breve paso por la universidad había sido para averiguar los nombres de los talentos de las letras que admiraban los estudiantes, así como los de las fondas y tabernas en las que se reunían. Había empezado a frecuentarlas con timidez, sentado a cierta distancia de las mesas que ocupaban Tristan L'Hermite, Guez de Balzac, Colletet, Charles Sorel o Boisrobert. Pero en poco tiempo los modales abiertos y disipados de aquella banda de poetas libertinos, irreverentes e impíos, que hacían gala de ateísmo y versificaban con desvergüenza incluso sobre los placeres de Sodoma, le habían proporcionado oportunidad de sobra para introducirse mañosamente en sus conversaciones y compartir con ellos sus versos.

De entre ellos, el que más rápido le había dado muestras de amistad había sido el abad François de Boisrobert. Se trataba de un personaje de lo más peculiar. Había recibido las órdenes hacía un par de años pero era tan disoluto como el que más. Bromeaba con las cosas más sagradas y el juego le tenía casi arruinado. Además, estaba afectado hasta la médula por el vicio nefando y no se preocupaba en ocultarlo: había tenido la suerte de caerle en gracia al mismísimo cardenal de Richelieu y su protección le situaba a salvo de cualquier ataque.

Lo importante era que, sodomita o no, François de Boisrobert había visto en él a alguien que merecía algo más que pudrirse con una pica en ristre junto a una puerta del Louvre y que podía ser útil en otras esferas.

Le echó un vistazo de reojo a Bernard, calculando cuánto podía contarle sobre sus negocios con el abad. Le devoraban las ganas de hablarle de sus secretos, pero no quería pecar de imprudente. Para disipar las tentaciones, agachó la cabeza y se concentró en calzarse las botas:

—Bueno, ya nos ocuparemos de buscar un modo de darte de comer cuando llegue el momento. Lo primero es ir a presentarte ante monsieur de Fourilles. A ver si tenemos suerte, le encontramos en el Louvre y no hay que andar buscándole por todo París.

—¿Y ése quién es?

—El capitán de mi compañía, zoquete. —Se puso en pie—. Y voy a decirle a Pascal que intente conseguirte un jergón para esta noche, pero lávate un poco o duermes en la puerta. Hueles como un jabalí.

Bernard había tenido suerte. Aquella semana no tenía servicio y podía hacerle compañía y ayudarle a aclimatarse a la capital.

Bajaron los cuatro pisos de escaleras hasta la calle. Acababa de empezar el otoño y aún no hacía demasiado frío, pero Charles se envolvió cuidadosamente en su capa y aconsejó a Bernard que le imitara. El traje que llevaba estaba confeccionado con el paño más fino que había podido pagarse y no estaba dispuesto a permitir que le salpicaran las ruedas de un carro o los cascos de un caballo. Bastantes sacrificios tenía que hacer para poder vestir a la moda y con tejidos de cierta calidad.

Como era el día de San Miguel, según se iban acercando a la parroquia que llevaba el nombre del arcángel, la muchedumbre se iba haciendo más numerosa. Bernard no hacía más que lamentarse, recordando la feria que se celebraba en sus tierras todos los años, mientras apartaba al gentío con los hombros.

—No sé cómo hacéis para vivir entre tanta gente, *sangdiu*.

Charles rió. A él también le había costado acostumbrarse a lo populoso de la capital. Y a su fetidez. Pau era una ciudad pequeña, rodeada de montañas. En París vivían casi cuatrocientas mil almas, apretujadas en vías oscuras y estrechas. La mayoría eran tan angostas que cuando un carruaje las atravesaba, los viandantes tenían que pegarse contra las paredes, haciéndose un hueco entre los alféizares de las ventanas y las enormes enseñas de los comercios para permitirle el paso. Caminar por el centro de la calle no era una opción. Los riachuelos cargados con las aguas y las inmundicias que los vecinos arrojaban desde sus casas lo hacían impracticable. Además, como la mayoría de los edificios tenían al menos tres o cuatro pisos de altura y avanzados voladizos, el suelo permanecía en una perpetua penumbra por más que luciera el sol. Con la excepción de las pocas vías que estaban pavimentadas, el terreno se mantenía embarrado incluso en verano.

Cruzaban bajo la sombra del Petit Châtelet, la fortaleza a la que iban a parar los estudiantes del barrio cuando armaban demasiada trifulca, cuando Bernard giró la cabeza para decirle algo y su cuerpo fue a estrellarse contra la carreta cargada de bizcochos de una panadera. Parte de la mercancía se fue al suelo y la mujer empezó a insultarle, colérica, a las voces de aldeano gañán.

Charles le agarró de un brazo con presteza y se lo llevó de allí a rastras antes de que alguien les obligara a pagar el género echado a perder:

—¿Quieres mirar por dónde vas, borrico? Esa arpía casi nos saca los ojos —le dijo, dándole un sopapo en la cabeza.

—Menuda fiera —respondió Bernard, echándose a reír—. ¿Y cómo sabía que no soy de aquí? Ni siquiera he abierto la boca.

Charles le echó una mirada de piedad socarrona. Bernard caminaba con zancadas grandes y seguras, apoyando firmemente en el suelo sus botas de cuero desgastado, sin preocuparse de que el color parduzco de sus ropas de camelote delatara muchos lavados y casi tantos inviernos. El corte era también de otra época. Seguro que las había heredado de su padre. El viejo señor de Serres había muerto cuando él tenía catorce años, dejándole poco más que su nombre y unas tierras agrestes.

Lo curioso era que Charles recordaba al padre de Bernard como un hombre de buena talla y, sin embargo, aquellas ropas le quedaban a su amigo un poco estrechas. Siempre había sido más alto que él, pero ahora tenía mucha más carne por todas partes. Y no era grasa, pensó, con un punto de envidia. Seguro que un mozarrón así impondría entre la soldadesca un respeto que su figura ligera no despertaba.

De cualquier modo, no se habría cambiado por él en absoluto. Bernard tenía el pelo castaño rojizo y fuerte como una crin, imposible de domar de ninguna forma elegante. Y la barbilla cuadrada y las cejas pobladas le daban una expresión casi brutal, apenas amainada por la mirada risueña de sus ojos pardos. Charles ni siquiera estaba seguro de que un buen traje pudiera arreglarlo. Sacudió la cabeza.

—Pues da gracias de que no te haya escuchado el acento.

—¿Qué le pasa a mi acento? Es el mismo de siempre. ¿Y el tuyo? ¿Se puede saber a dónde ha ido a parar? —Bernard le agarró del cuello y le propinó un cariñoso puñetazo en las costillas—. En casa ya hablabas como si te hubieses tragado un doctor en teología, pero ahora es mucho peor.

Charles dejó que se riera de él mientras caminaban hacia el

río. Había cosas que Bernard no podía comprender. Como que eran precisamente sus modos elegantes y su dicción impecable lo que le había permitido acceder a la sociedad de cierto tipo de damas, exigentes y refinadas, que jamás le habrían abierto las puertas a un simple soldado. Y menos que ninguna, la que desde hacía largos meses ocupaba todo su tiempo libre.

De eso sí que tenía ganas de hablarle a Bernard. Pero no quería hacerlo deprisa y corriendo, mientras esquivaban viandantes a codazos. Ya encontraría un momento de calma para contarle cómo la fortuna había llamado a su puerta una noche en que se había entretenido escribiendo unas estrofas ligeras, en la taberna de La Pomme de Pin, haría algo más de seis meses. Uno de sus nuevos amigos, un joven músico llamado Jean Boyer, las había leído y le había pedido que le dejara ponerles melodía y llevárselas en persona a la ilustre Angélique Paulet para que las cantara.

Charles había accedido entusiasmado. La dama en cuestión era conocida por poseer la voz más hermosa de todo París y tenía una reputación sulfurosa. Contaba algo más de treinta años, aunque por su aspecto bien podría haber estado aún en la veintena, y había dado que hablar desde muy joven.

Los que la habían tratado en otros tiempos contaban que la suya había sido una de esas bellezas primaverales y lozanas que florecen temprano. Que a los dieciocho años podía pasar de sobra por una mujer cumplida y que había vuelto loca a media Corte con su atrevimiento y sus galanteos. Era bailarina, tocaba el laúd y tenía una voz tan espléndida que en una ocasión habían aparecido dos ruiseñores muertos, de pura envidia, junto a una fuente donde había estado cantando toda la tarde. Por su ardor amoroso, sus ojos color miel, su frondosa melena y su altivez, pronto se había ganado el apelativo de la Leona.

Así que cuando la dama había pedido conocerle en persona, Charles había comprendido que no podía desperdiciar la oportunidad de caerle en gracia. Y lo había conseguido. Aunque su relación era tan casta que no había logrado arrancarle ni un beso en la mejilla, y eso que pasaba más tiempo pendiente de ella que si fuera un amante rendido.

Aquella misma tarde tenía una cita en su casa, a eso de las cuatro, así que tendría que dejar solo a Bernard durante un rato.

Continuaron su camino. El Pont Neuf era el único puente de toda la ciudad que no estaba techado ni invadido por edificios de varias alturas. Amplio, adoquinado y provisto de aceras, servía de paseo, lugar de encuentro y baratillo a medio París. No sólo enlazaba las dos orillas del Sena, sino que a medio camino, sobre la isla de la Cité, se ensanchaba para formar una plaza triangular, frente a la que se alzaba una imponente estatua ecuestre. Charles dejó que Bernard curioseara un rato entre los echadores de cartas, los sacamuelas, los animales amaestrados y los vendedores de orvietán, antes de detenerse frente a la escultura.

—¿Quién es el hombre a caballo?

—Un paisano nuestro. Su Majestad Enrique IV.

En la expresión de Bernard se pintó el más profundo respeto. El buen rey Enrique había muerto, apuñalado por un loco, un día de mayo de hacía ya quince años y era recordado con afecto en toda Francia, pero en su tierra natal era casi una figura de culto. Había nacido en el castillo de Pau y la leyenda decía que había sido bautizado con un diente de ajo y una gota de vino del Jurançon.

—Pues seguro que él no perdió el acento cuando se vino a vivir a París. —Bernard le propinó un capón y salió corriendo antes de que Charles pudiera echarle mano.

Frente a ellos, sobre el arenoso margen del río se alzaba la masa destartalada y envejecida del palacio del Louvre, con su aspecto incongruente. Las alas sur y oeste, que convergían en un señorial pabellón, habían sido reformadas al gusto del siglo recientemente. Allí era donde se encontraban los apartamentos de la familia real. Pero las otras dos fachadas, con sus torreones almenados, conservaban el aspecto de un castillón fortificado, con ventanucos estrechos y gruesos muros de piedra gris. La única puerta de acceso al patio central se encontraba en la cara oriental, en una vía estrecha y mal pavimentada, frente por frente a una residencia señorial en la que se había celebrado hacía diez años el banquete de bodas del joven rey Luis XIII con la infanta española Ana de Austria.

Un foso de cincuenta pies de ancho, lleno de agua estancada, protegía los muros ennegrecidos del palacio, y para penetrar en el recinto había que atravesar primero un puente de piedra, luego otro, levadizo, y finalmente un portón de madera flanqueado por dos torres redondas. A través de él se accedía a una bóveda sombría vigilada por los Guardias Suizos.

Charles le explicó a Bernard que los Suizos se encargaban de custodiar tan sólo el exterior del Louvre. Eran los Guardias Franceses quienes tenían encomendada la protección de la persona del rey y la vigilancia del interior del palacio. Además, en caso de guerra siempre ocupaban el lugar de honor en el orden de batalla. Aunque desde su incorporación al regimiento, hacía algo más de un año, no habían salido de París.

—Y como comprenderás, las oportunidades de hacerte notar, si te pasas todo el condenado día apostado junto a una puerta con una pica en la mano, no son muchas.

—Pues a mí me parece un honor servir tan cerca del rey. —Bernard tenía el semblante serio y un brillo de admiración en los ojos.

Charles le miró de reojo y notó un agradable cosquilleo al sentirse objeto de la admiración de su amigo. Casi había olvidado que a él también se le había puesto el vello de punta la primera vez que había visto a Luis XIII acercarse a su puesto de guardia.

El patio central del Louvre era un espacio cuadrado, húmedo y cochambroso, de dimensiones escuetas, por el que deambulaban personajes de todo tipo, desde escribanos hasta cocineros, pasando por aguadores, vendedoras de dulces, monjes y palafreneros; un enjambre de parisinos humildes y paseantes ociosos que apenas se molestaba en esconderse para aliviar sus necesidades corporales en los huecos discretos de las escaleras. Y, a Dios gracias, sólo los reyes y los príncipes de la sangre tenían derecho a entrar en el recinto en carroza o a lomos de un caballo. Lo único que faltaba era tener que ir sorteando montones de estiércol.

El rey, cansado de vivir en el palacio más lamentable de toda la cristiandad, había ordenado derruir el ángulo noroccidental y levantar elegantes salones al estilo moderno en su lugar. Pero de momento el único resultado visible eran los andamios de madera, las nubes de polvo y los cascotes que invadían casi la mitad del exiguo patio.

Charles tomó a Bernard del brazo y éste se dejó arrastrar. Tres individuos, vestidos con una flamante casaca azul adornada con una gran cruz blanca, atravesaban el patio en su dirección. Tendrían unos veinticinco o treinta años, hablaban a voz en grito y parecían competir entre ellos por ver quién lucía el mostacho más fastuoso del Louvre. Los tres tenían un marcado deje gascón, del que alardeaban sin vergüenza.

Bernard, a quien no le habían pasado inadvertidos sus acentos cantarines, se quitó el sombrero para saludar y voceó:

—¡Eh, *adishatz, messurs*! *Bon dia!* —Se giró hacia él con expresión de entusiasmo—. ¡Son compatriotas, Charles!

Como si de lo que anduviera escasa París fuera de gascones con una espada colgando…

Los tres tipos se detuvieron, divertidos. Charles los conocía de vista y de nombre. Y las casacas que lucían no los convertían precisamente en santos de su devoción. Frunció el ceño. Hacía sólo tres años que Luis XIII había decidido fundar el cuerpo de Mosqueteros, una caballería de élite compuesta por gentilhombres que constituía su guardia personal. La mayoría de sus oficiales eran gascones y solían favorecer a sus paisanos, a los que reclutaban entre los cadetes que demostraban mayor valía.

El más alto y fuerte se presentó a su amigo como Jean du Peyrer, señor de Tréville. Llevaba en París casi una década, pero sus tierras se hallaban a apenas veinte leguas de las de Bernard. Sus compañeros no procedían de mucho más lejos.

—¿Así que habéis venido a alistaros? Sed bienvenido a la Corte, *messur*. Y mostraos bravo. Los cadetes gascones tienen una reputación que mantener.

Bernard aseguró que estaría a la altura con la misma vehemencia que si la ambición de toda su vida hubiese sido formar parte de la guardia del rey. Escuchaba los consejos de los tres mosqueteros como si viniesen de la boca del mismísimo Santo Padre.

Cuando no eran más que una camarilla de fanfarrones que se comportaban igual que si París les perteneciera y la casaca azul los situara por encima del resto.

Ese Tréville, con toda su arrogancia, no era más que el hijo de un mercader enriquecido que hacía menos de veinte años había adquirido a base de escudos contantes y sonantes la propiedad de un dominio señorial. Y con ello el derecho a llamarse gentilhombre según la costumbre de su tierra y disfrutar de privilegios que a él, Charles Montargis, le estaban vedados. Como ser aceptado en el maldito cuerpo de los Mosqueteros.

—Disfrutad de vuestro primer día en la Corte, *gojat* —se despidió por fin Tréville—. Y que nadie ponga en duda el coraje gascón.

Charles se quedó observando al trío mientras se alejaba:

—Pandilla de matasietes… Anda, ven. Vamos dentro.

El interior del Louvre no contribuía a mejorar la impresión que producía su exterior. El palacio estaba escaso de mobiliario e incluso de estancias habitables. Más de una vez había habido que improvisar soluciones de urgencia para alojar a las dignidades extranjeras, y en alguna ocasión los visitantes se habían visto obligados a dormir en la Sala del Consejo por falta de apartamentos vacíos donde acomodarlos. Los rincones más alejados de las estancias reales tenían una apariencia gastada y casi miserable. Pero Charles se encargó de que Bernard accediera a palacio a través de una de las salas de aspecto más majestuoso.

Con sus cincuenta o sesenta pies de largo y sus amplios ventanales separados por pilastras adornadas con columnas corintias, la Sala Baja era un espacio alegre e inundado de luz. Un delicado balcón con balaustrada, sostenido en el aire por cuatro cariátides, tres veces más altas que un hombre, colgaba sobre uno de los extremos de la estancia.

—Ahí arriba es donde se colocan los músicos cuando se celebra algún baile. Aunque no es que haya muchos. Dicen que en tiempos del rey Enrique había divertimentos al menos dos veces por semana. Pero a Luis XIII no le gustan las fiestas.

—Bueno, a nosotros no nos iban a invitar, de todos modos —contestó Bernard. Se encogió de hombros y se acercó a las esculturas. Su cabeza quedaba a la altura de los muslos cubiertos por leves paños de las rotundas figuras femeninas. Le guiñó un ojo.

Charles se echó a reír. Bernard siempre tenía los pies en el suelo. En cierto modo, sus gustos eran parecidos a los del rey. Luis XIII también sentía un interés casi nulo por la moda y el lujo. Solía ir vestido de manera sencilla, con tejidos resistentes y de tonalidades sobrias, y prefería mil veces una larga y agotadora partida de caza a permanecer en palacio.

—No te creas que es oro todo lo que reluce —comentó Charles, paseando una mirada malévola por la estancia. Muchos de los que deambulaban por allí no eran sino gentilhombres de tercera que frecuentaban el Louvre con la esperanza de llamar la atención de algún personaje principal. Había incluso quien se gastaba toda su fortuna en sedas y tafetanes para poder introducirse de rondón en las antecámaras sin que nadie se burlara de su apariencia. Pero a pesar de sus denodados esfuerzos por mimetizarse con la alta nobleza, sus tímidos modales seguían haciendo que fuera fácil distinguirlos de los grandes señores.

Éstos circulaban por el palacio vestidos con trajes de terciopelo o damasco, con los sombreros emplumados sobre las cabelleras, calzados con botas y espuelas, y con la misma desenvoltura que si estuvieran en su propia casa. Hacían gala de una actitud arrogante y agresiva y se expresaban en voz alta con un lenguaje más propio de una taberna o un campamento militar que de una residencia real. Partidas de cartas y de pelota, duelos y aventuras galantes, hechos de armas y disputas de preeminencia acaparaban conversaciones en las que nadie ahorraba en juramentos. Sólo la presencia del monarca, quien detestaba las blasfemias, suavizaba un poco sus formas. Muchos portaban espada, y no sólo para mostrar su condición de nobles de estirpe guerrera, sino por una elemental precaución. París era una ciudad violenta y peligrosa, en cuyas calles aparecían todas las noches una docena de cadáveres, y la Corte no era un lugar mucho más apacible. La susceptibilidad estaba a flor de piel y una palabra con doble intención, una mirada equívoca o un simple roce de hombros al cruzar una puerta bastaban para que los implicados se despojaran de jubones y capas y echaran mano al acero.

A pesar de que desenvainar la espada en los apartamentos reales se consideraba crimen de lesa majestad, penado con la muerte. El mismo castigo estaba estipulado para quien provocara un desafío desmintiendo con violencia palabras ajenas. Golpear a otra persona en palacio se sancionaba cortándole el puño al ofensor.

O al menos eso era lo que establecía la ley. Porque era tan rigurosa que nadie se atrevía a aplicarla, de modo que los grandes nobles gozaban de casi total impunidad y sus reacciones más furibundas se pagaban en el peor de los casos con una breve estancia en la prisión de la Bastilla o una expulsión temporal de la Corte.

Se escuchó el ruido de un coche de caballos en el patio y, al poco, una dama enmascarada, vestida de azul turquí y con las manos ocultas en un manguito de piel, entró en la sala. Dejó la ropa de abrigo en brazos de uno de sus acompañantes y se despojó del antifaz con el que se había protegido el rostro del sol y la suciedad en la intemperie. Charles le pegó un codazo a Bernard en las costillas. La recién llegada tendría unos treinta años, la piel maravillosamente blanca, un rostro altivo que no carecía de encanto, ojos grandes y rasgados y una abundante cabellera rubia, llena de rizos.

Cruzó frente a ellos con paso rápido, sin dedicarles ni una mirada, y desapareció por la puerta que se abría bajo la tribuna de las cariátides.

—¿Por qué me clavas el codo? ¿Quién era?

—Charlotte de Montmorency. Está casada con el príncipe de Condé, el primo del rey —contestó Charles, con un suspiro teatral—. ¿Sabes que la cortejó sin llegar a conseguirla el mismísimo Enrique IV? No me digas que sólo con eso no le hierve la sangre a cualquiera.

Bernard sacudió la cabeza, nada convencido:

—Por mí, como si quieres pasarte la noche entera pensando en ella mientras le sacas brillo al mandoble. Donde esté una moza a la que se pueda echar mano sin reverencias… Yo para cenar prefiero salir a cazar liebres antes que unicornios.

66

Charles le respondió con una rápida colleja y una carcajada:

—Tú qué sabrás. Mucho tendrían que haber cambiado las cosas para que le hayas echado la mano a alguna que no huela a cabra en este tiempo. Déjate de cacerías y vamos a ver si encontramos al capitán.

Un lacayo al que conocía de vista les dijo que acababa de verle en la Sala de la Guardia, así que Charles agarró del codo a Bernard y le guió hasta la magnífica escalinata que conducía al primer piso.

La Sala de la Guardia era la última estancia del palacio abierta a todos los visitantes. Tras las puertas del fondo, vigiladas por dos parejas de guardias de corps, se encontraban los apartamentos reales. El capitán estaba despidiéndose de un par de gentilhombres con los que conversaba junto a una ventana. Era un tipo alto y calvo con unas cejas tan gordas y negras que parecían pintadas con carbón. Al principio los atendió con impaciencia, pero Charles consiguió que acabara parándose a escuchar y que se interesara por Bernard. Le preguntó por su familia y, por modesto que fuera el nombre de Serres, no tardó en identificar a un par de parientes lejanos de su paisano junto a los que había luchado en tiempos del difunto Enrique IV.

Aquello le decidió a admitir, con un vivaz movimiento de cejas, que quizá hubiera hueco para un cadete más en su compañía. No tenía modo de garabatearle ninguna carta en aquel momento, pero le invitó a utilizar su nombre y presentarse ante el brigadier a las seis de la mañana del día siguiente.

Bernard había participado en la conversación con poco más que monosílabos, pero su expresión de alivio cuando el capitán desapareció escaleras abajo era evidente. Charles iba a darle un abrazo de felicitación cuando de pronto se escuchó un ruido de risas femeninas, gritos alegres y pasos precipitados. Se dio la vuelta a toda velocidad y lo siguiente que vio fue un torbellino de faldas, sedas y encajes que desbordaba la puerta de los apartamentos privados e invadía la sala.

Tuvo el instinto de quitarse de en medio, pero Bernard debía de estar demasiado desconcertado para moverse a tiempo porque, cuando giró la cabeza, se lo encontró envuelto por el círculo alborotado de mujeres que había tomado al asalto la estancia. Una de ellas, que tenía los ojos vendados, lo tenía agarrado de un brazo.

Boquiabierto, Charles reconoció a la duquesa de Chevreuse, la amiga íntima de la reina Ana de Austria. De hecho, la propia soberana estaba en el corro, riéndose y aplaudiendo. Lamentó haberse apartado. La duquesa era una de las damas con más admiradores de la Corte y él habría aceptado con gusto ser su presa. Más aún cuando vio que comenzaba a palpar concienzudamente a Bernard.

Él le miraba con alarma. Era evidente que se debatía entre el embarazo y el deleite de estar a menos de un palmo de una mujer como aquélla. Pero al cabo de un momento, incómodo o no, optó por dejar que sus ojos se perdieran en el sabroso escote que tenía delante.

Quizá la belleza de madame de Chevreuse no fuera tan extraordinaria, pero tenía una cara muy bonita, realzada por una magnífica cabellera de color tostado, una risa alegre y audaz que iluminaba sus ojos grises y, sobre todo, un suculento escote que lucía sin rubor. Su rostro aniñado contrastaba deliciosamente con la voluptuosidad de su menuda figura. Era una de esas mujeres cuya vivacidad atraía todas las miradas y cuyo acerado ingenio podía encender la reunión más aburrida. Exquisita, alocada y divertida, tenía unos pocos años más que ellos, y había parido ya tres hijos, pero nadie lo habría dicho a la vista de su frescura.

De momento seguía con los ojos vendados, y no parecía interesada en adivinar con rapidez la identidad de su compañero de juegos. En vez de tocarle la cara, continuaba entretenida en otras zonas de su cuerpo.

—Yo diría que sois monsieur de Soissons… Pero no. Qué pelos más cortos, menudo desastre. —Bernard cerró los ojos y ella continuó, explorando los hombros y luego el pecho, reconociendo la humildad del paño—. Por lo que parece tampoco tenéis un buen sastre… Y este pecho y estos brazos tan fuertes no los conozco…

—Yo no soy… —empezó a decir Bernard.

Pero la duquesa le silenció poniéndole los dedos sobre los labios:

—No, no, no… Eso no vale. No podéis hablar, y menos con ese acento de mosquetero. A ver si lleváis mosquete… —Las risas de la reina y sus damas hacían coro a las pícaras palabras de madame de Chevreuse y al atrevimiento de sus manos, que ahora se deslizaban pausadamente jubón abajo, mientras un par de espectadores masculinos solicitaban con voces chuscas cambiarse de lugar con su prisionero—. ¿No seréis algún amigo nuevo del rey que se me haya escapado? Sin duda dais la talla…

Algunas de las mujeres rieron con malicia, pero no la reina. Charles observó que Bernard tragaba saliva. Esperaba que la duquesa de Chevreuse no llegara al calzón porque aquello podía terminar en el bochorno más absoluto.

Justo entonces, una dama vestida de luto irrumpió en la sala desde los apartamentos privados. Charles contuvo el aliento al reconocer a la baronesa Valeria de Cellai. Aquélla sí que era sin duda la mujer más hermosa de la Corte, pero también la más inaccesible. Pocas eran las ocasiones en las que deambulaba por el palacio, dándole ocasión de contemplarla.

Era italiana y, la primera vez que se había cruzado con ella, Charles no había dudado de que esa belleza carnal, con su suntuosa cabellera oscura, su rostro ovalado y exquisito, esa boca sensual y esos ojos verdes, estaba creada para el pecado. Pero se había equivocado por completo.

Alta, elegante e inalcanzable, la circunspecta dama llevaba una vida reservada y modesta, y acogía con frialdad cualquier acercamiento con intenciones de conquista. Especialmente desde la muerte de su esposo, hacía cosa de un mes. Siempre iba envuelta en un aura de tristeza y protegida por los ropajes de duelo. Nadie podía presumir aún de haber obtenido sus favores.

Charles la observó lanzarle a Bernard una mirada de reconvención, antes de susurrar algo al oído de Ana de Austria, cuya expresión se tiñó de culpabilidad. Acto seguido, la reina se acercó a madame de Chevreuse y le puso la mano en el hombro:

—Marie, tenemos que irnos.

La duquesa de Chevreuse se volvió hacia la soberana y se apartó con desgana la venda de los ojos. Al ver a la baronesa de Cellai, anunció sarcástica:

—Mesdames, tocan a duelo. Será mejor que nos recojamos, no nos vayamos a convertir en estatuas de sal.

—Si realmente apreciáis a Su Majestad, seréis consciente de que no es momento de irritar al rey con vuestros comportamientos infantiles —respondió la dama enlutada.

La reina asintió, antes de que la duquesa de Chevreuse replicara, y tomó el brazo de la viuda italiana, quien volvió a murmurarle algo con gesto grave. Ambas dieron la espalda al resto del séquito y regresaron al interior de los apartamentos privados.

Las demás damas siguieron a la soberana de mala gana, algunas cuchicheando todavía, como novicias traviesas, y mirando a Bernard sin recato alguno. Éste, ajeno al escrutinio, seguía obstinadamente prendado de los ojos de la duquesa de Chevreuse, que le recorrían chispeantes, como si fuera un caballo de raza.

Ella fue la última en abandonar el lugar, no sin antes dejar caer el pañuelo que había cubierto sus ojos durante el juego. Su melena tostada desapareció al doblar el umbral y Bernard recogió la tela del suelo ante la mirada envidiosa de los guardias. Charles le preguntó burlón al oído:

—Bien, bien, *gojat*, ¿y tú eras el que prefería las liebres a los unicornios?

2

Abandonaron el Louvre casi a la carrera, intercambiando puyazos e insultos a voz en grito. Charles se había negado a contarle nada a Bernard sobre el grupo de damas, alegando que era «secreto de Estado» y que tenían que alejarse de allí y encontrar un lugar seguro. Su amigo le siguió el juego, entre risas, y le propuso buscar una buena fonda donde pudieran comer y beber a gusto. Él invitaba.

Charles le condujo hasta Le Mouton Blanc sin dudarlo un momento. Era una hostería situada entre el bullicioso mercado de Saint-Jean y el cementerio del mismo nombre, frecuentada por poetas y gente de la Corte. Sus potajes y asados tenían la reputación de ser de los mejores de París, pero no era un sitio barato y él no iba mucho.

Lograron sentarse a una mesa un tanto apartada del resto y, en cuanto les sirvieron el vino, Bernard fue al grano:

—¡Deja de escabullirte y cuéntame! ¿Quiénes eran todas esas damas? ¿De verdad una de ellas era la reina?

Charles soltó una carcajada:

—¿Explicar yo? Pero si eres tú quien ha rozado el cielo con las manos. Arrimado de esa manera a una diosa del Olimpo. —Hizo un ademán obsceno—. Tú eres el que me tiene que aclarar cómo un mendrugo recién llegado de…

—Déjate de cielos y desembucha, que lo estás deseando. ¿Cuál era la reina? ¿La rubia?

—Esa misma. La rubia con la piel blanquísima que estaba justo a tu lado y no paraba de reírse. La que le puso la mano en el hombro a tu dama y le dijo que tenían que marcharse.

Bernard le escuchaba con la boca abierta.

—¿Y ella? —preguntó.

—Ah, «ella» —Charles suspiró, burlón—. Tu hermosa musa… Ella es Marie de Rohan, duquesa de Chevreuse y amiga íntima de Su Majestad la reina Ana de Austria. Casi nada.

La llegada de la moza les interrumpió para anunciarles que ese día tenían cocido de capón y pies de cerdo, y Charles pidió una ración generosa de cada. No era fácil saciar a un mulo como Bernard. Después se inclinó hacia delante y declamó:

> *Chevreuse tiene una mujer,*
> *Tanto trisca por la villa,*
> *Que la llaman cabritilla,*
> *Y le hace cabrón a él.*

Luego explotó en una carcajada, secundado por Bernard, que había tardado un poco en entender la gracia de la cuarteta.

—¿Eso es tuyo?

—Son unos versos que corren entre los guardias. Aunque el primero que le puso el remoquete de «cabritilla» a tu dama fue Richelieu. Eso sí, tendrías que oír lo que se canta sobre él. —Bernard negó con la cabeza—. Sí, hombre, el cardenal de Richelieu, el jefe del Consejo del rey.

—A mí no me líes con cardenales y consejos, que la política no me interesa. Vuelve a la duquesa y los cornudos.

Charles sonrió, malicioso:

—La cuarteta viene a cuento porque tu duquesa es conocida por no serle especialmente fiel a su marido.

—¿Y a él le da igual?

—Pues no sé, supongo que no. Pero debe de ser difícil controlar a una mujer como ésa, que sabe más que el diablo. Lleva toda la vida en la Corte. Su padre, Hercule de Rohan, era uno de los hombres más cercanos a Enrique IV. —Bajó la voz—. ¿No te ha llamado la atención la broma que te ha gastado sobre los amigos del rey?

—Sí. Pero no he entendido lo que quería decir. ¿Por qué ha dicho que daba el tipo?

Charles agachó un poco más la cabeza e hizo que Bernard le imitara:

—Bueno, digamos que el rey es propenso a entablar apasionadas y exclusivas amistades masculinas. —Hizo una pausa para estudiar la expresión de su amigo antes de continuar. Cualquiera con un poco de mundo habría interpretado sus palabras como lo que eran: una alusión a la práctica del vicio italiano. Una alusión no sólo malévola, sino también falaz. Los apegos de Luis XIII eran entusiastas pero castos y sus vivas amistades, siempre platónicas.

Bernard, ajeno a cualquier doble sentido, seguía escuchándole con la misma atención inocente:

—¿Qué pasa? Sigue contando.

Charles suspiró. Su paisano tenía tan poca sutileza que esperar que entendiera algunas bromas era como estrellar la cabeza contra un muro:

—Los favoritos reales suelen ser gentilhombres de origen modesto, que se lo deben todo. En unos meses los llena de honores, títulos y riquezas. Ahora mismo la estrella ascendente es un tal Baradas. Hace unos meses no era más que un paje; hoy es primer caballerizo y capitán, y mañana puede ser mariscal o haber caído en desgracia, quién sabe. —Hizo una pausa—. En los últimos tiempos los favoritos no son más que anécdotas, sin auténtico poder ni influencia en el Gobierno, pero antes las cosas eran distintas.

—¿Y qué tiene que ver todo eso con ella?

—Enseguida lo vas a entender. Ten paciencia. —Estaba saboreando cada segundo de aquella conversación, a sus anchas en el papel de cronista privilegiado de la Corte—. Hace siete u ocho años, cuando Luis XIII era aún un adolescente, sucumbió a la influencia de un tal Albert de Luynes, un pájaro provenzal que empezó ocupándose de los halcones cetreros de Su Majestad y acabó volando más alto que ellos. Por aquel entonces el rey no se ocupaba aún personalmente del Gobierno, que estaba en manos de su madre, María de Médici.

—Mucho tarda en aparecer mi duquesa —protestó Bernard.

—Cállate y espera. Luynes fue quien animó a Luis XIII a que apartara a su madre de una vez y tomara personalmente las riendas del poder. Y en pago a sus buenos oficios Su Majestad le hizo duque, par del reino, condestable, le colmó de joyas, castillos, tierras…, y le buscó una esposa con un bonito árbol genealógico.

—La cabritilla.

—En efecto. Ella no tendría entonces más de diecisiete años, porque ahora anda por los veinticinco. La nombraron superintendente de la casa de la reina, que tendría la misma edad. Y claro, ya la has visto, no hacía más que organizar juegos, bailes, galanterías y lecturas desvergonzadas. Para disgusto del rey. Aunque hay quien dice que la pretendió sin éxito. Pero yo no lo creo. Luis XIII es tan pudoroso que llegó a decirle que las mujeres sólo le interesaban de la cintura a la cabellera. A lo que, por cierto, tu dama respondió sin pestañear que con frases como aquélla sólo iba a lograr que las mujeres de la Corte empezaran a ceñirse por las rodillas.

Rieron de nuevo.

—Estás enterado de todo —dijo Bernard con admiración—. Metido hasta en la sopa.

Charles no le desmintió y bajó la voz para continuar su historia:

—Escucha, que ahora viene lo interesante. Al cabo de cuatro o cinco años, el pájaro con el que estaba casada nuestra dama murió de peste durante una campaña militar. No creo que a ella le doliera mucho, porque ya hacía tiempo que su puesto en la cama lo ocupaba otro: ni más ni menos que el duque de Chevreuse, uno de los más grandes señores de la Corte. Pero el rey llevaba tiempo cansado de la nociva influencia de nuestra amiga. Buscaba una excusa para deshacerse de ella y la diosa Fortuna quiso ofrecérsela. —Esperó un momento para comprobar el efecto que causaban sus palabras antes de seguir hablando—. Una noche, la duquesa retó a Ana de Austria a una carrera por el Louvre y la reina tropezó y se cayó. Y esto es lo grave: según los rumores que circulan, la reina estaba embarazada y el incidente la hizo abortar.

Bernard frunció el ceño. Hasta él debía saber que después de diez años de matrimonio, Ana de Austria aún no había logrado proporcionar un heredero al trono de Francia.

—¿Es verdad eso?

—Algo de verdad habrá, porque el rey expulsó a tu dama del Louvre. Y ahora viene lo mejor. ¿Sabes qué hizo ella? Pedirle a su amante, el duque de Chevreuse, que la desposara. Parece que el buen señor era reacio a la idea, pero que ella encontró la manera de convencerle, una vez en privado. —Guiñó un ojo—. Fue una solución brillante. Chevreuse es un personaje de un altísimo nacimiento. Está emparentado con la Casa de Lorena y con los reyes de Inglaterra, y tiene rango de príncipe extranjero. Además siempre ha sido fiel al rey. Así que, para no hacerle un desprecio, a Su Majestad no le quedó más remedio que aceptar los hechos y nuestra pequeña Marie pudo volver a la Corte por la puerta grande.

—¿Y no se ha reformado, después de todo eso?

La moza regresó con la comida y Charles aprovechó para advertirle a Bernard, como si nada, que aquélla era una de las hosterías más caras de la ciudad. Ahora se sentía un poco culpable por hacerle gastar así sus pocos ahorros. Pero su amigo hizo un gesto de indiferencia con la mano, instándole a continuar con la historia. Hasta que no llegara la hora de pagar no iba a comprender que los precios de París no eran los de Pau.

—¿Reformarse? —Rió—. No hace más que cometer una imprudencia tras otra.

—No puede ser para tanto.

—¿No? ¿No has oído hablar del asunto del duque de Buckingham? —Por sus gestos estaba claro que Bernard no tenía ni idea—. Pues ésa sí que es una buena historia, ya verás. Hace cosa de pocos meses, en mayo, se celebró en la catedral de Notre-Dame el desposorio por poderes de la princesa Henriette, la hermana de Luis XIII, con el rey de Inglaterra…

—Ni siquiera sabía que el rey tuviera una hermana casadera, Charles. ¿Cómo voy a saber quién es el Buquincán ese que dices?

—Bueno, pues ya te informo yo. El duque de Buckingham es el favorito del rey Carlos de Inglaterra, y vino a París, después de la boda, a buscar a la nueva esposa de su rey y acompañarla hasta Londres. Pero resulta que, en vez de atenerse a su misión de buen ministro, le dio también por cortejar a la reina Ana de Austria de manera bastante desvergonzada.

Bernard le miró incrédulo y preguntó, con la boca llena:

—¿Y qué tiene que ver la duquesa de Chevreuse con eso?

—Se dice que ella fue quien alentó los amores de Ana de Austria y el inglés. Que incluso favoreció alguna entrevista privada. Y que como a la reina no le resultaba indiferente en absoluto su pretendiente, el rey ha tenido que prohibirle a Buckingham que vuelva a poner el pie en Francia. Desde entonces Luis XIII le tiene más ojeriza que nunca a la duquesa. —Los dos bebieron, silenciosos, y Charles añadió, por si no había quedado claro—: Para que veas lo peligroso que es tu unicornio.

Bernard pareció darse por satisfecho con la información recibida y se concentró en el cocido como si llevara años sin probar bocado. Pero de repente levantó la cabeza:

—¿Por eso ha dicho esa otra dama que no era buen momento para irritar al rey? ¿Sabes cuál te digo? La morena con el semblante serio y acento extranjero. La que iba vestida de negro, con esos labios, y esa piel tan blanca, y…

Charles se echó a reír:

—Que sí, que sí, que ya sé quién dices… La que ha interrumpido el juego, ¿no? —Bernard asintió, sin parar de comer—. Cálmate un poco, que no das abasto con tanta dama. Ésa es la baronesa Valeria de Cellai, una italiana. Menuda mujer, ¿eh? No sé mucho de ella, llegó a París hace sólo unos meses. Estaba casada con un gentilhombre francés, un bretón tan serio como ella. Pero el marido era un hombre mayor; murió hace poco. Es muy reservada y devota a más no poder. Que yo sepa, nadie ha logrado sus favores, y, como comprenderás, no son pocos los que lo han intentado. Aunque ahora que se ha quedado viuda quizá acabe bajando la guardia, con el tiempo. Se ha hecho buena amiga de la reina y parece un contrapeso razonable a la otra.

Vaya, pensó, mordiéndose la lengua: ya volvía a mentar a la duquesa, cuando lo mejor era no mencionarla más para que Bernard no alimentara ideas absurdas. Pero su empecinado amigo no dejó pasar la oportunidad de hacer retornar la conversación a la mujer que le interesaba:

—Pues qué quieres que te diga. Por muy apetitosas que tenga las carnes la italiana, yo ni me atrevería a acercarme a una mujer con una pinta tan severa y tan triste. Cuando me ha mirado creía que me iba a convertir de verdad en estatua de sal. A mí las mozas me gustan alegres, como mi unicornio.

—¿Las mozas? ¿Acabas de llamar moza a la duquesa de Chevreuse? Bernard, olvídala ahora mismo. No tienes ninguna posibilidad. Lo único que vas a conseguir, si te empecinas, es meterte en algún lío.

—Marie… —murmuró éste, dubitativo y sonriente, ensayando una intimidad que no le correspondía.

Charles dio un suspiro resignado y enterró el rostro en las manos, entre risas. Cómo había echado de menos a ese cabezón…

Estuvieron bromeando y recordando viejos tiempos un buen rato, y volvió a plantearse si debía hablarle a su amigo o no de sus negocios secretos con el disoluto abad de Boisrobert.

La verdad era que se moría de ganas. Además, Bernard siempre había sido una tumba para las confidencias ajenas. Estaba seguro de que no le traicionaría.

Todo había empezado hacía cosa de un año, cuando, en un momento de estrechez económica, Charles había sucumbido a la tentación de meterse en la cama de una burguesa viuda que todavía conservaba ciertos encantos y mejores rentas. En un arranque de pasión, la mujer le había regalado una esmeralda engarzada en un broche de perlas que había heredado de su padre, y él se la había colocado en el cierre de la capa esa misma noche, al despedirse. Atravesaba el Pont Neuf de vuelta a casa cuando había escuchado unos cascos de caballo a su espalda y había sentido un tirón en el cuello. Apenas le había dado tiempo a girarse a tiempo de vislumbrar a tres jinetes que se alejaban entre voces de triunfo, agitando su manto como un trofeo y, con él, la piedra preciosa y las perlas.

Al día siguiente, dormitaba malhumorado, pica en mano, frente a una puerta del Louvre, cuando de repente había visto el maldito broche danzando ante sus narices, prendido de un sombrero. Sombrero que reposaba sobre la cabellera rizada del mismísimo Gastón de Francia, el hermano pequeño del rey y heredero del trono.

Había tenido que hacer un esfuerzo para no dejar caer el arma al suelo. Claro que había escuchado los rumores que decían que el joven Gastón y sus amigos se dedicaban por las noches a todo tipo de fechorías propias de pillastres de medio pelo, entre ellas a robarles las capas a quienes cruzaban por el Pont Neuf. Pero de ahí a imaginarse que podía convertirse en su víctima, como cualquier pardillo pueblerino, mediaba un buen trecho. Lo peor era que no le quedaba otra que tragarse la rabia mientras aquel principito aburrido se pavoneaba delante de sus narices. ¿Cómo iba a acusar de robo a tan altísimo señor?

Pero sus desventuras no habían llegado a su fin. Esa misma noche habían acudido a buscarle los dos hijos de la viuda. Habían descubierto que su madre, ofuscada por la lujuria, le había regalado la joya más valiosa de la familia y exigían que la devolviera. Si no lo hacía, le acusarían de robo ante la justicia.

¿Devolver la joya? Claro, inmediatamente. En cuanto se la arrancara de la cabeza al hermano del rey, a pleno día y en mitad del Louvre.

Desesperado, a Charles sólo se le había ocurrido una persona a la que acudir: el libertino abad de Boisrobert.

No sólo contaba con influencias en las más altas instancias sino que procedía de una familia de juristas. Él mismo había ejercido como abogado durante un tiempo. Y su debilidad por la belleza masculina podía ser una ventaja a la hora de convencerle para que le prestara su ayuda.

No se había equivocado. El abad se había reído un rato de sus males y luego había accedido a echarle una mano. Visto y no visto, los tribunales habían declarado que las pretensiones de los dos hermanos no tenían fundamento y que la joya en disputa le pertenecía a él. Lo que no dejaba de ser irónico, teniendo en cuenta que era otro quien la lucía sin que nadie se atreviera a reprochárselo.

Pero entonces Boisrobert le había convocado al mesón del Petit Maure, al otro lado de la puerta de Nesle, y le había hecho seguirle hasta un reservado discreto para hablarle del precio de sus servicios. Charles se había asustado, pero para su alivio el abad había empezado a hablarle de política.

Había estado un rato quejándose del comportamiento de la alta nobleza. De todos esos gentilhombres, inconstantes y rapaces, que en lugar de contribuir a la grandeza de la nación malgastaban sus fuerzas en rivalidades absurdas, duelos fratricidas y rencillas descabelladas. Disponer de ojos y oídos cerca de ellos era un servicio impagable a la corona. Y el puesto que Charles ocupaba en los Guardias Franceses le permitía escuchar a diario las conversaciones de cuantos circulaban por el Louvre. Además, a diferencia de la mayoría de sus compañeros de armas, él era un hombre inteligente, con recursos, capaz de distinguir el grano de la paja. El tipo de hombre con el que le gustaba contar al cardenal de Richelieu. Sólo tenía que estar atento a las conversaciones de los grandes señores, tomar nota de quiénes se mostraban descontentos, quiénes hablaban mal de quién…

Charles mordisqueó una corteza de pan. ¿Podía contarle algo de aquello a Bernard? No. Aún no. Tenía que ser prudente. Llevaban demasiado tiempo sin verse.

Y ahora se daba cuenta de que se había pasado toda la mañana hablando por los codos, mientras que su amigo no había soltado prenda sobre nada de nada.

—Oye, después de todo lo que te he contado, creo que te toca corresponder.

—¿A mí? Si yo no sé nada. Como no te cuente quién le ha robado las vacas a quién.

—Me refiero a lo de Baliros. ¿Qué pasó para que lo mataras?

Bernard continuó contemplando el plato, testarudo:

—Que no te lo voy a contar, Charles. No insistas más.

—Pero ¿por qué? Yo estoy de tu parte, haya pasado lo que haya pasado.

Su paisano le miró, determinado:

—Nones.

Y siguió comiendo sin más.

Charles estaba ofendido. Estaba claro que Bernard venía más

cerrado aún de lo que le había dejado, igual que un mejillón podrido. Si le tenía tan poca confianza que no pensaba contarle nada, él ya sabía a qué atenerse.

Si quería podía comerse su precioso duelo y no dejar nada en el plato. Como los pies de cerdo. Su amigo había devorado aquella exquisitez sin darle tiempo a probar bocado.

3

El cardenal de Richelieu guiñó los ojos y siguió subiendo la escalera. Los últimos rayos de sol le habían sorprendido a traición al doblar un recodo, clavándosele sin piedad en el cráneo. Sentía como si un hierro al rojo le atravesara el cerebro. Aunque las migrañas le castigaban desde la infancia, su violencia había aumentado desde que sufriera un severo ataque de fiebres años atrás. Se encontraba débil y agotado. Pero el rey estaba esperando sus noticias.

Luis XIII llevaba desde primera hora de la tarde refugiado en la última planta de la Gran Galería que unía el palacio del Louvre con las Tullerías, en unas dependencias con grandes ventanales en las que había instalado sus talleres particulares. Allí se refugiaba cada vez que era presa del hastío que le provocaba la vida de la Corte.

El joven rey amaba las labores manuales. Podía pasar horas trabajando en su pequeña imprenta o acuñando moneda con sus propias manos. También elaboraba magníficas confituras y era un cocinero entusiasta. Disfrutaba acercándose a los muelles para comprar mercancía recién descargada a los pescadores y aprovechaba los viajes para elaborar platos improvisados con los ingredientes que iba encontrando a su paso. Quienes habían compartido uno de esos almuerzos decían que Su Majestad ni siquiera probaba la comida hasta que sus invitados no estaban saciados para poder servirlos él personalmente.

También era un pintor de cierto talento y, al atravesar la puerta entreabierta, Richelieu le encontró con un cuaderno sobre las rodillas, retratando a dos de sus perros de caza.

Había camarillas maledicentes en las que se murmuraba que Su Majestad Luis XIII tenía todas las virtudes deseables en un sirviente, pero ninguna de las propias de un amo. El cardenal lo sabía. Sin embargo, desde que se había convertido en el presidente del Consejo privado del rey, hacía año y medio, nadie había vuelto a expresarse así en su presencia.

—¿Sire?

El monarca alzó su rostro alargado de la tarea que tenía entre manos. Era imposible leerle la expresión impávida, pero Richelieu sabía que estaba preocupado. No quiso tenerle más en vilo:

—Ha llegado la contestación de Alemania. Johannes Kepler no ha conseguido ver nada en el horóscopo de vuestra majestad que pueda servirnos de guía.

Los ojos oscuros del soberano relampaguearon de frustración. Con la mano izquierda extrajo de entre los pliegues de su jubón el papel manuscrito con letra temblorosa que siempre llevaba consigo en los últimos tiempos, como si su cercanía pudiera ayudarle a encontrar una respuesta.

El cardenal conocía de memoria su enigmático contenido:

> *El león joven al viejo vencerá,*
> *En campo bélico por duelo singular:*
> *En jaula de oro atravesará los ojos*
> *Dos choques uno, luego morir, muerte cruel.*
>
> *Lo que ni hierro o llama han sabido conseguir*
> *La dulce lengua logrará en el consejo,*
> *Con el reposo, sueño, el rey contemplará*
> *El enemigo sin fuego, sangre militar.*
>
> *Armas que luchan en el cielo largo tiempo*
> *El árbol tumbado en mitad de la ciudad*
> *Alimaña roñosa, una pica, enfrente del fuego*
> *Entonces sucumbió el monarca de Hadria.*

Viejo cardenal por el joven embaucado,
Fuera de su cargo se verá desarmado,
Arlés no muestras que se perciba el doble;
Y liqueducto y el Príncipe embalsamado.

El rey habló con tono autoritario:

—¿Y el astrólogo del duque de Luxemburgo?

Richelieu sacudió la cabeza, pesaroso:

—Coincide con nuestra interpretación. Pero tampoco ha sabido descifrar la cuarta estrofa.

—¿Y eso es todo, monseigneur? ¿Para eso habéis venido? —El monarca tartamudeaba levemente. Era un defecto de infancia que no había logrado controlar nunca por completo—. ¿Para recordarme que estoy servido por incapaces?

Richelieu apretó los dientes y se esforzó por esbozar una sonrisa apaciguadora. Las sienes le ardían y las voces altas le perforaban los tímpanos.

Respiró hondo. Sabía de sobra que su fuerte carácter podía ser su peor enemigo. A menudo le costaba dominarse. Sus ataques de cólera eran bien conocidos y no era raro que fuera más allá del puñetazo sobre la mesa. Como aquella vez en que había amenazado con unas tenazas ardientes al superintendente de Finanzas, que se negaba a firmar un papel. Sin intención de utilizarlas, por supuesto. Pero la historia se había extendido como la pólvora.

Sus enemigos decían que corría una vena de locura en su familia y el cardenal no podía negar que entre sus parientes se contaban algunos de dudoso equilibrio mental, como su hermana Nicole, quien se negaba a sentarse, convencida de que tenía el culo de cristal y corría el riesgo de rompérselo. O su hermano Alphonse, que vivía en un monasterio cartujo y a quien en ocasiones le daba por creerse que era el mismo Dios.

—Nadie lamenta más que yo no haber podido ser de utilidad hasta el momento. Pero os traigo una noticia que quizá mitigue en algo el justo enfado de vuestra majestad. —El gesto del rey se relajó de manera casi imperceptible y el cardenal inclinó la cabeza, aliviado.

Aquel mozo moreno de veinticuatro años que le contemplaba con actitud seria e impaciente, conocido como Luis el Justo, era un inseguro al que no convenía contrariar abiertamente. Buscaba con desesperación un guía y un hombro en el que descansar de sus responsabilidades, pero al mismo tiempo no toleraba que nadie le disputara su autoridad. Ya había tenido que reinar a la sombra durante demasiado tiempo.

Primero había sido su madre, María de Médici, quien se había resistido a entregarle el poder cuando el Parlamento le había proclamado mayor de edad a los trece años. El joven Luis se había apoyado en un hombre de confianza, un noblecillo provenzal llamado Albert de Luynes, para rebelarse contra ella y hacerse con el Gobierno. Pero aún era inexperto y manejable, y el favorito no había tardado en usar su influencia con descaro y arrogancia.

En la Corte se rumoreaba que la arrojada ambición de Luynes y sus pasiones compartidas con el rey no habían sido lo único que le había aupado hasta lo más alto. Según todas las apariencias, el avispado gentilhombre se había servido de poderosos talismanes para alcanzar el favor del monarca. Había quien contaba que había recurrido incluso a magos de renombre para conseguir hierbas que colocar en los zapatos del soberano y polvos que esconder entre sus ropas con los que fortalecer su influjo.

En cualquier caso, Luis XIII había tenido que esperar años a que una oleada de peste se llevara a Luynes a la tumba y le liberara del yugo del hombre que decía servirle, y no quería repetir la experiencia. Así que el camino que había tenido que ascender el cardenal para empezar a ganarse su confianza había sido mucho más empinado. Aunque también esperaba que le permitiera mantenerse en la cumbre por más tiempo.

Richelieu había llegado a la Corte hacía más de una década, cuando no era más que un joven obispo, como servidor de la reina madre, María de Médici, que le había nombrado secretario de Estado. El adolescente Luis XIII le detestaba, como a todos los favoritos de su madre, y cuando se había enfrentado a ella por el poder y la había enviado al exilio, le había hecho compartir su destino.

Había tenido que esperar varios años a que María de Médici y Luis XIII se reconciliaran para poder regresar a la Corte. Y sólo gracias a la insistencia de la reina madre, el rey había accedido a concederle el capelo cardenalicio y un asiento en su Consejo privado.

Desde ese día, su brillantez y su eficacia habían ido persuadiendo al joven monarca de su valía. Luis XIII le otorgaba cada vez más confianza. Pero el favor real podía ser tan cambiante como un día de principios de otoño, y era imprescindible conservar la cautela. Los cuatro pies cuadrados del gabinete del rey eran más difíciles de conquistar que todos los campos de batalla de Europa. Y cualquier paso en falso podía arrebatarle lo que tanto trabajo le había costado conseguir.

—Una noticia, ¿decís? —preguntó por fin el rey. Su voz tenía un deje de esperanza— ¿De Inglaterra?

De Inglaterra era de donde habían llegado las cuatro estrofas que Luis XIII guardaba tan celosamente en su jubón.

Hacía seis meses, a finales de marzo, había arribado al Louvre un correo de Londres con un mensaje personal del rey Jacobo I de Inglaterra para el rey de Francia. La carta estaba redactada con la letra titubeante de un hombre enfermo; nada extraño, ya que por entonces el monarca inglés se hallaba postrado en la cama, agonizante, víctima de la disentería. No había sobrevivido más de un par de días. Aun así, antes de morir, había reunido sus últimas fuerzas para garabatear de su propia mano aquellas cuatro estrofas, a las que había añadido un breve mensaje: «El contenido de este billete debe ser interpretado junto con el de los otros dos que envío por separado para mayor seguridad».

Los versos venían escritos en una cuartilla gris y basta, de papel vulgar, muy diferente de los pliegos blancos de grano finísimo que utilizaba Jacobo I para su correspondencia habitual, pero el soldado que la había traído aseguraba que se lo había entregado en mano el mismo monarca. Quizá, vistas las prevenciones que había tomado para comunicarse con ellos, la elección de aquel papel rústico fuera una precaución más, para que la carta pasara desapercibida si tropezaban con ella ojos ajenos.

Richelieu había reconocido los dieciséis versos al primer vistazo. El estilo ominoso de las cuartetas que había publicado, hacía ya setenta y cinco años, el profeta Michel de Nostredame, era inconfundible. No sin esfuerzo había logrado desentrañar el significado de las tres primeras estrofas y adivinar cuál era la amenaza contra la que el rey Jacobo quería ponerles en guardia con aquel envío. Pero si no lograban descifrar las cuatro últimas líneas, no había nada que pudieran hacer para combatirla.

Y las otras dos misivas que había anunciado el inglés para ayudarles en su interpretación no habían llegado nunca a su destino.

Al ver que no recibían más mensajes, Luis XIII había mandado rastrear la ruta de Calais en busca de cualquier señal de los otros dos emisarios. Y al cabo de unos días habían tenido noticia del asesinato de un solitario viajero inglés, un soldado al que habían degollado para robarle sus pertenencias en una posada de las afueras de Beauval. Los mesoneros sospechaban de un misterioso huésped que había desaparecido a la mañana siguiente. Pero por más que Richelieu lo había intentado, había sido imposible localizarlo. Y del tercer correo de Jacobo ni siquiera habían encontrado rastro.

El rey le miraba expectante, aguardando la noticia que le había anunciado.

—El abad de los capuchinos de Beauval ha averiguado la identidad del hombre que mató al viajero inglés —declaró.

Los ojos de Luis XIII brillaron, anhelantes:

—¿Quién es? Decidme.

—Se trata de un campesino. Un simple siervo de una familia de pequeños gentilhombres de una aldea de Picardía.

—¿Le habéis mandado detener?

—Ojalá fuera posible. Hace meses que está en paradero desconocido. Nadie ha sabido de él desde marzo.

—¿No habéis interrogado a sus señores? —La voz del rey quería ser firme, pero un leve temblor traicionaba la emoción que le había producido la noticia.

—Aún no. Estamos indagando un poco en su entorno, antes. No sabemos si el hombre actuó por su cuenta o a las órdenes de alguien. Queremos proceder con discreción.

El rey asintió con la actitud de un niño que se dejara convencer a regañadientes y Richelieu se alegró de que no insistiera más de momento. Aún no tenía claro del todo cómo convenía proceder con aquel asunto.

Su primer impulso, cuando el monarca le había mostrado el mensaje del rey Jacobo, hacía seis meses, había sido aconsejarle que lo ignorara, tal y como merecía el desvarío de un moribundo. El difunto rey de Inglaterra era un hombre erudito, un estudioso de la naturaleza y las leyes de los hombres, autor de sesudos comentarios sobre las Sagradas Escrituras y capaz de discutir sobre los más profundos argumentos filosóficos en un perfecto latín. Pero también un extravagante, interesado por las artes oscuras y la demonología. Un riguroso perseguidor de brujas. Además, estaba ya muy enfermo, quizá incluso deliraba, cuando había escrito aquella carta, y las precauciones que había tomado para enviarla rayaban en lo disparatado.

Sin embargo, la aparición del cadáver de aquel segundo correo le había puesto en guardia. Si algo tenía por cierto el cardenal era que el mundo estaba lleno de cosas extrañas de las que el hombre veía los efectos pero ignoraba la causa. La trayectoria vital de los reyes y los grandes de la tierra estaba a menudo marcada por signos extraordinarios. ¿Acaso era imposible que Dios les concediera una advertencia cuando les acechaba un peligro para que pudieran prepararse a afrontarlo?

Ni los más doctos habían sido capaces de ayudarles a averiguarlo. El más grande matemático de la cristiandad, Johannes Kepler, astrólogo del emperador de Alemania, se declaraba incapaz de ofrecerles guía alguna. Y aunque la visita a París de Jean Morinus, el prestigioso astrólogo del duque de Luxemburgo, les había hecho alimentar esperanzas, también había sido en vano. Richelieu se había entrevistado con él aquella mañana, con la mayor discreción, pero el erudito no había sabido dar ninguna respuesta. Nadie parecía capaz de entender cuál era el trance concreto sobre el que había querido ponerles en guardia el rey inglés con aquellos cuatro últimos versos que cada día que pasaba iban ensombreciendo más y más el carácter de Luis XIII.

Richelieu era consciente de que el soberano no acababa de estar a gusto compartiendo con él unos desvelos que tenían mucho de superstición. Pero tampoco tenía muchas más opciones. A pesar de vivir rodeado de cortesanos, Luis XIII estaba terriblemente solo. Por eso se acercaba más a él poco a poco, buscando de modo titubeante un padre y un guía espiritual. Además, siempre había reconocido su inteligencia, incluso en los tiempos en los que le mantenía a distancia.

Y en la última de las cuatro estrofas que había enviado Jacobo, la que no habían conseguido descifrar, se hacía mención a un cardenal. No sabían lo que aquello significaba, ni si el verso se refería a él o no, pero no era imposible que su suerte estuviese unida a la de Luis XIII de algún modo.

Richelieu observó al rey, dubitativo. No era fácil adivinar si en verdad estaba conforme con cómo estaba llevando el asunto o si rumiaba su desaprobación en silencio. Su enfermiza timidez le había convertido en un ser lleno de dobleces y maestro del disimulo, incapaz de afrontar una verdad difícil cara a cara o de atajar de frente un malentendido.

No sabía si alentaba en vano las esperanzas del rey, pero no quería ocultarle nada. Y a los vecinos del inaprensible asesino del inglés de Beauval no era a los únicos a los que tenía vigilados. Había otra persona que estaba implicada en el misterio:

—También ha venido a verme el abad de Boisrobert.

—¿Ese poeta vicioso?

—Es un hombre leal, que nunca me ha fallado. Me ha pedido que tengamos paciencia. Está convencido de que su confidente averiguará pronto algo sobre la Leona.

El monarca le acarició la cabeza a uno de sus perros, le dio la espalda y se acodó en una de las ventanas. Por un momento Richelieu temió que le invitara a unirse a él, para «aburrirse juntos» contemplando los tejados de la capital, como hacía de vez en cuando. Pero, en lugar de eso, suspiró con tanta melancolía y soledad que el cardenal se sintió culpable de sus pensamientos.

—Haced lo que queráis, Richelieu. Confío en vuestro criterio.

El cardenal se inclinó ante él, agradecido de que le permitiera retirarse. Cuando el rey estaba de mal humor, su trato requería un ejercicio demasiado preciso de la diplomacia, y mientras continuara sufriendo aquellas terribles punzadas en las sienes a él le sería imposible concentrarse.

Abandonó la estancia, apoyó la espalda contra una pared en penumbra y extrajo de entre sus ropas el colgante que llevaba sujeto con un cordón en torno al cuello. Era un amuleto compuesto de huesos secos extraídos de las vísceras de una cabra, un bezoar, que el general de la orden de los cartujos le había regalado como protección veinte años atrás. Por algún motivo, de un tiempo a esta parte notaba más que nunca la necesidad de sentirlo cerca. Apretó los dedos en torno al colgante y volvió a guardarlo entre sus ropas. Necesitaba descansar. Su quebrantada salud parecía más la de un anciano que la del hombre de cuarenta años que era. Pero aún tenía demasiadas horas de trabajo por delante. Y ni siquiera la caída de la noche le traería reposo.

Era el precio a pagar por el poder. Alguien tenía que mantenerse despierto y vigilante aunque toda Francia durmiera.

4

¡Por la sangre de Cristo y el fuego que nos alumbra, buena mujer! ¡Que no me voy a comer vivo a nadie!

La comadre agachó la cabeza cubierta con un pañuelo pardo y aceleró el paso, agarrada con tanta fuerza a su canasto como si contuviera el cochino que fuera a permitirle a su familia atravesar el invierno, en vez de unas miserables hogazas de pan. Bernard se quedó un rato mirándola con los brazos en jarras y le propinó una patada de frustración a una puerta.

Ya era la tercera persona a la que intentaba preguntarle cómo volver a casa de Charles y hacia dónde quedaba el río. Y la tercera que le miraba con ojos de alarma y se escabullía sin darle tiempo a acabar de saludar siquiera. Había sido llegar la noche y todos los parisinos se habían convertido en seres desconfiados, convencidos de que quería robarles la bolsa. Ya podían pudrirse en el infierno con sus putos recelos. Esa ciudad era un maldito laberinto. Y más aún a oscuras.

Se encontraba solo porque de repente, al final del almuerzo, a Charles le habían entrado las prisas. Se había levantado de la mesa de mala manera y le había dicho que no iba a poder pasar el resto del día con él. Al parecer tenía un compromiso ineludible con una dama, de la que no había querido decirle apenas nada. Aunque por lo que Bernard había entendido, ni le había puesto aún la mano encima, ni tenía perspectivas de ponérsela en mucho tiempo. Él sabría. Por lo visto, la simple compañía de aquella señora era una especie de privilegio inimaginable.

El caso era que, después de sugerirle que aprovechara la tarde para entregar las cartas de recomendación que había traído consigo, le había dejado plantado y había salido corriendo, pero con sus indicaciones y a la luz del día, Bernard había llegado sin problemas hasta la residencia del destinatario de la primera nota, un marquesito de origen gascón con quien le unía un remotísimo parentesco.

Se lo había encontrado en el patio, más emplumado que un indio del Nuevo Mundo y con el pie en el estribo de la montura. A toda velocidad, le había echado un vistazo por encima a la misiva y luego le había dicho que tenía prisa, pero que si regresaba uno de aquellos días, procuraría serle de asistencia.

A Bernard le había parecido que le estaba dando largas para quitárselo de en medio y que no le iba a servir de nada volver. Pero si el marqués le había despachado en dos minutos y sin bajarse del caballo, la recepción en casa del segundo destinatario de sus cartas había sido aún peor.

El padre de Bernard había servido bajo el mando de aquel viejo militar en su juventud y él había crecido escuchando su nombre, así que había entrado en el patio de su residencia con una curiosidad expectante. Un sirviente mal encarado le había cortado el paso. Su señor se hallaba convaleciente, «como todo el mundo sabía», y no se encontraba en disposición de atender peticiones de nadie, le había dicho, mirándole de arriba abajo con condescendencia.

Al diablo con todos ellos. Lo único que él codiciaba era un bosque en el que perderse durante largas jornadas, un río de aguas frías donde pescar tumbado en la hierba, montañas azules en el horizonte y un guiso de jabalí bien aderezado con ajo esperándole en casa. Y nadie iba a devolverle nada de eso de momento, así que ya les podían dar por saco a todos los grandes señores de Francia, rezongó, plantado en un cruce de calles idénticas, con las dos cartas que traía de Pau aún en la faltriquera e intentando encontrar el camino de vuelta en una ciudad que se iba despoblando a medida que crecía la noche. Esperaba que Charles tuviera ganas de cogerse una buena cogorza. Y que invitara él. El almuerzo le había dejado el bolsillo agujereado. Y le daba lo mismo que su amigo se amoscara o no. No tenía intención de contarle nada de su pelea con Baliros.

Porque él no tenía ningún problema con que todo el mundo en París presumiera de sus duelos, por muy prohibidos que estuvieran, pero se jugaba la mano derecha a que ninguno de esos bravucones que tanto gustaban de alardear de sus riñas había tenido que abandonar sus tierras por culpa de un grotesco perro de aguas, y a que tampoco habían protagonizado su primer hecho de armas frente a un septuagenario roído por la gota. Además, el fuerte de Charles nunca había sido la discreción. Lo único que le faltaba era que la historia llegara a oídos de sus compañeros de regimiento: Bernard de Serres, asesino de ancianos y perros de aguas, hazmerreír de los cadetes de Gascuña.

Por encima de su cadáver.

Se decidió por un camino al azar y, al doblar una esquina iluminada por una lámpara, un chucho callejero con las lanas revueltas le saludó con un gruñido. Lo apartó de una patada. No quería volver a ver un perro como aquél en su vida.

Todo había sucedido del modo más necio, cuando regresaba de cazar acompañado por sus dos sabuesos. Se habían pasado media mañana persiguiendo conejos por los barbechos y estaban hambrientos y excitados. Al llegar a su casa se había encontrado con la carroza del barón de Baliros que venía de visita con su joven esposa, quien llevaba un perrillo de aguas blanco sobre las rodillas. Bernard se había acercado a saludar y al ver a sus dos perros, el animalejo había enloquecido y había empezado a ladrar y a babear como una novicia poseída por el maligno, hasta escapar por la ventana del coche.

Gargantúa y Pantagruel, exasperados, se habían arrojado sobre él, y antes de que Bernard pudiera reaccionar no quedaban más que unos guiñapos sanguinolentos del engendro enano.

Entonces la que había empezado a gritar había sido su dueña. Bernard se había disculpado de mil maneras, el marido había hecho lo imposible por calmarla, pero la buena señora había seguido aullando acusaciones a diestro y siniestro hasta que, sin saber cómo y fuera de quicio, Baliros y él habían terminado insultándose el uno al otro.

Bernard no se había batido nunca y no se consideraba un gran espadachín. Su padre le había enseñado los fundamentos de la esgrima de niño, pero ni el viejo Serres era un maestro consumado ni él un alumno demasiado atento. Siempre había sido más astuto que habilidoso con la espada en la mano. Lo más que había aprendido, a medida que su cuerpo se había ido desarrollando, había sido a suplir la falta de técnica a base de fuerza física y rudos mandobles.

En cualquier caso, Baliros no era rival para él. El pobre setentón no era más que un comerciante enriquecido que había comprado sus tierras, su título y hasta la mano de su esposa, descendiente ilegítima de una de las familias más poderosas de la región. No había cogido un arma hasta que sus aspiraciones de nobleza no le habían obligado a colgarse una del cinto, pasados los cincuenta. Y lo más probable era que nunca la hubiera blandido.

Bernard había descolgado de la pared la espada que había heredado de su padre sin hacer caso de los ruegos de su madre y de su hermana e intentando tranquilizarlas. Su intención no era más que desarmar a su rival y propinarle unos buenos azotes en las posaderas. No tenía intención de hacerle daño más que en el orgullo.

Había dejado que el barón atacara primero, decidido a tirársele encima, agarrarle el arma y arrebatársela en cuanto le tuviera al alcance. Pero el viejo había cargado contra él como un toro enfurecido, sin atender a la menor prudencia, y todo había salido mal. Bernard había dado un paso atrás, para esquivar la estocada, y por instinto, al apartarse, se había aferrado con la mano libre al brazo de su atacante, tratando de desequilibrarle. No se esperaba que el hombre fuera tan frágil ni que tuviera tan pocas fuerzas. Con aquel simple gesto, le había hecho perder pie y le había arrastrado contra él y contra su brazo armado. Ni siquiera entendía bien lo que había pasado. Lo siguiente que recordaba eran los ojos desorbitados de Baliros, su cuerpo descarnado ensartado en su espada y a la baronesa otra vez chillando.

Una mujer sensata habría derramado cuatro lágrimas por el

esposo muerto y luego se habría alegrado de verse viuda y rica. Pero no. La trastornada mujercita había clamado venganza y había reclutado a sus poderosos parientes, que no habían tenido más ocurrencia que exigir a las autoridades que apresaran al asesino y le condenaran sin demora.

Por más vueltas que le daba a la historia, Bernard estaba convencido de que lo que la mujer no le perdonaba era lo del perro de aguas.

En cualquier caso, si alguna lección había sacado de todo aquello era que el más nimio incidente podía acabar en desaguisado. Así que, de ahora en adelante, prudencia. Pensaba andar con cien ojos para no meterse en más líos.

Dobló otro recodo. En el cielo lucía un cuarto de luna finísimo y la calleja era tan estrecha que a dos palmos de sus narices no había más que negrura. Y había escuchado demasiadas historias sobre los peligros nocturnos de la capital como para sentirse del todo tranquilo. Así que dio media vuelta y regresó al cruce. Entonces sintió que algo tironeaba de su pie izquierdo. Bajó la vista.

Lo primero que vio fueron sus botas húmedas sumergidas en el riachuelo lleno de mierda que bajaba por el centro de la calle. Lo segundo, al mismo chucho de antes, con los dientes clavados en el cuero de su calzado y una mirada amarilla llena de resentimiento.

Se lo sacudió con rabia, pero el perro se quedó parado a corta distancia, enseñándole los dientes. Por todas las almas del purgatorio. Empezaba a dudar de si aquel bicho andrajoso no sería el espectro del perrucho de la malnacida baronesa. Buscó a su alrededor cualquier cosa que arrojarle y su vista tropezó con la cuña de madera que sostenía una carreta encadenada a una ventana. Se agachó a cogerla e hizo amago de arrojársela al perro, pero éste se escabulló por una de las bocacalles. Encorajado, Bernard se lanzó tras de él. Estaba tan perdido que le daba lo mismo un camino que otro. De golpe, se encontró en una vía más ancha. El animalejo había desaparecido.

Miró arriba y abajo, y al otro lado de la calle vislumbró a un hombre embozado y con la espada al cinto. Quiso dar una voz para llamar su atención y pedirle señas para llegar a casa de Charles, pero el tipo dobló la esquina de una iglesia y desapareció de su vista.

Corrió detrás de él para que no se le escapase y entonces, procedente del otro lado del templo, escuchó un ruido sibilante y acerado, seguido de una blasfemia. El vello de la espalda se le puso de punta. Casi sin pausa escuchó un jaleo de pasos precipitados y un breve entrechocar de hierros. En dos zancadas, sin tiempo de comprender lo que estaba haciendo, rodeó la iglesia y se encontró en una plazuela embarrada y cercada por edificios negros.

El tipo que había visto en la calle se encontraba en el centro de la plaza, con la ropera desenvainada en la diestra y la capa enrollada en torno al brazo izquierdo, tratando de contener a dos individuos vestidos de oscuro, con gruesos coletos de cuero y armados de daga y espada. Un farol triste refulgía en un rincón.

De una ojeada, Bernard evaluó la situación. Aquello tenía toda la pinta de una encerrona. Olía a que la primera acometida por sorpresa había fallado y ahora los dos atacantes se movían con calma, como alimañas acosando a una presa acorralada. Seguros del desenlace, se limitaban a azuzar a su contrincante, aguardando el momento inevitable en que éste abriera un punto la guardia para acabar con él sin arriesgarse a recibir herida alguna. Su víctima se revolvía con determinación desesperada, tratando de que no le rodeasen y amagando rápidas estocadas, a sabiendas de que no tenía nada que perder y con la intención evidente de que al menos uno de sus enemigos le acompañase al otro barrio.

Bernard sintió hacia él una solidaridad instintiva y, antes de saber lo que estaba haciendo, su brazo derecho describió una curva en el aire y la cuña de madera que había destinado a la cabeza del chucho fue a estrellarse contra la frente de uno de los asaltantes. Luego, todo ocurrió demasiado rápido.

Apenas alcanzó a ver con el rabillo del ojo cómo el tipo acorralado aprovechaba el momento de confusión para arrojarse contra uno de sus enemigos. No pudo observar más. Porque el espadachín al que había golpeado en la cabeza se le tiró encima y ni siquiera había tenido tiempo de sacar la espada.

Desenvainó como pudo, arrepentido de su temeridad idiota.

Por las trazas, aquellos dos eran profesionales de los que alquilaban su destreza a tanto el muerto, esgrimidores avezados y curtidos en escaramuzas callejeras. Interpuso el estoque entre él y su contrincante y comenzó a repartir cuchilladas a diestro y siniestro, mientras retrocedía, intentando mantenerlo apartado como fuera. En la oscuridad, ni siquiera se distinguían las hojas de las espadas. Su propio acero no era más que una serie de destellos intermitentes.

Su enemigo avanzaba sin prisas, obligándole a retroceder contra la pared, sin mover apenas el acero, con una actitud de suficiencia que mostraba a las claras que ni siquiera le consideraba un rival. No había duda. Le iba a rebanar el gaznate de un momento a otro y él era incapaz de hacer nada por evitarlo. Masculló un *pater noster* entre dientes y respiró hondo, aguardando lo que tuviera que venir, sin dejar de sacudir la espada con violencia, a dos manos.

Entonces, cuando parecía que por fin iba a lanzarse contra él y sacarle las asaduras, su contrincante detuvo su calmoso avance. Se quedó inmóvil, agachó la cabeza, y los brazos se le encogieron como si fuera una marioneta a la que le hubieran cortado los hilos. Un palmo de acero le asomaba entre las costillas. Detrás de él, una sombra con sombrero y una capa a rastras le mantenía ensartado.

Giró la cabeza. El otro matón yacía inmóvil un poco más allá, en una postura deslavazada. Podía dar gracias al cielo de que aquel desconocido hubiera corrido a devolverle el favor que le había hecho salvándole el bigote a su vez.

Por los pelos.

Bernard se apartó el sudor de los ojos con una mano temblorosa e intentó sonreír en agradecimiento, pero no lo consiguió. El otro extrajo la espada de cuerpo del matachín, que cayó de rodillas entre lastimosas bocanadas. De una patada, lo arrojó al suelo y lo remató con un gesto de rabia. Luego limpió el acero en la ropa del muerto, antes de volver a enfundarlo con la actitud de quien da por terminado un trámite engorroso.

La plazuela estaba envuelta en un silencio espeso y lo único que se escuchaba eran sus resuellos agitados. Bernard se fijó por primera vez en el rico atuendo del tipo y en su aspecto distinguido. Y se vio a sí mismo, con el estoque en la mano y dos muertos a sus pies. Nada de problemas, se había prometido apenas un minuto antes. Y allí estaba, bailando otra vez pasacalle con la muerte.

La voz del elegante le espabiló de golpe:

—¿Pensáis quedaros aquí a rezar toda la noche? —Tenía la voz tensa, a pesar de la tranquilidad de sus maneras. Antes de que Bernard pudiera reaccionar, le agarró del brazo sin más contemplaciones, le arrastró a paso raudo fuera de allí y le guió por una calle lateral hasta un muro cerrado por una verja que daba a un jardín—. Saltad.

Bernard le vio encaramarse a la valla con la agilidad de un volatinero, y no tuvo más remedio que imitarle con mucha menos gracia. Apenas habían aterrizado del otro lado cuando escuchó un ruido de carreras y voces. Varios fanales de luz se acercaban hacia ellos arrancando destellos a por lo menos media docena de aceros desnudos. ¿Dónde diantre se habían metido?

Pero su acompañante parecía tranquilo. La tropilla armada le reconoció en cuanto llegó a su altura. Las espadas volvieron a las fundas, los gritos se acallaron y Bernard se vio escoltado por el pequeño destacamento de criados, o guardas, o lo que quisiera que fueran aquellos hombres vestidos con una librea plateada decorada con leones azules, hasta un magnífico hôtel que se alzaba al fondo del parque.

—¿Está la duquesa? —preguntó su guía.

—No, monsieur, aún no ha llegado —respondió uno de los sirvientes.

—La esperaremos arriba. Súbenos vino.

Bernard le siguió por las escaleras hasta el salón más lujoso que había pisado en su vida, con las paredes tapizadas de ricas telas de color rojo, magníficos suelos de roble y una chimenea de piedra tallada en la que ardían unas ascuas. El tipo se desprendió de la capa y la arrojó sobre una silla, dejando a la vista un jubón de brocado azul pasado de plata y el trabajado encaje de la valona y los puños de la camisa. El criado trajo una jarra de clarete y otra de agua, las sumergió en un recipiente lleno de hielo picado y depositó dos copas de cristal finísimo sobre la mesa. Su acompañante le pidió que les dejara a solas, sirvió la bebida y apuró dos vinos de un trago, sin apenas pausa y sin catar el agua, más para ahogar los nervios que la sed. Luego volvió a llenar su copa y le ofreció una silla.

Bernard le observó con admiración. Aunque se le notaba aún la excitación del combate, el tipo conservaba una compostura que él, por su parte, debía de haber dejado tirada en algún rincón detrás de la iglesia. Tendría unos veinticinco o veintiséis años, perilla y bigote castaños muy cuidados y una melena corta de la que pendían varias guedejas largas y rizadas a la moda de los elegantes que había visto aquella mañana en el Louvre. Tenía buen talle, el rostro anguloso, unos ojos marrones un tanto brumosos, y una nariz recta y marcada.

Se había quedado de pie para quitarse el jubón, y con sus gestos mesurados y su mirada enigmática a Bernard le recordaba a un felino, calmo, pero capaz de saltar con ímpetu si era necesario. Le observó girarse para examinar con desdén un puntazo que había recibido en el brazo durante la riña:

—Es cosa de poco. ¿Y vos? ¿Estáis herido? —Rasgó la tela de un tirón, vertió un chorro generoso de vino sobre el paño de manos y se lo aplicó sobre la herida. Le miraba de medio lado, con el cuerpo en actitud relajada pero atenta.

—No —respondió él, aturdido todavía.

El otro terminó de atarse el trapo al brazo y se recostó en la silla con parsimonia:

—Hijos de la gran puta —dijo por fin, con una media sonrisa—. Si no llegáis a aparecer, esos cabrones me sacan las tripas.

—Vos también habéis estado rápido. Si tardáis un poco más en echarme una mano, yo tampoco lo cuento.

Tenía el gañote seco y necesitaba un trago antes de seguir hablando. Pero cuando agarró la copa para llevársela a los labios descubrió con sonrojo que la mano le temblaba. La retiró con disimulo y dejó el vino donde estaba. Tarde. Por la expresión risueña de los ojos de su compañero de mesa, estaba claro que a éste no se le había escapado el ademán.

—¿Vuestro nombre? —El fulano le miraba como si estuviera

examinando una vaca de premio en una feria de ganado. Bernard enderezó el torso y echó los hombros atrás, a la defensiva.

—Bernard de Serres.

—¿Gascón? —Era más una afirmación que una pregunta.

—Sí.

—¿Por qué os habéis metido en la pelea?

—No sé. —Era la pura verdad—. Pasaba por allí. No me lo pensé.

—No sois muy diestro con una espada en la mano. —Los ojos del tipo seguían siendo impenetrables pero las comisuras de los labios le temblaban como si aquello fuera cosa de risa.

—No.

—¿Y cuánto lleváis en París? ¿Una semana? ¿Dos?

—Llegué anoche —gruñó Bernard, incómodo.

El otro seguía observándole, despacio, sin molestarse siquiera en corresponder con su propio nombre. Allá él. Que se lo llevara a la tumba si así le placía. Bernard estaba cansado de tanto misterio y no tenía ganas de aguantar choteos. Ahí se podía quedar con sus criados, sus tapices y el vino que él aún no había conseguido siquiera probar. Se marchaba.

Iba a incorporarse sin más ceremonia cuando el tipo soltó una carcajada tan contagiosa que, sin saber cómo, él también se encontró riendo. De repente se veía a sí mismo a través de los ojos de aquel hombre, con su aire de gañán recién llegado a la capital, irrumpiendo a golpazos y cuchilladas ciegas en una trifulca a vida o muerte que ni le iba ni le venía, y de la que al final había necesitado que le rescataran a él. A lo mejor era porque aún tenía los nervios de punta, pero a medida que se iba haciendo cargo del desatino de su acción, más le costaba dejar de reír.

Por fin, su anfitrión recuperó el habla:

—Estoy en deuda con vos, monsieur de Serres. En adelante, sabed que contáis con la protección del conde de Lessay. —Guardaba un resto de hilaridad en la mirada, pero parecía sincero, y cuando le tendió la mano y se la apretó con la camaradería franca y ruda de un compañero de armas, a Bernard le pareció lo más natural del mundo—. ¿Tenéis hambre? Yo me comería un ternero.

El conde pidió que les sirvieran algo de cena y al poco les subieron una mesa de viandas frías que a Bernard le supieron a gloria. Mientras comían, Lessay le contó que el lugar donde se habían batido, el patio del hospicio de los Quinze-Vingts, pertenecía a un asilo que acogía a los ciegos de la capital. Había acudido allí aquella noche, confiado y sin escolta, citado por la mujer del maestre de la institución, a la que hacía días galanteaba. Pero, visto el modo en que los dos matones se le habían tirado encima nada más doblar la esquina de la iglesia, había que empezar a pensar que el marido sabía algo, concluyó, socarrón. En cuanto a la casa en la que se encontraban, y de cuya despensa y habitaciones con tanta alegría se habían apropiado, la dueña era una pariente suya. Su jardín trasero estaba tan cerca que había pensado en él de inmediato como lugar de refugio. Además, aquella noche había citados varios amigos para jugar a las cartas, así que, ya que estaban allí, bien podían quedarse.

Despachado entre humoradas, risas y carnes ahumadas, el asunto que tan grave le había parecido a Bernard con una punta de hierro a pocas pulgadas del pecho adquiría un tinte burlesco, y sus propios infortunios se le empezaban a presentar bajo una luz igual de cómica. Sin saber cómo, se encontró hablándole al conde de su encuentro con Baliros y de las represalias de la familia de la viuda, del modo en que le habían robado el caballo a una jornada de París y hasta de cómo había perseguido al chucho callejero madero en mano.

Lessay se rió con ganas de sus desventuras, y él acabó haciendo lo mismo.

—¿De modo que no estáis al servicio de nadie? —preguntó el conde con una indiferencia calculada, mientras pinchaba un trozo de faisán con un gesto preciso del cuchillo.

—Estaré al servicio de Su Majestad el rey a partir de mañana —respondió Bernard inflando el pecho—. Voy a entrar en la compañía de Guardias de monsieur de Fourilles.

El conde de Lessay sacudió con desdén una mano de dedos largos y perezosos. Algo iba a replicar pero en el patio se escucharon las ruedas y el golpeteo de cascos de un coche de caballos:

—Aquí están —dijo. Alcanzó el jubón brocado y se abrochó cuidadosamente los botones—. Una cosa es invitarse a cenar a casa de una dama sin prevenirla y otra muy distinta que nos encuentre a medio vestir. Todo a su tiempo, que la impaciencia es mala cosa en cuestión de faldas. Creo que eso nos ha quedado claro esta noche.

Con un guiño, le pasó el brazo por los hombros y le guió escaleras abajo. Bernard se sentía como si fueran dos viejos conocidos. Una de dos: o arriesgar la vida junto a alguien acercaba mucho, o el vino dorado que bebían los ricos tenía más fuerza de lo que él había pensado.

Una dama y tres gentilhombres atravesaron la puerta del vestíbulo. El conde saludó con deferencia al más joven de los recién llegados, un mozo moreno y mofletudo, con los labios gruesos y un bigotito incipiente, que no llegaría a los dieciocho años, e intercambió un abrazo caluroso con otro de los hombres, un individuo fornido, de aspecto atlético y cabellera leonina. Luego depositó un beso en la mejilla de la mujer y le ofreció el brazo para subir al primer piso.

Bernard se quedó mirándola fijamente, con una mano apoyada en la barandilla de piedra, pero ella no le dirigió ni siquiera un vistazo. Pasó junto a él y subió los peldaños riendo y charlando con todos a la vez, como si ni siquiera hubiera visto al pasmarote que la contemplaba con la boca abierta a los pies de la escalera.

Al darse cuenta de que no les seguía, Lessay se detuvo y volvió la cabeza, buscándole:

—Monsieur de Serres, ¿no venís con nosotros?

Ella se giró a su vez. Ahora tenía que reconocerle. Bernard la miró a los ojos con intención.

Nada.

Defraudado, buscó dentro de su bolsillo el pañuelo que había recogido del suelo aquella mañana en la Sala de la Guardia del Louvre. Era normal que no se acordara. Todo había sido un juego de damas aburridas. Pero a él no se le iba a olvidar tan fácilmente.

Apretó con fuerza el trozo de tela y subió la escalera en dos zancadas.

5

Charles llegó frente al portón de Angélique casi sin aliento. Hacía un buen rato que había oído las campanas de las cuatro. *Parsangbleu*. Recordando como un lelo historietas de su infancia frente a los platos vacíos que le había dejado Bernard, no había visto pasar el tiempo. Era increíble que se le hubiera hecho tan tarde. Y ya podía buscar su amigo alguna fuente de ingresos con que pagar su sustento cuando se le acabaran los pocos cuartos que había traído. Él estaba dispuesto a darle cobijo el tiempo que hiciera falta, pero no pensaba alimentar a semejante tragaldabas.

Sacudió los rizos rubios, se estiró los puños de la camisa y golpeó el aldabón con energía. Tenía que encontrar una forma persuasiva de disculparse por el retraso, o toda la buena voluntad que mostraba hacia él la insigne Leona se evaporaría más rápido que la espuma de Afrodita, con lo que le había costado ganársela.

Había cosas con las que su dama era inflexible y la virtud era una de ellas. La puntualidad, desgraciadamente, era otra. Y aquella tarde había prometido estar en su casa antes de las cuatro, para ensayar un nuevo aire de Corte que el músico Boyer y él habían compuesto para que Angélique lo cantara, acompañada al laúd, en la gran fiesta a la que estaba invitada en unos días. Hacía días que Charles apenas dormía de los nervios, al pensar en toda la gente de importancia que iba a escuchar sus versos.

Una criada tan fea que habría asustado al mismo demonio le condujo hasta la sala donde Angélique solía recibirle. Hacía ya un par de semanas que la mujer servía en la casa, pero a Charles no dejaba de sobresaltarle su apariencia ni una sola vez.

Había sustituido a una muchacha jovial, con la carita redonda y ojos risueños, que siempre le recibía con alguna broma picante. Pero un buen día había desaparecido. Su señora había descubierto que estaba embarazada y la había enviado sin pensárselo dos veces al convento de las Madelonettes a que expiara su pecado encerrada con otras arrepentidas.

La fea le introdujo en la estancia y lo primero que comprobó, con alivio, fue que Boyer no había llegado todavía. Al menos serían dos los que sufrirían las iras de la bella.

Angélique estaba inclinada frente al espejo, colocándose los rizos. Se dio la vuelta nada más oírle entrar. Iba vestida de terciopelo verde, su color favorito, que destacaba el tono dorado de su cabellera. Peinada con sencillez y apenas maquillada, su rostro desprendía un encanto plácido. A lo mejor no se había dado cuenta del retraso.

Dio dos pasos al frente, presuroso, y comenzó a disculparse, pero ella le puso una mano en el brazo, sin mirarle:

—No os apuréis, monsieur, he tenido que suspender el ensayo. Mi vieja tía se ha puesto enferma de pronto y he de acudir a su lado. Le mandé aviso a Boyer esta mañana, pero a vos no he conseguido localizaros en todo el día.

Charles no las tenía todas consigo:

—Sabéis que todo mi tiempo está a vuestra disposición. ¿No deseáis que os acompañe?

La horripilante sirvienta trajo del guardarropa una máscara y un abrigo con capucha y ayudó a su señora a abrigarse.

—Os lo agradezco pero no será necesario —replicó Angélique, en tono ausente—. Mi tía vive a apenas dos calles de aquí. No sé cuánto tiempo me quedaré, quizá incluso pase la noche junto a ella. Nuestra pequeña sesión de música tendrá que aguardar a mañana.

—Bien, me resignaré. Al fin y al cabo, la espera hace más dulces los reencuentros. Mientras no os haga olvidaros de mi existencia…

Angélique volvió al espejo para ajustarse el embozo de la capa:

—Monsieur, tenéis que desprenderos de esa coquetería que le convendría mejor a una damisela que a un resignado caballero.

Sonreía, mientras se calzaba un par de altos chapines para proteger su calzado del barro, pero su tono tenía una punta de impaciencia mal disimulada. Qué extraño. Normalmente le complacían sus florilegios galantes. Pero quizá estuviera preocupada por su tía.

Acompañó a dama y criada hasta la puerta de la calle, se despidió respetuosamente, y se alejó en dirección contraria a la que llevaban las dos mujeres. Pero en cuanto dio la vuelta a la esquina se detuvo. Contó hasta diez y volvió sobre sus pasos, justo a tiempo de ver cómo las faldas de Angélique desaparecían por una bocacalle de su izquierda.

¿Por qué no había querido que la escoltara? Suspiró. Mucho se temía que aquélla iba a ser otra más de las tardes que, desde hacía un mes, se pasaba siguiéndola a escondidas o aguardándola en algún rincón discreto mientras ella se ocupaba de sus asuntos. Y siempre para nada. Todavía no la había pillado en ninguna mentira.

Echó a andar tras las dos mujeres, resignado, cuidando de mantener las distancias para que no le vieran, y apenas había avanzado veinte toesas cuando las vio desaparecer en el interior de una vivienda. Sonrió. Angélique era hija de un influyente secretario de la cámara del difunto Enrique IV, pero su madre había sido una mujer de muy mediana extracción. Y una de sus hermanas, ya mayor y con pocos recursos, residía en aquel edificio. Su dama había dicho la verdad. Podía dejar de espiarla por las calles como un enamorado celoso e irse a casa tranquilo.

Todo el mundo sabía que la vida galante de la Leona había sido intensa. Una de sus primeras víctimas había sido el mismísimo Enrique IV. El viejo sátiro había decidido hacerla suya cuando Angélique tenía sólo dieciocho años, desde el mismo momento en que la había visto vestida con gasas y cabalgando un delfín en un ballet organizado por su esposa. Y al rey le habían seguido la mitad de los duques y pares de Francia: Chevreuse, Guise, Montmorency… Del primero se decía que la había llenado de joyas; del segundo, que iba repitiendo sin recato, a quien quisiera escucharle, que no lograba apartar de su mente la imagen del pubis dorado de la Leona; y del tercero, que, después de que Angélique le rechazara, se disfrazaba y viajaba de incógnito tras ella para intentar que le recibiera. Sólo una vez había estado la bella a punto de casarse con un próspero pretendiente de Burdeos, pero otro de los grandes señores de la Corte, enamorado, le había hecho apalear para ahuyentarle.

Con el tiempo, sin embargo, la renombrada Leona se había arrepentido de su vida galante, y hacía años que había lavado su reputación de modo tan completo que podía recibir a cualquier hombre a solas sin que nadie murmurara.

Charles creía haberla calado desde el principio: una vanidosa a la que con la edad le habían entrado los remilgos pero que a buen seguro no ofrecería mucha resistencia en cuanto un galán bien plantado le encendiera otra vez los ardores. Si le había dado por la castidad era sólo porque los hombres ya no la requebraban como antaño. Un joven poeta, apuesto y con modales tan exquisitos como los suyos podía ganarlo todo consiguiendo su amistad.

Pero se había equivocado de cabo a rabo. Angélique le había dejado bien claro que el tiempo de la ligereza había pasado para ella. Si alguna vez se planteaba volver a tomar un amante, antes se aseguraría de que fuera un caballero atento, constante, y que le hubiera demostrado con creces que se conformaba con saberse objeto de su predilección sin llegar a tocarle nunca ni el dobladillo de la falda. «Si los hombres fuerais como las mujeres, no sería necesario tanto rigor —le había dicho—. Pero ¿quién de entre vuestro sexo no está dispuesto a fingir los sentimientos más elevados y las intenciones más puras, si cree que así logrará satisfacer sus instintos? Quitadle la esperanza de obtener una recompensa y desterraréis la duplicidad del corazón del hombre.»

Así que Charles se había aplicado, con todo su ahínco, en convertirse en ese pazguato que Angélique anhelaba y en llevar el platonismo hasta sus últimas consecuencias. Y poco a poco su estrategia estaba dando frutos.

Seguía plantado en la misma esquina como un pasmarote, cuando el portón de la casa se abrió de golpe y la criada contrahecha salió otra vez a la calle. Pegó un respingo. Maldita la gracia que tendría que le sorprendiera allí. Se metió en el callejón de su izquierda. El barro le llegaba hasta los tobillos y las paredes apestaban a orín, pero aun así decidió que lo más prudente era recorrerlo hasta el fondo y salir por el otro extremo.

Una vez en la otra punta, asomó la cabeza. Frente a él se alzaba el claustro de la iglesia de Saint-Merry. El gran mercado central estaba allí al lado y la calle bullía de transeúntes ocupados en liquidar sus negocios antes de que acabara de caer la noche. Justo a la salida del pasadizo, una moza vendía pasas cocidas con azúcar. Se acordó del hambre con la que le había dejado Bernard y echó mano a la bolsa para sacar unas monedas. Pero en ese momento una puerta se abrió al lado de donde estaba la muchacha y Charles volvió a meterse de un salto en la calleja.

Angélique.

La vio cerrar tras de sí y detenerse un instante en el umbral. No se había quitado la máscara y seguía envuelta en el discreto manto pardo. Aquélla debía de ser la salida trasera de la casa de su vieja tía.

Entonces, un hombre que aguardaba apoyado en el muro del claustro se incorporó, dio un par de pasos en su dirección y le hizo una inclinación de cabeza. Charles le reconoció de inmediato. Era un tipo alto y robusto, con la cabeza completamente calva y un mostacho frondoso que no pasaba fácilmente desapercibido. No era de los que más frecuentaban la Corte pero lo había visto más de una vez en el Louvre, aunque en aquel momento no recordaba al servicio de quién estaba.

Angélique echó a andar y el gentilhombre calvo hizo lo mismo, manteniéndose a pocos pasos de distancia. ¿Qué diablos significaba aquello? Charles se embozó con cuidado y comenzó a seguirles. La dama caminaba rápido, sin mirar atrás. Su escolta la acompañaba a una distancia discreta. Y más lejos, sorteando gente, carretillas y sillas de manos, sin atreverse a acercarse mucho para que no le descubrieran, él intentaba no perderles de vista.

Se daba cuenta de que los viandantes le lanzaban miradas de reojo al pasar a su lado. A aquella hora en la que crecía la penumbra, la visión de un individuo con el embozo sobre la nariz, el sombrero calado hasta las cejas y la punta de la espada asomando entre los pliegues de la capa no debía de resultar muy tranquilizadora.

Se concentró en no perderla de vista. Tanto ella como el hombre que la protegía habían caminado hasta el final de la calle Saint-Martin sin volver la cabeza. Cruzaron la plaza de Grève y llegaron al muelle del Heno, junto al Sena. Las últimas barcazas descargaban su mercancía y los mozos arrojaban los sacos sobre las carretas. Angélique avanzó un poco más por la orilla, se adentró en una calle estrecha y finalmente se detuvo frente a una fonda con la fachada iluminada y un caballo blanco por enseña. Charles conocía el lugar. Era una hospedería limpia, bien amueblada, con una cocina decente y buena reputación entre los viajeros.

¿Sería posible que, después de todo, su dama tuviera un amante secreto? La había notado tensa y distraída en su casa. Pero le costaba creerlo. La Leona Angélique, que había tenido comiendo de su mano a príncipes y duques, ¿con aquel tipo rudo y basto?

Dejó que entrara en la fonda y esperó a ver si el calvo bigotudo la seguía. Tal y como esperaba, se quedó apostado junto a la puerta. Al menos, si el asunto era amoroso, estaba claro que él no era más que un simple escolta.

De pronto, los cascos de un caballo se hundieron en el fango de un charco, justo a su lado, y un agua untuosa y de color negro le bañó todo el costado izquierdo, interrumpiendo sus especulaciones. Antes de que le diera tiempo a protestar, el jinete descendió del caballo, intercambió un saludo mudo con el hombre de guardia y penetró en el interior.

Charles apenas tuvo tiempo de verle la cara de refilón, pero aquel perfil aquilino era inconfundible. ¡El marqués de La Valette!

¡Ésa era su cita!

El marqués de La Valette era un hombre de poco más de treinta años, la misma edad que Angélique, y pertenecía a una de las familias más poderosas de Francia. Era hijo del anciano duque de

Épernon, que había sido el favorito del rey Enrique III, y tenía fortuna y prestigio militar.

Por supuesto. Ahora recordaba. Al calvo mostachudo siempre le había visto junto a La Valette en el Louvre: el guardián de Angélique era un gentilhombre a su servicio.

Rápidamente intentó hacer memoria. El marqués de La Valette y Angélique... ¿Los había visto juntos alguna vez? No. Ni siquiera había oído nunca a la Leona mencionarle. Pero eso no tenía por qué significar nada. A lo mejor nunca le nombraba precisamente para que nadie sospechara de su relación.

Sacudió la cabeza. No tenía sentido. Angélique había demostrado con creces, desde hacía años, que ya no tenía nada de frívola. Nadie iba a señalarla con el dedo porque después de tanto tiempo de virtud hubiese decidido favorecer por fin a un galanteador. ¿Por qué iba a tomar tantísimas precauciones para ocultar una cita con un hombre de la categoría del marqués?

No sabía qué hacer. No podía quedarse plantado en la esquina, a tan pocos pasos de la hostería, sin llamar la atención. Ya era de noche, pero aquella maldita calle estaba llena de fondas y tabernas. Había más faroles encendidos que en una feria patronal. Si permanecía con el rostro tapado, el vigilante sospecharía, y si se desembozaba, corría el riesgo de que ella le reconociera desde una ventana. Tampoco se atrevía a entrar. Lo más probable era que Angélique se encontrara en alguno de los cuartos privados de los pisos superiores, pero no podía correr el riesgo de encontrarse con ella en la sala común.

Alzó la vista, tratando de vislumbrar algún movimiento detrás de los cristales. Nada.

Decidió dar un breve paseo para quitarse de la vista un rato, y para darle vueltas a las circunstancias de aquella extraña cita. ¿Se le estaría escapando algo importante? Él era incapaz de adivinarlo.

Tendría que ser el abad de Boisrobert quien decidiera. Al fin y al cabo, él era quien le había puesto en la comprometida situación de tener que vigilar a la dama estrechamente y darle parte de cualquier gesto fuera de lo común que realizara.

Ésa era la única razón por la que Charles acababa de cruzar

medio París, pegado a los talones de la Leona, arriesgándose a que le viera y le retirara su amistad. A él le daba lo mismo que tuviera un amante, diez o doscientos.

No tardó ni un cuarto de hora en regresar al mesón, temeroso de que la presa se le escabullera. Justo a tiempo de ver a La Valette abandonar el establecimiento, poner el pie en el estribo y marcharse de allí sin decir palabra.

Que se le llevaran los demonios. Desde luego, si aquello había sido un encuentro galante y había terminado a aquella velocidad, el marqués tenía serios problemas.

Estaba riéndose de su propia ocurrencia cuando se fijó en los ojos del tipo bigotudo, clavados con determinación en los suyos. Tenía una mano en la empuñadura de la espada y la otra perdida en el interior de las ropas. ¿En torno a una daga o una pistola? Se dio cuenta de repente de que se le había escurrido el embozo y tenía la mitad del rostro al descubierto. Se lo subió precipitadamente.

Fue un error fatal. Si el otro dudaba, en ese momento dejó de hacerlo. Charles no esperó a ver cómo reaccionaba. A toda velocidad se escurrió entre dos paredes, agachó la cabeza y echó a correr, escabulléndose en la noche como una culebra. No se giró ni una sola vez. Ni cuando escuchó los gritos del gentilhombre calvo, ni cuando retumbó un fogonazo a su espalda; ni siquiera cuando dejó de oír el galope de su perseguidor detrás de él.

Sólo se detuvo cuando se quedó sin resuello. Se dejó caer en una pared, se deshizo de la capa embarrada, se la enrolló bajo del brazo y se limpió el sudor de la frente. Estaba casi seguro de que su perseguidor no había llegado a verle el rostro. Casi seguro. Fuera como fuese, no tardaría mucho en averiguarlo.

Cuando le había encargado que no le quitara ojo a la Leona, Boisrobert le había puesto sobre aviso. Él mismo había sido testigo de cómo Angélique Paulet había asesinado a un primer incauto que había intentado jugar con ella y se había confiado demasiado. Estaba seguro de que no tendría reparos en deshacerse de otro.

Así que, si llegaba vivo a la mañana siguiente, sabría a qué atenerse.

6

E ntonces, ¿os negáis a casaros?
—Absolutamente.

—¿Y si vuestra madre insiste?

—Ya os lo he dicho. Antes diablo que casado. —El mozo aspiró su pipa con ganas y miró a su interlocutor con la misma seriedad que si le fuese a revelar un secreto de Estado—. Además, ¿la habéis visto? Es gorda, fea, y más orgullosa que un dragón.

Atento a medias a la conversación, Bernard le pegó un mordisco al hojaldre que tenía en una mano y dio un trago largo a la copa de moscatel que sostenía en la otra. No sabía si era culpa del aroma del tabaco, del calor que hacía en los apartamentos de la duquesa de Chevreuse o de que cada vez que la copa se le iba agotando aparecía a su lado un criado que se la rellenaba, pero lo cierto era que ya se iba sintiendo más a gusto entre la ilustre compañía.

Apenas había abierto la boca desde la llegada de la dama y sus tres invitados y estaba convencido de que cualquiera con más experiencia que él se habría quedado igual de mudo al verse en una semejante. Había pasado de vagabundear por las calles de París, más perdido que una rata, a codearse con príncipes, duques y generales.

El jovenzuelo al que el conde de Lessay había saludado en primer lugar había resultado ser ni más ni menos que el príncipe Gastón, el hermano menor de Su Majestad Luis XIII. El tipo fornido era el duque de Montmorency, hermano de la bella indiferente que había hecho suspirar a Charles aquella mañana en la

Sala Baja del Louvre y uno de los más grandes y poderosos seño-res del reino, almirante de Francia y gobernador del Languedoc. Acababa de regresar de la isla de Ré, donde había aplastado una revuelta hugonote al mando de la flota real.

El tercer invitado era el conde de Bouteville, primo del almi-rante. Él también había estado en la costa, combatiendo a los hu-gonotes, bajo las órdenes de su pariente, pero llevaba ya un par de semanas de vuelta en París y estaba al tanto de todo lo que el du-que de Montmorency estaba descubriendo aquella noche. Apos-tilló con ganas:

—Su Alteza tiene razón. Yo he visto a la doncella que le pro-ponen en matrimonio. Tendrá todos los millones del mundo, pero a mí me daría miedo meterle nada por ningún sitio.

Estaban esperando a un invitado más para jugar a las cartas y, al principio, se habían entretenido discutiendo los pormenores de una extravagante fiesta que Lessay iba a celebrar en su hôtel, pero pronto la conversación había ido derivando hacia asuntos políti-cos en los que Bernard se perdía.

Todo lo que él había entendido del negocio era que la reina madre, María de Médici, le había buscado una esposa riquísima a su hijo Gastón. Pero de algún modo la duquesa de Chevreuse había convencido no sólo al principito, sino a medio Louvre, para que se opusiera al plan. Al parecer, el único partido digno de tan alto señor era la reina Ana de Austria.

Lo que llevaba la cuestión a un callejón sin salida, dado que Ana de Austria estaba casada con el rey. Pero el duque de Mont-morency parecía el único que se daba cuenta de lo descabellado que era todo. Se giró hacia la duquesa:

—Madame, admitidlo, ¿os estáis burlando de un pobre solda-do que lleva meses alejado de la Corte?

El duque tendría unos treinta años, y el aspecto robusto y lo-zano de alguien acostumbrado a la vida al aire libre y a la activi-dad física. Su forma de hablar era desembarazada y directa, algo ruda, de hombre de armas. Tenía el pelo de color rojizo y, aunque era bisojo, poseía una risa cordial que a buen seguro las mujeres apreciaban. Se le notaba cansado, malhumorado incluso, como si hubiese sufrido alguna contrariedad, y aún no estaba recuperado de las fiebres que había atrapado durante los meses que había pasado en la playa, batallando. Pero estaba intentando ser buena compañía.

Marie de Rohan, duquesa de Chevreuse, le dio un sorbito a su bebida y le hizo un mohín de reproche:

—Qué mala opinión tenéis de mí. Yo creo que la postura de Su Alteza es perfectamente razonable. Un matrimonio es un asunto grave en el que no conviene comprometerse a tontas y a locas. ¿No estáis de acuerdo vos, monsieur de Serres?

Bernard estaba chupándose los dedos, que se le habían quedado pegajosos, con toda tranquilidad. Ni conocía a los personajes que eran objeto de aquellos comadreos, ni la alta política se le daba una higa, de modo que se había limitado a escuchar la charla como un murmullo de fondo, sin dejar de zampar a dos carrillos. Dio un respingo.

En el tiempo que llevaba allí, la duquesa no le había dirigido la palabra más que para dedicarle cuatro cortesías. Tampoco había dado muestra de reconocerle cuando el conde de Lessay le había presentado y les había contado a sus amigos su aventura con los matones.

Todos habían escuchado la historia con interés y Bouteville, el primo del duque de Montmorency, había mostrado auténtico entusiasmo. Le había felicitado efusivamente y había interrogado con todo detalle a Lessay para que le describiera cada estocada. Luego se había girado hacia él, le había explicado que tenía una sala de armas propia y le había invitado a que se pasara por allí a entrenar cuando desease.

A Bernard le había caído bien desde el primer momento. El tal Bouteville tenía un inconfundible aire de familia con su pariente, con los mismos párpados rasgados, la misma barbilla afilada y el mismo cuerpo robusto que el duque de Montmorency, pero era algo más joven, tenía una expresión más alegre y, sobre todo, sus dos ojos apuntaban al mismo sitio. Lo que más le llamaba la atención de su apariencia era su poblada melena, cortada hasta la barbilla, ahuecada y rizada como una escarola, de la que colgaba un único mechón, mucho más largo e igual de frondoso que la cola de zorro, que le caía sobre el hombro izquierdo hasta medio pecho.

A la duquesa casi no se había atrevido a mirarla durante todo aquel tiempo. Porque cada vez que lo hacía le venía de nuevo a la mente la escena de aquella mañana y se le vaciaba de sangre la cabeza. Como ella no le había hecho mucho caso, no había sido difícil. No podía creerse que ahora que por fin le hablaba lo hiciera para pedirle opinión sobre el proyecto de matrimonio del hermano del rey.

Delante del interesado.

Estaba devanándose los sesos en busca de una respuesta de compromiso, cuando gracias al cielo las puertas de la estancia volvieron a abrirse y un hombre alto y flaco entró disculpándose por el retraso y distrayendo la atención general. Un asunto de familia le había retenido inesperadamente, explicó. Saludó al príncipe y a la anfitriona, se acercó a cumplimentar a Montmorency, y sólo después se giró hacia él con una mueca de curiosidad.

Bernard le correspondió con una inclinación de cabeza. Lessay hizo las presentaciones y le informó de que aquel hombre enteco y con nariz de águila, que andaría por los treinta y pocos años, ostentaba el título de marqués de La Valette y era hijo del anciano duque de Épernon, un insigne nombre gascón que incluso él conocía desde niño.

Entonces se escucharon unas palmadas y la voz alegre del conde de Bouteville:

—Bueno, messieurs, ¿se juega o no?

Los criados dispusieron una mesa en el centro de la estancia y los jugadores se fueron acomodando en torno. El conde de Lessay le puso una mano en el hombro:

—¿Jugáis al lansquenete?

Y antes de que tuviera tiempo de recordarle que estaba sin blanca, le colocó una bolsa repleta de monedas en la mano izquierda y se alejó de él con una palmada en la espalda. Bernard estaba aún considerando aquella pequeña fortuna caída del cielo, cuando escuchó la voz incitante de la duquesa:

—Vamos, monsieur, animaos y tentad a la suerte. Si lo perdéis todo, por lo menos sabremos que lo vuestro son los amores.

Levantó la cabeza como un rayo. Marie de Rohan le miraba con los ojos chispeantes y la sonrisa más radiante que uno se pudiera imaginar. La viva imagen de la inocencia. Le devolvió la sonrisa, asintió con un gesto decidido de cabeza, se plantó junto a la mesa y tomó asiento entre los jugadores.

El hermano del rey alzó la mirada:

—Madame, ¿no os unís a nosotros?

—Me temo que no, monsieur, estoy cansada. Prefiero observar y desearos suerte. —Dos hoyuelos deliciosos se marcaron en sus mejillas y a Bernard le pareció que el príncipe tragaba saliva y se sonrojaba.

La duquesa se acomodó en su cama, recostada sobre un par de gruesos almohadones de terciopelo rojo e hilo de oro, y los jugadores echaron a suertes quién repartía los naipes.

El marqués de La Valette abrió una cajita de tabaco en polvo y tomó una pizca entre los dedos para aspirarla, antes de llamar la atención de Lessay:

—Así que monsieur os ha tenido que sacar esta noche de una encerrona de medio pelo —dijo, señalándole a él con la cabeza—. Supongo que ahora tendréis que poner en su sitio al marido. ¿Tenéis a quién encargarle la tarea?

—No os preocupéis. Eso es asunto mío —respondió el conde, pasándole las cartas para que las barajara.

La Valette sonrió, dejando al descubierto unos dientes separados y blancos. Sus manos huesudas manejaban los naipes con una agilidad magnética.

—La cuestión es que, al final, con la mujer nada de nada, ¿no? ¿Cuánto hace que no se la hincáis a alguna que no tenga que entrar en el Louvre a la hora de las lavanderas, Lessay?

Bernard inició la carcajada. No tenía intención de quedar como un aldeano huraño que no se enteraba de las bromas. Pero nadie la coreó. Las palabras de La Valette habían creado un silencio incómodo y expectante en torno a la mesa.

—Repartid los naipes, monsieur —replicó Lessay—. Hoy ya he tenido bastante jarana.

La Valette le pasó la baraja al duque de Montmorency para que la cortara y aspiró otra pizca de tabaco antes de distribuirle un naipe a cada jugador. Cuando llegó a la altura de Lessay se detuvo un momento:

—De cualquier modo, lo de esta noche no es la primera vez que os ocurre. Cualquiera diría que obtenéis más placer en alborotar a los maridos que en encamaros con sus mujeres. —Su tono tenía la cantidad justa de ligereza como para que las palabras se quedaran colgando en un lugar impreciso entre la chanza y el insulto—. Por supuesto, hay gustos para todo.

Los otros seguían callados, mirando a Lessay de reojo.

—No me toquéis los cojones —replicó, y dispuso su apuesta sobre la carta, sin levantar la mirada.

—Basta de cháchara, messieurs —interrumpió Gastón, frotándose las manos—. Esta vez vuestro príncipe está dispuesto a tomarse la revancha. Preparaos.

El resto de los jugadores sonrieron, y la tirantez que había provocado el marqués de La Valette empezó a disolverse. Fueron depositando sus apuestas y concentrándose en sus naipes.

Bernard derramó su bolsa sobre la mesa y escogió con cuidado las dos primeras monedas a arriesgar. Tenía el ojo rápido y la mano segura, y estaba convencido no sólo de que podía hacer durar su pequeña fortuna unas cuantas rondas sino de que iba a salir de allí con una segunda bolsa igual de llena. Sin embargo, al cabo de un rato, de lo único de lo que seguía persuadido era de que en aquel círculo había más tahúres que en todos los ejércitos cristianos, y de que aquellos gentilhombres rizados y perfumados eran más peligrosos con los naipes en la mano que los granujas que regentaban los garitos clandestinos. Porque ya le habían pillado de primeras cinco veces y con la baceta casi sin empezar. En aquel juego diabólico en el que sólo el azar contaba, las monedas de oro y plata cambiaban de manos a una velocidad vertiginosa. Y fuera cual fuese el pleito que los oponía, cada vez que Lessay o La Valette ejercían de tallador, los envites que cruzaban subían de tal modo que para igualarlos habría tenido que arrojar toda su bolsa a una jugada. Antes de que las monedas se quedaran cortas y las promesas de pago empezaran a entrar en juego, ya le habían dejado sin blanca.

Se levantó, tambaleándose un poco por el efecto del vino dulce, y buscó a Marie con la mirada. Ella le invitó a acercarse y a instalarse a su lado. No en una silla, sino en la misma cama, le indicó con una palmadita. Bernard obedeció, confuso, y tomó asiento en el borde del lecho con la espalda recta y los pies sobre el escabel. Ella seguía acurrucada en la cabecera, envuelta en una penumbra que suavizaba sus facciones. Un par de mechones sueltos le acariciaban las mejillas y su pecho subía y bajaba despacio, al ritmo de su respiración:

—No les habéis durado ni un suspiro. Eso es que yo tenía razón y que es en el amor donde tenéis suerte.

Bernard era consciente de que aquellas palabras reclamaban una galantería como respuesta. Pero no se le ocurría nada que resultara apropiado fuera de un cuartel o de una taberna. Algo que tuviera que ver con los ojos de la duquesa, quizá. Con eso no podía fallar. Cualquier cosa antes que uno de los dislates que se le pasaban por la cabeza cada vez que se giraba, la miraba, y recordaba sus manos acariciándole aquella mañana, primero sobre el pecho y luego más abajo, casi en los calzones:

—Pues en mi provincia —dijo por fin—, ganar unos cuartos con el juego no viene mal para tener más posibilidades de echarles mano a las mozas.

Ella se echó a reír, sin remilgos.

—No creáis que las cosas son muy diferentes en la Corte, monsieur. Ya os iréis dando cuenta.

—También me habría gustado poder devolverle su dinero a monsieur de Lessay —mintió. La bolsa se la había tomado como un regalo y en ningún momento había pensado en restituir ni un solo sueldo. Pero el desprendimiento siempre hacía buena figura.

Marie sacudió una mano, para quitarle importancia a aquello:

—Ahora mismo ni se acuerda… Ni del dinero ni de vos. Le conozco bien y os garantizo que no se levanta de esa mesa hasta que La Valette no se quede sin camisa o le deje en camisa a él.

—Había bajado tanto la voz que Bernard tuvo que inclinarse para escucharla. Su piel olía a frutas rojas, maduras, de las que se deshacían en la boca—. Y yo apostaría por mi primo. Es un magnífico jugador de ventaja y con un par de cartas es capaz de cualquier fullería. ¿Sabéis que me enseñó a hacer trucos de manos cuando éramos niños? Si queréis, os puedo mostrar alguno.

Bernard sintió una oleada de calor por todo el cuerpo. Una mezcla violenta de excitación, celos y vergüenza. Estaba seguro de que tenía las orejas más rojas que la cresta de un gallo. Abochornado por las turbias ideas que habían despertado aquellas palabras inocentes, miró a la duquesa de reojo. Entonces vio danzar en sus labios una sonrisa canalla, y ya no supo si la intención del comentario había sido de verdad ingenua.

—Pero ¿qué es lo que hay entre ellos? —preguntó—. Creía que el marqués de La Valette estaba de broma y casi meto la pata. Vaya mal humor que trae para pasar una noche entre amigos...

—Yo tampoco entiendo por qué ha venido tan destemplado. Parecía que estuviera buscando gresca —replicó ella—. Mi primo no es pendenciero. Nada que ver con su amigo Bouteville, que sale a duelo diario. Pero si le buscan, le encuentran. Por un momento creí que íbamos a tener baile otra vez.

—¿Baile?

Marie asintió:

—Casi se matan el uno al otro hace tres años.

—¿En un duelo?

—Así es. Como un par de bobos. —Marie se apartó un rizo de la cara y bajó la voz, igual que una niña que le confiara una travesura a una compañera de convento—. Todo empezó porque Luis XIII le había dado a entender a mi primo que iba a concederle la mano de una de sus hermanas naturales. Sin embargo, no hacía más que remolonear. Nunca le parecía buen momento para hablar de las condiciones. Hasta que una buena mañana Lessay se enteró por sorpresa de que ya podía irse olvidando de emparentar con la familia real: su dama acababa de firmar contrato de matrimonio con el marqués de La Valette.

A Bernard le costaba concentrare en la historia, incapaz de apartar la vista de aquellos labios gordezuelos, que estaban pidiendo a gritos que alguien los mordiera:

—¿Por eso se batieron?

—En cierto modo… La cuestión es que por aquel entonces ella no estaba ni mucho menos tan entrada en carnes como está ahora. Y mi primo, ya veis la buena planta que tiene… Así que después de un tiempo haciéndose ojitos el uno al otro y aguardando la firma del contrato, hacía varias semanas que habían decidido dejarse de esperas. —Marie hizo un mohín malicioso—. Ya que iban a casarse, ¿qué más daba catar las uvas un poco antes?

—¿Y La Valette se enteró?

—Porque mi primo fue directo a contárselo, en cuanto descubrió que le había birlado la esposa. Y en público, por supuesto, para que no tuviera más remedio que darle réplica. —Marie suspiró, y la tela de su vestido se tensó de tal modo que a Bernard casi se le cayeron los ojos dentro—. Si queréis mi opinión, se comportaron como dos majaderos. Se cosieron a cuchilladas, y si salieron ambos con vida fue porque les faltaron las fuerzas para rematarse el uno al otro. Incluso sus segundos salieron mal parados. Cuando toda la culpa era del rey, por no haber mantenido su palabra. Pero a Su Majestad le encantan las sorpresas; que sus víctimas no se den cuenta de nada hasta que no tienen el puñal clavado en la espalda.

La duquesa hablaba de Luis XIII en un tono de franca animadversión. Bernard recordó lo que le había contado Charles aquella mañana: hacía unos años el rey había expulsado a Marie de la Corte, y sólo su matrimonio con el duque de Chevreuse la había permitido regresar. Estaba visto que aún le guardaba rencor.

—¿Y vuestro esposo? —se atrevió a preguntar—. ¿No se encuentra en París?

—El duque está de cuartel —respondió ella. Bernard se la quedó mirando, sin comprender, algo abochornado por lo transparente que debía leerse su interés tras aquella pregunta. Marie se explicó—. Monsieur de Chevreuse es el primer gentilhombre de cámara del rey. Este trimestre duerme en el Louvre. Así que estoy sola…

Sangre de Cristo. ¿Era posible que todas y cada una de las frases que pronunciaba aquella mujer encerraran una insinuación? Volvió la vista hacia la mesa de juego, porque era pensar en otra cosa o cometer una imprudencia irreparable. Lessay y La Valette mantenían un silencio obstinado que a Bernard le pareció el colmo de la urbanidad. En su aldea, por mucho menos, dos paisanos se habrían matado a garrotazos.

—¿Se reconciliaron después del duelo?

La duquesa se encogió de hombros:

—Más o menos. No iban a sacarse las tripas otra vez… —Marie se había arrodillado a su lado, tan cerca que su aliento le erizaba la piel. Cerró los ojos. En aquel momento, las disputas que tuvieran sin resolver aquellos dos señores le importaban un ardite—. Mi primo se resignó a quedarse sin esposa de sangre real y se casó con una pariente de los Montmorency. Aunque la veréis poco en el Louvre. Es de esas que se pasan el día leyendo latinajos y poemas relamidos en casa de la marquesa de Rambouillet, y que meterían antes a la momia de Petrarca entre sus sábanas que a un hombre de carne y hueso.

Alzó las cejas para expresar su incomprensión, y Bernard tragó saliva. La duquesa hablaba con la misma desvergüenza que las comadres que voceaban su mercancía en la plaza del mercado de Pau, y eso le desasosegaba de una manera extraña. Por muy cercana que le pareciera en aquel momento, las palabras de Charles repitiéndole que una mujer como aquélla era inalcanzable le martilleaban el cerebro.

—Ya veo —respondió, por no quedarse callado, aunque hacía rato que no veía nada.

A Dios gracias, la duquesa se apartó de su lado e hizo ademán de bajar de la cama, no sin antes detenerse un momento a mirarle. En sus ojos danzaba una chispa juguetona:

—No estéis tan serio, monsieur de Serres. Los naipes no son lo vuestro, desde luego. Pero seguro que sabéis jugar a algo más que a la gallina ciega… —Y, sin más, dio su conversación por acabada y se acercó a la mesa de juego.

Bernard se quedó de piedra. ¡Por todas las almas del purgatorio! ¡Se acordaba! ¡Vaya que si se acordaba! Había estado jugando con él toda la noche, pero se acordaba. Se echó a reír. La sangre le corría por las venas a tal velocidad que tuvo que ponerse en pie de un salto. No sabía qué hacer con toda la energía que sentía por dentro.

Se dio cuenta entonces de que la partida había terminado. Los jugadores ajustaban cuentas. Eso significaba que aquella noche extraña había llegado a su fin y no le quedaba sino regresar al cuarto estrecho en el que vivía Charles, y a la cama compartida.

Lessay y Bouteville parecían haberse embolsado la mayor parte de las ganancias. Gastón, el hermano del rey, se incorporó trabajosamente, apoyado en el hombro del marqués de La Valette. Aunque el que más y el que menos estaba un tanto achispado, Su Alteza Real arrastraba una curda de padre y muy señor mío. Había perdido hasta el último escudo que llevaba encima, pero no parecía importarle mucho. Sus ojos se cruzaron y el príncipe le hizo un gesto para que se acercara:

—Monsieur de Serres —dijo, arrastrando las vocales y dejando caer una mano de plomo sobre su hombro—, a vos también os han dejado sin blanca estos tunantes. No, no digáis nada, no está bien desplumar de esa manera a un gentilhombre como vos, recto, honrado y recién llegado a París.

—Os agradezco vuestra preocupación, monseigneur, pero el dinero…

—Callad, callad, dejad que vuestro príncipe os compense. —Gastón de Francia se quitó el sombrero, desprendió un broche de perlas y esmeraldas con el que lo adornaba y procedió a prenderlo del suyo—. La Valette, vamos, echadme una mano para cerrar esta cosa.

El marqués ayudó al príncipe a colocarle el broche y aprovechó para lanzarle a él una mirada que le decía a las claras que guardara silencio y aprovechara su suerte. Cuando terminó con la labor, le dio una palmada en el hombro y abrió su cajita de tabaco con sus dedos secos. Estaba casi vacía.

Lessay, que le había estado vigilando con el rabillo del ojo, se puso en pie y le ofreció la suya. Su mirada tenía una chispa chulesca que no auguraba nada bueno:

—Tomad del mío, monsieur; al fin y al cabo, no será ésta la primera vez que os quedéis con mis sobras.

Todo fue tan rápido que Bernard apenas tuvo tiempo de comprender la insultante alusión de Lessay a la esposa del marqués. La Valette se revolvió como un animal de presa, volcó la mesa de un empujón violento y se arrojó sobre el conde. Éste dio un paso atrás con una sonrisa insolente en la cara y su enemigo echó mano a la espada, escupiendo blasfemias.

Los otros se interpusieron a toda velocidad. Montmorency y Gastón sujetaron a La Valette, mientras Bouteville terciaba para hacer entrar en razón a Lessay, aunque sin demasiado empeño, le pareció a Bernard, que le escuchó ofrecerse como segundo si no llegaban a un arreglo. Él mismo se encontraba en medio del guirigay, entre el uno que voceaba toda suerte de barbaridades intentando librarse de los que le retenían, y el otro que escuchaba en actitud de mofa con los brazos cruzados, azuzando así al marqués aún más que si se le encarara. Bernard se temía que si aquello iba a más, no le iba a quedar otro remedio que meter mano al acero de nuevo. Y dos veces en una sola noche era ya mucho tentar a la suerte. Pero con la duquesa mirando no tenía otra opción.

A duras penas, lograron acomodarlos. Montmorency consiguió incluso que se estrecharan la mano. La Valette accedió, con el pecho todavía agitado, mientras Lessay le ofrecía unas disculpas que sonaban sinceras pero no engañaban a nadie.

Aun después de hechas las paces, el hermano del rey seguía colgado del brazo del marqués, más para sostenerse que para seguir reteniéndolo. El duque de Montmorency aprovechó para sugerirle a La Valette que acompañara al príncipe al Louvre, Marie ordenó preparar un par de caballos para los que habían llegado a pie, y bajaron al patio.

A aquellas horas hacía un frío húmedo y penetrante. Bernard se envolvió en su manto de lana y le pidió instrucciones a Lessay para llegar a casa de Charles. Al día siguiente tenía que presentarse temprano ante el brigadier. El conde le miró otra vez como si aquello fuera un sinsentido. Había dado por descontado que le iba a escoltar hasta su casa, le dijo, y que al menos esa noche aceptaría su hospitalidad.

Encantado de no verse arrojado otra vez a solas por esas calles de Dios, Bernard subió a un tordo vigoroso, con las crines largas y espesas, y siguió a Lessay, sin darle más vueltas al asunto. En lugar de despejarle, la bofetada de aire helado que había recibido en el patio le había dejado aturdido. Tenía la cabeza caliente y los pies fríos, y toda la fatiga de aquel día interminable le había caído encima de los hombros de repente.

Se encogió bajo la capa y dejó que el paso ligero y elástico de su bestia le adormeciera, mientras escuchaba de fondo al duque de Montmorency, que hablaba de marcharse a descansar a su castillo de Chantilly, donde su mujer le estaba aguardando, y a Bouteville y a Lessay que se reían de sus sensatos proyectos, asegurando que en un par de días las damas de la Corte tenían tiempo sobrado de hacer cambiar de opinión a un mujeriego como él.

Luego la conversación derivó de nuevo hacia la victoriosa batalla naval contra los hugonotes. Montmorency y Bouteville rivalizaban contando historias de bravura insensata y acciones temerarias, mientras Lessay reía y maldecía a la vez, arrepentido de no haberles acompañado.

Finalmente, después de un buen trecho, ambos se despidieron. En buena hora. Bernard no veía el momento de llegar a donde fuera y dejarse caer en la primera cama que le pusieran por delante. Pero el conde tenía más ganas de charla y ahora que estaban solos se vio obligado a prestar atención. Como si con aquel cansancio encima le importara a él mucho que Montmorency estuviera disgustado por la frialdad con la que Luis XIII le había recibido tras su triunfo militar, o porque no le hubiera querido conceder el gobierno de la plaza conquistada.

Lo que más le llamaba la atención de todo aquello era el acento de desprecio con el que el conde se refería al rey en todo momento, tan parecido al de su prima.

—Hemos llegado —anunció Lessay, finalmente.

Bernard levantó la cabeza. Al otro lado de la calle, haciendo esquina, se alzaba una magnífica construcción de piedra y ladrillo, con dos pabellones laterales coronados por tejados grises y un portón central iluminado con dos faroles, que daba acceso a un patio empedrado.

Avanzaba hasta la entrada en pos del conde, soñando ya con un colchón de plumas, cuando de pronto una mano surgida de la oscuridad de la pared se aferró a su pierna con violencia.

Gritó, sobresaltado, y su caballo hizo un quiebro.

Pero quien fuera el dueño de aquel brazo tenía clavados los dedos con fuerza en su muslo y la otra mano asida con solidez al estribo. En lugar de obligarle a soltarse, el brusco movimiento sólo arrastró a su atacante bajo los fanales del hôtel de Lessay.

Un hombrecillo escuálido, con ojos desesperados y los cabellos escasos y pegados a la frente, balbuceó:

—¡A Dios gracias, estáis con vida! Creía que os había matado también a vos. ¡Os lo ruego, por lo más sagrado, monsieur, tenéis que escucharme!

7

Se detuvo, pensativa, antes de abrir la puerta. El metal del pestillo estaba oxidado, y se veía viejo y frágil, como si pudiera quebrarse si lo levantaba demasiado fuerte. Madeleine tenía ya quince años y aquella época quedaba muy lejana, pero aún recordaba el tiempo en que aquel hierro era una sólida barra en las alturas, lejos de su alcance. En aquellos días tenía que golpear con su puñito y esperar a que la voz grave de su padre respondiera: «¿Eres tú, tesoro?». Entonces él abría la puerta y ella decía con un mohín: «¿Cómo sabes siempre que soy yo?». Y los dos reían, cómplices.

Entró. Todo estaba como cuando su padre vivía: la cama hecha, la chimenea con la leña lista para prender y la mesa de trabajo con la silla perfectamente alineada. Madeleine se acercó y se sentó con parsimonia casi ritual; había repetido este gesto muchas veces los últimos días.

Permaneció un rato inmóvil observando la pared blanca. Hacía ya casi un mes que había enterrado a su padre y a su hermano en el camposanto de la aldea. Los dos habían muerto víctimas de una extraña y violenta enfermedad que en apenas una semana les había consumido las entrañas.

La desesperación la había hecho enfermar y delirar a ella también durante días, pero ahora era la única Campremy que quedaba con vida. Toda la villa de Ansacq había desfilado por su casa para darle el pésame. Pero Madeleine no tenía ni inclinación ni fuerzas para ejercer de ama de su pequeña hacienda. Había pasado la infancia entregada a lecturas ociosas y canciones alegres, protegida del mundo en el caserón familiar. Su padre y en los últimos tiempos también su hermano habían tomado siempre todas las decisiones. Lo único que hasta entonces se había esperado de ella había sido que fuera encantadora y obedeciera a su vieja ama, que la adoraba, sin exigirle demasiado.

Se sentó en la silla. Echaba tanto de menos a su padre que tenía un vacío constante en el estómago. Había crecido sin madre y él había tratado de quererla por los dos. Le buscaba por todas las salas, se sentaba en su silla y acariciaba sus ropas cada día, como si todavía quedara algo de su calor en ellas. Bajó la vista. Sobre la mesa estaba abierto el libro que había estado leyendo antes de morir: el último tomo de *El Mercurio Francés*, la aburrida crónica que tanto le gustaba y que se hacía enviar desde París.

Lo abrió al azar y empezó a leer un pasaje sobre unos embajadores ingleses, los condes de Carlisle y Holland, que habían llegado a Francia el año anterior para negociar el matrimonio del heredero al trono británico con una de las hermanas de Luis XIII. Eran historias viejas, porque el matrimonio ya se había celebrado y los contrayentes se habían convertido en reyes de Inglaterra, pero Madeleine siguió leyendo, como habría hecho su padre.

Luis XIII había enviado una delegación de nobles encabezada por el duque de Chevreuse para recibir a los dos ingleses a su llegada a Francia. Aquel nombre le daba al texto un aire de agradable cercanía. Chevreuse era el marido de su madrina.

Leyó con avidez acerca de la magnífica recepción a los embajadores, fantaseando con los palacios, carrozas y fiestas en su honor, como si ella también hubiera estado presente. Cerró los ojos y se vio haciendo una reverencia ante un gran señor vestido con sedas y perfumado hasta las cejas. Sonrió, olvidándose un momento de su pena.

Una voz agria interrumpió su breve desahogo:

—Mademoiselle, tenemos que hablar. A no ser que estéis demasiado ocupada hurgando en los papeles de un muerto.

Se volvió, asustada. Antoine, el mayoral de su padre, la observaba con gesto cruel, plantado en medio de la puerta.

No dijo nada y el hombre siguió hablando:

—Como no os habéis ocupado de decidir cuántas cabezas hemos de llevar para vender a la feria, lo he hecho yo. Ya está todo preparado.

Madeleine temía al mayoral, que desde la muerte de su padre no se molestaba en esconder el odio que le tenía. Asintió para que se marchase, pero él siguió allí plantado, como si su falta de respuesta le indignara:

—Están empezando a correr rumores, mademoiselle —escupió, como un insulto—. En el pueblo se dice que vuestro padre y vuestro hermano fueron envenenados.

Madeleine le miró boquiabierta, sin comprender:

—¿Envenenados? Pero ¿quién? ¿Cómo?

—Ya, no entendéis nada. Y supongo que tampoco sabéis que alguien ha andado trasteando en sus tumbas.

Sintió arcadas al imaginarse lo que describía el mayoral. Le habló con la autoridad que infundía la repulsión más profunda:

—Explícate, Antoine. No consiento ese tipo de insinuaciones macabras, ¿es que no tienes respeto por los muertos?

—¡Respeto! No os preocupéis, que precisamente por respeto a los muertos se va a descubrir todo. Yo mismo me encargaré de ello.

Madeleine estaba perpleja:

—¿A qué te refieres?

—Vos los envenenasteis. A saber con qué métodos herejes y por qué motivos. No se ve que aprovechéis mucho la herencia. Vos lo sabéis, yo lo sé y muy pronto lo sabrán todos.

Con esas palabras, el hombre se dio media vuelta y se marchó.

El corazón de Madeleine palpitaba alocado. Abandonó la sala a la carrera y se refugió en la habitación de su ama, que cosía tranquilamente en su cuarto. Se echó en sus brazos sollozando y tardó un buen rato en calmarse y poder darle una explicación coherente sobre lo que había ocurrido.

A pesar de su angustia, en el fondo esperaba que el ama la regañase con la dulzura de siempre por tomarse las cosas tan a pecho y le dijera que todo aquello no eran más que tontunas a las que no había que darle importancia. Sin embargo, esta vez, el rostro casi siempre plácido de la vieja Anne adoptó una expresión concentrada. Sombría, la mujer apartó su labor con actitud solemne, como si nunca más fuese a retomarla, y la acunó en sus brazos.

Durante un rato Madeleine siguió llorando en sus faldas, mientras ella le acariciaba la cabeza con un gesto mecánico. Finalmente, Anne le dijo que se sentara en su silla mientras iba a la cocina a hacerle una tisana y la muchacha obedeció con docilidad.

Se bebió la infusión casi de un trago. Tenía un sabor dulzón y acaramelado que no había probado nunca.

Aún no había terminado de beber cuando notó que los párpados se le cerraban. Casi inconsciente, balbuceó que no quería volver a su cuarto. Tenía miedo de pasar la noche a solas. Escuchó la voz de su vieja Anne tranquilizándola y diciéndole que podía quedarse con ella, y sintió sobre su cuerpo sus manos sarmentosas que la desvestían cariñosamente y la arropaban con delicadeza.

Cayó en un sueño hondo y sin pesadillas. Sólo un par de veces se agitó en la cama. La primera vez se despertó y se asustó al no reconocer su cuarto. Anne estaba de pie, con los brazos cruzados, mirando por la ventana. Cuando se dio cuenta de que se había desvelado, se acercó a ella, hablándole con voz acariciadora, y le dio a beber otro par de sorbos de la tisana.

La segunda vez fue más extraña. En medio de un duermevela confuso volvió a ver a su ama, esta vez sentada a la mesa, con actitud concentrada. Amasaba algo entre los dedos y, guiñando los ojos, a Madeleine le pareció que era una muñequita. A la luz de los rescoldos, le dio la impresión de que Anne inscribía algo sobre el pecho de la figurita con un punzón y luego anudaba algo en torno a ella, mientras murmuraba un cántico entre dientes. Finalmente la vio levantarse y guardar el extraño objeto en una caja de color rojo oscuro que ocultó detrás del manto de la chimenea.

8

Os lo ruego, monsieur! ¡Escuchadme un momento! ¡Antes de que venga a buscarme!

El perturbado seguía agarrado a su pierna con saña y Bernard no conseguía soltarse. Tenía que estar confundiéndole con alguien. Se quitó el sombrero, que le dejaba el rostro en sombra, y el hombre se dio cuenta de su error.

Le soltó el estribo, se arrojó frenético sobre el caballo de Lessay, que se había abierto paso hasta él, y se prendió de la bota del conde, sin dejar de enlazar un desvarío tras otro.

—¡Perdonadme, monsieur, perdonadme por no haberos esperado! Soy un cobarde. Creía que nadie me seguía, pero los vi. Estaba escondido en una esquina, esperando… Y los vi. Qué iluso he sido, ¿cómo no iba a saberlo? Ella lo sabe todo… ¡Ayudadme, os lo suplico!

Lessay le agarró del brazo e intentó tranquilizarle:

—Está bien, maître Thomas, calmaos y vamos dentro. En mi gabinete hablaremos mejor que en la calle.

Aquellas palabras sumieron al personaje en un ataque de pánico desaforado:

—No puedo, no puedo… ¡Nadie puede verme, nadie puede saber que he venido a hablar con vos! ¡Por eso me marché, porque nadie debe verme! —Se volvió hacia Bernard de golpe con la mirada desorbitada, como si hubiera reconocido en él a un temible enemigo. Pero enseguida giró la cabeza y empezó a farfullar con voz opaca, mientras se estrujaba las manos—: Aunque en realidad qué más da, qué más da... Seguro que ella sabe dónde estoy. ¡Conoce todos mis pensamientos! Sabe lo que temo y lo que deseo antes que yo mismo...

Bernard se retorció sobre la montura, incómodo. El hombre no era más que un pobre demente, pero sus ojos enormes y húmedos suplicaban con una sinceridad sobrecogedora.

Al conde tampoco se le veía a gusto. Se diría que todo aquel galimatías febril le había impresionado a él también.

—Basta ya de tonterías. Embozaos si no queréis que los guardias os vean el rostro y entrad de una vez —dijo, y dirigió a su montura hacia el patio de entrada.

El hombre permaneció un momento inmóvil, en medio de la calle, una silueta encogida y temblorosa, con el rostro demacrado y una capa hasta los pies. Recogió del suelo un sombrero de ala muy ancha, se lo caló sobre la frente y echó a andar, sin despegarse de la pared, como buscando protección.

Al final el conde le agarró del cuello, obligándole a salir de las sombras, le empujó por todo el patio hasta el interior del edificio y lo llevó a rastras hasta una antecámara de la planta baja. El tal maître Thomas no paraba de temblar, así que Lessay pidió que encendieran el fuego y que le trajeran algo de beber para fortalecerle.

Bernard les había seguido los pasos, sin saber muy bien qué hacer. Se quedó parado en el umbral, indeciso.

El extraño sujeto se acurrucó en una silla frente a la chimenea y, después de lanzarle una mirada de desconfianza, se bajó el embozo. Vestía ropas sobrias y oscuras de gamuza, en las que sólo destacaba un cuello blanco algo sucio. En los pies llevaba unos borceguíes llenos de barro sobre las medias negras. Tenía todo el aspecto de un escribano al que hubiesen arrancado a la fuerza de sus papeles. Los ojos, sin embargo, le ardían con una intensidad insólita que podía ser producto de la fiebre o de la locura, y cada vez que la sombra de una llama más viva que las demás lamía su faz macilenta, el contraluz producía un efecto extraño en las órbitas profundas y las mejillas hundidas de su rostro, que a Bernard le recordaba a una calavera.

El conde se despojó de su ropa de abrigo y se quedó mirando

a su invitado, en silencio, con los brazos cruzados sobre el pecho. También él tenía aspecto cansado y su traje mostraba una mancha oscura en la manga izquierda, a la altura de donde había recibido el pinchazo durante la refriega. Pero aquel tipejo acaparaba toda su atención. Se inclinó sobre él e intentó convencerle a base de buenas palabras para que bebiera algo, en vano. Al cabo de un momento se encogió de hombros y se acercó a él:

—Creedme que lo siento, Serres, pero tengo que pediros que nos dejéis a solas. Este hombre es un antiguo familiar de mi casa y no sé si está enfermo o si ha perdido la razón, pero debo ocuparme de él. —La preocupación del conde parecía genuina—. No se me ha olvidado que estoy en deuda con vos. Hablaremos mañana.

Bernard le echó un último vistazo al hombre de negro. Aunque allí dentro hacía calor, los escalofríos le sacudían el cuerpo y tenía la cabeza hundida entre los hombros. Asintió con la cabeza. Lessay le acompañó hasta la escalera principal y le ordenó a un sirviente que le instalara para pasar la noche. Aún no había puesto el pie en el primer peldaño cuando escuchó unos pasos ágiles. Una criada joven y guapa bajaba las escaleras:

—Buenas noches, monsieur. Disculpadme que os interrumpa, pero a la condesa le gustaría que subierais a verla un momento.

El conde lanzó una mirada desganada hacia el piso superior:

—Es muy tarde. Dile que la veré mañana.

—No creo que la condesa quiera esperar —replicó la camarera—. Es sobre los cambios que le habéis encargado al poeta para la mascarada del jueves. Está muy disgustada.

Se le quedó mirando, con expresión acusadora y sin moverse de la escalera.

—Venga, Suzanne —suspiró Lessay—, hazme el favor, convéncela de que no son horas. Estoy reventado. Mañana la escucharé con más atención.

La criada sacudió la cabeza, pero se dio por vencida. Lessay regresó a la estancia donde aguardaba el hombre de negro, y él siguió al lacayo escaleras arriba, hasta un cuarto de la última planta, pequeño y abuhardillado. No tenía más mobiliario que una mesa de nogal, una silla tapizada de terciopelo verde y un candelabro de plata deslucida con tres velas de cera amarilla, pero el catre era amplio y parecía cómodo. Una alfombra vieja y tupida recubría el suelo, y hasta había una pequeña chimenea recién encendida que empezaba a caldear las paredes del cuartito.

Se quitó las botas y se dejó caer sobre la cama, sin desvestirse siquiera. Debía de ser cerca de medianoche y tenía la impresión de que llevaba toda la vida despierto. Los párpados le pesaban. Cerró los ojos y se olvidó de todo...

Hasta que despertó de golpe, envuelto en sudor y con la ropa pegada al cuerpo. Se había quedado dormido sobre el cobertor, derrotado por el cansancio, y había tenido un sueño extraño, denso y angustioso que le había dejado el pecho palpitando. No conseguía recordar nada. Lo primero que se le vino a la cabeza, antes de comprender siquiera dónde estaba, fue la tétrica aparición del escribano agarrado a su pierna en mitad de la noche. Aquel hombre le había dejado una sensación profunda de desasosiego. Cuerdo o loco, Bernard no había visto a nadie tan aterrorizado en su vida...

No sabía si había dormido un minuto o varias horas. Se incorporó y abrió la ventana. Ya no había luna o, si la había, no se veía por ningún sitio. El cielo estaba cubierto por unas nubes oscuras, atormentadas, y aunque intuía que la habitación daba a un jardín, éste no era más que negrura.

Comenzó a desvestirse, despacio. Todas las sensaciones de aquel día largo y extraño iban regresando a su cabeza, desordenadas. Los labios carnosos de la duquesa de Chevreuse, el silbido de un acero abandonando su funda en una calle solitaria, unos ojos espantados en mitad de la noche, y unas palabras: «Perdonadme, estaba escondido, esperando, y los vi...».

¿De qué hablaba el pobre orate? El conde daba la impresión de haber descifrado sin problemas el galimatías.

Y ahora que él tenía las ideas menos nubladas por el vino y el agotamiento, empezaba a tener una sospecha... «A Dios gracias, estáis con vida.» El loco había dicho que se alegraba de que no hubieran matado al conde... ¿Cuándo? ¿Esa misma noche?

Se sentó en la cama. Ese tal maître Thomas tenía toda la pinta de tener algo que ver con lo que había pasado bajo los muros del hospicio de los Quinze-Vingts. O al menos algo sabía.

Si era así, no le parecía bien que el conde le hubiera despedido para hablar con él a solas. Desde luego, él no tenía derecho a exigirle explicaciones a nadie sobre sus negocios privados, y menos a una persona de tanta calidad. Pero después de haberse jugado el cuello por él, cuando ni siquiera le conocía, tampoco estaba en razón que le despachara del modo en que lo había hecho.

Se puso de pie, volvió a colocarse los calzones y abrió la puerta del cuarto. No sabía dónde iba ni qué iba a hacer si se encontraba con alguien. Sólo sentía una irritación vaga y la convicción de que se merecía enterarse de lo que tenía que contar ese maître Thomas. Se asomó al hueco de la escalera, pero el edificio estaba oscuro y silencioso.

Deambuló un poco por el piso, a tientas, y finalmente decidió regresar a la cama, un tanto abochornado. La indiscreción era un vicio de criadas y comadres, no de un hombre hecho y derecho. ¿Acaso se había mostrado el conde ingrato con él? No. Entonces qué más le daba cuáles fueran sus asuntos con aquel pobre chiflado. Además, ni siquiera estaba seguro de que su aparición tuviera que ver de verdad con lo que había sucedido esa noche. A lo mejor era otro negocio lo que se traía con Lessay y estaba metiendo la pata. Lo más juicioso era echarse a dormir y dejarse de comeduras de mollera.

Tenía ya el tirador en la mano cuando escuchó el rumor de una voz masculina que procedía de su derecha. Sonaba tensa y apremiante, y contrastaba con el quejido lloroso de la que le respondía. Guiñando los ojos, a Bernard le pareció distinguir un leve resplandor dorado. Sin pensárselo dos veces entró en su cuarto, arrancó una vela del candelabro, la encendió en la chimenea y se encaminó hacia el punto de donde procedían los sonidos, protegiendo la luz con una mano que iba entreabriendo lo justo para no tropezar con ningún mueble.

Avanzó hasta la esquina donde el pabellón central se unía con una de las alas laterales. La zona tenía todas las trazas de estar deshabitada y, por los muebles amontonados en desorden, cubiertos por sábanas y telarañas, parecía servir sólo de almacén. Sin embargo, detrás de una de las puertas palpitaba una luz tímida. Sopló sobre su vela. Ahora que conocía el camino, podía regresar a su habitación a tientas. Se acercó a pasos quedos y escuchó. Tal y como imaginaba, eran el conde de Lessay y su extraño invitado los que estaban allí dentro:

—Desvariáis, maître Thomas. Los físicos no encontraron nada.

—Eso es porque la *cantarella* no deja rastros. Todos los médicos lo saben. Estoy seguro de que vuestra excelencia también lo ha oído.

Una corriente de aire frío cruzó desde una ventana mal cerrada y Bernard se frotó los pies descalzos el uno contra el otro. Sí que debía de haber insistido maître Thomas en la necesidad de secreto si era en aquel rincón medio abandonado de la casa donde le había instalado el conde, ya fuera para conversar o para pasar la noche. El hombrecillo hablaba en susurros rápidos, con una voz ansiosa y rota por los temblores, y trataba afanosamente de convencer a Lessay. Éste se mostraba impaciente y desconfiado:

—Sí, y también sé que la *cantarella* no ataca al habla ni a la inteligencia. No de esa manera.

Hubo un momento de silencio, un rumor de ropas y luego Bernard escuchó otra vez al hombre de negro:

—Lo encontré en una bolsita cosida dentro de su almohada, horas antes de que muriera. Leed. —Parecía que había sacado algún papel de un bolsillo.

La voz del conde sonó malhumorada:

—Esto está en griego, *sang de Dieu*. Decidme vos lo que pone.

Durante unos segundos sólo se oyó un ruido de botas, paseando arriba y abajo por la estancia, hasta que maître Thomas empezó a leer:

—«Yo te ato, Michel, ato tus palabras y tus acciones, así como tu lengua, junto a aquellas que murieron incompletas. Que del mismo modo que los muertos que habitan junto a Hades y Perséfone no pueden hablar ni conversar, que Michel sea como ellos y ni hablar ni conversar pueda. Que tenga tantas fuerzas como los muertos enterrados y que no pueda alcanzar sus fines, ni de palabra ni de acción». —El huésped del conde hizo una pausa larga. Le temblaba la voz—. Es su letra, monsieur.

Los pasos se detuvieron en seco:

—¡Dadme eso! —El tono de Lessay desprendía una agresividad defensiva, como si luchara por no dejarse arrastrar por los delirios de su interlocutor. Guardó silencio un momento, releyendo quizá el texto, antes de volver a espetar—: Si de verdad encontrasteis esto en su almohada, ¿por qué habéis tardado tanto en acudir a mí?

—¿De verdad tengo que explicároslo, monsieur? Quise hacerlo desde el primer momento, quise hacerlo… Pero no me atreví. Tengo miedo —replicó maître Thomas, trémulo—. Sé que al acudir a vos he sellado mi suerte. Pero era mi deber, tenía que hacerlo… Antes de que se me terminara de escapar la cordura…

—Aquí estáis seguro, por todos los diablos, tranquilizaos ya. Nadie os va a hacer nada mientras estéis en mi casa.

—Yo ya no estoy seguro en ningún sitio, monsieur. Sé que sabe dónde estoy. Siento que escucha todos mis pensamientos, a veces incluso tengo la impresión de que es ella quien me ordena qué es lo que debo hacer. De que controla mi voluntad. Creedme cuando os digo que no es sólo a la muerte a lo que le tengo miedo, sino a algo más…

Bernard sintió un estremecimiento que le recorrió desde la raíz del cabello a la punta de los pies. El hombre había pronunciado las últimas frases con una lucidez resignada, muy distinta del enajenamiento frenético con que se había expresado hasta entonces. Pero llevaba allí escuchando demasiado tiempo. En cualquier momento la conversación podía tocar a su fin. No podía dejar que Lessay le sorprendiera a medio vestir y deambulando por aquellas estancias clausuradas.

Regresó a su cuarto tan rápido como pudo y se metió en la cama, dispuesto a dormirse otra vez. Andar escuchando detrás de las puertas los secretos de un pobre demente no era algo de lo que pudiera enorgullecerse. Si no había entendido nada de aquella conversación, eso era porque nada tenía que ver con él. Lo más honesto que podía hacer era intentar olvidarla y dejar de meter la nariz en cuestiones que nada le importaban.

Empezaba a amodorrarse cuando alguien golpeó suavemente su puerta. Apenas le dio tiempo a incorporarse antes de que el conde entrara en la estancia sin esperar respuesta, con un candelabro en la mano.

—Me alegro de que estéis despierto. Quiero pediros un favor.

Bernard parpadeó, desconcertado:

—Lo que necesitéis.

—Sólo vuestra discreción. —Al resplandor de aquella luz escasa la mirada del conde resultaba inaprensible, pero su voz tenía una inflexión serena, muy distinta de la de hacía un rato—. El tipo que se nos ha aparecido en la calle ha formado parte de mi casa durante mucho tiempo. Se trata de un hombre de letras, cultivado y leído. Desgraciadamente, ha perdido la razón. En su delirio ha cometido algunas imprudencias que le han granjeado enemigos. Vos mismo lo habéis comprobado hace un rato, acero en mano. Lo de esta noche no ha sido un asunto de faldas, como le he contado a todo el mundo. A quien esperaban los matones de los Quinze-Vingts era a maître Thomas, que me había citado para pedirme ayuda. Voy a alojarle aquí, a resguardo de quienes le buscan. Sólo lo sabréis vos y un criado de mi total confianza. Ni siquiera la condesa está enterada. Tampoco necesita saber nadie que el desgraciado ha perdido la mollera. Es un buen hombre que no se merece esa deshonra. Confío en vos.

Se acercó hasta él, le estrechó la mano y, sin más, cerró la puerta y se marchó.

Bernard se dejó caer sobre la almohada. Ahora sí que se sentía abochornado por su comportamiento husmeador y por haber desconfiado de la buena fe del conde. Cerró los ojos y, por tercera vez aquella noche, se dispuso a dormir. Fuera, el viento golpeaba las contraventanas, acunándole como las ventiscas que envolvían los pies de los Pirineos, allá en su hogar. En algún punto entre el sueño y la vigilia comprendió que no faltaba mucho para la hora a la que debía presentarse en el Louvre y se preguntó si sería capaz de despertarse a tiempo. Su último pensamiento, apenas consciente, fue para Charles. Se había olvidado por completo de avisarle de que no debía esperarle esa noche.

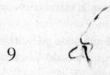

9

Soñar con agua putrefacta significaba que la vida del durmiente estaría llena enfermedades y penurias, ya que el agua sucia era símbolo de corrupción y maldad latente. Sumergirse involuntariamente en aguas estancadas era por el contrario un excelente augurio, le había asegurado la gitana desdentada que había presenciado su caída al foso del Louvre.

Era tradición dar la bienvenida a los nuevos reclutas con una broma pesada, y el normando cejijunto que había propuesto empujarle tenía sin duda muy buena vista. Pocas cosas habrían podido humillar más a Charles que aquel chapuzón que había arruinado su impecable vestimenta y le había acarreado un catarro de padre y muy señor mío. A pesar de que hacía más de un año de aquello, no podía evitar acordarse de la deshonrosa novatada cada vez que cruzaba el puente del foso.

Las palabras de la gitana le consolaban algo, sin embargo, porque aunque él no creía en supercherías, los sueños y los presagios no eran cosas que debieran desdeñarse. Hasta el mismo Hipócrates se los tomaba muy en serio.

La cíngara también le había advertido de que se guardara de las aguas vivas, ríos y corrientes si quería vivir lo suficiente para engendrar y ver crecer a los siete hijos que llevaba escritos en la palma de la mano. Pero eso se lo había murmurado entre dos esputos de saliva airados, como una maldición, después de que se negara a pagarle ni un solo sueldo por sus predicciones, así que nunca se lo había tomado en muy serio.

De lo único de lo que Charles estaba seguro era de que, al menos de momento, la diosa Fortuna no le había abandonado. Si seguía vivo aquella mañana estaba claro que, después de todo, el guardián de Angélique no le había visto el rostro cuando se le había caído el embozo.

Aunque había pasado la noche en blanco, saltando al menor ruido, pensando que el calvo bigotudo iba acudir a despacharle acompañado de un par de esbirros armados con pistolones, al final no había aparecido nadie por su cuarto.

Bernard tampoco.

El alivio que había sentido al amanecer había quedado empañado del todo por la inquietud que sentía por la desaparición de su amigo. Porque Bernard tampoco se había presentado en el Louvre a la hora convenida. Había preguntado por él a todos los camaradas con la casaca del capitán Fourilles que se había encontrado por el Louvre y nadie le había visto. Aquello no tenía buena pinta. Capaz era de haberse metido en el sitio equivocado y haberse ganado un par de cuchilladas a lo tonto.

Se apoyó sobre los muslos de una de las gigantescas cariátides de la sala baja, tratando de decidir dónde buscar a continuación. Tenía una cita con el abad de Boisrobert en el jardín de las Tullerías pero aún faltaba una hora. Y había un sitio donde todo el mundo sabía que había que ir a mirar en estos casos. La morgue del Châtelet. Allí era donde los hombres del Preboste exponían los cadáveres que se encontraban tirados por las calles. Estaba armándose de valor cuando, de repente, reconoció a la figura que cruzaba la puerta de entrada con aire despreocupado. Se enderezó de un brinco.

Bernard estaba un poco pálido, como si no hubiera dormido mucho, pero entero en apariencia.

—¡Cabrón desgraciado! ¿Se puede saber dónde te habías metido? —Su amigo se acercó a saludarle, como si tal cosa, y él le apartó el brazo, mosqueado—. ¡Estaba a punto de ir a buscarte a la morgue!

A Bernard aquello pareció hacerle gracia, porque soltó una carcajada:

—¿A la morgue? Diablos con el pájaro de mal agüero.

Y, sin más, comenzó a relatarle una historia insólita acerca de sus andanzas de la noche anterior. Hablaba sin ton ni son. De un combate a muerte en una plaza oscura, de un gran señor al que había salvado la vida, de una partida de cartas con rivales de alta alcurnia y sobre todo de la duquesa de Chevreuse. Él digería la avalancha de información a marchas forzadas, irritado consigo mismo por haber pensado que le había ocurrido algo.

Bernard se disculpó con ligereza por no haberle avisado; no había tenido ocasión con tanto acontecimiento excepcional:

—Acabo de pasarme por tu casa. He ido a buscarte para contártelo todo, y como no estabas, he venido aquí a probar suerte.

—Bueno, pues ya me has encontrado.

Seguía enfadado, pero no quería pasar por un blandengue aprensivo. Echó a andar. Bernard le siguió como un perrillo y, como él no tenía ganas de hablar, deambularon sin decir nada hasta que sus pasos les llevaron a la Gran Galería que bordeaba el Sena y unía el Louvre con el palacio de las Tullerías.

No se podía decir que fuera parte de las dependencias nobles, ya que albergaba multitud de talleres de artesanos que se alojaban allí con sus familias, y hasta parte de las caballerizas reales, pero era uno de sus lugares favoritos. Charles apreciaba la sensación de espacio que proporcionaba su alta bóveda y la luz que entraba por las decenas de ventanales que miraban al río.

Bernard observaba interesado a la muchedumbre de obreros afanados en sus diversas tareas. El arquitecto a cargo de la reforma del Louvre, Jacques Lemercier, se había instalado allí para estar cerca de sus trabajadores. Y la enorme obra requería todo tipo de artífices: orfebres, canteros, escultores, herreros y pintores venidos de los cuatro costados de Francia para darle al rey un palacio digno de su magnificencia.

Charles seguía sin tener ganas de hablar con su amigo, pero la curiosidad le podía:

—Por cierto, ¿tú no tenías que presentarte hoy ante el brigadier?

Bernard contemplaba estupefacto la labor de dos escultores, que a golpe de cincel moldeaban un amorcillo de carnes abundantes:

—Ya no. Al final no voy a servir en los Guardias.

Charles le miró, atónito, aguardando el resto de la explicación. Pero Bernard había vuelto a quedarse ensimismado con el trabajo de los artesanos. Que se lo llevaran los demonios, su amigo nunca había sido hablador, pero no se le ocurriría pensar que podía dejar la cosa ahí. Le agarró del brazo:

—¿De qué estás hablando? Ya estabas admitido.

Bernard se encogió de hombros como si todo fuera cosa del destino y él no tuviera nada que decir en el asunto:

—Monsieur de Lessay me ha ofrecido quedarme a su servicio y le he dicho que sí.

Se estaba riendo de él con toda su cachaza:

—Me estás tomando el pelo. Ayer me hiciste presentarte a monsieur de Fourilles personalmente. ¿Y hoy ni asomas el hocico? ¿Cómo me deja eso a mí?

Bernard le pasó un brazo por los hombros, sin alterarse:

—No tienes que preocuparte. Al capitán no le ha parecido mal. He ido a verle a su residencia hace un rato y se lo he explicado todo. Resulta que es un viejo camarada de armas de monsieur de Lessay.

—¿Y ya está?

—Ya está. Así que ya no tienes que prestarme más tu catre.

Ahora sí que le había dejado sin palabras. No merecía la pena ni decirle que al capitán no le había parecido mal su decisión porque Bernard era un gentilhombre, igual que él, y se iba a servir a casa de un amigo. Pero habría que ver cómo le miraba a él, el guardia Montargis, la próxima vez que fuera a pedirle un favor.

Maldito fuera, ¿cómo se podía tener tanta suerte? Bernard no llevaba ni dos días en París y ya estaba codeándose con los grandes señores. Seguro que le tocaba saludarle a su paso, cualquier día, mientras estaba plantado al lado de una puerta con la pica en la mano.

Por lo menos no se lo restregaba por las narices. Aunque a lo mejor era que no se daba cuenta de la oportunidad de oro que le había ofrecido el destino.

Conociendo al dedillo como conocía a todos los personajes que frecuentaban el Louvre, Charles podría haberle contado muchas cosas sobre su nuevo patrón, si Bernard se hubiera molestado en mostrar un mínimo de interés.

Henri de Rohan, conde de Lessay, barón de Calhanel y señor de Gyé y Kergadou, era primo hermano de la dichosa madame de Chevreuse y compartía con ella el mismo talante seductor. Aunque seguramente era tan codicioso como el resto de los grandes cortesanos, sabía disimularlo, y era más dado a engatusar con palabras y hábiles rodeos a quien quería poner de su parte que a exigir privilegios a voces. Su mayor virtud había sido saber aprovechar la época de gran favor de la duquesa y su primer marido para obtener todo tipo de beneficios a través de ellos: el nombramiento como caballero de las Órdenes del rey, el cargo de primer gentilhombre de la reina Ana de Austria y el gobierno de un par de plazas de importancia, entre otros.

Al menos, por lo que decían, había demostrado saber servirse de las armas en campaña y tenía un par de duelos a sus espaldas que habían hecho ruido. Era bien parecido, rico y, según se contaba, espléndido con los suyos. Por desgracia, no tenía fama de patrón destacado de las artes ni de las letras, o él también habría podido sacar algún beneficio de la fortuna de su amigo.

Se fijó en la luz pálida que entraba por los ventanales. La mañana estaba avanzada y se le estaba haciendo tarde. Boisrobert le esperaba. Pero quería conocer más pormenores de la historia de Bernard. Le pegó un codazo:

—Anda, cuéntame por lo menos. ¿Volviste a jugar a la gallina ciega con la cabritilla?

Aquella pregunta funcionó como un ensalmo. A Bernard se le fue toda la mudez. Pero ya no hubo forma de reconducir la conversación. Daba igual que intentara preguntarle por otros asuntos de la noche. El muy cabezón siempre acababa volviendo a la duquesa de Chevreuse. Lo que ella le había dicho, lo que había insinuado y lo que él había tocado o estado a punto de tocar.

Aunque juraba que no se hacía ilusiones. Estaba convencido de que todo era una burla, de que la duquesa no había podido resistir la tentación de provocar a un mozo tan verde como él. Y de que si enloqueciera y osara ponerle la mano en la horcajadura, ella no sólo le rechazaría con frialdad de princesa ultrajada sino que sus nobles parientes le cortarían en rodajas sin dudar un instante.

—Pues ese tipo de mujeres en Pau tienen un nombre —le dijo, para provocarle—. Y no es halagador.

Rieron.

—Calla, bestia. Se supone que eres poeta. —Bernard se quedó callado un instante, contemplando el trabajo de un pintor—. Oye, ¿tú sabes lo que es la *cantarella*?

—Un veneno italiano. Dicen que era el favorito de los Borgia. ¿De eso estuvisteis charlando anoche? ¿De envenenamientos? Vaya un tema de conversación sórdido para esa compañía tan ilustre.

—No, no —contestó Bernard con rapidez—. De lo único que hablaba todo el mundo era del matrimonio del hermano del rey. La reina madre quiere casarle y él se niega o algo así. No entendí mucho.

Charles frunció el ceño. El matrimonio de Gastón. Por supuesto. De qué otra cosa iban a hablar estando madame de Chevreuse presente. En la Corte no había otro tema de conversación desde hacía semanas.

Ana de Austria había acogido con desesperación el propósito de María de Médici de casar a su hijo menor. Después de diez años de matrimonio estéril, su posición en la Corte era muy difícil y su aventura galante con Buckingham no había hecho más que empeorarla. Lo último que necesitaba era la humillación de ver a una cuñada paseando una barriga con un heredero al trono dentro por el Louvre.

Pero las primeras semanas después de que empezaran a correr los rumores, aquel verano, había tenido que vivir sola su angustia. La duquesa de Chevreuse se encontraba en Inglaterra, como parte de la embajada que había acompañado a la princesa Henriette tras su boda con el rey británico. Eso sí, en cuanto la cabritilla había regresado a Francia, lo había revolucionado todo.

De momento ya había conseguido que el joven príncipe se opusiera a su madre, aferrándose con desesperación a la soltería.

—¿Y lo de la *cantarella*, entonces? —preguntó—. ¿De dónde lo has sacado?

Bernard se le quedó mirando, boquiabierto y con las cejas arqueadas, como si él mismo se le hubiese olvidado. O como si no quisiera contárselo y no supiera cómo escabullirse. Tardó bastante en hablar y cuando lo hizo su voz sonó remisa:

—Se lo escuché a Gastón. Que preferiría beberse una garrafa de *cantarella* antes que pasar por el altar. Pero no me gusta andar repitiendo chismes.

Charles se encogió de hombros:

—Bueno, alguien tiene que darle un heredero a Francia si el rey no lo hace.

—Supongo. —Bernard bajó la voz—. Por lo que decían anoche, parece que tiene algún problema de hombría, ya sabes, que le hace incapaz de dejar embarazada a la reina.

Charles soltó un bufido:

—Ja. Lo que le impide dejar embarazada a la reina es que no se acerca a su cama ni aunque lo arrastren. Como no intervenga el Espíritu Santo…

Bernard le contemplaba con una expresión vacua. Como si aquello escapara a su comprensión:

—¿Y eso por qué? La reina es una mujer hermosa.

Un revuelo de gente en el extremo de la galería le libró de tener que encontrar respuesta a aquella pregunta imposible. Dos guardias cachazudos apartaban a artesanos y ociosos a la orden de «¡Abrid paso al rey!». Bernard giró la cabeza, paralizado al comprender que estaba a punto de tener al soberano a dos palmos de sus narices.

Tres perros juguetones precedían al monarca y a su madre, María de Médici, que avanzaban con majestuosa calma sin prestar demasiada atención a la nutrida concurrencia de artesanos y curiosos. A aquella hora, seguramente acababan de dar por concluida la reunión del Consejo. Charles se fijó, con una sonrisa, en el brillo reverente con el que su amigo contemplaba al rey.

Cuando pasaron por delante de ellos, tendió el oído y les escuchó mencionar al arquitecto jefe, Lemercier. Luis XIII estaba pálido. Tenía aspecto cansado, como siempre en los últimos tiempos, y hablaba en voz queda con su madre, que por el contrario se veía sana y lustrosa. Quizá la florentina le estuviera ofreciendo consejo sobre el arte de edificar palacios, en el que ella tenía más experiencia.

Charles sacudió la cabeza, riéndose de sí mismo y de su manía de fantasear sobre lo que se decían los poderosos, para estar preparado si algún día llegaba a verse en conversación con ellos. Cogió del brazo a Bernard, que se había quedado sobrecogido.

Su amigo se había olvidado ya de la conversación que habían dejado a medias y le pidió que le indicara cómo se salía del Louvre:

—He prometido volver al hôtel de Lessay a dar noticia de mi entrevista con Fourilles, y llevo dos horas dando vueltas.

Charles le guió hasta la salida más cercana. Se despidieron, quedando en verse con más calma al día siguiente, y él siguió hasta el final de la galería y el palacio de las Tullerías.

El abad de Boisrobert le había dicho que le esperaría en el jardín, en la avenida de las moreras. La arboleda que Enrique IV había hecho plantar para criar gusanos de seda corría paralela a una galería cubierta, donde se apiñaban los paseantes en días de lluvia. Charles conocía bien aquel lugar discreto y sombreado, perfecto para concertar una cita galante.

No tardó en divisar la figura un punto rolliza del abad, que discutía animadamente con dos jardineros. Estaba de espaldas, con la mano derecha plantada en la cintura, y vestía con jubón y calzones. Boisrobert opinaba, con buen criterio, que una sotana no era vestimenta para andar arrastrando por fondas, garitos de juego ni calles enlodadas, y la verdad era que, desde que le conocía, Charles le había visto más veces en calzones que con las faldas eclesiales.

En cuanto se acercó al grupo, el abad despidió a los jardineros y le sonrió. Era un hombre de unos treinta y cinco años, con la mirada afable, los mofletes colorados y el pelo siempre revuelto para camuflar una calva incipiente. Charles estaba tan impaciente que no le devolvió ni siquiera el saludo:

—Tengo noticias.

El abad percibió un tinte de victoria en su voz e inquirió, excitado:

—¿Mademoiselle Paulet? —Charles asintió—. ¿Qué habéis averiguado?

Le contó todo lo que había ocurrido el día anterior, de carrerilla, incluyendo la persecución por París y los disparos. Eso sí, hizo una pausa dramática antes de revelar el nombre de la persona que se había reunido con la Leona en la posada:

—El marqués de La Valette.

Boisrobert alzó las cejas:

—Vaya… ¿Será posible que la Leona tenga engañado a todo el mundo y lleve una vida galante a escondidas?

—Todo puede ser. Pero la verdad, me extrañaría. La Valette no estuvo en la fonda más de un cuarto de hora. No le dio tiempo ni a quitarse la ropa. Además, ¿por qué iban a esconderse? Ninguno de los dos tiene nada de lo que avergonzarse.

—Muy cierto. Si yo fuera el marqués de La Valette, no sería precisamente una amistad con mademoiselle Paulet lo que escondería con tanto cuidado…

El abad le lanzó una mirada al bies tan cargada de doble sentido que Charles comprendió que no iba a encontrar una oportunidad mejor de confirmar los chismes que había oído más de una vez:

—¿Es verdad lo que se dice de que compra crías a sus familias para desflorarlas?

El abad se encogió de hombros:

—A cada cual sus gustos. Dios me libre de criticar la viga en el ojo ajeno.

—¿No es la mota?

Boisrobert respondió, sarcástico:

—No. En este caso, *mon ami*, es una viga. —Hizo un gesto desdeñoso con la mano—. La verdad es que no lo sé de cierto, pero cuando los rumores son plausibles, me gusta creérmelos. De todos modos, hay algo más raro aún en su cita con mademoiselle Paulet. Pensad un poco, ¿tanto afán tenía de proteger su secreto ese guardia de corps como para arrojarse a disparos contra el primero que le mira de seguido? Reconoceréis que es un comportamiento un tanto exagerado…

—¿Creéis que al cardenal le interesará lo que os he contado?

—Sin duda. No tengo ni idea de si tiene algo que ver con el asunto que nos importa, pero es lo bastante singular como para llamar su atención. ¿Estáis totalmente seguro de que no os han reconocido?

—Seguro —respondió tajante. No pensaba contarle que se le había escurrido el embozo. No había necesidad de darle todos los detalles. Si no habían ido a por él esa noche, estaba claro que no sabían quién era.

—Bien. Porque una sola sospecha, por mínima que fuera, haría que ella os expulsase de su círculo íntimo. Y no hace falta que os diga que entonces habríamos fracasado por completo.

Es decir, que él habría fracasado por completo.

—Lo sé. Podéis confiar en mí.

Boisrobert bajó la voz:

—Y no sólo eso. Recordad que os podría costar la vida. —Le dio unos golpecitos tan suaves en la mejilla que casi eran caricias—. Y eso sí que no lo queremos.

El abad no dejaba nunca de recomendarle prudencia en la tarea de espiar a Angélique, pues él mismo había comprobado de primera mano lo peligrosa que podía llegar a ser.

La razón por la que la Leona les interesaba tanto al cardenal de Richelieu y al rey era de lo más misteriosa.

El pasado mes de marzo, días antes de morir, Jacobo I de Inglaterra había enviado un correo a París con una carta privada para Su Majestad Luis XIII. Nada fuera de lo normal, si no fuera porque en su misiva el rey británico mencionaba el envío de otros dos emisarios más, cada uno de los cuales portaba un mensaje igualmente secreto. Y ninguno de ellos había llegado a París.

El correo que había traído el primer mensaje aseguraba que el rey inglés se lo había entregado en mano y que la única persona que les acompañaba en la habitación era un paje llamado Percy Wilson, un jovencito rubicundo y afeminado que formaba parte del círculo más estrecho del rey difunto. Nadie desconocía la afición de éste por la belleza masculina, ni las ventajas que una presencia atractiva ofrecía en la Corte de Jacobo I a quienes, como el duque de Buckingham, habían sabido satisfacer dicha afición tragándose los escrúpulos.

Richelieu se había puesto en contacto con el paje para tratar de averiguar algo de las dos misivas desaparecidas. Pero Percy Wilson le había asegurado que, hasta donde él sabía, Jacobo sólo había escrito una carta. Ignoraba que hubiera más mensajes.

No había razón alguna para pensar que el paje mintiera. Jacobo I estaba agonizando cuando había decidido ponerse en contacto con Luis XIII. Quizá la muerte le había sorprendido antes de que pudiera enviar las otras dos cartas previstas.

Pero días después habían llegado noticias de la aparición en una posada de Beauval del cadáver de un soldado inglés que se dirigía a París en misión oficial. Le habían robado todas sus pertenencias y el primer correo de Jacobo les había confirmado que se trataba de un camarada de su regimiento.

Así que el cardenal había empezado a desconfiar de la historia de Percy Wilson.

Pero no había tenido oportunidad de indagar más hasta finales de mayo, cuando el duque de Buckingham había llegado a París para asistir a la boda por poderes entre la hermana de Luis XIII y Carlos I, el nuevo rey de Inglaterra, y se había traído al pajecillo en su séquito.

Desde el primer momento, Richelieu había dispuesto que Percy Wilson estuviese vigilado día y noche. Había comprado al criado que le atendía y a Boisrobert le había encargado que se procurase su amistad y su confianza, costara lo que costase. Incluso había puesto su bolsa a su disposición para ayudarle en la tarea.

El cometido no era ingrato y el abad se había entregado a él con gusto, convirtiéndose en un par de días en el escolta del muchacho, al que había sufragado todo tipo de gustos más extravagantes que los de un príncipe. Al principio, nada en su comportamiento parecía justificar la vigilancia. Sin embargo, al cabo de unos días, el joven paje empezó a comportarse de manera errática. Tenía pesadillas terribles, de las que se despertaba envuelto en sudor, con la mandíbula desencajada y los ojos ciegos. Una tarde, al salir de una taberna, muy borracho, le confesó al abad que guardaba un secreto valiosísimo sobre el difunto rey Jacobo, y que estaba dispuesto a vendérselo al cardenal. Esa noche las pesadillas fueron peores que nunca. Pero por la mañana, Percy juró y perjuró que no tenía secreto alguno y que no se acordaba de nada.

Lo más sospechoso era que el paje aseguraba que aquélla era la primera vez que ponía el pie en París y que no conocía a nadie en la ciudad. Sin embargo, el criado que tenían sobornado les contó que le había enviado tres veces a casa de Angélique Paulet para tratar de concertar un encuentro con ella y que, finalmente, la Leona le había dado cita el 31 de mayo, pasada la medianoche, en el muelle de La Tournelle.

Aquella noche, Percy se despidió de Boisrobert después de la cena, alegando una excusa vaga. El abad le vio alejarse desde una ventana, se acostó e intentó dormir, pero una desazón extraña se lo impedía. Al final, se envolvió en la capa, caminó hasta la orilla del Sena y se apostó junto a los hombres del cardenal en una barcaza cubierta por una lona para observarle.

Pocos minutos después de la medianoche, un coche de caballos se detuvo junto al muchacho. A la luz de la luna, Boisrobert vio a Percy descubrirse y saludar con deferencia a la persona que lo ocupaba. Tras una breve conversación, el pajecillo subió al carruaje, pero éste permaneció inmóvil.

Pasaron cinco minutos, diez, un cuarto de hora interminable. Por fin la portezuela volvió a abrirse y un bulto oscuro cayó al suelo, inmóvil. El vehículo se alejó de allí al trote, y el abad y los dos hombres que le acompañaban se acercaron corriendo.

Percy Wilson yacía sobre el fango con la mirada congelada. Tenía un tajo largo en el cuello por el que brotaba la sangre burbujeante.

Charles recordaba bien cómo le había sobrecogido aquel relato cuando lo había escuchado por primera vez de boca del abad, con una jarra de vino de por medio, hacía cosa de un mes. Boisrobert acababa de regresar de Inglaterra, donde había pasado el verano junto a la princesa Henriette y los duques de Chevreuse, tratando de averiguar algo sobre las conexiones del paje con Francia, sin éxito. Y le había pedido que aprovechara su cercanía a Angélique para pegarse a ella más que nunca, que vigilara todos sus movimientos y que le tuviera al tanto de cualquier gesto extraño, aunque se había negado a contarle qué decía que fuera tan importante esa carta que Luis XIII había recibido de Jacobo.

A Charles todavía le costaba creer que la dama que cantaba sus versos y discutía con él de amor y de galantería fuera capaz de matar a un hombre a sangre fría. Quizá no era ella quien estaba en el coche al que había subido Percy Wilson. Pero no había que descartarlo.

Impaciente de pronto por llevarle las noticias a Richelieu, Boisrobert le felicitó por su éxito y se despidió con rapidez. Charles se alegró. Al menos esta vez se libraría de sus habituales insinuaciones lúbricas. El abad tenía la odiosa costumbre de aderezar sus encuentros de alusiones eróticas y roces que pretendía hacer pasar por casuales. Por eso no le gustaba que le viera nadie conocido cuando estaba a solas con él. Había una cierta reputación que no quería asociada a su nombre.

Caminó con indolencia hasta la salida del jardín y dobló hacia la ribera del Sena. Dos chalanas cargadas de mercancías habían chocado una contra la otra y los barqueros se insultaban a voz en grito. A medio camino de la Puerta Nueva creyó distinguir la figura robusta de la gitana que le había pronosticado el futuro su primer día en el regimiento, asomada al interior de un coche y leyéndole la buenaventura a una dama. Cuando pasó a su lado, la mujer giró la cabeza y Charles reconoció sin lugar a dudas su rostro cetrino, envuelto en el mismo pañuelo de colores que llevaba entonces. La cíngara le sonrió, y un escalofrío le recorrió de arriba abajo. Aunque él quisiera dejarlo atrás, su cuerpo no había olvidado el repugnante contacto con el agua putrefacta.

10

La verdad era que a Bernard siempre le había dado absolutamente igual heredar vestimenta que mandarla hacer nueva.
Cada vez que necesitaba una prenda acudía al menguado arcón
de ropa de su difunto padre antes que a casa del sastre, y si podía
apañarse con algún trapo de hacía veinte años, mejor que mejor.
Si tiraba una sisa o sobraba un poco de tela a la altura del estómago, se acostumbraba en dos días. Y lo que no daba de sí solo, se
podía arreglar con un discreto tijeretazo aplicado por las hábiles
manos de su madre. Pero sabía por experiencia que el calzado era
otra cosa. Las botas que unos pies habían moldeado se resistían a
su nuevo dueño de manera tanto más empecinada cuanto más
viejas fueran. Costaba trabajo forzarlas a aceptar otras hechuras y
se defendían apretando por los sitios más inesperados y molestos.

Contempló los zapatos resignado e introdujo los pies con intrépida decisión. Eran casi femeninos, con una enorme roseta de
lazo y la puntera roma, y tenían al menos un par de pulgadas
de tacón.

—Hoy cenáis pie de labriego —dijo en voz alta y se sonrió
mientras caminaba hacia el ventanuco flexionando las rodillas
para probar la elasticidad de las medias, que sí eran nuevas.

Preparado para la fiesta.

No sabía quién había sido el propietario del traje y el calzado
que un criado le había subido a la carrera, hacía media hora. Habían contado con que podría heredar algo de Lessay para salir del
paso aquel día, pero una simple prueba había bastado para confir-

mar que, aunque tenían más o menos la misma altura, ni sus brazos ni sus piernas habían salido de moldes parecidos.

El lacayo que le había traído la ropa le había pedido disculpas por cosas tan peregrinas como que los picos delanteros del jubón eran demasiado pronunciados, al estilo de hacía unos años, y el cordón con el que se cerraban los calzones, con unos remates dorados en espiral, también estaba pasado de moda.

Bernard se había reído a carcajadas sólo de pensar que el criado hubiera creído que él iba a ser capaz de apreciar algo así. Definitivamente, la gente de la Corte había perdido la cabeza con los trapos. A él aquellas ropas le parecían espléndidas.

Una pena que no tuviera un espejo para verse, con ese jubón de florecitas bordadas, ese cuello de encaje sobre los hombros y esos calzones atados con cintas bajo las rodillas, de un color pálido que nunca había llevado hasta entonces y una tela suave que seguro que no podía permitirse.

O a lo mejor ahora sí. El otro día, cuando habían acordado que se quedaba a su servicio, Lessay había vuelto a darle una bolsa de dinero. Pero no habían hablado de retribuciones concretas y no iba a preguntarle nada. No pensaba quedarse en París toda la vida, y en realidad la mejor recompensa que podía sacar de todo aquello era la amistad del conde, que podía acabar sirviéndole para regresar a su tierra sin represalias.

Apoyado en la estrecha ventana, se entretuvo unos minutos observando las idas y venidas de los criados, ocupados en encender las antorchas que habían colocado en la fachada. Le gustaba que su habitación estuviera en lo más alto de la casa y aún más que diera al jardín. Justo abajo había un pequeño laberinto de asperilla olorosa que la condesa había hecho plantar en memoria de no sabía qué héroe clásico. Mucho mejor que los nauseabundos efluvios de las calles de París.

Cerró la ventana, se prendió del sombrero el broche que le había regalado el hermano del rey y abandonó el cuarto silbando de buen humor. Con aquel pedazo de joya no desmerecería del resto de los invitados.

Casi de inmediato le sorprendió el ruido de unos pies a la

carrera. Apenas tuvo tiempo de girar la cabeza antes de que el hombrecillo se arrojara sobre él. Bernard se le quedó mirando, impresionado por su aspecto. Habían pasado tres días desde la fantasmagórica aparición nocturna de maître Thomas y no había vuelto a cruzarse con él, aunque sabía que seguía refugiado en un cuarto recóndito, a salvo de ojos y oídos curiosos.

El desdichado tenía un aspecto aún más demacrado si cabía, con la piel traslúcida de un espectro y una mirada ardiente. Sin mediar palabra le agarró del brazo, clavó sus ojos amarillos en los suyos y le miró con una esperanza febril.

—¿Ocurre algo? —preguntó Bernard con suavidad para no soliviantarlo.

—Vos sois el amigo del conde. Sí. Sois amigo del conde —repitió maître Thomas con voz de sonámbulo, dándole unos golpecillos insistentes en el brazo—. Me podéis ayudar. Tenéis que convencerle de que todo lo que le he contado es verdad. A vos os escuchará. A vos os tiene que escuchar.

Bernard iba a contradecirle. Ni estaba tan cercano al conde, ni tenía ganas de escuchar sus delirios. Pero su interlocutor pegó un respingo inopinado y le asió de los hombros con fuerza:

—No me queda mucho tiempo —susurró, apremiante—. Ella viene a por mí. Encontró la mano de bronce y ahora sabe dónde estoy. Pero aún se pueden evitar males mayores. Sí. Aún podemos… Cuando conozcáis el alcance de su maldad, querréis ayudarme. Lo sé. Es muy urgente. Tomad. Aquí lo explico todo.

El loco rebuscó en su faltriquera, extrajo un pedazo de papel cien veces manoseado y se lo alargó como si fuera algo precioso. Para tranquilizarle, Bernard agarró el maltratado pliego con aire solemne y le echó un vistazo rápido. No había más que un par de párrafos escritos con una letra difícil de descifrar. Se concentró y leyó en voz baja una frase al azar, lentamente: «Y yo le dije citando al gran Pitágoras que hay un Principio Bueno, que ha creado el Orden, la Luz y el Hombre, y un principio Malo, que ha creado el Caos, las Tinieblas y la Mujer».

Más desatinos, igual que la primera vez. Levantó la vista. Maître Thomas le contemplaba ansioso, frotándose las manos:

—Esto persuadirá a monsieur de Lessay. No perdáis tiempo, ¡id, id! —le instó, agitando las manos como si aleteara para encaminar a unas invisibles gallinas.

Bernard le dio la espalda y comenzó a bajar la escalera con diligencia. Al llegar al primer piso alzó la vista. Maître Thomas seguía apostado junto a la barandilla, observándole con ojos vigilantes. Le hizo un signo de cabeza para tranquilizarle y asegurarle que cumpliría con su encargo, pero en cuanto le perdió de vista se metió el pliego de papel en el jubón y se sacudió de encima su recuerdo. No tenía ninguna intención de molestar al conde en mitad de la fiesta con los despropósitos de un pobre lunático.

Bajó la escalera de piedra, atravesó un par de salones y llegó a la luminosa galería que flanqueaba el jardín. Allí era donde se iba a celebrar la fiesta. Arropada por la luz dorada que entraba por una de las cristaleras, la condesa de Lessay recibía a los invitados.

La esposa de su nuevo patrón era una damita grácil, con un rostro delicado y ojos dulces de cervato, de un vivo color avellana. Tendría apenas un par de años más que él, pero a Bernard le intimidaba.

La había conocido hacía dos días, a la mañana siguiente de su llegada a aquella casa, cuando el conde le había introducido en sus apartamentos. La habían encontrado recostada en una silla, con los pies en alto y un montón de papeles manuscritos entre las manos. Las ropas ligeras que vestía a aquella hora de la mañana mostraban claramente que se encontraba en estado de buena esperanza, algo que a Bernard le había resultado incongruente con su aire de hada.

Lessay le había hecho aproximarse y le había narrado a su mujer una versión muy aguada de su encuentro nocturno y de su oportuna intervención. Ella se había mostrado cortés, pero distante. Era evidente que a una dama tan etérea las bravuconerías de espadachines le desagradaban. Durante todo el rato que había estado en su presencia, Bernard no había sabido dónde meterse, cohibido.

Y ahora tampoco se atrevía a acercarse porque no iba a saber qué decirle, así que la saludó a cierta distancia, pero aun así la escuchó disculparse ante unos huéspedes por la vulgaridad de los versos que iban a escuchar esa noche. Sonrió para sí. La condesa había tenido la ocurrencia de inspirarse en una obra romana titulada *Astronomicón* para crear un ballet al gusto de la Corte, con danzas y versos sobre los héroes mitológicos y los signos del zodíaco. Le había encargado el texto a un tal Théophile de Viau, un poeta protegido por el duque de Montmorency, que acababa de pasar dos años en prisión, por culpa de un proceso por sodomía, para mostrarle su apoyo.

Pero a Lessay la idea le había parecido demasiado pretenciosa y había convencido al autor, a espaldas de su mujer, para que aligerara el texto y sustituyera los recitados más solemnes por estrofas satíricas y bromas groseras. Y encima había contratado a una cofradía de estudiantes de la Sorbona para que acabasen de destrozar el conjunto a placer, añadiendo escenas de su propia cosecha y acrobacias. La dulce condesa estaba furiosa. Su precioso ballet había quedado convertido en una burda farsa, y aunque en principio se había reservado el papel de Urania, se había negado en redondo a interpretarlo.

Bernard deambuló un rato por la galería. El ambiente estaba cargado con el aroma a ámbar y agua de flores que perfumaba las ropas y las cabelleras, enmarcadas por majestuosas valonas almidonadas. Se husmeó el ala con disimulo; a él también le habían hecho untarse de arriba abajo. Los últimos rayos del atardecer penetraban por los ventanales, jugando con las sedas y arrancando destellos a las miles de perlas que adornaban los atuendos de los invitados. Muchos llevaban aderezos alusivos al tema de la noche. Había damas con estrellas pintadas en las mejillas o diademas con detalles celestiales en el pelo, jubones bordados con motivos zodiacales y cabellos teñidos con polvo de oro. Incluso los criados vestían capas cortas con recamados que representaban planetas.

Al fondo de la galería se alzaba un estrado de madera, decorado de tal modo que reproducía de manera sublime un cielo estrellado. El resto de la sala estaba ocupado por varias filas de bancos corridos en los que ya se acomodaban algunos invitados. Bernard distinguió a Gastón, el hermano del rey, rodeado de gentilhombres en una esquina de la estancia. Saludó a un par de nuevos conocidos con la cabeza y siguió deambulando.

Sabía que entre los invitados se encontraba un afamado astrólogo llamado Jean Morinus que estaba al servicio del duque de Luxemburgo. La condesa lo había invitado personalmente aquella misma mañana, aprovechando su paso por París. Pero él sentía mucha más curiosidad por la colección de magos y adivinos callejeros que Lessay había contratado para que distrajeran a sus huéspedes después de la representación. Esperaba ansioso la aparición de la echadora de naipes española con un solo ojo, la gitana que leía la fortuna con un puñado de tabas y el prestidigitador mudo que hacía bailar objetos en el aire.

Justo entonces escuchó una voz que pronunciaba el nombre de Chevreuse y se giró como una centella, a tiempo de ver a un hombre que estaba sentado en una de las primeras filas alzar la mano y saludar. Así que ése era el marido de Marie. Tendría unos cincuenta años, una barba morena y afilada, el rostro enjuto y una mirada adormecida de hombre complaciente. La verdad era que por mucho rango de príncipe extranjero que poseyera, no tenía un aspecto demasiado impresionante. A su derecha y asida de su brazo estaba sentada una jovencita delgada, vestida de damasco rosa. Bernard no alcanzaba a verle el rostro pero por su silueta frágil parecía casi una niña.

Buscó con la mirada a Marie, pero no estaba a la vista. Lessay le había dicho que iba a interpretar el papel de una de las constelaciones durante el ballet. Quizá estaba preparándose.

Poco a poco los invitados iban sentándose y él buscó un hueco en la última fila e hizo lo mismo. La representación debía de estar a punto de empezar. Entonces sintió una mano en el hombro y con un «Buenas noches, monsieur», el conde de Bouteville pasó por encima del banco y se instaló a su lado:

—Os esperaba en mi sala de armas esta mañana.

François de Bouteville vestía un rico jubón de damasco encarnado. Llevaba los cabellos rizados con pulcritud, las guías del bigote bien enhiestas y una gran flor de seda roja prendida del largo mechón de pelo que le caía sobre el hombro.

—Me han tenido todo el día probándome ropa —se lamentó Bernard.

No podía tener más ganas de pisar aquella sala de armas, sobre todo desde que Bouteville le había propuesto darle unas cuantas lecciones él mismo. Era imposible aspirar a mejor maestro. Su habilidad con la espada era de dominio público, así como su afición a los duelos. Había ganado más de veinte y Lessay le había dicho que le bastaba con escuchar rumores de que un recién llegado era ducho con el estoque para ir a buscarle y proponerle un encuentro.

También le había contado que el año anterior había tenido la osadía de celebrar su enésimo duelo en pleno Domingo de Resurrección con unos cuchillos que él y su rival, que andaban sin armas, habían pedido prestados en una taberna de la puerta de Saint-Antoine. Y Luis XIII, exasperado por su impiedad y hastiado de la insolencia con la que ignoraba sus edictos, había decidido dar un escarmiento y mandarlos detener.

Bouteville y sus compinches habían tenido que escapar a Bruselas, donde habían permanecido hasta que el rey se había ablandado y les había permitido regresar.

—No importa. Si venís a Chantilly la semana que viene, ya encontraremos rato para practicar. A ver si es verdad que os hacen tanta falta las lecciones como dice Lessay.

—¿A Chantilly?

—¿No os han dicho nada? Montmorency nos ha invitado a cazar. —Bouteville sacudió la mano dando a entender que era un olvido sin importancia—. ¿Vendréis, no? Un mocetón de vuestra talla tiene que alancear jabalíes como otros atrapan conejos.

—Sí, claro —respondió Bernard, con la misma cachaza que si fuera un experto en caza mayor. Lo cierto era que había acorralado más de un jabalí, a pie y con la ayuda de los criados, cuando alguno de aquellos bichos bajaba de la espesura a destrozar los sembrados. Pero eso no tenía nada que ver con el tipo de ejercicio del que hablaba Bouteville. Su familia jamás había poseído bosques, caballos de raza, ni rehala de perros, y las monterías de los grandes señores sólo las había visto pasar de lejos. Pero no pensaba confesarlo y arriesgarse a que le retiraran la invitación. Cambió de tema:

—¿Cómo es que no participáis en el ballet?

Bouteville resopló:

—Porque estos cabrones me habían guardado el papel de cabra, o de carnero, no sé muy bien. —Estiró las piernas y cruzó las botas calzadas de espuelas, tal y como mandaba otra de esas absurdas modas de la Corte, aunque no se fuese a montar a caballo—. Y yo me niego a hacer de animal con cuernos. Bastantes de ésos hay ya dando vueltas por el Louvre.

Bernard rió con ganas, pero su compañero de banco le interrumpió con un codazo y un susurro ansioso:

—Por todas las almas del purgatorio, ¿sabíais que iba a venir? —Tenía el cuerpo retorcido y la mirada clavada en la entrada de la galería.

—¿Que iba a venir quién?

Bouteville se había erguido en su asiento y no despegaba la vista de la puerta. Bernard se giró a su vez y por fin descubrió al objeto de tanta alharaca.

Era la italiana que había interrumpido los juegos de madame de Chevreuse en el Louvre y que le había mirado a él con tanto rigor: la baronesa de Cellai. Se quedó también observándola, fascinado. Seguía vestida de luto y el corte de su ropa era discreto y severo, pero ni el más modesto de los atuendos habría podido hacerla pasar desapercibida. Las sedas suntuosas que envolvían su piel blanca invitaban a mondarla como una naranja bien jugosa, y sus cabellos oscuros, tocados por un velo negro, brillaban con un lustre profundo que daba ganas de esparcírselos sobre los hombros.

—*Nom de Dieu*, lo que daría por quitarle de una vez esas faldas negras —murmuró Bouteville, contemplándola con expresión de gula—. No me puedo creer que haya salido de su casa y menos aún para venir a una fiesta. Normalmente sólo va del servicio de la reina a la capilla y de la capilla al servicio de la reina.

—Sí que es hermosa, la verdad.

Aunque para su gusto, a la italiana le faltaban picante y frescura. Tanta solemnidad le retraía. Pero era innegable que era bella. Y estaba claro que el decoro de su comportamiento le había añadido el embrujo de lo prohibido. No le extrañaba que trajera de cabeza a toda la Corte.

En aquel momento, como por azar, la baronesa de Cellai alzó la vista y clavó sus soberbios ojos verdes y rasgados en ellos. Bernard la saludó con una inclinación rígida de cabeza. Bouteville tragó saliva:

—Que digan lo que quieran, pero yo no conozco a ninguna beata que mire así. De esta noche no pasa. Esa mujer está pidiendo guerra.

Bernard asintió, convencido:

—Entonces, ¿es verdad eso de que no se le conocen aventuras galantes?

—Nada. Ni ahora ni cuando estaba casada. Y eso que con un vejestorio como La Roche no debía de tener ni para empezar. Así le duró lo que le duró. Al primer envite se le descompondrían las asaduras.

—¿De qué murió?

Bouteville se encogió de hombros:

—A saber. Las últimas semanas se las pasó en la cama hecho un vegetal, sin habla ni entendimiento. Yo creo que no aguantó tener una mujer como ésa entre las sábanas todos los días.

—¿Y de dónde sacó un viejo una moza así? Me imagino que debía de tratarse de un gran señor.

—Nada de eso. La nobleza de La Roche era antigua pero modesta. Lessay le conocía bien. El viejo llevaba al servicio de su familia toda la vida. Fue su ayo, casi un segundo padre, y en los últimos tiempos, su tesorero. Y él tampoco se explicaba cómo la había conquistado. El carcamal se marchó a Roma de peregrinación hará cosa de un año y cuando regresó, a los pocos meses, en vez de una bendición papal se había traído a la mismísima Venus. Que además ya era viuda de un primer matrimonio y bastante rica, así que no creo que nadie decidiera por ella. —Bouteville hizo una pausa y se frotó las manos—. La cuestión es que el pobre hombre no le duró ni un suspiro. Está claro que lo que madame de Cellai necesita es un hombre joven y fuerte.

Justo entonces sonaron los tres golpes que anunciaban el inicio de la pieza y Bernard se enderezó, atento. El espectáculo narraba la historia de la creación del orbe celestial, y aunque los papeles principales estaban interpretados por grandes señores disfrazados, también había cómicos y bailarines de oficio contratados por los condes. Los versos eran una mezcla de complicadas estrofas y pícaras cuartetas llenas de desvergüenza que le hacían reír a mandíbula batiente, y un coro de estudiantes jocosos comentaba los hechos que acaecían en el escenario con música y bulliciosos cánticos. Gracias a ellos Bernard disfrutó hasta de los trozos más aburridos, con dioses antiguos declamando y personajes con túnica que se transformaban en constelaciones estelares por los motivos más peregrinos. Estaba convencido de que el sabotaje de Lessay había salvado la obra.

Terminada la representación, los criados comenzaron a despejar la sala para dejar espacio para el baile y Bernard se puso en pie, resignado, mientras los músicos se acomodaban en el estrado. Con aquellos zapatos, se habría quedado sentado con gusto toda la noche. Se hizo con una copa de licor y mientras daba una vuelta por la galería se fijó en un nutrido grupo que se había formado junto a un ventanal, así que se acercó a ver qué era lo que tanta atención despertaba.

Asomó la cabeza y descubrió al astrólogo Jean Morinus y a la baronesa de Cellai en el centro del corro. Los demás invitados los contemplaban expectantes, como si asistieran a una riña a puñetazos.

El sabio era un hombre enjuto de unos cuarenta años, vestido con una modesta toga. Tenía la nariz afilada y una mirada penetrante y llena de inteligencia que desmentía la humildad de su atuendo. Igual que la tensión rapaz de sus manos y el gesto de cazador con el que contemplaba a su interlocutora. Un milano frente a una liebre. Hablaba en el tono de un maestro paciente:

—Madame, eso es porque os habéis topado con algún charlatán. Los malos astrólogos hacen más daño que beneficio. Si me explicáis lo que os predijo ese individuo, podré despejar vuestras dudas y ofreceros una interpretación más razonable.

—¿Un mal astrólogo? ¿Acaso los hay buenos? Os aseguro que yo no he conocido nada más que charlatanes. Todos interesados en alimentar la vanidad de sus patronos para luego amedrentarlos con predicciones que hagan necesarias nuevas consultas.

Los dedos de la dama acariciaban el crucifijo que pendía de su cuello. Bernard se sorprendió de la dureza de sus palabras, por muy devota que fuera. En su experiencia, casi todo el mundo se guardaba de Dios y del diablo al mismo tiempo. Que ser un buen creyente no quitaba para meter pan negro bajo el cuello de la ropa de un niño el día de su bautizo a fin de alejar los malos espíritus y evitar el mal de ojo.

Morinus no parecía demasiado ofendido. Tal vez pensara que la belleza de su interlocutora bien valía tragarse algún insulto. Su voz seguía siendo meliflua:

—Entonces ¿no os interesa saber cuál es vuestro destino?

La italiana rió con sorprendente ligereza:

—¿Mi destino? Eso sólo Dios lo conoce. A no ser que también pretendáis saber descifrar sus designios…

El astrólogo levantó el dedo índice. Se le veía contento de haber pillado a la baronesa en falta:

—Ah, pero no negareis que los astros también son obra divina, y que nada impide en principio que Dios haya escrito en ellos lo que ha de acaecernos a los hombres.

—Lo que ha de acaecernos, monsieur Morinus, no está escrito desde el principio de los tiempos. Cada hombre tiene la libertad de actuar bien o mal y Dios otorga su gracia a todos. Digan lo que digan los protestantes o vuestros hugonotes franceses.

Las palabras de la baronesa despertaron un murmullo inquieto entre el público. A Bernard también le parecieron una imprudencia. Las heridas de las guerras de religión todavía no estaban cicatrizadas.

Él tenía un ejemplo en su misma familia. Su padre había sido hugonote, como la mayoría de la gente en su región, hasta el día en que se había enamorado como un becerro de su madre, que era una ferviente católica, y se había convertido para poder casarse con ella. Habían celebrado la boda a escondidas de la familia y hasta el último día habían tenido dificultades con parientes y vecinos.

Que una extranjera se pronunciara con esa contundencia sobre temas de religión era cuando menos inoportuno.

Pero el sabio comenzaba a ponerse nervioso por otras razones. Aquella presa no iba a ser suya. Hizo otro intento de conciliación:

—Por supuesto, madame, los astros no lo determinan todo, sólo rasgos de carácter y algunos acontecimientos importantes. Los astrólogos mostramos el paisaje, pero no elegimos el camino.

—¿Y por qué los astros precisamente? ¿Es que no hay nada más que marque los posibles caminos de un ser humano? Tal que haber nacido noble o villano, hombre o mujer, francés o indio de las Américas. —La baronesa de Cellai frunció el ceño—. Yo pienso igual que Cicerón. Es una necedad que se le otorgue tanta importancia a unos puntos de luz en el cielo y no, por ejemplo, al tiempo que hacía cuando nacimos, que es una ocurrencia igual de trivial.

El astrólogo parecía desconcertado. Sin duda no esperaba que una mujer tan bella leyera a los clásicos.

—De divinatione... —murmuró, con un tono de superioridad—. Una obra menor. No tiene la altura de otras discusiones filosóficas sobre la materia, sin duda menos conocidas.

—Pero no exenta de sabiduría. *Sed nescio quo modo nihil tam absurde dici potest quod non dicatur ab aliquo philosophorum.*

Algo muy grave debía de haberle dicho, porque los ojos de Morinus relampaguearon ofendidos. A uno de los espectadores se le escapó una risita divertida. Bernard no había entendido la cita ni el alcance del agravio, pero estaba fascinado por la calma gélida de la italiana. Alguien le puso la mano en el hombro y se dio la vuelta.

El conde de Lessay se había abierto paso entre los espectadores y escuchaba la controversia con expresión impaciente. Había tomado parte en el ballet disfrazado de Orión y, aunque se había despojado del casco y las armas, aún vestía el traje inspirado en la antigüedad romana que había lucido en escena.

—Ignoradlos, Serres. Éstos tienen para rato. —Abandonó el círculo con un resoplido y Bernard le siguió. Parecía aún más contrariado que el astrólogo—. La baronesa es de la misma ralea que mi mujer. Malditos sean los latinajos y las mujeres sabihondas. Se le quitan a uno las ganas de todo.

Otro que tenía esperanzas de seducir a la dama enlutada… Bernard no sabía nada de mujeres latiniparlas. Y tampoco tenía ninguna posibilidad de llevarse a la baronesa al catre, así que bien que se habría quedado otro rato allí mirándola. Pero, desde luego, no era muy cortés acudir a casa ajena para atacar de manera pública a los demás invitados poniendo en tela de juicio sus conocimientos. Las dos veces que la había visto, la italiana no había hecho más que aguarle la fiesta a todo el mundo a base de advertencias solemnes y recriminaciones. Recordó una sabia frase que siempre había escuchado a los viejos de su tierra:

—«A la mujer y a la mula, por el pico se les va la hermosura» —sentenció.

—No sabéis cuánta razón tenéis —suspiró Lessay teatralmente, acompañando su respuesta con un gesto de cabeza resignado en dirección al otro extremo de la sala, donde su esposa departía con una dama de cabellera leonina y un atildado caballerete que las escuchaba en silencio.

El conde llevaba rehuyendo a la condesa desde que ésta había descubierto lo que había hecho con los elegantes versos que ella había encargado con tanto mimo para aquella noche. Pero más le valía afrontarla de una vez, le dijo, en el mismo tono que si se aprestase a cargar contra una tropa enemiga.

Bernard se quedó observándole a cierta distancia, divertido con la aprensión de su patrón. Y cuando el pisaverde que escoltaba a las damas se apartó a un lado para hacer sitio, se quedó seco de la sorpresa.

Era Charles.

Estaba impecable, con un jubón reluciente de color azul, un sombrero nuevo con una doble pluma y una camisa de un blanco tan inmaculado que sólo podía ser de estreno. Bernard no tenía ni idea de cómo había conseguido que le invitaran a la fiesta.

Cierto era que el día anterior habían ido a jugar a la pelota y su amigo se había pasado más tiempo haciéndose lenguas de toda la gente importante que conocía en París que corriendo detrás de la bola. Él no le había hecho mucho caso porque sabía que era un fantasioso que siempre tenía alguna idea vana en la cabeza, y había aprovechado su distracción para propinarle una soberana paliza al juego. Pero algo de verdad debía de haber esta vez en sus presunciones cuando allí estaba, tratando con madame de Lessay con desenvoltura y hecho todo un figurín.

Le hizo un gesto amistoso, pero en vez de devolverle el saludo, Charles se le quedó mirando con los ojos muy abiertos. Seguro que le había impresionado verle vestido igual que un gran señor.

No sabía si acercarse, pero no tuvo tiempo de tomar una decisión. Las notas de música empezaron a sonar y alguien le dio un empujón para apartarle de en medio. Retrocedió unos pasos y de repente escuchó un grito de dolor a su espalda. Tenía que pasar. Le había clavado el maldito tacón a alguien. Se dio la vuelta, pero el tobillo se le dobló, perdió el equilibrio y vio, impotente, cómo el contenido de su copa se derramaba sobre la pechera de un vestido bordado.

Levantó la cabeza, medroso. Una jovencita de unos quince años, con el cabello rubio oscuro, ojos dorados y las mejillas llenas, le miraba indignada. Tenía pecas encima de la nariz como las campesinas, pero su figura y su cuello esbeltos le daban el porte airoso de las damas de la Corte.

Bernard masculló una disculpa e intentó enjugarle la mancha húmeda con la manga de su traje. La chiquilla lanzó una exclamación y retrocedió un paso, intimidada:

—¿Se puede saber qué estáis haciendo?

—Estoy intentando limpiaros.

—¿Y no podíais pedirle a un criado un aguamanil y un paño, en lugar de arrojaros sobre mí como un bruto? —El tono de la mocita quería ser firme, pero la voz le temblaba.

—Lo siento —insistió Bernard—, son estos malditos zapatos que no me dejan moverme. Me están pequeños y…

Pero ella le interrumpió. Estaba claro que sus disculpas no la consolaban:

—¡Mirad cómo me habéis dejado el vestido! —No paraba de acariciarse la mancha y sus ojos tenían una expresión desolada.

Cuánta congoja por un trozo de tela:

—Es sólo un vestido, madame, seguro que tenéis cientos más bonitos que éste.

—¿Vos qué sabréis? —La muchacha se dejó caer en una banqueta, resignada, y le miró a los ojos—. Éste es el único que me gustaba. Con los demás parece que acabo de salir del convento.

Bernard suspiró. A él le tenía que tocar serenar los remilgos de una niña presumida. Se acercó a una mesa, agarró dos copas de licor a la desesperada y le tendió una a la chiquilla. Ella le miró desconfiada, pero aceptó la bebida:

—Ahora os la tendría que tirar yo encima —dijo, con un mohín.

Bernard se encogió de hombros.

—Si os quedáis más contenta, adelante. Pero que sepáis que éste es el único traje que yo tengo. Y ni siquiera es de primera mano. —Se sentó junto a ella y la empujó con el codo—. Hacedme un hueco. No sabéis cómo me duelen los pies.

La jovencita le miró con suspicacia y Bernard se dio cuenta de que acababa de atisbar al aldeano que se escondía debajo de su jubón recamado. O sea, que le había estado confundiendo con un gran señor. Se echó a reír con ganas. Aquella damita tenía aún menos mundo que él.

Se presentó, y ella sonrió por fin y le dijo que se llamaba Madeleine de Campremy. Procedía de un lugar llamado Ansacq, a unas veinticinco o treinta leguas al norte de la capital, y había llegado a París esa misma mañana:

—Aún no tenemos casa propia, pero en cuanto supo que estábamos aquí, mi madrina nos ofreció alojamiento en su hôtel. —La adolescente hablaba con un tonillo relamido, pero en su mirada brillaba la misma ilusión que en la de una niña al descubrir sus regalos el día de Año Nuevo—. Es muy buena y muy generosa. Y la mujer más bella de toda la Corte.

Bernard cayó entonces en la cuenta. Claro. Madeleine era la muchachita que había visto sentada junto al duque de Chevreuse, al principio de la noche.

—¿Madame de Chevreuse es vuestra madrina? —preguntó.

Ella asintió, orgullosa:

—Mi padre sirvió al suyo durante más de veinte años y siempre le tuvieron en la mayor consideración. Pero cuando mi madre murió, al poco de mi nacimiento, nos trasladamos al campo. Por eso no conozco la Corte —concluyó, con un suspiro.

—¿Y qué ha decidido a vuestro padre a traeros de vuelta? Si habéis venido a buscar marido, sabed que yo no firmo ningún contrato si no hay por medio una buena dote. —Rió. Aquello no era más que una chanza un poco grosera. A Madeleine aún le faltaba alguna primavera para estar madura. No se esperaba que le devolviera una mirada tan dolida.

—Mi padre y mi hermano murieron hace un mes. Estoy sola. Ha sido mi ama la que ha decidido que viniéramos a París.

Por mil diablos. Sólo le faltaba hacerla llorar. Estaba claro que no eran sólo las mujeres y las mulas las que estaban mejor con el pico cerrado:

—Vamos, vamos, sola no estáis. Tenéis a la duquesa de Chevreuse, que os ha acogido tan bien. Y a esa ama que seguro que se preocupa por vos.

La chiquilla sacudió la cabeza y sonrió también:

—Todavía no me creo que mi ama me haya dejado venir esta noche. Me quiere mucho pero es muy estricta. Y esto ha sido tan repentino… ¡Mirad! Ahí está mi madrina. —Bernard giró la cabeza de inmediato, hacia donde la moza señalaba. Marie había aparecido un par de minutos apenas sobre el escenario, durante el ballet, vestida de diosa antigua, y luego la había perdido de vista—. Yo creo que es la más hermosa de la fiesta. ¿Sabéis?, me ha dicho que si me quedo en París, podré tener cuantos galanteadores quiera. Aunque la verdad es que no sabría qué hacer con ellos. Yo creo que es mejor tener un solo amante, pero fiel y dedicado, igual que en las novelas de caballerías. ¿Vos qué pensáis?

Bernard no sabía qué decir. Con el rabillo del ojo espiaba a la duquesa, que bailaba una zarabanda llena de gracia con un rubiasco con la mandíbula como una quijada de asno. Y al mismo tiempo intentaba asimilar el atolondrado monólogo de Madeleine, que se había lanzado a hablar de amantes y galanteadores con el mismo desparpajo que si estuviera discutiendo si ese año convenía sembrar trigo o cebada.

La miró con más atención mientras ella le daba toda una lección sobre novelas de caballerías. Tenía el aire desgarbado de un cervatillo con las patas demasiado largas, sus pechos pequeños ni siquiera se adivinaban bajo el corte del escote y tenía el talle casi recto. Pero en cuanto se le ensancharan las ancas iba a tentar a más de uno. Y si no, al tiempo.

—¿Y cómo es que los duques os han dejado sola? —preguntó, para que se callara—. ¿Queréis que os acompañe junto a ellos cuando termine esta danza?

—¡No, no hace falta! En realidad, antes de que me tiraseis la bebida encima, estaba buscando al astrólogo. —Sonrió y, cayendo en la cuenta de que su copa estaba vacía, le hizo una seña a un sirviente para que se la llenara otra vez.

—¿Al astrólogo? Está más solicitado que un gallo en un corral. Y me da que la cosa no le desagrada. Os va a costar que os preste atención entre tanta gente principal.

—Vaya…: Me hubiera gustado hablar con él. No creáis que soy una ignorante. Ya sé que no se puede trazar el horóscopo exacto de una persona en unos minutos y que la astrología es una ciencia que requiere muchas horas de estudio y trabajo. —Madeleine hablaba con la seriedad de una alumna aplicada—. Pero me gustaría saber si nos vamos a quedar en la Corte. No quiero volver a Ansacq por nada del mundo.

A Bernard le pareció que la voz de la muchacha perdía ligereza y se teñía de una cierta aprensión, pero no le hizo mucho caso. Tenía que escabullirse. No quería pasarse el resto de la noche persiguiendo feriantes con aquella niña colgada del brazo. Afortunadamente, la zarabanda había terminado y, cuando los músicos entonaron las primeras notas de una volta, el duque de Chevreuse se acercó a ellos:

—¿No os importa que os robe a mademoiselle de Campremy?

Madeleine dudó y Bernard adivinó el motivo. Seguro que la damita no había tenido más instructor de danza que su vieja ama y temía no estar a la altura. Él tampoco se atrevía a bailar. Estaba acostumbrado a las fiestas de verano de su comarca. No había mejor ocasión para echarles mano a las mozas y tentarlas entre las faldas sin que protestaran. Pero en la Corte se bailaba de forma muy diferente. Todo eran piruetas y pasos complicados.

Chevreuse repitió una vez más la invitación y le tendió la mano a Madeleine con confianza. Ella se decidió al final, se puso de pie, apuró su copa de un trago y cruzó hacia el centro del salón con paso ligero y determinado. Bernard aprovechó para quitarse de en medio y buscar a Charles.

Lo encontró en una esquina, solo y con los ojos fijos en las faldas de la dama de cabellera flamígera junto a la que le había visto antes. Ella giraba entre los brazos de un gentilhombre vestido de blanco, entre los demás bailarines, y Charles los contemplaba con una expresión impávida, dándole sorbos a un vaso de vino.

Bernard se sonrió. A otros podía dársela de indiferente, pero él sabía muy bien cuándo su amigo estaba malhumorado. Otro que tampoco sabía bailar al modo de la Corte. Cruzó los brazos y se quedó a su lado, en silencio, contemplando a los bailarines.

La música de la volta era rápida, enérgica, y la danza requería que los hombres hicieran girar a sus acompañantes por los aires violentamente una y otra vez. Para conseguirlo, se estrujaban contra el cuerpo de las damas, las sujetaban con una mano por la parte baja del corsé y, sin la menor reserva, introducían un muslo por entre sus piernas para ayudarse a levantarlas. Ellas reían, agarradas al cuello de sus parejas con una mano y sujetándose las faldas con la otra. Con cada giro quedaban a la vista las medias de colores de una, el borde de la camisa de la otra, o incluso un pedazo de piel blanca y mórbida. Charles y Bernard intercambiaron una mirada satisfecha y siguieron allí, uno junto al otro, atentos y mudos.

Madeleine había lanzado un gritito de alarma la primera vez que el duque la había levantado en el aire. Pero enseguida se había acostumbrado a aquellos giros fogosos y ahora reía con las mejillas encendidas como manzanas y la boca entreabierta.

Charles le miró de reojo, sin apartar la vista de los bailarines:

—Muy bonito eso que llevas. —Bernard le echó un vistazo rápido a su atuendo, desconcertado, y reparó en el broche de perlas y esmeraldas que se había colocado en el sombrero cuando se vestía—. Y grande. ¿De dónde lo has sacado?

Bernard no le había contado nada de la borrachera del príncipe, ni de cómo había acabado en posesión de la joya. Y lo había hecho a propósito. Hacía dos días, en el Louvre, se había quedado con la impresión de que a Charles le escocía su buena fortuna. No sabía si porque le dolía que ya no le necesitase o porque tenía celos de su fantástico golpe de suerte. La envidia era su gran pecado desde siempre. Así que había intentado no alimentarla callándose algunos detalles de sus aventuras nocturnas. Ya le había restregado bastantes cosas por las narices.

—¿Esto? —Se quitó el sombrero, para mostrárselo—. Me lo regaló el otro día el hermano del rey.

—Que me lleven los demonios… ¿Qué servicios has podido hacerle para que te haga esos regalos de odalisca?

Bernard no sabía lo que era una odalisca. Pero no sonaba a nada bueno. Y el tono no había sido de broma. O Charles le explicaba mejor lo que quería decir o alguien se iba a ganar un buen puñetazo en las narices. Justo en ese momento la música se detuvo. La volta había terminado. Madeleine se agarró del brazo de Chevreuse, mareada, y el duque se acercó a ellos para devolverle a su pareja de baile. No le dio tiempo a preguntar.

La moza tenía una sonrisa radiante, aunque venía lívida y se tambaleaba un poco. De pronto su expresión alegre se convirtió en confusión:

—No sé qué me ocurre… Me da vueltas la cabeza y tengo vértigo —gimió, con la mirada borrosa.

Bernard rió por lo bajini. Lo que le pasaba era que no había parado de trasegar en toda la noche y luego se había puesto a dar vueltas como una peonza.

—Venid, sujetaos de mi brazo. Vamos a tomar un poco el aire —respondió. Ya tendría tiempo de hablar con Charles.

Guió a Madeleine hasta el jardín. El resplandor de las luces doradas de la galería se filtraba a través de los ventanales hasta los primeros parterres, pero los bancos quedaban a oscuras. Se dirigió a tientas hacia uno. Ella suspiró. La música se oía amortiguada y el aire fresco de la noche despejaba sus sentidos hartos de licor, luces temblorosas y olores exóticos.

Se quitó los zapatos, que le estaban matando, y una vez que la vista se le acostumbró a la penumbra de la noche sin luna se entretuvo en escrutar el perfil suave de Madeleine, que tenía los ojos cerrados y luchaba contra el mareo. Tenía que haberla advertido de las consecuencias cuando la había visto vaciar copas con tanta alegría. Recordó su primera borrachera. Con trece años, Charles le había desafiado a robarle el vino al pastor de su iglesia y los dos se habían cogido toda una señora curda. Menudo escándalo que se había organizado.

Del salón llegó de repente una voz femenina que cantaba. Era lo más bonito que había escuchado nunca y se le ocurrió que, ya que estaba allí a solas con Madeleine, podía probar a cogerle la mano, a ver qué pasaba. Pero entonces escuchó un ruido de pasos sobre la gravilla y dos sombras se recortaron nítidamente en el sendero, cortándole la intención. Un hombre y una mujer.

—Seguro que son dos amantes —susurró Madeleine.

Él la hizo callar con un siseo.

No parecían amantes en absoluto. Las dos figuras caminaban con rigidez y mantenían una distancia tensa. Por suerte, no llegaron hasta su banco, sino que lo rodearon y se sentaron a su espalda. Sólo les separaba un seto de tejo.

Le sobrevino un miedo irracional e injustificado a ser descubierto. Y Madeleine debía de sentir lo mismo porque casi no podía oír su respiración. Esperaron lo que le pareció una eternidad y por fin el hombre habló, casi en un susurro:

—Maître Thomas vino a pedirme ayuda, muy trastornado, hace unos días. Está convencido de que buscáis su desgracia.

El conde de Lessay. Y hablaba del pobre escribano loco. Bernard se revolvió, incómodo.

—Pobre hombre. Desde la muerte de mi marido ha perdido totalmente el juicio.

El inconfundible acento de la baronesa de Cellai, duro y acariciante a un tiempo, llenó a Bernard de perplejidad. Desde su llegada a París se había hartado de escuchar que aquella mujer era inaccesible. ¿Qué le habría dicho Lessay para que se aviniera a salir a solas con él al jardín?

—Pues os aseguro que los asesinos a sueldo que intentaron dar cuenta de él no eran ninguna alucinación —replicó el conde—. Los maté yo mismo, y eran de carne y hueso.

—¿Asesinos? Disculpadme pero no comprendo, ¿os atacó alguien? Qué horror. París es una ciudad muy peligrosa.

—Por supuesto. Ya me imaginaba que no sabríais nada —respondió el conde con acento irónico—. Ahora me diréis que vuestro marido también perdió la razón antes de morir. Eso es lo único que explicaría las cosas que me escribía sobre vos.

Bernard pensó en lo que le había contado Bouteville. Lessay había sido educado por el difunto esposo de la baronesa de Cellai. Sólo por eso debería tratarla con respeto. No le parecía bien que la hablara con esa brusquedad cuando ella se mostraba solícita y preocupada.

La réplica de la italiana tardó un poco más esta vez:

—¿No esperaréis que sepa lo que decían unas cartas privadas? No tengo por costumbre espiar la correspondencia de los demás. Pero muy importantes no podían ser. Más de una vez le oí quejarse de que no contestabais.

—¿Queréis saber lo que decían las cartas? ¿En serio? —El conde casi escupía las palabras—. Porque me hablaba de vuestra falsedad. Me aseguraba que buscabais su muerte. Y Dios sabe lo repentina y extraña que fue la enfermedad que se lo llevó.

Silencio. Bernard intentaba recordar las palabras que le había escuchado a maître Thomas tras la puerta de su cuarto la noche que se lo habían encontrado, pero la memoria se le nublaba, como si fuera él y no Madeleine quien estuviera embriagado. Había dicho algo de un hombre muerto y de una mujer que le perseguía.

Se escuchó un movimiento violento al otro lado del seto y Madeleine le miró temerosa, a punto de decir algo. Le apretó la mano:

—Callad…

—¿Os estáis riendo? —siseó Lessay—. *Mort de Dieu*, tomáoslo en serio o…

—¿O qué? ¿Osaríais atacar a una mujer indefensa? —La voz de la italiana sonaba de lo más burlona—. Soltadme ahora mismo el brazo.

Bernard estaba atónito. Le daban ganas de intervenir para evitar una desgracia.

—Madame, un cuello como el vuestro no está hecho para ser entregado al verdugo. —La respuesta de Lessay fue apenas un murmullo. Una veta de deseo atravesaba la hostilidad de la amenaza.

Bernard miró de soslayo a Madeleine, que seguía inmóvil, con la cara enterrada entre las manos. Escuchó una respiración honda y, al cabo de un momento, la voz de la baronesa de Cellai, muy calmada:

—Pensadlo bien, monsieur. ¿Por qué iba a querer matar yo a mi marido? Un hombre bueno, generoso, enamorado. Tenía influencia, amigos poderosos y me garantizaba una posición privilegiada en la Corte. Ahora me he quedado sola, sin nada más que mi fe.

—Ahorraos la falsa devoción. No me convence vuestro disfraz de devota.

Ella rió de un modo muy poco piadoso.

—Pues la oración es un gran consuelo. Deberíais practicarla en esta hora difícil. Perder a un viejo amigo es muy doloroso.

Lessay ya no intentaba contener la ira:

—Si no me dais una explicación que me satisfaga, puedo haceros mucho daño. Estoy dispuesto a acusaros de haberle envenenado y llevaros ante la justicia.

—Vamos, monsieur, sed razonable. ¿Qué tenéis contra mí? ¿Las cartas delirantes de un moribundo? Deben de ser poco creíbles, si ni vos mismo hicisteis caso cuando las recibisteis. ¿La palabra de un loco? —La baronesa hizo una pausa, y cuando volvió a hablar su voz sonó del modo más convincente que Bernard hubiera oído jamás—. Dadme una oportunidad, Lessay. El beneficio de la duda. Si nos reunimos vos y yo con maître Thomas veréis que todo es un malentendido.

Otro silencio. Bernard sentía unas insólitas ganas de levantarse y decirle a la baronesa que sí, que él mismo la llevaría hasta el escribano. Pero el sopor que sentía era todavía más fuerte y le anclaba los miembros al banco.

—No —contestó por fin el conde. Parecía que le costara pronunciar las palabras y oponerse a los razonamientos de la dama—. Además, ya no está en París.

Ella continuó hablando en un tono comprensivo y preocupado:

—Entonces deberíais hacer por traerle a vuestra casa. En su estado podría ocurrirle cualquier cosa. Si se cruzase con la gente equivocada…

Unos pies removieron la gravilla con violencia. El conde se había levantado.

—¿Eso es una amenaza? Madame, yo no soy ningún viejo que tengáis comiendo de la palma de la mano. No vais a engatusarme. —Sonaba medio aturdido, atacado también por el sopor—. No sé qué os traéis entre manos. Pero sé que mentís. Y si no confesáis voluntariamente, me encargaré de que otros os arranquen la verdad.

Sin esperar respuesta, pasó junto a ellos, sin verlos, y regresó a la casa. Bernard sintió que ella también se levantaba. Giró la cabeza con mucho cuidado y la vio acariciar el seto de tejo y extender la palma de la mano, soplando hacia la figura que se alejaba. Entonces la oyó entonar en un murmullo hermosísimo:

Sacro Tasso, che io evochi in lui una dolce memoria
Divina Luna, che lui difendere me voglia

Las antorchas de la pared iluminaban a Lessay, que se alejaba por el camino. Cuando la italiana terminó de recitar, el conde se detuvo y se mesó los cabellos; se los sacudió, como si acabara de atravesar una tela de araña en un desván polvoriento, y siguió caminando sin mirar atrás.

La voz que cantaba se calló y se oyó una salva de aplausos. La baronesa esperó hasta que Lessay hubo abandonado el jardín. Luego suspiró y echó a andar ella también por el sendero con paso lento.

A Bernard la cabeza le daba vueltas. Se sentía muy confuso y apenas podía con la modorra. A lo mejor había bebido mucho más de lo que creía. Introdujo la mano en el bolsillo. Aún tenía el papel que le había entregado maître Thomas al principio de la noche. Quizá se había equivocado esperando para dárselo al conde. Pero un sollozo ahogado de Madeleine le distrajo.

La niña seguía inmóvil y encogida. A saber qué habría entendido de todo aquello. Se levantó y le dijo con suavidad:

—¿Vamos dentro? —La ayudó a alzarse y empezaron a caminar. Sólo cuando llegaron cerca de las ventanas se fijó en que tenía los ojos llenos de lágrimas—. ¿Qué os ocurre? ¿Estáis indispuesta?

—No, no, sólo me duele la cabeza. Me encuentro rara. —Hizo una pausa—. ¿Quiénes eran esas personas?

—No lo sé —mintió.

—Qué hombre tan malvado. Acusar a la dama de esa manera. ¿Cómo iba a envenenar a quien más quería? Qué injusticia.

Parecía que iba a llorar de nuevo.

—Olvidadlo, mademoiselle, regresemos a la fiesta.

Pero Madeleine se aferró a su brazo:

—¿Creéis que si ese hombre la denuncia pueden condenarla sin pruebas? Qué horrible.

Bernard no entendía por qué le angustiaba tanto aquel asunto. Pero quería volver de una vez a la fiesta. La mejor estrategia era quitarle hierro:

—No, no. Eso es imposible. No se puede condenar a la gente así como así.

—Y esa plegaria que ha recitado la señora al final… ¿Sería a la Virgen pidiendo protección? Parecía italiano.

—No lo he oído bien. Seguramente.

—Era muy bonito.

Bernard no dijo nada. A él le había resultado igualmente hermoso al escucharlo. Sin embargo, ahora que estaban solos de nuevo en el jardín, sentía un frío extraño en el estómago. Como si los dedos largos y blancos de la baronesa de Cellai le hubiesen rozado las entrañas en una caricia indeseada.

11

Gloria Patri, et Filio, et Spiritui Sancto. Sicut erat in principio, et nunc et semper, et in saecula sæculorum. Amen.

Una carcajada diabólica irrumpió estridente en su cuarto, arruinando la paz que tanto le había costado conseguir. Postrado de rodillas, maître Thomas dejó caer el rosario y las losas del suelo lo recibieron con un tintinear ominoso. De los pisos de abajo venía un ruido de gritos y más risas, y una música alegre de fondo. ¿Qué había dicho el viejo criado? Una fiesta. De esas con bailes, escándalo y extravagancias sin fin. Sacudió la rala cabellera para ahuyentar los ruidos y recogió el rosario con dedos temblorosos:

—*Ave Maria, gratia plena, Dominus tecum. Benedicta tu in mulieribus...*

Un tumulto proveniente de la planta baja volvió a sobresaltarle. Apretó los labios y subió la voz para aislarse del mundo y sumergirse en la plegaria:

—*...Benedicta tu in mulieribus...*

Pero era imposible concentrarse. Ni la única mujer de veras bendita, la Virgen María, podía protegerle ya. Posó el rosario con cuidado sobre el jergón. Lo habría arrojado contra la pared de pura impotencia si no hubiera sido una impiedad. Se santiguó, precavido, se levantó y se puso a caminar arriba y abajo por todo el cuarto, exaltado de nuevo a su pesar.

Porque todo había empezado con el rosario. Cuando su señor había vuelto de Roma, en mayo, ya no traía su rosario de modestas cuentas de madera. Lo había cambiado por uno de marfil y coral, impío en su ostentación. Rojo como los labios de su nueva esposa y blanco como sus dientes. Ella era quien se lo había regalado por sus bodas. Ella. Aquello tenía que haberle alertado. Quizá si hubiera actuado a tiempo, su señor aún estaría vivo.

Pero no, no, qué insensato. Habría dado lo mismo. Habían sido como dos corderos recién nacidos, tanteando ciegos entre lobos de fauces sangrientas. Y sólo Dios sabía si no había condenado también al conde de Lessay al venir a alojarse a su casa. Porque ella no pararía hasta encontrarle. Había dado con la mano de bronce y pronto llegaría también hasta allí. Una risa histérica de mujer le distrajo y se tapó los oídos con fuerza.

Pero no, no era ella. Ella no cloqueaba de aquella manera. Todo lo más dibujaba una sonrisa misteriosa en su rostro de estatua y le miraba sin pestañear, retándole a que dijera algo. Pero él callaba siempre. Siempre. Para que ella se olvidara de su existencia. Caminaba por la casa tratando de no ver lo que hacía en su cuarto, ni oír los cánticos que le helaban la sangre.

Y no dejaba de soñar con ella. Se le aparecía por las noches ocupada en maldades, destocada, sudorosa, con las manos crispadas en torno a un extraño instrumento. Y cuando le preguntaba a su señor si sabía lo que era, él se reía y decía que era un huso. Pero su rostro permanecía rígido al articular las palabras, como si no las pronunciara él mismo.

Una vez los criados habían encontrado una serpiente que vivía bajo el umbral de la casa. Habían echado agua bendita y la habían quemado y su señor les había interpelado con ira. Pero algo habría, porque le había ordenado ir a comprar polvo de cuerno de unicornio al campamento de los gitanos. Y allí las viejas desdentadas se habían reído de él, y las jóvenes, con sus turgentes senos y los vestidos abiertos, se habían frotado contra su cuerpo animándole a probar la mercancía *in situ*. Pecado. Pecado y condenación.

Pero a su señor no le había servido de nada; con polvo o sin polvo, la savia se le había ido agotando al poco del desposorio. Y todo el mundo sabía que las fuerzas se iban por el miembro viril. Si éste no podía alzarse era el principio del fin, *cantarella* de por medio o no. «Que tenga tantas fuerzas como los muertos enterrados, y que no pueda alcanzar sus fines, ni de palabra ni de acción.»

Aquel pensamiento le sobresaltó y su razón se despejó un momento. Se dio cuenta de que el billete que le había entregado al muchacho no estaba suficientemente claro. Era vital preguntarle a Lessay si se había vuelto impotente, o si acaso había desaparecido su miembro.

Inspirado, se prendió el rosario a la cintura y entreabrió la puerta con cuidado. Abajo se sentía hormigueo de gente, criados e invitados, pero no había rastro de su mensajero. Retrocedió de nuevo y se arrastró con la espalda pegada a la pared hasta encontrar una escalera de servicio. Estaba en penumbra. Respiró hondo, se santiguó tres veces y comenzó a bajar.

Caminaba con precaución, tanteando cada peldaño con el pie antes de posarlo del todo, con la mirada fija al frente y la boca entreabierta para escuchar mejor. Acarició el rosario con la mano izquierda, recabando fuerzas. Estuvo a punto de pisar una cucaracha que corría despistada de lado a lado, y maniobró despacio para evitarlo. Era un mal augurio acabar con una vida cuando estaba en juego la salvación de su alma.

Subían dos criadas cuchicheando. Tragó saliva y se pegó a la pared. *Ave Maria, gratia plena.* Apenas le dedicaron una mirada y pasaron de largo con cuidado de no rozarle, como si fuera un apestado. Mejor. Había que evitar el contacto con mujeres a toda costa. En la planta baja, otros criados transitaban de acá para allá con bandejas de licores, fuentes de comida, abrigos y otros objetos. Nadie le prestó atención. Empezaba a creer que se había vuelto invisible.

Entonces reparó en que los criados llevaban sobre las libreas unas capas blasfemas bordadas con astros y titubeó un instante. Vociferaban y reían como poseídos. Parecía que toda la servidumbre había sido sustituida por demonios con muecas grotescas pintadas en la cara. Se apresuró en la dirección de donde provenían los sonidos de gritos y carcajadas, rezando para encontrar cuanto antes al conde o al joven gascón. Pero había demasiada gente, demasiados cuerpos moviéndose con un vaivén lento e imparable como las olas del mar. Observó a los asistentes uno por uno, con atención, y lo que vio le provocó un vahído de terror.

Todos habían sido transformados por arte de magia. No había allí hombres ni mujeres, sino duendes con cabelleras doradas, ropas brillantes que ofendían a la vista y caras llenas de lujuria, como las de las rameras a las que los demonios castigaban hincándoles sus trancas descomunales en las portadas de piedra de las iglesias. Se acurrucó tras una puerta y se llevó la mano al pecho, que le retumbaba de espanto. ¿Habrían capturado ya al conde? Él no era un hombre valiente ni mucho menos, pero le debía lealtad. Al menos tenía que avisarle.

Un trasgo disfrazado de gentilhombre bigotudo le señaló con una mano cargada de anillos y le dijo a un nigromante que estaba junto a él:

—¿Y ése de qué va disfrazado? ¿De *memento mori*?

Los dos engendros prorrumpieron en una risa horripilante e hicieron ademán de acercarse, extendiendo hacia él sus copas llenas de un brebaje del color de la sangre.

Gritó con todas sus fuerzas y comenzó a correr tropezándose con los invitados, sin saber lo que hacía. Las risotadas arreciaron. Estaba rodeado de torsos brillantes, brazos amenazadores y melenas que ondeaban como serpientes. Tenía que salir de allí, volver a la escalera, a su refugio. Se detuvo desorientado.

Un monstruo de dos cabezas y un solo cuerpo hablaba con una mujer que llevaba los tobillos a la vista, un vestido de gasa y una balanza en la mano. Ella le miró y sacudió su cabellera rojiza con expresión de burla. Maître Thomas cerró los ojos y se revolvió con desesperación. Entonces divisó una puerta abierta al fondo y se decidió a huir. No le quedaba más remedio que abandonar aquella casa maldita. Ya no podía hacer nada por Lessay.

Respiró hondo, se deshizo del abrazo inoportuno de una cortina y avanzó con paso brusco.

La puerta quedó un instante bloqueada por alguien que entraba desde del jardín. Una mujer con la cabeza gacha, atenta a no pisarse unas suntuosas faldas negras. Tenía el pelo azabache adornado con perlas y un velo negro. A diferencia de los demás, no llevaba ningún disfraz.

Maître Thomas sabía por qué. Lo supo aun antes de que ella alzara el rostro y le mirara con una mezcla de sorpresa y satisfacción. La Reina de la Noche no necesitaba máscaras. A ella era sin duda a quien servían todos aquellos espectros.

Su némesis abrió la boca para hablarle pero no quiso escucharla. Se dio la vuelta, despavorido, y huyó de nuevo en busca de la escalera. Regresó a su cuarto, cogió otra vez su rosario, cerró los ojos e intentó rezar.

12

El salón les recibió con una bocanada de aire caliente y pegajoso. Después del frescor del jardín, el contraste era tan fuerte que Bernard dio un paso atrás. Eso bastó para que Madeleine se soltara de su brazo y una sombra oscura y longilínea se interpusiera entre ellos.

—Mademoiselle, ¿me haríais el honor de acompañarme en el próximo baile? —El marqués de La Valette se inclinó sobre la muchacha con una sonrisa galante que dejaba al descubierto sus dientes de lobo. Era uno de los que habían participado en el ballet de las constelaciones y vestía un suntuoso jubón de placas negras y brillantes que imitaba la piel del Escorpión.

Madeleine parpadeó, sorprendida. Sin esperar respuesta, La Valette atrapó una de sus manos entre sus dedos huesudos e hizo ademán de arrastrarla al centro de la estancia. Ella giró la cabeza con expresión de alarma.

Bernard saludó al marqués. No había hablado con él desde su riña con Lessay, tras la partida de cartas:

—Quizá sería mejor si dejarais la danza para otro momento, monsieur. Mademoiselle de Campremy no se encuentra bien. Los aldeanos como nosotros no estamos acostumbrados a los licores tan traicioneros que se estilan en la Corte —concluyó con una risa conciliadora.

La Valette le escuchaba, atento, con sus ojos metálicos clavados en los suyos. Esbozó una sonrisa tibia:

—No os preocupéis. Si la damita no se encuentra bien no

bailaremos. ¿Queréis que vaya a buscaros un refrigerio? —preguntó, girándose hacia ella.

Pero Madeleine alzó la barbilla, desdeñosa:

—Por supuesto que puedo bailar. No sé qué problemas tendrán los aldeanos con la bebida, monsieur de Serres —replicó, mirándole con aire injuriado—. A mí los licores que he probado esta noche me han parecido deliciosos.

Y, sin más, tomó el brazo de La Valette y se dio la vuelta.

Bernard se quedó allí plantado, boquiabierto. Menuda vanidosa desagradecida. ¿No se había ofendido porque la había llamado aldeana? Así se cayera redonda de la borrachera en medio del salón. La observó, resentido. Con la silueta angulosa del marqués encorvada sobre ella, parecía aún más joven e inocente. En un momento dado se le enganchó una manga en las ropas de su acompañante y éste la ayudó a desprenderla, solícito. Ella se lo agradeció con una sonrisa tan radiante como si acabara de salvarle la vida.

Les dio la espalda con un bufido y paseó su mirada borrosa por toda la estancia en busca de compañía mejor dispuesta. Lessay se encontraba en una esquina del salón, enzarzado en algún tipo de disputa jocosa con Bouteville, Montmorency y Chevreuse, tan relajado como si no hubiera ocurrido nada en el jardín. Se dirigió hacia allá.

El marido de Marie llevaba el jubón medio desabrochado y se tambaleaba un poco, agarrado al brazo de Montmorency. Unas gotas de sudor le corrían por las sienes:

—No es posible, no me lo creo. ¿Y aquélla? —Señaló a una gitana de caderas generosas que llevaba los largos cabellos rizados esparcidos sobre los hombros y circulaba entre los invitados echando la buenaventura.

Montmorency sacudió la cabeza:

—Tampoco. —Tenía los fornidos brazos cruzados sobre el pecho en un gesto obcecado, pero sonreía paciente.

—Daos por vencido, Chevreuse —intervino Bouteville—. Mi primo está enfermo. Y de gravedad.

—Por eso precisamente mañana me marcho a descansar a

Chantilly, junto a mi esposa, antes de que el rey me mande de nuevo al mar —respondió Montmorency, paseando por el grupo su mirada estrábica mientras bebía de su copa con parsimonia. Bernard se fijó en que en la muñeca derecha llevaba un brazalete de diamantes del que colgaba el retrato de una mujer excepcionalmente fea.

Lessay le cogió del hombro y le explicó:

—Montmorency sigue empeñado en que no hay ninguna mujer que le interese más allá de su esposa. Ni en serio ni para pasar el rato. El hombre más faldero de la cristiandad. Ya nos enteraremos de dónde está el misterio.

Pero Chevreuse no se rendía fácilmente. Una amplia sonrisa le llenó de arrugas el rostro:

—¿Y esa otra?

Señalaba a Madeleine, que bailaba una gavota entre risas y tropezones. La Valette la guiaba con suavidad, envolviéndola con la mirada y atento a cada uno de sus movimientos.

—¿La de rosa? Dejad de beber, Chevreuse —resopló Lessay—. Esa niña aún está a medio hacer.

—Eso sin tener en cuenta que es la ahijada de vuestra esposa y lo que deberíais hacer es protegerla, no arrojarla a los brazos del primero que pase —añadió Montmorency con una carcajada.

—Es más, yo que vos la apartaría de La Valette lo antes posible —advirtió Bouteville—. Me da que está deseando clavarle el aguijón.

—No me extraña nada. Una cosita tan tierna y tan inexperta… Exactamente como le gustan a él —intervino Lessay, despectivo.

—¿Os preocupa la virtud de las inocentes doncellas? —Bouteville le guiñó un ojo a la asamblea, con expresión maliciosa—. No cuela. Lo que os pasa es que todavía os escuecen los puyazos que os tragasteis la otra noche. ¿Habéis engatusado a alguna nueva lavandera?

Bernard estuvo a punto de soltar la carcajada pero se aguantó las ganas. Ya se había quedado una vez riéndose solo y no iba a meter otra vez la pata del mismo modo. Que lo que había dicho

Bouteville era una broma, estaba claro. Pero que Lessay tuviera ganas de tomárselo como tal, no tanto. No dejaba de escamarle que estuviera de tan buen humor después de lo que había pasado en el jardín.

—Al menos a mí no me ha rechazado tres veces la misma mujer en una sola noche —replicó el conde, burlón—. ¿Pensáis volver a intentarlo con la baronesa de Cellai, Bouteville, o ya habéis tenido bastante humillación por hoy?

Rieron todos y Bernard se le quedó mirando sin disimulo. ¿Cómo podía bromear con tal relajo sobre la italiana? Hacía un momento estaba tan furioso con ella que incluso la había amenazado con entregarla a la justicia. Empezaba a pensar que lo había soñado todo.

Pero el grupo se había ido enfrascando en una nueva disputa beoda. Ya no era cuestión de buscar una mujer que tentara a Montmorency. Ahora hablaban de Madeleine como si fuera una presa deseable que Lessay le envidiara a La Valette. El conde se defendía, picado, pero los demás no parecían dispuestos a abandonar rápido el acoso.

Bernard se quedó mirando a la damita, sin intervenir. Menuda perra que les había entrado a todos esos grandes señores con ella. Como si no hubiera más mozas donde escoger en la fiesta. Además, no daba la impresión de que la sangre fuera a llegar al río, pero nunca se sabía. La facilidad con la que se encendían las trifulcas en la Corte era una de las cosas a las que le iba a costar acostumbrarse. Sobre todo porque no había manera de saber de dónde iba a venir el insulto que encendiera la mecha.

Hablando de afrentas, ahí estaba Charles, tan impecable como al principio de la velada, rondando en torno a un nutrido grupo de invitados arracimado junto a una ventana. Bernard estaba seguro de que había querido ofenderle de alguna manera con eso que le había dicho antes de salir al jardín. Era hora de aclarar las cosas.

Se aproximó. El centro del círculo de curiosos estaba constituido otra vez por el astrólogo Morinus, pero ahora le acompañaba el príncipe Gastón. El sabio sostenía unas hojas de papel y leía con voz sugestiva. Todos escuchaban interesados, incluido el hermano del rey, aunque Bernard creyó detectar un pliegue incrédulo en la expresión de sus labios.

—Las casas dominantes son pues las angulares —explicaba el astrólogo—, que rigen los destinos que se salen de lo corriente, y en el caso de vuestra alteza están representadas con una fuerza inusual. Una dinámica que, unida a vuestra claridad de espíritu, augura un éxito cierto. Todo ello, claro está, si lográis controlar el impulso soñador que determina la importancia de la Luna en vuestro tema.

Una carta astral. La baronesa de Cellai podía sermonearles cuanto quisiera, si todavía andaba por allí. A nadie iba a convencer de que el movimiento de los planetas no influyera en la vida de los hombres. Charles le había explicado que hasta los médicos lo tenían en cuenta para decidir cómo y cuándo tratar a los enfermos. Pero Gastón no parecía muy impresionado:

—Vamos, Morinus. No tiene ningún mérito decir que un príncipe tiene un destino que se sale de lo corriente. Es casi una tautología.

Algunos de los presentes sonrieron, pero no Charles, que observaba al hermano del rey con expresión concentrada.

—Por supuesto, monseigneur. Pero fijaos en este gráfico. La influencia de Marte indica que sois un hombre de acción que no se deja abatir ni por las tareas más inmensas. Y la de Venus que tenéis la capacidad de seducir a quien os propongáis. A todo un pueblo si fuera necesario.

Ahora el príncipe estaba visiblemente más interesado, pero aún le quedaban reticencias:

—Entonces, si encontramos otro francés nacido el mismo día y a la misma hora que yo, ¿podremos decir lo mismo de su destino?

—Nunca, monseigneur. La astrología no es un libro de aforismos. Mi teoría de las determinaciones astrológicas demuestra que las influencias de los astros manifiestan un lado universal y general válido para todos, y una determinación accidental y personal que sólo puede aplicarse a un individuo. Mi método combina la ciencia más estricta con la interpretación más cuidadosa.

La mención de la palabra «ciencia» iluminó la mirada del príncipe, que tomó al astrólogo del brazo, invitándole a acompañarle para discutir aquellos temas con mayor tranquilidad. El círculo de curiosos se disolvió entre comentarios excitados.

Bernard aprovechó para llegarse hasta Charles y darle una sonora palmada en la espalda, quizá un poco más fuerte de lo que hubiera debido:

—¿Tú crees que el astrólogo le estaba prometiendo a Gastón que va a reinar? ¿Qué te parece a ti que también sabes de los planetas?

Charles le miró como si fuera un simple de espíritu:

—Me parece que las cosas no son tan sencillas. El mismo Morinus lo ha dicho. Pero, por supuesto, no deja de ser una posibilidad. Mientras el rey siga sin engendrar herederos… —Bajó la voz—. A Gastón desde luego le ha encantado escucharlo.

Otra vez ese tono agrio. Cada vez que nombraba al hermano del rey parecía que a Charles se lo llevaban los demonios. Mejor cambiar de tema:

—Oye, ¿y tú qué haces aquí? ¿Quién te ha invitado?

—Mademoiselle Paulet, por supuesto. —Bernard sumó dos más dos. La dama con la que le había visto charlando al principio de la noche. De modo que ésa era la conquista imposible de la que le había hablado tanto aquellos días. A Charles se le puso un tonito relamido—. Lo siento, pero no puedo dedicarte mucho tiempo, tengo que volver junto a ella.

—Espera, hombre. —Le pegó un codazo amistoso y le guiñó un ojo—. No me digas que al final te las has pasado por la piedra…

—Estás loco —murmuró Charles con los dientes apretados—. ¿Quieres que te oiga alguien? Por supuesto que no.

—¿Y entonces?

—Me ha hecho el honor de presentarme ante madame de Lessay. Como el autor del aire de Corte que ha cantado esta noche. —Le clavó una mirada intensa, como si esperara algo de él—. La condesa me ha felicitado.

Bernard se quedó desconcertado.

183

—Pero... ¿ha cantado para toda la concurrencia?

—Por supuesto. Tiene la voz más espléndida de París. Todo el mundo la ha aplaudido. ¿No la has escuchado?

Entonces se iluminó:

—¡Ha sido mientras estaba en el jardín con la ahijada de madame de Chevreuse! ¡La he escuchado desde allí! Podías haber salido a buscarme...

—Claro, no tenía otra cosa que hacer mientras ella cantaba. —Charles se encogió de hombros—. Da igual. De cualquier forma no lo habrías apreciado.

Pero qué grosero que estaba. Se había picado sólo porque no había corrido a felicitarle por una tonada que ni siquiera había escuchado. Que se fastidiara.

—Oye, que no se me ha olvidado lo que me has dicho antes. —Le pegó un codazo—. Lo de la obelisca.

—Odalisca, patán, odalisca. Son las mujeres de placer que tienen los turcos.

Bernard resopló. Le dolían mucho los pies. Y el humor raro de su amigo se le estaba contagiando. Él aguantaba cualquier broma. Pero habría tenido que estar sordo para no darse cuenta del tono de desprecio con el que Charles le había hablado. Si quería ofenderle, estaba a punto de conseguirlo.

—¿Me has llamado puto? Mira que no le aguanto insultos a nadie, ni siquiera a ti.

Charles alzó las cejas:

—Nadie te ha insultado. Tú sabrás por qué te ofendes.

—Pero ¿a ti qué más te da que me hayan regalado esta cosa? —Se arrancó el sombrero de la cabeza para enseñarle la joya que tanto le molestaba que luciera—. ¿Qué diablos te ha hecho el hermano del rey para que le tengas tanta manía?

—¿Que qué me ha hecho? Te lo voy a decir —gruñó Charles—. Resulta que esa puta piedra era mía. Hasta que tu príncipe me arrancó la capa donde la llevaba prendida una noche, mientras cruzaba un puente. Su Alteza Real iba a todo galope y yo no pude ni reaccionar.

—¿El hermano del rey te la robó?

—Como un vulgar ladrón. A él y a sus amigos les divierte hacer escapadas nocturnas para asaltar a la gente honesta. ¿No te contó la cara de imbécil que se le quedó al primo al que le quitó la capa?

A Bernard se le escapó una risita involuntaria que hizo que Charles frunciera aún más el ceño. Procuró dominarse:

—¿En serio era tuya? ¿Cómo la conseguiste?

Si aquello era verdad, lo más justo era vender el broche y compartir los beneficios.

—Eso a ti te da lo mismo —respondió Charles, hosco.

—¿Y cómo sé que no te lo estás inventando? Esto tiene que valer un potosí y tú no has visto tanto dinero junto ni en sueños.

No creía que Charles le estuviera mintiendo. Pero ni loco iba a repartir con él algo tan valioso así por las buenas. Y menos si le hablaba con esos modos.

—No tengo por qué darte explicaciones. Devuélvemela y estamos en paz.

—Tú estás borracho.

Eso era. Seguro. Charles era un borracho muy desagradable porque la mayoría de las veces no se le notaba el vino más que en la mala uva. Hasta que de repente se caía redondo sobre la mesa, sin previo aviso.

—Y tú me has acusado de mentir para quedarte lo que no es tuyo.

Se estaba pasando de la raya. Si hubiera sido cualquier otro ya le habría partido la cabeza. Se cruzó de brazos:

—Si quieres que te crea, dime de dónde sacaste la joya. —Estaba dispuesto a ser razonable, pero Charles iba a tener que pasar por el aro.

Su paisano le miró, encorajado:

—Pero ¿quién te has creído que eres para exigirme nada, muerto de hambre? ¡Ni me has contado aún lo que te pasó con el barón de Baliros! ¿Y yo tengo que confesártelo todo? Mucho se te han subido a ti los humos en tres días.

Bernard sintió que sus buenas intenciones se esfumaban de un plumazo:

—Yo tendré pocos méritos, pero la otra noche me jugué el cuello y le salvé la vida a monsieur de Lessay. Ésta es mi recompensa. No es culpa mía si en dos años que llevas lamiendo culos en la Corte sólo has conseguido que te aplaudan cuatro versitos.

Mantuvo los brazos cruzados, cerril y desafiante. Sabía que había dado donde más dolía.

A Charles le temblaban las manos de pura indignación, y la derecha se le había ido al lugar donde normalmente le colgaba la espada que aquella noche no llevaba. Se miraron a los ojos, en silencio. Apretó los labios. No pensaba dar marcha atrás.

Afortunadamente, una voz dulce de mujer se interpuso entre ellos. La condesa de Lessay y su grupo de amigas se habían acercado a su rincón en algún momento y reclamaban la atención de Charles:

—Monsieur Montargis, ¿podríais ayudarnos? No nos ponemos de acuerdo sobre una cuestión y seguro que vos podéis deshacer el empate.

Charles se sobresaltó y con un murmullo torpe se puso al servicio de la condesa. Al pasar junto a él, casi rozándole, le echó una ojeada de rencor y susurró con voz ronca:

—Por mí te puedes comer el broche de los cojones, necio.

Bernard tuvo que contenerse para no agarrarle por el pescuezo allí mismo y molerle a golpes delante de la condesa. Aquello no iba a quedar así. Ya le pillaría en un sitio menos inoportuno.

Se alejó en busca de un trago. El apogeo de la fiesta había pasado y los invitados que quedaban estaban poco preocupados por ofrecer un aspecto distinguido a esas alturas. Estuvo un rato observando los jubones desabrochados y los gestos descarriados. Los grandes señores de la Corte se comportaban igual que sus paisanos en las fiestas de la cosecha cuando el cura se había ido a dormir.

Alguien tiró unas cuantas copas al suelo en un descuido y varias risas agudas corearon el estallido del cristal. Casi al mismo tiempo, en otro rincón, se organizó un revuelo porque un borracho había empujado al mariscal de Bassompierre y éste le había tumbado al suelo de un puñetazo. Eso era lo que tenía que haber hecho él con Charles para quedarse tranquilo.

Le sorprendió ver a Lessay sentado junto a Madeleine al lado de una ventana entreabierta y quiso acercarse, pero la expresión de embeleso con la que la niña escuchaba al conde le cohibió. Allí también sobraba su presencia.

Con la tajada que llevaba, irse a la cama era lo único razonable que se le ocurría. Abandonó la galería dando tumbos. Apenas había dado unos pasos cuando se tropezó con una cortina, el tobillo se le dobló y cayó de bruces. Derrumbado en el suelo, miró con odio los zapatos que le habían fastidiado toda la noche y con un movimiento brusco se los arrancó y los tiró lo más lejos que pudo. Uno golpeó un tapiz con violencia y el otro desapareció por el hueco de una puerta. No quería verlos nunca más.

—¡Malditos zapatos hijos del demonio! —rugió. Los dedos de sus pies se estiraron satisfechos, por fin libres. Se tocó varias ampollas. Si no estuviera tan cansado no habría estado de más sumergirlas en un barreño de agua fría antes de acostarse. Pero ahora sólo quería pasar la borrachera.

Una voz cantarina interrumpió sus elucubraciones:

—Pero si es el agreste gentilhombre de mi primo… ¿Qué hacéis en el suelo, monsieur?

La duquesa de Chevreuse le sonreía desde la penumbra. Estaba sola. Se preguntó si habría visto la caída y su arrebato posterior. Las pataletas no hacían buena figura con las damas. Intentó levantarse:

—Creo que me he torcido el tobillo.

—Pues apoyaos en mí. No, no, no protestéis. —La duquesa le ayudó a levantarse. Enlazado a su cintura, sintió el calor que emanaba de su cuerpo mórbido. Era bastante más alto que ella, así que no había forma de que le pasara desapercibida la ondulación magnífica de sus senos, que se alzaron brevemente cuando suspiró—. Estáis enojado. ¿Ha sido un lance de amor o de los otros?

No había visto la rabieta de los zapatos. Bernard se irguió con dignidad:

—Nada de lances, madame. Yo no soy de lances.

La risa cristalina de la dama le envolvió, acariciante. Y a lo mejor porque estaba acostumbrada a que la miraran ojos de galanteadores rechazados, se equivocó al interpretar su expresión amarga:

—No vale la pena afligirse por un desaire. Cualquier dama se sentiría halagada de contaros entre sus admiradores.

Pues sí que iba desencaminada. Pero decidió no contradecirla. En su corta experiencia, no había nada que les gustara más a las mujeres que llevar siempre la razón. Bajó los ojos dando a entender que había acertado de pleno y ella le sonrió, comprensiva.

Olía muy bien. Era un aroma mezcla de flores y almizcle, como si la fragancia natural de la mujer luchara por imponerse a la de la dama. La asió a su vez de la cintura. Con la mano sobre la seda del vestido podía sentir el movimiento de sus caderas cada vez que daba un paso. Le recorrió un ligero escalofrío; no había estado en una situación así en mucho tiempo y las mozas de su pueblo no podían compararse ni en sueños con la duquesa.

Volvió a invadirle el temor: aquello no podía ser más que una burla. Ella pertenecía a la más alta nobleza y él era un insignificante gentilhombre que no entendía los juegos de las damas de la Corte. Todavía resonaban en su cabeza los insultos de Charles. No quería que la duquesa también se riera de él.

Se apartó de ella con brusquedad para evitar mayores tentaciones. Habían llegado al pie de la escalera de servicio y le preocupaba que algún criado pudiera verlos en aquella actitud sospechosa.

—Muchas gracias, ya me encuentro mejor. No me duele nada.

La duquesa le miró, maliciosa:

—No me lo creo. Lo que ocurre es que os da vergüenza que os ayude una mujer.

—No, no, de verdad que estoy bien. He recuperado las fuerzas.

—¿Ah, sí? Pues demostrádmelo. —Y sin más se dejó caer sobre él, entre risas. Bernard no tuvo más remedio que tomarla entre sus brazos. Los pechos de la duquesa se apretaron contra su torso y el cuerpo le respondió de inmediato, traicionando todo propósito de castidad. Y lo peor era que ella no podía dejar de percibirlo estando tan cerca como estaban.

—Madame, que soy un hombre —acertó a decir, congestionado.

—Eso también lo vais a tener que demostrar —susurró Marie sin apartarse ni una pizca.

Bernard parpadeó. De pronto se sentía completamente sobrio. Todo su ser estaba pendiente del delicioso peso que tenía entre los brazos. Y, definitivamente, aquello no tenía pinta de broma, decidió, buscando con los suyos los labios tiernos de la duquesa. Agarró con brusquedad los suculentos pechos y los estrujó con fuerza, luchando contra la rigidez del jubón. Marie suspiró de nuevo y le acarició la entrepierna con una rodilla mientras le tentaba las nalgas con una mano. Bernard las tensó involuntariamente y echó su cuerpo hacia delante, perdido ya todo el pudor.

—Ya veo que vuestro vigor no deja nada que desear —murmuró la duquesa en su oído—. Es un buen comienzo, pero se merece un escenario más acorde. Si es que se os ocurre a dónde podemos ir…

—Será un honor escoltaros —respondió, sin dejar de besarle el cuello e intentando levantarle las faldas a manotazos. Tenía razón. Lo mejor sería llegar a su cuarto cuanto antes, no fuera a sorprenderlos alguien.

La arrastró casi en volandas, escaleras arriba, y ella rió de nuevo:

—Sois un diamante en bruto. Ésta va a ser una noche inolvidable.

13

Le despertaron las voces destempladas de dos criados que discutían en el jardín.

Con los ojos aún cerrados, aspiró el olor a sudor y carne caliente que bañaba la cama y enterró el rostro en el hueco del hombro de Marie. Agarró uno de sus pechos desnudos. Los dedos se le cerraron solos y sus labios se abrieron para chupar la piel húmeda de su cuello. Tenía un sabor intenso, acre y salado al mismo tiempo.

A medida que su cuerpo iba recordando todo lo que había ocurrido entre aquellas sábanas, la felicidad se fue convirtiendo en una urgencia aguda. Por la noche, la embriaguez les había hecho perder la sensatez a ambos, pero en cuanto Marie saliera del letargo y se diera cuenta de quién era el patán que la estaba manoseando, a saber si no se arrepentía de inmediato. No podía dejar escapar ni un momento. Se colocó sobre ella y la acarició entre las piernas para despertarla. La duquesa entreabrió los ojos, esbozó una sonrisa adormilada y le rodeó con los brazos en un gesto lánguido.

De un manotazo, Bernard se deshizo de las mantas. Se incorporó sobre las rodillas para contemplarla y la acarició con una mano ruda e incrédula mientras ella se desperezaba. Incapaz de contenerse por más tiempo, se abalanzó sobre ella y la besó con fuerza.

Marie tenía los labios resecos. Se los mordió en un arrebato y la sintió reír dentro de su boca. El pulso le corría vertiginoso por todo el cuerpo, de la cabeza al vientre y la punta de los dedos. Se estrechó contra ella y se acomodó entre sus muslos con ansia, sin dejar de besarla. Pero ella giró la cabeza hacia un lado e intentó escabullirse de su abrazo. Bernard la persiguió, porfiado, y la duquesa le colocó una mano en el pecho e hizo fuerza para apartarle. Su alegría franca se había convertido en una risita inquieta y tenía la vista fija en algún punto a su espalda.

A regañadientes, Bernard se apartó por fin y se dio la vuelta. Plantado a los pies de la cama, con la puerta aún entreabierta a sus espaldas, el conde de Lessay los contemplaba a ambos con las cejas enarcadas. Tenía una expresión rígida en los labios, pero su mirada líquida resbalaba con toda la calma del mundo por el cuerpo de la duquesa.

Bernard agarró la sábana como un rayo, la envolvió bien con ella y se cubrió con un pico la propia entrepierna. Luego se sentó en el borde de la cama y miró de reojo al conde, resentido. A juzgar por la luz que entraba, debía de estar ya avanzada la mañana. Lessay iba vestido con un traje sencillo de paño verde oscuro y botas de montar, y daba la impresión de llevar un buen rato despierto. Mucho estaba tardando en disculparse y dejarlos a solas. ¿Acaso no se daba cuenta de que le tenía allí plantado, cogiendo frío con la verga tiesa y un trozo de trapo por todo abrigo?

Bien era verdad que aquélla no dejaba de ser su casa, la zagala que había desnuda bajo las sábanas su pariente, y él un huésped de tres días que quizá se había tomado demasiadas confianzas. Mejor tener paciencia.

La duquesa se atusó el peinado y saludó con desparpajo. Lessay parecía indeciso, pero finalmente arrimó la silla y se sentó junto a ella:

—Así que aquí es donde estabais. Anoche os estuve buscando por todas partes. Dejasteis abandonada a vuestra ahijada.

Marie se llevó una mano a los labios:

—¡Mademoiselle de Campremy! Me olvidé completamente de ella…

—No os preocupéis, vuestro marido se encargó de llevarla a casa. Muy bonita, por cierto —añadió Lessay, mirándola de reojo.

Las palabras no tenían nada de deshonesto, pero el tono en el que las había pronunciado puso en guardia a Bernard. ¿No habían quedado anoche en que Madeleine estaba a medio hacer y no merecía ni un vistazo?

Marie le devolvió la mirada, sorprendida:

—¿De verdad?

Lessay se inclinó para murmurarle algo al oído. Su bigote rozó las mejillas de la duquesa y los rizos castaños vibraron con su aliento. Bernard le miró a los ojos, desafiante. Pero él le ignoró y de un empellón le desalojó de la cama:

—Vestíos de una vez. Tengo que hablar con vos en privado.

En cuanto tuvo las ropas puestas, salió de la habitación detrás del conde y cerró la puerta. Lessay le miraba con cara de pocos amigos. Ese cambio de humor tan brusco no auguraba nada bueno.

Tragó saliva y se vio regresando al cuarto de Charles con las orejas gachas. Pero entonces recordó que la noche anterior habían estado a punto de llegar a las manos y volvió a sentir el sabor acerbo de los insultos que le había aguantado. Ni hablar de ir a pedirle ayuda con el rabo entre las piernas. ¿Cuánto sería oportuno esperar para solicitar audiencia con el capitán de los Guardias por tercera vez y decirle que ahora sí quería entrar en su compañía? Otra solución no se le ocurría. Y todo por no haber sabido cerrar la bragueta a tiempo.

—Ya me hago cargo de que anoche no estabais para prestar atención a nada de lo que pasara fuera de vuestro cuarto, pero esto es importante. —El conde seguía igual de serio—. ¿Escuchasteis algún ruido aquí fuera? ¿Gritos? ¿Os cruzasteis con alguien?

Aunque lo que era una sandez era resignarse a perderlo todo sin intentar siquiera ablandar a Lessay. Seguro que de haber estado en sus calzones, él tampoco habría mantenido la templanza. Bernard cogió aliento:

—Monsieur, he abusado de vuestra confianza y si me expulsáis de vuestro servicio, lo comprenderé. Pero os juro que si he usado de libertades que... con... A mí nunca se me habría ocurrido, pero anoche, la duquesa... Yo sabía que no... —Se estaba enredando en sus propias palabras, *sangdiu*. ¿Es que no había forma de disculparse sin acusarla a ella de impudicia?

—No me jodáis, Serres. Si a Chevreuse le da igual tener que agacharse para pasar por las puertas, no voy a andar yo vigilando la virtud de su mujer. Enhorabuena y disfrutad lo que os dure. ¿Habéis escuchado algo de lo que os he dicho? ¿Oísteis jaleo anoche, sí o no?

Bernard parpadeó, confuso. Lessay estaba disgustado y no poco. Pero no era con él. Sacudió la cabeza:

—No, nada.

El conde cogió una palmatoria encendida que reposaba sobre un baúl roñoso y, haciéndole una seña para que le siguiera, echó a andar hacia el ala donde estaba el cuarto de maître Thomas.

Atravesaron las dos o tres salas llenas de tapices y muebles viejos que Bernard ya conocía. Las contraventanas estaban cerradas. No había más luz que el resplandor de la llama y la claridad que se colaba entre las rendijas de la madera, creando contornos en penumbra y rincones negros. Finalmente, Lessay se detuvo frente a la misma puerta tras la que le había escuchado discutir con el hombrecillo de negro tres noches atrás. Sobre sus botas se deslizaba un hilo de luz blanca que se escapaba del interior de la habitación. Pero el conde mantenía la candela baja y su rostro permanecía en sombras:

—Vos sois el único que sabía que maître Thomas se escondía en mi casa —dijo, con voz grave—. Necesito vuestra promesa de que seguiréis guardando silencio cuando veáis lo que os voy a enseñar.

Bernard asintió, algo impresionado por el tono solemne, y en cuanto Lessay abrió la puerta, asomó la cabeza con impaciencia.

La estancia era aún más pequeña que la que él ocupaba. Tenía el techo bajo, las paredes y el suelo desnudos y no había chimenea. Las ventanas estaban abiertas de par en par y una luz lechosa bañaba los escasos enseres: una palangana de loza, la bacinilla volcada, el recado de escribir sobre un taburete de madera y, en el suelo, un colchón de borra y un brasero de cobre que contenía restos de carbón aún ardientes. Había más brasas y pavesas esparcidas por el cuarto, formando un rastro que llegaba hasta el cuerpo retorcido de maître Thomas, tendido sobre el lecho.

Estaba muerto.

Bernard avanzó unos pasos, espantado. El cadáver tenía los ojos abiertos, la boca desencajada y el jubón desgarrado. Se hallaba retorcido sobre sí mismo en una actitud agónica, con las manos aferradas al cuello, que se veía cubierto de arañazos, como si hubiera intentado escarbar un agujero para dejar pasar el aire.

Un crujido a sus espaldas le sobresaltó. El conde había entrado en el cuarto tras él y había cerrado la puerta. Bernard tuvo que dominarse para no pedirle que volviera a abrirla. No le hacía ni pizca de gracia quedarse encerrado entre cuatro paredes con aquel muerto tan espeluznante:

—No lo entiendo. ¿Qué ha sucedido?

—Fijaos en su boca. —El conde tenía el dorso pegado a la pared y los brazos cruzados sobre el pecho. Le miraba a él, no al muerto, como si esperara algún tipo de explicación.

Bernard se inclinó sobre maître Thomas y comprobó que tenía los labios quemados y la lengua y el paladar totalmente negros. Le introdujo un dedo en la boca con cuidado.

—Ceniza. Alguien le ha metido brasas ardientes en la boca. —Miró el brasero medio vacío, imaginando la muerte horrible que había sufrido el desgraciado. Los carbones destrozándole la lengua, arrasándole la garganta, ahogándole… El dolor insoportable de la carne quemada.

Se levantó de golpe. Lessay cabeceaba, impotente:

—El fuego le ha devorado las entrañas.

—Vos conocíais a sus enemigos, monsieur. Sin duda sabéis quién ha podido hacer esto, porque a mí me parece obra del diablo.

Los ojos del conde desprendían un enfado frío, como si el cuerpo torturado que yacía sobre el jergón fuera una afrenta personal. Se acercó al lecho, se agachó al lado del cadáver y se quedó mirándolo, con la cabeza ladeada, igual que si estuviera intentando descifrar una inscripción en latín. Entonces reparó en algo, agarró la mano derecha de maître Thomas y masculló un juramento entre dientes:

—Serres, acercaos.

Bernard obedeció. Las palmas de las manos del cadáver estaban también quemadas.

—O ha metido las manos en el fuego durante la lucha, o él mismo ha agarrado las brasas para...

Se quedó callado. Era un disparate. ¿Cómo iba a haberse hecho eso él mismo? Era impensable que nadie fuera capaz de arrostrar el dolor atroz de irse metiendo brasa tras brasa en la boca...

Lessay volvió a ponerse en pie y masculló:

—Tenía que haber subido anoche.

Bernard carraspeó, incómodo, e introdujo la mano entre los pliegues de su jubón. Con el fin de fiesta que había tenido, no había vuelto a acordarse del trozo de papel emborronado que maître Thomas le había entregado. Ni de su insistencia en que le ayudara a convencer al conde de quién sabía qué. ¿Qué era lo que le había dicho el pobre orate en la escalera? «No me queda mucho tiempo. Ella viene a por mí.»

Sintió un mordisco de remordimiento. Desde siempre, los locos y los inocentes veían cosas que estaban ocultas para quienes tenían sano el juicio. Un tío de su madre, sin ir más lejos, había tenido siempre la sesera seca. Y predecía sin equivocarse ni una hora las lluvias, los vientos y los partos de las vacas. Hasta que un cirujano ambulante le había extraído la piedra de la locura.

Extrajo el papel del bolsillo y le confesó al conde su olvido. Lessay no se disgustó, sólo le pidió que se lo leyera. Bernard titubeó. Nunca había sido muy hábil con las letras y solía trastabillar. Además, el billete de maître Thomas estaba escrito con una caligrafía deforme y temblorosa. Las líneas estaban torcidas y algunas palabras desaparecían debajo de los borrones de tinta. Respiró hondo:

—«Yo le dije no os caséis con ella que no es trigo limpio y yo le dije que sólo le iba a traer penas. No la muerte eso no se veía al principio pero yo veía que una mujer como ésa no se casa con un viejo con buenas intenciones y yo le dije como el gran Pitágoras que hay un Principio Bueno, que ha creado el Orden, la Luz y el

Hombre, y un Principio Malo que ha creado el Caos, las Tinieblas y la Mujer. Yo le dije con los años que os he servido fielmente como secretario y con lo bien que habéis estado solo yo le dije que no eran horas de apareamientos crepusculares que yo le dije que sería estéril la unión yo le dije».

Se detuvo a tomar aliento. Lessay caminaba arriba y abajo por el minúsculo cuarto ensimismado en sus pensamientos. Bernard dio un paso atrás para dejarle espacio y a punto estuvo de quedarse sentado junto al pobre maître Thomas. Con él allí presente, los despropósitos que había sobre el papel resultaban aún más siniestros. Pobre loco. ¿Cómo podía causarle a nadie tanto disgusto que su señor antepusiera las ganas de tener mujer a sus consejos? Ésas no eran las palabras de un hombre sano.

Como el conde no decía nada, arrastró el taburete hasta el rincón más alejado de la cama, se sentó y se resignó a seguir leyendo. Pero un recuerdo extraño se abrió paso en su cabeza y se quedó callado, con el papel en la mano. Él le había escuchado palabras parecidas a alguien que no era maître Thomas. Algo sobre un viejo muerto por culpa de una mujer. ¿Había sido en la fiesta? Tenía la impresión vaga de haber escuchado una conversación que no debía. Cerró los ojos intentando ordenar su memoria. Los sonidos y las sensaciones de la noche pasada le llegaban turbios y vibrantes igual que el reflejo de un rostro en el azogue gastado de un espejo.

Se concentró en el texto. Le costaba leer y pensar al mismo tiempo:

—«Y ella sabía todo lo que yo le decía y le había dicho y le diría y me miraba con ojos de gato y se reía y se le veían un poco los dientes blancos como un lobo y con lengua de serpiente suave suave me llamaba querido secretario podéis ayudarme con unas cartas. Yo le dije a él: no quiero trato Que La Mujer Aprenda En Silencio Con Toda Sujeción Porque Dios No Permite A La Mujer Enseñar Ni Ejercer Dominio Sobre El Hombre Sino Estar En Silencio. Pero ella nunca está en silencio yo le dije aunque no se oiga me habla en la cabeza y a él también y dice puedes hacer esto puedes hacer lo otro y yo le dije ella es quien habla ella ella y se llama Valeria como la valeriana que duerme adormece y entontece y así estábamos los dos».

Levantó la vista, muy despacio. Aún tenía restos de licor en las venas. Seguramente ésa era la razón por la que sus recuerdos de la fiesta seguían confusos. Pero no creía que hubiera muchas damas con aquel nombre extranjero en la Corte. Valeria de Cellai. Era de la italiana y de su marido, monsieur de La Roche, de quien maître Thomas hablaba.

Lessay no decía nada, así que al cabo de un rato Bernard preguntó:

—¿Queréis que me encargue de dar parte de lo sucedido?

El conde le pidió el papel y se pasó una mano por los ojos:

—¿Dar parte? ¿A quién?

—No lo sé muy bien. Nunca me he visto envuelto en semejantes menesteres. Al médico, supongo. A la justicia. ¿A la familia de maître Thomas?

El conde se acariciaba la perilla con los ojos clavados en el muerto:

—No. Mandaré que lo amortajen y se lo lleven al cementerio de los Inocentes esta noche de manera discreta. Si se ha quitado la vida… Mejor que no se sepa para poder enterrarlo en sagrado.

Bernard se rascó su propia barba, áspera y rasposa después de la noche:

—Tal vez deberíais hablar con madame de Cellai.

—¿Con madame de Cellai? —Lessay le miró con suspicacia.

—En la carta pone… Me ha parecido entender que maître Thomas era el secretario de su marido. ¿No es ella esa Valeria que menciona?

El conde le cortó en seco:

—Tonterías. No vamos a molestarla porque su nombre aparezca en los escritos de un demente.

Dobló la carta en cuatro, la hizo pedazos y se guardó los restos en un bolsillo. Bernard estuvo a punto de agarrarle la mano y detenerle. ¿Qué estaba haciendo? Maître Thomas le había dicho que el papel era importante. ¿Por qué lo destruía? Él no estaba nada convencido de que el hombrecillo se hubiera dado muerte a sí mismo:

—Quizá los criados vieran a alguien rondar por aquí arriba —sugirió—. Esto no lo ha hecho él por iniciativa propia. Alguien tuvo que sujetarle, obligarle...

Lessay entreabrió la puerta y Bernard se puso en pie de inmediato. La posibilidad de quedarse allí a solas con el cadáver le provocaba una aprensión inconfesable. Hasta le parecía escuchar los crujidos y los chisporroteos de la carne quemada.

—Dejadlo estar, Serres. El pobre hombre había perdido la sesera. —Le hizo un gesto con la mano, para que saliera del cuarto—. Tuvo que hacerlo solo, no hay otra explicación razonable. Y me esperan hace rato en el Picadero Real. ¿Me acompañáis?

Bernard le siguió, caviloso. ¿Cómo podía quedarse tan tranquilo? Él en su lugar habría puesto patas arriba toda la casa hasta encontrar a alguien que supiera algo. Se encogió de hombros, sin comprender nada. Antes de que la puerta se cerrase del todo le echó un último vistazo al cuerpo del secretario. Se acordó del gesto confiado con el que le había entregado la carta en las escaleras. Quién sabía si no había esperado hasta el último momento que Lessay o él mismo apareciesen en su auxilio.

Cruzó cabizbajo las estancias que le separaban de su cuarto y entró a coger la capa y a despedirse de Marie.

Se la encontró sentada en el borde de la cama, a medio vestir, ajustándose una media de seda de color rojo vivo. Su belleza chispeante resultaba casi incongruente después del cuadro macabro que había presenciado. Se acercó a ella, la enlazó por la cintura y la recostó sobre las mantas, buscando algo de calor que le borrase de la mente los ojos desorbitados de maître Thomas.

Pero Marie se escabulló con una risita y le dijo que tenía prisa.

Se incorporó, resignado, y se quedó mirándola. No tenía cuerpo para insistir. Ella agarró las faldas que yacían sobre el respaldo de la silla y continuó vistiéndose. Bernard quería preguntarle cuándo volverían a verse, pero los ojos de Marie bailaban por toda la estancia sin encontrarse con los suyos, y su voz ligera se afanaba por llenar cada instante con cháchara intrascendente, sin darle ocasión.

Convencido de que no tenía nada que hacer, abandonó el cuarto y bajó las escaleras para reunirse con Lessay.

Media docena de gentilhombres a caballo rodeaban al conde para acompañarle hasta el Louvre. Éste bromeaba con ellos, igual que si no hubiese pasado nada, mientras acariciaba el cuello de su montura, un semental español castaño oscuro, de grupa redonda y miembros nerviosos que hacía brillar de envidia los ojos de los entendidos. Había conseguido que se lo trajeran desde Andalucía gracias a la mediación de la reina Ana de Austria y del marqués de Mirabel, el embajador del rey de España, y era una de sus posesiones más preciadas.

Dos hombres se acercaron al conde con gesto tímido. Uno tenía pinta de clérigo pobre, el otro de escribano. Lessay se los quitó de encima con un par de palmaditas amables y subió a caballo. Por las mañanas el pabellón principal del hôtel pululaba de pedigüeños y solicitantes: poetas con cartapacios llenos de versos de circunstancias, padres de familia que no podían pagar la dote de sus niñas casaderas o religiosos que solicitaban dinero para una fundación.

Bernard también había visto cruzar el patio a algún que otro gentilhombre provinciano con el jubón pasado de moda y vagas cartas de recomendación en la faltriquera. Y había sido testigo de cómo Lessay lo despachaba con la misma ligereza que otros habían usado con él su primer día en la Corte.

Subió al pequeño berberisco que había montado los últimos días y se puso a la cola del grupo para que le dejaran tranquilo. Lo último que le apetecía aquella mañana era darle conversación a nadie. Tenía mucho que pensar y su cabeza no acababa de despejarse.

Apenas conseguía sacarse de las mientes la imagen del hombrecillo comiendo carbón ardiente. Y cuando por fin lo lograba, eran las curvas suaves de la duquesa las que se dibujaban en su recuerdo, borrando todo lo demás y consumiendo todas sus energías.

Bonita colección de muertos había acumulado en los últimos tiempos a su alrededor: Baliros, los dos matones y ahora maître Thomas… Pero el secretario era el único que le provocaba pesadumbre. El único cuyo fantasma temía encontrarse en sueños recriminándole sus faltas. Y la desidia del conde hacía más amarga su desazón.

La mañana fue extraña, larga y triste. Al principio atribuyó el dolor de cabeza y la pesadez que sentía en brazos y piernas a una resaca especialmente cruel, pero a mediodía se dio cuenta de que tenía la frente ardiendo. Unos retortijones salvajes le retorcían las tripas sin parar. No le quedó otra que regresar a enterrarse en la cama a sudar la enfermedad que hubiera cogido.

Cayó en un sopor profundo como si no hubiese descansado en siglos, sin desvestirse siquiera, y se sumergió en un sueño espeso y lascivo, del que se despertó con un sobresalto, desvelado por el ruido de unos nudillos que golpeaban insistentes en su puerta. No sabía cuánto había dormido pero el cielo estaba negro.

Se levantó, febril y desconcertado, y al abrir se encontró con el viejo criado que había compartido con él y con Lessay el secreto de la presencia de maître Thomas en la casa. El hombre le hizo una seña para que le siguiera y le condujo de nuevo hasta el cuarto del desgraciado secretario. Su cuerpo estaba ya amortajado. Dos mozos y unos frailes aguardaban en la calle con una carreta para transportarlo a los Inocentes, pero el criado necesitaba ayuda para cargarlo escaleras abajo y sacarlo de la casa por una puerta trasera.

Terminada la tarea, le sobrevino un vahído violento y se dobló para vomitar todo lo que llevaba en el estómago en una esquina del patio. Regresó a su cuarto con las piernas temblorosas. El esfuerzo le había arrancado las pocas fuerzas que le quedaban y se derrumbó de nuevo en la cama, mareado y exhausto.

Aunque le sangraron dos veces, a la jornada siguiente empeoró la calentura. El médico decía que no había que preocuparse, que muchos provincianos sufrían ataques parecidos hasta que se acostumbraban a las aguas y las miasmas de la capital. Pero él se pasó el día tiritando, yendo de la cama al orinal y del orinal a la cama, enfermo como un perro. Torturado por sueños que alternaban entre la lujuria y el terror, los deleites de la carne y las brasas ardientes.

Sólo al amanecer del tercer día la cabeza empezó a despejársele y la necesidad de hacer de vientre a cada poco desapareció. Se moría por salir de aquel cuarto fétido y sofocante y respirar algo de aire fresco.

Bajó al jardín. No hacía apenas frío. Caminó un poco al azar y acabó sentándose en el mismo banco que había ocupado con Madeleine la noche de la fiesta. Cerró los ojos y, sin que tuviera que esforzarse, los recuerdos comenzaron por fin a perfilarse con claridad en su mente.

¿Cómo había podido írsele así de la cabeza? Claro que sabía a quién había escuchado pronunciar palabras parecidas a las que había leído en la nota de maître Thomas. Allí mismo, sentado justo a sus espaldas, Lessay había acusado a la baronesa de Cellai de envenenar a su marido y perseguir a su secretario. Incluso había insinuado que ella era quien había preparado la encerrona fallida tras la iglesia de los Quinze-Vingts. Recordó la calma de la italiana, su tono de voz. Y pensó, extrañado, en que él había estado a punto de salir en su defensa sin saber por qué. La agresividad del conde le había parecido injusta y desproporcionada. Ahora, en cambio, las sedosas palabras de la italiana adquirían en su memoria el matiz de una broma macabra. O de una amenaza.

Aquello hacía todavía más inexplicable la actitud de Lessay frente al cadáver. A Bernard le había parecido más preocupado por proteger de toda sospecha a la baronesa de Cellai que por averiguar la verdad. Recordó la sombra de la italiana, de pie, al otro lado del seto que les ocultaba a Madeleine y a él, con la palma extendida, recitando en su idioma mientras el conde se alejaba hacia la casa, y se estremeció.

Al este, el cielo empezaba a clarear. Se puso en pie y se dirigió hacia las cocinas. No había probado bocado desde la fiesta y no recordaba haber estado tan hambriento en su vida. Lo que necesitaba era un buen desayuno que le asentara el estómago y le devolviera las fuerzas que le había quitado la fiebre.

A aquellas horas, los criados llevaban ya un buen rato atareados. Pidió que le sirvieran un tazón de caldo de carne humeante y una hogaza de pan, y se sentó a la mesa a mojar las migas mientras contemplaba las idas y venidas de la servidumbre. Su parloteo incesante le vivificaba, después de dos días alejado del mundo.

En cuanto vio que se había acabado el caldo, la cocinera le sirvió un segundo tazón. Se quedó delante de él con los brazos en jarras, contemplándole satisfecha mientras engullía:

—Muy bien, monsieur, eso es lo que tenéis que hacer para reponer fuerzas.

Una moza rubia y lozana que estaba limpiando verduras asintió convencida:

—Yo no sé qué tendría el vino que se bebió en esa fiesta la otra noche, monsieur. Pero no sois el único invitado indispuesto. —Se giró hacia la cocinera—. Ayer me encontré a mi prima Paquette en el mercado, comprando pan de Gonesse, y me dijo que su señora está muy enferma. Que lleva dos días en la cama con fiebres altísimas y sin parar de delirar. Y no ha mejorado. Tiene miedo de que haya atrapado la misma enfermedad que se llevó a su difunto marido.

Se santiguó.

—Dios no lo quiera. —La cocinera hizo también la señal de la cruz—. Monsieur de La Roche sufrió una agonía terrible. Aunque no me extrañaría que la baronesa hubiera cogido lo mismo. Durante su enfermedad le estuvo velando día y noche, sin apartarse de su lado ni un momento.

Bernard las escuchaba sin perder palabra. Estaban hablando de la baronesa de Cellai.

—Pues si es algo contagioso, lo mejor que podría hacer mi prima es dejar a su señora, por muy buena que sea, y buscar otra posición —explicaba la moza—. Una vez que la enfermedad entra en una casa…

De repente se le ocurrió una idea brillante. Apuró el desayuno y en cuanto le pareció que era una hora razonable fue a buscar a Lessay a sus habitaciones.

El conde parecía singularmente preocupado por su apariencia aquella mañana. El barbero estaba recortándole el bigote y tenía la cabellera recién rizada y las piernas sumergidas en un barreño de agua con nieve para comprimir el jarrete y poder calzar botas de caña estrecha. Se alegró de verle ya en pie, y cuando le dijo que necesitaba ausentarse para cumplir con un par de recados no le puso ningún impedimento; al contrario, le recomendó que se lo tomase con tranquilidad e hiciera por recuperarse.

El plan de Bernard era sencillo. Aprovechando la enfermedad de madame de Cellai, pensaba acercarse a su casa, dar un nombre falso y preguntar por maître Thomas como si no supiera nada de lo que había pasado en las últimas semanas. La baronesa no llevaba ni seis meses en Francia. Para sus criados tenía que ser aún casi una extraña. Si las acusaciones del secretario tenían alguna sustancia, seguro que desconfiaban también de ella. Con un par de monedas podría convencer a alguno para que hablara y le ayudara a comprender aquel misterio.

14

La cuestión es, por tanto, ¿es el matrimonio compatible con el amor?

Charles echó un vistazo cauto a su alrededor y se resolvió a mantenerse en un segundo plano durante el tiempo que durara aquel debate, por mucho sacrificio que le costara. Se moría de ganas por llamar la atención de algún modo en aquella primera visita a la Estancia Azul, pero no podía arriesgarse a cometer ningún error que causara mala impresión. Lo importante ahora era observar a los habituales, comprobar qué comportamientos eran los que gustaban y qué tipo de comentarios cosechaban más elogios.

Además, en cuestión de instantes le había quedado claro que su verdadera opinión sobre el asunto no era precisamente la que favorecía aquella ilustre asamblea. Él podía dar fe de que sus padres, más de veinte años después de su desposorio y cargados de hijos, seguían tan amartelados como dos tórtolos. Pero las damas de la reunión parecían tener todas igual de claro que matrimonio y amor eran irreconciliables.

Una opinaba que había que limitar el número de nacimientos por ley, de modo que las mujeres no tuvieran que sufrir los horrores del parto sólo para satisfacer los instintos de sus maridos; otra aseguraba que lo que debía limitarse era la duración del vínculo, de modo que se disolviera de manera automática después del primer nacimiento; y una tercera abogaba por que los desposorios sólo tuvieran lugar entre espíritus afines y excluyeran el comercio del cuerpo. Y los hombres no se quedaban atrás en sus opiniones. Quién sabía si porque pensaban como ellas o porque deseaban complacer a las damas.

Angélique estaba sentada justo delante de él, en un taburete bajo. El sol del atardecer se había deslizado disimuladamente entre los pesados cortinajes de color azul y un rayo juguetón remoloneaba sobre su cuello inclinado y los cabellos cortos y rizados de su nuca. A Charles le dieron ganas de besárselo.

El favor que le había hecho permitiéndole acompañarla a la fiesta de los condes de Lessay era impagable. Aunque había tenido que empeñar hasta sus últimas posesiones para poder hacerse con ropa digna para acudir al evento. Y no sabía cuándo iba a poder recuperarlas. Pero había merecido la pena. Sus versos habían sido acogidos de manera espléndida y había sido la misma condesa de Lessay quien le había sugerido a Angélique que le introdujera en la Estancia Azul de madame de Rambouillet.

Aquél era uno de los lugares más singulares de París. Un reino con sus propias normas, gobernado por una exigente soberana.

Aunque era francesa, la marquesa de Rambouillet había nacido en Roma. Allí había crecido y se había educado, hasta que tras su matrimonio se había instalado con su esposo en París. Pero acostumbrada como estaba a los refinados modales del otro lado de los Alpes, no había conseguido adaptarse a la rudeza de la Corte de Luis XIII. El Louvre le había parecido un coto varonil en el que los guerreros imponían sus modos; un sitio rebosante de violencia, procacidad e incuria.

Su frágil salud le había servido de excusa para empezar a recibir a sus amigos en su propia casa y se había hecho construir un nuevo hôtel a su medida, en las proximidades del palacio real. La residencia estaba compuesta por una sucesión de confortables salones en los que convergían los espíritus distinguidos de la capital. Y su sanctasanctórum era aquel aposento tapizado de brocatel azul y blanco en el que ahora se encontraban. Sus invitados podían acuchillarse si así lo deseaban cuando pusieran el pie en la calle, pero allí dentro la cortesía más exquisita era de rigor.

Charles había entrado en la estancia un paso por detrás de

Angélique, imaginando que iba a encontrarse con una dama lánguida y delicada, y la figura rolliza de la marquesa de Rambouillet, con su generoso escote de ama nodriza, le había sorprendido. La dama le había acogido con amabilidad, recostada sobre el gran lecho con dosel que presidía el lugar. Le había sonreído y le había asegurado que no era el nombre, sino el talento y la gentileza lo que más se estimaba en aquella estancia. Él le había agradecido con vehemencia su bienvenida, asegurándole que el soldado Montargis se había quedado apostado en el umbral de su casa y que ante ella sólo se presentaba un humilde poeta, abrumado por la bondad que demostraba al recibirle.

Llevaba desde ese mismo momento deseando lucirse con alguna ocurrencia ingeniosa. Pero no antes de asegurarse de que lo que pudiera decir estuviera acorde con los pensamientos de la anfitriona. Porque *Dieu vivant* que aquellas damas eran originales.

Angélique ya le había advertido. En aquel círculo los juegos de seducción eran siempre bien recibidos, pero la concupiscencia no se aceptaba con facilidad. Muchas de las amigas de la casa cifraban su mayor triunfo en no dejarse conquistar y medían el valor de un hombre por su constancia y el de una mujer por su resistencia. Para que sus galanes pudieran empezar a soñar siquiera con desatarse el cordón de los calzones debían atravesar más pruebas que las que había pasado el valiente Amadís por su amada Oriana.

La discusión sobre el amor y el matrimonio duró casi dos horas, y al final Charles acabó animándose a participar, proponiendo, con bastante éxito, un nuevo tipo de contrato nupcial de un año, renovable sólo siempre y cuando ambos cónyuges estuviesen de acuerdo.

La anfitriona anunció entonces que tenía preparada una sorpresa y ordenó servir una merienda de pasta de cerezas, mazapanes, albaricoques confitados, bizcochos de limón, almendras azucaradas y julepe rosado, mientras los criados disponían lo necesario. Angélique le miraba con una media sonrisa burlona:

—¿Un contrato de matrimonio con fecha de caducidad? Nunca os había escuchado hablar de nada semejante.

Parecía saber que lo había dicho por decir. Y Charles no quería que pensara que trataba de engañarla:

—Bueno, quizá sabiendo que sólo perderían su libertad durante un año, estas damas no sentirían tal rechazo por el estado matrimonial.

Angélique rió, coqueta:

—¿También a mí preferiríais verme casada?

Charles no dudó ni un segundo:

—Nunca.

—Me alegra escucharlo. —La voz de su dama tenía un acento profundo, nuevo; tan alejado del tono risueño con el que solía responder a sus galanteos como de la pedantería engolada con la que hablaba otras veces—. Ya sabéis que en mi primera juventud no fui ajena a las aventuras galantes. Y también de qué modo disimulan los príncipes y los grandes sus amores: buscándoles a sus favoritas un marido complaciente. Pero aceptar una situación así habría sido resignarme a pasar el resto de mis días sujeta a un hombre sin dignidad, por el que no habría podido sentir ni respeto ni estima.

Charles la miró con una admiración nueva e intentó insuflar a su voz toda la pasión de que era capaz:

—Pero renunciar al amor, para siempre…

—Al amor, jamás. Sólo a su expresión más grosera y vulgar.

Los lacayos de madame de Rambouillet habían extendido sobre el suelo varias pieles de lana basta y los invitados se instalaron sobre ellas. Un criado se encargaba de entregarle a cada uno un pequeño escritorio con papel, tinta y pluma. Charles acompañó a Angélique y la ayudó a acomodarse en la alfombra, mientras observaba atentamente a las damas de la concurrencia, pensando en lo que le había dicho su Leona.

Frente a él se encontraba sentada madame de Combalet, una de las sobrinas del cardenal de Richelieu. Tenía poco más de veinte años pero vestía con una discreción de vieja devota, con telas de colores oscuros, y llevaba sus espléndidos cabellos morenos peinados con sencillez, sin rizar, y divididos por una simple raya al medio. Tampoco usaba ningún afeite que realzara sus labios carnosos o sus ojos rasgados.

Su modestia tenía una curiosa explicación: era viuda desde los dieciocho años, y decían que era tal la aversión que había concebido por su marido durante su breve matrimonio que a la muerte de éste se había apresurado a profesar votos de carmelita para evitar que la casaran otra vez.

A Charles le habría encantado saber qué era lo que había dejado tan escarmentada del matrimonio a la púdica sobrina del cardenal. El difunto monsieur de Combalet tenía fama de haber sido el hombre mejor dotado de la Corte, y la leyenda decía que las mujeres se quedaban espatarradas durante días después de yacer con él.

Al lado de madame de Combalet se había sentado Anne de Neufbourg, una dama alta, entrada en carnes, con un porte altivo. Era hija de un opulento financiero que le había encontrado marido entre la nobleza cortesana. Los inevitables rumores decían, sin embargo, que hacía tiempo que le había cerrado a cal y canto la puerta de sus habitaciones a su esposo.

Acomodada en el borde de la cama de la anfitriona, con los pies apoyados sobre un escabel, se encontraba la marquesa de Sablé. Era una dama muy pálida, de rasgos menudos, con una cabellera profusamente rizada. Tenía los ojos pequeños y los labios prietos de las personas demasiado exigentes, y era la única que no había querido sentarse en el suelo por miedo a indisponerse. Las enfermedades le producían un miedo histérico y le aterrorizaba la idea de morir mientras dormía, de modo que obligaba a una criada a pasar la noche junto a ella, sentada en una silla, para que la despertara si caía en un sueño demasiado profundo. Pero aunque no era el súmmum del equilibrio ni de la sensatez, lo cierto era que poseía una vasta cultura clásica, una inteligencia incisiva y una pluma perspicaz. Y también odiaba a su marido, que se había dedicado durante años a dilapidar su fortuna y a llenarla de hijos. Incluso se negaba a compartir residencia con él.

La anfitriona y la condesa de Lessay parecían las únicas que no sentían un rechazo furibundo por el estado matrimonial. En el caso de la primera, no era de extrañar, puesto que su esposo, que la adoraba, se había plegado desde siempre a todas sus originalidades. Aun así, un momento antes había afirmado categórica que de volver al momento de sus esponsales, con algo más de edad y discernimiento, habría elegido quedarse soltera toda la vida, y aseguraba que jamás presionaría a su hija para que se casara.

La dulce condesa de Lessay, por su parte, había guardado durante todo el debate un pudor delicioso. Cuando las otras se quejaban de las groseras servidumbres del tálamo matrimonial, ella se quedaba callada, como cohibida, sin llevarles la contraria, pero sin sumarse a sus palabras tampoco. Charles se quedó mirando su rostro fino y sus grandes ojos cándidos. Parecía una *Madonna* italiana, como las de los cuadros. No tenía ni idea de si también estaba harta de su matrimonio pero, desde luego, si su marido poseía algo tan precioso y delicado y no sabía apreciarlo, era un auténtico memo.

A pesar de encontrarse encinta, no puso ningún problema para sentarse en el suelo. Charles se acomodó a su vez, entre ella y Angélique, y enredó sus dedos largos y delgados en las hebras mullidas de la alfombra, mientras la anfitriona les explicaba a qué se debía tan humilde decoración. Todos los allí presentes eran admiradores de *L'Astrée*, la célebre novela pastoral de Honoré d'Urfé, y ese detalle no era sino un pequeño homenaje al ambiente bucólico de la obra. Quería proponerles un juego.

—Doy por sentado que todos recordamos la frase con la que comienza la novela. —Madame de Rambouillet clavó la mirada en él, quizá poniendo a prueba sus méritos.

Charles recitó sin hacerse rogar:

—«¿No hay nada entonces, pastora mía, que pueda retenerte más tiempo junto a mí?»

—Espléndido, monsieur. —La anfitriona sonrió—. Pues bien, el desafío que propongo esta tarde consiste en formar nuevas palabras combinando el orden de las letras que componen la frase. Quien más anagramas logre encontrar, obtendrá una recompensa.

La marquesa dio dos palmadas y un lacayo entró en la estancia con una bandeja de plata, sobre la que reposaba una bellísima caracola, del tamaño de una mano, de un nácar liso e iridiscente, sin una sola imperfección. Los invitados aplaudieron entusiasmados y

Charles se unió a ellos. Era un regalo perfecto que ofrecerle a Angélique si lograba alzarse con la victoria. Estaba convencido de que había visto un brillo distinto en sus ojos hacía un momento, de que por fin tenía una oportunidad de hacer flaquear su rigor.

Aquellas damas no iban a convencerle. A pesar de sus altos ideales, todas ellas eran de carne y hueso, y necesitaban de amores que no fueran sólo espirituales. Era la única ventaja de haber pasado tantas horas de guardia en el Louvre con los ojos y los oídos abiertos. Pocos rumores se le escapaban.

La hipocondríaca madame de Sablé, sin ir más lejos, había sido la amante del duque de Montmorency hacía unos años. Y no podía decirse que las artimañas de seducción del gallardo hombre de guerra hubieran sido el colmo de la finura. La marquesa había caído en sus brazos una tarde en la que el galán había entrado haciendo volatines por la ventana del salón en el que ella se encontraba.

Y madame de Combalet, la modesta sobrina del cardenal, no miraba con malos ojos al marqués de Mirabel, el embajador del rey de España. Al parecer, el mandado de Madrid era el culpable de que en los últimos tiempos la dama hubiese trocado las telas bastas con las que solía vestir por sedas y hubiera empezado a adornarse con cintas los cabellos.

El corazón de Angélique también podía llegar a conmoverse, y después de la fiesta estaba más convencido que nunca de que no tenía amorío alguno con el marqués de La Valette. No les había quitado ojo de encima y aparte de un saludo cortés no habían intercambiado palabra. Además, el marqués había acaparado durante un tiempo indecoroso a la joven ahijada de la duquesa de Chevreuse. Sus melifluas atenciones habrían puesto en guardia a la amante menos celosa. Pero la fogosa Leona ni siquiera se había inmutado.

Qué noche tan magnífica había sido. Y qué espléndidos habían sonado sus versos en la voz de Angélique. Lo único que le había dejado un sabor amargo había sido su pelea con Bernard. Aún no le entraba en la cabeza que hubiese sido tan mezquino con el asunto de la esmeralda. Después de que él se pusiera a su total disposición nada más verle aparecer en su casa y se desviviera por ayudarle.

Aunque, ahora que lo pensaba, Bernard no había hecho más que pagarle con moneda falsa desde el principio. Primero con desconfianza, negándose a contarle qué le había ocurrido en Pau para tener que salir corriendo. Luego con desconsideración, dedicándose a jugar a las cartas con duques y marqueses, sin molestarse en dar señales de vida durante toda la noche. Y finalmente con desagradecimiento, haciéndole quedar mal con el capitán Fourilles. La suerte le había sonreído con tanta celeridad y había hecho tantos amigos de renombre que ya no necesitaba sus servicios, así que estaba claro que le daba lo mismo perder su amistad con tal de quedarse con la esmeralda y las perlas.

Pero ahora no era momento de distraerse con resquemores. El juego de los anagramas había comenzado y sus contrincantes le llevaban ventaja.

Se concentró en completar el desafío. Desordenó las letras, las recompuso, tachó y garabateó con pulso firme. Cuando concluyó el tiempo acordado por la anfitriona tenía los dedos manchados de tinta como un párvulo, pero apenas podía contener la excitación.

Uno a uno los contendientes comenzaron a leer las palabras que habían hallado, por turnos. Con regocijo, Charles comprobó que a casi todos les habían sobrado media docena de letras. Las comisuras de los labios se le tensaron en una sonrisa nerviosa.

—Monsieur Girard, vuestro turno —anunció la marquesa.

Girard era un poeta libertino con el que había compartido vino y mesa de juego alguna vez. Firmaba sus versos como Saint-Amant y se movía con la misma soltura en las tabernas que entre las damas de condición. Le escuchó con atención. Él era sin duda su mayor rival.

—«Desinteresada, ternura, coqueta…»

El corro rompió a aplaudir y Charles respiró aliviado. Todos le daban como ganador pero Girard se había dejado tres letras sin utilizar. Se iban a llevar una sorpresa.

Sonrió y recitó para sus adentros: «amor, poeta, Neptuno, hoy, demente, estanque, pan, Roma, enemistar, ajusticiada». Diez palabras que contenían todas las letras de la frase inaugural de la novela.

Los dos competidores que quedaban por hablar no le daban miedo. El barón de Vaugelas era un experto gramático y tenía una inteligencia minuciosa y reflexiva, pero le faltaban rapidez e ingenio. En cuanto a la condesa de Lessay, con sus dulces ojos castaños y sus suaves modales, era fácil imaginarla como una de esas damas idealizadas a las que los héroes de los libros de caballerías brindaban sus homenajes. Pero el papel de esas señoras era inspirar amores imposibles y versos apasionados, no dedicarse ellas mismas a la escritura. La caracola de nácar era suya.

Vaugelas leyó la media docena de palabras que había conseguido formar y le cedió el turno a madame de Lessay.

—Isabelle, y vos, ¿qué palabras habéis encontrado? —preguntó la anfitriona.

La dama le dedicó a la asamblea una sonrisa traviesa y clavó una mirada triunfante en el poeta Girard:

—«Remordimiento, aquietar, testamento, consonante, espuma, paje, hada, pena» —recitó.

Los invitados, encabezados por el autor derrotado, aplaudieron.

Charles se unió al coro de alabanzas, tanto más cuanto el virtuosismo de la condesa de Lessay no era suficiente para arrancarle la victoria. Le habían sobrado dos letras. Aun así lo había hecho mejor que el resto de los invitados y todas las palabras que había encontrado eran hermosas. Estaba claro que la había juzgado con ligereza. Su espíritu era igual de delicado y lleno de gracia que su rostro.

—Monsieur Montargis, vos sois el último. ¿Podéis superar a madame de Lessay?

Charles miró fijamente a su bella rival. La luz de la victoria danzaba en sus ojos risueños. Y de pronto le pareció una crueldad arrebatársela.

Hizo un gesto de derrota y rompió en varios pedazos su pliego de papel:

—Madame, la caracola es vuestra.

De reojo, sorprendió la mirada suspicaz de Angélique clavada en su gesto y se arrepintió. No entendía lo que acababa de hacer. Cómo había desperdiciado la oportunidad de deslumbrar a aquel círculo, y la de halagarla a ella ofreciéndole el premio. Se hubiera dado de cabezazos por majadero.

Entonces se fijó. La sonrisa radiante de la condesa dibujaba dos deliciosos hoyuelos en sus mejillas arreboladas.

Y sin entender muy bien por qué, el sacrificio ya no le pareció tan grave.

15

La mano de bronce colgaba inmóvil de una gruesa cadena de hierro. Una pátina verdosa le había roído el color y le faltaban dos falanges del dedo índice y otra del anular, pero ahí estaba, señalando ominosa la puerta de entrada de la hostería. La prueba de que quizá, y sólo quizá, se repitió a sí mismo Bernard, maître Thomas no estaba tan loco como había pensado.

En cuanto Lessay le había dado licencia aquella mañana, había cruzado París, ensayando en voz baja la historia que iba a contar. Había atravesado la puerta de Nesle y el foso enlodado que rodeaba las viejas murallas, y se había adentrado entre los muros de piedra de las residencias señoriales que bordeaban la calle del Sena hasta plantarse ante las puertas del pequeño hôtel de monsieur de La Roche, en el que aún residía su viuda.

El criado que le había atendido en el zaguán le había mirado de arriba abajo con los labios pinzados y una expresión de disgusto que no se molestaba en disimular:

—¿Maître Thomas? ¿Y para qué le buscáis?

Bernard se había vestido con la ropa de la fiesta para causar mejor impresión. Se inventó un nombre falso y le dijo que acababa de llegar a París. Un pariente de maître Thomas estaba al servicio de su padre y traía noticias importantes para él:

—Supongo que sigue al servicio de monsieur de La Roche…

—Suponéis mal —respondió, hosco, el lacayo—. Hace ya un mes que maître Thomas dejó esta casa.

—Vaya. —Bernard trató de parecer decepcionado—. ¿Dónde podría encontrarle?

Su interlocutor lanzó un resoplido burlón y giró la cabeza. El zaguán se abría a un pequeño patio. Frente a ellos, sentado en los escalones que conducían a la puerta del hôtel, un individuo moreno y narigudo, con un marcado aire chulesco, se entretenía en afilar una espada con movimientos lentos y deliberados:

—¿Habéis escuchado? —preguntó el lacayo—. Monsieur quiere saber dónde puede encontrar a maître Thomas.

—Decidle que le busque en el noveno círculo del infierno —respondió el tipo, torciendo la boca en una mueca desagradable. Tenía un acento italiano muy pronunciado—. Con los que traicionan a sus amigos y a sus benefactores.

—No queremos volver a saber nada de él —confirmó el criado.

Una mujer muy rubia y con las mejillas coloradas que estaba baldeando el patio se detuvo a escuchar, curiosa.

Bernard insistió:

—¿Quizá monsieur de La Roche pueda ayudarme?

—Monsieur de La Roche le entregó el alma a Dios hace cinco semanas.

—La misma noche en que vuestro amigo abandonó esta casa —intervino la mujer, encantada de encontrar una excusa para meter baza—. A pesar de lo que monsieur de La Roche le había favorecido. Confiaba en él como en un hermano. Y así se lo pagó. Desapareció antes siquiera de que el cuerpo estuviera frío.

—Y eso que madame le había rogado que se quedara a su lado para ayudarla con la administración —añadió el lacayo.

—¡Una dama tan buena y tan generosa! —continuó la mujer—. Al poco de llegar a París pagó la dote de mi hija para que pudiera entrar en las Ursulinas. Aunque no la había visto nunca y a mí acababa de conocerme.

El italiano detuvo el movimiento de la piedra de afilar:

—A saber lo que se traería entre manos ese gusano. La *signora* me dijo que se había llevado muchos de los papeles de su marido. Como vuelva por aquí… —Se pasó el canto de la mano por el gaznate en un gesto significativo.

—¿Podría hablar al menos con vuestra señora? —preguntó Bernard con tono inocente.

—La *signora* está muy enferma y no recibe a nadie —replicó el italiano, seco—. Pero podéis rezar por ella si queréis hacer algún bien.

Se santiguó, solemne, y Bernard le imitó. Estaba visto que todos los que rodeaban a la baronesa de Cellai eran tan alegres como ella.

Hizo una pregunta más, con voz cortés:

—¿Y nadie tiene noticia del paradero de maître Thomas?

El criado negó con la cabeza y entró en la casa, dando la conversación por terminada. Pero el hombre de la espada se levantó y se acercó a él:

—Escuchad. Yo sí sé dónde está el maldito escribano. Hice por averiguarlo y le ofrecí a la baronesa traérselo del pescuezo. Pero ella me pidió que lo dejara estar; dijo que hablaría con él cuando se recuperara un poco de su dolor y se sintiera con fuerzas. —Achicó los ojos—. Os daré las señas con una condición.

—Vos diréis.

—Que le informéis que yo no soy tan generoso como la *signora*. Y que aunque ella perdone sus ofensas, yo no me olvido. Más le vale que no me lo encuentre en ningún sitio.

Sus dedos acariciaban el acero, muy despacio, mientras hablaba. Aquél debía de ser el escudero de la baronesa. Seguramente había venido con ella desde Italia. Tenía pinta de ser uno de esos hombres fieles como perros de presa e igual de difíciles de aplacar si alguien dañaba a sus amos.

—Está bien.

—A saber si la rata sigue en el mismo sitio —gruñó el italiano—, pero hace un mes se alojaba en una fonda que hay en un callejón pegado a la puerta del Temple. La enseña es una gran mano de bronce que cuelga de una cadena.

Bernard le dio las gracias y se despidió, decepcionado. Los sirvientes de la baronesa, italianos o franceses, habían resultado ser extraordinariamente fieles. Ni una mala palabra sobre su señora, ni una insinuación. No había averiguado nada en absoluto. Lo mejor que podía hacer era obedecer a Lessay y olvidarse de todo el asunto.

Entonces recordó algo y se detuvo en seco, con los pies clavados en la tierra blanda de la ribera del Sena.

Una mano de bronce colgada de una cadena. *Po' cap de Diu.*

Cuando maître Thomas se le había arrojado encima en las escaleras del hôtel de Lessay, le había dicho algo sobre una mano de bronce. Que alguien la había encontrado. Que ahora sabían dónde estaba. Algo parecido. Desatinos, había pensado. Como eso del caos y las tinieblas, o lo de la mujer misteriosa que le perseguía.

Pero si la mano de bronce era simplemente una fonda, quién sabía cuántas cosas más de las que había dicho el pobre secretario tenían una explicación sensata. Ahora tenía todavía más remordimientos por haber ignorado la petición de socorro del hombrecillo.

Así que allí estaba. Con la espalda apoyada en un muro al sol y los brazos cruzados sobre el pecho, contemplando aquella mano gigante arrancada de alguna escultura que le daba nombre a la posada donde había estado escondido maître Thomas desde su huida de casa de la italiana hasta su aparición en el hôtel de Lessay. A la mano de bronce sólo le faltaba darle una bofetada por necio. No podía ser más real.

Bajó la vista al suelo. Sin darse cuenta había escarbado un agujero en el barro con el tacón de la bota. Se apoyó en la otra pierna y comenzó a cubrir el hoyo en un gesto igual de inconsciente.

—Manda huevos... —gruñó entre dientes.

Cruzó la puerta de la fonda con determinación. La fachada era estrecha y la sala principal tenía unas dimensiones escuetas y el techo bajo, pero a la derecha unas escaleras conducían a otro piso, donde estaban los comedores privados y los dormitorios, y al fondo, una bóveda daba acceso al resto del establecimiento: un laberinto de cavas subterráneas, bodegas enrejadas y tramos de escaleras que subían y bajaban. En los rincones más cercanos a la entrada, las mesas estaban ocupadas por comerciantes de paso y parroquianos de aspecto respetable. Pero bajo los huecos de las escaleras y en los sótanos más profundos, personajes más torvos despachaban negocios en voz baja.

Bernard dio una vuelta por todo el establecimiento y finalmente se acomodó en una mesa en penumbra y pidió de comer.

El patrón era un hombre de unos cuarenta años, calvo y ataviado con un mandil hasta los pies, que dirigía a los mozos del mesón a voz en grito. Cuando se acercó a preguntarle si todo estaba a su gusto, Bernard le pidió que se sentara con él. Había estado pensando qué contarle exactamente y al final se inventó que maître Thomas había aparecido acuchillado en una calle de París y que había venido a pagarle cuanto éste le hubiera dejado a deber y a recoger sus pertenencias.

El mesonero se limpió las manos en el delantal, las apoyó sobre las rodillas y echó hacia atrás la cabeza para observarle mejor:

—Así que al final le cazaron —masculló, con una media sonrisa torcida—. Ya me olía algo así.

Bernard se olvidó de inmediato del papel de indiferente que tenía pensado interpretar. Casi saltó de su silla:

—¿Sabéis quién iba tras él?

El posadero hizo un gesto con la mano para que moderara su apremio:

—Tranquilo, muchacho, tranquilo. Lo primero es lo primero. Vuestro Thomas no ha dejado nada a deber y sus pertenencias consisten en una Biblia y una muda. Podéis llevároslas cuando queráis. Ahora bien, vos no habéis venido a pagar las cuentas de nadie. —La voz sonora del hombre se convirtió en un susurro—. Habéis venido a hacer preguntas. Y yo no sé si me juego el cuello si os contesto.

Bernard captó la insinuación y blasfemó entre dientes. Maldita la hora en la que había decidido ponerse el traje de la fiesta para impresionar a los criados de la baronesa de Cellai. Nadie era tan tonto como para vender información barata a un tipo vestido de tafetán de arriba abajo.

A regañadientes sacó una moneda de plata de su bolsa y la depositó encima de la mesa. Miró al mesonero a los ojos. Éste le contemplaba como si le estuviera gastando una broma. Resignado, extrajo una moneda más. Su interlocutor resopló, volvió a enjugarse las manos en el delantal e hizo ademán de ponerse en pie.

Bernard le agarró del brazo:

—Está bien, ¿cuánto queréis? —masculló, a la desesperada.

El posadero echó un vistazo goloso a su bolsa y sonrió con condescendencia. Bernard se mordió la lengua. Ahora aquel hombre pensaba no sólo que era rico, sino que además era un pardillo de tomo y lomo. Ya no había nada que impidiera que le desplumase.

—Diez libras.

—¿Diez libras? —exclamó. Eso era mucho más de lo que llevaba en la bolsa.

El mesonero debió de hacerse cargo de su alarma, porque volvió a sentarse:

—Escuchadme bien. Yo soy un hombre honrado. Podría haberos dicho que la persona que buscáis me debía dinero. Pero no lo he hecho. Podría haberle vendido a quienes vinieron a preguntar por él. Pero tampoco lo hice. Vos queréis información. Yo os la ofrezco. Pero no voy correr el riesgo de enojar a algún poderoso por cuatro sueldos.

El mesonero había hablado sin despegar los ojos de los suyos. Tenía una mirada intensa y firme, de hombre vivido. Bernard se fijó en su brazo derecho. Llevaba la camisa remangada por encima del codo y una cicatriz larga y retorcida le atravesaba todo el antebrazo. Sobre el cráneo rapado tenía una marca similar. Antes de regentar la hostería aquel hombre había sido soldado. O algo parecido. En cualquier caso daba la impresión de que tenía las ideas muy claras y no hablaba por hablar. Si el trato no le parecía justo era perfectamente capaz de rechazarlo.

Bernard le arrojó el resto de su dinero, resignado:

—Esto es todo lo que tengo —suspiró.

El hombre agarró la bolsa al vuelo, la sopesó en la mano y se levantó de la mesa. Bernard dejó caer la frente sobre el tablero y le propinó varios cabezazos de ira. ¿Cómo había podido ser tan zote? Aquélla era la segunda bolsa que le había proporcionado Lessay y la segunda que se le escurría de las manos antes de haberle dado ningún uso. Otra vez sin blanca. Si a maître Thomas no le parecía suficiente lo que estaba haciendo por aclarar su muerte, por él podía aparecérsele todas las noches que quedaban hasta el día del Juicio. Porque no pensaba gastarse ni un sueldo más.

Con el rabillo del ojo vio al mesonero regresar con otra jarra de vino. El muy ladrón sonreía de oreja a oreja mientras le servía:

—El mejor de mi bodega —dijo.

—Ya puede serlo —gruñó Bernard.

El posadero respondió con una risotada y empezó a relatar:

—Vuestro amigo llegó aquí hará más o menos un mes. Un tipo callado, extraño, pero buen pagador. Enseguida me di cuenta de que no andaba bien de la mollera. Pero no molestaba. No salía nunca de su cuarto, más que alguna vez, ya cerrada la noche, para respirar aire fresco. No hacía más que rezar y leer la Biblia. Y no dejaba a ninguna de las mozas acercarse a él, ni para subirle la comida ni para adecentar su estancia. Estaba emperrado en que las mujeres eran todas instrumentos del maligno. Sólo se dejaba atender por un mozo de las cocinas. —Bajó la voz—. Hará cosa de una semana, vuestro hombre pidió recado de escribir y despachó al zagal con una carta. Con alguien que no debía tuvo que tratar el mozalbete por el camino. Porque esa misma tarde se presentaron aquí dos hombres preguntando por un tal Thomas. Dos españoles. Vestidos de negro y más arrogantes que Felipe IV y su valido.

—Italianos, queréis decir.

—He dicho españoles.

—Los italianos pueden confundirse con los españoles. El idioma es muy parecido —insistió Bernard.

—¿Creéis que no sé distinguir a un español de un italiano? Eran españoles, os digo.

—Pues yo apuesto a que uno de ellos era un tipo alto y flaco, muy moreno y con una nariz de un palmo —replicó, describiendo al escudero de la baronesa de Cellai.

El mesonero resopló, hastiado:

—Uno era rubio, fuerte, con el pelo rizado y los ojos muy claros; y el otro calvo, de estatura media, muy nervudo. Callados y secos. Dos matarifes de libro.

Bernard se quedó mudo. Él había visto dos tipos como ésos. Hacía sólo unos días. Al caer la noche, detrás de la iglesia de los Quinze-Vingts, acero en mano. El rubio era el que se había arrojado sobre él. El calvo, el primero que había despachado Lessay. Ahora se daba cuenta de que ninguno de los dos había abierto la boca. Probó una vez más:

—¿Y estáis absolutamente seguro de que ninguno de ellos era italiano?

El posadero alzó mirada y manos al cielo, en un gesto de desesperación:

—Sí, estoy seguro. Comieron pierna de cordero. Y me pagaron con esto. —Se agachó un instante, introdujo la mano en el interior de la media y depositó una moneda sobre la mesa, con un golpe seco. Un doblón de oro—. No hacía falta ser doctor de la Sorbona para comprender que algo querían.

—¿Y qué era? —Bernard examinó la moneda con el ceño fruncido. Era un doblón de los que sólo acuñaban los españoles, con la efigie de su rey en una de las caras. Aunque eso no quería decir nada. Mucha gente en Francia manejaba moneda española. Pero el mesonero no era ningún tonto. Si estaba tan convencido de que eran españoles, debían de serlo. Por mucho que aquello contradijese todas sus sospechas.

—No me lo dijeron. Venían como vos, preguntando. Pero estaba claro cuáles eran sus intenciones —concluyó con una mueca.

—¿Cómo..?

El mesonero le interrumpió:

—Yo también practiqué su oficio. Durante demasiados años. A mí no me va a engañar ningún matachín de tres al cuarto. Les dije que el hombre que buscaban había estado aquí, pero que se había marchado. Imaginaba que no me creerían y que se quedarían rondando. Así que por la noche le hice salir a escondidas por la trampilla de una de las bodegas. Y no me equivoqué. A la mañana siguiente, la ventana de su habitación estaba abierta y sus pertenencias revueltas. Si había algo de valor, se lo habían llevado. Al mozo que le vendió, le pegué una buena paliza y lo eché a la calle de una patada. De vuestro hombre, no he vuelto a saber.

Bernard salió de La Mano de Bronce con el estómago lleno, los bolsillos ligeros y aún más perdido de lo que había entrado. Se encaminó hacia el hôtel de Lessay, preguntándose si debía confesarle al conde que no había estado ocupado en un asunto personal y contarle todo aquello.

Nada de lo que había averiguado le ayudaba a saber si maître Thomas se había dado muerte solo o si, amparado en el jaleo de la fiesta, alguien le había obligado a quitarse la vida de aquella forma horrible.

Lo que ya no estaba nada claro era que los matones de la otra noche los hubiera mandado la baronesa de Cellai. A lo mejor era verdad que no tenía nada que ver con su muerte. Su escudero le había dicho que sabía que maître Thomas estaba allí escondido desde el principio y le había dejado estar. Además, ¿por qué iba a contratar a dos españoles? Podía haber enviado a su perro guardián. Era un compatriota devoto que no pedía más que echarle la mano encima al secretario. Y si no quería utilizar a un hombre de su casa para hacer el trabajo sucio, seguro que París estaba lleno de franceses dispuestos a liquidar a un hombre indefenso por un pequeño precio. Era extraño que hubiera recurrido a unos españoles. Que además manejaban doblones de oro de su país con semejante alegría.

Se relajó cuando le dijeron que Lessay no estaba en casa. Eso le daba más tiempo para pensar qué iba a contarle. Pero cuando le informaron de que había ido al teatro del hôtel de Bourgogne con la duquesa de Chevreuse, agarró la capa otra vez y salió corriendo para allá. Era la primera oportunidad de verla que se le presentaba desde la fiesta.

Lo primero que escuchó, antes incluso de cruzar la puerta de la sala, fue el escándalo de una carcajada colectiva. Nunca en su vida había visto tanta humanidad junta y apretada.

El establecimiento era un espacio alargado, exactamente igual que las salas de pelota. Tenía una galería en lo alto para el público de más calidad y un graderío al fondo donde se sentaban medio centenar de espectadores con pinta de artesanos y burgueses modestos. Por delante de las gradas, arrimado al escenario, se apiñaba el público de a pie.

Bernard intentó acercarse. El escenario casi no se veía desde donde estaba, con tanta cabeza de por medio. Pero un vistazo rápido a la catadura del público le convenció de que no era buena idea intentar abrirse paso de cualquier modo. La congregación estalló en aplausos y silbidos, y estirando el cuello consiguió verle medio cuerpo a una rubia tetona que iba disfrazada de princesa.

Alzó la mirada hacia la galería buscando al conde y a Marie, y no tardó mucho en localizarlos en uno de los balcones. Lessay estaba sentado casi de espaldas a las tablas, con un codo apoyado sobre la barandilla, inclinado sobre una dama que Bernard no reconocía. De pronto la identificó, sorprendido. Era Madeleine de Campremy. Junto a ellos, la duquesa de Chevreuse paseaba una mirada aburrida entre los espectadores mientras se abanicaba displicente.

Cruzó el patio, decidido, pero a medida que subía los escalones que conducían a la galería sentía que se iba poniendo más colorado. Se abrió paso hasta el balcón y saludó con toda la deferencia de que fue capaz.

Las dos damas estaban muy guapas. Él no entendía de abalorios ni de afeites, pero estaba claro que alguien se había encargado de acicalar a Madeleine a la moda de la Corte. Llevaba el cabello rizado, sus labios tenían un color de coral que no les había dado la naturaleza y el jubón que llevaba tenía un corte en pico, más escotado que el que había lucido en la fiesta. Se la veía luminosa, refinada y a sus anchas, alternando con su madrina y con Lessay como si lo hubiera hecho toda la vida.

A Marie, ahora que estaba tan cerca, apenas se atrevía a mirarla más que de reojo por miedo a cometer una inconveniencia.

Se acercó a Lessay y le pidió un momento para hablar con él en privado. El conde le siguió hasta la escalera y Bernard tomó aire. No se le ocurría otra forma de contar cómo había llegado a La Mano de Bronce más que decir la verdad. Que había estado en casa de la baronesa de Cellai.

El conde le miró con enfado:

—¿Ése era el asunto que teníais que resolver esta mañana?

—murmuró de malos modos—. ¿No os dije que lo dejarais estar? ¿Estáis sordo acaso?

—Lo sé, pero… —Lo mejor era ir al grano, a ver si evitaba que el descontento fuera a más—. He averiguado algo que os va a interesar. Los dos matones que os atacaron en los Quinze-Vingts… Eran españoles. ¿No os parece curioso?

Lessay achicó los ojos, interesado:

—¿Cómo sabéis eso?

Se lo contó todo, dejando caer de pasada que se había gastado todo su capital a su servicio. El conde enarcó las cejas, dándole a entender que estaba estirando la cuerda, y Bernard recogió velas rápidamente y concluyó su relato.

Lessay parecía satisfecho, como si la historia de los españoles no le resultara extraña. Le dio una palmada en el hombro, sin más, y regresó a su asiento, junto a Madeleine. Bernard no habría sabido decir si la información que le había dado significaba algo para él o si le había producido alguna emoción. Se rascó la barba, frustrado.

No sabía qué hacer. No le habían invitado a quedarse, pero tampoco le habían despedido claramente. Y había una silla libre junto a la duquesa.

Se acomodó a su lado y ella le sonrió:

—¿Cómo os encontráis? Mi primo me ha dicho que habéis estado enfermo.

—Mucho mejor, madame. En plena forma.

La miró intensamente, sin saber qué más decir, encantado de que hubiera estado hablando de él con Lessay. Marie asintió, complacida, pero no añadió nada más. Se giró hacia el escenario y le dio la espalda.

Bernard empezó a ponerse nervioso. ¿Y ahora qué? Sobre las tablas, una princesa con pinta de criada disfrazada le estaba anunciando a un príncipe que estaba enamorada de otro. Pero la historia no le interesaba en absoluto. No sabía qué hacer. Marie no le daba ninguna señal.

Pasó un rato largo. Tanto que al príncipe del escenario le dio tiempo a estrangular a la criada disfrazada y arrojarla por una ventana, y él seguía encogido, esperando un guiño cómplice, o uno de los comentarios con doble sentido de Marie, especiados como el gusto de su piel sudorosa.

No se le iba de las mientes la manera en la que había domado sus bruscos impulsos la noche de la fiesta. Tenía los recuerdos tan a flor de piel que ni siquiera necesitaba cerrar los ojos para revivirlo todo.

Marie le había dejado hacer durante el primer asalto, bronco y urgente, entre tropezones y capas de faldas. Pero luego le había pedido que la desvistiera despacio.

Tampoco habría podido hacerlo de otra manera. Los vestidos de las damas estaban confeccionados a propósito para burlarse de los dedazos zafios e impacientes como los suyos. No sabía cuánto tiempo había estado luchando contra aquellos malditos ojales. Pero había merecido la pena.

Él en su aldea no había pasado de toquetear bajo las sayas a alguna moza montaraz y aliviarse en estampida. No había visto nunca una mujer desnuda. Cuando Marie se había sacado la camisa, se había quedado mirándola, incrédulo y boquiabierto. Había tantos sitios donde agarrar que se había quedado petrificado contemplando todas aquellas formas cálidas y redondeadas, muerto de sed y de hambre, e incapaz de decidirse. Igual que el asno de la fábula.

Pero ella le había asido de ambas manos, le había hecho que la sujetara de la cintura y se había sentado a horcajadas sobre él, estrujándole la tranca arriba y abajo de un modo tan delicioso que resultaba insoportable. Había cerrado los ojos, otra vez paralizado, pero ahora de gusto, dejando que su cuerpo se acoplara al vaivén rítmico de las caderas de la duquesa. Entonces ella había vuelto a tomarle de las manos, las había posado sobre sus nalgas y le había hecho que le agarrara el culo con fuerza.

«Mírame», la había oído susurrar, entre dos gemidos.

Él había obedecido. Había visto aquellos ojos grises, enturbiados por el placer, clavados en los suyos, y ahí había acabado todo.

Ella se había derrumbado sobre su pecho, riendo.

«Ya os pueden quedar fuerzas hasta la madrugada. Porque esto no va a quedar así», le había dicho, propinándole un lametón en la oreja.

Bernard no había entendido lo que quería decir. Pero fuerzas tenía, desde luego.

Así que se había dejado guiar. Y vaya adiestramiento que había sido. Había descubierto que labios y manos podían hacer cosas que nunca se le habían pasado por las mientes; y jugar a otras que había oído contar eran coto privado de las meretrices de alcurnia, pero jamás había terminado de creerse. No tenía ni idea de que las mujeres pudieran disfrutar de aquella manera. Ni de que pudieran obtener el mismo placer que los hombres. Pero no se había atrevido a preguntarle a Marie si era algo normal o si sólo le ocurría a ella.

La verdad era que para esas cosas echaba de menos a Charles. Pero, de momento, no tenía ganas de hablar con él. El recuerdo de las palabras que habían cruzado al final de la fiesta aún le hacía hervir la sangre.

En el escenario, el cruel príncipe había caído víctima de una añagaza y se arrastraba de un lado al otro de las tablas, gritando los nombres de sus envenenadores. Marie suspiró, aburrida, y le miró por encima del hombro:

—Si no se decide a morirse de una vez, bajad a rematarle, por favor.

Qué ojos tan preciosos tenía. Y qué labios. No quería ni pensar en lo que le había hecho con esos labios la noche de la fiesta...

Inclinó la cabeza, para poder hablarle muy bajito:

—La otra noche fue la mejor de mi vida.

Marie sonrió y le acarició brevemente la mejilla, pero no dijo nada. Parecía que se le había comido la lengua el gato. A lo mejor era que estaba harta de ser ella la que le guiase y quería que tomara él la iniciativa.

Aguardó a que girara otra vez la cabeza hacia el escenario, respiró hondo, le puso una mano en el muslo y apretó. El abanicazo seco que recibió en la punta de los dedos hizo que se le escapara un gemido de dolor. Lessay y Madeleine volvieron la cabeza, pero la duquesa continuó con la vista fija en las tablas, como si no hubiera pasado nada. Que se la llevaran los demonios si había alguien capaz de entenderla.

Cruzó los brazos, desairado, y fijó la vista en el patio. Había estallado una pequeña gresca entre dos espectadores de a pie, y vio a un raterillo que se escabullía entre las gradas del fondo con una bolsa que le había robado a uno de ellos en la distracción.

Afortunadamente, el príncipe envenenado acabó por fin de morirse, y no le dio tiempo a volver a meter la pata con Marie. Se pusieron todos en pie, el conde le ofreció el brazo a Madeleine, y él le ofreció el suyo a la duquesa, que lo tomó como si no hubiera pasado nada. Eso era que el error que había cometido no debía de ser muy grave. A lo mejor era simplemente que no quería familiaridades en público.

Atardecía y en la calle soplaba un viento helado y desapacible. Se envolvió en el manto, preguntándose si las damas les invitarían a compartir su carruaje.

Marie se arrimó a Lessay y se lo llevó aparte, cuchicheando en voz baja, así que él aprovechó para acercarse a Madeleine. Apenas había intercambiado palabra con ella. Intentó saber cómo le estaba yendo la vida en París y si estaba contenta en casa de madame de Chevreuse, pero la moza estaba más pendiente de observar al conde con el rabillo del ojo que de contestarle. Tanto embeleso ya era enojoso. ¿Qué le había pasado a la muchachita pizpireta y medio campesina de la fiesta? Parecía que le había dado un pasmo.

En un momento dado, Lessay alzó la mirada y se la quedó mirando, pensativo. Madeleine dio un respingo nervioso y se puso a parlotear a lo loco, interesada de pronto en reírse con él de los despropósitos que habían visto sobre las tablas del teatro. Que el diablo se lo llevara si entendía las reglas del trato con las mujeres.

Por fin, Lessay y Marie pusieron término a su conciliábulo y el conde ayudó a las dos mujeres a subir al coche:

—Voy a acompañar a madame de Chevreuse y a mademoiselle de Campremy a su casa, Serres —le dijo—. Gracias por todo.

Y sin más, desapareció tras ellas en el interior del coche, sin que nadie le insinuara que les acompañara.

Bernard se quedó allí un momento, observando el carruaje mientras se alejaba. Uno de los porteros del hôtel de Bourgogne le pidió que se apartara para poder encender las antorchas de la fachada. La luz repentina del fuego hizo que su silueta temblara, confusa, contra la pared del edificio, igual de insegura que su espíritu.

16

Los caballos avanzaban despacio entre las callejuelas, sin rumbo fijo. Habían abierto una de las cortinas y empezaba a hacer frío. Pero a Madeleine le daba lo mismo. Con las mejillas encendidas y el corazón tembloroso, le dedicó una mirada furtiva a su acompañante.

El conde de Lessay iba caviloso, concentrado en sus pensamientos. Desde que la duquesa se había bajado del carruaje en el Louvre, no había hablado más que para pedirle al cochero que diera una vuelta antes de dirigirse al hôtel de Chevreuse y para preocuparse por si estaba bien abrigada. Madeleine le observó de soslayo a la luz del crepúsculo: la nariz pronunciada, los pómulos marcados y el relieve suave del bigote. Tenía el cuello largo y fuerte, y las sombras dibujaban un triángulo oscuro entre su nuez y su barbilla. Se imaginó que lo tocaba con la mano y que estaba caliente y latía al ritmo de su corazón.

Giró de nuevo el rostro hacia la ventana y sonrió emocionada, superado ya el pánico inicial de quedarse a solas con él. Aquello era completamente impropio. Pero su madrina se había mostrado tranquila y le había apretado la mano al bajar del coche, como insuflándole ánimos. Algo iba a suceder.

Lessay no había parado de darle muestras de predilección desde la noche de la fiesta. Apenas se habían separado aquellos tres días y él había escuchado embelesado todas sus historias. Ningún detalle le resultaba demasiado prosaico: sus paseos a lomos de su yegua, su amor por los bosques, sus lecturas favoritas… Todo le interesaba.

Sus elogios, atenciones y galanterías habían sido constantes. Apenas podía creer que un gran señor tan apuesto y solicitado se hubiera fijado en ella. Pero no había duda posible. La intensidad de sus miradas, los roces que hacía pasar por casuales, sus maniobras para sentarse siempre junto a ella... todo servía al mismo propósito.

Pero nunca hasta ahora habían estado a solas.

Desde que habían salido del hôtel de Bourgogne le había notado distinto, nervioso y un poco ausente, como si estuviera rumiando algo. Tal vez no podía seguir soportando la incertidumbre de no saber si le correspondía. Había llegado el momento.

El conde iba a hablarle de amor.

La sola idea la hizo ruborizarse por anticipado. ¿Cómo respondería cuando él hablara? A pesar de todas sus lecturas, no estaba segura de lo que ocurría exactamente cuando un hombre y una mujer enamorados estaban a solas. ¿Tenía que ser ella la que le diera pie con alguna señal? Y luego, ¿la abrazaría? ¿Se lanzaría a levantarle las faldas? Se estremeció. No le conocía demasiado, pero sabía que era un hombre de acción, no de palabrería. Se sentía dividida entre una intensa curiosidad y el deseo de no parecer demasiado anhelante.

Pero tenía sed. Sed de amor real, no sólo de papel como en las novelas. Sed de vida después de tanta muerte y tanta congoja. Desde niña había leído cien veces los versos del poeta Ronsard, sin saber lo que significaban en realidad. Sin entender por qué incitaba con tanta urgencia a las doncellas a cortar las rosas antes de que fuera demasiado tarde. Hasta ahora. ¿Quién sabía lo que ocurriría dentro de un año, de diez...? Tal vez estuviera muerta, como su hermano. O casada con un hombre al que fuera imposible amar, y se ajara pariendo hijos y soportando amarguras. Con el pelo blanco lamentaría no haber escuchado a su corazón al despertar como mujer.

Lessay carraspeó y Madeleine regresó de inmediato al presente, esperanzada. Pero el conde siguió en silencio, con los labios apretados y la mirada fija, como un gato calculando si el salto que va a dar no será demasiado grande. A lo mejor dudaba porque ella era muy joven y no estaba casada. Sacudió la cabeza. Si él supiera.

Las mujeres de la Corte solían esperar al matrimonio para tomar amantes, quizá porque tenían la necesidad de sentirse seguras antes. Pero ella no tenía miedo. No creía que el amor y la pasión hubieran de regirse por cánones mundanos.

Había leído a escondidas la copia de la fascinante correspondencia de Eloísa y Abelardo que su padre guardaba en su biblioteca, y opinaba igual que aquella mujer excepcional: el título de amante era mucho más honorable que el de esposa. Por eso ella no había temido entregarse en cuerpo y alma. Porque el amor era un fin en sí mismo y el matrimonio una cadena que corrompía la pureza de la pasión con la fealdad de los contratos y las posesiones. Aun así, se había visto obligada a ir contra sus principios y casarse con su amado cuando él había insistido en salvarla de la deshonra.

Suspiró. Los hombres a veces no entendían nada. Ella también estaba dispuesta a todo por amor:

—*Te nisi mors michi adimet nemo, quia pro te mori non differo.*

—¿Decíais algo? —preguntó el conde, con delicadeza.

Ensimismada en su ensoñación, había pronunciado la frase de Eloísa en voz alta. Por suerte, él no la había oído bien:

—Nada. —No iba a repetir aquello pero a lo mejor podía decir algo que le animara o iban a estar dando vueltas con los caballos toda la noche—. Pensaba en la bella historia que ha contado vuestra prima esta mañana sobre el rey Enrique IV y su amante Gabrielle d'Estrées. ¿A vos no os conmueve?

El conde necesitaba un empujón y aquella vieja historia podía servir. Madame de Chevreuse les había entretenido durante el almuerzo hablándole de los galanteos más notorios de los reyes de Francia. A Madeleine le había encantado descubrir que antes de su matrimonio con María de Médici, el rey Enrique IV había vivido un apasionado amor con una hermosa y dulce dama llamada Gabrielle, y que había estado dispuesto a arriesgarlo todo por ella.

Pero Lessay no había captado su insinuación. Seguía mirándola sin comprender.

—¿Bella historia? Se dice que la envenenaron para que el rey no se casara con ella. Y murió en medio de atroces sufrimientos.

—Pero eso es sólo el final. ¿Y los ocho años de devoción y pasión absolutas? Cuando no estaban juntos, se escribían. Y él la quería tanto que incluso le pidió al Papa que anulara su primer matrimonio para poder casarse con ella, aunque Gabrielle no tenía sangre real.

—¿Y nombrar herederos a sus bastardos? ¿Cuando él mismo acababa de llegar al trono? Lo más probable es que hubiera provocado otra guerra civil.

Una lección de política. Qué pocas luces. Madeleine le interrumpió sin miramientos:

—Le hizo funerales de reina, y se mesaba los cabellos, vestido de negro. Un amor eterno.

Él ladeó la cabeza y la contempló con incredulidad. Por fin:

—¿Es el rey enamorado lo que os conmueve de la historia?

—Y la valentía de Gabrielle, dándolo todo por un hombre que estaba casado con otra.

Lessay se pasó una mano lenta por el cabello rizado y Madeleine procuró poner la expresión más inocente del mundo. Finalmente, el conde habló con voz queda:

—Mademoiselle, es posible que os parezca una bonita historia, pero hay mucho sufrimiento en ella. Desafortunadamente, los hombres no siempre tienen la suerte de casarse con alguien a quien puedan amar. —Ella se quedó callada, alentándole a continuar con la mirada—. Yo comprendo muy bien al rey. De hecho, me hallo en una situación similar.

La miró con tristeza, sin explicarse. Pero ella necesitaba saber más:

—¿Y la condesa? Tan llena de virtudes, tan bella…

—Una mujer excepcional. —Lessay titubeó—. Sin embargo, no nos amamos.

Qué delicadeza mostraba hacia su mujer. Pero no la quería.

—¿Entonces? —preguntó con voz tenue.

—Hasta ahora no le había dado mucha importancia. Me he distraído con entretenimientos frívolos, aquí y allá. No creía que existiese otra cosa.

La tomó de las manos con inesperada fuerza y Madeleine se

dio cuenta de que había perdido el control de la situación. Ante la cercanía de aquel hombre de ojos color miel estaba completamente indefensa. Balbuceó débilmente:

—¿Hasta ahora?

Quizá no debería haberle alentado tanto con la historia de la amante del rey. ¿Qué iba a hacer si se arrojaba sobre ella? Pero el conde no hizo ningún gesto violento. Sólo le acarició la mejilla con un dedo. Luego acercó su rostro, que olía a jabón de afeitar y murmuró:

—Mi dulce niña.

Rozó apenas sus labios en un beso breve y casi casto. Parecía muy sereno. Ella sin embargo había sentido un agujero sin fondo crecerle en las entrañas y una agitación que amenazaba con ahogarla. Desasió sus manos de las de él con brusquedad y las llevó instintivamente al corazón. Tan leída, tan elocuente y no sabía qué decir ni qué hacer.

—En un carruaje…

El conde se reclinó de nuevo en su asiento con un suspiro. Madeleine no quería que creyera que la había disgustado, pero no sabía qué hacer. Al final fue él quien habló:

—Tenéis razón. Éste no es lugar. No tengáis miedo de mí, Madeleine. —Le miró a los ojos perdida en una nube de aturdimiento—. Dejadme que os demuestre lo que siento.

Se calló, expectante. Madeleine estaba aturullada:

—Sí —dijo, simplemente.

El coche iba cada vez más lento. Estaban cerca.

Lessay habló rápido:

—Escuchadme bien. Esta noche a las nueve un carruaje os aguardará tras el muro del jardín. Tendréis que escabulliros de vuestra habitación y usar la puerta que hay oculta detrás del invernadero. Tengo una casita con jardín y rodeada de huertos en Auteuil. El cochero os llevará junto a mí. Allí nadie nos interrumpirá. Os doy mi palabra de que no ocurrirá nada que vos no queráis que ocurra. —Volvió a tomarla de las manos y las arropó entre las suyas con infinita dulzura—. ¿Habéis comprendido?

Ella asintió de nuevo. Todo saldría bien.

—Tenemos mucho de qué hablar —le dijo, con entusiásmo.

El carruaje se detuvo del todo y el conde la ayudó a descender y, mientras la depositaba en el suelo, murmuró cerca de su oído:

—Mucho, mi bien.

Había tanta esperanza en su voz… El contacto acariciante de su mano en el antebrazo volvió a provocarle un escalofrío que era temor y placer a partes iguales. Le habría gustado que sus gestos supieran igualar la bravura de su corazón, pero no era más que una muchachita temblorosa, incapaz de expresar nada.

Avanzaron del brazo, en completo silencio. Entonces vio que su ama les contemplaba con suspicacia, apostada junto a la puerta de entrada:

—Querida niña, estaba preocupada. Es muy tarde. —Su voz sonaba alarmada—. ¿Y madame de Chevreuse?

Madeleine se sintió extraña al oír a su vieja Anne llamarla niña, igual que lo había hecho él hacía unos minutos.

Los dos se equivocaban. Ella era una mujer.

Anne la tomó de un brazo y la atrajo hacia sí como si el conde fuera un lobo hambriento del que estuviera deseando apartarla. Ama y galanteador se contemplaron un minuto, midiéndose como dos perros de pelea.

Madeleine sabía que Anne era orgullosa. Con cierta satisfacción, la vio apretar los dientes, tragarse el amor propio y bajar la vista.

Pero en cuanto el conde se despidió, su vieja ama se encaró con ella:

—¿Por qué estás tan agitada? Apenas cabes en el vestido.

Madeleine bajó los ojos. Sabía que tenía la mirada brillante y los labios temblorosos; suficiente para delatarla. Lo mejor que podía hacer era enfilar las escaleras para encerrarse en su cuarto y evitar un interrogatorio:

—No estoy agitada, sólo cansada. Ha sido un día muy largo, me voy a retirar.

Se dio la vuelta, pero Anne la cogió del brazo y la obligó a detenerse:

—Ese hombre y tú os miráis de un modo muy poco apropiado. No es la primera vez que me doy cuenta. ¿Te crees que un galanteo así es un juego?

Madeleine decidió disimular:

—El conde de Lessay es el primo de madame de Chevreuse. Por eso es amable conmigo. No hay nada más.

Comenzó a subir las escaleras, tratando de fingir tranquilidad. Anne la seguía de cerca, resoplando:

—Tontita, tengo casi sesenta años. Sé reconocer a un halcón de caza cuando lo veo. Y tú eres un polluelo que apenas ha salido del huevo.

Aquello la hirió profundamente. Su ama se burlaba de ella. Quizá estaba celosa de que pudiera querer a otra persona. ¿Acaso ella no se había enamorado nunca?

Miró sus ojos sin brillo, medio ocultos tras unos párpados caídos que amenazaban con sepultarlos, las mejillas huecas y la boca fina como una brizna de hierba. Resultaba difícil imaginar que un hombre la hubiera amado alguna vez.

Y sin embargo aquel rostro gastado era para ella sinónimo de cariño y lealtad sin límites. Lo escrutó, esperanzada, pero sólo encontró una dureza que hasta entonces había estado reservada a los que amenazaban la paz de la familia Campremy. Su ama la miraba igual que a una enemiga y sacudía la cabeza con desdén. Madeleine se quejó:

—¿Cómo puedes decir eso? Sólo has visto a monsieur de Lessay dos veces…

Anne se interpuso en su camino y siseó:

—Suficiente para calarle. Como fruta podrida. Ni se te ocurra volver a verle.

Si no le hubiera insultado, a lo mejor la habría escuchado. Pero en vez de hablar de modo razonable, Anne la trataba con desprecio. Algo duro y feo creció en su interior. La necesidad de defenderse golpeando:

—Eres mi ama, pero eso no te da derecho a mandarme. Más bien al revés. Haré lo que me plazca, con quien me plazca.

Le temblaba la voz. Nunca antes había dicho algo así. Habían tenido desacuerdos, pero ella siempre se había sometido, aceptando la guía de la única madre que había conocido.

Se encontraban frente a la puerta de su habitación. Madeleine intentó entrar y encerrarse, pero Anne se coló tras ella:

—¡Lo que le plazca a él, necia! ¿Qué crees que busca un hombre de su posición en una mocosa como tú? Un poco de diversión sin compromisos y a por la siguiente. ¡Despierta! No sólo es un hombre casado, es un gran señor acostumbrado a hacer lo que le viene en gana. Y tú no eres nadie. Una insignificante damisela de provincias que ha entrado en la Corte por la puerta de atrás.

Qué manera tan sórdida de describir el interés del conde. No tenía ni idea del vínculo tan hermoso que habían establecido ya. No pensaba dejarla ensuciar algo tan precioso con aquellas palabras horribles.

—Se acabó la conversación. No quiero oír tus insultos.

Anne la cogió del brazo:

—Pues me vas a oír. Te he guardado todos estos años. Te he protegido del mundo y ahora que eres casi una mujer no te perderé de esta manera indigna.

Madeleine estaba asustada:

—¡Indigna! No hay nada más digno que el amor verdadero.

—Su amor verdadero se llama fornicación y si te he visto no me acuerdo. Eres la doncella más tonta de toda la cristiandad.

Parpadeó con fuerza. Tenía que despertar de aquella pesadilla. Su ama se había vuelto loca.

Pero le quedaba el amor propio, y la necesidad acuciante de vengarse. Buscó enfebrecida una réplica que pudiera herir a Anne tanto como ella lo estaba, aunque no fuera verdad:

—Bueno, doncella ya no se me puede llamar. Parece que tu vigilancia ha sido en vano.

Anne la miró como si tuviera delante a una extraña y, sin previo aviso, le propinó un bofetón que la derribó al suelo. El golpe había sido fuerte, pero fue más bien la sorpresa lo que hizo que perdiera el equilibrio. Nunca antes la habían pegado.

Apenas tuvo tiempo de protegerse la cara. Su ama se lanzó

sobre ella, gritando como una loca e insultándola. La llamaba toda clase de cosas infames: puta, desgraciada, ramera… A pesar de que Madeleine le rogaba, ahogada por los sollozos, que por favor parara. Que no la hiciera más daño. Anne tenía los ojos fuera de las órbitas. La agarró del pelo para levantarla y le arrancó varios mechones. Madeleine gritó de dolor con la esperanza de que alguien acudiera. Pero nadie las interrumpió.

—¡Basta, basta! ¡Me haces daño!

Intentó cubrirse el rostro con las manos. Aun así recibió otro par de dolorosos bofetones. Era incomprensible. Una locura. El mundo se había vuelto del revés. Desde que era una niña, Anne le había secado las lágrimas y la había consolado. Y ahora ese mismo llanto no merecía su clemencia. Se había transformado en una ménade inmisericorde:

—¡Todo echado a perder, tendría que matarte!

La cogió del cuello con los ojos extraviados. Madeleine temió que quisiera estrangularla y no fuera sólo una forma de hablar. Sin apenas resuello alcanzó a decir:

—Anne, por piedad…

El ama la soltó. Sus ojos tenían una expresión de horror. Parecía haberse dado cuenta de pronto de lo que estaba haciendo. A Madeleine aquello le dio todavía más miedo. Se arrastró por el suelo hasta que tanteó el borde de la cama. Quería esconderse bajo las mantas, quitarse de su vista. Anne se acercó de nuevo a ella y la cogió del mentón. Tenía los ojos bañados en lágrimas y su voz temblaba llena de pesar, ya sin violencia:

—¿Estás segura de lo que me has dicho? Porque sería mi muerte…

Madeleine tuvo el impulso de retractarse y confesar la verdad. No reconocía a la mujer que tenía delante de sí. Pero el dolor alimentó su maltrecho orgullo y asintió obstinada, apretando los labios, que le sabían a sangre.

Algo debió de ver el ama en sus ojos, porque le acarició el pelo maltratado y le dijo con suavidad:

—Espera aquí. Voy a hacerte una tisana para que te calmes. Luego iré a buscar a una mujer de confianza que podrá confirmar lo que has dicho. Es posible que te equivoques. Es extremadamente importante que sigas siendo virgen. ¿Lo comprendes?

Madeleine no entendía nada, pero le dio la razón para que la dejara en paz. Su súbita dulzura le producía pavor. ¿Cómo podía acariciarla después de aquella paliza? La habían poseído los diablos.

El ama tardó muy poco en llevarle la infusión y enseguida volvió a dejarla a solas para que se calmara. Madeleine olisqueó la taza y reconoció la bebida dulzona con la que Anne la había adormecido la última noche que habían pasado en Ansacq. Entonces aún confiaba en ella, pero ahora ya no. Se levantó y arrojó el líquido por la ventana. Luego volvió a echarse sobre la cama y cerró los ojos. Se concentró en respirar hondo y calmar la agitación de su pecho.

Al cabo de un rato, Anne entreabrió la puerta de la habitación. La sintió acercarse en silencio y posar una mano fría sobre su frente. Convencida de que dormía, su ama dio media vuelta, salió de la estancia y sus pasos se alejaron escaleras abajo.

Madeleine se incorporó en la cama. No quería verla nunca más. No pensaba esperar a que volviera con alguna comadrona a humillarla de nuevo. Tenía que escapar.

Se despejó el rostro con agua fría de la palangana. Con manos temblorosas rehízo como pudo su peinado y buscó una capa que echarse sobre el vestido. Luego se apostó en la ventana. Desde allí se veía la entrada principal de la casa. En cuanto vio a Anne salir a la calle, bajó las escaleras corriendo e hizo llamar al cochero de la duquesa. Tuvo suerte. El hombre sabía dónde estaba el refugio de Auteuil del que le había hablado el conde. Iría allí a esperarle. Y él la salvaría.

Cruzó París acurrucada en el fondo del carruaje. Sólo de vez en cuando se atrevía a abrir las cortinas y echar un vistazo a su alrededor. El toque de queda, que todas las noches, a las ocho, anunciaba a los parisinos de vida honesta que era hora de recogerse en sus casas, resonó desde los campanarios de Notre-Dame. No había apenas luna y todas las casas le parecían igual de negras y feas. Le había dicho al cochero que fuera tan rápido como pudiera. Se sentía sola y asustada y necesitaba que alguien la consolara con urgencia.

A medida que avanzaban, los edificios se iban dispersando y los muros de los conventos sustituían a las construcciones de varios pisos. Dejaron atrás la ciudad. Al rato oyó que cruzaban sobre un puente de madera y poco después el carruaje se detuvo. Levantó de nuevo la cortina. Se encontraban en el campo, frente a una casita de dos alturas con la fachada cubierta de hiedra y un establo pequeño adosado a una de las paredes. Un muro bajo rodeaba el pequeño jardín. Se escuchaba el rumor del río y el silbido del viento entre los árboles medio desnudos. Igual que en su casa. Por primera vez desde su llegada a París, se dio cuenta de que la echaba de menos.

Vio a un criado doblar la esquina del edificio cargado con una brazada de leña, empujar de una patada la puerta, que batió con fuerza a sus espaldas, y desaparecer en el interior. Una de las ventanas del piso superior estaba iluminada y de la chimenea salía humo. El corazón le latió más fuerte.

Aunque se había adelantado a su cita, él la estaba aguardando.

El cochero tuvo que ayudarla a bajar. A medida que los golpes se enfriaban le dolía más el cuerpo y le costaba moverse. Le pidió que la esperara, por si había algún contratiempo, y avanzó hacia la luz. Alzó la mirada. En el piso de arriba había un rumor sordo de conversación y le pareció escuchar risas. A lo mejor el conde no había llegado y lo que se oía era la charla de los criados preparando la estancia.

Avanzó hasta la puerta. Aunque estaba congelada, sintió que las mejillas le ardían. Respiró hondo tratando de contener la emoción. Aún estaba aturdida y asustada. Anhelaba encontrar amparo entre unos brazos que la protegieran, pero también le daba miedo lo que pudiera ocurrir aquella noche, cuando se encontraran a solas.

Agarró la aldaba con dedos temblorosos. La puerta estaba sólo entornada. Entró. Las voces del primer piso llegaron hasta ella más claras que antes. Eran varios hombres que gritaban y reían. Distinguió con claridad la voz alegre de Lessay:

—Vamos, messieurs, a comer, que quiero a todo el mundo fuera de aquí en una hora.

Alguien le respondió con la boca llena:

—Yo sigo sin estar convencido. Por mucho que veamos a la niña llegar desde el establo, ¿cómo sabremos qué pasa luego? Quiero que quede claro: si no se la metéis no hay apuesta que valga.

Madeleine contuvo el aliento y avanzó dos pasos quedos en dirección a las escaleras:

—Bouteville, no me insultéis. —La voz del conde desbordaba suficiencia—. Después de esta noche la voy a dejar tan bien picada que mañana por la mañana os podrá dar todas las lecciones que necesitéis, si aún os queda alguna duda.

Una horripilante carcajada coreó la respuesta de Lessay:

—Qué cabrón. En tres días. —Madeleine sintió un escalofrío al reconocer la voz del duque de Chevreuse, el marido de su madrina y el hombre que la había acogido en su hogar—. Y luego me tocará escuchar los llantos en mi casa. Podríais guardarla como amante una temporada.

—No, gracias. Esta niña tiene pinta de ser de las que se pegan al cuerpo como una camisa mojada. Demasiado trabajo para tan pocas carnes. Yo en un par de días me marcho a Chantilly y se acabó lo que se daba. ¿No podéis encontrarle un marido en algún sitio, mientras estoy fuera?

Madeleine retrocedió hasta la puerta, tambaleándose, y buscó a tientas el cerrojo. Apenas veía y le daba la impresión de que nunca más sería capaz de respirar. De que iba a caerse muerta de dolor y de vergüenza allí mismo.

17

Era una noche inhóspita. Un viento helado, más propio del invierno que del mes de octubre, le azotaba las ropas, colándosele hasta los huesos, y Bernard avanzaba despacio entre las casas en busca de la posada. Con una mano sujetaba la capa para mantenerla cerrada y con la otra se apartaba de los ojos el polvo, que le atacaba en ráfagas traicioneras. Por el camino le habían dicho que en las afueras de la aldea había una fonda en la que por unas monedas le harían hueco para dormir.

Cuando Lessay le había anunciado que se marchaban a Chantilly, la perspectiva de pasarse una semana corriendo caza mayor en los inmensos bosques del duque de Montmorency había hecho que se le hiciese la boca agua. Pero llevaba ya dos días fuera de París y aún no había tenido ocasión de perseguir ni tan siquiera un conejo.

En realidad no habían previsto partir hasta el final de la semana, pero todo se había precipitado porque, después de la visita al teatro del hôtel de Bourgogne, Madeleine de Campremy había desaparecido.

Los criados de los duques de Chevreuse la habían visto salir en coche después de una discusión muy fuerte con su ama, que la había castigado duramente por dejarse cortejar por Lessay. Avanzada la noche, había regresado el cochero, con una carta de la muchacha, a la que había dejado en las postas de Saint-Denis, y el ama había exigido que se la entregaran, aunque no iba destinada a ella. En su mensaje Madeleine le agradecía su acogida a madame de Chevreuse y le pedía que le enviara sus pertenencias a Ansacq.

De inmediato, la mujer había ordenado que le buscasen un coche de alquiler y había salido tras ella, llevándose poco más que lo puesto.

Lessay no se había enterado de la historia hasta el día siguiente, pero en cuanto le habían informado había decidido adelantar el viaje a Chantilly. Ansacq estaba a ocho leguas apenas del castillo del duque de Montmorency, así que podía aprovechar para ir a buscar a la moza y enterarse de lo que había pasado.

Antes del mediodía ya estaban en marcha, junto a monsieur de Bouteville y una docena de gentilhombres, pero Bernard no había comprendido de qué iba todo aquel tejemaneje hasta bien avanzado el camino, cuando se había enterado de que la noche de la fiesta, acosado por las pullas incansables de sus amigos, Lessay se había apostado con Bouteville que podía conquistar a Madeleine en apenas diez días.

Y se había jugado el caballo español del que tanto presumía.

Por eso no se había despegado de la niña desde entonces. La noche anterior, despúes acompañarla al hôtel de Chevreuse, la había citado en su casa de Auteuil, convencido de que la tenía ya en el bote. Pero se había quedado esperando toda la noche, más plantado que un ciprés.

Lo único que sabían con certeza era lo que les había contado el cochero. Que había llevado a Madeleine hasta allí un poco después de las ocho, pero que nada más poner pie a tierra la muchacha había cambiado de opinión y le había pedido, envuelta en llanto, que la ayudase a regresar a su casa de Ansacq. El hombre no se había creído en posición de discutir las órdenes de una dama a la que apenas conocía y la había llevado hasta la parada de postas de Saint-Denis, donde había contratado transporte a cambio de un anillo.

Bouteville no había parado de reírse durante todo el camino, pero Lessay no se daba por vencido. Estaba seguro de que había sido la bocaza de su amigo la que había asustado a la niña. Seguro que le había oído vocear alguna zafiedad y había salido corriendo.

Pero aún tenía seis días por delante para reconquistarla. Y aunque habían llegado al castillo de Montmorency tarde y muy cansados, lo primero que había hecho a la mañana siguiente había sido despacharle a él a casa de Madeleine para tantear a la muchacha y decidir si era mejor estrategia ir a buscarla a Ansacq o invitarla a Chantilly.

Ésas eran las consecuencias de no estarse callado. Si durante el camino no se hubiera puesto a fanfarronear sobre las buenas migas que había hecho con Madeleine durante la fiesta y no se hubiera reído de las bromas de Bouteville, Lessay habría enviado a cualquier otro. Y él no se habría quedado sin caza.

Además, Bernard no tenía muy claro lo de ejercer de tercero en aquel asunto.

Por un lado, convertirse en amante de un hombre de la posición del conde no era mal negocio en absoluto para alguien como Madeleine. Una doncella avispada podía sacar mucho provecho de una situación semejante. Pero lo que no le convencía era que su patrón no tenía interés ninguno en conservarla junto a él más tiempo del necesario para ganar la apuesta, y la niña era una inocente con la cabeza llena de pájaros. Por mucho que Lessay le buscara luego un buen marido y por muy buenos regalos que le hiciera, a Bernard le daba que no iba a haber dinero bastante para compensar el desengaño. Sólo había que ver lo embobada que estaba en su compañía hacía dos noches en el teatro. Le miraba talmente como si el conde hubiera salido de uno de esos libros de caballerías que a ella tanto le gustaban.

¿Cómo se las habría apañado Lessay? Seguro que la había enredado a base de palabrería…

En cualquier caso, había resuelto cumplir con su misión sin mentirle a Madeleine y sin ejercer de alcahuete. Se limitaría a preguntarle el motivo de su marcha de París y la informaría de que querían recibirla en Chantilly. Si aceptaba la invitación sin más explicaciones, bien. Y si no, se lo diría a Lessay y que se apañara él como viera conveniente.

Al menos, a pesar de que el cometido que tenía por delante no acabara de agradarle, había sacado ya algo del negocio. Para que pudiera alojarse en Ansacq, Lessay no había tenido más remedio que entregarle una nueva bolsa con dinero. Aunque más pequeña esta vez. Y acompañada de una advertencia seria de que la hiciera durar.

Ya había empezado a darle buen uso. A eso de las once se había detenido en una venta del camino y se había zampado medio cordero lechal bien regado con sidra. Lo malo era que le había vencido el sueño, se había quedado a dar una cabezada y al final había llegado a Ansacq caída la noche.

Resopló. La aldea se hallaba en el fondo de un valle frondoso, encogida entre las colinas, en torno a una iglesia de piedra. Era pequeña. Pero ya la había cruzado de punta a punta varias veces y él no veía hostería alguna. A esas horas ya tendría que haber hablado con Madeleine. Lessay estaría esperando sus noticias. Pero era muy tarde para presentarse en la residencia de los Campremy.

Echó un vistazo cuidadoso a su alrededor, sin moverse. Las casas eran todas de mampostería y ninguna tenía enseña que la identificara. Se acordó de lo que le habían contado los hombres del duque de Montmorency aquella mañana. Le habían dicho que el señorío de Ansacq había pasado a posesión de Richelieu hacía un par de años y que desde entonces el mal tiempo había arruinado la labranza de la zona. Con un guiño malévolo, habían apuntado que todo lo que tocaba el cardenal se marchitaba, igual que si fuera el diablo.

«Pues a lo mejor el lugar está encantado.» Empezaba a tener la sensación de que las mudas ventanas se reían de él. Seguro que detrás de las tablas estaban apostados decenas de desconfiados aldeanos y ni uno salía a ofrecerle ayuda.

Antes de llamar a una puerta al azar y asustar a nadie, decidió dar otra vuelta, y al doblar la esquina se encontró con un enorme mastín. No sabía de dónde había salido. Estaba plantado en mitad de la calle y le observaba receloso. A diferencia de cualquier otro perro acostumbrado a las patadas de los campesinos, éste no se retiró al verle acercarse. Al contrario, se afianzó sobre sus patas y le enseñó los dientes de manera muy poco amistosa.

Bernard trató de seguir adelante y el can gruñó una advertencia inequívoca. ¿Estaría rabioso? Él había conocido animales capaces de arrojarse sobre un caballo. Pero a la luz de la escasa luna no podía ver si tenía espuma en la boca. Llevó la mano al pomo de la espada, temiéndose que saltara sobre él. Pero el mastín no se movía.

De pronto, un jorobado harapiento surgió de la nada, le puso la mano en la cabeza al perro y le murmuró algo al oído. El animal se calmó en el acto, se dio la vuelta y se marchó sin prestarle más atención. El giboso se retorcía de risa sin parar de gritar:

—¡Cantou! ¡Cantou! ¡Cantou!

Se le acercó con la mano extendida y la baba goteándole de la bocaza abierta en una sonrisa sin sentido. Bernard le arrojó unas monedas y le preguntó dónde estaba la posada. El bobo le indicó que le siguiera con un gesto benévolo.

La fonda era en realidad una simple granja, sin enseña ninguna, situada a la salida del pueblo, con establo, gallinero y una pocilga. El loco le ayudó a dar voces para despertar al dueño, que le hizo pasar dentro y le guió medio dormido hasta un cuarto con un par de jergones al que había que subir por una escalera de mano. Comida a esas horas no servían.

Bernard se tiró encima del jergón nada más sacarse las botas, y a pesar del hambre y de que el viento le había puesto la cabeza como si le hubieran pasado por encima todos los caballos de las postas reales, se quedó dormido de inmediato.

Cuando se despertó por la mañana, se moría de hambre. Le tuvieron que llenar tres veces un cuenco de caldo fuerte y especiado, y se ventiló una hogaza entera de pan gris.

Mientras ensillaba el caballo, entró en el establo un mozo con una carreta de paja que le saludó con simpleza. Los pocos dientes que le quedaban los tenía negros. En el silencio de la cuadra se oía silbar al mismo viento de la noche anterior.

—Por todos los santos que sopla con ganas —protestó Bernard—. Otra vez a marearme la cabeza.

El criado se le acercó:

—Con este viento, monsieur, dicen que la gente se vuelve loca.

—No me extraña. ¿Hay muchos locos por aquí?

—Pues… está Pierrot, el de la Jeanne, que le faltan dos veranos y se cree que es una golondrina; y el Cantou, el pobre, que come tierra y cagarrutas…

Ése debía de ser el jorobado que le había conducido a la posada.

—Ni más ni peor que en mi tierra.

—Bueno, no siempre hay viento.

El mozo celebró su propia ocurrencia con una carcajada incomprensible:

—La casa de los Campremy está en el camino de Clermont, ¿no? —Aprovechó para preguntar.

—Sí, monsieur, pero el viejo Campremy murió hace unos meses.

Se le veía mohíno.

—Ya lo sé. A quien busco es a la hija. —La expresión del mozo se hizo más sombría. Bernard tuvo el presentimiento de que algo malo había sucedido—. A Madeleine de Campremy, que ha estado en París hace poco.

—Sí, monsieur, sí, la conozco. Regresó hace un par de días.

Bernard se impacientó:

—¿Ocurre algo?

El chico le miró asustado y dijo de carrerilla:

—Mademoiselle de Campremy es una bruja. No lo digo yo. Lo dice el cura, monsieur. Está detenida y la van a juzgar. Mató a su padre y a su hermano. Ésa no escapa de la hoguera.

Brujería.

Bernard se quedó petrificado por la sorpresa. Menudo disparate. Cómo iba a ser bruja esa chiquilla. No había más que verla. Si no sabía de la misa la media y no conocía más mundo que el de sus libracos. Era más inocente que un cordero sin destetar.

Y la acusaban de asesinato. Pero si se ponía a hacer pucheros cuando se mentaba a su padre y a su hermano. El cura y sus paisanos habían perdido el juicio.

Para asegurarse volvió a preguntarle al mozo. Que volvió a decir lo mismo. Y añadió que la tenían encerrada en el castillo y que no se permitían visitas.

Se le encogió el corazón. Brujería. Una acusación así podía significar la tortura e incluso la muerte. Sintió un hormigueo inquieto en las piernas y decidió acercarse de igual modo hasta la casa de los Campremy, que se encontraba a media legua del corazón del pueblo, colina arriba. Esperaba poder hablar con el ama de Madeleine y enterarse de los detalles.

Pero los criados se mostraron evasivos y casi ariscos. Sobre todo el mayoral, un tipo mal encarado que le dijo que a Anne Bompas, el ama, la habían prendido también al poco de llegar de París en pos de Madeleine. Estaba acusada de brujería, igual que su señora.

El ama también. Lessay les había hablado de ella, camino de Chantilly. «Una dueña ajada, seca y severa. Más fea que una bruja», había dicho.

El mayoral estaba convencido de que las dos detenidas eran hechiceras, pero cuando Bernard le pidió que explicara lo que sabía, se negó a darle detalles y le invitó de malos modos a abandonar la casa. No tuvo más remedio que marcharse.

Apenas había perdido de vista el caserón cuando una muchacha desgreñada le alcanzó por el camino gritándole que se detuviera. La reconoció en cuanto llegó a su altura. La había visto en la cocina de la casa, escondida detrás de la sirvienta que le había dado con la puerta en las narices.

La moza era más o menos de la edad de Madeleine. Tenía la mirada despierta, pero parecía asustada.

—Me llamo Louison, monsieur. Soy la hija de la cocinera. La hermana de leche de mademoiselle de Campremy.

—¿Tienes algo que decirme sobre tu señora?

—Sí… Pero nadie se puede enterar. —Miró por encima del hombro como si la siguieran—. Yo… En la casa tenemos mucho miedo.

—¿Los criados? ¿De qué?

—De que nos detengan también.

Normal. Un proceso por brujería no era ninguna broma. Y no era raro que las criadas acompañaran a sus señoras a la hoguera, sobre todo las que trataban de protegerlas y ocultar sus pactos con el diablo.

Bajó del caballo, se apartaron del camino y se sentaron en un tronco, entre los árboles.

—Escucha, ya lo he dicho antes. Llegué anoche de París y acabo de enterarme de lo que ha pasado. Te juro que no quiero perjudicar a tu señora.

—Y… ¿podríais ayudarla? —La voz de la moza estaba teñida de esperanza.

Otra que le confundía con un gran señor. Pero si le decía que era un don nadie a lo mejor no le contaba nada. Y seguro que Lessay sí sabía qué hacer en cuanto se enterara:

—Eso es lo que quiero. Pero alguien tiene que contarme qué ha pasado.

—¿La verdad?

Los ojos de la muchacha miraban de un lado a otro como los de un pajarillo asustado. Bernard preguntó en voz baja:

—Mademoiselle de Campremy no es una bruja, ¿verdad?

La moza rompió a llorar. Las lágrimas pintaron dos surcos en su cara sucia. Se secó el rostro bruscamente con la mano y negó con la cabeza:

—La conozco desde que nací. Nunca ha hecho nada malo. Y no sabe de hechizos ni nada por el estilo.

—El mayoral dice que ha matado a su padre y a su hermano.

—¡Antoine el Bizco! Ése sí que es un mal bicho. Si se entera de que os he contado nada, me desollará, hablará con los jueces para que me envíen a mí también a la hoguera… —La moza miró por encima del hombro, temerosa, y Bernard hizo lo mismo. Le estaba contagiando la aprensión—. Eso de que mi señora mató a su padre y a su hermano es una patraña. Los adoraba, y ellos a ella también. Pero Antoine no para de repetir cosas malas de ella. Yo creo que ha sido él quien la ha denunciado.

La muchacha se le quedó mirando, pálida, aterrorizada por el atrevimiento de sus propias palabras.

—¿Por qué iba a hacer una cosa así el mayoral?

Louison bajó la voz:

—En el pueblo siempre se ha dicho que Antoine es el bastardo de monsieur de Campremy. Y que odiaba a sus hijos legítimos.

—¿Y el ama?

—El ama… —La moza alzó la mirada de golpe y se le quedó mirando, sin parpadear—. Ella… Sabe cosas.

—¿Qué cosas?

—Sabe hacer emplastos, remedios… Las mujeres del pueblo le piden consejo.

Mal íbamos. Aquello sí sonaba a brujería.

—La cosa no pinta bien…

—No es sólo eso. A veces recibe visitas. Embozados que llegan de noche a caballo y se van sin que nadie les vea marchar. Que el cielo me perdone, pero se dirían espectros. —La moza se santiguó—. Y siempre está escribiendo cartas.

Así que al final las acusaciones de hechicería no eran tan descabelladas. Sólo le faltaba decir que la mujer olía a azufre y le asomaban patas de cabra por debajo de la falda.

—¿No enredaría ella a mademoiselle de Campremy para hacerla practicar sortilegios?

Louison sacudió la cabeza:

—Nunca —respondió con fiereza—. Mi señora es una buena cristiana. Si vos también vais a pensar…

—No, no, yo no pienso nada. Estoy tan seguro como tú de que mademoiselle de Campremy es inocente. La que me escama es esa ama suya. ¿La conocías bien?

Si Anne Bompas sabía de filtros y remedios, ¿quién decía que no había sido ella la culpable de las muertes?

—Nadie la conocía mucho, monsieur. No nació aquí. El señor la trajo consigo de vuelta de uno de sus viajes hace ya muchos años.

Pues había que ser majadero para meter a una mujer así en casa. El difunto Campremy no debía de haber tenido muchas luces para confiarle a su hija.

A Louison se le había agotado la valentía. Al ruido de una carreta que se acercaba se levantó, nerviosa, e hizo ademán de salir huyendo. Bernard le susurró a toda prisa:

—Haré lo que pueda. Te lo prometo.

La muchacha le besó la mano y salió corriendo por el camino.

Él se quedó desconcertado, sin moverse de donde estaba. Por el beso y porque no estaba seguro de cómo proceder. Allí había mucha tela que cortar. El ama no era trigo limpio. Y el desgraciado del mayoral tenía toda la pinta de haberse aprovechado de la mala reputación de la vieja para deshacerse de su señora.

Pero cualquiera con dos dedos de frente tenía que ver que Madeleine era una criatura cándida, incapaz de ninguna maldad. No podía ser muy difícil razonar con quien estuviera a cargo del proceso. Decidió llegarse hasta el castillo donde la tenían presa.

La fortaleza estaba cerca del pueblo y con las indicaciones de Louison no tardó en llegar. No era ni mucho menos el sitio siniestro que se había imaginado. Estaba construida en piedra clara y parecía casi un caserón solariego. Además, las guerras de religión habían arrasado las murallas, y aunque el foso era tan grande que había barcas amarradas a la orilla y parecía más bien un lago, el castillo se alzaba junto al agua confiado y desprotegido. Cruzó un puente largo y penetró en el patio, pasando bajo el arco de entrada que se abría entre dos torres rechonchas. Un guardia aburrido se hizo cargo de su caballo y le indicó con un gesto una puerta pequeña al fondo del recinto.

Por un momento el contraste entre la luz del exterior y la penumbra del cuarto le dejó ciego, y tardó en distinguir los rasgos del rostro del jefe de la guardia. Estaba acodado a una mesa a la que le faltaba una pata y que habían tenido que apoyar en la pared de modo precario. Una botella solitaria hacía equilibrios sobre la superficie desigual. El hombre aferraba unos pliegos amarillentos y muy buena vista tenía que tener para poder leerlos a la luz mortecina de la antorcha engastada en el muro.

Levantó la cabeza y le escudriñó con aire desconfiado:

—¿Qué se os ofrece, monsieur?

A sus preguntas el hombre le informó de que, en efecto, Madeleine de Campremy y su ama se encontraban presas allí dentro, pero no podía dejarle verlas sin orden del juez. Monsieur Renaud, el consejero de la bailía de Senlis que se encargaba del proceso, se había marchado a Mouy, un pueblo vecino, a hablar con un testigo enfermo y no regresaría hasta la tarde. Hasta entonces no podía hacer nada. No se dejó convencer ni por sus buenos modales ni por la perspectiva de un soborno que Bernard insinuó con gran claridad dando golpecitos a la bolsa de dinero.

Se rascó el cogote, indeciso. Se le habían acabado los recursos. Entonces escuchó unas pisadas ligeras y por el corredor en penumbra apareció una figura oscura que se arrojó sobre el vigilante:

—¡Morel, tenéis que hablar con vuestros hombres de inmediato! ¡Decidles que me dejen entregarle esto a mademoiselle de Campremy! La pobre criatura está en camisa, sin una mísera prenda de abrigo.

Era un tipo enclenque, de veintipocos años, vestido con una toga y un bonete negros. Llevaba una capa oscura enrollada bajo el brazo y estaba congestionado de indignación.

—Sabéis cuáles son las órdenes, Grillon.

—¡Las órdenes de Renaud son criminales! No hay ninguna ley que diga que las acusadas tengan que morir de frío mientras se instruye el proceso.

—No os metáis en donde no os llaman, Grillon. Que yo sepa sois cirujano, no doctor en leyes —ladró el vigilante.

—Lo que estáis haciendo con mademoiselle de Campremy es vergonzoso, infame.

La mirada del guardia era torva y su acento burlón. Al parecer el cirujano no era un interlocutor digno de consideración:

—Tened cuidado con lo que decís, señor hugonote. No se os quiere bien en esta villa. ¿O es que creéis que haberos negado a expedir los certificados de limpieza diabólica os ha ganado amigos? Respetad a los que hacen la justicia del rey para mantener el orden natural y divino. Al que, por cierto, vos no pertenecéis.

Ignorando la risa amenazadora del guardia, el tal Grillon se envolvió en la capa que no le habían dejado entregarle a Madeleine con dedos temblorosos y se dirigió a la salida. Bernard se apresuró a alcanzarle en el patio:

—Aguardad, monsieur. ¿Conocéis a mademoiselle de Campremy?

El mozo se detuvo sobre sus pasos y le miró receloso, pero

cambió de actitud cuando Bernard le explicó quién era. Le saludó, nervioso, y le contó que se llamaba Olivier Grillon y era el cirujano encargado de asistir a los jueces de Senlis en los procesos criminales. Conocía a Madeleine porque visitaba Ansacq de vez en cuando desde hacía tiempo para ofrecer sus servicios, aunque pocos podían permitírselos, y solía alojarse con los Campremy, con quienes había hecho amistad tras haber tratado al padre de su gota.

Sin embargo, en los últimos tiempos no era bienvenido en la aldea. Hacía un par de meses había tenido un encontronazo serio con los villanos. Varios le habían pedido que les examinara y certificara que estaban exentos de marcas diabólicas, como se hacía en algunas regiones donde los procesos de hechicería eran habituales. Él se había negado y desde entonces todo el mundo le miraba mal. Por eso y por su condición de hugonote. Era la primera vez que se veía envuelto en un proceso por brujería y estaba aturdido por lo ignominioso del procedimiento y las irregularidades que se estaban cometiendo.

A Bernard le parecía que su desazón tenía otro motivo. Al cirujano se le encendían las mejillas cuando hablaba de Madeleine, y se le descomponía la poca hombría que le dejaban la toga, las orejillas puntiagudas y el hocico de ratón. Recuperó las riendas de su caballo y le propuso a Grillon que le acompañase a la posada a comer algo.

Las cosas que el cirujano le contó por el camino hicieron que a él también le invadiera el desasosiego.

Grillon le dijo que llevaba más de un mes sin pisar Ansacq, desde el desafortunado episodio de las marcas diabólicas, cuando hacía cinco días el juez Renaud le había informado de que dos mujeres de la aldea habían sido acusadas de brujería y asesinato. El magistrado en cuestión era un fanático de los asuntos de hechicería, así que se había hecho cargo de la investigación de inmediato y había solicitado sus servicios. Apenas habían salido de Senlis cuando se había enterado del nombre de las acusadas y se le había caído el alma a los pies. Había hecho el viaje con el corazón en un puño.

Afortunadamente, al llegar a Ansacq se habían enterado de que las dos mujeres se habían marchado a París. Renaud había rabiado, decepcionado, pero aun así había aprovechado el viaje para interrogar a media comarca y recoger testimonios de los acusadores de Madeleine y Anne Bompas. Concluida la labor que podía realizar en ausencia de las dos mujeres, estaban preparándose para partir, cuando les había llegado noticia de que las dos fugitivas estaban de vuelta.

Renaud había dado orden de ir a su casa a buscarlas y detenerlas con urgencia, y llevaban veinticuatro horas encerradas en sendas estancias del castillo, separadas la una de la otra. Pero eso no era todo: después de registrar la casa y encontrar varios libros de astronomía y un par de herbarios, el juez había decidido buscar la marca del diablo en el cuerpo de las detenidas.

La marca del diablo o *stigma diaboli* se encontraba en el lugar o lugares donde el maligno hubiera tocado el cuerpo de la bruja y se reconocía porque dicho punto quedaba «muerto», con lo que no reaccionaba al dolor.

El responsable de buscarla era el cirujano al servicio del tribunal, pero Grillon se había negado en redondo a participar en aquello; aunque le costara el cargo cuando volvieran a Senlis y Renaud diera parte. No había valido de nada: el juez y sus dos asistentes habían decidido saltarse la legalidad y proceder por sí mismos.

Le habían vendado los ojos a Madeleine, le habían rapado la cabeza y la habían desnudado por completo. Luego habían empezado a clavarle unas terribles agujas de un palmo por todo el cuerpo, incluidas las partes pudendas y la lengua, buscando zonas en las que no reaccionara. Y aseguraban que habían encontrado un punto en uno de sus muslos en el que no existía sensibilidad.

Bernard sintió un odio turbio al imaginar a la dulce Madeleine desnuda y martirizada de aquella manera. Pero procuró sosegarse y calmar a Grillon. Al cirujano le temblaban las manos y los labios mientras le contaba todo aquello y estaba a punto de derrumbarse. Lo que necesitaban era un buen almuerzo y un trago de vino:

—Pensad que si ya le han encontrado la marca esa del diablo, al menos no la maltratarán más. Nos podemos dar con un canto en los dientes si la cosa se queda en unos pocos pinchazos...

Grillon le miró, espantado, y Bernard sacudió la cabeza. Otro gallina, como maître Thomas. Eruditos y hombres de ciencia parecían cortados por el mismo patrón: se sentían más a gusto lamentándose y llorando penas que poniendo los problemas sobre la mesa y buscándoles solución, como hombres hechos y derechos.

—Los pinchazos son lo de menos, aunque sin duda le dolieron. Imaginad el horror que debió de sentir allí de pie, desnuda y a ciegas. ¿No os dais cuenta del daño irreparable infligido a su espíritu? —El cirujano se secó el sudor de la frente con un pañuelo—. Al menos aún no han tratado del mismo modo al ama, pero me temo que no faltará mucho.

El ama. Se había olvidado de ella por completo. Pensó en compartir con el cirujano su sospecha de que ella sí podía ser una bruja. Pero antes quería enterarse de otras cosas:

—¿Y no hay nadie que esté por encima de ese juez?

—Sí, sí que lo hay. Las sentencias graves en procesos por brujería las revisa todas el Parlamento de París —explicó Grillon—. Pero ahora mismo él es el responsable de seguir buscando pruebas y de interrogarlas.

Siguieron caminando en silencio hasta la posada. Allí habría una media docena de campesinos reunidos en torno a recias jarras de vino. Les miraron fijamente, sin disimulos, señalando a Grillon con el dedo y murmurando con malevolencia.

Se acomodaron un poco aparte y la mujer del mesonero les plantó sobre la mesa una fuente con el guiso del día. Legumbres con algo de conejo. Bernard agarró el cucharón de palo y se echó una buena ración sobre su rebanada de pan. Como Grillon no se movía, le sirvió de modo similar y le animó con la mano a que comenzara. Pero había una duda terrible que llevaba rumiando todo el camino:

—Escuchad, Grillon, si hubieran encontrado de verdad la marca del diablo... Yo no creo que mademoiselle de Campremy sea bruja, pero si tuviera la marca, ¿cómo explicaríais eso?

—Eso es imposible. —El cirujano respondió con una voz aguda y destemplada. Desde las otras mesas les miraron, suspicaces. Grillon bajó la voz—. El *stigma diaboli* es una patraña.

Bernard engullía el guiso igual que si le fuese la vida en ello. La adversidad nunca le había quitado el apetito. Al contrario. Frunció el ceño:

—¿No creéis que el diablo pueda hacer algo así? ¿Marcar a los que ha elegido para servirle?

Grillon sacudió la cabeza:

—Lo que yo crea o deje de creer no es importante. —El cirujano hablaba muy rápido, nervioso, y no tocaba la comida. Las orejas se le habían puesto rojas con el acaloramiento—. Sólo os digo que el juez miente, que mademoiselle de Campremy no es una bruja y que la prueba que han encontrado es falsa.

Bernard asintió, con la boca llena:

—Eso es lo que yo digo. Que mademoiselle de Campremy no es bruja. Pero ¿y el ama? Los criados me han contado historias de lo más extrañas acerca de ella.

Grillon le contempló como si lamentara haber elegido aquel confidente, y le respondió en un tono aún más agudo, que volvió a atraer las miradas hoscas de los campesinos:

—Las brujas no existen. No hay magia. Los procesos por hechicería son consecuencia de la superstición, del fanatismo o de la mala sangre entre vecinos. Qué sé yo. Lo que sé es que no hay brujas.

Ah, no. Eso sí que no. Una cosa era que Madeleine fuera inocente. Ahí estaban de acuerdo. Pero brujas, haberlas, habíalas. Bien lo sabía él.

Sin ir más lejos, él había conocido a una en su tierra, le contó. Julie Bouchon, una vieja arpía que vivía en una cabaña destartalada en lo profundo del bosque. Llevaba allí toda la vida y se hacía llamar *aztia*. Era conocida en toda la región por los ungüentos que fabricaba a base de hierbas, y la gente que no podía permitirse un médico la visitaba para comprarle todo tipo de remedios. También hacía conjuros. La lavandera que le hacía la labor a su madre le había enseñado en secreto un saquito con hierbas y huesecillos que llevaba prendido al cuello. Era un amuleto que la *aztia* le había hecho para que el panadero se enamorara de ella; y no había sido muy caro.

A pesar de que los niños huían cuando la veían acercarse, Julie Bouchon era inofensiva. Hasta que un día unos galopines le ahogaron el gato, un bicho gordo y huraño que siempre andaba vagando por el bosque y espiando a los aldeanos. La *aztia* se pasó la noche aullando y luego pidió que le entregaran a los culpables. Como la gente se negó, dejó de hablarles a todos. Ese verano enfermaron varias vacas de manera inexplicable y dos mujeres dieron a luz niños muertos. Toda la comarca sabía que era la venganza de la bruja, así que alguien la denunció y las autoridades la detuvieron. Acabó quemada en la hoguera.

Nadie que hubiera conocido a Julie Bouchon y hubiera escuchado sus blasfemias habría dudado de su condición de bruja. Usara o no su poder para hacer el mal, el caso era que lo tenía.

—Y eso sólo lo otorga un pacto con el diablo —concluyó Bernard sentencioso.

Había logrado dar cuenta de su ración mientras hablaba. Grillon apenas había tocado la suya. A pesar de que había escuchado con atención la historia de la Bouchon, no parecía convencido en absoluto. Con los brazos cruzados sobre el pecho, replicó:

—Y supongo que también creéis que se las puede identificar mediante una ordalía. Se las arroja al agua y si flotan, se confirma que son brujas; si se hunden, se demuestra su inocencia.

Eso Bernard no lo tenía claro. Él había oído decir desde niño que los infieles se distinguían de los cristianos en que flotaban boca abajo cuando se ahogaban, así que no veía por qué las brujas no iban a poder diferenciarse también de alguna manera. Pero no le gustaba que Grillon le tomara por un bruto:

—Eso es una majadería —dijo, despectivo—. Para eso hay procesos y jueces entrenados. Para saber qué es verdad y qué es mentira.

—Procesos, valiente garantía. Para los jueces como Renaud, que son fanáticos inconmovibles, ser sospechoso de brujería equivale prácticamente a una condena a muerte, aunque la acusación sea falsa. ¿Cuántos pobres diablos confiesan sólo porque no son capaces de resistir la tortura?

—Pero habéis dicho que se podía apelar a París.

El cirujano volvió a sacudir la cabeza:

—En efecto. No pueden ejecutarlas si París no confirma la sentencia. Ni tampoco proceder a la cuestión. Pero hasta que se las lleven allí, a saber las humillaciones que tendrán que padecer. —Bajó de golpe la voz y le susurró—: Ayer a primera hora escribí a París, al Parlamento y al cardenal de Richelieu, que es el titular del señorío de Ansacq, contando lo que está pasando. Seguramente ni lleguen a abrir mis cartas a tiempo, pero algo tenía que intentar... No me fío de Renaud. En teoría también tiene que ser un cirujano quien se ocupe de buscar la marca del diablo y ya veis lo que les ha preocupado respetar la ley. He oído historias de jueces que dejan a los procesados varios días sin beber y justo antes de los interrogatorios hacen que les lleven una frasca de vino. Imaginaos si es fácil que suelten la lengua y admitan cualquier dislate del que se les acuse.

Grillon hablaba en un tono tan convincente que a Bernard le daba la impresión de que algo de razón debía de tener. A lo mejor todos los procesos no eran limpios. Seguro que había gente como el mayoral de los Campremy, que acusaba en falso. Y jueces injustos y crueles. En todos los gremios había garbanzos negros.

Pero eso no quería decir que las brujas no existieran. O que a Madeleine fuera a pasarle nada malo. No iba a dejarse convencer así como así. Grillon no lo sabía todo. Él también era poco menos que un experto en procesos de brujería. Su madre siempre había sentido una curiosidad malsana por ese tipo de casos y seguía sus detalles truculentos en las hojas volanderas que llegaban a sus manos. Luego les calentaba la cabeza a todos con los espeluznantes relatos por las noches:

—¿Y cómo queréis que los culpables confiesen si no se usa la tortura?

—Habláis como el juez Renaud. Vino aleccionándome todo el camino desde Senlis sobre el procedimiento adecuado para detectar a los hechiceros. Primero se interroga a los testigos, me dijo. Luego se oye al acusado. Se le tortura para obtener la información que de otro modo el diablo le ayudaría a ocultar, y finalmente se dicta sentencia con la ayuda de Dios. ¿Os dais cuenta de que da por hecho que todos los detenidos son culpables a los que hay que arrancar la verdad mediante tortura?

—Pues yo os digo que no siempre es así. De joven, mi madre conoció a una bruja que echó a perder las cosechas de toda la comarca. Confesó que lo había hecho con ayuda del maligno y se libró de ser torturada. —Le echó una ojeada triunfante a Grillon y añadió—: La quemaron directamente.

El cirujano le contemplaba con ojos espantados. La mano con la que sujetaba el vaso de loza le temblaba. Estaba tan pálido que parecía que se iba a caer redondo. Por todos los santos, qué impresionable era toda la gente que se pasaba el día con la nariz en los libros:

—Vamos, vamos, Grillon. También hay veces, cuando las acusaciones no son graves, en que una confesión a tiempo evita la tortura, y la cosa acaba en una retractación pública y el perdón.

A decir verdad no conocía muchos casos felices. Casi todos acababan de mala manera, con o sin confesión. Pero seguro que los que acababan bien no eran dignos de ser reseñados en los pliegos de cordel.

Grillon apuró su vino de un trago para darse ánimos:

—La cuestión es que a mademoiselle de Campremy no la acusan de ninguna nadería. La acusan de haber matado a su padre y a su hermano.

De nuevo se le saltaban las lágrimas. A Bernard tampoco se le iba la muchacha de la cabeza, estómago lleno o no. No conocía a ese salvaje que había mandado que la desnudaran y le clavaran agujas por todo el cuerpo, pero con gusto le habría partido la cabeza en aquel mismo momento. Y si ese mayoral que la había acusado era tan retorcido como le había contado Louison, a saber qué tipo de pruebas había falsificado.

Fuera o no bruja, confesara o no, la amenaza de la hoguera era real.

Los dos se miraron consternados. Aunque no pudieran ponerse de acuerdo en una disputa teológica, comprendieron que eran aliados. La única esperanza de Madeleine.

18

Jaque mate —anunció Grillon, triunfante.

—¡Otra vez! Así no hay manera. —Bernard cambió de postura y tiró un peón al suelo con el codo.

Su adversario se inclinó a recogerlo:

—No se puede dejar al rey tan indefenso, Serres. Olvidáis siempre dónde está porque no os concentráis más que en atacar.

—Es un juego infernal. Hay que tener la cabeza en demasiados sitios a la vez.

Nada más terminar de comer, Bernard había decidido que lo más razonable era escribirle a Lessay y contarle lo que estaba ocurriendo. Grillon le había ayudado y le había dictado unos párrafos intrincadísimos. Jamás había escrito una carta tan refinada.

Habían mandado el mensaje con un mozo del pueblo que tenía una buena mula y luego habían vuelto a intentar hablar con las detenidas. Pero el juez no había regresado en toda la tarde y el cura, un tal Baudart, estaba en una granja a unas leguas de allí, atendiendo a un moribundo. Sin otro menester que esperar la respuesta de Lessay, habían bebido, habían cenado y ahora, ya en mitad de la noche, intentaban matar el sueño jugando al ajedrez a la luz de una solitaria candela que les habían vendido a precio de oro.

El tablero se lo había dejado en el albergue un peregrino, tiempo atrás, en pago de su estancia, y Bernard le había propuesto a Grillon que le enseñase a jugar para que se distrajese, porque al pobre hombre se le estaban comiendo los nervios. Y el cirujano le estaba dando paliza tras paliza. Pero ensartar derrotas era mejor que estar sentado mirando al vacío o bebiendo mal vino.

Grillon no era mala compañía, aunque a Bernard le irritaba que le corrigiera cuando hablaba mal o que le ganara al ajedrez. Era un relamido, como Charles, pero a diferencia de él, era humilde y amigo estricto de la verdad. En realidad, demasiado estricto… plúmbeo como un sermón de Cuaresma. No le interesaban los hechos de armas, ni tampoco hablar de mujeres, si no era de Madeleine. Ya no sabía cuántas anécdotas insulsas le había contado sobre ella.

El mensajero de Chantilly no llegó hasta entrada la madrugada, cuando ambos dormitaban, incómodos, de bruces sobre la mesa. Al oír el caballo, corrieron a abrir la puerta y el gélido aire de la noche le despejó por completo. El jinete le entregó no una sino tres misivas: una para él y las otras para el magistrado. También traía una bolsa de dinero.

Rompió el sello de la carta que le iba destinada:

> Serres, las otras dos cartas son para el juez. Se da la afortunada circunstancia de que monsieur de Bouteville es el gobernador de la villa de Senlis y el titular de su bailía, y el magistrado Renaud respetará su autoridad. En su carta le ordena que libere de prisión a mademoiselle de Campremy inmediatamente. Monsieur de Montmorency nos hace el honor de prestarnos también su nombre para hurgir a que la pongan en libertad. No reparéis en gastos y escoltad a mademoiselle de Campremy de inmediato hasta Chantilly.

Grillon le miraba expectante. Bernard le alargó la carta con una sonrisa:

—¿Qué os había dicho?

El cirujano dejó volar sus ojos sobre los renglones y dijo, lacónico:

—«Urgir» se escribe sin hache.

—¿Qué?

—Hay una falta de ortografía. Parece mentira. Todo un conde.

Bernard puso los ojos en blanco. Grillon sacudía la cabeza como si un error así no presagiara nada bueno. Despidió al mensajero y le dio una palmada en el hombro al cirujano:

—Venga, vamos a ver a ese juez. Ya es casi de día.

Un amanecer grisáceo comenzaba a abrirse paso colina abajo, más allá del contorno oscuro del castillo. Le pareció un buen presagio. Grillon le seguía, renqueante y tiritando, pegado a sus talones. Bernard no conseguía entender tanto desánimo. Con las dos cartas que llevaba en el bolsillo él se sentía resuelto y poderoso.

Cruzó el puente con paso firme y sintió un cosquilleo de satisfacción al comprobar que el hombre de guardia se cuadraba ante él nada más escuchar que venía de parte de monsieur de Montmorency. El duque era uno de los mayores señores del reino y su nombre procuraba deferencia por doquier, pero allí, tan cerca de sus dominios, infundía un respeto aún más fulminante.

Un secretario les informó de que el juez Renaud llevaba trabajando desde antes del alba. Si le acompañaban, les recibiría inmediatamente.

El magistrado de Senlis había instalado un improvisado gabinete de trabajo en el ángulo mejor conservado del castillo. Estaba sentado a una mesa llena de papeles. Tenía un torso hinchado de gigante y unas manazas enormes, y a Bernard le pareció un coloso. Pero se levantó para recibirles y la impresión formidable desapareció. Tenía las piernas cortas y arqueadas y se tambaleaba ligeramente al andar, como si no pudiera con el peso de su propio cuerpo. Se disculpó por el desorden y acto seguido profirió un torrente de entusiastas elogios dedicados a los dignísimos señores que tanto le honraban al escribirle.

Pero Bernard estaba decidido a no dejarse engatusar.

Contuvo el aliento mientras el juez leía las cartas. El derrotismo de Grillon había acabado por hacer mella en él, a su pesar. Tras unos minutos interminables, Renaud alzó la vista. Se le había derretido la sonrisa:

—¡Ojalá pudiera plegarme a los deseos de tan nobilísimos señores! Nada me complacería más que cumplir con la voluntad de Su Excelencia monsieur de Bouteville. Pero ya no está en mi poder exculpar a la muchacha. —Suspiró, contrito—. Anoche llegó de París un magistrado del Parlamento. Y él es ahora la máxima autoridad en este caso.

—¿De París? —exclamó Grillon.

Renaud le miró de mala manera, sin duda molesto por que aquel oficial subalterno que tantos problemas había causado le interrumpiera:

—Sí, de París —respondió, ignorando al cirujano y mirándole a él—. Llevo ya una semana trabajando en el caso con la ayuda del padre Baudart, monsieur. En París han tenido noticia y, como prueba el interés personal del duque de Montmorency, es evidente que mademoiselle de Campremy tiene relaciones poderosas.

A Bernard aquello le sonaba muy bien. A lo mejor habían llegado noticias a la Corte de algún modo y se habían movido influencias para que le quitaran el proceso a ese demente. Además, Grillon le había explicado que los magistrados de París eran hombres doctos y sensatos, que no solían juzgar los asuntos de brujería con fanatismo. Seguro que el juez que habían mandado absolvía a Madeleine de inmediato.

Pero el cirujano graznó a su espalda:

—No lo entiendo. Cuando se traslada un asunto al Parlamento de París, se envía allí a los acusados. No son los magistrados los que se desplazan.

Renaud le fulminó con la mirada. No había duda de que si hubieran estado a solas, le habría echado de allí a voces. Pero no quería ser descortés delante de un enviado del gobernador de Senlis y el duque de Montmorency.

—Si queréis conocer más particulares, monsieur, tendréis que hablar con monsieur Cordelier, el juez de París. Ha estado toda la madrugada interrogando a las acusadas y se ha retirado a reposar un par de horas. Él responderá a todas vuestras preguntas. —Se pasó una mano por la frente. Debía de tener sudores fríos. Seguro que no se oponía todos los días a personajes tan poderosos—. De cualquier forma, las acusaciones contra la muchacha no son sólo rumores infundados como escriben Sus Excelencias. Mademoiselle de Campremy es culpable. Así lo indican los testimonios y la presencia del *stigma diaboli* en su cuerpo.

—Pero ellos la conocen bien —replicó Bernard—. No iréis a dudar de su juicio.

—No, no, nada más lejos… Sin duda la muchacha les ha engañado con su aparente inocencia, igual que a todo el mundo hasta ahora. Sabido es que las brujas son excepcionalmente hábiles en el arte de la disimulación y la mentira. Por suerte, aunque hayamos llegado tarde para salvar a su padre y a su hermano, hemos podido detenerla antes de que cause más desgracias.

Bernard suspiró, impaciente; era verdad lo que le había dicho Grillon: ese hombre no razonaba. Quería llevarse a Madeleine ya y terminar con ese despropósito, no empezar a marear la perdiz con otro juez. Y había algo que no había intentado todavía… Echó mano de la bolsa que le había enviado Lessay y la plantó sin miramientos en la mesa:

—¿Y no podemos convenceros a vos sin esperar a ese Cordelier?

Por algún motivo Grillon le dio un codazo y él se lo devolvió, molesto. Ése no era momento de interrupciones. Renaud exclamó, horrorizado:

—Dios nos asista. Creedme que si pudiera contentaros, lo haría, pero ya os he dicho que no depende de mí. —Empujó la bolsa hacia el borde de la mesa con la punta de un dedo, como si quemara, y Bernard tuvo que recogerla para que no cayera al suelo.

Grillon le miró mal también, a saber por qué, y luego le preguntó al juez:

—¿Cuáles son las acusaciones contra mademoiselle de Campremy? ¿Quién las ha presentado? —Se había dado cuenta de que el juez no se atrevía a tratarle mal delante de él y se estaba envalentonando.

Renaud sonrió como si fueran niños ignorantes. La discusión volvía a su terreno. Le tendió un pliego a Bernard con un ademán triunfal:

—Éste es el resumen de las declaraciones de los testigos. Lo he compuesto para que nos sirva de guía en la redacción de las actas del proceso. —Señaló con un gesto de barbilla los papeles que cubrían la mesa.

Grillon cogió el pliego y le hizo una seña a Bernard para que se acercara. Hombro con hombro, leyeron:

Testigo	Acusación
Antoine Deramp, llamado el Bizco (mayoral de los Campremy)	Envenenó a su padre y a su hermano. Además la ha visto muchas veces leyendo libros inmorales, también en voz alta y en lenguas extrañas. Muchos comentarios impíos y falta de respeto hacia la Iglesia.
Claude Cardon (propietario granja vecina)	Envenenó a su padre y a su hermano. La acusada le ha embrujado las vacas, que han dejado de dar leche, y está arruinado.
Nicolas Arnould (propietario granja vecina)	Envenenó a su padre y a su hermano. Le mató también un caballo al que embrujó un día simulando acariciarlo.
Marie Arnould (esposa del anterior)	Un día se rió de su hijo de ocho meses, porque su escaso pelo parecía un bonete, y al poco el niño murió hechizado.
Mathieu Berger (herrero)	Su prometida entabló amistad con la acusada y, poco después, se quitó la vida tirándose al río.
Jeanne Leclercq (viuda)	La ha visto recoger hierbas para elaborar maleficios muchas veces.
Pierre Grenier (gentilhombre de Clermont)	Intentó negociar con el viejo Campremy el matrimonio de la acusada con su hijo, pero ella se negó con la excusa de que no leía libros y no podían hablar de nada, cuando todo el mundo sabe que es el mejor partido de la comarca.
Catherine Paillard (molinera)	Extraña enfermedad de su marido después de que les visitara en su molino.
Nicolas Paillard (molinero)	(No pudo hablar él mismo) Paralizado y convertido en imbécil por la acusada.
Jean Gabet (pastor)	Un día la vio bailar en el campo sola, con el pelo suelto.

—¿Éstas son las acusaciones? —exclamó Grillon, antes de que a él le diera tiempo a leer todo el pliego.

—En efecto. ¿Terrible, no es verdad? Tenemos que recoger todos los testimonios para ser exhaustivos. Aunque, por supuesto, un único caso de hechicería sería suficiente para condenarla. Es algo que han dejado claro los más ilustres demonólogos, dejadme ver... —Renaud echó mano de varios tomos que tenía apilados en el suelo y se los mostró—. Aquí tenemos el *Malleus Maleficarum* de los padres dominicos, la *Demonomanía* de Bodin, a Boguet, incluso a Guazzo. ¿Los habéis leído?

—No. —Bernard seguía enfrascado en la lectura del pliego de acusaciones y no le prestaba mucha atención. Pero como no había leído nada con tantas páginas en su vida, estaba seguro de no equivocarse.

De reojo, vio que Renaud abría al azar el último libro que había mencionado y leía:

—«No es sorprendente que todo el mundo tema a las brujas: porque aunque su poder de hacer el mal no es infinito ni pueden afectar a cualquiera, nuestros pecados nos convierten a menudo en víctimas de su malicia. Porque nadie vive una vida tan recta y tan libre de pecado que no tenga alguna pequeña falta en su conciencia». ¿Qué os parece? Es un ejemplo de la sabiduría de los antiguos que sirve para ponernos en guardia —concluyó, mirando a Grillon. Luego cogió otro libro y se lo alargó a Bernard—. Tomad, monsieur, podéis leer éste, que es una obra maestra. El *Tratado sobre la inconstancia de los ángeles malvados y los demonios*, del magistrado Pierre de Lancre, a quien sin duda conocéis.

Bernard levantó la cabeza y se puso en guardia:

—¿Por qué le iba a conocer?

—Por vuestro acento tan sonoro, monsieur, deduzco que venís del sur. Monsieur de Lancre logró desenmascarar y ejecutar a más de doscientos hechiceros en tierras de Gascuña hace unos años. Pero claro, vos debíais de ser un niño...

Bernard empezaba a preguntarse si Renaud iba a tenerlos allí leyendo libracos hasta que el otro juez se dignara aparecer, cuando el secretario entró en el cuarto para anunciarle al magistrado que tenía otra visita. Éste se disculpó con muchos melindres y les pidió que esperasen allí. Se quedaron solos.

Grillon se encaró con él de inmediato:

—¡No me puedo creer que hayáis intentado sobornar a Renaud! ¡Y de esa manera tan zafia! ¿No habéis oído que la decisión ya no dependía de él? ¡Al final vais a acabar perjudicando a mademoiselle de Campremy!

Bernard bufó desdeñoso; qué poco mundo tenía el cirujano:

—Lo que la va a perjudicar es esto —replicó, agitando la hoja de acusaciones—. Algunas de estas denuncias parecen serias, Grillon… Un niño muerto, un herrero que se tira al río…

El otro le interrumpió:

—La que se tiró al río fue la prometida, no el herrero. Vuestro señor no sabe escribir y vos no sabéis leer. —Suspiró—. ¿No os dais cuenta de que es todo indemostrable? Habrían sucedido las mismas cosas sin que mademoiselle de Campremy mirara o visitara a esa gente. Leed con atención. Es ridículo.

Grillon paseaba frenético por la estancia, como si allí pudiera hallar la solución al dilema. Cogió un papel de lo alto de la pila que reposaba en la mesa del juez y se puso a leerlo.

Bernard no sabía a qué atenerse. Las acusaciones eran graves pero Grillon tenía razón, eran muy vagas, sobre todo la de los bailes por el campo. No. Madeleine era inocente. Quizá el ama, que seguramente era bruja, había hecho alguna de esas cosas. Los testimonios no decían si la muchacha estaba sola o acompañada por la vieja en esas visitas.

Un gruñido sarcástico de Grillon le distrajo:

—Escuchad esto: «Y escondido detrás de unas matas presenció cómo la acusada, que se creía sola, se regocijaba en recordar los detalles de un episodio que al principio se le antojó misterioso pero luego comprendió era un Sabbat o encuentro de brujas. Por lo que pudo oír, la acusada había asistido a uno la noche anterior, y en él había bailado con otras brujas para a continuación copular con el diablo que estaba presente en forma de cabra. También mencionó haber comido platos abominables y haber bebido sangre humana».

Bernard se santiguó por reflejo:

—¿Y eso qué es?

—La redacción definitiva de la declaración de un tal Gabet. Ese que en el pliego de acusaciones había visto a Madeleine bailar sola por el campo.

—Allí no ponía nada de un Sabbat.

—Exacto. ¿No comprendéis lo que eso significa?

—La verdad es que no.

—Renaud «embellece» las declaraciones de los testigos en la redacción final. Convierte las denuncias vagas en relatos detallados de episodios demoníacos que los campesinos no podrían inventar por sí solos.

Bernard comprendió. Él conocía bien ese tipo de relatos espeluznantes. Su madre había pasado muchas noches leyéndolos en voz alta para deleite de toda la casa:

—El juez hace las acusaciones más graves de lo que son.

Grillon asintió con la cabeza:

—Ya ha decidido que mademoiselle de Campremy es culpable. Distorsiona las pruebas para justificar el veredicto.

—Pero ahora hay un juez de París, Grillon. No se dejará engañar.

El muy agorero sacudió la cabeza, mustio:

—No sé. A mí me parece todo muy raro.

La puerta se abrió de nuevo y Grillon guardó silencio. Renaud regresaba acompañado de un hombre con sotana. Sin duda el cura Baudart. Era un viejecillo con cabellos blancos y abundantes y aspecto venerable, que no había querido dejar pasar la ocasión de dar la bienvenida personalmente al enviado del duque de Montmorency:

—Comprendo la desazón que debéis de sentir al descubrir que quien creíais una cándida doncella es en realidad una concubina de Satán. —Bernard abrió la boca pero el cura le cogió del brazo—. No, no me digáis nada, comparto vuestros sentimientos. Pero pensad que no es culpa suya, sino que ha sido engañada por el diablo, que no cesa de combatir la obra divina captando adeptos para su culto. No olvidéis lo que dice la Biblia en el Éxodo: «No dejarás con vida a la hechicera». Y considerad el juicio como un sacrificio expiatorio. Si se arrepiente, al menos su alma se salvará.

Bernard se deshizo de la mano del sacerdote con toda la suavidad de que fue capaz:

—¿Cómo es posible que nadie en París haya visto nada y aquí estén todos tan seguros de que es bruja?

—Oh, eso es porque no la habéis tratado mucho. De otro modo os habríais dado cuenta de que había algo raro en ella. Siempre se ha creído superior al resto de la gente. Hasta se atrevía a discutir de teología. Eso es un signo muy peligroso. Una mujer que se comporta como si su intelecto estuviera a la altura del de los hombres no está sino tentando al maligno.

En eso tenía razón el cura.

Pero por otro lado, con aquella definición podían ser brujas todas las mujeres que había conocido en la Corte: la condesa de Lessay, la baronesa de Cellai... tan leídas y tan cultas. O las que eran capaces de manejar a los hombres a su antojo, como Marie...

Bernard estaba perdido en sus propias dudas. Fue Grillon el que rompió el silencio:

—Os equivocáis, padre. Hay mujeres tan inteligentes como un hombre.

—¡No es inteligencia! —clamó el sacerdote—. Es que las mujeres son más receptivas al maligno, ya desde Eva y la manzana. Y las que empiezan por sacudirse la autoridad paterna o conyugal acaban asesinando y cometiendo abominaciones.

Grillon le susurró al oído:

—Pues sí que estamos buenos.

El clérigo había estado observando la evidente incomodidad del cirujano con aire perspicaz. De pronto su mirada se iluminó:

—¿No estaréis vos también hechizado por la bruja? Ibais mucho por su casa cuando el padre vivía, y los protestantes tienen menos resistencia a estas cosas. Eso explicaría vuestra actitud tan negativa. No podemos deshacer así, sin más, el encantamiento, pero con mucha oración el Señor os ayudará a pasar el trance.

Grillon no pudo contenerse más:

—Yo en vuestro lugar me ahorraría las oraciones, padre. Seguro que os hacen falta con el duque de Montmorency si seguís empeñado en esta locura.

La amenaza sacó a Renaud de su mutismo:

—¡Por favor, messieurs, un poco de paciencia! Estoy seguro de que si el magistrado Cordelier puede acomodar al duque y a monsieur de Bouteville de algún modo, en cuanto haya descansado…

Bernard le interrumpió con dureza. Ya había tenido bastante charla:

—Podríais empezar por acomodarnos vos y mandar a despertarle de una vez. No tenemos por qué esperar más. Y mientras, haced que nos dejen visitar a las prisioneras. A solas.

El magistrado dudó, como calculando si aquello le traería más problemas que beneficios:

—Esto es muy irregular, messieurs —murmuró, después de dar la orden—. Espero que el duque y monsieur de Bouteville lo tengan en cuenta.

Un guardia les condujo hasta una de las torres del edificio. Madeleine y su ama estaban encerradas en sendas habitaciones, una encima de la otra. Pidieron ver primero a la niña.

Dos arqueros vigilaban su puerta. Uno de ellos descorrió los cerrojos y Bernard oyó a Grillon coger aliento.

Madeleine yacía acurrucada en una manta al fondo de la diminuta habitación. Su único atuendo era una camisa larga y muy ancha, por la que sólo asomaban sus pies descalzos. Le habían rapado la melena y su cráneo pelado a trasquilones acentuaba aún más su fragilidad. Parecía una muñeca rota. Bernard tragó saliva recordando la alegría de la muchacha el día de la fiesta y lo preocupada que estaba por su vestido y su tocado. Grillon murmuró, cauteloso:

—Mademoiselle, qué maldades habéis soportado… —Se le quebró la voz y cayó de rodillas junto a ella.

La prisionera alzó la cabeza y los contempló aterrorizada. Estaba lívida y tenía la cara sucia y unas ojeras profundas bajo los párpados. Dos surcos oscuros manchaban sus mejillas y los labios le temblaban. Una expresión de alivio cruzó por su rostro al darse cuenta de que no eran sus verdugos. Pero enseguida se tornó en otra de desconcierto al verlos a los dos juntos.

Bernard se agachó también junto a ella, impresionado:

—Mademoiselle. —No se le ocurría qué decir. Quería consolarla, pero no sabía cómo. No se atrevía a abrazarla—. Qué canallas.

Silencio. Ella le miraba ausente. Grillon susurró, con voz dulce:

—Madeleine…

Bernard le cortó sin contemplaciones. No se fiaba de que Renaud no viniera a molestarles enseguida y había que ser práctico si de verdad querían ayudarla:

—¿Sabéis vos si vuestra ama es una bruja? ¿Tiene algo que ocultar?

Grillon le indicó con un dedo que callara. Tarde. Madeleine se agarró del brazo del cirujano, con los ojos espantados, y empezó a sollozar:

—¿Habéis venido a acusarme vos también? ¿Como los jueces? —Volvió el rostro hinchado por las lágrimas hacia el cirujano—. ¿Vos también creéis que somos brujas? Todo el pueblo lo cree, llevan meses murmurando, señalándonos con el dedo…

Grillon no titubeó:

—¡No! ¡Nunca! Yo no soy como esos aldeanos ignorantes… Yo sé que sois inocente.

Bernard alzó los ojos al techo. No se podía creer lo que acababa de escuchar:

—¿Sabíais que los aldeanos os tomaban por bruja? ¿Y no se os ocurre más que dejar París y regresar a meteros en este nido de serpientes?

Madeleine sacudía la cabeza como si hubiera perdido la razón:

—Vos sabéis por qué. Seguro que también estabais allí, en esa casa, riéndoos de mí con los demás. Poniéndome precio como a una yegua… Todos compinchados… ¡Y yo que pensaba que me quería! —Los sollozos la ahogaron y no pudo seguir hablando.

Bernard comprendió. Era lo que se temía Lessay. Madeleine había escuchado algo que no debía cuando había ido a buscarle a la casa de Auteuil. Sintió una punzada de remordimiento, aunque él no hubiera tenido nada que ver, y habló con toda la dulzura de que era capaz:

—Os juro por lo más sagrado que yo no sabía nada de esa apuesta. —Ella seguía llorando; le tocó suavemente el brazo—. Chisss…, chisss…, calma…, hemos venido a salvaros…

Madeleine alzó la cabeza con un movimiento súbito y una mirada tan llena de confianza repentina que le partió el corazón.

No pudo decirle más. La puerta del cuarto se abrió bruscamente y el guardia dio paso a un hombre alto y delgado vestido con una toga negra. Madeleine retrocedió y trató de taparse con la manta, llena de terror. Grillon se colocó entre ella y el recién llegado, y Bernard le encaró.

El hombre tendría entre cuarenta y cincuenta años y se movía con cierta rigidez. Su mirada de ojos claros, ocultos bajo unas espesas cejas, tenía un punto de candor que resultaba incongruente en aquel escenario. Habló con una sonrisa en los labios y una voz sosegada y humilde:

—Tenéis que salir de inmediato de esta habitación, messieurs. Estáis interfiriendo con el procedimiento. —Ante la cara de incomprensión de Bernard, se explicó—: Soy el magistrado Cordelier, del Parlamento de París. Monsieur Renaud ha cometido un error permitiéndoos la entrada. Haced el favor de seguirme.

Había pronunciado todo aquello en el tono afable de quien regaña a un hijo favorito por una falta menor. Les había dado una orden, pero al mismo tiempo intentaba convencerlos de lo razonable de su petición. Tenía un rostro tranquilo y las cejas arqueadas en un gesto de perpetua sorpresa. Sin embargo su sonrisa no se reflejaba en sus ojos.

Así que ése era el juez de París. El que se suponía que iba a poner algo de razón en todo aquello. Bernard miró a Madeleine por encima del hombro. Le daba muy mala espina que la niña se hubiera asustado tanto al verle aparecer. La pobre inspiraba ruidosamente, mientras Grillon intentaba asistirla hablándole en voz baja y cariñosa.

—¿Sabéis quién soy y quién me envía? —preguntó.

El juez sonrió:

—Renaud me ha puesto al tanto. —Le hizo un gesto para

que le acompañara fuera del cuarto y añadió en voz muy baja—:
Pero el proceso contra mademoiselle de Campremy ha de seguir
su curso. En eso no se ha equivocado.

Una mano fría le oprimió el pecho:

—¿Estáis seguro? Sabéis muy bien quién es el duque de
Montmorency.

Cordelier levantó el mentón. No le había gustado el tono. Su
actitud cambió por completo. Metió la mano en la faltriquera y
sacó un papel. Su respuesta sonó cargada de ironía:

—Y supongo que vos sabéis quién es el cardenal de Richelieu.

Bernard miró el papel con desconfianza. Lo leyó. Era un poder especial, firmado por el mismísimo cardenal, por el que se le
concedía a Cordelier autoridad suprema y extraordinaria para
juzgar el caso.

—¿Por qué?

—La muchacha es una bruja.

Fue como si le hubieran dado un puñetazo en el estómago.
No se lo podía creer. ¿Ése era el hombre instruido que había venido a poner cordura? Aquello era una pesadilla:

—Sabéis bien que eso no es verdad.

—¿Ah, sí?

Y encima sonreía. Bernard apretó el pomo de la espada preguntándose qué ocurriría si le cortara la cabeza a un representan-
te del rey. Cordelier le dio la espalda y se dirigió al guardia que le
acompañaba:

—Saca al cirujano de la celda, si hace falta a puntapiés. Se ha
terminado la visita galante.

Bernard escupió a los pies del magistrado, rojo de ira:

—Vámonos, Grillon. Estamos perdiendo el tiempo.

No le quedaba nada que hacer en Ansacq. Tenía que volver a
la posada cuanto antes, subir a caballo y galopar a Chantilly con
las noticias. Allí sabrían cómo actuar.

Grillon corría detrás de él, tratando de que le prestara atención. Antes de que Cordelier les expulsara, Madeleine le había
susurrado a toda prisa que su ama guardaba un estuche en un
escondrijo secreto, dentro de una chimenea. No sabía qué más

contenía, pero una noche, poco antes de marchar para París, la había visto moldear una muñequita y anudar algo en torno a ella, murmurando invocaciones. No sabía si eran de verdad cosas de bruja, pero tenía mucho miedo de que los jueces lo descubrieran.

—¿Y no ha dicho nada de lo que le preguntan en los interrogatorios?

—He estado consolándola, no interrogándola yo también. Lo del estuche es bastante concreto, ¿no os parece? ¿No estabais empeñado en que el ama ocultaba algo? —replicó Grillon, ofendido. Aceleró el paso y se puso a su altura—. Voy a ir a buscarlo antes de que nadie lo encuentre. ¿Venís conmigo?

Bernard se detuvo en seco. Le explicó que estaba loco. Y le expuso las docenas de razones por las que aquello no tenía sentido. Él, desde luego, no pensaba acompañarle. Tenía demasiada prisa por llegar a Chantilly con las noticias. Lo único que iba a conseguir era que alguien le descubriera. Lo mismo hasta le costaba el pellejo.

Nada que hacer. Grillon no se bajaba del burro. En los procesos por brujería hasta una escoba se consideraba prueba de culpabilidad. Si los jueces encontraban la caja de la que le había hablado Madeleine, las detenidas podían despedirse de toda esperanza.

Aquello era una necedad con todas las letras. Pero no se atrevía a dejar a Grillon solo. Resopló, vencido. Le ayudaría.

Eso sí, no podían colarse en la casa así como así, sin más, rezando por que nadie les viera. Había que planear una estrategia.

Entonces se le ocurrió una idea. Pero para llevarla a cabo tenía que ir a la posada a buscar un par de cosas. Ya podía dar gracias Grillon de que Bernard de Serres fuera un hombre de recursos.

Tardó menos de diez minutos en regresar y reunirse con él. Echaron a andar por el camino de Clermont, mientras le explicaba su plan.

Cuando se aproximaron al dominio de los Campremy se escondieron en una arboleda, y Bernard acarició el saquito con la yesca, el pedernal y el eslabón que había ido a buscar a la posada. Sonrió. Grillon estrujaba su gorro entre las manos:

—Esto no me gusta, Serres. Espero que no le cueste a nadie la vida.

—Por todos los santos, no seáis tan cagón. No va a pasar nada. Ahora no hay nadie en el establo. Los animales están en el prado. Y la casa queda lo bastante lejos.

—No quiero que nadie salga herido. —Grillon le cogió del brazo y le miró a los ojos—. Los hombres de armas como vos no pensáis en las consecuencias de vuestros actos.

Hombres de armas. Ni que tuviera delante al condestable de Francia.

—Os prometo que seré prudente.

—Si se levantara el viento… Una chispa bastaría para prenderlo todo.

Grillon era un cenizo.

—Para eso estáis vos, para dar la voz de alarma cuanto antes y echar una mano con los cubos de agua.

—¿Y si se dan cuenta de que tengo algo que ver?

—¿Cómo se van a dar cuenta? Ahora retrocedéis y cogéis el camino como si vinierais del pueblo. Dadme un par de minutos, y en cuanto lleguéis a la altura del establo empezáis a gritar.

—Todavía estamos a tiempo de cambiar de plan. Podríamos convencer a Louison para que buscara el estuche.

—No. Estaba aterrorizada cuando habló conmigo. No se atrevería. Además, si tanto os preocupa poner a alguien en peligro, no querréis que el mayoral la cace ayudándonos.

Aquello le cerró la boca. Bernard le dio una palmada en la espalda, y Grillon suspiró. Él se arrastró entre los arbustos hasta situarse detrás del establo. Escuchó con atención. No parecía que hubiera nadie dentro, ni humano ni animal. Sacó su lumbre y prendió un montón de heno que había apoyado contra la pared de adobe de la cuadra. Luego regresó a la cobertura de las matas y se fue acercando poco a poco a la casa.

El fuego empezaba a expandirse rápidamente. Oyó gritos de alarma y supuso que Grillon había cumplido con su parte. Vio a un hombre y a dos mujeres salir a todo correr de la casa y a otros que venían galopando de los prados. Le dio la vuelta al edificio y entró por la puerta trasera sin que nadie lo advirtiera.

Subió a zancadas al primer piso, contó las puertas siguiendo las instrucciones de Grillon y se coló en la habitación de Anne Bompas. De inmediato se puso a cuatro patas y empezó a tentar las losas rojizas de la chimenea. Madeleine no había sido muy específica. Un primer pase no reveló nada inusual. Respiró hondo y comenzó otra vez la búsqueda con más calma.

Esta vez sí hubo suerte. Dentro del mismo hueco de la chimenea. Extrajo la piedra suelta con cuidado. Detrás de ella había un agujero y dentro un estuche de cuero tan largo como su antebrazo, de unas tres pulgadas de grosor. Lo abrió y le echó un vistazo rápido al contenido. Había un anillo de oro con un pedrusco azul que debía de valer un buen dinero, pero casi todo lo demás eran trastos: unas muñequitas de cera, piedras, un par de saquitos de hierbas y varios papeles, galimatías incomprensibles la mayoría. Ahora no tenía tiempo para mirar más despacio. Lo guardó todo, se puso el estuche bajo el brazo y salió a toda prisa de la casa.

Grillon no estaba esperándole en la arboleda, como habían convenido. El muy cretino seguía en la propiedad de los Campremy, ayudando a los criados a acarrear agua del pozo.

Lo cierto era que la brisa soplaba más fuerte que hacía un rato y el incendio no estaba resultando tan fácil de sofocar como había previsto. Pero ya no podía hacer nada. Un par de manos de más o de menos no iban a cambiar gran cosa. Grillon lo entendería. Y él no quería perder más tiempo; tenía que salir para Chantilly a todo galope.

19

La minúscula habitación apestaba al sudor que perlaba el rostro de los jueces y humedecía el vestido sucio de Madeleine. No había ninguna ventana y se respiraba un aire pesado e infecto.

Madeleine sabía que era el juez de París quien había elegido aquel cuarto para llevar a cabo los interrogatorios porque el gordo repetía todo el tiempo que hubiera preferido un entorno menos asfixiante.

—Es mejor así, maître Renaud. Las mujeres querrán confesar para volver cuanto antes a sus habitaciones.

Ni que las habitaciones, con su manta en el suelo y sus paredes frías, fueran acogedoras.

El ritmo impuesto por el juez más flaco era implacable: la interrogaba incansablemente en sesiones que a Madeleine se le hacían eternas, luego la devolvía a su celda donde el padre Baudart la sermoneaba sin tregua describiendo con detalle los tormentos que le aguardaban en el infierno si no confesaba. Después le concedían una breve pausa durante la que recibía un poco de pan y agua, la dejaban dormir un rato y vuelta a empezar.

No había visto a Anne desde su detención. Le habían dicho que las mantenían separadas para averiguar si mentían. Aquello aumentaba aún más su incertidumbre y su desasosiego. Sus ojos se habían acostumbrado a la penumbra del cuarto y podía distinguir perfectamente el rostro de sus verdugos. Espiaba cada gesto, cada mínimo cambio de expresión, intentando adivinar qué les irritaba más de lo que contestaba.

Al principio había respondido con total honestidad, segura de su inocencia. Pero según iba pasando el tiempo comenzaba incluso a dudar de sí misma.

La mayoría de las preguntas no tenían sentido. El juez gordo de Senlis no hacía más que hablar de vacas y niños de pecho, y el flaco de estrellas, cartas y conjuras. Si hubiera sabido lo que querían oír, se lo habría dicho. Porque aquello era insoportable. ¿Y si era culpable y ni ella misma lo sabía? De otro modo no seguirían preguntando.

La cerrazón del magistrado gordo y la crueldad sutil del otro le habían hecho perder todo el ánimo. Pero procuraba no llorar. Las lágrimas provocaban al juez flaco, que la sacudía pidiéndole compostura, clavándole las manos en los hombros. Con esos labios finos y sádicos tan cerca de su rostro. Solía hablar en un tono suave, pero lo que decía podía ser horrible. Como cuando comentaba con ligereza que si no cooperaba habría que recurrir a la tortura. Ella intuía que la amenaza no era en vano, pero no tenía idea de lo que quería averiguar. Si de veras hubiera guardado algún secreto, ya lo habría revelado hacía mucho tiempo.

Ahora paseaba a su alrededor, mientras a ella la obligaba a estar de pie. El gordo estaba sentado en una silla en un rincón del cuartucho y parecía dormitar. Madeleine se balanceaba suavemente de atrás adelante para mantener el equilibrio y no desplomarse de cansancio.

El magistrado flaco y cruel se le plantó delante y le alzó la barbilla sin miramientos. Sus nudillos apretados brillaban a la luz de la vela:

—Por última vez. ¿Quién se esconde en Arles?

Ella respiró profundamente. Sentía los ojos pesados y febriles.

—No lo sé. Ya lo he dicho. —Él la miraba sin pestañear—. ¿Una bruja? ¿Queréis que os diga que es mi amiga bruja? Pues lo confieso. Lo que queráis, pero basta ya, por favor.

El magistrado sonrió, mostrando unos dientes diminutos y regulares. Pero sus ojos seguían fijos, como los de los pescados muertos. Era como si a aquel rostro le faltara algo pero Madeleine no daba con ello.

—No me provoques, niña. Estaba casi convencido de que eras una ignorante y eso es lo mejor que te puede pasar. Pero ahora veo que también eres estúpida. ¿Te das cuenta de que no es lo mismo? Si eres ignorante, podemos acabar con esto enseguida. En cambio, si eres estúpida tendré que recurrir a otros medios más… radicales para sacarte la verdad.

Ella no estaba para juegos de palabras y no respondió. El hombre suspiró, resignado. Tras comprobar con un rápido vistazo que su colega seguía dormido, se acercó aún más y susurró:

—¿Qué ha sido de tu servidor, Jean Jovat? ¿Por qué ha desaparecido?

—No lo sé.

—¿Fuiste tú quien le envió a matar al mensajero inglés? ¿Dónde está lo que le robó?

Ella le miraba sin comprender. Un mensajero inglés. Siempre le preguntaba por un mensajero inglés. Negó con la cabeza:

—No sé nada.

Él se acercó aún más:

—¿Cuándo será la conjunción estelar? ¿Qué va a ocurrir cuando llegue?

Estaba paralizada. Luchó por ahogar unos sollozos que venían de lo más profundo de su ser. Ya sabía qué tenía de raro aquel hombre. Lo que le faltaba era el alma. No habría piedad para ella.

Un sonoro bofetón casi dio con ella en tierra. El ruido del golpe despertó al gordo. No era la primera vez.

—¡Guardia! —gritó el magistrado mientras el otro juez se incorporaba, confuso—. ¡Trae a la otra prisionera!

El gordo objetó:

—Creía que no habían de verse.

—Quizá la vista de lo que le puede suceder si sigue siendo tan empecinada suelte la lengua de la muchacha —respondió el parisino con una sonrisa falsa.

A ella se le aceleró el pulso. Anne. Si tan sólo pudieran hablar un momento… Había olvidado ya la pelea de París. Después de todo lo que había ocurrido, aquello ya no tenía importancia. Su ama era la única madre que había conocido. Y la habían detenido por su culpa, porque había corrido tras ella hasta Ansacq.

Un guardia empujó a Anne dentro de la diminuta habitación.

También le habían rapado la cabeza y tenía la ropa tan sucia como ella. Llevaba las manos a la espalda, pero el magistrado le ordenó que las mostrara. Los pulgares de sus dos manos eran un amasijo de carne machacada y sanguinolenta. Madeleine intentó arrojarse en sus brazos, sollozando, pero el guardia se lo impidió. Su ama tragó saliva con dificultad y se echó a temblar:

—Mi niña, mi niña —murmuraba suavemente como cuando de pequeña la despertaba una pesadilla y acudía a su cama a consolarla. Las lágrimas rodaban por sus mejillas.

El juez de París sonrió de nuevo, satisfecho, e hizo un gesto para que el guardia se llevara al ama. El gordo los acompañó. Madeleine se quedó sola con el magistrado malvado:

—Muchas gracias por la escena. Me has ayudado mucho. Verte tan desmejorada quebrará la voluntad de tu ama. Ha resistido con fortaleza inaudita, pero ahora tendrá miedo de lo que podamos hacerte a ti si ya nos hemos atrevido a tanto.

Madeleine no podía parar de llorar.

—Anne también es inocente. —Quería creerlo con todas sus fuerzas.

El magistrado malvado sacudió la cabeza:

—No. No lo es. Es a ella a quien debes agradecerle tus tormentos. En cuanto le arranque la confesión me la llevaré a París. —Madeleine no reaccionó. No estaba segura de comprender—. Desgraciadamente, a ti te espera otro destino... Tal vez no entiendas nada de lo que te he estado preguntando, pero no podemos arriesgarnos a que quedes libre y vayas contando historias por ahí. Además, el magistrado Renaud ha venido hasta Ansacq a quemar brujas y no puedo birlarle las dos en las narices así como así...

La iban a mandar a la hoguera... Lo que estaba diciendo el magistrado malvado era que la iban a mandar a la hoguera... Los sollozos la ahogaron y no supo de dónde sacó el valor, cuando vio que el juez abría la puerta, para agarrarle de una manga. Quería pedir piedad pero las palabras no le salían.

El juez se sacudió su manita y la miró sin compasión alguna:

—Ve poniendo tu alma en paz con Dios.

Luego cerró la puerta a sus espaldas y la dejó sola.

20

Bernard redujo el ritmo para permitirle al animal que respirara. Después de escabullirse de casa de los Campremy había corrido de vuelta a la posada, y tras pedir el caballo a voces había emprendido el galope camino de Chantilly sin perder ni un minuto más. Pero si reventaba a la pobre bestia iba a tener que terminar el trayecto a pie.

Los largos tramos al paso y al trote se le hicieron eternos hasta que, un poco antes de la puesta de sol, vio asomar entre los árboles las almenas cubiertas de tejados cónicos del castillo de los Montmorency.

Cuando tres días antes habían desembocado en aquel enorme claro, al final de la jornada de marcha desde París, se había quedado boquiabierto. Lessay había hablado de Chantilly como de un pabellón de caza en mitad del bosque, así que él se había imaginado una residencia confortable pero de dimensiones modestas. No un impresionante castillo erizado de agujas y torreones.

Le habían dicho que en otro tiempo la construcción era una ceñuda fortaleza defensiva, pero un antepasado del duque había decidido transformarla en una residencia más alegre, añadiendo amplios ventanales, chimeneas y elementos decorativos a la fachada. Además, había añadido a sus pies un segundo castillo, más pequeño y elegante, asomado a las aguas de un gran estanque sobre el que se balanceaban varias barcas de recreo. Todo ello en medio de una pradera tan uniforme como un tapiz recién tejido, salpicada por parterres de flores. Y alrededor, bosques y más bosques…

Pero esta vez no tenía ánimo para detenerse a admirar el entorno. Cruzó el foso de entrada y puso pie a tierra junto a la estatua ecuestre de un antiguo Montmorency.

Le dijeron que el duque y sus invitados no estaban en el castillo, pero la duquesa paseaba por uno de los senderos del parque acompañada de un par de damas. En dos pasos, se plantó junto a ella y la saludó con unos modales un tanto abruptos.

Lessay le había presentado ante ella la noche que había pasado allí antes de partir para Ansacq y la dama le reconoció. Algo debió de ver en su rostro porque le pidió un momento de calma mientras se despedía de su compañía y enseguida le tomó del brazo y se alejó con él por el jardín.

Felicia Orsini, la esposa del duque de Montmorency, tendría unos veinticinco años y era una mujer pequeña, que apenas le llegaba a la mitad del pecho, con el pelo color paja y los ojos pardos. Poseía una nariz grande y ancha, que le devoraba parte del rostro, una barbilla huidiza y la piel marcada por la viruela. Por si fuera poco, andaba un tanto encorvada desde que una enfermedad infantil le dejara una leve cojera y tenía un hombro algo más alto que el otro. Se había criado en Florencia, la patria de su madrina, la reina madre María de Médici, pero llevaba en Francia desde los trece años y hablaba un francés sin sombra de acento extranjero:

—¿Y mademoiselle de Campremy? ¿No la habéis traído? —Le miraba preocupada. Debían de haberla puesto al tanto de su encomienda.

El sendero por el que paseaban se adentraba entre los árboles del parque. Bernard sacudió la cabeza, pesaroso:

—No la van a soltar. Están todos empeñados en que es bruja. Van a seguir interrogándola hasta que confiese no se sabe qué. Y luego la van a quemar. Estoy convencido.

A medida que hablaba le iba invadiendo una desolación que la salvaje cabalgada había mantenido a raya hasta aquel momento.

—Pobre muchacha. No lo entiendo. ¿No le hicisteis llegar al juez las cartas que os envió monsieur de Lessay?

—En cuanto las recibí. Pero no ha servido de nada. No atien-

den a razones. Ha venido un magistrado del Parlamento de París
que… —Se le hizo un nudo en la garganta.

—¿De París? ¿Seguro que os habéis enterado bien?

—He hablado con él yo mismo.

La duquesa le puso una mano enguantada sobre el brazo:

—Monsieur de Serres, por lo que tengo entendido no lleváis
demasiado tiempo junto al conde de Lessay. —La miró a los ojos.
No entendía a dónde quería ir a parar—. Antes de acompañaros
junto a él, necesito estar segura de vuestra lealtad.

Bernard se aclaró la garganta y enderezó el torso:

—Me ofendéis, madame. —Era posible que no hubiera cumplido con eficacia en Ansacq. A lo mejor otro con más experiencia que él habría sabido llevarse a los jueces a su terreno. Pero no
había dado motivos para que nadie le acusara de inconstancia.

La duquesa se le quedó mirando, midiendo la sinceridad de
sus palabras:

—Disculpadme —respondió por fin—. No era mi intención.
Las noticias que traéis son preocupantes. Voy a conduciros hasta
mi esposo y monsieur de Lessay. Pero os pido discreción absoluta.

Bernard asintió, impresionado por la seriedad de su tono. Se
internaron más entre los árboles y avanzaron por una senda hasta
llegar a una casita de una sola planta que se escondía entre la espesura. Los ventanales llegaban hasta el suelo, pero todas las contraventanas estaban cerradas.

No había guardia ninguna. La duquesa empujó la puerta y les
alcanzó el sonido de una virulenta conversación. Una voz desconocida declaró con firmeza:

—No nos dais garantías. El riesgo es demasiado grande.

La respuesta llegó con acento extranjero:

—Con diez mil hombres en suelo francés, estaréis en condiciones de exigirle a vuestro rey cualquier cosa.

Distinguió entonces la voz del conde de Lessay:

—Diez mil hombres a vuestras órdenes, milord. ¿Qué control
tendremos si no están bajo nuestro mando?

La duquesa abrió una segunda puerta y las voces se callaron
en el acto. Se encontraban en una sala, rodeada de ventanas ce-

rradas e iluminada por grandes candelabros de pie. Los seis hombres que la ocupaban giraron la cabeza al oírles entrar, con una expresión no desprovista de alarma. Madame de Montmorency les pidió que no se levantaran, les informó de que traía graves noticias de Ansacq y volvió a marcharse, sigilosa. Bernard comprendió de inmediato por qué le había hecho prometer prudencia. Fuera lo que fuese lo que discutían los allí presentes, estaba claro que era un asunto confidencial y que requería discreción. Sus gestos decían a las claras que su aparición les incomodaba.

El conde de Lessay y el duque de Montmorency estaban sentados a una pequeña mesa, junto a un gentilhombre de unos treinta años, moreno, con unos ojos azules muy claros y la nariz grande. Bernard estaba seguro de que le había visto en la fiesta, pero en los últimos días se había cruzado con tantos rostros nuevos que tuvo que escarbar en su memoria hasta recordar. Estaba casi seguro de que era el hermanastro del rey, César de Vendôme, uno de los hijos ilegítimos de Enrique IV.

De pie, con la espalda apoyada en una de las paredes, estaba el conde de Bouteville.

Los otros dos eran completos desconocidos.

Uno de ellos tendría unos cincuenta años y era alto, fornido, de semblante agradable. Tenía la cabeza cuadrada y la tez rosada de los hombres del norte, e iba vestido como un comerciante rico, con telas de vivos colores; pero llevaba espada, y sus largos bigotes pelirrojos le daban un aire aristocrático.

El otro ofrecía un contraste aún más extraño. Andaría por los treinta y cinco años y llevaba un jubón y unos calzones de modesto paño, una camisa con los cuellos muy sucios y unas botas viejas y rotas. Sus cabellos dorados tenían un aspecto desgreñado. Sin embargo, su actitud, sentado en un banco con un pie sobre la rodilla derecha y una mano en la cadera, era más de elegante aburrido que de hombre humilde. Parecía un príncipe disfrazado. Y bastante afeminado, por cierto.

Bernard se acercó a la mesa, cohibido ante la atención de todos aquellos importantes personajes.

—¿Qué ocurre, Serres? —preguntó Lessay— ¿Ha habido algún problema con mademoiselle de Campremy?

No se hizo de rogar y lo contó todo, intentando no dejarse ningún detalle. Que habían encontrado sobre el cuerpo de Madeleine la marca del diablo; que el mayoral de los Campremy era quien la había denunciado; que su ama se la había llevado a París para evitar que la detuvieran; que era la vieja, a su entender, la verdadera hechicera y la que había echado mala fama sobre su señora; y que el proceso lo instruían dos magistrados con los que no se podía razonar.

—El juez de Senlis está convencido de que liberar a mademoiselle de Campremy sería peor que dejar suelta a una hija de Satanás, pero no es él quien decide. Es el otro, un tal Cordelier, del Parlamento de París.

—¿De París? ¿Y qué hace aquí un juez de París? —preguntó Montmorency.

—No lo sé. Hay un cirujano que lleva días tratando de informar en instancias superiores de lo que está ocurriendo, para que alguien ponga cordura… El caso es que a ese Cordelier le han dado un poder extraordinario con competencia plena para ocuparse del proceso. Y que de cuerdo no tiene nada.

El desconocido del rostro agradable y las ropas de colores se giró hacia él:

—Pero un magistrado del Parlamento de París debería ser un hombre educado y acostumbrado al mundo… Alguien de su posición tiene que saber que no se rechaza una petición razonable de tan altos señores como los aquí presentes —dijo. Tenía una voz educada y cortés, y un acento extranjero que Bernard no identificaba.

—Yo no sé lo que se hace ni lo que se deja de hacer, monsieur, pero a los dos jueces les dije muy claro quiénes se interesaban por mademoiselle de Campremy. Renaud me contestó que no podía hacer nada. Y el de París no hizo más que burlarse.

—¿Le entregasteis mi carta? ¿Y el juez de Senlis dijo que no podía hacer nada? —El conde de Bouteville se volvió, airado, hacia su primo—. Voy a hacer que ese cretino de Renaud se arrepienta hasta el final de sus días.

—Calma —respondió Montmorency—. Lessay, vos conocéis mejor a mademoiselle de Campremy. ¿Por qué puede interesarse París por ella?

—Que me ahorquen si lo sé —respondió éste con un resoplido—. No tiene más que unas pocas tierras. Ni fortuna, ni parientes directos. El padre servía a mi tío Montbazon y la niña es ahijada de madame de Chevreuse. Ésa es toda la relación que tiene con la Corte.

—¿Por qué no les advertís, entonces? —sugirió Montmorency—. El rey aprecia sin reservas tanto a vuestro tío como a Chevreuse. En cuanto le cuenten lo que está pasando, intervendrá para que liberen a la niña.

El más joven de los dos desconocidos se puso en pie con parsimonia:

—Yo puedo llevar los mensajes. Me gustaría salir para París mañana temprano. —Tenía la voz un punto aflautada y un acento diferente al del otro desconocido y mucho más marcado. A pesar de sus ropas de pordiosero, ése debía de ser el hombre a quien Lessay se había dirigido como milord—. Debatid mi propuesta con tranquilidad, messieurs, y podemos volver a hablar a mi vuelta. Aunque estoy seguro de que el maestro Rubens aprovechará mi ausencia para intentar convertiros a su modo de pensar.

El otro extranjero esbozó una sonrisa de inocencia sorprendida, pero no dijo ni una palabra para contradecirle.

—Gracias, Holland —respondió Lessay, dándole una palmada en el hombro—. Pero el asunto es urgente. Mademoiselle de Campremy es sólo una niña. Es imposible que aguante un interrogatorio serio mucho tiempo. Si la presionan, puede confesar cualquier barbaridad, por muy inocente que sea. Escribiré las cartas antes de cenar y enviaré a un par de hombres de inmediato. Así estará todo resuelto mañana a primera hora. Supongo que al menos damos por nula la apuesta, Bouteville.

Pero éste no estaba convencido:

—No os escabulláis, Lessay. La niña se marchó de París después de que os declararais. Si lo hubierais hecho mejor no habría salido corriendo. Habéis perdido.

Bernard tragó saliva. Volvió a ver los ojos llenos de aversión de Madeleine:

—Mademoiselle de Campremy sabía lo de la apuesta —dijo, con voz ronca—. Casi no pude sacarle palabra en la celda, pero lo sabía. Seguramente se enteró en Auteuil. Por eso se marchó…

A Bouteville se le secó la sonrisa. Se hizo un momento de silencio. Seguramente todos sabían de qué iba el asunto. Debían de haber estado bromeando todo el día con el poco tiempo que le quedaba a Lessay para ganar el envite. Pero ya no era asunto de broma.

Finalmente, el conde se puso en pie y agarró un gabán que colgaba del respaldo de su silla:

—Bueno, aún no ha ocurrido nada irreparable. Voy a escribir esas cartas de una vez. Nos vemos en la cena, messieurs.

Bernard saludó profundamente y salió al exterior detrás de él, con el sombrero en la mano. Lessay caminaba muy rápido y tuvo que apresurar el paso para darle alcance. No se veía a dos palmos de narices. Se tropezó con una raíz y estuvo a punto de dar con los huesos en el suelo pero, al menos, al escuchar sus reniegos, el conde se detuvo a esperarle.

—Hay un par de cosas, monsieur… —resopló—. Delante de extraños no he querido…

En la negrura era imposible verse las caras.

—Contadme.

—El poder del magistrado de París. No sé cuál es la costumbre. Pero el que tenía Cordelier estaba firmado por el cardenal de Richelieu. Y me dio a entender que no teníamos nada que hacer.

—¿De qué estáis hablando?

—De que el magistrado de París actúa por mandato del cardenal de Richelieu. Y si queréis mi opinión, ese hombre no piensa que mademoiselle de Campremy haya hechizado a nadie ni nada por el estilo. —Hizo una pausa—. Aunque eso lo vería cualquiera. Es el ama la que no es trigo limpio.

—¿Y han enviado a un magistrado del Parlamento de París para castigar a una vieja bruja? —Era una pregunta escéptica y un tanto burlona.

—Yo sólo digo que ni siquiera mademoiselle de Campremy confía en ella. Y que no es sólo porque la zurrara el otro día. Al cirujano le dijo que la mujer escondía cosas. Y los criados cuentan que escribía muchas cartas y recibía visitas de hombres a caballo.

—Estaban llegando al castillo y la luz de las antorchas, agitada por el viento, iluminaba sus pasos con un resplandor cimbreante y fantasmal—. Conseguí hacerme con las pertenencias que tenía ocultas. A mi entender no son más que enseres de hechicera y artefactos del demonio. Pero tal vez queráis echarles un vistazo.

—¿Dónde están?

Se habían llevado a su caballo a las cuadras, pero en el patio habían dejado a un lacayo a cargo de las alforjas. Bernard extrajo el estuche de cuero rojo y se lo entregó al conde:

—Una cosa más —añadió—. Si vais a enviar a alguien a París, me gustaría ir yo mismo. Me quedaría más tranquilo teniendo algo que hacer.

Lessay le plantó una mano en la cabeza y le revolvió el pelo, como a un niño pequeño:

—¿Os habéis visto en un espejo? ¿Cuántas horas lleváis sin dormir? Os caeríais del caballo a mitad del camino. Cenad con nosotros y descansad. Y no os preocupéis más. Esto está resuelto.

21

El conde de Lessay arrojó el abrigo sobre la cama, se desabrochó la ropilla de un tirón y se dejó caer sobre la silla de brazos con un resoplido. Puso los pies en alto y se quedó mirando la ventana. La noche estaba despejada y el cielo lleno de estrellas frías. Más allá de la neblina dorada que creaban las luces del castillo crecía una negrura espesa. Se escuchó el ulular grave y pausado de un búho y luego un lamento lóbrego y largo. Había lobos cerca. Buena caza para el día siguiente.

Un gato negro cruzó sobre el alféizar, miró hacia el interior de la estancia y clavó las bolas encendidas de sus ojos en los suyos con un maullido lastimero. El conde se puso en pie, abrió la ventana y le dejó entrar. El animal pasó corriendo entre sus piernas y se escondió debajo de la cama.

Un gato negro en noche de brujas. En Bretaña decían que todos los animales como aquél poseían al menos un pelo blanco, y que quien lograba arrancárselo obtenía un valioso talismán. Pero los campesinos también aseguraban que era la mascota favorita de las hechiceras. Y que había que cortarles el rabo al nacer para impedir que las acompañaran al Sabbat.

Sonrió al recordar aquellos cuentos, dejó al animal escondido en su rincón y se sentó a la mesa. Le echó una ojeada desganada al estuche de cuero rojo. Hacía sólo unos días ni siquiera sabía de la existencia de los Campremy. Aquel asunto no debería ser su responsabilidad. Si a Madeleine no la hubieran apresado precisamente por huir de él.

Había aceptado la apuesta acosado por las chanzas de sus amigos, por pura fanfarronería. A él le gustaban las mujeres hechas y derechas, no las niñas. Nunca había sentido la más mínima inclinación por perseguir doncellas y no sabía cómo tratarlas. Pero no le había quedado otra que tirarse tres días enteros poniéndole ojos tiernos a una chiquilla capaz de pasarse horas hablando de novelas de caballerías, de las crías que había parido su gata o de las flores que tenía en la ventana de su habitación.

Lo más absurdo era que ni siquiera le había resultado difícil engatusarla. Casi se le había arrojado sola a los brazos en aquel maldito coche, mientras él aún estaba calculando cómo atacar. Era tan inocente que ninguna de las fabulosas simplezas que le había dicho la había puesto en guardia. Por eso había decidido ir a por todas y terminar con el engorro aquella misma noche. En mala hora.

Alargó el brazo y agarró el estuche que le había entregado Serres. Condenado gascón. Siempre se las apañaba para estar en medio de todo. Por lo menos sabía ser discreto. La imprudencia había sido de la duquesa de Montmorency que le había hecho entrar mientras estaban reunidos en el pabellón del bosque.

El maestro Rubens había llegado allí de manera pública con la excusa de tomar unos bocetos para un retrato de los señores de Chantilly. Pero Holland viajaba de incógnito. O eso decía. Disfrazado con esos trapos viejos y sucios, aquel barbilindo acostumbrado a vestir aparatosos atuendos cargados de joyas llamaba más la atención que si se hubiera presentado rodeado de fanfarrias.

En cuanto a Vendôme, el hermanastro del rey, había aparecido a última hora, casi por sorpresa.

Lo más curioso era que Holland había defendido la temeraria propuesta que traía de parte del duque de Buckingham con una impetuosidad propia de un personaje salido de un cuadro del pintor flamenco. Mientras que Rubens había resultado ser un hombre tranquilo, discreto, con una conversación ponderada y llena de ingenio. Un rato de charla con él y era fácil olvidarse de que el pintor era parte interesada en el asunto; un agente de la gobernadora de los Países Bajos españoles, la infanta Isabel Clara Eugenia.

Lessay no las tenía todas consigo. No era la primera vez que rumiaba su descontento con algunas decisiones de Luis XIII junto a Vendôme o Montmorency. Pero reunirse para escuchar propuestas del extranjero de aquel calibre era dar un paso mucho más allá. Tenían que ser muy prudentes.

Abrió la caja, sin muchas esperanzas de encontrar nada interesante. En efecto, dentro no había más que una estrafalaria colección de piedras, amuletos y papeles. Correspondencia antigua y un par de cartas astrales. Si ésas eran las aficiones de la pobre vieja no era de extrañar que los aldeanos la acusaran a ella y a su señora de todo tipo de barbaridades. Por mucho menos se arrojaban mujeres a la hoguera en muchas aldeas de Francia. Estaba visto que confiar en su protección era una garantía casi segura de acabar pereciendo entre brasas, rió, sarcástico.

La tétrica muerte de maître Thomas no era algo que se le fuera a uno de la mente con facilidad. Había que estar muy enfermo para quitarse la vida de esa manera.

Si realmente se había quitado la vida. Serres pensaba que alguien le había forzado a tragarse las brasas. Y había estado indagando en el entorno de la baronesa de Cellai, ignorando sus instrucciones.

Se frotó los ojos, confuso de repente y casi alarmado. Estaba en deuda con el mozo y no le importaba transigir en algunas cuestiones hasta que se aclimatara a su servicio, pero no lograba recordar por qué le había prohibido que molestara a la italiana.

Era como si la cabeza se le hubiese llenado de bruma de golpe. Y no era la primera vez que le ocurría en los últimos días. Intentó recordar lo que le había dicho maître Thomas sobre la baronesa la noche que le había acogido en su casa, o al menos lo que ponía en la carta que le había leído Serres, junto al cadáver del pobre hombre…

Pero de pronto le sorprendió una creciente sensación de ahogo en el pecho y los pensamientos se le emborronaron del todo. Se abrió el cuello de la camisa, reconociendo de inmediato los síntomas del malestar. Otra vez. Era como si alguien estirara de unas cuerdas invisibles que tuviera atadas al cuerpo. Cerró los párpados y respiró hondo, aguardando que el mal pasara.

La presión fue disminuyendo, poco a poco.

No sabía qué le estaba pasando. Llevaba días durmiendo mal, con los pensamientos desdibujados y padeciendo episodios así. Desde la fiesta, más o menos. Pero no había querido consultar con nadie. Los médicos, mientras más lejos, mejor. Además, los tirones eran cada vez menos violentos y más espaciados. Le bastaba con respirar hondo para liberarse. Fuera lo que fuese lo que sufría, se le estaba curando. Tenía la impresión de que las ataduras que le ceñían se habían ido dando de sí y eran cada vez más frágiles. Y a ver cómo le explicaba eso a un matasanos…

Volvió a abrir los ojos y parpadeó, desorientado, para ubicarse de nuevo. Se le había ido de la cabeza lo que fuera que estaba pensando hacía un momento, pero ya volvía a sentirse bien. El estuche de Anne Bompas seguía abierto sobre la mesa. Se encogió de hombros y revolvió un poco más entre aquella basura. Había dos papeles grises, de grano muy basto. Era obvio que se trataba de algún tipo de correspondencia, porque tenían restos de lacre roto y estaban doblados como cartas, pero en el exterior no figuraba ni remite ni destinatario. Los desdobló. En el primero no había más que una ristra de letras sin sentido:

fMSTQbTRSULnLMFULrHMKSNQULtSoQFLHL
iHQSFRjUMHL
vTMFTSsTMTEQFRiNQRhANOTQSHkHOUS

Un mensaje en código. No era el primero que veía. Él mismo había usado cifras secretas en más de una ocasión para enviar mensajes, y conocía algunas reglas básicas. Muchas claves eran extraordinariamente simples. Pero sin conocer cuál habían utilizado, el mensaje más breve podía ser indescifrable hasta para un experto.

Probó a empezar el alfabeto del revés por si acaso, pero no dio resultado y desistió de perder más tiempo.

Cogió el otro papel gris. No tenía más que unas pocas líneas, escritas en inglés. No hablaba el idioma y no reconoció más que un par de palabras que no le dijeron nada, pero podía preguntarle a Holland en la cena.

Aparte de las dos cartas astrales, había otro papel más, escrito en francés. Era una carta, fechada nada menos que veintiséis años atrás. Empezó a leer:

No sé qué filtro de amor me habéis dado, alma mía, pero jamás me había costado tanto soportar una separación. Creedme, señora mía, que nunca había sentido una añoranza tan feroz, nunca la pasión me había tentado de esta manera a olvidar toda prudencia ni me había hecho odiar las obligaciones que me obligan a estar lejos de vos.

Una carta de amor. De modo que la vieja gorgona que había intentado fulminarle con la mirada al verle del brazo de Madeleine también había vivido sus aventuras galantes. Siguió leyendo, divertido:

No me calma que el sátiro siga ardiendo de amor por esa rubia aburrida e insulsa, ni que esté dispuesto a desafiar al mundo para hacerla su esposa y ponerle una corona en la cabeza. Ambos le conocemos demasiado bien. Tiemblo cada vez que pienso que os ve cada día y que en cualquier momento puede atreverse a tocaros. Sedme constante, Anne, amor mío, yo os aseguro, por mi parte, que lo único que deseo es poner todo mi tiempo, mi corazón y mi fortuna a vuestra disposición.

Tal vez hayáis oído decir que en Cadillac se suceden los banquetes, los bailes y los juegos, pero no penséis que es porque os olvido. Nada podría hacer que os olvidara. Sólo intento distraerme en vuestra ausencia. Las obras del castillo siguen adelante y también me ayudan a mantenerme ocupado. Ayer, Claude de Lapierre me entregó otro tapiz de la serie que le he encargado sobre la vida y gestas de mi señor Enrique III. Son más hermosos de lo que podáis imaginar y me apena pensar que no vendréis a verlos en mucho tiempo, porque cuando cumpláis con lo vuestro la cautela dicta que permanezcamos apartados.

Escribidme al menos, tesoro mío, ¿por qué sois tan prudente? Os advierto que mi deseo de volver a veros es más violento cada día y que, si seguís sin responder a mis cartas, arrojaré al diablo toda precaución e iré buscaros a la Corte o a donde haga falta.

Te beso un millón de veces las manos, los pies, los labios, tus pezones tostados. No dejes de amarme ni un momento.

La firma era la que Lessay esperaba encontrarse desde que había leído el nombre del castillo del enamorado de Anne Bompas. Una J y una L rodeadas por la habitual serie de trazos enlazados que en las cartas galantes representaban los besos. La J y la L del nombre de pila de Jean-Louis de Nogaret, el viejo y poderoso duque de Épernon, señor de Cadillac.

No había duda posible. El sátiro al que hacía mención era el rey Enrique IV. La carta estaba fechada en 1599, durante su reinado. Y la rubia insulsa a la que quería ponerle una corona en la cabeza sólo podía su amante, Gabrielle d'Estrées; la dama de la que Madeleine le había hablado con tanta admiración y entusiasmo en el coche. Aunque la historia no era ni mucho menos tan caballeresca como la niña la contaba, era cierto que el rey había querido casarse con ella. Aunque, por supuesto, a quien Épernon llamaba su señor en la carta no era al monarca navarro, sino a su antecesor Enrique III, a quien debía toda su fortuna.

Apenas podía creérselo. Así que ésa era la conexión que aquella criada insignificante tenía con la Corte. Muy especiales debían de haber sido los encantos de la vieja para haber tenido al altivo Épernon a sus pies de esa manera, pensó, regocijado con el descubrimiento.

Echó otra vez mano del estuche rojo. Quizá aquella morralla mereciera un segundo vistazo. Extrajo todos los objetos, uno a uno: un rosario, un pedazo de coral, unas cuantas piedras de colores, un par de saquitos de hierbas, dos muñequitas de cera con sendas estrellas de ocho puntas dibujadas en el pecho, una lámina de estaño que tenía grabado un círculo lleno de letras y caracteres extraños… Dentro de una cajita había un anillo de oro con un zafiro magnífico de un azul intenso. Lo manipuló entre los dedos. Si se le daba la vuelta al chatón, por el otro lado la sortija era un sello con un dibujo parecido a una rueda de tres picos con una estrella en el centro. Tenía restos de cera roja, pero no se parecía a ningún escudo de armas que hubiera visto nunca. Lo último que sacó del estuche fue un objeto envuelto en un trozo de papel lleno de garabatos y letras griegas. Lo desenvolvió y lo sostuvo entre las manos, incrédulo.

De un largo cordón de seda verde con remates de oro pendía un medallón de cristal encerrado en un aro de plomo. Y en su interior había una manita negra y minúscula, con los dedos encogidos como garras.

La mano izquierda robada a un nonato.

Aquel objeto le había fascinado y aterrorizado a partes iguales cuando era un niño y servía como paje al pequeño Delfín, el futuro Luis XIII, que se había criado en el castillo de Saint-Germain, junto a sus hermanos bastardos.

Con sólo seis o siete años, el principito se mostraba ya extraordinariamente celoso de su rango. Le encantaba hacerlos formar a todos como si fueran un regimiento en miniatura y encabezar los desfiles que recorrían los jardines. Ya tenía un carácter exigente y despótico, lo que provocaba no pocas trifulcas entre unos críos incapaces de respetar su autoridad como él exigía.

Lessay se desquitaba inventándose dichos y motes insultantes que los demás niños repetían a espaldas del Delfín, y el pequeño Luis le había cogido un encono intenso y duradero.

Pero su hermanastro César y los niños de más edad tenían otra forma más perversa de vengarse. En las noches oscuras de invierno les gustaba sentarse junto al fuego a contarse historias terroríficas. Sobre todo cuando soplaba el viento. Luis era uno de los más jóvenes del grupo. Y aunque valiente para la caza y los ejercicios físicos, los espectros le aterrorizaban. Pero era orgulloso y se sentía obligado a disimularlo. De modo que les dejaba hablar y contar horrores mientras él temblaba como una hoja.

La protagonista de las historias era a menudo la amiga íntima de la reina María de Médici, una florentina llamada Leonora Galigai. Aunque no tendría más de cuarenta años, a ellos les parecía una vieja fea y repelente. Era muy morena, tan pequeña que parecía una enana, y tenía la piel oscura, las cejas espesas y hocico de hurón. Como las brujas de los cuentos. Se decía que estaba endemoniada y que por eso de vez en cuando se arrojaba al suelo, gritando, pataleando y escupiendo espuma por la boca. También que lo había intentado todo para liberarse: pócimas, exorcismos, incluso había hecho que decapitaran gallos vivos sobre su cabeza y se había comido las crestas.

Hasta que una gitana tedesca le había regalado aquella repugnante mano momificada. La florentina le había colocado una gruesa cadena de oro, regalo de la reina, y se la había colgado alrededor del cuello. Leonora aseguraba que ese amuleto era lo único que la protegía de manera efectiva de los ataques.

Pero si a él se le había grabado para siempre aquel objeto en la memoria había sido por lo que había ocurrido un verano, húmedo y caluroso, cuando no tenía más de ocho o nueve años.

Una tarde de bochorno se había escapado con otros niños a jugar en las aguas malsanas de una laguna estancada y había contraído unas fuertes fiebres tercianas. Había estado al borde de la muerte. Pero no recordaba gran cosa de la enfermedad. Sólo a Leonora Galigai sentada junto a su cama, recitando un ensalmo en alguna lengua extraña. Luego la mujer había abierto su colgante y había introducido aquel objeto asqueroso debajo de sus ropas. Pese a sus protestas, le había obligado a dormir con esa cosa pegada al cuerpo tres días seguidos. Las fiebres, para asombro de los físicos, no habían reaparecido.

Durante años, había estado convencido de que era el talismán el que le había salvado.

Ahora se reía de aquella superchería infantil, pero aún se acordaba con piedad de la vieja florentina y de su afición por la magia, que había acabado costándole la vida. Siete u ocho años después de aquello, Luis XIII, enfrentado con su madre, había querido recuperar todas las riquezas que Leonora había ido amasando a lo largo de los años gracias a la influencia que ejercía sobre María de Médici. Y no se le había ocurrido mejor forma de conseguirlo que acusarla cínicamente de brujería y enviarla a la hoguera, aun sabiendo que la mujer no era más que una supersticiosa inofensiva.

No. Lo que estaba ocurriendo con Madeleine y su ama en Ansacq no era nada nuevo. Ni era la primera vez ni sería la última que desde la Corte se orquestara un proceso falso para castigar a alguien o para arrebatarle sus propiedades de manera legal.

El misterio era qué esperaba encontrar allí Richelieu para haberle otorgado ese poder extraordinario al juez. No podían ser riquezas. Los Campremy eran una familia modesta. Y la vieja ama no conservaba siquiera la cadena de oro de la que antaño colgara el amuleto de Leonora Galigai. El anillo del zafiro debía de ser su única posesión de valor.

¿Cómo habría ido a parar el amuleto a sus manos? La carta de Épernon estaba fechada en 1599. Y el proceso que había llevado a la hoguera a Leonora había tenido lugar hacía sólo ocho o nueve años. En 1617, si no recordaba mal. ¿Habría mantenido Anne Bompas el contacto con la Corte durante todo aquel tiempo? Serres decía que los criados hablaban de misteriosos mensajeros a los que recibía en secreto.

Pasó revista una vez más a las pertenencias de la mujer. Los otros escritos seguían sin decirle nada. Las cartas astrales aún menos. Las dos muñequitas mugrientas llevaban enredado en torno al brazo derecho un mechón de cabellos entre castaños y rubios. Lo único que las diferenciaba era el diseño de la estrella de ocho puntas en el pecho. Una de ellas tenía en su interior seis minúsculos círculos y la otra una especie de pájaro con una corona.

Lo reconoció en el acto. Madeleine tenía un broche con el mismo diseño. Le había contado que su padre se lo había regalado al cumplir los quince años. Era el escudo de armas de los Campremy. Pero si aquella figurita la personificaba a ella, ¿quién era la otra?

Esbozó una sonrisa de triunfo. Había quien decía que aquellos círculos figuraban balas de cañón. Otros que reproducían las seis bolas de hierro que colgaban de la maza de un gigante que oprimía a la Toscana en tiempos de Carlomagno. Los malintencionados aseguraban que no eran sino monedas, que revelaban el origen de banqueros y comerciantes de la estirpe. O píldoras medicinales que evocaban burlonamente el nombre del linaje. Pero todos en la Corte conocían el escudo de la familia más poderosa de Florencia, los Médici.

Se puso de pie y echó a andar por la estancia. ¿Sería posible que la segunda muñequita representara a la madre del rey? ¿Qué relación podía tener el ama de Madeleine con ella? Estaba claro que la mujer había sido amante del duque de Épernon, uno de los fieles de María de Médici. Y guardaba en su poder el talismán de Leonora Galigai, su amiga íntima.

¿Eran amigas o enemigas? No era fácil saberlo.

Si Serres no se equivocaba, Richelieu tenía algún tipo de interés particular en el proceso de Ansacq y, por muy ministro del rey que fuera, el cardenal era sobre todo la criatura de la reina madre. Era a ella a quien se lo debía todo: sus primeros pasos en la Corte, su entrada en el Consejo Real, el capelo cardenalicio. Y seguía a su servicio, asistiéndola. Si en aquel asunto actuaba por orden de María de Médici, lo único que podía lograr acudiendo a ella era azuzar la hoguera.

Quizá entre aquellos papeles hubiera algún indicio que le ayudara a tomar una decisión, pero era incapaz de ver nada más por sí solo. Y ahora no estaba seguro de querer enseñárselos a Montmorency y al resto de sus huéspedes. Ni siquiera a Holland para que le ayudara con el mensaje en inglés. Si había encontrado algo valioso, no quería compartirlo con nadie.

Se abotonó la ropilla. Lo primero era terminar con aquel absurdo proceso de brujería de una vez por todas. Madeleine de Campremy era una protegida de su familia y ya había sufrido demasiadas humillaciones.

Fue a buscar a Montmorency y le dio una explicación lo bastante convincente como para no tener que entrar en detalles. Mademoiselle de Campremy era su responsabilidad, lo que Serres contaba del juez de París no auguraba nada bueno y, aunque no desconfiaba de la influencia de Chevreuse, quería resolver el asunto en persona.

Reunió a un pequeño grupo de gentilhombres y, después de una cena rápida, dejaron el castillo.

El viaje fue incómodo y largo. Las nubes tapaban la luna y los caminos estaban embarrados, así que no había más remedio que avanzar despacio. No llegaron a París, renegando del frío y del cansancio, hasta la primera luz del amanecer. Hacía casi dos horas que las puertas del Louvre estaban abiertas al público. Lessay se despidió de sus acompañantes y subió a toda prisa las escaleras que conducían al aposento del duque de Chevreuse.

No estaba del todo seguro de encontrarle allí. El marido de su prima disponía de una estancia propia en palacio, como correspondía al primer gentilhombre de cámara de Luis XIII. Pero los problemas de espacio del Louvre afectaban incluso a los hombres de su posición. El cuarto en cuestión se encontraba en el último piso del mismo pabellón que alojaba los apartamentos del rey y no era más que una estancia abuhardillada, pequeña y sombría, con un ventanuco redondo y una cama vieja. El resto de los muebles los había traído el duque consigo, y dadas las pocas comodidades del alojamiento, no era excepcional que, aun estando de cuartel, pernoctara en su propio hôtel, a pocos pasos de allí.

Hubo suerte. Chevreuse se encontraba en su cuarto, recién levantado y a medio vestir en mitad de la estancia oscura. Un criado le pasaba una esponja por el torso desnudo, a la luz de dos candelabros, para enjugarle el sudor de la noche, mientras un ayuda de cámara disponía una camisa limpia sobre el respaldo de una silla con las patas torneadas. El duque tenía el pelo revuelto y pegado al cráneo y los párpados legañosos. Se sorprendió al verlo entrar, pero enseguida comprendió que el asunto que traía era privado y despidió a sus sirvientes.

Mientras Chevreuse se ponía la camisa, Lessay se dejó caer en una silla y se recostó en el respaldo, con las piernas extendidas y los tobillos cruzados. Esperó a que el rostro del duque reapareciera, deformado en un desaforado bostezo, por entre el cuello de encaje, antes de exponerle la situación del modo más escueto posible, pero sin soltar prenda de lo que había descubierto de las relaciones de Anne Bompas con la Corte, ni de sus sospechas de que Richelieu estaba detrás de todo y lo que estaba celebrándose en Ansacq no era un simple proceso de hechicería:

—El asunto de la vieja es feo. Los vecinos dicen que tenía fama de bruja y había gente que llevaba tiempo detrás de ella. No creo que haya más remedio que dejar que la justicia siga su curso.

—El duque estaba concentrado en anudarse los lazos de seda de sus medias negras con unos dedos aún entumecidos por el sueño. Lessay hizo una pausa, aguardando a que le prestara toda su atención—. Pero lo de mademoiselle de Campremy es inaudito. Que la hija de un gentilhombre padezca un proceso así...

—Le hablaré al rey en cuanto se levante —respondió Chevreuse, calzándose los zapatos—. Nadie que haya dormido bajo mi techo va a ir a la hoguera por una historia de envidias entre campesinos. Y menos una ahijada de mi mujer.

El día había empezado a romper. Un rayo de luz azulada entró desde la claraboya, atravesó la estancia acariciando el escabel de terciopelo gastado que reposaba a los pies de la cama y acabó posándose sobre sus botas embarradas. Lessay se limpió el lodo con las espuelas, sin cambiar de posición, y bostezó a su vez.

—No le digáis nada a vuestra mujer de momento —comentó con voz dormida—. Si interviene, el rey sería capaz de negarse a todo sólo por llevarle la contraria.

El duque se inclinó un momento sobre el espejo para colocarse los cuellos sobre el jubón:

—No exageréis, Lessay. A veces sois peor que ella. —Abrió la puerta—. Pero desde luego, es mejor que me dejéis hacer a mí. Esperadme aquí. En un rato os diré lo que hay.

Salió del cuarto y cerró a sus espaldas.

Lessay se estiró sobre su asiento. Por fin podía relajarse. Lo que Chevreuse iba a pedirle al rey era más que razonable y además Luis XIII pocas veces le negaba nada. Hasta le había perdonado que se casara con Marie a las pocas semanas de haberla echado del Louvre. Era el mejor intermediario que podía buscar. Había hecho bien en pedirle ayuda.

Su propia posición en la Corte no era ni mucho menos tan cómoda, a pesar de las apariencias y de su cargo junto a la reina.

Para empezar, él no era duque, ni par del reino, ni mucho menos un príncipe extranjero cuya familia gobernase un territorio soberano, como la de Chevreuse. Tampoco contaba precisamente con la simpatía del soberano.

A pesar de que todos sus cargos y beneficios los había recibido de sus manos.

Las guerras que habían llevado a Enrique IV al trono, años antes de que él naciera, habían supuesto una espléndida lluvia de títulos y recompensas tanto para aquellos que habían apoyado al navarro desde el principio como para el sector de la nobleza que se le había opuesto a él el tiempo suficiente como para poder vender su sumisión a precio de oro.

Por desgracia, su padre, el viejo conde de Lessay, había nacido demasiado tarde para tomar parte decisiva en la contienda. Y había muerto demasiado pronto para beneficiarse del alegre reparto de bienes y prebendas que había supuesto la regencia de María de Médici, tras la muerte de Enrique IV.

Pero a él la fortuna le había sonreído sin tener que mover ni un dedo, cuando Luis XIII se había hecho cargo personalmente del Gobierno, a los dieciséis años, y había casado a su gran favorito, Albert de Luynes, con su prima Marie. Ambos habían utilizado su posición para favorecer a sus familias. Así que durante cuatro años, había arramblado con cuantos oficios y riquezas se habían puesto a su alcance.

Hasta que la fiesta había terminado.

El dominio del favorito sobre el corazón del rey no podía durar eternamente. Luynes era un espíritu mediocre, un cobarde charlatán sin mucho mérito y un militar torpe. Al final, su arrogancia y sus modos soberbios habían logrado que la apasionada amistad que el rey sentía por él se tornara en animadversión.

Hasta tal punto que, tras su muerte, Luis XIII había hecho pagar a sus parientes todo el resentimiento que había acumulado contra él, expulsándolos del Louvre o anulando sus privilegios.

Lessay, sin embargo, había conservado todos sus cargos. El poderoso nombre de su familia era un escudo del que carecían los hermanos y primos de Luynes. Pero, sobre todo, había adivinado con suficiente antelación que el viento iba a cambiar y había sabido ir guardando sus distancias con el favorito a tiempo.

Jamás le reía las gracias cuando se mostraba demasiado altanero en público, y era mucho más discreto que el resto de sus parientes. Tenía bien aprendida la lección de su trato infantil con Luis XIII. El rey jamás perdonaba ni la más mínima falta de respeto. Y menos si había testigos.

Aun así, estaba seguro de que el monarca se moría por encontrar una excusa cualquiera para apartarle a él también de la Corte, igual que había hecho con Marie tras el accidente de la reina. Pero él no se la había dado. Durante todos los meses que habían pasado guerreando en el sur, tras la muerte de Luynes, su comportamiento había sido impecable. Lo que le había atado todavía más las manos al rey.

Mientras más eficaz, valeroso y deferente se mostraba, más rabiaba Luis XIII, sintiéndose burlado como cuando eran niños

Pero al final, el muy cabrón había encontrado una forma de resarcirse, escamoteándole la mano de su hermana natural para concedérsela al marqués de La Valette.

Lessay ni olvidaba ni perdonaba aquel humillante chasco. Y no tenía ninguna duda de que Luis XIII lo sabía. Así que no se llamaba a engaño. Sabía que los favores que podía obtener del rey estaban contados.

Se enderezó, posó sobre sus rodillas el estuche de cuero y abrió una vez más la tapa. Aún no había decidido qué hacer con todo aquello. No sólo porque ignoraba si podía jugar a favor o en contra de las procesadas sino porque, sin saber con certeza qué significaba lo que contenía, le resultaba imposible calcular su valor, ni a quién podía interesar. Pero tenía la intuición de que podía sacar alguna ventaja de aquella colección de excentricidades.

Eso sí, necesitaba ayuda. Hallar gente que supiera de idiomas extranjeros o cartas astrales era fácil. Y tampoco era complicado encontrar charlatanes dados a las artes ocultas a los que consultar sobre el resto de los objetos. Pero de ésos no se fiaba. Sus conocimientos tenían tan poco valor como los ungüentos para atraer enamorados que vendían a precio de bula pontificia. Ni tenía tiempo que perder con embaucadores y farsantes, ni era sensato ir con aquello de acá para allá pidiendo consejo a distintas personas. Necesitaba a alguien de fiar, que entendiera de todas aquellas cosas y que pudiera asegurarle discreción absoluta.

Pero los ojos se le cerraban. La noche a caballo, después de muchas otras de mal dormir, le había dejado reventado. La cabeza se le cayó sola sobre el pecho...

Despertó con un sobresalto, sin saber cuánto tiempo había pasado. La luz desvaída que entraba por el ventanuco era la misma. No podían haber sido más de unos minutos. Pero mientras dormía había escuchado una voz oscura y acariciante, y había visto unos ojos verdes y profundos que le pedían prudencia. La baronesa de Cellai.

Le extrañó no haber pensado antes en ella. La noche de la fiesta, la italiana le había enmendado la plana a Morinus a base de latinajos, delante de media Corte. Escéptica, piadosa e instruida. Pero él sabía que no era más que un disfraz. La Roche le había hablado en sus cartas de su afición por las ciencias ocultas, y maître Thomas le había mostrado un conjuro escrito de su puño y letra.

Era la persona que necesitaba: cultivada, discreta y entendida en chismes de magias y hechicerías.

Y por algún motivo, tenía la inexplicable certeza de que guardaría el secreto de cuanto le contara. De que la italiana necesitaba congraciarse con él por alguna razón que se le escapaba.

Porque le temía, concluyó de repente, con una lucidez extraña, y sin comprender muy bien cómo había alcanzado aquella convicción.

Casi de inmediato volvió a sentir la tensión de los hilos invisibles que le ataban por dentro, como la noche anterior. Aunque ahora muy tenue, casi exánime. Y esta vez, al respirar hondo, le dio la impresión de que las hebras se deshilachaban, gastadas después de tantos días. Se puso de pie, extendió el contenido de la caja de Anne Bompas sobre la cama y se guardó en el bolsillo las dos cosas que podían delatar sus relaciones con la Corte: la carta de Épernon y la muñeca que tenía grabados en el pecho los siete círculos de los Médici. Con el amuleto de la Galigai dudó un instante, pero al final se lo colgó del cuello y se abrochó cuidadosamente hasta el último botón de la ropilla de gamuza, protegiéndolo.

Estaba demasiado impaciente para quedarse allí aguardando. Chevreuse le había dicho que aquella mañana había reunión del Consejo, así que bajó las escaleras a zancadas y se dirigió a la antecámara de la reina madre. Por cortesía, las reuniones se celebraban normalmente en sus apartamentos.

Tuvo que esperar casi una hora a que llegara el rey, flanqueado por el cardenal de Richelieu. Chevreuse caminaba unos pasos atrás. Sus miradas se cruzaron y el duque hizo un gesto negativo con la cabeza. Aprovechando que Luis XIII se había detenido a conversar con el capitán de la guardia, Lessay se lo llevó aparte:

—Dice que no ve motivos para intervenir —explicó Chevreuse—. Que confía en la sabiduría del Parlamento de París, que sus magistrados nunca han sido supersticiosos y que si condenan a mademoiselle de Campremy será porque han encontrado signos evidentes de su culpabilidad.

—¿No habéis insistido?

—Naturalmente que he insistido. Le he dicho que tanto yo mismo como monsieur de Montmorency lo consideraríamos un favor personal. Le he insinuado que la clemencia es la mayor virtud de la que puede hacer gala un rey. Ya os podéis imaginar cómo me ha mirado.

Era increíble lo lerdo que podía ser Chevreuse a veces. A saber cómo había explicado las cosas. Le dejó con la palabra en la boca y en dos zancadas se acercó al rey, que estaba a punto de penetrar en la sala del Consejo:

—Os ruego que me disculpéis, sire. ¿Tendría vuestra majestad la bondad de escucharme sólo un momento?

Luis XIII se detuvo, casi en el umbral, e inspiró hondo antes de volverse. Estaba muy pálido y tenía unas ojeras profundas y negras:

—Ya sé lo que vais a rogarme, monsieur. Y le he dado a Chevreuse mi respuesta. Dejad de importunarme. —Y sin más, volvió a darle la espalda y se adentró en la estancia.

Lessay se quedó allí plantado, mientras el resto de los miembros del Consejo entraban en la sala detrás del monarca. El desabrimiento con el que le había tratado de manera pública escocía aún más que la negativa. Apretó los dientes, corrido, y se quitó del paso.

Una mano le retuvo por el codo:

—Monsieur de Lessay, unas palabras. —El cardenal de Richelieu le contemplaba con una sonrisa apaciguadora.

Lessay accedió a acompañarle hasta un rincón de la sala, dócil. Al fin y al cabo, él era quien había firmado la orden que concedía plenos poderes al magistrado del Parlamento de París. Además, aunque eso no le otorgara ningún tipo de poder sobre Madeleine y su familia, el señorío de Ansacq estaba bajo su tutela.

Pero antes de hablar, dudó un segundo. Si había algo que irritase a Richelieu era que parte de la alta nobleza insistiera en dirigirse a él con un simple monsieur, ignorando ex profeso el tratamiento honorífico al que el capelo cardenalicio le daba derecho. Era una forma un tanto infantil de despreciar su autoridad y negarse a reconocer la superioridad de su rango. Pero su encanto estribaba precisamente en que al ministro le sacaba de sus casillas.

Evaluó la posibilidad de ser diplomático por una vez. El «Ilustrísima» le bailaba conciliador en la punta de la lengua.

Pero al final no pudo evitarlo:

—Os escucho, monsieur.

El cardenal no hizo ningún gesto que demostrara fastidio. Pero bajó la voz de tal modo que Lessay tuvo que inclinar la cabeza para oír lo que decía:

—¿Por qué no habéis acudido a mí directamente en lugar de dirigiros al rey? Si el magistrado Cordelier ha abusado de sus competencias, yo podría haber intervenido sin tener que molestar a Su Majestad con un asunto de tan poca importancia.

Lessay alzó una ceja. Por Cristo que parecía sincero. Pero no le engañaba. Estaba convencido de que sus alardes de buena voluntad no tenían más propósito que aleccionarle, para que en un futuro se acostumbrara a pasar por él antes de pedirle nada de manera directa al rey. Sólo le faltaba mearse por las esquinas para marcar el territorio.

—Aún estáis a tiempo, monsieur —respondió, seco—. Sois el titular del señorío. Vos sois sin duda quien más interés tiene en que la superstición no corrompa la justicia.

No quería decirle que sabía que era él quien le había concedido el poder extraordinario a Cordelier. El cardenal sacudió la cabeza con tristeza:

—Demasiado tarde. A estas alturas, significaría oponerme a la voluntad de Su Majestad. El rey jamás me perdonaría una intromisión como la que me solicitáis. —Cabeceó, contrito—. La próxima vez acordaos de acudir antes a mí, monsieur.

Recalcó la última palabra con intención y, dándole la espalda, entró con paso rápido en la sala del Consejo antes de darle tiempo a añadir nada. Lessay apretó los puños y contó despacio hasta diez. Después del desplante real, aquel sermón le había dejado la sangre hirviendo.

Hizo por concentrarse en lo inmediato. El estuche de Anne Bompas. Tenía que averiguar qué era lo que con tanto ahínco buscaban el rey y el cardenal en Ansacq.

Ya llegaría el momento de cobrarse toda esa condescendencia.

22

El cardenal de Richelieu giró sobre sus talones y emprendió el trayecto hacia el otro extremo de la sala, envuelto en un remolino de seda roja. En una mano llevaba una tisana que amenazaba con rebosar del tazón a cada zancada y con la otra iba enfatizando sus palabras a medida que dictaba con rapidez:

—…no cabe duda, por lo tanto, de que los duelos privados constituyen un desafío a la autoridad de vuestra majestad y una amenaza para el buen gobierno de la nación, y puesto que las medidas tomadas hasta la fecha para prevenirlos…

Un secretario aplicado tomaba nota sin levantar la vista del papel.

Charles iba a comentar que a la velocidad a la que hablaba el cardenal seguro que al pobre escribiente se le escapaba la mitad, pero Boisrobert siseó para que callara.

El abad le había advertido el día anterior de que al ministro no le gustaban los jóvenes, y no debía esperar una acogida cálida. Seguramente no le dedicaría más de un par de minutos. Pero eso no empeñaba la buena noticia: el cardenal de Richelieu había accedido por fin a conocerle. Se había pasado la noche en vela, fantaseando con distintas versiones del encuentro, en todas y cada una de las cuales su talento acababa por vencer los prejuicios del gran hombre.

Boisrobert le había dicho que el cardenal tenía que asistir al Consejo del rey a las nueve de la mañana, y que le recibiría inmediatamente después. Pero para prevenir cualquier imprevisto,

Charles se había plantado en la residencia de Richelieu a las nueve y cinco minutos. Había tenido que esperar casi toda la mañana a que el cardenal regresara. Y ahora llevaba ya media hora en su presencia, sentado en un banco estrecho e incómodo, demasiado pegado al abad para sentirse a gusto; y Richelieu no le había dirigido ni siquiera una mirada.

Toda su inquietud se había ido transformando en decepción y finalmente en aburrimiento. Comenzó a repicar con los dedos en la madera del banco tímidamente, hasta que el abad le sujetó la mano. En ese momento, la puerta de la habitación se entreabrió unas pulgadas y Richelieu detuvo en seco su frenético deambular. Un hombre vestido con un modesto hábito de capuchino entró sin pedir permiso:

—Disculpad que os interrumpa, monseigneur —dijo, y se quedó callado, observando con interés a los dos ocupantes del banco y sus manos enlazadas. Se soltaron de inmediato.

El cardenal despidió a su secretario, se dejó caer en una silla, dejando a la vista las botas que calzaba bajo la sotana, y le indicó al monje recién llegado que se acomodara frente a él. Luego se agachó para coger entre sus brazos a un gato gris, gordo y peludo que dormitaba sobre un cojín, y entonces, por fin, le encaró. Daba la impresión de que había estado esperando la llegada del capuchino para prestarle atención.

Charles se puso en pie, nervioso. Sabía muy bien quién era aquel hombre y no se trataba de ningún frailecillo insignificante.

El padre Joseph du Tremblay tendría cerca de cincuenta años y servía al cardenal como secretario particular y consejero. Había nacido en una familia de pequeños gentilhombres y en su primera juventud, antes de tomar los hábitos, se había dedicado a las armas. Era un hombre culto, viajado, pero también un místico que había ayudado a fundar el convento del Calvario y un predicador habitado por la idea de convertir a los infieles otomanos. A primeros de aquel año había estado en Roma, tratando de interesar al Papa en un proyecto de cruzada contra los turcos, y hasta había escrito un largo poema heroico de miles de versos sobre el tema.

Era un individuo pequeño y discreto, con una larga barba gris, frondosa y poco cuidada, muy distinta de la aristocrática perilla puntiaguda que ostentaba Richelieu. Todo lo que en el ministro del rey era arrogancia y esplendor, en él hablaba de humildad y reserva. Era el hombre en la sombra, el confidente privilegiado del cardenal, y tenía acceso a sus habitaciones privadas a cualquier hora.

Charles se acercó, le besó el anillo al cardenal, y luego le hizo una reverencia profunda al capuchino. Richelieu le estudiaba con una media sonrisa:

—Vaya, vaya… Cuando nuestro común amigo me contó que erais soldado me imaginé a alguien con modales menos refinados y una apariencia más tosca. Ahora entiendo cuáles son esos encantos que veía en vos el abad y que, al parecer, también ha visto mademoiselle Paulet. —El cardenal le lanzó una mirada de reojo a Boisrobert y Charles creyó sorprender en ella un punto de burla.

No le importó. Aquélla era la primera vez que Richelieu posaba sus ojos en él, pero Charles había observado al ministro muchas veces. El cardenal era altivo, orgulloso y lo bastante inteligente como para saber que ante algunas personas tenía que fingir absoluta humildad. Él también era inteligente y orgulloso. Y sabía de igual modo cuándo le convenía disimular. Fingió que no había visto nada:

—Sois muy generoso, monseigneur. Os aseguro que pongo todo mi empeño en servir a Vuestra Ilustrísima y a Su Majestad lo mejor posible.

—Bien, bien, me alegra oír eso. —Richelieu acarició la garganta del gato—. Si no me equivoco, el padre Joseph nos trae nuevas noticias sobre un asunto que os atañe también a vos. Me gustaría escuchar vuestra opinión. Pero quiero que sepáis que todo lo que hablemos aquí a partir de ahora es alto secreto. Además de las personas que nos encontramos en esta habitación, sólo Su Majestad el rey y el magistrado Cordelier, del Parlamento de París, están al tanto. No tengo que explicaros lo que eso significa.

Por supuesto que no. Apenas se lo podía creer. Había pensado que el cardenal le haría cuatro preguntas rápidas y le despediría. Ni se le había ocurrido soñar que le fuera a hacer partícipe de ningún secreto. Asintió en silencio.

El padre Joseph se volvió hacia Boisrobert:

—¿Conoce el muchacho la existencia de los mensajes del rey Jacobo? ¿Le habéis informado de lo que le sucedió al paje?

El abad reprimió un bostezo. Al parecer no temía mostrar su aburrimiento ante Richelieu:

—Se lo conté todo el primer día, para que comprendiera la importancia de vigilar a Angélique Paulet. Y para que tuviera cuidado.

En realidad, todo no se lo había contado. Nunca había querido decirle qué contenía el mensaje del rey Jacobo que había recibido Luis XIII. A pesar de que él había insistido, le había dejado claro que el contenido de aquella correspondencia misteriosa no era asunto de su incumbencia.

Carraspeó y alzó la voz, en un tono más agudo de lo que hubiera querido:

—El paje Percy Wilson mintió sobre los mensajes. El rey inglés no envió uno, sino tres. El que recibió Su Majestad; otro que le fue robado casi con toda seguridad a un soldado inglés que apareció degollado en una posada de Beauval a los pocos días; y un tercero del que no se sabe nada. El correo que lo traía está desaparecido. En cuanto al paje —continuó, ya lanzado—, parece obvio que algo sabía acerca de quienquiera que haya interceptado los mensajes. Quizá mademoiselle Paulet estuviera implicada y tuvieran un desacuerdo sobre el precio de su silencio.

Que vieran que sabía sacar sus propias conclusiones. Y que no tenía miedo. El cardenal le dio un sorbo a su tisana. La bebida debía de estar ya fría porque la depositó sobre la mesa con un gesto de disgusto y se quedó mirándole mientras acariciaba al gato tras las orejas.

El padre Joseph decidió que merecía que se dirigieran a él directamente:

—¿Os han contado algo del insospechado asesino del soldado inglés? No hace mucho que sabemos quién es. Se trata de un campesino. Un hombre que llevaba casi quince años en la aldea de Ansacq, en Picardía, sirviendo a los mismos señores. Callado, religioso, viudo desde hacía muchos años. Nunca había dado problemas, ni se había ausentado de su casa más de un par de días para ir a alguna feria. Hasta que hace seis meses se levantó una buena mañana, se subió a un caballo y se plantó en Beauval para degollar a un viajero inglés y robarle sus pertenencias. Nadie le ha vuelto a ver. Como si se lo hubiera tragado la tierra.

La voz de Richelieu resonó un tanto impaciente:

—Al grano, padre, al grano. —El cardenal se puso en pie de nuevo, pero el capuchino no se levantó de su asiento. Boisrobert tampoco. Acompañar las idas y venidas de Richelieu debía de ser una tarea agotadora a la que seguramente hacía tiempo que ambos habían renunciado a despecho de la etiqueta—. Lo que monsieur Montargis necesita saber es que es muy posible que hayamos encontrado a la persona que encomendó al aldeano la tarea de matar al soldado y robarle la carta que traía.

El padre Joseph retomó su relato. La noticia le había llegado días atrás, a través del padre guardián de un convento de monjes capuchinos de la comarca. A Charles no le extrañó. Se decía que el secretario del cardenal era uno de los hombres mejor informados de Francia y que los superiores de todos los monasterios de su orden le hacían llegar cualquier rumor extraño o interesante que escucharan desde cualquier rincón del reino.

A éste, además, le habían pedido expresamente cuanta información pudiese proporcionar sobre la familia de Ansacq a la que servía el asesino. Al parecer, el padre y el hijo mayor habían muerto hacía cosa de un mes, y entre los vecinos de la aldea corrían habladurías de que la hija practicaba la brujería.

Quizá no fueran más que infundios. Quien había acusado a la heredera era un hermano bastardo que servía como mayoral en sus dominios, y a todas luces quería deshacerse de ella.

Pero la ocasión era perfecta.

El cardenal y el padre Joseph habían puesto sobre aviso a un magistrado del Parlamento de París de su absoluta confianza, y en cuanto el superior de los capuchinos había dado aviso de que la doncella había sido detenida, le habían enviado a que se hiciera cargo del caso armado de un poder extraordinario, con la excusa de que una hija de familia noble, enfrentada a un cargo tan grave, no podía ser juzgada por cualquiera.

Qué mejor manera de interrogarla sobre el asesino de Beauval sin que nadie sospechara que andaban tras la pista.

Además, la suerte les había sonreído de un modo inesperado. Porque junto a la doncella, el juez de Senlis había detenido a su vieja ama, sospechosa también de hechicería.

Según el magistrado Cordelier, que les mantenía informados, era una mujer extraña, más culta de lo que quería dejar ver. Los lugareños contaban sobre ella cosas que iban más allá de las típicas historias sobre aquelarres y escobas voladoras. Nadie conocía sus orígenes y era posible que incluso el nombre que usaba fuera falso.

El magistrado estaba convencido de que sabía algo sobre el asunto de las cartas del rey Jacobo y el inglés asesinado.

Charles pensaba a toda velocidad. Al oír el nombre de mademoiselle de Campremy se había puesto en alerta de inmediato. Menuda casualidad. Ni más ni menos que la muchachita que había tenido a Bernard tan ocupado la noche de la fiesta. Había escuchado una historia un tanto escabrosa sobre su marcha de París.

—Lo malo es que se están yendo al traste todas las precauciones de las últimas semanas —intervino Boisrobert, a sus espaldas. Continuaba sentado en el incómodo banco y seguía la conversación a distancia—. Según Cordelier, hasta el duque de Montmorency anda metiendo las narices. También es mala suerte que la damita sea ahijada de madame de Chevreuse…

Daba la impresión de que se habían olvidado de él. Cardenal, abad y fraile discutían con la misma familiaridad que si estuvieran a solas. Charles apenas se atrevía a respirar para no llamar la atención y evitar que le expulsaran de aquella intimidad privilegiada. Richelieu gruñó y rascó con fuerza la cabeza del gato:

—Desde luego, del secreto podemos olvidarnos. Hace un rato, a la entrada del Consejo, el conde de Lessay ha interpelado a Su

Majestad delante de media Corte para que intervenga. Y al rey no le ha agradado mucho que se diga que le haya puesto en esa tesitura pública. Últimamente no está de un humor complaciente. En gran parte por culpa de los desatinos de su hermano Gastón y de todos esos insensatos que se oponen con tanta aversión a su casamiento.

El padre Joseph sacudió la cabeza con pesadumbre:

—Según parece, madame de Chevreuse ya no se conforma con la negativa de Su Alteza a casarse en un futuro próximo. Ahora intenta convencerle de que se mantenga soltero indefinidamente, engolosinándole con la idea de que su hermano tiene una salud tan frágil que no tardará en dejar vacante el trono y entonces podría casarse con la misma Ana de Austria. El Señor parece en verdad estar probando a Su Majestad. El Espíritu Santo le dé fuerzas.

Boisrobert respondió con voz perezosa:

—A lo mejor, el confesor de Su Majestad debería encontrar el modo de convencerle de que lo único que les cortaría las alas de raíz a esos insensatos, más que ninguna intervención divina, sería un embarazo de la reina. O que al menos se corriera la voz de que lo están intentando.

El padre Joseph replicó:

—Su Majestad nunca olvida un insulto, abad. Va a tardar mucho en perdonarle a la reina la aventura con Buckingham.

Boisrobert lanzó un bufido jovial:

—¡Nadie habla de que perdone! Basta con que visite su cámara de cuando en cuando. Una lástima que Vuestra Ilustrísima no le pueda arrastrar dentro y cerrar la puerta con llave, como hacía Luynes cuando el rey tenía quince años.

—¡Monsieur de Boisrobert, cuidado con esa lengua! —le recriminó Richelieu, alzando un dedo admonitorio. El gato, indignado ante la interrupción de las caricias, empujó con la cabeza al cardenal, reclamando atención—. En cualquier caso, éste no es momento para apremiar al rey. Desde que llegó el mensaje de Inglaterra, las premoniciones y los signos del cielo le tienen torturado el espíritu.

El padre Joseph advirtió con voz grave:

—La superstición es un grave pecado contra el primer mandamiento, monseigneur. San Agustín lo dejó muy claro. Pero Dios Nuestro Señor no ignora que Su Majestad está pasando por un momento muy difícil. No dudo de que en su bondad Él sabrá perdonarle esos extravíos.

El gato emitió un ronroneo más intenso, se revolvió sobre las rodillas del cardenal y se acomodó panza arriba, con la cabeza colgando. Sus ojos de jade se clavaron en el fraile. El cardenal espetó en tono enérgico:

—Monsieur Montargis.

Charles se puso firme.

—A vuestro servicio, monseigneur —respondió, en su voz más marcial.

—¿Qué os parece lo que habéis escuchado? ¿Tenéis alguna sugerencia?

Charles carraspeó. Lo cierto era que había un detalle que podía ser problemático:

—Me ha parecido entender que Vuestra Ilustrísima quería aprovechar que las dos mujeres habían sido detenidas por brujería para poder interrogarlas sin despertar la alarma entre sus cómplices. —El cardenal le indicó con una mano que no se perdiera en detalles. Charles tomó nota. Richelieu no era amigo de las divagaciones—. A mí me preocuparía que el conde de Lessay haya podido levantar la liebre y que alguien se pregunte por qué no queréis intervenir en favor de la muchacha.

El cardenal asintió:

—Y con razón. Por culpa de ese embrollón debe de correr ya por las calles la historia de la pobre doncella a punto de ser condenada a muerte y el malvado cardenal dispuesto a dejar que la quemen en la hoguera. Qué le vamos a hacer. Intentemos sacarle su beneficio a las circunstancias. —Le miró fijamente—. Si la noticia está ya circulando por París, vuestra Angélique Paulet no tardará en enterarse. Y si tiene alguna relación con las detenidas de Ansacq y los mensajes de Jacobo, no la dejará indiferente. No quiero que os despeguéis de ella en los próximos días. Quiero saber si se inquieta, si le interesa o si permanece indiferente. Y sobre todo, si intenta comunicarse con alguien a solas. En resumen, si sospecha algo.

Charles sintió que le invadía el desánimo. Hizo una reverencia lo más profunda que pudo y trató de ganar tiempo:

—Vuestra Ilustrísima cuenta con mi lealtad más absoluta, pero…

Dudó. No sabía cómo decir aquello sin decepcionarle. Pero estando de servicio, de poco tiempo disponía para pegarse a nadie.

Y bien que lo lamentaba. Ni siquiera había tenido ocasión de volver a pisar la Estancia Azul de la marquesa de Rambouillet, a pesar de que al despedirse, la semana anterior, la anfitriona le había repetido que sería bienvenido en su casa siempre que deseara volver a visitarla.

—Hablad, muchacho, que no me como a nadie. Y el señor Tenebroso Cavernoso —añadió, en español, echándole una burlona ojeada al padre Joseph—, tampoco.

Del mismo modo que si hubiera esperado al visto bueno de su amo para saludarle, el enorme gato gris se acercó a Charles y se enredó sinuoso entre sus piernas.

Él seguía sin encontrar las palabras. Miró a Boisrobert, pidiéndole ayuda, y éste comprendió:

—Lo que monsieur Montargis quiere decir es que su servicio en el Louvre le supone un obstáculo insalvable para poder obedecer las órdenes de Vuestra Ilustrísima, a pesar de que no hay nada que desee más. Es una verdadera lástima que no pueda disponer de todo su tiempo para poder ponerlo a vuestra disposición.

—Dejaos de rodeos, Boisrobert, y decidme dónde queréis ir a parar.

Charles se agachó para acariciar al gato. Sabía que Boisrobert le iba a pedir al cardenal que le eximiera un tiempo de sus obligaciones militares. No quería parecer ansioso.

Richelieu aceptó sin hacerse de rogar. Pero había que encontrar una excusa para librarle del servicio sin despertar suspicacias:

—Sois poeta, ¿no? Y no de los peores, a juzgar por lo que he leído. ¿Qué os parecería si os encargara un ballet o una pieza de teatro, por ejemplo? Ya tendremos tiempo de discutir el tema y la remuneración.

Charles levantó la cabeza, boquiabierto, olvidada toda compostura. Sentía una mezcla de incredulidad, agradecimiento y temor. Tenía miedo de no estar a la altura de lo que aguardaban de él. Si al menos tuviera algo tangible que brindar al cardenal para agradecerle su confianza…

Entonces sintió un dolor agudo en la yema del dedo índice. El enorme gato gris acababa de clavarle los colmillos con saña. Reprimió el impulso de propinarle un puntapié y se incorporó, sacudiendo la mano. Y cuando sus ojos se cruzaron con los del cardenal se dio cuenta de que quizá sí tenía algo que ofrecerle:

—Si Vuestra Ilustrísima me lo permite, me gustaría hablarle de algo que puede ser de interés —dijo—. Tengo un amigo de infancia que se llama Bernard de Serres. Acaba de entrar al servicio del conde de Lessay y está en los mejores términos con la duquesa de Chevreuse y el resto del partido de los que se oponen al matrimonio del hermano del rey. Incluso tiene cierta amistad con mademoiselle de Campremy. Es un inocente, que no comprende ni la mitad de lo que se habla a su alrededor. Pero confía en mí como en un hermano y ni siquiera sospecharía que cuanto me cuente puede llegar a los oídos de Vuestra Ilustrísima. Será como si yo mismo estuviera en su lugar.

Era una promesa un tanto arriesgada, porque llevaba más de una semana sin hablarse con Bernard. Pero no le cabía duda de que podía reconciliarse con él fácilmente si se lo proponía.

Clavó sus ojos expectantes en los de Richelieu. El cardenal se giró hacia los otros dos religiosos con una mueca de sorpresa complacida y Boisrobert le respondió con una sonrisa de maestro ufano.

Lo cierto era que Charles tenía algún que otro escrúpulo acerca de la dignidad de su propuesta. Aunque hubieran tenido sus diferencias, Bernard no dejaba de ser su amigo. No le gustaba pensar que le estaba vendiendo.

Aunque tampoco había que exagerar. Su paisano no era más

que un observador inocente del desmán ajeno. Con no contar nada que pudiera perjudicarle a él, todo resuelto. Acalló la diminuta voz de su conciencia, dirigió la mirada hacia el rincón donde seguía sentado el padre Joseph y vio al hombre gris inclinar la cabeza en un gesto de aquiescencia.

23

Era extraño regresar a aquella casa, convertida ahora en un lugar ajeno, con un propósito tan peculiar. No había vuelto a pisarla desde la noche que había pasado velando el cadáver del viejo La Roche, pero Lessay se la sabía de memoria. Qué tapiz colgaba en cada estancia, qué chimenea se encendía sólo en las noches de frío más intenso porque no tiraba bien y desde qué ventana podía un crío de trece o catorce años escabullirse por el muro trasero sin ser visto. Lo había hecho tantas veces durante el tiempo que había vivido allí que aún habría podido repetir el recorrido con los ojos cerrados.

No le resultó fácil que la baronesa le recibiera. A pesar de la hora, aún dormía. Apenas había pasado lo peor de la enfermedad que la había tenido postrada y delirante toda la semana y la gente de su casa se negaba a molestarla. Tuvo que insistir con firmeza para que le hicieran caso, pero al final accedieron a prevenirla y una criadita pálida le condujo hasta el pequeño gabinete de la primera planta que antaño había sido el lugar de trabajo de La Roche.

Las paredes tapizadas de damasco rojo, el armario de ébano con los dioses griegos labrados en las portezuelas y la chimenea con las armas de su familia, talladas en el manto de piedra desnuda, no habían cambiado. Pero frente al fuego, en vez del retrato familiar de un antepasado barbudo pendía ahora un espejo veneciano enmarcado en plata. En la mesa, los libros y los papeles revueltos habían sido sustituidos por un jarrón de bronce del que asomaban unas flores moradas con los pétalos aterciopelados. Y la estancia ya no olía a tabaco. En su lugar flotaba un perfume dulzón y envolvente al gusto italiano. Las contraventanas estaban cerradas y la criada encendió dos candelabros antes de marcharse, igual que si fuera de noche. Seguramente a la enferma le molestaba la luz intensa del exterior.

Dejó el estuche sobre la mesa y se desprendió de la ropa de abrigo. Hacía calor allí dentro, y él vestía el mismo atavío de gamuza gruesa que se había puesto para la caza la mañana anterior. Imaginó los efluvios a cuero, animal y sudor en los que venía envuelto luchando a mordiscos con esa fragancia meliflua que flotaba en el aire y acarició con dos dedos los suaves pétalos de aquellas flores desconocidas. Cerró la mano en torno a una de ellas y la estrujó concienzudamente hasta que el capullo se deshizo. Luego abrió la palma y dejó caer al suelo las hojas moradas. Entonces escuchó el sonido de la puerta.

La baronesa de Cellai entró en el aposento. Saltaba a la vista que había estado enferma. La piel de su rostro tenía una transparencia mórbida, sin rastro de color en las mejillas, los ojos le brillaban con un resto de fiebre y su belleza había adquirido una cualidad frágil y tenebrosa. Llevaba los cabellos sin rizar, recogidos con descuido en la nuca, y sobre las faldas vestía una bata de tafetán verde muy oscuro, amplia y ondulante, que caía formando pliegues.

La primera vez que se había cruzado con ella también había sido así, a solas y en penumbra, aquel mismo verano, a su regreso de Génova.

Había estado guerreando en el norte de Italia desde la primavera y había decidido hacer un alto en Fontainebleau, donde estaba instalada la Corte, antes de seguir camino rumbo a sus tierras del valle del Cher.

Sabía perfectamente que La Roche se había casado. Su viejo ayo le había escrito desde Roma a finales del invierno para anunciarle su súbita boda con una viuda napolitana y pedirle que intercediera para conseguirle a su nueva esposa, toda virtudes cristianas, un puesto junto a Ana de Austria. Pero con aquella descripción se había imaginado a la dama como una matrona seca y fea.

Cuando llegó al castillo de Fontainebleau, la noche de Santa Ana, se encontró a todo el mundo agolpado a la orilla del estanque de palacio, contemplando los fuegos artificiales que rompían en el cielo. La reina estaba demacrada y triste bajo el halo de solemne dignidad castellana con el que sabía revestir en público todos sus estados de ánimo. Luis XIII acababa de asestarle un duro golpe para castigarla por haber mantenido un breve encuentro nocturno en un jardín con su enamorado, el duque de Buckingham, durante la pasajera estancia del inglés en Francia: hacía apenas seis días había despedido de la Corte a todas las personas sospechosas de haber favorecido la cita galante.

El rey había decidido festejar la onomástica de su esposa porque estaba previsto, por salvar las apariencias, pero no le dirigía la palabra más de lo que la etiqueta demandaba. Y como Marie, la principal instigadora de la aventura, se encontraba aún en Londres, Ana de Austria estaba más sola que nunca.

De inmediato, Lessay se abrió paso hasta su lado, y llevaba un rato junto a ella, contemplando el cielo en silencio, cuando la reina le puso una mano temblorosa en el brazo y le pidió que fuera a buscarle una prenda de abrigo. Obedeciéndola, se alejó del lago y penetró en un palacio silencioso y envuelto en tinieblas que a cada pocos segundos crujían, desgarradas por los resplandores de color que inundaban las salas de un fulgor irreal.

Se tropezó con élla en la puerta de los apartamentos de la reina. Una bella desconocida, con la capa de raso de la soberana colgada del brazo.

Intrigado, dio un paso atrás muy breve, para obligarla a pasar pegada a él, en una actitud soldadesca y descarada. Ella no se inmutó. Cruzó rozándole, sin levantar siquiera la mirada, dejándole allí plantado. Sólo después de alejarse varios pasos, en el momento en que una llamarada iluminaba la estancia, giró la cabeza y le lanzó una mirada larga y desdeñosa. Pero la luz se diluyó en las sombras y desapareció.

Ahora, en cambio, la baronesa le sonreía con cortesía mientras respondía a su interés, asegurándole que estaba recuperada de sus fiebres y se sentía con fuerzas de sobra para atenderle. Se sentó en una silla y le invitó a hacer lo mismo. Las llamas de las velas se reflejaban en las paredes de color grana del escueto gabinete, dividiendo la habitación en secciones de luz cálida y de sombras.

Depositó el estuche de Anne Bompas sobre la mesa:

—Necesito que me ayudéis a entender lo que hay en esta caja.

La viuda estiró un brazo y abrió la tapa del estuche. Sus ojos permanecían en penumbra, pero Lessay podía sentirlos clavados con firmeza en los suyos, buscando algo, y contradiciendo la mueca suave que dibujaban sus labios. Sin duda, a la vista de aquella colección, se preguntaba por qué había recurrido a ella. No debía de gustarle que supiera de su afición por las ciencias ocultas.

Entonces sintió un pellizco en las tripas. Las cuerdas deshilachadas que aún envolvían su cuerpo habían vuelto a tensarse, casi sin fuerza ya. Pero se alarmó porque por un instante tuvo la desconcertante certeza de que era la italiana quien tiraba de ellas. Rastreó su mirada en la oscuridad, resistiéndose a la presión, y de pronto sintió que los nudos se soltaban solos, como si a ella se le hubieran escapado involuntariamente de entre los dedos. Incluso le pareció verla crispar un segundo las manos sobre los apoyabrazos de la silla, tratando de retenerlos. Le invadió una desconfianza intensa, vaga al principio, que poco a poco se fue concretando.

No comprendía qué hacía allí. Por supuesto que aquella mujer entendía de supersticiones. Él mismo guardaba pruebas de ello en su casa. Las cartas de La Roche, el papel lleno de maldiciones escritas de su propia mano que había escondido en la almohada de su marido muerto… ¿Quién sabía si de algún modo no estaba también detrás de la muerte brutal de maître Thomas?

Y sin embargo, desde la noche de la fiesta él no había sentido más que deseos de protegerla, de esconder cuanto sabía sobre ella para que nadie pudiera acusarla de nada. Como si esos hilos desgastados que se habían terminado de romper en ese instante entre los dedos de la baronesa hubieran mantenido atado su albedrío.

Cabeceó. Qué disparates se le ocurrían. Aquello era absurdo. Estaba demasiado cansado, no había otra explicación. Pero esa mujer no era de fiar. Tendió la mano hacia el estuche con deliberada lentitud, tratando de encontrar una excusa creíble que le permitiera abandonar aquella casa cuanto antes.

Ella no se había movido. Se escuchaba su respiración trabajosa, lacerada por la enfermedad. Finalmente se inclinó hacia delante:

—Disculpadme, no me encuentro bien.

Lessay recogió el estuche y se levantó de la silla con determinación:

—No quiero importunaros. Deberíais descansar.

La baronesa se irguió y habló con una voz mansa que destilaba convicción:

—Sentaos, monsieur. Si habéis venido a mí es porque me necesitáis. No me matará mirar un estuche. —Esbozó una sonrisa exangüe. A Lessay le dio la impresión de que ella también estaba asustada. De que había perdido el control de una situación que creía dominar y trataba de reconducirla—. Me gustaría poder ayudaros alguna vez y demostraros mi buena voluntad.

Muy hábil. Sus palabras pedían una tregua, después de la violencia de su discusión de la noche de la fiesta.

¿Quería amansarle para impedir que la denunciara? Al fin y al cabo, guardaba pruebas suficientes para buscarle la ruina y ella lo sabía. Aunque, en cierto modo, eso le daba más garantía para confiar en su discreción que en la de cualquier otro a quien pudiera enseñarle el maldito estuche.

Además, desde que Serres le había contado lo de los matones españoles, dudaba de que fuera ella quien los había enviado contra maître Thomas. Sobre todo porque había otra persona que había tenido un comportamiento muy extraño aquel día: ni más ni menos que el embajador del rey de España

Lessay tenía muy buena relación con el marqués de Mirabel. Desde que Luis XIII le había prohibido al español el acceso a las habitaciones privadas de Ana de Austria, él le había estado ayudando a transmitirle mensajes reservados a la reina. Y el embajador sabía devolver los favores.

Era él quien le había conseguido su envidiado semental andaluz. Y Lessay estaba convencido de que también había tratado de evitarle un mal encuentro con los dos espadachines a sueldo la noche de su cita con maître Thomas.

La nota del secretario había llegado a sus manos el día anterior al suceso. Una carta llena de tachones, en la que maître Thomas le aseguraba que tenía importantes revelaciones que hacerle sobre la muerte de La Roche. Estaba escrita en un tono embrollado y ardiente, que no parecía de un hombre cuerdo. Pero las frases resonaban igual que las que le había escrito a él su viejo tutor acusando a su nueva esposa de querer acabar con su vida. Le había parecido tan extraño, que había aceptado de inmediato las imprudentes condiciones de la cita que le proponía la nota, bajo el pórtico de la iglesia de los Quinze-Vingts, a solas y en secreto.

Pero cuando salía del Louvre, puntual, para encontrarse con él, el marqués de Mirabel se le había arrojado encima, surgido de no sabía dónde, muy nervioso, aturullándole con una cháchara inagotable y empeñándose en llevarle a cenar a su casa; le había costado un buen rato sacárselo de encima.

En ese momento no le había encontrado explicación a su peculiar comportamiento, pero tras descubrir que los dos sicarios eran españoles, ahora estaba convencido de que Mirabel sabía a dónde se dirigía, sabía que había dos matarifes aguardando y había intentado retrasarle para evitarle el encuentro. Sólo le quedaba averiguar por qué el embajador del rey de España había tratado de asesinar a un hombre tan insignificante como el secretario de La Roche.

En cualquier caso, si la baronesa no era quien había contratado a los dos espadachines, si no había perseguido a maître Thomas y éste se había dado muerte a sí mismo en su locura… Quizá fuese cierto que tampoco había envenenado a su marido…

En realidad, no había llegado a hablar nunca con el viejo sobre su inesperado matrimonio, y no porque no se le hubiera despertado la curiosidad al descubrir la identidad de la bella desconocida con la que se había cruzado en el castillo de Fontainebleau. Pero había pensado que tendría tiempo de sobra y a la mañana siguiente había seguido camino hacía su castillo del Cher para pasar el resto del verano.

A los pocos días le había llegado la primera carta. Estaba escrita en un estilo exaltado y fiero, impropio del hombre templado que tan bien conocía. Le rogaba que fuera discreto. Sólo a él, que era casi un hijo, se atrevía a confiarse. La dama devota y erudita con la que se había casado había resultado ser una mujer muy distinta a la que había creído. Había descubierto que era aficionada a la cartomancia y a la astrología, como tantas necias sin instrucción. Una pérfida que había introducido la superstición en su casa y le había engañado, aparentando ser quien no era. Y era su virilidad, añadía impúdico, la que estaba padeciendo las consecuencias del desencanto.

Lessay había leído la misiva con incomodidad. No era extraño que el viejo tuviera miedo a no poder complacer a una mujer como la que se había procurado. Pero La Roche era la discreción en persona. Le resultaba incomprensible que le hiciera aquellas confesiones bochornosas. Avergonzado, había decidido achacarlas a un ataque senil y ni siquiera había contestado.

Pero un par de semanas después había llegado una segunda carta que le había hecho pensar, con lástima, que el viejo empezaba a tener serios problemas de sesera. Ahora su esposa no era ya tan sólo una frívola supersticiosa. Era un instrumento del demonio; una pecadora que Satanás había enviado para perderle.

Tratando de buscar una explicación, Lessay había concluido que seguramente la había sorprendido con otro. Y que en cuanto se acostumbrara al peso de la cornamenta recobraría el sosiego. Pero casi enseguida había recibido un tercer mensaje embrollado y convulso que apenas se entendía y en el que La Roche acusaba a su mujer de escarbar dentro de su cabeza y querer acabar con su vida, entre otros sinsentidos. Y días después, la noticia de que su viejo ayo había sufrido un acceso que le tenía postrado en cama, perdido el discernimiento, hasta el punto de que cuando había acudido a visitarle no reaccionaba a nada ni reconocía a nadie.

No había sobrevivido más de dos semanas.

Miró a la baronesa, dubitativo. Un mechón rebelde se le había escapado del peinado y le acariciaba la mejilla. La observó apartárselo al tiempo que se humedecía los labios resecos por la fiebre. Aun demacrada, resultaba endiabladamente hermosa.

Le daría otra oportunidad. Volvió a sentarse y le alargó de nuevo el estuche para que lo examinara.

Los dedos blancos de madame de Cellai abrieron la tapa con lentitud. Extrajo con cuidado los objetos que contenía y los fue posando sobre su falda uno tras otro.

—¿A quién pertenece todo esto?

Se alegró de haber sacado de la caja las cosas más reveladoras. Le otorgaba el beneficio de la duda, pero no se fiaba de ella:

—A una persona que ha sido detenida y acusada de brujería. Necesito saber si aquí dentro hay algo más que amuletos de una mujer crédula.

Había supuesto que la italiana se haría de rogar, porque su afición por la magia no era de dominio público. Pero no lo hizo. Dijo que sí con la cabeza y continuó examinando los objetos. Sacó de la caja el anillo con el zafiro y le dio la vuelta, contemplando el sello con la rueda de tres picos y la estrella grabadas. Enarcó las cejas con suspicacia:

—Fijaos en esto. El anillo es un recipiente. —Manipuló la parte superior y levantó una tapa que ocultaba un pequeño compartimento repleto de polvo oscuro—. Beleño negro. Bastaría para condenar a su dueña.

—¿Por qué? ¿Es un veneno?

—Depende de cómo se use. Puede ser un ingrediente para elaborar filtros de amor o un narcótico, pero también provoca trances y alucinaciones. Lo llaman hierba loca. Hace siglos que es una de las drogas favoritas de las pobres mujeres que se creen brujas.

—¿Lo toman para enajenarse?

La actitud de la baronesa era modesta y cercana, muy distinta de la de la noche de la fiesta.

—Y para enajenar a otros. Creedme, si ingerís esto acabaréis experimentando todas las visiones absurdas que se describen en los libros de los cazadores de brujas. Volaréis en escoba al otro extremo del mundo y copularéis con el diablo sin levantaros de la silla.

Cerró la tapa con cuidado de no tocar el veneno y devolvió el anillo a la caja. Vagamente excitado por la mención de la cópula, Lessay le echó una ojeada lenta y desvergonzada, intentando incomodarla:

—Lo describís como si lo hubieseis probado.

Ella le devolvió la mirada, imperturbable:

—¿No os interesa saber nada más sobre el veneno?

El conde suspiró. Aquella mujer era en verdad inconmovible.

—¿Podría matar a un hombre?

—Seguro. Con una dosis como ésta disuelta en vino bastaría. —Le miró insistente—. ¿Quién es la dueña? ¿La conozco?

No tenía sentido ocultárselo. En cuanto se corriera la voz de la historia de Ansacq, la baronesa sólo tendría que sumar dos más dos para deducirlo. Pero no tenía tiempo ni ganas de enredarse dando explicaciones:

—Eso da igual. Mirad a ver si hay algo más de interés.

La viuda se encogió de hombros y volvió a concentrarse en los objetos que tenía en el regazo. Los revolvía con un movimiento sensual, deleitándose en su tacto. Lessay tuvo que hacer un serio esfuerzo por apartar de su mente la imagen de la italiana copulando con el diablo y concentrarse en lo que decía:

—Las piedras, el coral, esta bolsita de hierbas… son ingredientes para elaborar remedios y hechizos. El aljófar, por ejemplo, es beneficioso para el hígado, el aceche ayuda a la respiración y esta piedra amarillenta es una variedad de jaspe que alivia la melancolía. Se utiliza en recetas para curar enfermedades, soldar huesos o realizar rituales de protección. A primera vista, vuestra pobre bruja parece muy benigna.

La parrafada la había dejado sin aire. Inspiró un par de veces con esfuerzo y luego frunció el ceño. Había algo más.

—¿Pero…?

—Pero hay cosas más extrañas. Por ejemplo, esta muñeca de cera. —Sujetó con delicadeza la figurita que representaba a Madeleine—. Hay quien dice que se puede atar el alma de una persona con un mechón de su pelo, de manera que lo que le ocurra a la muñeca le ocurra a la persona. Imaginad el poder que un encantamiento así otorgaría a su dueño. Si yo ahora la quemara...

Se levantó y acercó la muñeca a uno de los candelabros con lentitud, como comprobando el alcance de su credulidad. Lessay sintió un temor insensato. Se puso en pie a su vez y detuvo la mano de la dama, sujetándole el brazo con un gesto brusco:

—No quiero deteriorar nada. —Se justificó—. El estuche no es mío y he de devolverlo a su dueña.

La italiana sonrió y ladeó la cabeza, contemplando sus dedos crispados en torno a su brazo. Él mantuvo el contacto y acarició con el pulgar la seda suave de su manga. Pero ella le miró a los ojos, severa.

Retiró la mano. Paciencia. Si su deseo de ganarse su buena voluntad era sincero, ya se encargaría él de que acabara llevándola a donde le apetecía.

La baronesa devolvió la muñeca a la caja, con parsimonia:

—Otros dicen que la estrella de ocho puntas aquí labrada es sólo un símbolo de protección, que una muñeca como ésta no se puede usar para hacer daño. Pero no sé a quién representa. No reconozco el escudo del pájaro.

—Eso da igual. Continuad, por favor.

La italiana se pasó la mano por la frente. Tenía los ojos febriles:

—Esta placa de metal tiene grabado un texto en un alfabeto mágico. Necesitaría tiempo para intentar descifrarla. Parece una invocación o un despropósito similar.

Hablaba con desprecio y aquello le desconcertaba. ¿Creía o no creía en todas esas cosas? O quizá en algunas sí y otras no. Era difícil saberlo, a él todo le parecían paparruchas del mismo calibre.

—¿Y los papeles?

—De las cartas astrales tampoco puedo deciros nada, así, sin más. No vienen indicadas las fechas de nacimiento a las que se refieren. Tendría que hacer bastantes cálculos para averiguarlas. —Desdobló uno de los papeles grises—. Esto está en inglés.

—Sí, pero yo no lo hablo. ¿Entendéis vos lo que pone?

La italiana asintió y tradujo:

—«Yo he dado el pecho y conozco bien la ternura de amar al niño que amamanto. Pues aun así sería capaz de arrancarle el pezón de las encías desdentadas mientras me sonríe y machacarle los sesos, si lo hubiera jurado como tú has jurado esto».

—¿Qué es eso? ¿Es que también se usan los sesos de recién nacido para elaborar filtros mágicos?

Estaba desilusionado. Había esperado encontrar más pruebas de la relación de Anne Bompas con la Corte. Algo que le permitiera saber qué andaban buscando Richelieu y el juez del Parlamento de París en Ansacq.

—Parece escrito por un poeta —respondió ella—. No creo que tenga nada que ver con hechicerías.

Lessay señaló con el dedo:

—La otra hoja gris es un mensaje en clave.

Ella lo estudió con atención:

—Puedo intentar descifrarlo si me dais tiempo.

Tiempo otra vez. Estaba visto que no iba a sacar nada en claro de aquella visita. Pensó con rapidez. ¿Qué daño podía haber en dejarle la caja unos días? Si no lo hacía, tendría que buscar a otra persona que entendiera de todas aquellas cosas. Y si los papeles ocultaban algo importante, no le convenía que los viera más gente. Al menos a ella podía controlarla, y se había mostrado muy servicial hasta el momento.

—Vuestros talentos son inagotables: idiomas extranjeros, astronomía, mensajes en clave… Soy muy afortunado al haber dado con vos.

—Una casualidad providencial, monsieur. Los caminos del Señor son insondables. —Sonreía con modestia, sin rastro de burla en los ojos.

—Podéis quedaros el estuche unos días para estudiar los textos, el mensaje cifrado y lo demás. —Se inclinó hacia ella con rostro grave—. Pero nadie debe enterarse. ¿Tengo vuestra palabra?

Ella resopló, ofendida:

—La tenéis.

Lessay continuó en el mismo tono deliberadamente frío:

—Si me traicionáis, os haré la vida muy difícil.

—Descuidad, monsieur. Yo sé lo que me conviene —respondió la italiana. Volvió a sentarse y guardó todos los objetos en la caja, la depositó en la mesa y se alisó la falda. Un papel engurruñado cayó al suelo. Les había pasado desapercibido entre el resto de las cosas. Lessay se agachó a cogerlo y reconoció los garabatos y las frases en griego; era la hoja en la que había encontrado envuelto el colgante de Leonora Galigai.

—¿Y esto? —Se lo alargó a la baronesa.

Ella lo aceptó con gesto fatigado. Sin duda había dado la entrevista por terminada.

Pero en cuanto lo leyó, adoptó una actitud alerta:

—La ligadura de la agujeta. —Se llevó una mano a la boca, pensativa—. Este papel… ¿Estaba solo en la caja? Está deformado como si lo hubieran usado para envolver algo.

—No lo sé. No me he fijado —mintió Lessay, mientras tomaba asiento de nuevo—. Pero vos lo conocéis.

Ella asintió con gravedad:

—Lo que os voy a contar no lo sabe mucha gente. —La excitación había teñido de un leve color rosáceo sus mejillas. Daban ganas de alargar la mano y acariciárselas—. Espero que podáis guardar el secreto.

Ahora era ella la que requería su silencio.

—Por supuesto.

—¿Conocisteis a Leonora Galigai, la dama de la reina madre?

De nuevo aquella mujer. ¿Qué habría visto la baronesa en ese papel para relacionarlo tan de inmediato con ella? Ése era el tipo de información que le interesaba. Tuvo cuidado de que no se le notara la expectación.

—La «enana negra». —Le costó pronunciar el apodo que otros usaban para insultarla. Al fin y al cabo, durante un tiempo había pensado que le debía la vida—. Hará siete u ocho años que la ejecutaron.

La baronesa moduló su voz para darle un eco ominoso:

—Se cuenta que cuando la detuvieron, la encontraron manipulando instrumentos diabólicos, ocupada en elaborar maldiciones.

—¿Y dónde se cuenta eso? ¿En algún pliego de cordel? La mujer era una histérica y estaba llena de supersticiones, pero nada más. Siempre negó las acusaciones de brujería.

El auténtico pecado que había cometido la Galigai había sido el de aprovecharse de la desidia de la reina madre para sacarle el máximo provecho a su amistad. Había sido una mujer despótica y agria, una arribista manipuladora que se había enriquecido hasta lo inverosímil vendiendo favores y utilizando su influencia. Pero el proceso que la había llevado a la hoguera había sido un ejercicio de puro cinismo político. Todo el mundo lo sabía.

Se trataba del episodio más feo del reinado de Luis XIII. Aunque el rey se había limitado a consentir lo que había ocurrido. El verdadero artífice de la fechoría había sido Albert de Luynes, el primer esposo de su prima Marie.

Leonora Galigai era hija de un simple carpintero pero se había criado en Florencia junto a la reina madre. Había llegado a Francia con su séquito tras la boda de María de Médici con Enrique IV y al poco ella también se había casado con un aventurero italiano que respondía ni más ni menos que al nombre de Concino Concini.

En vida del rey navarro, esposo y esposa se habían comportado de modo discreto.

Pero en el momento en que María de Médici se había hecho cargo de la regencia, ambos habían dado rienda suelta sin reparo a su ambición, acumulando cargos, títulos, tierras y tesoros con la mayor desvergüenza. Concini hacía y deshacía en Francia como un tirano, mientras a Luis XIII ni siquiera le dejaban sentarse a la mesa del Consejo.

El astuto Albert de Luynes, que por entonces no era más que un pajarero sin fortuna, había convencido al joven rey para que se enfrentara a su madre y a Concini, y asumiera personalmente el Gobierno. Y había organizado, junto a otros fieles, el asesinato del italiano una mañana de abril. Seis hombres le habían acribillado a balazos y estocadas en el puente de entrada del Louvre.

En recompensa, Luis XIII, exultante, había repartido la fortuna inmensa de Concini entre sus hombres de confianza.

Pero Luynes no se había quedado satisfecho. Quería más. Y gran parte de las posesiones del italiano eran intocables, pues estaban a nombre de su esposa Leonora. Para hacerse con ellas legalmente había tenido que buscar un subterfugio: un proceso contra la florentina por «crimen de lesa majestad divina». Y para asegurarse de que hubiese condena a muerte había insistido en que los extraños males que sufría la mujer, los exorcismos a los que se sometía y su confianza en un médico judío fueran utilizados como pruebas de brujería.

Lessay recordaba a la pobre mujer subida al carro que la había llevado al cadalso. Tiesa, vestida de negro y besando su crucifijo a cada paso. Sin responder a las imprecaciones de la multitud. Cuántos hombres hechos y derechos no se iban de vientre en los calzones ante la cercanía de la espada del verdugo. Sin embargo, Leonora Galigai había tenido el ánimo de perdonar a los que la condenaban, de extender mansamente el cuello y dejarse matar con dignidad extraordinaria.

El verdugo había arrojado después su cuerpo a las llamas, como correspondía a los despojos de una hechicera, pero la comedia no había engañado a nadie. Él estaba mucho mejor situado que la baronesa de Cellai para saber qué había sucedido realmente durante aquellos días. Su prima Marie todavía disfrutaba de las tierras y las joyas que Luynes le había esquilmado a Leonora. Y él mismo se había beneficiado de parte de sus restos sin pensárselo dos veces.

—Entonces, si os dijeran que, antes de morir, Leonora Galigai intentó comprarle su vida al rey amenazándole con un conjuro, ¿no os lo creeríais? —preguntó la italiana.

—Por supuesto que no. Por muy supersticiosa que fuera. Ni el mayor necio se defendería de una acusación de brujería amenazando con un hechizo.

Ella no le contradijo. Sólo estiró el papel lleno de letras griegas sobre su falda y leyó:

—«Yo, Leonora Galigai, te digo a ti, Luis XIII, como Héctor a Paris, que ojalá nunca hubieras nacido y que perezcas sin descendencia…». Y continúa con otras fórmulas rituales en griego. ¿Habéis leído *La Ilíada*? Los antiguos usaban los versos de Homero para practicar adivinaciones y hacer conjuros, pues se les atribuía un poder mágico. —Levantó la vista, con una sonrisa de suficiencia en esos labios llenos y apetecibles que tenía, aun agrietados por la enfermedad.

Lessay se enderezó en la silla, haciendo por concentrarse. Su escepticismo seguía entero:

—Bueno, yo también invocaría a Héctor, a Paris y a todas las cohortes infernales para que vinieran a vengarse si alguien me hiciera lo mismo que le hicieron a ella. —Pero se le había despertado la curiosidad. Ese papel confirmaba la relación de Anne Bompas con Leonora Galigai—. Está bien. ¿En qué consiste exactamente la maldición?

—No es una maldición, sino un hechizo —le corrigió la baronesa—. Un conjuro conocido desde tiempos antiguos, y muy simple. Lo primero que hace falta es procurarse una agujeta, un simple cordón de los calzones del hombre al que se desee encantar. Luego hay que pronunciar unas frases rituales y hacerle tres nudos. Nada más.

—¿Y el resultado es…? —Conocía la superstición popular de la ligadura, pero no podía creerse que la baronesa estuviera hablando de algo así en serio, por muchos nombres griegos que hubiera mezclados en aquel papel.

Ella arqueó las cejas, divertida. Su tono no dejaba claro si creía o no que aquello fuera posible:

—Que el dueño de los calzones no puede engendrar hijos.

—No es pequeño castigo para un rey.

—Lo interesante es que en teoría se puede anular con la misma facilidad. Basta con deshacer los nudos del cordón. En cambio, si se arroja al fuego y se destruye, la suerte del hechizado queda sellada para siempre.

—Y en este caso, ¿se sabe qué fue del cordón mágico? —preguntó con una mueca burlona.

—Al parecer, poco antes del asesinato de su marido, Leonora había soñado que la juzgaban y la condenaban a muerte, y le había dado tiempo a prepararlo todo. Cuando la detuvieron, pidió hablar a solas con el rey. Le advirtió de que si la ejecutaban, su matrimonio quedaría estéril para siempre. La vida a cambio de un heredero. Pero Luis XIII no la creyó. En cualquier caso, la mujer no guardaba el cordón entre sus enseres. Habría sido fácil poner fin a su amenaza arrebatándoselo. Nunca se supo qué había hecho con él. Lo más probable es que lo escondiera a buen recaudo, en algún lugar fuera del Louvre, y se perdiera. O que se lo entregara a alguien de confianza y que esa persona lo arrojara a las llamas cuando el rey se negó a pactar.

—Lo cual demuestra la cordura de Luis XIII.

—Posiblemente. Aunque de momento no hay ningún vástago a la vista —replicó la baronesa en tono ligero.

—Ni puede haberlo. El rey no toca a la reina. —La miró de reojo. Había algo que no cuadraba—. De cualquier forma, ¿de dónde demonios habéis sacado todo ese cuento de Leonora Galigai y el cordón maldito? No lo había escuchado en mi vida, y la he pasado entera en la Corte.

—Por eso os he pedido que guardéis el secreto. Quien me ha hecho la confidencia es alguien a quien todo esto concierne directamente. Tal vez la persona más afectada por la ausencia de un heredero. Si la historia se hiciera pública le haría un gran daño.

Lessay la miró con incredulidad. ¿Estaba insinuando que había sido la reina? No podía creerse que Ana de Austria confiara tanto en aquella recién llegada como para compartir con ella unas supercherías que la afectaban de modo tan íntimo. Y que, si trascendían, corrían el riesgo de abochornarla y enfurecer a su marido.

Era hora de marcharse de allí:

—He de irme. Vendré a buscar el estuche dentro de unos días. —Hizo ademán de ponerse en pie.

—Aguardad —le pidió la baronesa. Aún tenía el conjuro de Leonora Galigai en la mano. Sus ojos volaban por encima de las líneas, releyéndolo una vez más, y al terminar lo acarició con mucho cuidado, igual que a un tesoro valioso. Estaba fascinada con aquella bobada—. Una última pregunta.

—Adelante.

—Este estuche… ¿Estáis absolutamente seguro de que no había nada más dentro?

Lessay pensó en la carta de Épernon, en la muñequita con el escudo de los Médici y en el amuleto que llevaba colgado del cuello. Y casi al mismo tiempo sintió un malestar extraño. Alguien estaba trasteando en su interior. Unos dedos largos y finos que escarbaban por dentro de su pecho. De pronto se sintió débil y muy cansado.

—No había nada —murmuró, y su voz le sonó ronca y extenuada. La habitación se había puesto a dar vueltas y le pareció que las velas temblaban violentamente, a pesar de que las ventanas estaban cerradas. La baronesa le observaba inmóvil, como una araña a la espera de su presa.

Tenía que salir de allí. Entonces ella murmuró en italiano, de modo apenas audible:

—*Dì la verità*.

Sintió una voluntad fortísima, que como una corriente arrolladora arrastraba su resistencia. Iba a confesarle a la baronesa todo lo que le estaba ocultando. Su boca iba a pronunciar las palabras sin su consentimiento. Le faltaba el aire. Aferró la ropilla para apartársela del pecho y sus dedos se posaron por casualidad sobre el amuleto.

La sensación opresiva desapareció de pronto y el suelo dejó de moverse. Se levantó de un golpe.

Ella dio un respingo y la cabeza se le fue contra el respaldo de la silla, igual que si la hubieran golpeado. Su cuerpo quedó inerte en la penumbra.

—Madame, he de marcharme. Un asunto urgente me reclama. —No se atrevía a acercarse a ella y comprobar si estaba consciente.

¿Qué diablos había ocurrido? En su vida había sufrido una agresión así, sin mediar armas ni palabras.

Había pasado miedo de verdad.

—Esperad. —La voz débil de la viuda le alcanzó con la mano en el tirador—. ¿No vais a llevaros la muñeca? Para prevenir accidentes.

Lessay la miró sin comprender. Ella volvió a abrir el estuche y le alargó la muñequita de cera con el escudo del pájaro grabado en el pecho que representaba a Madeleine.

—Gracias —dijo, aturdido aún, y se acercó a cogerla. Se la metió en un bolsillo con cuidado.

Ella volvió a hablar, con dulzura:

—Ya la habéis salvado una vez del fuego. No querréis que le suceda nada, ¿verdad?

24

Las puertas del castillo se abrieron y Madeleine rompió a llorar. No sabía cuántos días habían pasado. Tenía la sensación de que no había dormido desde hacía años. Las veces que cerraba los ojos, durante los breves recesos que le habían permitido, el rostro implacable del magistrado de París seguía amenazándola, impidiéndole descansar. La saliva de aquel hombre malvado le salpicaba las mejillas mientras su voz repetía: confiesa, confiesa, confiesa, confiesa...

Pero al final, la incertidumbre de los interrogatorios había terminado. El juez la había llevado a una habitación más grande, le había mostrado un artilugio hecho de tablas de madera y le había ido explicando, muy despacio y con todo detalle, cómo pensaba utilizarlo con ella, haciendo que le aprisionaran las piernas con él e incrustándole cuñas de madera en las carnes hasta que el dolor la hiciera confesar. Para evitarlo, Madeleine había hecho por recordar todas las historias de brujas que había escuchado desde pequeña. Le había contado al juez todo lo que se le iba ocurriendo. Que las noches de luna llena entraba en las casas de sus vecinos, mataba a los niños sin bautizar y hacía con su grasa un ungüento para volar y acudir al Sabbat. Le había dicho que su ama Anne era una bruja muy poderosa que la había llevado a la primera fiesta satánica hacía muchos años. Y que había matado a su padre y a su hermano porque el diablo se lo había ordenado.

Pero el magistrado había sacudido la cabeza, con una mueca de desprecio:

«Pobre tonta —le había dicho—. No merece la pena que perdamos más tiempo contigo.»

Luego el otro juez, el gordo, se había presentado en la sala con un puñado de papeles en la mano. Su confesión. La había firmado sin rechistar, y cuando el magistrado le había preguntado si se arrepentía de sus pecados le había dicho que sí, para no disgustarle.

«Seamos piadosos en correspondencia —había dicho él con una sonrisa, acariciándole la cabeza desnuda—. Si mi colega está de acuerdo, le diré al verdugo que te estrangule antes de encender la hoguera. Te ahorraremos el tormento de oler tu propia carne quemada en medio del más atroz de los dolores.»

Aquella noche la habían dejado dormir más de lo habitual e incluso le habían traído una buena cena. Pero ella no había podido probar bocado. Al amanecer, dos soldados malolientes habían penetrado en su celda para despojarla de sus cochambrosas ropas y vestirla con una túnica blanca e inmaculada. Sus manos rapaces habían manoseado su cuerpo inerte, hasta que la voz firme e indignada del magistrado malvado los había expulsado de allí. Pero Madeleine no había sentido nada. Ni repulsión, ni miedo, ni siquiera aflicción.

Ahora, sin embargo, la luz del sol en sus párpados, el aire frío y la silueta familiar de los bosques habían hecho que sus manos atadas una a la otra empezaran a temblar, y los sollozos la sacudieron.

Uno de los guardias se acercó para levantarla en brazos y depositarla sobre la carreta. Alguien le colocó una antorcha encendida entre las manos. Las dos mulas negras se pusieron en marcha, precedidas por una procesión de capuchinos con los rostros ocultos bajo sus caperuzas grises que entonaban fúnebres cantos en un latín monocorde.

Los hombres de armas, repartidos a lo largo del sendero que conducía a la aldea, vigilaban para que nadie arrojara ningún objeto ni se acercara a ella. Pero no podían impedir que los insultos y las imprecaciones la alcanzaran. Los rostros descompuestos de sus vecinos vomitaban toda clase de injurias y la acusaban de los crímenes más terribles. Allí estaba Chrétienne, la hija del molinero. Habían jugado juntas de niñas. Y ahora escupía a su paso chillando que era una puta y una asesina. Un poco más allá reconoció a uno de los criados de una granja vecina, con las manos en torno a una boca abierta como un pozo negro del que brotaba un grito lleno de aborrecimiento: «¡Brujaaaa!». Distinguió al loco Cantou, que intentaba abrirse paso desesperado hacia ella con una flor en la mano, pero un guardia le empujó rudamente y le tiró al suelo. Los rostros la seguían, corriendo a su lado, y empezaron a confundirse unos con otros, convertidos en una masa vociferante e indistinta, desbordante de odio. Las piernas le tiritaban tanto que uno de los capuchinos tuvo que subir a sostenerla para que no se derrumbara.

Bernard arrancó su sombrero de debajo de unos pies calzados con zuecos y siguió abriéndose paso a codazos. Madeleine cruzó frente a él, vestida con la túnica blanca de los condenados y la cabellera rapada a trasquilones, enflaquecida y lívida. Sus ojos inmensos se paseaban entre la multitud, despavoridos, y todo su cuerpo temblaba con violencia. Pero no vio huellas de tortura, ni en su rostro ni en sus manos.

Un lugareño gordo y desdentado gritó un insulto rijoso y casi sin pensar, Bernard se giró y le hundió un codo en la boca. Algún diente debía de quedarle después de todo al muy ruin, porque cuando le miró tenía el morro lleno de sangre. El aldeano le encaró a su vez, pero él puso la mano en la empuñadura de la espada y le sostuvo la mirada, firme, hasta que el otro dio un paso atrás y se perdió entre la gente, lamiéndose la herida.

Apenas podía creer que un par de días antes él mismo se hubiera pasado la tarde burlándose de las minuciosas descripciones que hacía el libro del juez Renaud de los crímenes de las brujas y de sus encuentros lúbricos con el demonio.

Después de galopar hasta Chantilly se había calmado bastante. Al día siguiente se había levantado convencido de que el poder escrito que se había traído Cordelier de París no tenía ningún valor a la hora de la verdad. Richelieu, o quien quiera que fuese, se lo había otorgado antes de saber que emitiendo aquella orden iban a enfrentarse a algunos de los más altos señores del reino. En cuanto supieran quiénes se interesaban por las dos mujeres darían marcha atrás. Eso al menos le había asegurado también la duquesa de Montmorency, antes de pedirle que regresara a Ansacq con un par de hombres por si había alguna novedad.

De vuelta a la aldea, Grillon le había recibido dando voces, acusándole de ser un loco peligroso. Gracias a su brillante plan, el hogar de los Campremy había ardido hasta los cimientos. Había sido imposible luchar contra el viento. Ahora hasta los criados de la casa estaban convencidos de que el fuego había sido obra del diablo, que había querido vengarse de sus discípulas por traicionar sus secretos. Otro elemento más a añadir a la abigarrada colección de pruebas diabólicas que obraban ya en poder de los magistrados.

Bernard había tardado un buen rato en calmarle, pero al final, después de hablarle de la urgencia con la que Lessay se había tomado el asunto, había logrado que incluso compartiera su optimismo. Le había invitado a beber sidra y Grillon se había pasado buena parte de la tarde leyéndole entre improperios las necedades que a su entender contenía la obra del juez bordelés que Renaud les había prestado. Él no le había contrariado en ningún momento, aunque tanta irreverencia no le hacía ni pizca de gracia. Los escépticos de su catadura eran una de las presas favoritas del diablo. Y las cosas no estaban como para tentarlo.

Sin embargo, poco a poco, a base de trasegar sidra y escuchar narraciones siniestras, algunas de las cosas que le leía Grillon habían empezado a parecerle un tanto chuscas. Le pasmaba sobre todo lo melindroso que era con sus preferencias amatorias el demonio. Según confesión de las brujas que había llevado a la hoguera el autor del tratado, Satán tenía la costumbre de copular con las hermosas por delante y con las feas por detrás. Eso sí, el rey de los infiernos era singularmente púdico, puesto que siempre que había niños delante, se envolvía en una espesa nube junto a su concubina para ocultarse a su vista.

Pero la llegada de uno de los guardias del castillo había interrumpido sus carcajadas. El hombre se había acercado a su mesa, dirigiéndose a Grillon sin preámbulos:

—Os reclaman en la prisión. Tenéis que atender a una de las brujas.

—¿A cuál? —había preguntado el cirujano, agarrotado.

—A la vieja, supongo. Con la otra ya han terminado. La queman en un par de días. El juez Renaud está enviando mensajeros con la noticia por toda la comarca. Quiere que asista cuanto más público mejor para que el suplicio sirva de ejemplo.

De pie tras los asientos que ocupaban los magistrados y el cura Baudart, Olivier Grillon se forzó a mantener la vista fija en la menuda figura blanca que dos de los guardias obligaban a bajar de una carreta tirada por mulas negras. Si Madeleine giraba la cabeza en su dirección quería que al menos se encontrara con una mirada amiga, dispuesta a sostenerla en sus últimos momentos.

A la vista de la solitaria silla de hierro dispuesta frente a la iglesia, sobre un montón de troncos de madera, la pobre niña sacudió la cabeza, espantada, e intentó soltarse de las manos que la sostenían. Temblaba con tanta violencia que parecía que fuera a exhalar el alma allí mismo, ahorrándoles el trabajo a sus ejecutores. Sus labios pálidos murmuraban algo ininteligible. Grillon sintió que se le doblaban las rodillas. Los ojos arrasados en lágrimas le quemaban y los gemidos se le agolpaban en el pecho. Se mordió los labios con fuerza y el sabor de la sangre le calmó un poco. Tenía que mantener la compostura; era lo único que podía hacer por ella.

Cuando el verdugo colocó la cuerda en torno al cuello de Madeleine, los espectadores estallaron en un rugido indignado. Habían acudido de varias leguas a la redonda, desde las villas de Mouy, Clermont e incluso desde más lejos, para ver quemar a una bruja, y si el verdugo la estrangulaba antes de encender el fuego no podrían verla retorcerse entre las llamas. El magistrado Renaud se inclinó sobre Cordelier y murmuró:

—Quizá deberíamos dejar que la mordiera un poco el fuego antes de estrangularla. Ha venido mucha gente.

Pero el parisino hizo un gesto desdeñoso con la mano para indicar al verdugo que siguiera con lo establecido. El heraldo avanzó dos pasos y comenzó a leer en voz alta la confesión de la condenada. La multitud arracimada a los pies de la iglesia guardó silencio para escuchar la truculenta enumeración de crímenes contra vecinos, ganado y cosechas de los que se hacía responsable la bruja. Los arqueros de Senlis y la guardia que Cordelier había traído de la capital vigilaban para que no se produjeran desórdenes. Y Grillon adivinaba que también para custodiarle a él. Para obligarle a asistir a la ejecución hasta el final, en aquel estrado, tal y como le había ordenado el magistrado.

Ésa era la forma de empezar a hacerle pagar. Estaba seguro de que no había logrado engañar a Cordelier. Y de que sus horas de libertad estaban contadas.

Dos días atrás, un guardia había ido a buscarle a la posada donde estaba alojado Serres y le había conducido hasta el improvisado gabinete de trabajo que compartían los dos magistrados. Cordelier estaba solo. Apenas había levantado la cabeza de los papeles un momento para pedirle que bajase a la celda de Anne Bompas a reanimarla y ocuparse de sus lesiones. Quería que estuviera lista para aguantar otra sesión de tortura.

Grillon había abierto la boca para protestar. La ley exigía la presencia de un físico siempre que se sometiera a un prisionero a la cuestión. Tenían que haberle llamado antes de proceder. Pero no se había atrevido a decir nada. Sabía que sería inútil y aquel hombre de maneras suaves y tono de voz plácido, que actuaba como si tuviera carta blanca, le producía escalofríos. Pero sobre todo, la noticia de que Madeleine había sido condenada e iba a morir en la hoguera le había arrancado de cuajo toda voluntad.

Había encontrado a Anne Bompas acostada en el suelo desnudo de su cuarto. Parecía un guiñapo marrón que alguien hu-

biera arrojado en un rincón y luego hubiera olvidado. Se arrodilló a su lado. El vendaje que le había colocado en los pulgares
destrozados estaba intacto. Pero su pierna derecha era un amasijo
de carne sanguinolenta. Le habían aplicado el tormento de los
borceguíes.

Reanimar a aquella mujer malherida era un acto de crueldad.
Pero no se atrevía a desobedecer. Había introducido una mano
bajo el cuello de Anne Bompas, con suavidad, e inesperadamente
la mujer había abierto los ojos. Su voz era tan tenue que había
tenido que apoyar el oído sobre sus labios secos para entender.
Cuando por fin había escuchado su ruego, había retrocedido espantado. Pero luego se había retirado a un rincón de la celda,
había rezado para pedir consejo y había comprendido que Dios le
perdonaría.

Había abierto uno de los viales que llevaba consigo, resuelto, y
había ayudado a la mujer a beberse la droga. Anne le había dado
las gracias antes de cerrar los ojos. Después de diez minutos Grillon se había levantado, muy despacio, había estirado las rodillas
entumecidas y había salido de la celda.

Nada más cerrar la puerta se había topado con el magistrado.
No había podido hacer nada, le había dicho. Anne Bompas estaba
muerta. No sabía explicarle qué había sucedido. La mujer tenía
una constitución débil y seguramente el corazón, sometido a tanta tensión, le había fallado.

El heraldo terminó de leer su confesión y el verdugo la guió hasta la silla de hierro, la ató de pies y manos y comenzó a cubrir su
cuerpo con paja. Madeleine se dejó hacer, inmóvil. Tenía mucho
miedo. Pero no le quedaban fuerzas ni siquiera para rogar. Intentó
abrir la boca y sintió que le faltaba el aire. El ejecutor le había
ajustado al cuello la soga.

Uno de los capuchinos se acercó a ella y la roció con agua
bendita. Luego se giró hacia la concurrencia y rogó a los congregados que rezasen una Salve por el alma de la condenada. Un
murmullo sordo y escalofriante se propagó entre la multitud.

A Madeleine le parecía que el sonido crecía y crecía, acercándose a ella paso a paso y haciendo retumbar la tierra. Intentó revolverse y patalear pero tenía las piernas bien atadas. El rumor se iba haciendo cada vez más profundo, más sonoro, se estaba convirtiendo en un estruendo. Aquello no tenía sentido. Pensó con horror que iba a morir loca.

Entonces cayó en la cuenta de que no era ella la única que lo oía. La oración de los lugareños se había apagado. Las cabezas se habían vuelto hacia el camino de su izquierda y los labios estaban callados. No eran voces lo que escuchaba, eran cascos de caballo que bajaban al galope hacia la aldea.

Los aldeanos empezaron a empujarse y a embestirse unos a otros. Los que estaban en el interior del círculo querían abrirse paso hacia el exterior, mientras que los más alejados les empujaban hacia dentro para alejarse del ruido de los caballos. Algunos intentaban refugiarse en la iglesia. Sentada en su silla de hierro, Madeleine no veía nada. Las cuerdas no le permitían girar la cabeza. Un viejo cayó a sus pies empujado por la multitud. El verdugo, paralizado, permanecía a su lado, pero había soltado la soga.

Entonces Madeleine oyó el grito frenético del magistrado gordo:

—¡La bruja! ¡Estrangula a la bruja!

Bernard había desenvainado la espada nada más escuchar el estampido a lo lejos. Por todos los diablos, ya era hora. Intentó abrirse paso a empujones hasta la pira, pero la multitud corría en dirección contraria. Miró hacia el estrado. El magistrado Cordelier y el cura trataban de tranquilizar a la multitud. El juez de Senlis estaba de pie sobre su silla. Le vio gritarle algo al ejecutor, y apartó de en medio a un par de aldeanas de un revés.

El verdugo se dispuso de nuevo detrás de Madeleine y tomó la soga entre sus manos. Tensó los dos extremos y Bernard gritó, impotente.

En ese momento sintió un golpe brusco y cayó al suelo, empujado por un caballo. Un primer jinete había irrumpido en la plaza, adelantándose a los demás. Se abría paso entre la multitud, directo hacia la hoguera. Le vio apartarse un largo mechón de pelo de la cara y extender el brazo, armado con una pistola en la mano. Bernard reconoció al conde de Bouteville. Se vio un fogonazo y el verdugo cayó al suelo.

Olivier Grillon también gritó al escuchar la orden del magistrado. No sólo gritó, su mano derecha agarró del hombro al juez y le sentó de golpe en la silla. Un jinete solitario acometió a la multitud, y cuando oyó el disparo creyó que iba a desmayarse del alivio. Varias decenas de hombres a caballo protegidos con coletos de ante y petos de acero le siguieron al instante, abatiéndose sobre los guardias espada en mano. Una anciana y una mujer joven con un niño en brazos se tropezaron y cayeron al suelo. Los animales pasaron sobre ellos, esquivándolos a duras penas.

El primer jinete arrojó la pistola al suelo con displicencia, puso pie a tierra y, con una amplia sonrisa de satisfacción, echó mano a la blanca y se abalanzó sobre el primer guardia que encontró a su alcance. Los caballeros se arrojaban sobre los arqueros de Renaud y los hombres de armas de Cordelier, que apenas ofrecían resistencia. La milicia local era inexperta y estaba mal armada. Varios hombres arrojaban ya sus armas.

Bernard de Serres se abría paso hasta Madeleine a puñetazos. Cordelier trataba de hacer valer su autoridad y reclamaba al comandante de los asaltantes que se nombrara. Renaud seguía lanzando órdenes desesperadas:

—¡Que no se lleven a la bruja! —ordenó—. ¡Matadla!

Uno de los guardias se acercó a ella con una daga en la mano. Grillon no se lo pensó. Saltó del estrado. Recogió del suelo una espada, se lanzó contra el hombre y encogió el brazo para tomar impulso. Era la primera vez que empuñaba un arma.

El soldado, alertado por su alarido furioso, se giró justo antes de que descargara la estocada, sin tiempo de esquivarle. Grillon sintió cómo su hoja se hundía hasta la guarda en las tripas del tipo. Pero antes de que pudiese apartarse, su rival le agarró del brazo y le clavó su propia espada entre las costillas. El dolor le atravesó como un rayo.

Bernard vio a Grillon caer pesadamente al suelo. Corrió a su lado, se arrodilló y le sostuvo la cabeza.

El cirujano tenía la mirada vidriosa y su túnica negra estaba empapada a la altura del costado izquierdo. Un silbido funesto se le escapaba de los labios.

Bernard tragó saliva. Iba a morir en sus brazos.

—¿La he salvado? —preguntó Grillon.

Asintió con la cabeza:

—Os habéis portado como un hombre de armas.

No se le ocurría mejor elogio. Grillon comprendió e intentó sonreír:

—¿Puedo verla?

Bernard le ayudó a incorporarse.

A Madeleine parecía faltarle la respiración. No hablaba, sólo boqueaba angustiada y tenía los ojos clavados en el cirujano.

Los guardias habían arrojado las armas. Cordelier estaba sentado en una silla, mudo, y Lessay tenía al magistrado Renaud agarrado de la toga. De un empellón, le empujó abajo del estrado. El juez se irguió en el suelo e intentó protestar, pero el conde le calló de un golpe con la guarda de la espada.

Bouteville se acercó a Madeleine y le desató las manos.

—¿Veis? Ya está a salvo. —Bernard se inclinó de nuevo sobre Grillon. Pero el cirujano tenía el rostro inmóvil y las pupilas congeladas.

Le cerró los párpados con una mano y se puso de pie, con los ojos llenos de lágrimas.

Bouteville había envuelto a Madeleine en su capa y trataba de guiarla lejos de allí, pero ella permanecía rígida y paralizada, con la vista clavada en el cadáver de Grillon. Bernard se puso de pie y en cuanto se acercó, la niña se agarró a su pecho temblando como una hoja. El corazón le palpitaba igual que a un gorrión asustado.

No sabía a dónde la llevaban pero no le importaba mucho. Bastante tenía con contener todas las emociones que se agolpaban dentro de ella, aturdiéndola. Todavía sentía miedo. De que los guardias se lanzaran en su persecución, de que los dos jueces volvieran a llevársela, de las voces rudas de los hombres que cabalgaban en torno suyo. Pero a cada legua que recorrían iban ganando hueco dentro de ella un alivio y una euforia tímidos. Entonces empezaba a temer que todo fuera una ilusión. Cada vez que eso ocurría, agachaba la cabeza, agitaba los dedos de sus pies desnudos y se quedaba un rato mirándolos, fascinada. Estaba viva.

Pero eso no le impedía sentirse triste a la vez. Por su ama, en primer lugar. Después de una hora de marcha se había atrevido a preguntarle por ella a Bernard de Serres y el tiempo que éste había tardado en responder había sido suficiente para comprender. Por Olivier Grillon, que había muerto por defenderla. Pero sobre todo por sí misma. Ahora sí que estaba completamente sola, aún más que tras la muerte de su padre y de su hermano. Sin hogar, sin familia, sin amigos. Cuando se preguntaba qué iba a ser de ella a partir de ahora y quién la iba a cuidar, sentía una oleada de vértigo.

Una de las veces había estado a punto de escurrirse de la silla. Serres había detenido el caballo para preguntarle si se encontraba bien y le había pedido que se sujetara a él con más fuerza. Ella había obedecido y se había agarrado con toda su energía.

Sólo él había sido capaz de convencerla para que compartiera su montura.

El hombre que la había sacado de la pira había sido el primero en intentar subirla a su caballo, pero al verse en sus manos Madeleine había sentido un ataque de pánico. Y cuando el conde de Lessay se había acercado para tratar de serenarla, no había podido controlar la angustia y había intentado escapar. Al único que toleraba cerca era a Serres.

A media tarde llegaron por fin a un castillo de cuento de hadas que se alzaba al borde de un lago. Serres le dijo que los duques de Montmorency se ocuparían ahora de ella, la ayudó a bajar del caballo y quiso llevarla en brazos hasta el interior, pero ella insistió en andar. Todo parecía tan irreal que necesitaba sentir bajo sus pies el frío de las piedras duras del patio.

Una mujer pequeña y fea, vestida de brocados, se acercó hasta ella y la envolvió en una capa de terciopelo. Tenía los ojos más suaves del mundo y, aunque era mucho más joven que su vieja Anne, el tacto de sus manos le recordó a las suyas. Inmediatamente se sintió más segura. Del brazo de Serres, la siguió hasta el interior del castillo y subió unas escaleras hasta una habitación espaciosa y confortable, bañada por la luz cálida del atardecer. Las cortinas del lecho y de las ventanas estaban entretejidas de flores y había un fuego vivo en la chimenea.

La dama le transmitía una dulce sensación de paz y consuelo. Cuando se quedaron a solas, dejó que la despojara de su túnica blanca y que le ayudara a ponerse una camisa limpia que olía a flores de lavanda. Luego la acompañó hasta la cama, la arropó y le dio a beber una tisana de hierbas. Tenía un sabor dulzón muy parecido al de la infusión que le había preparado su ama la última noche que habían pasado juntas en Ansacq.

Pensar en Anne la hizo llorar otra vez.

La dama se sentó junto a ella, sobre la cama, y le acarició la cabeza rapada como una madre a un niño enfermo, hasta que los ojos se le fueron cerrando.

La duquesa de Montmorency esperó a que la respiración de Madeleine se hiciera honda y sosegada antes de levantarse de la cama. No tocó las cortinas. No quería que se asustase si se despertaba de repente y se encontraba sola y a oscuras. Salió de la habitación y cerró la puerta con cuidado.

El gentilhombre gascón que la había traído en su caballo, el mismo que les había alertado de la detención, aguardaba apostado al otro lado de la puerta. Desde luego, su rostro no estaba hecho para ocultar emociones. El desasosiego que reflejaba era tan transparente como la mirada de sus ojos agitados. El contraste con su cuerpo recio y de aires toscos tenía algo de enternecedor.

Le tomó del brazo para bajar las escaleras. En distintos rincones del palacio, los hombres que habían tomado parte en la expedición de Ansacq discutían en corrillos, fanfarroneando de su hazaña.

—¿Mademoiselle de Campremy se encuentra mejor? —preguntó el gascón, con voz ronca.

—No os inquietéis. Se pondrá bien.

Le vio dudar un momento antes de atreverse a llevarle la contraria:

—Pero, y si el rey ordena… Monsieur de Lessay dice que…

Felicia sabía perfectamente lo que había dicho Lessay.

Había regresado de París furioso con el rey, con el cardenal y una amplia caterva de santos, acompañado por una docena de gentilhombres y decidido a sacar a Madeleine de Ansacq por la fuerza.

El único apoyo que había recibido en la Corte había sido el de María de Médici. La madre del rey le había llamado a su presencia mientras preparaba su regreso, dispuesto a actuar por su cuenta. Le había asegurado que la historia la había conmovido y que trataría de interceder, pero su hijo era tan obcecado que no creía que lograra convencerle. Así que le había alentado a cumplir con su propósito e impedir aquella injusticia como fuera.

Pero Luis XIII no aceptaba alegremente que nadie desafiara su autoridad. Aquello iba a traer consecuencias.

—No os preocupéis —dijo para tranquilizar al gascón—. Eso ya está resuelto. Mademoiselle de Campremy saldrá hacia la Corte de Lorena tan pronto como descanse. Allí estará a salvo.

Le escuchó suspirar, aliviado, y sonrió. El empeño que había puesto aquel muchacho en el asunto había contribuido en buena parte a impedir el desastre. Pensó en recompensarle de algún modo, y de momento le pidió que la acompañara hasta la habitación de su esposo.

Le encontró sentado cerca del fuego junto a Lessay y Bouteville. Se le veía más entero y sus mejillas tenían mejor color, observó con satisfacción. Sus fiebres la habían tenido preocupada. Pero hablar de armas y ofensivas había bastado para hacerle recobrar la energía.

La noche anterior, en la cama, su marido le había contado los planes: Serres permanecería en el pueblo, para poder avisarles si había alguna noticia; y Bouteville y Lessay saldrían de madrugada para emboscarse con los hombres llegados de París en las inmediaciones de Ansacq, aguardando a que sacaran a mademoiselle de Campremy de la prisión y la condujeran a la iglesia para quemarla.

Él quería participar más activamente en el rescate y proporcionar hombres propios. Pero Felicia le había convencido de que debía mantenerse al margen. Oponerse al rey de aquel modo no era ningún juego. Y Lessay y Bouteville tenían fuerzas más que de sobra para rescatar a mademoiselle de Campremy por sí solos. La niña no era responsabilidad suya. Que los dos insensatos que tanto se habían divertido apostando con su virtud afrontaran las consecuencias. Él cumplía más que de sobra acogiéndolos en su casa a su regreso. Pero en cuanto la muchacha se recuperara, debía partir para Lorena sin perder tiempo. Allí no podía quedarse.

Su esposo había tratado de oponerse a sus razonamientos. Por generosidad, por valentía y por amistad. Pero ella no había cesado hasta arrancarle la promesa de que la obedecería. Sólo entonces se había acurrucado entre sus brazos para dormir, feliz de sentirle a su lado.

Había amado a aquel hombre desde la primera vez que había puesto los ojos en él, siendo una niña. Y eso la había hecho sufrir durante muchos años. Ella no era ninguna belleza. Y su marido, tan espléndido, tan noble y audaz, era también un galanteador incansable y presa fácil de los sentidos. Tan pronto requebraba a una de las damas que ella tenía a su servicio, como atravesaba media Francia para arrojarse a los pies de una amante, dilapidaba fortunas para contentar los caprichos de otra o proclamaba a los cuatro vientos su enamoramiento de la reina Ana de Austria. Incapaz de retenerle durante mucho tiempo, la duquesa sólo le había pedido que no le mintiera, que la considerara su amiga y su compañera; y había aprendido a ocupar su espíritu en obras de caridad durante sus largas ausencias y a disimular la pena en las larguísimas cartas que le escribía.

Pero sus padecimientos habían terminado. Su paciencia había sido recompensada. Por fin poseía el corazón de su esposo del mismo modo en que él poseía el suyo. Ahora era a ella a quien miraba con la pasión con la que antes miraba a otras, a sus brazos a los que soñaba con regresar cuando estaba guerreando y su cama la que compartía todas las noches. Nunca más le dejaría escapar.

Bernard se quedó a cierta distancia del grupo, de pie junto a la ventana. En realidad, lo que le apetecía era estar a solas y dar un paseo por el bosque sin pensar en nada. Pero era consciente de que la duquesa de Montmorency le había introducido allí como una muestra de estima y no quería ser desagradecido. Los tres hombres discutían con voces tensas. En lo único en lo que parecían de acuerdo era en enviar a Madeleine fuera de Francia. Lessay había hablado con el duque de Chevreuse antes de salir de París y éste se había encargado de prevenir a su pariente, la duquesa de Lorena, para que la acogiera en la capital de su pequeño estado, fuera del alcance de la jurisdicción real.

Bouteville le hizo una seña para que se acercara y le alargó un vaso de vino caliente. Durante todo el trayecto hasta el castillo no había parado de vanagloriarse de su fulgurante galope y su providencial intervención. Pero ahora tenía el semblante serio. Montmorency se esforzaba por convencerles a él y a Lessay de que salieran también de Francia:

—Es lo más prudente. Si os quitáis de en medio, en unas semanas, un par de meses a más tardar, el rey os habrá perdonado, messieurs. Por lo que decís, seguro que su madre habla en vuestro favor y otros se le unirán. Volved a París a restregarle vuestra desobediencia en las narices y es capaz de dejar que os pudráis diez años en la Bastilla. Cualquiera diría que no le conocéis.

Él mismo, a pesar de que no había tomado parte directa en el asunto, pensaba mantenerse lejos de la capital hasta que pasara la tormenta. Por si acaso.

Su esposa le puso una mano en el hombro, para mostrarle su apoyo, y el duque la miró a los ojos con ternura y le acarició el rostro. Bernard no podía dejar de maravillarse de que aquella dama contrahecha hubiera conquistado el amor y la fidelidad de su marido. La duquesa Felicia podía ser una de esas mujeres a las que no acudía buscando consuelo y refugio, pero resultaba sorprendente que pudiera colmar a un hombre lleno de energía y pasión como Montmorency.

—Bruselas no está lejos —murmuró Lessay. Parecía casi convencido.

—Sang de Dieu. —gruñó Bouteville—. El error ha sido ir a París a pedirle al rey que interviniera. Si hubiésemos solucionado el asunto nosotros solos desde el principio, sin solicitar ayuda a nadie, su preciosa autoridad seguiría intacta.

—Si eso es lo que pensabais, podíais haberlo dicho hace tres días. Me habríais ahorrado el viaje —replicó Lessay—. Y no sé a cuento de qué ponéis tantas pegas ahora, no será la primera vez que salís corriendo a Flandes para escapar del rey.

Bouteville se puso en pie de golpe:

—¿Me estáis llamando cobarde? —Bernard, que se había recostado contra la chimenea, se enderezó, sobresaltado. A su entender, Bouteville había hecho lo prudente escapándose a Bruselas después de aquel famoso duelo que tanto había irritado al rey el año anterior: quitarse de en medio y no empeorar las cosas a base de desfachatez. La prueba era que en unas semanas todo había quedado olvidado y había podido regresar a París.

La situación no era ahora muy distinta. Pero los ánimos estaban susceptibles.

—Primo, sentaos —intervino la duquesa, conciliadora—. Sabéis de sobra que nadie piensa que seáis un cobarde.

—Disculpadme, madame, no pretendía buscar querella —respondió Bouteville con voz suave. Se volvió de nuevo hacia Lessay—. Y para demostrarlo estoy dispuesto a acompañaros del brazo, mañana mismo, a donde me digáis. Al Louvre, por ejemplo. A los apartamentos del rey, si nos dejan llegar. Y si tenéis cojones.

—Dejaos de bravatas, Bouteville —exigió el duque.

—Sensatez, messieurs —rogó su esposa.

Pero Lessay y Bouteville seguían observándose fijamente. Y no parecían furiosos, ni siquiera molestos, el uno con el otro. Más bien tenían el mismo brillo desafiante en la mirada de dos zagales que se estuvieran retando a tirarse al río desde la piedra más alta. Bernard sabía bien lo que era eso. Él mismo se había hartado de ganar desafíos semejantes cuando era un crío a costa de toda una colección de chichones, brechas y algún que otro hueso roto.

—A París, entonces —pronunció Lessay, con una media sonrisa. Luego se giró hacia él—. Serres, descansad cuanto podáis y preparaos. Vais a escoltar a mademoiselle de Campremy hasta Lorena.

Cuando Madeleine despertó, la dama dulce y amable seguía sentada a su lado. Fuera estaba oscuro, pero la señora le dijo que estaba a punto de amanecer. Eso significaba que había dormido sin parar desde la tarde, sin desvelarse ni sufrir pesadillas.

La duquesa de Montmorency, ahora se daba cuenta de quién era aquella señora, le puso una mano en la frente y le dijo que iban a llevarla fuera de territorio francés, a la Corte de Lorena. ¿Sabía dónde estaba? Sí, respondió Madeleine, en la frontera del noreste, cerca del Rin. Pero ella no quería marcharse. No conocía a nadie tan lejos.

Aunque tampoco tenía ya a nadie en Ansacq. Hasta sus criados y sus vecinos de siempre le daban miedo. Y a París no quería volver. Madame de Montmorency insistió en que en esas tierras lejanas la cuidarían y se ocuparían de ella. Y, sobre todo, estaría a salvo del rey. La duquesa Nicole de Lorena era pariente del duque de Chevreuse. Y muy joven, casi de su edad.

Madeleine acabó aceptando, dócil, y dejó que dos criadas la vistieran con ropas de viaje, cálidas y confortables. Al otro lado de la puerta Bernard de Serres la estaba aguardando para acompañarla al coche. Sintió un gran sosiego y el corazón mucho más arropado al verle.

Serres había ido a buscarla a la prisión. La había rescatado de las llamas. Y no había tenido nada que ver en la burla horrible del conde de Lessay. Su presencia la hacía sentirse segura. Sin saber muy bien lo que hacía, le tendió su manita, pequeña y blanca, y él la atrapó entre una de las suyas, grande y fuerte. No le preocupaba que el gesto pudiera parecer inconveniente. Lo único que quería era sentirse a salvo.

Pero la duquesa se interpuso entre ellos, desprendió sus dedos con dulzura y le hizo apoyar la mano en el brazo de Serres, en una actitud mucho más decorosa. A ella no le dijo nada, pero vio que a él le miraba con reconvención.

Un carruaje rodeado por media docena de hombres a caballo la esperaba en el patio. Por un momento temió que el conde de Lessay o alguno de sus amigos estuviesen allí también para despedirla, y se quedó rígida al pie de la escalera. Madame de Montmorency comprendió de inmediato lo que le ocurría:

—No te preocupes, Madeleine, no hay nadie más. —Aquellas palabras despertaron un cosquilleo extraño en su interior. La duquesa la había llamado por su nombre de pila, en un tono de cercanía con el que sólo la habían hablado a lo largo de su vida su familia y su vieja ama.

En el interior del coche la aguardaba una dama que iba a acompañarla durante todo el viaje. A Madeleine le hubiera gustado que Serres viajara dentro, con ellas, pero la duquesa insistió en que era mejor que las dejara espacio para estar más cómodas y las escoltara a caballo. Se acercó a la portezuela para despedirse de ella, le besó la frente y le tomó las manos con cariño. Madeleine sintió que deslizaba un objeto duro y redondo entre sus palmas:

—Guardadlo a buen recaudo. La única persona que debe verlo es la duquesa de Lorena. Mostrádselo en cuanto lleguéis. Os protegerá —le susurró al oído.

El coche se puso en marcha.

Madeleine no se atrevió a mirar qué era lo que le había entregado la duquesa hasta después de un rato largo, cuando vio a la dama cabecear dormida a su lado. Entonces abrió uno a uno los dedos y descubrió un medallón de plata en la palma de su mano. Tenía grabado un símbolo parecido a una rueda de tres picos con una estrella en el centro.

II

O ros incandescentes, azules fastuosos, verdes bizarros, plata vibrante y arrebolados carmesíes. A los pies de Gabrielle d'Estrées, duquesa de Beaufort, desplegaban sin recato su esplendor las sedas de Milán, los tafetanes bordados de Tours y los satenes de Brujas que el pañero y sus ayudantes habían ido extendiendo sobre el suelo de la estancia, al sol de las primeras horas de la tarde, para que destacara más su magnificencia.

La duquesa acarició un retal de damasco en oro y azul turquí sobre tela de nácar. Tenía los dedos hinchados y el anillo que lucía en uno de ellos se le clavaba en la carne. Pero se habría dejado cortar la mano antes que quitárselo. Era una joya con una sencilla montura de oro y un diamante de tamaño generoso tallado en tabla. Pero su valor no podía medirse en libras ni escudos. Ni siquiera en doblones de a ocho.

Aquél era el anillo que el obispo de Chartres había deslizado sobre el cuarto dedo de la mano derecha de Su Majestad Enrique IV cinco años atrás, como símbolo de la unión indisoluble entre el monarca y su pueblo. El anillo de la Consagración. Y, desde que el último Martes de Carnaval el soberano se había desprendido de él para entregárselo delante de media Corte, representaba algo mucho más importante para ella: una promesa pública de matrimonio.

—Dejadme ver de nuevo el brocatel amarillo y plata. No,

357

aquél, el de las flores nogueradas. —El comerciante le acercó el tejido con una reverencia y lo depositó sobre sus rodillas—. ¿Qué te parece, Diane?

Su hermana tomó la tela entre las manos y la contempló un momento a la luz:

—¿Para el bautizo? Creí que serían flores de lis.

Ella sacudió la mano con una sonrisa tímida:

—Es para mí, no para el niño.

El brocatel amarillo era perfecto para el día del bautizo. Para el vestido nupcial había escogido terciopelo de España encarnadino bordado de oro y plata. Y carmesí para las paredes y la cama de su dormitorio del Louvre. Eran elecciones que había que hacer con tiempo, pero aun así despertaban en ella un incómodo temor supersticioso. Despidió al pañero y se quedó a solas con su hermana mayor y una dama de confianza.

—¿Te encuentras mejor? —preguntó Diane.

—Sí. Era fatiga nada más. —Pidió un espejo y se llevó la mano a las mejillas, descorazonada. Una malla de venas rojas que cada día se hacían más evidentes veteaban su tez blanquísima—. Estoy fea.

—Tonterías. —Su dama le sujetó un pálido mechón de pelo rubio que le bailaba sobre la sien con el peine de nácar y le sonrió, animosa—. Estáis tan bella como siempre.

—Y el cansancio, mi querida Gabrielle —añadió su hermana, acariciándole el vientre hinchado—, desaparecerá dentro de dos meses.

Su cuarto hijo. Suspiró. Si la decisión de Roma llegaba a tiempo, éste llevaría el nombre de la familia de su padre desde el día de su nacimiento. Y si era un niño, entraría en la línea sucesoria tras sus hermanos de inmediato.

—Tienes razón. —Se puso en pie con cierto trabajo y se acercó a la ventana. La primavera penetraba gozosa por los paneles entreabiertos, riéndose de los olores malsanos de la capital, y Gabrielle pensó en los alegres jardines del banquero Zamet, en la buena compañía y en las cenas exquisitas que preparaban sus cocineros. El prestamista la había convidado a cenar a su casa de la calle de la Ceresai aquella noche—. Creo que voy a aceptar la invitación de monsieur Zamet.

La residencia del banquero florentino estaba tan cerca que se podía ir caminando. Además, tenía la escolta de Hercule de Rohan y del joven Bassompierre. El rey los había enviado con ella a París para que la acompañaran y la hicieran sentirse protegida. Pero una silla de manos cerrada era la mejor opción. No quería arriesgarse por nada del mundo a que el populacho la viera.

La Duquesa de la Basura. Así la llamaban en las calles de la capital. La ramera del rey. Mientras en las iglesias los párrocos clamaban contra las putas y los alcahuetes de la Corte.

—Magnífica decisión.—Diane le plantó un beso en cada mejilla, ajena a sus preocupaciones, y se despidió para ir a arreglarse.

Gabrielle se quedó a solas con su dama y se dejó caer en una silla, junto a la ventana. Aunque no era verdad que estuviera cansada. Le había mentido a su hermana.

Era el alma lo que le pesaba.

—¿Creéis que hago bien en salir esta noche, Anne? Es Martes Santo. A lo mejor debería quedarme en casa, recogida.

—Hacéis muy bien. Necesitáis sacudiros esa melancolía. A Su Majestad no le gustaría saber que os pasáis estos días entre cuatro paredes, llorosa y triste.

—Su Majestad está en Fontainebleau, cazando y divirtiéndose con sus amigos. No encerrado en una ciudad donde todo el mundo le odia, como yo.

Su dama se arrodilló frente a ella y le estrechó las manos:

—Son sólo unos días. Antes de que os deis cuenta la Semana Santa habrá pasado y estaréis de regreso en Fontainebleau, entre sus brazos.

Anne era unos pocos años mayor que ella y tenía el talante desenvuelto y una lengua desembarazada, pero también sabía ser dulce y cariñosa. Su rostro delgado era quizá un punto demasiado cetrino, con unos pómulos altos y una barbilla puntiaguda. Pero tenía una sonrisa cálida y unos ojos color avellana, cordiales y francos. No era una belleza según los cánones, pero muchos hombres la encontraban atractiva.

Gabrielle la había conocido un par de años atrás, cuando Anne estaba al servicio de su hermana Diane. Casi de inmediato habían trabado amistad. Y en poco tiempo había decidido que no podía pasarse sin ella.

—¿Y si estos pocos días bastan para que le hagan cambiar de opinión? El rey no es hombre al que le guste tener la cama vacía, ni siquiera una semana. Monsieur d'Entragues no hace más que pasear a su hija allá donde Su Majestad tenga ocasión de admirarla. Y no es el único. Hay demasiada gente que desearía ver a otra en mi lugar.

—Pamplinas. —Anne se puso en pie y la reprendió con voz alegre—. Esas bellezas vulgares no valen más que como remedio a una noche de calentura. El rey os ama. Le habéis dado tres hijos. Y pronto llegará el cuarto.

Gabrielle permaneció en silencio mientras su dama se afanaba en un rincón de la estancia y regresaba junto a ella con un paño de lino y un frasco de agua de lavanda y pomelo en la mano. Cerró los párpados y dejó que se la aplicara sobre el rostro, por el cuello y por dentro de las muñecas para refrescarla, intentando convencerse de que no tenía motivos para alarmarse.

A pesar de que aquella mañana, al despedirse del rey a la orilla del Sena, había tenido la avasalladora certeza de que no volvería a verle. Y había visto en sus ojos que él también dudaba, que su llanto desangelado le conmovía y que si insistía un poco más le convencería para que no la arrancara de su lado.

Sintió cómo una gota de agua de olor le resbalaba sobre los labios y la recogió con la punta de la lengua:

—¿Habéis consultado alguna vez con un adivino? —preguntó, con los ojos aún cerrados.

Se hizo un breve silencio:

—No, madame. Prefiero no saber qué es lo que me depara el cielo. Creo que es más sensato.

—Yo sí. Varias veces. ¿Y sabéis lo que me han repetido una y otra vez desde que era casi una niña? —Aguardó unos instantes hasta que comprendió que Anne no iba a contestar—. Siempre lo mismo, casi palabra por palabra: que no me casaré más que en una ocasión y que un niño impedirá que se cumplan mis esperanzas.

Abrió los ojos. Su amiga seguía de pie frente a ella, con el frasco de cristal en la mano y la boca fruncida. Sin duda buscaba una frase piadosa con la que levantarle el ánimo, pero se la notaba impresionada:

—Más tonterías —dijo por fin—. Además, a los ojos de Dios nunca habéis estado casada. Y las profecías suelen ser traicioneras. Raro es que se resuelvan de la manera en que uno piensa. ¿Conocéis la historia de la reina Catalina y los augurios de Saint-Germain?

Gabrielle negó con la cabeza y esbozó una sonrisa medrosa. Había conocido a la vieja reina Catalina de Médici cuando ésta era ya una anciana y ella no era más que una adolescente apocada de visita en la Corte. Todo el mundo sabía que la madre de los últimos reyes Valois había sido una mujer supersticiosa, que hacía gran caso de agüeros, horóscopos y premoniciones.

Tanto que cuando un adivino le había pronosticado que moriría a poca distancia de Saint-Germain, la vieja reina había abandonado el palacio de las Tullerías, que ella misma había mandado construir unos años antes, porque se encontraba demasiado cerca de la iglesia de Saint-Germain, le explicó Anne. Y nunca más había querido acompañar a la Corte al castillo de Saint-Germain-en-Laye.

—La muerte le llegó en la ciudad de Blois, lejos de cualquier lugar con ese nombre —continuó su dama—. Sintiendo que le quedaban pocas horas de vida, pidió la extremaunción. El abad del castillo acudió de inmediato junto a su cabecera. Era un hombre joven y la reina Catalina no le conocía. Cuando se presentó, le dijo que se llamaba Julien de Saint-Germain.

Gabrielle se estremeció. Era verdad que el cielo tenía extrañas maneras de cumplir sus promesas. Y no había manera alguna de saber si allá arriba tenían en cuenta o no su primer matrimonio. Al fin y al cabo, no había sido más que una farsa y nunca había sido consumado.

Se puso en pie y se acarició el abultado vientre con ambas manos. Estaba perdiendo la cintura embarazo tras embarazo y odiaba la apariencia de su rostro abotargado cuando se miraba en los espejos. Su cutis de porcelana, delicado y distinguido, había sido siempre su mayor atractivo. Ella no tenía una belleza picante ni llamativa. Nunca había sabido seducir ni arrastrar miradas a su paso como otras, más chispeantes y voluptuosas. Pero las mujeres de su familia le habían enseñado desde muy joven cuáles eran sus tesoros: su piel blanquísima, su espesa cabellera rubia, sus ojos azules, casi transparentes, y la gracia suave de su figura. Y había descubierto, con sorpresa, que podía cautivar a los hombres sin necesidad de hacer nada.

Desde luego, para alentar la pasión del rey no había hecho ni el más mínimo gesto.

No porque le tuviera un especial apego a su virtud. Entre su parentela nunca se le habían hecho remilgos a la galantería. Su madre había abandonado a su padre por un amante. Su tía dividía sus atenciones entre un esposo complaciente y el canciller de Cheverny. Y su hermana Diane había mantenido más de una relación amorosa antes de casarse.

Gabrielle había conocido al soberano a los dieciocho años. A esa edad ya estaba más que acostumbrada a recibir atenciones masculinas. Monsieur de Stavay era su pretendiente más constante y monsieur de Longueville el de más ilustre nombre, pero Roger de Saint-Lary, señor de Bellegarde, era joven y apuesto. Era a él a quien había escogido. Sin contar con que también era vano. Y el muy imprudente no había podido resistir el impulso de exhibir su conquista ante su rey.

A Gabrielle, Enrique de Navarra no habría podido parecerle menos impresionante. El monarca le sacaba veinte años y era un hombre de estatura mediana y rostro gastado, con la barba entrecana, mal vestido y peor aseado. Tenía los modales rudos y la risa grosera de un soldado. Y a pesar de que Enrique III, el último soberano de la dinastía de los Valois, le había nombrado su sucesor en el lecho de muerte, aún no era un verdadero rey. La mitad de la nación no le reconocía, y aunque la guerra se inclinaba a su favor, ni siquiera había podido pisar la capital: París se negaba a abrirle sus puertas a un hereje hugonote.

Sus atenciones le habían cosquilleado un poco la vanidad, pero sobre todo la habían incomodado. Más aún cuando su apuesto Bellegarde le había contado que el monarca se había prendado de ella y le había insinuado que quería que se la cediera, como si fuese una vulgar mercadería. Gabrielle se había olvidado de su habitual mansedumbre y le había dicho sin ambages al soberano que se olvidara de ella: no pensaba claudicar de ningún modo.

Pero el navarro no aceptaba las negativas con facilidad. Días después, Gabrielle paseaba por la galería del castillo de Couvres junto a su hermana Diane y había visto acercarse a un campesino, vestido con un humilde blusón y calzado con zuecos, que cargaba un saco de paja sobre la cabeza. De pronto había reconocido al rey disfrazado y, horrorizada, le había espetado que no se sentía capaz de soportar por más tiempo la visión de un hombre tan feo, le había apartado de sí con vehemencia y se había retirado a sus habitaciones.

Habían sido su padre y su hermana quienes la habían forzado a aceptar aquella misma noche que sólo una egoísta descerebrada sería capaz de privar a una familia de mediana nobleza como la suya de todos los beneficios que una relación estrecha con el monarca podía granjearles. Si estaba enamorada de otro, qué más daba. Nada le impedía seguir tratándolo mientras el rey guerreaba aquí y allá.

De modo que Gabrielle había hecho de tripas corazón y había acogido en su lecho a un nuevo amante, maloliente y sifilítico, pero con corona real. Al final, no había sido tan duro. La guerra le mantenía lejos de ella casi todo el tiempo, y en los asaltos amorosos su aguante nunca había estado a la altura de sus ardores.

Eso sí, a ella habían tenido que buscarle un marido complaciente para cubrir las apariencias.

A cambio de unos cuantos acres de tierra, el barón de Benais había aceptado firmar el contrato de matrimonio que le habían puesto delante y cargar con los cuernos públicos.

Y los beneficios habían empezado a llegar. Extravagantes y desmedidos. Para ella y para su familia. Junto a los versos torpes, las declaraciones apasionadas y las cartas encendidas de celos. El rey se reconcomía intuyendo que su amada seguía frecuentando al joven Bellegarde. Pero ella no estaba dispuesta a hacer ni un sacrificio más. Y el monarca estaba demasiado enfervorecido para abandonarla.

Sin embargo, al cabo de tres años todo había cambiado. Convertido por fin al catolicismo y ungido ante Dios como exigía la tradición, Enrique de Navarra había logrado abrir las puertas de París. Y ella había dado a luz a un varón.

Aquello había puesto punto final a todas sus incertidumbres, a sus infidelidades y a sus excusas. Lo que estaba en juego era demasiado importante.

A toda prisa, los tribunales habían anulado su matrimonio con el pobre barón de Benais, que había aceptado someterse a una farsa más y había reconocido en público su impotencia para que no quedaran dudas sobre la paternidad del niño. Y ella había recibido un título ducal que la había elevado al primer rango de la nobleza de Francia.

Así que, por poco que les gustase a los parisinos, la Duquesa de la Basura era la madre de los únicos hijos reconocidos de Su Majestad Enrique IV, rey de Francia y de Navarra.

Una boda era lo único que la separaba del trono.

Con mucho cuidado se sacó el anillo y se lo entregó a su dama para que se lo sujetara mientras ella se lavaba las manos con pasta de almendras.

—Fuera pensamientos tristes —exhortó su amiga, con una sonrisa afectuosa—. Ahora vamos a disfrutar de la cena y de la compañía en casa de Zamet. Su jardín debe de ser lo más parecido al edén en esta época del año. No hay mejor receta para un ánimo melancólico que el aroma de los jacintos y las lilas al anochecer.

Anne le insistió para que se aplicara un poco de carmín en los labios y las mejillas, y la animó a que se contemplara una vez más al espejo. Descansada, la imagen que reflejaba el azogue no le desagradó tanto.

Pensó un momento en el hombre que ya consideraba su esposo, tal y como lo había visto aquella mañana a la hora de la despedida, fatigado y mortecino después de una noche de mal sueño. Una década de reinado le había desgastado aún más que todos los lustros de guerras. Llevaban más de ocho años juntos. Y nunca había llegado a sentir por él ni una pizca de pasión. Pero el tozudo navarro había acabado ganándose su cariño y su apego. Gabrielle conocía todas sus debilidades. Le había visto llorar por la traiciones de los amigos, de cansancio y de soledad. Sabía de sus anhelos y de sus insatisfacciones, de su necesidad de ternura y de su calidez. Hacía años que ni siquiera veía su fealdad.

Estaba más que preparada para convertirse en su esposa. Tenía la corona tan cerca que podía acariciarla con las yemas de los dedos.

Todo lo que faltaba era una carta de Roma.

Porque ella no era la única que había estado casada. Antes incluso de que ella naciera, en otra vida casi, él había contraído matrimonio con Margarita de Valois, hermana de Enrique III e hija de la vieja reina Catalina. Su unión había sido un estéril fracaso y ambos vivían separados desde hacía más de quince años, como si su lazo no hubiera existido nunca.

Pero existía. Y seguiría existiendo mientras no llegara a sus manos la anulación papal.

Gabrielle volvió a colocarse el anillo en el dedo y suspiró. Ése era el único obstáculo que se cernía sobre sus esperanzas, envolviendo su corazón en una nube de dudas e incertidumbre.

* * *

Desde luego, la religión católica y el oficio de rey conllevaban más servidumbres y ritos farragosos de lo que era razonable que hombre alguno soportara. Él intentaba amoldarse. Era lo que había aceptado el día que le habían puesto la corona sobre la cabeza. Pero algunos sinsentidos conseguían ponerle de mal humor una y otra vez.

¿Qué lógica tenía tomar un baño en Jueves Santo, si acto seguido tenía que arrodillarse en el suelo y volver a mojarse para lavarles los pies a trece niños menesterosos? El rey Enrique IV estaba dispuesto a apostarse unos cuantos lustros en el purgatorio católico a que a Dios le resultaban tan incongruentes como a él los despliegues de humildad públicos y aparatosos, y así se lo hizo saber a su confesor, el jesuita Coton, mientras se desprendía de la gola almidonada y un lacayo le enderezaba las medias torcidas.

Lo más absurdo de todo el asunto era que las trece criaturas llegaban a su presencia, año tras año, más limpias y relucientes que un doblón recién acuñado. Todas las primaveras el obispado trillaba los hospicios en busca de niños sanos, sin rastro de tiña ni sarna, con los pies libres de hongos y rostros angelicales. Los que le habían tocado en suerte aquella tarde no habrían desentonado en un coro de querubines. Y estaba convencido de que los desollaban a restregones con esponjas y paños mojados antes de llevarlos a su presencia.

La llegada del capitán de su guardia de corps interrumpió sus reniegos:

—Aquí, Nérestan —exclamó, al verle entrar en la estancia—. Decidme, ¿hay mejores noticias?

El ceño sombrío del militar hizo que la voz se le encogiera en la garganta.

Aquella madrugada le habían despertado con malas nuevas de París. Hacía dos días, el Martes Santo, su dulce Gabrielle había cenado en casa del banquero Zamet, pero al poco rato se había sentido mal y se había marchado a descansar. Al día siguiente, algo repuesta, había asistido al Oficio de Tinieblas. Pero de repente la habían asaltado unos intensos dolores de cabeza y violentos ardores de vientre. La habían conducido con urgencia al priorato de Saint-Germain l'Auxerrois. Y poco después había empezado a sufrir convulsiones. De eso hacía casi veinticuatro horas y Nérestan era el cuarto mensajero que enviaba desde Fontainebleau para que le trajera noticias de su estado.

—Esta mañana la duquesa ha podido levantarse para tomar la comunión. Pero ha tenido que regresar a la cama. —El militar tragó saliva. Tenía el pecho agitado y el cuello sudoroso tras las veinte leguas de cabalgada y la carrera hasta sus habitaciones—. Se ha puesto de parto, sire. Los dolores han empezado sobre el mediodía. La fiebre es muy fuerte y la matrona dice que corren riesgo su vida y la del niño.

Un silencio frío y ominoso, como escapado de un sarcófago entreabierto, recorrió la estancia. El monarca tardó unos instantes en reaccionar. Se dejó caer en una silla. Su ángel querido, su dulce Biby.

Y no podía estar con ella.

Al despedirse de él, hacía dos días, Gabrielle se había agarrado a su cuello, temblorosa y con los ojos arrasados en lágrimas. Tenía el presentimiento de que no iba a volver a verle; lo había soñado y los adivinos le habían transmitido no sabía qué fatales augurios.

Pero no había otro remedio. Era lo prudente. Mostrarse piadosos. No provocar ni a París ni a la Iglesia exhibiendo su concubinato durante la Semana Santa. No disgustar al Papa mientras sus embajadores trataban de arrancarle la anulación de su primer matrimonio.

Pocos entre sus hombres más cercanos comprendían su empeño en casarse con Gabrielle. Unos se oponían por motivos religiosos, otros se indignaban de los favores que había recibido su familia, y los había que incluso se quejaban de que era insulsa y aburrida y no entendían la pasión que le despertaba, como si fueran ellos los que tuvieran que compartir su lecho.

Sólo había algo en lo que todos coincidían: una mujer de mediana nobleza y que procedía de una familia de dudosa reputación carecía de la dignidad necesaria para ser coronada reina. Burla para unos, ofensa para otros, la perspectiva de ver a sus bastardos legitimados y convertidos en herederos al trono estremecía a la mayoría. Y más que a nadie, a la que según la ley divina y humana era aún su esposa: Margarita de Valois, la prima lejana con la que le habían desposado a los dieciocho años, cuando nadie sospechaba que un día llegaría a ocupar el trono de Francia.

Margot y él habían sido aliados, enemigos, rivales... pero hacía casi veinte años que vivían separados, olvidados el uno del otro. Ella era estéril y nunca le había dado hijos, ni a él ni a ningún otro. Y estaba dispuesta a ayudarle a conseguir del Papa la anulación de su matrimonio. Pero para cederle la corona a una princesa de su mismo rango, no a una advenediza. No a Gabrielle. Si insistía en casarse con ella, se negaba a colaborar.

Él se escabullía pretextando que no había ninguna princesa casadera en Europa que resultara conveniente.

De las alemanas no quería saber nada. Eran todas bastas y corpulentas. Se negaba a pasarse el resto de sus días acostado junto a un tonel de vino. Las hijas de los países protestantes estaban descartadas. No faltaba más para que todo París pusiera el grito en el cielo y dudara de su conversión. Y ni soñar con que el rey de España se dignara concederle una infanta.

Pero el Gran Duque de Toscana hacía tiempo que le había ofrecido la mano de su sobrina y ésa era una candidata a la que era difícil ponerle objeciones serias. Era católica, los embajadores aseguraban que tenía un físico agradable y, lo más importante, su tío había prometido una dote capaz de colmar no pocos agujeros de la Hacienda francesa.

Sully, su ministro de Finanzas y su mano derecha en el Gobierno, defendía su candidatura con pasión. Y Margot también se había mostrado dispuesta a concederle la anulación si se decidía por ella. Pero él aún se defendía con la excusa de que el de los Médici era uno de los linajes de menor importancia de la cristiandad. Puestos a emparentar con una familia de comerciantes, bien podía casarse con Gabrielle.

—Hay una cosa más, sire. —El capitán interrumpió sus pensamientos—. Si estos señores tienen la bondad de dejarnos a solas, me gustaría hablar con vos un momento en privado.

El monarca alzó sus ojos aguados y ordenó que enviaran de inmediato a París otro correo. Quería estar informado día y noche del estado de la duquesa. Si su vida corría de verdad peligro, no le importaba el escándalo. Quería estar a su lado. Luego pidió que les dejasen a solas.

Nérestan carraspeó:

—Sire, por París corren rumores. Dicen que el martes, en casa del banquero florentino, la duquesa tomó para refrescarse un fruto de poncíro que le ofreció un criado.

—¿Y bien?

—Hay quien comenta que quizá estuviera envenenado. La ciudad está llena de enemigos de la duquesa que...

El rey le interrumpió sin miramientos, con un violento gesto de hastío:

—No quiero escuchar historias de venenos, ni de pronósticos de farsantes. *Ventre saint gris*, lo que la duquesa necesita es un físico juicioso y probado. No quiero ni un charlatán junto a su cabecera. Estoy harto de supercherías, Nérestan. Si algo conseguimos, no es más que provocar al cielo. Y ahora mismo necesito tenerlo de mi parte. —Había hablado con su tono de acero, el que sólo empleaba en contadas ocasiones. Pero cuando lo usaba no admitía discusión. El capitán agachó la cabeza, mohíno, y el rey suspiró—. Debería ir junto a ella.

Pero dudaba.

Gabrielle... Al principio aquella muchachita rubísima no había sido más que un capricho. Pero sin saber cómo se había convertido en arrebato y durante un tiempo casi en obsesión. Hasta que poco a poco los ardores de su bragueta se habían ido atemperando. Aun así, la quería a su lado como no había querido nunca a nadie. Era cálida, apacible y acogedora. Conocía su alma. No carecía de sentido común para juzgar las cosas de la religión y la política. Y, sobre todo, le había dado tres hijos. Dos de ellos varones.

Primero había llegado César, hacía cinco años, y luego Alexandre. Ambos le hinchaban el pecho de orgullo. Pero la pequeña Catherine era la dulzura y la delicadeza. El día de su nacimiento no había querido que la tocasen manos extrañas. Él mismo había puesto a calentar las mantillas y la había envuelto en ellas antes de mostrársela a su madre.

Claro que era consciente de la enorme osadía de que un rey que apenas había tenido tiempo de asentarse en el trono, un hereje converso de quien aún desconfiaban la mitad de sus súbditos, se casara con su amante y nombrara heredero al trono a un niño engendrado fuera del matrimonio. El Gran Bastardo, llamaban al pequeño César en las calles. ¿Y si Gabrielle concebía otro hijo varón una vez casados? ¿Quién poseería mejores derechos, el primogénito, fruto de un doble adulterio, o el benjamín? Y una vez abierta la disputa, ¿cuántos príncipes más surgirían reclamando para ellos la corona?

Sabía que empeñándose en casarse con Gabrielle corría el riesgo de plantar las semillas de una nueva guerra civil cuando las heridas del último conflicto aún supuraban.

Pero en otoño había estado enfermo. Muy enfermo. Una mañana de octubre se había acalorado jugando al mallo y las fiebres le habían enviado a la cama. El mal de Venus que padecía hacía tantos años había aprovechado su debilidad para atacarle con saña. Durante casi un mes había sufrido purgas y sangrías cotidianas hasta que, harto del estricto régimen, había decidido por su cuenta y riesgo que ya estaba restablecido.

El malestar que le había sacudido entonces había sido tan grande, tan violentos los vómitos y las pérdidas de conciencia, que la noticia de su muerte había circulado por París. Los físicos habían tenido que operarle de la uretra. Y el médico La Rivière le había confesado, en el secreto más estricto, que existía el riesgo de que no pudiera volver a procrear. ¿De qué le valdría entonces contraer matrimonio con ninguna princesa? Necesitaba casarse con Gabrielle y borrar la mancha que pesaba sobre el nacimiento del pequeño César. Asegurarse un heredero.

El capitán de su guardia de corps se balanceaba de un pie a otro:

—Sire, la vida de la duquesa está en manos de Dios. Lo único que podéis hacer es rezar.

* * *

El sudor y la espuma de la boca de la enferma habían teñido de mugre amarillenta el embozo de las sábanas de tal modo que su faz macilenta parecía aún más blanca.

Ya no le quedaba saliva ni savia alguna en las venas. Los labios eran dos heridas largas y cuajadas de grietas, y el dolor le había excavado las mejillas como si no tuviera dientes.

Pero lo más espantoso eran los ojos. Esos ojos azules que un par de días antes temblaban de vida, temerosos e ilusionados a un tiempo. Confiados en su amistad. Ahora permanecían completamente abiertos, clavados en el techo, descoloridos y ciegos. Hacía rato que la duquesa ni siquiera parpadeaba y su respiración era tan imperceptible que los médicos tenían que acercarle a cada rato un espejo a los labios para asegurarse de que seguía con vida.

Al menos había dejado de gritar.

Las primeras horas de la tarde habían sido terribles. El tormento había sido tan duro que la pobre miserable se había arrancado la piel de la cara con las uñas. Había quien no había podido resistirlo y había abandonado la estancia.

Anne de Monier no. Ella no se había separado de Gabrielle en ningún momento.

Aquella mañana, a primera hora, los médicos se habían rendido a lo inevitable: el parto no iba a llegar a buen término; y se habían resignado a ponerla en manos de los cirujanos, que habían tenido que extraer al niño a pedazos.

A eso del mediodía los inclementes alaridos de la duquesa se habían ido convirtiendo en jadeos. Con un hilo de voz, la desgraciada había pedido que avisaran al rey para que acudiera a desposarla in extremis y legitimara a sus hijos. Luego había perdido el habla, el oído después y, desde hacía un rato, también la vista. La muerte estaba siendo singularmente cruel con ella al retrasarse tanto.

Anne de Monier salió de la estancia. Cerró la puerta tras de sí y cruzó el corredor con la mirada baja. No quería enfrentarse a las miradas interrogantes de ninguno de los que aguardaban ansiosos el desenlace, unos con conmiseración, muchos con alivio mal disimulado. Si la hacían hablar, no lo resistiría y se quebraría como una rama marchita.

Descendió un tramo de escaleras y se asomó con disimulo a la estrecha ventana de ojiva. Desde la penumbra contempló la larga fachada lateral de la iglesia de Saint-Germain y a la multitud que hormigueaba a su sombra bajo la enorme luna naranja. Aunque era más de medianoche, los curiosos deambulaban de arriba abajo por la calle angosta, se amontonaban bajo el soportal del templo o intentaban colarse en el edificio del priorato cada vez que las puertas se abrían para dejar entrar o salir a alguien.

Introdujo la mano en la faltriquera y estrujó con dedos nerviosos el pedazo de papel que una criada le había entregado casi dos horas antes. Luego respiró hondo, se cubrió la cabeza con el paño oscuro que llevaba sobre los hombros y se llegó hasta la puerta trasera. La entreabrió discretamente y se coló por la abertura.

El jardín era pequeño. Unos pocos parterres, un banco de piedra, tres o cuatro árboles frutales y un emparrado. Un muro, con una puerta de madera disimulada entre la verdura, lo aislaba del muelle del Sena. Anne introdujo la llave en la cerradura y se encontró fuera de la casa sin tener que atravesar la multitud de curiosos callejeros.

La noche era tan suave como las de la primavera de su Provenza natal.

Caminó hacia el río, alejándose de la iglesia y de las opresivas callejas que la rodeaban. Dos sombras borrachas se cruzaron en su camino, riéndose y empujándose, a punto de arrollarla. Iban gritando algo sobre la Duquesa de la Basura y apremiándose mutuamente para llegar a tiempo de verla antes de que los demonios se la llevaran al infierno.

—Vosotros sí que sois basura —murmuró Anne entre dientes.

La orilla del Sena estaba tranquila y solitaria. A la luz rojiza de la luna se distinguía con nitidez la silueta de las barcazas vacías atracadas en el muelle y de los islotes cubiertos de hierba que rompían el curso del agua. A su izquierda, varios bloques de piedra tallada aguardaban a que finalizara la Semana Santa y se reanudaran las obras del nuevo puente que había de unir la orilla derecha del río con la orilla izquierda y la isla de la Cité.

Una silueta masculina se desgajó de los escombros. No les separaban más de una docena de pasos.

—¿Cómo se os ha ocurrido venir aquí? —susurró Anne—. Estáis loco.

—Os lo advertí. Os dije que si no respondíais a mis cartas vendría a buscaros.

Anne se escurrió bajo la sombra de los sillares y apoyó la espalda en la piedra:

—Sois un imprudente, monsieur, y un insensato. Si alguien hubiera visto a la criada entregarme vuestra nota... O si a ella se le ocurre decir algo. Hace rato que se ha desatado el frenesí. Los enemigos de la duquesa hablan de intervención divina. Y los otros están ya buscando culpables. Si me vieran entrevistándome en secreto con vos... —Intentaba ser severa pero, a medida que hablaba, la recriminación se había ido convirtiendo en lamento y la voz se le había inundado de lágrimas—. Cielo santo, es tan espantoso. No podéis haceros a la idea...

Las rodillas se le doblaron y hubiera caído al suelo si él no la hubiese recogido en sus brazos. Se sentaron juntos sobre uno de los bloques de piedra. Los sollozos la sacudían con tanta violencia que le dañaban el pecho y los pulmones. Él la acompañó en silencio, sosteniéndole las manos y besándole el cabello, estrechándola contra su cuerpo.

Finalmente Anne logró serenarse. Alzó la mirada para contemplar el rostro del hombre que la sostenía y que llevaba meses sin ver. Su marido. En la penumbra, apenas se apreciaban sus rasgos, pero se los sabía de memoria. La frente despejada, los ojos oscuros, altivos y llenos de fuego, los pómulos afilados, el pliegue orgulloso de unos labios mordaces y apasionados. Y la barba elegantemente recortada con la que cubría su cicatriz. Años atrás una bala le había atravesado la mandíbula mientras inspeccionaba una trinchera y le había roto varios dientes antes de volver a salir por el mentón.

—Esta tarde comentaban en un mesón de la puerta de Saint-Honoré que el martes estuvisteis en casa de Zamet, que la duquesa tenía calor y que un servidor del florentino le ofreció un fruto envenenado.

En su tono había una nota interrogante. Anne negó con la cabeza:

—El agua de olor. —Hizo una pausa significativa—. Durante una semana, día tras día. Sobre la piel, en los labios, en la ropa.

Un veneno insidioso, no demasiado rápido, pero potente e

implacable. Sin embargo, en ningún momento había pensado que fuera a ser así. Tan duro. Tan doloroso y violento. No había previsto que el parto pudiera adelantarse casi dos meses y hacerlo todo tan horrible.

—En fin. Ya está hecho. —La voz de su esposo tenía un timbre vehemente—. Podíais haberos negado, si hubierais querido. Os dije que os protegería de quien hiciera falta.

Anne sonrió a su pesar. Eso era todo lo que daba de sí la paciencia de aquel hombre que había atravesado media Francia sólo para verla de aquella manera, a escondidas. Siempre había sido incapaz de comprender que nadie se compadeciera demasiado tiempo por las decisiones que uno mismo tomaba. Y era un temerario. Le puso una mano sobre los labios:

—Chisss… No habléis así, por favor.

—¿Por qué no? Podríais haber dejado que el gañán del rey se casara con ella y nombrara heredero al bastardo. Y que rabiaran en Florencia.

Rió entre dientes y Anne tembló.

Pronto tendría que regresar junto a la moribunda. Le sobrecogía imaginar la reacción de alegría del pueblo de París cuando anunciaran su muerte. Los momentos de respiro que le quedaban junto a su esposo quería dedicarlos a pensar en otra cosa. Le pidió que le hablara de su castillo de Cadillac.

Su marido había decidido convertir la bronca fortaleza situada sobre un escarpe rocoso que dominaba el río Garona, a las afueras de Burdeos, en la más elegante residencia señorial de la región. El jardín iba a ser el más magnífico que se viera nunca, con un inmenso invernadero, refugios ocultos, grutas y parterres. Él mismo había diseñado un velador con una mesa de piedra para trabajar al aire libre. Enfrente pensaba hacer instalar una escultura de Neptuno que arrojara agua por todos los agujeros de su cuerpo. Todos, repitió con un guiño.

Anne fingió que se escandalizaba, pero sólo escuchar la pasión con la que él la hablaba de aquellas nimiedades, con su acento áspero y abrupto, la serenaba y aquietaba su congoja.

La gente decía que ella también tenía un deje marcado, aunque en su caso se trataba de la cantinela alegre y musical de la costa oriental de la Provenza. Anne de Monier era hija de un gentilhombre de poca fortuna, dueño de un minúsculo señorío encerrado entre el mar y las montañas, en las estribaciones de la Liguria.

En cuanto había podido, había escapado del terruño y se había instalado en Aix, donde había llevado una vida alegre y galante gracias a la amistad de la hija del presidente del Parlamento, que la había acogido en su casa.

Tenía algo más de veinte años cuando había llegado a la ciudad el nuevo gobernador designado por Enrique III de Valois: Jean-Louis de Nogaret, duque de Épernon. El depositario absoluto del favor real. El Medio Rey.

Anne se imaginaba un figurín amanerado, perfumado y empolvado, enjoyado de arriba abajo. Y, en efecto, el hombre de poco más de treinta años que había realizado su entrada ceremonial en Aix, el 21 de septiembre de 1586, bajo una cortina de lluvia inmisericorde, iba impecablemente vestido. Pero llevaba un traje sencillo y sobrio de tonos plateados, una gola pequeña y discreta, y no lucía ni una sola joya, ni siquiera una perla en las orejas. Tenía un rostro delgado y elegante, un bigote afilado y la mirada imperiosa.

A ella nunca la había considerado nadie una belleza. Pero no lo necesitaba. Atrevida, coqueta, con una conversación chispeante, la risa fácil y el talle bien formado, sabía cómo cautivar a los hombres. Aun así, por si acaso, dibujó una luna en un trozo de papel, escribió los nombres de ambos en su interior con tinta de mirra y lo arrojó al fuego.

Probablemente, más que del conjuro, fue cosa del generoso escote que lució durante la mascarada que el duque celebró en su residencia días antes de Navidad. Pero en cualquier caso, no habían terminado de llegar los invitados y ya había logrado que él le rogara al oído que se quedara a pasar la noche.

No hubo muchas más, a pesar de que el duque siguió persiguiéndola con fogosa insistencia durante las semanas siguientes. Anne le había buscado por placer, no por interés. No quería dejarse embaucar por un hombre que tenía una posición tan alta comparada con la suya y podía desaparecer de un día para otro. Y había hecho bien, porque sólo unos meses después el flamante gobernador había abandonado la provincia para casarse con una sobrina del condestable de Montmorency.

Tardaría cinco años en volver, con el rey Enrique III muerto y enterrado, y la Provenza en plena rebelión, aprovechando los tiempos de caos.

El día de su retorno, una gigantesca nube púrpura cubría el cielo de Aix y una tormenta horrísona sacudía la ciudad. El viento hacía volar los tejados de las casas, arrancaba árboles de cuajo, y el granizo destripaba los campos.

Aquella misma noche él había acudido a buscarla, y esta vez Anne no se había escabullido.

—Yo también te echo de menos —admitió por fin, acariciándole el rostro—. Y lo sabes. Estar lejos de ti lo hace todo más duro.

Él le agarró la mano, le sujetó la nuca, acercó su rostro al suyo y la besó, primero despacio y luego larga y apasionadamente. Pero cuando su abrazo se hizo más intenso, Anne se tensó y le puso una mano en el pecho para apartarle. Su espíritu seguía aún en aquella habitación de muerte.

No eran remordimientos lo que sentía. No podían serlo, porque si el tiempo retrocediera volvería a actuar igual. Volvería a cumplir con su deber. Pero la sensación de pesadumbre que la carcomía era densa y calcinante, agotadora. ¿Cómo hacerle entender eso a un hombre que se vanagloriaba de no actuar nunca contra su conciencia? Aunque lo que ésta le dictara no fuera siempre lo que aconsejaban la caridad o la prudencia.

Él insistió. Se apoyó en una rodilla y se inclinó sobre ella, besándole el cuello y rebuscando con una mano por debajo de las faldas. Anne retrocedió sobre su asiento, remisa, pero Jean-Louis la agarró de las caderas y la recostó contra la piedra, enterrando el rostro en su garganta.

Ella era incapaz de responder a las caricias cada vez más apremiantes. Sentía sus dedos duros clavándose en su carne agotada, la

aspereza de la barba sobre su piel seca, el peso de su cuerpo nervudo sobre sus huesos. Pero no tenía fuerzas para oponerse. Cerró
los ojos y se dejó hacer. Sintió cómo él rebuscaba entre las ena-
guas y le abría las piernas, escuchó su respiración sedienta y notó
una mano que trasteaba con el cierre de los calzones. Apretó los
párpados, ausente, y de pronto escuchó una voz tonante e inesperada, insertando un juramento tras otro en gascón:

—*Po' cap de Diu e deu diable!* ¡Parece que sois vos la muerta!
¿Cómo queréis que haga nada en estas condiciones?

Ella le miró, en silencio, sin muchas esperanzas de que la comprendiera. Su marido soltó un bufido resignado y se remetió la
camisa.

Anne se puso de pie, pero él le agarró la falda con una mano:

—Venid a verme mañana. —La atrajo dos pasos hacia él—.
Os enviaré recado y os diré dónde os espero.

—Mañana comenzarán los funerales.

—¡*Mal de terre,* madame! Acabáis de asesinarla, ¿vais a llorarla
como si fuera vuestra madre? ¡Me he hecho doscientas leguas
para venir a veros!

—Y habéis hecho mal —respondió Anne, exhausta. Jean-Louis
siempre la había amado de una forma urgente e impetuosa, llena
de exigencias, y ella necesitaba reposo—. Por nada del mundo
debe enterarse nadie de que estáis en París. El rey sabe que no le
queréis bien. Si os encontraran aquí, escondido entre las sombras,
mientras la duquesa agoniza…

Él se encogió de hombros, indiferente.

—Me importan una mierda el rey y sus lacayos. Llevo casi un
año sin veros. —Hizo una pausa, cargada de significado—. Y no
le tengo miedo a nadie.

Anne sintió que el vello se le ponía de punta. Sabía que aquello era verdad. Jean-Louis había burlado en tantas ocasiones la
muerte que no era de extrañar que se sintiera protegido. Sus enemigos le habían disparado, habían intentado despeñarle montaña
abajo, cañonearle, habían hecho estallar bombas a sus pies. Y no
conseguían más que acabar con la vida de quienes se encontraban
a su alrededor. Su marido tenía el cuerpo lleno de cicatrices pero

siempre sobrevivía, en ocasiones de la manera más inverosímil. Muchos decían que la única explicación de su endemoniada suerte era que él mismo fuera algún tipo de hada, o que poseyera un espíritu familiar encargado de guardarlo. Él lo aseguraba en sus momentos más desafiantes y ella comenzaba también a creerlo.

En cualquier caso, de poco servía pedirle a aquellas alturas que disimulase sus antipatías. Sus diferencias con Enrique IV venían de muy atrás y habían alcanzado su punto culminante hacía tres años, cuando el monarca le había desposeído del gobierno de la Provenza. Jean-Louis había desafiado en el campo de batalla a las tropas del rey. Y había sido derrotado.

Aquella misma noche había roto una promesa solemne que había hecho hacía años a su primera esposa.

La heredera de ilustre cuna con la que había contraído matrimonio en los tiempos en que ella no veía aún en él más que un amante ocasional había muerto hacía ya varios años, víctima de los esfuerzos de un mal parto. Y en su testamento le había cedido a su marido la totalidad de sus inmensos bienes. A cambio sólo le había pedido que no volviera a contraer matrimonio nunca más.

Y él había jurado.

Pero aquel día, a su regreso de la batalla, vencido y exhausto, la había llamado a su lado y le había pedido que se casara con él. Y Anne había dicho que sí. El acta de matrimonio, escrita en latín y en francés, había quedado oculta tras una piedra gruesa, en un hueco de la pared de su castillo de Caumont. Nadie debía saberlo nunca.

A ella no le importaba. Su nacimiento era demasiado insignificante, su nombre demasiado pequeño y la promesa que el duque le había hecho a su mujer demasiado pública. Le bastaba con saber que los votos de ambos habían sido sinceros.

Tenía que volver junto a la moribunda. Intentó decírselo pero él la retuvo, sujetándola de un brazo:

—No pienso irme sin veros a solas. Si no es mañana, pasado. Nadie os va a prestar atención cuando empiecen los llantos y los funerales. Y tenéis que prometerme que regresaréis conmigo a Cadillac. Llevamos separados demasiado tiempo.

Anne prometió y volvió a pedirle que se marchara. Finalmente, él obedeció.

Cuando su sombra se hubo perdido del todo entre las brumas del río, se alejó ella también de la orilla y regresó al priorato. La mano le temblaba tanto cuando extrajo la llave del jardín que tuvo que sujetársela para poder abrir la puerta.

Había cumplido con su deber hasta más allá de lo que era humano exigirle a nadie. Implacable como las tijeras de Átropos. Despiadada como una loba hambrienta. Feroz como un bosque en invierno. El camino al trono había quedado despejado. Enrique IV ya no tenía excusas para no aceptar la propuesta matrimonial de Florencia. Pero ahora sólo quería terminar de una vez con todo y esconderse del mundo en algún lugar umbrío y solitario, lo más lejos posible de la Corte y de cualquier recuerdo de aquella noche de espanto.

Ni siquiera sabía si deseaba regresar a Cadillac, ni si quería a Jean-Louis junto a ella. Él ni quería ni podía compartir su duelo. Y Anne no tenía fuerzas para intentar aplacar su ferocidad ni su vehemencia. Necesitaba un refugio, un lugar donde hacer penitencia y esperar a que la herida cicatrizara, lejos de todo. No podría regresar a la luz hasta que no hubiese atravesado el infierno…

* * *

—¡Miradme, papá, mirad lo que hago!

Enrique IV giró la cabeza. Se había quedado ensimismado contemplando el trabajo metódico de uno de los jardineros que trabajaban en el parterre. Había sido menos de un minuto, pero había sobrado para que su hijo César vadeara el agua escasa de la fuente de Diana, se encaramara a la cornamenta de los ciervos de la base y alcanzara la altura a la que montaban guardia los cuatro servidores de la diosa. Cuatro perros de caza en actitud alerta sobre uno de los cuales cabalgaba el niño, orgulloso de su hazaña.

Fingió un enfado que no sentía y le amenazó con unos cuantos azotes, pero el crío adivinó al instante lo vacío de la intimidación y, agarrado a las orejas del sabueso, siguió propinándole taconazos.

El monarca no había querido que nadie les acompañara aquella mañana y el pequeño César no cabía en sí de alegría al verse libre de amas y guardianes. Estaba a punto de cumplir los cinco años y, aunque aún se desvelaba por las noches, o interrumpía sus juegos en el momento más inopinado preguntando cuándo iba a volver su madre, parecía haberse acostumbrado rápidamente a su ausencia.

A pesar de que sólo habían pasado dos semanas.

Él había recibido la noticia cuando galopaba camino de París, intentando llegar a tiempo para verla, y tras dar media vuelta a su montura había regresado a Fontainebleau. El dolor era inaudito. Había mandado buscar al niño y se había encerrado con él en un pabellón solitario del jardín de los Pinos durante horas, aunque César era aún demasiado pequeño para comprender que aquella noche había perdido al mismo tiempo una madre y una corona.

Al día siguiente se había vestido de negro de arriba abajo, ignorando las voces de los consejeros que le recordaban que ni siquiera por la muerte de una reina era ése un gesto adecuado: un rey sólo debía vestir luto morado. Había ordenado que la efigie de la duquesa se expusiera durante cuatro días sobre un lecho de aparato y había decretado unos funerales solemnes.

Después se había encerrado en su gabinete, rodeado de sus íntimos, sollozando como un niño. La raíz de su amor había muerto con su hermoso ángel. Nunca más volvería a brotar. Estaba dispuesto a pasar el resto de sus días llorándola y honrando su recuerdo, les había asegurado.

Dos días había tardado en comprender que no iba a ser capaz de pasar no ya el resto de su vida, sino unas pocas semanas siquiera con la cama fría. Un clavo saca a otro clavo, le habían dicho, entre solemnes y canallas, sus amigos. Y le habían hablado de la preciosa hija de monsieur d'Entragues, una morenita menuda y coqueta que los había embelesado a todos bailando el branle el año anterior. Se llamaba Henriette y su padre la traía a la Corte.

¿Por qué no? Una zagala alegre era lo que necesitaba en aquellos momentos. Sin darse cuenta había empezado a pasar más tiempo preocupado por hacerse el encontradizo y calcular qué ofrecer para conseguirla que en recordar a la difunta. Quizá era sólo por eso por lo que, enterrada Gabrielle, había decretado otro luto morado de tres meses. Para aplacar con un gesto hipócrita a su ángel muerto.

César seguía encaramado al perro de piedra. Con un puño en alto dirigía el asalto de unas tropas imaginarias. Le llamó otra vez. La luz del jardín se estaba apagando. Él era de la opinión de que los críos debían corretear por donde quisieran, pero el ama del niño no opinaba igual, y si se lo devolvía lleno de barro y con los pies mojados iba a tener que aguantar sus reproches.

Caminaron de la mano, silenciosos, de vuelta al interior del palacio.

Los primeros días tras la muerte de Gabrielle habían sido extraños e irreales. El dolor que sentía era tan hondo que no podía dormir, ni comer, ni ocuparse del Gobierno. Pero no estaba tan ensimismado como para no percibir el alivio que la desaparición de su amante había producido en su entorno. En su presencia todos componían rostros de duelo, pero la mayoría exultaban de alegría. Su esposa Margot había dejado de oponerse a la anulación matrimonial y a las veinticuatro horas ya iban y venían cartas de París a Roma. Había quien proclamaba que lo ocurrido había sido un milagro, una intervención del cielo. El pueblo aseguraba, sin embargo, que había sido el demonio quien había provocado aquella muerte. Sólo eso podía explicar el espantoso estado en el que había quedado su rostro.

Tanta superstición le llenaba de furia. Los médicos habían abierto el cuerpo y habían sido claros: la duquesa tenía el hígado y el pulmón en mal estado, el cerebro afectado y una piedra puntiaguda en el riñón. Eran la enfermedad y el esfuerzo del parto lo que había terminado con ella y no ninguna intromisión sobrenatural.

Se despidió del niño, se dirigió a sus aposentos y alzó la mirada al retrato de mujer que colgaba de las paredes de su cámara desde aquella mañana.

Que Dios le perdonase. Él quería llorar a la madre muerta de sus hijos. Pero ¿qué podía hacer si sus sentidos le hacían buscar ya otras carnes cálidas? Y eso no era lo peor. Sino que cuando pensaba en Gabrielle, bajo el manto de pena y de soledad que lo cubría todo, asomaba una punta de alivio. Una sensación tímida y vergonzante, pero inconfundible.

Ya no podía casarse con ella. No podía legitimar a sus hijos. Ya no podía tomar la decisión equivocada. Sólo resignarse y cumplir con su deber y hacer lo posible por engendrar un heredero. Ocurriera lo que ocurriese, el futuro de Francia estaba ahora en manos de Dios.

Se puso de nuevo en pie y se acercó al lienzo.

La retratada tenía el rostro alargado, los labios gruesos de su madre Habsburgo y el gesto algo severo, pero no estaba mal del todo. Tenía un porte elegante y no era fea.

Le pareció que la mujer del lienzo le miraba inquisitiva, como preguntándole por qué dudaba. Ella era la única opción razonable. El nombre de su familia no era de los más ilustres, pero no sería la primera hija de los banqueros florentinos que reinara en Francia.

María de Médici había cumplido ya veintiséis años, algo mayor para una princesa casadera, pero tenía aspecto fértil y muchos años por delante para hacerle hijos. Y la dote que le prometían los embajadores del Gran Duque de Toscana era impresionante.

La elección estaba hecha.

μήτηρ

1

omo Polifemo, indigno soy de vuestro amor, si bien menos
fiero…» ¿Qué rimaba con fiero? Enero, cuero, muero, hie-
ro… Nada que no fuera vulgar, aburrido y ripioso. Charles emborronó el pliego con ímpetu y se limpió los dedos en un paño
mojado. Desde luego a él Talía le había abandonado. E iba a llegar
tarde.

La condesa de Lessay había invitado a varios amigos a discutir
en su casa la *Fábula de Polifemo y Galatea*, una obra del español
Luis de Góngora. Vincent Voiture, uno de los poetas que frecuentaban la sociedad de la Estancia Azul, había preparado una traducción exquisita. Y como él hablaba español con bastante corrección,
le habían pedido que leyera en voz alta el texto original.

La *Fábula* era la misma que contaba Ovidio, pero Góngora
había logrado crear un original Polifemo, tierno y terrible a un
tiempo y, aunque en un principio Charles se había identificado
con Acis, el hermoso pastor del que se enamora la ninfa, ahora le
parecía insípido. Más bien se veía reflejado en el cíclope, condenado a la eterna soledad y sin posibilidad de que su amada le
correspondiera, clamando en pos de ella sin esperanza:

> ¡Oh, bella Galatea, más suave
> que los claveles que troncó la aurora,
> blanca más que las plumas de aquel ave
> que dulce muere y en las aguas mora;

Suspiró. Aquellas imágenes estaban tan fuera de su alcance como Galatea de Polifemo, por muchos pliegos que emborronara. Por lo menos aquella tarde. Y todas las tardes recientes. Desde que el cardenal le había librado de sus obligaciones militares y disponía de todo su tiempo para dedicarlo a las letras, era como si las musas le hubieran abandonado. Se había convertido en un torpe. Le atenazaba el miedo a no estar a la altura. ¿Y si el exigente círculo de la marquesa de Rambouillet concluía que su ingenio era sólo mediocre y le expulsaba tan rápido como le había acogido?

¿O si Richelieu acababa por darse cuenta de que Charles Montargis era un fraude, experto en marear la perdiz pero incapaz de producir ningún resultado útil?

Y no era por falta de empeño. Fiel a la palabra que le había dado al cardenal, se había pegado a Angélique todo lo que ella le había permitido y había sacado el tema de Ansacq varias veces, con la excusa de que su amigo de la infancia estaba implicado en el asunto. Incluso había intentado emocionarla, hablándole de Madeleine, con poco resultado. La Leona se había mostrado interesada y se había compadecido por la suerte de la muchacha, pero ni más ni menos que otras damas de su entorno. Al fin y al cabo era el tema de moda aquellos días. Ni el menor indicio de que conociese a la doncella ni a su ama o le importase su destino.

Charles estaba cansado de pasar tantas horas con ella para nada y, a aquellas alturas, le traía al fresco conseguir quebrantar o no la exigente virtud de Angélique. Estaba impaciente por acabar de una vez con aquel encargo, que no estaba exento de riesgos. Además, según iban pasando los días, más le costaba seguir fingiendo devoción por ella.

Porque en algún momento a lo largo de las últimas semanas, no sabía cómo, el corazón se le había desmandado de la manera más inesperada, y era de otra de quien estaba pendiente a todas horas. Aunque fuera sin esperanza, como Polifemo.

«Indigno soy de vuestro amor, si bien menos fiero…» Las campanas de Saint-Nicolas dieron las dos. Sacudió la cabeza y se caló el sombrero a toda prisa. Había empezado a llover, pero no tenía más remedio que echar a correr y rezar para no mojarse demasiado.

Cruzó París a toda velocidad, tratando de resguardarse del chubasco bajo los voladizos, y antes de llegar a la esquina del hôtel de Lessay se detuvo a componerse el atuendo y a dar tiempo a que se le calmara el pecho. No podía presentarse congestionado y babeante como si de veras fuera Polifemo. Justo en ese momento vio acercarse una silla de manos que doblaba por la calle vieja del Temple. La reconoció en el acto y se apresuró a entrar en el patio para aguardar a su propietaria junto a la portezuela.

Angélique sonrió al bajar, gratamente sorprendida por la coincidencia, y él elogió a los hados por aquel feliz azar, como correspondía, y le ofreció su brazo para entrar en la casa, simulando entusiasmo.

Las habitaciones de madame de Lessay se encontraban en el primer piso, en el rincón más luminoso del edificio, y tenían ventanas al patio y al jardín, pero había tan poca claridad en ese día lluvioso que habían tenido que encender las lámparas. Un cosquilleo que ya era habitual le hizo vibrar el estómago y tomó aire, preparándose para componer cara de paisaje, pero cuando la distinguió, revoloteando entre los huéspedes, la sensación se le hizo casi insoportable.

Estaba preciosa.

Ni sabía cómo había pasado ni había sido capaz de evitarlo. El día que le había dejado ganar la caracola en la Estancia Azul no se le había ocurrido que aquello pudiera ir tan lejos. Pero la semilla de una inclinación tierna e intensa había ido creciendo en su interior, indomeñable, y ahora le bastaba con verla acercarse para que le temblara todo el espíritu.

La condesa les saludó a ambos, afectuosa, y luego se dirigió a él con un suspiro. Iba vestida con sedas color melocotón que iluminaban su rostro vivaz:

—Sabía que no os habíais olvidado de mí. ¿Qué íbamos a hacer sin vuestras erres y vuestras jotas, monsieur? —Él se inclinó y ella bajó la voz—. Hoy nos acompaña el marqués de Mirabel. Tenéis que esmeraros al máximo.

Vaya. A Charles no le agradaba aquel estirado de cara de estaca y cuello engolado, que había logrado introducirse de rondón entre la compañía sólo para requebrar a madame de Combalet, la recatada sobrina del cardenal de Richelieu, que era la amiga íntima de la condesa de Lessay. El español llevaba meses emperrado en conquistarla y no se podía decir que la devota dama se quejara del acoso, por mucho que hubiera corrido a vestir los hábitos de carmelita al quedarse viuda para asegurarse de que no volvían a casarla. A pesar de que el embajador le doblaba la edad y no tenía el menor refinamiento. Pero con todo el oro de las Américas detrás, cualquiera conseguía que hasta la más exigente olvidara su virtud. Y últimamente le había dado por presentarse con regalos tan generosos que rayaban en la vulgaridad.

—Quizá debería cederle mi lugar al embajador, madame… Sería muy pretencioso por mi parte hacerme cargo de la lectura cuando hay un castellano entre nosotros…

—¡Huy, no, no, no! Seguro que Mirabel pronuncia su idioma mejor que nadie, pero tiene tan poca gracia leyendo que nos duerme a todos en cinco minutos —susurró la condesa, rápida—. El pobre ha venido hace un rato a interesarse por mi esposo, sin saber que había prevista ninguna reunión. Como los dos quieren mucho a la reina, tienen muy buenas relaciones. Y cuando le he dicho que íbamos a leer a Góngora, se ha empeñado en quedarse, entusiasmado. Pero yo creo que la poesía le da igual… Que lo que quiere es estar cerca de madame de Combalet.

Remató su confidencia asida al brazo de Angélique, como si estuviera cometiendo una travesura. Se había criado en un convento y llevaba pocos años en el mundo. Aún guardaba una inocencia mágica.

Angélique la tomó de la mano:

—He oído decir que el gobernador de la Bastilla ha accedido a que vuestro marido y monsieur de Bouteville se visiten el uno al otro y se ejerciten en el patio cuanto deseen. Eso aliviará en gran medida su condición.

Charles tendió la oreja. El conde de Lessay llevaba cerca de tres semanas confinado por orden del rey en la prisión de la Bastilla junto a su compinche Bouteville y nadie sabía cuánto iba a durar el encierro.

A su juicio, ambos se lo merecían. El asalto que habían dirigido en la villa de Ansacq ya era una desobediencia grave de por sí. Pero lo más indignante era que un par de días después los dos se habían presentado en el Louvre como si tal cosa, haciendo gala de una soberbia inconcebible. A Luis XIII no le había quedado más remedio que hacerlos arrestar.

Y más serio aún. Bernard también estaba metido en el asunto. No sólo había tomado parte en el asalto, sino que después había puesto rumbo a Lorena para escoltar a Madeleine de Campremy. Era la misma condesa de Lessay quien se lo había contado, en la Estancia Azul de madame de Rambouillet, un par de semanas atrás. Había sido la primera conversación privada que había tenido con ella y recordaba cada palabra.

Charles había temido que la aventura le costara cara a su paisano. Interferir en la justicia de aquella manera no era ninguna broma. Pero ella estaba segura de que nadie iba a buscarle problemas. Al fin y al cabo se había limitado a obedecer órdenes de su señor.

—Así es. —Una sombra oscureció el rostro de la condesa de Lessay—. Por más que lo pienso no entiendo cómo mi esposo y monsieur de Bouteville pudieron ser tan imprudentes. ¿Cómo se les ocurrió ir a pasearse al Louvre, en lugar de alejarse una temporada?

Angélique la besó en la mejilla:

—No sufráis, *chère* Isabelle. No os conviene en vuestro estado. Yo hace años que aprendí a no buscarle razón a muchos comportamientos de los hombres.

—Lo sé… Pero si hubiera una forma de ablandar al rey…

A Charles no le incomodaba la ausencia del marido, más bien al contrario. Pero no le gustaba ver triste a la condesa y, aunque era un atrevimiento, quiso decir algo que la consolara:

—¿Al menos no están incómodos en la Bastilla?

En realidad deseaba que lo estuvieran, que pasaran frío y les dieran pan rancio. Pero sabía que las celdas que los presos de su condición ocupaban en la fortaleza no tenían nada que ver con las sórdidas mazmorras de las prisiones en las que se arrojaba al populacho por ofensas mucho menores. Incluso podían amueblarlas con sus propias posesiones.

La condesa suspiró:

—Incómodos no. Además, al conde le atienden un lacayo y un cocinero de nuestra casa. Pero no deja de estar encerrado...

Charles la contemplaba medio embobado. Angélique no le preocupaba. El poeta Voiture había irrumpido en su pequeño grupo y se encargaba de distraerla con su habitual desparpajo. No era más que el hijo de un mercader de vinos, y apenas hacía unos meses que frecuentaba la Estancia Azul, pero su alegre ingenio le había convertido ya en un imprescindible.

Aun así, despegó la mirada de la condesa, a regañadientes, para no traspasar los límites que imponían las buenas maneras. Sentía un deseo confuso de protegerla de cualquier mal:

—Si yo puedo hacer algo para ayudaros, madame, no dudéis en pedírmelo.

—Gracias. —La condesa sonrió y sacudió la cabeza como si de pronto se hubiera acordado de algo más importante—. Pero vamos, no hagamos esperar más a la ilustre concurrencia.

—El embajador español. —Charles tragó saliva—. Espero que no le ofenda mi forma de leer.

Aunque no les tenía ninguna ley a los españoles, no podía permitir que nadie le tomara por un bufón.

—Tonterías. ¿A qué viene esa modestia repentina? Es una ocasión excelente de brillar. No podéis desaprovecharla.

Respiró hondo. La condesa tenía razón. Él pronunciaba el español airosamente. En Pau, su padre tenía un ayudante castellano llamado Alonso que siempre le hablaba en su idioma, desde muy pequeño, divertido con su lengua de trapo y su facilidad para aprender. Susurró sin pensárselo dos veces:

—Brillar. Imposible. Mi tímida estrella palidece ante la presencia del sol que luce en vuestros ojos. —Las palabras en sí no tenían nada de atrevido. Eran una lisonja como las que las damas de aquel círculo escuchaban todos los días. Pero quizá su tono había sido más apasionado de lo debido. Se miraron a los ojos un momento y ella se sonrojó. Charles apartó la vista con el corazón al galope—. Disculpad, madame, si mi sincera admiración os resulta inconveniente.

—No, no —respondió ella, confusa—. Mademoiselle Paulet es una buena maestra. Está claro que os ha enseñado bien cómo halagar a las damas.

Le mostró el atril que habían dispuesto junto a una de las ventanas y, sin una palabra más, se acomodó en el extremo opuesto de la estancia. Charles saludó a la concurrencia y posó los ojos en el texto de Góngora.

Entonces comenzó su tormento.

A cada tantos versos, Voiture había señalado un punto en el que debía detenerse para dar ocasión a que él leyera su traducción. Por desgracia, tenía el espíritu tan agitado que no reparó en la primera marca, ni en la segunda, y simplemente leyó de corrido, hasta que el poeta le llamó la atención. Trataba de concentrarse en pronunciar bien, pero un par de veces sorprendió una ojeada furtiva de madame de Lessay. Y las dos consiguieron que se le trabara la lengua.

Temía que Angélique se diera cuenta de lo que le estaba ocurriendo. Pero le era imposible concentrarse en los versos, que ahora se le antojaban más ciertos que nunca. Cuando Polifemo ignoraba su condición de monstruo sobrevenía el desastre.

Al final de la lectura abandonó el atril, agitado y tembloroso, y se esmeró en dedicarle a la Leona toda su atención. Sin embargo, los ojos se le iban una y otra vez hacia la butaca que ocupaba la condesa de Lessay. No tardó mucho en darse cuenta de que ella evitaba su mirada. ¿Qué significaba aquello? Su actitud revelaba una turbación nueva y alarmante.

A Dios gracias, al cabo de un rato un lacayo se acercó a la condesa y ella se disculpó y abandonó la estancia. Charles sintió que le invadía el alivio y por fin respiraba a gusto. Pero al poco se dio cuenta de que aquél no era tampoco el remedio de sus males. Sin el aliciente de la presencia de madame de Lessay, las conversaciones le resultaban insulsas e insoportables. Tenía que emplearse tan a fondo para tratar de ser ingenioso que comenzó a sentir un incipiente dolor de cabeza.

No se dio cuenta de que ella había regresado hasta que no escuchó su voz, pronunciando suavemente su nombre, a su espalda. Se giró, sobresaltado:

—Monsieur Montargis. —Hablaba en un tono muy formal, sin rastro de la alegre complicidad de un rato antes, imponiendo distancia—. Vuestro amigo Serres acaba de llegar de Lorena. Está en las cocinas, comiendo algo. Imagino que tendréis ganas de saludarle.

Charles se puso en pie, balbuceando unas gracias torpes, y en cuanto salió del cuarto aspiró una buena bocanada de aire para tranquilizarse.

Estaba seguro. La condesa se había dado cuenta de todo. No entendía cómo se había podido prendar así. Resultaba de lo más inapropiado, pero no lo podía controlar. ¿Y si la había ofendido? Una dama de esa calidad… Agachó la cabeza y se forzó a expulsarla de sus pensamientos. Aquello no tenía ni pies ni cabeza y lo único que iba a conseguir era ponerse en ridículo.

Tenía ganas de ver a Bernard. Aún estaba resentido por su trifulca de la fiesta, pero las semanas que habían pasado habían mitigado su enfado, y tenía que reconocer que él tampoco le había entrado con mucha mano izquierda. Todo el episodio era como una mancha inoportuna en un traje nuevo.

Además, necesitaba estar a buenas con él para averiguar si sabía algo que pudiera interesarle a Richelieu.

Le halló sentado a la gran mesa de la cocina, con la barba mojada de caldo y una expresión ausente. Dos mujeres trajinaban cerca del fuego, de espaldas a ellos. Cauteloso, se paró frente a su amigo y esperó, sin decir nada. No estaba seguro de cómo iba a reaccionar. Pero sus ojos castaños le miraron mansos por debajo de las pobladas cejas.

Charles tomó aliento:

—Has vuelto.

—Sí. —Bernard se metió un trozo de pan en la boca y masticó con lentitud—. Madame de Lessay me ha dicho que estabas aquí.

No parecía que fuera a tirarle el tazón a la cabeza. Se animó a acercarse:

—Escucha. Siento lo que pasó la noche de la fiesta. —Bernard seguía impasible—. Y me da igual la joya.

No le daba igual. Pero tenía más posibilidades de recuperarla si estaban de buenas.

Bernard sonrió y le tendió la mano:

—Ninguno de los dos estuvo muy fino. Anda, siéntate conmigo.

¿Ya estaba? Se acomodó a la mesa y se sumó a la pitanza con apetito. Bernard estaba cansado y tenía pocas ganas de hablar. Le preguntó si la condesa le había puesto al día de lo que había ocurrido con Lessay y Bouteville y su amigo asintió en silencio.

—¿Te ha ido bien el viaje?

Bernard hizo un gesto ambiguo con la boca. Podía ser que sí o podía ser que no:

—¿Qué sabes de esa historia?

—Lo que todo el mundo. Que detuvieron a Madeleine de Campremy, que el conde de Lessay trató de que el rey intercediera, sin éxito, y que al final decidió solucionar el asunto por su cuenta. —Bajó la voz—. Y que tú has acompañado a la niña a Lorena para que no la alcanzase la justicia.

Bernard dejó de masticar:

—¿Quién te ha contado todo eso?

—Madame de Lessay. —Sintió un placer insensato al pronunciar su nombre—. Pero ha sido la comidilla de todo París. Anda, cuéntame los detalles de ese salvamento heroico. ¿Es verdad que Bouteville apagó las teas con las que iban a encender la hoguera a pistoletazos?

Bernard explotó en una carcajada profunda y sincera y le contó una versión bastante menos exagerada del episodio de Ansacq. Pero al final se ensombreció, hablando del cirujano de Senlis que había muerto por salvar a la doncella y del trato que había recibido Madeleine de Campremy.

—¿Y qué demonios les interesaba a los jueces de esa pobre cría? —tanteó, para ver qué sabía.

—Ni idea. Ni siquiera ella lo sabe. La pobre se tiró casi dos días sin abrir el pico, camino de Lorena, del susto que tenía aún en el cuerpo. Y aun después, me habló poco de lo que había pasado en la prisión. Cómo para tener ganas de recordarlo... —Había cortado una tajada de queso más gruesa que un pulgar y se la iba a meter entera en la boca—. Parece que no le preguntaban más que tonterías sin sentido. Le hablaban de vacas, de estrellas... Uno de los jueces estaba empeñado en que había matado a medio pueblo y el otro no hacía más que preguntarle por un criado del que nadie sabía nada desde hacía seis meses...

Bernard estaba tan concentrado comiendo que no notó que él se había enderezado en la silla. El criado de los Campremy. El que había asesinado al emisario del rey Jacobo. ¿Y si la niña, en su inocencia, le hubiera contado a Bernard algo que le hubiera ocultado a Cordelier? Le quitó el cuchillo de la mano y se cortó un trozo de queso él también, para darse un aire indiferente:

—Alguna prueba tendrían que tú no conozcas...

—Qué iban a tener esas malas bestias. ¡Mala sangre era lo que tenían! Lo único raro que había era un estuche que la vieja tenía escondido en su habitación, en un hueco de la chimenea. Madeleine nos envió a buscarlo para que lo hiciéramos desaparecer. Estaba lleno de cachivaches: hierbajos, papelotes y abalorios de bruja.

—¿Papelotes?

Era un tiro al aire. Pero menuda carambola si Bernard hubiera encontrado los documentos que el rey y el cardenal buscaban. La fortuna no podía ser tan generosa...

Pero no era inverosímil. Si el ama los guardaba tan ocultos tenía que haber un motivo.

Bernard no había prestado atención a su pregunta:

—Fíjate que para robar el estuche se me ocurrió distraer a los criados prendiendo fuego al establo, y el viento cambió y acabó ardiendo la casa entera. —Dio un bufido cerril—. Aquello parecía Sodoma y Gomorra.

—Pero qué animal eres. —Volvió a la carga—. ¿No leíste los papeles esos que dices que había en la caja?

—Les eché un vistazo rápido. Había un par llenos de garabatos, letrujas sueltas sin pies ni cabeza, varias cartas, no sé muy bien… Uno estaba escrito en algún idioma hereje. Inglés, puede que fuera. No me fijé mucho, eran un galimatías. Y tenía prisa.

En inglés. Charles sintió que el corazón se le iba a salir del pecho. ¿Y si Bernard tenía los mensajes de Jacobo? Pero no quería hacerse ilusiones. Su amigo era un ignorante. El idioma hereje del que hablaba podía ser cualquier otra cosa.

—Si quieres saber lo que pone, te puedo echar una mano… —En realidad él tampoco entendía el inglés, pero sabía reconocerlo. Lo único que quería era ver esos papeles. Boisrobert le había dicho que Jacobo había utilizado unas cuartillas grises y bastas.

—Qué perra con los papeles. ¿A ti qué más te da lo que pusiera? Si ya ha acabado todo… Además, ya no tengo la caja.

—¿Qué has hecho con ella? —Al instante lamentó la avidez con la que había hablado. Rezó para que su amigo no se hubiera dado cuenta.

Bernard titubeó. ¿Había notado algo raro en su voz? ¿Por qué no quería decírselo? Tardó varios segundos, pero al final contestó:

—La tiré al río. Para evitar riesgos.

Por la sangre de Cristo.

Le habría dado un puñetazo por patán. Maldito fuera. Sintió que la sangre le huía del rostro. Intentó contener los nervios para que su paisano no se diera cuenta, pero Bernard no se había fijado. Seguía masticando con delectación:

—En fin. Lo que importa es que la moza ya está a salvo. Se acabó todo. —Se le pintó una sonrisa beatífica en la cara—. ¿Tú crees que debería ir a casa de madame de Chevreuse a contarle en qué condiciones se ha quedado en Lorena?

—Supongo que no estaría de más. Al fin y al cabo, Madeleine de Campremy es su ahijada… —respondió Charles, sin prestarle mucha atención. Estaba tan decepcionado que le costaba seguir la conversación. Pero entonces cayó en la cuenta y miró a Bernard, suspicaz—. ¡Espera! Tú lo que buscas es ir a galantearla. Olvídate. ¿Aún no te has convencido de que es imposible? Al final te vas a meter en un buen lío.

—Será todo lo imposible que quieras… —La sonrisa se le ha-

bía estirado a Bernard hasta las orejas—, pero yo me la he beneficiado ya. La noche de la fiesta.

—No puede ser…

Pero la expresión golosa de su amigo no dejaba lugar a dudas.

Le exigió que se lo contara todo, y Bernard bajó la voz y por
una vez no escatimó palabras. Se lo describió todo y con tantos
detalles que en un momento dado pensó que iba a tener que
echar mano de un balde de agua fría y arrojárselo sobre la cabeza
para seguir escuchando con calma. Hasta se le olvidó por un momento el chasco que se había llevado con los mensajes perdidos.

Al terminar la historia, Bernard se revolvió indeciso en su taburete:

—Entonces, ¿qué? ¿Voy a verla, sí o no?

Habían derramado un poco de vino sobre la mesa. Charles se
mojó un dedo y empezó a dibujar círculos concéntricos sobre la
madera. Quería alegrarse por su amigo, pero los dientes amarillos
de la envidia le mordisqueaban por dentro. No lo podía evitar:

—Yo tendría cuidado. A lo mejor no quiere que se sepa lo
que pasó en la fiesta.

—¿Lo dices por el marido?

—Lo digo porque muy exaltado te veo por un revolcón de
una noche de alegría. Mantén los pies en el suelo, que tu querida
duquesa está enamorada de otro.

—Venga ya. Eso te lo estás inventando porque te mueres de
celos. Que nos conocemos.

—Pues ya te lo confirmarán en otro lado. Al fin y al cabo
toda la Corte está al corriente.

Bernard le miraba con el gesto torcido:

—Si es verdad eso, ¿por qué no me lo habías contado?

—Porque no pensaba que fueras a tener oportunidad ni de
acercarte a ella. Lo que me extraña es que no te hayas enterado
antes, no es ningún secreto.

Estaba claro que su paisano no quería creerle, pero al final la
curiosidad pudo más que su obstinación. Se cruzó de brazos y sus
ojos se ensombrecieron hasta casi desaparecer bajo sus cejas fruncidas.

—¿Quién es? ¿Le conozco?

—Seguro que no. De eso no te preocupes. Ni siquiera es francés... —Sacudió una mano con desdén—. Verás, como Chevreuse está emparentado con los reyes ingleses, el año pasado, cuando los embajadores de Londres vinieron a París a negociar el matrimonio de la princesa Henriette con Carlos I, se alojaron en su casa. Uno de ellos era el conde de Holland...

Bernard abrió tanto la boca que casi se le chocó la mandíbula contra el tablero de la mesa:

—¿Holland?

Charles no pudo reprimir la carcajada. Trató de quitarle hierro al asunto desmereciendo al rival de su amigo:

—Un fantoche de los pies a la cabeza, voceras, fanfarrón y enjoyado de arriba abajo. Sólo le faltaban las plumas de pavo real. Pero en los meses que estuvo aquí consiguió llevársela al huerto, y por lo visto los dos acabaron enamorados como becerros. Él es el culpable de que este verano tu amada cabritilla tardara tanto en regresar de Londres. Dicen que el último hijo que ha parido es suyo, y también que hace poco ha venido a París de incógnito para verla. Aunque eso no sé si creérmelo.

A Bernard le había cambiado el color del rostro.

—El muy cabrón.

—Bueno, hombre, no pensarías que iba a entregársete en cuerpo y alma. Peor sería si el tipo viviera en París —le consoló—. A éste, con un poco de suerte, no tendrás que cruzártelo en la vida.

—No, claro. Mucha casualidad sería —masculló Bernard, con un acento raro.

Siguieron allí sentados un rato, medio en silencio, malhumorados, cada uno por un motivo distinto. Charles no podía dejar de pensar en que las cartas de Jacobo estaban perdidas para siempre. Sentía un coraje creciente en las tripas.

Finalmente, Bernard le sacó de su ensimismamiento, agitando una bolsa bien llena delante de sus narices:

—Me la han dado en Lorena. Anda, vamos a la calle a ahogar las penas en alguna taberna.

—Lo siento, no puede ser. Tengo que volver junto a mademoiselle Paulet. Ya he tardado demasiado.

La verdad, no habría sido mala idea del todo eso de cogerse una buena borrachera para consolarse por el desastre de las cartas. Pero el culpable del desaguisado era el último compañero de francachela que podía apetecerle.

2

Rex tangit te. Deus sanat te.

El médico alzó la cabeza del adolescente con las dos manos y las llagas purulentas de su cuello quedaron a la vista. El mozo tenía los ojos húmedos de agradecimiento. De no ser porque el capitán de la Guardia le tenía sujetas las muñecas, ése habría sido de los que hubieran intentado manosearle.

Luis XIII avanzó otros dos pasos:

—*Rex tangit te. Deus sanat te.*

Alguien a su espalda volvió a ofrecerle la bandeja con corteza de limón. La rechazó con un gesto breve y siguió avanzando:

—*Rex tangit te. Deus sanat te.*

Aquéllos eran sus súbditos. Habían acudido a él movidos por la fe, en busca de sanación. No pensaba ofenderlos ni a ellos ni a Dios mostrando su desagrado. Y el aire frío del norte hacía casi soportable la fetidez agria que emanaba de las supurantes heridas.

Una ráfaga de viento le azotó las mejillas e hizo batir los pliegues del manto de armiño contra sus pantorrillas calzadas con medias azules. Empezaba a tener la voz ronca:

—*Rex tangit te. Deus sanat te.*

Habían venido muchos. Casi quinientos, le había susurrado al oído el gran prior, su hermano natural Alexandre de Vendôme, a la salida de la iglesia. Como cada año, el día de Todos los Santos cientos de hombres y mujeres aquejados de escrófula aguardaban arrodillados a que su rey realizara la señal de la cruz sobre su rostro, pronunciara la fórmula ritual y Dios obrara el milagro. A pesar de que los médicos se habían encargado de despachar a su casa a los falsos enfermos que sólo pretendían hacerse con los dos sueldos de limosna que se repartían por cabeza tras la imposición de manos.

El rey Luis no llevaba la cuenta de las ocasiones en que había llevado a cabo el ceremonial, en aquella época del año o en el curso de alguna otra solemnidad religiosa. Pero no lograba acostumbrarse. Por lo que le habían contado, tampoco su padre había conseguido nunca arrostrar el ritual del todo sereno. Ni otros monarcas antes que él.

Aunque ninguno de ellos hubiera tenido que afrontar semejante prueba al poco de cumplir los nueve años. Él sí. Casi paralizado de horror, les había impuesto las manos a más de ochocientos enfermos llegados de leguas a la redonda en busca del niño recién ungido, sabedores de que el día de su coronación, Dios concedía a los reyes el poder de sanar a los escrofulosos.

Los ojos de la mujer que tenía enfrente segregaban un humor seroso y amarillento.

—*Rex tangit te. Deus sanat te.*

A los físicos les preocupaba que pudieran infectarle porque su salud nunca había sido robusta. Desde muy niño padecía terribles dolores de vientre, vómitos violentos, humillantes diarreas y cólicos agudos que le impedían dormir y le postraban en cama durante días. En una ocasión, a los catorce o quince años, una virulenta crisis le había hecho perder el control del cuerpo. Durante largos minutos, rígido y privado de razón, había permanecido entre la vida y la muerte. Sus servidores le habían colocado un cuchillo entre los dientes para impedir que se seccionara la lengua y lo había mordido con tanta fuerza que las encías le sangraban.

Pero aún le torturaban más dolencias. Había sobrevivido a la viruela, pero los dientes le hacían sufrir con frecuencia y, aunque había aprendido a dominar su tartamudeo en público, aún tenía problemas para controlarlo cuando se sentía nervioso.

De cualquier modo, nadie podía acusarle de refugiarse en sus males para eludir sus obligaciones; ni de flaqueza de ánimo. Amaba la vida al aire libre y el ejercicio físico desde la infancia. Ni la nieve, ni las largas horas a caballo, ni las mordeduras de perro le amedrentaban. De niño estaba siempre dispuesto a introducirse en las madrigueras, a cruzar un pantano o a darle el tiro de gracia a un ciervo. Y ya hombre, se había comportado del mismo modo. En campaña, no le importaba soportar ayunos, canículas, ni tiroteos. Conocía los nombres de todos sus oficiales, visitaba a los heridos, dormía con gusto en una cama de heno, y el pan y el vino le resultaban alimento suficiente. La ruda compañía de los soldados y la vida sencilla le hacían sentirse a gusto y le atemperaban el carácter.

Siempre había admirado a su padre, que había pasado tantos años guerreando antes de sentarse en el trono. Y Dios sabía que intentaba estar a la altura tanto de su progenitor como de lo que el cielo aguardaba de un buen rey.

Esa mañana más que nunca. Sentía que aquella ceremonia era un examen. Si lograba superarlo con dignidad y atravesar esa multitud pestilente impartiendo consuelo y sanación sin que la infección le tocara, los miedos y la zozobra que le domeñaban en los últimos tiempos quizá desaparecerían. A lo mejor era una señal de que no pesaba maldición alguna sobre él.

—*Rex tangit te. Deus sanat te.*

Estaba seguro de que no tenía su vida en más aprecio del debido. A menudo pensaba en la muerte, y esperaba que le llegase de anciano, rodeado de hijos y nietos, respetado por sus súbditos y las demás naciones cristianas, en una Francia floreciente. Pero su salud era frágil y su destino estaba en manos de Dios, que podía decidir llamarle a su seno mucho antes. Lo aceptaba con mansedumbre. Al fin y al cabo, la vida no le aportaba un gozo excesivo.

No era el fin en sí lo que le preocupaba, sino el bien morir.

Y la certeza insidiosa y tozuda de que a él le aguardaba algo muy distinto a un final plácido. De que algo oscuro y maligno reptaba desde las profundidades para envolverle con sus tentáculos viscosos y arrastrarle al abismo. Algo poderoso y formidable que conocía los rincones más sombríos de su alma y se alimentaba de sus pecados. Y contra lo que todo un coro de anuncios y advertencias intentaba ponerle en guardia en los últimos tiempos. Sueños, señales y enigmáticos mensajes que nadie lograba descifrar.

Como antes de la muerte de su padre.

Había llegado hasta el final de la fila. Le impuso las manos al último de los infectados y reprimió un suspiro de alivio. La ceremonia había concluido.

Sin aguardar más, cruzó las dos calles fangosas que separaban la parroquia de Saint-Germain-l'Auxerrois del Louvre, flanqueado por el limosnero real y el gran prior, y escoltado por sus mosqueteros. Con el mismo paso rápido atravesó el patio de palacio y subió por la escalerilla hasta sus habitaciones. En la antecámara, el duque de Chevreuse le aguardaba con una servilleta empapada en vino y agua, preparada para que se lavara las manos.

Se las frotó con rudeza hasta que el suave lino las hizo enrojecer. Aún sentía adherido a su cuerpo el olor pegajoso de la enfermedad. Al terminar arrojó la tela al suelo y, cuando alzó la cabeza, el corro de miradas expectantes le paralizó. No sabía con cuánta violencia había realizado el gesto. Le pareció ver una mueca burlona en los labios de su hermano Gastón, pero se dio cuenta de que sólo estaba silbando por lo bajini, aburrido, como siempre que asistía a alguna solemnidad. Con sus visajes exagerados, sus movimientos nerviosos y ese empalagoso perfume de franchipán que le envolvía de la cabeza a los pies, no había ni una gota de compostura en su actitud.

Su relación con él no había sido fácil ni siquiera en la infancia. Gastón era todo lo que no era él: un niño gracioso, vivaracho y seductor, que conquistaba con facilidad los afectos. El favorito de su madre, con la que compartía la misma indolencia y el mismo gusto por la frivolidad.

Cierto que aún era joven y le faltaba discernimiento. Al fin y al cabo, era aún un mozo de diecisiete años. Pero él jamás había mostrado una ligereza semejante. Gastón estaba tan pagado de sí mismo que no se daba cuenta de que no eran sus virtudes las que le habían convertido en el preferido de gran parte de la nobleza. Ni su generosidad, ni su interés por las artes y las ciencias, ni la cordialidad que tanto alababan sus aduladores. Eran sus defectos los que enamoraban a los grandes del reino.

Porque bajo sus superficiales encantos, Gastón era un perezoso, un charlatán irresoluto e inconstante. Un libertino descreído y un alborotador irresponsable que se entretenía robando capas a los transeúntes o prendiendo fuego a los tejadillos de los tenderos y que había fundado junto a sus amigos un «Consejo de la Incompetencia» para burlarse de su negativa a darle asiento en su Consejo privado.

El príncipe soñado por la nobleza para seguir arrancando pedazos de Francia a su antojo.

Le echó una ojeada dura antes de abandonar la estancia y dirigirse a sus apartamentos. No eran pocos los que se preguntaban por qué había aceptado la propuesta de su madre de buscarle esposa. Por qué estaba dispuesto a arriesgarse a que Gastón tuviera un hijo antes que él. Ningún monarca sensato aceptaba que un hermano se casara antes de haber producido él mismo un heredero.

Pero ya tenía bastante con verle rondar día tras día, expectante como un carroñero, aguardando su muerte para sentarse en el trono. La sospecha de que su esposa Ana de Austria también contemplaba esa posibilidad con esperanzas le revolvía el estómago. Al menos, casando a Gastón con otra sabía que si él moría, la española no tendría más remedio que regresar a Madrid. Y podría apartar de su imaginación las obscenas visiones en las que se le aparecía poseída por el demonio de la lujuria y copulando con su hermano a los pocos días de su entierro.

Lo que nadie podía adivinar era que había una segunda razón, más grave y más secreta, por la que había cedido ante las peticiones de su madre y había decidido permitir que su hermano se casara. Algo que ni siquiera le había confiado a su confesor. Era incapaz de hablarle de las visiones nocturnas que le torturaban desde hacía meses, de los recuerdos que no le dejaban descansar...

Leonora Galigai camino del cadalso, Leonora en manos del verdugo, Leonora consumida por las llamas... No comprendía por qué habían regresado justo ahora, después de tantos años.

Durante las largas noches sin sueño se repetía a sí mismo, una y otra vez, que su único pecado había sido ceder a la avaricia de su favorito Luynes. Él había sido el culpable. Él era quien codiciaba los bienes de la mujer y quien había orquestado todo el proceso. Pero no lograba engañarse. Sabía que si su ávido hombre de confianza le había convencido con tanta facilidad para que permitiera la ejecución de la florentina había sido porque con su sangre saciaba su propio odio. Una inquina vengativa que la muerte de Concino Concini, el favorito de su madre, no había logrado satisfacer por completo.

Nunca había debido consentir la ejecución de Leonora Galigai. La mujer era sin duda culpable de soberbia, había rapiñado sin recato durante años, pero aunque amiga de exorcistas, judíos y amuletos extraños, no era ninguna concubina del demonio.

A pesar de que a última hora, a la desesperada, intentara comprar su vida con la amenaza de un pérfido conjuro más propio de una campesina que de una dama de la Corte. Quizá había pensado que en verdad la creía bruja y podía amedrentarle…

En cualquier caso, ni la culpa más insidiosa justificaba que la superstición se hubiera apoderado de él de tal modo en los últimos tiempos. Le abochornaba que las amenazas desesperadas de una mujer que llevaba años muerta le revolvieran el espíritu de aquel modo, a pesar de que no dejaba de repetirse que los hechizos no tenían poder alguno sobre los buenos creyentes. En vano. Poco a poco el recuerdo pertinaz de la maldición de la mujer había ido reconcomiendo la fortaleza de su alma de manera irremisible.

Tal vez era aún más culpable de lo que creía. Tal vez era él mismo quien le había abierto las puertas a aquel terrible recuerdo, meses atrás, cuando había decidido dar pábilo a la siniestra advertencia que el difunto rey Jacobo le había enviado en aquel mensaje incompleto.

Pero no era cosa de su imaginación. Estaba seguro. Si su matrimonio no estuviera en verdad maldito, Dios no le enviaría esos abominables sueños noche tras noche. Y no le habría dejado sin herederos.

A esas alturas, después de una década de matrimonio, ya se

había rendido. Pero años atrás se había esforzado por engendrar un hijo. Sin que el Señor se hubiera dignado nunca a bendecirle.

Sólo en una ocasión habían creído que Ana se había quedado encinta. Sin embargo, la ilusión sólo se había mantenido unas pocas semanas, hasta la mañana en que su esposa se había despertado sangrando y el corazón se le había caído a los pies.

Entonces había culpado de todo a la dichosa cabritilla, que días atrás había hecho correr a Ana por los salones del Louvre, para deshacerse de ella y alejarla de la Corte. Pero ahora no creía que su esposa hubiera estado nunca embarazada. Si de verdad fueran capaces de engendrar hijos, la reina habría vuelto a concebir alguna vez a lo largo de todos aquellos años.

No. Su matrimonio era estéril. Y si él no podía tener hijos, tanto le daba que su hermano Gastón engendrara los suyos antes o después. Mejor padecer esa humillación que correr el riesgo de dejar huérfana a Francia.

Se despojó de las ropas de aparato y los zapatos de satén, y se puso un traje cómodo de ante color pardo. Estaba calzándose las botas cuando le informaron de que el cardenal pedía permiso para hablarle en privado. Mandó que le preparasen su halcón favorito para salir a cazar inmediatamente después y le hizo pasar.

Richelieu entró en la estancia con paso firme. Él también vestía de ceremonia, con roquete de encaje sobre la sotana de muaré rojo, muceta de armiño y capa magna que arrastraba por el suelo. Al verlo llegar, Luis sintió una sensación de alivio y, casi de inmediato, un movimiento de rencor. En los últimos tiempos, la presencia de aquel hombre le reconfortaba de una manera que temía fuera una muestra de debilidad. Le conocía desde hacía más de diez años. Y durante la mayor parte de ese tiempo no había podido sufrirle.

El cardenal había fraguado su carrera a las faldas de su madre en la época de Concini y Leonora, y él sólo le había admitido en su Consejo porque ella había insistido, como muestra de buena voluntad tras su reconciliación. Pero sus cualidades eran innegables. La brillantez de su mente le fascinaba. Así como su ilimitada capacidad de trabajo. Y aunque a veces parecía más un militar que un prelado, se trataba de un hombre de Iglesia, un consejero en cuya autoridad moral podía confiar.

Aun así, el rápido ascendente que había adquirido sobre él desde que hacía un año y medio le admitiera en el Consejo le hacía sentir en su presencia una especie de inquina que ensuciaba la admiración. No le ofreció asiento.

Richelieu se inclinó ante él, solícito:

—Me alegra ver que vuestra majestad se halla repuesta. Los médicos dicen que intentaron apartar a todos los enfermos dudosos. Pero que eran demasiados.

El rey resopló, con humor:

—Los apestados me persiguen, monseigneur. Están convencidos de que los monarcas no pueden morir de lo mismo que ellos. Deben de creer que soy un rey de la baraja.

El cardenal sonrió y Luis se alegró al ver que había sabido apreciar su ingenio. Pero enseguida vio que los labios de su ministro adoptaban un pliegue untuoso y frunció el ceño. Iba a pedirle algo:

—Su Majestad la reina me mandó llamar esta mañana, antes de la misa, para rogarme que intercediera ante vos.

—Si la reina tiene algún ruego que hacerme, que venga a mí directamente —respondió con frialdad. Sabía que su esposa no se atrevía a pedirle nada a la cara, pero no se sentía inclinado a concederle ninguna merced. Desde el verano no cruzaba con ella más que los saludos de rigor que imponían las visitas de etiqueta a sus apartamentos.

—Sire, Su Majestad no quisiera molestaros más de lo preciso. Me pidió que os transmitiera su solicitud…

No era la primera vez que Richelieu intentaba abogar por ella. El rey Luis sintió que la ira se le acumulaba en la garganta y no pudo dominar el tartamudeo cuando interrumpió al cardenal:

—¿Cómo puede atreverse a pedirme nada precisamente hoy? ¿Sabéis lo que piensa la reina de Francia de la ceremonia sagrada con la que acabo de cumplir? ¿Sabéis que se ríe de nuestra virtud y que tiene a Dios por mezquino con nosotros, puesto que al rey de España le ha concedido el poder muy superior de expeler los demonios del cuerpo de los energúmenos con sólo ponerse delante de ellos? ¿Que se burla de que el soberano de Francia, ya que borra los lamparones, no sea capaz de sanar también la gota o la peste?

—Ruego a vuestra majestad que me disculpe si oso contradecirla humildemente, pero ésas son paparruchas que dicen los españoles. No creo que la reina de Francia...

—¡La reina de Francia no ha dejado nunca de ser española! ¡Ni quiere dejar de serlo! —sentenció—. Vos lo sabéis igual que yo.

Satisfecho, comprobó que el cardenal reprimía un suspiro de impaciencia. Su ministro tenía un carácter vivo, de caballo de raza. Y le complacía ver que se esforzaba por dominarlo en su presencia. En recompensa, le dejó continuar:

—Su Majestad la reina os estaría muy agradecida —rogó el cardenal—, si os dignarais concederle vuestro perdón a messieurs de Lessay y de Bouteville y ordenarais que los pusieran en libertad.

Aquello no podía ser. Qué atrevimiento inaudito:

—Me temo que no entiendo vuestro sentido del humor, Richelieu.

—Sire, yo jamás bromearía con algo así.

—No. —La adustez de su propia voz le sobresaltó.

—Sire...

—He dicho que no. No sé cómo habéis accedido a transmitir una petición tan absurda. —Sólo recordar la soberbia que desbordaba la mirada de Lessay el día que se había presentado en la Corte a desafiarle, junto con su cómplice, le hacía hervir la sangre.

—Comprendo vuestro disgusto, sire. —Richelieu hizo una pausa—. Aun así, tal vez no sería disparatado que vuestra majestad considerara el ruego de la reina.

Se quedó mirando al cardenal, incrédulo. Los labios se le habían quedado secos:

—Os habéis vuelto loco, monseigneur.

Sentía una necesidad intensa de respirar aire libre. El techo de la habitación se cernía sobre su cabeza de manera sofocante. Se puso en pie y sin decir palabra abandonó la estancia. Su ministro le siguió sin necesidad de que le hiciera seña alguna.

Descendió la escalerilla privada y abandonó el pabellón real encerrado en una actitud huraña, con los hombros hundidos y la mirada en el suelo, para desanimar a cualquiera que pretendiera acercársele. Sin detenerse ni un momento, cruzó el portón del pequeño jardín. El parquecillo estaba tan bien cercado entre los muros del palacio, los edificios que albergaban los juegos de pelota y el pequeño claustro que había hecho construir para proteger los naranjos, que la intemperie no conseguía vencer su sensación de asfixia. Ascendió los escalones que conducían a la terraza arbolada que sostenían los arcos del claustro.

Una ráfaga de viento cargada de gotas de lluvia le azotó las mejillas nada más poner el pie en ella y los pulmones se le llenaron de aire. Había olvidado coger alguna prenda de abrigo, pero no le importó. El frío activaba la circulación y le vivificaba el cuerpo. Richelieu, en cambio, arrastraba su gran capa embarrada escaleras arriba. Su lucha con la ventisca, que en cualquier otro habría resultado torpe y hasta grotesca, tenía en él cierta grandiosidad que no pudo evitar envidiarle. Las prendas de color escarlata arremolinadas en torno a su cuerpo delgado acentuaban el aire marcial que siempre emanaba su figura a pesar de la sotana.

Luis XIII caminó hasta el borde de la terraza y se quedó contemplando las barcazas de madera amarradas a la orilla fangosa del río y las aguas oscuras e inquietas, estremecidas por los remolinos.

Hacía tres semanas Richelieu se había presentado en su gabinete con un hombre alto y delgado, con ojos grandes y azules de niño desamparado, pegado a sus talones. El magistrado Cordelier. El juez traía un aire mohíno y los zapatos sucios. Cuando se había dado cuenta de que le miraba los pies, había tratado de esconderlos bajo su toga de magistrado, pero le estaba demasiado corta.

Como si él tuviera entonces el espíritu para ofenderse con tamañas minucias. Había comprendido de inmediato que las noticias eran malas. El cardenal, que aún tenía el rostro congestionado por un arrebato reciente de ira, se lo había contado todo.

El conde de Lessay había desobedecido sus órdenes expresas.

Junto al conde de Bouteville había rescatado a la doncella de la hoguera. Y eso no era todo. El cirujano de la bailía de Senlis, un hugonote melindroso que había intentado entorpecer el proceso desde el principio, había envenenado a Anne Bompas justo cuando Cordelier acababa de lograr que confesara que el criado de los Campremy había asesinado, por orden suya, no sólo al mensajero de Beauval, sino también al tercer emisario de Londres, el que nunca había aparecido. Sin dar tiempo a que le sonsacara por qué lo había hecho, ni a dónde habían ido a parar las cartas del rey Jacobo.

Por un momento, se había sentido como si alguien le hubiera arrancado la corona de la cabeza de un manotazo. Pero, de inmediato, la oscura sensación de ahogo que le agarrotaba del alba a la noche había sofocado cualquier otra emoción y habían dejado de importarle los pormenores de lo ocurrido. Se había quedado callado, sin darse cuenta de si corría el tiempo. Hasta que la expresión medrosa del cardenal le había hecho preguntarse qué era lo que estaba viendo en su rostro.

No había querido girarse hacia el espejo para averiguarlo. En cierta medida, por superstición. Había oído decir que mirarse a un espejo en sueños era un aviso de que al durmiente le quedaba poco tiempo de vida, y en aquel momento él no tenía la certeza total de estar despierto. Pero sobre todo por miedo a lo que pudiera ver reflejado. Miedo a ver su alma.

No estaba seguro de que no estuviera condenada.

Una ráfaga de viento más fuerte sacudió la superficie del río y el agua le salpicó las ropas:

—Lessay y Bouteville tienen que pagar. Si no, mañana serán otros quienes desafíen mi autoridad. Y pasado, otros. Hay que segar la hierba que pisa la alta nobleza de una vez por todas. —Hizo una pausa—. Lo sabéis mejor que yo.

—Lejos de mi humilde intención poner en duda el juicio de vuestra majestad. Pero habría convenido ordenarle a Cordelier que liberara a la niña cuando el duque de Chevreuse y el conde de Lessay intercedieron por ella. Su petición era razonable. Ya sabíamos que no tenía nada que nos interesara. Podíamos habernos ahorrado el auto de fe.

El barniz de docilidad con el que el cardenal cubría sus modales era tan fino que ni siquiera había resistido a un poco de lluvia.

—¿Estáis acusando a vuestro rey, Richelieu? —Le miró de arriba abajo, a la defensiva, pero entonces temió que la culpabilidad que le corroía por dentro se viera reflejada en su rostro y giró la vista de nuevo hacia el río.

Aunque él no había dado la orden de quemar a la muchacha. Por supuesto que no. Había sido cosa de Cordelier. Por ofrecerle un hueso al supersticioso magistrado de Senlis, que había visto cómo le birlaban su precioso proceso de brujería en las narices, y evitar que pusiera el grito en el cielo. Y por exceso de celo. Para que la doncella no pudiera hablar con nadie de lo que había sucedido tras los muros del castillo de Ansacq.

Él sólo había cerrado los ojos y se había lavado las manos, como con Leonora Galigai, pensando que el peso de la culpa recaería sobre los que habían tomado la decisión. Que no sentiría remordimientos. Al fin y al cabo Madeleine de Campremy no era más que un nombre sin rostro. Pero se había equivocado. Ahora daba gracias al cielo de que la niña estuviera con vida.

—No me atrevería jamás, sire. Pero hemos hecho creer a todo el mundo que enviamos a Cordelier a Ansacq porque nos llegó el aviso, desde el convento de los Capuchinos, de que la hija de un gentilhombre con poderosos amigos en la Corte había sido acusada de bruja. Si ahora mostráis un interés demasiado personal en castigar a quienes la rescataron de las llamas, nuestro subterfugio no habrá valido para nada.

El cardenal tenía acero en los ojos y en el timbre de la voz. Eso le hizo reafirmarse aún más:

—¿Y tantas precauciones han valido para algo hasta ahora, monseigneur? La mujer de Ansacq está muerta; las dos cartas siguen perdidas; del paje inglés y de Angélique Paulet no habéis averiguado nada. ¡Si vuestro deseo fuera verme muerto, no lo haríais mejor! —Había elevado la voz para luchar contra el viento, pero las últimas palabras habían alcanzado un tono agudo casi perturbado. Avergonzado, se esforzó por recuperar la calma y expulsar toda aprensión supersticiosa de su razonamiento—. No puedo dejar que una amenaza vaga rija mi política, Richelieu. Lessay y Bouteville merecen un castigo.

Por su desobediencia, pero sobre todo por la osada desfachatez con la que se habían presentado en la Corte a los pocos días de su hazaña, sumando la burla al desafío. Al verlos cruzar el patio del Louvre desde una de las ventanas se había encolerizado tanto que había dado orden inmediata de que los detuvieran y los arrojaran a la Bastilla hasta que expiaran su ofensa. No quería volver a verlos en años.

Pero el cardenal no soltaba la presa:

—Y sabéis que estoy de acuerdo, sire. Pero hay demasiada gente principal intercediendo por ellos. Todos con el mismo argumento. Que los motivos de ambos eran nobles. Que no han hecho sino servir a vuestra majestad al evitar la abyección que había decretado un juez a quien se suponía un hombre sensato pero resultó ser más fanático que los pueblerinos… Si queréis que sigan ignorando los motivos reales por los que nos interesaban las mujeres de Ansacq, no despertéis su curiosidad. Mostraos clemente. Permitid también que mademoiselle de Campremy regrese a Francia si lo desea. Podéis utilizar como excusa la festividad de hoy.

El primero de noviembre. Aquél era el día en que, según la leyenda gascona que de pequeño le contaba su padre, el cielo concedía una jornada de tregua a las almas del Purgatorio. Esa noche tenían permiso para bajar a la tierra a celebrar un gran banquete antes de retornar a sus padecimientos en procesión, entonando lúgubres cánticos.

A él, sin embargo, las ánimas del purgatorio le visitaban también los demás días. Una de ellas en particular le desvelaba todas las noches. Para recordarle su antigua culpa y susurrarle al oído, vengativa, los versos del profeta Nostradamus que le había enviado el rey inglés. Enterró con decisión el recuerdo:

—La justicia es el mayor deber que tengo para con mis súbditos. Y debo preferirla a la misericordia.

El cardenal avanzó dos pasos en su dirección. Se encontraba peligrosamente cerca del borde de la terraza:

—Y eso es admirable, sire. Los monarcas tienen el deber de castigar con severidad y diligencia a quienes alteran el orden de su reino. —Hizo una pausa cargada de intención—. Pero no deben sentir placer en ello.

La osadía terrible de aquellas palabras le dejó mudo. Las aguas turbias del Sena se estremecían, palpitantes, a los pies del prelado. A alguien capaz de leer de esa manera en el fondo de su corazón lo prudente era mantenerle lo más lejos posible. Sin embargo, al mismo tiempo, se sentía menos solo:

—Quiero resultados, cardenal. Tenéis una semana. Si no, mandaré al traste la discreción y las precauciones y detendremos a mademoiselle Paulet. Ya hemos esperado bastante.

—¿Y los presos?

—Os informaré cuando tome una decisión.

De pronto tenía frío. Mucho frío. Y ya no era vigorizante. Le quemaba las mejillas y le estremecía el cuerpo. Se dio la vuelta y descendió las escaleras de vuelta hacia sus apartamentos. La caza podía esperar a otro día.

3

Bernard subió las escaleras del hôtel de Chevreuse a paso decidido. Iba ataviado con sus mejores galas: una capa de grueso paño gris con el cuello de piel que le habían regalado en Chantilly para el viaje a Lorena y el jubón y los calzones de la noche de la fiesta. Aquella ropa aparatosa ya le había traído suerte una vez y no había que escatimar recursos.

Le instalaron en la misma antecámara en la que había cenado junto a Lessay la noche de su encuentro con los matones y en la que había ya media docena de desconocidos. Se moría de ganas por ver a Marie. Con todo lo que había vivido aquellas semanas se sentía mucho más resuelto y seguro de sí mismo. En cuanto le mirara, la duquesa se daría cuenta de que ya no era el mismo mozo bisoño.

Aunque lo que le había contado Charles sobre sus amores con el pisaverde de Holland le roía un poco las tripas. Con razón le había dado mala espina aquel fantoche, nada más echarle el ojo en la casita del parque de Chantilly. Ya sabía él que ese inglés amanerado no era trigo limpio… Y eso de que hubiera salido con tantas prisas para París, medio disfrazado, no le hacía ni pizca de gracia. ¿Se habría encontrado con ella?

La puerta de la habitación de Marie se abrió de golpe y una cabeza de prestancia taurina asomó por entre las hojas de madera tallada. Su dueño era un individuo alto y corpulento, de unos sesenta años, que por su expresión airada debía de tener algún pleito con él. De la oreja derecha le colgaba una perla que no habría desmerecido en el tesoro de un sultán y se apoyaba con ademán dolorido en un bastón labrado. Gota.

Bernard se levantó de un salto y le hizo una inclinación, por si acaso. El coloso exclamó:

—¡Monsieur de Serres! ¡Acercaos! —Obedeció de inmediato y el gigantón arrugó el morro—. Así que vos sois quien ha acompañado a la pobre mademoiselle de Campremy a Lorena.

—Sí. El conde de Lessay confió en mí para esa misión —dijo con modestia, sin saber aún con quién estaba hablando.

—Vaya asunto más sombrío… Su padre fue un fiel servidor mío, ¿sabéis?

Entonces escuchó la voz de Marie, que reclamaba impaciente desde el interior del cuarto:

—Padre, dejad pasar a monsieur de Serres de una vez.

De modo que aquél era el duque de Montbazon. El fornido Hercule de Rohan dio un paso atrás y le hizo un gesto para que entrara. Bernard se dio cuenta entonces de que su aspecto amenazante era sólo producto de sus cejas permanentemente fruncidas. Porque sus ojos chiquitos brillaban risueños. Como los de su hija, que aguardaba sentada junto a la chimenea, con un niño de pocos meses sobre las rodillas, fajado en vendas. De pie, a su lado, había una mujer joven y pecosa, con aspecto de campesina.

Bernard sintió que enrojecía. Sabía que la duquesa tenía hijos. Pero nunca se la había imaginado como una madre. De repente, todos los pensamientos que había alimentado sobre ella mientras aguardaba en la antecámara le producían un cierto embarazo.

—¿Es verdad que esos patanes de Ansacq también quemaron la hacienda de Campremy? —preguntó el duque—. Una pena. Allí he comido más de un buen cochinillo al calor de la lumbre.

—Sí, hubo un fuego —respondió, a secas. No sabía qué más decir. La verdad, desde luego, ni loco—. Ardió todo.

El padre de Marie rió:

—Hombre de pocas palabras. Así me gusta. —Se dio la vuelta trabajosamente y besó a su hija en la mejilla.

Ella sonrió:

—Si queréis despediros de vuestra nieta…

El duque pellizcó con suavidad las mejillas gordas de la criatura, que dio un grito de satisfacción y le dedicó una sonrisa desdentada. Luego tronó:

—Qué colorada es. No se parece en nada a los otros.

La niña comenzó a lloriquear asustada:

—No hay nada raro en eso, los otros eran de Luynes. Ésta es de Chevreuse. Se parece a su padre.

Bernard miró a la niña de reojo. Si Marie llevaba desde el año anterior enredando con Holland, ¿cómo sabía de quién era la cría? La observó con atención, pero le fue imposible distinguir si se parecía más al inglés que a Chevreuse. Todos los niños de teta eran iguales. Le echó una ojeada al vientre de la duquesa, receloso. De repente se le había venido a la cabeza que no había motivo alguno para que no cargara con otro retoño dentro. Y que esta vez bien podía ser suyo.

La niña no paraba de lloriquear. Marie se la entregó a la campesina y la criatura buscó sus pechos con la boca abierta. La muchacha murmuró, un tanto azorada:

—Si madame da su permiso, Anne Marie tiene hambre.

Y quién no. Bernard miró de reojo el goloso escote del ama de cría. Se le escapó una sonrisa y Hercule de Montbazon le guiñó el ojo, cómplice.

Marie despidió a la moza con la mano:

—Sí, anda, llévatela.

El duque gruñó:

—No sé por qué la habéis hecho venir. Los niños donde mejor están es en el campo con sus amas.

Su hija se puso a la defensiva:

—Ya os he dicho que ha estado enferma con flemas en el pecho. Queríamos que la viera nuestro físico.

—Pues haberle enviado a él a Dampierre —gruñó Montbazon. Se despidió y se reunió con los seis gentilhombres que le aguardaban en la antecámara, arrastrando la pierna dolorida.

Marie le hizo una seña a una criada para que cerrara la puerta y Bernard se quedó a solas con ella.

Ya no estaba convencido de que aquella visita fuera buena

idea. No podía dejar de preguntarse si Marie habría estado refocilándose con Holland en aquella misma habitación, hacía apenas unas semanas.

La observó detenidamente, mientras ella se alisaba los pliegues de la falda. En su tierra se decía que amor sin celos no lo daban los cielos. Maldita fuera. Le daban ganas de sacudirla. ¿Cómo podía preferir a ese barbilindo?

Pero entonces Marie le dedicó una larga mirada de cervatillo, dio dos palmadas en la silla vecina para invitarle a acompañarla y él sintió que todo su enfado se disipaba.

—Siento no haber podido recibiros antes. Alguien le dijo ayer a mi padre que la niña estaba aquí y se ha empeñado en conocerla antes de que la mandara de vuelta al campo. —La duquesa rió, dando a entender que le parecía una extravagancia—. Contadme lo de mi ahijada.

Era amable, pero guardaba las distancias.

Bernard se sentó junto a ella. Estaba descartado lo de ponerle una mano en el muslo así por las buenas, como había hecho la noche del teatro. Tenía que encontrar otro recurso. Pero de momento no se le ocurría nada, así que obedeció y empezó a relatar. Le contó a Marie todas sus gestiones desesperadas en Ansacq, le describió el estado en que se habían encontrado a la pobre Madeleine en su prisión y cómo la habían rescatado de la hoguera en el último momento. Finalmente, le habló de su viaje y de su llegada a la Corte de Nancy.

Habían pasado cerca de una semana en el camino, abrazados el uno al otro en un carruaje traqueteante, sin apenas hablar. Desde el primer día, Madeleine se había acurrucado en su hombro, como un pajarillo con el corazón y el cuerpo maltrechos, y él la había protegido, confuso, pero orgulloso de poder apaciguar aunque fuera un poco sus malos sueños y su angustia.

Aunque eso no se lo dijo a Marie. No habría sabido cómo explicarlo:

—La duquesa de Lorena es muy joven y muy cariñosa —concluyó, en vez—. Ha instalado a mademoiselle de Campremy en una granja, atendida por sirvientes de confianza, para que pueda recuperarse con tranquilidad.

Marie le miraba, seria y pensativa:

—Me alegro. Lo mínimo que podía hacer mi marido era asegurarse de que sus parientes de Lorena la acogieran bien. Es increíble que aceptara ser el juez de semejante apuesta...

—¿Vos no estabais al tanto? —Bernard recordó la noche del teatro. A Lessay y a Madeleine sentados juntos en la galería y a la duquesa cubriendo su encuentro.

—Por supuesto que no. No me pareció mala idea darle un empujón a la niña para iniciarla en la galantería, pero ¡no con un amante que la desechara al día siguiente! No tenía ni idea de lo que se traían esos canallas entre manos —murmuró, sinceramente indignada—. Aún no me puedo creer que mi primo me enredara de esa manera.

—Pues lo está pagando con creces, en la Bastilla.

La duquesa se enderezó en su silla. Los ojos le brillaban, indignados:

—Es intolerable. Un par de magistrados deciden creerse un montón de cuentos de viejas, llevan a la hoguera a la hija de un gentilhombre y en vez de tomar medidas, el rey y el cardenal cargan contra quienes detienen la tropelía. ¡Lo que no me explico es cómo es posible que el juez de París que mandaron para poner orden resultara aún más supersticioso que los campesinos!

Bernard se quedó mirándola, escamado. Marie hablaba de Cordelier como si no fuera más que un fanático. Eso era que Lessay no había soltado prenda de lo que él le había contado en Chantilly. Bueno era saberlo. Había algo en todo aquel asunto que le daba mala espina. Por eso le había mentido a Charles diciéndole que había tirado la caja de Anne Bompas al río. No tenía ni idea de lo que convenía contar y lo que no, y sobre todo a quién. Pero había mucho pez gordo de por medio como para arriesgarse a meter la pata.

—Si a Luis XIII le llaman el Justo será por algo —insinuó—. Seguro que acaba entrando en razón.

Lo que quería era calmarla, porque si no, no veía cómo iba a conseguir acercarse a ella. Pero Marie le contestó con una risa sarcástica que dejó bien claro lo que pensaba del apelativo, y se lanzó a criticar al rey y al cardenal, arrebatada, ignorando su dilema. A lo mejor quería disuadirle de intentar un acercamiento. Después de la noche que habían pasado juntos se había comportado de un modo muy parecido. No, no tenía sentido. Bernard estaba seguro de que ella había disfrutado tanto como él. ¿Por qué no iba a querer repetir? Y sin embargo, no callaba, no le daba pie.

Él no paraba de mirarla, fijo y obstinado, sin escucharla realmente. Al fin logró barbotar:

—He pensado mucho en vos.

Ella interrumpió su charla un instante y alzó la barbilla con coquetería:

—¿Ah, sí? Pues yo no me he acordado de vos en absoluto.

Ni siquiera parecía que quisiera ofenderle. Simplemente, estaba acostumbrada a tener a los hombres comiendo de su mano. Seguía siendo una hábil cortesana y él un rústico bisoño. Seguro que Holland sí habría sabido qué decir. Intentó evitar pensar en él por todos los medios, pero no podía. Se lo representaba en aquel mismo cuarto sacudiendo sus rizos de doncella mientras empujaba y empujaba hundido hasta las entrañas entre las piernas de Marie:

—Normal. Habréis estado muy ocupada con la visita de Inglaterra.

—Creí que no os interesaban los comadreos de la Corte. —Enarcó las cejas—. Son todo rumores sin fundamento.

A lo mejor se creía que él también era un niño de teta. No podía decirle que había conocido al inglés en Chantilly sin traicionar el secreto que había prometido guardar. Pero se iba a enterar:

—Es posible. Desde luego, el Holland que todo el mundo describe parece tener muy poco fundamento.

Levantó la barbilla, obstinado, y se arrellanó con los brazos cruzados sobre el pecho, en espera de una respuesta. Sorprendido, la escuchó reír con suavidad:

—*Mon Dieu*, estáis celoso —Marie se levantó y le acarició el pelo con una mano perfumada—. Qué adorable.

—No os burléis, madame.

Ella se echó a reír:

—Y tan discreto...

La miró con desconfianza. No tenía claro si aquello significaba que Marie sabía que había coincidido con Holland en Chantilly ni si estaba al tanto de lo que se había cocido allí:

—No sé a qué os referís.

Marie se sentó en el brazo de su butaca. Su mano descendió por su mejilla:

—Quizá os cuente la verdad sobre la visita de lord Holland... Si me prometéis que sabéis guardar secretos.

Bernard se hundió en su asiento. Más secretos. Como si no tuviera ya bastante con los que le guardaba a Lessay. A ese paso iba a tener que buscarse un amanuense que llevara la cuenta de todas las cosas de las que no podía hablar.

—Os lo prometo —gruñó.

—No sé de dónde habrán salido los rumores de que lord Holland ha venido a verme. No reniego de mi amistad con él. Estuvimos muy unidos... durante el año que él pasó en París. Y durante mi tiempo en la Corte de Londres. Pero pretender que un hombre de su importancia haya podido cruzar el mar y viajar más de cien leguas sólo para verme a mí, ¿podéis imaginaros algo más absurdo?

A él no le parecía absurdo en absoluto. Estuvo a un tris de decírselo. Si unos cuantos días de cabalgada le garantizasen que Marie iba a meterle en su cama, le habría faltado tiempo para saltar a caballo. Pero no quería llevarle la contraria.

—¿A qué vino, entonces? —preguntó, arisco.

La duquesa parpadeó, sorprendida, y Bernard cayó en que había sido un torpe. La pregunta no había sido más que una coquetería. Se arrepintió de no haberle dicho lo de la cama y el caballo, pero ya había perdido la oportunidad.

Ella le respondió, picada:

—El duque de Buckingham tiene prohibido volver a poner el pie en Francia. Pero aún ama a la reina con fiereza y no se da por vencido. Es difícil encontrar mensajeros seguros que se hagan cargo de su correspondencia. Lord Holland vino hasta París para cumplir esa misión.

Y de propina, a pasársela a ella por la piedra. Llevaba oyendo hablar del romance de Ana de Austria con el inglés desde que había puesto el pie en París sin terminar de creérselo:

—Entonces es verdad. La reina le ha sido infiel al rey con ese Buckingham…

—Supongo que eso depende de lo que entendáis por infidelidad. —Marie se puso en pie, con un revoloteo de faldas, y le dedicó una media sonrisa—. Yo respondo de la virtud de la reina desde la cintura hasta los pies.

Bernard tardó un momento en comprender, desconcertado por la frescura del comentario. Le habría gustado saber hasta qué punto había ejercido la duquesa de alcahueta. Pero no se sentía cómodo hablando así de la reina:

—O sea, que a vos el asunto os parece bien.

—¿Cómo no me lo va a parecer? Ana de Austria no es sólo la reina, también es una mujer. Y hasta que Buckingham pisó la Corte no tenía ni idea de lo que era el amor. ¿Podéis creeros que mi primer marido tuvo que arrastrar al rey hasta su dormitorio y encerrarlos con llave, dos años después de su matrimonio, porque no había vuelto a acercarse a ella desde entonces? La pobre no sabía lo que era un hombre. Y de repente, un buen día, apareció él. Apuesto, impetuoso, locuaz, con sus trajes deslumbrantes y cosidos de perlas de arriba abajo. —Marie evocaba la imagen del ministro inglés con los ojos entornados, recreándose en lo que sin duda era un recuerdo agradable. Él, en cambio, se imaginaba un pavo real con bigotes. Muy parecido a Holland—. Era imposible que no sucumbiera a sus galanteos.

—Pues poca ocasión van a tener ya, con un mar de por medio.

—Si hubieran sido más hábiles, quizá… —Marie le encaró con ojos brillantes—. ¿Comprendéis que queramos ayudarlos, verdad?

Más bien no. Aquel romance imposible no tenía ninguna posibilidad de llegar a buen puerto. Y sí muchas de meterla a ella, a Ana de Austria y a cualquiera que las ayudara en un buen lío. Marie era una imprudente de tomo y lomo.

Con unas tetas suculentas que temblaban con cada suspiro y pedían a gritos una mano que las tentara.

No pudo aguantar más. Sin pensarlo, se puso en pie, se plantó junto a ella y le acarició un rizo suelto:

—Tenéis un corazón de oro. —Se inclinó para besar la piel bajo la que latía y luego le recorrió el cuello con los labios hasta atrapar con cuidado el lóbulo de su oreja.

Ella le había enseñado cómo le gustaba que la trataran y a él no se le había olvidado nada. Le iba a demostrar que un buen mozo francés le daba cien vueltas a un inglés ahembrado.

Marie soltó un suspiro y enredó sus brazos en torno a su cuello. Por fin.

Pero aunque él la besaba y la acariciaba, seguía medio tibia. Quiso conducirla a la cama y ella se opuso. «No, ahora no», le murmuró al oído, mientras le desanudaba los calzones. Así que esta vez no quería miramientos. Él no ponía pegas. Se dejó caer en la butaca, arrastrándola consigo, y Marie se acomodó de inmediato sobre él, a horcajadas. Bernard gimió de gusto y cerró los ojos, agarrado a su grupa.

Aquélla era la mujer más maravillosa del mundo.

Aunque no era la misma de la otra noche. Casi no suspiraba, ni le susurraba nada al oído. Permanecía muda y mantenía los párpados apretados sin buscarle con la mirada y sin dejar de mover las caderas, como si esta vez no le importara prolongar o no el momento. Casi parecía apremiarle. Y justo antes del final se apartó de golpe, sin previo aviso. Al parecer ahora sí le preocupaba que el próximo niño que pariera no llevara sangre gascona.

Aun así, él se sentía exultante, como si acabara de darse un baño frío un día caluroso de verano. El cielo le librara de mirar el diente a tal caballo regalado.

La acurrucó contra su hombro y le besó el pelo y la frente, feliz, preguntándose si le dejaría repetir cuando descansara.

Pero en cuanto las campanas de Saint-Thomas dieron las diez, Marie se deshizo de su abrazo. Tenía que vestirse para ir al Louvre.

Hizo llamar a sus camareras y le despidió con urgencia, Ber-

421

nard se compuso las ropas, aturullado. No entendía a qué venía de repente tanta prisa. Se detuvo en el umbral, decidido a preguntar por lo menos cuándo podía regresar. Pero a Marie se le acababa de ocurrir algo y se le adelantó:

—¿Sabéis? Creo que a la reina le gustaría conoceros.

—¿La reina? ¿Estáis segura?

Marie sonrió:

—Sí. Se ha interesado mucho por la suerte de mademoiselle de Campremy. Incluso ha intervenido a favor de Lessay y Bouteville, aunque dudo que eso haya contribuido a ablandar el corazón de Luis XIII. —Rió, sarcástica—. Desde la aventura de Buckingham al rey no le gusta que los hombres frecuenten los apartamentos de la reina, pero ya encontraré el momento. El mayor obstáculo es la baronesa de Cellai, esa perra guardiana de la moral. Su ocupación favorita es intentar convencer a la reina de que todas mis sugerencias son inconvenientes… En fin, estad a mediodía en la Sala de la Guardia, que os llamarán cuando surja la ocasión.

O sea, que lo daba por hecho. Sintió un desasosiego crecerle en el fondo del estómago. Él, Bernard de Serres, destripaterrones gascón, iba a saludar personalmente a doña Ana de Austria, infanta de España, reina de Francia y sólo Dios sabía cuántas cosas más.

4

Lo primero que oyó al despertar fue el apacible tañido de las campanas en la lejanía. Otra vez llovía. Los sonidos familiares de las huertas vecinas llegaban amortiguados por el repiqueteo suave del agua: el chirrido de las ruedas de un carro, algún mugido, la voz de un muchacho llamando a su perro... No eran muy distintos de los ruidos que se oían desde su casa de Ansacq. Se frotó los ojos para ahuyentar un mal pensamiento, se precipitó a la ventana y abrió los batientes de madera. El olor a tierra mojada y unas pocas gotas de agua traídas por el viento le acariciaron el rostro. Sus ojos recorrieron los desolados campos de colza que se extendían hasta el horizonte.

No había nada más; la aldea y las huertas sólo eran visibles desde el otro lado del caserón. El valle de Ansacq quedaba muy lejos. Sus dedos buscaron inconscientemente el medallón de plata que colgaba bajo su camisa de noche. Estaba a salvo.

Volvió junto a la cama, se arrodilló en el suelo de madera y musitó una plegaria por las almas de su padre, de su hermano y de su ama, como todas las mañanas. Después atravesó la estancia, descalza, y se acercó a la vieja palangana para asearse. Se echó por encima un humilde sayo color tierra y un mantón de lana basta y se anudó un pañuelo gris alrededor de la cabeza pelona.

El espejo le devolvió la imagen vacilante de una aldeana pálida y pensativa. Forzó una sonrisa, que no logró desterrar la tristeza de sus ojos bordeados de ojeras azuladas. Había comenzado a dormir un poco mejor, pero aún se desvelaba de madrugada, temerosa de las pesadillas que salpicaban su descanso.

Guiñó los ojos y el reflejo de la habitación en el azogue tembló un instante. No era un cuarto grande y apenas estaba amueblado: una cama, una mesa de madera desnuda, dos sillas, una pequeña estufa. Ni siquiera había un baúl. No habría tenido pertenencia alguna que guardar en él. Sin embargo, en una esquina del espejo vio algo nuevo, algo que no estaba allí la noche anterior.

Se dio la vuelta, despacio, y se acercó a la mesa. Encima había dos libros grandes y viejos. Sus tapas marrones estaban cubiertas de manchas con formas extrañas y lucían aplicaciones ornamentales en las esquinas. Los abrió con cuidado: estaban escritos en latín, con letra redondeada e iluminados con exquisitas filigranas de vivos colores y personajes de ojos inmensos, con el cuerpo rígido y vestidos con túnicas.

Códices antiguos.

Sus dedos acariciaron, respetuosos, las amarillentas páginas de vitela. Debían de ser viejísimos. Mucho más antiguos que ningún libro que hubiera abierto nunca. La forma de las letras, las extrañas ilustraciones y el deterioro de la piel así lo indicaban.

La posesión más preciada de su padre había sido una copia manuscrita de 1450 del *Yvain* de Chrétien de Troyes, a la que le faltaba la mitad del texto. Cuántas tardes habían pasado discutiendo pasajes de aquel libro. Él se empeñaba en enseñarle cómo el francés primitivo en el que estaba compuesto revelaba sus orígenes latinos y ella siempre acababa llevando la discusión a las aventuras de Yvain o sus amores con Laudine.

A su padre le habría encantado examinar aquellos dos libros. Suspiró. Todavía olvidaba a veces que él ya no estaba allí para guiarla, ni en sus lecturas ni en ninguna otra cosa.

Unos golpes suaves en la puerta le anunciaron que la doncella había advertido que se encontraba despierta. Nunca tenía que llamarla, parecía que aquella muchacha siempre sabía cuándo la necesitaba. Muda de nacimiento, era como si un sexto sentido compensara su falta de voz y siempre la atendía con una solicitud de lo más cariñosa.

La sirvienta depositó sobre la mesa la bandeja de la leche y el pan, y Madeleine extendió la mano y señaló los libros enarcando las cejas en una pregunta silenciosa. La criada sacudió la cabeza y sonrió misteriosamente. O no sabía de dónde habían salido, o no quería decirlo. Luego señaló la ventana e hizo el gesto de tomarla del brazo. Ella asintió, después pasearían un rato juntas, con lluvia o sin ella.

Solían caminar a diario un par de veces hasta un cruce de caminos donde había una piedra enorme y muy vieja, tumbada en el suelo como si los años la hubieran volcado. Desde ese lugar, ligeramente elevado, se divisaba casi toda la comarca, y allí se sentaban a pensar cada una en sus cosas mientras dejaban pasar el tiempo. La compañía de la muchacha muda, el paseo y la contemplación tenían un efecto tranquilizador sobre su ánimo y cada caminata parecía devolverle una porción de sus menguadas fuerzas.

Masticó el pan con desgana, sin apartar la vista de los manuscritos. No tenía hambre, pero se obligaba a comer para superar la debilidad en la que la había dejado su cautiverio. Le asaltó el recuerdo de su desdichada ama, tal y como la había visto por última vez: los pulgares destrozados, los labios resecos y llenos de llagas... Respiró hondo. Tenía que expulsar esa imagen de su cabeza, evitar obsesionarse con aquella pesadilla, o no acabaría nunca de recobrar la salud y la cordura.

Cerró los ojos e hizo un esfuerzo por conjurar un recuerdo más placentero. Volvió a sentir en los huesos el traqueteo del carruaje en el que había hecho el viaje hasta Nancy. A pesar de las órdenes de la duquesa de Montmorency, a mitad de la primera jornada había insistido en que Bernard de Serres se sentara con ella dentro, y la vieja dama de compañía se había dejado convencer, aunque no les había quitado ojo en todo el trayecto.

Con la cabeza apoyada en el hombro del gascón y su brazo alrededor de los hombros, por fin había podido conciliar el sueño. Nadie habría podido arrancarla de aquel refugio. Al despertar había sentido cierta vergüenza por su debilidad, y también por haber estado tan cerca de un hombre. Pero los ojos de Serres estaban limpios de doblez.

No sabía si habría sido capaz de soportar el viaje sin su compañía. Y no porque hubieran hablado mucho. Pero su presencia callada le proporcionaba seguridad. Por las noches no dormía casi, así que a menudo el cansancio la derrotaba en pleno día, en el coche. Y cuando se despertaba gritando, con el corazón en la boca, manoteando para escapar de las pesadillas, sólo su abrazo conseguía calmarla un poco. Sin él, ni siquiera habría tenido valor para detenerse a comer o a dormir después de cada jornada en las posadas del camino.

Le había costado muchísimo verle marchar, días después de su llegada a Nancy. Tenía clavada en la memoria su despedida llena de niebla en el patio del palacio ducal. Se habían quedado mirándose el uno al otro, tímidos de pronto. Serres había abierto la boca dos veces, pero de entre sus labios sólo habían salido explosiones de vapor. A ninguno se le ocurría qué decir. Finalmente, el gascón había calzado el estribo y había mascullado: «Cuidaos mucho». No sabía si volverían a verse.

Aunque la había dejado en muy buenas manos. La duquesa Nicole era apenas dos años mayor que ella, y había heredado el gobierno de Lorena hacía poco, tras la muerte de su padre. A pesar de la distancia que su alto nacimiento imponía, era evidente que estaba feliz de recibirla. La había tratado con la mayor consideración y la había acompañado en persona hasta aquella granja, como si fuera una igual y no la hija de un gentilhombre insignificante que lo había perdido todo.

La cercanía de sus edades, el dolor de las pérdidas familiares que habían sufrido y la soledad que ambas sentían las habían unido desde el principio. Pero quizá había influido también el medallón que le había entregado la duquesa de Montmorency en Chantilly. Se lo había enseñado a Nicole nada más llegar y ella había sonreído y le había recomendado que lo escondiera. Luego la había abrazado estrechamente, como a una hermana, y le había susurrado al oído: «Nadie volverá a haceros daño. Os doy mi palabra».

Y Madeleine sabía que era cierto. En aquella granja sin nombre estaba a salvo. Era una de las posesiones que la duquesa Nicole tenía en una aldea próxima a Nancy. Un lugar tranquilo donde podría recuperarse asistida por sirvientes de total confianza y tan cerca de palacio que podía alcanzarlo en sólo una hora de caballo. Su mano volvió a rozar el medallón con forma de rueda y cerró los ojos. Nicole le había regalado una cadena de plata para que pudiera colgárselo al cuello, de modo que siempre lo tuviera consigo.

Acarició de nuevo el dorso de uno de los libros, alegre ante la tarea por venir. Su dominio del latín era más que digno, aunque iba a llevarle tiempo ir desgranando frases de entre aquella maraña. Pero la perspectiva no la amilanaba, al contrario, agradecía la distracción que iba a proporcionarle la lectura.

Siempre se había refugiado en las letras cuando la realidad era difícil de soportar. Y llevaba semanas sin leer. Privada de su santuario, había tenido que aprender a domar sus pensamientos de manera que cada vez que rondaban una zona angustiosa los dirigía violentamente hacia otro lado. Los cadáveres helados de su padre y su hermano, el rostro mentiroso de Lessay, las manos del verdugo colocándola sobre la pira... ¡Fuera, fuera!

Había descubierto que si se concentraba en mirar algo que tuviera delante y en describir en voz alta lo que veía, podía vencer a su propia mente. Así, detenía de vez en cuando su paseo y observaba una brizna de hierba o el borde rugoso de una valla de madera hasta que le dolían los ojos.

Apuró el vaso pausadamente; la leche estaba recién ordeñada y sabía a gloria. Después, abrió el libro, se arrebujó en su mantón y se sumergió completamente en la lectura.

Leyó todo el día, con la breve interrupción del paseo habitual. Incluso comió con el manuscrito abierto frente a ella, cuidando de no mancharlo. Leyó, leyó y leyó hasta bien después del anochecer.

Se embebió tanto en la lectura que cuando escuchó dos golpes quedos en la puerta sintió un sobresalto y cerró el volumen bruscamente, como cogida en falta. Tenía la impresión de que si advertían lo ensimismada que había estado intentando descifrar aquellas páginas, le arrebatarían el libro. Ni siquiera se había acordado de su paseo de la tarde y la doncella muda tampoco había aparecido para acompañarla.

Se dio la vuelta sin levantarse de la silla y encaró la puerta con la mano izquierda posada sobre el manuscrito en un gesto protector. La duquesa Nicole sonreía desde el umbral. En la mano sostenía una vela cuya luz le teñía el rostro regordete de un suave resplandor dorado.

—Así que todavía estáis despierta. Me alegro.

Madeleine se percató por primera vez de que su mesa y el libro eran una minúscula isla de luz en la oscuridad total del cuarto. Apenas unos días atrás no se hubiera atrevido a confiarse de aquella manera a la protección de una modesta lámpara de aceite. La oscuridad y el vacío circundantes la habrían aterrorizado. Necesitaba sentir todo el tiempo a su alrededor la suavidad de una manta o la caricia de los rayos del sol; buscaba el calor como un recién nacido. Pero empezaba a sentirse fuerte.

Nicole entró en el cuarto con pasos casi furtivos y Madeleine hizo ademán de levantarse, sorprendida al darse cuenta de que había estado tan ensimismada en la lectura que ni siquiera había oído el coche de la duquesa:

—No, no. Permaneced sentada, por favor. —Se sentó al borde de la cama, posando la candela en la silla vacía que había junto a la cabecera con un gesto tímido. Ahora había dos islas de luz—. Quería ver cómo estabais.

—Me alegra que hayáis venido. —Se levantó para hacer una reverencia—. Es un gran honor…

La joven duquesa rió y la hizo sentarse junto a ella:

—¿Os complace la lectura?

—¿Sois vos quien habéis hecho traer los libros?

—Sí. ¿Qué os parecen?

Madeleine pensó un poco antes de responder.

—Son difíciles de leer. Algunas de las historias de Hesíodo ya las conocía. Mi padre me las contaba de pequeña. Otras son nuevas para mí. —Sonrió—. Pero me hace mucho bien tener la cabeza ocupada.

Nicole le devolvió la sonrisa y en sus mejillas aparecieron dos hoyuelos infantiles. Iguales que los suyos. Aunque ahí terminaba todo el parecido. Su joven protectora era más alta y más pálida, no estaba tan flaca como ella, y tenía los ojos y el pelo oscuros, amén de un escote mucho más generoso.

—Heredé estos libros de mi abuela y os confieso que yo no podría leerlos. Pero mi primo Chevreuse me ha escrito que vos sabéis más latín que un estudiante de la Sorbona, así que pensé que os gustaría echarles un vistazo.

El nombre de Chevreuse le produjo un cosquilleo desagradable. Recordó las risas del marido de su madrina en la casita de Auteuil, su repugnante complicidad con el conde de Lessay. La sonrisa se le marchitó pero Nicole no se dio cuenta. Ella también se había quedado muda y ensimismada. Escrutaba las sombras de la habitación como si ocultaran algo peligroso. Madeleine cayó en la cuenta de lo tardío de la hora para una visita. Inquirió con cautela:

—¿Ha ocurrido algo?

La simple pregunta llenó de lágrimas los ojos de la duquesita:

—Es mi marido. Ha venido a verme a mis apartamentos y ha sido tan… mezquino conmigo.

Sorbió como una chiquilla y Madeleine le pasó el brazo por los hombros sin saber qué decir. No conocía personalmente al consorte de la duquesa, pero sabía de dónde provenía la desazón de su amiga.

Nicole y su marido eran primos carnales. Su matrimonio había sido un arreglo para intentar unir a las dos ramas litigantes de la familia, pues él aspiraba al trono basándose en unos documentos de dudosa autenticidad que prescribían que sólo los varones podían heredarlo. Pero aquella alianza no había satisfecho a nadie y los dos esposos se trataban como enemigos.

—¿No tenéis ningún servidor de confianza en el que apoyaros?

Pensaba en el modo en que Anne la había sostenido cuando se había visto de pronto de ama en casa de su padre. Pero Nicole no tenía que gobernar una simple hacienda sino un pequeño país. Le tendió su modesto pañuelo de algodón para que se secara las lágrimas y aquel gesto de compasión le devolvió algo de entereza:

—Nadie que pueda hacerle frente.

Madeleine le apretó las manos con una firmeza que la sorprendió a ella misma:

—Seguro que encontráis un modo de pararle los pies. —Y añadió, sin saber muy bien por qué—: Yo estaré a vuestro lado.

Igual que si ella fuera una roca en la que Nicole pudiera apoyarse.

Se miraron en silencio unos instantes. La duquesa se había ido serenando y le preguntó si tenía hambre. La cocinera había hecho una tarta de manzana y podían compartirla acompañada de un poco de vino dulce. A Madeleine se le hizo la boca agua y aceptó encantada.

Nicole le pidió que le descifrase la página que estaba leyendo. Era un pasaje que hablaba de Perséfone, de su rapto, de su estancia en los infiernos y de su rescate y vuelta a la vida, y Madeleine sentía como si aquel mito antiquísimo contase su propia historia. Sin darse cuenta, los ojos se le llenaron de lágrimas. Qué tonta. Pero su amiga la cogió de la mano, comprensiva.

Según fueron dando cuenta del vino, crecieron en ambas las ganas de desahogarse. Hablaron hasta cerca de la medianoche. Nicole le relató con detalle las miserias de su matrimonio y ella le contó, no sin vergüenza, cómo había estado a punto de caer en las garras de Lessay. Nunca volvería a dar cuerda a un galán que la requebrara con falsedad.

Finalmente, la duquesa comenzó a bostezar. Su larga charla le había devuelto la tranquilidad:

—¡Estoy tan contenta de que vuestra estancia aquí os esté sentando así de bien! —exclamó, antes de despedirse—. ¿Vendréis próximamente a la Corte? No sé si estaréis preparada para enfrentaros al mundo tan pronto.

Madeleine se encogió de hombros:

—Ya no tengo miedo.

No era una bravata, sino la verdad. Por extraño que pareciera. Nicole se levantó decidida:

—Mandaré pronto a buscaros. Todo irá bien. Nos encomendaremos a Aquella Cuya Voluntad se Cumple —dijo con un guiño y una inclinación de cabeza hacia el manuscrito.

Madeleine iba a preguntarle qué quería decir con aquello. Por el gesto que había hecho daba la impresión de que era algo que tenía que ver con el libro, aunque Nicole le había dicho que ella no lo había leído. Pero la duquesa salió del cuarto antes de que le diera tiempo a decir nada y cerró la puerta tras ella. Un soplo helado le recorrió el cuerpo. No había notado hasta entonces el frío que hacía en la estancia. Se frotó los brazos. En ese momento, el aceite de la lámpara se consumió y la oscuridad conquistó la habitación por completo.

5

Charles caminaba mustio por las calles llenas de charcos, con cuidado de no salpicarse la capa. Se estaba levantando un viento húmedo y frío pero tenía que dar parte a Boisrobert de lo que había descubierto el día anterior. No tenía sentido remolonear más. Eran malas noticias, pero eran útiles. Evitarían que el rey y el cardenal siguieran buscando como poseídos por toda Francia unos papeles que no iban a encontrar.

El abad vivía cerca de su casa, a los pies de la montaña Sainte-Geneviève, en un edificio de cuatro pisos. El bajo estaba ocupado por el taller de un maestro zapatero que exponía su género de puertas a la calle. En el primer piso dormían el artesano, su familia y sus aprendices, y Boisrobert se alojaba en el segundo. Cuando la diosa Fortuna le sonreía, le pagaba al arrendador las tres libras al mes que costaba alquilar los cuartos de la buhardilla para así mantenerlos libres de familias vociferantes. En su lugar dejaba refugiarse de balde a amigos literatos menos venturosos y a otros personajes perdularios.

Aunque él decía que estaba harto de vivir allí. Odiaba el constante trasiego de curtidores cargados de pieles y de clientes que venían a medirse o probarse, los golpes que daban los aprendices trabajando las hormas y el fuerte olor a cuero que invadía el patio interior. Su mayor deseo era mudarse a una casa propia en un barrio menos transitado. Aunque no lo tenía fácil si no dejaba de desangrarse en las mesas de juego.

Aquella mañana había un original espectáculo desplegado en la misma puerta de su edificio. Cinco o seis mozos embozados se dedicaban a arrojar una lluvia de fruta y verduras podridas contra su fachada, sin parar de gritar obscenidades. El taller del zapatero se encontraba cerrado a cal y canto, igual que las puertas y ventanas del piso principal. Lo primero que se le ocurrió a Charles fue que reclamaban deudas de juego. Pero enseguida se dio cuenta por su indumentaria de que eran estudiantes. Entre huevo podrido y lechugazo, cantaban:

¡Traidor, pelele!
¡Tu pluma a mierda huele!

En los pisos superiores, los criados y los huéspedes de Boisrobert se agolpaban en las ventanas, voceando insultos. Cada vez que un proyectil pasaba demasiado cerca se escondían en el interior, pero rápidamente volvían a asomarse. Por lo visto, no tenían prisa por salir a defender el fortín. El abad estaba asomado también y agitaba el puño sin mucho convencimiento.

Charles avanzó unos pasos y desenvainó la espada haciendo que el acero vibrara con fuerza. Los mozos detuvieron su ataque y le miraron dubitativos. Quizá calculaban si podrían con él entre todos. El mero hecho de que evaluaran la posibilidad de reducirlo a golpe de basura era humillante. Puso cara de perturbado y avanzó hacia ellos, amenazador, amagando estocadas, hasta que el jefe de la cuadrilla dio un silbido para retirar a sus tropas y los estudiantes comenzaron a correr calle arriba. El último le arrojó el tomate que tenía en la mano antes de poner pies en polvorosa.

Horrorizado ante el riesgo de que se estampara en su jubón, pegó dos tajos salvajes al azar, en un intento absurdo de mantenerlo lejos. Para su sorpresa el filo alcanzó el tomate de lleno y lo impulsó medio cortado contra el suelo, donde se estrelló hecho un amasijo rojo. La ovación de los habitantes de la casa le hizo sonreír y se vio obligado a hacer una breve reverencia. Al poco, el propio Boisrobert salió a recibirle y a acompañarle a sus habitaciones. Le instaló en la mejor silla y le sirvió un vaso de vino:

—Bienvenido, *mon cher*, igual de oportuno que Aquiles socorriendo a su Patroclo.

433

Charles pasó por alto la alusión amorosa, como hacía siempre, y bebió un buen trago:

—Bueno, más vale que no acabéis agujereado por un Héctor cualquiera. ¿Quiénes eran esos tipos?

El abad suspiró y se derrumbó a su vez en una silla:

—Libertinos. Discípulos de Théophile de Viau, mi viejo amigo. Me temo que para complacerlos tendría que pasar dos años en un calabozo oscuro, como él, por celebrar la sodomía en mis versos. Nada más podría redimirme. Piensan que soy un vendido, un miserable esclavo de Richelieu.

En realidad los reproches que le hacían los estudiantes no eran descabellados. En unos pocos años Boisrobert había pasado de descreído poeta libertino, hijo de hugonotes, a convertirse al catolicismo, tomar los hábitos y arrimarse a las sotanas rojas del cardenal como a una fogata en invierno. Charles no sabía si eran la persecución y el proceso por sodomía a Théophile de Viau lo que le había pegado el empujón, haciéndole ver las orejas al lobo, pero lo cierto era que su hábil movimiento le había supuesto un ascenso fulgurante en la Corte.

Aunque había que ser comprensivos. A él también le habían deslumbrado los libertinos recién llegado a París, y también procedía de una familia de hugonotes. Pero enseguida se había dado cuenta de que para meter la cabeza en la Corte, su pertenencia a la religión reformada no era más que un lastre y se había convertido al catolicismo sin pensárselo dos veces. Exclamó, con indignación auténtica:

—Pues ¡poca grandeza de espíritu demuestran los que la proclaman a los cuatro vientos!

—Ah, ardéis con la indignación de la primera juventud, qué envidia. —El abad se enderezó en la silla, serio de pronto—. ¿No os habéis preguntado nunca por qué sirvo al cardenal?

—¿Por los beneficios que os procura?

Boisrobert sacudió la cabeza:

—No. Desde luego, su protección no es nada desdeñable. Pero no me complacería servir a alguien que me fuera inferior. Richelieu es un hombre de auténtico genio. Y me escucha. —Su voz vibró con emoción—. Vamos a convertir a Francia en un Parnaso sin igual.

Los ojos del abad brillaron limpios un instante, antes de recuperar su habitual aspecto opaco, siempre al acecho del chiste o la frase ingeniosa.

Charles carraspeó. Todo eso estaba muy bien, pero quería soltar la mala noticia de una vez:

—Hablando del cardenal… Tengo noticias de Ansacq.

—Me han dicho que vuestro amigo el gascón ha regresado de Lorena.

Sintió un cosquilleo de satisfacción al oír aquel epíteto dedicado sólo a Bernard, pues confirmaba que él había logrado trascender el mismo origen provinciano. A nadie se le ocurriría decir «Montargis, el gascón».

—Ayer por la tarde.

—¿Le ha contado la muchacha algo del asunto que nos interesa?

Charles hinchó el pecho con orgullo:

—No. Pero no lo vais a creer: Bernard me ha hablado de un estuche que tenía escondido la vieja y que, entre otras cosas, contenía unos papeles en inglés. —Boisrobert no hizo ningún gesto de sorpresa—. ¿Es que os lo esperabais?

—Madeleine de Campremy le contó a Cordelier lo del estuche en cuanto le apretaron un poco las tuercas. El juez supuso que los mensajes podían estar allí y mandó gente a su casa, pero se la encontraron ardiendo. El colmo de la mala suerte.

No había sido cosa de la suerte exactamente. El incendio lo había provocado Bernard. Pero eso no podía decírselo, habría sido poner a su amigo en la picota. Además estaba dolido de que no le hubieran contado nada de aquello. Le respondió con brusquedad:

—No me escucháis. Lo que os digo es que Bernard encontró la caja antes de que ardiera la casa.

Boisrobert enderezó el cuerpo con los ojos muy abiertos. Ahora sí que le había sorprendido:

—¿Y? —le instó, con ansia.

—Miró los papeles y llegó a la conclusión de que no tenían valor alguno.

Boisrobert se frotó las manos:

—Bien, mejor que a nadie le interesen. ¿Dónde está esa caja?

Le miraba como si esperara que se la sacara de la manga. Charles se dio cuenta de que en su afán no había mencionado que el estuche había desaparecido. Respondió con cautela:

—No la tengo. Bernard la tiró al río.

El rostro del abad se ensombreció:

—Me estáis gastando una broma.

—Me temo que no. Lo hizo para que no la usaran como prueba contra mademoiselle de Campremy.

Boisrobert murmuraba blasfemias a media voz:

—Las cartas, halladas y perdidas. Trágico. —Achicó los ojillos con malicia—. Yo desde luego no pienso ir a informar al cardenal, tendréis que hacerlo vos. Os va a pelar la poca barba que tenéis.

Charles pegó un respingo:

—¿A mí? ¿Y yo qué culpa tengo?

El genio del cardenal era notorio. No quería tener que transmitirle malas noticias. El abad le contempló, socarrón:

—Siempre desahoga matar al mensajero. —Se levantó de la silla y echó a pasear por la habitación—. Además, no tenéis éxito ninguno con mademoiselle Paulet. Tengo que decíroslo, por vuestro bien; al rey se le ha terminado la paciencia. Está a punto de ordenar que la detengan para interrogarla, aun sin pruebas. Richelieu está muy decepcionado con vos.

Charles rogó, aturullado:

—Ya estoy cerca. Os lo juro. En unos días lo sabré todo.

Todo. Como si tuviera la mínima idea de los secretos que guardaba Angélique. Boisrobert comenzó a reír suavemente. Charles no sabía si de veras le divertía la situación o si sólo quería hacerle ver que era un necio:

—No sé si Su Ilustrísima querrá esperar. No habéis sido de ninguna utilidad. Lleváis meses pegado día y noche a la Leona. Y lo único que nos habéis traído es esa extraña historia que me contasteis sobre su entrevista secreta con el marqués de La Valette. La que acabó con un respetable gentilhombre persiguiéndoos a tiros por todo París… —El abad frunció los labios en una mueca

436

desconfiada—. El padre Joseph piensa que es un cuento que os inventasteis para daros a valer. Y el cardenal está de acuerdo. Muy propio de un joven ambicioso dispuesto a cualquier cosa por introducir el cuello en su servicio…

Charles estaba lívido:

—No estáis hablando en serio.

—Comprendo vuestro temor. Os veis con la soga al cuello. Teníais que haberlo pensado antes de empezar a inventar chismes. El cardenal está muy enfadado. No tolera que se rían de él, y menos en asuntos de Estado. Estáis en un aprieto muy serio, *mon cher*. —Boisrobert le puso una mano en el hombro y le miró fijamente—. Me estoy jugando la desgracia yo también al advertiros, pero os aconsejo que os quitéis de en medio una temporada. Quizá así eludáis el castigo.

—¿Os estáis burlando? ¡Os juro que no mentí! —No entendía cómo se le había puesto todo en contra de aquella manera. Si al menos consiguiera convencer al abad… Él mismo lo había dicho, Richelieu le escuchaba—. No me puedo creer que no me hayáis defendido. Pensaba que me queríais bien.

Boisrobert se situó detrás del respaldo de su silla y le apretó el hombro:

—Pues claro que os quiero… bien —De repente sonaba muy solícito, y tenía la voz rasposa—. Podría intentar convencer al cardenal de que no le habéis mentido. Pero ¿cómo puedo estar seguro de que no ha sido así?

Hubo un momento de duda durante el cual ninguno de los dos se movió. A Charles se le hizo eterno. La mano del abad le desabotonó los primeros botones del jubón y le deshizo los nudos de la camisa con impudicia. Él estaba rígido. Sentía el aliento de Boisrobert en la nuca.

Más de una vez había temido que llegara ese momento.

Él era un hombre práctico. Siempre se había dicho que en caso de verse en una situación tal, su ambición vencería la natural repugnancia que aquello le producía. Mucho se podía ganar de aficionarse a quemar la vela por los dos cabos. Sólo había que fijarse en el duque de Épernon, que había pasado de gentilhombre

437

insignificante a grande del reino gracias a su intimidad con Enrique III. O en Buckingham, elevado hasta las alturas por el rey Jacobo de Inglaterra. Pero en ese momento, con la mano caliente de Boisrobert acariciándole el pecho y su boca pegada al cuello, no lo tenía tan claro.

Le agarró por la barbilla, deteniendo su avance:

—¿Le hablaréis en mi favor al cardenal?

El abad susurró:

—Vuestra cordialidad podría inspirarme a ello, sí.

Charles cerró los párpados con fuerza y dejó que el otro le girara la cabeza y le besara. Angustiado, intentó imaginarse que estaba con una mujer, pero el roce del bigote y la piel áspera de las mejillas del abad lo hacía imposible. Gracias al cielo Boisrobert no era de lengüetazo o dentellada, sino de discreta exploración. Casi lograba controlar las arcadas, pero entonces abrió los ojos, se encontró con la calva incipiente del abad y se dio cuenta de que no iba a poder.

Se lo quitó de encima como pudo y se puso de pie, escupiendo saliva:

—¿Tan decepcionado está el cardenal conmigo?

Pero Boisrobert no le soltaba. Peor aún, se estrujó contra su cuerpo y Charles sintió una inconfundible presión en el muslo:

—*Nom de Dieu*, muchacho, olvidaos de Richelieu —le susurró el abad. Le estaba sobando el culo. Y tenía su aliento en la oreja—. Os aseguro que le habéis caído en gracia y tiene grandes esperanzas puestas en vos.

Charles le apartó de un empellón:

—Pero ¿no acabáis de decir que estaba a punto de despedirme de su servicio y castigarme?

—¿Eso he dicho? Sólo quería asustaros un poco… —Los labios de Boisrobert dibujaron una sonrisa impúdica, a pocas pulgadas de su rostro—. Y ha surtido efecto.

Charles tardó en comprender. Boisrobert le había tomado el pelo.

Un peso inmenso desapareció de sus hombros. Pero enseguida el alivio dio paso a la rabia. El bochorno más pavoroso le sacudió de arriba abajo. No sabía si matar al abad a golpes o salir corriendo. Se arrojó contra él, le agarró por el cuello de la camisa y le empujó con violencia contra una mesa voceando juramentos. Alzó el puño dispuesto a machacarle la cabeza. Pero una voz interior le advirtió a tiempo de que si le hacía daño podía buscarse la desgracia con el cardenal, esta vez en serio. Boisrobert le miraba espantado y mudo.

Bajó el brazo y descargó el golpe en su estómago. El abad se encogió con un gemido y Charles le arrojó al suelo, sin parar de gritarle:

—¡Cabrón tramposo! ¡Hideputa! —No sabía si estaba más encolerizado con el abad o consigo mismo.

Lo que acababa de pasar demostraba que no era más que un pobre simple, en el mejor de los casos, y en el peor, un bujarrón en potencia. Menudo hombre de mundo, capaz de venderse tan barato. Se dio la vuelta, frenético, y arrojó al suelo con violencia la mitad de las cosas que quedaban en la mesa. Luego se cerró el jubón con dedos temblorosos y recogió su ropa de abrigo, ciego de vergüenza y de indignación.

Aunque una llamita de lucidez comenzaba a iluminar su cerebro y a ralentizar sus gestos. No quería hacerse un enemigo de Boisrobert. Si salía así de aquella casa, su carrera estaba acabada. De pura indecisión, se giró contra la pared y la golpeó con tanta fuerza que pensó que se había roto la mano.

El abad contemplaba su exhibición, boquiabierto y encogido en el suelo. Charles agarró el sombrero, incapaz de verle un arreglo a aquello, y con el rabillo del ojo le pareció que Boisrobert hacía un gesto para detenerle. Remoloneó un último instante con el pestillo en la mano y de repente escuchó una risita cautelosa a sus espaldas. Se dio la vuelta, desconfiado.

—*Mon cher* Montargis… —El abad se incorporó con las manos en alto, intimidado aún—. Quedaos, por favor, os juro que no volveré a poneros la mano encima.

Boisrobert le estaba tendiendo un puente y no quería rechazarlo, pero tenía que salvaguardar su dignidad.

—Si alguien se entera de lo que ha pasado…

—¿Le rebanaréis el pescuezo a vuestro amigo Boisrobert? Dejadme que os dé un consejo, *bel ami*. Nunca comencéis algo que no estéis dispuesto a llevar a término. —Sonrió—. Y eso vale también para vuestro cometido con la Leona. Tenéis que esforzaros más. En eso no os he mentido. El rey se impacienta.

Boisrobert parecía haber aceptado la derrota de buen grado. Charles respiró hondo y dejó su capa de nuevo sobre una silla. Confiaba en que después de la lección que le había dado el abad no volvería a intentar nada en mucho tiempo. Se revolvió indignado:

—¿Cómo voy a cumplir con éxito mi cometido si no me dais toda la información? Sabíais de la existencia del estuche pero no me lo dijisteis. Al interrogar a Serres me podía haber pasado desapercibido. —Según hablaba se iba acalorando más—. Desaprovecháis mi inteligencia y me insultáis. ¡Me tratáis como a un esbirro!

El abad meditó unos instantes su respuesta:

—Está bien. —Suspiró—. Vamos a ver cuán inteligente sois. Os voy a plantear una adivinanza complicada. Sentaos de nuevo.

Le empujó hacia la silla, sin mucha ceremonia, y él se dejó hacer:

—No quiero juegos —rezongó—, quiero información.

El abad revolvió en un cajón, extrajo un papel y se lo plantó en la mano:

—Esto, *mon cher*, es una combinación de ambas cosas.

Charles observó el papel con desconfianza y leyó:

> *El león joven al viejo vencerá,*
> *En campo bélico por duelo singular:*
> *En jaula de oro atravesará los ojos*
> *Dos choques uno, luego morir, muerte cruel.*
>
> *Lo que ni hierro o llama han sabido conseguir*
> *La dulce lengua logrará en el consejo,*
> *Con el reposo, sueño, el rey contemplará*
> *El enemigo sin fuego, sangre militar.*

Armas que luchan en el cielo largo tiempo
El árbol tumbado en mitad de la ciudad
Alimaña roñosa, una pica, enfrente del fuego
Entonces sucumbió el monarca de Hadria

Viejo cardenal por el joven embaucado,
Fuera de su cargo se verá desarmado,
Arlés no muestras que se perciba el doble;
Y liqueducto y el Príncipe embalsamado.

Levantó la vista, decepcionado:

—Son cuartetas de Nostradamus. Cualquier lavandera reconocería el estilo grandilocuente y enrevesado. ¿Ésta es vuestra prueba de ingenio?

El médico provenzal Michel de Nostredame era el profeta más famoso de la cristiandad. Había muerto hacía ya casi sesenta años, pero todo hombre curioso había visto una copia de sus *Profecías*, y Charles había discutido a menudo sobre ellas con su padre.

Los extraños sueños del provenzal también habían tenido un éxito extraordinario en la Corte. La vieja reina Catalina de Médici le había protegido y contaban que en una ocasión se había desplazado hasta su hogar de la Provenza para consultarle sobre el futuro de sus hijos. Quería saber cuántos de ellos reinarían y durante cuántos años se sentarían en el trono.

Nostradamus le había presentado un espejo en una habitación en penumbra. Una tras otra se habían aparecido sobre la superficie bruñida las imágenes de sus hijos girando sobre sí mismas. Cada vuelta representaba un año de reinado. El adivino le había predicho que todos ellos morirían sin descendencia y que su primo Enrique de Navarra ascendería al trono.

Boisrobert arrastró una silla al lado de la suya, con la actitud de un colegial ávido de compartir confidencias:

—Reconocerlas no es lo difícil. Ahora tenéis que interpretarlas.

Charles le miró, incrédulo. Interpretar las profecías de Nostradamus era el pasatiempo favorito de cuantos adivinos y sacacuartos rondaban por la capital. Los versos eran tan vagos que podían significar cualquier cosa. Iba a decirle que él no era el hombre adecuado para aquella tarea pero un brillo travieso en la mirada de Boisrobert le decidió a colaborar:

—La primera es fácil. La muerte de Enrique II.

> *El león joven al viejo vencerá,*
> *En campo bélico por duelo singular:*
> *En jaula de oro atravesará los ojos*
> *Dos choques uno, luego morir, muerte cruel.*

Todo el mundo conocía aquella cuarteta. Era la que había demostrado sin duda posible que Nostradamus tenía la habilidad de ver el futuro. La que le había procurado fama y renombre. En ella describía, con cuatro años de antelación, las circunstancias exactas de la muerte del rey Enrique II, el esposo de Catalina de Médici, acaecida en 1559.

El accidente había tenido lugar durante los grandes fastos de celebración de las bodas de una de sus hijas con el rey de España. Como era costumbre, se había organizado un torneo y Enrique II había decidido tomar parte en las justas, a pesar de las advertencias de sus astrólogos, que le habían aconsejado evitar todo combate el año de su cuarenta cumpleaños.

Después de varias victorias, el rey se había enfrentado al capitán de su Guardia Escocesa. El choque había sido tan violento que la lanza de su contrincante le había levantado el casco. Una larga astilla de madera le había atravesado el ojo izquierdo. Otra se le había quedado clavada en la frente, por encima del ojo derecho. Había muerto en medio de atroces sufrimientos aquella misma madrugada, en brazos de su esposa.

El «león joven» era el capitán y el «viejo», Enrique II. Ambos llevaban leones pintados sobre sus escudos aquel día. La «jaula de oro» era el casco dorado del rey y los «dos choques» se mencionaban porque hasta el tercero no había ocurrido el accidente. Era la más popular de las cuartetas de Nostradamus.

Boisrobert le alentó con un gesto:

—Bien. No esperaba menos de vos. Continuad.

Charles leyó el resto dos veces, sin que se le ocurriera nada.

—¿Aparecen juntas en el texto original?

El millar de cuartetas que había escrito Michel de Nostredame estaba dividido en centurias. El orden no era cronológico, pero la proximidad a veces indicaba relación entre los eventos.

—No, están extraídas de diferentes centurias. —Charles se concentró. Aquel ejercicio no era muy diferente de la búsqueda de anagramas en la Estancia Azul. En la segunda cuarteta había un rey, en la tercera un monarca y en la cuarta un príncipe. Había sangre, picas y entierros. Si la primera hablaba de la muerte de Enrique II, las otras podían ser algo parecido.

> *Lo que ni hierro o llama han sabido conseguir*
> *La dulce lengua logrará en el consejo,*
> *Con el reposo, sueño, el rey contemplará*
> *El enemigo sin fuego, sangre militar*

Eureka:

—La segunda se refiere al asesinato de Enrique III.

Boisrobert aplaudió:

—Bravo. Yo tardé más tiempo en hallar el vínculo. ¿Cómo lo habéis deducido?

—Por el hecho de que ni hierro ni llama hubieran logrado acabar con él, sino alguien que venía a verle en consejo.

El hijo de Enrique II y Catalina de Médici tampoco había tenido una muerte apacible. Y su progenitor, al menos, había caído con las armas en la mano. Él había sido asesinado por un simple monje que le había sorprendido mientras hacía de vientre. A Charles le había parecido tan humillante el episodio que todos los detalles se le habían quedado grabados en la memoria desde que lo oyera relatar por primera vez en su infancia.

El desafortunado monarca había pasado su reinado de guerra en guerra. Bien podían hacer referencia a eso el «hierro» y la «llama» de la cuarteta. La muerte le había llegado cuando estaba a punto de lanzar un ataque contra el partido ultracatólico, que se había sublevado contra él. Un dominico fanático llamado Jacques

443

Clément se había introducido en sus habitaciones privadas con el pretexto de llevarle un mensaje y le había apuñalado mientras evacuaba. Su engaño era la «dulce lengua» de la que hablaba el verso; hasta su apellido, «clemente», era casi un sinónimo de dulce.

El rey había expirado horas después rodeado por los grandes señores de Francia, entre ellos su favorito, el duque de Épernon, y su pariente Enrique de Navarra, a quien, a falta de hijos, había reconocido como heredero.

—Después de su muerte, sus tropas se retiraron. Así que el «enemigo» logró derrotarlas sin utilizar «fuego» ni derramar «sangre militar» —concluyó—. No tengo muy claro a qué pueden referirse el «reposo» y el «sueño». ¿No acababa el rey de despertarse cuando el monje le sorprendió? Eso significaría que nada más salir del sueño «contempló» a su asesino…

—Pudiera ser. Yo he leído que días antes de su muerte soñó que su ropa, su corona y su cetro eran pisoteados por una muchedumbre liderada por un monje. Parece que discutió la visión con conocidos y astrólogos que se encargaron de difundirlo en todo tipo de hojas volanderas una vez muerto el monarca.

—Pues ya tenéis dos interpretaciones por el precio de una.

Boisrobert se rascó la barbilla:

—Recordadme que le mencione al cardenal lo agudo que sois.

Charles le miró, escamado, y el abad sonrió con aparente inocencia. Volvió a concentrarse en el papel y en la siguiente estrofa.

> *Armas que luchan en el cielo largo tiempo*
> *El árbol tumbado en mitad de la ciudad*
> *Alimaña roñosa, una pica, enfrente del fuego*
> *Entonces sucumbió el monarca de Hadria*

Levantó la vista con aire triunfante:

—La muerte de Enrique IV. —El buen rey gascón. Apuñalado en su carruaje.

—Vaya, qué rápido sois…

—Es que, visto el tema que comparten las otras dos cuartetas, es inevitable acabar concluyéndolo.

—Pero ¿podéis explicarlo? Si ha sido a voleo, no lo acepto.

Charles frunció el ceño:

—Bueno, para empezar, sucedió a Enrique III en el trono, tiene sentido que la siguiente cuarteta hable de él. Las «armas que luchan en el cielo largo tiempo» son las innumerables batallas que tuvo que vencer para lograr la corona. —Boisrobert le miraba, satisfecho—. El «árbol tumbado» supongo que es una forma metafórica de referirse al rey, que muere en el centro de París. Además, dicen que poco antes de su muerte el árbol de mayo del Louvre se desplomó a sus pies como si fuera un aviso del cielo. Y la «pica» es el arma asesina.

—Pero le clavaron un puñal, no una pica.

—Ése es un detalle sin importancia. Una pica también se clava en el pecho para matar. Las centurias de Nostradamus no pueden tomarse al pie de la letra. La expresión «enfrente del fuego» se refiere a la calle de la Ferronnerie donde lo asesinaron… La calle de los herreros. Los herreros usan el fuego para moldear el metal.

—Impresionante. ¿Y la «alimaña roñosa»?

Charles se encogió de hombros:

—¿El asesino? —Su mirada se iluminó de nuevo. Aquello tenía su gracia—. Ravaillac, el loco, tenía el pelo rojo. El orín del metal es rojizo.

El abad volvió a aplaudir como un niño:

—Ojalá hubierais estado con nosotros la tarde que el cardenal y yo pasamos descifrándolas. Sois muy eficaz. —Sonrió—. Lo que quizá no sepáis es que Enrique IV aparece a menudo en las profecías de Nostradamus con el apelativo de «Hadria». Todo confirma vuestra interpretación.

Estaba orgulloso de su agudeza, pero quiso darse un aire modesto:

—Me halagáis; no es para tanto.

Boisrobert se frotó las manos:

—¿Y la última cuarteta?

Charles agarró de nuevo el papel y se concentró:

Viejo cardenal por el joven embaucado,
Fuera de su cargo se verá desarmado,
Arlés no muestras que se perciba el doble;
Y liqueducto y el Príncipe embalsamado.

Cada cuarteta describía la muerte sangrienta de un rey. Y estaban dispuestas en orden cronológico. La primera advertía de la muerte violenta de Enrique II, la segunda de la de su hijo Enrique III y la tercera, el asesinato de su sucesor, Enrique IV. Cuyo hijo se sentaba ahora en el trono. ¿Sería posible que Nostradamus estuviera anunciando la muerte de Luis XIII en aquellos cuatro versos? Después de darle vueltas y más vueltas tuvo que reconocer que no daba con ello:

—No se me ocurre nada. Tiene que ser la muerte del rey, pero no veo cómo ni por qué.

Boisrobert se arrimó a su silla otra vez, con ademán cauteloso:

—Eso es porque todavía no ha sucedido. Es mucho más fácil interpretarlas a posteriori. Pensamos que la cuarteta tiene que contener algún tipo de aviso.

Charles le miró con severidad para que no se acercara más. Se le había acabado la inspiración:

—Alguien va a quitarle el puesto al cardenal y eso precipitará la caída del rey, que acaba embalsamado.

El abad soltó una carcajada:

—No puede ser tan literal. Nunca lo es.

Charles insistió, agarrándose a lo único que se podía sacar en claro:

—Pues aquí pone que van a echar al cardenal del cargo por culpa de un embaucador. Eso sería terrible… —Para Richelieu, para el abad y para él—. ¿En Arlés? ¿Qué hay en Arlés?

Boisrobert sacudió la cabeza:

—Pantanos. Mosquitos. El Ródano.

—Puede ser cualquier cosa. —Suspiró, dándose por vencido.

—No. Tiene que ser una advertencia. El rey ha consultado a numerosos eruditos. Todos coinciden con nosotros en la interpretación de las tres primeras estrofas, pero nadie sabe descifrar la última.

—Pero ¿a quién se le ha ocurrido este juego? ¿Y por qué pierde tiempo el rey tratando de…? —Entonces comprendió—. ¡Es el mensaje! El mensaje inglés que llegó a destino. El que el rey Jacobo de Inglaterra le encomendó a un mensajero antes de morir para que lo hiciera llegar a Su Majestad.

—Cualquiera habría dicho que Jacobo tenía bastantes cuentas que saldar con Dios como para perder el tiempo con acertijos en su lecho de muerte, ¿verdad? Original hasta el último aliento… —murmuró el abad—. Creedme, yo sería el primero en achacarlo todo a los delirios de una mente agonizante. Si los otros dos mensajeros no hubieran muerto asesinados. Está claro que alguien quería impedir que la advertencia llegara a París y que Jacobo tenía motivos para tomar tantas precauciones y camuflar su mensaje. ¿Y qué podía haber más natural para un hombre fascinado por las ciencias oscuras, como él, que utilizan una cuarteta de Nostradamus? Si vuestro amigo no hubiera destruido las dos piezas del rompecabezas que nos faltan, tendríamos más pistas y sabríamos qué nos quería decir exactamente.

—¿Y la mujer de Ansacq…?

—No dio tiempo a sacarle casi nada. Cordelier tuvo que aplicarle tormento sólo para que confesara que estaba detrás del robo de los dos mensajes. No hubo ocasión de averiguar más, porque el cirujano del tribunal se apiadó de ella y la envenenó, muy cristianamente, para que no tuviera que sufrir más. —Boisrobert contempló el pliego manuscrito—. Si al menos supiéramos qué plazo tenemos… Cuando detuvieron a la mujer encontraron varios libros de astronomía en su casa y en uno de ellos había garabateado algo sobre una «conjunción estelar». Pero los cálculos estaban a medias. No sabemos cuándo será, ni siquiera si tiene relación alguna con el asunto.

—Ni cómo se supone que va a morir el rey. La cuarteta de Nostradamus es indescifrable.

—¿Y qué utilidad tiene una profecía si no puede descifrarse a tiempo? —preguntó el abad—. Os lo voy a decir: ninguna. Si sólo logramos interpretarla a posteriori, como las otras tres, ya será tarde para evitar la desgracia. Así que ahora ya comprendéis por

447

qué es tan importante cazar a la Leona. Para Su Majestad es cuestión de vida o muerte. Nos ha dado una semana.

Por supuesto que lo comprendía. Muertos el rey Jacobo, Anne Bompas y Percy Wilson, Angélique era la única pista que les quedaba, por vaga que fuera. Era imprescindible averiguar de una vez por todas por qué había asesinado al paje inglés. Impresionado por la importancia de su misión, Charles asintió:

—No os arrepentiréis de haber confiado en mí.

Tenía que descubrir como fuese los entresijos de Angélique. Así que si el cielo seguía sin ayudarle, iba a tener que ayudarse él.

6

El cielo estaba revuelto y oscuro, y la luz parecía más la del crepúsculo que la del mediodía. El viento soplaba con tanta fuerza que las mujeres se veían apuradas para sujetarse las faldas y los hombres cruzaban el patio del Louvre aferrando sus sombreros. Un remolino cogió a Bernard de improviso a pocos pasos del portón de la Sala Baja y los ojos se le llenaron de polvo.

La Sala de la Guardia estaba muy concurrida. Aunque el rey había salido de caza con un puñado de hombres, el tiempo no estaba para paseos, ni para ejercitarse a caballo, así que cortesanos y oportunistas rondaban aburridos comentando la noticia del día.

Luis XIII había perdonado a Lessay y a Bouteville.

Bernard venía de una fonda en la que se había metido para matar los gusanos del estómago antes de ver a la reina, y no se había enterado de nada. Se coló en los corrillos de inmediato, preguntando a unos y a otros. Al parecer, el rey había mandado a buscar a los dos presos a la Bastilla hacía un rato y después de una breve entrevista se los había llevado de caza para sellar la reconciliación.

Nadie sabía más, aunque todo el mundo tenía su propia opinión.

Según algunos, Luis XIII se había impuesto por fin a la perniciosa influencia del cardenal, que era quien se negaba a que les concediera el perdón; según otros, era su confesor, el padre Séguiran, quien había aconsejado a Su Majestad que actuara con generosidad; según un tercer grupo había sido la insistencia de los parientes y amigos de los detenidos la que había decidido al rey, contra su propio criterio, y estaba de tan mal humor como si las tropas imperiales hubiesen arrasado media Francia.

A Bernard le daban igual las motivaciones del rey. Se alegraba de la buena noticia y tenía ganas de ver al conde. Pero ahora lo que le preocupaba era llevar con donosura su encuentro con la reina.

La primera hora de espera se le fue en intentar controlar los nervios. No iba a ser la primera vez que viera a Ana de Austria y, al menos ahora, no iba a tener que jugar a la gallina ciega. Pero en aquella primera ocasión no había hecho falta contestar preguntas, ni rebuscar fórmulas de cortesía en la mollera para complacerla.

A la segunda hora, la inquietud se convirtió en aburrimiento, y a la tercera habría dejado plantada a Ana de Austria por cualquiera que le hubiese ofrecido un capón asado y una jarra de vino.

Las campanas de las cuatro le pillaron sentado en uno de los cofres que, adosados a las paredes de la sala, hacían las veces de bancos, con el sombrero en una mano, un botón descosido correteando entre los dedos de la otra y bostezando como un perro hambriento. Al otro lado de las ventanas caía un aguacero inmisericorde y el cielo estaba completamente negro. Por fin, un guardia asomó por la puerta, gritó su nombre y le pidió que le acompañara. Bernard se incorporó de un salto, se caló el sombrero y, siguiendo un surco de miradas envidiosas, cruzó la sala y penetró en los apartamentos privados.

Atravesó un par de antecámaras detrás del guardia, muerto de nervios. No sabía cuán solemne iba a ser la entrevista, ni si sería privada o estarían rodeados de gente. Sólo esperaba que Marie se encontrara allí para guiarle. Pero cuando por fin le hicieron pasar a la estancia donde Ana de Austria aguardaba, no tuvo sangre fría para buscarla con la mirada.

Hincó la rodilla en tierra y esperó a que la reina le pidiera que se alzara sin atreverse a mirarla a la cara. Era extraño que aquélla fuera la misma damita pálida de ojos clarísimos que semanas atrás aplaudía entusiasmada los atrevimientos de Marie. La mujer que tenía sentada delante mostraba una gravedad solemne que le intimidaba. Sus modales desprendían la severidad austera que se decía reinaba en la Corte de Madrid y parecía contemplarlo todo a cierta distancia, como las estatuas que vigilaban a los fieles junto a las puertas de las iglesias antiguas.

Estaba acompañada por media docena de damas. Marie ocupaba un taburete a su derecha y de pie, al otro lado, se encontraba la baronesa de Cellai; las dos rivales por el afecto de la soberana, flanqueándola serias como sotas de bastos de una baraja española. Del resto, Bernard reconoció a la princesa de Conti, la hermana del duque de Chevreuse, y a otro par que había visto en la fiesta de Lessay, pero los nombres se le escapaban. Sólo había dos varones: uno de ellos era un gentilhombre vestido de seda gris, alto y delgado, que rondaría los setenta años, y el otro un pajecillo con cara de alelado que no pasaba de los doce. Sí que era verdad que Luis XIII escogía con buen cuidado a los hombres a los que permitía frecuentar libremente a su esposa...

La reina le interrogó sobre su familia y sobre la impresión que le había producido la Corte. Luego le dijo que se alegraba de que la ahijada de su querida amiga estuviera a salvo y le preguntó si estaba al tanto de que el rey había perdonado a su patrón. Hablaba un francés ágil y espontáneo, aunque no había perdido del todo el acento sonoro de su lengua natal.

Bernard respondió con todo el agrado y donaire de que fue capaz, y la impresión no debió de ser del todo mala porque al cabo de unos minutos Ana de Austria le murmuró algo al oído a Marie, sonrió y le invitó a quedarse a tomar el chocolate. La llegada de la camarera con el servicio hizo que el corro de damas se rompiera en una charla relajada y alegre, y la misma reina perdió gran parte de su seriedad.

Le sirvieron una taza de líquido denso y oscuro, y la miró con desconfianza. El cura de su parroquia decía que el chocolate era cosa de infieles, impíos y nigromantes. Un alimento diabólico que habían traído desde España los judíos marranos para echar a perder las almas de los buenos cristianos de Gascuña. Aunque a él siempre le había parecido que aquello no tenía mucho sentido.

No había en toda la creación nadie más católico que los españoles, y sabido era que todos bebían chocolate.

Sorbió con tiento y arrugó los labios. Estaba muy amargo. Una mano femenina le quitó la taza de la mano y cuando alzó la vista se encontró con la sonrisa de la princesa de Conti, la cuñada de Marie. Era una mujer hermosa, de unos cuarenta años. Tenía un rostro blanco y lustroso y una boca pinzada que desmentía la inocencia de sus ojos juveniles.

—Si no lo habéis probado nunca, no intentéis tomar el chocolate espeso. —Llamó a la camarera para que se acercara de nuevo—. A los españoles les encanta denso, pero es mejor que empecéis a beberlo con un poco de leche. ¿Veis? Así le gusta también a madame de Chevreuse.

La miró escamado. ¿Sabría que eran amantes? Una voz baja y sombría gruñó con sarcasmo:

—Y todavía más desde que el cardenal anda repitiendo a todo el que quiera escucharle que el chocolate es una droga peligrosa que embriaga los sentidos y sólo debería beberse con moderación. —Era el gentilhombre de gris, que removía su taza con los ojos entrecerrados. Parecía un viejo zorro, a sus anchas en un gallinero de postín.

Marie y las otras damas rieron de buen grado, pero la baronesa de Cellai protestó con voz apacible:

—Eso es una maldad, monsieur. Su Ilustrísima está preocupada porque su hermano el prior consume demasiado.

Sus bellas facciones tenían una expresión amable y parecía recuperada por completo de esa enfermedad tan grave y tan súbita que había contraído después de la fiesta. Bernard no se fiaba. A lo mejor era verdad que no había contratado a los matones españoles para que acabaran con maître Thomas, pero a él no se la iba a dar a base de docilidad y compostura. Esa mujer no era ninguna santa.

—Pues yo he oído que empezó a beber chocolate porque unos monjes españoles le dijeron que ayudaba a regular los humores del bazo —interrumpió Marie. La italiana suspiró con evidente irritación—. También calma el mal humor y apacigua la cólera. Así que no le vendría mal a Richelieu imitar un poco a su hermano.

Bernard soltó una carcajada al escuchar aquel comentario para dejar claro a favor de quién estaba. Además, el ingenio malicioso de Marie ya no le embarullaba ni le dejaba con la boca abierta. A lo mejor porque aquella mañana le había dado un repaso de arriba abajo. Hinchó el pecho y paseó una mirada satisfecha por la sala. Aunque nadie lo supiera, le daba igual: él se sentía más orgulloso que un emperador.

Un trueno retumbó en la distancia. El temporal no amainaba. Claro que también podría ser el rugir de sus tripas, que con los diminutos dulces de almendra que acompañaban al chocolate no tenían ni para empezar a calmarse. Las damas charlaban de sus cosas en voz queda y él se había quedado plantado en un rincón, a cierta distancia. No sabía si podía despedirse o si debía esperar a que la reina le diera licencia para marcharse. Marie no le prestaba atención, así que se acercó, discreto, al viejo gentilhombre. Él seguro que tenía experiencia bastante para decirle cómo tenía que comportarse.

—Monsieur —preguntó en voz muy baja—. No sé qué se espera de mí, ¿he de quedarme o marcharme?

El hombre le echó un vistazo entre extrañado y divertido. Tenía una mirada afilada que a Bernard le resultaba familiar, aunque no sabía de qué:

—Un mozo de vuestra edad y recién llegado de la provincia… Y ya habéis logrado pisar los apartamentos privados. Dejad que las damas se queden con vuestro rostro y la próxima vez será pan comido —le dijo, en un susurro—. Ahora, aprovechad vuestra fortuna. Mirad, escuchad y aprended.

Tampoco le quedaba otra. Aunque se hubiera atrevido, él no tenía desparpajo para colarse en ninguna conversación. Pero mientras no le preguntaran su opinión sobre nada, no le importaba aguantarse un poco el hambre y quedarse allí otro rato entre tanta dama hermosa.

Ana de Austria propuso que contaran historias de terror para pasar aquella tarde de tormenta y la compañía aceptó con entusiasmo. El paje se encargó de avisar para que atenuaran la luz de la estancia y, mientras la reina y sus damas se sentaban en el suelo sobre un montón de cojines, el viejo gentilhombre y él arrimaron dos sillas para formar un corro en una esquina de la sala. Justo en ese momento se abrió una de las puertas y un hombre flaco vestido con una sotana roja pidió permiso para entrar. En los brazos llevaba un gato de pelo largo y gris que tenía los ojos entrecerrados. Saludó a la reina con deferencia y le preguntó si le permitía aguardar en su compañía el regreso del rey, con quien tenía asuntos que tratar.

Bernard se puso en pie sin quitarle ojo. Aquél tenía que ser el cardenal de Richelieu. El ministro tenía una perilla muy poco sacerdotal, que le afilaba el rostro, y unos párpados pesados que daban la falsa impresión de que estaba a punto de dormirse. Falsa porque saltaba a la vista que todo su cuerpo estaba alerta, como un arco a punto de ser disparado.

Interrumpió su escrutinio al darse cuenta de que el cardenal le miraba a él con las cejas arqueadas, sin duda preguntándose qué hacía allí semejante pelagatos. Bernard se inclinó todo lo amablemente que pudo y Richelieu se encogió de hombros.

Ana de Austria rogó al prelado que tomara asiento con la misma amabilidad ceremoniosa con la que se había dirigido a él un rato antes, y Richelieu se acomodó en una silla, sonriendo a la concurrencia femenina con una expresión benévola en los labios y un evidente deleite. Marie le echó una ojeada taimada y cuchicheó algo al oído de la reina, sin importarle que el cardenal la viera. Estaba claro que no se molestaba en ocultar sus antipatías.

Una dama regordeta, a la que había oído llamar madame d'Elbeuf, fue la primera en ofrecerse a contar un relato. ¿Conocían los presentes la historia de Margarita de Borgoña, la desgraciada reina que utilizaba el último piso de la torre de Nesle para sus encuentros amorosos hacía trescientos años? Los suyos eran tiempos siniestros y bárbaros, en los que las aventuras galantes no se comentaban con sonrisitas entendidas en los salones; no, en aquella época las imprudencias se castigaban con rigor, susurró la dama. Margarita de Borgoña fue descubierta y juzgada. Le raparon la cabeza, la despojaron de todos sus ornamentos reales y la arrojaron a un calabozo.

Bernard estaba fascinado, escuchando cómo las palabras brotaban de los labios de la dama lentas y medidas, deleitándose en la narración de cómo el joven y apuesto amante de la reina Margarita había sido apaleado, castrado y desollado vivo, antes de que le cortaran la cabeza y colgaran su cadáver de un gancho para exponerlo al escarnio público. Una ráfaga de viento sacudió las ventanas. Giró la cabeza y su mirada atravesó el Sena. No se veía nada con tanta negrura, pero justo al otro lado del río se cernía la silueta escuálida y solitaria de la funesta torre de Nesle.

Madame d'Elbeuf concluyó su relato con los ojos fijos en el rostro conmovido de Ana de Austria: aquella reina adúltera y sin herederos había amanecido una mañana asfixiada entre dos colchones tras los muros de su prisión. Nadie había sabido nunca quién había terminado con su vida.

Un silencio incómodo atenazó la estancia.

Una reina adúltera y sin herederos. Hasta él se daba cuenta de que todo el mundo estaba pensando en Ana de Austria y Buckingham. Qué atrevimiento. ¿Habría sido un ataque intencionado? La reina tenía el rostro pálido y las manos cruzadas para que no le temblaran. Sólo la narradora giraba la cabeza, desconcertada, sin comprender el efecto que habían tenido sus palabras. Hasta que la fiera mirada del cardenal la hizo caer en la cuenta. Las mejillas se le encendieron y se le escapó una risita nerviosa. Por lo visto no era ninguna malvada, sino una tonta carente de tacto.

La princesa de Conti intervino rápida para disolver la tensión con una historia bien distinta. La de los crímenes del barón Gilles de Rais. A Bernard le resultaba inconcebible que una dama de aspecto tan amable pudiera contar con tanta tranquilidad una historia así de siniestra. El protagonista de su relato era un monstruo que hacía más de un siglo había atraído a su castillo de Bretaña a cientos de niños de los que nunca se había vuelto a saber. Por la noche, sin embargo, los gritos de agonía de las criaturas encerradas en su Torre Negra desgarraban la noche, mientras el señor del lugar y sus acólitos se entregaban a todo tipo de atrocidades y juegos macabros con ellos.

La dama describía con detalle a los niños suplicantes colgados de ganchos de acero que les atravesaban la carne, a los hombres que sodomizaban sus cadáveres aún frescos, y las cabezas infantiles cortadas y expuestas en picas para que Gilles de Rais y sus amigos decidieran cuál era la más hermosa. Todo con un tono de voz más que dulce, mientras enredaba y desenredaba un mechón de pelo en uno de sus dedos.

A él le estaban dando ganas de vomitar.

Trató de distraerse contemplando a Marie, que escuchaba a su cuñada con expresión adormilada y la cabeza recostada sobre el hombro de la reina. Se sonrió, pensando que él era quizá el culpable de su agotamiento. Pero entonces se tropezó con la mirada del cardenal, que también la observaba con un pliegue de satisfacción en los ojos. Tosió con fuerza para desviar su atención. Lo que menos necesitaba era otro rival, y encima con sotana. Aunque la duquesa siempre hablaba de él con rencor y desprecio, le habían contado que en ocasiones el prelado guardaba los faldones en un baúl y se presentaba en los apartamentos de la reina con una espada al cinto y un sombrero de plumas rojas para llamar su atención. No se podía estar seguro de nada.

La princesa de Conti terminó por fin el espeluznante relato contando cómo habían ejecutado en la horca al depravado bretón, y Marie intervino con una voz clara y alegre:

—Vamos, mesdames, hay que continuar el juego. Pero en lugar de aburridos cuentos antiguos que no asustarían ni a un niño de pecho, ¿por qué no contamos algo que hayamos presenciado de primera mano? Monsieur de Épernon —preguntó, con el tono de falsa inocencia que Bernard estaba empezando a conocer tan bien—, vos que presumís de haber sobrevivido a seis reinados y dos regencias, ¿no tenéis ningún secreto terrible que compartir con nosotros?

El viejo gentilhombre inclinó la cabeza con la donosura de un joven galán antes de responder:

—Madame, cuando un hombre alcanza mi edad siente cierta

tendencia a vivir de los recuerdos del pasado. Pero no deseo aburrir a los jóvenes con viejas historias.

Bernard giró la cabeza. ¡El duque de Épernon! Ese nombre sí que lo conocía. Y ahora entendía dónde se había tropezado antes con aquella mirada predadora. Ese hombre era el padre del marqués de La Valette.

Le miró con admiración. Aquel anciano nervudo había nacido en Gascuña, como él, en una familia de segunda fila. Pero había llegado a ser el hombre más poderoso de Francia bajo el reinado de Enrique III, el último de los Valois. Cargaba con más de cincuenta años de guerras e intrigas a sus espaldas. Incluso había sido testigo del asesinato de Su Majestad Enrique IV, sentado a su lado en su carruaje. A él no le hubiera importado que se pasara desgranando recuerdos toda la tarde.

Marie aceptó la explicación del duque con una risa sonora e incrédula:

—Pues si de verdad os divierte recordar el pasado —dijo, con acento malévolo—, podríais contarnos qué hay de cierto en ese rumor que dice que copulasteis frente a un altar con una amante despechada de Su Majestad Enrique IV para invocar a las fuerzas demoníacas la víspera de su asesinato…

A Bernard se le abrió la boca de par en par y la habitación entera contuvo el aliento. El cardenal pegó un respingo tan violento como si alguien le hubiera propinado un puntapié en las posaderas, y el gato saltó al suelo y se arrastró maullando hasta las rodillas de Ana de Austria, que abrazó agradecida su cuerpecillo caliente.

La baronesa de Cellai se revolvió indignada y se santiguó:

—Ya está bien, madame. Ni en casa de la reina podéis dejar de meter al diablo. Vuestra impiedad es intolerable.

Pero el duque de Épernon hizo un gesto con la mano para quitarle importancia a las palabras de Marie y rió con buen humor. Al fin y al cabo, no era de extrañar que corrieran todo tipo de rumores insensatos acerca de un hombre que había estado en la cumbre tanto tiempo.

—No necesito que me defendáis, madame. —Le dedicó una

sonrisa fría a la italiana—. ¿A quién pueden interesar esos viejos embustes? Conozco en cambio un secreto que os pondrá los pelos de punta. Porque afecta a la madre de dos personas que todos conocemos bien: el duque de Montmorency y su hermana Charlotte, la princesa de Condé. La auténtica historia de cómo una dama de origen modesto logró contraer matrimonio con uno de los más altos señores del reino…

Un murmullo de curiosidad intensa acogió aquellas palabras. La baronesa de Cellai hizo amago de replicarle, pero por una vez no debió de encontrar nada con lo que fastidiarles a todos la diversión y se resignó a escuchar la historia con la boca fruncida. Marie sonrió, alentadora, y Ana de Austria asintió con alivio.

El duque de Épernon achicó los ojos y paseó la mirada por la concurrencia:

—¿Cómo pudo la pequeña Louise de Budos llegar a casarse con todo un condestable de Francia? Louise era hermosa, sí. La recuerdo perfectamente aunque hayan pasado treinta años. Parecía un ángel que hubiese decidido residir en la tierra como ofrenda a los mortales. Cómo olvidar su porte etéreo, sus ojos limpios, la curva perfecta de su nariz y de su boca, que pedía a gritos que la besaran. Tenía todas las cualidades que mi viejo amigo, el condestable de Montmorency, podía desear para consolarse por la muerte de su primera esposa. Pero una mujer así… se goza y se descarta, mesdames. —Sacudió la mano en el aire y sonrió, frívolo—. Y ésa era la intención del condestable, según me confesó varias veces. Sin embargo, la inocente Louise, con sus dieciocho tiernos años, no pensaba dejarse utilizar. Osó invocar la ayuda del diablo para embrujar a su admirador y lograr que se casara con ella. Con consecuencias terribles.

El duque hizo una pausa dramática. Un murmullo de expectación recorrió la sala. La reina se tapó la boca con la mano y dijo algo en español:

—La Santa Madre de Dios nos proteja.

Épernon carraspeó, satisfecho del efecto de sus palabras, y continuó:

—Se cuenta que, a cambio de fornicar con el demonio, Louise recibió un anillo mágico con el poder de atar la voluntad de cualquier hombre. En cuanto se lo puso, el viejo Montmorency enloqueció de pasión y decidió desposarla, ante el pasmo de toda la Corte. Como sabéis, tuvieron dos hijos, y no fueron más infelices que otros. Pero el condestable tenía obligaciones militares que a menudo le obligaban a alejarse de su esposa, y cada vez que se marchaba, ella caía en una ansiedad profunda similar al terror. Insistía en estar siempre acompañada de tres damas, incluso para dormir, y sufría horribles pesadillas. Quizá ya sospechéis la razón. —La mirada incisiva del duque recorría expectantes uno a uno los rostros de las mujeres, que estaban todas pendientes de sus labios pálidos.

—¡El diablo! —exclamó Bernard sin poder evitarlo. El cuento le tenía totalmente cautivado. Recordaba nítida en su mente la imagen gallarda del duque de Montmorency en sus salones de Chantilly. ¿Sería verdad que su madre había hecho un pacto con el maligno?

Épernon le dedicó una inclinación de cabeza y una sonrisa de aprobación y continuó:

—El anillo no era un regalo, sólo un préstamo, y para renovarlo el diablo había establecido que la cópula satánica tenía que repetirse cada vez que el marido se ausentara. Innumerables veces sintió la hermosa Louise el peso asfixiante de Satanás sobre sus turgentes senos, su lengua fétida llenándole la cara de babas, el hedor insufrible de su piel escamosa y el dolor atroz de su verga erizada de pinchos incrustándose en sus entrañas. —La voz áspera del duque se detuvo un instante. Sólo se oían el viento y la lluvia que azotaban con violencia las ventanas del Louvre. Las damas contenían el aliento—. Los sirvientes me contaron que el diablo solía venir a visitarla en forma de un hombre alto, embozado en una capa negra. Ella le recibía siempre, fuera la hora que fuese. No tenía elección. Pero un día, refugiada en la compañía de sus hijos, se negó a verle. Ya sabéis que la inocencia angelical de los niños puede servir de protección contra el maligno, y Satanás no pudo acercársele. Pero fue un error fatal. Porque a la mañana siguiente el hombre de negro se presentó a una hora en que Louise se encontraba sola con sus damas. Ella no tuvo más remedio que encerrarse con él en su gabinete, después de dar orden de que no les molestaran, oyeran lo que oyeran. De la habitación no salió ningún ruido en todo el día y por fin, cerca de la medianoche, los criados se atrevieron a forzar la puerta y entrar. En el suelo encontraron a la desgraciada Louise. Muerta. Tenía la cabeza vuelta del revés en una postura antinatural, pero sus facciones no estaban desfiguradas en absoluto, y en la sala flotaba un penetrante olor a azufre. El diablo la había castigado por negarse a cumplir su parte del pacto, aunque sólo fuera una vez. Que os sirva de advertencia, si estáis pensando en engañar al demonio, mesdames… Todo se paga, tarde o temprano.

Bernard estiró la espalda para despejarse. Los demás estaban igual de embobados. Ana de Austria disimuló un estremecimiento estrechándose contra Marie. Hasta el cardenal de Richelieu parecía un tanto impresionado. La única que contemplaba al duque con una mezcla de aburrimiento e impaciencia era la baronesa de Cellai.

La luz de un violento relámpago iluminó la estancia y casi de inmediato un potente trueno hizo temblar las ventanas. Varias damas chillaron espantadas. Pero alguien rompió a reír con nerviosismo y al poco toda la concurrencia se unió al coro. Aquello puso fin a la sesión de relatos. La reina ordenó a los lacayos encender las velas de las lámparas y la estancia se convirtió como por arte de magia en un refugio cálido y dorado a cubierto de las nubes negras y los relámpagos.

La conversación iba recuperando el tono relajado y alegre cuando se escucharon unos ladridos y el raspar frenético de unas uñas contra las puertas de madera, seguidos de un ruido de botas y unas carcajadas masculinas.

Las puertas se abrieron de golpe y tres perros de caza cubiertos de fango irrumpieron en el dormitorio real, acompañados de un penetrante olor a humedad. Unos pasos más atrás les seguían ocho o nueve hombres con las ropas empapadas y cubiertas de barro, y los sombreros chorreantes de agua. El olor que desprendían dentro de sus ropajes de cuero mojado era casi tan intenso como el de los animales.

Todo el mundo se puso en pie de inmediato y Bernard reconoció al mismísimo Luis XIII al frente del grupo. Lessay y Bouteville caminaban detrás de él. Dudaba de si sería adecuado acercarse a saludarlos cuando un grito de angustia le hizo girar la cabeza. Los tres sabuesos habían detectado la presencia del gato que dormía sobre las rodillas de la reina y se habían abalanzado sobre ella con sus fauces babeantes.

Ana de Austria se incorporó, asustada, estrechando al animalito aterrado contra su pecho. El cardenal intentó interponerse, pero los perros, cada vez más excitados, no dejaban que nadie se acercara. Se produjo un revuelo entre las damas y los cazadores, y Bernard se lanzó también hacia los animales, pero las carcajadas del rey los detuvieron a todos de inmediato:

—¡Dejadlos, señores! Qué animales más insaciables. No han tenido bastante con todo un día de caza. ¡Dejadlos que se diviertan!

Los cazadores dudaron y Bernard con ellos. Entonces ocurrió algo que no acabó de entender. Entre el revuelo de quienes se habían acercado a la reina para ayudarla y los remolinos de faldas, le pareció ver que la baronesa de Cellai extendía la mano sobre la cabeza de uno de los perros. De inmediato, los tres animales se calmaron, dejaron de ladrar y se acurrucaron a los pies de las mujeres con los ojos mansos y las orejas gachas.

No estaba seguro de si había sido sólo su imaginación pero cuando alzó la mirada sus ojos se encontraron con los de la baronesa, profundos y verdes como pozos de musgo. Un oscuro poder bullía en sus profundidades por mucho que aparentara inocencia. Ella apartó la vista, pero Bernard estaba seguro de que se había dado cuenta de lo que estaba pensando.

Tragó saliva con dificultad y dio un paso atrás buscando con la mano la madera de una silla. Alguien más tenía que haberlo visto. Pero los cortesanos parecían simplemente aliviados por el rápido desenlace de aquella situación incómoda. Giró la vista hacia el grupo de los cazadores, buscando a Lessay. El duque de Chevreuse le había apartado de la reina, sujetándole por el brazo, y discutían en voz baja. No parecía haberse dado cuenta de nada.

Luis XIII, por su lado, tenía un gesto de desilusión pintado en el rostro, como un niño al que le hubiesen arrebatado su juguete favorito. Ana de Austria contemplaba a su esposo sofocada, con una mezcla de indignación y orgullo herido, y un leve rastro de miedo en la mirada. Sobre la piel de su garganta se marcaban las pequeñas heridas rojas que habían dejado las uñas del animal aterrado que se había prendido a su pecho.

Nadie escuchaba ya ni la lluvia torrencial que seguía derramándose sobre el Sena ni el retumbar del viento contra las ventanas. Los tres perros seguían silenciosos y con el rabo entre las patas, acurrucados sobre la alfombra.

—Os agradezco vuestra visita, sire. Debéis de estar agotado después de un día entero de caza, y más con este tiempo. —La voz de la reina sonaba fría y distante—. No sabéis lo que supone para mí que hayáis tenido un momento para venir a mostrarme lo que significan la hombría y la caballerosidad francesas.

El monarca frunció el ceño:

—Yo venía con la mejor voluntad, a desearos las buenas noches. Si no hubieseis estado tirada sobre esos cojines, a la española —pronunció la última palabra como un insulto—, no os habría ocurrido nada. Sólo los mendigos y las mujeres de los harenes turcos se sientan en el suelo. Intentad recordar alguna vez que sois la reina de Francia.

El insulto era tan grave que Ana de Austria se quedó sin habla durante unos instantes. Bernard volvió la cabeza, buscando a Marie, y vio que sus ojos brillaban con una ira nada disimulada. Finalmente, la reina reunió la suficiente fortaleza para contestar sin que le temblara la voz:

—Recordad vos con quién estáis hablando, sire.

El silencio era absoluto. Todos los presentes contenían la respiración y las miradas se cruzaban, alarmadas. El cardenal se acercó al rey con pasos cuidadosos y la intención evidente de deshacer la imposible situación:

—Hay algo importante de lo que querría hablar con vuestra majestad. Si tiene a bien concederme unos minutos…

El rey asintió, ausente. De repente, parecía muy cansado:

—¿Más cosas, Richelieu? Creí que hoy os daríais por satisfecho. Os he concedido vuestro capricho.

La respuesta del cardenal fue un susurro que sólo el rey escuchó. Ambos dejaron la estancia y Bernard aprovechó para acercarse a Lessay y decirle en voz baja que se alegraba de que estuviera libre. Sorprendido de verle allí, el conde relajó su rictus serio. Se dieron un breve abrazo y su patrón señaló con la cabeza hacia la puerta:

—Venid con nosotros. El rey nos despedirá enseguida y podremos ir a cenar.

Asintió, agradecido, contemplando el desfile de cazadores que salían del cuarto en pos del monarca. Algunos lanzaban miradas de compasión a la reina, otros daban apretones rápidos a alguna de las mujeres y todos remoloneaban, reacios a abandonar la cálida estancia después de un día a aquella terrible intemperie. Bernard se inclinó ante Ana de Austria y Marie, quienes apenas se dieron cuenta, y se unió a Bouteville que caminaba hacia la puerta renegando:

—Toda la puta tarde corriendo detrás de un lobo invisible mientras el diluvio universal se derrumbaba sobre nuestras cabezas. Tengo un hambre que no veo.

No más de la que tenía él. Bernard se giró para hacerle un comentario al respecto a Lessay y entonces se percató de que éste se había quedado atrás, hablando con la baronesa de Cellai. Se paró en seco. El conde la había tomado del brazo e inclinaba la cabeza, compartiendo alguna confidencia. Ella parecía un tanto cohibida por la familiaridad, pero aun así estaba susurrándole algo casi al oído como si de pronto fueran íntimos.

Aquello sí que era raro. Y preocupante. Lagarto, lagarto. Se estremeció, y resolvió alertar al conde acerca de la verdadera naturaleza de aquella mujer en cuanto tuviera ocasión.

7

Lessay se dejó caer otra vez en el vano de la ventana, cruzó los brazos y se quedó contemplando el trabajo de los obreros del jardín. La voz destemplada de María de Médici se filtraba a través de la puerta. Por dos veces, convencido de que la ardiente diatriba había llegado a su fin, se había enderezado y se había estirado la ropa, seguro de que estaban a punto de ir a buscarle. En vano.

Era su primera mañana en libertad y, apenas levantado, le había llegado mensaje de que la reina madre quería verle lo antes posible en su nuevo palacio del sur de París. Imaginaba para qué le había hecho llamar, pero lo que estaba claro era que la urgencia no debía de ser tanta, porque ya llevaba más de una hora aguardando en aquella sala vacía a que tuviera a bien recibirle y se le hacía tarde. Le esperaban a mediodía en la iglesia de Saint-Séverin.

Acarició el pomo de su espada con un placer voluptuoso, encantado de volver a sentir el peso del acero al costado. Sólo había pasado tres semanas en prisión pero habían sido un purgatorio de incertidumbre y aburrimiento. Había despojado a Bouteville de todo su patrimonio a las cartas tantas veces, y había perdido tantas otras el suyo, que al final ya no sabía si era el hombre más rico de Francia o un menesteroso.

Después de que el gobernador de la Bastilla les devolviese sus armas, Luis XIII les había recibido en el Louvre, rígido y severo, y les había recriminado su falta de respeto y el desorden que habían originado por su mala cabeza. Ellos se habían mostrado arrepentidos y habían prometido servirle y obedecerle lealmente en adelante. Y eso había sido todo. El rey se los había llevado de caza.

No se fiaba un pelo.

Tampoco era que hubiera previsto pudrirse en una celda hasta el día del Juicio por el asunto de Ansacq, pero aquella gracia tan rápida le escamaba, por mucho que sus amigos y parientes hubieran presionado al rey.

Ni siquiera había querido ir a celebrar su liberación a las tabernas de la puerta de Saint-Honoré como pretendía Bouteville. Y no porque no tuviese ganas de jarana. Pero Luis XIII era el ser con más dobleces que conocía. Capaz era de tomárselo como una afrenta personal. Una prueba de que su contrición era falsa y se habían reído otra vez en su cara.

Apartó la vista de la ventana y maldijo entre dientes. Debían de ser más de las once y la madre del rey seguía protestándole a su arquitecto en la estancia contigua, con aquel desabrido acento florentino. Ahora estaba recriminándole algo acerca de la talla de las puertas. A Lessay no se le ocurría qué queja podía tener. A él el trabajo le parecía magnífico.

María de Médici le había comprado al duque de Luxemburgo aquellos terrenos situados en el camino de Vaugirard hacía años con la intención de construirse una residencia propia, inspirada en el palacio florentino en el que había crecido. El resultado era un edificio suntuoso, alegre y lleno de elegancia, con delicados templetes, cúpulas al gusto italiano, columnatas y majestuosas escaleras de mármol. El estanque y los jardines aún no estaban terminados, pero la reina madre había adquirido tierra suficiente para darles unas dimensiones grandiosas, y había encargado planos a distintos escultores para llenarlos de grutas ornamentales, fuentes, terrazas y juegos de agua, de modo que se asemejasen a los parques que había conocido en su infancia. El edificio también seguía en obras. Aunque la florentina había aprovechado los festejos de la boda de su hija Henriette y el príncipe de Gales, el pasado mes de mayo, para mostrarle a la Corte su radiante residencia, aún no se había instalado allí y las salas estaban llenas de trabajadores y vacías de muebles.

Lessay tendió el oído. Daba la impresión de que el rapapolvo de la madre del rey a su arquitecto había llegado a su fin. Las puertas se abrieron y María de Médici hizo acto de presencia, vestida de sedas negras, como siempre desde la muerte de Enrique IV. Alta, rolliza, con los cabellos entrecanos y un pliegue imperioso en los labios, venía acompañada por un par de gentilhombres y tres damas. El arquitecto no estaba a la vista. Debía de haber salido corriendo a la primera ocasión.

Lessay la saludó, sombrero en mano, y ella sonrió:

—Me alegra veros de nuevo en libertad, monsieur.

—Os lo agradezco, madame. Sé que vuestra majestad ha sido una de las personas que con más ahínco ha intercedido por monsieur de Bouteville y por mí durante estas semanas.

—Ya sabéis que siempre estuve de vuestro lado. Qué historia tan terrible y qué ignorancia la de esos aldeanos. Aunque en su momento no me hablasteis de vuestro interés personal en la muchacha… —le reprendió, con suavidad.

—¿Estáis segura, madame? Creo recordar que le conté a vuestra majestad que Madeleine de Campremy era ahijada de madame de Chevreuse y que la había conocido días atrás en mi casa.

María de Médici le dirigió una ojeada perspicaz:

—Vamos, monsieur, en la Corte se sabe todo… —Ladeó la cabeza con reconvención. Su acento duro maltrataba las palabras que pronunciaba, pero su expresión era cálida y le miraba por debajo de los párpados entornados casi con coquetería—. Casado como estáis con una mujer maravillosa, tan hermosa y discreta…

Lessay no sabía si se había enterado de la apuesta o si simplemente se refería al interés público que había mostrado por Madeleine después de la fiesta, pero aceptó la lección de moral sin rechistar.

La madre del rey suspiró:

—Me gustaría saber más detalles. Acompañadme a dar un paseo por mi galería… Creo que no la conocéis. —Era verdad. Los festejos por la boda de la hermana de Luis XIII le habían pillado en Génova, guerreando, y no había asistido a la inauguración de la galería con el resto de la Corte—. Con este tiempo no se puede salir a la calle.

La florentina le pidió a su pequeño cortejo que les dejara charlar en la intimidad y Lessay se inclinó y le tendió el brazo. Una entrevista privada. Para hablar sobre lo que había pasado en Ansacq. Era exactamente lo que se había imaginado.

Desde el momento en que la madre del rey le había hecho llamar antes de su regreso a Ansacq para interesarse por el caso, había comprendido que su intensa curiosidad no podía ser inocente. Algo tenía que ver con la muñeca de cera con el escudo de los Médici que había encontrado en el estuche del ama de Madeleine. Con los papeles y los objetos que relacionaban a la pobre vieja con la Corte y el entorno de la florentina. Estaba seguro. Pero no había encontrado el modo de sacar el tema. Estaba deseando averiguar a dónde conducía ahora aquella conversación.

Atravesaron un magnífico gabinete con las paredes y el techo revestidos de madera dorada y pintada de azul, y accedieron a la luminosa galería que ocupaba gran parte del ala occidental del palacio. Allí colgaba la serie de gigantescos lienzos que la reina madre había encargado al maestro Peter Paul Rubens para inmortalizar los hechos más gloriosos de su vida.

Lessay pensó en el hombre cordial y afable de Chantilly. Discreto, el flamenco no había querido hablar mucho de su trabajo para la florentina, pero se decía que la culminación de aquel encargo le había supuesto un auténtico infierno. Como todos los miembros de su familia, María de Médici había crecido rodeada de artistas. Amaba la pintura, la música y la danza, pero sus continuos cambios de criterio, sus demandas contradictorias y sus exigencias habían traído de cabeza al taller del pintor.

Echaron a andar entre los apabullantes lienzos. María de Médici se bamboleaba a paso lento, cogida de su brazo:

—Ahora que estamos a solas puedo confesaros que hice lo posible por ablandar al rey —susurró, en tono confidencial—. Pero ya sabéis la alta consideración en que tiene a la justicia. Se negó a intervenir en las decisiones del magistrado. Yo, en cambio, estaba tan conmovida por el asunto… Supongo que es propio de la debilidad de mi sexo. Menos mal que sabía que vos estabais a cargo de todo y evitaríais el desastre. Richelieu me ha confirmado que os preocupasteis por la muchacha desde el primer momento y que incluso enviasteis gente a hablar con las detenidas. Eso no me lo habíais contado.

El conde esbozó una sonrisa torcida. Bueno era saber que el cardenal había decidido echarle la culpa de todo.

—Es cierto. Estaba seguro de que los jueces se equivocaban.

—Una lástima que no llegarais a tiempo de salvar también al ama de la doncella. ¿Conocíais a las dos mujeres? ¿O sólo a la pequeña Campremy?

Lessay dudó. Apenas había cruzado alguna palabra con el ama, y todas secas y breves. ·

Pero no creía que la que interesara en realidad a la reina madre fuera Madeleine. Era Anne Bompas la que guardaba cartas de amor de uno de sus servidores, la que conservaba objetos de su amiga Leonora Galigai y la que había trazado el escudo de los Médici en una de sus muñequitas de cera.

Además, ya no estaba allí para desmentirle:

—Tuve ocasión de conversar un par de veces con el ama de la muchacha, en casa de madame de Chevreuse. Era una mujer cultivada y discreta. Creí entender que había vivido de joven en la Corte. También me habló de sus estudios y de su interés por la astrología. Una afición muy peligrosa entre aldeanos supersticiosos. Sin duda ésa fue su perdición.

Miró a la reina a los ojos para comprobar el efecto de su mentira. María de Médici seguía sonriendo, pero su papada mostraba un leve temblor. Sus ojos pardos le escrutaban con un interés evidente y a cada poco se detenía frente a alguno de los cuadros de violentos colores para señalarle sus detalles favoritos. Quizá intentaba abrumarle con su grandeza antes de preguntarle lo que fuera que de verdad quería saber.

A Lessay lo que se le pasaba por la cabeza era que encontrar tema para los veintitantos lienzos que colgaban de aquellas paredes debía de haber tenido no poca complicación porque la vida de María de Médici no había sido precisamente gloriosa y los pocos episodios de su biografía que tenían algo de interés eran demasiado comprometidos.

La madre de Luis XIII había permanecido soltera hasta los veintisiete años, cuando Enrique IV la había escogido como esposa más por escasez de princesas casaderas en Europa que por inclinación, y su matrimonio había sido un desastre, digno de una farsa italiana. Él la había humillado, instalando a sus amantes en el Louvre y educando a su caterva de bastardos junto a sus hijos legítimos, y ella le insultaba y le maldecía sin importarle quién hubiera delante. Más de una vez habían tenido que retenerle la mano, cuando estaba a punto de abofetear al rey en público.

La verdad era que, pasado el sobresalto inicial, la muerte de su esposo tenía que haberle supuesto todo un alivio. Había tenido siete años de regencia para desquitarse de las vejaciones y tratar de dirigir la nación junto a sus dos favoritos italianos, Concini y Leonora. Y le había cogido tanto gusto al poder que al final Luis XIII había tenido que rebelarse contra ella para que le dejase gobernar, y confinarla en el castillo de Blois. Madre e hijo habían pasado tres años guerreando antes de reconciliarse.

No había mucho en lo que inspirarse sin pisar terrenos resbaladizos. Por eso, seguramente, muchos de los cuadros representaban escenas tan cotidianas como su nacimiento o su educación. Envueltas en tal nube de exuberantes alegorías y motivos mitológicos que bien podrían haber representado las hazañas de la misma diosa Atenea. Hasta un incidente tan vergonzoso como su huida del castillo de Blois aparecía revestido de dignidad en el lienzo. Cuando en realidad los testigos de la fuga organizada por el viejo duque de Épernon seguían riéndose cada vez que recordaban cómo la escala que pendía de la ventana de la florentina crujía bajo su robusta figura. En un momento dado, muerta de pavor, María de Médici se había negado a seguir descendiendo y había habido que envolverla en una manta, junto con sus cofres de joyas, atar el fardo con una cuerda y descolgarla hasta el foso.

—Supongo que sabéis que Su Majestad ha decidido perdonar

también a mademoiselle de Campremy —comentó la florentina, de manera casual—. Y que ya puede volver a Francia sin riesgos.

—Lo ignoraba. Me alegro.

—Desgraciadamente, he oído decir que un incendio destruyó su hogar casi por completo mientras estaba en prisión.

—Así es. El fuego devoró los techos y arrasó con todo lo que había en el interior.

La madre de Luis XIII suspiró con suavidad y relajó un poco la presión de su brazo. ¿Era de satisfacción? Parecía aliviarle que todas las posesiones de las acusadas se hubieran consumido en el incendio.

Se habían detenido frente a un lienzo que representaba el desembarco de la reina, recién desposada, en el puerto de Marsella. Sin embargo, la silueta de María de Médici, recubierta de flores de lis, parecía un elemento casi secundario. El primer plano lo ocupaban tres rotundas mujeres desnudas con colas de serpiente en lugar de piernas, que desde el mar celebraban la llegada de la soberana.

No sería él quien le hiciese ascos a una mujer de formas redondas, pero *mort de Dieu* que al maestro flamenco le gustaban bien cebadas. La que estaba de espaldas podría haber descargado sacos en el muelle con buen provecho. Y los músculos de la del centro habrían hecho palidecer de envidia a cualquiera de los remeros de la galera. Pero la de la izquierda no era del todo imposible. Con el tiempo que llevaba sin catar carne, entre persecuciones de doncellas, encierros en la Bastilla y melindres de embarazada, él no andaba tampoco para demasiadas exigencias.

Despegó la vista de la oronda ninfa y se fijó en la proa de la nave sobre la que destacaba el escudo con los siete círculos de los Médici. Iguales que los de la muñequita de cera de Anne Bompas. La figurita estaba a buen recaudo en su gabinete, junto a la de Madeleine y a la carta de Épernon. Del amuleto de Leonora Galigai, en cambio, no se había separado. Lo llevaba consigo desde su visita a la baronesa de Cellai. Y de momento seguía dándole suerte.

La florentina echó a andar de nuevo. Tenía la cabeza inclinada sobre el pecho, reflexiva. Lessay observó su nuca fornida, tan parecida a la de las mujeres que pintaba el maestro flamenco. Estaba convencido de que algo intentaba averiguar. Estaba tirando de algún hilo, pero la velocidad a la que lo hacía era exasperante. Decidió probar con otro anzuelo:

—Lo irónico es que de haber sabido que la casa iba a salir ardiendo, nos habríamos ahorrado trabajo. Uno de mis gentilhombres tuvo que colarse a escondidas para cumplir con una petición de mademoiselle de Campremy, que le había rogado que impidiese que un misterioso estuche que su ama guardaba escondido cayera en manos de los jueces.

La reina madre ralentizó el paso. Sus poderosas caderas dejaron de bambolearse. Finalmente giró la cabeza, despacio, aparentando indiferencia:

—¿Y logró cumplir con el último deseo de esa pobre mujer?

Lessay refugió la mirada en el lienzo que tenía delante. Y que por cierto no tenía desperdicio. La rubia con pinta de remera se había puesto manos a la obra y había reclutado a varias amigas, exuberantes y lozanas, para que bogaran junto a ella, con las tetas al aire, en una barcaza de oro en la que viajaban María de Médici y Luis XIII.

—Sí. Encontró la caja escondida dentro de la chimenea antes de que la casa ardiera.

La dama se humedeció los labios belfos. Había mordido el cebo:

—¿Y qué hicisteis con ella?

—La quemé —mintió, impávido—. La mujer no quería que cayera en manos de nadie.

Si la caja contenía algo de valor no pensaba admitir de buenas a primeras que la tenía y arriesgarse a que María de Médici se la reclamara.

Pero la madre del rey no parecía descontenta. Estaba claro. Había algo entre las posesiones de Anne Bompas que quería que desapareciera. Y estaba encantada pensando que lo había destruido el fuego. Pero ¿qué era?

—¿Sin echarle ni una ojeada? —La florentina rió, nerviosa—. ¡Cómo se nota que sois hombre, Lessay! La curiosidad es desde luego un pecado de mujeres… Yo no habría podido resistirme.

Habían llegado al fondo de la galería. Frente a ellos colgaba el lienzo dedicado a la muerte de Enrique IV, pero la pintura no reflejaba huella alguna del brutal asesinato. Sólo representaba su ascensión al Olimpo rodeado de dioses, mientras María de Médici recibía la regencia en medio de un revoltijo incoherente de personajes mitológicos, cortesanos enfervorecidos, perros, serpientes y más mujeres desnudas.

Apartó la vista del embrollado lienzo:

—No he dicho que no la abriera. Es sólo que… En fin, ahora ya no hace ningún daño que se sepa. Anne Bompas era en verdad aficionada a la brujería. La caja contenía bolsitas con hierbas, veneno en polvo, piedras con virtudes curativas, algún amuleto… El resto eran papeles: un par de cartas astrales, conjuros y recetas para elaborar hechizos… —Dudó. La reina madre no se inmutaba. Iba a tener que desvelar más para hacerla reaccionar—. Y lo más sorprendente, una carta de amor del duque de Épernon fechada hace más de veinte años.

María de Médici rió con ligereza:

—¿Habláis en serio? ¿Una carta de Épernon? ¡Tendríais que haberla conservado! Con lo orgulloso que es, no quiero ni imaginarme si supiera que habéis estado leyendo su correspondencia amorosa… —Se cogió más estrechamente de su brazo y echó a caminar hacia la salida de la galería, con la cabeza inclinada sobre su hombro.

Lessay estaba desconcertado. No le interesaban los papeles.

Sólo se le ocurría otra cosa que la reina madre pudiera tener interés en hallar entre los enseres del ama. No era ningún secreto que María de Médici era supersticiosa. Y nadie había estado más cerca que ella de Leonora Galigai. No era imposible que conociera la historia de la maldición del cordón que la baronesa de Cellai le había contado a él semanas atrás. ¿Sería posible que creyera en tal disparate?

—Por cierto —dijo, con desembarazo—, entre los papeles había también una especie de conjuro de esterilidad. Una invocación tremebunda que condenaba a algún hombre a no tener hijos mientras alguien mantuviera anudadas las agujetas de su calzón o algo así.

Se encogió de hombros, quitándole importancia a sus palabras.

Pero ahí estaba, inconfundible, un brillo de alarma en los ojos de María de Médici.

—¿Sólo estaba el papel? ¿Estáis seguro? ¿Ni rastro del cordón?

Lessay alzó las cejas, sorprendido por su tono:

—No del todo. Pero no creo que algo así me pasara desapercibido…

—¿Y lo arrojasteis todo al fuego?

—Todo —volvió a mentir.

La reina madre le miró a la cara, esta vez sin sonrisas:

—Supongo que pensáis que no soy más que una pobre italiana supersticiosa. Pero no me gusta bromear con ciertas cosas. Imaginad que al quemar ese objeto sin desatar los nudos hubierais condenado de veras a ese hombre a la esterilidad…

Lessay le sostuvo la mirada. Si María de Médici sabía de aquel conjuro, tenía que saber que el papel que había encontrado llevaba el nombre de su hijo. Y que él lo había leído:

—Yo no creo en esas cosas, madame. Y ya le digo a vuestra majestad que no recuerdo que hubiera ningún cordón entre los objetos que arrojé al fuego. —Bajó la voz y decidió arriesgarse—. De todos modos, pensad que a lo mejor, si alguien quiso castigar así a ese desconocido, es porque se lo merecía. Quizá la maldición no sea injusta.

La miró a los ojos con intensidad.

—Quizá la maldición no fuera injusta, Lessay —pronunció ella muy despacio, tratando de leer en su rostro—. Quizá…

Por fin asintió gravemente y reanudó su caminar. Él la siguió dos pasos por detrás, bajo la mirada de todas esas mujeres rubias y rollizas que colgaban de las paredes con las carnes trémulas al aire.

Así que eso era. Lo que María de Médici quería saber era si había encontrado el cordón de su hijo y si había ardido.

Estaba claro que no tenía ningún interés en que reapareciera y alguien pudiera deshacer los nudos. Gastón era su hijo favorito. La florentina no había perdido la esperanza de verlo algún día en el trono. Y no le tenía demasiado cariño a Ana de Austria, cuya presencia en la Corte la relegaba a un segundo lugar. Un hijo de la española y Luis XIII era lo último que deseaba.

Si sabía que Anne Bompas tenía el cordón en su poder y creía de verdad en aquel descabellado cuento, no era raro que quisiera saber si el fuego lo había destruido, sellando para siempre la braqueta de su hijo, o si seguía escondido en algún sitio.

Fuera como fuese, Lessay se resistía a creer que eso fuera también lo que buscaban el rey y el cardenal en Ansacq. Era demasiado absurdo.

Más aún porque no le había dicho la verdad a María de Médici sobre el dichoso cordón. Hacía unas semanas ni siquiera había oído hablar de su existencia. Pero ahora sabía exactamente dónde lo había escondido Anne Bompas.

8

Charles inspeccionó el terreno, satisfecho. Estaban en tierra de nadie, en medio de dos huertas bien cercadas del *faubourg* Saint-Honoré, hundidos en el barro hasta los tobillos. A sus pies, cientos de caléndulas silvestres se mecían suavemente, acariciadas por el viento. Las gotas de lluvia las hacían brillar con un anaranjado profundo. Era una suerte que estuvieran tan resguardadas entre las tapias, o con la tormenta de la noche anterior no habría quedado ni una.

Bernard arrancaba flores a zarpazos y las metía en el saco, mientras silbaba tonadillas de su tierra, sin darse cuenta de que con su vehemencia estropeaba pétalos y quebraba tallos a diestro y siniestro.

—¡Ten más cuidado con las flores, que rotas no me sirven!

Su amigo arrugó la nariz en gesto de desagrado:

—Menuda peste. ¿Tú lo has pensado bien? Lo mismo cree que le estás insinuando que huele mal.

—Qué disparate. ¿Cómo va a pensar eso?

Aunque era verdad que, ahora que estaban rodeados, el olor penetrante de las caléndulas resultaba casi narcótico.

—Hasta yo sé que los enamorados regalan flores más finas —insistió Bernard—. ¿Es que crees que no se va a dar cuenta de que las has cogido del campo?

Por supuesto. Su primera idea había sido regalarle a Angélique flores más nobles que aquéllas: rosas o lirios. Pero pronto se había dado cuenta de que eran demasiado caras, y casi imposibles

475

de encontrar ahora que el invierno estaba a la vuelta de la esquina. Le respondió con paciencia:

—Eso da igual. Las flores no son el regalo, el regalo es el poema.

Se había devanado los sesos buscando un tema que pudiera redimir la humildad de la flor campestre. En su tierra se la conocía también como Oro de María, pues se usaba para hacer guirnaldas para las estatuas de la Virgen. Pero no quería un motivo religioso que pudiera alentar la mojigatería de la Leona. Por suerte, Colletet, un poeta amigo, le había dicho que la flor también simbolizaba los celos y que su dama sin duda lo sabría. Se había apresurado a componer un *rondeau* que explotara el asunto. Los versos no eran buenos pero servirían para salir del paso.

Bernard sacudió la cabeza y siguió cogiendo flores, con menos violencia. Le miró por debajo del ala del sombrero:

—Pues como no sea una receta mágica, a ese gato no le pones tú el cascabel… Léemelo, anda.

Charles levantó la cabeza. Era la primera vez que le pedía algo así. A lo mejor la vida en la Corte le estaba puliendo las aristas, o a lo mejor era sólo que quería contentarle. Sospechaba que le compadecía por no haber logrado nada aún con la Leona, mientras que él había estado revolcándose otra vez con la duquesa de Chevreuse, que además le había llevado a conocer a la reina el día anterior. Le miró desafiante, pero en el rostro de su amigo no había más que genuino interés. Se sacó del jubón un papel plisado con esmero, se arrinconó contra un muro para que no le salpicara la llovizna, lo desdobló con cuidado y leyó:

ORO DE MARÍA

¡Ay, los celos!, dueña mía,
me consumen noche y día,
y por más que yo no quiero
lentamente por vos muero,
pues no podéis ser más fría.

Soy ante vos un cordero
manso, tierno, zalamero,
mas vos no queréis ser mía.
¡Ay, los celos!

Si amáis a otro caballero,
saberlo al punto yo quiero,
pues hiere mi fantasía
más que el más bruñido acero.
¡Ay, los celos!

Bernard asentía con la boca abierta, deslumbrado. No se había percatado de lo deleznable del poema.

—Qué truhán, con suspiros y todo. —Le dio la risa floja—. Si yo fuera capaz de inventarme pamplinas así, no me preocuparía de llevar flores. Ésa tiene pinta de que le gusten los melindres. Hoy das el golpe de gracia.

Hizo un gesto obsceno con la cadera y siguió riendo.

Charles parpadeó, confuso. Su amigo había logrado insultarle al tiempo que le elogiaba, ¿o era el revés? El caso era que le había gustado, y hasta le parecía admirable su subterfugio.

Acabaron de llenar dos sacos hasta rebosar, cantando a voces la tonada de *Miquele se vou marida* de buen humor, y Charles le explicó a Bernard lo que les quedaba por hacer, mientras se frotaba las botas contra las piedras y las hierbas del camino para quitarles el lodo. De camino a casa de Angélique tenían que recoger un cordero que tenía apalabrado en el mercado. La idea era aprovechar la ausencia de la bella, que todas las mañanas visitaba a su tía enferma, para entrar en su casa, extender las flores por el suelo de su habitación y colocar el animal y el poema en medio.

Su amigo le escuchó con toda seriedad y hasta le ayudó a regatear el precio del borrego. Pero de camino a casa de Angélique empezó a hacerle preguntas chuscas y cada dos por tres le asaltaban las carcajadas, así que avanzaban a paso de tortuga. Le despidió antes de llamar a la puerta de la Leona. De ninguna manera quería que los vieran juntos: su amigo tenía que representar un importante papel un poco más tarde.

Porque su verdadera intención con todo ese número no era en absoluto romántica. Después de las ominosas advertencias de Boisrobert sobre lo cerca que estaba de agotarse la paciencia del rey, no le había quedado más remedio que idear a toda prisa una estratagema que le permitiera registrar el dormitorio de la Leona. Era muy consciente del riesgo. Angélique no era tonta ni mucho menos, seguramente recelaría algo raro. Pero estaba desesperado.

El plan era sencillo: a Bernard le había contado que necesitaba registrar la habitación para buscar cartas de un supuesto amante que le usurpaba el puesto. Así que mientras él disponía las flores en la habitación de Angélique, debía llamar a la puerta y entretener a la sirvienta todo lo que pudiera, inventándose algún pleito ficticio. Así él podría quedarse a solas y husmear a su gusto. Los secretos de la Leona tenían que estar allí escondidos por fuerza.

La criada abrió la puerta con un gesto desabrido que la hacía aún más fea, pero al ver las flores, el disgusto mudó en sorpresa. Charles se inclinó todo lo que pudo, que no fue mucho porque sostenía el cordero entre los brazos y el bicho no quería estarse quieto. La mujer tenía la boca abierta.

Era el momento de atacar. Comenzó a quejarse de lo atormentado que estaba por no haber logrado el amor de su señora. Le aseguró que si no fuera por el cordero se arrojaría a besarle las manos para pedirle clemencia. La requebró apelando a los recuerdos de su juventud, cuando alguien sin duda la había adorado de igual modo y, finalmente, trató de despertar el instinto maternal de la gárgola sollozando que perdonara la osadía que mostraba al pedirle que fuera cómplice de su transgresión, pues ni siquiera tenía una madre que pudiera darle consejo.

Tanto porfió que la pobre mujer, abrumada, no tuvo corazón para darle con la puerta en las narices y le dejó pasar, confirmando una de las máximas de Charles: las feas eran mucho más amigables y acomodadizas que las guapas. Si lo que la Leona quería era inflexibilidad, había hecho mal en deshacerse de la criada pizpireta, que por mucho que hubiera llorado nunca se habría apiadado de él.

No había tiempo que perder. Angélique no tardaría mucho en volver. Le pidió a la sirvienta que sujetara el cordero mientras él extendía las flores por el suelo del cuarto y se puso manos a la obra sin más dilación. La mujer luchaba con el animal que pataleaba y balaba hambriento. Tenía cara de estar a punto de arrepentirse de su decisión. Ojalá Bernard se diera prisa.

Entonces sonaron unos fuertes golpes en el portón de entrada. La criada se apresuró a salir de la habitación y se llevó el cordero consigo.

Era lo que Charles había estado esperando. Ahora tenía que apresurarse. Su amigo era un torpe que no iba a ser capaz de engañarla mucho tiempo.

Se precipitó hacia el escritorio de Angélique: un magnífico mueble de estilo español que un admirador le había regalado y que ella apreciaba más que ninguna de sus posesiones. Era un cofre con asas, bellamente tallado, lleno de cajones y puertecitas con cerraduras, montado sobre una mesa de roble macizo que servía como base para escribir. Estaba hecho de madera de castaño y tenía labrados motivos geométricos y vegetales de inspiración árabe que recorrían todos los recovecos a modo de enredaderas.

Extrajo del bolsillo las herramientas que le había prestado su amigo Bigot, uno de los incondicionales de la taberna de La Croix Blanche, que se dedicaba al ilustre ejercicio del latrocinio. Le había explicado que cualquiera podía abrir una cerradura pero lo difícil era hacerlo sin dejar huella. Charles se había ejercitado en casa con las llaves, las varillas y los ganchos y había descubierto que no se le daba nada mal. El mueble era fácil de abrir; los artesanos se habían esforzado más en hacerlo bello que resistente a los asaltos. El problema era que había demasiados compartimentos y cajones, y no tenía mucho tiempo. Eligió una de las diminutas puertas al azar y descubrió un pequeño cesto de mimbre lleno de joyas. Estuvo tentado de echarse una al bolsillo, pero pudo controlarse. Cerró la puertecita y siguió abriendo casillas sin saber lo que estaba buscando. El mueble no parecía contener más que cartas de antiguos amantes, joyas y pequeñas bagatelas sin importancia.

El último cajón se deslizó sin esfuerzo y Charles extrajo un retal de viejo encaje amarillento. Envuelto en él había un medallón de oro esmaltado con un retrato en miniatura de Enrique IV. Sin duda un recuerdo de la primera juventud de la Leona. Nada interesante. Tenía ganas de cerrarlo de un empujón y romper el mueble. Había puesto todas sus esperanzas en aquel registro y su intuición le había fallado.

Abatido, iba a devolver el cajón a su sitio cuando reparó en que era muy corto para la profundidad que tenía el escritorio. Con el corazón a todo galope, se dio cuenta de que había tenido la misma sensación con otros compartimentos. Lo extrajo de nuevo haciendo palanca con una de las varillas de Bigot y logró sacarlo del todo sin romper nada.

Detrás se acumulaba una torre de papeles que llenaba todo el fondo del mueble. Metió la mano y cogió el que había más arriba. Lo desplegó y leyó:

Mademoiselle, en prevención de lo que pueda ocurrir quiero dejar constancia de que no he tenido parte alguna en la elección de los motivos de los lienzos que estoy pintando para la galería de la reina madre. Las decisiones de importancia corren sola y exclusivamente a cargo de Su Majestad. Podéis imaginar que intento aminorar la imprudencia camuflando entre alegorías diversas las revelaciones más evidentes, pero ya conocéis lo impetuoso del carácter de la matrona. No puedo purgarlo todo. Sin embargo he hecho por agregar tal cantidad de símbolos, a veces contradictorios, a las nueve pinturas que he llevado ya a París, que he convertido la interpretación exacta en poco menos que imposible. Sabéis tan bien como yo que el rey no se dio cuenta de nada.

Me apena infinito que se me pueda considerar culpable. Sigo trabajando en el resto de la serie y os aseguro que no me es fácil someterme a la estricta supervisión de Su Majestad ni a sus exigencias. Espero que no se me reproche no haber podido oponerme con mayor firmeza. Ni mi condición ni mi encomienda me permiten otra cosa.

Humildemente, vuestro servidor,

Al pie de la página, con una letra singularmente clara, destacaba orgullosa la firma de Peter Paul Rubens, el ilustre pintor flamenco. La carta estaba fechada en agosto de 1623, en Amberes.

Charles volvió a leer la carta de arriba abajo. ¿Qué demonios era aquello? No tenía nada que ver con lo que estaba buscando pero era casi más insólito. Trató de memorizar el contenido a todo correr.

Aquel mueble era un tesoro. Casi temblaba de excitación. Pero no quedaba tiempo. Tenía que dejarlo todo como estaba y volver otro día como fuera. Ahora sabía dónde escondía sus secretos la Leona. Volvió a colocar la carta en lo alto de la pila.

Aún no había cerrado el cajetín cuando escuchó pasos a su espalda. Se giró con rapidez, pero en lugar de la contrahecha sirvienta se encontró cara a cara con la figura atlética del gentilhombre calvo y bigotudo que había escoltado a Angélique hasta la fonda donde se había reunido con La Valette hacía un mes.

El marqués no estaba en París. Hacía semanas que se había marchado a Lorena, a visitar la villa de Metz, cuyo gobierno estaba en manos de su familia. Pero estaba claro que había dejado a su hombre junto a la Leona.

El individuo le miraba impasible, con la mano en la empuñadura de la espada. Charles simuló indignación:

—¿Qué diablos estáis haciendo aquí? No tenéis ningún derecho a interrumpirme. Esto… —Hizo un gesto que abarcaba las flores extendidas por todas partes—. Es un asunto entre mademoiselle Paulet y yo.

El otro desenvainó, despacio, y señaló el escritorio:

—Registrando los efectos privados de quien tan generosamente os ha abierto las puertas de su casa… —Chasqueó desdeñoso la lengua—. No sois más que un vulgar ladrón. O algo peor.

Maldiciendo su mala suerte, Charles echó mano a su vez a la ropera. Procuró darle a su voz un tono amenazante:

—No sabéis lo que estáis haciendo.

El bigotudo escupió en el suelo, afirmándose, y Charles tragó saliva. Llevaba frecuentando las salas de armas desde que había puesto el pie en París y se defendía más que razonablemente con una negra en la mano. Pero era la primera vez que tenía un filo de verdad delante de la cara. Esta vez no valían errores ni distancias mal calculadas. Un mínimo despiste y sería el fin.

El calvo cerró la distancia y le lanzó una estocada a las piernas, para medirle. Charles retrocedió un paso, sin bajar la espada como hacían los novatos, y le tiró velozmente a la cabeza. Pero el otro lo había previsto y desvió la hoja sin problemas.

Volvió a cubrirse y a buscar la hoja del bigotudo de manera automática. Su cuerpo reaccionaba solo y sus músculos pensaban más rápido que su cabeza. Lo más difícil era despegar los ojos de la punta de acero que danzaba a unas pulgadas de su rostro y concentrarse en mirar a su adversario a los ojos para adivinarle. Vio venir una estocada recta pero se equivocó al atajarla y su espada se enredó en los gavilanes de la del calvo. Alarmado, se arrojó contra él y le pegó un manotazo en la cara que le dio el tiempo justo para liberar el filo. Su rival se apartó, y él sólo alcanzó a colarle la hoja bajo la axila izquierda.

No sabía si le había herido. Su contrincante le agarró la mano del estoque con una zarpa, él hizo lo propio y forcejearon unos instantes, enzarzados el uno contra el otro. El tipo era más robusto que él y Charles se dio cuenta, angustiado, de que el hijo de puta le estaba doblando el brazo. Intentó lanzarle un cabezazo, pero apenas le alcanzó de refilón. Aquello no pintaba nada bien.

Entonces le pareció que su enemigo le agarraba el brazo con menos fuerza. Sorprendido, echó un vistazo de reojo. Su rival tenía una mancha oscura bajo la axila. Sí que le había herido. Cargó con todas sus fuerzas, y el calvo dobló el codo y aflojó los dedos.

Ahora. Liberó la mano de un latigazo y descargó un revés con tanto brío como pudo sobre la sien de su contrincante. El fulano se tambaleó y Charles no perdió el tiempo. Lanzó una estocada recta. El filo de la blanca penetró limpio y profundo entre dos costillas, atravesando la carne con una facilidad inesperada. El tipo se encogió sobre sí mismo, retrocedió dos pasos y expulsó una boqueada borboteante de sangre roja, con los ojos desorbitados.

Se derrumbó, en silencio, y se quedó inmóvil en el suelo. Muerto.

A Charles el corazón le latía con tal fuerza que parecía que se iba a ahogar. La sangre seguía brotando de la boca de su contrincante caído y la mancha empezaba a extenderse por el suelo de la habitación. Entonces oyó unos pasos junto a la puerta. Se volvió con la espada en alto. Era la sirvienta. La mujer comenzó a chillar petrificada en el sitio. Del cordero no había ni rastro.

La apartó de un empujón y salió disparado hacia la calle sin hacer caso de sus gritos. A Bernard no se le veía por ninguna parte. No podía pensar con claridad, pero el cardenal necesitaba saber urgentemente lo que había ocurrido. Y un lunes, cerca de mediodía, sabía dónde podía encontrar a Boisrobert.

Echó a correr por la calle, abriéndose paso a empellones, sin preocuparse por las miradas de odio de los atropellados ni por los insultos que le caían por todas partes. La llovizna iba camino de convertirse en aguacero.

Frente a un portón, unos canónigos con hábito blanco y escapulario negro le miraron con reprobación, como si supieran de dónde venía y lo que acababa de hacer. Iba saltando para esquivar los charcos igual que había evitado pisar la mancha de sangre del suelo. Se pegó a la pared al oír el sonido de unos cascos a su espalda y se envolvió en la capa para protegerse de las salpicaduras. A su lado pasaron cuatro mosqueteros a caballo. Ocupaban toda la calle y arrojaban barro a diestro y siniestro igual que si la ciudad les perteneciera. Privilegio de nobleza.

Sólo entonces cayó en la cuenta. Había matado a un gentilhombre. Y había testigos. La justicia podía prenderle y mandarle al cadalso con todas las de la ley. Pero había sido una pelea justa. El cardenal intervendría a su favor y no le sucedería nada. O eso esperaba. Eso sí, ya podía despedirse de volver a pisar la Estancia Azul de la marquesa de Rambouillet. La noble sociedad a la que se había aficionado con tanto gusto le iba a volver la espalda en cuanto se corriera la voz de lo que había ocurrido, incluida la condesa de Lessay. Corrió aún más deprisa hasta casi perder el aliento. Una punzada le atacó el costado y tuvo que detenerse.

La lluvia se le había colado por el cuello y le mojaba la espalda.

Levantó la vista por encima de los tejados y sus ojos se encontraron con la mole amenazante de la Bastilla en el horizonte. Mal augurio. Apretó el paso de nuevo y cruzó bajo los soportales sobre los que se levantaban las aristocráticas residencias de la plaza Royale. En la calle del Pas de la Mule, tras una verja de hierro oxidado se abría una puerta baja y estrecha, junto a la que colgaba la enseña de La Fosse aux Lions, uno de los lugares favoritos de la caterva literaria de Boisrobert. Descendió los dos tramos de escalones, siguiendo el calor de las voces y los efluvios a vino y serrín mojado.

Vaciló un instante, mientras sus ojos se adaptaban a la falta de claridad, tratando de distinguir algún rostro conocido. De pronto, el poeta Colletet le agarró del brazo con un grito de júbilo. Tenía el pelo castaño en desorden, con los mechones crespos arremolinados, y las manchas rojas de sus mejillas brillaban más pronunciadas de lo habitual.

Agotado después de la carrera, no tuvo más remedio que esbozar una sonrisa débil y someterse a su charla implacable. Colletet parloteaba y parloteaba, contando algo acerca de una redada que había sufrido la taberna dos días atrás. Los hombres del preboste habían confiscado varias barajas de naipes y le habían puesto una buena multa a la Coiffier, la patrona, por permitir los juegos de azar en su establecimiento.

Hizo un alto en su monólogo y le miró con curiosidad:

—¿Os encontráis mal? Os veo muy pálido.

—Tengo que hablar con Boisrobert.

Colletet sonrió con la beatitud de los borrachos:

—Precisamente, a eso iba. No podemos jugar ni a las cartas ni a los dados. Al menos por un tiempo. Pero nuestro insigne abad ha tenido una idea brillante para que podamos seguir divirtiéndonos. —Se puso un dedo en los labios para pedirle discreción y le empujó hacia el reservado habitual de su camarilla, oculto al fondo de un corredor oscuro. Un mozo de cara patibularia apostado en el hueco del pasillo se apartó al reconocerle, y entraron en una sala de techo bajo, sin ventanas, e iluminada por varias lámparas de aceite. Boisrobert presidía una mesa a la que estaban sentados otros cuatro hombres. En todos los rostros había pintada una expresión de concentración extrema. Charles se acercó para ver qué era lo que concitaba tanta atención.

Un juego de la oca. Incrédulo, reconoció los ánades, los puentes y la calavera, iguales que los de su tablero de la infancia. Sin embargo, el resto de las casillas estaban decoradas con dibujos obscenos de todo tipo, desde partes del cuerpo a actos amatorios dignos de saltimbanquis.

Un mozo cetrino arrojó el dado con saña y movió su ficha los tres espacios correspondientes hasta colocarla en una casilla decorada con un dibujo de una teta rolliza.

Acto seguido tomó aire y recitó con admirable rapidez:

> *Oh, tu seno, Amarilis,*
> *no hay nada que sea más bueno,*
> *más redondo, más ameno,*
> *que tu tormentoso seno.*

Los demás rieron a carcajadas y Colletet vociferó:

—¡Muy mal, Tristan, habéis repetido la palabra seno! Y ¿cómo va a ser un seno tormentoso? Ameno y redondo son banalidades. ¡A pagar!

Los jugadores se enzarzaron en una animada discusión sobre la calidad de la rima de Tristan L'Hermite, y al final le obligaron a arrojar tres monedas a una pila que había en una esquina de la mesa e hicieron retroceder su ficha tres pasos. Por lo visto, el juego consistía en improvisar rimas según el dibujo que hubiera en el cuadro donde cayera la ficha. Si la concurrencia aprobaba la calidad de los versos, el jugador podía continuar y se aplicaban las reglas normales. Pero el público era tan exigente que nadie había avanzado ni un tercio del recorrido y el montón de dinero no era nada desdeñable.

Boisrobert le saludó con un guiño alegre y le preguntó si quería unirse al grupo. Él mismo había ideado aquel modo de eludir la prohibición, que no abarcaba los juegos infantiles. También estaba muy orgulloso de los dibujos que un vecino retratista le había hecho de balde. La oca galante era todo un éxito y además iba ganando, susurró.

En otra ocasión le hubiera divertido toda aquella farsa, pero no en aquel momento. Se despojó de la capa empapada y se arregló la ropa, que traía en desorden después de la carrera. No pudo evitar que le temblaran las manos. Le dijo al abad que tenían que hablar a solas.

Boisrobert, que no había dejado de observarle, se levantó pausadamente:

—Muy importante debe de ser para que vengáis a interrumpirme aquí, sin que os importe que nos vean juntos en público. —Le agarró de un brazo y susurró, con las cejas fruncidas—: Será mejor que pidamos una jarra de vino y nos sentemos aparte.

El abad le lanzó una mirada cautelosa a sus compañeros de juego, que seguían voceando ocurrencias groseras y forcejeando por las monedas. Hizo una seña a la muchacha que los atendía y le condujo hacia un reservado contiguo, mucho más pequeño.

Cuando se sentaron, Charles respiró hondo y aguardó sin decir nada. La moza les llevó una jarra de vino y él se bebió un vaso entero sin pestañear. El abad esperaba tranquilamente, observándole con seriedad absoluta.

Charles le sostuvo la mirada:

—Vengo de matar a un hombre.

Tomó aliento y se lo contó todo, con tanto detalle como fue capaz de recordar. Boisrobert le dejó explayarse a gusto sin mostrar signos de impaciencia ni interrumpirle, a pesar de que la coherencia de su narración dejaba bastante que desear y, cuando por fin terminó, le sirvió otro vaso de vino y se levantó de la mesa un momento. El tiempo de ir a buscar papel y tinta, garabatear unas líneas y ordenarle al mozo de la fonda que corriera a la residencia de Richelieu. Después volvió a instalarse frente a él:

—Habéis dado la alarma por todo lo alto y la dama no tardará en deshacerse de cualquier documento comprometedor. Hay que enviar gente cuanto antes.

Luego apoyó la espalda en la pared con un resoplido de satisfacción por el deber cumplido. Charles suspiró a su vez. El vino le había aflojado un poco la presión del pecho, aunque no podía sacarse de la cabeza la cara estupefacta del muerto, sus ojos fijos mirando al techo… Trató de quitarle importancia hablando con una ligereza que no sentía:

—Qué mala suerte. ¿Quién iba a pensar que la dama tenía perro guardián?

—Desde luego. —Boisrobert asentía, solícito—. Pero es evidente que su misión era protegerla. A ella y a sus secretos.

Charles dio otro trago y se lamentó:

—Al menos podría haber tardado un poco más. No he podido ver más que un papel. Y no tenía ninguna relación con los mensajes ingleses.

El abad sacudió la mano:

—Menos da una piedra. Quizá el cardenal llegue a tiempo de hacerse con los demás. Apuesto lo que queráis a que hay más cosas interesantes. Al menos ese papel confirma nuestras sospechas de que Angélique Paulet tiene conexiones internacionales de lo más ilustres.

—¿Por qué la escribiría en ese tono un maestro tan renombrado como Rubens?

—¿Podría ser un amante?

—Me jugaría el cuello a que no. Escribía con demasiado respeto. Y no había nada íntimo. Sólo se explicaba sobre los cuadros de la reina madre. Decía que María de Médici le había obligado a pintar cosas que no quería.

Boisrobert echó un trago largo y ruidoso:

—Qué curioso. Yo estuve viéndolos en mayo, durante los festejos por la boda de la princesa Henriette. Y no recuerdo nada extraño. Son un regalo para los sentidos, y para quien ama la mitología como yo… Bueno, así tengo una excusa para hacer otra visita a la galería.

—Si hay alguna otra carta interesante, estará escondida en el fondo del mueble, como ésta. En los cajones no había más que montones de cartas de amor, bagatelas y recuerdos. —Sonrió, malicioso—. Guarda hasta un medallón con el retrato de Enrique IV.

Boisrobert adoptó un aire soñador:

—Enrique IV y la Leona… Es normal que conserve algo suyo. No en vano fue su última amante. —Al abad le perdían los chismorreos y tenía una afición sentimental por las historias de amor. Volcó por completo la botella y la agitó encima de su vaso tratando de apurar las últimas gotas. Su voz sonaba pastosa. Seguro que había bebido bastante antes de que él apareciera—. Dicen que la metió en su cama nada más conocerla, y eso que tenía casi cuarenta años más que ella. Aunque eso no le impidió emperrarse en conquistar al mismo tiempo a la hermanita de nuestro bienamado duque de Montmorency… No sé para qué tanta agitación. Si luego todas se quejaban de que no tenía pólvora ni para disparar un pistolete…

Charles también comenzaba a sentirse un tanto achispado:

—Eso seguro que no lo ha pintado Rubens en los cuadros de su mujer…

Boisrobert explotó en una carcajada irreverente y se levantó con un bamboleo:

—Será mejor que me acerque en persona y le dé todos los detalles al cardenal. ¿Por qué no os quedáis aquí un rato y os calmáis del todo? Luego os unís al juego de la oca y mañana será otro día.

No parecía mal plan. Beber. Jugar. Echar tierra sobre el cadáver… Pero había algo que le preocupaba. Le puso una mano en el brazo:

—¿Y el muerto? ¿No creéis que alguien me pedirá cuentas? ¿La justicia? ¿El marqués de La Valette?

El abad se encogió de hombros:

—La justicia os dejará en paz, el cardenal se encargará de eso. Y monsieur de La Valette… Quizá, pero no hasta que no regrese a París. —Le dio unas palmaditas en la espalda—. No os preocupéis más. A Su Ilustrísima le va a interesar lo que habéis averiguado.

Pero Charles no estaba tan seguro de que todo fuera a salir bien. Algo le decía que los hados iban a cobrarle caro tan minúsculo hallazgo.

9

Los pescuezos larguiruchos de las gárgolas asomaban fisgones por encima de los tenderetes amontonados contra el muro de la iglesia de Saint-Séverin. Más que dragones o quimeras, parecían perros desgalichados y aulladores que escupieran hilachas de agua de lluvia sobre los toldos y a los pies de los paseantes. El cielo, bajo y gris, se cernía plomizo sobre la plazuela embarrada, pero Lessay caminaba con parsimonia, ojeando las mercaderías que colgaban de los cordeles a la puerta de las librerías o en los puestos de los vendedores ambulantes. Un intenso olor a tinta y a papel nuevo se escapaba de los talleres de prensa y de las tiendas de libros de las que entraban y salían estudiantes togados hablando a voz en grito.

En una esquina, una vieja sentada junto a un barril de vino ofrecía tragos a seis denarios. Le pidió un vaso y apuró con gusto el caldo infame. Estaba de buen humor. Y ya no tenía sentido ir con prisas. La reina madre le había retrasado tanto que la misa a la que había prometido asistir debía de estar a punto de acabar.

El grito de uno de los tenderos le llamó la atención. Por unos pocos sueldos ofrecía un libelo recién salido de las prensas en el que se contaba la portentosa historia de un lacayo protestante a quien el diablo había estrangulado durante la Semana Santa para impedir que se convirtiera al catolicismo. O, si era más del gusto de Su Excelencia, podía ofrecerle otro que narraba el monstruoso episodio de la hechicera a la que varios demonios transformados en dogos habían devorado en una calle del *faubourg* Saint-Antoine por blasfemar contra Dios y apalear a su marido.

Cruzó la verja norte de la iglesia. La puerta de Saint-Martin estaba cubierta de arriba abajo por las herraduras claveteadas que los parisinos le ofrecían al santo antes de partir de viaje. Sobre el pórtico, una inscripción: «Buenas gentes que por aquí pasáis, rogad a Dios por los difuntos».

La verdad era que iba siendo hora. Hacía dos meses que debía aquella visita. Por sinuoso que fuera el motivo que le había llevado por fin hasta allí.

Al otro lado de la puerta un hombre con un solo brazo y media cara quemada limosneaba con voz ronca. Un viejo soldado, sin duda. Le arrojó una moneda, se descubrió y se acercó a la pila de agua bendita. La débil luz del exterior encendía las vidrieras de un azul profundo que coloreaba tímidamente la penumbra. Desde la galería de madera tallada que separaba el coro del resto del templo, un clérigo aleccionaba con voz nasal a medio centenar de feligreses que escuchaban sus palabras de pie, en medio de la nave, o apoyados en las columnas nervadas de los laterales.

Surgido del corro de fieles, un mocoso de ocho o nueve años le pasó por encima de las botas corriendo a toda velocidad. Un sacristán gordo le cortó el paso, le atrapó por una oreja al vuelo y le sacudió con violencia. El niño chilló y cuando vio que Lessay le miraba, le sacó la lengua, desafiante. El conde sonrió, divertido por la rebeldía del diablillo. Empujó la cancela que daba acceso a las capillas privadas que rodeaban el coro, al lado de la tribuna de piedra, y recorrió la girola en el sentido de las agujas del reloj.

Michel de La Roche estaba enterrado en el penúltimo oratorio.

Se acercó a la verja de hierro forjado. A su izquierda se alzaba la imagen dorada de una Virgen dolorosa y a mano derecha, adosado al muro, había un altar más pequeño, con una estatua de san Miguel flanqueada por dos grandes cirios. Un capellán oficiaba misa de cara al arcángel asistido por un monaguillo y, arrodillada sobre un cojín, con la mirada baja y la cabeza cubierta por un velo de encaje negro, la baronesa de Cellai seguía la celebración con recogimiento. Una damita y un escudero la escoltaban un par de pasos atrás.

Ambos levantaron la cabeza al escuchar el ruido de sus botas sobre las losas blancas y negras, pero ella no se inmutó. La italiana no había querido recibirle en su residencia. Lessay ignoraba si debido a la reserva que él le había exigido o a un celo extremo por mantener su reputación de virtud. Apenas habían podido cruzar cuatro frases rápidas en el Louvre.

Se concentró un momento en el latín que mascullaba entre dientes el capellán frente al pequeño altar para saber si le quedaba mucho para acabar. La voz gangosa del sacerdote que predicaba en la tribuna del coro resonaba aguerrida por toda la iglesia describiendo los elaborados tormentos que aguardaban en el infierno a los pecadores. Al parecer, el averno estaba lleno de insidiosas serpientes que trepaban por las piernas de las condenadas por pecado de lujuria, enredándose en sus miembros y mordiéndoles los senos en un abrazo húmedo e interminable.

Desde luego, había clérigos que sabían cómo retener la atención de la audiencia.

Entró en la capilla y se situó junto al escudero y la dama de compañía, con los ojos clavados en la nuca cubierta de blonda negra de la viuda. Era la imagen misma de la devoción. Le costaba creer que hubiera tenido la desfachatez de citarle en aquel lugar si de verdad hubiese tenido algo que ver en la muerte de La Roche. El monaguillo entonó el último «Deo Gratias» y el sacerdote recogió el cáliz, se inclinó profundamente y se escabulló en silencio. Después de un momento la baronesa se puso en pie. Sólo entonces pareció reparar en su presencia.

Sonrió con reserva, por detrás del velo que le cubría el rostro, y Lessay se acercó a saludarla, súbitamente receloso. Recordaba con igual claridad a la mujer fría y mordaz que le había desafiado en el jardín de su casa que a la dama dócil y obsequiosa de su última entrevista. De hecho, se había pasado las noches fantaseando con ambas en su celda de la Bastilla. Y por lo visto, las dos le ponían igual de burro, porque sin saber aún cuál tenía delante, estaba empezando a sentir un hormigueo y una presión creciente en los calzones. Al infierno la reina madre y todas las rubias desnudas que había tenido pavoneándose delante de sus narices durante media hora. Ésas eran las consecuencias.

Lanzó una ojeada interrogativa en dirección al escudero y a la muchacha. El día anterior había quedado claro que la cita sería a solas. La baronesa asintió y les dirigió a ambos unas rápidas palabras en su idioma. La damita abandonó la capilla con diligencia. El hombre, un tipo moreno con la nariz grande y el pelo lacio, se hizo el remolón unos segundos, pero finalmente obedeció.

—Pensaba que ya no vendríais —le dijo ella en cuanto se quedaron a solas. En la penumbra y disimulado tras el velo, el verde de sus ojos resultaba tan profundo que parecía negro—. Había entendido que asistiríais a la misa.

—Era mi intención, pero me han entretenido.

La Roche había dejado encargadas quinientas misas en su testamento. Ya cazaría alguna otra.

—Por supuesto. Tendréis muchos asuntos pendientes. —La voz era afable, pero destilaba una irritante desaprobación—. Es curioso que no hayamos coincidido nunca antes aquí. ¿Es la primera vez que venís a visitarle?

Sí. Pero lo había pagado todo. La fosa a los pies del altar, la lápida de mármol labrado, la escultura de san Miguel arcángel y el generoso donativo que se había llevado la parroquia. Avanzó hasta el borde de la losa. Sencilla y sin extravagancias, igual que había sido la vida del hombre que le había guiado y aconsejado durante quince años. Preguntó:

—¿Habéis traído las cosas?

Doblada sobre el respaldo del banco había una capa oscura de terciopelo de pana. La baronesa extrajo de entre sus pliegues el estuche de Anne Bompas y se lo entregó, sin decir palabra. Lessay abrió la tapa y revisó el contenido minuciosamente.

—No me he quedado con nada, si es lo que os preocupa.

—¿Habéis encontrado algo interesante?

—Eso depende de lo que vos consideréis como tal. Si teníais esperanzas de encontrar una motivación oculta tras las detenciones de Ansacq, me temo que voy a decepcionaros —respondió la italiana, con arrogante naturalidad.

Por supuesto. Muy inocente habría tenido que ser para no haber deducido a aquellas alturas de dónde había sacado el estuche. Y aquella mujer podía ser un montón de cosas que a él se le escapaban. Pero inocente no.

Sonrió a su vez, melifluo:

—Las condiciones no han cambiado. Nadie debe saber que encontré estas cosas allí. Si le decís una sola palabra a alguien…

Ella le interrumpió:

—Lo sé. No lo he olvidado. ¿Por qué creéis que os he citado aquí si no es para que nuestro encuentro parezca fruto del azar?

Lessay se acercó un par de pasos y se inclinó sobre ella. La cabellera de la italiana olía a bergamota. Estaba tan cerca que su bigote rozaba el velo que la cubría:

—Pues la verdad es que no lo sé —susurró en tono procaz—. Se me ocurren un montón de rincones en vuestra casa donde habríamos estado mucho más a gusto.

Ella le contempló fijamente con sus ojos pantanosos, sin alterarse. Lessay sintió un cosquilleo en el vientre. Posó una mano en la cintura de la baronesa y, sorprendido de que no le rechazara, la deslizó hasta el arranque de sus faldas, e incluso más abajo, antes de que ella se la asiera con firmeza y le obligara a retirarla.

Escuchó entonces un repique de monedas a su espalda y se apartó con rapidez. El sacristán que había estado a punto de arrancarle la oreja al pilluelo circulaba por el deambulatorio vaciando los cepillos. La baronesa se sentó en el banco que había frente al altar del arcángel, como si no hubiera ocurrido nada, y él se acomodó a su lado, alborotado por su propia burla. Ella le pidió el estuche, lo posó sobre sus rodillas y revolvió entre los objetos antes de extraer dos hojas de papel basto y gris.

Sus manos pálidas eran la única parte del cuerpo que tenía descubierta. Lessay se preguntó qué pasaría si asía una de ellas y se la llevaba a la entrepierna, allí mismo.

Apartó la mirada. A un par de pies de donde se encontraban descansaban los restos de La Roche. Se sintió casi avergonzado.

El viejo había tenido un fin indigno de una persona de bien. Con la mente enajenada, el pobre ni siquiera había tenido ocasión de poner su vida en orden ante Dios. Cuando le había llegado noticia del estado en que se encontraba, había corrido de vuelta a

París para verle, pero Michel de La Roche era ya poco más que una piltrafa humana que yacía sepultada bajo varias capas de mantas, tiritando violentamente, con las mejillas hundidas y acartonadas.

Verle así le había conmocionado. El peregrino que había partido hacia Italia un año antes era un hombre maduro pero aún vigoroso, con una pulcra cabellera blanca que constituía su única concesión a la vanidad y de la que cuidaba con un placer casi infantil. A aquel anciano decrépito no le quedaban más que cuatro mechones de pelos amarillentos que el sudor le había pegado al cráneo. Sus ojos azules miraban desvaídos a su alrededor como los de un imbécil, sin reconocer a nadie, el moco se le acumulaba en los lagrimales y tenía la lengua hinchada y amoratada, como un perro envenenado. Para evitar que se la tragara habían tenido que atársela a la mandíbula con un trapo y el olor a orina invadía la habitación. Pero su esposa había permanecido junto a la cabecera de su cama en todo momento, solícita y entregada, irreprochable. Hasta que le había llegado la muerte.

Cogió uno de los papeles que la baronesa le tendía. Era el truculento texto inglés:

—¿Qué era lo que decía exactamente? Recuerdo que era algo asqueroso, pero se me han olvidado las palabras exactas.

Ella le dio la vuelta a la cuartilla. Había copiado la traducción por el otro lado, en una letra altiva y elegante. Recitó, sin necesidad de mirar:

—«Yo he dado el pecho y conozco bien la ternura de amar al niño que amamanto. Pues aun así sería capaz de arrancarle el pezón de las encías desdentadas mientras me sonríe y machacarle los sesos, si lo hubiera jurado como tú has jurado esto». —Lessay paseó una mirada despaciosa por la silueta de la baronesa mientras la escuchaba recitar. Ella no había amamantado a ningún niño, que él supiera, pero su pecho se dibujaba generoso bajo el amplio cuello de encaje blanco, ceñido por la seda del vestido de luto—. No se me ocurre quién puede haber escrito algo así.

Él no tenía el ánimo para anuncios fúnebres ni adivinanzas siniestras. Le guiñó un ojo:

—Una mujer extremadamente cruel, sin duda.

La italiana le observó con incredulidad, preguntándose a todas luces si estaba hablando en serio:

—Obviamente esto no lo ha escrito ninguna madre. Es obra de un poeta. Si lo tenían las mujeres de Ansacq, es probable que quienquiera que se lo enviase lo hiciera para amenazarlas o advertirlas de lo que fuera. Vos sabréis de qué puede tratarse. Yo no conozco más que los rumores que han llegado a los apartamentos de la reina.

Tanta docilidad le escamaba. Le echó otra ojeada a la cuartilla, con descuido, y sólo entonces cayó en la cuenta. Aquella letra... Era la misma caligrafía del pedazo de papel que maître Thomas había encontrado bajo la almohada de La Roche: «Yo te ato Michel, ato tus palabras y tus acciones... que ni hablar ni conversar pueda... que tenga tantas fuerzas como los muertos enterrados...» El hombrecillo se lo había advertido. Era ella quien lo había escrito.

El buen humor se le evaporó de golpe. Cogió el otro papel que le tendía la italiana y lo desdobló. Era el inescrutable mensaje cifrado que había descubierto en Chantilly, con su combinación de letras minúsculas y mayúsculas.

fMSTQbTRSULnLMFULrHMKSNQULtSoQFLHL
iHQSFRjUMHL
vTMFTSsTMTEQFRiNQRhANOTQSHkHOUS

Debajo, la baronesa había escrito una frase en latín: «*Inter festum omnium sanctorum et novam Martis lunam veniet tenebris mors adoperta caput*».

Contó los caracteres. El mismo número de letras. Así que había descifrado el texto:

—Entre... la fiesta de Todos los Santos... y la luna nueva de Marte... ¿del martes? —Dudó—: ¿vienen las tinieblas?

—«Entre la fiesta de Todos los Santos y la luna nueva de marzo vendrá la muerte, con la cabeza cubierta de tinieblas» —corrigió la italiana, con un tonillo impaciente—. No sé si la primera parte de la frase está extraída de algún texto que yo no conozca, pero el final, «vendrá la muerte con la cabeza cubierta de tinieblas», es una cita de una elegía de Tíbulo. Quien haya encriptado el mensaje tiene que ser alguien cultivado.

—¿Os costó descifrarlo?

—No. Lo resolví el mismo día de vuestra visita —replicó, con un retintín de orgullo.

Lessay recordó el modo abrupto en que había concluido aquella entrevista, en cómo se había quedado sin fuerzas de golpe y todo había empezado a dar vueltas a su alrededor. Había sido un simple asustándose. No había sido más que debilidad física.

La miró de reojo. No lograba entender qué era lo que le atraía tanto de aquella mujer. Que era bella saltaba a la vista. Que su extremo recato multiplicaba la tentación, no lo dudaba. Pero había algo más. Algo que tenía que ver con la desconfianza intensa que le producía y que no era muy diferente de la tensión nerviosa que agarrotaba los músculos y proporcionaba a la saliva el gusto del hierro antes de un combate.

—¿Cómo lo conseguisteis?

—Bueno, muchos de los textos que circulan encriptados podría traducirlos cualquiera con un poco de paciencia. Sólo algunos matemáticos insignes son capaces de crear códigos realmente indescifrables —explicó, en el mismo tonillo pedante—. Y sabéis tan bien como yo que hay varios métodos de uso corriente. Cambiar las letras por números o reemplazar los nombres de personas y lugares por nombres ficticios, por ejemplo. O sustituir una letra por otra según un listado aleatorio establecido de antemano, como en este caso.

—Pero sin saber de antemano qué clave se ha utilizado, se pueden tardar meses en descifrar un texto. Si se consigue. Las combinaciones son infinitas. No entiendo cómo pudo llevaros apenas unas horas.

La baronesa entrecerró los ojos y sonrió:

—Fijaos atentamente y comprobaréis que quienquiera que escribiera esto no quería ponerle las cosas muy difíciles al destinatario.

Lessay le echó una ojeada rápida al texto. Estaba a punto de decirle que no tenía ganas de jugar a las adivinanzas cuando lo vio claro:

—Las minúsculas coinciden con los inicios de cada palabra.

—En efecto. Y habiendo deducido eso, traducir el texto es un simple juego de niños. Un poco tedioso, quizá. Era obvio a simple vista que no había artículos, no había palabras lo bastante breves, con lo que comprendí que la frase estaba en latín. Y el latín tiene algunas terminaciones que se repiten a menudo; de ahí a deducir cuáles eran las letras ocultas no iba más que un paso.

Muy lista. Pero a él aquel mensaje seguía sin decirle nada:

—¿Y no conocéis a nadie antiguo que muriera en esas fechas? ¿El día de Todos los Santos y la luna nueva de marzo? ¿No os suenan a nada?

—¿Por qué habrían de hacerlo?

—Bueno, hace unos días teníais una explicación para todo. Conjuros, hierbas venenosas, muñecas con las que controlar la vida y la muerte de las personas... O a lo mejor sólo os estabais divirtiendo porque os dije que el estuche pertenecía a una mujer acusada de brujería. —Bajó la voz—. Si es así, necesitáis encontrar otro tipo de distracciones con urgencia.

Posó la mano izquierda en el muslo de la baronesa y cuando ella no protestó, la introdujo entre sus rodillas, sin pensarlo. Las capas de sayas almidonadas formaban una barrera formidable pero aun así la sintió tensarse. Sólo se oían las imprecaciones airadas del cura que ocupaba la tribuna del coro.

La miró a los ojos. No estaba intimidada. Ni cerca de estarlo. Un calor intenso le arrasó el vientre. Hasta ahora había estado jugando, intentando provocarla. Pero ya no estaba seguro de lo que estaba pasando. Ni de qué quería ella. Por todos los diablos, la tenía tan dura que iba a acabar atravesando los calzones.

La italiana se recogió las faldas con decoro, se puso en pie y se acercó al pequeño altar de san Miguel, cruzando sobre la lápida de su marido muerto. Verla pisar con tanto descuido el lugar donde yacía el cuerpo de La Roche le revolvió algo por dentro.

Ella depositó el estuche sobre el ara y le encaró. La mansedumbre había desaparecido de su tono:

—Trato de ayudaros de buena fe. Tras vuestra visita me quedé con la impresión de que no queríais saber nada de supercherías. Si lo que os interesaban eran los cuentos de brujas y los sortilegios de esas pobres desgraciadas, habérmelo dicho. —Extrajo una lámina de estaño de la caja—. ¿Recordáis esto?

Lessay se levantó y se acercó a ella. Se acordaba de que alguien había tallado a punzón letras y dibujos indescifrables, en un orden caótico, en aquel objeto. Pero en la penumbra apenas se distinguían. Rió:

—Dijisteis que era una especie de alfabeto mágico.

—Fuisteis vos quien me pedisteis que averiguara algo al respecto.

—Tenéis razón. Decidme, ¿qué terrorífica amenaza encierra?

Ella fingió que no se había dado cuenta de su tono socarrón:

—Aquí hay un demonio con pies de cabra. Este monigote es un hombre atado, con clavos en la cabeza, y está dentro de lo que parece un ataúd. El texto es una mezcla de griego clásico y símbolos herméticos. No me di cuenta a primera vista porque las letras están deformadas o grabadas boca abajo y porque la mayoría de las palabras están escritas al revés o entrelazadas con los dibujos y los otros signos.

—¿Así que no es más que otro instrumento de brujería? ¿Como las piedras y las hierbas? —Todo aquello no podía importarle menos. Ni lo que significaba, ni el uso que tuviera. Pensaba en su mano entre las piernas de aquella mujer hacía un momento, en cómo se había dejado acariciar las caderas un poco antes.

—En cierto modo. Aunque no es igual de inofensivo. —Con una media sonrisa, la italiana le dejó claro que había que ser muy crédulo para tragarse lo que iba a decir a continuación—. Se trata de magia negra. Quien haya escrito esto le pide a los demonios que postren a su enemigo sobre un lecho de tortura y le envíen una muerte atroz.

—Menuda sandez. —Lessay no pensaba dejarse atrapar de nuevo en aquel juego de supersticiones—. Dejadme verlo.

Sin aguardar a que ella se la ofreciera, la agarró por la muñeca y le arrebató la lámina de metal.

—Vos conocíais a las dos mujeres. Sabréis mejor que yo si eran inocentes. —En la voz de la baronesa había una nota de desdén—. Pero este tipo de láminas de estaño las usaban los antiguos para pedirles a los demonios todo tipo de favores. Para que sus favoritos triunfaran en el circo, para que les fueran bien los negocios o para tener éxito en los procesos judiciales. Pero para que tengan efecto hay que enrollarlas y depositarlas en un pozo o en un manantial. O en la casa de la víctima.

Lessay se encogió de hombros. Griegos y romanos. No estaba allí para recibir lecciones de historia de una devota resabida.

La tenía sujeta por la muñeca. El aroma a incienso llenaba el aire, especiado y solemne, pero ella olía a algo umbrío y silvestre, ajeno a aquel lugar. No se escuchaban pasos ni voces que se acercaran. Un muro de piedra gruesa les separaba de la capilla contigua.

—Entonces ¿qué? La vieja pensaba que era una bruja, eso ya lo sabíamos. —Se pegó a ella y la miró a los ojos, interrogante. Ella no le dio permiso, pero tampoco se lo negó. Alzó una mano y le acarició la mejilla, el contorno de la mandíbula, le rozó los labios por encima de la tela del velo—. Está claro que no le dio tiempo a depositar la maldición en casa de nadie…

No sabía ni lo que estaba diciendo. Su mano siguió descendiendo por la garganta de la italiana, acarició el cuello de encaje blanco que la cubría y se deslizó sobre sus senos, con los ojos clavados en los de ella, que le miraban retadores. Daba la impresión de que en cualquier momento iba a realizar un gesto para escaparse. Pero no se movía. La empujó contra la pared y se estrechó contra ella. Sintió el calor de su cuerpo contra el suyo. Aquello se le había ido de las manos, pero llevaba deseándola desde la primera vez que le había puesto los ojos encima. Se apretó contra ella con más fuerza e introdujo la mano por debajo de sus faldas, despacio, buscando el camino entre las capas de tela. Ella suspiró y su aliento le quemó la piel del cuello. No podía creerse que se estuviera dejando hacer. Acarició las medias de seda y jugueteó un momento con la cinta que las sujetaba. En aquel lugar no podían ir más lejos… Pero su mano seguía ascendiendo bajo el vestido.

El coche, pensó. El carruaje de la baronesa no podía estar lejos. Se imaginó arrojándola sobre el asiento, levantándole las piernas y cubriéndola salvajemente hasta hacerla gritar. La escuchó gemir en su mente y dejaron de importarle la santidad del lugar o el peligro de que los descubrieran.

La italiana tenía los muslos llenos, carnosos. Los manoseó con ansia. Ella se defendió contra su cuerpo y él la sujetó hasta que se quedó quieta, mirándole con fiereza. Mientras, sus dedos siguieron subiendo hasta enredarse en el vello rizado y espeso de su entrepierna. Sin despegar la vista de sus ojos introdujo dos de ellos en su interior y sintió un espasmo de excitación recorrerle la espina dorsal. Estaba húmeda.

—Lo sabía. Sabía que tenías tantas ganas como yo —resolló en su cuello, con voz áspera.

Ella apartó la cara, desafiante, pero su cuerpo había dejado de resistirse. Lessay sintió cómo se relajaba contra el suyo, respondiendo por fin a sus caricias. Un gemido suave brotó de los labios entreabiertos de la italiana y él olvidó la poca sensatez que le quedaba. La agarró del pelo y se arrojó sobre su boca, mordiéndole los labios, buscándola a través del velo negro. Ella respondió con avidez, voraz y jadeante. Por fin. Aquélla era la mujer que se escondía bajo el disfraz de devota. Sus dos manos se perdieron bajo las faldas negras, la agarró de las nalgas con fuerza y la empujó contra el altar. La alzó sobre el mármol y el estuche de Anne Bompas cayó al suelo. La mirada de la italiana era blanda y carnal, anhelante. Le arrancó el velo, la sujetó por la cintura y sin pensárselo un momento se la clavó hasta el fondo.

La baronesa se mordió los labios, y se agarró de sus hombros, casi con desesperación. Él le puso una mano en la boca para ahogar cualquier sonido, consciente de repente del riesgo que estaban corriendo. Empujó con fuerza, frustrado por toda aquella cantidad de tela, por no poder verla ni tocarla. Le arrancó las gasas que le cubrían la garganta, agarró la tela del jubón e intentó abrirlo como fuera, tratando de apoderarse de sus pechos, ansioso por terminar, mientras ella se asía a su espalda, a su cuello. Sintió una de sus manos dentro de su camisa, sus uñas sobre su piel y, de repente, un tirón inesperado.

Con un gesto rápido le cazó la muñeca, y casi al mismo tiempo se estremeció y se derrumbó sobre ella con un gemido ronco.

Los ojos de la Virgen clavados en su cuello le pusieron el vello de punta. Se sujetó los calzones y, de un tirón, la hizo bajar al suelo:

—Dadme eso.

La italiana levantó la cabeza. Tenía el pelo revuelto y los ojos ardientes. La piel de la garganta le brillaba, agitada, entre los encajes deshechos, y la sangre le encendía las mejillas. Maldita fuera, estaba aún más hermosa que antes de ponerle la mano encima. Le apretó la muñeca con fuerza, para obligarla a abrir los dedos.

El aro de plomo con la minúscula manita negra en su interior apareció en su palma.

Ella también parecía sorprendida. Tenía las pupilas dilatadas y los labios entreabiertos. Acarició el amuleto y el cordón del que pendía: una trencilla de seda verde con remates de oro y brillantes en la que alguien había realizado tres nudos, a intervalos regulares.

Lessay vio un brillo rapaz en sus ojos almendrados y se dio cuenta de inmediato de que había comprendido lo que era. Le arrebató el talismán, la agarró por ambos brazos y la empujó contra la pared.

—Se han terminado los juegos —masculló—. Vais a decirme qué cojones os traéis entre manos y me lo vais a decir ahora mismo. Se me ha acabado la paciencia.

Ella le miró a los ojos. No parecía asustada. Todo lo contrario. Sus labios esbozaron una levísima sonrisa:

—Calmaos, Lessay. No iba a robaros nada, como comprenderéis. ¿Qué pensabais que iba a hacer, arrancaros el amuleto de un tirón y salir corriendo con vuestra verga clavada?

La desvergüenza de la respuesta le dejó un instante sin contestación. No entendía cómo podía haber perdido la cabeza de aquel modo, ni cómo ella se había dejado hacer. Habían corrido un riesgo de locos. Si alguien les hubiera sorprendido… Un crimen así les podía suponer la desgracia a ambos.

—¿Qué buscabais, entonces?

—Sólo quería ver lo que teníais colgado del cuello. Y vos no ibais a enseñármelo sin más. —La italiana alargó una mano y la deslizó bajo su jubón, entre los lazos abiertos de la camisa. Su contacto le produjo un efecto sedante casi de inmediato. Apaciguador. Y no era la primera vez que sentía algo parecido. La baronesa hablaba con la misma voz persuasiva que la noche de la fiesta—. La última vez que estuvimos a solas, en mi gabinete… Yo estaba convencida de que las agujetas de Luis XIII habían desaparecido para siempre. De que Leonora las había quemado para vengarse. Pero cuando apareció el papel con el conjuro… Si ese papel estaba en la caja era posible que el cordón estuviera cerca, que no hubiera ardido. Y sabía que teníais algo más, algo que habíais encontrado en el estuche y de lo que no queríais hablarme.

El cordón que Leonora Galigai le había robado al rey. Eso era lo que había llevado colgado del cuello sin darse cuenta, durante todo el tiempo que había estado sentado frente a ella aquella mañana, en su gabinete, y no sólo el amuleto con la manita de nonato.

No lo había comprendido hasta más tarde, cuando se había retirado a su casa y se había quitado la ropa para descansar un rato antes de regresar a Ansacq a buscar a Madeleine. Se había dado cuenta en cuanto lo había vuelto a tener ante los ojos: los herretes de oro que remataban los dos cabos del cordón, los tres nudos… Y estaba disimulado junto al talismán de Leonora Galigai, envuelto en el mismo papel en el que estaba escrito el conjuro de la agujeta. ¿Qué otra cosa podía ser?

Aun así, no le había dado importancia. Lo había conservado junto a él todo aquel tiempo por el mismo impulso que le había llevado a colgarse el amuleto de la Galigai del cuello en el Louvre: porque le había dado suerte de niño. Aunque fuera pura superstición, no había querido tocarlo.

Pero la baronesa lo había mirado con codicia. Primero la reina madre y ahora ella.

—¿No se os habrá pasado siquiera por las mientes que os debo sinceridad? —replicó, arisco. Fue entonces cuando volvió a sentirlo. Los dedos de la italiana no acariciaban su piel sino que escarbaban minuciosamente en sus entrañas. Era una sensación vaga e imprecisa, casi irreal.

Sin embargo, el miedo era auténtico. Y le estaba secando la garganta.

Le apartó el brazo con un gesto brusco y dio dos pasos atrás, apretando el amuleto con fuerza entre los dedos. Le lanzó una mirada torva. Igual que un perro después de acorralar a un gato vagabundo contra el muro de un callejón, detenido en seco y sin atreverse a acercarse, intimidado por los bufidos y el pelo erizado de su presa. Pero si la baronesa enseñaba así las uñas era precisamente porque sabía que estaba acorralada.

La agarró con fuerza por un brazo y la arrastró hasta el centro de la capilla:

—Os lo advertí muy claro, madame. Si me traicionabais, si intentabais cualquier cosa, no os daría ni una oportunidad más.

—Y no lo he hecho —susurró ella, agitada, pero tratando de calmarle—. Me ha podido la curiosidad, es cierto, pero no os he traicionado. Creía que teníamos una tregua.

¿Una tregua? Quizá. Pero había sido una estupidez.

—Me da igual lo que creyerais. No sé quién sois, ni qué buscáis, ni tengo tiempo de averiguarlo. Decís que no tuvisteis nada que ver con la muerte de vuestro marido. Muy bien. Que sea la justicia la que os absuelva, porque tengo pruebas suficientes para haceros ahorcar.

En cualquier momento podía pasar alguien y sorprenderles forcejeando. La baronesa tenía el peinado deshecho, las ropas entreabiertas y la garganta a la vista.

—Las cartas de un demente… Ya intentasteis amenazarme con ellas una vez…

No la dejó acabar:

—Yo me preocuparía más por saber si no olvidasteis algo escrito de vuestro puño y letra bajo la almohada de vuestro esposo. —Sonrió con frialdad—. Haced memoria.

—Estáis cometiendo un error, Lessay. —Intentó librarse de su mano, pero él la mantuvo sujeta—. No soy vuestra enemiga. Y jamás quise ser la enemiga de mi marido.

La miró, despacio. Nunca hasta entonces la había escuchado hablar con tanta sinceridad. La atrajo hacia sí con fuerza.

—Está bien —susurró—. Vais a decirme quién sois y por qué os casasteis con La Roche. Y me lo vais a decir ahora mismo, si no queréis que os arrastre por toda la iglesia en el estado en el que os encontráis y os lleve hasta el Louvre a contarle al rey todo lo que sé sobre vos. Y vais a decirme la verdad, porque si cualquier cosa me suena a falsa no tendréis ocasión alguna de enmendaros. ¿Al servicio de quién estáis?

La baronesa titubeó un instante:

—De Su Majestad Ana de Austria.

—Se acabó. —Cerró la presa sobre su muñeca, dispuesto a cumplir su amenaza.

—Os estoy diciendo la verdad. Os digo que es a Su Majestad Ana de Austria, la infanta de España, a quien sirvo.

Lessay no estaba seguro de haberla entendido. Pero la baronesa había escogido cuidadosamente las palabras. Y no había dicho a la reina de Francia. Pensó otra vez en Mirabel y en los dos espadachines. ¿Le estaba diciendo que servía a la Corona de España?

Se escucharon unos pasos, acompañados de unas voces quedas, que se aproximaban. La cogió de la barbilla y la obligó a mirarle a los ojos:

—No me mintáis —advirtió—. ¿Qué ocurrió con vuestro marido?

—¡Bajad la voz!

—¿Le envenenasteis, sí o no?

La sintió temblar entre sus brazos, pero cuando habló, su expresión era serena:

—Sí.

La soltó, le tendió con rapidez la capa para que se cubriera y aguardó junto a ella en silencio a que se alejaran los paseantes.

—De modo que eso es. Os casasteis con él para poder venir a París. Lograsteis que os consiguiera un puesto junto a la reina. Y cuando dejó de seros útil, le matasteis —escupió con dureza—. ¿Por qué aguantar a un viejo sobándoos todas las noches bajo las sábanas?

La baronesa se dejó caer sobre el banco, con las manos en el regazo, abatida:

—Por supuesto que no. Mi marido era una buena persona. Yo le apreciaba. Y hay muchas formas de hacer que un hombre no moleste demasiado por las noches. —¿Hablaba de brebajes o de otras cosas? Recordó los patéticos lamentos del viejo sobre su virilidad marchita y la obsesión de maître Thomas con el mismo asunto—. Pero era celoso. Me vigilaba sin yo saberlo. Y leyó algo que no debía. Sin duda pensó que era correspondencia galante. Pero se trataba de una carta de Madrid.

Lessay sacudió la cabeza, incrédulo:

—Vos misma lo habéis dicho. La Roche era un buen hombre. Y devoto. Para él, el matrimonio era un vínculo sagrado. Y estaba enamorado de vos. No puedo creerme que estuviera dispuesto a denunciaros sin ofreceros siquiera una oportunidad de redimiros.

—Está claro que no todo el mundo es tan generoso como vos, monsieur. —La baronesa inclinó la cabeza hacia un lado y le dedicó una sonrisita ambigua—. Y los hombres con principios firmes no suelen ser acomodadizos. Aun así, tenéis razón, si sólo hubiera sido una cuestión política, habría podido convencerle. Pero la vanidad es el talón de Aquiles de vuestro sexo. Mi esposo estaba convencido de que yo le amaba, de que estaba tan deslumbrada por él como para dejarlo todo y seguirle hasta Francia. Las heridas de amor propio duelen más que las de guerra. Y cuando se infectan son igual de mortíferas. Intenté negociar con él, le rogué... Pero sabía que era en vano. Que tarde o temprano me denunciaría.

Lessay la escuchaba, ceñudo. Le costaba creerla. No reconocía ese individuo desconfiado, vengativo y dominado por el orgullo del que hablaba la baronesa. Pero lo cierto era que tampoco habría imaginado nunca que el hombre firme y templado que él recordaba pudiera casarse con una extranjera a la que triplicaba la edad en un ataque de concupiscencia tardía.

A fin de cuentas, ¿qué sabía él? La Roche no sería ni el primero ni el último en perder la cabeza por la bragueta.

—Eso no es lo que él decía en sus cartas.

—¿No? ¿Y qué os contaba? ¿Que estaba aliada con el maligno?

¿Que le había castrado utilizando artes oscuras? Supongo que siempre aporta algún consuelo echarle la culpa de ciertas cosas al diablo...

Le asombraba que la italiana tuviera humor para la ironía. Cualquier otra en su situación estaría llorando y suplicando. En el momento en que el rey supiera que le había ofrecido su confianza a una espía de España, a una envenenadora, aficionada a la brujería; que la había instalado junto a la reina... Una palabra suya era todo lo que la separaba de la perdición.

Y ella lo sabía, obviamente. Y también que su única escapatoria consistía en ponerse en sus manos sin reparos y pedirle comprensión. Pero tanta tranquilidad le descolocaba:

—*Sacré nom de Dieu*. ¡Si fuerais un hombre hace tiempo que no estaríais con vida!

Ella le lanzó una mirada intencionada:

—Si fuera un hombre hay otras cosas que no habrían ocurrido, monsieur.

Había vuelto a cubrirse el pelo con el velo negro y se había envuelto en la capa, pero Lessay sabía que le bastaba con introducir una mano entre los pliegues de la tela para acariciar su cuello y sus hombros, la piel desnuda de su garganta...

La baronesa se puso en pie y acercó a él. Tenía los ojos brillantes:

—Decidme la verdad. ¿Qué habríais hecho vos en mi lugar? —preguntó—. ¿De verdad le habéis sido siempre leal al rey de Francia? ¿Nunca le habéis dicho a una mujer que la amabais con falsas intenciones? ¿No mataríais a nadie para defenderos?

Hablaba con un acento sincero y apasionado del que Lessay no la había creído capaz. Pero sabía por dónde quería llevarle y no estaba dispuesto a seguirla:

—Envenenasteis a un hombre que os amaba.

—¿En lugar de despacharle de una estocada? ¿Qué puedo deciros? El veneno es el arma de las mujeres. Pero os recuerdo que estuve junto a él hasta el final, día y noche. Y fue una agonía larga. Muy larga. Me gustaría saber cuántos bravos espadachines serían capaces de otro tanto.

—¿Y maître Thomas?

La italiana suspiró:

—Él solo se buscó su desgracia. Sabía lo que había pasado con mi marido, o lo sospechaba. Pero era un pobre hombre. Había perdido la razón. —Era asombrosa la facilidad con la que se les trastocaba la mollera a los hombres que trataban a la baronesa, pensó Lessay. Aunque él tampoco debía de estar muy cuerdo dejándola hablar como estaba haciendo—. Siempre supe dónde estaba escondido, pero no suponía ningún riesgo. Hasta que decidió hablar con vos.

—¿Qué tuvo que ver Mirabel? —Desde que Serres había descubierto la nacionalidad de los dos matones, no había dejado de sospechar del embajador ni de su extraña actitud de aquella tarde, y ella parecía dispuesta a contestar todas sus dudas.

—Le dije la verdad: que el secretario de mi marido me había robado unos documentos. Que podía comprometerme. Y le pedí que me ayudara…

—¿Y la reina? ¿Sabe de todo esto?

—La reina confía en mí como en una amiga, nada más. Es mucho más seguro. Las órdenes de España son que no la comprometa en absoluto. Y cualquier cosa que ella supiera acabaría conociéndola tarde o temprano madame de Chevreuse. Demasiado riesgo.

Todo aquello era muy interesante. Pero era otra la pregunta que le corroía. Metió la mano en el bolsillo donde había guardado el amuleto de Leonora Galigai:

—La noche de la fiesta, en el jardín, ¿sabíais que maître Thomas estaba alojado en mi casa?

La italiana se agachó a recoger el estuche y los objetos que habían rodado de su interior y se habían desperdigado aquí y allá. Tardó unos segundos en responder:

—No. Sabía que le estabais protegiendo y que le escondíais en algún lugar. Pero ignoraba dónde. —El anillo que Anne Bompas utilizaba para sellar su correspondencia había rodado debajo del banco. La baronesa alargó el brazo para alcanzarlo y lo depositó dentro de la caja—. Hasta que me crucé con él después de nuestra conversación, de regreso al salón.

La miró con suspicacia. Ignoraba que maître Thomas hubiese asistido a la fiesta en ningún momento. Pero aún no había hecho la pregunta que quería hacer:

—¿Cómo conseguisteis que se tragara esos carbones encendidos?

Volvió a ver el cuerpo retorcido sobre el suelo de la estancia. La boca y la lengua negras. La mano derecha quemada.

Ella seguía agachada, recogiendo hierbas y piedrecitas de colores que habían rodado por el suelo. Las acariciaba despacio antes de guardarlas, como había hecho el día que la había visitado en su gabinete. Se le vino al recuerdo su imagen, con otro de los objetos de la vieja de Ansacq entre las manos: la figurita de cera con el escudo de los Campremy.

La sostenía sobre las llamas de un candelabro. Y tenía algo peligroso y primitivo en las pupilas. Lo que le suceda a la muñeca le ocurrirá a la persona cuya alma encierra, le había dicho, mientras amenazaba con prenderla fuego. De pronto le pareció que regresaba a aquella habitación cerrada. Revivió una angustiosa sensación de extravío, su voluntad no era suya y las velas tiritaban sin viento. Y no era su cabeza la que recordaba, sino sus tendones y sus huesos.

Cerró los ojos un momento y cuando volvió a abrirlos ella se había incorporado y había depositado el estuche sobre el banco. Tenía un par de hojas de papel en la mano. Daba la impresión de que no había escuchado su pregunta. De pronto no estaba seguro de haberla realizado en voz alta. Ni de querer conocer la respuesta.

La baronesa se acercó y le tomó del brazo con expresión sumisa:

—No me habéis preguntado por esto en ningún momento.

Parpadeó, desconcertado. El corazón le palpitaba aún a toda velocidad. No recordaba que hubiera nada más en el estuche. Le echó un vistazo a los papeles. Las dos cartas astrales. Se había olvidado de ellas por completo:

—¿Habéis logrado averiguar las fechas sobre las que están hechos los cálculos?

Ella sonrió antes de contestar:

—El 22 y el 27 de septiembre. Ambas del mismo año.

Lessay lo adivinó de inmediato:

—¿1601? —Eran las fechas de nacimiento de Ana de Austria y Luis XIII.

—El conjuro del cordón, las cartas astrales del rey y la reina…

y luego las noticias de Ansacq. Comprendedlo. Tenía que saber. —Se aproximó a él y le puso de nuevo una mano en el pecho. Esta vez no le desasosegó su contacto. Todo lo contrario. Era cálido, cercano.

Lessay escuchó un momento los rumores de la iglesia. No se oían pasos ni voces cerca. Le entreabrió la capa y le acarició el nacimiento del cuello, la nuca, enterró los dedos en su cabellera espesa y negra:

—¿Por qué?

—La reina. —Los ojos de la italiana eran dos llamas sombrías, pero su voz era dulce y llena de promesas—. Necesito ese cordón.

Lessay levantó las cejas, escéptico:

—¿Para deshacer el conjuro y proporcionarle un Delfín a Francia? ¿Eso es lo que os ha encargado el rey de España? No me digáis que no es extraña tanta generosidad.

—La reina necesita un heredero. Su posición en la Corte es demasiado inestable. Y sabéis tan bien como yo lo frágil que es la salud del rey. Si cuando Dios decida llamarle a su lado ella hubiera concebido ya…

Si tuviera un hijo, Ana de Austria no necesitaría volver a casarse ni con Gastón ni con nadie. Una infanta de España sería regente y soberana de Francia durante trece largos años.

Pero el plan era una quimera:

—Aunque convirtierais al rey en el hombre más fértil de Europa, me gustaría ver cómo os las apañáis para meterlo en la cama de la reina. Además, ¿por qué estáis tan segura de que vais a permanecer junto a ella? —Achicó los ojos—. Todavía no he determinado lo que voy a hacer con vos.

Aquella mujer había asesinado a La Roche. Sólo porque había descubierto su duplicidad. Por mucho que tratara de enredarle para hacerle comprender sus motivos, la verdad era que aquella maldita italiana le había quitado la vida a un hombre bueno, un hombre que le había querido como a un hijo. Le acarició la barbilla y con el pulgar dibujó muy lentamente el contorno de sus labios. No podía perdonarla.

Pero quería besarla otra vez. Y quitarle la ropa. Sin prisas.

Quería oírla gemir de placer sin miedo a que alguien les escuchara.

Y ahora la tenía en sus manos. Sólo la idea le excitaba.

—Quiero volver a veros. —La vio abrir la boca para protestar y se la cubrió con los dedos—. No os estoy preguntando.

—Es imposible… El único motivo por el que el rey me deja permanecer junto a la reina es porque le agradan mi devoción y la buena influencia que puede ejercer sobre ella. Si descubriese…

—Nadie va a descubrir nada. Seremos discretos. —Cerró los dedos en torno a su cabellera y la miró con severidad. No estaba bromeando y quería asegurarse de que lo entendía—. Pero se han acabado los trucos. No sé qué pócimas usáis ni cómo lo conseguís. Pero nunca más. Si me despierto un día con dolor de cabeza, si siento un mareo o se me olvida lo que comí el día anterior… Más vale que os subáis corriendo al primer coche de postas que deje París, porque no os voy a perdonar. No más juegos.

Ella asintió, solemne:

—Lo he comprendido.

Lessay extrajo el amuleto de Leonora Galigai del bolsillo y contempló el cordón verde del que colgaba, indeciso:

—¿Por qué habría de dároslo?

Ella dudó, seguramente buscando el mejor modo de persuadirle, hasta que al final se encogió de hombros, indiferente y retadora a un tiempo:

—¿Por qué no? No creéis en nada de lo que os he contado. Si no tiene ningún poder, ¿qué más os da?

Tenía razón. Aquella historia le parecía una tontería. Sin embargo, había más gente que creía en ella y que estaba interesada en conseguir aquel trozo de hilo trenzado. La reina madre, por ejemplo. Y empezaba a plantearse si no sería también eso lo que buscaba el cardenal en Ansacq. Luis XIII era demasiado piadoso para creer en magias y hechicerías. Pero a Richelieu le interesaba la astrología y estudiaba con atención los signos del cielo.

Sonrió y volvió a metérselo en el bolsillo:

—Vais a tener que ganároslo.

10

… os alegrará saber que sois libre de regresar a vuestras tierras de Ansacq o de instalaros en cualquier otro lugar de Francia. Desgraciadamente hemos oído que vuestra casa fue destruida por un incendio antes de que monsieur de Lessay os salvara de la hoguera. Por eso queremos invitaros a regresar a nuestra casa para quedaros todo el tiempo que os plazca. Nada nos complacería más a mi marido y a mí que velar por vuestro bienestar con la solicitud que os merecéis.

Madeleine leyó el párrafo varias veces imaginando el rostro hipócrita con el que la ínclita Marie de Rohan, duquesa de Chevreuse, habría escrito aquellas líneas, con la boca fruncida en una sonrisa satisfecha y las cejas arqueadas con expresión presuntuosa.

Con la oportuna excusa de su indulto, su madrina había pergeñado dos páginas de falsas simpatías, condolencias y justificaciones. Como si su infortunio le importara de verdad, como si ella no fuera culpable de que Lessay la engatusara y provocara su desgracia. ¿Y tenía la desfachatez de hablarle de él como de su salvador? ¿Qué clase de protectora le abre las puertas de su casa a un seductor sin escrúpulos y le sirve a su ahijada en bandeja? En lugar de guiarla y advertirla, no había hecho más que llenarle la cabeza con historias de aventuras galantes. Y qué decir de su marido. El duque de Chevreuse había sabido en todo momento de la infame apuesta por su doncellez; ella misma le había escuchado burlarse del modo más cruel posible. Un monstruo de hipocresía y doblez. ¿Y querían que volviera a su casa?

Antes muerta.

La carta había llegado por la mañana, y desde que la había leído no había podido pensar en otra cosa. Ni comida, ni libros, ni paseo. Nada, aparte de aquellos papeles que había leído cien veces.

El indulto del rey no le suponía ningún alivio. ¡Era a los criminales y a quienes merecían sus castigos a quienes se indultaba! Ella hubiera querido que Luis XIII declarara públicamente su inocencia, que proclamara a los cuatro vientos que se había equivocado y que castigara a todos y cada uno de los que habían participado en su proceso, desde el testigo más insignificante a los jueces.

¿Y a dónde querían que fuera ahora? Aunque su casa no hubiera ardido, le era imposible regresar a Ansacq. Allí siempre sería la bruja. No quería volver a mirar a la cara a Antoine el Bizco, su mayoral, que a estas alturas ya debía de haberse enseñoreado de sus posesiones, ni a ninguno de los que había creído sus amigos y que habían gritado insultos a su paso camino del cadalso. Aquel día ella había muerto en la hoguera de todas formas, al menos para sus paisanos.

París tampoco era una alternativa; era una ciudad corrupta e incomprensible que volvería a dejarla a merced de los juegos de los grandes señores y, de cualquier modo, no tenía fortuna para instalarse allí… No tenía a dónde ir. Dependía totalmente de la generosidad de su protectora, la duquesa de Lorena, pero ni siquiera comprendía por qué la había acogido con tanto cariño. ¿Y si el día de mañana se cansaba de ella? Lo mismo cuando se enterase de que el rey la había indultado, Nicole decidía despedirla.

Le era imposible pensar con claridad. Intentó leer un rato los manuscritos que había hecho traer la duquesa, pero no podía concentrarse en descifrar las letras que tenía delante. La inquietud que llevaba dentro sólo podía abarcarla el cielo abierto.

Se encaminó al establo e hizo ensillar a Acanta, la única yegua de la granja. Era un animal lento y pesado acostumbrado al trabajo en el campo. Su cadencia solemne y segura era perfecta para ella, que no era una amazona consumada.

Acanta restregó el hocico contra su brazo, buscando la zanahoria que solía traerle de la cocina. Pero hoy no hubo golosina, sólo una caricia un tanto impaciente. Se subió a la silla a horcajadas, como un muchacho, y chasqueó la lengua para que la yegua saliera al trote de inmediato.

Con más enojo que prudencia, tomó el camino del bosque, a pesar de que los senderos eran enrevesados y había zonas impracticables, y azuzó a su montura para que fuera más y más deprisa. Pero Acanta se negaba a salir al galope, por mucho que la incitara. Madeleine no soportaba ir tan despacio y no sentía ni las ramas que le arañaban el rostro ni las gotas de agua del chaparrón que había empezado a caer. La pugna con la yegua continuó largo rato hasta que el animal dio un relincho asustado y se detuvo de golpe al llegar a un claro. Se negaba a seguir, convertida en un asno testarudo.

Estuvo a punto de caerse de la silla y sin saber por qué se echó a reír. Se deslizó suavemente hasta el suelo y se tumbó sobre la hierba. Había dejado de llover. Siguió riendo. La hierba estaba mojada, pero le daba igual. Su risa se convirtió en llanto y el llanto en sollozos agitados que la yegua contempló sin inmutarse. Y aunque había llorado cada día desde que comenzara su cautiverio, por primera vez notaba que las lágrimas la limpiaban por dentro, que le hacían sentir algo más que desesperación por haber sido víctima de tanta maldad.

La carta de su madrina había hecho rebosar un vaso que llevaba largo tiempo llenándose gota a gota. Un vaso colmado de odio, rabia y un deseo impío de venganza, sobre todo contra Antoine, el primero que la había acusado de brujería; contra el magistrado Cordelier, con su aspecto inofensivo y su alma negra; contra el juez de Senlis, empeñado a toda costa en quemarla en la hoguera; contra el conde de Lessay, que había apostado con su inocencia desencadenándolo todo. Si pudiera les arrancaría el corazón igual que arrancaba la hierba a puñados.

Ojalá pudiera volver atrás en el tiempo. Si hubiera escuchado a Anne en París, si hubiera rechazado los avances de Lessay, si no hubiera regresado a Ansacq... Más aún, si hubiera advertido a su padre y a su hermano de la mala espina que le había dado siempre su mayoral… Estaba segura de que era él quien les había envenenado. Si pudiera volver atrás… Lo habría dado todo por volver atrás…

Rodó por el suelo, hurgando con las uñas en la tierra blanda que se abría para recibirla con mansedumbre. Se pasó las manos embarradas por el rostro, y el roce rasposo y el sabor seco de las piedrecillas calmaron un tanto su angustia. Pero entonces se tocó la cabeza y dio con el basto pañuelo en lugar de con su cabello. Gritó. Una, dos, tres veces. De frustración y rencor. Pero también de alivio por estar viva a pesar de todo.

Se sentó con la espalda contra un árbol y se quedó inmóvil mucho tiempo, abrazada a las rodillas, como si todavía no hubiera nacido. Y poco a poco se quedó dormida.

Soñó que era una semilla que se hundía en la tierra y se descomponía hasta que unos tallos verdes le crecían entre los dedos, atravesándola y llenándola de savia. Era fuerte y flexible, como un junco, y el alma de la tierra le corría por las venas.

Despertó con un escalofrío cuando la tarde iba ya avanzada y se dio cuenta de que la yegua había desaparecido. ¿Se habría vuelto a casa por su cuenta?

El bosque era un laberinto de senderos cruzados en el que incluso los lugareños más avezados podían perderse durante días. La gente temía a los espíritus airados de los muertos de una gran batalla reñida cientos de años atrás. Se decía que los espectros murmuraban y asustaban a los caminantes para así hacerles penetrar más y más adentro hasta donde no pudieran salir por sí mismos y los devoraran los animales salvajes. Pero ella no tenía miedo. Los peligrosos eran los seres humanos y allí no había ninguno.

Comenzó a caminar, procurando seguir el sendero, pero al cabo de un rato se dio cuenta de que había vuelto al mismo claro de donde había salido. La hierba arrancada y la huella de su cuerpo en la tierra no dejaban lugar a dudas. ¿Y si fuera verdad que era imposible salir de aquel bosque? El cosquilleo del viento le erizó el vello de la nuca y le pareció oír una risa a lo lejos. Giró sobre sí misma y miró a su alrededor. No había nadie. Cerró los ojos y se concentró en el murmullo del aire entre las ramas. Si eran los espíritus de los muertos, habían olvidado el lenguaje humano.

Entonces tuvo una idea.

Se quitó las abarcas, anudó los cordones entre sí y se las colgó de los hombros. Luego se desató el pañuelo que le cubría la cabeza y se lo colocó alrededor de los ojos mientras improvisaba una plegaria:

—Ayudadme, espíritus de los muertos. Yo también busco venganza. —Bajó la voz con un resto de timidez. Si alguien la escuchaba, pensaría que estaba como una cabra—. Y que las Erinias nos sean propicias.

Reanudó su caminar, más despacio aún que antes, sintiendo la caricia de la tierra mojada en sus pies desnudos. Llevaba las manos extendidas para apartar las ramas y tantear los troncos de los árboles antes de darse de bruces contra ellos, e iba pendiente del murmullo del viento, que la espesura transformaba en susurros inquietantes, risas sordas y palabras sin sentido. A veces la rozaba con un soplo leve en la cara como los dedos de un amante tímido. En todo caso, ella iba cambiando de dirección hacia donde la llamara el aire, sin levantar la tela que cubría sus ojos, dejando que los muertos la guiaran. Impasible, habitada por una fuerza nueva y poderosa.

Después de mucho rato dejó de escuchar la voz del viento, aunque todavía podía sentir su caricia helada. También percibía más claridad a pesar de la tela que le cubría los ojos. Se la desató. Estaba en la linde del bosque. Las nubes habían desaparecido y el sol poniente brillaba con reflejos rojizos. Delante de ella se extendían los campos de colza y, por fin, a lo lejos, distinguió la silueta familiar de la granja. Ni piedras ni ramas le habían dañado las plantas de los pies.

—Gracias —dijo en voz alta. Aunque estaba completamente sola.

11

E stáis más tieso que un leño! No tenéis movilidad ninguna. ¿Veis? Os toco por delante. —Bouteville le azuzaba con espada y daga sin parar de hablar—. Y por detrás.

Bernard no dejaba de revolverse, pero los filos de su contrincante estaban en todas partes, mareándole de un modo humillante.

—¡Tris, tras! —vociferó un tipo enclenque que los observaba con la espalda apoyada en una columna.

El conde Des Chapelles era primo de Bouteville y, a pesar de su apariencia raquítica, un espadachín de primera, que había tenido a bien dedicarse a instruirle durante las dos últimas semanas. Pero aquella mañana le había dado por chotearse a su costa y un coro de cuatro o cinco gentilhombres ociosos le reía todas las gracias.

Bouteville se apartó el pelo del hombro y se volvió hacia su pariente para decirle algo. Bernard aprovechó la distracción para atacarle, pero él alzó la espada y paró su envite con un gesto lacónico:

—También hacéis mucho ruido.

Gruñó, exasperado. No había manera. Se detuvo un instante a tomar aliento con la mano en el costado. Bouteville le observaba al borde de la risotada. Le había caído en gracia desde que se habían conocido y estaba empeñado en hacer de él un espadachín decente. Con poco éxito de momento. Aunque Bernard llevaba acudiendo a su sala de armas a diario desde que el rey les había dejado salir a él y a Lessay de la Bastilla, hacía casi quince días.

El hôtel de Bouteville estaba en uno de los barrios más bulliciosos del corazón de París, acurrucado junto a la iglesia de Saint-Eustache, y su espléndida sala de armas ocupaba un costado entero del patio. Era un espacio largo, con amplios ventanales, el techo artesonado y las paredes decoradas con grabados que representaban combates entre adversarios con el torso desnudo. A uno de los lados había una mesa con vino, pan, carnes y frutas a disposición de los concurrentes. En la pared opuesta estaba la armería: una colección imponente de espadas de todo tipo, antiguas y modernas, dagas, broqueles, rodelas, y hasta arcabuces y mosquetes. Entre las espadas las había blancas, expuestas sólo para que los visitantes las admiraran, y negras, sin filo, para entrenar.

Allí no sólo se practicaba la esgrima, también se conversaba sobre los últimos encuentros, se acordaban citas y se reclutaban segundos.

Duelos no faltaban en París. Miradas aviesas, insultos, cuernos o rumores hacían que decenas de hombres se dejaran la vida todos los años en los descampados de las afueras de la ciudad.

La experta compañía analizaba los movimientos y desenlaces de todos los combates, la valentía o cobardía de los participantes, e incluso si se imponía un nuevo encuentro para reparar las ofensas que el primero pudiera haber ocasionado. La sala se asemejaba a una academia en la que los «refinados del punto de honor» sentaban cátedra sobre temas tales como si era mejor batirse al anochecer, al amanecer o a plena luz del día, como prefería Bouteville, quien exigía que el sol fuera testigo de todas sus acciones. Igual se criticaba al último maestro italiano arribado a París que se discutían las complejidades de la Destreza de los españoles o se deliberaba sobre si los segundos debían seguir batiéndose cuando el duelo principal hubiera concluido.

El anfitrión tenía a gala afirmar que cualquiera podía entrar de la calle, tomar prestada un arma y ejercitar su brazo con los que allí estuvieran. No había que ser noble ni soldado, simplemente profesar a la esgrima el mismo amor que el resto de los asistentes. Pero lo cierto era que casi todos los habituales eran gentilhombres, grandes señores y capitanes ilustres.

Bernard no había tenido nunca entrenamiento formal y era el peor esgrimidor de la sala. No le había resultado fácil admitirlo, pero sus simples maniobras resultaban inútiles frente a individuos con un repertorio inacabable de ataques, fintas y paradas, que ensartaban con una agilidad prodigiosa.

Desde el primer día, el canijo Des Chapelles le había tomado a su cargo, no sin declarar que pulir su estilo iba a ser una tarea sobrehumana porque, escudado en su tamaño y su fuerza, Bernard no había necesitado nunca respetar ni los más básicos principios de la esgrima. Y era más difícil olvidar los malos hábitos que aprender otros buenos. Al parecer, los que eran agraciados físicamente no hacían ningún esfuerzo en esta vida. Se hundían en la molicie y creían que todos los dones les caerían del cielo sin más, le había dejado claro, en un larguísimo sermón. Si no le rogaba a Dios que le ayudase a mejorar, era imposible que aprendiera nada con provecho.

Él prefería no decir nada para no echar leña al fuego. Su instructor era un duelista temible y al mismo tiempo un fervoroso devoto, por irreconciliables que parecieran ambas cosas. Bouteville decía que era mitad cartujo y mitad diablo, y la verdad era que día sí y día también se perdía en exaltados discursos de místico. Bernard no creía que al Altísimo le importara demasiado que él no fuera capaz de hallar la distancia ideal, que se tropezara con sus propios pies al desplazarse o que tuviera la manía de cubrirse la cara con el brazo cuando veía pasar una estocada cerca, entorpeciéndose él solo la visión.

A su juicio, más que rezar, lo que necesitaba eran muchas horas de entrenamiento y buena cabeza para acordarse de todas las posturas, respuestas y contraataques en vez de reaccionar al tuntún.

Volvió a afirmarse en la posición de guardia, con las rodillas flexionadas y el pie derecho adelantado. La voz de Des Chapelles remojó su desgana como un jarro de agua fría:

—¡Arriba esa espada! ¡La jeta siempre detrás de la guarda! Y los codos más cerrados, ¡tenéis el pecho descubierto!

Otro día que iba a salir de allí con los muslos para perderlos de tanto arrastrarse. Y molido a palos, a juzgar por la expresión depredadora de su antagonista.

Bouteville le tiró una estocada larga al pecho sin demasiada rapidez, para darle opción a responder. Bernard intentó atajarla del modo que le había enseñado Des Chapelles. Sujetó con el fuerte de su estoque la espada de su adversario y le obligó a bajar la hoja para transferirla con rapidez a su daga, liberar su propia espada y atacar a su vez.

Cuando ejecutaba bien el gesto, Des Chapelles se solía dejar tocar, sin defenderse, para que fuera cogiendo confianza, así que se lanzó a fondo, convencido de que Bouteville haría lo mismo. Pero éste se puso fuera de su alcance con un rápido paso atrás y cuando Bernard quiso darse cuenta su daga ya no sujetaba nada y él se había descompuesto totalmente, con las armas apuntando en diferentes direcciones, el torso al descubierto y la punta de la ropera de su adversario apoyada en el nacimiento de su cuello.

Para hacer su derrota aún más completa, Bouteville se regodeó en girar la punta roma de su arma marcando un círculo completo y anunció, con tono de júbilo:

—Estocada a la garganta. Muerte segura, aprendiz.

Aquello era demasiado. Dejarse mangonear por todos aquellos figurines a diario, cuando él tenía fuerzas suficientes para abrirles la cabeza a puñetazos… Con un grito de desesperación se arrojó contra él, con la guarda de la espada en alto, tratando de golpearle en la cabeza. Le habían dicho mil veces que aquel pronto de toro bravo iba a ser su perdición un día, pero ya no aguantaba más chacota. La punta abotonada de la espada de Bouteville se le clavó en el cuello. Él la ignoró, se dejó llevar por el impulso, y los dos cayeron al suelo.

Su oponente era más bajo que él pero bastante robusto. Además, el muy cabrón también era ducho en la lucha cuerpo a cuerpo. Visto y no visto, Bernard se encontró con la cabeza atrapada entre sus brazos como una tenaza y tuvo que morderle para soltarse. Bouteville aflojó la presa, pero aprovechó para propinarle un puñetazo en el ojo que, a Dios gracias, sólo le alcanzó de refilón. Él blasfemó y siguieron rodando, enzarzados con violencia, hasta que por fin le agarró por el cuello y apretó con empeño sin pensárselo dos veces. El otro puso los ojos como platos y le propinó un rodillazo inmisericorde en la entrepierna, cortando el combate por lo sano.

¡Por todas las almas del purgatorio! Qué dolor insoportable. Rodó por el suelo con un aullido.

Bouteville susurró con voz ronca, tanteándose el pescuezo:

—Creí que habíais venido a aprender esgrima, pero veo que continuáis siendo una fiera montaraz.

Bernard seguía tendido con las manos en las partes doloridas y los dientes apretados:

—Estoy harto de que todos me avasallen en esta sala —boqueó—. Además, en el amor y en la guerra vale todo.

Des Chapelles se agachó a su lado:

—Creí que ibais a estrangular a mi primo. Qué diablo. —Le dio una palmada en el hombro y se alejó de allí, riendo, reclamado por unos combatientes en el otro extremo de la sala.

Bouteville se puso en pie, extendió la mano para ayudarle a levantarse y ambos se dirigieron a la mesa donde estaban dispuestas la comida y la bebida. Saludaron a otros tres hombres que estaban dando cuenta de un cochinillo, se dejaron caer en sendas sillas y se sirvieron un vaso de vino bien rebajado con agua para poder seguir entrenando con la cabeza en su sitio.

—Ya sé que tenéis espíritu. —Bouteville le miraba con una mezcla de indulgencia y desaprobación—. Y yo mismo he terminado no pocos duelos a patadas, puñetazos y hasta mordiscos. Pero eso no vale de nada si termináis muerto.

Bernard se despojó del coleto de cuero que vestía para protegerse y se tocó la base del cuello. Le iba a salir un buen moratón en el lugar donde le había golpeado la espada de Bouteville. Menos mal que la hoja era flexible y la punta roma y de madera.

Estaba claro cómo habría acabado si su rival hubiera utilizado la blanca con guardas de intrincada concha calada, enormes gavilanes retorcidos y pomo recubierto de hilos de plata que lucía en la calle.

—Empalado como una sardina al espetón.

Su propia espada de vestir era mucho más modesta. Se la había comprado hacía sólo una semana a un artesano de la calle Galande que trabajaba acero alemán, y Lessay le había ayudado a elegirla. Según el conde, la que había traído de Pau no valía para nada. Bernard la había heredado de su padre y siempre había estado orgulloso de ella, pero al parecer estaba mal equilibrada, la hoja era muy gruesa y demasiado corta, y la guarnición anticuada apenas protegía la mano.

Se echó un trago profundo al gaznate, cogió una hogaza de pan y le arrancó un buen pedazo. Bouteville le imitó y remachó con la boca llena:

—Guardar el honor intacto no es incompatible con utilizar la cabeza. Si no aprendéis a dominar esos prontos, os van a costar la vida a la primera. —Levantó la vista y le hizo una seña con la mano a alguien que acababa de entrar por la puerta. Bernard se giró y reconoció el paso elástico de su patrón antes siquiera de verle la cara—. ¡Lessay, aquí! Os habéis perdido un combate épico. Vuestro hombre ha tratado de estrangularme.

Lessay saludó y al llegar junto a él le propinó un manotazo de felicitación en el cogote:

—Vais por buen camino, Serres. Para que Bouteville le cuente a uno entre sus amigos hay que haberle acuchillado varias veces.

El conde venía de acompañar a la reina a la misa dominical del Oratorio del Louvre y vestía un traje de Corte con un aparatoso cuello de encaje almidonado. Se sentó a su lado, se sirvió un vaso de vino con un suspiro de complacencia y se desabotonó un ojal de la ropilla, bostezando, con los gestos despaciosos de un gato somnoliento arrullado por el entrechocar de las espadas. Bernard le observó, suspicaz.

La noche anterior habían tenido una conversación bastante subida de tono que le había dejado mal sabor de boca.

Y todo porque a lo largo de las últimas dos semanas había intentado varias veces cumplir con su deber y advertir a Lessay sobre la baronesa de Cellai. Le había aconsejado que la tratara lo menos posible. Le había contado lo que la había visto hacer en el Louvre, cómo había calmado a los perros de los cazadores con sólo extender la mano. Incluso había tratado de sugerirle, con tacto, que quizá fuera una hechicera. Pero nunca había conseguido más reacción que una risa incrédula o que le llamara aldeano supersticioso. Así que el asunto de maître Thomas ni siquiera se había atrevido a volver a sacarlo, aunque a él aún le reconcomía.

Pero la noche anterior, aprovechando que se había quedado a solas con el conde, había decidido volver a intentarlo. Lessay acababa de darse un baño y debía de tener alguna cita importante porque ya había desechado tres trajes distintos y había ordenado a un criado que le trajera un par de ellos más. Después de un rato buscando una excusa para sacar el tema a colación sin que se le ocurriera nada, le había preguntado, a bocajarro, si se había olvidado de la extraña muerte de maître Thomas y si no pensaba hacer nada al respecto. Y había intentado volver a insinuar, con tiento, sus sospechas sobre la baronesa de Cellai.

Esta vez Lessay se había enfadado en serio. Le había encarado de muy malos modos y le había ordenado que lo dejara estar de una vez por todas. ¿Qué más le daba lo que había llevado a un pobre loco a darse muerte? No era asunto suyo y no quería volver a oírle mencionar aquel incidente. ¿Estaba claro?

Sí, señor. Clarísimo. El tono del rapapolvo no admitía réplica. El conde había dado remate a la conversación volviéndole la espalda y, después de decidirse por un jubón de terciopelo gris de lo más sencillo, había mandado que le preparasen un caballo. Bernard había recogido capa y espada para escoltarle, pero Lessay le había dicho con voz seca que no necesitaba que le acompañara nadie.

Aquel arranque de agresividad le había dejado aún más meditabundo. Sabido era que las víctimas de hechicería a menudo se volvían ariscas y hurañas. Pero era más prudente callar por ahora.

Por lo menos, parecía que Lessay no le guardaba rencor. Le había saludado de buen humor y aunque había bajado la voz para hablar con Bouteville, no parecía incomodarle que él escuchara. Bernard aguzó el oído. Estaba hablando de la duquesa de Chevreuse, que se le había acercado a la salida de misa para pedirle ayuda con un insólito plan.

Buckingham seguía teniendo prohibido poner el pie en Francia. Hacía unas semanas había pedido permiso para regresar a París a negociar ciertos asuntos de alta diplomacia, pero Luis XIII se lo había negado. Así que, ya que el inglés no podía cruzar el canal, la cabeza de chorlito de Marie creía haber dado con la solución perfecta para lograr que Ana de Austria se reencontrara con él.

Luis XIII estaba inquieto por la suerte de su hermana Henriette, que se encontraba aislada en Londres y empezaba a recibir presiones para abandonar la fe católica. Las cartas de la joven reina de Inglaterra dejaban entrever un estado de ánimo triste y melancólico. Y Marie esperaba que la preocupación por la suerte de su hermana lograra convencer al rey para darles permiso a ella y a Ana de Austria para viajar a Londres a confortarla. Pero necesitaba más voces que se unieran a su petición, concluyó Lessay con un bufido socarrón.

Bernard agarró el último trozo de cochinillo que quedaba en la bandeja, sin perder palabra. ¿Acaso esa mujer no pensaba en nada más que en los malditos ingleses? Qué obsesión. Se palpó el bolsillo disimuladamente, para comprobar que los papeles que guardaba seguían a buen recaudo. ¿Qué diría Lessay si le contara que él no era el único a quien Marie había tratado de enredar para que la ayudara a acercar a la reina y a Buckingham? Pero había prometido guardar el secreto…

A Bouteville la propuesta también le parecía un desatino:

—Sí, claro. Mañana mismo os presentáis ante el rey, al que seguro que ya se le ha olvidado lo de Ansacq, y le pedís que envíe a su mujer a Inglaterra, a visitar al hombre con el que se pegó un revolcón este verano. Esta vez, yo no os acompaño a la Bastilla.

Un estrépito procedente del fondo de la sala les distrajo. En el calor de la lucha, Des Chapelles y un adversario habían tirado al suelo unas lanzas de la armería. Lessay subió la voz para hacerse escuchar:

—Os juro que cuando ella lo expone no suena tan descabellado. La muy bribona es capaz de convencerte de cualquier cosa, a poco que bajes la guardia. —Le guiñó un ojo con mucha intención—. ¿No es verdad, Serres?

Y tanto. No lo sabían bien, ninguno de los dos.

Bouteville soltó una carcajada al ver que no respondía. Jamás perdían ocasión de lanzarle insinuaciones sobre lo que había ocurrido la noche de la fiesta, y él nunca sabía si ponerse a su altura y pavonearse o hacerse el loco. Pero esta vez su silencio no era simple torpeza. Mientras más les oía hablar, más le quemaban los papeles que llevaba escondidos en el bolsillo y que no debía haber aceptado nunca. Por mucho que Marie le rogara.

—No escarmienta ni después de la calamidad que causó en el jardín de Amiens —concluyó Lessay—, que por mucho que nos hayamos reído, fue una fantástica metedura de pata.

Bernard se enderezó en la silla:

—Pero ¿qué pasó exactamente en ese jardín de Amiens? Estoy harto de oír esa historia sólo a medias. Que si Buckingham le hizo la corte a la reina, que si Luis XIII se puso malo al saberlo, que si se encontraron en privado o no se encontraron. Y lo que yo quiero saber es…

Se detuvo en seco, consciente de pronto de la barbaridad que estaba a punto de decir. Lessay acabó la frase por él con una carcajada:

—¿Hubo o no hubo ayuntamiento? —Bajó la voz—. Vamos a ver, poneos un momento en el lugar de Buckingham. Lleváis dos o tres semanas detrás de una mujer de buen ver, ella se deja querer, os pone ojos tiernos, os da confianzas… Y una noche, en un jardín oscuro, permite que su séquito se aleje y que vos la conduzcáis a solas detrás de unas matas tupidas. ¿Qué es lo que pensaríais?

—Yo lo que me pregunto es qué diablos creía la reina que iba a ocurrir. —Bouteville untó un pedazo de pan en la salsa del cochinillo, riendo.

—Cualquiera sabe. Al parecer en la Corte de Madrid es normal que los hombres requiebren de la forma más encendida a las damas sin esperar nada a cambio. —Lessay se encogió de hombros—. Y con un marido como el que tiene, lo más probable es que la pobre aún siga sin enterarse bien de qué va la cosa.

Bernard los miraba al uno y al otro, alternativamente. No estaba convencido de que no le estuvieran tomando el pelo. Estaban hablando de la reina de Francia. Se negaba a pensar en ella de aquel modo:

—No me lo creo. Es imposible que se quedaran a solas. La reina siempre está acompañada…

Su duda se quedó colgando en el aire, porque un individuo con los bigotes rubios más tupidos que Bernard hubiera visto nunca les interrumpió sin contemplaciones. Traía en la mano una espada de conchas, unidas por unos gavilanes curvos. Se la puso a Lessay delante de la cara, señalando el anagrama con una «S» y una corona real que tenía grabada en la hoja damasquinada:

—¿Qué os había dicho? ¿Es o no es una Sahagún de Toledo?

El conde tomó el arma en sus manos apreciando el equilibrio y el temple de la hoja, y murmuró:

—Eso parece. —La blandió en el aire un par de veces—. Pero esta espada no está hecha para manazas zafias.

—¿Manazas zafias? Devolvédmela, que os voy a explicar bien clarito cómo se maneja.

Lessay apuró su vino y les hizo un gesto de disculpa:

—Disculpadme un momento, messieurs. No me queda más remedio que darle una paliza rápida a Valençay. —Se descalzó y se desprendió del jubón y el cuello almidonado. Miró al fulano rubio—. Pero con negras, monsieur, que no quiero dejar a Bouteville sin segundo.

El tal Valençay posó su reluciente espada en la mesa, con cuidado, y fue a buscar las armas de entrenamiento. Bouteville le sugirió que giraran las sillas para poder seguir el combate con todo detalle y Bernard obedeció:

—Me ibais a contar lo de la reina y Buckingham. ¿Cómo consiguieron quedarse a solas?

—Gracias a madame de Chevreuse, por supuesto. Ella y Holland les escoltaban por el jardín a la cabeza de un reducido grupo de acompañantes. La noche era tórrida, cantaban las cigarras, los espíritus estaban relajados y los vestidos también. Ya sabéis. —Le dio un codazo y le guiñó un ojo, como si fuera muy gracioso imaginarse a Holland con las ropas sueltas al lado de Marie—. A Buckingham se le acababa el tiempo, estaba a punto de volver a Inglaterra… ¡Por los clavos de Cristo que le habéis dejado con el culo al aire, bravo!

Bernard pegó un respingo y Bouteville se puso de pie para aplaudir a Valençay, que había desarmado a Lessay atrapando la guarnición de su espada con un velocísimo movimiento.

—Qué brío —comentó Bernard, impresionado.

—Ni que lo digáis. Suerte que siempre está de nuestro lado… excepto una vez que me buscó gresca, ofendido, porque no le había llevado de segundo a un duelo. Pero lo solucioné concertando otro combate al día siguiente y pidiéndole que me acompañara.

Muy interesante. Pero si le dejaba, Bouteville era capaz de ir engarzando cien historias de armas una tras otra y no acabar nunca la que le interesaba. Volvió a la carga:

—¿Y la reina y los ingleses? ¿Cómo acabó lo del jardín de Amiens?

—¡Si no hay más que contar! —Su interlocutor despegó con esfuerzo la mirada de sus amigos, que habían reanudado la pugna—. Buckingham se puso de acuerdo con madame de Chevreuse para que le ayudara a alejar al séquito de la reina, y Ana de Austria se dejó guiar entre la espesura. Ya me diréis si os habéis visto alguna vez en una situación más obvia… Pero en cuanto el galán le puso la mano encima, ella empezó a gritar y a pedir auxilio. La duquesa y el resto de la compañía intentaron fingir que no la oían, por si sólo se estaba haciendo la difícil. Pero al cabo de un rato no les quedó más opción que ir a rescatarla.

Bernard le miraba boquiabierto ante la insolencia del hereje, capaz de tratar a la reina de Francia como a una moza de taberna pillada por sorpresa detrás de un establo. Si ya sabía él que los ingleses no eran de fiar…

—¿A rescatarla?

—Entre vos y yo, la verdad es que Buckingham podía haber tenido un poco de mano izquierda y habría llegado más lejos. Porque pasar de los requiebros caballerescos a tirarla al suelo, subirle las faldas y arrojarse sobre ella, sin encomendarse a ningún santo… —Bouteville bajó la voz hasta convertirla en un susurro—. Parece que le dejó los muslos al rojo vivo de intentar encontrar el camino sin bajarse los calzones bordados de pedrería.

Bernard no pudo evitar reírse:

—Os estáis burlando de mí, eso no puede ser verdad. —Si hubiera ocurrido la mitad de todo aquello, la reina no habría querido ni volver a escuchar el nombre de Buckingham. Y sin embargo, Marie afirmaba que seguía amándole. Tanto, le había dicho hacía unos días, que no podía continuar sin tener noticias de él. Por eso necesitaba un hombre seguro, que la ayudara a hacer llegar una carta con discreción hasta Inglaterra.

—Pues no faltan los testigos que le vieron entrar al día siguiente en la habitación de Ana de Austria, arrojarse de rodillas a los pies de su cama, llorando como una magdalena, y pedirle perdón. Ya me diréis a cuento de qué, si no. Ahora, imaginaos la reacción de Luis XIII cuando se enteró. Habrá que ver si no acabamos todavía en guerra con los ingleses. Pero vamos, lo que es metérsela, no se la metió, si es lo que queríais saber.

Bouteville le propuso un brindis, quizá por la castidad de la reina, y se bebió el vino de un trago, impaciente por unirse al combate de Lessay y Valençay. Se puso de pie y llamó a gritos a Des Chapelles para que equilibrara el número de adversarios.

Bernard se quedó sentado con los huesos del cochinillo en el plato y una inquietud creciente en el estómago.

Hasta ahora no había sido del todo consciente de la temeridad de Marie. Una cosa era favorecer un galanteo y unos inocentes requiebros, y otra muy distinta ejercer de alcahueta para darle a Buckingham la oportunidad de beneficiarse a la mismísima reina de Francia.

Introdujo otra vez la mano en el bolsillo y sobeteó los fatídicos papeles que tenía guardados. Sabía que tenía que haberse negado en redondo. Pero no había sido capaz.

No había vuelto a ver a Marie a solas desde el día en que le había presentado ante la reina. Pero hacía una semana se habían cruzado en el Louvre, por casualidad. Ella le había pedido que la siguiera hasta un rincón discreto y, sin saber cómo, él había acabado con una carta que Ana de Austria le había escrito a Buckingham metida en la faltriquera. Su misión consistía en llevarla hasta el convento de las benedictinas de Argenteuil, a cuatro leguas de París. Una vez allí, la superiora se encargaría de hacerla llegar hasta Inglaterra.

Lo que más rabia le daba era que desde que Marie había empezado a hablar, se había dado perfecta cuenta de que aquello sólo podía traerle complicaciones. Pero no había encontrado el modo de negarse, a pocas pulgadas de aquellos labios tentadores y suplicantes. Desde su última y breve escaramuza, no había tenido oportunidad de volver a acercarse a ella. Quería que estuviera contenta con él.

Perdió un momento el hilo de sus pensamientos admirando con envidia la agilidad de los combatientes y la ligereza letal de Des Chapelles. Él desde luego era un lerdo, y no sólo con la espada. Porque ya había ido al convento con una carta y había vuelto con otra, que le había entregado la superiora. Y después había ido a recoger otra más. Y de momento no había sacado de todo aquello más que un achuchón en los cuartos traseros que le había propinado a Marie en un descuido. De hecho, empezaba a sospechar que la muy truhana daba por sentado que iba a hacer de cartero cuantas veces ella se lo rogara a base de hacerle ojitos. Pero sin asomo de intención de dejarse subir las faldas de nuevo.

Los papeles que guardaba en el bolsillo eran los que había ido a recoger al convento la tarde anterior y que aún no había podido hacerle llegar. No le hacía ni pizca de gracia llevarlos encima, pero tampoco se había atrevido a dejarlos en su habitación. Cómo se arrepentía de haber accedido la primera vez. Ahora no tenía forma de negarse a seguir sin enfadar a la duquesa.

Algo tenía que salir mal por fuerza en aquel asunto, y le iba a pillar a él en medio. Como un mosquetero al que se le encendiera la pólvora por accidente y le explotara el arma en la cara.

12

Charles respiró hondo y alargó el brazo, pero la condesa de Lessay no hizo gesto alguno para aceptar los pliegos de papel perfumado que le tendía.

El fuego le arrasó las mejillas y mantuvo la postura, sin saber muy bien qué hacer. No se había sentido tan violento en toda su vida. Refugió la mirada en el reborde del puño de su jubón. El ultramar de la tela lucía apagado y mortecino bajo el sol blanco y crudo que lo bañaba todo a su alrededor: la terraza de piedra, la fachada de ladrillo y sillería clara, y hasta los troncos de los árboles.

Por fin, la camarera de la condesa se apiadó de él, le cogió los papeles de entre las manos y se los entregó a su señora tras consultarla con un gesto. Charles balbuceó un agradecimiento y retrocedió dos pasos.

Estaba seguro de que los versos eran buenos. Se había pasado la noche en vela, mecido entre los brazos de Erató, y por primera vez en mucho tiempo se sentía orgulloso de lo que había escrito. Quizá porque nunca había compuesto un poema más sincero.

A pesar de que no había empezado a escribirlo con intención de ser tan honesto sino porque estaba desesperado y necesitaba ayuda, y de todas las damas que frecuentaban la Estancia Azul, estaba convencido de que la condesa de Lessay era la menos rígida, la menos severa de todas. La que con más facilidad podía conmoverse por su suerte…

Y se moría de ganas de verla. No había vuelto a saber nada de ella desde el día que habían estado leyendo los versos de Góngora, hacía ya dos semanas. Porque desde lo ocurrido en casa de Angélique se había abatido sobre él el mayor de los desastres.

Richelieu había enviado gente a detenerla y a registrar sus posesiones nada más recibir la advertencia de Boisrobert, pero aun así había llegado tarde. La Leona había desaparecido, junto con todos sus papeles de valor. Nadie había vuelto a verla ni conocía su paradero.

Y eso no era lo peor. Enseguida se había corrido la voz de que el joven poeta que la galanteaba había sido sorprendido en su habitación, husmeando entre sus pertenencias. Seguramente tratando de robar sus joyas. Y que un gentilhombre del marqués de La Valette le había pillado con las manos en la masa y él le había dado muerte.

Así que el hôtel de Rambouillet había dictado sentencia: un guardia ladrón y pendenciero no tenía cabida entre la ilustre compañía de la Estancia Azul. Le habían cerrado las puertas en las narices.

Pero él se negaba a aceptar su suerte de apestado. Por eso había decidido recurrir a la condesa de Lessay. Aunque había tenido que colarse en su casa para verla. Se había presentado a la hora más concurrida para confundirse entre visitas y lacayos, y cuando había oído decir que estaba en el jardín, había cruzado los salones sin encomendarse ni a Dios ni al diablo.

Se la había encontrado recostada en un sillón al débil sol de noviembre, después de semanas de lluvia, con los pies apoyados en un taburete y acompañada por aquella camarera pizpireta de ojos color chocolate. Al principio se había mostrado severa y esquiva y se había negado a escuchar sus explicaciones, pero al menos no le había expulsado, y al final había aceptado sus versos y los estaba leyendo.

Gracias al cielo. Desterrado del mundo como estaba, no sabía qué hacer si ella no le tendía una mano.

Aún no podía creer que a Angélique se la hubiera tragado la tierra de aquel modo. Y que el desastre fuera culpa suya. Que su precipitación fuera la que hubiera puesto en fuga a la mujer a la que Luis XIII pretendía detener para interrogarla. A la única persona que sabía algo acerca de los mensajes perdidos.

La ruina era completa. El cardenal le había recompensado con cuarenta escudos de oro por su dedicación y su diligencia y acto seguido le había sugerido que, puesto que ya no podía seguir siéndole de asistencia en el asunto de la Leona, lo más aconsejable era que retomara su servicio en el Louvre, pica en ristre junto a una puerta, donde sus sagaces oídos pudieran seguir sirviendo a Francia.

Charles no se llamaba a engaño, Richelieu estaba descontento con él. De buenos modos, le estaba despidiendo de su servicio y devolviéndole al lugar de donde había salido. Ni siquiera se había interesado por los progresos de la obra de teatro que le había encargado. Al menos, le había librado de la justicia. Su larga mano había actuado con diligencia y los oficiales del preboste habían decretado sin ambages que la muerte del calvo bigotudo no había sido un combate concertado, sino un encuentro sobrevenido sin premeditación.

Aunque estaba por ver qué ocurriría en cuanto regresara a París el marqués de La Valette. No era descabellado que interpretase todo aquello como una provocación y decidiera tomar represalias.

Si al menos pudiera hacer que la condesa se apiadara de él…

Se había sentado a escribir aquellos versos la noche anterior con el propósito de deslumbrarla con un ejercicio de virtuoso. Conmoverla para que intercediera por él. Que hiciera comprender a sus amigas que no podían darle la espalda a un hombre de su talento.

Era vital no parecer inconstante, así que había comenzado tratando de convencer a la condesa, en diez hábiles estrofas, de que su amor por Angélique no había sido más que un espejismo, una ilusión. Había estado enamorado de la idea del amor cortés, no de la dama en sí misma. Pero a medida que escribía, su pluma se iba volviendo más apasionada y más sincera, obligándole a volcar cuanto había en su interior, y él se había dejado llevar, confesando, en un acento mucho más ardiente, despreocupado de las distinguidas florituras con las que tenía previsto deslumbrarla, que la fantasía se había desmoronado cuando había conocido a la bella Belisela. El encuentro con la pasión verdadera le había vuelto el alma del revés, condenándole al tormento y a la incertidumbre.

Y ahora los nervios se lo estaban comiendo por dentro. No tenía que haber sido tan sincero. Era una inconveniencia y una desfachatez. Una cosa era que un poeta le dedicase versos de honesta admiración a una dama de categoría y otra muy distinta que alguien de su condición osara hablarle de pasión a toda una condesa. Iba a ofenderla. Y con razón. Peor aún, ¿y si se reía de él?

De momento leía despacio y sus labios vibraban levemente como si saboreara las sílabas. Charles no había osado usar su nombre de pila en el poema. Se había contentado con un torpe anagrama. A pesar de que en su corazón llevaba tiempo llamándola Isabelle.

Isabelle, repitió en su mente. Sus largas pestañas cubrían por completo su mirada y su cuello esbelto le daba a su cabeza una inclinación llena de donosura.

Se quedó mirándola fijamente, esperando a que levantara la vista. Tenía una expresión mucho más dulce e incluso estaba levemente sonrojada. No pudo evitar fijarse en que su delicada figura era cada vez menos etérea a medida que pasaban las semanas. Lo que sentía por ella no tenía ningún sentido. Y encima no se le ocurría otra cosa que desnudarle el corazón de la forma más indecorosa y ponerse a su merced, sólo para pedirle su intercesión.

No podía estar más arrepentido. Le daban ganas de arrancarle los papeles de las manos y salir corriendo.

No hizo falta. Justo en ese momento la condesa dobló los papeles en dos y, sin dignarse siquiera mirarle, se los devolvió a su camarera. La había disgustado. Iba ordenar que le expulsaran de allí de inmediato y que le pusieran en el lugar que le correspondía. Toda la vergüenza del mundo le golpeó de repente como un mazo. Sintió un sofoco intenso, una sensación de zozobra y las piernas le temblaron. Se abandonó por completo y cayó a sus pies, sollozando. Con la cabeza gacha y los ojos arrasados por las lágrimas sintió cómo Isabelle reculaba en su asiento, pero al cabo de un momento una mano suave y tímida se posó sobre su brazo:

—Monsieur, por favor, calmaos. —Su voz sonaba sinceramente preocupada—. Si he sido injusta con vos estoy dispuesta a escucharos, pero no os angustiéis así.

Él se enderezó, aún con una rodilla en tierra. Ella le contemplaba, nerviosa. Medio aturullado aún por su arranque de emoción, Charles le pidió permiso para contarle la historia que nadie había querido oír. La condesa accedió y él se lanzó a explicarse, casi de carrerilla.

¿Cómo podían pensar que había intentado robarle las joyas a la Leona? Cuando había sucedido todo, él sólo le estaba preparando una sorpresa a Angélique. Disponiendo unas flores, un poema y un humilde corderillo en su estancia para que se los encontrara a su regreso. Entonces, aquel energúmeno había penetrado en la habitación como Vulcano redivivo, profiriendo amenazas y desenvainando la espada.

Él sólo le conocía de vista. Pero sabía que hacía tiempo que rondaba a Angélique de un modo inquietante e insistente. Y que no podía desagradarle más su propia intimidad con la dama. Le había atacado por celos… Y a él no le había quedado más remedio que defenderse.

Charles sintió otra vez un nudo en la garganta. A medida que hablaba, las emociones y las escenas que describía iban cobrando realidad en su mente. Las revivía con la misma intensidad que si todo hubiera sucedido del modo en que narraba. Hasta tal punto que se habría ofendido sinceramente si le hubieran acusado de estar mintiendo.

—Si mademoiselle Paulet no quiere volver a verme cerca de ella, lo comprendo y lo acato —añadió, con desvalimiento—. Me confieso culpable de haberme dejado arrastrar a un combate tan violento. Pero no de perfidia, madame, eso no.

La condesa seguía sin mirarle a los ojos, pero parecía que no era por disgusto sino por azoramiento.

—Poneos en pie, por favor, monsieur.

Charles remoloneó un poco, hasta que ella se levantó y le

ofreció una mano. Era tan dulce y tan buena y tenía un rostro tan precioso, que se sintió avergonzado de haberla considerado una ingrata. Otra vez sintió que el rubor le coloreaba las mejillas y en su mente se representó de inmediato la hermosa imagen casi pastoril que formaban ambos en aquel momento, sobre la terraza que dominaba el jardín, jóvenes y hermosos, asidos de la mano pero llenos de timidez.

Una voz alegre interrumpió sus ensoñaciones:

—Disculpadme que intervenga, madame, pero monsieur Montargis está tan agitado que temo que os transmita su desasosiego. No es conveniente en vuestro estado. ¿Queréis que vaya a buscaros una infusión de flores?, ¿un vino caliente, quizá? ¿Monsieur?

Charles se sobresaltó. La camarera les observaba con picardía, aguardando sus órdenes. La condesa tardó en responder, turbada:

—No es necesario, Suzanne. Llamaré para que nos traigan algo.

Tendió la mano hacia una campanilla de plata que reposaba sobre una mesita baja, cerca de su asiento, pero antes de que diera ni un solo paso, la atrevida camarera se apoderó de ella y giró sobre sus talones haciendo revolotear sus faldas:

—No os molestéis. —Sus labios se plegaron, excavando dos hoyuelos en sus mejillas—. Tengo un poco de fresco. Iré a pedir que preparen la bebida y mientras iré a buscar una prenda de abrigo.

Y, sin más, desapareció por la puerta acristalada.

Charles se quedó a solas con Isabelle.

Como si ella también hubiera sentido el fresco de repente, cogió la pelerina forrada de terciopelo que colgaba del brazo de uno de los sillones, se la echó por encima de los hombros y bajó los párpados, buscando un objeto cualquiera en el que posar la mirada:

—Os creo, monsieur —dijo por fin—. A decir verdad, nunca he pensado que fuerais culpable de esa historia atroz que corre por ahí. Y madame de Rambouillèt tampoco.

—¿Entonces? —interrumpió Charles, vehemente—. No lo comprendo. ¿Por qué me ha cerrado las puertas? Ni siquiera ha querido…

—Nadie con un mínimo de sensatez puede creer que pretendierais engañar ni robar a mademoiselle Paulet. Eso son cosas que se dicen para pasar el rato, exageraciones absurdas. —Isabelle rehuía su mirada. Quizá hubiera participado en esas conversaciones sin salir en su defensa—. Pero vuestro comportamiento no ha sido enteramente irreprochable. Comprended a madame de Rambouillet. Angélique es su amiga del alma y ha desaparecido. Su gente dice que lo ocurrido la trastornó hasta tal punto que quiso partir de inmediato, casi sin equipaje. Vos conocíais las reglas de la Estancia Azul...

—¡Y mi comportamiento allí ha sido impecable!

—Pero habéis llevado el desorden y la violencia al hogar de la dama a la que decíais servir —insistió la condesa—. Habéis acabado con la vida de un hombre que ella quizá amaba. Quién sabe lo que estará sufriendo la pobre...

Charles hizo lo posible por mantener un aire contrito.

—Hice lo que hice en defensa propia, os lo juro. —Sin saber de dónde estaba sacando el valor, tomó una mano de la condesa entre las suyas y la miró a los ojos—. Era su vida o la mía.

—Lo sé. No nos hemos tratado mucho, pero reconozco un espíritu sincero y delicado cuando tengo la fortuna de cruzármelo. Vuestra suerte me apena de veras. —Se quedó callada un instante, cohibida, y luego los ojos se le fueron a los versos que Suzanne había depositado sobre una butaca—. Lo que habéis escrito... ¿es cierto que no la amabais?

De pronto Isabelle le pareció a Charles menos condesa que nunca. La gran dama era en aquel momento, simplemente, una muchacha tímida, indagando con torpeza si estaba disponible el corazón del mozo que hacía latir el suyo. Respiró hondo para coger fuerzas:

—Todo lo que habéis leído es...

No pudo acabar la frase. Unos pasos precipitados le hicieron alzar la vista. Suzanne estaba de regreso pero no traía ni el vino caliente ni la prenda de abrigo que había ido a buscar.

—Madame, vuestro esposo está aquí. Me ha preguntado dónde os encontrabais y viene a saludaros. Se está despidiendo de unos amigos.

Isabelle retiró con presteza su mano de entre las suyas. Justo a tiempo, porque el conde de Lessay cruzaba ya la puerta del jardín con paso tranquilo y despreocupado. Vestía un lujoso traje de Corte que llevaba aparejado con singular desaliño, el jubón mal abrochado, los lazos de las medias atados de cualquier manera y el gran cuello de blonda repicoteada doblado y retorcido.

Se acercó a su mujer y la saludó con desenvoltura, acariciándole el vientre con unos aires de posesión que parecían concebidos a propósito para restregarle a él en la cara que Isabelle no tenía ni un pelo de la tímida doncellita que él había creído ver hacía un momento.

Un bofetón no le habría devuelto a la realidad de modo más brusco.

Aunque, a decir verdad, el conde no parecía muy preocupado por devolverle a ningún sitio. Si le había visto, debía de haberle confundido con una de las esculturas del jardín, porque su mirada había pasado por encima de él sin detenerse ni un instante. Así que se quedó aguardando, mientras marido y mujer se acomodaban en sendas butacas, tan inmóvil como si estuviera de servicio.

El conde asió la mano que Isabelle le había dejado coger a él unos minutos antes y Charles sintió que se le revolvía el pecho.

Necio y mil veces necio. Y pensar que había considerado un triunfo las cuatro palabras dulces de la condesa y su contacto tímido. Menudo bochorno. Si hubieran significado algo no estaría ahora escuchando tan sonriente al insustancial de su marido, que le hablaba de estocadas de entrenamiento tan ufano como si acabase de vencer al Gran Turco. Cuando simplemente se había pasado por la sala de armas del conde de Bouteville. De ahí el estado del traje y un golpe insignificante que traía en un pómulo. Valientes heridas de guerra…

No pudo evitar fijarse en que la seda de su traje era del color que los costureros llamaban «vientre de nonato», la tonalidad de moda entre los elegantes aquella temporada, y la misma que había escogido él para confeccionarse un nuevo jubón y unos calzones con el dinero del cardenal. De inmediato resolvió pasar por casa del sastre en cuanto saliera de allí y elegir otra tela diferente, si aún estaba a tiempo.

Antes de que se le acabara de revolver toda la bilis, Isabelle recordó por fin que seguía allí plantado e interrumpió la charla de su marido para presentarle:

—Monsieur Montargis. Un poeta exquisito, autor del aire de Corte que cantó mademoiselle Paulet en nuestra fiesta con tanto éxito, y un espíritu fino y sensible, a quien me siento honrada de extender mi amistad.

A Isabelle le temblaba levemente la voz. En su ofuscamiento, Charles no se había dado cuenta de lo incómoda y nerviosa que estaba. Inclinó la cabeza, tratando de adoptar un aire humilde y agradecido para no comprometerla.

Lessay le miraba como si acabara de percatarse de su presencia. Y algo debió de leer en su rostro, a pesar de sus esfuerzos por mantenerse impasible, porque esbozó una media sonrisa torcida y a Charles le dio la impresión de que le había calado de cabo a rabo. Aunque parecía más divertido que molesto:

—¿Otro más? ¿No tenéis bastantes poetas? En fin, si eso os entretiene…

Y siguió con su charla inane, sin más. Igual que si su esposa le hubiera mostrado el nuevo perrillo de faldas que acababa de adquirir.

Intentó decirse que no podía dejar que el desdén de aquel patán le escociera. Apretó los labios. En vano. Quizá porque hacía sólo un instante ella le había hecho sentir como un igual, el menosprecio indiferente del conde le mortificaba más que una estocada en los hígados. Como pudo, pidió permiso para retirarse, antes de cometer un dislate, y abandonó la terraza rehuyendo la mirada de Isabelle. A su espalda la escuchó reprender a su marido mientras éste reía, quitándole importancia a su enojo.

Cruzó los salones a toda velocidad y salió al patio. Entonces avistó a Bernard. Estaba recostado en la pared del establo, muy arrimadito a una moza entrada en carnes y vestida de criada de ringorrango. Ella le hablaba casi al oído y, antes de despedirse, cogió algo que su paisano le entregaba con disimulo y se apresuró a escamotearlo dentro del escote.

Charles se acercó a pasos quedos a la espalda de su amigo y le sopló en la nuca:

—Ésa está ya en el bote. Yo no la dejaría madurar mucho más, no sea que se te adelanten.

Bernard pegó un salto y se giró de golpe:

—¡Qué susto me has dado, *sangdiu*! ¿De dónde has salido?

No le quedó más remedio que reírse. Pero no tenía el cuerpo para alegrías y su carcajada sonó más sarcástica que amistosa.

—He venido a visitar a madame de Lessay y a traerle unos versos que le he escrito. Le han gustado tanto que seguramente me inviten a leerlos en la Estancia Azul de la marquesa de Rambouillet —mintió. Su desgracia le avergonzaba tanto que se negaba a aceptar que pudiera ser irreversible.

—¿Y eso? ¿No decías que no te dejaban entrar porque se habían dado cuenta de que eres un energúmeno?

—Porque me habían acusado de ser un energúmeno, borrico. No porque lo sea realmente. —Su voz sonaba más agria de lo que pretendía, pero no podía evitarlo—. Madame de Rambouillet está reconsiderando su decisión. Al fin y al cabo todo ha sido un error.

Bernard le felicitó, pero estaba claro que lo hacía por cumplir. Su paisano no había conseguido entender nunca la importancia de ser recibido en la Estancia Azul. Y se negaba a aceptar su parte de culpa en lo que había pasado. Le había jurado y perjurado que había hecho lo posible por entretener a la criada de Angélique mientras él estaba en su dormitorio. Pero que a los pocos minutos se había quedado sin nada que decir y se había marchado para que la mujer no sospechara nada. ¿Cómo iba a imaginarse que iba a aparecer el gentilhombre de La Valette?

—Pues yo vengo de la sala de armas de monsieur de Bouteville —dijo Bernard—. Y me han molido a palos otra vez. Anda, ven, vamos a sentarnos.

Se dejó caer sobre una de las balas de paja que había amontonadas contra la pared del establo. Charles dudó. No le apetecía escuchar a Bernard hablar de sus fortunas ahora que las suyas declinaban a una velocidad pasmosa, ni tener que seguir mintiendo sobre sus poemas y la Estancia Azul para sentirse a su altura.

—Diez minutos. Me están esperando.

Bernard asintió y dio una palmada sobre una de las pacas para indicarle que se sentara a su lado. Charles se fijó en que llevaba botas nuevas. En lugar de esas cosas viejas y recosidas que había traído de Pau, el muy bribón calzaba unas magníficas botas enceradas de boca ancha que no debían de haberle salido baratas.

Mientras no volviera a colgarse otra vez la esmeralda que le había birlado. Suspiró. Estaba visto que las joyas no eran lo suyo. O se las robaban a él o le acusaban de robarlas. Por cierto, que de nada le había valido disculparse por la bronca de la fiesta. El ruin de Bernard no había hecho intención ni de restituírsela ni de compartirla con él. Y estaba seguro de que sabía que no le había mentido cuando le había dicho que era suya.

Era una lástima. En otros tiempos se habría resarcido de lo mal que le estaban yendo los negocios ahogando las penas con Bernard en cualquier taberna. Pero ahora no le apetecía la compañía de un avaro torpe que le había costado la ruina y que aprovechaba la primera ocasión para restregarle sus relaciones en las narices. Aquel patán había arrojado los mensajes del rey Jacobo al río, había permitido que el gentilhombre de La Valette le sorprendiera registrando la casa de Angélique, y tiempo le había faltado para decirle que llegaba de practicar la esgrima nada menos que con el conde de Bouteville.

Y ahí seguía, sentado, sin decir nada. Daba la impresión de que quería contarle algo, pero que no conseguía arrancar. Se impacientó:

—Oye, que tengo prisa. ¿Quieres hablarme de algo, sí o no? Si es por la criada esa de las tetas grandes, ya te he dicho que la tienes en el bolsillo, no le des más vueltas.

Bernard le miró como si no supiera de qué estaba hablando:

—¿Qué criada...? Ah..., no, no... Marthe es una sirvienta de madame de Chevreuse —explicó con la misma cara de bobalicón que ponía siempre que nombraba a la duquesa.

Por supuesto. Hacía mucho que no salían a relucir sus insignes amoríos.

—¿Y qué es lo que le has dado, entonces, tan a escondidas?

¿Una carta de amor eterno para su señora? Pero si no eres capaz de juntar dos palabras… —Si Bernard tenía mala letra, su ortografía era aún peor y su gramática un remedo grotesco de alguna lengua que desde luego no era el francés.

—No, no. Yo no sé escribir cartas de ésas. —Su paisano se metió las manos en los bolsillos y se quedó mirando al suelo mientras tamborileaba con un pie. Le estaba poniendo nervioso. Por fin levantó la cabeza otra vez. Tenía los ojos llenos de incertidumbre, como los de un animal silvestre que frente a la mano que le tiende una golosina se debate entre la tentación y el miedo—. Tú sabes que yo no soy ningún indiscreto.

—Por supuesto.

—Y que sé guardar confidencias. Si tú me pidieras que protegiera un secreto tuyo, fuera lo que fuese, me lo llevaría a la tumba.

—Cuánta solemnidad. Le alentó con la cabeza para que continuara—. Pero en esto estoy metido también yo. Y no lo tengo nada claro. A lo mejor me estoy jugando el cuello por una tontería.

Charles bajó la voz, para darle confianza:

—Oye, que estás hablando conmigo. Puedes contarme cualquier cosa.

—Tienes que jurar que no le vas a decir nada a nadie —advirtió—. Como se te escape una sola palabra, te rebano el pescuezo.

Charles juró sin dudarlo ni un segundo y lo que escuchó le dejó con la boca abierta: Ana de Austria y el duque de Buckingham se escribían en secreto. Y el cartero de su correspondencia amorosa era Bernard. La duquesa de Chevreuse le había enredado para que trajera y recogiera las cartas de un convento de Argenteuil. Ésos eran los papeles que le había entregado con tanto secreto a la criada.

Aquello era gordo de verdad.

—Por todas las almas del Purgatorio. ¿Qué te dije el día que conociste a madame de Chevreuse?

Bernard le guiñó un ojo:

—¿Que no tenía ninguna posibilidad con ella?

—Vale, muy gracioso. Pero ¿te advertí o no te advertí de que si te empecinabas acabarías metiéndote en un lío?

—Puede ser —gruñó Bernard—. Pero el lío ya está. ¿Ahora qué hago? Seguro que dentro de un par de días se las apaña para entregarme otra carta.

—Dile que no la llevas.

—¿Y si me convence? —El rostro de su amigo mostraba una zozobra cómica—. He pensado que a lo mejor tampoco es una traición tan grande. No son más que cartas de amor. La reina es joven y hermosa. Y el rey la descuida. ¿Qué mal le hace a nadie que mantenga un romance a tanta distancia?

Sí, señor. Con el primer ministro inglés, ni más ni menos. Bernard repetía como un papagayo las lecciones de la duquesa de Chevreuse, Charles estaba seguro. Sólo faltaba que la reina se quedara embarazada de repente, coincidiendo con alguna excursión secreta de Buckingham a Francia.

Pero no dijo nada. Ni siquiera sabía cómo reaccionar. Hacía ya un mes y medio le había dicho al cardenal que permanecería atento por si su amigo le contaba cualquier cosa interesante, pero no se había imaginado algo así. Una información como ésa podía redimirle ante Richelieu. Aunque también podía meter a Bernard en lío muy grave. Tenía que encontrar la forma de sacarle partido sin implicarle a él.

Sintió que le invadía una inesperada corriente de reconocimiento hacia su paisano por el favor que acababa de hacerle sin darse cuenta. Quizá había sido injusto con él. Decidió corresponder con una confesión propia. Además, no sabía cuánto más iba a poder guardárselo dentro. Estaba deseando hablar de ello con alguien:

—Confidencia por confidencia, pues. Hace un momento, en el jardín, me he quedado a solas con madame de Lessay. —Sólo con pronunciar su nombre le temblaba la voz—. Y estoy seguro de que no le soy indiferente.

Bernard enderezó el pescuezo, igual que un caballo que captara un olor extraño en la lejanía y necesitara tiempo para analizarlo; le miró de reojo y finalmente prorrumpió en una carcajada estruendosa:

—¡Anda yaaaa! —Le dio una palmada en la espalda que a

punto estuvo de desalojarle de la paca de paja—. ¡Qué majadero eres! Casi me lo creo.

La reacción le molestó. No entendía qué tenía la cosa de inverosímil. Pero se armó de paciencia:

—Te estoy diciendo la verdad.

El muy necio de Bernard le miraba con la misma desconfianza, dudando aún de que no le estuviera gastando una broma:

—No me lo trago. La condesa no es… quiero decir… Sí que es mucho de poesías y esas cosas, pero de ahí a…

Se apresuró a traducir los balbuceos de Bernard antes de que éste dijera alguna burrada:

—Ya lo sé. No es mujer inclinada a los sentimientos ligeros. Por eso necesito que me eches un cable. La condesa tiene una camarera de confianza…

—¿Suzanne? —Bernard tenía los ojos como platos y una expresión de alarma creciente.

—Sí, ésa. Creo que puedo contar con su simpatía. Pero tú te pasas el día con Lessay, sabes cuándo entra y cuándo sale, si pudieras…

—¡Para, para, para, para! —Bernard levantó las manos. De repente se había puesto serio—. A mí no me metas en tus enredos. Que te quede claro. No pienso traicionar a Lessay para que tú intentes trajinarte a su mujer.

Pero qué zafio era. Decidió dejar pasar la grosería para no enzarzarse con nimiedades.

—Yo soy tu amigo.

—Y él también. Ha sido más que generoso conmigo.

Así que eso era. Una cuestión de interés. Del conde podía sacar más que de su vieja amistad:

—No seas mentecato. Los grandes señores como Lessay no tienen amigos de nuestra calaña —le interpeló en voz baja, con las mandíbulas tan apretadas que la saliva se le escapaba entre los dientes—. Se sirven de nosotros mientras les resultamos útiles y ya está. Igual que tu cabritilla.

Bernard seguía sacudiendo la cabeza:

—Charles…

—No le tengo ningún miedo a tu querido conde.

—Ya lo sé. —Bernard le hablaba en un irritante tonillo contemporizador—. Y lo mismo a Lessay ni le importa que su mujer se eche un amante. Puede que incluso lo agradeciera, siempre se está quejando de sus exigencias. Pero sabes que no tienes ninguna posibilidad, Charles, ¿por qué complicarte la vida? París está lleno de mujeres y tú siempre has tenido buena mano con ellas.

Porque no puedo dejar de pensar en ella, podría haberle dicho. O porque estoy harto de viudas entradas en años y mozas de taberna. O porque necesito vengarme de las risas de su marido. Todo era verdad. En cambio, preguntó:

—¿Y por qué demonios crees que no tengo posibilidades? Tú no estabas hace un momento en el jardín, no has visto cómo me ha mirado, ni cómo me hablaba.

Bernard resopló y se puso en pie para dar por zanjada la conversación:

—No sé. A mí me da que a ella lo que le gustaría es que su marido le hiciera más caso. A lo mejor te ha puesto ojitos tiernos para intentar ponerle celoso, o porque tus versitos le han halagado la vanidad, yo qué sé —gruñó.

Y encima le hablaba de malos modos. Se levantó él también y le encaró fijamente:

—No sé cómo te atreves a hablar cuando la que está enamorada de otro es tu preciosa madame de Chevreuse. Y eso no quita para que andes todo el día cascándotela en su honor ni para que te juegues el cuello por ella.

Le miró desafiante. A Bernard se le habían oscurecido los ojos por debajo de las cejas espesas y tenía apretados los labios:

—Está bien. ¿Quieres saber por qué no tienes ninguna posibilidad? ¿De verdad necesitas que te lo diga? —le espetó.

—Sí. Quiero saber por qué un zafio como tú que no me llega ni a la suela de los zapatos puede encamarse con una de las más altas damas del reino pero es tan inverosímil que yo pueda conquistar a la condesa. De verdad que me gustaría saberlo.

Bernard cruzó los brazos, soberbio:

—Pues porque puede que a ti se te haya olvidado quién eres,

con tantas espuelas y tanta espada al cinto como luces, pero al resto del mundo no. Tu padre es un cirujano de provincias y tú un simple soldado. Ni a una coqueta como madame de Chevreuse se le pasaría por la mente caer tan bajo. Tú me advertiste a mí, así que te devuelvo el consejo: no tienes ninguna posibilidad con la condesa; y si por un milagro lograses llevártela al huerto y Lessay se enterase de que a su mujer se la ha trincado un guardia del Louvre… te quitaría de en medio en menos que canta un gallo.

Charles no replicó. Era muy extraño. No habían parado de pisotearle el orgullo desde que había puesto el pie en aquella casa, y había habido momentos en que había creído que iba a reventar de rabia. Sin embargo, ahora, en vez del calor de la furia, lo que sentía era un frío penetrante y limpio que le despejaba todas las ideas. A saber cuánto tiempo llevaba Bernard guardándose dentro ese desdén. Pero se lo había dejado muy claro. Podían ser amigos pero no eran iguales. Bernard de Serres era hijo de gentilhombres y él no.

Se dejó caer de nuevo sobre la paja, mudo.

Bernard le puso la mano en el hombro:

—No quería insultarte —le dijo, con voz sorda—. Discúlpame.

Como si eso cambiara lo que de verdad pensaba.

Se encogió de hombros, fingiendo que no le importaba, y se quedaron charlando un buen rato de cosas varias, olvidadas las prisas, hasta que empezó a caer la tarde. Entonces se levantó para despedirse:

—¿Sabes lo que te digo? Que no le des tantas vueltas a la cabeza con el asunto de las cartas. Déjate convencer por madame de Chevreuse un par de veces más antes de plantarte, tú que puedes. Pero que se esfuerce de verdad por persuadirte, no seas tonto. —Le propinó un codazo amistoso—. Y tenme informado.

Le dio un apretón de manos y se alejó caminando calle abajo rumbo a la puerta de Saint-Honoré. Antes de llegar a las murallas, entre el convento de los Fuldenses y el de la Asunción se alzaba un muro alto de piedra gris. Pasó de largo la entrada principal y avanzó pegado a la tapia unos cien pasos hasta llegar a la altura de un ventanillo enrejado. Tocó la campana y un religioso vestido de gris acudió a atenderle. Tras cruzar con él unas breves palabras, le abrió la portezuela de madera barnizada, le pidió que le acompañara y le condujo a través de largos pasillos con las paredes encaladas hasta una estancia fría y sobria.

Allí aguardó Charles un rato más hasta que la puerta volvió a abrirse.

El padre Joseph entró en la estancia con paso despacioso y su habitual aire humilde. El cardenal de Richelieu había escrito al ministro general de los capuchinos para que liberara a su ayudante de la obligación de la vida conventual, de modo que pudiera consagrarse a los asuntos de gobierno, alojarse junto a él y seguir los desplazamientos de la Corte. Pero el permiso aún no había llegado y el fraile residía temporalmente en aquel monasterio:

—Me han dicho que queríais hablarme en privado y con urgencia, hijo mío.

Charles asintió. No se había atrevido a presentarse en la residencia del cardenal sin más. Y tampoco tenía ganas de ponerse a dar vueltas por todo París para buscar a Boisrobert. Además, estaba arrepentido de haber acudido a él en la última ocasión, después de lo que había pasado en su casa. Y no lo necesitaba de intermediario. El padre Joseph era el verdadero hombre de confianza de Richelieu.

Cogió aire:

—La reina y el duque de Buckingham mantienen una correspondencia secreta —le dijo, sin pararse en rodeos—. Madame de Chevreuse lo ha organizado todo y Bernard de Serres es su correo. Ayer mismo trajo de Argenteuil un mensaje de Inglaterra. Y en un par de días regresará a llevar la respuesta de la reina.

13

Richelieu se dio la vuelta lentamente para evitar que la sotana cogiera vuelo y le robara parte de su dignidad. Era importante mantener las formas aun cuando nadie le estuviera mirando.

Allí estaba otra vez, en medio de la galería del palacio de María de Médici, arropado por un torbellino de colores cálidos. La riqueza de aquel panegírico gigantesco era tal que resultaba imposible no admirarlo: el vigoroso movimiento de una figura, la ternura de una mirada, la representación ingeniosa de una virtud moral a través de un objeto de la naturaleza... Y qué decir de los portentosos colores y de las complejas composiciones.

La reina madre les había dejado campo libre a él y al abad de Boisrobert, convencida de que éste iba a trabajar en un poema descriptivo de la magna obra, y él iba a instruirle en la interpretación correcta de las pinturas. Pero Richelieu estaba allí a desgana, sólo porque el abad llevaba dos semanas insistiendo en que fueran a buscar alguna pista que les ayudara a comprender la carta que el maestro Rubens le había enviado a Angélique Paulet.

Y porque no le quedaban muchos más recursos desde que a la Leona se la había tragado la tierra.

Si pudieran interrogarla no tendría que estar allí jugando a las adivinanzas. Pero el soldadito de Boisrobert lo había puesto todo patas arriba con su precipitación, maldito fuera. Tenía que haberle mandado a él a informar al rey de la desaparición de la Leona. Casi una semana le había durado la jaqueca después de aguantar la justísima explosión de ira de Su Majestad.

Perdida Angélique Paulet, perdidos en un río los mensajes de Jacobo, muerta la mujer de Ansacq, no les quedaba nada. Ni un solo hilo del que tirar para desentrañar el enigma.

Tosió violentamente y le preguntó a Boisrobert si había tenido tiempo suficiente de reflexión. El abad se reunió con él en la cabecera de la sala:

—Ni un mes entero sería bastante. El maestro parece regocijarse en multiplicar los posibles significados de cada pequeño detalle.

—No seáis modesto. Los dos sabemos que os agradan los juegos de ingenio. Deslumbradme, ¿qué os ha saltado a la vista?

Boisrobert aventuró:

—Que le agrada el número tres: hay tres gracias, tres parcas, tres nereidas...

Cierto. Pero poco más que una banalidad, constató el cardenal, con alivio. Si a alguien con una inteligencia tan viva y perspicaz como el abad se le escapaba el significado profundo de aquella colección de cuadros, no era probable que muchos lo adivinaran.

—No es de extrañar —respondió—. El tres representa la armonía, la perfección, el ser supremo. *Omne trinum est perfectum.*

Boisrobert se encogió de hombros como si se disculpara por lo humilde de su observación:

—También tiene una fijación con los perros y las serpientes. Están por todas partes, y pueden significar cosas muy distintas.

—Esas vaguedades no nos sirven para nada —le cortó, seco.

Se arrepentía de haberse dejado convencer por Boisrobert para perder el tiempo. A saber por qué le había confesado el maestro Rubens sus tribulaciones pictóricas precisamente a Angélique Paulet. Pero en lo que a él concernía, hacía meses que había desentrañado el mensaje escondido en los lienzos. Y no tenía nada que ver con el asunto de Inglaterra.

De hecho, y a pesar de su sublime belleza, el sentimiento que más a menudo experimentaba en relación con los cuadros era un intenso deseo de que desaparecieran.

Él mismo se había encargado de contratar al gran maestro para que cumpliera con la voluntad de la reina madre de ver ilustrados los hechos más importantes de su vida. María de Médici era una mujer fuerte y obstinada que, con una inteligencia sólo mediana, había logrado gobernar el país de manera estable durante siete largos años, a pesar de las repetidas rebeliones de la nobleza. Se merecía que la posteridad la recordara.

Pero el resultado final le había conmocionado. A pesar del halagador retrato que le había pintado el flamenco en el cuadro que representaba la firma del Tratado de Angulema.

Porque los lienzos del maestro Rubens no eran un mero retrato de los avatares de la vida de la reina madre, sino que glosaban la superioridad moral y política de María de Médici sobre su primogénito de un modo mucho menos sutil de lo que la prudencia aconsejaba. Luis XIII apenas aparecía en los lienzos. Estaba ausente de escenas tan trascendentales como la mismísima proclamación de la Regencia. Y al parecer, su madre no había encontrado ni un hueco, en veinticuatro cuadros, para dejar retratada para la posteridad la coronación del pequeño rey.

Y la imprudencia de María de Médici había estado a punto de ser todavía mayor. Temeraria, la florentina le había encargado al flamenco un cuadro sobre el aciago día en que el rey la había expulsado de París, tras ejecutar a Concino Concini y su esposa Leonora. El tema era tan delicado y el lienzo tan provocador que Richelieu no había cejado hasta convencerla de que lo mandara destruir y lo hiciera sustituir a última hora por otro de tema mitológico, más inocuo, que Rubens había tenido que pintar deprisa y corriendo.

Era evidente que, a pesar de lo que proclamaba la reina madre a diestro y siniestro, aquellas pinturas no buscaban la conciliación, sino que constituían un desafío a su hijo.

Colgado en la pared, a la vista de todo el que quisiera interpretarlo.

Si el rey llegaba a comprender, no quería imaginarse las consecuencias.

Además, no estaba claro que hubiesen terminado las sorpresas. El contrato que había firmado el flamenco estipulaba que una vez expuestas las pinturas, el maestro realizaría otros veinticuatro lienzos dedicados a la vida del difunto esposo de María de Médici, el rey Enrique IV. Richelieu no quería imaginarse qué nuevas imprudencias podían acabar colgadas de las paredes, así que para salvarle las espaldas a la florentina y protegerse las propias intentaba disuadirla del proyecto y darle largas al pintor todo lo posible.

Levantó la vista. En el lienzo que tenían enfrente, las parcas tejían el hilo del destino de la reina madre. Cloto hilaba el hilo, Láquesis lo medía y Átropos se preparaba para cortarlo, aunque él no veía cómo iba a arreglárselas, porque no tenía tijeras ni cuchillo; quizá porque una reina era inmortal en cierto modo.

María de Médici había inaugurado su galería en mayo, abriendo las puertas al público con motivo de las bodas de la princesa Henriette con el príncipe de Gales, y el cardenal había invitado a toda la Corte a una colación, con música y fuegos artificiales. Había sido tanta la concurrencia que había habido tres muertos por aplastamiento. Afortunadamente, el rey se había mostrado más interesado en criticar la impudicia de la mucha carne al descubierto que en destapar insinuaciones sobre su persona. Frente a tanta diosa y tanta musa en cueros, había bajado la vista, ruborizado y en silencio.

A Richelieu le habían dado ganas de sacudirle y quitarle a golpes aquella pudibundez enfermiza que ponía en peligro la estabilidad del reino. Aunque era difícil condenarle, porque nadie tenía más sentido del deber que él y seguro que sufría por su incapacidad para vencer la repugnancia que el trato carnal le inspiraba.

En parte era una cuestión de disposición personal, pero había que reconocer que su relación con Ana de Austria había empezado con mal pie desde el principio. De haber estado vivo, no había duda de que el viejo Enrique IV se habría encargado de que su hijo llegase a su noche de bodas con un mínimo de experiencia. Pero su madre no se había preocupado de tales menesteres. Ni de procurar que hiciera amistad con jóvenes gentilhombres con más conocimiento del mundo que ayudaran a espabilarle. El día de su matrimonio, una pandilla de vejancones que le habían estado acosando con bromas rijosas y comentarios lúbricos durante toda la jornada había conducido al tímido monarca de catorce años hasta la cámara de su esposa adolescente y habían cerrado la puerta a sus espaldas aguardando el resultado.

Al menos el rey niño había intentado cumplir. El enrojecimiento y la hinchazón que el médico Héroard había apreciado en su miembro viril después de que abandonara la estancia de la reina así lo atestiguaban. Pero una cosa era el empeño y otra el acierto, y de esto último al parecer no había estado sobrado.

La grosera realidad de aquel primer encuentro le había horrorizado de tal modo que había rehuido la cama de la reina durante años. Su favorito Albert de Luynes le había forzado a acercarse algo a ella en tiempos, pero ahora, tras el episodio de Buckingham, lo único que había entre los esposos reales era odio y desconfianza mutua.

Suspiró, resignado, y apartó la mirada de un muslo tan rollizo que le daban ganas de morderlo y demostrarle a su dueña la pasta de la que él sí estaba hecho. ¡Que el rey fuera tan reacio a acometer una tarea que a cualquier otro, incluido él mismo, se le antojaría de lo más agradable! Rió entre dientes. Aquellos lienzos le trastornaban el ánimo y le hacían olvidar toda deferencia. Al final iba a tener que darle la razón a Luis XIII cuando decía que tanta exuberancia animaba a las transgresiones carnales.

Boisrobert guardaba silencio desde hacía un rato, pero al parecer estaba dolido por el modo displicente en que le había hablado antes:

—¿Y vos, monseigneur? ¿Halláis algo digno de señalar más allá de las rotundas carnes de las damas retratadas?

Richelieu alzó las cejas. El puyazo del abad le había cogido por sorpresa. Boisrobert le imitó, con aire inocente, y el cardenal soltó una carcajada breve:

—Nada, abad. Esta visita ha sido una pérdida de tiempo.

—Lo lamento. —Boisrobert suspiró, derrotado—. Estaba seguro de que entre los dos podríamos desentrañar cualquier misterio, por oculto que estuviese.

—Hibris, amigo mío, eso se llama hibris.

Camino de la salida pasaron junto a un cuadro que representaba el desembarco en Marsella de la recién desposada María de Médici. Se detuvo. El flamenco había pintado una galera de la que descendía la comitiva florentina por una plancha de madera. Abajo, en el mar, seis criaturas marinas, nereidas y tritones, celebraban el evento retorciéndose con violencia. Señaló el cuadro con el dedo índice:

—¿Queríais secretos, abad? Os contaré uno. Observad el rostro de rasgos difuminados que se vislumbra al lado del mástil. La reina madre me confesó que se trataba de su fiel amiga Leonora Galigai. Es difícil reconocerla. Casi un espectro. María de Médici quería tenerla presente sin provocar a su hijo. Por eso le pidió a Rubens que esfumara las líneas. Y nadie se ha percatado.

Boisrobert contemplaba la escena con atención:

—María de Médici parece un cordero estupefacto camino del sacrificio.

—No es de extrañar. Llegaba de un largo viaje. Era la primera vez que pisaba su nueva patria. Y su marido ni siquiera se había presentado para recibirla personalmente.

—Lo curioso es que son las divinidades marinas las que parecen más reales a pesar de su cola de reptil. Tres figuras, nereidas esta vez. ¿Os dijo la reina quién es el caballero de la cruz en el pecho?

Richelieu dirigió la vista hacia la figura que ocupaba la parte izquierda de la composición. Era un caballero de la Orden de Malta que observaba al grupo con el ceño fruncido de un enemigo, desde una esquina de la galera.

—A mí también me llamó la atención en su momento y le pregunté si era algún miembro de su familia. Pero me dijo que no era nadie concreto, sólo un símbolo de las dificultades del viaje. Al parecer tuvieron un incidente desagradable con un barco maltés antes de llegar a puerto.

Se quedaron ambos callados, observando al caballero de armadura guerrera y ropajes negros. Tenía las manos fuertes y amenazadoras y la mirada terrible, pero ninguna de las otras figuras parecía consciente de su presencia. Un verdadero fantasma.

—No me lo creo —dijo el abad—. No puede aludir a algo tan nimio. Ocupa un sitio demasiado importante en la composición. Todas las líneas dirigen nuestra mirada hacia a él, y parece como si estuviera sobre el pedestal que sostiene la cariátide.

Richelieu cruzó las manos a la espalda y taconeó suavemente con el pie derecho:

—La cariátide no es ningún misterio. ¿La diosa Fortuna? Para desear buena suerte a la recién llegada.

—No. Es Némesis, fijaos en el velo y en la actitud implacable. Además tiene un timón en la mano. Némesis, la venganza divina, es el sostén del caballero de Malta. ¿Qué puede significar?

El cardenal rió ante la intensidad de la imaginación de poeta del abad, pero lo cierto era que cuanto más miraba al caballero, más vívida era la sensación de que su rostro amarillento iba a volverse hacia él. Le recorrió un escalofrío supersticioso y se lo sacudió con un movimiento de los brazos. Boisrobert había acabado por contagiarle. Le cogió del hombro, provocándole un respingo:

—Vámonos de una vez. Rubens no nos va a resolver el enigma que nos interesa.

Su voz había sonado firme, pero en su pecho crecía una inquietud inconfesable: la malévola faz del caballero de Malta se burlaba de él. Conocía la verdad. Sabía que, a pesar de sus protestas de lealtad absoluta a la reina madre, había decidido alejarse de ella. A pesar de todos sus juramentos de fidelidad. A pesar de que se lo debía todo.

Aquellos cuadros no eran sino la prueba visible de la temeridad de la florentina y del rencor que todavía acumulaba contra su hijo. Tarde o temprano, el conflicto entre ambos volvería a estallar. Y no quería que le sorprendiese en el barco equivocado. No podía correr el riesgo de que ella le arrastrara en su naufragio. El lugar que le correspondía estaba a la derecha del rey. Tenía que saltar la borda a tiempo. Aunque una decisión así le convirtiera en un ingrato y un traidor a los ojos del mundo.

Por eso la guardaba oculta en el fondo de su corazón; y ahora tenía la incómoda sensación de que alguien más lo sabía.

14

Los gritos de carniceros y verduleros invadían la explanada empedrada, mezclados con el trajín de criados y mujerzuelas en busca de bicocas de última hora. En el centro de la plaza del Trahoir, junto a la cruz y la fuente de piedra, un ladrón atado a la picota les enseñaba cuatro dientes negros a los niños que correteaban a su alrededor buscando entre las ruedas de los carros hortalizas podridas que arrojarle y acosando a preguntas a los guardias que lo vigilaban.

Charles se detuvo frente al Figón de la Reina Brunilda. Después de despedirse del padre Joseph, sus pasos, arrastrados por la costumbre, le habían llevado solos hasta aquella fonda medio escondida tras el pabellón de ladrillos bajo el que se distribuían las aguas que la bomba de la Samaritaine hacía subir del río. De repente se daba cuenta de que no había probado bocado en todo el día.

Empujó la puerta con decisión. Llevaba frecuentando el lugar desde sus primeros días de servicio en el Louvre: se encontraba a cuatro pasos de palacio, servía buen vino, y los guisos eran generosos y estaban bien aderezados, aunque estuvieran compuestos de lo más barato que la viuda del oficial de los Guardias que regentaba el negocio encontrara en la plaza.

No era raro tropezarse con compañeros de armas con los que compartir mesa, y a los de la cuadrilla bullanguera que estaban instalados aquella tarde en una mesa del fondo los conocía a casi todos. Su camarada de regimiento, Léocade Garopin, alzó la mano nada más verle entrar:

—¡Vaya! ¡Por fin asoma el hocico el gran hombre! ¿Cómo va esa obra de teatro que le estáis escribiendo al cardenal? ¿No os deja tiempo para los camaradas? ¿O es que ya no compartís mesa con simples soldados?

Charles se vio obligado a sentarse con ellos. Desde que Garopin le ayudara a conseguir entrar en los Guardias se habían hecho buenos amigos, y aunque le apetecía estar solo, no sabía qué excusa podía darle.

Dobló la capa cuidadosamente para que no arrastrara, colgó la espada de un gancho de la pared y se acomodó junto a la cuadrilla: tres guardias franceses, dos guardias de corps y un mozo de unos quince años, sentado en una esquina, con aire intimidado. La patrona servía pepitoria con habas, así que pidió una ración y dos jarras de tinto de España para la mesa, a costa de los dineros del cardenal.

Sus compañeros lo celebraron con una salva de vítores y Garopin señaló con un dedo al zagal, advirtiéndole con un vozarrón abrupto que no iban a dejar que se levantara de la mesa hasta que no se hubiera cogido su primera borrachera.

El mozo, que al parecer era primo de uno de los guardias de corps y estaba recién llegado de una aldea de Reims, le pegó un trago largo a su vaso, demostrando su buena disposición.

—El joven René quiere convencernos de que tiene madera de guardia de corps —le explicó Garopin con un codazo—. Pero todavía tiene que demostrarlo.

—De momento lleva aquí media tarde, escuchando las historias del viejo Baugé —le defendió su primo—. Y no ha dado muestras de flaqueza.

Charles rió con ganas.

Repanchingado sobre el banco corrido de la pared, el arquero de la Guardia de Corps Nicolas Baugé les contemplaba ceñudo, con una mano en torno a un vaso de loza y el puño de la otra apoyado en el muslo. Era un borgoñón de cincuenta y tantos años, con las cejas como cepillos de color sal y pimienta, enormes patillas y un rostro encarnado de bebedor. Una cicatriz vieja se lo cruzaba de parte a parte, confundida con las arrugas que los lustros de guardia a la intemperie le habían ido horadando en la piel, y cuando andaba renqueaba un poco de la pierna izquierda por culpa de un cañonazo que le había volado dos dedos del pie. Llevaba casi dos décadas guardando al rey y a su familia, pero en sus años mozos había servido en media docena de campañas contra hugonotes, ultracatólicos, saboyanos y españoles, y se las había apañado para sobrevivirlas todas.

—Monsieur Baugé me estaba contando —explicó el mozo— que fue él en persona quien registró a François Ravaillac el día en que asesinó al rey Enrique IV, y que le encontró encima varios amuletos diabólicos.

Charles sonrió. Era probable que la historia fuera auténtica. Aunque a saber. Prestando oídos a todo lo que contaba Baugé también había que creerse que había luchado contra el emperador en Pavía, había portado el estandarte de la Doncella de Orleans y había cabalgado junto a Clodoveo y Carlomagno.

El arquero frunció los labios y le pegó un trago lento al vino:

—El rey no llevaba guardia cuando Ravaillac le apuñaló. El capitán Vitry le había ofrecido escolta pero él no quiso aceptarla. Fueron los gentilhombres que acompañaban al carruaje los que tuvieron que echarle mano a la alimaña y llevarla al hôtel de Retz, antes de que alguien le matara en un arrebato. Allí fue donde recibí la orden de registrarlo y encontré lo que encontré.

—¿Y qué eran esos talismanes? —preguntó el mozo.

—Tres eran los objetos diabólicos que llevaba consigo el asesino —respondió el arquero, proporcionándole a su voz un tono ominoso con la misma maestría con la que habría podido hacerlo un cómico consagrado. Cerró el puño y los fue enumerando con sus dedos encallecidos—. Un papel con inscripciones cabalísticas. Un corazón de fieltro atravesado por tres cuchilladas. Y una invocación para no sufrir dolores durante el tormento.

—Pues diríase que Satanás le abandonó en el último trance —resopló el primo del mozalbete—. Yo no era más que un chiquillo y el día de la ejecución tuve que escaparme de casa con mi hermano porque mi madre no quería llevarnos. Había tal gentío que no conseguimos llegar ni a la mitad de la plaza de Grève, y eso que nos arrastrábamos entre las piernas del público como sabandijas. Pero los gritos de tormento de Ravaillac se oían como si le estuvieran descuartizando a un palmo de donde nos encontrábamos. Más de un año tardé en volver a dormir a pierna suelta.

Baugé clavó sus ojos claros en el rostro excitado del muchacho y sonrió, regodeándose:

—Escucha bien lo que te voy a decir, zagal. Tu primo tiene razón. Ravaillac acabó derrumbándose. Pero créeme que no fue fácil quebrantarle. Sin duda los talismanes que algún espíritu maligno le había proporcionado le protegieron durante un tiempo. Porque nunca una fiera asesina mostró tanto aplomo y frialdad ante sus jueces. —Se limpió las comisuras de los labios con un gesto inconsciente y se inclinó sobre los codos—. Durante los dos días que le tuvimos custodiado en el hôtel de Retz no perdió la calma ni un solo momento. Y sabe Dios que le sacudimos todo lo que nos permitieron los oficiales. Nada. A los jueces y a los hombres de iglesia que acudieron a interrogarle les declaró con una serenidad diabólica que su nombre era François Ravaillac, natural de la villa de Angulema, que había viajado hasta París con el propósito de acabar con la vida del tirano que reinaba en Francia, y que había actuado solo, sin ayuda de nadie, ni siquiera del diablo, a pesar de los fetiches que obraban en su poder. Al cabo de un par de días se lo llevaron a las mazmorras del Palacio de Justicia, pero ni siquiera la aplicación del tormento durante tres días ininterrumpidos logró quebrarle. Mancuerda, aplastapulgares, bota española. Todo fue inútil. La sabandija no admitió cómplices ni posesión diabólica. La protección que sobre él ejercía el maligno era demasiado poderosa y la bestia se reía a la cara de sus verdugos, incluso en medio de las más atroces torturas. Por fin, transcurridas algo más de dos semanas del asesinato, el capitán nos convocó a los arqueros para que acudiéramos a la capilla del Palacio de Justicia a las tres de la mañana a buscar al parricida, pues ese nombre merece quien da muerte al padre de un pueblo. Teníamos que conducirle a la plaza de Grève, donde debía ser ajusticiado, y protegerle de la turba. Sí, muchacho, protegerle he dicho, porque los parisinos querían arrojarse sobre él por el camino, despedazarle con dientes y uñas. Los que lograban acercarse le lanzaban patadas. Los que estaban más lejos le arrojaban piedras y nos golpeaban para poder pasar por encima de nosotros y arrancarle las barbas. Juro por la santísima Virgen que tuve que detener a una doncella, rubia, rosada y tierna como brote de mayo, que intentó abalanzarse sobre él con un cuchillo, dispuesta a sacarle el corazón allí mismo.

Charles ojeó al mozo, que escuchaba estremecido al arquero, y sonrió. Había escuchado varias veces aquel relato, pero Baugé era un narrador tan talentoso que siempre acababa cautivándole.

En cuanto al amparo demoníaco que había permitido a Ravaillac soportar el tormento sin desfallecer, la razón decía que si el asesino no había hablado había sido porque no tenía nada que decir, sin más. No era más que un loco, un iluminado convencido de que el rey era un hereje que quería dañar a los buenos católicos.

Pero el arquero Baugé tenía su propia teoría al respecto:

—Dos horas nos costó llegar desde el Palacio de Justicia a las puertas de Notre-Dame, donde el maldito había sido condenado a hacer retractación pública. Iba desnudo, en camisa blanca, con un cirio entre las manos atadas. Y allí fue, escúchame bien, zagal, a las puertas de la catedral, donde Satanás, que no tiene poder alguno frente a Nuestra Señora, le abandonó. El escándalo era tal que apenas podíamos escuchar nuestras propias voces entre los aullidos y las maldiciones de la multitud. La alimaña pelirroja se arrojó al suelo, presa de la desesperación y, lleno del temor de Dios, suplicó la absolución a los doctores de la Sorbona allí presentes, y rogó al pueblo de París que rogase por su alma. Los alaridos arreciaron. Muchos han sido los ajusticiamientos que he presenciado a lo largo de los años y jamás había sido testigo de una rabia y un ensañamiento semejante. Todos, desde los más ancianos hasta los más niños, querían que ardiera en el infierno —declaró el borgoñón con voz terrible. Tenía las cejas tan fruncidas que parecían una sola, una especie de oruga gigantesca y peluda. La saliva se le había vuelto a secar en las comisuras de la boca, pero estaba tan absorto en su historia que no se acordaba de beber—. Cuando por fin llegamos a la plaza de Grève el sol brillaba en lo alto. Hacía calor. Los grandes señores ocupaban los balcones del ayuntamiento. La chusma que invadía el pie del cadalso había pasado allí toda la noche. Era un gentío enardecido, violento y encolerizado, que aguardaba nuestra llegada como una bandada de pájaros carroñeros. Tumbaron a Ravaillac sobre el patíbulo y el verdugo le ató brazos y piernas. Entonces dio comienzo el suplicio.

Baugé se detuvo para echar un trago bien largo de vino, y luego se acarició la barbilla, con unas falanges cubiertas de vello rojizo, como si se hubiera olvidado de lo que estaba contando. El muchacho cayó en la trampa y le interpeló con ansiedad:

—¿Decíais que el suplicio comenzó? ¿Cómo?

El arquero le dedicó una mirada triunfante a la compañía y carraspeó antes de continuar en voz baja y tenebrosa:

—Primero, el ejecutor atravesó la mano que había cometido el crimen de lesa majestad con un cuchillo y arrojó sobre ella azufre ardiendo. Ya no había sortilegio alguno que le protegiera de los dolores, así que el parricida empezó a gritar y a llamar a Dios en su auxilio, y éste le dio valor para alzar la cabeza y contemplar cómo su mano se asaba lentamente. Una chispa de fuego le saltó a la barba y su cara se puso a arder de inmediato mientras el miserable sacudía la cabeza con desesperación. Las injurias del pueblo se convirtieron en carcajadas. Entonces llegó el turno de las tenazas. Unos alicates calentados al rojo con los que el verdugo le arrancó los pezones y le trituró la carne del pecho, de los brazos, los muslos y las pantorrillas. Créeme, mozo, que los alaridos de la alimaña resonaban en toda la plaza. Porque el diablo es traicionero. Igual que le había protegido mientras seguía siendo su siervo, ahora le castigaba por su arrepentimiento, impidiéndole que perdiera el conocimiento de modo que sus penas no se vieran aliviadas ni un instante. Y el pueblo tampoco se apiadaba. Ni siquiera mostró compasión cuando llegó el momento más terrible y doloroso del suplicio, y el verdugo arrojó plomo fundido, aceite hirviendo, resina, cera y azufre sobre las heridas que habían abierto las tenazas. El cuerpo del asesino se agitaba sacudido por espasmos, las piernas le temblaban y desde mi posición, a los pies del cadalso, se escuchaba el crepitar de la carne achicharrada. La muchedumbre comenzó a increpar al verdugo. Exigía que fuera más despacio, que dejara descansar al parricida de cuando en cuando para que se sintiera morir, para que notara cómo su alma se iba evaporando gota a gota… Y, cuando los doctores de la Sorbona trataron de recitar las plegarias acostumbradas, les hizo callar, furibunda. Por fin llegó la hora del descuartizamiento. Los cuatro caballos empezaron a tirar de las cuerdas que ligaban los miembros del regicida. Los espectadores que estaban más cerca de las bestias las asieron de los arneses para ayudarlas, pero los tendones de Ravaillac resistían. Uno de los caballos estaba a punto de derrumbarse, agotado. Entonces, un chalán se abrió paso entre la turba, lo reemplazó por el suyo y le hizo dar unas sacudidas tan bruscas que por fin logró desencajar el muslo derecho del condenado. El miserable, que aún guardaba un resto de aliento, solicitó a su confesor un Salve Regina pero los parisinos gritaron, amenazando al sacerdote si se atrevía a consolar a esa alma maldita. Los caballos volvieron a tirar. Al cabo de hora y media los animales estaban exhaustos y los cuatro miembros del parricida, rotos y descoyuntados. No le quedaba más que un soplo de vida. El ejecutor se aproximó a él con un hacha en la mano, dispuesto a partirlo en cuatro y poner fin a su agonía. Apenas tuvo tiempo de descargar el primer golpe. Los espectadores se arrojaron sobre él y le arrancaron el hacha de las manos. Eran lacayos, mujerzuelas, pero también artesanos y burgueses respetables. Se arrojaron sobre el cuerpo del supliciado con cuchillos, espadas y palos. Éramos incapaces de retenerlos. Todos querían arrancar un trozo de carne maldita, arrastrarla por las calles, ensuciarla de fango y pisotearla. Con mis propios ojos vi cómo una mujer desgreñada se llevaba un trozo de un mordisco y lo masticaba como una fiera, con las fauces llenas de sangre. Varios guardias suizos se mezclaron con la plebe, consiguieron hacerse con un pedazo de torso del asesino, lo acarrearon hasta el Louvre y lo quemaron frente a sus ventanas. Hubo pedazos que se arrojaron al río. Otros fueron entregados a los perros. Los niños corrían de un lado a otro cargados de paja para encender hogueras en la calle de la Ferronnerie, donde el rey había sido asesinado. Cuando la turba comenzó a despejarse, el verdugo sólo pudo arrojar al fuego encendido en la plaza la camisa hecha jirones del condenado y un puñado de vísceras que encontró en el suelo.

Se quedaron callados. Todos habían escuchado la historia varias veces, pero aun así las últimas palabras de Baugé se quedaron prendidas en el aire unos segundos, flotando malsanas sobre el silencio. Hasta que Garopin proclamó, con una palmada sobre la mesa que sobresaltó al mozalbete de Reims:

—Pues demos gracias a los cielos por que a los parisinos sólo les dé por descuartizar condenados y repartirse los cachos de tarde en tarde. ¡O a saber cuántos posaderos nos servirían carne de criminal ahumada haciéndola pasar por filetes de cerdo!

Las risotadas estallaron de inmediato y Charles le pidió a la patrona que les sirviera a todos una copa de una de esas barricas de vino dulce de Alicante que atesoraba en su bodega, y se quedó un rato con ellos para no parecer descortés, pero al poco se excusó y, despidiéndose del grupo, abandonó la taberna. Él apenas había probado la bebida y seguía teniendo la cabeza despejada.

El cielo estaba otra vez cubierto de nubes bajas y cargadas de lluvia. Echó a andar calle abajo, en dirección al Sena. El río bajaba crecido después de tanto aguacero y en el embarcadero del muelle de l'École no quedaba ni un pie de arena. Se acercó hasta el dique con pasos cautelosos. Los remolinos de la corriente azotaban los pilares del Pont Neuf y las barcas se estremecían sobre la negrura. La figura ecuestre de Enrique IV le daba la espalda desde lo alto del puente.

Permaneció allí quieto, fascinado por un mal pálpito familiar que le impedía apartarse del lugar. Era algo inexplicable que le ocurría de tarde en tarde, cuando pasaba cerca del río. Sobre todo cuando tenía las aguas turbias y revueltas. Una especie de atracción oscura que le provocaba escalofríos y que le traía el recuerdo de la gitana desdentada que le había augurado un futuro excelente si se guardaba de las aguas vivas, los ríos y las corrientes. Si cerraba los ojos, tenía la impresión de que podía verla en su mente y de que la mujer intentaba avisarle de algo. Pero entonces un pozo sin fondo se abría bajo sus pies y tenía que abrir los ojos de nuevo para no perderse dentro para siempre.

El sonido de unos cascos de caballo le despertó de su ensoñación. Cinco jinetes se acercaban por el puente. El centro del grupo lo ocupaba un hombre corpulento que iba contando algo a grandes voces. Dos lacayos caminaban unos pasos por delante cargados con dos fanales que iluminaban el penacho bermellón y las ropas de vivos colores de su señor. Al llegar a su altura el grupo torció por la calle del Arbre-Sec y Charles tuvo tiempo de reconocer al estruendoso personaje. El duque de Montbazon tenía su hôtel en aquella calle, casi al lado del Figón de la Reina Brunilda. Se preguntó cómo habría reaccionado de saber que la sombra que le contemplaba en silencio, junto al río, correspondía al hombre que acababa de delatar a su hija ante un consejero del cardenal, hacía sólo un par de horas. Era posible que no le produjera emoción alguna. Hercule de Rohan no había dado nunca problemas a ninguno de los reyes a los que había servido y se decía que las intrigas de madame de Chevreuse le tenían hastiado.

El agua le había empapado las botas. Se apartó de la orilla y cruzó el puente con la espada bien a la vista y un paso marcial que disuadiese a cualquier maleante que pudiera haber agazapado en las sombras. Sus pasos solitarios hacían eco al latido acompasado de la bomba de agua.

Iba pensando en el suplicio de Ravaillac, tal y como lo había contado Baugé. El arquero estaba convencido de que era el mismo Satanás quien había movido el brazo del asesino. Pero a él no le cabía duda de que no era más que un pobre iluminado. Sólo un demente podía atreverse a afrontar los terribles suplicios que las leyes establecían para los regicidas.

Repasó en su mente las cuatro estrofas de Nostradamus que el rey Jacobo de Inglaterra le había enviado a Luis XIII. Se las había aprendido de memoria a fuerza de darles vueltas en la cabeza. La muerte de Enrique II había sido un infortunado accidente, y a Enrique III y Enrique IV les habían arrancado la vida sendos visionarios. Fuera lo que fuese lo que aguardaba a Luis XIII, esperaba que no se tratara de otro orate. Una conjura siempre se podía frustrar con información y agentes eficaces. Pero las acciones de los locos eran imprevisibles.

Llegó a la plaza Maubert cuando empezaban a caer las primeras gotas. El muñeco de trapo que los niños habían suspendido de la horca hacía un par de días colgaba mustio en un lateral de la explanada.

No recordaba si Jacques Clément, el monje que había asesinado a Enrique III mientras hacía de vientre, había sido torturado, ni si había sostenido, como Ravaillac, que actuaba sin cómplices. Tampoco sabía si los astrólogos habían anunciado la desgracia de aquel monarca con tanta insistencia como habían profetizado la de su sucesor Enrique IV. Pero conocer cuánto tenían en común aquellas muertes, más allá de que las tres habían sido violentas y por mano ajena, podía ser de ayuda a la hora de intentar buscarle un sentido a la última cuarteta. Estaba seguro de que entre las decenas de puestos de libreros que invadían las calles de la Universidad no sería difícil encontrar viejos pasquines, libelos o memorias en los que se relataran los hechos. Decidió dedicarse a la tarea de recabar información en cuanto se levantase al día siguiente.

Iba a demostrarle a Richelieu que se equivocaba prescindiendo de sus servicios. Hacía unas horas le había servido en bandeja la correspondencia traidora de la reina con el duque de Buckingham, pero no se conformaba con volver a ser sólo un correveidile.

Estaba dispuesto a resolver la estrofa que nadie había sabido descifrar.

«*Viejo cardenal por el joven embaucado…*» La verdad era que Charles se había planteado varias veces si no le estarían dando demasiada importancia a una carta escrita por un hombre con un pie en la tumba y obsesionado por los asuntos de hechicería y nigromancia, por muy rey de Inglaterra que fuera.

Pero quién sabía si el viejo Enrique IV no estaría aún vivo de haber hecho caso en su día a los augurios. Él no creía en las fantásticas historias que hablaban de altares que habían amanecido sangrando, ni en que las campanas doblaran solas la mañana del asesinato. Pero no cabía duda de que el rey había recibido advertencias de sus astrólogos para que se guardara y no montara en carruaje el día fatídico.

Había ocasiones en que el exceso de escepticismo podía ser necedad.

Empujó el portón de su casa y empezó a ascender los escalones hasta el último piso, consciente de pronto de lo cansado que estaba. Su criado Pascal estaba acostado en su jergón. Se incorporó de un salto al verle entrar. Tenía la camisa por fuera y los calzones desanudados. Se compuso el atuendo a toda prisa, con la cabeza gacha y las orejas rojas, tartamudeando una disculpa. Ese súbito ataque de timidez en un mozo tan desenvuelto era aún más elocuente que el estado de sus ropas, pero Charles fingió que no se había dado cuenta. Tampoco había muchas cosas con las que pudiera entretenerse a solas un mozo de catorce años, y la casa estaba limpia y recogida.

En peores circunstancias le había sorprendido últimamente. En dos ocasiones ya, le había atrapado vestido con sus ropas, o haciendo por quitárselas a toda velocidad. A la segunda le había castigado con una buena tunda. Y aunque Pascal había insistido en que no había hecho más que probárselas, Charles intuía que debía de haberle echado el ojo a alguna mozalbeta del barrio, y se olía que más de una vez, mientras él estaba de guardia, su criado había salido a la calle ataviado con sus prendas para pavonearse.

Se quitó el jubón azul, repitiéndole a Pascal, como de costumbre, que lo cepillara con cuidado y lo aireara antes de guardarlo en el baúl, y se puso la camisa vieja que usaba para dormir, meditando sobre sus planes para el día siguiente. Lo primero sería darse una vuelta por las librerías. Luego le enviaría un billete a Bernard. Le debía una invitación desde el almuerzo en Le Mouton Blanc al que le había convidado su paisano recién llegado a París. Ahora tenía dinero. Y no quería perderle de vista ni un solo día. En cuanto la duquesa le entregara más cartas para Inglaterra, tenía que saberlo, para poder decirle al padre Joseph cuándo y dónde se realizaría la entrega.

15

Las manos de la duquesa Nicole se movían a toda velocidad sobre las teclas del clavecín. Estaba concentrada, con la mirada fija en la partitura, un bucle rebelde instalado sobre los ojos y un pedacito de lengua rosada asomándole entre los labios. Madeleine nunca hubiese imaginado que fuera capaz de un arrebato así. Con las mejillas encendidas y su vestido de brocado de color rojo parecía una fruta madura, rebosante de vida y pasión.

El negro clavecín lacado, por el contrario, tenía forma de ataúd. En la parte interior de la tapa había pintado un hombre joven, desnudo, con el pelo rizado y una corona de tallos verdes, que consolaba a una muchacha que lloraba. Dioniso y Ariadna. Debajo estaban escritas las palabras: «*Est quædam flere voluptas*».

Madeleine cerró los ojos. La música era alegre, rápida, llena de cambios de ritmo. Recordaba a una gacela en un bosque primaveral, saltando de un lado a otro sin poder decidirse por una dirección concreta. Jugaba a que la perseguían, pero no tenía miedo porque sabía que sólo el viento podía alcanzarla. Y el viento estaba enamorado de ella.

La melodía fue complicándose más y más, hasta que de pronto la duquesa dejó de tocar y suspiró, frustrada:

—¡He estado a punto! Pero no me sale. Es demasiado difícil. —Se apartó el mechón de la frente y se secó unas gotas de sudor con el dorso de la mano— ¿Qué os parece la pieza?

—Fresca, alegre, igual que un torrente al final del deshielo.

—Se excusó alzando los hombros—. Disculpadme, no entiendo mucho de música.

Aun así había disfrutado de ella. Le hablaba directa al corazón, dándole alas.

—Sí que entendéis, un torrente al final del deshielo, qué bonito. Mi madre se alegrará de oírlo, se lo escribiré en mi próxima carta. Es una tocata de Frescobaldi, su músico favorito… —Perdió el hilo y la miró con las pupilas húmedas; concluida la música, su energía se había esfumado y había reaparecido su placidez habitual—. La echo de menos. París está tan lejos…

La madre de Nicole era sobrina de María de Médici y había acudido a la Corte de Luis XIII a pedirle ayuda en nombre de su hija para solucionar el conflicto que la oponía a su esposo, pero sus cartas se hacían esperar. Había caído enferma y todavía no había tenido demasiado éxito en su mediación.

Madeleine cogió a Nicole del brazo para consolarla, igual que Dioniso a Ariadna en Naxos, y la acompañó hasta la ventana. Los gruesos cristales coloreaban la luz que comenzaba a declinar y deformaban los contornos de la fuente que brotaba al fondo del patio. Permanecieron calladas, saboreando la quietud de la tarde y el poso de la música en sus espíritus.

La Corte de Nancy no era el pequeño refugio de tranquilidad que Madeleine había imaginado antes de llegar. Hacía sólo una semana que Nicole la había hecho venir desde la granja, y en ese tiempo había comprobado que los cortesanos eran rudos e indiscretos, las recepciones y banquetes, extenuantes, y las sesiones de justicia, un árido calvario para la pobre duquesa. La tensión de tener que aparecer junto a su marido en todos los actos oficiales le destrozaba los nervios.

Aunque los grabados y las monedas mostraban los perfiles de los dos esposos en dulce armonía, ambos se detestaban mutuamente. Cumplían con sus obligaciones en un silencio hostil procurando ignorarse el uno al otro.

La duquesa tampoco se sentía cómoda en las salas más grandiosas del palacio. Prefería refugiarse en sus habitaciones privadas, donde leía su libro de horas, se dedicaba a las labores y a la música o se ocupaba de sus conejos y sus gatos. Y hacía que la acompañara durante casi todo el día. Quería saber su opinión acerca de todo, y la escuchaba con atención y entusiasmo. Sólo se separaba de ella cuando tenía que atender alguna tarea de gobierno. Madeleine tenía la extraña impresión de que la utilizaba como escudo, como si su mera presencia pudiera protegerla de la mezquindad de su marido.

No lo comprendía muy bien pero no le importaba. Era agradable sentirse necesitada y poder corresponder de alguna manera a la generosidad de su protectora. Además, las dos sabían que su estancia en aquel lugar no era más que una tregua, una parada en tierra de nadie para recobrar fuerzas.

Ya estaba decidido. Su marcha era cuestión de días. En cuanto vinieran a buscarla. Había llegado una carta aquella misma mañana en la que la advertían de que estuviera preparada.

Acarició la fina lana de su vestido verde. No echaba de menos la granja, pero sí los paseos con la criada muda hasta la encrucijada de la piedra. Tanto que una noche de luna llena había hecho ensillar un caballo y había galopado hasta allí. Al llegar, se había encontrado con varias campesinas. Una de ellas había atado tres cordones de colores alrededor de la parte más estrecha de la roca.

Las mujeres habían explicado que traía buena suerte. Una aldeana del villorrio vecino llevaba dos días de parto y así esperaban salvarle la vida.

Nicole la distrajo con un murmullo nasal:

—Si Francia no me socorre, no sé lo que voy a hacer.

Madeleine parpadeó para abandonar sus recuerdos, que la habían atrapado como un ensueño, y tuvo que concentrarse para comprender de qué le estaba hablando la duquesa. Ella no sabía nada de política, pero le parecía que Nicole debería mostrar más espíritu si quería gobernar el país. Tenía que parecerse más a la gacela, al torrente de Frescobaldi, siempre en movimiento, resuelta.

Sin embargo, seguía empecinada en mirar a París como única salvación posible:

—Sólo tengo que aguantar un poco más. La reina madre no me abandonará. Le haré pagar a mi marido todos sus desaires y todo el mal que me ha hecho. ¿Os he contado que el año pasado hizo que un jesuita me exorcizara porque le parece cosa de hechicería que aún no tengamos hijos?

Los ojos de la duquesita brillaban de ira concentrada. No lo demostraba muy a menudo, pero el odio estaba allí, enterrado en su corazón, bajo capas y capas de buenas maneras.

Llamaron tímidamente a la puerta y un paje con librea roja y amarilla entró en la estancia y anunció la visita del duque de Lorena. Ambas se sobresaltaron y Madeleine se puso en pie. Era la primera vez que el marido de Nicole acudía a las habitaciones privadas de su esposa desde que ella estaba allí; hasta ahora, sólo le había visto de lejos.

Charles de Vaudémont tenía veintiún años y era alto, esbelto y moreno de pelo. Tenía un porte distinguido, una nariz afilada y los cabellos lacios. Vestía con un jubón acuchillado del color que en París llamaban de «español enfermo» y lo llevaba abrochado sólo con un botón para mostrar los encajes de la camisa. Nicole se burlaba en privado de su obsesión por seguir la última moda de la Corte francesa. El duque había pasado allí varias temporadas y siempre volvía deseoso de distanciarse de las costumbres de sus paisanos. En público, todo se le hacían elogios de su tierra y se había ganado el aprecio del pueblo; pero en privado no se hartaba de decir que en Lorena no había más que patanes.

Madeleine le contempló sin decir nada. Era buen mozo, aunque la expresión de sus ojos oscuros resultaba arrogante y calculadora. No hacía mucho habría rezado para que se fijara en ella, pero ahora sabía que no era oro todo lo que relucía y la presencia de un gran señor de aspecto galán no la ruborizaba como antaño.

Sólo le avergonzaba el recuerdo de lo simple que había sido en París, dejándose embelesar a tontas y a locas por un hombre del que no sabía nada, sin sospechar en ningún momento que estaba podrido por dentro. Desde el momento en que Lessay había puesto sus ojos en ella y la había sonreído, ella le había entregado su voluntad, sin más, sólo porque no tenía experiencia del mundo y porque estaba ansiosa por vivir… Tan deslumbrada, que el corazón noble de Bernard de Serres le había pasado desapercibido por completo, a pesar de que le había tenido a su lado desde casi el primer momento.

—Madame —dijo el duque, dirigiéndose a su esposa—. Disculpad que invada vuestra intimidad. Vengo a advertiros de un asunto grave.

Nicole trató de ocultar un estremecimiento:

—Debe de ser muy urgente si os trae hasta mis habitaciones.

—Lo es. Sería mejor que habláramos a solas… —sugirió, mirándola a ella, pero Nicole la agarró del brazo, como si por nada del mundo fuera a separarla de su lado.

—Mademoiselle de Campremy goza de mi entera confianza.

Su marido se encogió de hombros:

—Como gustéis. Venía a advertiros de que me han llegado preocupantes rumores sobre el confesor de vuestra alteza y esos arrebatos místicos que le atenazan de vez en cuando. Ya sabéis que en esta tierra llena de superstición la gente puede tomar sus inexplicables desmayos como signos de posesión diabólica. —Hizo una pausa—. O peor aún, de brujería.

Madeleine sintió la familiar punzada del miedo. El recuerdo de su cautiverio y la pesadilla de la hoguera la dejó paralizada.

—¿Por qué me contáis eso? —preguntó Nicole.

Su marido respondió con ligereza:

—Quizá deberíais buscaros otro confesor, aunque sé que le tenéis en mucha estima. No en vano fue quien os bautizó. Pero pensadlo bien, si se le condena por brujería, ¿dónde os dejaría eso a vos? —Sonrió. Tenía los dientes blanquísimos.

Madeleine hizo un esfuerzo por desprenderse del miedo pegajoso que envolvía su corazón como la resina de un pino y se estrechó contra Nicole, que le apretó más el brazo, agradecida. Su viejo confesor era el consejero que más apreciaba. Apartarle de ella era una crueldad. Y una condena por brujería seguramente le costara la vida. Otra maniobra más para aislarla.

Ningún otro crimen poseía el estigma que tenía la brujería, ningún otro podía destruir a quien conviniera quitar de en medio de la misma manera. El daño podía ser inmenso, bien lo sabía ella.

Y aquélla era tierra propicia para que prosperara una acusación así. Todavía no se habían cerrado las heridas abiertas por los procesos de Nicolas Rémy, un magistrado que había quemado a más de novecientas brujas en tiempos del común abuelo de los duques, y no era la primera vez que Charles de Vaudémont atacaba a los que estaban cerca de su esposa.

No hacía ni un año que había hecho quemar por brujo a un tal André Desbordes, un pequeño noble, servidor fiel del padre de Nicole. Ella le había explicado que el único crimen de aquel hombre había sido ser un fiel consejero y recordarle a diario que la legítima soberana era ella. Le habían acusado de todo tipo de disparates: de tener fuerza y agilidad sobrehumanas, de insuflar vida a las figuras de los tapices y hasta de haber hechizado la cama de los jóvenes duques en su noche de bodas.

Seguro que quedaban multitud de paisanos dispuestos a encender las hogueras de nuevo.

Igual que los que la habían insultado a ella camino del cadalso.

Una oleada de furia le atenazó el pecho y bajó los ojos, temerosa de que el duque lo percibiera. Le habría gustado escupirle, por fútil que resultara.

Ignorante de todo, él lucía una mueca satisfecha de idiota al que le hubieran dado un dulce.

Nicole reaccionó por fin:

—Os agradezco vuestros desvelos —replicó, tiesa y digna, aunque apenas podía contener las lágrimas—. Ahora me gustaría quedarme sola.

Él accedió, pero antes de salir le echó una ojeada rápida a ella, y encaró a Nicole una vez más:

—A vuestra dama de compañía quizá también deberíais alejarla de vuestro lado. Algún juez podría temer que volviera a las andadas y os mezclara en sus hechicerías. —Frunció el ceño con falsa solicitud—. Debo velar por vuestra reputación ya que vos no lo hacéis.

Salió de la habitación sin esperar a ver el efecto que habían tenido sus palabras. En cuanto la puerta se cerró tras él, Nicole se derrumbó entre sollozos sobre su regazo.

Madeleine comenzó a acariciarle el pelo como solía hacer con ella su ama. Tenía la mirada fija en la puerta y sentía tanto odio que no le hubiera sorprendido si la madera se hubiera puesto a arder de pronto.

—Necio —murmuró. Las palabras salieron de su pecho como de un pozo negro y profundo, tan roncas que la asustaron incluso a ella—. Si supieras con quién te enfrentas, estarías escondido en casa de tu padre, derramando miel y rezando para no oír los ladridos de los perros.

Nicole seguía llorando; no parecía haberla oído. Madeleine parpadeó desconcertada. No sabía por qué había dicho aquello tan extraño ni cómo su temor había podido transformarse en esa ira terrible. Pero aunque no comprendiera se sentía fuerte. Iba a ser muy triste marcharse de allí y separarse de Nicole, pero ya estaba lista para volver a vivir.

Desde la tapa del clavecín, Dioniso sonreía con aprobación.

16

Perfecta. Charles trazó un breve floreo en el aire y se dispuso a estrenar su nueva pluma. Había pasado toda la mañana rebuscando en imprentas y librerías. Por primera vez en mucho tiempo llevaba encima dinero de sobra, así que además de hacerse con las crónicas y memorias que buscaba había acabado cargando con una recopilación de versos de Malherbe, el *Adonis* del caballero Marino y una docena de plumas de cisne de la mejor calidad, secas y limpias, pero sin tallar. Le gustaba hacerlo él mismo. Había heredado la mano firme y ágil de cirujano de su padre y así conseguía que la punta tuviera el grosor exacto.

Nada más llegar a casa había colocado en la estantería los libros de poemas y había apilado sobre la mesa el *Diario del reinado de Enrique III* de Pierre de L'Estoile, el *Discurso* que sobre su asesinato había escrito un monje jacobino, la *Historia de la Muerte Deplorable de Enrique IV* y el primer tomo de *El Mercurio Francés*. Con eso tenía de sobra de momento. Había decidido concentrarse en los dos reyes más cercanos, los dos que habían sido asesinados. Si sacaba algo en claro, ya tendría tiempo de remontarse más lejos.

Pero sus primeras lecturas le decepcionaron. El *Diario* no era más que una colección de sucesos del reinado de Enrique III que un abogado del Parlamento de París había extraído de los cuadernos privados del secretario del rey, hacía tres o cuatro años. Se lo había recomendado con mucha labia un librero de la calle de la Harpe, pero no decía nada sobre el tema que le interesaba.

El *Discurso* del monje resultó algo más jugoso. El autor era un dominico fanático que celebraba sin disimulos el asesinato del último rey Valois. Según él había sido un ángel, ni más ni menos, quien le había encomendado al regicida Jacques Clément que acabara con la vida del tirano que había firmado la paz con los herejes hugonotes. Contaba que una mañana el buen fraile había pedido ver a Enrique III, pretextando que tenía que entregarle un mensaje en mano, y nada más acercarse le había clavado un cuchillo en el vientre. No había habido tiempo de interrogarle. Los guardias se habían arrojado de inmediato sobre él y le habían matado a alabardazos allí mismo. El suplicio destinado a los regicidas sólo había podido cumplirse sobre su cadáver.

A Charles le admiraba la inquina regocijada con que estaba escrita la crónica, y el rabioso autor le había hecho reír contando cómo a la muerte de Enrique III, su favorito, monsieur de Épernon, «se había echado a llorar como un ternero» a los pies de su lecho. Le costaba reconciliar esa estampa con la imagen formidable que tenía del viejo duque.

Decepcionado, puso a un lado los impresos que trataban de Enrique III, abrió el grueso volumen del *Mercurio* por las páginas correspondientes a 1610 y buscó en el índice el asesinato de Enrique IV.

De inmediato una frase le saltó a los ojos: «Nadie ignora hoy que esta desgracia le había sido enigmáticamente predicha». El autor del texto decía que al rey le había sido anunciada repetidamente su desgracia por sabios, horóscopos y almanaques. Así como en las centurias de Nostradamus. La mención de las cuartetas casi le hizo saltar de emoción de la silla, pero no hablaban de ningún verso en concreto, todo eran referencias vagas que no le servían de nada.

Cogió el último librito que le quedaba. La *Historia de la Muerte Deplorable de Enrique IV* había sido redactada poco después del asesinato del rey por Pierre Matthieu, ilustre abogado, cronista, historiador y poeta, muy introducido en la Corte.

En aquel texto tampoco faltaban las alusiones a las predicciones y los avisos de los sabios: cometas, eclipses y conjunciones planetarias. Charles contuvo el aliento. El autor aseguraba que el río Loira se había desbordado con furor poco antes del asesinato del rey navarro. Y que lo mismo había ocurrido antes de las muertes de sus predecesores.

Leyó otra vez el párrafo, muy despacio: «En aquel tiempo no se hablaba más que del gran accidente que habría de llegar. Venían a la memoria varias predicciones sobre los planetas, los eclipses y las conjunciones de los planetas superiores. Leovicio había instado a los reyes nacidos bajo los signos del Carnero y la Balanza a que tuvieran cuidado. Los matemáticos consideraban que la estrella que habían visto al mediodía, el año anterior, era la señal de algún efecto siniestro. El río Loira se había desbordado con el mismo furor que en tiempos de las muertes violentas de Enrique II y Enrique III».

Cerró los ojos y volvió a verse de pie junto al muelle, la noche anterior. El agua alta y agitada. La arena de la orilla, sumergida. Sintió un desagradable repeluzno. No sabía cómo bajaría la corriente del Loira en aquellos momentos, pero él nunca había visto el Sena tan crecido.

Regresó a la lectura. Muchos detalles los conocía. La ceremonia de consagración de María de Médici la víspera del asesinato. La inquietud del rey durante la mañana de aquel 14 de mayo. Los preparativos de guerra. La decisión de ir a visitar a su superintendente de Finanzas que se encontraba enfermo. El recorrido en carroza descubierta para contemplar las decoraciones instaladas en honor de la entrada solemne de la reina que se celebraba al día siguiente. Las carretas que habían obligado al coche a detenerse en la calle de la Ferronnerie. El rey, sentado entre los duques de Montbazon y de Épernon. Un hombre que surge de repente junto a una de las ruedas y lanza tres cuchilladas. La muerte casi inmediata.

El cronista contaba cómo los gentilhombres del rey se habían lanzado sobre el regicida para matarlo. Pero el duque de Épernon, que sostenía al soberano en su agonía, había reaccionado con rapidez y frialdad, le había arrancado el cuchillo de las manos al asesino y había ordenado que nadie lo tocara.

Charles se quedó pensativo. Tanto Enrique III como Enrique IV habían expirado en los brazos del mismo hombre. Eso sí que era ser cenizo. Si él fuera Luis XIII, lo primero que haría sería mandarlo lejos una temporada. Por si acaso.

El famoso asesino de Enrique IV, François Ravaillac, había resultado ser un pobre diablo natural de Angulema, hijo de una familia arruinada. En su juventud había intentado ingresar en un monasterio, pero los monjes le habían desalojado al poco tiempo, espantados por sus delirios. Aseguraba que tenía visiones de fuego, sulfuro e incienso, que las voces del más allá le hablaban por las noches y que Dios le había elegido para ejecutar sus voluntades y liberar a Francia de un rey que planeaba hacerle la guerra a los buenos católicos.

Levantó la vista del libro. La luz tristona que había lucido todo el día empezaba a bajar. Se limpió los dedos. Algo repiqueteaba con insistencia contra los redondeles de vidrio opaco de la ventana. Se levantó a abrir. Un petirrojo aleteó sobresaltado, revoloteó arriba y abajo un momento y volvió a plantarse en el alféizar, mirándole con descaro. Por algún motivo, el animalillo llevaba dos o tres días haciendo lo mismo, todas las tardes a la misma hora.

Volvió a cerrar el batiente y el golpeteo empezó otra vez. Charles se dirigió al otro cuarto, donde estaban la cocina y el jergón de su criado. Cogió un mendrugo de pan de la fresquera y regresó a la habitación principal justo cuando Pascal entraba por la puerta de la calle.

El mozo traía un canasto de ropa blanca que había ido a buscar a casa de la lavandera. Depositó la cesta en el suelo y se le quedó mirando con una expresión peculiar de desconfianza. Charles le preguntó si había revisado cómo habían quedado los cuellos y los puños con ribete de blonda antes de pagar a la mujer y luego se dirigió a la ventana, tras la cual continuaba el incansable repique.

Pero en cuanto entreabrió la hoja de la ventana, Pascal pegó un salto, se coló por debajo de su brazo y volvió a cerrar de un golpe seco. Charles se le quedó mirando con el gesto torcido.

—¿Estáis loco? ¡No se os ocurra dejarlo entrar! —le reprendió el mozo, en el mismo tono que si él fuera el amo y Charles el criado.

El mancebo tenía tal cara de preocupación que le costó hablarle con severidad:

—Es un petirrojo, Pascal. No va a devorarnos.

—Un pájaro que entra volando en una casa es un anuncio de muerte. Todo el mundo lo sabe. Y más un petirrojo. ¿No sabéis que los envía el cielo? —El chico abrió los ojos, dándole a entender que sólo el mayor de los ignorantes podía desconocer algo así. Charles soltó una carcajada y su criado se dio la vuelta, enfurruñado, y empezó a sacar la ropa del canasto. Entonces pareció acordarse de algo. Metió la mano en un bolsillo y extrajo un papel lacrado. Se había encontrado en la plaza con un lacayo del hôtel de Lessay.

Charles desplegó el papel, impaciente. Era un billete de Bernard, escrito con una letruja apresurada. No podía comer con él, pero tenía que verle sin falta. Le pedía que le esperara despierto en su casa aquella noche. Sonrió, adivinando a qué venía la urgencia, y se guardó el billete. Luego regresó a sus papeles y la crónica de Pierre Matthieu sobre la muerte de Enrique IV. Había dos cosas que le llamaban la atención sobremanera de su relato.

Lo primero era algo extraño que había ocurrido justo después de que Ravaillac apuñalara a Enrique IV. El cronista contaba que del final de la calle habían surgido una decena de hombres vestidos de negro, a pie y a caballo, con las espadas desenvainadas, profiriendo blasfemias y gritos de muerte contra el asesino. Pero cuando uno de los gentilhombres del rey se había interpuesto entre ellos y el regicida, los asaltantes habían dado media vuelta y se habían perdido entre la multitud. Nadie había sabido nunca quiénes eran ni de dónde habían salido.

La otra curiosidad tenía que ver con el interrogatorio del asesino. Contara lo que contase la noche anterior el arquero Baugé sobre los talismanes que habían ayudado a Ravaillac a soportar la tortura sin dolor, lo cierto era que los jueces no parecían haber puesto demasiado a prueba su poder mágico. El Parlamento había ordenado que se sometiese al detenido a la cuestión por tres veces, en tres jornadas consecutivas. Pero sólo se había celebrado la primera sesión de tortura.

O tenían muy claro que el acusado era sincero o a Charles no le parecía que hubieran puesto demasiado empeño en las investigaciones.

Tomó nota de todo aquello y luego pasó el resto de la espera emborronando cuartillas con versos. Hacía tiempo que no tenía la pluma tan suelta.

Bernard no llegó hasta casi la medianoche, con una frasca de vino y cara de circunstancias. La duquesa de Chevreuse se las había apañado para entregarle otro paquete con cartas y él no había sabido decirle que no. Todo había ocurrido en apenas dos minutos y cuando estaban rodeados de gente.

Charles se echó a reír y le repitió el consejo que le había dado el día anterior en el patio del hôtel de Lessay. Que a la vuelta se negara a entregarle las cartas que trajera si no recibía un cobro adecuado en especie.

Bebieron un rato y, para que no volviera a cruzar París a aquellas horas, solo y a pie, le dijo a su paisano que se quedara a pasar la noche. Vaciaron la frasca de vino mientras competían en salacidad estableciendo los particulares del pago que había que exigirle a la duquesa. Antes del alba, ya habían entrado en el trato dos doncellas de madame de Chevreuse, la nodriza de sus hijos, varias damas de la Corte y un par de criadas del hôtel de Lessay, y cuando Bernard se empeñó en meter a Isabelle en el recuento a modo de chufla, se mordió los labios y le dejó hacer, sin protestar.

Llevaban un buen rato dando cabezazos cuando Bernard se levantó para marcharse. Él se izó como pudo hasta la cama, se dejó caer de golpe y no fue capaz de despertarse hasta mediodía.

Se aseó a toda prisa, se vistió y atravesó la ciudad a paso ligero hasta el convento de los Capuchinos.

Esta vez el padre Joseph le recibió en el claustro del monasterio. Caminaron juntos bajo los soportales, mientras la llovizna caía sobre la piedra de la fuente y los macizos de plantas.

—¿Estáis seguro de que no saldrá con las cartas hasta mañana? —preguntó el capuchino.

—Seguro —respondió Charles—. Hoy va a pasar el día en Vincennes, cazando con Lessay y sus amigos, que van a acompañar a Gastón. Me ha dicho que piensa salir mañana temprano para estar de vuelta a la hora del almuerzo.

El capuchino inclinó la cabeza con complacencia, detuvo el paseo y le lanzó una mirada al bies, por debajo de sus párpados caídos. Luego sacó una pequeña bolsa de cuero del bolsillo de su hábito marrón y se la puso en la mano:

—Yo habría preferido esperar a comprobar la verdad de vuestras informaciones. Sé que no nos mentís. Pero podéis estar equivocado. Sin embargo, ya conocéis la liberalidad de Su Ilustrísima.

Charles se guardó la bolsa, gratamente sorprendido. Estaba impaciente por salir del monasterio y abrirla para ver cuánto había dentro, pero le venció otra curiosidad:

—¿Cómo pensáis conseguir las cartas? Si la superiora del convento de Argenteuil está de acuerdo con la reina, no admitirá ni entregará nada.

El capuchino sonrió con una dulzura desasosegante. Su larga barba gris amarilleaba en torno a sus labios y tenía los dientes separados:

—Estáis verde aún, muchacho. Su Ilustrísima no piensa enviar a nadie al convento. No tiene la más mínima intención de enemistarse con la superiora, ni muchísimo menos con la reina.

—¿Entonces?

El padre Joseph le asió de la muñeca y reanudó su paseo, obligándole a acompañarle, como si estuviera aleccionando a un novicio rebelde. Charles era un palmo más alto que él, así que se veía obligado a andar en una incómoda postura, con el hombro inclinado, para seguirle el paso.

—Como supondréis, Su Ilustrísima jamás tendría la insolencia de interceptar la correspondencia de Su Majestad la reina. —Hizo una pausa y se mascó la lengua unos segundos—. Pero los caminos son peligrosos, sobre todo en invierno. No es imposible que a monsieur de Serres le asalte alguna cuadrilla de bandidos una vez fuera de París, en cualquier paraje solitario. Ni que le dejen sin caballo, sin botas y sin el contenido de la faltriquera.

Charles se detuvo en seco:

—Pero Serres se defenderá.

—¿Y bien?

—Que no creo que los bandidos del cardenal estén dispuestos a dejarse escabechar, padre. Una estocada mal medida y…

—Es una posibilidad.

—¿No hay otra forma?

El padre Joseph le miró con fijeza:

—Si necesitáis descargar vuestra alma, estoy dispuesto a escucharos en confesión.

Charles sacudió la cabeza. Aquélla era la última persona que escogería para confesarse. Además, no estaba muy seguro de que el sacramento de la penitencia tuviera valor alguno si seguía adelante con aquello que le provocaba los remordimientos.

—No hace falta. Estoy seguro de que cualquier decisión que tome Su Ilustrísima será la acertada.

El padre Joseph achicó los ojos, midiéndole, igual que la otra vez. Finalmente se dio por satisfecho, le enlazó del brazo y le entretuvo un rato más. Le habló de literatura e incluso le recitó unos versos en latín de su poema épico contra los turcos. A Su Santidad el Papa le había gustado tanto su obra que la había calificado como la «Eneida cristiana», le dijo, con un timbre de orgullo que no convenía en absoluto a su humilde apariencia.

El capuchino se tomaba muy a pecho el asunto de la lucha contra el infiel en el Mediterráneo. Estaba convencido de que era posible convertir a los mahometanos y tenía planes de instalar escuelas cristianas en Argel, en El Cairo e incluso en Constantinopla. Pero sus versos eran planos y aburridos. Aunque a Charles no le quedó otra que elogiarlos. Nunca había que criticar a un autor cuando era rico o poderoso.

Tuvo que esperar a que las campanas llamaran a nona para poder abandonar el monasterio, y no se animó a mirar el contenido de la bolsa de dinero hasta que no llegó al portón de su casa. Desató los nudos y los escudos de plata tintinearon en la palma de su mano. Sonrió. No era tanto como la última vez, pero no estaba mal.

Guardó el dinero y empezó a subir los escalones de dos en dos. Aunque Richelieu se hubiese desentendido de su encargo, él pensaba volver a ponerse manos a la obra y escribir de una vez la obra de teatro que le había encargado. Por fin se le había ocurrido un buen tema: la historia de Dafnis, el humilde pastor a quien el talento poético le había permitido encumbrarse entre los dioses.

Iba ya ideando frases lisonjeras para la dedicatoria cuando de repente cayó en la cuenta. Abrió la bolsa otra vez y volvió a contar. No se había equivocado. Treinta escudos. Treinta monedas de plata. O era una rematada casualidad o el cardenal tenía un sentido del humor muy tortuoso.

17

El alborozo se le vino abajo de golpe y entró en casa con el humor torcido.

Se encontró a Pascal acodado a la ventana, de espaldas a la puerta. A su lado, un individuo con sotana negra le rodeaba los hombros con un brazo, mientras con la mano libre le señalaba algo en el cielo. Charles reconoció la figura chata y la calva del abad de Boisrobert. No era una sorpresa agradable.

Se acercó. Lo que el abad señalaba en lo alto, aprovechando la caída de la tarde, era la luz de Venus. Le estaba contando al mozo la historia del nacimiento de la diosa, describiéndole cómo había surgido en medio del mar, entre la espuma que brotaba de las criadillas de Urano. Al oírle, se dio la vuelta, con calma, y le sonrió:

—Pasaba por aquí cerca y he subido a saludaros. El joven Pascal me ha dicho que no tardarais en regresar.

El mancebo se encogió de hombros, dándole a entender que no había podido hacer nada:

—Monsieur me ha estado contando historias de lo más curiosas. —Se rió—. ¿Sabéis que el lucero de la tarde era una mujer muy hermosa que estaba casada con un cojo gruñón?

Charles se fijó en que el abad guardaba todavía una mano sobre el hombro del chico. Agarró a Pascal del brazo y le apartó de él. A Boisrobert no se le escapó la maniobra. Su mirada ofendida lo dejó muy claro. Pero a él le dio igual. Se quitó el sombrero y la ropa de abrigo, se lo entregó todo al mozo y le ordenó que cerrara la ventana y los dejara a solas.

La presencia del abad le resultaba embarazosa. Había sido un error acudir a él el día que había dado muerte al gentilhombre de La Valette y dejar que le viera tan vulnerable. Llevaba evitándole desde entonces. Y ahora se le metía de rondón en casa.

Boisrobert se inclinó sobre la mesa y se puso a hojear el tomo del *Mercurio*:

—No sabía que os interesasen tanto las gacetas. Supongo que sabéis que desde que el cardenal es el jefe del Consejo, el *Mercurio* no publica una línea sin que él dé el visto bueno. Una pena que ahora no quiera oír hablar de vos… Pero seguro que cuando transcurra un tiempo y se le pase el mal humor le encuentra alguna utilidad a una pluma ágil como la vuestra.

Charles le miró de soslayo. Las palabras del abad daban a entender que no tenía ni idea de sus nuevos tratos con el cardenal a través del padre Joseph. Mejor. No quería tener que hablar con él de su decisión de traicionar a Bernard. Estaba convencido de que el abad le haría preguntas inoportunas y le haría sentirse incómodo.

De su propuesta no sabía qué decir. Era tentadora. Y se estaba mostrando generoso proponiéndose como intermediario con Richelieu una vez más. Pero no quería deberle más favores.

—Gracias —gruñó entre dientes—. Dejad que me lo piense.

El abad lanzó un suspiro exasperado y alzó los ojos al techo:

—*Mon cher* Montargis, no niego que no eche de menos nuestros vis a vis del jardín de las Tullerías. Pero os informo de que desde hace una semana tengo un nuevo lacayo, alto, rubio y hermoso como un serafín, que me tiene perfectamente entretenido. —Le guiñó un ojo—. Así que podéis relajar las nalgas de una vez.

Charles notó que se le subían los colores:

—No es eso. Quiero decir que os agradezco de verdad la propuesta y desde luego que la acepto, pero no es ésa la razón por la que he estado ojeando el *Mercurio*…

Dudó, pero al final le pudieron las ganas de compartir sus averiguaciones con alguien. Le habló de todo lo que había discurrido el día anterior sobre los versos de Nostradamus, las muertes de los tres Enriques y su empeño en hallar elementos comunes entre ellas. Empeño que de momento no había arrojado más resultado que el descubrimiento de que, por lo visto, los ríos tenían una curiosa tendencia a desbordarse antes de que se produjera la muerte violenta de cualquier monarca.

Lo último lo dijo en tono de broma, para quitarle solemnidad a la cosa, porque Boisrobert le miraba muy serio de repente.

—¿Por qué no dejáis el asunto de una vez? El cardenal no quiere que sigáis con ello y estáis demasiado comprometido. No es sensato y no vais a sacar nada en claro leyendo papeles viejos.

—Si os digo la verdad, yo también estoy casi convencido de que es una pérdida de tiempo —admitió—. Ayer estuve todo el día leyendo y no me sirvió de nada. Eso sí, no sabía que a Enrique IV habían intentado asesinarle varias veces. Tenía un corazón muy compasivo. Perdonó a varios y alivió los suplicios de otros cuantos al comprender que eran simples perturbados.

—Os cuesta imaginaros a Luis el Justo haciendo gala de la misma generosidad, ¿no? —preguntó el abad, malicioso.

Charles sacudió la cabeza:

—Bueno, no sé si yo lo llamaría generosidad. Parece casi imprudencia. No se protegía. Estaba convencido de que su buena suerte iba a librarle de todo. Quizá si hubiera dado un ejemplo más severo no habría terminado como terminó.

Le mostró las páginas que había estado leyendo, pero el abad ni las miró. Hizo un gesto con la mano para que apartara el libro, se arremangó con desembarazo la sotana y se sentó en una silla con actitud de estar dispuesto a quedarse un buen rato:

—O quizá habría dado lo mismo.

—¿Qué queréis decir?

—Que todos los que intentaron asesinarle eran visionarios. Pobre gente. Un batelero al que unos jesuitas le habían prometido la gloria eterna, monjes fanatizados; un pañero, más sodomita que el humilde abad que os habla, ansioso por redimirse… —enumeró—. Lo que quiero decir es que nadie en su sano juicio atentaría abiertamente contra la vida de un soberano, por mucho oro que le ofrecieran. Las tenazas, los hierros al rojo, el descuartizamiento… Suelen dar que pensar. Pero a los dementes no les disuaden los suplicios ejemplarizantes.

—Así que, según vos, esta vez también será un loco o un accidente. —Tomó asiento frente al abad—. ¿De eso es de lo que previene al rey la última estrofa del mensaje inglés? ¿Qué sentido tienen entonces el asesinato de los correos ingleses, las cartas desaparecidas, la muerte del paje del rey Jacobo que reclutó a los mensajeros, ese tal Percy Wilson?

Al escuchar aquel nombre, los ojos del abad se nublaron:

—Bueno, a veces son los cuerdos los que les proporcionan los cuchillos a los locos.

—No creáis que no lo he pensado —exclamó, excitado—. Dejadme que os enseñe algo que leí ayer…

Se puso en pie de un salto, hojeó el tomo del *Mercurio* y se lo tendió al abad, abierto por la página que contaba cómo después de que Ravaillac apuñalara al rey un misterioso grupo de hombres armados había surgido del fondo de la calle, clamando contra el asesino y dispuesto a ejecutarle. Y cómo, cuando los gentilhombres del rey los habían interceptado, se habían dado la vuelta con la misma rapidez y habían desaparecido.

—Os veo venir. ¿Os preguntáis si acaso la misión de los enigmáticos hombres de negro no sería impedir que Ravaillac pudiera hablar?

Charles asintió:

—Aunque quienes casi le matan, por lo que he leído, fueron los mismos gentilhombres del rey en un primer impulso. Menos mal que el duque de Épernon mantuvo la cabeza fría y actuó con rapidez para impedírselo, porque el resto de los grandes señores estaban paralizados.

—En efecto. Admirables reflejos —recalcó Boisrobert entrecerrando los ojos—. Casi, casi como si fuera el único al que el ataque de Ravaillac no le hubiera pillado totalmente por sorpresa…

Charles no estaba seguro de haber entendido:

—¿Acaso estáis diciendo…?

Pero el abad bostezó, aburrido:

—Yo qué sé lo que estoy diciendo, *mon cher ami*. Estoy harto de política y de muertes. ¿Por qué no me invitáis a una copa de vino y me leéis algo que hayáis escrito últimamente?

Charles se puso serio:

—Otra vez me queréis dejar fuera.

—Por la Virgen que sois cansino. ¿No podéis aceptar que estoy hastiado del asunto? ¡Soy poeta, no consejero de Estado! —bufó y maldijo la hora en que el cardenal le había mostrado el endemoniado mensaje inglés. Había sido pura mala suerte. Si Richelieu se hubiera dado cuenta antes de que el asunto era tan serio, seguro que lo habría guardado en secreto y a él le habría dejado en paz. En vez de eso, llevaba meses mareándole con los detalles más nimios de la vida y la muerte de los reyes de Francia y encomendándole misiones que estaban hechas para hombres de otro temple.

Estuvo rezongando un rato, antes de confesarle de mal humor que el cardenal quería mandarle de vuelta a Londres. La reina Henriette le había reclamado para que la ayudara a aliviar la melancolía que le producía estar lejos de Francia. Y el cardenal quería que aprovechara el viaje para averiguar si Angélique Paulet podía haber cruzado el canal.

Pero él no tenía ninguna gana de volver a Inglaterra. Richelieu ya le había incrustado en el cortejo que había acompañado a la hermana de Luis XIII a Londres la primavera pasada para que indagara sobre los mensajes de Jacobo, y había salido escaldado de la misión.

—Me pasé la mitad del tiempo enfermo por culpa de ese clima bárbaro y la otra mitad haciendo equilibrios para no caer en desgracia. —El abad seguía malhumorado, pero su irreprimible vena jocosa iba invadiendo la diatriba—. Lord Holland no paró de perseguirme… Muy lindo, muy peripuesto, pero un conspirador y un envidioso. ¡Y qué forma de destrozar el francés! No sé cómo madame de Chevreuse se entendía con él fuera de la cama.

Charles alzó una ceja. Aquello era muy raro. ¿Por qué iba a enconarse un hombre de la posición de Holland con alguien tan insignificante como el abad?

—Algo tendría contra vos…

Boisrobert le miró de reojo:

—Bueno, digamos que cometí la pequeña imprudencia de

remedarle cuando trataba de hablar francés, delante de unos amigos. ¡Fue una divertida e inocente imitación! Pero mi pequeña actuación tuvo tanto éxito que madame de Chevreuse se enteró y me pidió que la repitiera en su presencia. ¿Cómo iba a sospechar nada? —preguntó, desvalido—. Le ofrecí una interpretación completa, poniendo todo mi entusiasmo en exagerar los modos del inglés. Y os juro que ella lloraba de la risa. Sólo me enteré al día siguiente de que tenía escondidos a su amante, al rey de Inglaterra y a otros cuantos personajes de la Corte detrás de una tapicería. Holland se sintió tan humillado que se dedicó a hacerme imposible el resto de la estancia.

Charles ni siquiera intentó reprimir las risas. Condenada mujer. Metía en problemas a todo el que se le acercaba. Él se lo había advertido a Bernard el primer día. Si el muy mentecato le hubiera hecho caso, las cosas no estarían como estaban ahora mismo y no tendría que haber sorpresa alguna aguardándole al día siguiente en un cruce de caminos.

Pero no quería pensar en ello, ni que el abad le distrajera con sus historias:

—Contestadme al menos a una cosa. Eso que habéis dicho antes sobre el duque de Épernon… ¡No podéis lanzar la piedra y esconder la mano así! Si él hubiera instigado el asesinato de Enrique IV… ¿Por qué iba a impedir que los gentilhombres del rey dieran muerte en el sitio a Ravaillac? ¿Por qué arriesgarse a que le delatara durante los interrogatorios?

El abad se encogió de hombros:

—Vos mismo lo decís. No tiene sentido. Los rumores no siempre tienen fundamento…

Seguía rehuyendo el tema:

—¿Qué es lo que no me queréis contar? Primero sacáis a relucir el asunto y luego no queréis que os pregunte.

—*Sang de Dieu*, muchacho. Lo he dicho por decir. Por el placer de hacer un comentario malicioso —replicó el abad, atosigado.

—No es verdad.

—Os conozco. Vais a empezar a darle vueltas a la cabeza. Y vais a llegar a conclusiones precipitadas.

—No me puedo creer que no confiéis en mí. Después de todo lo que he hecho. Casi me dejo el pellejo en casa de mademoiselle Paulet y ahora no queréis decirme…

El abad le interrumpió con un resoplido derrotado:

—Está bien, me rindo. Pero dadme algo de beber, al menos.

No le quedaba vino. La noche anterior había liquidado todas sus reservas con Bernard. Envió a Pascal a buscar una botella a una taberna de la plaza y de repente, sin venir a cuento, se acordó de la hermana de su paisano. En cómo les perseguía para que la dejaran jugar con ellos de niña y cómo, un buen día, sus llantos y protestas se habían convertido en miradas lánguidas y tímidas sonrisas. Tenía las hechuras robustas de su hermano y no era muy bonita. Pero al parecer se había pasado un mes entero llorando cuando él se había marchado de Pau.

Si las cosas salían mal, tendría que escribirles a ella y a su madre para contarles que Bernard no iba a volver a casa.

Pascal regresó con el vino y Charles lo sirvió, consciente de que sólo había respondido con monosílabos a los intentos de charla ligera de su invitado y de que éste llevaba un rato mirándole con curiosidad. Intentó un par de comentarios jocosos para despistarle. Pero no podía quitarse de la cabeza que al día siguiente, a aquella misma hora, podía estar escribiendo la terrible carta.

De pronto, un grito proveniente del otro cuarto les hizo sobresaltarse a los dos. Se escuchó una especie de revoleteo, unos pasos agitados y el ruido de unas cacerolas estrellándose contra el suelo. Se dieron la vuelta a tiempo de ver un minúsculo petirrojo pasar aleteando por encima de sus cabezas y posarse sobre los libros de la estantería. Pascal entró corriendo detrás de él y se quedó clavado en el centro de la estancia, con la misma expresión de terror que si se tratara de un buitre leonado.

—Se ha colado por la chimenea, monsieur —balbuceó—. ¿Creéis que es el mismo que llama por la ventana?

El pajarillo les contemplaba a los tres con la cabeza inclinada.

Charles le respondió con un juramento. ¿Cómo podía montar tanto escándalo por un bicho de ese tamaño? Pero no se le olvidaba lo que le había dicho el mozo aquella mañana y esta vez no tenía ganas de reírse. Casualidad o no, el ave se había colado en su casa mientras pensaba en Bernard, con las treinta monedas de plata que había cobrado por traicionarle aún en el bolsillo. Y tenía la desagradable sensación de que era a él a quien el pajarillo venía a buscar, para acusarle.

Afortunadamente, Boisrobert hacía honor a su pasado libertino y no era supersticioso. Abrió la ventana con una carcajada y se puso a agitar los faldones de la sotana para asustar al petirrojo y desalojarlo de su refugio, sin parar de reírse de Pascal hasta que lograron sacarlo de la casa. Charles se unió a las bromas pero más por disimulo que por ganas. Aquella tontería le había dejado mal cuerpo.

Decidió volver a la carga de inmediato con el asunto de Épernon para quitarse al pajarraco de la cabeza. Pero no hizo falta, Boisrobert había vuelto a acomodarse en su silla y antes siquiera de catar el vino le espetó:

—Decidme, ¿de dónde era Ravaillac?

—De Angulema.

—Villa de la que era y sigue siendo gobernador el duque de Épernon, que, como todos sabemos, no amaba demasiado al rey Enrique IV.

—Puede ser una casualidad.

—Puede. Pero Ravaillac se ganaba la vida solicitando procesos en el Parlamento de París para ciudadanos de su provincia. Entre ellos monsieur de Épernon, que le había encargado varios negocios. No hay duda de que al menos se conocían.

—Pero si Ravaillac hubiera sido su hombre de mano, el duque no habría impedido que los gentilhombres del rey le mataran allí mismo. ¿Por qué iba a arriesgarse a que hablara?

—¿Olvidáis a vuestros misteriosos hombres de negro? —El abad apuró el vino y se sirvió un segundo vaso—. A ver qué os parece esta historia… Imaginad que un poderoso noble de dudosa lealtad a su rey traba conocimiento en la ciudad que gobierna con un iluminado convencido de que Dios le ha encomendado que extermine al tirano que se ciñe la corona. Qué tentación, alentar la imaginación del loco, ponerle en contacto con un puñado de monjes fanáticos, mantenerle informado de los movimientos del rey, favorecer su encuentro… Pero el gran señor conoce la Corte al dedillo. Sabe lo rápido que circulan los rumores, que nadie ignora su difícil relación con Enrique IV. Y el ejecutor es originario de Angulema. Eso podría vincularle con él. De modo que detiene el brazo de los gentilhombres justicieros y ordena que nadie toque al asesino. Ese simple gesto le absuelve de toda sospecha. Entonces, unos misteriosos embozados aparecen al galope clamando venganza, se arrojan sobre el regicida y le dan muerte antes de salir huyendo sin que nadie pueda identificarlos. Por desgracia, cuando llega el momento, los gentilhombres del rey reaccionan antes de lo esperado, les cierran el paso y los hombres de negro tienen que dispersarse sin llevar a cabo su cometido.

Charles agachó la cabeza, meditabundo. El relato del abad era muy seductor, pero estaba basado en meras suposiciones:

—El caso es que no le mataron y aun así Ravaillac no habló. ¿No os parece que eso exculpa al duque de Épernon?

—Seguramente. Aunque también es posible que el pobre diablo ni siquiera fuera consciente de que alguien le había utilizado. Que no dijera nada porque nada sabía. Pero que, aun así, monsieur de Épernon no estuviera tranquilo. ¿Quién sabe lo que puede salir de la boca de un hombre sometido a tortura?

—¿De qué habláis ahora?

El abad se sirvió un tercer vino y respondió con otra pregunta:

—¿Qué día murió el rey?

—El 14 de mayo.

—¿Y qué día condujeron al asesino a las mazmorras del Palacio de Justicia?

Charles hizo memoria. Tenía la lectura reciente:

—El 17 de mayo. Después de pasar dos días en el hôtel de Retz, a donde le habían conducido después de su detención por su cercanía al lugar del asesinato. —Entonces cayó en la cuenta—. Del 14 al 17 no van dos días. Van tres.

Una sonrisa de satisfacción tensó los mofletes del abad:

—Pensad un poco. El rey acaba de morir. Todo el mundo está paralizado. El Delfín tiene ocho años. Alguien tiene que tomar las riendas. Épernon es el coronel general de la Infantería. En un abrir y cerrar de ojos moviliza a las tropas acantonadas en París y, mientras la Corte sigue aturdida, él ya ha convencido a María de Médici para que reclame la regencia. Apenas una hora después del crimen entra en el Parlamento espada en mano arengando a los magistrados y, sin dejarles tiempo de deliberar, consigue que le entreguen el poder a la reina viuda. En esas condiciones, ¿creéis que alguien iba a discutirle que reclamara al prisionero para interrogarlo personalmente antes de entregarlo a la justicia? Entre el 16 y el 17 de mayo, Ravaillac estuvo encerrado en el hôtel del duque de Épernon. ¿Quién sabe lo que pasó en esas horas? Quizá sólo se aseguró de que en efecto el iluminado no sabía nada que pudiera comprometerle. O tal vez le convenció de que le convenía guardar silencio. Al fin y al cabo era el gobernador de Angulema y conocía a su familia.

Charles frunció los labios. No se quería dejar llevar por la imaginación del abad.

—Siguen siendo conjeturas. Estáis culpando a Épernon de ser eficiente y tener dotes de mando. No hay pruebas de nada.

—¡Por supuesto que no hay pruebas! Estamos hablando de uno de los señores más poderosos de Francia. Sólo casualidades y extrañas combinaciones de acontecimientos… —El abad le miró por encima del vaso con una sonrisa de falsa inocencia—. Debéis haberlo leído. Durante los interrogatorios Ravaillac declaró que no había querido matar al rey antes de que se celebrara la ceremonia de Consagración de María de Médici para evitar causar confusión en el reino. Singular sabiduría política para ser un demente… Porque lo cierto es que si el día del asesinato la reina no hubiera estado ya coronada, el Parlamento quizá le habría negado la regencia y se la habría entregado a alguno de los parientes masculinos de Enrique IV. Y adiós poder e influencia para el duque de Épernon.

—Pudo ser…

—Dejadme acabar. El 14 de mayo era el único día en que el crimen era posible. La coronación de la reina se celebró el día 13. El 15 la Corte en pleno salía de caza. Para el 16 estaba establecida la entrada solemne de la reina y el 17 Enrique IV partía a la guerra. El 14 era el único día en que Ravaillac podía sorprender al rey en París sin escolta y acercarse a él, pero ¿cómo habría podido saber todo eso un pobre miserable recién llegado de provincias sin que alguien le informara?

—¿El cardenal piensa como vos?

Boisrobert alzó las manos en un gesto defensivo:

—Su Ilustrísima tiene la obligación de ser mucho más prudente que un simple poeta. Jamás pensaría algo así sin disponer de pruebas. —Pero su tono de voz daba a entender lo contrario de lo que decía.

Charles comprendió. Las acusaciones eran demasiado graves y el personaje al que afectaban demasiado poderoso. Si no se había probado nada en su momento, a nadie en sus cabales se le iba a ocurrir ponerse a escarbar entre los escombros tantos años después.

—Entonces, a pesar de todo lo que me habéis contado, ¿nadie inquietó nunca al duque?, ¿nadie dudó?

El abad hizo restallar sus labios regordetes:

—Hubo una mujer, un año o así después del asesinato, una tal Jacqueline de Escoman, que servía en casa de unos familiares o de una amante de Épernon, no recuerdo bien. Apareció contando que su señora había recibido a Ravaillac en su casa y les había oído planear el asesinato del rey o algo parecido. Parece ser que hubo un magistrado que la creyó e intentó abrir una investigación. Pero en cuanto el duque le amenazó de muerte, el pobre hombre cambió de opinión de inmediato. De cualquier modo, la mujer era una desgraciada, una loca, y su historia no tenía ni pies ni cabeza. Acabaron encarcelándola por falso testimonio. Hace unos años circulaba por ahí un pasquín que logró escribir en su celda y en el que contaba toda la historia, pero ni siquiera sé si seguirá viva a estas alturas…

—Lo que no entiendo es… —titubeó. El terreno que iba a pisar era resbaladizo—. Cómo es posible que estemos vos y yo aquí, esta tarde, dándole vueltas a todas esas… extrañas combinaciones de acontecimientos, quince años después de lo ocurrido, y que sin embargo María de Médici no sospechara nada. Que le otorgara su confianza sin reservas a Épernon.

El abad se encogió de hombros y volteó su vaso vacío:

—Su Majestad la reina madre no estaba demasiado interesada por las cuestiones de Estado en aquella época. Ni siquiera acudía al Consejo, a pesar de que el rey le había concedido un asiento en él. Pero desde el día de su boda había vivido la humillación constante de compartir su posición con las amantes de su esposo. Épernon le entregó la regencia, la autoridad suprema, la situó por encima de todos los príncipes de la sangre… No es difícil comprender que no quisiera pararse a prestar oídos a habladurías.

Charles bajó la voz:

—Lo que estáis diciendo es que el duque de Épernon no fue el único gran beneficiado por la muerte del rey…

—Ni se os ocurra repetir lo que estáis insinuando.

—Yo no…

—Vos sí. —Le cortó el abad, severo—. Ya que tanto os preocupa lo que opina el cardenal de vos, calculad lo que pensaría si os escuchara discurrir así sobre su valedora.

Se disculpó, abrumado por la acritud del abad, y Boisrobert se puso de pie, dando por concluido el tema con un par de palmadas en sus robustos muslos, apuró la botella que había vaciado casi sin ayuda y se acercó a su silla. Se apoyó en el respaldo, como la otra vez, y retomó sus lamentos sobre el empeño del cardenal en enviarle de nuevo a Londres.

Charles sintió su aliento vinoso cerca del oído y se juró a sí mismo que si le tocaba, aunque fuera con un dedo, llegaría a Inglaterra sin nariz y sin dientes.

Aunque mejor prevenir que remendar heridas. Se levantó, recogió de los pies de la cama la capa del abad, se la puso sobre los hombros y le empujó hasta la puerta, sin más miramientos. Le había contado muchas cosas interesantes, pero su compañía empezaba a ponerse peligrosa.

Una vez a solas, se dejó caer de nuevo en la silla y se dispuso a trabajar en la obra de teatro, pero aunque se obligó a permanecer frente a los papeles varias horas, le era imposible concentrarse.

A medida que avanzaba la noche le iba creciendo dentro una inquietud que no le dejaba trabajar. Apartó los versos y regresó a las crónicas que había dejado esparcidas sobre la mesa la noche anterior.

De pronto le pareció escuchar un repiqueteo en la ventana. Se forzó a no levantar la cabeza. Era noche cerrada. A aquellas horas no había pájaros revoloteando. Se concentró de nuevo en la peregrina historia que contaba el *Mercurio*. Un tal Dubois, que se había alojado en la fonda Les Quatre Rats junto a Ravaillac poco antes de que éste acuchillara al rey, les había contado a los investigadores que el diablo se había aparecido en la habitación que compartían, en la forma de un perro negro y temible. Interrogado por los jueces, el regicida había confirmado la historia. Él también había visto al animal, por la noche, sobre su cama. Era gigantesco y de aspecto feroz. Una visión del averno.

El tañido en los cristales no se detenía sino que se hacía cada vez más insistente, más rápido. Depositó la pluma sobre la mesa y se acercó a la ventana muy despacio. No se atrevía a abrir. Finalmente respiró hondo, empuñó la manilla y empujó el batiente con decisión. Un par de gruesos goterones le mojaron el rostro. Otros tantos fueron a estrellarse contra la hoja de vidrio que permanecía cerrada, con un golpeteo sonoro y espaciado.

Respiró aliviado. No era más que lluvia. Menudo majadero. Volvió a cerrar la ventana y se apoyó contra el cristal, con los brazos cruzados y la cabeza gacha, mientras escuchaba cómo el repique de las gotas sobre el vidrio se iba acelerando poco a poco, hasta que se fueron haciendo indistinguibles unas de las otras y la llovizna se convirtió en aguacero.

18

Las perdices estofadas humeaban incitantes en la fuente de plata. A su lado, un plato de coles hervidas las acompañaba con rancia dignidad, flanqueado por una hogaza de pan blanco. Luis XIII aspiró el aroma del ajo y el tomillo y cerró los ojos tratando de paladear el sabor de la carne aliñada en su imaginación. Una pulsión dolorosa en la muela desbarató el momento de paz y le hizo suspirar con amargura.

La mirada solícita de Baradas, su joven gentilhombre, atrapó la suya desde el otro lado de la mesa:

—¿No os complace la cena, sire? —Vestía un jubón blanco tan liso e inmaculado como su rostro de doncel. Ya había cumplido los veintiuno, sólo tenía tres años menos que él, pero parecía mucho más joven y sabía aprovecharlo para que todos le tuvieran por inocente y un tanto simple. Aunque no lo era en absoluto.

—No tengo apetito —mintió el rey, e hizo un gesto evasivo con la mano—. Comed vos. Son las que cazamos ayer.

Baradas nunca le acompañaba de buen grado al campo. Encontraba fastidiosa la vida al aire libre y prefería permanecer en París entre faldas de mujeres y otras tentaciones. Pero a menudo forzaba su inclinación natural por complacerle, sabiendo que él acabaría por recompensarle con alguna prebenda o nuevos favores.

Le vio dudar antes de probar bocado. Era una de las cosas que le gustaban de él. Que no olvidara su posición y no se tomara demasiadas libertades en su intimidad, ni siquiera ahora que había despedido a sus lacayos y estaban completamente solos. Al fin y al cabo, hacía sólo unos meses no era más que un oscuro gentilhombre al servicio de los Pequeños Establos del Louvre.

Luis XIII se había aficionado al mozo de tal modo que no podía pasarse sin su compañía. Le gustaba estar a solas con él, aislado del veneno del enjambre de los grandes señores. Baradas no pertenecía a la clientela de ninguno de ellos, ni dependía de nadie. Era suyo sólo, y él tenía buen cuidado de que no aceptara regalos ni prebendas de nadie más.

Le animó a comer una vez más, con un gesto de la mano. Él llevaba todo el día en ayunas. Una muela podrida le había convertido la boca en un pozo de tortura maloliente. Masticar le resultaba imposible y estaba más que hastiado de sopas y pan migado. El doctor Héroard había decretado que no había más remedio que extraer la pieza enferma.

Él se había resistido recordando el aspecto de viejo desdentado que su padre había adquirido a una edad temprana por culpa de las muchas muelas que le faltaban. Pero la virulencia del ataque, que ya le había inflamado el cuello y llegaba casi hasta el oído, iba a hacerle claudicar. Quizá aquella misma noche.

Baradas chupó un hueso de perdiz con delectación, sujetándolo con sus dedos largos y finos. Luis XIII contempló sus labios carnosos, brillantes por la salsa, con una mezcla de disgusto y envidia. Agarró su copa y bebió con precaución, haciendo correr el vino de la mejilla izquierda a la derecha para lavar la muela asediada. No le había hablado a casi nadie de su tormento. Prefería sufrir solo. No necesitaba la falsa compasión de ningún cortesano calculador.

Un golpe de viento estremeció los cristales distrayéndole de sus pensamientos. Otra noche de temporal. De pronto, Baradas dejó caer la cabeza sobre el plato y se llevó las manos a los oídos como si le molestara algún ruido, aunque la habitación estaba en silencio.

Iba a preguntarle qué le ocurría, cuando su gentilhombre se incorporó y le miró de un modo extraño. Sus ojos castaños parecían más redondos y oscuros, y tenía la boca curvada en una mueca arrogante que no le había visto nunca. Entonces alzó el dedo índice en una advertencia impertinente y dijo:

—Si el niño malcriado no quiere comer, habrá que recurrir a la vara.

Aquélla no era la voz de Baradas. La sangre se le heló en las venas.

Así solía hablarle el advenedizo. El fantoche italiano al que su madre había otorgado todo el poder. Sólo él se atrevía a amenazarle con la vara cuando era niño.

Concino Concini. Muerto y enterrado. Acribillado en la misma puerta del Louvre como él lo había dispuesto. Tiroteado y cosido a cuchilladas por media docena de gentilhombres. Ajusticiado como un César corrupto. Él mismo había contemplado con sus propios ojos el cadáver del italiano, su rostro negro de pólvora, destrozado por las balas que le habían atravesado la frente, la garganta y las mejillas; los despojos de sus ropas; sus joyas y su espada en las manos de sus ávidos ejecutores.

Pero aquéllos eran sus gestos y su voz, aunque el cuerpo fuera el de Baradas. Mudo de espanto, Luis XIII le escuchó reír con el mismo cacareo satisfecho y ultrajante del florentino:

—¿Creíais que os habíais deshecho de mí? —La mano de su gentilhombre reptó por el mantel y se aferró a su brazo como un grillete de hierro—. No podéis escapar de vuestros crímenes. Vuestra semilla está seca. Muy pronto dejaréis este mundo, y Leonora y yo os estaremos esperando al otro lado.

Se puso en pie de un salto y empujó a Baradas con todas sus fuerzas, volcando la mesa y las dos sillas. Su gentilhombre se desplomó inconsciente en el suelo y comenzó a agitarse presa de feroces espasmos, como atenazado por el gran mal. El vino le había manchado la pechera del jubón blanco; ahora estaba tan rojo como el del italiano el día de su muerte. Luis le propinó una patada rabiosa y retrocedió dos pasos. Le faltaba el aire y la muela le iba a volver loco de dolor. Respiró hondo.

No había sido cosa de su imaginación, ni mucho menos una broma. El espíritu de su odiado enemigo había regresado por un momento a atormentarle, a anunciarle su propia muerte.

Echó mano a una espada de ceremonia que colgaba del respaldo de una silla y acarició el pomo, concentrado. Si volvía a ocurrir algo así estaba dispuesto a atravesar a su gentilhombre con tal de librarse de aquel demonio una vez más. En esta ocasión, con sus propias manos.

Se acercó a él, con pasos quedos. Baradas había dejado de agitarse y su pecho se movía rítmicamente. Dormido.

Apretó los puños, avergonzado de su miedo. ¿Quién era aquel vil aventurero italiano para amenazarle? No se arrepentía lo más mínimo de haber ordenado su muerte. Había cumplido con su obligación librando a Francia de aquella alimaña ambiciosa. El único recuerdo que le atormentaba era el de su esposa, Leonora Galigai, la condenada florentina que había pedido ayuda al diablo para convertirle en estéril. La ejecución de aquella mujer sí le había llenado el alma de un remordimiento pegajoso que le roía por dentro, tenaz como un cáncer. Malditos fueran los dos. Que ardieran en el infierno por siempre jamás.

Abrió la ventana, enrabietado, y recibió el golpe del viento con los párpados abiertos, desafiante. Miró a los cielos con el ceño fruncido.

El brillo de un relámpago en la distancia volvió a sobrecogerle y le rogó al Todopoderoso que tuviera la misericordia de enviarle una muerte cristiana. No el trance oscuro y terrorífico que intuía cada noche en sus sueños y le encogía el alma.

Muy pronto, había dicho el fantasma.

19

Bernard se agarró el sombrero para evitar que se lo llevara el viento y giró la cabeza, a ver qué gritaba esta vez Charles:

—Es una locura seguir con la que está cayendo. No se ve tres en un burro. ¿Por qué no te rindes y nos volvemos de una vez? —voceaba, lastimoso, por encima del fragor del aguacero.

—Nadie te obliga a venir. Date tú la vuelta, que la broma te va a costar el traje. —Rió. Ni la capa encerada iba a librarle de que se le colara aquel aluvión de agua.

Ya llevaban más de medio trayecto, volverse era una sandez. Además el viento ya no golpeaba tan fuerte como hacía un rato y, a pesar de las protestas de Charles, la lluvia estaba amainando. No duraría mucho más. Pero volvió a escuchar la voz quejumbrosa de su amigo:

—Es que es una tontería que no te vuelvas tú también. Según nos acerquemos al río, eso va a ser un barrizal. No vas a poder seguir. Te vas a llenar de fango hasta las cejas para nada.

Ni se molestó en contestarle. Charles llevaba rezongando y poniendo pegas desde que habían salido de París. Después de lo que había porfiado para que le dejara acompañarle, Bernard no se explicaba su actitud.

No tenía que haber cedido. Pero se había encontrado a su paisano esperándole en el patio del hôtel de Lessay, de buena mañana. Por lo visto se había pasado la noche sin dormir, atenazado por un pálpito de que algo iba a sucederle en el trayecto, y se negaba a dejarle partir solo. No había tenido más remedio que cargar con él. Pero el bobo estaba tan impresionado por su propia imaginación que no paraba de buscar razones para que cambiaran la ruta o se volvieran a casa.

Puso al caballo al trote y Charles dejó de protestar. Ir deprisa era la única forma de callarle, porque le costaba mantener el ritmo con la yegua de alquiler resabiada y desobediente que alguien le había endilgado por un dineral.

El camino se estrechó. Charles le había dicho que por allí había salteadores, pero Bernard estaba seguro de que, aunque los hubiera, no se les ocurriría atacar a dos jinetes armados. Y encima su amigo llevaba dos pistolones cargados en las alforjas. Cuando había intentado endosarle uno, él se había reído en sus barbas. Ni que estuvieran atravesando la retaguardia española…

—¿Quién va a emboscarse para robar cuatro cuartos en medio del diluvio universal? Como no sea Noé con el arca, aquí no hay cristiano que se avecine.

Pero Charles miraba a un lado y a otro del camino como si de veras pensara que iba a arremeterles un barco desde la espesura, amedrentado a pesar de los pistolones.

Estaba claro que tanta poesía y tanta dama gazmoña habían vuelto a convertir a su camarada en un blando. No era que hubiera sido muy recio nunca, pero ahora se ahogaba en un vaso de agua. El único peligro que corrían en un día como ése era el de acabar agarrando una pulmonía.

Pero cuanto antes terminara con aquel encargo, mejor. No había que olvidar que si estaba allí era por calzonazos. Que Marie le mangoneaba como quería y que iba a acabar metiéndose en un lío a cambio de nada. Y todo porque era tan memo que aún no había sabido hacérselo pagar en carne, como le había recomendado Charles.

—Ya me dirás qué esperas conseguir con esto. —El chirrido agorero de su amigo le sacó de su ensoñación—. ¿Has vuelto a meterle mano a la cabritilla? Nones. Y como te cojan con esos papeles encima, te juegas la cabeza.

Ni que le hubiera leído el pensamiento. Era la primera cosa sensata que le había salido de la boca en toda la jornada, pero estaba tan cansado de oírle quejarse que no iba a darle la razón en nada. Además, el otro día le había dado exactamente el consejo opuesto, que siguiera ejerciendo de correo. Se hizo el loco y no contestó.

Poco a poco el aguacero fue mudando en llovizna. Quizá hasta acababa por salir el sol y podían sentarse un rato en el muro de piedra que había a la entrada del convento a tomarse una buena sidra. La última vez las monjas le habían dado a probar también una deliciosa compota de ruibarbo y un pan recién horneado. Relajó un poco las riendas de su montura y el caballo se puso al paso. Charles aprovechó para arrimarse, aliviado de no tener que seguir dejándose las piernas con aquella mala yegua:

—Es encomiable que hayas decidido convertirte en un héroe y que no le temas al peligro. Hasta te puedo escribir una oda. Pero ¿no se te ha ocurrido que a lo mejor esas cartas no son lo que piensas?

Bernard le escuchaba sólo a medias. Atravesaban un bosquecillo y en algunos tramos había que agacharse para evitar los arañazos de las ramas. Charles juró entre dientes un par de veces, pero él siguió adelante, sin inmutarse:

—¿Qué quieres decir?

—Imagínate que no son simples cartas de amor sino que Ana de Austria le está contando secretos de Estado a Buckingham para vengarse del rey. ¿Te gustaría tener parte en algo así?

Bernard detuvo el caballo y le miró, incrédulo. Charles tenía las cejas enarcadas, como si lo que hubiera dicho fuera una ocurrencia brillante. No parecía estar de broma. Aun así, él se rió en sus barbas y sacudió la cabeza levantando los ojos al cielo:

—Estás loco. La reina nunca haría algo así.

Pero recordaba a la perfección la mirada humillada de Ana de Austria la noche en que el rey había dejado que sus perros la atacaran…

No. Se negaba a darle oídos. Estaban hablando de la reina de Francia. Ana de Austria no traicionaría jamás su deber sagrado. Ni siquiera Marie se atrevería a organizar una barbaridad semejante. Bueno, de eso último no estaba tan seguro. Pero no iba a reconocer que Charles había despertado su inquietud.

Las cartas sólo eran pamplinas de enamorados. Nada más. Y las palabras no eran hechos. Las palabras no eran nada.

Su amigo achicó los ojos con aire ladino:

—A lo mejor uno de esos papeles se lo manda tu duquesa a Holland y estás ayudándola a que te ponga los cuernos. Si es así, serías el mensajero más pánfilo que hayan parido los cielos.

Bernard se quedó pensando. La mención de Holland le había revuelto algo en las tripas y el gusano hambriento de la duda empezó a corroerle por dentro. No comprendía a su amigo. Era como si le dijera aquellas cosas para provocarle, para sabotear su misión. Y por los clavos de Cristo que lo estaba consiguiendo, porque ahora no sabía a qué atenerse.

Seguían parados en mitad del camino embarrado. Charles miraba a un lado y a otro ojeando la espesura de modo aprensivo. De pronto se inclinó sobre la silla como si se le hubiera ocurrido una idea brillante:

—Ábrelas.

—¿Qué dices?

—Las cartas. Ábrelas. Así salimos de dudas.

¿Salimos? ¿A Charles qué le importaba? Aquí el único idiota era él, Bernard de Serres, con todas las letras. Iba a darle una respuesta desabrida pero se contuvo. Si su amigo le decía aquellas cosas, por algo sería. No en vano era el más listo de los dos.

Pero no podía ser:

—¿Cómo las voy a abrir? Si rompo el sello, lo sabrán.

Se escuchaba a sí mismo y no se lo creía. ¿Qué hacía dando explicaciones? Tenía que negarse sin más. Ni sello roto ni entero. Las cartas ajenas no se abrían. Y menos las de la reina.

Y sin embargo…

Charles le agarró el brazo:

—Nos inventamos cualquier cosa, algo se me ocurrirá. Es que si le estuvieras haciendo de alcahuete a Holland sería para ahorcarse…

Maldito fuera. Se sacudió su mano:

—*Sangdiu*. Qué mosca cojonera. No aguanto más.

Se sacó el paquete que llevaba guardado en un bolsillo de un tirón y deshizo la cinta del envoltorio de piel que protegía los papeles. Dentro había otro paquete de papel, lacrado. Rompió el sello. Contenía dos cartas. Charles se acercó todo lo que permitían los caballos y aproximó la cabeza hasta rozarle con el sombrero:

—¿Esa letruja es de la reina?

Bufó. Como si él no se hubiera dado cuenta. En el exterior de una de las cartas, una letra elegante y cuidada había trazado el nombre del duque de Buckingham. Pero en la otra, el nombre del destinatario estaba escrito con una letra ligera e irregular. E iba dirigida a Holland. Con los dedos tiesos de rabia, rompió el lacre de la segunda y la desplegó:

Mi adorado hereje:

Poco me amáis si secundáis la cobardía de monsieur de Buckingham y dudáis de regresar a Francia como me habíais prometido. No puedo soportar la idea de imaginaros rodeado de pérfidas mujeres inglesas, que quizá sean bellas, pero, creedme, ninguna os amará como yo os amo.

Arrugó el papel sin miramientos. No quería leer más. Ramera mentirosa. Zorra traidora. Y él, un ratón ciego y sordo. Un miserable desgraciado. Arrojó la carta al suelo con todo el rencor que le desbordaba el ánimo.

Charles gritó y saltó de la silla para rescatar la carta del barro. Agachado en el camino, se puso a limpiar el pliego con la manga de la ropilla y le miró, sacudiendo la cabeza como un lunático:

—Pero ¿qué haces?

Bernard le indicó que se callara con un gesto de la mano y apretó la mandíbula. Le daba igual la prudencia. Lo tenía muy claro:

—Esa carta no la entregamos. Por mí se puede quedar ahí en el fango al que pertenece. La otra, no sé todavía.

Sopesó el otro pliego sellado, con indecisión. Lo que debería hacer era darse la vuelta, arrojarle los papeles a Marie a la cara y mandarla al infierno. No pensaba volver a caer en sus redes aunque se lo suplicara como Dios la trajo al mundo y las piernas tan abiertas como la puerta de Saint-Martin. Se rascó la barbilla, indeciso. La carta que le quedaba en la mano sí era de Ana de Austria. Y no quería fallarle a la reina.

Charles se había metido la carta culpable en la faltriquera y había vuelto a subir al caballo:

—¿Nos volvemos a París, no? —preguntó con ansiedad—. Ya pensaremos lo que vamos a hacer.

Le dio la vuelta a su montura pero Bernard le ignoró. ¿Por qué tenía que verse él en semejantes dilemas? Lo que de verdad le apetecería sería castigar a Marie con una buena azotaina. Pero eso no podía ser. De pronto se iluminó. Acababa de tener una idea. La iba a pagar con su misma moneda. A terco no le ganaba nadie.

Llamó a Charles con un silbido:

—No nos volvemos.

—¿No?

—No. Escucha lo que vamos a hacer. Ahora seguimos hasta el convento. Entregamos la carta dirigida a Buckingham y dejamos que el otro barbilindo se coma los bigotes esperando en balde unas letras de su manceba. —Frunció las cejas—. Y cuando la requiera desesperado con algún mensaje, no se lo entrego a ella. Es decir, que desde ahora abro todos los paquetes y me deshago de todas las cartas de Holland o para Holland. ¿No me ha pedido que haga de correo entre la reina y Buckingham? Pues eso es lo que voy a hacer, nada más. Y que se pudran de inquietud y de miseria.

Su amigo le observaba decepcionado:

—Entonces, ¿seguimos adelante?

—Venga, que ya hemos perdido bastante tiempo.

Charles vaciló. Parecía que quería poner alguna pega, pero no se le ocurría qué más decir. Finalmente, acortó las riendas de su montura, convencido:

—¡Pues adelante de una maldita vez! ¡Vamos más rápido o se nos van a revenir los huevos con tanta lluvia!

Salieron a la carrera, entre los árboles, levantando barro y gritando obscenidades contra Holland. Bernard se sentía mejor después de haber tomado su decisión, pero todavía le quedaba una inquietud en el cuerpo de esas que sólo desaparecían a porrazos o cabalgando hasta que se le desollaran las posaderas.

El camino volvió a salir a terreno despejado y se encontraron casi con un lodazal. Bernard aminoró el paso. Había que tener cuidado. La semana anterior había tenido que ayudar a un campesino a sacar un carro estancado. Se resignó a avanzar despacio un trecho y miró de reojo a su amigo, que tenía el rostro colorado después de la galopada. En cuanto salieron del lodo y regresaron a la arboleda, le retó:

—Te echo una carrera hasta el río. A ver si tienes hierro o lana en esas piernas.

Charles dudó, con razón. A sus pies se abría una cuesta abajo pronunciada y resbaladiza después de las lluvias. La yegua de alquiler no iba sobrada de fuerzas, y su paisano tampoco era buen jinete. No como él, que desde crío se había hartado de galopar a pelo en el caballo de su padre por bosques y costaneras como un pequeño salvaje.

Pero su amigo era orgulloso y dijo que sí con la cabeza. Bernard sonrió. Iba a endurecerle a base de desafíos.

Charles lanzó a su montura pendiente abajo, como si lo que tuvieran delante fuera una pradera abierta, y en un instante le cogió varios cuerpos de ventaja. Bernard chasqueó la lengua, le imitó con un grito salvaje y rió de puro entusiasmo al sentir el golpe del viento en la cara. El sendero desaparecía a cada poco entre charcos, troncos caídos y follaje, y las ramas de los árboles lo atravesaban de tal modo que había que ir agachando la cabeza para sortearlas. A cada curva perdía de vista a Charles.

Aceleró el galope. Era muy raro. Su pequeño berberisco era valiente, tenía el pie seguro y el galope franco, y aun así no conseguían alcanzar a la yegua. Se abrió un pequeño claro y por fin divisó con claridad al inconsciente de Charles. Bajaba sin control, agarrado a las riendas y derrapando entre el fango.

Se estaba acercando a una poza de agua a toda velocidad y Bernard entrecerró los ojos, previendo lo que iba a ocurrir.

La yegua pegó un quiebro, intentando esquivar el charco en el último momento, pero sus cuartos traseros resbalaron y, antes de que pudiera gritar un aviso, jinete y montura se vieron rodando por el suelo. Charles consiguió salir a tiempo de debajo del caballo y extendió las manos para amortiguar el golpe, pero aun así rodó colina abajo y su cabeza chocó con una piedra solitaria. Luego se quedó completamente inmóvil.

Bernard se bajó del caballo a toda prisa y corrió hacia él para socorrerle. ¿Y si lo había matado? No quería ni pensarlo. Se agachó. Los cabellos rubios de Charles estaban manchados de sangre. Por Cristo que se había abierto la cabeza. Le dio la vuelta con todo el cuidado del que fue capaz. Tenía los ojos cerrados y la boca entreabierta, pero las venas de su cuello se hinchaban y se deshinchaban rítmicamente. Respiraba. Le tocó la cabeza con suavidad. La herida no parecía demasiado profunda.

Estaba tan absorto en comprobar si Charles vivía que sólo entonces se apercibió de un ruido que se acercaba por detrás de ellos. Eran pasos. Se volvió, con la mano en la empuñadura de la espada y la otra en el pecho del herido, a modo de protección, y alcanzó a distinguir la sombra de un hombre embozado al tiempo que un dolor sordo le estallaba en la sien y le atravesaba el cerebro sin piedad.

20

Lo primero que pensó Lessay nada más poner pie en el dormitorio del coronel Ornano fue que allí había demasiada gente. Lo segundo, que en aquella estancia con el suelo y las paredes cubiertas de alfombras, las ventanas cerradas y la chimenea devorando leña, hacía un calor infernal. Giró la cabeza, sofocado, y miró de reojo a su acompañante.

El duque de Montmorency tenía los mofletes rubicundos surcados de venas rojas, y tan poca pinta de querer entrar allí como él. Había regresado de Chantilly hacía un par de días, mal restablecido de su enfermedad, y volvía a marcharse de París de inmediato: el rey le había enviado de vuelta al ejército sin contemplaciones, con el encargo de asegurar la isla de Ré.

Los dos habían pasado la jornada juntos, bebiendo y comiendo, después de que el aguacero les disuadiera de salir a caballo, y Lessay se arrepentía de haberle prometido a su prima que luego se reunirían con ella y con la hermana de Montmorency en aquella casa. Marie le había dado a entender que serían sólo ellos cuatro. Pero por lo visto eran casi una docena los que habían decidido interesarse, el mismo día y a la misma hora, por el ataque de gravela que mantenía postrado al coronel sin poder orinar. Entre ellos, el hermano del rey.

Marie le había preparado a Montmorency toda una encerrona.

De no mediar la barrica de vino español que habían vaciado entre el duque y él aquella tarde, la sorpresa le habría enfadado seriamente. Dadas las circunstancias, se contentó con preguntarle al enfermo por su estado, agarrar una silla y acomodarse lo más lejos posible del fuego. Montmorency le imitó, con una sonrisa complaciente de beodo pintada en el rostro.

La presencia de Gastón no tenía nada de sorprendente de por sí. El coronel Ornano había sido su ayo. Había estado a cargo de su educación desde que el príncipe tenía once años, y había cumplido su tarea con tanta pasión que él y su mujer se habían convertido en la verdadera familia del hermano del rey, quien sentía un afecto profundo por ellos. Aquél era el hombre en quien más confiaba y el único al que respetaba sinceramente. Y en consecuencia, el primero al que Marie se había dirigido para que la ayudara a sabotear los planes de matrimonio que la reina madre había trazado para su hijo menor.

Su prima había puesto en marcha la ofensiva a finales de verano, nada más regresar de Inglaterra.

Primero había acudido a visitar al coronel acompañada por su cuñada, la princesa de Conti, y por su amiga, la marquesa de La Valette. Pero en cuanto se había enterado de que Ornano estaba enamorado de la hermana del duque de Montmorency, la había reclutado a ella también para la causa. Entre las cuatro damas habían mimado y engatusado al militar durante semanas, hasta convencerle de que los planes que María de Médici tenía para su hijo eran una mala idea. No habían necesitado más para que Gastón, que siempre escuchaba a su viejo ayo, se negara a casarse con su rica pariente con la resolución más furibunda.

Lessay iba a pedir algo fresco de beber cuando se fijó en que las puertas se habían cerrado tras su entrada y no había criados en la estancia. Vaya. Así que los congregados no querían oídos indiscretos. Se incorporó para servirse una copa de la jarra de clarete que reposaba sobre la mesa y le tendió otra a Montmorency. Seguir bebiendo no era quizá la mejor idea. Pero la tentación de prolongar el tibio y placentero torpor que le arropaba en medio de aquel día desapacible era demasiado seductora.

Casi todos los que contaban estaban allí.

Gastón, por supuesto. Los primos del rey, Soissons y Longueville. Y sus dos hermanastros, César y Alexandre de Vendôme, los hijos de Enrique IV y Gabrielle d'Estrées. En la cama, arrebozado entre mantas, el coronel Ornano, y en torno a él, las damas. Tan compuestas y obsequiosas como si en lugar de aquel individuo narigudo y medio calvo, con los ojos juntos y tristones, la frente abombada y las mejillas colgonas, estuviesen rondando a un galán.

—¡Monsieur de Montmorency! ¡Nuestro insigne almirante de Francia! —Gastón interpeló al duque, recostado en una butaca de terciopelo floreado, con una pierna balanceándose sobre uno de los reposabrazos. Sus gruesos labios de Habsburgo, heredados de su madre, dibujaban una sonrisa cordial, entre calada y calada a la pipa que sostenía con dos dedos de la mano derecha—. En cuanto logre sacudirme la amenaza matrimonial que se cierne sobre mí, prometo que os acompañaré en la primera campaña que se presente y que me enseñaréis a comandar navíos. Siempre he querido embarcar en una galera…

Montmorency tenía poco o nada de marino y no habría sabido guiar ni una barca de remos, pero Lessay no pensaba ser quien le apagara el entusiasmo al principito explicándole que los almirantes de Francia nunca habían sido navegantes.

Alzó la copa de vino, distraído, y se quedó contemplando el baile de las llamas de la chimenea en el interior del líquido dorado, mientras las voces bajaban de volumen a su alrededor. No tenía que prestar atención para saber que las quejas que desgranaban eran las mismas que había escuchado ya docenas de veces. Le daba pereza unirse al coro. Y seguía pensando lo mismo: eran demasiados como para que aquella reunión pudiera pasar por un encuentro casual en casa de un enfermo. Si Marie lo había organizado todo, era una imprudente.

Aunque, mientras el rey y el cardenal pensaran que su oposición a la boda de Gastón era lo único que les animaba, a lo mejor tampoco era tan grave.

Lessay no recordaba quién había alzado la voz el primero ni cuándo había sido exactamente. Sólo que, inevitablemente, su adhesión en torno al joven príncipe había acabado por hacerles pensar a unos y a otros en lo diferente que sería todo si Gastón reinara. ¿Cuánto tiempo habría que esperar a que Luis XIII dejara libre el trono? ¿Hasta que la enfermedad intestinal que le corroía le vaciara de su sustancia o la melancolía le impidiera reinar? ¿Y si aguantaba años? Richelieu roía cada día más y más pedazos de poder a medida que iba conquistando la voluntad real. En unos meses se había hecho con la dirección del Consejo, imponía a sus propios colaboradores en el Gobierno, dictaba la política exterior y acaparaba el favor de Luis XIII, animándole a que reafirmara su autoridad sobre la nobleza. Tenían motivos para sentirse inquietos.

Mientras escuchaba las discusiones en sordina, con los ojos clavados en la copa, a Lessay se le ocurrió por primera vez que a lo mejor lo que Luis XIII quería no era engrandecer a Francia ni a la Corona, sino simplemente privar a cuantos le rodeaban de todo aquello que le daba jugo a la existencia: el dinero, la voluptuosidad, el orgullo y hasta la libertad de jugarse la vida cuando a cada uno le viniera la gana. Para que todos fueran tan tristes, castos y desgraciados como él.

Afortunadamente se dio cuenta a tiempo de que era el vino el que hablaba y tuvo el buen sentido de guardarse la reflexión para sí. Aunque debía de haber sonreído sin darse cuenta porque, cuando levantó los ojos, la marquesa de La Valette le miraba con curiosidad amable y una pizca de coquetería desde el otro extremo de la habitación. Lo que le faltaba.

Sonrió, esta vez conscientemente, y se acercó a intercambiar con ella cuatro nimiedades. Era sorprendente lo que había engordado aquella mujer en los últimos tiempos. En la época en la que había estado a punto de hacerla su esposa, aquella medio hermana de Luis XIII, hija de Enrique IV y de una de sus últimas amantes, tenía una cara llenita y simpática, y un cuerpo pulposo en el que no faltaba de donde agarrar. Pero en algún momento de los tres últimos años se había convertido en una hembra fondona con doble papada que no habría desmerecido entre las remeras de la galería de la reina madre. Y aunque todavía no había cumplido los veinticinco, seguro que a La Valette le parecía que le sobraba una década. La pobre debía de verse en verdaderos aprietos para arrinconar a su marido, aunque fuera de Pascuas a Ramos.

Después de la que le había montado por dos revolcones a destiempo... Mucho más le había escocido a él perder la dote de seiscientas mil libras contantes y sonantes y los diez mil escudos de renta anual que Luis XIII le había arrebatado en las narices para entregárselos a La Valette. A lo mejor, la próxima vez que le viera podía preguntarle a quién se parecía la niña que su mujer había parido a los nueve meses de la boda. Y que fuera lo que Dios quisiera.

Se le escapó una risita tonta y se disculpó torpemente ante la dama. Aquello era una bobería. Ambos llevaban ya en el cuerpo los costurones que atestiguaban lo que valía la palabra de Luis XIII. Era de idiotas darle más alegrías.

Lo preocupante era que La Valette y él no eran los únicos que tenían cuentas pendientes e intereses contrapuestos entre los partidarios de Gastón.

Soissons, el primo del rey, sólo quería impedir la boda porque aspiraba a quedarse él con la mano de la riquísima pretendiente. El coronel Ornano, que exigía un puesto en el futuro Consejo Real, se había unido a la causa por complacer a Charlotte de Montmorency. Y ella se dejaba cortejar sin confesarle que si estaba en contra del matrimonio de Gastón era sólo porque quería que el príncipe se comprometiera con su propia hija. Alexandre de Vendôme, el gran prior, aspiraba a arrebatarle el cargo de almirante de Francia al mismo duque de Montmorency con el que departía amablemente en aquel instante. Y ni siquiera estaba claro que todos desearan ver coronado a Gastón. César, el Gran Bastardo, estaba convencido en el fondo de su corazón de que era él, como primogénito de Enrique IV, quien merecía sentarse en el trono. Le guardaba a su hermanastro el rey un odio profundo por los desprecios que le había soportado en la infancia, pero de momento lo disimulaba atacando al cardenal de Richelieu:

—¡Lo que no podemos permitir es que nos gobierne una gente que no debería ocuparse más que de su breviario! —Tenía clavada su mirada azul y metálica en los ojos estrábicos del duque de Montmorency, tratando de arrancarle, sin éxito, un asentimiento.

En eso era en lo único en lo que estaban todos de acuerdo. Había que quitar de en medio al cardenal. Los más tímidos habían sugerido la prisión. Otros pensaban que iba siendo hora de que Richelieu sufriese un accidente desafortunado. Pero también se había hablado alguna vez de asesinarlo de manera pública, como correspondía a un tirano. El cardenal no sería el primer favorito al que hubiera habido que quitar de en medio de manera expeditiva. El mismo coronel Ornano había sido uno de los que habían mandado al otro mundo a Concino Concini a las puertas del Louvre, hacía ocho años.

Pero había una gran diferencia entre uno y otro. La eliminación de Concini la había ordenado, en secreto, el propio rey. Y Luis XIII no iba a permitir ni en sueños un ataque al cardenal. La política de Richelieu no era al fin y al cabo sino el reflejo de su propia voluntad rígida y autoritaria.

Lessay parpadeó varias veces y se frotó los ojos. En aquel momento las voces que le rodeaban le resultaban un todo indistinto envuelto en una nebulosa. Imposible distinguir las ideas razonables de las barbaridades. Además, tenía que vaciar la vejiga.

Decidió aprovechar para despejarse un poco. Se excusó con la compañía y en lugar de acudir a un guardarropa bajó al patio. Entró en una cuadra para aliviarse sobre la paja y cuando terminó se quedó un rato a la intemperie.

Lloviznaba otra vez y el aire soplaba muy frío, crudo y afilado como un vidrio roto. Se había dejado el sombrero y la ropa de abrigo arriba y las manos se le congelaron enseguida, pero dejó que el agua le calara durante un buen rato.

Cuando decidió regresar, Marie también se había escabullido del dormitorio del coronel y le aguardaba en lo alto de la escalera, con una copa de vino en la mano. Iba vestida de azul grisáceo, con un jubón bordado en hilo de plata, ajustadísimo. La camisa blanca asomaba entre los botones y el escote dejaba a la vista la garganta hasta el límite de lo mostrable. Los cabellos los llevaba trenzados, apartados del rostro, excepto por los caracoles que le rozaban la frente y las mejillas. Sus ojos, siempre cambiantes, parecían en aquella penumbra más pardos que grises.

Le hubiera encantado saber cuántos de los que discutían allí dentro se habían dejado engatusar por ella. Él la conocía tan bien que estaba convencido de que hacía años que se había vuelto inmune a sus zalamerías. Pero quién sabía. Lo mismo no era sino un tonto más y no se daba ni cuenta.

Se sacudió el pelo mojado y ella le dedicó una sonrisa angelical:

—¿Me perdonáis que no os haya avisado de que íbamos a ser tantos?

—Si lo llego a saber, no habríamos venido. Es una imprudencia —la regañó.

La duquesa se encogió de hombros:

—Más lo habría sido dejar marchar a Montmorency sin haber utilizado toda la artillería para convencerle.

En eso tenía razón. El apoyo de Montmorency significaba el apoyo de todo el Languedoc. Fuera lo que fuese lo que se decidieran a intentar, le necesitaban. Y de momento, ni siquiera las visitas del pintor Rubens y de lord Holland a Chantilly habían logrado persuadirle.

La indecisión del duque no era un problema de exceso de prudencia, sino de lealtad. Hacia un rey que le ninguneaba y le maltrataba de manera vergonzosa. Desde luego, Luis XIII demostraría que era un auténtico imbécil si conseguía poner en su contra a un hombre como aquél. Pero ellos tenían que estarle agradecidos por cómo se estaba comportando. Si lograban que Montmorency se comprometiera con su partido aquella noche, aun con los sentidos entontecidos por el vino, podían considerarlo una victoria. Una vez dada su palabra, el duque era demasiado noble para dar marcha atrás.

—En fin, era de esperar que se hiciera de rogar —suspiró Marie, dándole un sorbito a su copa—. Los Montmorency siempre tienen que llamar la atención para sentirse más importantes que los demás. Del primero al último.

Lessay sonrió. Marie había tenido más de un conflicto de precedencia con los familiares del duque en la Corte. Le tomó la copa de entre las manos, le dio un trago breve y se la devolvió con una mueca. Estaba aguadísima:

—Montmorency hace bien en ser prudente. A mí tampoco me convencen las propuestas de Inglaterra, ya os lo he dicho. Buckingham ofrece demasiado. Nos ha dado prácticamente carta blanca para pedir las tropas y el dinero que necesitemos.

—Porque quiere bien a la reina, lo sabéis perfectamente.

—¿Y está deseando verla libre de un marido impotente para que pueda casarse con un joven aguerrido y lúbrico como Gastón? —se burló—. Vuestros amigos ingleses quieren desembarcar en Francia con todo su poder y que nosotros les recibamos con los brazos abiertos. Luego, a ver cómo nos deshacemos de ellos.

—A mí no me preocupa en absoluto —respondió Marie con cabezonería—. Los ingleses me han tratado mucho mejor que el rey y el cardenal.

—Sobre todo uno de ellos.

—Sobre todo uno de ellos —concedió ella, mirándole a los ojos con una coquetería desarmante—. Y vos seréis un bobo si no aprovecháis para sacar partido. ¿No queréis ser duque de una vez?

Lessay sabía que Marie tenía razón. Con Luis XIII y Richelieu, su posición en la Corte pendía de un hilo. No podía esperar ni nuevos cargos ni favores. El rey le tenía demasiadas ganas… En cambio, Ana de Austria le estimaba sinceramente. Holland le había asegurado su amistad. Y Gastón era un crío que apenas había salido hacía un par de años de las faldas de las mujeres. Tenía un carácter tan maleable que, a poco que le bailaran el agua, se dejaría guiar con los ojos cerrados.

Se dejó caer contra la pared, pensativo. Le costaba todavía un poco fijar la vista:

—¿Y si al final Gastón no se atreve y nos deja con el culo al aire? Ya le habéis visto ahí dentro, con esos aires pomposos. Está jugando a ser un príncipe.

Marie soltó una carcajada alegre:

—En eso no voy a llevaros la contraria. Gastón tarda más en tomar una decisión que si tuviera que parirla. Pero no os preocupéis tanto. —Dibujó un camino sobre su pecho con dos dedos, hasta enredarlos en uno de los mechones de pelo mojado que le caían sobre los hombros—. No os sienta bien.

No acababa de convencerle. Si Lessay tenía algo claro era que el visto bueno de España era imprescindible. Sobre todo si estaba en juego el futuro de Ana de Austria. Y el duque de Buckingham acababa de enviar una imponente flota de noventa naves al asalto de la ciudad de Cádiz. Dudaba mucho que Madrid viera con buenos ojos una alianza con el hombre que acababa de declararles la guerra abierta.

Le cogió la mano a su prima y le acarició los dedos:

—Creo que sigue siendo mejor esperar antes de comprometerse. Aún no hay nada maduro. Sed cuidadosa cuando os escribáis con Holland. ¿Cuándo llega a París?

—No lo sé. Tenía previsto venir a principios de diciembre a entrevistarse con el rey a propósito de la reina de Inglaterra, pero ahora se hace el remolón —respondió, despectiva.

No le quedó más remedio que reírse:

—Vendrá. Lo sabéis muy bien. Y aclararemos lo que haga falta. Pero mientras tanto, sed precavida. Ya hay demasiada gente al corriente. Ornano es tan insensato que les ha escrito a varios gobernadores de provincias pidiéndoles su colaboración, y no me extrañaría un pelo que alguna de esas cartas acabara donde no debe. No pongáis por escrito nada que nos comprometa ni a vos ni a mí. —La duquesa ladeó la cabeza con una expresión reacia. Lessay la sujetó por la barbilla y le enderezó la cara—. Hablo en serio, Marie. Prométemelo.

—Que sí… —suspiró ella, con un aleteo de pestañas exasperado y muy poco convincente.

En fin. Iba a tener que conformarse con eso. Si al menos lograran ganarse a Montmorency… Pero estaba complicado. El rey acababa de expulsarle prácticamente de la Corte mandándole de nuevo al mar a cumplir una misión estúpida y él seguía empeñado en agachar la cabeza, tragarse sus desprecios y pudrirse todo el invierno rodeado de agua en la condenada isla de Ré.

Incluso le había estado insistiendo durante el almuerzo para que le acompañase, tratando de engatusarle con que la paz no estaba firmada todavía y no era imposible que viesen un poco de acción. Lessay se había reído y le había acusado de querer enredarle en su fastidiosa encomienda sólo para cargarle con parte de su aburrimiento. No se le había perdido nada en un islote en medio del mar. Además, ahora mismo, ni una guerra contra el Turco le habría hecho abandonar París de buen grado.

Y Montmorency sería el primero en comprenderlo si supiera quién era la mujer que le retenía.

Había tenido que morderse la lengua cien veces para no contarle nada. Pero había prometido discreción y cumplía. Aunque con tanta prudencia, le sobraban dedos en una mano para enumerar las citas que habían tenido desde su encuentro en la iglesia de Saint-Séverin.

Eso sí, las recordaba enteras de cabo a rabo. Entrecerró los ojos y le acarició el cuello y la nuca a Marie, pensando en otra carne, palpitante y desnuda. Ella permanecía recostada contra el muro, lánguida. Le rodeó el talle para acercarla hacia él, pero su prima le apartó la mano y se desembarazó con una carcajada:

—¡Ah, no, nada de niñerías, monsieur! —Sacudió la melena trenzada—. Nuestros amigos nos están esperando. Lleváis tanto tiempo aquí fuera que seguro que piensan que le habéis ido con el cuento al cardenal.

Lessay se separó del apoyo de la pared, con desgana, se enderezó el atuendo y se resignó a volver a la reunión. Pero aún no había dado dos pasos cuando su prima le cogió del brazo, reteniéndole. Rió, remedando el gesto de agarrarla de nuevo:

—¿Habéis cambiado de opinión?

Marie ignoró su broma:

—Tengo una pregunta que haceros. —Bajó la voz—. ¿Habéis visto a Serres hoy?

—La verdad es que no. —No había reparado en ello, pero no le había visto aquella mañana—. ¿Por qué?

—Qué extraño. Le esperaba hace un rato en mi casa, pero no ha aparecido…

—¿Y eso? Creía que habíais terminado con él.

—¡Oh, terminar! ¿Quién sabe cuándo termina algo de verdad?

Y con un guiño desvergonzado y un revoloteo de faldas abrió la puerta y se escabulló de regreso a la cámara del coronel.

Lessay entró tras ella. El ambiente estaba mucho más agitado. Los unos se quitaban la palabra a los otros, contradiciéndose, pero al parecer había un nuevo y peligroso punto de acuerdo. Si había que alzarse en armas no podía ser tan sólo para deshacerse del cardenal.

Luis XIII, con su cuerpo quebrantado y sus agudos ataques de melancolía, no era la persona adecuada para ocupar el trono de Francia. Lo más cristiano, aseguraba el gran prior, era declararlo incapaz y no apto para el gobierno. Recluirlo en un monasterio donde pudiera vivir rodeado de todas las atenciones que su salud requería hasta el fin de sus días. El pueblo lo comprendería. En diez años no había sido capaz de engendrar un heredero. Y no se le conocían bastardos. Estaba claro que él era el estéril de la pareja real. Y a ojos de la gente sencilla, un rey incapaz de procrear era un rey abandonado por Dios. Sólo había que repetirlo desde los púlpitos. Tenían que reunir cuanto antes las armas y el dinero necesarios, levantar las provincias, tomar París si hacía falta y apoderarse del rey.

Soissons puso a disposición del partido cuatrocientos mil escudos y Longueville sumó a la oferta ochocientos hombres a caballo. César de Vendôme quería tantear a Saboya y al duque de Nevers, y la rolliza marquesa de La Valette ofreció su plaza de Metz en nombre de su marido, en caso de que Gastón necesitara refugio. Lessay le puso una mano en el hombro a Montmorency. El duque callaba, pero no podía ignorar que el mero hecho de escuchar aquellas declaraciones sin denunciarlas ya constituía traición.

Los ojos del hermano del rey brillaban de entusiasmo silencioso. Encendió otra vez su pipa y su primo Soissons sacó otra del bolsillo. Las osadas propuestas alternaban con razonables instancias a la prudencia. Y Lessay no podía creerse que fuera él, que ni siquiera estaba aún sobrio del todo, el único que estuviera pensando lo que estaba pensando.

Encerrar al rey en un monasterio… Se decía rápido. Y Gastón parecía honestamente convencido de que era posible.

Una cosa era hablar abiertamente de asesinar a Richelieu.

Pero nadie se había atrevido siquiera a mencionar la posibilidad de alzar la mano contra Luis XIII. Y menos aún su hermano. Habría sido más que un crimen. Un sacrilegio impensable. Un regicida no podía ni soñar en conquistar el favor del pueblo.

Pero nadie entre los que estaban allí ignoraba que no había nada más peligroso que un rey desposeído. Un rey sin corona sería siempre un estandarte en torno al que tarde o temprano podían acabar agrupándose los descontentos. Una potencia extranjera. Incluso la mitad de los que estaban ahora mismo en aquella habitación, si acababan decepcionados con la otra mitad.

Observó a conciencia a los presentes. Estaba seguro de que todos lo sabían. Un rey vivo y destronado sería una constante espada de Damocles sobre sus cabezas.

Eso sí, una vez recluido en un monasterio… ¿Quién tenía la culpa si la canícula le hacía contraer alguna fiebre incurable? ¿Si el frío de un invierno rudo se lo llevaba por delante? ¿O si le sentaba mal cualquier alimento? Al fin y al cabo, siempre había padecido de los intestinos. Lo importante era que todo ocurriese de modo que pareciera natural. No había otra solución.

Luis XIII tenía que morir.

21

Hacía frío y tenía un regusto áspero a barro en la boca. Charles se incorporó con esfuerzo y abrió los ojos. Le pesaban como losas y latían al compás de un tambor inmisericorde alojado en su coronilla. El golpe. Se tanteó la cabeza con precaución. Había sangre, pastosa ya. Debía de llevar bastante rato inconsciente. Comprobó que tenía los dientes intactos y sólo entonces miró a su alrededor. La yegua que le había jugado tan mala pasada estaba al lado del camino, pastando tan tranquila junto al caballo de Bernard. Giró la cabeza despacio. Tenía el cuello tieso y dolorido. Vio un bulto pardo encogido en el suelo y se le aceleró todavía más el pulso en las sienes.

Bernard.

Tenía la cabeza ladeada y la boca entreabierta, y un hilillo de baba le llegaba hasta el suelo. Pero respiraba con un ritmo regular. ¿Qué habría pasado? Lo último que recordaba era una enloquecida carrera cuesta abajo con la yegua, y luego la caída. Que él supiera, Bernard venía detrás de él. ¿Sería posible que se hubiera caído en el mismo sitio? Le tocó la cabeza con cuidado y le palpó un enorme chichón por encima de la sien derecha. Había una rama casi tan gruesa como su brazo tirada al lado del camino. Entonces comprendió.

Con manos temblorosas giró el cuerpo de su amigo, le puso boca arriba y registró sus ropas, frenético. Ni rastro de la carta. Se echó mano a su propio jubón y comprobó que también se habían llevado la que él había salvado del barro. No le habían tocado la bolsa, ni se habían llevado las botas nuevas de Bernard. Ni siquiera habían intentado simular que eran bandidos.

Ni lo dudó. Se echó la bolsa del herido a la faltriquera, le quitó el calzado y el estoque y los escondió entre unas matas. Luego, después de pensarlo un momento, comprendió que no tenía más opción y se deshizo también de su propia espada y de las pistolas.

Así Bernard pensaría que todo había sido cosa de vulgares ladrones.

Al menos no se les había ocurrido rematarlos, aunque no tenía ni idea de cómo iba a explicarle su presencia allí al padre Joseph cuando le informaran.

De madrugada le habían vencido los remordimientos. No podía avisar a Bernard de lo que le aguardaba, pero al menos podía estar allí para echarle una mano si había que pelear. Y a lo mejor conseguía hacerse él con las cartas de una manera pacífica.

Desde el principio había hecho lo posible por evitarle el encuentro: había intentado convencerle de que regresaran a París, incluso de que cambiaran de ruta; y cuando había comprendido que no había caso, le había azuzado para ir lo más rápido que pudieran, con la esperanza de que los hombres del padre Joseph no pudieran atraparlos. Para nada. Al final se había partido la crisma y había hecho que su amigo bajara del caballo para auxiliarle. Se lo había puesto todo en bandeja a los ladrones.

Tuvo mucho tiempo de lamentar su estupidez. El día iba avanzando imparable y Bernard no se despertaba. Intentó subirle a la yegua, pero entre lo que pesaba y lo que se movía el animal, resultó imposible. Se resignó a esperar a que recobrara la conciencia y pudiera encaramarse por sí mismo, y se sentó junto a él con la espalda encorvada. Miró al cielo. Había escampado y se oían los gritos de los pájaros en medio del silencio del campo, pero no había ni un alma.

Una urraca solitaria avanzaba despacio entre los charcos, agachando el pico de vez en cuando para engullir algún insecto con movimientos rápidos y precisos. Le miró, con la cabecita alzada en una pregunta sin palabras. Pero enseguida decidió que su presencia no tenía ningún interés y le dio la espalda con desprecio.

Charles se acordó de una urraca amaestrada que tenía Bernard de niño. Se llamaba Nona. La llevaba al hombro y decía que era más sabia que las personas. Cuando tenía una duda sobre algo o no sabía qué hacer, le preguntaba al pájaro, al que había enseñado a decir sí y no, o al menos a graznar de un modo muy parecido a un ser humano.

A Nona se la llevó un azor un día en sus garras, y el pobre se pasó todo el verano oteando el cielo a ver si regresaba.

—Nona, escúchame —le dijo, bajito, a la urraca—. Si se salva el zote de Bernard, prometo contarle la verdad de lo que ha pasado. Vuela y díselo a la Virgen, que medie por él.

Se estaba volviendo majara, no había duda. Había acabado repitiendo las mismas oraciones católicas que recitaba Bernard de niño. Pero no sabía qué hacer, su amigo no reaccionaba.

La urraca levantó el vuelo y Charles la siguió con la mirada, descorazonado. Entonces, justo por el mismo camino por el que se alejaba el pájaro, distinguió la forma de un carro. El ave desapareció en el horizonte y él gritó y agitó el sombrero para llamar al arriero. El hombre se mostró reticente en un primer momento, pero al final aceptó cargar a Bernard en su carro y llevarlos hasta la posada del puente.

La posada en cuestión era un caserón de paredes sucias y torcidas, pero en las ventanas se veía luz y de la chimenea salía un humo prometedor. Después de la mojada y de las horas a la intemperie aquello se le antojaba un palacio. Por un escudo, el mesonero le ofreció un cuarto donde le aseguró que se habían alojado duques y condes, y le prometió una cena no menos principesca. Luego le ayudó a transportar al herido a la afamada estancia. Entre los dos le arrojaron sin miramientos en una cama tan grande que hubiera valido para cuatro. Una moza mal encarada y paticorta encendió la chimenea y le subió una jarra de vino áspero y un cuenco de estofado de conejo.

Charles comió con apetito, y entre el calor del fuego y el efecto del morapio se amodorró y acabó por tumbarse al lado del cuerpo inerte de su amigo. En la oscuridad de la pieza se escuchaba su respiración como el raspado de un rastrillo.

¿Y si no despertaba? Hacía ya muchas horas de la caída. Se acordó de un vecino de Pau que se había despeñado del tejado mientras reparaba un agujero y se había quedado dormido dos semanas enteras, hasta que se había muerto sin abrir los ojos ni para despedirse de los suyos. Cogió un cuchillo y pinchó a Bernard en el brazo. Le hizo incluso un poco de sangre. Pero no logró que reaccionara.

Estuvo una eternidad dando vueltas pero al final el cansancio pudo más que él, y su último pensamiento, antes de dormirse, fue que se había jurado no volver a compartir colchón con Bernard nunca más. Se contentó con la idea de que como estaba desvanecido, no contaba.

Ya había amanecido cuando sintió un aliento pestilente sobre la cara, y luego el tacto de unas manos que le sacudían de las ropas, sin apenas fuerza. Abrió los ojos. Bernard estaba inclinado sobre él, observándole con los ojos vacíos y muy abiertos. El alivio que sintió le dejó sin habla un instante, pero enseguida se incorporó y le dio un abrazo que casi le tumbó de nuevo en el catre.

Bernard estaba desconcertado y Charles tuvo que explicarle lo que había pasado. Poco a poco, su amigo fue recobrando la memoria de lo ocurrido:

—Yo estaba asistiéndote cuando alguien a mis espaldas me dejó seco de un golpe. Oí unos pasos, y voces, pero fui demasiado lento. —Se tocó la cabeza—. Cabrones. Al final tenías razón con la monserga de los bandidos. Aunque, ¿a quién se le ocurre bajar así la cuesta? Y con esa penca de mala madre… Parecemos dos terneros recién destetados, a cual más torpe.

Charles no dijo nada. De momento estaba cuajando el cuento de los bandidos. Y no tenía intención de contarle la verdad ni por lo más remoto. No estaba tan loco como para tomar en consideración una promesa que le había hecho a un pájaro en un momento de ofuscación. Se levantó y abrió la ventana. Otra vez llovía a cántaros.

Bernard hurgaba con parsimonia entre la ropa:

—¡*Po' cap de Diu*, Charles!

—¿Qué pasa?

—La carta de la reina, Charles. ¡Se han llevado la carta! Y mi bolsa. ¿A ti también te han desvalijado?

—También. Se lo han llevado todo. —Se mordió los labios. Eso no podía ser—. Menos un escudo que llevaba en la bota. Así es como he pagado la posada.

La improvisada mentira había brotado con naturalidad de entre sus labios. Se sintió orgulloso de la rapidez de su genio.

—¿Dónde están mis botas? —preguntó Bernard.

Charles sacudió la cabeza:

—Lo siento, pero cuando desperté te encontré descalzo. Supongo que se las han llevado. —Charles había conservado su propio calzado, viejo y desgastado, pero no habría sido creíble que unos ladrones le dejaran a Bernard sus magníficas botas nuevas—. Tampoco estaban las espadas, ni mis pistolas.

Bernard ahogó un juramento.

—¿Y los caballos?

—Eso no. Están en el establo, tan felices.

—Qué raro que no se los hayan llevado. —Se llevó las manos a las sienes—. Cómo me duele la cabeza, *sangdiu*.

Charles iba a sugerirle que a lo mejor los animales no se dejaban coger fácilmente y los bandidos no habían querido entretenerse, pero Bernard le pidió silencio. Le era imposible pensar con el estómago vacío. Lo mejor era bajar a comer algo.

Al enfilar la estrecha escalera, con los pies descalzos enfundados en las medias de lana, le entró vértigo y tuvo que apoyarse en él para llegar abajo.

En la sala común había un par de viajeros con las ropas maltratadas por la intemperie y unos cuantos lugareños a los que la lluvia había ahuyentado de los campos. Se instalaron en una esquina. La luz tristona que entraba por un ventanuco pintaba de gris el tablero de la mesa llena de cuchilladas. La moza les puso delante unas lonchas mal cortadas de panceta, una hogaza de pan y un caldo que olía tan bien que a Charles se le escapó una exclamación de sorpresa. Bernard tenía un gesto permanente de dolor y se cambió dos veces de taburete buscando la penumbra. Pero no parecía muy grave. Estaba comiendo a dos carrillos, como siempre.

—Ahora sí que he metido la pata a lo grande —espetó, al cabo de un rato.

—¿Qué quieres decir?

—Pues que me da a mí que esos ladrones no eran tales —explicó Bernard—. Que era alguien que iba buscando las cartas. Piénsalo. Ayer no había ni un alma por los caminos, con el diluvio que estaba cayendo. ¿No te parece raro que hubiera una banda de salteadores apostada junto a una senda perdida, bajo ese aguacero, por si les daba por pasar por allí a dos perturbados como nosotros?

Claro que era raro. Pero no esperaba que Bernard fuera a darse cuenta por sí solo:

—No seas majadero. ¿Quién iba a saber que llevabas las cartas?

—No lo sé, pero no me da buena espina. Sólo Dios sabe en qué lío habremos metido a la reina.

Charles acarició las marcas de cuchillo que tenía el borde de madera de la mesa, buscando una forma de desviar las sospechas de Bernard, pero justo en ese momento un mozo de unos quince años entró por la puerta de la calle con una sonrisa de oreja a oreja y los brazos cargados, llamando a voces a su padre, el posadero, para que bajara a ver lo que los perros se habían encontrado tirado tras unas matas, a un cuarto de legua de allí, mientras perseguían a una urraca.

Bernard se puso en pie de un salto:

—¡Son nuestras cosas! —Se arrojó contra el muchacho con tal entusiasmo que el zagal no opuso resistencia para que se adueñara de todo. Se calzó las botas, se colgó la espada y le entregó sus armas a Charles. Luego interrogó al mozo para averiguar dónde había encontrado todo aquello y volvió a sentarse a la mesa, desconcertado—. No lo entiendo. ¿Por qué iban a tirar nuestras cosas?

Charles no podía creérselo. Pajarraco cabrón. ¿A que se había vengado porque él no había cumplido su promesa?

—Bueno, si es verdad que lo que querían los salteadores eran las cartas, a lo mejor sólo nos han quitado las cosas para simular que eran bandidos…

—¿Y por eso las tiran en vez de llevárselas? ¡Mira qué botas! Y la espada no está ni estrenada. ¿Tú no te la quedarías? —Tenía una expresión de incomprensión absoluta en el rostro, pero por primera vez en su vida Charles no encontraba nada que decir. Bernard frunció las cejas, suspicaz—. Oye, aquí hay algo que no me estás explicando.

Se había quedado sin escapatoria. Mejor confesar de plano que seguir retrasando el momento, o iba a ser peor. Apuró el caldo que quedaba y le espetó:

—Ha sido culpa mía.

—¿Culpa tuya?

Charles era consciente de que eran el centro de atención de la posada. Desde que se habían apoderado del alijo de armas del mozo, los parroquianos no paraban de cuchichear sin quitarles ojo de encima. Bajó la voz todo lo que pudo:

—Fui yo quien le dio el aviso al cardenal de que llevabas las cartas encima.

La frente de Bernard se llenó de nubarrones y su voz resonó ronca:

—Explícate.

Charles suspiró, soltó el tazón y le contó la verdad. Que hacía meses que estaba al servicio del cardenal. Que cuando escuchaba algo que pudiera interesarle, en el Louvre o en cualquier otro sitio, informaba a uno de sus hombres de confianza.

—Quise contártelo al principio, pero entraste al servicio del conde de Lessay y de pronto estábamos en bandos opuestos.

Lo más difícil fue confesarle cuándo y cómo había decidido delatarle. Por qué le había animado a que recogiera más cartas y la estrategia que habían ideado el cardenal y el padre Joseph para robárselas.

Bernard le escuchaba sin parpadear, mientras el peso de las revelaciones iba asentándose. Por fin le clavó una mirada negra:

—O sea, que me has vendido —masculló—. A tu amigo de la infancia. Y no sólo a mí, también a la reina y a madame de Chevreuse. Sabía que estabas deseando medrar, pero no que fueras un miserable.

Había ido elevando la voz según hablaba. Desde las otras mesas no perdían detalle.

Charles se mordió la lengua. No consentía insultos, pero no quería echar leña al fuego:

—Estaba enfadado. Y no pensaba que fueras a correr peligro. En cuanto me enteré de cuáles eran los planes vine a auxiliarte. Estaba dispuesto a hacerle frente a quien fuera.

Era verdad, y había tratado de darle a su voz toda la sinceridad que tenía dentro del pecho. Pero Bernard sacudía la cabeza rechazando sus palabras:

—Valiente ayuda. Ya me olía a mí a quemado tanto insistir en que nos diéramos la vuelta. No me puedo creer que te hayas limpiado el culo con nuestra amistad como si fuera una piedra del campo.

Charles respiró hondo, haciendo por contenerse. Bajó la voz con la esperanza de que Bernard se animara a hacer lo mismo. No le gustaba que toda la sala común estuviera pendiente de su disputa:

—No seas injusto. Te lo estoy contando todo. Y quién sabe si no te he salvado la vida. A lo mejor les ha desconcertado encontrarse con dos mensajeros en vez de uno y por eso no te han rematado…

Bernard soltó un bufido:

—Pero ¿tú te crees que yo soy tonto de baba? —Escupía como si quisiera ilustrarlo—. Mentira tras mentira tras mentira. Ya no sabes ni si te coges la verga con la derecha o con la izquierda cuando vas a mear.

Por Cristo que le estaba calentando. Qué obtuso se estaba poniendo. Le echó paciencia por última vez:

—Te estoy contando la verdad y además motu proprio. ¿Qué más quieres?

Bernard estaba sordo a razones. Se echó hacia delante, amenazador, y apoyó las palmas sobre la mesa:

—No eres más que un advenedizo despreciable, capaz de cualquier cosa si la recompensa merece la pena. Dime, el otro día cuando me pediste que te ayudara a trabajarte a la condesa de Lessay,

¿era porque el cardenal también la tiene en el punto de mira? Y si te dice que te tires a tu madre, ¿tampoco le pones pegas?

Unas risotadas expectantes corearon el exabrupto. Hijo de puta. Se puso de pie. Bernard le imitó y a Charles se le fue por inercia la mano a la espada:

—Necio mezquino. Si lo sé, te dejo venir solo y que te hubieran acogotado.

Bernard le agarró por el brazo con fuerza, alejándolo de la empuñadura de la ropera:

—Rata ambiciosa. No me extrañaría que también hubieras dejado que te diera por culo ese Boisrobert que tanta estima te tiene. Todo sea por el cardenal.

Se acabó. El vaso había rebosado. Le propinó un empujón con la mano libre y Bernard, debilitado, perdió el equilibrio y le arrastró consigo agarrado de la muñeca. Los dos se precipitaron al suelo para regocijo de la clientela, que prorrumpió en aplausos y vítores.

Charles no pudo hacer durar la ventaja del ataque por sorpresa y enseguida se invirtieron las tornas. Se encontró sujeto por las piernas y recibió un puñetazo que sólo pudo esquivar a medias. Sintió el sabor de la sangre en la boca, impotente. Por suerte, el oso estaba tan ciego de ira que no vigilaba sus brazos, así que logró agarrar un taburete por la pata y le atizó en la cabeza con toda la fuerza que pudo.

Bernard rodó hacia un lado con un aullido de dolor y golpeó la mesa vecina con el cuerpo. Los tres patanes que había sentados aprovecharon para darle algún que otro puntapié, voceando que se dejara de reparos y aplastara al pisaverde. Charles se levantó, desenvainó por fin la espada y le gritó al muy ruin que hiciera lo mismo. Ahora se iba a enterar. Aun con las lecciones que el pardillo había tomado en casa de Bouteville, estaba seguro de poder darle sopas con honda.

Su paisano se alzó trabajosamente y trató de sacar su acero, pero sus movimientos eran tan lentos e inseguros que parecía borracho. Guiñaba los ojos como si se le hubiera metido arena en los dos al mismo tiempo. De pronto dobló una rodilla y se quedó con la cabeza gacha.

—Que te lleven los diablos —dijo—. No puedo.

Uno de los rufianes de la mesa levantó una jarra de vino y comenzó a regarle la cabeza a Bernard. Los lugareños se estaban choteando, decepcionados de que la pelea se hubiera detenido tan abruptamente como había empezado. Uno hizo un gesto obsceno con las manos insinuando que eran unos bujarrones.

Ahora sí que iba a correr la sangre. Si no podía ser la de Bernard, se conformaría con la de aquellos gusanos. Se lanzó contra el tipo de la jarra y se la estrelló en la cara.

El individuo se desplomó hacia delante sangrando como un cerdo. Sus compañeros comenzaron a echar mano de cuchillos y navajas. Charles ayudó a Bernard a incorporarse, cubriéndose con la espada:

—Al que se acerque, lo mato. ¡Juro que lo mato!

Lo decía en serio. Todavía tenía la sangre borboteándole en las venas. Pero nadie se movió. Los parroquianos no querían líos con dos tipos que por las hechuras bien podían ser dos señores de París. Bernard intentó zafarse a manotazos y el mesonero tuvo que ayudarle a sujetarlo. Retrocedieron hasta la puerta, tambaleándose sin hablar, y se dirigieron al establo donde les ensillaron las dos monturas.

El posadero le ayudó a subir al herido a su caballo, de mala gana, y se quedó sujetando la puerta de madera hasta que salieron al camino. Quizá para asegurarse de que se marchaban de verdad. Bernard se dejó caer hacia delante y cerró los ojos con gesto dolorido.

Por lo menos había dejado de llover.

22

Bernard apartó las mantas de una patada y se sentó en el borde de la cama, con las piernas colgando. Cerró los ojos con fuerza y los volvió a abrir un par de veces. Sacudió la cabeza de un lado a otro. Nada.

Le dolía la espalda de llevar tanto tiempo tumbado, tenía los músculos entumecidos y la boca seca. Y el estómago le rugía. Normal. Llevaba tres días enclaustrado en aquel cuarto, con paños calientes en la frente, un calentador bajo los pies y sepultado por un quintal de mantas. Ya no aguantaba más. Esta vez iban a tener que atarle a la cama si querían que siguiera acostado. Por muchas vueltas que se pusiera a dar el suelo en cuanto plantara el pie.

El dolor de cabeza que le había ido yendo y viniendo durante aquellos tres días le resultaba soportable. El zumbido en los oídos era molesto, pero lograba ignorarlo. Y aunque había nubarrones que le entorpecían la vista de cuando en cuando, tampoco le parecían un gran impedimento para hacer una vida normal. El problema era que todas y cada una de las veces que había conseguido levantarse, ignorando las protestas de Charles y las prohibiciones del médico, había tardado menos de un padrenuestro en regresar entre las sábanas: en cuanto se confiaba, la cabeza empezaba a darle vueltas, las piernas se le doblaban y se daba con el suelo en las narices.

No recordaba cómo había llegado hasta allí. Tenía una reminiscencia vaga de una pelea en la posada en la que había dormido con Charles después de que les robaran las cartas, la sensación de que habían montado a caballo de vuelta a París y luego nada más. Sólo que se había despertado en su cama, en mitad de la noche, con un dolor de cabeza de mil demonios, una sanguijuela en un brazo y otras dos detrás de las orejas. Junto a él se encontraban su paisano, con cara de sepulturero, un cirujano y el físico del conde de Lessay.

Charles le había explicado que a media legua de la puerta de Montmartre había empezado a vomitar. Le habían entrado unas convulsiones tan fuertes que le habían tirado del caballo. Y había tenido que pagar a un carretero que regresaba a su aldea para que diera media vuelta y le llevara hasta el hôtel de Lessay.

Lo que sí recordaba era haber escuchado a su amigo y al médico discutir, cuando creían que estaba dormido. De humores líquidos que había que secar a base de calor, de matasanos griegos, de agujas y de sangrías. Al principio, el físico había tratado a su paisano con altanería. Por mucho que hubiera aprendido de su padre, el viejo Montargis no era más que un cirujano instruido, y Charles se pronunciaba con la autoridad de un doctor de la Sorbona. Sin embargo, con las horas, la conversación se había ido haciendo más y más amistosa hasta convertirse en una cháchara interminable. Cuando les había escuchado comentar que si las convulsiones no remitían tendrían que avisar a un cirujano para que le practicara una trepanación que aliviara la presión del cerebro, Bernard había dejado de fingir que dormía: se había incorporado en la cama de un salto y les había dejado claro que al primero que se le acercara con intención de hacerle un agujero en la cabeza le arrancaría él antes la suya, y que luego continuaría con la del médico y con la del energúmeno de su amigo. Habían tenido que sujetarle entre los dos para obligarle a regresar a la cama, a pesar de que el mareo no le dejaba ver.

Pero ya llevaba horas sin sentir ningún malestar. Ni vértigos, ni espasmos, ni pitidos. Sólo tenía un dolor de cabeza, apagado y muy razonable. Y las lucecitas que veía detrás de los párpados no le molestaban nada. Además, le habían dejado solo. No había nadie para obligarle a permanecer en cama.

Se frotó la barba, áspera y dura, con el dorso de la mano. Antes de salir de su aldea ni se le pasaba por la imaginación afeitársela en invierno, y pocas veces en verano. Pero en la Corte, la perilla minúscula era casi una obligación. Y si el pelo de la cara había que quitárselo, el de la cabeza había que dejarlo crecer. Entre Charles y Lessay habían acabado por convencerle, así que las greñas le llegaban ya al cogote, y después de tres días sin salir de la cama lo que estaba palpando con la mano se parecía más a una maraña de cuerdas de pita que a una cabellera.

Saltó al suelo, se dirigió con paso decidido hasta la ventana y la abrió de par en par. Entró un soplo helado. Por fin, aire fresco. Bostezó con ganas y estiró los brazos todo lo que pudo y, aunque sintió un pequeño vértigo, lo achacó a la debilidad. Durante aquellos días le habían sangrado como a un cochino y casi no le habían dado de comer.

Sacó sus ropas del baúl. Estaban lavadas, planchadas y perfumadas. Se sentó sobre la tapa, se quitó la camisa sudorosa que llevaba puesta, se puso la limpia y se quedó allí sentado, meditabundo. Estaba visto que no se iba a caer redondo al suelo y lo más probable era que ya no le abrieran ningún boquete en la sesera, así que se le habían acabado las excusas para no pensar en los problemas que tenía entre manos.

Primero estaba lo de Charles. Por muchas cosas que se le hubieran borrado de la memoria con el golpe, de su traición no se olvidaba. Pero la verdad era que se le habían enfriado los ánimos. Ni iba a pegarse con él, ni iba a salir a buscarle con la espada. Casi no se había separado de su cama desde que le había traído a casa. Y le había pedido perdón tantas veces que estaba por pensar que él era el culpable de su dolor de cabeza.

La primera noche, cuando se había despertado y se lo había encontrado a su lado, le había echado a voces de la habitación, y su paisano había obedecido sin chistar. Pero al final le habían entrado remordimientos y había acabado pidiendo que le llamaran de vuelta. Charles era su hermano, después de todo. Y si esta vez su arrepentimiento no era sincero, más le valía que se dejara de poemitas y cardenales y se subiera a las tablas de un teatro, porque seguro que no había mejor comediante en toda Francia. Además, él no tenía luces para tener la cabeza ocupada por dos problemas. Y el otro asunto sí que no sabía por dónde agarrarlo.

Se puso de pie, aguantó unos segundos sin moverse a que desapareciera el vértigo, cogió un paño y empezó a restregarse la cabeza con ganas para quitarse toda la mugre del sudor.

Charles le había cubierto las espaldas contándole a Lessay que se había caído con el caballo cuando regresaban al galope de una venta del camino de Argenteuil. Aunque a él le había costado mantener la historia cuando el conde había subido a visitarle. Estaba convencido de que se le notaba en la cara que estaba mintiendo. Pero había seguido el consejo de su amigo, y en cuanto se había encontrado con una pregunta comprometida lo había solucionado diciendo que no se acordaba.

Se frotó la cabeza más fuerte, regodeándose en la ausencia de dolor. ¿Debía contarle a Lessay la verdad de lo que había pasado? ¿Y confesarle qué? ¿Que había estado ejerciendo de correo secreto entre la reina y Buckingham? ¿Que era tan bocazas que se lo había revelado a un servidor del cardenal? ¿Y que los hombres de Richelieu le habían robado las cartas sin que él opusiera la menor resistencia? Más le valía salir de aquella casa por patas. Había cosas que era mejor no menearlas. No quería ni pensar en el lío en el que podía haber metido a la reina, ni en si habría ocurrido ya algo irreparable. A lo mejor la carta de Ana de Austria era mucho más inocente de lo que imaginaban y no había nada de lo que preocuparse. Ya sería lo que tuviera que ser.

A Marie, desde luego, ni una palabra. Pensaba seguir con el plan que se le había ocurrido antes de que le robaran. Y hacerse pagar en carne. Nada de volver a subir a caballo por un par de achuchones mal dados. Y menos ahora que sabía que el cardenal le estaba vigilando... Aunque la verdad era que eso de seguir recorriendo caminos con aquella correspondencia tenía que pensarlo mejor. Tampoco era cuestión de dejarse matar a lo tonto.

Dejó de frotar, agotado, y se sacudió el pelo con las manos. Tenía demasiada hambre para ver claro y en la cocina siempre se pensaba mejor. Dejó caer el trapo, se dio la vuelta y se quedó paralizado. No la había oído entrar. Pero ahí estaba. Apoyada contra la puerta, arropada en un abrigado manto gris y plata forrado de pelo blanco, y envuelta en una nube de aire frío, preciosa y escarchada.

Marie le sonreía. Y él allí, plantado como un idiota, con cara de enfermo, los pelos tiesos y sin más ropa que una camisa. Menuda figura de galán que debía de tener. Buscó los calzones a tientas con una mano y se los puso a la pata coja, sin quitarle la vista de encima.

Ella se acercó y le puso una mano en la mejilla. Aunque acababa de sacarla de un manguito de armiño, tenía la palma fresca:

—Qué pálido estáis, qué horror. Pero me alegro de veros levantado. Estaba muy preocupada. Mi primo me ha tenido informada día a día de vuestro estado pero no me atrevía a venir a veros para no molestaros.

—Vos no sois nunca una molestia, madame —balbuceó con la voz de borrego que se le ponía siempre que la tenía delante. No sabía si cogerle la mano. Ni si tratarla como a una duquesa o como a una moza con la que había retozado bajo las mantas.

Marie rió y se acercó a cerrar la ventana, reprendiéndole por pasearse en camisa y dejar entrar el frío en la estancia cuando estaba aún convaleciente. Bernard aprovechó para ponerse el jubón y abrocharse un par de botones.

Ella se sentó sobre el baúl y dio dos palmaditas para indicarle que se acomodara a su lado. Igual que el día que la había conocido hacía ya cien años. La observó apartarse la capucha del rostro y sacudir el pelo de un lado a otro. Tenía cristalitos de hielo en las pestañas y las mejillas arreboladas. Así no había quien recordase que le había engañado miserablemente y le había utilizado para comunicarse con ese inglés hijo de su madre… Agachó la cabeza entre los hombros y clavó la vista en sus pies desnudos, hosco. Pero Marie le acarició el pelo y le pidió que le contase lo que había ocurrido. A ella, añadió con un guiño, le podía decir la verdad.

Bernard la miró de reojo. Tenía en los labios ese mohín coqueto y burlón que hacía que siempre le dieran ganas de arrancárselos de un bocado. Se alegró de que le hubiesen sacado tanta sangre del cuerpo porque si no, no sabía cómo iba a hacer para mantenerse firme.

Al menos se la veía contenta. Eso era que las cartas no habían reaparecido aún en ninguna mano indebida. O no contenían nada importante o el cardenal no se las había enseñado al rey:

—No hay mucho que contar —masculló—. El caballo se resbaló en un charco, me caí y me di en la cabeza con una piedra. No le he dicho a nadie a donde iba ni para qué, no os preocupéis.

—De eso estoy segura y os estoy muy agradecida. —Le tomó de la mano y Bernard se puso rígido—. Pero… Lessay me ha contado que fue un amigo el que os trajo de vuelta. ¿Cómo es que estaba con vos?

Charles. Que se lo llevara el diablo. Eso sí que no tenía forma de explicarlo.

—Me lo encontré en una venta en la que paré a almorzar y decidimos hacer juntos el resto del camino hasta París. —Siguió mirando al suelo, obstinado. Con lo que había tardado en contestar seguro que ella se había dado cuenta de que estaba mintiendo.

—Entonces, el accidente ocurrió cuando veníais ya de vuelta. —La voz de Marie estaba cargada de dudas—. ¿No había ningún mensaje aguardando en el convento? La reina no vive de la impaciencia.

Seguro. La reina. Tuvo que reprimir un bufido. Se animó a levantar la vista:

—No. No había nada.

La desilusión se pintó con una insultante claridad en el rostro de la duquesa. El brillo de sus ojos grises se apagó en un momento y las mejillas se le vencieron. Era como ver derretirse la nieve.

A Bernard en cambio se le estaba haciendo una bola de fuego en el estómago. Empezaba a dudar de que tuviera la frialdad necesaria para llevar a cabo su plan.

—En fin, habrá habido algún problema. Menos mal que ya estáis repuesto. ¿No abuso de vos pidiéndoos que llevéis una nueva carta, verdad? Seguro que ahora sí hay correspondencia aguardándoos en el convento.

Marie rebuscó entre sus ropas y extrajo un paquete igual que el que él había abierto hacía tres días. Ladeó la cabeza y le miró con ojos pedigüeños de cachorrillo.

Bernard cogió los papeles y los plantó de un manotazo al otro lado del baúl. A eso había venido. Un par de carantoñas y ya estaba. Sin más disimulos.

Se decidió de un plumazo. Los papeles iban a terminar en las brasas en cuanto la duquesa cerrara la puerta. Pero antes pensaba cobrarse el servicio de mensajero.

—No habíais vuelto a pisar esta estancia desde hace dos meses. La noche de la fiesta. ¿Os acordáis? —Él no era ningún seductor ni tenía un gran don de palabra, pero muy lerda tenía que ser la duquesa para no entender lo que estaba insinuando.

Marie parpadeó, con expresión confusa, se puso de pie y empezó a revolotear por la habitación, riendo. Bernard ahogó un juramento. No soportaba cuando hacía eso. Nunca sabía cómo volver a centrarla. La vio lanzarle una ojeada disimulada al abrigo y, ante la duda de que pudiera escabullirse, se levantó de un salto y se plantó delante de la puerta con los brazos cruzados. Lo más importante era cerrarle a la gallina el escape del corral.

Ella se apoyó contra los pies de la cama y levantó una ceja, burlona.

—Me alegro mucho de que hayáis venido a verme —continuó Bernard. No conseguía librarse de la voz de borrego y eso le enfadó aún más.

—Es lo mínimo que podía hacer. Al fin y al cabo, vuestras lesiones las habéis sufrido por servir a la reina. —Marie le dedicó una media sonrisa que no pintaba mal del todo. A lo mejor había comprendido que no era razonable mandarle otra vez por esos caminos de Dios, con la excusa del servicio a Ana de Austria, sin darle algo a cambio.

Lo importante era no darle tiempo a cambiar de opinión. Abandonó la posición de guardia y se arrojó sobre ella sin miramientos. La agarró por la cintura, la derrumbó sobre la cama y se tumbó encima, mordiéndola el cuello y manoseándola por todas partes. Como la primera noche. Marie acogió su acometida con un gritito de sorpresa y una carcajada, pero enseguida empezó a protestar. Le golpeó con el puño e intentó apartarle con las piernas:

—¡Quita, bruto! ¡Me estás haciendo daño! ¡Aparta!

Bernard se incorporó y la miró ceñudo. La otra vez le había gustado que se comportara así:

—¿Qué pasa? ¿Qué es lo que estoy haciendo mal?

Marie se escurrió de entre sus brazos y recogió un zapato que había perdido en la refriega:

—No es eso... —Le hizo un arrumaco rápido—. Os estoy muy agradecida por todo. Y la reina también. Pero ahora tengo prisa, me están esperando en el coche. Quizá podamos volver a vernos con más tranquilidad uno de estos días.

—¿Cuándo?

—Ay, Dios mío, no lo sé. —Saltó de la cama, se dirigió al arcón y empezó a recoger sus cosas—. Uno de estos días.

Bernard se sentó en la cama, con los pies colgando. Se le estaba escapando otra vez. Sintió una desazón inaudita:

—Es que a mí la reina me da igual. Yo os dije que sí a lo de las cartas para que estuvierais contenta. Creía que vos y yo... Haría cualquier cosa por vos, y ahora... —No sabía qué decir. El asunto de Holland escocía como mil diablos, pero el inglés estaba a cientos de leguas de allí; aquel romance era imposible y tarde o temprano Marie se daría cuenta. No quería quemar las naves. Cogió aire—. Creo que estoy enamorado de vos.

Ya lo había dicho. Se quedó mirándola.

Ella se dejó caer sobre el baúl con un suspiro. Parecía totalmente descorazonada:

—Pero ¿qué he hecho yo para merecer esto? *Bon Dieu*... Debe de ser mi destino. ¡Siempre tengo que ser el objeto de la locura de todos los extravagantes!

Bernard parpadeó. Él no se consideraba ningún extravagante. Más aún, sus exigencias le parecían el colmo de lo razonable:

—No sé qué es lo que tanto os extraña. Me tenéis de acá para allá como a un badulaque desde que os conozco. ¡Casi me rompo la cabeza por vos!

—Por la reina —corrigió Marie, petulante—. Yo no os debo ningún favor.

—¡Por todos los demonios! —Se levantó de la cama de un salto—. ¡Dejaos de mentiras! ¡Ni os importa la reina ni os importo yo! ¡Lo único que os interesa es saber si Holland va a venir a París de una vez para no tener que seguir suplicándole por carta!

Lo había gritado con toda la fuerza de sus pulmones. Pero de pronto se quedó callado, dándose cuenta de lo que acababa de decir. Marie se había llevado una mano a los labios y le miraba, muda. Pero poco a poco la expresión de sorpresa fue desapareciendo y dejó paso a una mueca de ira profunda.

—No puedo creerme que hayáis leído mis cartas…

Ya era tarde para rectificar. Más le valía soltar todo lo que tenía guardado en el pecho. De perdidos, al río:

—¡Y yo no me puedo creer que me hayáis utilizado como lo habéis hecho! ¿Cuánto tiempo lleváis riéndoos de mí? ¡El pobre patán dispuesto a correr de un lado a otro con vuestras cartitas de amor sin darse cuenta de nada! ¡Y vos mientras tanto lloriqueándole a otro! —Estaba ciego de rabia, de celos, de despecho. En aquel momento le daba todo igual. Puso voz de niña pequeña—: «Por favor, por favor, venid a verme, no puedo vivir sin vos, mi adorado hereje, por favor…». ¡Tal vez no os importe ser la puta de los ingleses, pero yo no estoy dispuesto a seguir siendo vuestro alcahuete!

Marie se había puesto de pie y le miraba sin poder creer lo que escuchaba, pálida:

—Cómo os atrevéis. —La voz le vibraba y las lágrimas de rabia se le agolpaban en los ojos—. ¡Oh, Dios, cómo me arrepiento de haberos dado ni la más mínima confianza! No me conocéis bien. Esto lo vais a pagar, y lo vais a pagar muy caro.

Acabó de recoger sus cosas, volvió a guardarse la carta que le había entregado y se dirigió hacia la puerta. Él intentó agarrarla de un brazo. De repente se daba cuenta de cómo se le había ido aquello de las manos. Pero ella se revolvió con la rapidez de una víbora y le cruzó la mejilla de un bofetón que se convirtió en una lluvia de golpes. Bernard se llevó las manos a la cara para protegerse e intentó sujetarle las muñecas, pero ella no paraba. Finalmente consiguió retenerla. Marie le miraba con los ojos rojos e hinchados por las lágrimas, la respiración agitada y el peinado deshecho:

—No os voy a perdonar —siseó. De una sacudida se deshizo de él y salió del cuarto con un portazo.

Bernard escuchó sus pasos bajar corriendo por las escaleras, aturdido, y sin acabar de comprender lo que había ocurrido. Le dio una patada a la puerta, se volvió a la cama con un rugido y agarró las mantas y las sábanas de un tirón y las arrojó al suelo. Pero aquello no le calmó. Cogió el aguamanil y lo arrojó contra la pared. Luego fue al arcón en dos zancadas y estuvo abriendo y cerrando la tapa con todas sus fuerzas, una y otra vez, hasta que la cabeza empezó a darle vueltas, le invadió una náusea y los ojos se le llenaron de estrellas de colores. Se dejó caer al suelo y se quedó sentado, con la cabeza entre las manos, un rato largo.

Cuando al cabo de un tiempo llamaron a la puerta contestó con un «qué» desabrido. El criado le dejó una bandeja con comida junto a la cama y le entregó un billete que habían traído para él del hôtel de Montmorency.

Bernard recogió la carta sin levantarse del suelo. No reconocía la letra. Rompió el lacre.

Era un mensaje de Madeleine de Campremy. Le escribía para decirle que estaba de regreso en París, alojada en casa de la duquesa de Montmorency. Se encontraba mejor y no olvidaba todo lo que había hecho por ella. Si quería visitarla, sus puertas le aguardaban abiertas.

Leyó dos veces la nota, incapaz de concentrarse en las palabras. Le daba todo igual. Al final, hizo un gurruño con el papel, lo arrojó bajo la cama, apoyó la cabeza en las rodillas y se echó a llorar.

23

Charles dobló la esquina del hôtel de Lesdiguières y divisó la sala de pelota de Auguste Perron al final de la calle. Había oído que el banquero Zamet la había hecho levantar para tener una lo más cerca posible de su residencia y que en su testamento se la había legado a su maestro favorito. Desde entonces, era casi imposible conseguir un turno sin contactos importantes; lo frecuentaba media Corte y era uno de los más famosos de una ciudad en la que había más salas de juego que iglesias.

Entró en el edificio, impaciente. Llevaba preguntándose para qué le habría citado el abad de Boisrobert allí desde que Pascal le había llevado el mensaje al hôtel de Lessay a primera hora de la mañana.

Casi no se había separado de Bernard en tres días, por culpa de los remordimientos y porque alguien debía vigilar que el animal no se escapase de la cama con la cabeza como la tenía, pero no podía quedarse en esa habitación para siempre y la invitación no era fácil de rechazar.

En su carta, el abad le convocaba ese mismo mediodía en aquella sala de pelota de tanto postín, para hacer ejercicio, decía, pero sobre todo para tratar asuntos de enorme importancia. Y le pedía que no faltara bajo ningún concepto.

A Charles no le hacía ninguna gracia encontrarse de nuevo con él en público, pero el tono era tan solemne que tenía que tratarse de algo serio.

Aunque no lograba adivinar qué. Se le había ocurrido que,

satisfecho de su soplo, el cardenal quizá quisiera recompensarle. Pero era raro. Con quien él había tratado era con el padre Joseph. Boisrobert no tenía nada que ver en el asunto de las cartas.

En fin, cuanto antes hablara con el abad, antes se enteraría. Así que había ido a su casa a cambiarse de ropa, había empaquetado una camisa de repuesto y había salido disparado de nuevo hacia la sala de pelota.

Atravesó la antesala sorteando a unos mozos que estaban sentados en el suelo encordando las raquetas de alquiler. Dos zancadas más y se plantó en la sala de juego. El sonido de los pelotazos y el olor a sudor despertaron en él el familiar hormigueo de excitación previo a la partida. Paseó la vista por la sala: unas esbeltas columnas con capiteles vegetales ayudaban a sostener la airosa bóveda de madera; los bancos de la galería donde se sentaba el público estaban forrados de tela roja; los flecos de la cuerda que dividía el campo de juego estaban teñidos de colores brillantes, y los agujeros de azar de la pared en forma de lunas y estrellas tenían el borde dorado. Nunca había visto una sala tan rica.

Dos parejas de jugadores expertos se enfrentaban enconadamente en la pista. Charles admiró con envidia sus holgadas ropillas forradas de satén, confeccionadas a propósito para practicar aquel ejercicio. El acuchillado de las mangas y los botones desabrochados revelaban unas camisas de un blanco inmaculado, con cuellos y puños de encaje, que contrastaban con los vivos tonos encarnados y verdes de sus calzones de «gros de Tours». Ojeó consternado su propio jubón amarillento y su camisa de hilo grueso de escaso lustre. Él siempre se ponía ropa no muy lucida para sudarla sin reparos, y tan usada que no le apretara en ningún sitio. Pero mirando a aquellos elegantes, ya no estaba tan seguro de su criterio. A dos de ellos los conocía de vista, pero a los otros los juzgó recién llegados a la capital por el tinte bermellón de sus ropillas, que era de hacía un par de años. Una mano se posó sobre su hombro, sacándole de su contemplación:

—Temía que no os atrevieseis a venir.

El abad de Boisrobert esbozó una mueca tensa y le alargó una raqueta. Escamado por el extraño saludo, Charles la aceptó con una breve inclinación y le dedicó una sonrisa cautelosa:

—Escribíais que era urgente...

El abad le miró, serio. A pesar de que también llevaba una ropilla a la última moda, parecía de mal humor.

Un grito de entusiasmo le hizo girar la cabeza de nuevo hacia la pista. Los dos jugadores de bermellón se abrazaban, celebrando un tanto que les acababa de dar la victoria. En la galería, los apostadores ajustaron cuentas.

—Es nuestro turno —dijo el abad—. Hablaremos después de la partida.

Un viejo pequeño y de aspecto sanguíneo se acercó a saludarles, y Boisrobert le presentó al maestro Perron. Charles buscó a quién entregarle el paquete en el que traía envuelta su camisa limpia, y cuando uno de los ayudantes se acercó a recogerlo, el dueño del establecimiento salió de la pista y gritó que podían comenzar.

Se colocaron en sus puestos y se miraron con mutuo recelo. Charles suponía que Boisrobert tendría experiencia, pero le sacaba quince años y cuarenta libras de peso; con esos mofletes colorados no iba a aguantar muchas carreras a la red.

Echaron a suertes a quién le tocaba comenzar el juego y la moneda eligió al abad, que sacó con suavidad. Siguieron varios pases de tanteo. Boisrobert le observaba y le servía bolas fáciles sin intención aparente de ganar el primer punto. Charles respondía sin problemas, pero poco a poco se fue dando cuenta de que el único que corría era él. Y cuando menos lo esperaba, su adversario amortiguó la pelota con la raqueta y la dejó caer en su campo rozando la red sin que le diera tiempo a subir al centro. 15-0.

El muy cabrito nunca había mencionado que era un gran jugador: su técnica era impecable y apenas necesitaba moverse. Utilizaba la pared y las galerías de modo magistral, obligándole a devolver la pelota de cualquier manera. Un momento de distracción le costó otro punto en una volea implacable. Perron anunció el 30-0 y el abad se apartó un mechón de la frente con tranquilidad. Su siguiente saque envió la pelota directamente a través del

639

agujero en forma de luna, 45-0 más el extra del agujero de azar, 60, juego para Boisrobert. A Charles se le escapó un juramento y el maestro de pelota le castigó con cinco sueldos de multa.

Los escasos espectadores aplaudieron la jugada y varias monedas cambiaron de mano. Su contrincante les dedicó una cortés inclinación de cabeza. Luego se acercó a la red a pasitos cortos:

—Si queréis podemos apostar —propuso con sequedad—. ¿Diez escudos?

El ofrecimiento era previsible, conociendo al abad, pero a Charles le desconcertaban el tono y la expresión despectivos. Quizá, como le había ganado con tanta facilidad el primer juego, pensaba que no estaba a la altura. Irguió la cabeza y respondió, orgulloso:

—Como queráis. Me adapto a todo.

—Eso ya lo sabemos —respondió Boisrobert con intención—. La cuestión es: ¿hasta dónde estáis dispuesto a llegar para ganaros el favor de unos y otros?

Charles le observó, confuso e irritado. ¿Qué clase de insinuación era aquélla? No sabía de qué estaba hablando pero ya le estaba tocando las narices. El abad se volvió a su campo y un bramido del maestro les ordenó reanudar el partido.

Al menos, sus fuerzas se fueron igualando un poco. Boisrobert seguía siendo superior pero su enfado le hacía perder precisión. Él compensaba la desventaja con rapidez y destreza, y logró ganar algunos puntos. Sin embargo, estaba claro que iba a perder el escudo de la apuesta. Jugaron las tres rondas de rigor: la partida, la revancha y el todo. Charles sólo ganó la segunda, y al final sucumbió a una lluvia de bolas con la que el abad le ganó seis juegos a dos.

Un asistente les acompañó a un pequeño cuarto con una chimenea encendida donde les esperaban dos paños blancos y sus camisas limpias. Luego les dejó solos. Charles le echó una ojeada preventiva al abad y se apartó dos pasos para despojarse del jubón y de la camisa. Trataba de no tener más tratos con él y acababa desnudándose a su lado. Pero Boisrobert, colorado y descompuesto, forcejeaba con un botón tenaz de su ropilla. Al final lo arrancó de cuajo. Soltó un juramento tabernario y se deshizo del resto de su atavío a tirones descompasados.

Charles le miraba atónito, con el pecho todavía agitado por el ejercicio. Estaba harto de tanto misterio:

—¿Se puede saber qué demonios os pasa?

Empezó a frotarse el pecho con el paño para hacer desaparecer cualquier rastro de sudor. Boisrobert enterró la cabeza en el suyo y se la restregó violentamente; su respuesta le llegó amortiguada por la tela:

—¿Vos qué creéis? Mirad en vuestro corazón y ved si encontráis alguna falta.

Charles se detuvo y se apartó el pelo de la cara. ¿Le sermoneaba o se estaba riendo de él? Sintió un movimiento de enojo. Cualquier día acabaría dándole una tunda o algo peor. Y el cardenal no lo iba a ver con buenos ojos, por mucho que se lo mereciera:

—Yo que vos tendría cuidado, ya me habéis tocado bastante los cojones hoy. —Bajó la voz—. Me citáis a toda prisa para luego no contarme nada. Y encima jugáis mohíno como un gato escaldado. ¿Vais a desembuchar o qué?

Boisrobert enarcó las cejas y comenzó a pasarse el paño rítmicamente de un lado a otro de la espalda:

—Qué frialdad envidiable. Os llevo observando toda la partida en busca de una señal mínima de arrepentimiento, pero nada. —Bajó también la voz—. Ya no quiero perder más el tiempo: ¿dónde están las cartas?

Charles siguió mirándole y restregándose el pecho; le había descolocado. ¿Se refería a la correspondencia de Ana de Austria? ¿Quién le había dado vela en aquel asunto? Era con el padre Joseph con quien había tratado, no con él. Pero por lo visto tenía que meter las narices en todo lo que le concernía. Además, no entendía la pregunta. Las cartas las tenía el cardenal.

—¿De qué estáis hablando?

Boisrobert dejó arrastrar la toalla por el suelo. La voz le temblaba de ira:

—Las cartas de la reina. Os vieron salir de París a primera

hora, junto a Bernard de Serres, y tomar el camino de Argenteuil, pero nunca llegasteis hasta donde estaban apostados los hombres que le aguardaban. —Levantó el paño y lo estiró entre los puños como si se dispusiera a ahogar a alguien—. Quiero saber qué hacíais acompañándole y dónde están las cartas. Si habéis traicionado al rey y al cardenal por salvarle la piel a vuestro amigo, sois un completo imbécil.

¿Qué disparates estaba diciendo? Charles comenzaba a ponerse nervioso:

—Y yo qué sé dónde están las cartas. Preguntádselo a los que nos las robaron en el camino. Unos tipos nos dejaron secos a bastonazos. Bernard lleva tres días entre la vida y la muerte. —No podía confesar que lo que le había dejado seco a él había sido una caída de una mala penca y que ni había visto a los bandidos. Pensaba a toda velocidad tratando de encontrar la forma menos comprometida de explicarse—. Escuchad, es verdad que acompañé a Bernard. Pero sólo para tratar de evitar que le mataran. Él no sabe ni que sirvo al cardenal ni de su interés por las cartas.

Ni muerto iba a admitir que se lo había contado todo.

—¿De qué tipos habláis? —preguntó Boisrobert.

—De los que nos atacaron. Por cierto, que los necios no pusieron ningún empeño en parecer auténticos salteadores, porque no se llevaron nada más que las cartas. Tuve que quitarle las botas y la espada a Bernard y esconderlas entre unas matas para que no sospechara.

El abad dejó caer la toalla sobre el banco. Charles se anudó el cordón de la camisa limpia, a la expectativa. Pero cuando Boisrobert volvió a dirigirse a él, su voz tenía un retintín insultante:

—A ver, recapitulemos. Según vos, las cartas se las llevaron los hombres del padre Joseph. Sin embargo ellos dicen que nunca llegasteis a pasar por donde os esperaban. ¿A quién creer?

Su expresión burlona revelaba a todas luces a quién creía. Charles le tomó del brazo con fuerza:

—Os juro por lo más sagrado que ésa es la verdad.

El abad se deshizo de su mano y comenzó a vestirse a su vez:

—Vamos a ver, pequeño imbécil. El padre Joseph no le miente

al cardenal. Me he enterado de milagro del lío que habéis armado, y como soy un cretino me he comprometido con Richelieu a que a mí me entregaríais las cartas, para calmarle. Estoy intentando ayudaros.

—¡Os digo que no las tengo!

No entendía nada. Tenía que ser una prueba de algún tipo. Porque para ser una broma era demasiado pesada. Estaba tan aturullado que no atinaba a abrocharse el jubón. Lo dejó por imposible y se sentó en el banco con un gesto de desaliento.

Boisrobert no había dejado de observarle y daba la impresión de que ahora dudaba:

—¿Y vuestro amigo? ¿Le ha contado a alguien que os han robado las cartas?

—No. Que yo sepa, no.

—¿Y cree que los misteriosos ladrones eran simples bandidos? ¿No teme que le hayan descubierto?

No le quedaba otra que volver a mentir:

—Supongo que no.

—Entonces no tendréis inconveniente en seguir vigilándole. Quizá haya más cartas. Tenemos que averiguar quiénes son esos fantasmales asaltantes.

Charles sacudió la cabeza y enfiló las mangas del jubón sin mirar a los ojos a Boisrobert:

—No voy a utilizar más a Serres.

El doble juego se había acabado. Lo había jurado y pensaba cumplirlo costara lo que costase.

El abad agitó la cabeza de un modo ominoso, como si hubiera previsto la respuesta:

—Ya veo. En fin, tendré que decirle al cardenal que he fracasado. —Se encogió de hombros—. Es una pena tener que terminar así.

Charles apretó los puños. No sabía qué decir. En el pecho le bullían mil quejas: que se equivocaba, que era una injusticia, que el cardenal no iba a poder encontrar un servidor más fiel y más competente… Pero todo sonaba a lloriqueos de fracasado, a pataleta infantil. Alzó la barbilla con dignidad:

—Entonces estaréis cometiendo un gran error. Porque no creo que el rey y el cardenal tengan servidor más fiel. Y algún día os lo demostraré.

Bajó la cabeza. Le temblaban los labios y no quería que Bois-robert le viera la cara. Los zapatos del abad giraron despacio y repiquetearon, alejándose.

Casi enseguida el ruido se detuvo y regresaron junto a él. Su dueño murmuró apresuradamente:

—El marqués de La Valette ha vuelto de Metz. Le han oído decir que os va a hacer matar como a un perro en venganza de lo que ocurrió en casa de la Leona. Tened cuidado. Ya no estáis bajo la protección del cardenal.

La ira había desaparecido de la voz del abad. Charles levantó la vista y sus ojos se encontraron con los de Boisrobert, que brillaban de un modo extraño. Inclinó la cabeza agradeciéndole en silencio la advertencia y el otro hizo lo mismo. Luego se marchó, sin una palabra más.

24

Lessay se sentó de golpe en la cama, con el pelo pegado a la frente y los sentidos embotados por el ruido ensordecedor de su propio corazón al galope. Acababa de escapar de una pesadilla angustiosa, pero no habría podido decir qué había soñado. No le quedaban más que jirones de recuerdos que se iban disolviendo con rapidez según se espabilaba: una luz espectral, unas tinieblas, el llanto de un niño... Como la última vez. Miró a su alrededor para cerciorarse de que seguía en su casa de Auteuil: la chimenea, el baldaquín dorado de la cama, la mesa de patas labradas, las sillas mullidas, el espejo y los tapices con motivos galantes que cubrían las paredes. Se pasó la mano por el pecho. Se notaba febril y tenía la boca seca igual que si hubiera abusado del vino el día anterior. Sólo que todavía era de noche y apenas había bebido dos copas antes de...

Giró la cabeza, cauteloso, y contempló un instante la forma de la mujer que dormía plácidamente a su lado, cubierta casi por completo por la sábana. Sólo asomaban unos larguísimos mechones negros que yacían como culebras agotadas. Le gustaba taparse la cabeza para dormir, como si no quisiera que nadie pudiera ser testigo de su rostro arrebatado por el sueño. Susurró:

—Valeria.

Las curvas lánguidas de la mujer se rebulleron para cambiar de posición y luego se quedaron inmóviles de nuevo. O dormía o quería hacérselo creer. Tanto daba.

Saltó de la cama y se acercó a la ventana con la intención de abrirla; le apetecía sentir el aire invernal para despejarse. Pero recordó que ella le había pedido que no lo hiciera, como si tuviera miedo de que alguien pudiera flotar desde el jardín hasta el primer piso y verlos juntos allí.

Cruzó la habitación, abrió la puerta y salió desnudo al rellano. Allí sí hacía frío y el aire estaba limpio, libre de los olores del amor y de los ungüentos que ella había quemado al principio de la noche. Caminó hasta la escalera de madera y escudriñó la oscuridad. Tenía la sensación de haber vivido algo parecido en el sueño. Pero el recuerdo se evaporó nada más pensar en ello.

La casa estaba vacía. La regla principal que regía sus encuentros era que él debía estar solo cuando ella apareciera. Los criados encendían la chimenea y las velas y disponían comida y bebida. Luego se marchaban sin tener idea de con quién iba a encontrarse su señor. Mientras, Valeria salía de su casa, enmascarada y a escondidas, y se acercaba hasta la esquina donde la recogía un cochero, siempre distinto, que la conducía hasta allí. Con tan exagerada cautela no entendía qué riesgo pensaba aún que podían correr.

Le sacudió un escalofrío y regresó al dormitorio, ansioso por volver junto a ella. Por allí habían pasado otras mujeres, pero ninguna le había trastornado tanto.

La primera noche había intentado convencerse de que el apetito desbocado que sentía por la italiana se justificaba por el tiempo que llevaba deseándola y que, después de unos pocos encuentros, se le haría fácil deshacerse de ella. Porque no era prudente seguir enredado con aquella hechicera con más recovecos que el laberinto de Chartres.

Aunque sólo fuera por el respeto que le merecía la memoria de La Roche.

La sábana que la cubría se había deslizado parcialmente. Lessay se quedó mirando sus hombros y su espalda, en la penumbra de las llamas de la chimenea. Se acercó de puntillas y tiró de un extremo de la tela, que se escurrió despacio, revelando las magníficas nalgas entre las que había estado hundido hasta los huevos hacía un momento. Ella no se movió, pero a él el simple recuerdo le erizó la piel y se la puso dura otra vez. Tendió una mano para acariciarla. Pero le sobrevino un mareo brusco y tuvo que dejar el juego.

Se levantó y se acercó al aguamanil para remojarse el rostro. El agua fresca le hizo sentirse mejor pero, por precaución, se quedó inclinado sobre el mueble.

No se había cansado de ella en absoluto. Ignoraba si era la clandestinidad de su relación lo que le excitaba de aquel modo, pero lo cierto era que se pasaba la mitad del día reviviendo en su mente los placeres de sus noches, aun en las situaciones más inapropiadas: una visita a un convento junto a Ana de Austria o un partido de pelota con algún rival recalcitrante. Igual que un recluta bisoño, contaba los días que faltaban entre sus citas y la buscaba y la rehuía en palacio a partes iguales, temiendo que la reina o cualquier otro acabaran por darse cuenta de que se había convertido en una reencarnación de Príapo.

Se secó la cara y se miró en el espejo. Tenía el pelo revuelto, el bigote lacio y empezaba a asomarle la barba. Pero lo más llamativo eran las pupilas. Se le veían enormes, como las de un soldado atenazado por el pavor previo a una batalla. Aunque no eran ni el miedo ni la anticipación lo que las dilataba de aquel modo casi diabólico. Había sido la esencia de beleño negro.

Valeria no se había atrevido a proponerle aquel afrodisíaco hasta su segunda cita y había tenido que porfiar mucho para convencerle de que no se trataba de un truco para envenenarle. Era la misma sustancia que guardaba el anillo que había encontrado en la caja de Anne Bompas, y recordaba lo que la baronesa le había contado sobre la droga, sus advertencias sobre el uso que le daban las brujas y lo peligrosa que podía ser. No se fiaba. Pero finalmente ella se había ofrecido a probarlo antes que él.

Primero había puesto agua a calentar en un pequeño caldero que habían encontrado en la cocina. Cuando había comenzado a hervir, lo había retirado del fuego, había vertido dentro unas gotas de una botella diminuta adornada con un relieve de un arco y una flecha, y se había inclinado sobre el líquido humeante para aspirar el vapor, que tenía un olor intenso y amargo. Le había explicado que el mejor efecto se lograba cubriéndose la cabeza con un paño para evitar que se escapara la esencia del preparado. Tras unos minutos de inhalar de esa guisa, le había cedido el turno.

Lessay se había arrodillado a su vez para respirar los vapores, con la cabeza cubierta, y al principio no había sentido más que náuseas. Aquello hedía como un cadáver putrefacto. Pero al poco había debido acostumbrarse, porque había dejado de parecerle desagradable y se había quedado medio atontado sobre el caldero hasta que ella le había sacudido suavemente por el brazo.

Había levantado la cabeza, apartando el paño, y al mirarla le había dado la impresión de que la rodeaba un aura dorada. Sus labios y sus pechos parecían más llenos que nunca, y él se sentía fuerte y poderoso, como si le hubiera poseído un toro bravo. Ella se había reído con un tintineo tan feliz que le había dejado desconcertado y le había acariciado el rostro, demostrándole que no le había mentido: la droga acentuaba todas las sensaciones de un modo tan placentero que era casi insoportable.

Jamás había disfrutado con esa intensidad y ese ardor. Por momentos había sentido que estaba a punto de salirse de su propia piel.

Una vez serenos, le había preguntado de qué estaba compuesta la receta exactamente, pero ella se había negado a especificar, y le había advertido que no se lo contara a nadie. Si algún incauto intentaba emular la fórmula, era muy fácil que ocurriera un accidente mortal. El beleño negro era un veneno conocido desde la antigüedad, pero había que saber muy bien lo que se estaba haciendo para poder explotar su poder afrodisíaco. Además, en la composición de la pócima entraban otras hierbas igualmente peligrosas. Luego le había dado una charla sobre los vapores de Delphi y los textos de Heródoto a la que no había prestado ninguna atención, atontado como estaba por los restos de droga y el vaivén delicioso de sus pechos cuando movía los brazos para hacer énfasis en algo.

Por muy grave que se pusiera, los peligros del elixir no le preocupaban. Las únicas desventajas que había experimentado eran pasajeras: un pesado aletargamiento posterior y un sueño cargado de visiones, tan turbadoras que más parecían quimeras. Ni siquiera estaba seguro de estar dormido cuando le acometían. Y tampoco recordaba nada concreto al abrir los ojos, aparte de una sensación opresiva de amenaza y peligro. El primer día se había olvidado de todo en el acto; sin embargo, ahora empezaba a sospechar que no se libraría de aquellos sueños mientras siguiera amancebado con ella...

En fin. Sería cuestión de acostumbrarse.

Se estiró las puntas del bigote primero hacia arriba y luego hacia abajo, distraído, reflexionando sobre el asunto, hasta que la risa profunda de Valeria le hizo detenerse, sorprendido. A saber cuánto rato llevaba observándole:

—¿Vais a emular a vuestro amigo Bouteville y dejaros crecer un bigote con vida propia?

Se desperezó con un gesto satisfecho y estiró los brazos hacia el techo sin preocuparse de la sábana, que cayó al suelo.

A Lessay le maravillaba lo tranquila que estaba en su compañía. Incluso era capaz de dormir a pierna suelta, mientras que él no se atrevía a bajar la guardia ni siquiera cuando el sopor le obligaba a cerrar los ojos. La observó, admirativo, dejando que sus ojos remolonearan por donde más les apeteciera y le sonrió:

—Si Bouteville supiera que te has fijado en su bigote, moriría feliz.

Subió a la cama de un salto, le agarró los pechos con ambas manos y la besó en el cuello. Ella rió, pero le apartó con cierta firmeza:

—Me tengo que ir. —Nunca le daba explicaciones concretas, ni él se las pedía—. Pero antes tienes que ver algo importante.

Por debajo del tuteo íntimo asomaba ahora el tono de sabihonda que se le escapaba de cuando en cuando. Lessay sonrió al imaginar lo pasmadas que se quedarían la reina y sus damas si la vieran bajo la influencia del elixir. A él desde luego le gustaba mucho más en su encarnación dionisíaca que en el papel de juiciosa devota. Suspiró y se dejó caer de espaldas sobre el colchón de plumas, con los miembros todavía pesados a causa del beleño negro:

—Si no es una parte de tu cuerpo, no me interesa. —Se apoyó sobre un codo y se agarró con descaro la entrepierna—. Aunque creo que ya lo hemos visto todo…

Ella se había levantado y rebuscaba entre los pliegues de sus ropas, hechas un guiñapo a los pies de la cama. Sacó unos papeles atados con una cinta y le miró con expresión de guasa:

—No todo ha de ser diversión, querido conde. Ha llegado la hora de la penitencia.

¿Papelajos? No ocultó su decepción. Esperaba convencerla para que le concediera un último asalto antes de marcharse, no quería perder el tiempo con lo que fuera aquello. Cogió el paquete y desanudó el lazo con desgana. Dentro había dos cartas con los sellos rotos. Una iba dirigida al duque de Buckingham y la otra al conde de Holland. Reconoció la letra de su prima Marie en la segunda al instante:

—Esto ¿qué cojones es?

Valeria había comenzado a vestirse. Dejó que la tela de su camisa se deslizara sobre la curva de sus caderas y alzó las cejas:

—A la vista está. Dos cartas escritas esta misma semana. Una es de madame de Chevreuse y la otra de la reina.

Lessay respiró hondo y abrió la que estaba destinada a Buckingham.

La había escrito la reina y parecía la respuesta a una carta previa del inglés; a juzgar por lo que Ana de Austria contestaba, Buckingham debía de haberle hecho mil promesas de devoción eterna, entre lágrimas, por lo cruel de su forzosa separación. Ella se mostraba reticente pero halagada, y admitía que no le había olvidado y que le había perdonado el desliz de Amiens.

No se lo podía creer. ¿Acaso no había comprendido que nada bueno podía venir de alargar aquella historia imposible? ¿Y qué hacía Buckingham alentando sus esperanzas? Si el duque porfiaba en aquel galanteo era simplemente por puro amor propio, por poder fanfarronear de haber conquistado a toda una reina. Capaz era de enseñarle sus cartas a medio Londres.

Si aquello caía en manos del rey…

—Esto es un disparate. ¿Cómo…?

La baronesa no le dejó terminar:

—Esperad a leer la otra carta.

Lessay desdobló el segundo pliego. Era otra carta de amor, mucho más apasionada y vehemente. Sus ojos volaban sobre las líneas, más preocupados de acabar cuanto antes que de prestar atención al contenido concreto de las majaderías que Marie le escribía a Holland. Pero sentía un cosquilleo premonitorio en el estómago. Entre las brumas del beleño, recordó la expresión tan evasiva que había adoptado su prima en casa del coronel Ornano, cuando él le había advertido que tuviera cuidado al comunicar con su enamorado inglés. Y en cuanto llegó al último párrafo de la carta, comprendió.

Tuvo que leerlo dos veces para convencerse de que no era una de las ilusiones provocadas por la droga. Con trazo ligero, demasiado ligero, Marie había escrito:

Entonces, ¿no habéis tenido todavía noticias de Lessay? Tendré que hablar con él. Creo que las proposiciones que le hicisteis en Chantilly son de lo más ventajosas. Mi primo desea como el que más deshacerse del tirano con sotana que nos oprime y sabe que no tiene sentido seguir planeando nada sin la ayuda de Inglaterra, aunque está empeñado en conseguir antes el visto bueno de Madrid. Además, me ha asegurado que está haciendo todo lo posible para lograr que el duque de Montmorency se una a nuestra causa.

Por la Virgen, los santos y todas las almas del purgatorio. Aquel papel le incriminaba de una manera que constituía inequívocamente alta traición.

Miró a la italiana con suspicacia, ¿dónde habría conseguido aquellas cartas? Pero ella le daba la espalda, ocupada en ajustarse las medias.

Estrujó el papel entre las manos. Maldita fuera aquella cabeza de chorlito. ¿Cómo se le había ocurrido mencionar su nombre tan alegremente?

Capaz era de creer que le estaba haciendo un favor. Desde su regreso de Londres, estaba empecinada en convencerle para que se subiera el primero al carro de los ingleses y sacara todo el partido posible. Y por lo visto, como él seguía indeciso, había decidido allanarle el camino, quisiera o no. Sin duda pensaba que seguía siendo tan maleable como cuando eran niños y ella lograba persuadirle siempre para emprender los juegos más audaces.

Valeria había acabado de colocarse las faldas y estaba concentrada, haciéndose un moño frente al espejo. A Lessay le pareció que le miraba con cierto regodeo, satisfecha del efecto que habían producido los papeles. Se esforzó por disfrazar su cólera y darle a su voz un tono indiferente:

—¿De dónde habéis sacado esto?

Ella sonrió. Estaba claro que su displicencia no le resultaba convincente. Se acercó a él y le acarició la pierna con un ademán distraído, casi conyugal:

—Hace dos días que las tengo. Mi escudero las interceptó. Se las robó a dos correos que iban camino del convento de las benedictinas de Argenteuil.

Lessay recordó al italiano moreno y callado que solía acompañar a la baronesa.

—¿Cómo sabíais…?

—La reina me lo contó. Traté de hacerle ver que era una insensatez, pero se negó a escucharme. Así que tuve que intervenir para protegerla. —Sus dedos hacían dibujos enrevesados sobre su pierna, desinteresándose de las palabras que le salían de la boca—. No es consciente del riesgo que supone que una correspondencia así circule de mano en mano por media Francia. Y la historia de Buckingham tiene que terminar si quiere conservar esperanzas de reconciliarse con el rey.

Lessay le cogió la mano y la besó, pensativo:

—¿Y concebir un heredero?

—Y concebir un heredero —confirmó ella. Ésa era la medida del éxito de la misión de la italiana en la Corte.

Después de las breves insinuaciones que le había hecho en la iglesia de Saint-Séverin, había conseguido arrancarle más detalles, poco a poco. Valeria le había hablado de su procedencia napolitana, de sus lazos con algunos de los virreyes españoles que habían gobernado su ciudad y del parentesco de su primer marido con Pignatelli, el napolitano que había precedido a Mirabel en el cargo de embajador del rey de España en París.

Lo que aún no sabía era cuánto de ambición personal había en sus leales servicios. Valeria parecía contar, como tantos otros, con que a Luis XIII la enfermedad no le dejase muchos años de vida. Y si Ana de Austria asumía la regencia, su intimidad con ella podía colocarla en una posición muy poderosa.

Lessay le susurró al oído con sorna:

—¿Y cómo vas a arreglártelas para el asunto de la concepción? ¿Te va a dejar Luis XIII que uses beleño negro con él? ¿O es que esperas tenerme tan complacido que acabe por regalarte el cordón de los calzones del rey? Así podrás deshacer la dichosa maldición. Abracadabra… —Enredó la mano en sus cabellos negros y comenzó a revolver el moño recién compuesto.

Le gustaba provocarla mencionando el hechizo de Leonora Galigai, pero él ya no llevaba encima el cordón. Lo había guardado a buen recaudo y había colgado la manita del nonato, que había conservado consigo, de una simple cadena de oro. Había decidido permitirse aquella superstición tonta y en aquel momento el amuleto debía de andar rodando entre sus ropas esparcidas entre una silla y el suelo de la habitación.

Pero con las agujetas del rey todavía no había decidido qué hacer. Estaba convencido de que María de Médici quería el cordón para destruirlo y dejar a Luis XIII sin descendencia, y Valeria para todo lo contrario. Pero él no tenía ninguna prisa por decidirse. Y recordarle que lo tenía era siempre un recurso útil para atarla en corto.

Ella se zafó de su abrazo y se levantó con brusquedad. Estaba claro que la sesión amatoria había concluido:

—Me sorprende que os lo toméis tan a la ligera cuando vuestro nombre está comprometido de tal modo. Os he traído las cartas para ayudaros. —Adoptó un tono seco, poniendo distancia entre ellos—. Y sí, quiero el cordón. Ya lo sabéis. Regalármelo es lo mínimo que podríais hacer. Lo que os acabo de entregar tiene mucho más valor para vos.

Eso era verdad, y a Lessay le desconcertaba que le hubiera rendido de aquel modo su ventaja. Aunque ya conocía el modo impaciente en que alzaba la barbilla cuando él no le seguía el juego. Le sentaba muy bien.

—Pero eso no sería un regalo. Sería una compraventa. —Se levantó a su vez y la acorraló contra la pared—. Y a mí lo que me gusta es ese afán desinteresado que te caracteriza, santa Valeria.

Esta vez sí le dejó besarla. Pero cuando el abrazo empezaba a durar, le apartó:

—No vais a distraerme con vuestros juegos. Quiero ese cordón. Y que quede clara una cosa: yo no soy desinteresada. —Se volvió y le ofreció la espalda, inclinando la cabeza—. Abrochadme el jubón.

Lessay comenzó a tirar de la tela y a ajustar lazos con dedos torpes. Susurró contra su nuca:

—Ser desinteresado es una virtud. No era un insulto.

—Claro que es un insulto. Sólo los estúpidos son desinteresados. Escuchad —dijo con voz grave—. No creéis en el poder del conjuro de la agujeta. Muy bien. Pero el rey sí cree en él. Os lo he dicho mil veces y os seguís negando a aceptar mi palabra. Pensad en vuestro provecho. En los beneficios que podríais obtener si Luis XIII quedara en deuda con vos. ¿Vais a renunciar a algo así por contrariarme a mí? Os tenía por un hombre inteligente.

La italiana hablaba de intereses, provechos, beneficios. Y sin embargo a él le había entregado las cartas a cambio de nada. De ahí precisamente provenía su recelo. Le dio un tirón al último cordón del vestido y la obligó a darse la vuelta para mirarle de frente:

—¿Por qué me habéis entregado esas cartas? Con lo que le escribe madame de Chevreuse a Holland habríais podido deshaceros de mí sin que yo sospechara nada. Sólo teníais que enseñárselo al cardenal o al rey.

Valeria le sostuvo la mirada, firme:

—Si quisiera deshacerme de vos —respondió, sin titubear—, ya lo habría hecho hace tiempo.

Luego se quedó callada, sin despegar los ojos de los suyos.

Pero casi enseguida parpadeó, como molesta consigo misma de repente, y se soltó de su abrazo con irritación.

Lessay la dejó ir, confuso. No le cabía duda de que Valeria disfrutaba de sus encuentros clandestinos tanto o más que él. Pero nunca había dudado de que si se le presentaba una oportunidad de librarse de su amenaza la aprovecharía. Sin embargo, al final había dejado pasar la ocasión, y casi podría jurar que era eso lo que la enojaba. Hizo ademán de acercársele de nuevo, pero ella le detuvo alzando la palma de la mano.

Estaba claro que no le quería a su lado ahora.

Comenzó a vestirse él también, incómodo. Se puso los calzones y se colgó el amuleto del cuello.

No. Esa mujer no era de las que se olvidaban de lo que les convenía. Ella misma lo había dicho. A lo mejor sólo pretendía demostrarle que podía ser su aliada, aguardando que él correspondiera. O tal vez era que no quería que le ocurriera nada hasta que no le hubiera entregado el cordón. La oyó murmurar un juramento y cuando levantó la vista la vio apoyar la espalda en la pared con los ojos cerrados, presa de un fuerte vahído.

Así que era eso. El elixir de beleño era el culpable de su fragilidad. Aun así, le extrañaba que no hubiera mostrado curiosidad ninguna por saber más sobre lo que decía su prima en su carta. O había dado por sentado que no le iba a contar nada o ya se había enterado por sus propios medios de sus negocios con ingleses y españoles:

—En fin, habéis leído la carta antes de dármela. Decidme, al menos, ¿qué opinión os merece Holland?

Valeria levantó la cabeza. Tenía la mirada un poco perdida. La pregunta la había descolocado, pero se recuperó enseguida.

—La misma que el duque de Buckingham. Son dos ambiciosos incompetentes —respondió, aún desabrida.

—Incompetente o no, la flota del duque va camino de Cádiz. Quizá haya tomado ya la ciudad. Vuestros queridos españoles no deben de estar muy contentos.

—¿Eso pensáis? —La italiana sonrió de una manera extraña—. Por lo que yo sé, los ingleses desembarcaron en la ciudad a primeros de mes. Un ejército compuesto por carroña extraída de las prisiones, enemigos políticos y deudores del duque. Sin contar a los lisiados y a los ancianos. A las órdenes de comandantes inexpertos. Tanto, que no se les ocurrió bajar a tierra ni agua ni provisiones para alimentar a sus diez mil hombres.

A Lessay se le escapó una risotada:

—No puedo creérmelo.

Por lo visto, las fuentes de comunicación de Valeria eran más rápidas que las suyas y quizá que de las del propio Luis XIII. Se remetió la camisa y ojeó la estancia en busca de las botas.

—Ellos tampoco. Así que se apresuraron a vaciar todos los toneles de vino que encontraron en las bodegas. Cuando llegaron los españoles, se los encontraron tan borrachos que los pasaron a cuchillo como ovejas en el matadero, aunque los ingleses les aventajaban cinco a uno. Los supervivientes regresaron a los barcos con el rabo entre las piernas y al parecer han puesto rumbo de vuelta a Inglaterra.

La baronesa apuntó con el dedo hacia el otro extremo de la estancia y Lessay descubrió su calzado debajo de una silla:

—¿Así que vos no os embarcaríais con Buckingham ni Holland en ningún asunto arriesgado?

—Supongo que depende de cuál sea el asunto en cuestión. Eso tendríais que decírmelo vos, ¿no creéis? No puedo leeros la mente.

Lessay sonrió con cautela. No estaba tan seguro de eso. Se sentó en un taburete para calzarse:

—Era hablar por hablar. No me hagáis caso. —Pero estaba seguro de que ella se daba cuenta de que estaba mintiendo. No quería que pensase que la tomaba por boba. Y ni siquiera había reconocido el favor que le había hecho. Le tendió una mano conciliadora—. Os agradezco de verdad que me hayáis traído las cartas.

Valeria afirmó con la cabeza, pero no se movió. Se quedaron un momento en silencio y Lessay terminó de ajustarse las vueltas de encaje sobre las botas.

—Casi olvido lo más importante —dijo ella, finalmente—.

Uno de los dos mensajeros que iban con las cartas camino del convento de Argenteuil era un gentilhombre vuestro, un tal Bernard de Serres.

Lessay alzó la cabeza de golpe. Ahora sí que le había sorprendido. De pronto cobraba sentido el estado lamentable en el que había aparecido el mozo en su casa hacía tres días. Le había dicho que se había caído del caballo.

—¿Estáis segura?

—Sí. ¿Recordáis la noche de la tormenta, cuando os lo encontrasteis en los apartamentos de la reina? Madame de Chevreuse quería que Ana de Austria le conociera antes de encomendarle la misión de correo. —Se acercó dos pasos y su voz se volvió más sombría—. Por cierto, mi escudero se quedó tan asombrado como vos al verle la cara. Resulta que ya le conocía, pero con otro nombre. Parece ser que cuando estuve enferma fue a mi casa a indagar sobre maître Thomas con una historia falsa.

Le miraba con ira, como si él tuviera la culpa.

—¿Serres?

Ella achicó los ojos:

—¿No le enviasteis vos a mi casa?

—No.

—Es muy extraño que ese muchacho aparezca en todas partes, ¿no creéis?

Lessay no contestó. No iba a contarle que él ya sabía que Serres había estado en su casa haciendo averiguaciones sobre maître Thomas después de la fiesta, ni que aún seguía aferrado a aquel asunto como un perro de presa. Sonrió imperceptiblemente. Si Valeria supiera que el gascón había visto el cadáver del secretario estaría aún más preocupada.

Iba a ponerse de pie, buscando una forma de escabullirse de aquella conversación, cuando sintió un vértigo mucho más violento que el de hacía un rato y tuvo que volver a sentarse, tanteando el taburete. Reprimió una fuerte arcada y levantó la cabeza buscando a la italiana, pero ella le miraba sin inmutarse, inmisericorde, como una serpiente frente a un ratón. Sus ojos tenían el color de la hierba en lo más profundo del bosque. Ella era quien había causado la muerte de maître Thomas. Le recorrió un escalofrío.

Y casi de inmediato un súbito enojo. Alzó la barbilla, autoritario, y la sujetó de la muñeca:

—Contádmelo de una vez. ¿Cómo lograsteis que maître Thomas se diera muerte?

Valeria tensó el cuerpo, a la defensiva. Parecía que quisiera escapar. Pero debió de pensárselo mejor, inspiró hondo y se arrodilló a su lado:

—¿Para qué quieres saberlo? —Su voz tenía una suavidad falsa y sus ojos guardaban un resto de crueldad—. Aunque te contara la verdad, no me creerías.

—Ponme a prueba —instó él, desafiante.

Valeria negó con la cabeza:

—Sería inútil. Y lo sabes. —Le hizo abrir la palma de la mano y se quedó observándola un momento, en silencio. Por fin susurró, acariciante—: Tú y yo no creemos en las mismas cosas.

Lessay retiró la mano. Sentía un sofoco creciente y un ahogo, como si el corazón se le fuera a salir por la garganta. Endemoniado beleño. Le estaba afectando más de lo habitual. Lo mejor que podían hacer era separarse de una vez. Se puso en pie y murmuró un adiós un tanto brusco.

Ella se levantó a su vez, pero en lugar de marcharse, le condujo con gentileza hasta la cama. Por algún motivo no reaccionaba al veneno tan violentamente como él. La oyó murmurar:

—Ese Serres, vuestro gentilhombre…

—¿Qué pasa con él?

Estaba harto de aquella conversación y quería que Valeria se marchara ya. No le gustaba que le viera en aquel estado de flojedad. Pero no había manera.

—¿Estáis seguro de que es de confianza? La carta de la reina a Buckingham me llegó con el sello intacto, pero la otra estaba abierta. Está claro que leyó lo que decía. Y que vos no sois su único amo.

Eso había quedado claro. Pero Serres no sería el primero que se guiara por lo que le dictaba la verga en lugar del cerebro. Marie era muy capaz de enredar a un aldeano como él de manera que olvidara a quién le debía lealtad, y hasta su nombre de pila si se lo proponía. Le iban a oír los dos, cada uno por su lado. Cuando hubiera dormido un rato.

Valeria aguardaba una respuesta. Lessay se dejó caer en el colchón y sacudió la mano con impaciencia:

—No os inquietéis por él. Yo me ocupo.

La italiana se ajustó la capa para marcharse, pero enseguida regresó junto a la cama, sacudiendo la cabeza:

—No me gusta que haya ido a mi casa. No me quedo tranquila.

Lessay gruñó, reprimiendo el deseo de enterrar la cara en las sábanas:

—¿Y qué queréis que haga, madame? A mí sí que no me dejáis tranquilo.

—Quiero conocerle. Enviádmelo con cualquier pretexto. Yo sabré juzgar si es tan de fiar como aseguráis.

Aquello no acababa de gustarle. Valeria podía indagar más de la cuenta y Serres era capaz de acusarla de cualquier barbaridad. Pero era la única forma de que cesara en su porfía:

—Está bien —concedió con reticencia.

Ella se acercó de puntillas y se despidió de él con un beso en la mejilla. Lessay no se movió hasta que no la oyó salir y cerrar la puerta tras de sí. Entonces se levantó, caminó hasta la ventana y la abrió con un gesto violento. La noche estaba fría y extraordinariamente tranquila; no se oía ningún ruido. Abajo, una figura sinuosa trepaba al carruaje con elegancia.

Acarició la manita de nonato, pensativo. Ni imprudencias epistolares de damas enamoradas, ni maniobras de ministros ingleses, ni engaños de gentilhombres. De ella era de la que menos se fiaba.

25

¿Cómo habéis podido meteros en semejante embrollo y pensar que no me iba a enterar?

Bernard callaba, avergonzado, mientras el conde paseaba de arriba abajo, sin dominar el enojo.

Se había temido lo que le esperaba desde el momento en que el criado había subido a sacarle de la cama y conducirlo a los apartamentos de Lessay. Él había intentado resistirse, gruñéndole que estaba enfermo y no podía levantarse. Después de la pelea con Marie el día anterior, no tenía ganas de nada. Hasta se había hecho el dormido cuando Charles había ido a verle por la noche, y llevaba desde entonces remoloneando entre las sábanas.

Nada que hacer. El lacayo se había mostrado implacable, obligándole a seguirle hasta los apartamentos del conde, que le había tenido esperando en un rincón mientras terminaban de afeitarle.

En cuanto había despedido al barbero había comenzado el rapapolvo. Bernard no tenía ni idea de cómo había ocurrido, lo único que estaba claro era que Lessay se había enterado de sus andanzas entre Argenteuil y París de alguna manera. Y llevaba ya un buen rato recriminándole su conducta y sus mentiras. Le consideraba un desagradecido que había traicionado su confianza y un imbécil. Y no le faltaba razón.

Echó una mirada de reojo a la cama deshecha, con su baldaquín labrado y su cobertor rojo oscuro. Se veía de lo más mullida. Con el dolor de cabeza que tenía no le hubiera importado seguir escuchando la filípica allí tumbado. Hundió los hombros:

—Lo siento.—Era la tercera vez que repetía aquellas dos palabras, pero no sabía qué más decir sin acusar a Marie y no le gustaba escudarse en los demás cuando la falta era suya. La duquesa le había enredado, era verdad, pero el borrico era él y nadie más que él.

Lessay apoyó la mano en la repisa de la chimenea de mármol y se miró las uñas. Tenía ojeras y aspecto de no haber dormido demasiado él tampoco:

—Mirad que os tengo dicho que hay que separar la política de los lances de amor. Pero vos decidisteis que no valía la pena hacerme caso.

Bernard quiso defenderse:

—No es que decidiera nada. Yo… —Cómo explicarle que cuando ella le tocaba, suelo y cielo se fundían y él se entontecía de tal modo que hasta el seso parecía empantanársele. Su estómago rugió indignado de que le tuviera tanto tiempo sin desayunar y se llevó las manos a la barriga tratando de ahogar el inoportuno ruido.

A pesar de su torpeza para explicarse, algo debió de entender el conde de todas formas, porque su ceño se ablandó:

—Ya sé que madame de Chevreuse anda metida de por medio, no necesito que me contéis nada. —Apretó los labios de nuevo—. Pero eso no quita que lo que habéis hecho es imperdonable. Y encima os lleváis un amigo, como si fuera una romería.

Lessay seguía teniendo razón. Bernard empezaba a imaginarse cómo se había enterado. Aquello olía a venganza. No le extrañaría nada que Marie hubiera ido corriendo a contárselo todo para ponerle a él en un brete. Maldita fuera.

—Mi amigo no sabe nada, no le di explicaciones. —Iba a decir otra vez que lo sentía, pero hizo un esfuerzo por justificarse mejor—. No imaginaba que fuese nada grave. Eran sólo cartas de amor, pensé que no tenían nada que ver con nada.

—¡Pues a ver si vais aprendiendo que todo tiene que ver con todo! —replicó el conde. Resopló, como si intentar aleccionarle fuera un esfuerzo sobrehumano—. ¿No se os ha ocurrido que en esas cartas podía haber información que pusiera en peligro a otros?

Claro que se le había ocurrido. No paraba de pensar en Ana de Austria, que estaría tan tranquila en el Louvre sin saber que su correspondencia no iba camino de Inglaterra, sino que andaba dando vueltas por la Corte a saber en qué manos.

No podía seguir callado con la esperanza de capear el temporal. Aquello era serio. Tenía que dar el aviso. Y no había manera fácil de hacerlo, así que tomó carrerilla y lo soltó de golpe:

—Es peor de lo que pensáis. Las dos últimas cartas que llevé me las robaron en el camino… —Pero el conde no decía nada. Nervioso, se sorprendió añadiendo explicaciones que nadie le había pedido—: Seguramente fueron hombres del cardenal. Quizá vos podáis hacer algo para evitar el daño…

Ya estaba dicho. Pero, para su sorpresa, Lessay apenas reaccionó. Sólo le interpeló, suspicaz:

—¿Richelieu? ¿Por qué pensáis eso?

Ni idea. No sabía por qué había tenido que decirlo. ¿No podía haber dejado que se le ocurriera a Lessay solo? Ahora iba a meter en un lío a Charles de la forma más tonta.

—No sé, a lo mejor no fue él, pero como decís que tiene espías en todas partes… —respondió, inquieto—. Quienes fueran los que me asaltaron no se llevaron ni dinero, ni ropa, ni el caballo; era gente que sabía lo que buscaba.

Rezó para que Lessay no le mirara a la cara y se diera cuenta de su duplicidad.

A Dios gracias, le dio por volver a echarse a pasear de un lado a otro:

—¿Y no habíais pensado decírselo a nadie? —Se acercó a él y bajó el tono de voz—. Estuvisteis en Chantilly conmigo y no os tengo por tonto. ¿No se os ocurre que cualquier comunicación con Inglaterra puede ser comprometedora para,… mucha gente?

Bernard cambió el peso de un pie al otro. Cuando la cabeza dejaba de molestarle empezaba a dolerle la cadera. No lo recordaba, pero debía de haberse llevado un buen golpe peleando con Charles en la posada:

—No sé. Aún no se me había ocurrido qué hacer —respondió, mohíno.

Lessay bufó y levantó la vista al techo como si el Altísimo le fuese a dar instrucciones a través del artesonado:

—Está bien. La deuda que tengo con vos es grande. Y sé que no actuáis con malicia. —Aún tenía la expresión empañada por un velo de cautela—. Espero que me demostréis que no me equivoco.

Bernard dio un suspiro de alivio; no iba a echarle de su casa:

—No os decepcionaré.

Lessay le despidió con un gesto de cabeza y Bernard se dirigía ya hacia la salida, renqueante, cuando oyó de nuevo la voz del conde:

—Esperad, ya que estáis aquí. Necesito que vayáis a entregarle este mensaje en mano a una dama y me traigáis la respuesta. —Lessay garabateó unas frases en un papel y lo lacró.

—¿Quién es la dama?

—La baronesa de Cellai.

Sangre de Cristo. Tentado estuvo de no coger el papel, pero acabó por guardárselo con no poco recelo. Por nada del mundo quería verse a solas con aquella mujer y estaba seguro de que el conde lo sabía. Además, no podía ir a su casa. No hacía ni dos meses que había estado allí haciendo preguntas con un nombre falso. Los criados iban a reconocerle.

Se miraron un momento en silencio. Lessay se abrochó el jubón, con cierta impaciencia, y él se preguntó una vez más si estaría hechizado por la italiana o no. Se forzó a atajar sus pensamientos. Así habían empezado todos sus problemas, por querer saber más de lo que le correspondía. Inclinó la testa en un gesto sumiso haciendo propósito de no cavilar más: desayunaría algo rápido, iría a entregar el mensaje con una reverencia, y a casa. A partir de ahora, ni pensar, ni hablar.

En cuanto se subió al caballo, su cuerpo quebrantado protestó. Era la primera vez que se encaramaba a su montura desde la cabalgada hacia Argenteuil. Pensar en ello le llenó la cabeza de Marie sin poder evitarlo. Su risa, su mohín coqueto y su cuerpo blanco y voluptuoso; nunca iba a dejarle tentarla de nuevo, ni siquiera iba a volver a mirarle con agrado. Las magulladuras que se había ganado le recordaban a las claras que ahora eran enemigos.

Hizo el camino hasta la puerta de Nesle en una suerte de trance, sin hacer ni caso a la muchedumbre excitada que había reunida al pie del agua; seguramente había aparecido un ahogado. Se acarició con cuidado la venda de la cabeza y se agarró al borrén de la silla. No recordaba haberse sentido nunca tan abatido.

Perturbada por un golpe de viento, la humedad del viejo foso envolvió su cuerpo como un sudario y le hizo estremecerse. De mala gana, enfiló la calle del Sena y llegó hasta el pequeño hôtel que ya conocía. No había vuelta atrás.

El mismo italiano narigudo de la otra vez holgazaneaba en el patio. Lo que le faltaba. Ahora sí que no había forma de evitar que la baronesa se enterara de que había intentado colarse con engaños en su casa cuando estaba enferma.

El fulano le saludó con una risita burlona pero él no prestó atención, decidido a llevar a cabo su misión sin distraerse. Frustrado, el italiano dio un silbido:

—Vaya, vaya, otra vez por aquí. Qué buen palo os han dado en la cocorota. —Señaló la venda que llevaba en la cabeza—. Fuerte tuvo que ser la mano.

Bernard ignoró la guasa. Le dijo quién era y a qué había venido y el otro le indicó que le acompañara, sin más choteos. Atravesaron un vestíbulo de modestas dimensiones y subieron una planta hasta llegar a una pequeña antecámara. De las paredes colgaban dos viejos tapices de batallas y no había más muebles que un baúl de madera. Allí le tocaba esperar.

Se sentó encima del cofre a reposar su molido cuerpo, en medio de un silencio conventual. En el rato largo que transcurrió no se asomó ni un alma a curiosear ni oyó una sola voz hasta que no volvió el escudero:

—La *signora* os va a recibir —dijo, sujetando el batiente de la puerta. Bernard se descubrió y cruzó la antecámara en dos zancadas para disimular su nerviosismo, sin ocuparse del tipo, que cerró tras él cuidadosamente.

La italiana estaba de pie en medio de la estancia, junto a una mesita circular sobre la que había una bandeja llena de una masa blanca y esponjosa. El negro brillante de su pelo y de su vestido le hicieron pensar en un cuervo. Un inquietante cuervo con un rostro hermoso y unas manos blanquísimas, alzadas en una pose de bailarina, que sujetaban un péndulo brillante, mientras una criada menuda le alargaba un pedazo de lo que fuera que hubiese en la bandeja. La luz encapotada que entraba por las ventanas le daba a la escena un aire irreal.

Santa María le asistiese si aquello no era brujería. Apretó el sombrero entre las manos para resistir la tentación de santiguarse y el espejo que colgaba frente a él le devolvió el reflejo borroso de su propia cara de pasmarote. Disimuladamente, dio un paso atrás y tocó la madera del marco de la puerta en una plegaria silenciosa. La criada, que había terminado de asistir a su señora, pasó casi rozándole, le miró con una expresión burlona y abandonó la habitación.

Se habían quedado solos.

—Acercaos, que no muerdo. —La italiana bajó los brazos, sin soltar el péndulo, y le hizo un gesto invitador con la mano.

Bernard avanzó a pasos cortos. Al llegarse junto a ella se dio cuenta de que lo que había en la bandeja eran puñados de lana bruta. Y lo que colgaba entre sus dedos, un huso viejo y desgastado como los que usaban las campesinas pobres para hilar. La tortera de contrapeso estaba hecha de un material anaranjado y reluciente como una piedra preciosa. Así que la gran señora se entretenía con humildes labores domésticas. Hizo una inclinación breve y masculló:

—Os traigo una carta de monsieur de Lessay.

La baronesa sonrió, hizo rodar la vara puntiaguda del huso sobre su cadera y volvió a dejarla colgar. La madera empezó a girar vigorosamente mientras ella estiraba la nueva hebra de lana con la otra mano en alto.

Estiraba las hebras con maestría, sin romperlas. Poco a poco el copo de lana se fue consumiendo y convirtiéndose en hilo. La italiana lo enrolló al palo de madera y le indicó la mesa circular con la barbilla:

—Alcanzadme un puñado de lana, por favor.

No se atrevió a negarse. Cogió un copo y se lo entregó, cuidando de no rozar su piel. La dama enarcó las cejas como si se hubiera percatado de sus precauciones, y él echó mano a la faltriquera. Hora de concluir aquel negocio:

—Ésta es la carta. Tengo orden de esperar respuesta.

Los dedos de la baronesa habían comenzado a moverse de nuevo, haciendo girar el huso.

—Ponedla encima de la mesa. —Levantó la vista—. ¿Por qué me miráis con esa expresión de extrañeza?

Bernard se encogió de hombros y dijo, con brusquedad:

—En casa de mi madre hay una rueca. —Señaló el huso con desconfianza—. Eso sólo lo usan las mujeres pobres.

—Este huso es una de mis posesiones más preciadas. Es muy antiguo, de un tiempo en que la tortera de ámbar también le servía de collar a las mujeres modestas en las fiestas de guardar. —Su mirada se perdió en el azogue del espejo, soñadora—. Y es superior a la rueca. Hila más fino.

La italiana enrolló en la vara la hebra recién hilada y le alargó el huso para que se lo sujetara. Sorprendido, Bernard no tuvo más remedio que agarrarlo. Lo sopesó, curioso: era macizo, pero no pesaba mucho. Ella abrió el mensaje de Lessay y lo leyó, tan desprovista de expresión como una estatua. Cuando acabó depositó el papel en la mesa y le quitó el huso de entre las manos, con delicadeza.

Callaron un buen rato: ella, concentrada en su labor, como si estuviera sola, y él con las canillas doloridas de lo tieso que estaba. No sabía a dónde mirar. Los movimientos pausados y sensuales de la dama le tenían de lo más inquieto. Era imposible no imaginarse lo que habría debajo de las faldas negras. Y sabido era que la lascivia era el arma favorita de las brujas para encadenar a los incautos.

—¿Hay respuesta? —Se atrevió a preguntar por fin.

—Estoy pensando. Mientras tanto podéis irme pasando la lana. Con el ruido del huso se discurre mejor.

Bernard aguzó el oído hasta identificar un zumbido apenas perceptible; allá ella con sus manías. Al menos no parecía tener ganas de convertirle en sapo. Escuchó un tintineo de campanillas, pero en la habitación no había nada que pudiera haberlo causado. De pronto el zumbido del huso se detuvo. La baronesa había terminado de hilar el copo y le miraba, esperando otro:

—Perdón —farfulló, y le alargó un puñado más.

Ella lo enganchó, deslizó el huso por su cadera para imprimirle velocidad y murmuró sin mirarle:

—¿Por qué vinisteis a preguntar por maître Thomas hace un par de meses bajo un nombre falso?

Ventre Diu, justo cuando empezaba a creer que iba a irse de rositas. Seguro que el italiano chulesco había hablado de más. Estuvo tentado de decir que seguía órdenes de Lessay, pero si el conde llegaba a enterarse no habría quien le salvara. No tenía más remedio que apechugar y decir parte de la verdad:

—No lo sé, él hablaba de vos constantemente. Supongo que quise averiguar qué había de cierto en lo que decía.

Charles estaría orgulloso de lo sutil que se estaba volviendo. A la fuerza ahorcaban. Aunque no estaba acostumbrado a medir sus palabras y en cualquier momento podía meter la pata. Esperaba que la italiana le despidiera cuanto antes.

La hebra se estiró hasta lo inverosímil en manos de la baronesa y Bernard volvió a oír las campanillas misteriosas. Ella deslizó el palo por su cadera con un ademán casi lascivo y pestañeó, complacida:

—¿Y qué decía de mí?

Bernard tragó saliva al recordar el rostro congestionado por el miedo del hombrecillo. ¿Qué quería que respondiera? ¿Que maître Thomas decía que había hechizado a su marido colocándole un conjuro bajo la almohada y que luego le había envenenado?

—Que no erais trigo limpio.

Aquello podía significar cualquier cosa. Sin embargo, le pareció que la figura sinuosa de la baronesa se había puesto rígida:

—Así que hablasteis con él cuando estaba escondido en el hôtel de monsieur de Lessay.

Bernard empezó a sudar. Sólo el conde, un viejo criado y él mismo sabían que maître Thomas había estado oculto en la casa. Giró la cara hacia la ventana rezando por que la italiana no le obligase a responder. Otra vez escuchó el tintineo, ahora más cercano, por encima de su cabeza. Venía del exterior. Pegó la vista al cristal y vio que del alero del tejado colgaba una serpiente de metal del tamaño de un brazo que sujetaba tres campanitas labradas.

La voz oscura de la italiana se impuso al leve bamboleo metálico:

—Los antiguos lo llamaban *tintinnabulum*. Ahuyenta a los malos espíritus.

Bernard se giró hacia ella, con un nudo en la garganta. La baronesa tenía la mano extendida en el mismo gesto que la noche que había apaciguado a los perros en el Louvre. Quizá esperaba que él también se arrojara a sus pies. No le faltaba mucho para hacerlo. Entonces comprendió que quería otro copo de lana y se apresuró a entregárselo:

—Los malos espíritus —repitió con voz débil.

La baronesa comenzó a hilar de nuevo, pero enseguida cambió de opinión y dejó caer los brazos:

—Enemigo —dijo, con voz grave.

—¿Cómo? —Si eso era el comienzo de un sortilegio, estaba perdido.

Ella retomó el hilado:

—Es la respuesta al mensaje de monsieur de Lessay: «Enemigo». —La italiana sonrió, dejándole que viera el brillo de sus dientes blancos y regulares, y arqueó las cejas fijando en él sus ojos hechiceros—. Podéis retiraros.

Bernard se encasquetó el sombrero lo más rápido que pudo. Esa mujer se creía muy lista pero no se le había escapado el gesto que había hecho con las cejas. Así era como las brujas le echaban el mal de ojo al ganado. Escabulló la mirada del espejo para no leer en su reflejo si había conseguido embrujarle y salió casi corriendo. Cerró la puerta tras de sí, escupió tres veces apresuradamente, rezó un avemaría pidiendo amparo y se precipitó hacia la calle.

No entendía lo que acababa de ocurrir. No había confesado nada de lo que sabía, pero aun así tenía la sensación de que ella lo había averiguado todo.

26

L a bestia era magnífica. Dio dos pasos cautelosos, acercándose a ellos, y luego se quedó paralizada, observándolos fijamente con sus enormes ojos de obsidiana y el hocico palpitante. Lessay contuvo la respiración. Era un animal joven, de buena alzada, con unas cuernas suntuosas de catorce puntas, astillada la derecha, y pecho y cuello poderosos, cubiertos por el mismo pelaje blanco inmaculado que el resto de su cuerpo. Apenas el tercio inferior de las patas amarilleaba un poco.

De repente pegó un quiebro y se alejó al galope, levantando una nube de aguanieve con las pezuñas. Las damas saludaron la carrera con palmas desde lo alto de la carreta y, a una señal del rey, los monteros se lanzaron en su persecución intentando conducirlo hacia las redes.

El cielo estaba gris pálido. El suelo del cercado tenía parches blancos, y sobre los sombreros de guardias y espectadores empezaba a instalarse un barniz rucio a medida que la cellisca se iba convirtiendo en nevada.

Luis XIII puso pie a tierra, le entregó las riendas de su caballo a uno de los monteros y les hizo un gesto con la mano al duque de Chevreuse, a su hermano Gastón y a François de Baradas para que le siguieran. Cómo no.

Era increíble la forma en la que el rey se había encaprichado de un mozo que hacía cuatro días no era nadie. Veinte o veintiún años, buena apariencia y poco cerebro. No había más. Pero

Luis XIII no se separaba de él ni a sol ni a sombra. Lessay se encogió de hombros. Era irritante, pero nada más.

Trepó sobre una de las ruedas agarrándose a los varales y saltó dentro del carro de las damas para seguir el final de la cacería.

Hacía semanas había llegado noticia al Louvre de que había sido avistado un ciervo blanco en el bosque de Versalles y Luis XIII había dado órdenes para que intentaran atraparlo. Los monteros habían plantado las lonas, habían preparado la trampa y la tarde anterior, por fin, habían enviado mensajeros a París para anunciar que el animal había caído en las telas.

Y allí estaba. Como surgido de una leyenda de novela de caballerías.

Esquivó a los jinetes con una nueva finta y saltó despavorido por encima de los perros. Los monteros se apresuraron a cerrar el círculo, dirigiendo su carrera hacia dos árboles que se alzaban a treinta pasos de las carretas y entre los que estaba tendida una de las mallas. El ciervo embistió contra la red, sin verla, y se alzaron varios gritos de entusiasmo entre los cazadores y el público. Ana de Austria se llevó una mano enguantada a los labios en un gesto de desilusión, viéndolo debatirse con las cuernas y las patas trabadas. El día era tan frío que sólo la acompañaban tres damas: la princesa de Conti, la duquesa de Elbeuf y la baronesa de Cellai.

Valeria estaba más bella que nunca. Lessay estaba acostumbrado a verla envuelta en la calidez de los salones tapizados, entre perfumes, brillos de joyas y claroscuros engañosos. Incluso desnuda tenía siempre el cuerpo teñido de bronce por el resplandor de las llamas. Ahora, en cambio, seguía la cacería abrigada con una capa de piel de lobo gris oscura. La capucha se le había deslizado hacia atrás y la humedad le aplastaba los rizos sobre las sienes. Su rostro tenía la palidez transparente y gélida de las gotas de aguanieve y sus ojos seguían a la presa con la misma mirada umbría e indómita que le proporcionaba la esencia de beleño negro. Parecía que era ella el animal silvestre.

Luis XIII se acercó al ciervo, decidido. Se arrojó sobre su cornamenta para mantenerlo con el cuerpo a tierra, y Chevreuse y Gastón se lanzaron sobre él casi al mismo tiempo. El hermano del rey se sentó a horcajadas sobre sus cuartos traseros mientras el duque lo agarraba del cuello. El rey dio una orden rápida y Baradas se aproximó con el tronzador en la mano y comenzó a aserrarle las cuernas al animal, que se debatía con fiereza.

Lessay sintió un peso leve en un brazo. La reina se había apoyado en él como si le faltaran las fuerzas.

—Pobre bestia…

—Sólo será un momento, madame. No le están haciendo daño. Tienen que cortarle la cornamenta para poder transportarlo.

Luis XIII quería asegurarse de que aquel animal único sobrevivía al invierno y planeaba llevarlo hasta Fontainebleau para que permaneciera a salvo en un cercado y, llegado el próximo otoño, montara a las ciervas del parque.

Los cuatro hombres levantaron al animal, lo sacaron de las redes y lo introdujeron en una caja de madera que habían acercado los monteros. Durante unos instantes se escuchó al ciervo batallar y golpearse, pero enseguida se quedó inmóvil.

—Aun así, era tan hermoso… —Ana de Austria alzó la vista, le miró de un modo extraño y retiró la mano de su brazo, como si se hubiera acercado a él por costumbre pero quisiera marcar las distancias.

Lessay lo entendió. La reina sabía que tenía su reputación en sus manos. Era normal que estuviera recelosa.

El día anterior, después de despachar a Serres, había ido a buscar a su prima Marie, pero sólo le había contado la verdad a medias: le había dicho que estaba al tanto de la intriga de las cartas y le había revelado que a su mensajero le habían robado el último envío y sospechaba del cardenal.

Marie se había asustado tanto que Lessay había tanteado la idea de confesarle que era él quien tenía los papeles, pero al final había decidido mantenerla engañada. No podía delatar a Valeria y no le desagradaba la idea de que tanto su prima como la reina pagaran con una buena dosis de angustia sus imprudencias. Mientras pensaran que estaban en peligro, se quedarían quietecitas y sin enredar.

Pero si Serres no había llegado a Argenteuil, quizá hubiera

correspondencia de Inglaterra aguardando aún en el convento. Marie no sabía cuán comprometida podía ser. Lessay no había querido saber nada de más intermediarios. Había subido a caballo y se había marchado a buscarlas él mismo sin demora. Y Ana de Austria lo sabía, por eso estaba avergonzada y desconfiada con él.

Los copos de nieve flotaban en el aire, gordos y lentos. Había más animales atrapados en las telas y los cazadores querían matar a los corzos y a los jabalíes. Y después, el rey tenía previsto quedarse a dormir en el pequeño pabellón de ladrillo que había hecho construir en lo alto de una colina cercana. Pero allí no había espacio para las damas, y Ana de Austria tenía frío y estaba cansada. Aunque había una mesa con viandas dispuesta en el interior de una carpa, expresó su deseo de regresar a París de inmediato.

Estaba ojerosa. Lo más probable era que no hubiera dormido en toda la noche.

Hacía días que la reina había prometido que acudiría a Versalles si lograban atrapar al ciervo blanco en las telas. Aunque fuera un compromiso forzado por una improvisada alianza entre Valeria y Richelieu, empeñados ambos en favorecer por todos los medios la reconciliación del matrimonio real. El cardenal había sugerido a Luis XIII que la invitara y la reina había aceptado porque la italiana había insistido. Pero, dadas las circunstancias, era admirable que hubiera mantenido su palabra y que guardara ese aire de dignidad impermeable. Los nervios debían de estar devorándola por dentro.

Porque aunque el rey parecía de buen humor, era tan imprevisible y disimulado que para Ana de Austria eso no podía ser garantía ninguna de que las cartas desaparecidas no estuvieran en su poder. Cuando inesperadamente Luis XIII se ofreció a conducirla en persona hasta su coche, Lessay la observó temblar de modo casi imperceptible.

Valeria aprovechó para acercarse a él, con los ojos bajos y su acostumbrada expresión modesta:

—La reina quiere hablar con vos. No va a ser fácil pero intentad buscar una excusa para permanecer en sus apartamentos cuando lleguemos al Louvre —susurró, en el mismo tono de eficacia recatada en el que siempre se dirigía a él delante de otra gente, y le tendió la mano para que la ayudara a ocupar su lugar en el carruaje.

Lessay no hizo ningún gesto que revelara que la había oído y la ayudó a acomodarse con distante cortesía. Al principio de sus encuentros clandestinos se había pasado días intentando robarle alguna mirada embozada o un roce con doble intención cuando nadie les miraba. Pero ella le ignoraba con tanta determinación que había acabado por darse por vencido.

Formaban un grupo pequeño. Sólo acompañaban al carruaje media docena de guardias y dos gentilhombres ordinarios bajo su mando. Uno de ellos era el hijo de un viejo servidor de su padre y él mismo le había conseguido el puesto junto a la reina. El otro era un cretino flaco y desgarbado y con el pelo color zanahoria llamado Rhetel, al que aún le faltaban un par de años para cumplir los veinte, y se imaginaba que era la nueva estrella ascendente de la Corte. Era primo hermano del galancete Baradas, el favorito real, y a Lessay no le había quedado otra que tragar con él por capricho de Luis XIII.

Durante un par de leguas avanzaron a buen trote. El carruaje era moderno, con cristales en las ventanas, y las cuatro damas viajaban acurrucadas y adormecidas en el interior. Pero a medida que se alejaban de Versalles, la nevada arreciaba y los caminos estaban cada vez más embarrados. Los jinetes iban envueltos en nubes de vaho. Hubo que poner los caballos al paso, y al cabo de un rato el cochero tuvo que echar pie a tierra para conducirlos de la mano e intentar esquivar los baches. Sin embargo, a cada tanto se quedaban atascados en las rodadas que habían dejado otros vehículos. No quedó más remedio que sacar el coche del camino bordeado de olmos desnudos y meterlo por el campo. Las sacudidas habían espabilado a las pasajeras, que apenas conseguían sostenerse en los asientos.

A ese ritmo no iban a llegar a París hasta bien entrada la noche, mojados como perros de aguas, con los huevos congelados y más hambre que una puta en Cuaresma.

Por si fuera poco, al rato una arboleda cerrada les impidió continuar por la pradera. Hubo que volver al camino. El tiro de caballos saltó el desnivel inundado de agua sin problemas, pero una de las ruedas del carruaje se quedó atascada en el surco de lodo. No hubo forma de sacarla hasta que tres guardias no echaron pie a tierra para empujar.

El coche continuó con su moroso zarandeo durante veinte minutos más, aunque el terreno estaba cada vez más impracticable. Finalmente, al sortear una zanja más profunda la caja cayó de golpe hacia el lado izquierdo y la rueda trasera se hundió en el fango.

Lessay maldijo en voz baja. Estaban todavía a tres leguas de París y apenas habían avanzado en la última hora. Llamó a su gentilhombre de confianza y le ordenó ir a buscar ayuda a Saint-Cloud, junto a un par de guardias. No estaban lejos, y en el castillo de Gondi podrían proporcionarles monturas adecuadas para las damas. Luego le señaló una granja que se vislumbraba un poco más adelante, algo apartada del camino. Les aguardarían allí.

Los jinetes partieron y, en cuanto lograron liberar la rueda, el carruaje se dirigió hacia la granja.

Era un edificio bajo de madera y adobe, con el tejado de pizarra, construido al fondo de un patio. A su izquierda había un cobertizo abierto a los cuatro vientos donde estaban guardados los aperos de labranza y al otro lado un pequeño granero.

Por el hueco de la puerta entreabierta de la casa asomaba el rostro ajado de una mujer con cofia y vestida de gris, que los observaba con una desconfianza cercana al terror. Era imposible calcularle la edad, pero a su espalda asomaban los rostros curiosos de dos críos de nueve o diez años.

Estaban solos. El marido había ido a París a vender sus quesos con su hijo mayor, anunció la mujer sin apartarse de la puerta y con tamaña nevada no sabía cuándo estaría de regreso. No estaba claro qué le daba más miedo, si dejarlos pasar o intentar rechazarlos. Lessay empujó el batiente de madera sin dejarle tiempo a decidirse, le informó de que las damas que le acompañaban necesitaban descansar un par de horas y ordenó a los cuatro soldados que aguardaran fuera para tranquilizarla.

El interior era sombrío y húmedo, y no mucho más cálido que el exterior. Había un ventanuco con los postigos cerrados y otro entreabierto, cubierto con una tela de lino grueso claveteada al marco que apenas dejaba pasar una luz mortecina; dos camas altas de madera, una mesa con un par de sillas, dos arcones, un telar y varios taburetes constituían casi todo el mobiliario. El suelo de tierra batida estaba cubierto de paja y las paredes sin tratar rezumaban humedad. Un tabique de barro separaba la estancia del establo, desde el que se escuchaba el balar de los corderos.

Lessay acompañó a Ana de Austria hasta una de las sillas y el resto de las damas se acomodaron en los taburetes en torno a la chimenea, junto a la que dormitaban dos perros lanudos. La princesa de Conti reía y charlaba, disfrutando de la aventura, mientras la duquesa de Elbeuf lloriqueaba sin parar de quejarse del frío. La reina seguía decaída y cansada y hablaba en voz baja con Valeria. Un resto de estiércol humeaba tristemente en el hogar.

—Trae leña, mujer —ordenó Lessay a la campesina—. Y en cantidad. No hace día para estar sin un buen fuego.

A una señal de cabeza de su madre, los dos muchachos salieron disparados de la casa y regresaron cargados con sendas brazadas de ramas muertas. Debían de haberse pasado meses recogiéndolas laboriosamente del suelo, en previsión de las peores noches del invierno. Lessay les ordenó que las prendieran y estuvieran pendientes de mantener el fuego. La campesina barrió la paja que estaba más cerca de la chimenea, en silencio, y se agachó para encender la lumbre.

Valeria llamó a los dos niños y les puso una moneda de plata en la mano a cada uno. Los críos se las entregaron a su madre, quien se las guardó a toda prisa en un bolsillo del delantal y les ordenó que le dieran las gracias a la dama. Tras una breve discusión entre los dos, el menor de los hermanos se acercó a la baronesa, murmuró algo ininteligible y luego corrió a refugiarse tras las faldas de la campesina.

Poco a poco fueron entrando en algo parecido al calor y la conversación fue animándose. Uno de los críos se envalentonó hasta pedirle a Rhetel que le enseñara la espada. El primo de Baradas desenvainó sin hacérselo repetir dos veces y fingió que se abalanzaba sobre él para atacarle. La madre chilló y corrió a cogerlo en brazos, mientras el imprudente se reía divertido de su espanto. Las damas le riñeron y Lessay le echó fuera, a pasar frío, para que dejase de molestar. Pero la reina permanecía callada. No paraba de toser, ya fuera por la paja del suelo, por la cercanía de los animales o por el humo que se escapaba de la chimenea mal construida. Valeria le habló al oído y luego giró la cabeza en su dirección:

—Su Majestad está sofocándose aquí dentro. Quizá le vendría bien salir a respirar unos minutos a pesar del frío —sugirió con voz dulce y razonable.

Lessay comprendió de inmediato. Aquello era más sencillo que intentar buscar un resquicio para hablar a solas en el Louvre. No se lo hizo repetir dos veces y le tendió el brazo a la reina. Las damas hicieron el gesto de ponerse en pie, descorazonadas ante la idea de seguirla al exterior, pero Ana de Austria se volvió hacia ellas con una sonrisa:

—No hay necesidad de que nos congelemos todos. No será más que un momento. Me basta con la compañía de monsieur de Lessay.

—¿Estáis segura, madame? —preguntó la princesa de Conti, dudosa.

Luis XIII había limitado de manera estricta la presencia masculina en los apartamentos de Ana de Austria desde el incidente del jardín de Amiens con Buckingham y no aceptaba que pasara ni un segundo a solas con ningún hombre. La duquesa de Elbeuf dudó también. Pero Valeria se mostraba tranquila y ella era al fin y al cabo la intérprete más rigurosa de las reglas de la decencia. Además era de día, había cuatro guardias en el exterior y no rondaba ningún inglés enamorado a la vista. Y hacía demasiado frío. Las damas se relajaron y decidieron permanecer junto al fuego.

La reina se calzó unos zuecos que le ofreció la campesina y salieron al exterior. Había dejado de nevar y todo estaba cubierto de un blanco silencioso. Uno de los perros, que les había seguido, se acercó a saludar a los guardias que vigilaban junto al carruaje.

Ana de Austria respiró hondo, aunque el aire era tan gélido que se clavaba como puntas de cristal en los pulmones. Su mano enguantada temblaba sobre su brazo, pero cuando se giró para interrogarle, su voz tenía el tono almidonado que había aprendido a interponer entre ella y el resto del mundo en los salones del Alcázar de Madrid:

—¿Hace cuánto tiempo que estáis a mi servicio, Lessay?

—Cinco años, madame.

—Nunca he puesto en duda vuestra lealtad. Y doy por sentado que vos no dudáis de mi amistad tampoco. No os considero culpable de las indiscreciones de monsieur de Serres, aunque esté a vuestro servicio. —Hizo una pausa cargada de intención—. Ni aunque esas indiscreciones hayan puesto mi honra en vuestras manos.

Estaban parados frente a la casa, a la vista de los guardias.

—¿Le agradaría a vuestra majestad pasear un poco?

Echaron a andar hacia el techado bajo el que los campesinos guardaban el arado, un carretón viejo y diversas herramientas de labor, cubiertas por una lona. Junto al cobertizo había una pajarera con media docena de tórtolas, protegida de la intemperie por un tejadillo de madera. La reina avanzaba torpemente, calzada con los zuecos, y el borde de terciopelo de sus faldas plateadas arrastraba embarrado sobre la nieve.

En cuanto estuvieron fuera de la vista de los soldados, Lessay extrajo del interior de su jubón un paquete delgado envuelto en un pañuelo de hilo blanco.

—Ayer por la tarde estuve en las dominicas de Argenteuil. Creí que madame de Chevreuse nos acompañaría esta mañana y pensaba entregárselas a ella para que os las hiciera llegar de manera discreta.

Ana de Austria abrió la boca, sorprendida, y tendió una mano para recoger las cartas. Pero ni desenvolvió el paquete ni las escondió. Se quedó inmóvil, con el brazo lánguido y, de pronto, rompió a llorar.

Lessay no sabía si las lágrimas eran de alivio, de inquietud o de vergüenza, pero sintió compasión. Al fin y al cabo, la pobre no era más que una inocente enamorada de un espejismo. Resultaba casi cruel dejar que se angustiara de aquel modo por un peligro que no existía. Pero era mejor para todos que siguiera pensando que las cartas que había interceptado Valeria las tenía el cardenal.

De no ser quien era la habría abrazado para consolarla. Pero ya era bastante atrevido tomarla de la mano:

—No os angustiéis, madame. No sabemos con certeza quién le robó las cartas a Serres. Si las tuviera el rey, ya lo sabríais. Y si ha sido el cardenal, ¿por qué iba a querer enemistaros con Su Majestad? Seguramente os las devuelva.

—Dios mío, Dios mío, no sabéis lo que decís… Si alguien hubiera leído… Qué deshonra, Señor. —La reina balbuceaba, desolada, mezclando el español con el francés—. Si al menos supiera quién me ha traicionado. Casi no me quedan amigos cerca, monsieur, el rey se ha encargado de ello. Madame de Chevreuse me aseguró que vuestro gentilhombre era un hombre seguro, pero…

Lessay golpeó las plantas de los pies contra una de las vigas de madera para despertárselos. Ana de Austria estaba tan embebida en su aflicción que parecía que ni siquiera sentía el frío. Pero él tenía aún los dedos congelados del trayecto a caballo, a pesar de las dobles suelas y las gruesas medias de lana. Sacudió la cabeza:

—Puede haber sido cualquiera. Una religiosa del convento, una criada que os escuchara hablar sin que os dierais cuenta, incluso alguien de Inglaterra. Ésa es la razón por la que hay que ser prudente con estos asuntos.

Ana de Austria sorbió como una niña pequeña e hizo un gesto de asentimiento con la cabeza, aceptando la tímida reprimenda:

—Si al menos pudiera hablar con el marqués de Mirabel… ¿Cómo es posible que mi esposo no me permita verme con el embajador de España? Él no me traicionaría y tiene contactos en todas partes, quizá pueda averiguar algo. Madame de Chevreuse me prometió anoche que le contaría lo ocurrido. Esta tarde iba a verle en casa de la marquesa de Rambouillet. Por eso se ha quedado en París.

Lo había susurrado a toda prisa, con los labios ocultos tras una nubecilla de aliento gélido que se quedó flotando un instante ante su rostro antes de desvanecerse. Ana de Austria tenía los ojos algo caídos, como los de un perro de caza, y el enrojecimiento de las lágrimas no los embellecía. Sus labios gruesos vibraban, tristes, y unos mechones de color rubio oscuro se le escapaban bajo la capucha del abrigo. No era ni mucho menos la belleza que los aduladores pretendían, pero nada justificaba la renuencia de Luis XIII a visitar su dormitorio. Un marido de verdad era todo lo que aquella mujer necesitaba para curarse de las veleidades inglesas.

—Guardad esto, que nadie lo vea —le dijo, apretándole el puño en el que sostenía las cartas. Se habían dicho todo lo que tenían que decirse y era inconveniente permanecer tanto tiempo a solas y lejos de la vista de los demás. Pero no podían regresar a la casa hasta que ella recobrara la serenidad.

Se alejaron unos pasos y rodearon el cobertizo. Era la última hora de luz del día y las sombras alargadas teñían de azul metálico la nieve del suelo. La reina se sentó sobre una caja de madera, bajo la techumbre:

—Dadme unos minutos para reponerme.

Lessay se apartó para dejarla intimidad y asomarse a comprobar si los guardias seguían en su puesto. Quería que le vieran deambular para que no concibieran ideas raras. Sólo faltaba que llegaran rumores al Louvre de que había permanecido escondido con la reina detrás de unas lonas, a solas, y lejos de la vista de todos.

Pero le tentaba una idea… Quizá fuera un tanto imprudente pero no iba a volver a tener una oportunidad así.

Valeria decía que era Ana de Austria quien le había hablado de la atadura que Leonora Galigai había practicado en las agujetas de los calzones del rey. Y aseguraba que Luis XIII creía en el conjuro a pies juntillas.

A él le parecía todo un absurdo, pero si hubiera forma de comprobar la verdad de la historia con la reina… Eso sí, no podía decirle que Valeria se lo había contado. Ana de Austria se había confiado a ella en el mayor secreto.

De repente se le ocurrió una idea. Regresó junto a la reina y puso una rodilla en el suelo helado. Ana de Austria retrocedió, intimidada:

—Madame, os ruego que me disculpéis si me consideráis indiscreto, pero creo que os estaría traicionando si me callara. Os juro que no he hablado con nadie de lo que voy a deciros y que seguiré sin hacerlo. Pero vos también habéis de prometerme que no contaréis lo que os voy a revelar.

—Me estáis asustando, Lessay.

—No hay motivo alguno, madame. Sólo es algo que creo que debéis conocer, pero el rey no puede saber que os lo he contado.

—Virgen santa, os prometo guardar el secreto, hablad de una vez.

—Es sobre lo que ocurrió en Ansacq hace cosa de mes y medio. Ya sé que conocéis la historia que ha corrido por París. —Bajó la voz, confidencial—. Pero lo que quizá no sabéis, a pesar de que os concierne, es que fue Su Majestad el rey quien ordenó detener a mademoiselle de Campremy y a su ama.

Aquello se lo acababa de inventar. Lo único que sabía con certeza era que al magistrado de París lo había enviado a Ansacq Richelieu. Pero era plausible. A partir de ahí, la mentira brotó prácticamente sola, quizá por lo verosímil que era. Le contó a la reina que el ama de Madeleine le había revelado en la prisión que practicaba la brujería, que había vivido en la Corte y que había conocido a Leonora Galigai. Y que lo único que le interesaba al magistrado que la interrogaba día y noche era averiguar el paradero de un cordón de los calzones de Luis XIII que la «enana negra» le había robado, condenándole a la esterilidad.

—¿Por qué me contáis eso? —preguntó la reina con recelo.

—Madame, los jueces, por lo que yo sé, no encontraron nada. Pero si Su Majestad ha cedido de tal modo a las supersticiones como para intervenir en un proceso de brujería, si piensa de verdad que está maldito y no puede engendrar hijos… Tal vez ésa sea la razón por la que hace tanto tiempo que no…—Se interrumpió, sorprendido al descubrir que le cohibía de verdad explicar aquello con más detalle y esperando que la reina atara cabos por sí sola—. Creí que debíais saberlo.

Ana de Austria le escuchaba, lívida y sin fuerzas. Parecía una muñeca de serrín:

—Si el rey se enterara de que sabéis eso... —dijo por fin—. Todas las noches rezo para que el Señor le libere de su locura. Pero ni siquiera me he atrevido a contárselo a mi confesor. Y ahora me decís que ha ordenado torturar a inocentes sólo para... que una chiquilla ha estado a punto de morir en la hoguera por culpa de su superstición... Virgen santa.

Lessay se mordió los labios, calculando hasta dónde podía insistir. A él le daba igual que todo fuera una superstición grotesca o que la trencilla de seda verde que guardaba en su casa sirviese para invocar a Satanás en persona. Lo que quería averiguar era si Luis XIII creía de verdad en su poder. Eso era lo que la hacía valiosa.

La reina había bajado todas las defensas, pero en cualquier momento podía recordar que era una altiva infanta dejando que un hombre indagara en su intimidad. Tenía que ir al grano:

—Madame, vuestra majestad no tiene nada que reprocharse. Ni en este asunto, ni en el del duque de Buckingham. No es ningún crimen que una mujer hermosa acepte el homenaje de un gentilhombre, ya sea francés o extranjero. —La miró cuidadosamente—. Si además la superstición ha llevado a vuestro esposo a abandonaros y a olvidarse de vos...

Ana de Austria seguía vencida, con la cabeza baja y las manos sobre el regazo, sumida en su papel de víctima:

—El rey vino una noche a mis habitaciones, a principios del verano. Era la primera vez en muchos meses... —Tenía un hilo de voz gastado y monocorde, como si no se diera cuenta de que estaba hablando en voz alta—. Estaba sudoroso y tenía el pelo revuelto. Le había despertado una pesadilla. Entró en mi lecho y comenzó a... Pero de repente no pudo, o no quiso... No sé... Se levantó enfurecido, con la mirada extraviada. Me miraba con odio. Me dijo que nunca había dejado de soñar con la mujer que mandó a la hoguera. Pero que últimamente no le dejaba ni conciliar el sueño. Que Dios no le había perdonado. Y que no pensaba volver a yacer conmigo nunca más. Que era inútil porque el cielo no quería que tuviera hijos.

Así que Valeria no había mentido. El rey creía en la maldición de verdad. Condenada hechicera italiana, pensó, admirado. Había algo antinatural en la rapidez con la que se había ganado la confianza de Ana de Austria para que le contara algo tan humillante.

—¿Os dijo por qué pensaba eso? —preguntó, con la voz más suave de que era capaz.

Ana de Austria suspiró. Parecía imposible que pudiera desinflarse más:

—Dice que está embrujado, Dios me perdone. Que Leonora Galigai le robó las agujetas de unos calzones… tal y como habéis dicho vos antes… Que está maldito… Y se hace llamar el rey Muy Cristiano…

Las últimas palabras las pronunció de modo apenas inteligible y dejó caer la cabeza sobre su hombro, exhausta y desalentada. Lessay la sostuvo y la dejó reposar unos instantes, pero enseguida susurró:

—Deberíamos regresar, madame.

La reina parpadeó, confusa, y se puso en pie. Lessay le ofreció el brazo. Sólo se escuchaba su respiración en medio del silencio de la nevada. De pronto, las aves del palomar aletearon frenéticas, como si algo las hubiera sorprendido.

Entonces le vio. De pie junto a la pajarera, con sus ropas chillonas y sus tirabuzones de pelo naranja sobre los hombros. El joven Rhetel les aguardaba en una exagerada actitud marcial, con la mandíbula rígida y el cuello muy estirado. Daba la impresión de que se había enderezado de golpe.

—Madame… —Un gallo destemplado le quebró la voz y agachó la cabeza, como si quisiera esconderla debajo del ala—. Disculpadme, estaba dando un paseo. No esperaba encontrarme aquí con vuestra majestad.

A Lessay tantas explicaciones, ofrecidas sin que nadie le preguntara nada, le dieron mala espina. Lanzó una ojeada fulminante a los pies del mozo. Estaba plantado en medio del surco de pisadas que habían dejado la reina y él hacía un rato, como si se hubiera preocupado por seguirlas con esmero para no dejar huellas. Y bajo el techado del cobertizo, tras las lonas, había hueco de sobra para que un hombre permaneciera oculto. Podía haber visto a la reina recostada en su hombro y buscando consuelo del abandono de su marido mientras él la rodeaba con el brazo. Estaba seguro de que los pájaros se habían asustado porque se había incorporado de un salto.

Levantó la vista, sus ojos se cruzaron con los de Rhetel y al mozo se le puso la cara del mismo color que el pelo.

No se equivocaba. Los había visto.

Y si había interpretado lo que no era, les podía buscar la ruina a ambos. Al menos, Ana de Austria había recobrado el dominio sobre sí misma y no dio muestra alguna de inquietud. Sonreía al joven gentilhombre, impasible, ya fuera por la fuerza de su crianza castellana o porque no se había dado cuenta de nada.

Regresaron a la casa y los jinetes de Saint-Cloud no tardaron mucho en llegar. Media docena de hombres con caballos de repuesto y antorchas para alumbrar el camino. La noche había caído y la cabalgada hasta París tendría que continuar en penumbra.

Lessay situó su caballo junto al de la reina, sin despegar los ojos de Rhetel, que había arrimado su yegua torda a la montura de la princesa de Conti y hablaba sin parar, gesticulando y puntuando su charla con carcajadas estruendosas. No sabía qué pensar. El mozo era poco más que un adolescente desmañado. Pero era Luis XIII quien le había introducido en el séquito de la reina. Y el cuidado que había puesto para acercarse a ellos con sigilo y pisando sus huellas para no dejar rastro lo decía casi todo. Igual que su mentira aturullada.

No había forma de que el rey no se enterase de que había estado paseando a solas con la reina. Eso estaba claro. Si no lo soltaba uno de los guardias se le escaparía a la princesa de Conti o a la duquesa de Elbeuf. Pero la sangre no iba a llegar al río por esa nimiedad. Estaba dispuesto a dejar que Luis XIII le abroncara cuanto quisiera y a pedirle todas las disculpas que hicieran falta. En cambio si Rhetel hablaba y contaba lo que había visto…

Intentó confortarse pensando que al menos ahora sabía con certeza que el rey había perdido la cabeza con las supersticiones. La insistencia de Valeria para que le entregara el cordón cobraba un nuevo sentido. Si se lo devolvían y Luis XIII se sugestionaba de tal modo que regresaba al dormitorio de su esposa, quizá por fin la dejara embarazada.

Y si Ana de Austria alumbraba un hijo varón, incluso Gastón sería prescindible cuando Luis XIII dejara el trono libre. Sería la española, que confiaba en él y le apreciaba, quien regiría la nación, agradecida por sus servicios. No cabía mejor perspectiva.

Sí. Le daría el cordón a Valeria para que deshiciera la atadura, ya que tenía ese absurdo empeño, y luego entre los dos podían buscar la forma de ofrecérselo discretamente al rey.

Por supuesto, cabía la posibilidad de que ni aun así dejara Luis XIII preñada a la reina. Pero al menos, si hacían las cosas bien, podía asegurarse un generoso beneficio sólo por haberle devuelto al soberano la posibilidad de engendrar un heredero.

Llegaron al Louvre exhaustos y ya era noche cerrada.

Lessay acompañó a la reina a sus apartamentos y al cabo de un momento se dio cuenta, inquieto, de que había perdido de vista a Rhetel. Sintió una punzada de aprensión, pero intentó decirse que era ridículo. No podía tener al mozo bajo su vista permanentemente. Si había visto algo o no, la suerte estaba echada. Ana de Austria parecía tranquila. O no se había dado cuenta de que su gentilhombre les había estado espiando y podía denunciarles al rey, o era una inconsciente.

Pero no quería alarmarla sin necesidad. Se despidió de ella en cuanto pudo y bajó por la escalerilla privada hasta el patio, intentando convencerse de que el zagal no era ningún espía y no había motivo de preocupación. Y entonces le vio. Estaba apostado en uno de los últimos escalones, relatándole a alguien los sucesos del día, chillón y enfático:

—¡El ciervo más impresionante que he visto en mi vida! —Abrió los brazos todo lo que pudo para ilustrar el tamaño de las cuernas—. ¡Y casi salta por encima de las lonas! No se lo esperaba nadie. Ni los monteros más viejos. ¡Ha estado a punto de destriparme la yegua un jabalí al intentar cortarle el paso! ¡Le pasamos por encima por un pelo!

Saltó los cuatro peldaños que le separaban del suelo, ilustrando el brinco que había dado con su montura, y aterrizó con un ademán teatral.

Lessay se le quedó mirando. Era intolerable que ese lelo le tuviera en vilo, pendiente de lo que había visto o dejado de ver y qué historia decidía contar. Parecía aún más joven de lo que era, con esas piernas y esos brazos tan largos y esa espalda encorvada. Y daba la impresión de que apenas tenía músculos.

Se decidió de inmediato.

Bajó los últimos escalones y al llegar a su altura lo apartó de un empellón:

—¿No tenéis otro sitio donde pararos a contar sandeces? Aquí estáis molestando.

Rhetel tardó un momento en reaccionar, sorprendido por su brusquedad. Pero era orgulloso. Enderezó su cuerpo desgarbado y respondió a la provocación:

—Y vos, monsieur, podríais pedir paso de mejores modos. Aunque hayamos pasado el día entre animales de granja no tenéis que comportaros como uno de ellos.

Los dos espectadores intercambiaron un murmullo preocupado. Lessay sonrió. Pobre necio. Le agarró del brazo y se lo llevó aparte:

—Me encantaría discutir con vos sobre modales, monsieur, pero aquí hay demasiado público. Supongo que no tendréis inconveniente en acompañarme a dar un paseo.

Rhetel tardó un par de segundos en contestar:

—¿Ahora?

—Ahora.

—¿Los dos solos?

Lessay se encogió de hombros e hizo un gesto de cabeza en dirección a los dos hombres que les observaban a cierta distancia. Uno de ellos era el conde de Chalais, un viejo conocido. El otro, un mosquetero cuyo nombre no recordaba.

—Podéis preguntarles a esos señores si quieren acompañarnos, si lo preferís. —El mozo le miró fijamente, con los ojos muy abiertos. Al parecer, no había previsto que la cosa fuera tan lejos. Lessay temió que fuera a disculparse—. A no ser que la única arma que estéis acostumbrado a empuñar vos también sea la que menea vuestro pariente Baradas en el interior de los calzones del rey todas las noches.

Rhetel tragó saliva ostensiblemente. Ya era suyo. Nadie podía ignorar un insulto así.

Sin mediar palabra, el mozo se le arrojó encima, enrabietado y dispuesto a resolverlo todo a golpadas en el mismo patio del Louvre. Pero los otros dos hombres no les habían quitado ojo de encima y corrieron a detenerle.

Abandonaron el palacio los cuatro juntos y caminaron en silencio por el muelle. El Sena bajaba negro a su izquierda. A la derecha quedaba la reja nevada de las Tullerías. Detrás de ellos avanzaban dos criados con sendas antorchas. En una noche tan fría como aquélla no había ni un alma a la vista. No merecía la pena alejarse más.

Se despojó de casaca y jubón. Nada que protegiera el cuerpo ni pudiera desviar la punta de la espada. Rhetel se sintió obligado a hacer lo mismo y arrojó la ropa al suelo, encorajado, y desenvainó la ropera con un gesto violento. Sus segundos también habían echado mano a las roperas y se medían a cierta distancia, calmosamente.

Lessay abrió levemente su guardia y dejó que Rhetel atacara primero. Tal y como había anticipado, el pobre apenas sabía moverse y estaba tan fuera de sí que los nervios le hacían todavía más impreciso. Paró el embate sin problemas y siguió dejando que le acometiera, ocupándose sólo de mantener la distancia.

No tenía sentido prolongar aquello… Casi con pesadumbre, volvió a abrir la guardia, de manera más clara esta vez, y el mozo cayó en la trampa y se lanzó a fondo. Lessay le estaba esperando. Se puso fuera de su alcance con un paso breve y antes de que Rhetel pudiera recuperar la posición le lanzó una estocada imparable al estómago.

Casi al mismo tiempo Chalais alcanzaba al mosquetero en el antebrazo haciéndole saltar la espada.

Rhetel cayó de rodillas, mirándole como si no comprendiera lo que acababa de ocurrir. Con las dos manos se sujetaba las tripas, de las que brotaba un líquido negro y espeso.

Lessay apretó el puño de la espada y, de una segunda estocada, le hizo cerrar los ojos.

27

L a vieja armadura estaba inclinada hacia delante como si quisiera susurrarle algún secreto. El yelmo redondo, rematado
por una cresta escamosa, y el brillo resbaladizo del oscuro metal le
daban aire de pez. Bernard miró por la rendija de la visera, pero
sólo pudo atisbar negrura. Estuvo tentado de extender la mano y
tocar la superficie rugosa de un rondel para ver si pinchaban las
fauces del león que tenía talladas pero una violenta tos, seguida de
un graznido asmático, le disuadió:

—Esa armadura perteneció al abuelo de Su Excelencia, el
condestable de Montmorency.

Era la segunda vez que el viejo lacayo interrumpía su contemplación, impaciente. Bernard respondió con un gruñido. Estaban en mitad de una galería de piedra desnuda, con enormes
ventanales abiertos al jardín del hôtel de Montmorency, y todo
el frío de aquel día de invierno estaba atrapado entre sus paredes
ásperas. A pesar de ello, él caminaba despacio, admirando los
muros cubiertos de alabardas, arcabuces, picas y espadas de guerra. Nunca había visto tantas armas ilustres juntas y no era cuestión de apresurarse. A pesar de que tenía ganas de ver a Madeleine.

Seguía lleno de magulladuras y había dormido poco y mal
después de su visita a la baronesa de Cellai. Los rezos no le habían
sacado el temor a que le hubiera echado mal de ojo e intuía algo
retorcido en el enigmático mensaje que había mandado que le
transmitiera a Lessay. «Enemigo.» Aunque al recibirlo, el conde

había hecho poco más que sacudir la cabeza con aire incrédulo, reírse y mandarle a descansar de nuevo a su cuarto.

Pero la italiana no era la única que le quitaba el sueño… Todavía le hervía la sangre cada vez que se acordaba de Marie, del modo en que le había utilizado y de cómo la había perdido. Y después de la rabia, venía la tristeza. Demasiadas damas en aquel tablero. Y todas creían que podían traerle como un zarandillo, mensajito para acá, mensajito para allá.

Se había pasado todo el día dormitando, sin ganas de nada, pero cuando había abierto las ventanas a primera hora de la tarde para respirar aire fresco, había descubierto un jardín nevado y un cielo blanco, y de inmediato se había sentido más animoso. Echa un gurruño, encima de la mesa, estaba todavía la carta que le había enviado Madeleine hacía dos días. La criada debía de haberla encontrado en el suelo.

Calmado el sofoco que le había dejado en el cuerpo su pelea con Marie, se le había despertado la curiosidad. Cuando había dejado a Madeleine en Nancy, a cargo de la duquesa de Lorena, había pensado que no volvería a verla. Y aunque sabía que el rey la había perdonado y era libre de regresar a Francia, no se había imaginado que se encontrara con ánimos para hacerlo en mucho tiempo.

El recuerdo de cómo se le había acurrucado en el pecho como un pajarito asustado, durante el largo viaje, le hizo esbozar la primera sonrisa en muchos días. Y el hôtel de Montmorency estaba muy cerca, podía llegarse dando un paseo antes de cenar.

Se rascó con cuidado el cogote; aún tenía la cabeza dolorida, aunque parecía que se habían acabado los mareos. El cuerpo raquítico del lacayo se bamboleaba delante de él. Cada vez que pasaban por delante de una luz, su imponente calva brillaba de un modo inmisericorde. Bernard se detuvo de nuevo a admirar otra pieza de la colección: una silla de montar forrada de terciopelo negro con estribos de plata labrada. Su guía se detuvo, suspiró resignado y explicó:

—Es la que usó el mariscal el día de la heroica victoria de la batalla de Marignano.

Bernard cabeceó con aprobación, como si supiera de lo que le estaba hablando, y echó a andar tras él hacia donde le esperaba Madeleine sin entretenerse más. No quería seguir impacientándole.

La galería desembocaba en una sala grande y oscura. Subieron unas escaleras hasta el primer piso y por fin se detuvieron tras una puerta de roble labrado.

—El gabinete de curiosidades —anunció el criado antes de retirarse.

La estancia en cuestión era una habitación grande y alargada con las paredes cubiertas de anaqueles donde se exponían los más peculiares objetos que hubiera visto nunca. Del techo colgaban animales disecados y al fondo de la sala, cerca de la chimenea encendida, había una enorme mesa de mármol. Allí, de espaldas a la puerta, se sentaba una muchacha envuelta en una pelliza y embebida en alguna tarea que exigía toda su concentración, hasta el punto de que ni siquiera le había oído entrar.

Dio dos pasos quedos hacia ella, planeando sorprenderla, pero se le fue el santo al cielo con el contenido de las vitrinas. De entre las luces y sombras de la estancia surgían estatuillas, globos terráqueos, conchas marinas, botellitas de perfume, medallas y monedas antiguas, peces extraños y todo tipo de objetos imposibles de identificar. En los anaqueles más altos había multitud de cuadros apoyados unos contra otros: retratos de damas y caballeros antiguos, santos y personajes desconocidos vestidos con sábanas como en tiempos de la Biblia. Sus ojos descendieron hasta el centro de la sala, donde se alzaba una mesa redonda y con las patas arqueadas sobre la que descansaba una figurita de madera que representaba a un hombre en miniatura. Se arrimó y tocó con cuidado la mano del muñeco, que en el acto se puso a temblar como si le hubieran poseído los demonios.

Dio un paso atrás con la mano en el pomo de la espada y juró:

—*Diu vivan!*

Una risa cristalina le impelió a disimular el susto. Giró la cabeza. Madeleine se puso en pie y se acercó a él dando saltos como una niña, divertida:

—A mí me pasó lo mismo la primera vez. Es un autómata;

tiene dentro un mecanismo como el de un reloj —explicó, pero Bernard siguió mirándolo con desconfianza hasta que dejó de moverse—. No os preocupéis, no tiene espada con la que pincharos.

Le hablaba en el mismo tono que una madre a un niño menguado de entendederas, pero sus ojos chispeaban del mismo modo que los de su hermana cuando le metía cagarrutas de oveja en las botas. Casi contra su voluntad, se le escapó un bufido y acabaron los dos riendo.

La observó con más cuidado y un tanto de sorpresa. El descanso en Lorena le había sentado de maravilla. Madeleine había recuperado todas las carnes que había perdido en Ansacq e incluso se le había rellenado más la figura. Sus pechos le daban forma al vestido rojo que llevaba de un modo nuevo y desconcertante, las mejillas se le habían coloreado y del pañuelo de encaje que ocultaba su cabeza rapada se escapaba algún mechoncito muy corto que daba fe de que la cabellera le estaba creciendo tan hermosa como antes. Un agradable aroma a flores se le coló por la nariz y, sin saber muy bien lo que hacía, dio un paso más hacia ella y se inclinó. Violetas.

Ambos se miraron con cierto embarazo. Bernard estaba pensando qué decir cuando una voz severa les sobresaltó:

—¿Habéis acabado de pintar? —Una dama con unos mofletes gordos, picados de viruela y unos brazos casi tan musculosos como los suyos entró en la habitación. Se acercó hacia ellos y se incrustó entre los dos con afán evidente de separarlos.

—Por hoy sí —respondió Madeleine.

Sobre el tablero de mármol de la gran mesa del fondo descansaba, entre dos candelabros, un extraño objeto de color rojo parecido a un vegetal petrificado. Junto a él había un cuaderno y unas pinturas. Madeleine alzó la planta con reverencia y se la entregó al adefesio.

—La duquesa va a venir a ver si habéis hecho progresos —insistió la fea.

Madeleine suspiró, dócil:

—El coral rojo no es fácil de pintar. Y a la luz de las velas, las

691

ramas se retuercen y hacen sombras extrañas. Ya seguiré mañana por la mañana.

Así que era coral. Bernard no se había imaginado que tuviera ese aspecto al natural. Las ramas parecían dedos de niños deformes. Sintió un repelús.

—Por eso dice el maestro que tenéis que practicar más —replicó la mujer.

—Está acumulando polvo. Por favor, sed tan amable de devolverlo a su sitio —dijo Madeleine con firmeza.

La mujer abrió la boca para protestar, pero no debió de ocurrírsele nada:

—Sí, madame.

Se alejó con el coral hasta una de las vitrinas del fondo de la sala y Madeleine se volvió hacia él, le cogió del brazo y le condujo a la mesa donde había estado pintando:

—Venid, os enseñaré mi trabajo —dijo, en una voz alta y clara—. ¿Sabéis lo que es el coral? La leyenda dice que cuando Perseo cortó la cabeza de Medusa, la sangre de la gorgona se petrificó en torno a las algas de la orilla y así nació el coral rojo.

Hablaba con desparpajo y se la veía descansada y alegre.

—Os veo muy bien —constató Bernard. Madeleine se sonrojó y él se apresuró a matizar—. Quiero decir que os veo en buena salud.

Ella sonrió con timidez:

—Gracias. Me han cuidado muy bien en Lorena. Lo que mejor me ha sentado han sido los paseos por el campo… Ya casi ni me acuerdo de Ansacq.

—¿De verdad?

Madeleine resopló:

—Es una forma de hablar. Claro que me acuerdo. Pero ahora ya no es lo único en lo que pienso —dijo, encogiéndose de hombros—. ¿Y a vos? ¿Qué os ha pasado en la cabeza?

—¿Esto? —Se tocó la venda con la mano—. Nada, el otro día me caí del caballo y me golpeé con una piedra. Pero ya estoy recuperado.

Enderezó el cuerpo e hinchó el pecho, no fuera a pensar que

era un flojo. Y de nuevo se quedó a la espera, indeciso. Miró a la dama de compañía. Se había quedado apostada junto a la puerta, pero no les quitaba ojo. Madeleine seguía mirándole, pensativa:

—Habéis cambiado.

¿A qué se refería? Se rascó la barba. Como no fuera que el día de la fiesta llevaba las mejillas lampiñas como las de un cura… No, eso no podía ser. Durante el viaje hasta Lorena tampoco iba afeitado. Jugueteó nervioso con el pomo de la espada:

—He practicado mucha esgrima…

En realidad la que había cambiado era ella, y no sólo se le notaba en el cuerpo. Era algo en los ojos, que los dos candelabros encendían como si fueran de ámbar. Pero no sabía si se le podía decir algo tan raro a una doncella.

Madeleine volvió a reír con suavidad y bajó la voz:

—Mejor, porque necesito que sigáis siendo mi caballero andante.

Le hizo un gesto para que se inclinara sobre la mesa, como si fueran a examinar los garabatos que había pintado, de espaldas a la sirvienta. Bernard murmuró:

—¿Por qué? ¿Qué ocurre? —La cercanía de Madeleine le producía en las tripas un cosquilleo extraño que nunca antes había sentido en su compañía. Sus mejillas parecían melocotones maduros con aquella luz. Y el pelo, que le olía a violetas…

—Sólo puedo confiar en vos. —La manita de Madeleine agarró la suya con repentino apremio aunque ella seguía mirando el lienzo, como si no fuera responsable de lo que hacían sus dedos.

Bernard se trabucaba:

—¿En mí? ¿No os tratan bien aquí? —Una sospecha le puso de pronto en guardia—. ¿No será el duque?

—No, no, no es eso. El duque no tiene ojos más que para su mujer, y además se ha ido de París. Y madame de Montmorency me cuida mucho. Pero hay cosas que no le puedo confiar…

Escucharon un rudo carraspeo. La gorda se impacientaba. Bernard se apresuró a preguntar:

—¿Qué queréis de mí? —Tímidamente, se atrevió a rozar los dedos de Madeleine con el pulgar.

Ella susurró a toda prisa:

—Que volváis aquí mañana a mediodía. No a la puerta principal. Tenéis que esperar con un coche a que yo salga por la del jardín, por la calle du Chaume.

—¿Para qué?

Más secretos y conspiraciones. O no. Lo mismo era una cita galante. Aquella posibilidad le nubló el pensamiento de repente. Intentó cerrar los dedos en torno a la manita fría de la muchacha, pero ella la escamoteó con vivacidad. Los pasos de la dama de compañía se les echaban encima a toda velocidad.

—Mañana lo sabréis. Ah, una cosa muy importante: no entréis con el carruaje en la calle. Esperadme cerca, pero aseguraos de que el cochero no me vea salir de aquí. —Madeleine se dio la vuelta, con un remolino de faldas, y se despidió de él con voz ligera—. Adiós, monsieur de Serres. Os agradezco mucho la visita.

Bernard se inclinó con torpeza y salió del gabinete tan ensimismado que casi se dio de bruces con un hombre vestido de negro y una dama pequeña y jorobada que discutían en voz baja al otro lado de la puerta. De inmediato reconoció a la duquesa de Montmorency y al duque de Épernon, y los saludó con deferencia.

Ella le dedicó una sonrisa y sus ojos se llenaron de arrugas:

—Monsieur de Serres, qué sorpresa. ¿Habéis venido a visitar a mademoiselle de Campremy?

Bernard infló el pecho, con orgullo. La gran señora recordaba su nombre.

—Sí. —Todavía estaba aturdido por el brusco final de su charla con Madeleine, pero intentó pensar en alguna cortesía que dedicarle—. Vuestra residencia es magnífica. Hay aquí más tesoros que en el templo de Salomón.

—Sois muy gentil.

El viejo Épernon le escudriñaba con las cejas fruncidas. Quizá ya no recordara que se habían conocido en el Louvre. A Bernard desde luego no se le había olvidado el truculento relato que había contado el anciano sobre la madre del duque de Montmorency y sus tratos con el diablo. ¿Conocería la amable duquesa aquella historia terrible sobre la familia de su marido?

Pero entonces Épernon sonrió:

—Muy cierto, *gojat*. Es una casa espléndida. Es imperdonable el tiempo que llevaba sin pisarla. El padre de monsieur de Montmorency fue un gran amigo mío y he pasado horas muy felices entre estas paredes. Precisamente estaba recordándole a la duquesa que aquí fue donde celebré mis bodas con la difunta madre de mis hijos hace casi cuarenta años. —Hablaba con un acento extraño y Bernard no habría podido decir si rememoraba el acontecimiento con añoranza o desagrado—. Nunca olvidaré lo mucho que bailó Su Majestad Enrique III en la fiesta, ni su alegría. Quién iba a decir que apenas le quedaban dos veranos de vida.

La duquesa de Montmorency le tomó del brazo y le propinó unas palmaditas de consuelo que el viejo cortesano recibió con un resoplido sarcástico, sin importarle que hubiera testigos delante.

Bernard desvió la vista, incómodo. Entre aquellos dos personajes ocurría algo que él no entendía, pero era obvio que estaban molestos el uno con el otro. La dama suspiró, ignorando el mal gesto de Épernon:

—Horas tristes y horas alegres. Estos muros han visto de todo. —Sonrió—. No sabía que conocierais a monsieur de Serres. Él fue quien acompañó a Lorena a la doncella que vuestro hijo ha traído de vuelta hace unos días.

—Lo sé —gruñó el duque—. Nos conocimos hace dos o tres semanas, en los apartamentos de la reina.

A Bernard se le escapó:

—¿Monsieur de La Valette es quien ha traído de vuelta a mademoiselle de Campremy?

Madeleine no le había dicho nada. Pensó en la atención malsana que el marqués de La Valette le había dedicado a la muchacha durante la fiesta de Lessay y le asaltó un mal presentimiento. Aderezado con una punzada de celos. El duque de Épernon pareció percibirlo, porque su voz perdió toda la afabilidad con la que se había dirigido antes a él:

—El mismo —respondió, seco—. Y ahora, si nos permitís entrar…

Bernard se apartó con una inclinación de cabeza y les franqueó el paso. Al salir de casa había planeado acercarse también al convento de los Mercedarios, que se encontraba en las inmediaciones. Llevaba unos días dándole vueltas a la idea de encargar unas misas para que rezaran por su alma cautiva.

Pero pensándolo bien, el recuerdo de Marie ya no le atormentaba tanto. Sería poco menos que tirar el dinero.

28

P or favor, monsieur de Guiche, acercadle ese escabel a madame de Lessay, que se encuentra incómoda.

Isabelle quiso protestar, pero no tuvo tiempo. El joven Guiche
se precipitó a cumplir la voluntad que había expresado la marquesa de Rambouillet.

La anfitriona estaba arrebujada entre varios cobertores bordados. Su lecho estaba colocado lo más lejos posible de la chimenea
porque el calor y los vapores le hacían bullir la sangre y la debi-
litaban, pero como era tan friolera, llevaba las piernas embutidas
en un saco de piel de oso y la garganta envuelta en una bufanda
peluda.

Aunque aquella tarde nadie la habría tachado de exagerada.
Hacía un tiempo glacial y había más de un invitado acurrucado
en su ropa de abrigo.

Isabelle se ajustó su mantón bordado, azarada, y rechazó el
escabel:

—No hace falta, me encuentro bien.

—¿Cómo os vais a encontrar bien en vuestro estado? —susurró la marquesa—. El primer hijo es el que más castiga el cuerpo.

Isabelle se estremeció y posó la mano sobre su vientre. Madame de Rambouillet no era de las que daban consejos sobre asuntos en los que no fuera experta. Sus propias gestaciones habían
sido motivo de cuidados tan extremos que era difícil entender
cómo había aceptado pasar por ello siete veces.

A ella todavía le quedaba un mes para el parto y le daba tanto miedo que prefería pensar que aún estaba muy lejos. O mejor aún, no pensar en ello en absoluto. Pero cuando el conde de Guiche le volvió a arrimar el escabel a los tobillos no tuvo más remedio que levantar los pies y posarlos sobre la mullida superficie.

El bisoño gentilhombre esbozó una media sonrisa y sus mofletes picados de granos se hincharon, satisfechos:

—Ya veréis qué bien estaréis así con los pies en alto, *chère* madame.

A Isabelle le parecía que sus ojillos brillaban demasiado risueños. Su estatus entre ellos todavía no estaba del todo establecido y por eso se desvivía por agradar a todo el mundo, pero ella tenía a veces la sensación de que había algo de pose en sus delicadezas.

Se resignó a dejar los pies en alto y volvió a quedarse amodorrada. Las paredes de la estancia estaban forradas de blanco y azul claro, así que si entrecerraba los ojos podía imaginarse que era hielo y que estaban encerrados en el corazón del invierno.

La verdad era que en lugar de estar allí, aburrida, le habría gustado acudir a Versalles a ver el ciervo blanco, a pesar de lo gélido que había amanecido el día. Pero cuando se preparaba para salir había recibido un billete de madame de Combalet, su querida amiga Léna, que le pedía que no faltara aquella tarde a casa de la marquesa de Rambouillet. Necesitaba su apoyo por si se encontraba cara a cara con su enamorado Mirabel.

Era la historia eterna de los desacuerdos de su amiga y su enamorado: el embajador español cada vez era más insistente en sus apasionadas demandas y Léna no estaba lista para rendirse a los carnales deseos del suplicante. El día anterior habían tenido una discusión tan violenta que había acabado por prohibirle que volviera a dirigirle la palabra nunca más. Pero temía que él fuera capaz de presentarse en la Estancia Azul como si nada hubiera ocurrido.

Isabelle había pensado que los temores de su amiga no estaban justificados. Aunque Mirabel no era el más atento de los hombres, sin duda comprendía que imponerle su presencia a su dama después de semejante disputa sería una desconsideración inadmisible. Pero se había equivocado. A su llegada a la Estancia Azul, el español ya estaba allí instalado, charlando en un rincón de la habitación con el poeta Voiture y la mismísima duquesa de Chevreuse, cuya presencia en la reunión le resultaba del todo inexplicable.

Léna se había sentado lo más apartada posible, junto a madame de Sablé, que con la excusa del mal tiempo llevaba cerca de media hora hablándole de enfermedades. Ahora mismo le aseguraba que el único modo de combatir catarros y pulmonías era llevar la garganta cubierta de septiembre a mayo, a la española, aunque los escotes fueran más favorecedores.

La pobre Léna, que iba vestida con modestia de religiosa y no se había puesto un escote desde la muerte de su marido, hacía tres años, asentía sin entusiasmo. Tenía las mejillas mustias y la oscura mirada clavada en la esquina de la habitación donde el marqués de Mirabel y Vincent Voiture atendían extasiados a cada palabra de madame de Chevreuse. Los dos bobos no tenían ojos más que para esa coqueta, que los mantenía arrebatados y pendientes de sus labios, hablando y moviendo las manos tan deprisa como si quisiera llenar todos los silencios del mundo con el burbujeo incesante de su charla.

A Isabelle le parecía una ardilla en celo. Y no entendía qué hacía allí. Ella, que siempre decía que sus reuniones la aburrían mortalmente. O que lo que sus amigas necesitaban eran amantes de carne y hueso para olvidarse de amadises y de pastores. Rara vez ponía el pie en aquella casa, a pesar de que su residencia se encontraba justo al lado.

La última ocasión en que se había dejado ver había sido a principios de verano. Y sólo para acompañar al duque de Buckingham, que había acudido a escuchar cantar a Angélique Paulet. No se iban a olvidar fácilmente de la ocasión, porque el más joven de los bastardos de Enrique IV, que estaba perdidamente enamorado de madame de Chevreuse, la había requebrado tan encendido que su marido el duque había estado a punto de asesinarlo allí mismo, en mitad del templo de las buenas maneras.

Definitivamente, aquella mujer soliviantaba los ánimos de los hombres y traía la discordia allá donde fuera. Y para colmo llevaba acaparando la atención de Mirabel desde que había llegado, como si ignorara que era el enamorado de Léna. Qué desconsideración más vergonzosa.

Apartó la vista con desagrado y prestó atención a la conversación de monsieur de Guiche y madame de Aubry. El joven conde afirmaba que la extrema delicadeza de la salud de la anfitriona no era sino el reflejo de su altura de espíritu. Pocos seres humanos podían decir con sinceridad que las vibraciones del aire, el calor de la atmósfera o la presencia de algún ingrediente ofensivo en un plato eran capaces de conmocionarles por completo.

Isabelle reprimió un bostezo. No eran más que las cinco de la tarde pero ya se había hecho de noche. Pobres estaban los ingenios si todo lo que se les ocurría era cotillear sobre cuestiones de salud como criadas viejas… A ella no le interesaba su cuerpo en absoluto y se negaba a especular sobre su embarazo, sus infrecuentes enfermedades o si era más insalubre la lluvia que la canícula.

El cuerpo era el receptáculo del alma, y el alma era lo único digno de atención. Dudó si debía exponer su postura en voz alta, pero la posibilidad de que aquello provocara largas y bizantinas discusiones le causó tal hastío que desistió.

Lo cierto era que desde que Charles Montargis había dejado de acudir a la Estancia Azul, las horas allí eran mucho menos amenas. El breve tiempo en que el joven poeta había frecuentado su compañía había sido especial: el aire tenía una ligereza de tormenta eléctrica, las metáforas sonaban más osadas, las miradas se cruzaban más lánguidas y la conversación fluía como un río brillante, sonoro y lleno de tesoros.

En parte, ella era responsable de su ausencia. Hacía ya diez días que había prometido que intercedería por él. Pero lo había ido retrasando, temerosa siquiera de mencionarle y de revivir la turbación que su visita le había dejado en el espíritu aquella tarde en el jardín. Embargada por la sinceridad vehemente de los versos y por el temblor emocionado de los ojos azules del poeta había olvidado por unos instantes quiénes eran ambos. No estaba segura de que fuera prudente tenerle cerca día tras día otra vez. Pero sin su vital presencia se apoderaba de ella el tedio más pesado y experimentaba un ansia de rebeldía que llegaba a avergonzarla.

Se dio cuenta de que madame de Rambouillet la miraba, con dos hoyuelos cariñosos en las mejillas, y enrojeció como si llevara escrito en la cara lo que había estado pensando. Pero afortunadamente la anfitriona reclamó justo entonces la atención de toda la concurrencia. Quería proponer un juego que les entretuviera y les hiciera entrar en calor.

Su hija Julie había escrito el nombre de cada una de las nueve musas en sendas tiras de papel y las había introducido en una bolsa de tafetán azul. Cada uno de los presentes debía extraer un billete al azar y preparar una pequeña actuación basada en el arte que le correspondiese a su musa. El tema sería el invierno, ya que tanto les había ocupado esa tarde. Para ayudarles, madame de Rambouillet ponía a su disposición toda clase de disfraces, artefactos e instrumentos musicales. A una señal de la anfitriona entraron en la estancia seis lacayos que cargaban con tres grandes baúles. Eso sí, necesitaban un juez.

El embajador Mirabel no dio tiempo a que nadie se le adelantara. Se puso en pie de un brinco y solicitó a la anfitriona que le dejara ejercer como tal con la excusa de que su imperfecto dominio del francés no le iba a permitir estar a la altura. Madame de Rambouillet aceptó, generosa. Lo cierto era que el español no tenía ningún talento artístico y le horrorizaba tener que exhibirse delante de la concurrencia.

Los invitados se levantaron para hacer cola y extraer sus suertes. A ella le cedieron el primer puesto. Introdujo los dedos rígidos por el frío en la bolsa. El próximo día se traería los guantes de cabritillo que le había regalado su marido. Y un cobertor de lana. Cogió dos billetes por error y tuvo que frotarlos uno contra otro para quedarse sólo con uno. Desdobló el papel.

Clío. La musa de la historia. La opción más aburrida. Su espíritu era un desierto de inspiración. Lo único relacionado con el invierno que se le ocurría era que si fingía que no soportaba más el frío podría marcharse a su casa y pasar el resto de la tarde en la paz de su gabinete, a solas, sin tener que entretener a nadie. Estaba considerando seriamente esa opción cuando Léna se le acercó con su billete en la mano. Las sombras que rodeaban sus ojos de largas pestañas negras le daban un aire trágico. Además, había decidido quitarse los lazos de seda de colores con los que se adornaba últimamente el pelo en honor de Mirabel, y llevaba un recogido triste y severo.

—Me ha tocado Polimnia —se lamentó—. Ya veré lo que hago, porque desde luego no pienso cantar. No quiero hacer el ridículo precisamente hoy que esa diablesa no se despega de mi ciruelo.

Era el apodo secreto, no exento de cariño, que le habían puesto al marqués de Mirabel cuando había empezado a galantearla con sus regalos ostentosos y exóticos. Al principio se habían reído de él y de sus ansias, que no entendían de esperanzas a largo plazo, y de lo inapropiado e infantil de los versos que le escribía. Sin embargo, poco a poco Léna había ido tolerando su asiduidad, aceptando sus presentes y dedicándole sutiles atenciones; eso sí, sin dejar que le tocara ni el borde de la falda.

La misma Isabelle había tomado un día la iniciativa de explicarle al embajador cuáles eran las normas del amor cortés, para que se armara de paciencia y no creyera que conquistar a la sobrina favorita del cardenal de Richelieu iba a ser cosa de cuatro tardes. Mucho iba a tener que esforzarse para conseguir que su amada olvidase la aversión profunda que le había cobrado al sexo opuesto tras su breve matrimonio. Así que había intentado persuadirle de que de momento debía contentarse con las muestras tan evidentes de favor que ella ya le había dado, perseverar y mostrarse digno.

Por un tiempo, Isabelle y Léna habían creído que le tenían bien aleccionado.

Pero aquella tarde, asomado al abismo peligroso del escote de la duquesa de Chevreuse, era obvio que el español se había olvidado de todas sus promesas. Los dos seguían cuchicheando juntos y ahora a solas, resguardados en el vano de una de las maravillosas ventanas abiertas hasta el suelo, como puertas al aire, que había diseñado la misma madame de Rambouillet.

Era ella la que hablaba casi todo el tiempo, mientras Mirabel asentía en silencio. El español tenía el pelo moreno y un poco ralo en la coronilla; no iba a tardar en quedarse calvo. Aunque

Léna decía que no le importaba, que su porte orgulloso y sus ojos inteligentes le hacían parecer apuesto de todas formas.

—Qué humillación —masculló—. No se despega de ella. Y anoche parecía que iba a morir de desesperación si no le abría ya la puerta de mi dormitorio. Ahora sí que no pienso hacerlo jamás.

Léna tenía razón. El español se estaba comportando como un cretino sin maneras. Pero a Isabelle no le gustaba que hablara de los placeres carnales como si fueran una moneda de cambio. El amor jamás debía llevar prosaica cuenta de regalos y desaires para luego corresponder abriendo o cerrando las puertas del tálamo, según tocara. Al amor había que abandonarse con toda el alma.

El cuerpo acababa entregándose también porque no había más remedio, cuando el alma se inflamaba lo arrastraba todo, pero no había de ser objeto de negociaciones…

Apretó la mano de la despechada para transmitirle consuelo e intentó que atendiera al contenido de los cofres como los demás invitados, que estaban amontonados, riendo y revolviéndolo todo. Léna fingió que se interesaba por el revoltijo de fruslerías, pero no dejaba de observar a la pareja con el rabillo del ojo, e Isabelle no pudo evitar que viera cómo madame de Chevreuse se sacaba una carta del ajustadísimo jubón y se la entregaba con rapidez a Mirabel.

Se imaginó que el papel estaría caliente y blando por la presión del generoso seno de la dama. Y lo mismo debía de estar pensando él, porque se quedó sobándolo con cara de bobo beatífico hasta que ella le obligó a escondérselo en un bolsillo.

—¿Habéis visto eso? —siseó Léna—. Le ha dado una carta de amor.

La obscena pareja levantó la vista hacia ellas e Isabelle les sonrió, disimulando. Luego atrajo hacia sí a su amiga:

—No creo. ¿Para qué iba a hacer eso?

No le hacía falta, porque le tenía ya engatusado. Pero eso no podía decírselo a Léna. Su amiga le murmuró al oído, con las mandíbulas apretadas:

—Maldito sea ese fantoche español con todas sus promesas huecas.

La barbilla le temblaba. Isabelle se asustó, la conocía bien y sabía que era capaz de cualquier cosa cuando se dejaba llevar por el genio. La cogió del brazo, rogándole que se tranquilizara para no darle al español la satisfacción de verla herida:

—Los hombres son inconstantes. Es su naturaleza.

Sólo había que ver a su marido, sin ir más lejos. Él, desde luego, lo era. O quizá habría que decir que era constante en su inconstancia. Sonrió para sí. Aquello era un oxímoron, pero quizá pudiera servir para ver el asunto desde otra perspectiva. Miró de reojo a su amiga, que hacía lo posible por camuflar su ira rebuscando entre los cofres, y dejó que su mente cabalgara a su antojo.

La constancia tenía una dimensión temporal objetiva y siempre era algo duradero y firme, pero su objeto podía ser cualquier cosa por la que se interesaran los hombres, incluido el deseo de mudar tiempos y amores. Querer que el cambio durara eternamente también era una forma de constancia.

Se sobresaltó al sentir las uñas de su amiga, clavadas con fiereza en su antebrazo, y un murmullo rápido en su oído:

—Mírala. Ya se ha puesto de acuerdo con él y ahora se marcha.

En efecto, la duquesa de Chevreuse se despedía de la anfitriona y de su hija poniendo mil excusas falsas para no quedarse a presenciar el juego que estaban organizando, y repartiendo sonrisas y carantoñas. Léna tenía una guirnalda de flores de papel en una mano y se estrujaba las faldas con la otra, pero consiguió reunir el suficiente dominio como para dejar que su rival la besara en ambas mejillas sin un mal gesto.

Isabelle respiró tranquila, pero en cuanto la enredadora salió de la estancia, Léna se giró hacia ella:

—Voy a pedirle a Mirabel que me enseñe la carta.

Se llevó la mano a la boca con un respingo, alarmada, y sacó a su amiga del grupo. Le susurró a toda prisa:

—No hablaréis en serio, no podéis hacer eso.

—Vaya que si hablo en serio.

Isabelle se angustió. No podía dejar que su amiga se humillara en público de ese modo.

—Pensad un poco…

—Ya he pensado todo lo que tenía que pensar. Si se niega a dármela o se atreve a insinuar que no sabe de lo que hablo, le exigiré a madame de Rambouillet que le expulse de aquí para siempre.

—¡Aguardad! —Como siempre que la ponían a prueba, su cabeza comenzó a bullir de ocurrencias. Le sugirió, inspirada—: ¿Y si no se trata de una carta de amor?

—¿Qué otra cosa puede ser?

Se le ocurría al menos una posibilidad. Mirabel no tenía acceso privado a Ana de Austria y había veces en que, para que pudiera comunicarse con él, los amigos de la reina ejercían de discretos intermediarios. Ella lo sabía porque su marido se lo había explicado tiempo atrás, cuando estaban recién casados, apenas se conocían y a ella aún le interesaba todo lo que él le contaba, aunque fueran aburridas cuestiones políticas.

—La pobre reina sólo tiene esa forma de comunicarse con su familia de Madrid sin que la vigilen. Madame de Chevreuse es la amiga más inconveniente que nadie podría tener, pero es su amiga al fin y al cabo. Seguro que no era más que una mensajera.

Léna arrugó los labios:

—Mirabel nunca me ha contado nada así. Y dice que no tiene secretos para mí.

Qué niñería. Todo el mundo guardaba secretos que no se atrevía a compartir. Y Léna no dejaba de ser la sobrina del cardenal de Richelieu, por poco que le interesara la política. ¿Cómo iba a confesarle Mirabel nada que pudiera comprometer a la reina? Pero su amiga seguía decidida a seguir adelante con su propósito. Tenía que evitar que se pusiera en evidencia. Se frotó las manos satisfecha, o helada, o ambas cosas:

—Si conseguís ver esa carta de otro modo, ¿dejaréis estar el asunto?

Léna asintió, desconcertada, e Isabelle la tomó de la mano antes de que tuviera tiempo de reaccionar y la condujo hasta los pies de la cama azul. Mirabel se encontraba sentado en una silla, medio escondido en el espacio que quedaba entre el lecho y la pared, a refugio del reparto de disfraces. Cuando la vio acercarse con su enamorada se puso en pie, pero no se atrevió a dirigirle la palabra. Al menos sabía que no había hecho bien, ni presentándose allí esa tarde, ni amartelándose de aquel modo tan impúdico con madame de Chevreuse.

Se le ocurrió que a lo mejor lo que había pretendido el español había sido darle celos a su amiga, dándole a entender que si no se entregaba a él, encontraría fácilmente a otra con la que satisfacer sus bajos instintos. Qué recurso tan grosero. Aquello la decidió definitivamente a llevar a cabo su plan. Se dirigió a la anfitriona:

—Madame, hemos estado pensando que el único con derecho a juzgar a las musas debería ser el mismísimo Júpiter. —Sonrió, mirando al embajador, que la observaba escamado, e inclinó la cabeza afectando ingenuidad—. Y Júpiter no viste con ropilla negra ni calzones.

—¡Es cierto! —Palmoteó madame de Rambouillet, encantada, desde su refugio peludo—. Si queréis participar en el juego debéis disfrazaros como los demás y dejar de escabulliros, monsieur. Es una orden.

El español se resistió débilmente a desprenderse de su tétrico jubón, alegando que había estado resfriado. Isabelle pensaba que tanto Mirabel como sus compatriotas, en general, tenían demasiado sentido del ridículo. Siempre estaban pendientes de su rancia dignidad. Pero madame de Rambouillet insistió hasta que le hizo claudicar con un suspiro.

No había que dejarle tiempo de arrepentirse. Isabelle corrió de vuelta a los arcones y enseguida regresó con una gran tela de color azul y una barba de dimensiones olímpicas en los brazos.

—Acercaos, oh, padre de los dioses. Vuestras musas os vestirán.

Mirabel la miraba atónito:

—Si no hay más remedio…

A Isabelle se le escapó una risita aguda por la transgresión que estaban a punto de cometer. El corazón le latía a toda velocidad, descompasado. Le pidió a Léna que la ayudase a correr las cortinas del gran dosel para que el hueco que ocupaba el embajador, junto a la pared, quedara oculto a la vista y así darle una sorpresa a la anfitriona.

Luego penetró en el estrecho callejón en penumbra que había

quedado entre las colgaduras del lecho y los muros tapizados, plantó un candelero sobre la silla y, entre risas, animó a Léna a que la ayudara a desabrocharle el jubón al español. Su amiga estaba tanto o más nerviosa que ella y las manos se le hacían nudos intentando desembarazar los botones. Mirabel tenía el cuerpo tenso y colaboraba como podía.

Cuando le hubieron dejado en camisa y calzones, Isabelle le entregó la ropilla del español a su amiga para que la sostuviese, con la mayor naturalidad del mundo, y empezó a enrollar la tela celeste alrededor del torso de Júpiter redivivo, haciéndole girar sobre sí mismo, con cuidado. Finalmente le obligó a permanecer inmóvil para darle los últimos retoques, de espaldas a Léna y a sus ropas.

Su amiga no desperdició ni un instante. Introdujo la mano en el bolsillo del jubón, extrajo sin ruido los papeles y se los guardó. El español trató de girar la cabeza en una ocasión, en un intento de dirigirle las primeras palabras de la tarde a su enamorada, pero Isabelle le sujetó tirando de la tela:

—Si no os estáis quieto se pierde la dignidad del pliegue.

Él no tuvo más remedio que obedecerla. Cuando terminó, no se veían por ningún lado ni los calzones ni la camisa del español. Entre Léna y ella le colocaron las barbas. Parecía en verdad salido de un cuadro mitológico.

Con las piernas temblorosas, Isabelle tomó al español de la mano y le condujo fuera de su escondrijo. Madame de Rambouillet rió entusiasmada y el resto de los invitados no tardaron en corear sus divertidas alabanzas. Voiture se lamentó de que a Júpiter le faltase su rayo y le ofreció un cayado de pastor en su lugar, hincando una rodilla en tierra. Madame de Sablé le afirmó la tela en el hombro con un broche, asegurándole que se le veía majestuoso y solemne, pero Mirabel no paraba de revolverse, intranquilo, ya fuera por el disfraz o porque había dejado abandonado el jubón, con todas sus pertenencias, detrás de las cortinas.

Isabelle también estaba nerviosa. ¿Qué hacía Léna? La había visto asomar un momento entre el corrillo de burlones admiradores, pero había vuelto a desaparecer en el callejón. Para ver de quién era la dichosa carta no hacían falta más de unos segundos.

Justo en aquel momento las cortinas de la cama volvieron a descorrerse y Léna apareció al otro lado poniendo las telas en orden, encaramada en un taburete. Mirabel, más tranquilo ahora que tenía su ropa a la vista, se acercó tímidamente para ayudarla a descender. Ella curvó los labios en una sonrisa, inocente como un ángel, y le tendió la mano.

Isabelle se asustó. A ella no la engañaba. A veces bromeaba con Léna sobre lo mucho que se parecía a su tío el cardenal. Los dos sufrían de explosiones incontrolables de ira, pero también eran capaces de disimular de la manera más ladina que imaginarse pudiera.

No quiso preguntarle nada, por precaución, y su amiga tampoco abrió la boca. Las dos se aplicaron a preparar sus intervenciones como Clío y Polimnia y se esforzaron por mostrar interés en la competición. Mirabel juzgó a las nueve musas con la ayuda de la anfitriona y su hija Julie, y le concedió la victoria a madame de Sablé, que les había deleitado con una danza digna de Terpsícore, acompañada al laúd por monsieur de Guiche. Por fin, rondando las nueve de la noche, Isabelle y Léna se despidieron, cansadas y somnolientas.

Pero en cuanto se acomodaron en su coche, Isabelle preguntó en voz muy baja y con el corazón palpitante:

—¿Y bien?

Léna le contestó en el mismo tono:

—Teníais razón. Era una carta con el sello de la reina.

—¡Os lo dije! ¿No la habréis leído?

—No, claro que no. Habría tenido que romper el lacre. —Léna hizo una pausa—. Pero había otra carta. Abierta.

—¿Otra? ¿De quién?

—Oh, una carta de España… Nada de mensajes de amor, no os preocupéis por mí. —Léna tenía los ojos tan candentes como si siguiera contemplando al español y a madame de Chevreuse. Isabelle no se fiaba. Su amiga no se iba a quedar tranquila hasta que no se desquitara—. Es Mirabel quien debería ser más prudente. Tantas precauciones para no descubrir la correspondencia de la reina ante una sobrina del cardenal… y luego se olvida en los bolsillos documentos mucho más confidenciales.

—¡Léna! —adivinó, alarmada, lo que pretendía su amiga—. ¿No pensaréis contarle a nadie lo que hayáis leído, sea lo que sea? ¡No os he ayudado para eso! No estaría bien…

—¡Me ha puesto en ridículo delante de todos nuestros amigos! —la interrumpió Léna, con acento duro—. Y lo que no está bien es ocultarle secretos a la familia. Yo no tengo la culpa de que el cardenal de Richelieu sea mi tío, ¿no?

Isabelle se quedó callada. Vengarse de su enamorado contándole al cardenal lo que hubiera descubierto en su correspondencia privada era indigno de Léna. Pero sabía que en ese momento era inútil intentar convencerla.

Sintió una desagradable punzada en el vientre. De vez en cuando la criatura que llevaba dentro le recordaba su inoportuna presencia. ¿Qué pondría en la carta de España? ¿Sería muy comprometedor?

Era verdad que lo que había hecho Mirabel era imperdonable y totalmente incompatible con la condición de fiel caballero. Estaba claro que nunca comprendería ni aceptaría las reglas de la honesta galantería. Y quizá era mejor que su relación terminara. Pero presentía que en el fondo era un hombre sin maldad y estaba enamorado de veras.

Por eso oír a su amiga hablar de venganza con tal frialdad había vuelto a estremecerla. Había algo infinitamente triste en los amores rotos y las conexiones perdidas. Aunque no fueran apropiados el uno para el otro, el desencuentro de dos destinos era una tragedia de proporciones cósmicas. Sintió unas extrañas ganas de llorar, aunque no sabía si era por Léna o por sí misma.

Si Charles Montargis hubiera estado allí, lo habría comprendido…

29

Bernard volvió a saltar del carruaje, impaciente. Aún faltaba un poco para las doce, pero había llegado con tanta antelación que ya llevaba esperando más de media hora, sentado en la puerta, con los pies en el estribo, y charlando de naderías con el cochero.

El sol brillaba pálido sobre los tejados teñidos de blanco por la nevada del día anterior y los charcos del suelo estaban congelados. Los parisinos gruñían y renegaban de aquel tiempo gélido, pero a él le recordaba a sus Pirineos. Le dijo al hombre que aguardase, dobló la esquina de un par de calles y se plantó frente al portón trasero del hôtel de Montmorency, frotándose las manos.

No había parado de rumiar sobre aquella cita desde la tarde anterior. Interpretar insinuaciones femeninas no era lo suyo, pero aquello tenía que ser una cita galante. Tanta sonrisa, tanto toqueteo y tanto susurro, ¿qué otra explicación podían tener? ¿Y esas prisas por verle nada más regresar a París? Se estiró las puntas del jubón con dedos nerviosos. Qué descaminado había estado con Madeleine y qué borrico estaba hecho. Como si la moza no hubiera dado pista tras pista de que no era ninguna doncellita pacata.

Una pazguata no se escabullía de la vigilancia de su ama para correr detrás de un hombre casado. Ni se comportaba con el desparpajo con el que ella lo había hecho la noche de la fiesta. En la que, por cierto, se había dejado requebrar sin recato y a los ojos de todos por el marqués de La Valette. No le hacía ni pizca de gracia pensar que habían pasado una semana juntos de vuelta de Lorena, durmiendo en las fondas del camino y compartiendo carruaje. A saber lo que había pasado.

Se recostó en la pared de enfrente, contemplando el muro de piedra tras el que asomaban las copas de los árboles desnudos del jardín de los Montmorency. Antes de salir de casa se había puesto su traje de la buena suerte, se había ceñido la espada nueva y se había afeitado cuidadosamente para dejarse una perilla y un bigote de lo más distinguidos. Pensó en el vestido rojo con el que Madeleine le había recibido y en el corsé ceñido que dejaba a la vista todas esas carnes nuevas. Le había dicho que era su caballero andante. Y le había mirado con admiración.

Cap deu diable, ¿y por qué no? Él era tan hombre como Lessay o La Valette.

Sólo le preocupaban dos cosas. Una, su torpeza de palabra con las damas. No quería espantar a Madeleine con ninguna inconveniencia, así que había tomado la firme determinación de contenerse y aguardar a que ella diera los primeros pasos.

En cuanto al segundo asunto, era algo mucho más peliagudo y podía culminar en el bochorno más absoluto. Así que de momento no quería ni pensarlo.

La puerta del jardín se entreabrió y Bernard se incorporó de un salto. Una figura femenina envuelta en una capa oscura y con el rostro protegido de la intemperie por una máscara negra se coló por la abertura y cerró cuidadosamente al salir. Se acercó, bamboleándose sobre un par de chapines de corcho, posó un dedo sobre sus labios para pedir silencio y, sin más, le tendió la mano para que la guiara. A Bernard el corazón empezó a darle patadas de contento. La llevó hasta donde aguardaba el coche, se alzó tras ella casi de un salto y se acomodó enfrente.

El carruaje era amplio y confortable, con ventanas de cristal, espacio para seis personas y asientos mullidos forrados de terciopelo rojo. El alquiler le había costado siete libras pero las daba por bien empleadas. Ni él tenía a dónde llevar a Madeleine ni ella tenía casa en París, así que era importante que fuese lo más cómodo posible.

De momento, la moza permanecía sentada, con las manos en el regazo y sin quitarse la máscara:

—¿Podéis decirle al cochero que se ponga en marcha? —preguntó casi en un susurro.

—¿A dónde vamos?

—Da igual.

Abrió la portezuela y le dio orden al hombre para que pusiera los caballos al paso. Le gustaba que Madeleine se mostrara de repente tan tímida, en contraste con el atrevimiento que había desplegado el día anterior. Eso era que, después de todo, no era ninguna coqueta que fuese dando pie a cualquiera a tontas y a locas. Aquella escapada era algo especial.

—¿Os ha costado mucho salir sin que os vean?

La muchacha negó con la cabeza y Bernard se removió incómodo en su asiento, cambiando el peso de nalga. Bien pensado, tanto azoramiento resultaba más engorroso que otra cosa. Él no tenía dotes de conversador y la actitud de Madeleine no le iba a acabar dejando más remedio que tomar la iniciativa, a pesar de sus propósitos.

Se quitó el sombrero y lo posó en el banco. Antes de salir se había deshecho de la venda que le cubría la cabeza. Había sido una torpeza quitarle importancia a su herida el día anterior y decirle a Madeleine que se la había hecho cayéndose del caballo. Puestos a mentir, podía haberse inventado algo menos pedestre. Algo que le hiciera parecer atrevido y valeroso, no un zote desmañado. Esperó un momento a ver si se interesaba por él al ver que ya no llevaba el vendaje pero ella seguía ensimismada.

Permanecieron un par de minutos en silencio hasta que Madeleine apretó ambos puños, como dándose fuerzas para tomar una decisión, volvió a abrir la portezuela y le lanzó una dirección al cochero. *Diu vivant*. Y él preocupándose por el tamaño y la comodidad de los asientos del coche. Cuando ella ya lo había previsto todo y tenía una casa aguardándoles en algún sitio. Estaba visto que las mujeres no iban a dejar de sorprenderle nunca.

Le dedicó una sonrisa de oreja a oreja tratando de aparentar una seguridad que estaba muy lejos de sentir. No estaba dispuesto a que se repitiera lo que le había ocurrido con Marie la noche de la fiesta. La duquesa había tenido que aplicarse en domar su inexperiencia y en guiarle paso a paso, como al mozo verde que era. Pero él había aprendido rápido. Con Madeleine estaba dispuesto a ser el maestro.

Eso si a la hora de la verdad tenía algo que mereciera la pena enseñarle.

Por culpa de los nervios había pasado la noche en un duermevela agotador en el que no paraban de confundirse, incitantes y tentadoras, no sólo las imágenes de Madeleine y de Marie, sino también las de la Otra. Pero al amanecer se había levantado con el miembro más encogido que una media vieja. Igual que la mañana anterior. Y que todas las horas intermedias. Aquello no cobraba vida desde su visita a casa de la italiana.

Había estado a punto de preguntarle a Charles si las sangrías que le había practicado el cirujano podían tener algo que ver con lo que le estaba ocurriendo. Pero al final no se había atrevido. Porque si le decía que no, no le iba a quedar más remedio que dar por cierto que todo era cosa de brujería. La baronesa ya había dejado secos a su marido y a su secretario. Estaba claro que hombre que se le acercaba, hombre que se quedaba sin savia.

Y él, de momento, ni pensando en lo que estaba a punto de catar se despabilaba. No quería ni imaginarse la vergüenza si cuando llegara el momento de la verdad seguía teniendo un colgajo mortecino entre las patas.

Intentó concentrarse en adivinar cómo iría vestida Madeleine bajo la gruesa capa en la que venía envuelta. Jugó incluso con la posibilidad de que no se hubiera puesto nada y estuviera desnuda por debajo de la ropa de abrigo.

Nada.

Exasperado, giró la cabeza y se quedó mirando la ventana hasta que cruzaron el río y entraron en la isla de la Cité. Entonces sintió un contacto suave sobre el dorso de una mano. Madeleine le acariciaba los guantes con la punta de los dedos.

—Muchas gracias por venir. Sabía que podía contar con vos. —Sus pestañas aleteaban entre las rendijas de la máscara—. No me equivocaba. Sois mi verdadero caballero andante.

Bernard arrugó la frente, perplejo. No entendía de qué le estaba hablando ni por qué le daba las gracias, pero el carruaje se detuvo antes de que tuviera tiempo de preguntarle nada. Madeleine le hizo un gesto con la cabeza para indicarle que habían llegado a su destino y se cubrió la cabeza con la capucha. Él abrió la portezuela y saltó a tierra para ayudarla a descender, dándole vueltas todavía a sus palabras.

Habían parado en una vía transitada, de buena anchura. A espaldas del coche se divisaban las agujas y los torreones del Palacio de Justicia. Madeleine posó la mano en su brazo y le guió unos pasos calle arriba, siempre sin decir palabra. Caminaba insegura sobre sus chapines altos, que mantenían la orilla de sus faldas a salvo del barro.

Al llegar a la primera esquina le pidió que la aguardara un momento, cruzó la calle con decisión y se acercó a hablar con una mujer con ropas de viuda que iba acompañada por una niña pequeña. Ésta sacudió la cabeza con amabilidad y Madeleine se acercó a una segunda persona y a una tercera, hasta que una anciana señaló hacia la bocacalle donde Bernard seguía aguardando, cada vez más escamado.

Madeleine regresó junto a él:

—No estaba segura de dónde está la casa que buscamos y no quería que preguntase el cochero. Mejor que no se entere —le dijo, a modo de explicación. Volvió a apoyarse en su brazo y le indicó el fondo de la calle.

Bernard plantó los pies en el suelo. Aquello no le gustaba ni un pelo. Y cada vez tenía menos pinta de ser una cita galante:

—Madeleine, ¿a dónde vamos?

Se mordió la lengua. La había llamado por su nombre de pila sin darse cuenta. En cualquier otro momento eso la habría hecho respingar, ofendida de que la tomara por una campesina. Esta vez, sin embargo, se giró muy despacio hacia él, cogió aliento y le susurró con los párpados bajos:

—Enseguida lo sabréis. Os prometo que no vamos a hacer nada malo.

Así que definitivamente no era una cita amorosa. No sabía si sentir desilusión o alivio. Accedió con un gesto de cabeza y echaron a andar de nuevo. No entendía a qué venía tanto secretismo. Pensó en lo que le había dicho Madeleine el día anterior sobre madame de Montmorency, escamado. Que había cosas que no podía confiarle. A él la duquesa le parecía una mujer discreta y cabal. Si la moza no se había atrevido a hablarle de aquella excursión era que allí había gato encerrado.

Pero no iba a tardar en averiguar si era negro, con manchas o atigrado. Madeleine se detuvo frente a una casa de tres pisos con una severa fachada de piedra. La sintió respirar hondo antes de tomar la gruesa aldaba en su manita enguantada y golpear tres veces con firmeza.

Un criado de mediana edad abrió la puerta y les hizo pasar a un zaguán sombrío y pavimentado con losas de tierra cocida. Sin aguardar un momento y con una voz de autoridad de la que Bernard no la habría creído capaz, Madeleine le anunció que quería ver a su señor. El sirviente inclinó la cabeza y preguntó a quién debía anunciar.

—Es un asunto privado —respondió Madeleine. Esta vez Bernard creyó detectar un leve temblor en su voz.

El hombre dudó apenas un momento y enseguida les pidió que le acompañaran. Bernard siguió a Madeleine escaleras arriba, desconcertado por la docilidad con la que el lacayo acataba sus deseos. Pero la máscara y la capa camuflaban de manera sorprendente la juventud de Madeleine. Lo que el criado había visto al abrir la puerta había sido a una dama con aires de gran señora y acento de autoridad que llegaba acompañada por un gentilhombre armado y vestido de tafetán bordado. Ni se le había ocurrido contrariar a semejantes personajes.

Les introdujo en una estancia de la primera planta. Una sala alargada con la parte inferior de los muros recubierta de madera y la parte alta tapizada de cuero. De las paredes colgaban varios retratos de personajes con toga negra, pero el lugar de honor lo ocupaba un enorme aparador de ébano tallado en cuyo travesaño inferior reposaban diversas piezas de rica orfebrería. El lacayo guió a Madeleine hasta una silla de brazos que había junto a la ventana y luego anunció con voz indiferente:

—Monsieur Cordelier se encuentra trabajando en la biblioteca. Si madame tiene a bien aguardar unos instantes, le anunciaré que le aguardáis.

Y, sin más, cruzó la habitación y desapareció por la puerta del fondo.

Bernard se había quedado de piedra.

No podía ser. Lo que había escuchado no tenía sentido. ¿Qué diablos hacían allí? Se giró hacia Madeleine con la velocidad de un disparo.

La moza estaba rígida. Sentada en la silla con la espalda muy recta y las manos agarradas a los reposabrazos. Pero la maldita máscara no le permitía leerle el rostro. De buena gana se la habría arrancado de un tirón. Cogió aliento, buscando la forma de ordenar todas las palabras que se le agolpaban en la cabeza, pero si hablaba iba a soltar cualquier barbaridad imperdonable. La agarró de un codo, dispuesto a levantarla del asiento de un tirón:

—¡Vámonos de aquí ahora mismo!

Ella se revolvió:

—¡No me toquéis!

Dio un paso atrás, sorprendido. La voz de Madeleine había resonado dura y poderosa, irreconocible. Y a través de las rendijas de la máscara negra, unas pupilas metálicas le taladraban.

Se asustó. No parecía ella.

Justo en ese momento la puerta del fondo volvió a abrirse. El criado de Cordelier les observaba con una leve expresión de desconcierto. Anunció:

—El magistrado os recibirá cuando gustéis, madame.

Madeleine se puso de pie, despaciosamente. No dijo ni una palabra. Sólo le dio la espalda y cruzó el umbral. El criado cerró la puerta tras ella, atravesó la estancia, dedicándole una larga mirada de recelo, y desapareció a su vez escaleras abajo. Bernard se quedó solo.

¡Necio, necio y mil veces necio! Por eso no había querido decirle a dónde iban y por eso se lo había ocultado también a la duquesa de Montmorency. La muy… Y él pensando que iba a pasarse la tarde retozando con ella en alguna habitación discreta. ¿Cómo había podido dejarse enredar por otra mujer?

Cruzó la sala a zancadas dos, tres, cuatro veces. La sonrisa de serpiente del magistrado Cordelier se le aparecía en las mientes, burlándose de él, como en las mazmorras de Ansacq. Estúpida niña malcriada. ¿Para qué querría ver al hombre que la había hecho pasar por semejante horror? ¿Qué era lo que pretendía?

Se le pasaban por la cabeza mil desafueros. ¿Y si Madeleine los había engañado a todos con ese aire de inocencia? ¿Y si realmente había embrujado a toda esa gente en Ansacq y, presa de los remordimientos, venía a confesarle al magistrado sus culpas?

Menuda sandez. A lo mejor sólo quería mirarle a la cara de frente, ahora que ya no eran juez y prisionera. Recriminarle la muerte de su ama y preguntarle por qué había hecho lo que había hecho. El recuerdo de la mujer que la había criado tenía que atormentarla aún por las noches. Quizá lo necesitaba para quedarse en paz. Aun así, aquello era una insensatez.

Un grito femenino, agudo y urgente, cargado de pavor, interrumpió todas sus reflexiones. Sin pensárselo dos veces salió corriendo hacia la biblioteca y abrió la puerta con violencia.

Todo estaba en calma. Las estanterías recubrían las paredes cargadas de libros y legajos. Un tintero y dos pilas de papeles aguardaban ordenados sobre la mesa del centro de la sala. La luz gris penetraba en diagonal por la ventana. Un gato de pelo blanco se acicalaba pausadamente en una silla.

Y sobre la alfombra, a dos pasos de donde él se encontraba, un hombre yacía en el suelo. Su pierna izquierda se agitaba convulsamente, presa de un espasmo, e inclinada sobre él, la espalda de Madeleine temblaba, sacudida por fuertes temblores.

La muchacha levantó la cabeza. Tenía las manos cubiertas de sangre hasta las muñecas. La misma sangre que bruñía con su tinte viscoso las ropas negras del magistrado. El pomo de un puñal le asomaba a la altura del corazón.

—*Mal de terre*, pero ¿qué habéis hecho? —Se agachó a su lado. Madeleine le miró con ojos desorbitados, sin responder. La sacudió por los hombros—. ¡Vamos! ¡Tenemos que salir de aquí!

Ella asintió, volviendo en sí de repente, y se puso en pie. Bernard la agarró del brazo y la arrastró detrás de él fuera de la estancia. En ese mismo instante el criado de la puerta y un segundo sirviente, más joven y corpulento, entraban a la carrera en la antecámara. Desenvainó, sin pensarlo, y se interpuso entre ellos y Madeleine. Tenía que evitar que entraran en la biblioteca hasta que ellos hubieran tenido tiempo de alejarse de allí:

—¡Fuera de aquí! ¡Ya! ¡Al que se acerque le rebano el pescuezo! —gritó, amenazador.

Debía de tener un aspecto lo bastante intimidatorio, porque los dos hombres retrocedieron hasta el descansillo sin chistar. Bernard les hizo gesto de que descendieran las escaleras por delante de ellos. En la mano izquierda llevaba sujeta a Madeleine, que le seguía paso a paso pegada a su espalda y temblando como una hoja. En uno de los últimos escalones se tropezó y tuvo que sostenerse en su hombro.

Exasperado, le gritó que se quitara los chapines de una vez, sin perder de vista a los dos criados. Una vez abajo, les ordenó que abrieran la puerta de la calle y empujó a Madeleine al exterior:

—¡Corred hacia el coche!

Apostado en el umbral de la puerta mantuvo al primer criado a raya, pero el más joven se escabulló escaleras arriba para ver qué era lo que había sucedido en la biblioteca. Y él no tenía forma de evitarlo.

Madeleine corría como un diablillo, con las faldas remangadas, calle abajo. En cuanto la vio doblar la esquina abandonó la vigilancia y de un salto salió raudo tras ella, galopando con todas sus fuerzas. A sus espaldas escuchaba las voces de los lacayos gritando que le detuvieran pero, gracias a Dios, los transeúntes no parecían dispuestos a entrometerse en los asuntos de un tipo que corría enloquecido con una espada en la mano.

Llegó a la esquina al mismo tiempo que el carruaje. Madeleine sostenía la portezuela abierta. Le gritó al cochero que les llevara lejos de allí, a toda velocidad, y subió de un salto.

Durante un rato ambos permanecieron en silencio, arrinconados cada uno en una esquina del carruaje mientras los caballos trataban de abrirse paso con la mayor ligereza posible por el centro de París, pero apenas conseguían ir al trote. Madeleine se enjugaba frenéticamente las manos en el forro de la capa. Bernard asomó la cabeza por la portezuela dos o tres veces. Daba la impresión de que nadie los seguía.

El carruaje cruzó una puerta de piedra. Bernard saludó con gentileza a los vigilantes, que al verlos bien vestidos no les pidieron más referencias, y por fin se encontraron en las afueras de la ciudad, ignoraba si al norte, al sur, al este o al oeste. Los caminos estaban tan embarrados que el coche no paraba de dar sacudidas, aunque iban al paso. Volvió a asomarse y le pidió al cochero que bajara el ritmo. Luego se cruzó de brazos. Madeleine se había quitado por fin la máscara, que ahora yacía hecha un gurruño a sus pies. Tenía el rostro congestionado y los ojos hinchados por las lágrimas. En algún momento se había mordido un labio y tenía unas gotitas de sangre en la barbilla.

Bernard cogió aliento:

—¿Se puede saber en qué cojones estabais pensando? —tronó, con toda la fuerza de sus pulmones—. ¡Me habéis llevado detrás de vos engañado! ¡«No voy a hacer nada malo, confiad en mí»! ¡Y un huevo no ibais a hacer nada malo! ¡Me habéis mentido y me habéis embaucado! ¡Con ese cuento del caballero andante y esos ojos enormes y ese vestido que os dejaba todo al aire! ¿Y para qué? ¡Para ir a asesinar a un hombre! ¡Estáis loca, loca de remate! ¡Tenía que haber dejado que os quemaran en la hoguera! ¡Sí señor, les tenía que haber dejado! ¿Cómo se supone que vamos a salir de ésta? ¡Os arrancaría la cabeza ahora mismo con mis propias manos!

Madeleine lloraba más y más fuerte, y Bernard no podía dejar de gritar. Al final, pidió al cochero que se detuviera y saltó a tierra, incapaz de permanecer por más tiempo en el interior del vehículo.

Estuvo deambulando por el campo nevado casi una hora y, de haber sido por él, se habría perdido entre los árboles todavía más tiempo, pero no se atrevía a dejar sola a Madeleine demasiado rato.

Cuando regresó, se la encontró sentada en la puerta, con los pies colgando y temblando de frío. El cochero dormitaba en el pescante y él había logrado calmarse un poco. Al menos lo suficiente para dejarla hablar y explicarse.

No había querido causarle problemas, le juró Madeleine entre hipidos. Pero las cosas no habían salido como había planeado. Pensaba que sería capaz de mantener la sangre fría. Que sería capaz de presentarse ante Cordelier, mirarle a los ojos, cortarle la garganta de un tajo y luego salir de allí como si tal cosa. Él no tenía por qué enterarse de nada. Y mientras aguardaban en la antecámara a que la llamasen, le había invadido la certeza absoluta de que aquello era lo que tenía que hacer. De que era lo correcto. Había sentido un frío desconocido en las venas. Una fuerza insólita alimentada por todo su rencor y su dolor y sus deseos de venganza. Pero el magistrado la había reconocido antes de que le diera tiempo a abrir la boca, se le había acercado con esa sonrisa repugnante que tenía y ella, de golpe, se había sentido indefensa, desnuda en una celda oscura, mientras los labios fríos de ese hombre sonreían. Pero no se había achantado. Le había clavado el puñal en el pecho, sin pensárselo.

Cordelier no había dicho nada. Se había arrodillado en el suelo, sujetándose la herida, y había empezado a sangrar.

Pero no se moría.

Sangraba y sangraba sin decir nada, pero no se moría. Había tenido que apuñalarle una segunda y una tercera vez. Y aun así no se quedaba quieto. Tenía una pierna que no paraba de moverse. Se había quedado moviéndose cuando habían salido corriendo de la habitación.

Se enjugó los ojos con el dorso de la mano, como una niña pequeña, pero la mirada que posó sobre él inmediatamente después estaba llena de una pesadumbre tan honda que Bernard sintió un escalofrío:

—No podía soportarlo. Saber que vivía allí, como si tal cosa, después de lo que me hizo… Después de lo que le hizo a Anne. ¡Le aplastaron los pulgares! Le aplastaron los pulgares y le destrozaron las piernas y… Y todo por mi culpa. —Fijó la mirada en él con más intensidad aún, como si le estuviera pidiendo que leyera en el fondo de su alma—. Nos peleamos porque no quise escucharla cuando me advirtió contra Lessay. Anne volvió a Ansacq sólo para traerme de vuelta, porque sabía el peligro que corría allí. Fue a buscarme para protegerme… Yo la maté.

Madeleine seguía llorando, pero las lágrimas le caían por las mejillas en silencio. Bernard sentía que toda su ira contra ella había desaparecido de golpe. En su lugar sólo quedaba una sensación abrumadora de compasión y un deseo intenso de protegerla.

Se acercó a ella y le pasó un brazo por encima de los hombros. Madeleine reclinó la cabeza sobre su pecho. Él le retiró la capucha y casi sin darse cuenta de lo que hacía se inclinó y le besó el cabello:

—Nadie os ha visto la cara. Y yo no voy a hablar. Os lo juro. Ahora os voy a llevar de vuelta a casa y vamos a hacer como si no hubiera pasado nada. Seguro que nadie nos identifica. Y pase lo que pase, no van a entrar a buscaros a casa de los duques. Tenemos que estar tranquilos.

Madeleine hizo un gesto obediente con la cabeza y se enjugó las lágrimas, más sosegada.

Bernard, en cambio, no se creía ni una palabra de lo que le había dicho. Un magistrado del Parlamento asesinado en su propia casa por una dama enmascarada no era algo que la justicia pudiera dejar pasar como si tal cosa.

A él le daba que no iba a ser tan fácil salir con bien de aquello.

30

Charles se detuvo en seco. La bola de nieve había pasado a menos de un par de pulgadas de su nariz. Giró la cabeza, amoscado, y parpadeó para desprenderse de los cristalitos de agua que el proyectil le había dejado colgando de las pestañas.

En el centro de la plaza una niña de unos diez años con largas trenzas rubias y las mejillas coloradas por el frío le observaba con las manos a la espalda y expresión inocente, pero presta a huir de un salto si se torcían las cosas:

—Disculpadme, monsieur. Le quería dar a mi amigo, que estaba detrás de vos.

Miró hacia atrás. Había media docena de críos en la plaza, pero ninguno a su espalda.

—¡Mentira! —Un pilluelo con la cara llena de pecas y las medias caídas le dio un empujón a la niña en el hombro—. ¡Jeanette quería ver si os acertaba y os tiraba el sombrero!

Charles torció el gesto y dio dos pasos largos hacia la chiquilla, se agachó a toda velocidad, cogió un buen puñado de nieve y se la arrojó a la cara a la niña, que se quedó mirándole con la boca abierta, indignada y estupefacta, mientras el resto de la pandilla huía en desbandada.

Fue una fuga breve. La pequeña tropa no tardó más de unos segundos en reagruparse y dar comienzo a una verdadera batalla campal. La cría de las trenzas era la cabecilla indiscutible y al principio sus soldados atacaron de manera coordinada, pero pronto la refriega se convirtió en un todos contra todos que sólo concluyó cuando Charles se avino a pedir misericordia, con la lengua fuera y sujetándose un costado.

Uno de los pillos le tendió los papeles que se le habían caído de un bolsillo en plena carrera. Estaban empapados y manchados de barro. Los limpió con una manga, se despidió de ellos con una reverencia burlona, prometiendo una revancha, y cruzó la plaza hasta el portón de su casa con una amplia sonrisa.

Aquella mañana se había despertado tarde, con el sol ya en lo alto, y había pasado un par de horas en los establecimientos de libreros e impresores del barrio, charlando y hojeando novedades. Uno de ellos le había regalado aquel pasquín de pocas páginas que le tenía guardado. Se lo había encontrado días atrás en la trastienda, poniendo orden, y se había acordado de que él andaba buscando publicaciones sobre Ravaillac y Enrique IV.

A aquellas alturas a Charles ya no le valía de nada, pero le había dado las gracias y se lo había guardado en el bolsillo.

Llevaba un par de días así, deambulando a solas y cavilando, lejos del Louvre, de las bodegas que frecuentaban sus compañeros de armas y de las tabernas donde se refugiaban sus amigos poetas. Necesitaba tranquilidad para pensar.

Se había dado cuenta de lo mucho que se había equivocado en los últimos tiempos.

Lo que le había conducido al desastre había sido la urgencia desmesurada de sus ambiciones. Aún era muy joven. No llevaba en París ni dos años. Y había conseguido más que la mayoría. Podría haberse conformado. Pero no. Había querido demostrar que era mejor que nadie, que era el más hábil y el más inteligente. Y no había hecho más que meter la pata y hundirse en la miseria, primero con Angélique y el cordero y luego con Bernard y las cartas de la reina. Casi veía la pérdida del favor del cardenal como un justo castigo a su soberbia. Ahora, con sus pretensiones descabezadas, no le quedaría más remedio que moderar sus aspiraciones y ceñirlas a sus posibilidades reales.

El mundo de la Corte y la alta nobleza no era el lugar que le correspondía y había llegado la hora de aceptarlo sin alharacas. Igual que había sido una estupidez pensar siquiera que una condesa podía llegar a mirarle como algo más que un simple servidor de talento. Por mucho que su corazón le exigiera lo contrario, había decidido que aquel absurdo tenía que concluir. Quizá lo más sensato fuera retomar los estudios y revestirse del prestigio de una toga. Era un camino perfectamente compatible con unas razonables aspiraciones literarias. Eso si al marqués de La Valette no le daba por ir a buscarle y rebanarle el pescuezo antes de que hubiera tenido tiempo de volver a poner el pie en la Sorbona…

Al final, cansado de callejear, se había sentado en una cantina frecuentada por estudiantes a beber sidra y, para pasar el rato, había estado hojeando el libelo que le había regalado el librero: *Verdadero Manifiesto sobre la muerte de Enrique el Grande* por mademoiselle de Escoman.

Charles había reconocido de inmediato el nombre de la autora. Esa tal Escoman era la pobre loca que, según Boisrobert, se había plantado en el Louvre después del asesinato de Enrique IV asegurando que conocía a los cómplices de Ravaillac.

Pero aquel pasquín contaba una historia un poco distinta. La mujer decía que había escrito aquella breve relación desde la cárcel para dar a conocer la verdad y aseguraba que había intentado advertir a los reyes antes del asesinato.

Contaba que había servido a una de las últimas amantes del rey y luego a una de las amigas del duque de Épernon, y que les había oído discutir de la muerte del monarca en diversas ocasiones. También afirmaba que había alojado a Ravaillac en su propia casa, meses antes del asesinato, a petición de sus ilustres conocidos, y que el iluminado le había declarado sus intenciones.

Además, aseguraba que había hecho lo imposible por advertir a los reyes, que había logrado llamar la atención de María de Médici y que la florentina había prometido atenderla. Pero al final no había conseguido verla. La esposa de Enrique IV parecía jugar a evitarla, rehuyéndola y olvidándose una y otra vez de que se había ofrecido a recibirla en el Louvre.

En vista de las dificultades, la mujer había tratado de hablar con los jesuitas, pero la habían tomado por loca. Incluso había intentado advertir de lo que se tramaba al boticario de la reina. Pero nadie le había hecho caso.

Era un relato muy breve y no daba muchos detalles. Pero desde luego, o la mujer estaba en verdad loca de remate o lo que contaba pasaba de curioso. En cualquier caso, el negocio ya no era asunto suyo. A Enrique IV se le podían llevar los diablos, que para eso estaba muerto y enterrado. A él se le daba una higa quiénes hubieran instigado a su asesino.

Y los niños de la plaza le habían dejado los papeles tan empapados que igual podía haberlos dejado tirados, reflexionó, acabando de subir los últimos escalones de su casa.

Golpeó la puerta con los nudillos. Nada. O Pascal se había quedado dormido o andaba zascandileando por cualquier sitio. Se cambió de mano los papeles mojados e introdujo la derecha en la faltriquera para buscar la llave. Entonces se dio cuenta de que la puerta no estaba encajada. Qué extraño. La empujó con precaución y asomó la cabeza por la abertura. Había algo tirado en el suelo.

Su jubón de terciopelo azul. Y alguien lo llevaba puesto.

Pascal.

Lo iba a deslomar. Capaz era de haberse emborrachado y haberse quedado dormido con sus prendas puestas, manchándolas de vino.

Abrió la puerta de un empellón. El mozo estaba tumbado boca abajo en mitad del suelo y, tal y como había previsto, llevaba puesta su ropa, sus botas buenas y su tahalí cruzado sobre el pecho. La espada estaba en la vaina y el sombrero con la gran pluma de avestruz teñida de azul aplastado a su lado. Y el jubón estaba manchado. Pero no de vino. A no ser que se hubiera derramado encima una garrafa entera.

Se arrodilló a su lado y le dio la vuelta con urgencia, rogando entre dientes.

Las pupilas turbias de Pascal se clavaron en el techo. Tenía la mandíbula entreabierta y varias estocadas le atravesaban el pecho bañado en sangre.

Murmuró su nombre, asustado. No podía ser. Le palmeteó las

mejillas y le sacudió con fuerza, agarrándole por la ropa. Pero cualquier intento era inútil.

Estaba muerto.

Se incorporó, alerta, y extrajo la espada de la funda. No se escuchaba nada. Nadie iba a ser tan necio como para emboscarle dejando un cadáver tirado, a modo de advertencia, y un arma al alcance. Pero aun así entró en el cuarto principal para asegurarse. Todo estaba en orden y no había ni el menor signo de lucha.

Regresó junto a su criado arrastrando la punta de la espada sobre el suelo y se agachó de nuevo a su lado para cerrarle los ojos. Los párpados se negaban a obedecer y tenía la quijada rígida y las mejillas heladas. Debía de llevar horas muerto. Acabo dándose por vencido y volvió a incorporarse. Sentía un frío intenso en brazos y piernas, y la cabeza extrañamente ligera.

Caminó de vuelta hasta su habitación, aún aturdido. ¿Por qué iba nadie a colarse en su casa para asesinar a un pobre mozo inofensivo? Empujó la cama, se puso de rodillas, introdujo la punta de un cuchillo entre dos baldosas y levantó una de ellas. Su dinero seguía allí, intacto. Revisó el escritorio, la librería. Nadie había tocado nada. Incluso las pistolas estaban en el mismo sitio. Se quedó plantado delante de la ventana, preguntándose qué hacer a continuación y maravillado con su propia calma. Una calma muy rara porque, ahora que se daba cuenta, las manos le temblaban.

Entonces comprendió: «El marqués de La Valette os va a hacer matar como a un perro». Boisrobert se lo había anunciado.

Y el majadero de Pascal no había tenido más ocurrencia que ponerse sus ropas en cuanto le había visto salir de casa, para pavonearse a solas como un engreído. Si ni siquiera tenían un espejo en el que pudiera verse de cuerpo entero… Pensó en todas las veces en que su criado le había preguntado, anhelante, a qué edad había logrado meterle mano a una moza por primera vez.

Pobre idiota.

Seguramente los asesinos no le habían dejado tiempo ni de hablar. Les había abierto la puerta un jovenzuelo rubio, vestido con ropas elegantes, y habían pensado que era la persona que buscaban.

Sintió un vacío insondable en el centro del estómago y comprendió, desconcertado, que era alivio. Un alivio intenso e inesperado, que le pillaba de improviso, porque en ningún momento había sido consciente de estar tan inquieto por la amenaza del marqués de La Valette. Pero era su oportunidad. Le creía muerto. Si se buscaba otro refugio, en un barrio donde no le conocieran, y no asomaba la nariz en una temporada se olvidaría de él. Miró en torno suyo, pensando qué llevarse consigo, y entonces vio una sombra que revoloteaba tras la ventana.

Recordó de inmediato las advertencias de Pascal sobre los pájaros de mal agüero, el escándalo que había ocasionado el petirrojo al entrar por la chimenea y el terror de su criado. Así que, después de todo, no era la muerte de Bernard la que el mal bicho había venido a anunciar.

—¡Pajarraco del infierno! ¡Ya te has salido con la tuya! —De un salto agarró el aguamanil de metal y lo arrojó con todas sus fuerzas contra los cristales de la ventana, que saltaron en pedazos.

Se dejó caer contra la pared y enterró la cabeza entre los brazos. ¿Cómo había pensado siquiera en esconderse? Habían intentado matarle de la forma más indigna, como a un bellaco.

Le invadió una vergüenza abrumadora. Las manos le temblaban con más violencia que antes. Y ahora era rabia. Rabia e ira contra el hombre que había hecho matar a Pascal y le había hecho sentirse tan ruin. No estaba dispuesto a refugiarse en ningún agujero como un conejo asustado, rezando por que no le descubrieran.

Así que sólo le quedaba una opción.

Regresó junto al mozo, lo levantó del suelo, con esfuerzo, y depositó su cuerpo sobre la cama. Luego recogió la espada y bajó a la plaza casi a la carrera, tropezándose con los escalones. Los niños seguían allí y se habían arremolinado al pie de su ventana, en torno a la jarra abollada y los pedazos de vidrio. No supieron contestarle cuando les preguntó si habían visto a algún hombre desconocido entrar en el edificio a lo largo de la mañana, pero un guarnicionero que tenía su taller en la puerta de al lado le dijo que hacía quizá tres horas dos hombres se habían acercado a preguntarle si sabía dónde vivía monsieur Montargis. Sí, iban armados. Lo recordaba perfectamente.

Dos matones armados contra un criadillo que no había cumplido los quince. Seguro que después de despachar a Pascal habían ido a contarle al marqués lo fácil que había sido acabar con el poetastro, sin darle tiempo de desenvainar siquiera.

Se puso en marcha, repitiéndose que tenía que sosegarse. Que la sangre caliente no servía de nada a la hora de batirse. Que si quería vengarse necesitaba templar los ánimos. Pero no había caso.

Cuando llegó al hôtel de La Valette entró al patio llamándole a voces. Los criados le dijeron que no estaba en casa. Había salido hacía varias horas hacia el Picadero Real. Corrió hacia allí, sudando a pesar del frío, pero cuando llegó, el marqués ya se había marchado. Había dejado su montura al cuidado de un lacayo y se había ido al Louvre. Charles no se demoró ni un momento. Penetró en el edificio de las Tullerías y atravesó la Gran Galería, deteniéndose apenas para preguntar a los conocidos que se encontraban de guardia si habían visto al marqués de La Valette. A cada paso que daba, la ira le iba nublando más la razón.

Por fin llegó a los pies de la gran escalinata de honor, decorada con cuartos de luna, relieves de sabuesos e imágenes de Diana cazadora. Allí estaba, abrigándose para salir a la calle. Llevaba una casaca húngara y botas altas de equitación que afinaban su figura huesuda, acentuada por el contraste con las redondeces de su esposa, que esperaba junto a él. Un coche con las armas de su padre, el duque de Épernon, les aguardaba en el otro extremo del patio. Hacía tiempo que, con la excusa de una mala salud de la que no había vuelto a dar muestras, el viejo zorro había conseguido el privilegio de entrar a palacio en carroza.

Charles se quedó inmóvil y respiró hondo, buscando atropelladamente las palabras que debía usar para retar al marqués. Pero era incapaz de poner en orden sus ideas. Y La Valette se le escapaba. Le vio salir al patio y no le quedó más remedio que reaccionar. Echó a correr tras él antes de darle ocasión de subir al coche:

—¡Eh, monsieur! —gritó—. ¡No tengáis tanta prisa!

Con el rabillo del ojo le dio tiempo a ver las expresiones confusas de los guardias apostados junto al pasadizo del foso. La Valette se detuvo y se giró hacia él con expresión de desconcierto:

—¿Me habláis a mí? ¿Qué diantre se os ofrece con tales modos?

Charles se quedó mudo. El marqués no sabía quién era. Le había mandado matar como una alimaña y ni siquiera sabía quién era. La bilis se le acumuló en la garganta:

—Me llamo Charles Montargis.

La Valette le dio la espalda, a conciencia, y ayudó a su esposa a acomodarse en el interior de la carroza. Luego se giró otra vez hacia él, sin prisas:

—¿Y aún estáis vivo? Me habían asegurado lo contrario.

Hablaba con una flema insultante. Y no parecía más contrariado que si acabara de descubrir que sus criados no habían limpiado el polvo en una sala de recepción.

—¡Si queríais aseguraros, haber venido a buscarme vos mismo! ¡Cobarde despreciable! —Charles escupió en el suelo, lleno de asco.

La Valette tenía una mano sobre la portezuela del coche. Su mujer le tocó el hombro tímidamente y él la apartó con un gesto violento. Le miró de arriba abajo:

—No tengo por costumbre correr detrás de la gentuza. Esa tarea se la dejo a los criados.

Charles sintió que alguien le agarraba del brazo, pero no hizo caso, ni siquiera giró la cabeza. La sangre le latía con tanta violencia que le cegaba la visión. La mano se le fue al pomo de la espada. De buena gana se hubiera arrojado sobre aquel hijo de puta, allí a las puertas de la residencia real y a la vista de todos.

Pero sabía que si desenvainaba no tendría tiempo de tocarle ni un pelo. Estaban rodeados de espectadores que se abalanzarían sobre él en cuanto echase mano al acero. Y lo que él quería era terminar con aquello de una vez por todas:

—Exijo que respondáis por esas palabras. Donde queráis y cuando queráis.

La mano que le sujetaba se aflojó, impresionada por sus palabras. La Valette sonreía como si quisiera arrancarle la cabeza de una dentellada. Charles tragó saliva. Era vagamente consciente del aleteo del miedo, contenido en algún rincón profundo de su cuerpo, pero se negaba a prestarle atención.

Entonces una voz masculina cargada de autoridad exclamó desde el interior del coche:

—¡Basta ya de bufonadas! —Su dueño quedaba medio oculto tras las cortinas del carruaje pero Charles distinguió a la perfección el tono imperioso del duque de Épernon—. ¡Guardias! ¿Nadie va a detener a ese energúmeno?

Ni siquiera tuvo tiempo de darse cuenta de que el viejo se refería a él. Sintió un golpe en los riñones y otro en la parte de atrás de la cabeza; luego, un latigazo de dolor en los dedos de la mano derecha y de refilón vio que alguien se apoderaba de su espada. En un instante se encontró de rodillas en el suelo, sujeto por varios brazos.

Y el marqués de La Valette seguía sonriendo. Unos dientes pequeños y separados asomaban entre sus labios torcidos. Pero ya no parecía que fuera a saltar sobre él. Se aproximó a pasos lentos:

—Yo sólo me bato con mis iguales, mozalbete. A la escoria la despachan los lacayos. Tienes suerte de que nos encontremos donde nos encontramos. —Se inclinó para mirarle a la cara. Sus ojos metálicos no expresaban nada pero su voz era tortuosa como una culebra—. Pero sólo es una tregua de unas horas. Te has metido donde nadie te llamaba. Si no desapareces de París, en un par de días a más tardar te encontrarán muerto a palos en cualquier esquina. Y esta vez no habrá errores.

Charles no conseguía reaccionar. La rabia le ahogaba de tal modo que ni siquiera tenía fuerzas para revolverse. Jamás se había sentido tan impotente. El marqués de La Valette no iba a rebajarse a pelear con un simple guardia. Poco más que un lacayo. El muy malnacido le estaba negando la posibilidad de enfrentarse a él con dignidad.

Le vio darse media vuelta sin prestarle más atención y tironeó de los brazos que le sujetaban. Rápido, su espada. Si conseguía soltarse, aún podía atravesarle los riñones antes de que subiera al coche. ¿Dónde estaba su puta espada?

—¡Soy cien veces más noble que vos y que toda vuestra maldita ralea! ¡Cobarde! —gritó, medio ahogado por la cólera, mientras el coche abandonaba el patio—. ¡Sé por qué me queréis matar! ¡Tenéis miedo por todo lo que sé sobre vos y Angélique Paulet! ¡Conspirador! ¡Asesino!

Pero ya no le oían. Y él seguía sujeto por unos infames que se decían sus camaradas. A ellos también los iba a atravesar de parte a parte.

Los brazos que le retenían le ayudaron a alzarse del suelo y, finalmente, le soltaron. Se giró, buscando el estoque, tozudo y aturdido por el sofoco. Tenía el pecho inflado y las lágrimas de furia le emborronaban la mirada.

Alguien le cogió por los hombros. Garopin, su paisano y compañero de regimiento:

—¿Qué cojones ha ocurrido? ¿Os habéis vuelto loco?

—Voy a matarle. ¿Dónde está mi espada?

Por más vueltas que daba sobre sí mismo, no conseguía encontrarla. La cabeza le pesaba como si estuviera borracho.

Garopin le agarró por el cuello y con la ayuda de otros camaradas le arrastró bajo la bóveda de entrada y le sacó del patio, haciéndoles gestos a los centinelas para indicarles calma. Él se encargaba de alejar de allí al perturbado:

—Callaos de una vez —advirtió, obligándole a cruzar el foso—. Por lo menos hasta que estemos lejos de aquí. O acabarán por dar orden de prenderos.

—Y no creáis que sería mala cosa. Encerrado en las mazmorras por lo menos llegaréis vivo a mañana —remachó un soldado con cara de luna llena que no le soltaba del brazo. Era un tipo simple y cordial con el que había cambiado la guardia varias veces, pero Charles no conseguía recordar su nombre—. ¿Qué diablo os ha poseído?

—Vamos a tomarnos un trago. Y a calmarnos —le ordenó Garopin con tono paciente.

Le condujeron calle arriba y se dejó llevar entre los puestos del mercado de la plaza del Trahoir hasta su taberna habitual. Poco a poco iba recobrando la cordura. Se desembarazó de los brazos de sus camaradas, que esta vez no le pusieron problemas. Alguien le entregó el sombrero que había perdido en la refriega y se sacudió las rodilleras, llenas de barro. Las manos le temblaban todavía.

Se sentaron a una mesa tranquila y Charles les dejó que elucubraran y discutieran, sin abrir la boca. El arrebato de furia le había dejado exhausto y desorientado. Sus camaradas en cambio tenían algo muy claro: después de aquella escena pública, su vida no valía un denario. Estaban tan empecinados en que buscara refugio en algún sitio que acabaron por hacerle perder otra vez los nervios:

—¡No pienso esconderme de nadie! —De un manotazo arrojó dos vasos de vino al suelo—. ¡No soy ningún lacayo, ni un cobarde!

—No —le respondió Garopin, sin perder la calma—. Pero a este paso vais a morir como tal. ¿Es eso lo que queréis?

Por supuesto que no. Pero La Valette le había negado cualquier salida honrosa:

—No pienso salir corriendo.

Garopin gruñó, exasperado:

—¿Y qué hay de vuestro amigo de la infancia? El hijo del señor de Serres. Está en buenos términos con el conde de Lessay, ¿no? ¿Por qué no le pedís protección? —Charles negó con la cabeza y esta vez fue su camarada quien perdió los papeles y propinó un puñetazo en la mesa—. ¡*Parsangdiu*, Montargis! ¿Qué pretendéis? ¿Ganaros una corona de mártir? Ya habéis desafiado al marqués en pleno patio del Louvre, nadie os va a tomar por cobarde.

—Resguardaos una temporada —apostilló el tipo con cara de luna—. Es lo más sensato.

No le quedaban fuerzas para oponerse, así que acabó por acceder, con desgana. Garopin pagó la ronda y alguien volvió a colocarle la espada en la funda. A pesar de sus protestas, sus camaradas se empeñaron en escoltarle, quizá con la esperanza de cruzarse con alguna banda de lacayos armados con palos a los que acribillar a estocadas por el camino. Pero no hubo suerte; llegaron a la esquina de la calle de la Perle con el camino viejo del Temple sin incidentes y, después de asegurarse de que entraba en el hôtel de Lessay, le dejaron a solas.

31

Charles cruzó el patio arrastrando los pies y alzó la vista hacia los ventanales del primer piso y los apartamentos de la condesa.

Allí estaba otra vez. Hacía sólo unas horas andaba diciéndose lo necio que había sido por haberse atrevido a enamorarse de una dama como aquella y ahora venía a meterse de cabeza en la boca del lobo.

Se preguntó qué habría pasado si su marido no les hubiera interrumpido la última tarde, en la terraza del jardín. No lo sabía. Y no quería saberlo. La llegada de Lessay poniendo fin a aquel momento imposible era quizá lo mejor que les podía haber ocurrido. Pero el conde le había tratado como a un criado. Igual que La Valette, ni más ni menos. Y ahora tenía que venir a pedirle refugio, con el rabo entre las piernas.

Se le revolvió la bilis y detuvo sus pasos, dispuesto a dar media vuelta, marcharse de aquel lugar y que fuera lo que Dios dispusiera, pero justo en ese momento una mano se posó en su hombro. Se giró, sobresaltado.

Bernard. Iba vestido de punta en blanco, pero venía con el rostro descompuesto y traía esa expresión perdida que se le ponía siempre que tenía más ideas en la cabeza de las que podía manejar a la vez.

—¿Qué haces aquí plantado? —preguntó. Pero algo debió de ver él también en su semblante porque le propinó una palmada en la paletilla y le hizo un gesto para que le acompañara—. Anda, ven.

Charles le siguió hasta la puerta de las cocinas, en silencio. Bernard sólo abrió el pico, tras olisquear el ambiente, para pedir que les sirvieran un potaje de cebolla con mucho pan y una frasca de clarete.

Él era incapaz de comer nada. Se acodó en la larga mesa, aguardando a que Bernard terminara con su ración. Su paisano levantaba la cabeza de vez en cuando, con el entrecejo fruncido, pero no decía nada. Finalmente, engulló el último cucharón de sopa, apartó el plato y le espetó:

—Muy callado estás tú. ¿Qué te ha pasado?

Lo cierto era que el cuerpo le pedía desahogarse. Su naturaleza no era taciturna como la de Bernard. Y ni tenía fuerzas para disimular el revuelo de emociones que le azotaban por dentro, ni era su condición hacerlo. Pero en las cocinas había demasiada gente entrando y saliendo y prestando oído a lo que murmuraran. Le pidió a su amigo que subieran a su cuarto y en cuanto cerraron la puerta, se dejó caer en la silla y, sin tiempo a reflexionar ni a ordenar ninguna idea, le soltó:

—El marqués de La Valette va a hacerme matar.

Bernard se sentó en el baúl y se descalzó los zapatos de roseta que llevaba puestos con expresión de alivio:

—¡Bah! ¿Por lo del gentilhombre que mandaste a criar malvas el día de lo del cordero? Eso son cosas que se dicen en caliente…

—Pascal está muerto. Lo han confundido conmigo y lo han matado. Dos hombres a sus órdenes. Y yo me he encarado con él en el Louvre.

Bernard dejó de masajearse los dedos de los pies y le miró con la boca abierta. Charles le contó todo lo que había pasado desde que se había encontrado el cadáver de Pascal. A medida que hablaba, la ira y el dolor que se habían quedado latiendo, adormecidos en algún rincón de su pecho, iban despertando, y cuando terminó tenía otra vez los ojos húmedos y las sienes ardiendo.

—*Nom de Diu*, Charles. No sé ni qué decir. ¿Y de la vivales del cordero sigues sin saber nada? —Bernard le miraba con reconvención—. ¿Cómo has podido meterte en un lío así por una mujer que no se dejaba ni tocar? ¿A ti que más te daba que se viera con otro? No debí ayudarte a que entraras en su casa aquel día…

Su amigo aún no había comprendido nada.

—Pero ¿aún no sabes sumar dos más dos? A mí la vivales me la traía al fresco. Lo que me interesaban de ella eran sus amistades. Y no soy tan menguado como para jugármelo todo desvalijándole la casa por celos, como te dije. —Le miró a los ojos con intención—. Tenía encargo de espiarla.

Esta vez Bernard sumó mucho más rápido. El movimiento de rechazo fue inmediato:

—¿Para el cardenal?

—Sí, el cardenal —respondió Charles, fiero. Lo último que le faltaba era que le tocaran los cojones con escrúpulos nobiliarios—. No sé a qué viene esa cara. Que yo sepa, servir al cardenal es servir al rey. Aunque por lo visto se te ha olvidado que a eso venías a París tú también. A servir al rey.

Si tenía que haber bronca, que la hubiera. Bernard levantó la cabeza, picado, pero enseguida se desinfló y se quedó mirándole de refilón, callado. Qué raro. Algo tenía que pasarle a él también para estar tan dócil.

—Pues después de tantos servicios como le has prestado, no sé qué hace Su Ilustrísima que no te saca del apuro en el que te ha metido. —Fue lo único que le dijo. Estaba claro que aún le guardaba resquemor por el asunto de las cartas.

Charles se puso de pie y se acercó a pasos lentos hasta el ventanuco. Se acodó en el alféizar:

—El cardenal me ha despedido de su servicio.

Dudó un momento. No quería que Bernard creyera que se estaba haciendo la víctima. Pero estaba harto de ocultaciones y medias verdades.

Se lo contó todo, desde el principio. Empezando por sus primeros contactos con el abad. Le confesó cómo había logrado hacerse con el famoso broche de esmeraldas y cómo había logrado salir del embrollo en el que le había metido el robo de Gastón. Le habló de los mensajes de Inglaterra, de Angélique Paulet y de su misteriosa correspondencia, del asesinato de Percy Wilson y del

735

extraño encuentro de la Leona con el marqués de La Valette en la posada del muelle. Le describió cómo había tenido que huir despavorido cuando su gentilhombre le había descubierto, y cómo había permanecido en vela hasta el amanecer, convencido de que iba a aparecer alguien para degollarle de un momento a otro. Curiosamente, eso había sido la misma noche que Bernard había pasado jugando a las cartas en el hôtel de Chevreuse y su amigo recordaba bien la tardía aparición de La Valette, brusca y malhumorada, con la excusa de un asunto familiar. A saber si era algo que tuviera que ver con su enigmática cita. A esas alturas, ya no tenía importancia.

Terminó contando cuanto sabía sobre el ama de Madeleine y el proceso de Ansacq, y debió de estar más de una hora hablando, sin dejarse nada en el tintero, excepto los aspectos más vergonzosos de su relación con Boisrobert.

La penumbra de la tarde había ido invadiendo la pequeña estancia y apenas distinguía los rasgos de su amigo, que no le había interrumpido ni una sola vez. Sólo entonces se animó a concluir la relación dándole noticia de su entrevista con el abad en la sala de pelota hacía tres días y le confesó cómo le habían despedido por negarse a seguir espiándole.

—Así que estoy sentenciado —resumió.

Bernard se acercó a la mesa y prendió la lámpara de aceite. Iba cabeceando, intentando digerirlo todo:

—Menuda historia. Una cosa te digo. Si no fuera por la aventura de la vieja y las esmeraldas, que sé que nunca te inventarías algo que te dejara en tan mal lugar, pensaría que te lo has sacado todo de esa mollera de poeta que tienes. —Le puso la mano en el hombro de un zarpazo y se dejó caer de nuevo en el baúl, ahogado por bufido extraño, que se fue convirtiendo en una especie de risa gutural—. *Sang dou diable*, Charles. Vaya día has ido a escoger para ponerte la soga al cuello. ¡Vamos a acabar los dos en el patíbulo!

Charles se acomodó en la silla. Bernard tenía una historia que contar aún más extravagante que la suya. Al parecer, había ido a ver a Madeleine de Campremy al hôtel de Montmorency, habían tonteado un poco y, sin saber muy bien cómo, habían acabado asesinando al magistrado Cordelier en su misma casa.

Venía justo de llevar a la intrépida Judith de vuelta al hôtel de Montmorency:

—Le he dicho que no le diga nada a nadie. Que si tenemos suerte, nadie nos identificará. Pero ella estaba empeñada en confesárselo todo a la duquesa. No he conseguido convencerla.

—Bueno, quizá no sea mala idea. No creo que la duquesa la delate. Y a unas malas, a lo mejor puede protegerla —dijo para tranquilizarle—. De todos modos, la justicia no lo tiene fácil para identificaros. Los criados de Cordelier no te habían visto nunca, no saben quién eres. Y si el cochero no os recogió en el hôtel de Montmorency, tampoco sabe de dónde veníais. Hay que reconocer que por lo menos en eso la niña ha sido prudente…

Pero Bernard no mostró ningún alivio:

—Sí —gruñó—. Ella sí.

Qué mala espina le daba:

—¿Cómo que ella sí?

—¡Pues que yo no sabía que íbamos a matar a nadie! Le dije al cochero que esperara en otra calle por obedecerla y porque ella quería discreción. Pero yo no tenía nada que ocultar… y estuve charlando con él casi media hora. —Le miró con los ojos muy abiertos—. Le dije quién soy, Charles. Le conté dónde vivo, a servicio de quién estoy y hasta dónde he nacido. A Madeleine no le he dicho nada para no asustarla, pero yo no sé cómo nos vamos a esconder.

Charles le miraba, admirado. Se olvidó de sus propósitos de infundirle calma:

—Madre de Dios, Bernard. ¿Y si los criados dicen que os vieron huir en un coche? La justicia no tiene más que preguntar un poco. ¡Ni que haya cientos de carruajes de alquiler en París! —Su paisano lo tenía casi más negro que él. Alzó un dedo admonitorio—. Y reza por que a la niña no se le ocurra cargarte el mochuelo si os identifican. Imagínate que dice que has sido tú quien ha apuñalado a Cordelier.

A Bernard aquello ni se le había pasado por la cabeza. Abrió la boca dos o tres veces, pero no lograba formar las palabras:

—*Nom de Diu*, Charles. Menudo pájaro agorero —protestó

por fin. Se recostó en la pared y cerró los ojos. Pero enseguida volvió a abrirlos de golpe, sobresaltado—. Oye, de esto, ni una palabra a nadie. Ni siquiera a Lessay. Después de la que he liado con las cartas de la reina, me mata.

—Ni una palabra.

—Júralo —insistió Bernard, solemne.

—Lo juro —respondió, con firmeza, mirándole a los ojos. Era totalmente sincero.

—Gracias. Me alegro. —Le miró a los ojos—. No sabes cuánto.

Charles sintió que se le formaba un nudo en la garganta. Algo que se había roto entre ellos tiempo atrás acababa de recomponerse en aquel cuarto estrecho y oscuro. Aunque fuera a costa de sus mutuas desventuras. Tragó saliva y le arrojó un guante a la cabeza a su paisano para ocultar la emoción.

Éste lo cazó al vuelo y le miró a los ojos, medio en serio, medio en broma:

—Aunque nos van a acabar cortando la cabeza a los dos.

—La cabeza te la cortarán a ti, señor gentilhombre. Yo acabaré en la horca o apaleado, como corresponde a los de mi calaña. —Su intención había sido bromear, pero sus propias palabras le habían rascado las tripas como una plumilla mal tallada. Se ensombreció de inmediato—. La Valette no va a soltar el hueso. Lo de vengar al fulano que maté es sólo una excusa. Lo que no me perdona es que haya enredado en sus secretos y los de Angélique, sean cuales sean.

—A lo mejor, si no le hubieras llamado conspirador y asesino a voces…

—Estaba ciego. Y quería provocarle para que aceptara pelear conmigo.

Guardaron silencio un rato y Bernard suspiró con fuerza, cogiendo aliento:

—Escucha, Charles. Deberías ser sensato con ese asunto.

—¿Qué quieres decir?

—Que no deberías pisar la calle en una temporada. Ni volver a tu casa, desde luego. ¿Por qué no te quedas aquí? Estoy seguro de que a Lessay no le importa lo más mínimo contrariar a La Valette ofreciéndote protección.

Charles sintió que le quitaban una losa del pecho. Eso era lo que había ido a buscar a aquella casa, pero era mucho más digno si se lo ofrecían sin tener que solicitarlo. Aun así, se resistió un poco, por las formas:

—No quiero esconderme como un cobarde.

—Pues de momento no tienes otra opción —sentenció Bernard, categórico—. Y no hay nada deshonroso en ser prudente.

—Si pudiera batirme no tendría que esconderme —rezongó. De su miedo a instalarse tan cerca de Isabelle y de su batalla interna de sentimientos no dijo nada. No quería volver a discutir con su paisano por ella. Y dentro de la zozobra que la situación le causaba, no dejaba de tener gracia que fuera el propio marido, en su ignorante soberbia, quien los acercara el uno al otro. Era una forma de desquite algo tortuosa pero le habían dejado muy claro que él no era gentilhombre, así que no tenía que preocuparse por la honorabilidad.

La mente de Bernard discurría por otros derroteros:

—Oye, todo eso que me has contado de las detenciones de Ansacq… ¿Estás seguro de que es verdad?

—¿El qué?

—Que Anne Bompas no era bruja. Que era una espía de Inglaterra o algo así.

—Yo no he dicho que fuera una espía. Sólo que, de alguna forma, estaba al tanto de que Jacobo le había escrito a Luis XIII. Y que se encargó de que dos de los mensajes no llegaran a París. Ella misma se lo confesó a Cordelier. Sospechamos que algo tenía que ver con Angélique Paulet, que era quien tenía los contactos con Inglaterra. Pero no hubo forma de sacarle más, porque el cirujano del proceso, ese del que te hiciste tan amigo, la envenenó.

—Y la carta esa, la de las cuartetas de Nostradamus, ¿qué es lo que decía exactamente?

—Es un poco complicado.

—Explícamelo.

¿Por qué no? No tenía otra cosa que hacer y así ocupaba la cabeza. Le pidió recado de escribir y papel, y Bernard le proporcionó una pluma roída y una carta que le había enviado Madeleine de Campremy para que escribiera por el otro lado. Se sabía las cuatro estrofas más que de memoria, así que las fue escribiendo, con una letra grande y clara de maestro, mientras le explicaba a su amigo el significado de cada una de las predicciones del visionario provenzal.

Éste le escuchaba con una atención casi espantada, como un Moisés recibiendo las leyes de boca de Dios. Charles decidió probar suerte. Bernard no era culto, pero para algunas cosas era más espabilado que un cuco.

Le pidió opinión sobre la cuarta estrofa. Pero su amigo no supo ir más lejos de lo que habían llegado todos. El cardenal sólo podía ser Richelieu y, según los versos, su caída implicaría la ruina del rey, lo mismo que veía todo el mundo al primer vistazo.

—Yo creo que no tiene sentido darle tantas vueltas a los versos esos. —Bernard se levantó del baúl y fue a sentarse sobre la cama, con la espalda pegada a la pared y confundido entre las sombras—. ¿De qué sirvió que nadie predijera las muertes de esos tres reyes que me has contado? De nada. Los mataron de todos modos. Si el destino de Luis XIII ya está escrito, no sé de qué vale revolver tanto.

—¡No tienes ni idea de lo que dices! Ni tú, ni yo, ni nadie somos marionetas de la fatalidad. Quizá, si nadie pudo evitar esas muertes fue precisamente porque nadie supo descifrar los avisos a tiempo. Ahora es diferente. Estamos prevenidos. Si alguien lograse descifrar la maldita estrofa podría burlar al destino, ¿no te das cuenta?

Bernard no contestó. Seguramente estaba rumiando su respuesta. Charles no le veía la cara, pero al cabo de un rato le oyó mascullar, por fin:

—Sabía que había algo raro en esa historia de Ansacq. No era normal que hubiera tanta gente principal interesada. Aunque yo estaba convencido de que Anne Bompas era bruja. Todo el pueblo lo pensaba. —Hizo una pausa—. ¿En serio crees que van a matar al rey?

—Yo no creo nada. Es lo que dan a entender las centurias. Pero lo mismo es todo una chifladura. Si tú no hubieras tirado al río esos papelotes bastos que dices que tenía la vieja escondidos en su casa, como el animal que eres, a lo mejor habríamos conseguido juntar los tres mensajes del rey inglés y sabríamos algo más.

No hubo respuesta. Bernard había vuelto a quedarse mudo. Esta vez tardó tanto en decir algo que Charles temió que se hubiese quedado dormido. Cuando finalmente habló, su voz sonaba tan remisa como si viniese del otro lado de la tumba:

—Charles, tengo que confesarte algo —susurró—. Los papeles esos… No los tiré al río.

—¿Qué?

—Que no los tiré al río. Me los guardé con el resto de las cosas que encontré en la habitación de Anne Bompas y se los entregué a Lessay por la noche, en Chantilly.

Ahora fue él quien se quedó sin palabras. No acertaba siquiera a calcular las implicaciones de lo que Bernard acababa de decirle. Como si los pensamientos fueran pájaros inaprensibles que se le escaparan por todos los agujeros de la cabeza. El corazón le latía muy ligero de repente.

—¿Me mentiste?

—Bueno, tú también me mentiste a mí.

—Porque era secreto de Estado.

—Y yo no sabía lo que eran los malditos papeles. Lessay estaba en la Bastilla y no podía hablar con él. No quería meter la pata.

—¿Y después?

—Charles, ni siquiera he vuelto a acordarme de los papeles de marras…

—Pero ¿sabes dónde están?

—Supongo que los tendrá Lessay, si no los ha tirado.

—Podrías preguntarle.

Bernard gateó hasta el borde de la cama y le miró ceñudo:

—Ni lo sueñes.

—¿Por qué no?

—¿Y qué razones le doy? ¿Que Richelieu tiene interés en verlos? ¿Que me los ha pedido uno de sus hombres, al que por cierto tiene alojado en su casa? Sí, el mismo que me acompañó a Argenteuil con las cartas de la reina y la delató. —Se atornilló la sien con el dedo índice, dejándole claro lo que pensaba de su idea—. Nos despelleja, a ti y a mí. Y con razón.

—Le podrías decir que estás cortejando a mademoiselle de Campremy. Y que quieres devolverle los recuerdos de su ama —replicó. A veces le daba miedo la facilidad con la que encontraba recursos para llevar adelante una intriga.

—Ya. Y, en vez de dárselos a ella, te los doy a ti.

—¡No, necio! Dáselos a ella si quieres. Yo sólo necesito verlos y copiarlos. Nadie tiene por qué enterarse.

—Tú estás mal de la cabeza. Además, ¿para qué los quieres? ¿No decías que ya no querías saber nada de ese asunto?

Charles se revolvió en su asiento, armándose de paciencia:

—Parece mentira que haya que explicártelo todo. Esos papeles pueden ser mi redención. Si se los llevo, Richelieu me lo perdonará todo. Podrían convertir mi desgracia en triunfo. Salvarme la vida, incluso.

Bernard cruzó los brazos, atrincherándose en su determinación:

—Te he dicho que no.

—Dame una buena razón.

—¿La lealtad? Allá tú con tu conciencia, pero yo no estoy dispuesto a engañar a Lessay para que tú te anotes unos puntos con el cardenal. Y tu vida está a salvo mientras no salgas de aquí.

—Estamos hablando de la vida del rey.

Un argumento tan noble tenía que convencerle.

Bernard resopló, agobiado. Había algo que no le quería contar. Insistió:

—¿Qué pasa?

Su amigo agachó la cabeza y se arrancó un hilo de seda suelto de la pernera:

—Charles, ¿de verdad puedo confiar en ti?

El tono de la pregunta le hizo recular. Poco había durado su nueva hermandad si Bernard tenía que decirle algo así. Cayó en la cuenta del ansia con la que había estado hablando:

—Sí, te lo juro. Lamento haberme exaltado tanto.

—Entonces no insistas más. Dices que puede haber algún tipo

de conjura, con gente principal implicada… —Bernard escarbó con las uñas hasta que logró arrancarse otro hilo de los calzones, éste perfectamente cosido—. Bueno, pues yo he escuchado y he visto cosas. No son asunto mío y no pienso contarte nada. Pero sabes mejor que yo que hay muchos grandes señores descontentos. Si se destapara algo, no sé qué nombres podrían salir a relucir. No sé a quién estaría traicionando si te ayudara, Charles.

De modo que escogía guardarles las espaldas a sus amigos de la alta nobleza. Sintió una comezón conocida en la boca del estómago, pero consiguió mantenerla a raya. Tenía que intentar comprender las razones de su paisano.

—¿Y seguro que no te acuerdas de nada de lo que ponía en los papeles? —preguntó, resignado—. Por decirme eso no vas a traicionar a nadie.

Bernard sacudió la cabeza:

—En eso no te mentí. De verdad que casi no me fijé. Sé que había cartas y papeles llenos de garabatos y letras sueltas sin sentido, y que al menos uno estaba escrito en un idioma extranjero. —Se encogió de hombros—. Ya te dije que podía ser que fuera inglés, pero no estoy seguro.

—¿Eso es todo?

—No tenía tiempo para andar descifrando papeles. No abrí la caja más que un momento. Era un estuche de cuero rojo, como de este tamaño. —Bernard apartó las manos una cuarta y media—. Y estaba lleno de abalorios, de hierbas y de amuletos. Cosas todas para acabar en la hoguera. Lo único de valor que había era un anillo de oro con un pedrusco azul más gordo que la uña de mi pulgar.

Charles no insistió. Las cosas habían salido así y tocaba resignarse. Había hecho una promesa. Se consoló pensando que lo más probable era que, ignorante del valor que tenían, Lessay hubiera tirado a la basura aquellos «trastos de bruja» hacía tiempo. De modo que el resultado era el mismo que si Bernard los hubiera arrojado de verdad al río.

Bostezó, desencajando la boca sin remilgos, como un perro hambriento. Estaba agotado.

Bernard se puso en pie de un salto, abrió el arcón y sacó sus botas nuevas:

—¿Por qué no te echas un rato? Yo voy a ver si encuentro a Lessay. Hay montado un revuelo de tres pares de cojones porque anoche mató a un tipo en un duelo que concertó en el Louvre, y yo llevo todo el día perdido, apuñalando magistrados.

Charles alzó las cejas. En otro momento, le habría pedido a Bernard que le contara todos los detalles de aquella historia, pero aquella noche ya no tenía más ganas de charla:

—Habrá que avisar a la madre de Pascal. Pobre mujer.

—Podemos mandar a un criado. Y que traiga las cosas que te hagan falta. Tú descansa. No enredes por ahí —ordenó Bernard. Se le quedó mirando, con el pestillo de la puerta en una mano y el sombrero en la otra—. Escucha, Charles. Todas esas cuestiones de alta política no son asunto nuestro. No hay que darle vueltas a la mollera. Que los grandes señores solucionen sus asuntos solos. Nosotros, igual que si no supiéramos nada. Y que sea lo que tenga que ser.

Cerró la puerta y se marchó. Envidiable capacidad, *sang de Dieu*. A él no se le iban las cosas de la cabeza así como así. En fin, sería cuestión de intentarlo. Se descalzó, se tumbó en la cama y cerró los ojos, forzándose a no pensar en nada.

Pero no lograba dormir. Se quitó la ropilla para estar más cómodo y se levantó a colgarla en el respaldo de la silla. Encima del arcón estaba el papel en el que había escrito las cuartetas de Nostradamus para Bernard. Su mano derecha se apoderó de él, como si tuviera voluntad propia, y sus ojos volvieron a clavarse en aquellos versos impenetrables:

Arlés no muestras que se perciba el doble;
Y liqueducto y el Príncipe embalsamado.

32

Las centurias de Nostradamus? Sí, por supuesto, hay un ejemplar en la biblioteca. —Isabelle se atusó la falda, colocándose los pliegues con cuidado, para no tener que sostenerle la mirada a su visitante.

—Y ¿tengo vuestro permiso para leerlo, madame?

—Desde luego. Toda la biblioteca está a vuestra disposición.

Charles Montargis inclinó la cabeza y luego se quedó callado, sin moverse del sitio. Isabelle imaginaba que estaba buscando algo más que decir, para no tener que marcharse tan pronto.

Llevaba en su casa apenas tres días y ya había encontrado media docena de motivos para visitarla otras tantas veces: una consulta sobre a qué criado encargarle la limpieza de su mejor traje, un soneto de agradecimiento que había compuesto, un ofrecimiento de leerle en voz alta a su querido Góngora…

Ella le recibía siempre amable, fingiendo que no se daba cuenta de que todo eran excusas, pero se pasaba el tiempo aguardando sus visitas, como quien aguarda que le alcance por fin la lluvia después de haber oído el trueno en la distancia.

El joven poeta le hizo una reverencia, profunda y llena de gracia, y se dispuso a abandonar la estancia. Isabelle levantó la vista de sus faldas para verle marchar y, de pronto, sin saber de dónde había sacado el valor, preguntó:

—¿Os molestaría que leyéramos el libro los dos juntos? —La voz le había brotado muy pequeña, encogida por su propia osadía—. He jugado alguna vez a interpretar las cuartetas de Michel de Nostredame, yo sola, pero siempre es más entretenido debatir de estas cosas con alguien que aporte ideas propias...

Él se quedó inmóvil, en mitad de la estancia, inseguro, y por un momento Isabelle pensó que le iba a decir que no, o peor aún, que iba a aceptar su propuesta por obligación. Estaba a punto de desdecirse de sus palabras cuando él sonrió con timidez. Estaba todavía más nervioso que ella:

—Sería un honor, madame.

—Id a buscar el libro, entonces. Os aguardo aquí.

Montargis se despidió con otra reverencia y, en cuanto salió por la puerta, ella se puso también de pie. Se llevó las manos a las mejillas. A pesar del frío, las tenía ardiendo.

Era la Providencia la que había querido traerle a su poeta a su propia casa después de que monsieur de La Valette intentara hacerle asesinar y él le desafiara delante de todo el Louvre en un arrebato de imposible arrojo. ¿Le habría otorgado su marido protección de haber sabido que al hacerlo empeñaba ante los hados su corazón? No quería saberlo. Lo único que importaba era que cuando Charles Montargis acudía a verla, flotaba en el aire una dicha que casi podía tocar y su espíritu volaba ligero, inmerso en una primavera que sólo florecía para ellos. Aunque afuera el mundo siguiera sumido en el invierno, rudo y estéril.

Igual que los aceros de los hombres de monsieur de La Valette, que imaginaba acechantes e inmisericordes en todas las esquinas. Esperando. Tembló.

¿Debía llamar a su camarera para que les acompañase cuando él volviera? No sabía qué hacer. Cambió tantas veces de opinión que su regreso la sorprendió todavía indecisa, con la frente apoyada contra la ventana helada.

Montargis llevaba el libro apretado contra el pecho, sin saber muy bien cómo aproximarse. Ella le indicó la mesa, se acercó y lo abrió por una página al azar.

Permanecieron al menos un cuarto de hora uno enfrente del otro, de pie, leyendo estrofas sueltas y comentando nimiedades. Pero poco a poco el misterio de aquellos versos inspirados y terribles les fue atrapando, y la conversación se fue encendiendo.

Isabelle se preguntaba si habría sido un ángel quien había dictado todas aquellas visiones al sabio provenzal, pero a su compañero de lectura le interesaban más los detalles concretos. Le admiraba, por ejemplo, la precisión de la famosa cuarteta en la que el profeta había descrito la muerte del rey Enrique II en el torneo de la boda de su hija.

—Os propongo un desafío, madame. Veamos quién es capaz de encontrar más profecías cumplidas entre los eventos del pasado.

Ella aceptó encantada. Se sentaron el uno junto al otro y durante un rato largo estuvieron compitiendo entre risas y galanterías. Al principio estaba un poco intimidada, pero descubrió que el juego se le daba muy bien, y el brillo de admiración que desprendían los ojos de su poeta cada vez que le sorprendía con una observación ingeniosa la arrobaba.

De pronto, Montargis decidió cambiar las reglas del juego:

—Madame, sois una verdadera maestra, no puedo competir con vos. Os propongo un juego distinto: ¿por qué no intentamos ahora adivinar qué es lo que predice el profeta para el futuro?

Isabelle aceptó la propuesta encantada y él hojeó el libro adelante y atrás un rato, buscando una estrofa que le convenciera. No pudo evitar fijarse, al verle pasar las páginas, en que su poeta tenía los nudillos de la mano derecha enrojecidos y despellejados, y aunque él no había dicho nada, sabía muy bien por qué.

Su camarera le había contado que monsieur Montargis había tenido una discusión con Bernard de Serres el día anterior en el jardín. Al parecer, el gentilhombre de su marido se había cruzado con el marqués de La Valette en el Louvre y su poeta había empezado a hacer preguntas y recriminaciones. Estaba enfadado consigo mismo por haberse dejado convencer para refugiarse allí y había acabado por dar un puñetazo a un banco de piedra de pura frustración.

Ante la criada, Isabelle había hecho gesto de escandalizarse, pero en realidad admiraba el carácter apasionado de su poeta de sangre caliente. Comprendía que le reconcomiera la pérdida de su libertad. Y la impotencia que un espíritu como el suyo debía de sentir al no poder enfrentarse a su enemigo cara a cara. Ni el mismo Galahad habría aguantado aquello con paciencia.

—¿Qué os parece ésta? No se me ocurre ningún acontecimiento pasado al que pueda hacer alusión.

Le mostró una cuarteta de la octava centuria, desafiándola a que le encontrara algún significado.

A Isabelle no le asustaban los retos ni las adivinanzas, al contrario. Tomó el libro entre sus manos y le pidió que le llevara la silla junto a la ventana. Enseguida se le ocurrió una idea posible, si bien un tanto obvia. Leyó en voz alta las dos primeras líneas:

—«*Viejo cardenal por el joven embaucado. Fuera de su cargo se verá desarmado*». —Hizo una pausa, con el libro apoyado en su vientre abultado—. Habéis sido muy audaz escogiendo la cuarteta; cualquiera diría que se refiere a nuestros tiempos, a Richelieu. Pero ¿qué joven puede despojar al cardenal de su cargo? Me temo que yo no sé nada de política… ¿Baradas? ¿Gastón?

Había ido bajando la voz. No le gustaba especular en voz alta sobre los destinos de otras personas, sobre todo si estaban vivas. Los antiguos, que no permitían que nadie trampease con las moiras, lo consideraban una transgresión. No quiso decir más.

Montargis caminaba arriba y abajo por la habitación. Ella se concentró en sus pasos y sintió un estremecimiento delicioso y culpable a partes iguales. Volvió a sentir el peso del libro, cargado de ominosos versos.

—No es mala idea… —respondió su poeta, aunque Isabelle se dio cuenta de que le había decepcionado con aquella explicación tan banal—. Pero aguardad, ¿qué pensáis de la segunda parte? *«Arlés no muestras que se perciba el doble; Y liqueducto y el Príncipe embalsamado.»* Está claro que hay doblez, peligros, y la ciudad de Arlés, pero no es fácil de interpretar. ¿Y qué diantres es un licueducto? ¿Una especie de acueducto?

Isabelle dio un respingo al oír el juramento; seguro que lo había suavizado por ella, pero aun así le pareció de mal gusto. Aunque hasta cierto punto podía comprenderlo: él era un soldado y se sentía prisionero en su casa. Por algún sitio tenía que escapar la tensión.

748

Le observó atentamente y propuso:

—También podría ser que fuera el líquido el que transportara a algo o alguien. ¿Un barco?

Charles se detuvo y la observó con admiración:

—Eso no se me había ocurrido. Bien visto —exclamó, con toda la vehemencia de su sexo plasmada en la mirada.

Isabelle sonrió. Acarició con una mano el tapizado de rosas de su butaca:

—Monsieur, me temo que mis sospechas acaban de convertirse en certeza.

Él enderezó el cuello y se le subieron los colores de golpe:

—¿Madame?

Isabelle pestañeó del mismo modo en que había visto hacerlo a sus amigas, haciéndole sufrir un instante más. Sabía muy bien cuál era el temor que había hecho enrojecer a su poeta: que hubiera descubierto que estaba enamorado de ella hasta la médula, más allá de las frases de cumplido y los versos galantes. A ella también le nublaba el entendimiento el mero hecho de pensarlo:

—No hace falta ser Palas Atenea para comprender que vuestro juego tiene una intención oculta. Discutir sobre esta estrofa os apasiona de un modo tal que resulta difícil creer que la hayáis escogido al azar. Hay algo que no me habéis contado.

Charles enrojeció todavía más y balbuceó algo medio incomprensible, asegurándole que no sabía a qué se refería.

Pero casi de inmediato pareció avergonzarse de sus palabras. Se acercó hasta su asiento y agarró uno de los brazos de la silla. La miraba muy serio:

—Disculpadme. Tenéis razón. Ha sido una necedad pensar que no ibais a daros cuenta. Es cierto que no he escogido la cuarteta al azar. Pero no puedo deciros más. El secreto no me pertenece. —Bajó la voz—. No me he podido resistir a pediros consejo porque me resulta indescifrable y no conozco ingenio más claro que el vuestro.

Isabelle enrojeció y entornó los ojos, sonriendo. Un secreto. ¿Por qué no se lo podría contar? La idea de que estuviera mezclado en algún misterio y tuviera la integridad de no compartirlo con nadie le hacía más interesante a sus ojos.

Le observó apartarse unos pasos y apoyar el hombro en el tapiz de la pared, mientras acariciaba el marco de la ventana con sus dedos largos y nervudos, y la mente perdida en quién sabía qué arcanos. El mismo Apolo habría envidiado la belleza de su perfil, a un tiempo masculino y delicado.

De pronto, Isabelle se dio cuenta de la posición de abandono en la que permanecía, contemplando a su poeta. Hasta tenía las manos cruzadas sobre el pecho, como una *Madonna* extasiada ante la venida del arcángel Gabriel. Sintió un pudor intenso y se puso de pie a toda prisa para deshacer el embarazoso cuadro. Pero no sabía a dónde ir. Él no se había movido y no decía nada. ¿No quería continuar con el juego? Se acercó ella también a la ventana simulando que le interesaba el jardín desnudo, a una distancia prudente pero aun así turbadora.

Cerró los ojos y aguardó, sin hablar. Sentía que el aire se había hecho sólido y la atraía como un imán. Tenía que combatir aquella pulsión. Apoyó la frente en el cristal helado de la ventana, deseando con todas sus fuerzas que su poeta se apartara de allí y retomara sus paseos. Ella no podía moverse porque no tenía fuerzas. Pero él tampoco se movía. Sin duda seguía esperando que dijera algo inteligente acerca de aquellos viejos augurios. Y no se le ocurría nada. Sólo podía pensar que si se diera la vuelta de pronto y se miraran a los ojos, sería su perdición.

Poco a poco el frío del cristal sobre su piel la fue espabilando y disipó aquellas fantasías peligrosas. Charles Montargis tenía que marcharse. Ahora:

—Pues valiente augur, monsieur de Nostredame, si sólo funciona hacia atrás, como los cangrejos. —Se volvió hacia él, acalorada; quería empujarle con sus palabras—. Sus profecías no sirven para nada, sólo para que nos admiremos de lo sabio que era. Si de veras hubiera querido que sus advertencias sirvieran para algo, habría escrito más claro.

Ella misma se asombró de lo brusco de sus maneras. Sin embargo él sonrió. Estaba tan cerca…

—¿Cómo de claro? ¿«Enrique II, no participéis en ningún torneo cuando caséis a vuestra hija. Os van a clavar una lanza en un ojo»?

Se rió de su propia broma, nervioso, pero ella se quedó inmóvil y seria, atenazada de pronto por una duda terrible. Las cuartetas estaban escritas de manera tan enrevesada que no había forma de prevenir ninguna de las desgracias que anunciaban. ¿Y si su objetivo no fuera advertir de nada a nadie sino regodearse en los fallos del género humano? A lo mejor eran cosa del diablo más que de Dios.

Giró la vista de nuevo hacia la ventana, buscando un apoyo. Sentía que estaba a punto de marearse. El sol asomó inesperadamente de detrás de una nube y por un momento se quedó ciega. Un abismo profundo pareció abrirse a sus pies y perdió el equilibrio.

Unos brazos la sujetaron sin vacilación. Entreabrió los ojos. Las pupilas de su poeta, ardientes como zafiros, tenían una expresión predadora que nunca le había visto hasta entonces. La intensidad de su contacto le nubló el juicio y a punto estuvo de cerrar otra vez los ojos y deslizarse hacia la inconsciencia:

—Ayudadme.

Necesitaba un ancla, algo que hiciera que la habitación dejara de dar vueltas. Y él comprendió.

La besó con un cuidado infinito, sin apenas atreverse a separar los labios, a pesar de que sus dedos le apretaban los brazos con inequívoco afán. Su propia boca, sedienta y audaz, respondió como si tuviera vida propia y el mareo se disolvió en una explosión de sensaciones.

Se separaron enseguida, asustados los dos.

Cómo se había atrevido. El miedo le atenazó el corazón y las piernas le fallaron de nuevo.

Él tuvo que volver a sostenerla, pero ahora su contacto estaba lleno de timidez. La ayudó a acomodarse otra vez en la silla y acto seguido se arrojó al suelo, con una rodilla en tierra y la cabeza agachada. Isabelle sentía que las mejillas le ardían con violencia; su rostro debía de estar totalmente escarlata. Se llevó las manos a la cara para cubrirse y respiró profundamente, dando gracias de que él siguiera con la vista baja. Le oyó decir:

—Dueña mía…

Como si recurriendo al lenguaje de las caballerías pudieran disculpar lo que acababa de suceder.

No comprendía nada. ¿Cómo había permitido que su cuerpo galopara detrás de su alma de manera tan inesperada y vehemente? Ella, que desde que había abandonado hacía tres años el convento en el que se había criado, no se había dejado cortejar por ninguno de los grandes señores que habían pretendido sus favores con sensual grosería. No por sometimiento a los lazos del matrimonio, no había nada más absurdo que dejar que un contrato ejerciera dominio alguno sobre los sentimientos, sino porque ninguno estaba a la altura de lo que su corazón anhelaba. Y ahora había caído desvanecida en brazos de un hombre de posición muy inferior. La vergüenza le corría por las venas más caliente que la sangre. Tenía ganas de llorar.

Entonces escuchó el estallido de una tos violenta que le hizo levantar la cabeza con brusquedad. Una de las puertas se había abierto sin que se dieran cuenta y su camarera Suzanne luchaba por contener con su cuerpo a una figura enorme que la empujaba por detrás intentando entrar sin ceremonias.

—Su Excelencia, el duque de Montbazon —anunció la criada con voz cantarina, apartándose para dejarle pasar.

Isabelle se acarició el cabello, aturullada. Charles se puso en pie de inmediato, y ella le tendió la mano al duque, rezando por que no les hubiera visto en aquella embarazosa postura.

—¡Tío! —exclamó con una voz aguda—. Qué sorpresa más agradable.

En realidad era sólo tío de su marido, pero le tenía cariño y siempre le llamaba así. Hercule de Rohan, duque de Montbazon, se acercó apoyado en su bastón y se derrumbó en una silla junto a ella:

—¿Dónde se ha metido mi sobrino? Me ha invitado a comer y ahora no está en casa. —Entonces se fijó en Charles y le señaló con un dedo grueso—. ¿Y éste quién es?

El estómago de Isabelle dio un vuelco. ¿Les había visto o era una simple expresión de su naturaleza impetuosa? Se acomodó de nuevo en su silla y respiró hondo:

—Os presento a monsieur Montargis. Hombre de armas, poeta y huésped de esta casa. —Buscó algo más que decir, desesperada por excusarse—. Estábamos aquí pasando la mañana, estudiando las centurias de Michel de Nostredame.

Valiente estupidez, ni que a su tío Montbazon fueran a interesarle aquellas cosas. Aun así señaló débilmente el libro abierto y abandonado sobre el asiento, como una prueba de la honestidad de su conducta. Charles vino en su ayuda, aunque Isabelle le notaba aún más agitado que ella:

—Con vuestro permiso, monsieur. Estábamos intentando descifrar algunas de las cuartetas más oscuras que publicó el profeta Nostradamus, para pasar el tiempo. Es muy entretenido porque, como sabéis, la mayoría de ellas no están claras y admiten distintas lecturas. —Cogió el libro, lo hojeó para un lado y para otro, aturullado, buscando alguna de las estrofas que habían discutido, y se lo tendió al duque como si fuera una ofrenda—. Estos versos, por ejemplo, se han interpretado como una advertencia al buen rey Enrique IV, pero nadie supo descifrarlos a tiempo.

El duque frunció el ceño, estiró bien lejos el brazo y leyó los cuatro versos, moviendo los labios, con exasperante lentitud:

—¡Menudo descubrimiento! —proclamó por fin, mirándola a ella—. ¿Vengo a visitaros y me recibís con mamarrachadas?

Charles parpadeó, sorprendido, pero no se desanimó:

—No es más que un juego, monsieur. Es divertido. Hay correspondencias muy curiosas. Por ejemplo, el monarca de Hadria… —Hablaba con una ligereza que a Isabelle le pareció temeraria. Quizá ignoraba que su tío Hercule había sido un fiel amigo y servidor de Enrique IV y que aquel tema no podía sino traerle malos recuerdos. O quizá era justo lo contrario. Lo sabía perfectamente y era todo un hábil truco para hacerle olvidar lo que hubiera visto al entrar.

—¡A mí dejadme de monarcas de Hadria! ¡Y quedaos con vuestro libro! —Le devolvió el tomo a su poeta de malos modos—. Me lo sé de memoria. Que si el árbol, que si la alimaña roñosa… ¡No sé a quién le queréis dar lecciones, mozo!

Isabelle sabía que no había que hacer mucho caso de los exabruptos del duque. Siempre hablaba así, pero bajo sus modos bruscos se ocultaba un corazón alegre y generoso. De todos modos, no era un hombre que amara los libros, mejor no seguir mareándole con aquello. Iba a intervenir, pero Charles se le adelantó:

—No es nada que me haya inventado yo, monsieur —replicó. Bajo su tono humilde asomaba una puntita de orgullo herido—. Según he leído, fueron innumerables los sabios que trataron de hacerle llegar al rey mensajes de advertencia antes de su asesinato, pero él no tomó precauciones de ningún tipo.

¿No se daba cuenta de que estaba siendo un inoportuno? ¿Por qué no se callaba?

Montbazon espetó, con acalorada intensidad:

—¿Y qué queríais que hiciera? ¡Un rey no puede quedarse escondido entre cuatro paredes o retirarse a una provincia perdida!

Aunque a lo mejor no pasaba nada por dejarlos discutir. La reacción de su tío era una buena señal. Si les hubiera visto en actitud indecorosa no se hubiera dejado enredar en aquella conversación con tanta facilidad.

—En eso tenéis razón, monsieur —admitió Charles—. Un rey tiene obligaciones que cumplir, aunque eso signifique desafiar a la muerte. Esconderse habría sido indigno.

Isabelle dio un respingo. No le gustaba oírle hablar así. ¿Y si le daba por pensar en su propia situación? ¿No estaría considerando abandonar el refugio de su casa y ponerse al alcance de La Valette? Se decidió a intervenir, apresurada:

—Pero tampoco hay que tentar al destino innecesariamente. La prudencia y el valor no son incompatibles. No veo por qué el rey no podía haberse rodeado de hombres armados cada vez que saliera del Louvre, por ejemplo.

Charles sacudió la cabeza, testarudo:

—Quizá quería mostrar valentía, madame.

Montbazon la miró, condescendiente:

—Vos sois una mujer, no podéis comprenderlo. Vuestro instinto es proteger. El nuestro es pelear.

Charles tenía las palmas de las manos apretadas una contra otra y la cabeza inclinada hacia el duque como un discípulo aplicado. Por lo visto, estaba dispuesto a darle la razón en todo lo que dijera, como un bobo. Isabelle sintió de pronto una irritación difusa e intensa. Los dos se habían aliado contra ella:

—No todos los hombres son bárbaros sin civilizar... También los hay razonables. Algunos hasta son inteligentes.

Los dos rieron educadamente. Había querido zaherirlos, pero ellos se lo habían tomado a broma. Lo único que había conseguido era afirmarlos en aquella alianza absurda que la excluía.

No sabía qué le molestaba tanto. No era que quisiera a su poeta sólo para ella, o quizá sí, en cualquier caso su tío no tenía por qué venir a ponerles a uno en contra del otro. ¿Dónde había ido a parar esa energía irresistible que había estado a punto de hacerles estallar el corazón hacía un momento en contra de toda sensatez? Se había perdido entre toda esa palabrería vacua de valentones petulantes...

Se revolvió inquieta en la silla. El vínculo espiritual que les unía se había roto y se había convertido en algo prosaico y vulgar. Por un lado quería que los dos hombres se marcharan, pero por otro temía quedarse sola porque sabía que la invadirían la tristeza y el desaliento.

Los bobos seguían hablando de la muerte de Enrique IV, del número de guardias que iban o no iban con él el día fatídico y de las circunstancias que habían hecho que de pronto la carroza real quedara desprotegida. Charles se sabía todos los detalles de memoria y discutía con Montbazon con el mismo ardor que si le fuera la vida en ello. Igual que hacía un momento, cuando la había atosigado con esa cuarteta que hablaba de un licueducto y un cardenal.

Ahora se alegraba de que se hubiera guardado el secreto y no le hubiera contado por qué le apasionaba tanto. Seguro que el misterio que encerraba era algo tan feo y aburrido como su charla de ahora. No le interesaba lo más mínimo nada de lo que decía.

Su tío insistía e insistía en que todo eso de los augurios y las advertencias de los astrólogos eran cosas inútiles. El destino de Enrique IV estaba escrito y por eso ni las advertencias del cielo habían podido cambiarlo. Por algún motivo, a ella eso le irritaba enormemente. Le interrumpió sin miramientos:

—Decidme entonces, monsieur, ¿por qué iba Dios a molestarse en dar tantos avisos si sabía lo que iba a ocurrir?

—Pues no lo sé —contestó él, molesto—. Pero los dio.

Isabelle porfió:

—A lo mejor es que Nuestro Señor no estaba seguro de lo que iba a pasar. —La mirada escandalizada de su tío la espoleó a continuar—. A lo mejor es que no es todopoderoso y hay otras fuerzas que tienen influencia sobre la vida de los hombres y por eso, aunque quiso avisar al rey, no pudo hacer nada.

Isabelle estaba segura de que no había entendido lo que le había dicho, pero había percibido la burla. Charles trató de decir algo, y el duque le detuvo con un gesto de la mano y se encaró con ella malhumorado:

—¿Qué herejías son ésas?

Isabelle arrugó la nariz y se cruzó de brazos:

—Vos sabréis, sólo estoy resumiendo vuestras ideas.

Charles intervino, zalamero:

—Con todo el respeto, madame, ¿no creéis que enredarnos en una discusión teológica acerca de este asunto es exagerar un tanto?

Qué dos memos. El uno por simple y el otro por bailarle el agua al primero. No quería que hablaran más de aquel tema, ni de ningún otro. Pero no iba a dejarles la última palabra:

—¿Por qué? ¿Es una materia demasiado elevada para vuestra comprensión?

El duque tronó:

—¡Basta ya de importunar, niña! ¡A ver si os enteráis de una vez! No hay hombre de natural menos crédulo que yo. Pero hay cosas que las enseñan los años.

Isabelle arqueó las cejas, escéptica. No soportaba que se utilizaran los argumentos de autoridad de la vejez ni de la masculinidad para arrogarse la razón. A nadie que utilizara razonamientos tan zafios le habrían dejado ni sentarse siquiera a discutir en casa de la marquesa de Rambouillet. Charles lo sabía. Y aun así volvió a ponerse del lado del duque:

—Su Excelencia ha vivido mucho. Eso no se puede negar.

A Isabelle le daban ganas de llorar:

—La ciencia pesa más que las vivencias. —Alzó la barbilla y apuntilló, mirando fijamente al duque—: Y la instrucción es mucho más importante que los años.

El rostro de su tío era todo un huracán. Inclinó sobre ella su torso portentoso y vociferó:

—¡Qué instrucción ni qué niño muerto! ¡Estáis más verde que la alfalfa en mayo! ¿Es que me tomáis por un simple que se deja engañar por cualquier curandero de pueblo? —Hablaba de carrerilla, a punto de ahogarse de pura indignación y amor propio herido. Su tosquedad y su torpeza de ingenio solían ser objeto de chanzas en la Corte y, aunque él solía tomarse las bromas con buen humor, ella había sobrepasado la raya. Pero no pensaba dar marcha atrás.

Se cruzó de brazos:

—No lo sé. No soy yo quien ha dicho que todos nuestros destinos están escritos y no se pueden cambiar. Ni quien se cree a pies juntillas las predicciones de cualquier estafador.

Señaló con un gesto displicente el libro de Michel de Nostredame. Ese pretendido profeta no era más que un embaucador que la había tenido engañada toda la mañana y que le había vuelto tonta la cabeza con sus cuartetas, hasta hacerle perder el norte de modo que no supiera quién era ni lo que quería.

—¡A mí dejadme de libros! —rugió el duque—. ¿Queréis saber por qué estoy seguro de que la muerte del rey estaba escrita? Pues os lo voy a decir, queráis o no. El día que lo mataron, Enrique IV no pensaba salir del Louvre, ni para ver a su ministro enfermo ni a nadie. Dios sabe que no era un cobarde, pero al final los muchos presagios le habían impresionado. ¡Y fui yo quien le hizo salir a la calle! ¡Él había decidido hacer caso a las advertencias del cielo! Pero la Leona, Angélique Paulet, me pidió que le informara de que le aguardaba aquella tarde en casa del banquero Zamet. ¡Y yo no dejé de insistir hasta que no logré convencerle de que saliera a alegrarse el cuerpo! Cogimos el coche y pasó lo que pasó. ¿Qué creéis? ¿Que yo quería matarle o ponerle en peligro? ¡Pues no! ¡Sólo fui el instrumento del destino, que veía que el rey se le escapaba y no estaba dispuesto a dejarle ir! ¡Y no vais a venir vos ahora a decirme que fue de otra forma, porque yo estaba allí y lo vi con estos ojos que se ha de comer la tierra!

Isabelle retrocedió con la mano en el pecho, conmocionada por el arrebato del duque. Sintió de nuevo ganas de llorar y apretó los labios para contenerlas.

Charles murmuró:

—¿Mademoiselle Paulet?

Montbazon respiró hondo varias veces, tratando de recobrar la compostura:

—La misma. Entonces no la llamaban la Leona todavía, pero era la criatura más incitante que Dios haya puesto sobre la faz de la tierra. Y qué voz tan maravillosa, inocente y llena de picardía… —Suspiró, asiéndose a la imagen del pasado para calmarse.

Isabelle se llevó las manos a los labios:

—Nunca os había oído contar esa historia…

Su tío sacudió la cabeza:

—¿Para qué iba a contarla? En medio del caos de aquel día no se me ocurrió. En ese coche yo era el único que sabía a dónde íbamos. Era mejor que se corriera la voz de que nos dirigíamos al Arsenal, a visitar al ministro Sully. Así que me callé. ¿Qué importancia tenía? —Se frotó las mejillas y se apartó el pelo de la cara. Aún estaba colorado después de la explosión—. No había necesidad de apenar aún más a la viuda haciéndole saber que su marido había despreciado los consejos de cien adivinos, no para visitar a un amigo enfermo, sino a su amante… ¡Y si no me hubierais sacado de quicio tampoco os lo habría contado a vos!

Montbazon se toqueteaba distraído el pendiente derecho. A Isabelle no le cabía duda; su tío se sentía culpable. Si él no hubiera insistido en sacar al rey del Louvre, no le habrían asesinado. Ésa era la verdadera razón de su silencio:

—No fue culpa vuestra —le consoló.

—¡Claro que no fue culpa mía! —bufó el duque, irguiendo otra vez el torso. La miraba como si hubiera dicho un disparate—. Qué idea más peregrina. ¿No os estoy diciendo que lo que está escrito está escrito y no hay nada que hacer?

Isabelle cerró los ojos. No tenía ánimos de discutir más:

—No pretendía ofenderos —susurró.

—No me ofendéis. Pero no he mantenido el silencio tantos años para manchar ahora la memoria del difunto Enrique IV por culpa de vuestras zarandajas. Así que no vayáis repitiendo la historia por ahí, que no quiero oír en la Corte que el gañán de Montbazon anda contando cuentos inconvenientes. —Miró a Charles con las cejas fruncidas—. Y vos tampoco.

Isabelle le tranquilizó:

—No os preocupéis. Yo nunca diría nada y monsieur Montargis tampoco. Ya se nos ha olvidado toda la historia.

—Descuidad, nadie se enterará —prometió Charles a su vez, muy grave—. Podéis contar con mi lealtad.

—Está bien. No os pongáis tan solemne. Os creo. Si madame de Lessay responde por vos, por algo será.

Al escuchar aquello, Isabelle notó que las manos le empezaban a temblar. ¿Era un comentario con doble intención?

No, imposible. Su tío no había visto nada raro. No sospechaba nada. Estaba segura. Además, no tenía maldad como para hacer un comentario así. Pero no lograba tranquilizarse. Las lágrimas que llevaba conteniendo todo aquel rato comenzaron a brotar sin que pudiera hacer nada por detenerlas. El duque la miró, sorprendido, y se olvidó inmediatamente de sus agravios. Arrimó su silla y le abrazó los hombros:

—Vamos, vamos, madame. No quería asustaros. Es este maldito carácter. Ya está, ya está. Y vos… —Su voz se hizo más dura al dirigirse a Charles—. Será mejor que os retiréis. Ya habéis cansado bastante a la condesa por hoy con tanto verso raro.

Charles no replicó. Isabelle oyó cómo se alejaban sus pasos sin atreverse a abrir los ojos. El duque seguía dándole palmaditas en el brazo para calmarla, pero ella no podía parar de llorar. En su cabeza daban vueltas Enrique IV, Nostredame y los gritos ácidos de su tío.

Y, sobre todo, el recuerdo de la presión de los labios de Charles Montargis contra los suyos.

La vergüenza de haberse dejado besar por un vulgar soldado.

33

Charles abandonó los apartamentos de la condesa sin saber si estaba dormido o despierto.

Casi estaba agradecido de que el energúmeno de Montbazon le hubiera expulsado a voces. Se había quedado sin reservas de sangre fría y no sabía cuánto tiempo iba a poder seguir disimulando y dándole la razón en todo a aquel lerdo para que no sospechara nada. Pero le había obligado a dejar a Isabelle sollozando desamparada. Y ni siquiera sabía por qué lloraba. ¿Por los malos modos del duque? ¿O porque estaba arrepentida de lo que había pasado?

Qué locura. Aún no entendía cómo se había atrevido a besarla.

Sin embargo, en un momento dado lo había sabido, con absoluta certeza. Isabelle no quería romances bucólicos, ni caballeros suspirando de desesperanza a sus pies, ni más palabrería galante. Le quería a él.

La había abrazado con una dulzura de la que no se sabía capaz. Era tan delicada, tan preciosa. Había tenido que resistir el impulso de estrecharla con fuerza para impedir que se escapara. Al separarse de ella, revuelto y confuso, tenía la piel de gallina y se sentía como si le hubiesen concedido el privilegio de acariciar algo infinitamente frágil y valioso. Apabullado por una mezcla de devoción, miedo y euforia.

Se quedó rondando junto a los apartamentos de la condesa, esperando a que Montbazon se fuera. Tenía que regresar y hablar con ella. Necesitaba saber qué significaba lo que había ocurrido. Pero, al cabo de un momento, el marido se presentó para el almuerzo. Charles murmuró un saludo y no le quedó más remedio que escabullirse, con el regusto de que quizá estaba corriendo más peligro entre las paredes de aquella casa, a la que había acudido para refugiarse, que en la calle, a merced de los matones del marqués de La Valette.

Bajó al jardín a respirar a cielo abierto pero al poco, hastiado de dar vueltas entre los parterres, decidió ir a buscar a Bernard. El muy gañán dormía la siesta entre ronquidos y resoplidos de bestia montaraz. Habían pasado tres días y nadie le había buscado querella por el asunto de la muerte del juez. Aun así, era asombrosa la facilidad con la que se olvidaba de todas sus preocupaciones en cuanto empezaban a pesarle los párpados. A él le hormigueaba todo el cuerpo. No tenía hambre, ni sueño, y ni siquiera podía salir de aquella casa.

Acabó sentado en los escalones de la entrada, tratando de distraerse con las idas y venidas de los sirvientes por el patio, envuelto en su capa y dejando que el aire helado le raspara las mejillas. Dos palafreneros luchaban a brazo partido contra el semental español del conde, que se negaba a dejarse entresacar las crines. Uno de ellos se había llevado un bocado en un hombro y el otro había esquivado por los pelos una patada en plenos hígados.

Para apartar de su mente a Isabelle, se refugió en el otro pensamiento que no le abandonaba la cabeza. Entre tantas voces y propósitos desatinados, el duque de Montbazon había dicho algo que había captado su atención al instante. No, él no era el culpable de que Enrique IV hubiera abandonado la protección del Louvre el día de su asesinato: era Angélique Paulet quien había reclamado la compañía del rey; la que le había hecho salir a la calle el día que Ravaillac le aguardaba para matarle.

¿Cómo no hacer conjeturas? Angélique llevaba acechando en torno al misterio de las malditas cuartetas desde el primer día. Y ahora resultaba que había sido ella, cuando sólo tenía dieciocho años, quien había hecho que se cumpliera la profecía sobre la muerte de Enrique IV.

Además, si la Leona tenía como misterioso protector al marqués de La Valette, hacía quince años había sido el padre de éste, el duque de Épernon, quien había estado implicado de la forma más sospechosa en la muerte del rey, por su familiaridad con el asesino Ravaillac, según le había contado Boisrobert.

Eran los mismos nombres con quince años de distancia.

Y Dios sabía si no eran los nervios los que le estaban haciendo pensar dislates, pero había otro nombre más. Un tercer nombre que se repetía.

El abad había cortado sus elucubraciones de raíz cuando se había atrevido a insinuar que María de Médici había sido, junto con Épernon, la mayor beneficiada por la muerte de Enrique IV. Pero ¿cómo no iba a hacerle callar? Boisrobert servía al cardenal y el cardenal era la criatura de la reina madre. Nadie muerde la mano que le da de comer.

Sin embargo, el nombre de María de Médici aparecía también en la carta que el maestro Rubens le había escrito con tanta deferencia a Angélique Paulet. Esa carta que nada tenía que ver con los mensajes de Inglaterra en apariencia, pero que tan inexplicable resultaba.

Charles había perdido tanto crédito a los ojos del cardenal, que lo mismo Richelieu también creía que se había inventado aquello. Desde luego, mucha importancia no parecía que le hubiese dado. Pero él había tenido la carta en sus manos y llegar hasta ella le había costado la ruina, una sentencia de muerte y la vida del pobre Pascal.

Angélique, María de Médici, Épernon y su hijo La Valette…

Tenía la impresión de estar pisando arenas movedizas, pero de pronto se acordó del panfleto que había leído la misma mañana en que había encontrado el cadáver de su criado.

Las memorias de esa tal Jacqueline de Escoman, que había servido en el entorno de Épernon y había conocido a Ravailllac, empeñada en avisar a María de Médici de que la vida del rey corría peligro mientras la reina parecía rehuirla a propósito para no tener que escuchar sus advertencias.

Manoseó tanto aquellos pensamientos y con tanta insistencia

que terminó por desgastarlos, y entre las hilachas volvieron a colarse los labios de Isabelle y el peso delicioso de su cuerpo entre sus brazos. Se arrebujó en la capa y tamborileó con los pies helados en el suelo.

Tenía una corazonada. Boisrobert le había dicho que la tal Jacqueline de Escoman había terminado en prisión, acusada de levantar falsas acusaciones contra el duque de Épernon. ¿Y si la mujer seguía viva? A lo mejor podía lograr que le dejaran visitarla. El Palacio de Justicia estaba en la isla de la Cité, a un cuarto de hora largo de camino si no remoloneaba. Bien embozado no había riesgo de que nadie le reconociera. Estaría de vuelta de sobra antes del anochecer. Y allí no aguantaba más.

Se puso en pie, se sacudió la culera de los calzones y, sin más cavilaciones, cruzó el patio y salió a la calle con paso determinado.

Pero las cosas no fueron tan rápidas como había planeado. Aunque logró que un par de guardias que conocía le introdujeran de rondón por delante de otros solicitantes, tuvo que aguardar más de una hora curioseando entre los mil y un comercios de telas, guantes perfumados, espadas, cueros y hasta libros que invadían las salas, antes de conseguir hablar con algún oficial de la justicia. Todo para que le atendiera un mozo con pocos años más que él, que debía de estar aún en mantillas en la época de la muerte de Enrique IV y al que el nombre de Jacqueline de Escoman no le decía nada. Al menos se ofreció a consultar los archivos, no sin advertirle que lo más probable era que no encontraran nada. El incendio que había arrasado el Palacio en 1618 había hecho desaparecer la documentación de cientos de viejos procesos.

En efecto, después de un rato largo de pesquisas lo único que sacaron en claro fue que la tal Escoman no había permanecido en las celdas del Palacio más que unos meses, antes de que la trasladaran al convento de las Arrepentidas de Saint-Magloire. El mozo no sabía decirle si a aquellas alturas estaba viva o muerta.

Era una mala noticia. Las agustinas de Saint-Magloire acogían entre sus muros a decenas de penitentes. Unas eran verdaderas arrepentidas, rameras y busconas de baja estofa, que entraban en religión para escapar de la miseria de las calles. Otras estaban allí a la fuerza, encerradas por sus familias, para que expiaran su mala conducta. Pero todas ellas estaban sometidas al mismo régimen de clausura estricta. Pocas opciones tenía de que le dejaran comunicarse con Jacqueline de Escoman, aunque siguiera viva.

Aun así decidió tentar un poco más a la suerte. El convento estaba a media altura de la calle Saint-Denis. Casi le pillaba camino de regreso al hôtel de Lessay.

Se llegó hasta allí tan rápido como pudo, atravesó el arco de entrada y penetró en un zaguán escueto y frío, con los muros pintados de blanco. Tiró de la campanilla y cuando escuchó la portezuela de la celosía se inclinó, con suma prudencia, y le preguntó a la portera si residía entre sus muros Jacqueline de Escoman y en qué condiciones podía visitarla. Le respondió un silencio tan prolongado que pensó que sin duda la mujer que había ido a ver debía de llevar años muerta. Aquella monja ni siquiera recordaba su nombre.

Pero finalmente escuchó un suspiro hondo:

—La dama por la que os interesáis no puede recibir visitas bajo ninguna condición, monsieur —explicó la religiosa—. La desgraciada se encuentra afligida por una profunda demencia. Ni siquiera convive con la comunidad. No nos sería posible atenderla… Y la pobre alma sería un peligro para el resto de las penitentes.

—Pero ¿reside aún aquí?

—Sí, desde luego. Permanecerá con nosotras hasta que el Señor decida que ha llegado su hora.

—¿Y estáis segura de que no hay forma de verla, hermana? Aunque su razón esté enferma, alguna vez recibirá visitas —insistió, con pocas esperanzas. Si tan estricto era el régimen bajo el que estaba recluida la mujer, no iban a hacer ninguna excepción con él, que no era ni un pariente ni un poderoso.

—Nunca. Ya os digo que ni siquiera comparte la vida de la comunidad —respondió la sombra oscura, al otro lado de la celosía—. Su condición es tan grave que hubo que construir una celda aislada en uno de los patios para alojarla lejos de las demás penitentes. No le está permitido salir y no tiene contacto con nadie. Estamos obligadas a darle de comer y de beber a través de un ventanuco enrejado.

Estaba claro que no había nada que hacer. No le quedaba sino darse la vuelta con el rabo entre las piernas. Pero entonces, como si tuvieran voluntad propia, sus labios pronunciaron un nombre; uno de los pocos nombres que a buen seguro tenían potestad para atravesar los muros de aquella clausura. Ocurrió de manera espontánea, sin que Charles se diera apenas cuenta de lo que estaba haciendo:

—Hermana, os ruego que me disculpéis. Quizá debería haberos dicho desde el primer momento que es Su Ilustrísima el cardenal de Richelieu quien me envía a interesarme por la suerte de mademoiselle de Escoman.

El efecto fue inmediato. La portera le pidió que aguardara y, casi enseguida, escuchó descorrerse varios cerrojos. La monja le invitó a entrar al severo vestíbulo y Charles se encontró, algo sorprendido, frente a una mujer joven y guapa, con las mejillas relucientes, que le invitó a seguirle por unas escalerillas empinadas que desembocaron en un corredor del primer piso. Al fondo había una puerta entreabierta que conducía a una sala blanca y luminosa como un nevero, con tres amplias ventanas cerradas por celosías y dos bancos de madera. La religiosa le pidió que pasara y aguardara un momento.

No tardó mucho rato en regresar en compañía de la madre superiora.

Charles intentó tomarle la medida a la madre Marie Alvequin nada más verla llegar, envuelta en sus velos negros y grises. Era una mujer de cuarenta y tantos años, pequeña y frágil, con expresión paciente. Pero debía de tener más fortaleza de la que mostraba a primera vista. Una institución como aquélla no podía ser fácil de gobernar sin un fuerte carácter. De momento, la superiora le sonreía:

—Nos sentimos muy honradas de que Su Ilustrísima el cardenal nos distinga nuevamente con su atención.

Charles se inclinó, sin saber muy bien cómo responder. ¿Cómo se le había ocurrido decir que venía de parte de Richelieu? Y sólo para que le dejaran hablar con una perturbada que llevaba quince años encerrada y a buen seguro no recordaba ni cómo se llamaba. Él no era un hombre de recursos, era un gaznápiro.

—El honor es mío, madre.

La superiora despidió a la hermana portera y, cuando ésta cerró la puerta, le hizo una seña para que se acercase. Tenía unos ojos grandes y azules, llenos de inteligencia:

—Entiendo que los asuntos que os traen hasta aquí tan pocos días después de la visita de Su Ilustrísima serán reservados, monsieur, pero me atrevo a recomendaros, tal y como le recomendé al cardenal, que, si la discreción lo permite, os dejéis acompañar por el ama de las penitentes. La semana pasada Su Ilustrísima rechazó toda escolta y no tuvimos ningún incidente. Pero es mi deber recordaros que la pobre mujer que vais a visitar perdió hace tiempo la cordura y quizá se muestre agresiva.

No entendía lo que le estaba diciendo la superiora. ¿Acaso Richelieu había estado allí hacía sólo unos días? ¿Y visitando a la reclusa él también? Aquello no podía ser coincidencia.

—Os lo agradezco, madre —titubeó. No podía creerse hasta dónde iba a llevarle aquella mentira—. Pero las órdenes de Su Ilustrísima son que nuestra conversación sea confidencial.

La monja no insistió más. Pero tampoco se movió. Se le quedó mirando, sonriente:

—No me cabe duda de que sois consciente del privilegio que supone que se os deje romper la clausura de este modo. Ni siquiera a monsieur Servin se le permiten este tipo de visitas.

Charles no sabía si metía la pata preguntando. A lo mejor ese Servin era alguien a quien un auténtico enviado del cardenal tenía que conocer sin hacer preguntas. Pero la curiosidad le pudo:

—¿Monsieur Servin?

—El abogado que se hizo cargo del interrogatorio de mademoiselle de Escoman hace quince años —respondió la monja con naturalidad—. Viene a visitarnos un par de veces al año para recibir noticias de la salud de la reclusa. Es un hombre de bien, que nunca deja de entregarnos un generoso donativo para ayudar al mantenimiento de nuestra humilde institución. Pero, por supuesto, no le hemos concedido nunca los mismos privilegios que a Su Ilustrísima.

La religiosa extendió la mano y se quedó aguardando algo.

Charles se palpó el cuerpo, confuso. No llevaba ni un sueldo encima:

—Os ruego que me disculpéis, madre. El cardenal tiene intención de ofreceros un generosísimo donativo para compensar vuestros desvelos, demasiado generoso para encomendárselo a un siervo de mi talla —improvisó, engolando la voz—. Contad con que os lo entregará personalmente en su próxima visita.

La monja cerró los dedos de la mano, con un parpadeo de desconcierto. Algo iba mal:

—¡Monsieur! Si no hubiese olvidado todas las vanidades del mundo hace muchos años, a la puerta del claustro, me sentiría ofendida. Su Ilustrísima ya ha sido más que generoso con nosotras —exclamó, indignada de que la considerase tan grosera como para solicitar un donativo extendiendo la mano ante el primer llegado—. Sólo os estaba solicitando la orden del cardenal que sin duda traéis con vos.

Charles sintió cómo se le ponían rojas las orejas, las mejillas e incluso la raíz del cabello. Seguramente tenía encarnados hasta los dedos de los pies.

Estaba atrapado. Fingió que se registraba las ropas mientras miraba de reojo a la monja, que había retrocedido dos pasos y ya no sonreía. Le miraba muy seria y, por mucho que siguiera palpándose el cuerpo, a Charles le daba que no la iba a convencer de que la carta del cardenal se le había perdido por el camino.

Cuando no pudo soportar más el bochorno, dejó las manos quietas, saludó profundamente y murmuró algo entre dientes acerca de que regresaría en un momento. Tuvo que hacer acopio de voluntad para no echar a correr escaleras abajo, y los segundos que la portera tardó en volver a abrir los cerrojos se le hicieron más largos que si la superiora hubiera amenazado con tonsurarle y vestirle con una sotana de por vida.

Se escabulló por la primera bocacalle que se encontró para

perder de vista lo antes posible el convento. Por mil diablos, qué vergüenza. ¿Y qué habría pensado la superiora? Estaba seguro de que no tardaba ni un avemaría en denunciarle. ¿Qué iba a hacer si le reconocían?

Pero había caído la noche. Si salir del hôtel de Lessay a la luz del día ya había sido arriesgado, aquel paseo a la luz vacilante de las escasas farolas que alumbraban aquí y allá alguna fachada empezaba a ser temerario. Ya tendría tiempo de lamentaciones.

Agachó la cabeza y aceleró el paso, con rumbo determinado, pero no le quedó más remedio que detenerse dos veces antes de llegar a refugio; una en el hueco de un portalón, la otra bajo el haz de luz que arrojaban las ventanas de una fonda, convencido ambas de que otros pasos doblaban a los suyos. En una de las ocasiones le pareció ver incluso el pico de un manto recogerse presuroso tras una esquina. Aflojó la espada en la vaina y aguardó, con los músculos en tensión, pero no ocurrió nada. La imaginación le estaba gastando bromas pesadas. Siguió su camino, forzándose de nuevo a mantener la calma, y al atravesar el arco de entrada del hôtel de Lessay resopló con alivio.

Subió las escaleras a un ritmo digno y despacioso. No sabía con quién podía cruzarse de camino. Pero en cuanto llegó a su cuarto se encerró de un portazo, se arrancó la capa y el sombrero y se puso a caminar de un lado a otro del exiguo espacio, dando saltos para expulsar la tensión.

Al final, con tanto vaivén descontrolado acabó tirando al suelo los libros que tenía apilados en un rincón. Había enviado a un criado a buscar sus pertenencias y ahora apenas podía moverse en el cuartucho minúsculo que le habían asignado en un ala oscura y llena de muebles viejos del hôtel, a pesar de la oposición de Bernard.

Su paisano le había calentado la cabeza durante dos horas, repitiéndole que aquella habitación le daba mal fario y era mejor que siguiera compartiendo cuarto con él. Charles le había pedido explicaciones sensatas, pero él no había sabido darle ninguna. No debía dormir en aquella estancia y punto. Ah, y sobre todo, por nada del mundo debía encender el brasero. Para callarle había tenido que darle con la puerta en las narices.

De cualquier modo, en lo último en lo que pensaba ahora era en descansar.

El cardenal de Richelieu había estado también en el convento, visitando a Jacqueline de Escoman. ¿Qué significaba eso?

En la época en la que había muerto Enrique IV, Richelieu no era más que un joven obispo a cargo de una diócesis pobre y remota del oeste de Francia, sin relación con la Corte. No había sido testigo directo de nada de lo que había sucedido. Quizá las cuartetas de Nostradamus le habían hecho pensar a él también que había demasiados aspectos de aquel asesinato que habían quedado sin aclarar.

El interés del cardenal, después de tantos años, le intrigaba. ¿Qué le habría contado la mujer? Imposible saberlo. Después del lío que había organizado aquella tarde, ya sí que no tenía ninguna oportunidad de acercarse a ella. Ni de volver a asomar el hocico cerca del convento.

Se miró en el espejo que se había hecho traer también de su casa y se atusó el pelo revuelto. Ya tendría tiempo para pensar en el cardenal. Ahora sólo quería ver a Isabelle. A aquellas horas ya se habrían marchado las visitas. Se adecentó las ropas, respiró hondo y bajó a buscarla.

Pero las puertas de sus apartamentos estaban cerradas. Una criada le informó de que la condesa se sentía indispuesta. Se había recogido temprano y no quería que la molestaran.

Regresó a su cuarto, resignado, a esperar que pasaran las horas, y la incertidumbre apenas le dejó descansar. Cada vez que cerraba los ojos soñaba que se encontraba a bordo de un galeón fantasma que se alejaba de la orilla, completamente solo, y no podía hacer nada para detenerlo. Desde el muelle, una mujer le miraba inmóvil, a veces con la cara de Angélique, a veces con la de Isabelle. En la distancia era imposible decir si reía o lloraba.

34

Al día siguiente, en cuanto le pareció que era una hora aceptable, bajó las escaleras.

Se cruzó con Suzanne en la puerta de la antecámara de la condesa. La camarera venía canturreando una cancioncilla que interrumpió nada más verle. Le hizo una reverencia medio en serio medio en broma, le anunció que su señora había salido y se escabulló dentro del dormitorio.

Charles entró detrás de ella, pertinaz. Le daba igual que no estuviera la condesa. Esperaría lo que hiciera falta. La camarera le dejó bien claro con una mirada que no le quería por allí en medio. Pero la muy canalla tampoco le decía a dónde había ido su señora ni a qué hora la esperaba de vuelta.

Él no pensaba soltar la presa:

—Vamos, Suzanne —insistió, zalamero—. No me creo que la condesa no te haya dicho nada.

La camarera sacudió la bata de raso de color perla que tenía entre las manos y procedió a doblarla primorosamente:

—A mí madame no me da explicaciones de nada. Si os ha recibido tres días seguidos, habéis tenido suerte. Una dama de su posición tiene muchas ocupaciones. —Le miró por encima del hombro con una sonrisa pizpireta y cargada de doble sentido—. No se me ocurre motivo alguno por el que el día de hoy fuera a ser distinto.

Nom de Dieu. ¡Lo sabía! ¡Suzanne lo sabía! La habría levantado en volandas de alegría si no hubiera sido lo bastante sagaz para comprender la inconveniencia que eso podía suponer. El más mínimo atisbo de indiscreción y la camarera iría a su señora con el cuento de que no era de fiar.

La moza cruzó frente a él con la delicada prenda sobre los brazos y abrió la puerta de un guardarropa oculto tras un tapiz. Charles le siguió los pasos, se apoyó en el umbral y endulzó la voz cuanto pudo:

—Dime al menos si se encontraba mejor. —Estaba convencido de que su indisposición de la noche anterior había sido consecuencia de la emoción que le había provocado lo que había ocurrido entre ellos. Y si era eso, deseaba que no hubiese sanado.

La camarera giró sobre sus talones y arrugó la nariz:

—No me pongáis ojitos, que no me vais a engatusar. —Apoyó una mano en su pecho y le apartó a un lado, sin remilgos.

Suzanne era fresca y espabilada. Tenía la misma edad que la condesa y se movía por sus apartamentos con una determinación de propietaria. Charles la consideraba una aliada. Pero hoy estaba siendo dura de roer. Sintió un tirón en los faldones del jubón:

—Y apartaos de en medio. No me dejáis hacer nada.

Retrocedió un paso para dejar que Suzanne entrara en el guardarropa. Llevaba en las manos un par de estuches en los que seguramente guardaba dijes y aderezos que la condesa debía de haber considerado para embellecerse aquella mañana. Agarró a la camarera del brazo:

—Suzanne, ¿por qué no me dejas quedarme con algún objeto de madame de Lessay? No tiene que ser algo de valor. Un lazo, un pedazo de encaje… Cualquier cosa. Seguro que ella no lo echa de menos.

La criada cerró la puerta del guardarropa, se metió la llave en un bolsillo y le miró, con los brazos en jarras:

—¡Habrase visto! ¡Vaya capricho más tonto! ¿Y para qué lo queréis, para llevarlo junto a vuestro corazón?

—¡No te rías!

—Pues no os comportéis como un niño. —Pasó junto a él, propinándole un sonoro capirotazo, y se puso de puntillas para abrir las ventanas.

Charles aprovechó que le daba la espalda para deslizarse hasta una mesita que había en el otro extremo de la estancia, bajo un espejo de ébano y carey. Sobre el tapete color cereza, varios tarros de afeites, un par de papeles y una pluma manchada aguardaban a que Suzanne viniera a poner orden.

Escondió las manos detrás de la espalda, apoyó las nalgas en el canto de la mesa y aprovechó para robar un vistazo de reojo a su imagen reflejada en el espejo. Necesitaba conseguir polvos para el cabello o buscar algún criado que le rizara porque tenía los tirabuzones lacios como una mata de achicoria. Pero mientras tanto sus dedos reptaban hábiles, escogiendo entre los distintos objetos.

—¡No me lo puedo creer! —La alegre risa de Suzanne le sobresaltó—. ¡No está todo embobado mirándose en el espejo! ¡Sois peor que una doncella recién salida del convento! Venga ¡Fuera de aquí! Ya he tenido bastante paciencia.

Y, sin más, abrió de par en par la puerta de la antecámara y le hizo gesto de que abandonara la estancia. Charles remoloneó, para esconder su triunfo. Tenía lo que quería.

Subió las escaleras a la carrera y se encerró su cuarto. Sólo entonces abrió el puño de la mano derecha. Lo que había distraído de la mesa de Isabelle no era ningún objeto íntimo. Era algo mucho más útil: un sello con su escudo de armas.

Esta vez no pensaba cometer el mismo error de pardillo que en el convento. Plantó bajo la ventana la mesa de caballete que guardaba doblada tras la puerta, dispuso el recado de escribir cuidadosamente sobre el tablero y empezó a redactar con letra elegante y clara.

Cuando terminó, dobló el papel cuidadosamente, depositó sobre él unas gotas de lacre y le estampó despacio los losanges, armiños y aguiletas de la condesa de Lessay.

No era algo que hubiese planeado. Se le había ocurrido de repente, al ver el sello abandonado sobre la mesa de la condesa entre tarros de afeites y papeles. Necesitaba comprobar hasta qué punto el pálpito que había tenido el día anterior era certero. Por desquite personal. Y porque no lograba hacerse a la idea de permanecer allí encerrado, como un poetilla indefenso bajo la protección de valerosos hombres de armas. Estaba convencido de que si seguía tirando de aquel hilo encontraría una salida a su situación. Y la carta que acababa de escribir iba a ser el instrumento.

Se cubrió con la capa, bajó corriendo las escaleras y cruzó el patio a paso vivo, sin detenerse siquiera a contestar al guardia que le preguntaba a dónde iba con tantas prisas.

Esta vez no le hicieron esperar en el Palacio de Justicia. Nada de paseos aguardando a que un oficial desocupado hiciera un hueco para atenderle. Al joven secretario de la condesa de Lessay no tardaron ni dos minutos en escoltarle a través de los bulliciosos pasillos hasta el gabinete de trabajo del abogado general Louis Servin. El hombre que se había encargado del interrogatorio de Jacqueline de Escoman y que, quince años después, seguía acudiendo al convento de las Arrepentidas cada seis meses para interesarse por ella.

Servin debía de pasar de los setenta años y tenía los cabellos ralos, la barba tupida, una barriga pronunciada y un cuerpo delgado. Pero aún desprendía fortaleza gracias a su complexión sanguínea, su nariz ancha de luchador callejero y su mirada brava. Le saludó brevemente y le preguntó qué se le ofrecía, sin excesivas cortesías.

Charles le soltó el discurso que traía preparado:

—Monsieur, vengo a veros en nombre de la condesa de Lessay. Un viejo servidor le ha rogado que interceda ante las autoridades para que una pariente suya, una mujer que lleva largos años enclaustrada en el convento de las Arrepentidas, pueda regresar a su hogar a pasar sus últimos años de vida. La condesa desea complacer a su servidor, pero la dama en cuestión fue encarcelada por algún asunto político y, antes de hablar en su favor e indisponerse con nadie, querría solicitar vuestra opinión de hombre honesto e informado.

Con un molinete de orgullo por saberse bien pertrechado, le hizo entrega del billete que él mismo había escrito, firmado con el nombre de la condesa y lacrado con su sello.

Servin le echó un vistazo rápido a la carta y alzó las cejas:

—¿Por qué le interesa mi opinión sobre Jacqueline de Escoman a madame de Lessay? Si la memoria no me falla, ni siquiera tengo el honor de conocer a vuestra señora.

—Vos instruisteis el proceso de la dama. Y nos han asegurado que no os habéis desentendido de su destino. Que acudís a visitarla con regularidad. ¿Quién puede estar mejor informado sobre su estado y confirmarnos si su demencia es grave o peligrosa?

—Madame de Lessay lo ha entendido mal. Es cierto que acudo a interesarme por la mujer cada tantos meses. Pero no la he visto en trece años. Nadie tiene permitido hablar con ella ni visitarla. —Le devolvió la carta con un deje de malhumor—. ¿La condesa quiere saber sobre su demencia? ¡Que use la imaginación! La mujer lleva más de una década encerrada en un hoyo oscuro, sin contacto humano. Naturalmente que está loca. ¿Lo estaba cuando la conocí? Si queréis saber mi opinión, hace quince años esa mujer estaba tan cuerda como vos y como yo. ¿Algo más?

Plantó las dos manos sobre el escritorio y se le quedó mirando, como desafiándole a que le llevara la contraria.

Charles estaba boquiabierto por la franqueza del abogado. Agarró una silla, sin pedir permiso, y se sentó frente al escritorio con los codos apoyados:

—¡Yo también lo había pensado! He estado leyendo el manifiesto que ella misma escribió en su defensa hace unos años. No parece el escrito de una lunática. Dice que estuvo al servicio de personas cercanas al duque de Épernon y que fue así como conoció a Ravaillac, que en ocasiones venía a París para tramitar asuntos que el duque le encargaba en Angulema. No parece descabellado. Si es verdad que el iluminado le habló de sus propósitos y que ella intentó alertar a la reina… No entiendo cómo acabó en prisión. ¡Los acontecimientos demostraron que no se lo había inventado!

Servin no se molestó por sus maneras desenvueltas. Pero tampoco le prestaba mucha atención. Parecía seguir otro hilo de pensamiento:

—Por cierto, tengo que corregiros. No fui yo quien instruyó el proceso. Ésa no es tarea del abogado general. Yo sólo asistí en el interrogatorio a monsieur Harlay, el presidente del Parlamento —declaró, con total naturalidad—. Como podéis imaginar, fue el último proceso que instruyó.

Charles no entendía qué quería decir:

—¿Murió?

—A su debido tiempo, como todo el mundo —explicó el abogado, en el mismo tono de indiferencia. Abrió una carpeta de cuero que tenía sobre el escritorio y comenzó a hojear los papeles que contenía, humedeciéndose los dedos para pasar las páginas—. Más tarde que muchos, en realidad, porque ya había cumplido los ochenta.

—¿Entonces…?

—Entonces, tras la muerte del rey, la Escoman volvió a la carga. Una imprudencia, cuando el mal ya no tenía remedio… Además, esta vez sus acusaciones eran más graves. Empezó a decir que había escuchado al mismísimo duque de Épernon hablar de la muerte del rey días antes del asesinato. El presidente Harlay se hizo cargo de la investigación. Pero de la noche a la mañana le declararon incapaz. Porque estaba sordo y medio ciego, dijeron. —Servin se agachó trabajosamente para mirar debajo de la mesa, levantó varias veces los papeles que tenía sobre el escritorio, buscando algo, y finalmente volvió a sentarse, con un gruñido—. Supongo que lo que necesitaban era un instructor que estuviera ciego y sordo del todo.

El abogado hablaba con tal tranquilidad que Charles empezó a dudar si no estaría inventándoselo todo:

—Entonces, ¿eran ciertas las acusaciones de mademoiselle de Escoman?

Servin chascó la lengua y se acercó uno de los papeles a la nariz:

—Al menos eran verosímiles. La mujer hablaba bien y con sentido, muy segura de sus palabras y de lo que había visto y oído. Y hubo testigos que confirmaron lo que decía. Pero hablo de memoria. Tanto las actas de los interrogatorios como las declaraciones de los testigos desaparecieron oportunamente en el incendio que arrasó los archivos hará siete u ocho años. Eso sí, nadie pudo hacer que el duque de Épernon contestase ni una sola pregunta. Ya sabréis que no es hombre que se ande con sutilezas. Cuando se enteró de que había solicitado su arresto me amenazó de muerte, en el mismo patio del Louvre. —Se apartó el papel de la cara, con un gesto irritado, y se lo tendió—. Vos sois joven y tenéis los ojos frescos. Leedme qué diablos pone aquí. He perdido los anteojos.

Charles tomó el papel entre las manos casi con temor. Después de lo que acababa de contarle Servin, temía encontrarse con cualquier revelación inopinada sobre los asesinos de Enrique IV. Pero no era más que un inventario de ropa blanca y vajilla de algún difunto sin relación ninguna con el caso. El abogado le escuchó leer en silencio, muy atento, y luego se levantó para meter la hoja dentro de una carpeta que guardaba junto a otras iguales en una estantería.

—¿De veras ordenasteis detener a monsieur de Épernon? —La atención del abogado se dispersaba con irritante facilidad.

—¿Yo? ¡Jamás he tenido tanto poder! Un hombre de letras, como vos, debería estar mejor informado de cómo funciona la justicia. No soy más que abogado general y un humilde consejero de Estado. Solicité al Parlamento que diera orden de detenerle, que es muy distinto. Pero, dada la importancia del personaje, los magistrados consideraron que la decisión merecía una reflexión más profunda. —Servin sonrió de medio lado—. Épernon protestó ante la reina madre. El presidente Harlay, como os he dicho, fue declarado incapaz. Y, «vista la calidad de los acusados», el nuevo presidente decidió suspender la investigación.

De modo que María de Médici había protegido a Épernon hasta el punto de bloquear las pesquisas de los magistrados.

—¿Y qué pasó con mademoiselle de Escoman?

Servin se apoyó en el dorso de su silla y le miró con fijeza, por primera vez:

—Bueno, si los acusados no eran culpables, era evidente que la mujer era rea de falso testimonio. Y el falso testimonio en asuntos de esta gravedad se castiga con pena de muerte. Podéis creer que el duque de Épernon la reclamó con ahínco. El procurador propuso incluso que la condenáramos por brujería. Pero finalmente hubo acuerdo en declararla loca y se decretó su reclusión de por vida. Una resolución que, a la vista de las condiciones del encierro, no fue más piadosa que un ajusticiamiento, convendréis.

A Charles se le agolpaban las preguntas, más ahora que la atención de su interlocutor había dejado de dispersarse en minucias:

—Disculpadme si os parezco inoportuno, pero al escucharos no puedo evitar pensar en el proceso del propio Ravaillac. He estado leyendo algunas crónicas y… —Tragó saliva, consciente de la osadía de lo que iba a decir a continuación—. No he podido dejar de notar el poco ahínco con el que parece que los magistrados llevaron a cabo los interrogatorios.

—¿Como si tuvieran miedo de encontrar lo que buscaban? —Servin alzó ambas cejas. Charles le sonrió con admiración. No se le habría ocurrido mejor manera de formularlo—. ¿Qué queréis? Hay procesos difíciles de instruir por falta de pruebas y otros que se complican porque aparecen demasiadas.

Sin perder la flema, el abogado volvió a darle la espalda y continuó removiendo libros y papeles, probablemente en busca de sus escurridizos anteojos.

Charles no sabía qué pensar. Aquel hombre lanzaba tremendas insinuaciones con una despreocupación inverosímil. ¿Seguro que conservaba todas las piezas de la mollera?

—Excusad mi atrevimiento, monsieur, pero decís que el duque de Épernon os amenazó de muerte porque quisisteis interrogarle. ¿No os preocupa que yo pueda ir ahora repitiendo cuanto me habéis contado? Al fin y al cabo, no me conocéis de nada.

El abogado hizo un gesto desdeñoso con la mano sin suspender su infructuoso rastreo:

—Tengo setenta años, monsieur, no dispongo de tiempo que perder en nimiedades. Si lo que os intranquiliza es haber escuchado algo inconveniente, siempre podéis optar por olvidarlo. —Alzó la vista, se inclinó hacia delante y le escudriñó minuciosamente con los ojos guiñados—. Vaya. Sois más joven de lo que me había parecido a primera vista… Pero no os inquietéis. No os he hecho depositario de ningún arcano secreto de Estado. Todo lo que os he contado lo sabe el rey, lo sabe el cardenal y lo sabe medio Palacio de Justicia. Pero con rumores y conjeturas no se va a ninguna parte. Los hombres de leyes nunca debemos sacar conclusiones basadas en corazonadas.

Le apuntó con el dedo para remachar su conclusión y reanudó su afanosa búsqueda. Charles comprendió que era hora de retomar la excusa con la que había acudido a él y despedirse:

—Entonces, ¿qué he de decirle a madame de Lessay?

Servin se dio la vuelta, con un grueso tomo de leyes en cada mano:

—¡Y yo qué sé! Si no me engaño, lo que vuestra señora quiere saber es si puede interceder por Jacqueline de Escoman sin complicaciones; si está tan loca como para seguir repitiendo la historia de hace años o si conserva la suficiente cordura para haber aprendido a callarse. —Sacudió la cabeza—. Y francamente, no tengo ni idea. Pero si lograra sacarla de la celda en la que se pudre antes de que Dios la llame a su lado, sería una obra de caridad.

Charles se puso de pie:

—Os agradezco que me hayáis recibido, monsieur. Le transmitiré vuestras palabras a madame de Lessay. —Saludó con una profunda inclinación de cabeza y abandonó la estancia.

Sentía unos incómodos remordimientos por haberse inventado esa historia sobre la intercesión de la condesa. Si la historia era como la contaba Servin, la pobre mujer merecía que alguien intercediera por ella de verdad. Aunque había sido una inconsciente. Hasta los niños sabían que enfrentarse a los grandes, aunque fuera en defensa del bien público, sólo podía ocasionar desgracias.

Recorrió el camino de salida aturdido aún. No sabía qué pensar del viejo abogado. Se caló el sombrero e iba a ajustarse el embozo antes de salir a la calle cuando el joven oficial que le había atendido el día anterior se acercó a saludarle, cordial. Charles decidió aprovechar la ocasión para preguntarle qué opinaba de Servin, y los ojos de su interlocutor se iluminaron de admiración.

El abogado general era un hombre con un carácter peculiar, sin duda, y sin pelos en la lengua, pero no lo había más honesto en todo el Palacio. Y valiente. En cierta ocasión no había dudado en reconvenir al rey por lo que consideraba unos impuestos excesivos e injustos. Despreciaba las supersticiones, luchaba contra los procesos de brujería y se oponía con fiereza a que las penas infamantes recayeran sobre toda la familia de los reos. Ninguna extravagancia, nada que hiciera sospechar ni un atisbo de senilidad en su comportamiento.

Volvió a la calle. El cielo se había ido nublando al correr la mañana y caía una leve llovizna. La nieve derretida había dejado las orillas del río más embarradas de lo que Charles las había visto nunca. Podía dar un rodeo para buscar un camino más transitable como había hecho en el trayecto de ida, pero no quería rezagarse más. Temía que las pisadas y las sombras que había sentido tras él la noche anterior no fueran cosa sólo de su imaginación.

Se resignó a enfangarse y se dirigió con paso firme hasta la pasarela de madera que comunicaba con la ribera derecha del Sena de manera provisional, mientras se reconstruía el puente de los cambistas que un incendio había arrasado tres o cuatro años atrás.

Iba pensando en aquel mes de mayo de hacía quince años. En Enrique IV, a punto de partir a la guerra en apoyo de los príncipes protestantes, indignando a sus súbditos católicos y alterando a los espíritus fanáticos como Ravaillac. En Angélique, convenciendo al rey para que saliera del Louvre cuando el loco le aguardaba para matarle. En la relación del asesino con el duque de Épernon. En la reina madre, protegiendo al duque e impidiendo que fuera detenido.

Al otro lado del puente, los curtidores de pieles finas exponían sus mercancías al público elegante. Charles ojeó con codicia un sombrero de castor gris que uno de los comerciantes colocaba sobre la cabeza de un cliente.

Un olor intenso a ave de corral al fuego le distrajo y le condujo hacia los asadores de la estrecha calle de la Vallée-de-la-Misère.

Tenía hambre. Y el bolsillo lleno. Le repugnaba la idea de tener que volver a encerrarse entre cuatro paredes.

Pero no pensaba dejar que nadie le rebanara el pescuezo por un capricho de su estómago. Pensó en Jacqueline de Escoman, encarcelada de por vida, y en lo que había conseguido plantándoles cara ella sola a los poderosos. Él era más lúcido, más avisado. O eso quería creer.

Tenía que ser paciente. Así que hizo de tripas corazón, agachó la cabeza y siguió camino hacia su refugio.

35

Lessay le arrebató el candelabro a su ayuda de cámara y le expulsó del gabinete con un gruñido. Por un momento se dejó embrujar por el brillo estremecido de las llamitas, pero ya entraba bastante luz por la ventana. Sopló para apagarlas y apoyó una mano en la mesa de nogal. De nuevo estaba pagando los excesos del beleño negro.

Esperó a que los pasos del criado se alejaran antes de incorporarse, rodeó la mesa y alzó la esquina del tapiz que cubría la pared. Los verdes y azules de la escena en la que el vizconde Guéthenoc desembarcaba en las costas de Inglaterra junto a Guillermo el Conquistador se veían desvaídos y fantasmales a la luz escasa del alba. Empujó con fuerza la piedra que quedaba justo detrás de los pies del guerrero y escuchó el familiar chasquido del mecanismo al ceder. Tres pasos a la derecha, más o menos a la altura de las botas del duque de Normandía, sobresalía ahora otra piedra. La extrajo con cierta dificultad y tanteó el hueco. Había hecho construir aquel escondrijo para guardar posesiones valiosas: documentos importantes y alguna que otra carta comprometedora.

Sus dedos toparon con el estuche de cuero. Lo extrajo con cuidado, lo depositó en la mesa y lo abrió con un pulso un tanto vacilante. Todos los objetos de Anne Bompas seguían en su sitio, incluido el cordón de seda verde con sus remates de oro. De camino a casa, entre las brumas de la intoxicación, le había asaltado la necesidad imperiosa de comprobar que seguía allí.

Le había dicho a Valeria que iba a entregárselo. Era la primera noche que pasaba con ella desde la cacería del ciervo blanco y ni siquiera había esperado a saciar su impaciencia antes de contárselo. La había arrojado sobre la cama, a medio desvestir, y le había levantado las faldas con la misma urgencia que la primera vez en la capilla de la iglesia. Pero enseguida había pausado sus embestidas; se había detenido a mordisquearle el cuello, lentamente, mientras le desanudaba la camisa, y le había preguntado al oído si seguía codiciando aquel objeto.

Ella se había dado cuenta de que no estaba bromeando como otras veces. Había girado la cara, interrogándole con la mirada, entre dos jadeos. Él le había susurrado «Es tuyo», y la había besado con avidez, como si se lo estuviera rindiendo en un arrebato de pasión.

La pasión era auténtica, desde luego. Pero la decisión no tenía nada de espontáneo. La había tomado después de su conversación con la reina, en la granja del camino de Versalles, cuando había comprendido que era la opción que más le beneficiaba.

Sólo había que discurrir un modo adecuado de devolvérselo al rey.

Era un tema tan delicado que cualquier paso en falso podía ofenderle sin remedio y provocar su inquina en vez de su gratitud. Luis XIII ya le tenía bastante ojeriza. No le iba a hacer ni pizca de gracia saber que conocía la deshonrosa superstición que había contribuido a hacerle aborrecer unas labores conyugales que siempre le habían resultado desagradables. Había que proceder de tal modo que el rey se viese obligado a mostrar agradecimiento. No tenía intención de quedarse sin sacar tajada después de todos los afanes que el asunto de Ansacq le había causado.

Enderezó la espalda, haciéndola crujir, y dejándose atrapar por la pereza que siempre le invadía tras sus encuentros con Valeria. Aquella noche había sido especialmente larga. Feliz de que por fin hubiera cedido a su capricho, era la primera vez que la italiana no había comenzado a vestirse cuando aún faltaban horas para la madrugada, anunciando que había llegado el momento de recogerse.

Por suerte, a ella le era indiferente sacarle ninguna prebenda al rey. Lo único que le interesaba era deshacer el hechizo y que Luis XIII dejara embarazada a Ana de Austria cuanto antes. Estaba tan convencida de que la maldición era real que iba a acabar por hacerle dudar a él también.

Únicamente le había recriminado su imprudencia del día de la cacería. Había pasado demasiado tiempo a solas con la reina, arriesgándose a comprometerla, sólo porque se negaba a creer lo que ella le había contado. Pero él le había quitado importancia a sus preocupaciones, con un bufido malhumorado, mientras aguardaba, recostado en la cama, a que ella preparase la cocción de beleño negro.

Ya se había encargado de que Rhetel guardara silencio. El problema estaba resuelto. Pero no quería hablar de ello. Aunque el duelo había sido limpio, sus fuerzas eran demasiado desiguales; el mozo nunca había tenido opción. No estaba orgulloso de lo que había hecho.

Parpadeó, a punto de quedarse dormido con el estuche de Anne Bompas en la mano. Al final de la noche, mientras yacían agotados y vacíos, Valeria le había jurado que algo se le ocurriría para devolverle sus agujetas al rey de un modo seguro lo antes posible, y le había propuesto otra cita amorosa para la noche siguiente a cambio de que le llevara el cordón, para que, al menos, pudiera dejar deshecho el hechizo. Él se lo había prometido, divertido con su impaciencia y encantado de volver a verla en sólo unas horas, y ella le había besado con ojos tan oscuros como la noche y se había levantado, desnuda, a contemplar las llamas de la chimenea, cavilando, mientras él se adormecía encandilado por la cascada de bucles negros que se despeñaban por su espalda blanca y sinuosa.

Alzó el cordón y lo observó, incrédulo. Que un objeto tan prosaico trajera de cabeza a tanta gente… Los herretes de oro tenían forma de estrella, con un diamante diminuto engarzado en el centro. Eran iguales que los que le había regalado su mujer a él ese verano. Suspiró, recordando lo mucho que se había enfadado cuando le había insinuado que estaban pasados de moda. Se acercó el cordón a la nariz, pero no notó nada especial, ni siquiera olía a viejo, aun después de haber pasado ocho años emparedado en un escondrijo.

Devolvérselo a Luis XIII iba a ser todo un ejercicio de diplomacia. Se imaginó entrando en sus apartamentos y entregándole el cordón con una reverencia, al tiempo que Valeria llegaba con la reina de la mano y decía: «Majestad, ya podéis ir bajándoos los calzones, que a partir de hoy tenéis que hincar como si se acabara el mundo». Le sobrevino un acceso de risa sorda y un fogonazo de dolor en las sienes le obligó a sentarse, recordándole que el beleño no perdonaba. Sin duda era el veneno el que le hacía alimentar pensamientos tan extravagantes.

Se preguntó, no por vez primera, si no había riesgo de que le volviera loco. Buscó el talismán que colgaba de su pecho y lo acarició para espantar el mal fario. El dolor de cabeza no remitía. Sepultó la cabeza entre los brazos, apretando los párpados con fuerza y respirando hondo, y sin darse cuenta se quedó dormido.

Todo estaba negro como la noche, pero de pronto, en medio de la oscuridad, distinguió una luz pálida y fría que avanzaba por un corredor estrecho con las paredes tapizadas. Echó a andar tras ella y aguzó la vista. No podía distinguir si quien sostenía la vela era un hombre o una mujer. Fuera quien fuese, flotaba más que caminaba, como si no tuviera pies, y aunque se movía con gran rapidez, la llama no titubeaba, ni se oía ningún ruido.

Tenía la sensación de que ya había vivido aquello y pensó en detenerse, pero la oscuridad que le rodeaba tenía algo de maligno y amenazador, y no quería perder de vista la luz. Una puerta se materializó delante de ellos, la figura la abrió de un empujón y entró en un cuarto bañado en sol. Lo único que había allí era una cama con un baldaquín del color de la sangre. Cegado por la luz, agarró la manta que cubría el lecho y tiró de ella para taparse los ojos, dejando al descubierto el cuerpo diminuto de un niño recién nacido.

Tenía el cordón umbilical enroscado alrededor del cuello y el rostro amoratado por la presión, y sacudía los brazos, impotente, chapoteando en un charco de sangre. Angustiado, asió el cordón sangriento tratando de desprenderlo para ayudarle a respirar, pero se le resbalaba entre los dedos. Lo único que conseguía era que ahogara aún más a su presa. Un sudor frío le corría por la frente. Las manos comenzaron a temblarle. No iba a poder deshacer el nudo. El niño se iba a asfixiar. Entonces la criatura giró la cabeza para decirle algo. Tenía los ojos tristes y opacos igual que los de un anciano. Pero un viento furioso invadió la habitación haciendo que se les saltaran las lágrimas a ambos y ahogó todo sonido. Desde muy lejos, una voz ronca le llamaba insistente:

—Monsieur, monsieur. Con vuestro permiso. Es importante.

Entreabrió los ojos. Marcel, su viejo ayuda de cámara, le tenía agarrado del hombro y trataba de despertarle con tímidas sacudidas. Cerró los ojos de nuevo. Tenía una resaca terrible:

—Déjame tranquilo.

Entonces le invadió una inquietud súbita y se incorporó de un golpe. Sus ojos barrieron la mesa con suspicacia.

Todo estaba como él lo había dejado: el estuche abierto y el cordón sobre los papeles revueltos. Marcel no se percató de nada, sólo le miraba a él, muy fijo;

—Es la condesa, monsieur. El niño… —Sacudió la cabeza medio calva, con dos gruesos mechones de pelo blanco que le crecían sobre las orejas—. Suzanne dice que hay mucha sangre.

¿Sangre? El estómago le dio un salto. De pronto dudaba si estaba despierto o seguía atrapado en las garras de aquella pesadilla asfixiante.

No, no era un sueño. Se levantó, arrastrando la silla. Agarró el cordón del rey, lo metió en el estuche, cerró la tapa de un zarpazo y siguió al criado escaleras arriba lleno de aprensión.

De la habitación de la condesa venía un rumor de voces exaltadas. Dejó atrás a su lacayo con dos pasos largos y una criada que salía presurosa con una bacina humeante estuvo a punto de echársela encima. La chica se disculpó, azorada y llorosa, pero él apenas la escuchó.

Su mujer yacía en el lecho, arropada hasta la barbilla. La visión de aquella cabecita indefensa con esos grandes ojos asustados en medio de la inmensidad de las sábanas blancas le hizo pensar en un conejo acorralado por los perros en la nieve. Una criada vieja avivaba el fuego de la chimenea y Suzanne, su camarera, la atendía a la cabecera de la cama sujetando una tisana en la que ella no parecía tener ningún interés.

Se acomodó en una silla, al lado de la cama, y buscó su mano por encima del cobertor:

—Chiss. No lloréis más. Ya estoy aquí —murmuró, aunque no estaba muy seguro de que su presencia tuviera poder para calmarla.

Ella siguió llorando en silencio, incapaz de responder. La mano, pegajosa, le temblaba levemente. Suzanne le explicó que se había despertado de repente con fuertes dolores, como si se hubiera puesto de parto, pero al levantar las sábanas habían visto que estaba sangrando profusamente y la condesa, aterrorizada, se había acurrucado en la cama renunciando a decir palabra. Para no perder tiempo, la camarera había mandado a buscar al médico y a la comadrona de inmediato, sin esperar a consultarle.

Lessay le dio las gracias y ordenó que trajeran también al cirujano La Cuisse, el más reputado de entre los que se dedicaban a los asuntos de las mujeres. Le acarició la mano a la enferma y trató de que le contestara, pero ella seguía mirando al vacío con los ojos brillantes y los labios apretados, aovillada y encogida sobre el vientre, sufriendo sin quejarse. Aquel silencio le impacientaba más que si gritara, y la cabeza le seguía dando vueltas por culpa de la droga. De todos los días del año, tenía que pasar aquello justo cuando él estaba a punto de echar los hígados con una resaca digna de Baco redivivo.

Su mujer le agarraba la mano como si fuera lo único que la separara de las puertas del infierno. Resultaba extraño que su contacto le transmitiera seguridad. Nunca le había mostrado mucha confianza.

Aunque tampoco era que él hubiera tenido demasiada paciencia con aquella muchacha gentil y delicada, pero tan llena de exigencias y melindres que no había tardado mucho tiempo en hastiarle. A lo mejor si le hablaba conseguía que abandonara ese silencio tan enervante. Empezó a murmurar lo que se le iba ocurriendo, cualquier cosa, haciendo un esfuerzo por que su voz sonase dulce y tranquila:

—Hacéis bien en no moveros. Enseguida llegará el médico y podrá ayudarnos. ¿Seguro que no queréis beberos la tisana? Podemos ordenar que echen más leña al fuego para que…

Su esposa fijó en él sus ojos vidriosos, con repentina urgencia, y le apretó la mano tan fuerte que le hizo daño. Con un hilo de voz, dijo:

—Me duele tanto… No quiero morir.

Por fin. No era más que eso. Era el miedo lo que la mantenía petrificada.

Sobre el niño, ni una palabra. No era raro. Para ella era como si no existiera. Jamás lo nombraba.

A lo mejor por eso había intentado hablar con él el recién nacido del sueño. Para pedir auxilio, ya que su madre no lo hacía. Un escalofrío le recorrió los hombros. Al final iba a ser verdad que el beleño le estaba quitando el juicio, pero ahora tenía la impresión de que la pesadilla de hacía un rato era la misma que le acosaba siempre que compartía el veneno con Valeria y nunca conseguía recordar.

Suzanne levantó el cobertor discretamente, sustituyó el paño manchado de sangre por otro inmaculado y advirtió a la condesa que permaneciese en silencio, cualquier esfuerzo podía agravar su estado. Lessay la miró, irritado, pero al ver la preocupación genuina del rostro de la muchacha desistió de regañarla. Al fin y al cabo, ¿qué sabía él de aquellas cosas? Los partos eran la batalla de las mujeres y siempre se ganaban o perdían en medio de incomprensibles sufrimientos y ominosos charcos de sangre. Su propia madre había muerto dando a luz a un niño prematuro y enclenque que no había llegado a cumplir el año. Y aunque a él le habían prohibido la entrada en el cuarto, se había escabullido y había visto la cama bañada en sangre en la que ella yacía exánime y a su padre arrodillado, llorando a sus pies.

Maldito beleño. Maldito cordón. Maldita superstición, pero ahora no podía parar de pensar que el cordón del rey y el que ahogaba al crío del sueño tenían algo que ver. A lo mejor la culpa era suya por haber metido aquel maldito objeto en su casa.

Casi le daban ganas de levantarse e ir a llevarle el cordón a Valeria de inmediato para librarse de él de una vez por todas, aunque la italiana se estuviera riendo de su ataque de superstición hasta el día del Juicio.

La condesa seguía acurrucada y cada vez le costaba más reprimir los gemidos. Tenía los ojos cerrados y no le soltaba la mano, pero sus labios se movían recitando algo. Dichosa mujer, que ni en un trance como ése podía dejar quietos los versos. Acercó el oído y escuchó: «*O clemens, O pia, O dulcis Virgo Maria*». Era el Salve Regina. Se unió a la plegaria de su esposa, pero un tumulto en la estancia contigua le interrumpió casi enseguida. Se soltó de su mano y salió a ver qué pasaba.

En un rincón de la antecámara su médico discutía airadamente con una mujercita de unos sesenta años que debía de ser la comadrona. La figura oronda e imponente del galeno contrastaba con su silueta enjuta y gris. Parecían un oso y una cigüeña enzarzados por el mismo pescado. Cuando le vieron, se callaron de inmediato. Pero enseguida retomaron su cacofonía para explicarle sus cuitas: ambos pretendían entrar a examinar a la enferma sin que el otro estuviera presente.

Lessay los mandó callar, pidió un vaso de hipocrás para fortificarse y contrarrestar el efecto del beleño, y les hizo pasar a los dos a la vez. El médico se acercó a la cabecera de la cama para tomarle el pulso a su esposa y examinarle las pupilas, y la comadrona pidió que le alzasen las sábanas y se agachó entre las piernas de la enferma, que seguía muda y paralizada.

Cuando regresaron a la antecámara, el médico se secó los anteojos redondos en un paño, se los colocó despacio y le miró con sus ojos de rana agrandados por el cristal:

—No deja de sangrar. Si no se detiene la hemorragia, el pronóstico no es bueno…

—Pero ¿qué es lo que pasa? ¿Está de parto?

—No. Puede que la placenta se haya desprendido. Los dolores no son buena señal. Pero no podemos saberlo a ciencia cierta.

—¿Y el niño?

El físico sacudió la cabeza y respondió con aire contrito:

—Si la condesa sigue perdiendo sangre, habrá que pensar en bautizarlo dentro del vientre de la madre y llamar a un cirujano para que intente extraerlo. Quizá así podamos salvarle la vida a vuestra esposa.

El hombre se le quedó mirando, impotente. Extraer el feto. Eso quería decir que daba al niño por muerto, porque la única forma de hacer aquello era sacarlo a pedazos.

—Qué disparate —intervino la comadrona, desabrida. Cruzó los brazos sobre el pecho y se enfrentó al médico sin amilanarse por su talla. Louise Bourgeois había ayudado a traer al mundo al mismísimo Luis XIII y a buena parte de los hijos de la nobleza de la Corte. Y al parecer se le habían subido los humos—. Los médicos siempre emperrados en meter un cuchillo en los cuerpos de las mujeres. Tenemos que esperar.

El físico masculló, con desprecio:

—Y esperaremos. Pero hay que prepararse para lo peor.

—Ya está bien —dijo Lessay. Su voz le resonó dentro de la cabeza fuerte y seca como un cañonazo, aunque no había gritado. ¿Dónde estaba ese La Cuisse que no llegaba?—. El cirujano viene de camino, pero no quiero que nos precipitemos. ¿Cuánto se puede esperar sin poner en peligro la vida de la condesa?

Los dos expertos dudaron, mirándose el uno al otro como si se retaran a contestar primero. O como si temieran comprometerse demasiado. Finalmente fue la mujer la que se atrevió a aventurar:

—No es seguro. Depende de si la condesa sigue sangrando.

Esta vez el médico apoyó a la comadrona vehemente:

—La situación es extremadamente delicada, monsieur. Si me permitís, me gustaría administrarle un poco de belladona, para que descanse. Va a necesitar todas sus fuerzas.

Lessay respiró hondo y asintió. A él tampoco le habrían venido mal una pizca de belladona y un buen sueño, pero no estaba seguro de que fuera buena idea mezclarla con el beleño. Dejó al médico y a la comadrona a cargo de la condesa, salió del cuarto, arrastrando los pies, y bajó a su gabinete un momento a recoger las cosas que había dejado tiradas de cualquier manera.

Abrió la tapa del estuche; allí estaba la dichosa trenza de hilo verde con sus ridículas estrellitas de oro pasadas de moda. Inofensiva. No entendía qué ridícula superstición le había poseído. Cerró de nuevo la caja, e iba a devolverla a su escondrijo cuando llamaron a la puerta. No le dejaban tranquilo.

Otra vez su ayuda de cámara, tieso como pájaro de mal agüero, con un documento lacrado en la mano. Le hizo gesto de que le dejara en paz, pero el criado insistió. Era un billete de Su Majestad el rey. Un gentilhombre de palacio lo acababa de entregar y se había marchado sin esperar respuesta.

¿Un mensaje del rey? ¿Qué podía querer de él? Luis XIII no le escribía nunca. Marcel se lo entregó y se marchó sin decir más. Lessay rompió el lacre y leyó, boquiabierto:

Monsieur, mi deseo de velar por el bienestar de mi esposa la reina me ha decidido a cambiar el modo en que se organiza su casa, por su bien y por el mío propio.

Alguien que ocupa vuestro cargo no puede hacer caso omiso a mis deseos de que la reina permanezca en todo momento acompañada por sus damas, y mucho menos desafiarlos personalmente como es sabido que hicisteis hace una semana en el camino de Versalles a París, poniendo su honestidad y su reputación en entredicho. Aun así, habría estado dispuesto a considerar vuestro comportamiento una falta menor si no hubierais abusado de la generosidad de la que tan recientemente os he dado prueba infringiendo con insolencia las leyes, una vez más.

Es de conocimiento público que la semana pasada provocasteis a duelo a monsieur de Rhetel en el mismo recinto del Louvre por un encontronazo baladí, ocasionando su muerte del modo más displicente que imaginarse pueda. Sois un escándalo y una ofensa para la piedad de mi esposa. He meditado seriamente estos días y he decidido liberaros de vuestras obligaciones junto a ella. No será tampoco necesaria vuestra presencia en la Corte, de modo que tengáis ocasión de hacer penitencia y recobrar la serenidad de espíritu, desposeído del resto de vuestros cargos, gobier-

nos y beneficios, que a partir del día de hoy regresan a la Corona.
París, 1 de diciembre de 1625.

Luis

Definitivamente, aún estaba soñando. No podía ser verdad. El rey le estaba despojando de sus cargos y expulsándole de la Corte. Le dio varias vueltas al papel y volvió a leer la carta, incrédulo. Por un duelo. Cuando tantos otros se batían a diestro y siniestro sin consecuencias.

Aún le costaba creer que fuera verdad.

Había matado a Rhetel porque sabía que si el maldito fisgón le contaba al rey que le había visto abrazado a Ana de Austria a escondidas o si le repetía algo de lo que hubiese escuchado sería su ruina. Y había sido para nada. Era el duelo el que le costaba la desgracia.

El malnacido del rey le arrebataba todo de igual forma. Era como si estuviera escrito que aquel condenado viaje tenía que llevarle al desastre de un modo u otro.

Rompió el papel en mil pedazos y los miró caer lentamente al suelo.

Lo sabía. Desde que había puesto el pie fuera de la Bastilla, con esa rapidez inexplicable, había sabido que el maldito hijo de puta, mezquino y vengativo, le estaba acechando. Y él le había ofrecido una excusa por todo lo alto, como un tonto de baba.

Expulsado de la Corte. Despojado de sus cargos. Cuando todos los meses se celebraban en París docenas de encuentros armados entre gentilhombres de medio pelo que apenas recordaban el nombre de sus abuelos y nadie alzaba una ceja.

El retorcido cabrón había esperado más de una semana para dejar caer el golpe, madurando cómo joderle mejor. Y ni siquiera era capaz de decírselo a la cara. El muy cobarde. Golpeó el puño en la mesa tres veces. Luego respiró hondo y se acarició la mano, pensativo.

La caja de Anne Bompas estaba todavía sobre la mesa. La abrió y se quedó mirando el cordón.

Luis XIII no sospechaba que guardaba ese as en la manga.

¿Cuánto de lo que acababa de arrebatarle estaría dispuesto a devolverle a cambio de aquel objeto? ¿Las villas que gobernaba? ¿Su posición en la Corte? Era cuestión de negociar.

Pero se le llevaban los demonios ante la idea de presentarse ante el rey a mendigarle que le devolviera lo que le pertenecía. Era demasiado humillante.

Estrujó el cordón entre los dedos, con saña. Le resultaba intolerable que aquel cobarde pudiera concebir un heredero gracias a él, mientras su propio hijo se desangraba indefenso en el piso de arriba.

Pero no quería tener aquella cosa en su casa más tiempo. Tomó una decisión inmediata y sacó de la caja el anillo de oro y todos los papeles, de un puñado. Los había que podían tener valor y ahora no tenía ánimos para andar separando unos de otros.

Justo en ese momento llamaron de nuevo a la puerta con tres golpes tímidos y voceó un permiso pensando que podían ser noticias de su mujer, pero no eran ni el médico ni las criadas, sino el guardia rubio que había insultado a La Valette en el Louvre y le había pedido que le acogiera en su casa. El amigo de Serres. No se le venía el nombre a la memoria. Estaba plantado bajo el dintel con cara de funeral.

—Monsieur. Quería transmitiros mi más profunda deferencia y desearos que la condesa se recupere pronto —pronunció con voz engolada. Luego vaciló y comenzó a acercarse lentamente con la espalda encorvada en actitud humilde—. Quería rogaros un favor. No me permiten verla, pero si vos intercedierais, quizá mi visita levantaría su ánimo…

Parecía al borde del llanto. O le faltaba un hervor o bebía los vientos por su esposa. Lessay ahogó un resoplido impaciente. Montargis. Ahora se acordaba del nombre. ¿Y no era poeta? Eso lo explicaba todo.

Le tenía ya casi encima, pero el soldadito seguía avanzando con los ojos bajos y la vista clavada en la mesa, como si fuera a subirse a ella. Se dio cuenta de que todavía tenía el estuche abierto. Echó el anillo y los papeles dentro del cajón que pilló más a mano, cerró la caja y se la puso debajo del brazo. Su huésped seguía allí plantado, pero él no tenía ni humor ni paciencia para ocuparse de él:

—Dejaos de sandeces. Y quitaos de ahí en medio. Tengo prisa.

El poetilla dio un paso atrás, como si le hubieran dado una bofetada, y salió del gabinete, dejándole el paso libre.

Se dirigió a las caballerizas.

Sólo de pensar que, entregándole el cordón al rey, a cambio de lo que fuera, podía aliviar a ese miserable de las torturas y los remordimientos que le devoraban por dentro, se le calentaba la sangre. Antes era capaz de ponérselo en torno al cuello a ese bujarrón despreciable y apretar hasta que se le saltaran los ojos y le colgara la lengua hasta la mitad del pecho. Se lo comería crudo para evitar que Luis XIII le pusiera encima sus manos de sodomita revenido y pudiera concebir un heredero.

Pero no iba a ser necesario. No faltaba quien se interesara por aquel cordón, embrujado o no. Otros que le querían mejor.

Y al enemigo, ni agua.

36

E staban ahí.
    Al alcance de su mano.

Sólo tenía que atravesar la puerta y abrir un cajón. Así de fácil. Tan fácil que Charles no conseguía decidirse.

Alargó la mano hasta rozar el pestillo. Cada segundo que perdía había más posibilidades de que el ayuda de cámara de Lessay regresara y le encontrara allí plantado en medio de los apartamentos de su señor, contemplando fijamente la puerta que daba acceso a su gabinete.

Y eso que el propósito que le había llevado hasta allí no podía ser más honesto.

La noche anterior tampoco había conseguido ver a Isabelle. A su regreso del Palacio de Justicia se había encontrado sus puertas cerradas y a la misma criada prohibiéndole el paso con la excusa de que su señora estaba indispuesta.

Así que esa mañana se había levantado bien temprano y había bajado corriendo a sus habitaciones, dispuesto a hacer guardia hasta que despertara y a no permitir que se le escabullera otra vez. Pero las caras largas y el silencio espeso que se había encontrado en la antecámara le habían puesto sobre aviso de que algo iba mal.

La noticia de que la vida de Isabelle corría peligro le había producido una angustia tan intensa que podía mascarla, hecha de cardos amargos y ardientes. Y lo peor era que no tenía forma de verla. No le dejaban pasar. Y nadie entendía su preocupación. Ni siquiera contestaban a sus preguntas. ¿Y si le estaba llamando? ¿Y si le quería a su lado y nadie se lo decía?

Había acudido al conde sin pensar, porque no sabía qué más intentar y porque una de las criadas amenazaba con llamar a los guardias si seguía insistiendo. No se le ocurría a quién más podía recurrir que tuviera autoridad sobre aquella horda inconmovible de sirvientes y médicos. Así que había bajado las escaleras, medio aturdido, había visto salir al ayuda de cámara del conde gruñendo algo en voz baja y, sin pedir permiso, se había colado en la antecámara vacía, había atravesado el dormitorio y había llegado hasta la puerta del gabinete, que estaba entreabierta.

Había descubierto a Lessay inclinado sobre una mesa con la mandíbula tensa y los labios apretados, concentrado sobre varios objetos que tenía esparcidos como si tuviera el poder de prenderlos fuego con la mirada. Tenía un aspecto desaseado, con el pelo sudoroso y revuelto y la ropa arrugada. Pero ya era tarde para volverse atrás. Así que se había acercado con los ojos bajos, intentando tragarse el orgullo y hacerse pequeño e inofensivo, para que el conde no sospechara el tumulto de sentimientos inconvenientes que le hacían expresarse con aquella voz rara que le costaba reconocer como suya.

Entonces lo había visto. Un estuche de cuero, color del ocre rojo, de algo más de una cuarta de largo, en cuyo interior se acurrucaban revueltos un montón de cachivaches que Bernard habría podido describir como enseres de bruja. El conde había sacado de su interior un anillo de oro con un zafiro y un montón de papeles. Y un par de ellos tenían un aspecto basto y rugoso, y un tono grisáceo que le había hecho olvidarse por un momento de qué había ido a hacer a aquella estancia. Hasta que Lessay los había guardado en un cajón, de cualquier manera, y había cerrado la caja de golpe. Luego le había ladrado una orden grosera devolviéndole al aquí y ahora con la misma violencia que un latigazo en la cara, y le había apartado de en medio, engallado como si quisiera dejar claro quién era el rey del corral.

Charles se había quedado mudo, viéndole coger la capa y abrigarse. Se marchaba a la calle. Si el niño que Isabelle llevaba dentro la mataba, la culpa sería de aquel engreído que ni siquiera era capaz de estar a su lado. Había sentido un bocado de rencor y de celos tan rabioso que ni había querido insistir en su petición, por miedo a cometer algún disparate.

De modo que había dejado que el conde se alejara y se había quedado allí, inmóvil, al otro lado de la puerta que le separaba de aquellos papeles que, si Bernard no se equivocaba, contenía en su interior el perdón del cardenal, el agradecimiento de Luis XIII, la recompensa a su lealtad y su dedicación... Quizá incluso la libertad de abandonar sin peligro aquella casa y la desgracia del marqués La Valette.

Estaban ahí, esperándole. Y no había tenido que buscarlos, ni pedirlos. No había necesitado mentir ni engañar, ni meter en ningún embrollo a Bernard. No había traicionado a nadie para llegar hasta ella. Se le había ofrecido por sí sola.

Charles respetaba los escrúpulos de su amigo, pero a él no podía importarle menos si su contenido comprometía a la mitad de los condes y duques de Francia. Abrió la puerta a toda velocidad, entró en el gabinete y volvió a cerrar a sus espaldas.

La estancia no tenía más salidas, así que aquélla era la única escapatoria. Pero los hados no podían estar tan en su contra. No iban a descubrirle en pleno registro otra vez.

Por si acaso, no perdió más tiempo. Cruzó la estancia en dos zancadas, extrajo el cajón en el que había visto guardar los documentos al conde y rebuscó entre ellos a toda velocidad. Ahí estaban. Dos papeles grises y bastos, con el lacre roto. Las dos cartas de Inglaterra. Las posó sobre la mesa, frenético, y las desplegó casi a la vez, con ambas manos. Uno de los mensajes estaba en inglés, pero estaba traducido por la otra cara; el otro no contenía más que una serie de letras y una frase en latín.

Necesitaba papel y pluma, rápido. ¿Dónde guardaba el recado de escribir el puto conde? Regresó a la cajonera y encontró un montón de cuartillas, una docena de plumas nuevas bien talladas y un tintero. Agarró lo que necesitaba y comenzó a copiar, a toda velocidad, sin preocuparse de los borrones de tinta que iba dejando sobre la trama de la hoja. Sentía que iba a vomitar el corazón en cualquier momento. Un goterón más grueso que el resto manchó la madera oscura de la mesa.

—*Po' cap deu diable.* —El juramento entre dientes le brotó en bearnés, por primera vez en años. Terminó de copiar los dos papeles de cualquier manera y se quedó un momento pensando. No podía esperar a que se secara la tinta, pero tampoco podía utilizar polvos si no quería dejar rastros de su presencia. ¿Y qué hacía con la pluma manchada?

La dobló en dos y se la introdujo en el bolsillo. Un problema menos. Luego devolvió los originales a su sitio, respiró hondo y reunió ánimos, con un nudo en el estómago. Todas las batallas exigían sus sacrificios.

Entrecerró los ojos y con el puño de la camisa enjugó el goterón de tinta delatora hasta que se confundió con las vetas de la madera. Ya sólo quedaba salir de allí.

Agarró cada papel con una mano, asiéndolos por una esquina, y se acercó a la puerta de puntillas, sacudiéndolos en el aire.

Pegó la oreja. No se oía nada. Rezó por que no hubiera nadie al otro lado, maniobró para accionar la palanca con el codo y abrió la puerta. La estancia estaba vacía.

Pero aún tenía que salir de los apartamentos del conde sin que le viera nadie. Y en la entrada de la antecámara se escuchaban pasos y voces de dos criados que se acercaban discutiendo. Los vio de refilón y se apartó de un salto, refugiándose junto a los pies del gran lecho de colgaduras carmesíes.

Gracias al cielo, los dos hombres se pararon para discutir un asunto de organización doméstica. Giró la cabeza con desesperación, decidido a esconderse debajo de la cama, como los amantes de las farsas, si era necesario, y entonces se fijó en una puerta más pequeña, recortada en el hueco que quedaba entre la chimenea y el cabecero de la cama.

Avanzó sigiloso, sosteniendo los dos papeles en alto, entreabrió la portezuela y se coló por ella.

Había ido a parar a un guardarropa, como sospechaba. Pero un guardarropa que tenía otra puerta al fondo. La abrió con cuidado y comprobó, aliviado, que comunicaba con una escalerilla de caracol. Subió los escalones de cuatro en cuatro, con los papeles agarrados de una esquina, hasta la primera planta. De los apartamentos de la condesa no llegaba ningún ruido. Cuanto antes dejara el botín a buen recaudo, antes podría volver a intentar que le dejaran verla.

Corrió hasta su habitación, se arrojó al interior y cerró de un portazo. Atrancó la puerta con la silla, se sentó en el jergón y sacó los dos papeles.

El primer mensaje consistía en una serie de letras desordenadas. Esperaba haberlas transcrito correctamente con tanta precipitación. Era una especie de código. Y alguien se había encargado de descifrarlo, en una escritura limpia y elegante, muy distinta de los trazos vacilantes de las letras que componían el mensaje original. ¿Anne Bompas o el mismo Lessay? Estaba en latín:

> *Inter festum omnium sanctorum et novam martis lunam veniet tenebris mors adoperta caput.*

El segundo mensaje estaba en inglés, tal como había adivinado Bernard. A Charles aquel idioma bárbaro le resultaba prácticamente arcano. Pero, afortunadamente, la misma mano que había transcrito la frase en latín en el otro papel, lo había traducido también:

> Yo he dado el pecho y conozco bien la ternura de amar al niño que amamanto. Pues aun así sería capaz de arrancarle el pezón de las encías desdentadas mientras me sonríe y machacarle los sesos, si lo hubiera jurado como tú has jurado esto.

Gateó hasta la pila de papeles amontonados que tenía en un rincón, buscó la cuartilla donde le había garabateado a Bernard las estrofas de Nostradamus días atrás y dispuso los tres papeles en fila, uno junto al otro.

No lo entendía. ¿Qué pretendía el rey Jacobo que adivinara nadie con aquellos tres mensajes en la mano?

Lo único que estaba claro era que los versos de Michel de

Nostredame advertían al rey de un peligro de muerte violenta, como las que habían sufrido sus antecesores en el trono.

El mensaje en latín hablaba de muerte también, y establecía un plazo. Entre la fiesta de Todos los Santos y la luna nueva de marzo. ¿Era posible que Jacobo hubiese calculado de algún modo cuándo le llegaría el momento al rey? ¿Que ésa fuese su segunda advertencia? Los jueces de Ansacq le habían encontrado a Anne Bompas unos papeles llenos de fechas y cálculos astrales.

Si era así, las fechas señaladas habían llegado. Estaban a primero de diciembre. Entre el día de Todos los Santos y la luna nueva de marzo.

Aplastó la tercera carta contra el jergón, con manos trepidantes. Aquélla era la más enigmática. El rey Jacobo había transcrito las palabras de una mujer. ¿Inglesa? No necesariamente. Tal vez el monarca se había limitado a utilizar la lengua que le era natural. Si no se lo había escuchado a alguien o lo había copiado de algún sitio. Aquello tenía una terrible sonoridad poética.

En cualquier caso había dado voz a una madre más que feroz. Dispuesta a matar a su propio hijo.

Se puso en pie de un salto. No podía ser.

Era más una corazonada que una certeza, pero…

Luis XIII tenía una madre que no le amaba. Una madre que había protegido al hombre al que los tribunales habían tratado de enjuiciar tras el asesinato de su propio marido, hacía quince años. Y ese marido era Enrique IV. Que aparecía en la tercera estrofa del primer mensaje de Jacobo.

Si lo que había querido insinuar el rey inglés era lo que Charles estaba pensando, la acusación era tan tremenda que justificaba por sí sola el exagerado secretismo con que había despachado sus tres correos. Y que hubiera gente dispuesta a matar para interceptarlos.

Jacobo no había querido poner en guardia a Luis XIII sobre ningún fanático de medio pelo, sino sobre su propia madre.

Sacudió las manos en el aire y respiró hondo. No tenía que dejarse llevar por la imaginación. Sus suposiciones no valían nada. Las conjeturas no eran pruebas y mucho menos cuando apuntaban tan alto. Ni al más necio entre los necios se le ocurriría presentarse ante Richelieu para acusar abiertamente a la reina madre, su valedora, del crimen más espantoso que pudiera concebir mente humana.

De cualquier modo, aquél no era su cometido. Que ataran cabos el rey y el cardenal si querían. Él había cumplido más allá de lo que nadie podía esperar juntando las piezas del acertijo. Era a otros a quienes correspondía descifrarlas.

Su única misión ahora era hacérselas llegar.

37

Madeleine se frotó los párpados. Estaba agotada. Hacía cuatro días y veintidós horas exactamente que había dado muerte al magistrado Cordelier y no se lo podía quitar de la cabeza. No dejaba de ver en su mente la expresión sorprendida de sus ojos de besugo, sus manos apretadas en torno al mango del puñal y esa pierna que no se quedaba quieta ni aun después de que su corazón hubiese dejado de latir. Oía el carraspeo de su garganta agonizante y el silencio del cuarto cuando hubo acabado todo.

El olor a libros y a muerte. No podía dormir, no tenía ganas de comer y no podía concentrarse en nada. Ni siquiera la comprensión y el cariño de madame de Montmorency lograban apaciguar su congoja.

Le había contado lo sucedido, temblando de miedo y sin parar de llorar, convencida de que ni su dolor ni su zozobra lograrían justificar lo que había hecho a los ojos de su protectora. Pero, para su sorpresa, la duquesa la había abrazado con todo el corazón, tratando de aquietarla, murmurándole palabras de consuelo. Cuando por fin la había separado de su pecho, los ojos le brillaban, húmedos. Madeleine no entendía nada. No era ni mucho menos la reacción que había esperado.

Madame de Montmorency había ordenado que le prepararan una tisana y luego, acurrucada junto a ella en la cama, tras la penumbra protectora de los cortinajes, le había aconsejado que procurase dormir y descansar. Lo que había hecho era muy peligroso. Pero ella la protegería con todas sus fuerzas.

Entonces había salido a relucir el nombre de Bernard de Serres, y la paz se había roto en pedazos.

La duquesa tenía miedo de que le identificaran y la delatase. Por honrado y leal que fuera, si le acusaban de asesinato, hablaría para salvarse. De momento no debía preocuparse porque no había pruebas contra ella. Nadie le había visto el rostro, nadie la había visto salir de su casa ni apuñalar a Cordelier. Además, el peso del nombre de los Montmorency la protegería. Pero si ocurría lo peor, no habría más remedio, por injusto que fuera, que abandonar al gascón y dejar que él cargara con todas las consecuencias.

Madeleine había roto a llorar otra vez, desamparada, y la duquesa había tenido que volver a calmarla. Ella tampoco quería que a Serres le sucediera nada malo. Pero lo único que podían hacer las dos era rogar con toda su alma para que no le atraparan.

Eso sí, no debía volver a verle. Nunca más. Estaba jugando con fuego. ¿Lo comprendía? No debería tener que explicárselo después de lo que había ocurrido con Lessay…

Madeleine había asentido, pero la duquesa no debía de haber quedado muy convencida, porque desde aquel día el hôtel de Montmorency se había convertido en una prisión. Se habían terminado los paseos cotidianos y la obligaban a estar acompañada todo el día, incluso para dormir. Se pasaba las jornadas acodada a la ventana, esperando que pasaran las horas o con un libro en la mano, pero incapaz de leer. Y cuando trataba de protestar, enrabietada, siempre obtenía la misma respuesta: tenía que ser paciente, lo más importante era su seguridad. En los momentos más negros le daba por pensar que nada iba a cambiar en su vida nunca, que había vuelto de Lorena para nada, y se desesperaba.

Aquella mañana había amanecido tan gris y anodina como todas las anteriores. Se había levantado, resignada a pasar otro día de hastío, y se había sentado frente al espejo, sin ganas de nada. Hasta que madame de Montmorency había entrado en su estancia anunciándole que tenía que atildarse. Iban a ver a la reina madre.

Las criadas la habían atusado como un gato y le habían colocado unas faldas de seda amarilla con brocado de flores y un jubón acotillado duro como una armadura. Pero no iban al Louvre. Todos los domingos, después de escuchar misa, María de Médici pasaba la mañana en el nuevo y suntuoso palacio que se estaba construyendo al otro lado de la puerta de Saint-Michel, supervisando las obras. Allí las esperaba y las recibiría con más tranquilidad.

Habían hecho el trayecto sentadas la una junto a la otra en el coche, sin intercambiar ni una palabra, aunque a Madeleine le había costado contener la admiración al entrar en el espléndido patio, alegre y majestuoso a la vez, con sus arcos, su cúpula y sus grandes ventanales. Era el edificio más radiante que había visto nunca, más incluso que el palacio de los duques de Lorena o el castillo de Chantilly.

Un gentilhombre alto y apuesto les había dicho que María de Médici las recibiría enseguida, pero tendrían que esperar un poco, porque se había presentado un visitante inesperado que la tenía ocupada. Las habían hecho subir una elegante y amplísima escalinata hasta el primer piso, y les habían pedido que aguardasen en una antecámara con el techo de madera a medio pintar, acomodadas en dos sillones con brazos curvilíneos y clavos de bronce labrados en forma de flores.

Madeleine estaba nerviosa. El pie derecho parecía repiquetearle solo, y de vez en cuando tenía que secarse las manos en la falda del vestido, aunque le habían dicho cien veces que eso no se hacía. El jubón tan tieso la agobiaba, la camisa parecía habérsele quedado pequeña y tenía la sensación de que la toca de encaje se le iba a caer de un momento a otro, dejando a la vista el pelo tan corto y feo que tenía todavía. Además hacía frío, pero les habían dicho que no podían encender la chimenea para no dañar la pintura fresca.

Miró de reojo a madame de Montmorency, que estaba entretenida leyendo un libro de horas que había traído consigo. La duquesa pasaba las hojas doradas con la misma regularidad con la que se movían las manillas de un reloj.

Se acercó a la ventana. Apenas se veía una esquinita de jardín desierto. Posó la mano en el cristal y al retirarla vio que la huella de sus dedos sudorosos había quedado impresa como un recuerdo sucio. Por entretenerse, dibujó un monigote con la cabeza redonda y hombros exageradamente anchos que le recordó a Bernard de Serres. Sonrió y le hizo unas piernas tan largas que resultaban inverosímiles.

Su caballero andante. Le parecía inconcebible que la duquesa se hubiera planteado siquiera abandonarle a su suerte si le detenían, después de todo lo que había hecho por ella. Un cosquilleo placentero le recorrió el estómago al recordar cómo la había consolado luego de escapar de casa de Cordelier, su abrazo estrecho y cálido, y su vozarrón suavizado por el acento cantarín del sur. No se le olvidaba cómo la había protegido camino de Lorena y, aunque no quería pensar en ello, no se le olvidaba que había sido él quien había ido a buscarla a la prisión de Ansacq. ¿Estaría enamorado de ella? A lo mejor lo había estado desde el principio…

Pensó en la noche de la fiesta. Ella no le había prestado mucha atención, obnubilada como estaba por el otro, pero Serres casi no se había separado de su lado. Entonces no se había dado cuenta porque era todavía una inocente sin experiencia, pero ahora estaba segura de que cuando la había hecho salir al jardín, encerraba más designios que ayudarla simplemente a despejar la cabeza.

El recuerdo era tan dulce que cerró los ojos para que la sensación no se le escapara.

Aunque también era peligroso. Desde su regreso de Lorena le habían dejado muy claro que ni podía ni debía aficionarse a los achuchones de ningún caballero. Por muy casto que hubiera sido todo hasta ahora. No podía ser. Su dedo índice, malicioso y rebelde, le dibujó al muñeco el accesorio que le faltaba entre las piernas.

Entonces escuchó el chasquido de una puerta al abrirse y emborronó el monigote rápidamente.

Se volvió, procurando poner cara de inocente, a tiempo de ver salir por la puerta que comunicaba con la estancia donde aguardaba María de Médici al mismísimo Lessay.

Le costó no dar un respingo. ¿Qué hacía allí? Él también parecía sorprendido. Se acercó a ellas con ese paso elástico y arrogante que Madeleine tan bien recordaba, aunque tenía el rostro demacrado y un aspecto desaseado. Parecía recién salido de una batalla.

Lessay saludó primero a madame de Montmorency y luego le dedicó a ella una inclinación de cabeza. Madeleine respondió del mismo modo, tensa. No se habían visto desde Ansacq y no habían hablado desde la aciaga noche en que él la había acompañado en el carruaje a su casa. Apenas hacía dos meses de aquello, pero a ella le parecía un siglo.

El conde se dispuso a seguir su camino, sin más, pero madame de Montmorency le retuvo, intrigada por su aparición fantasmal. Lessay estaba muy serio pero no perdía sus hechuras felinas, y Madeleine recordaba perfectamente su sonrisa engatusadora y el modo en que su boca desgranaba cortesías sin esfuerzo alguno. Ahora lo veía claro. Aquel hombre sabía decir lo apropiado para cada caso, pero sus músculos estaban siempre alerta, como si fuera a saltar hacia otro lado y desaparecer en cualquier momento. No comprendía cómo había podido dejarse embaucar.

Finalmente, Lessay le hizo comprender a madame de Montmorency que tenía prisa. Era evidente que estaba deseando marcharse de allí, pero aun así se giró hacia ella para despedirse y a Madeleine se le secó la garganta:

—Me alegro de veros de nuevo en París, madame.

Madame, no mademoiselle. Y evitaba mirarla a los ojos. ¿Era la impaciencia o estaría avergonzado? Pensó en buscar una réplica que le causara incomodidad, pero le dio una pereza enorme y se dio cuenta de que, para su sorpresa, había dejado de importarle:

—Os agradezco lo que hicisteis por mí, monsieur.

—Era lo mínimo… —Lessay vaciló. Iba a decir algo más, pero el gentilhombre que las había recibido interrumpió en la estancia para anunciar que la reina madre estaba lista para recibirlas y le hizo perder el hilo.

—Disculpadme —dijo Madeleine, saboreando la pequeña victoria que suponía dejarle con la palabra en la boca. Lessay inclinó de nuevo la cabeza, y ella siguió a madame de Montmorency hasta la puerta, orgullosa de su saber estar y del dominio que tenía sobre su ánimo.

Pero al atravesar el umbral, los nervios regresaron. La reina madre estaba sentada en una silla solitaria, al lado de una chimenea. Las observaba con unos ojos atentos. Tenía las manos plegadas sobre el vientre de su vestido negro y los pies bien separados embutidos en unos zapatos estrechos de tafetán labrado. Una camarera trajo una de las sillas de la antecámara y la colocó también cerca de la chimenea. Allí sí que ardía un fuego intenso que desprendía un olor vivo y afrutado.

La duquesa de Montmorency hizo una reverencia y ella la imitó.

—Madame. Aquí tenéis a Madeleine de Campremy.

La mano regordeta de la reina madre señaló la silla vacía:

—Sentaos aquí, muchacha. —Tenía un fuerte acento extranjero, vibrante y luminoso—. Y vos, querida Felicia, ¿tendríais inconveniente en esperar fuera? Me gustaría hablar a solas con ella.

María de Médici era la madrina de la duquesa de Montmorency. Era ella quien la había hecho venir de Florencia, cuando la pequeña Felicia Orsini no contaba más que trece años, para casarla con el duque. Estaban muy unidas. ¿Por qué no podía quedarse? Ella se habría sentido más tranquila en su compañía.

Pero aunque forrada de terciopelo, la petición de la madre del rey había sido una orden inequívoca. Madame de Montmorency se inclinó y salió de la estancia, arrastrando la falda de brocado azul por el suelo.

María de Médici la miró fijamente:

—Mi querida Felicia es muy buena, pero hace tiempo que tenía ganas de conoceros y prefiero que hablemos a solas, para poder formarme un juicio propio sobre vos. Sobre todo, después de lo que acabáis de vivir hace unos días. ¿No os apetece charlar conmigo?

Madeleine tembló. ¿A qué se refería? ¿Le habría contado la duquesa de Montmorency lo de Cordelier?

—Por supuesto que sí, madame —respondió Madeleine con cautela. Había oído hablar mucho de María de Médici, de su distinguido gusto y de su temperamento italiano. Pero no sabía qué le habrían contado a la reina madre de ella: ¿que era una pobre huérfana despojada de su hacienda?, ¿que le gustaba leer hasta caer rendida?, ¿que se había buscado la desgracia por escaparse en pos del hombre que acababa de salir de aquella habitación?

La florentina la observaba con atención, como si fuese un cuadro y lo estuviera tasando. Ella trató de sostenerle la mirada sin titubear, aunque estaba segura de que seguía teniendo los mofletes colorados como una pueblerina impresionada. El fuego de la chimenea de mármol ardía cada vez con más fuerza y el olor era delicioso:

—¿Os gusta cómo huele? Me gusta mezclar hojas secas de naranjo con la leña. —Le acarició la mejilla con delicadeza—. Parecéis más joven de lo que había imaginado. Tenéis carita de ángel.

Ella también se había imaginado a María de Médici de otra manera. La madre del rey andaba por la cincuentena, pero su piel brillaba nívea y reluciente, con una tirantez casi juvenil, y su pelo lucía fuerte y espeso. Sus dientes competían en blancura con las perlas de su collar, y la opulencia de sus carnes transmitía una sensación de salud y fortaleza.

—Gracias —respondió, torpe. No sabía qué más decir.

María de Médici le sonrió, maternal:

—¿Estáis a gusto en casa de madame de Montmorency?

—Sí, sí. No tengo queja. Aunque… —Tomó aire—. No sé cómo decir esto sin parecer desagradecida…

—Adelante, no seáis tímida. Tenéis que aprender a decir lo que pensáis sin pelos en la lengua.

Madeleine agarró el jubón y trató de despegárselo del cuerpo; la estaba ahogando:

—Echo de menos los campos de Lorena. Aquí los días se me hacen eternos, todo el día encerrada y sola. —Iba a profundizar en su explicación, pero la risa de la reina madre la interrumpió.

—Disculpad que me ría. ¡Es que sois tan joven! Supongo que preferíais la compañía de Nicole de Lorena. —Madeleine asintió con la cabeza—. Pero es en París donde debéis estar.

—Ya lo sé. —Encogió los hombros y sintió la mordida de la

ropa debajo de las axilas. Le habían buscado un jubón demasiado pequeño.

La florentina entrecerró los ojos y frunció los labios, como si en el cuadro que estaba tasando hubiera descubierto algún detalle incongruente:

—Mostradme las manos —susurró.

Obedeció, desconcertada, y María de Médici las tomó entre las suyas. Las observaba con fijeza, sin decir nada. Al no saber qué era lo que la madre del rey buscaba en ellas, Madeleine encogió los dedos, temerosa de repente, contra toda razón, de que la sangre de Cordelier aún pudiera rastrearse en sus palmas, como si hubiera dejado una huella indeleble.

Finalmente, María de Médici le unió las manos y se las estrechó con fuerza:

—Siento que hayáis tenido que encontraros con monsieur de Lessay, se ha presentado aquí por sorpresa. Pero su visita no ha podido ser más oportuna. Ha venido a traerme algo que creo que os interesará tanto como a mí. —Guió su mirada hacia la repisa de la chimenea y le mostró un estuche de color rojo oscuro en el que Madeleine no había reparado hasta entonces—. ¿Habíais visto esto antes?

—Me resulta familiar, pero no sé por qué.

—Perteneció a vuestra ama, Anne Bompas. ¿Sabíais que la conocí antes de que entrara a servir a vuestra familia?

—Sí. —Nicole se lo había contado en Lorena, aunque no le había dado detalles.

—Fue una servidora impecable. Quizá un día, cuando estéis más recuperada de todas las emociones que estáis viviendo, os cuente todo lo que hizo por mí, antes incluso de que yo dejara Florencia. Pero ahora hay asuntos más urgentes.

La reina madre le sonrió y le hizo seña de que cogiera el estuche de la chimenea. Ahora lo recordaba. La imagen de Anne con aquella misma caja en las manos se dibujó en su mente con trazos vacilantes pero inequívocos. Había sido la última noche que habían pasado en Ansacq, antes de salir para París, después de que Antoine la acusara de haber envenenado a su padre y a su hermano.

—He sacado un par de cosas que me pertenecían, pero el resto es para vos.

Madeleine tenía el pulso acelerado. Abrió el estuche y examinó el contenido con parsimonia: un abalorio de cuentas que ella misma había hecho para su ama, piedrecitas de distintos colores, un par de bolsitas de hierbas que fue abriendo casi con reverencia. Un olor silvestre invadió su nariz y el recuerdo de su ama se hizo de pronto tan sólido que la dejó sin aire.

Era como si Anne acabara de entrar en la habitación y estuviera sentada a su lado machacando en su mortero. Intentó contener las lágrimas pero no pudo, y brotaron en un torrente vergonzoso que trató de ocultar bajando la mirada.

María de Médici le acarició la cabeza con ternura hasta que logró calmarse y dejar de llorar. La voz de la florentina sonaba también al borde del llanto:

—La pobre Anne. Fiel hasta el final, como mi Leonora. —Señaló una muñequita de cera que había en el estuche y que tenía la insignia de los Campremy grabada en el pecho. Madeleine la reconoció de inmediato. Era la figurita que la había visto modelar a hurtadillas su última noche en Ansacq—. Esta muñeca os representa a vos y había otra igual con mi propio escudo. Las había moldeado para protegernos.

Madeleine levantó la cabeza y se sorbió los mocos sin importarle delante de quién estaba.

—Ojalá la hubiera podido proteger yo a ella.

—No habléis así. Anne cumplió con su deber. Logró cuidar de vos hasta el final y debemos honrar su memoria. Al menos habéis podido vengaros del instrumento de su desgracia.

Madeleine se secó las lágrimas con la manga de la camisa y alzó la cabeza, espantada. María de Médici sabía que había matado a Cordelier. ¿Se lo habría contado la duquesa de Montmorency o se lo habrían susurrado sus manos manchadas de sangre?

—Madame, yo…

La voz de la florentina se convirtió en un murmullo:

—No todo el mundo puede entender lo que es sentir un deseo irreprimible de venganza. —La miraba muy seria—. Sabéis de lo que estoy hablando, ¿verdad?

Su mirada se había vuelto intensa, casi cruel. La papada le temblaba ligeramente.

Madeleine estaba desconcertada. Volvió a asaltarle la desagradable imagen de Cordelier agonizante en el suelo y cerró los ojos. El modo en que María de Médici había leído en su corazón la sobrecogía, pero había una parte de sí misma que deseaba entregarse ciegamente a aquel sentimiento destructivo. En su pecho habitaba un nido enloquecido de serpientes que no dejaba de murmurar los nombres de Cordelier, Renaud y sobre todo Antoine, el mayoral.

—Yo me salvé, pero a ella la torturaron como a un perro. La venganza… Madame, habéis de saber… —Se arrodilló y enterró la cabeza en el regazo de la reina madre, que la abrazó como si fuera lo más normal del mundo—. Matar a Cordelier no me proporcionó ningún alivio. Fue horrible. Pero lo haría de nuevo, lo haría de nuevo… ¡Porque todo lo que pasó fue culpa mía y se lo debía a Anne!

Los sollozos la sacudían de arriba abajo. La reina madre la dejó desahogarse y la tomó por la barbilla:

—Escúchame, niña. Es bueno llorar por quienes hemos amado, pero ahora tienes que ser fuerte. Por fin conoces el sabor de la venganza y has derramado sangre con tus propias manos. Ha llegado el momento de que mires a tu destino cara a cara.

Su destino… Llevaba oyendo hablar de su destino desde que habían ido a buscarla a Lorena para traerla de regreso a París. Pero estaba tan aturullada que no comprendía nada.

Sin embargo, con las pupilas sumergidas en los ojos fríos de María de Médici, empezó a sentir que el acíbar que había tenido en la garganta desde que le había clavado el cuchillo a Cordelier se disolvía poco a poco, dejándole un regusto dulce, como la pulpa de una manzana roja que hubiera madurado entre sus labios.

La reina madre la cogió de un brazo:

—Levantaos y miradme a los ojos. Voy a deciros algo muy importante. —La alzó hasta que sus rostros quedaron a la misma altura—. La culpa de lo que pasó en Ansacq no la tenéis vos. Ni siquiera Cordelier, aunque se habrán alegrado en el infierno de recibir su alma podrida. La culpa la tiene quien os mandó interrogar. Quien dio plenos poderes al juez para que torturara a Anne y se lavó las manos cuando os condenaron a muerte, aun sabiendo que erais inocente… Intenté hablar con él, ¿lo sabéis? Un par de horas antes de que Lessay llegara a París a pedir vuestra liberación, yo ya estaba enterada de todo. Felicia me había enviado noticia desde Chantilly nada más saber que las presiones de su esposo a los jueces no habían valido de nada, angustiada. Pero él se negó a escucharme siquiera.

La frialdad de sus ojos la estremeció. Hablaba de Luis XIII. Su propio hijo.

—Quizá el rey esté arrepentido. Al fin y al cabo, ha perdonado a todo el mundo…

No sabía por qué le defendía. Le odiaba por lo que les había ello a ella y a Anne. Pero la fiereza con la que hablaba de él su madre la sobrecogía.

María de Médici ladró:

—¡Como si a él la inocencia le importara algo! Tampoco encontró nada de lo que acusar a mi Leonora y eso no la libró de la muerte. Habíamos crecido juntas. Era más que mi familia. Y la envió a la hoguera para robarle sus bienes. ¿Qué clase de hijo es capaz de hacer algo así?

Madeleine no sabía si la reina madre esperaba una respuesta. Había oído hablar de su exilio forzoso, tras la muerte de sus favoritos, y del tiempo que había pasado recluida en el castillo de Blois por orden de Luis XIII, pero no sabía mucho más:

—¿Su Majestad no os quiere bien?

La florentina apretó los dientes, acre:

—Nunca me ha querido, ni me ha otorgado el lugar que me corresponde. Ya desde niño me observaba con ojos fríos y distantes, reprochándome cada palabra, cada decisión. Lo mismo que su padre. Le di el heredero que toda Francia llevaba aguardando desde hacía décadas. Pero ni aun así fue capaz de renunciar a la retahíla de putas que le sorbían el seso. —Se puso de pie, apasionada—. Y a un hijo que no respeta a su madre no le cuesta nada matarle a su gente, enviarla al exilio, despojarla de sus privilegios…

Se asió a la chimenea. La ardiente tirada la había dejado sin aliento y las mejillas le temblaban.

A Madeleine le costaba comprenderla. Ella nunca había conocido a su madre, pero había adorado a su padre y a su hermano. Debía de ser terrible sentir esa inquina hacia un hijo. María de Médici había vuelto el rostro contra la pared, como avergonzada de pronto.

Quiso decir algo para confortarla, igual que ella la había confortado hacía unos instantes:

—Pero al final vuestro hijo os ha devuelto el lugar que os corresponde. Os sentáis junto a él en el Consejo…

La reina madre tenía la mirada inescrutable:

—¿Y creéis que con eso he olvidado todas las vejaciones y el dolor que me ha causado?

Madeleine contempló su propio corazón, en silencio. Y ella, ¿sería capaz de olvidar? Aún no había perdonado a Cordelier, ni siquiera después de haberle clavado un cuchillo tres veces en las entrañas. Y no quería hacerlo.

—He sufrido demasiado desde que pisé Francia por primera vez —susurró María de Médici—. Y no estoy dispuesta a que vuelvan a humillarme. No regresaré a ningún rincón en sombras ni permitiré que me releguen al olvido. Y eso es lo que ocurrirá si Ana de Austria concibe un heredero antes de que el rey muera.

Antes de que el rey muera… La firmeza con la que María de Médici había pronunciado aquellas palabras le provocó un escalofrío y tuvo que reprimir las ganas de santiguarse.

La reina madre introdujo una mano en un bolsillo de su falda y extrajo un cordón trenzado de seda verde como los que usaban los hombres para atarse los calzones. Madeleine no entendía nada pero intuía que no era el momento de hacer preguntas. Tenía la sensación de estar siendo testigo de algo importante, aunque le resultara incomprensible.

—Qué maravillosa casualidad que el conde de Lessay haya

venido a ofrecerme este regalo, precisamente hoy… Anne lo trajo con ella cuando vinisteis desde Ansacq, ¿sabéis? Me lo confesó. Me dijo que siempre lo había tenido ella. Pero no se atrevió a entregármelo… —Su voz sonaba tan suave que resultaba inquietante, parecía que hablara para sí misma, y Madeleine estaba cada vez más desconcertada—. Ana de Austria parece un corderillo inofensivo, pero el orgullo la devora por dentro. Si diera a luz un Delfín y se hiciera con la regencia, su camarilla acapararía todo el poder. Pero el trono de Francia ya tiene un heredero: Gastón sería un rey maravilloso. Es gentil, generoso, la nobleza le quiere. Y me respeta. Él nunca me despreciaría. ¿Qué necesidad hay de que la española conciba un hijo del rey?

María de Médici alzó el cordón, lo estiró por las dos puntas un instante y luego lo estrujó. Se acercó a la chimenea, que crepitaba con violencia. Abrió el puño y dejó caer la trencilla al fuego:

—Ahora ya sí que no hay ninguna excusa para esperar.

38

La vieja espada cincelada que pendía sobre la puerta de la sala de armas, a modo de enseña, chocó contra el muro con fuerza, sacudida por un golpe de viento húmedo. Una riña de gatos famélicos y chillones como almas malditas había estallado en un rincón del patio y, al fondo, un mastín encadenado los devoraba con la vista, saltando y tironeando de la argolla, con las fauces desnudas y sin parar de aullar.

Bernard llevaba el tahalí con el acero de entrenamiento en la mano, los bajos de los calzones remetidos de cualquier manera por la boca de las botas y la capa terciada al hombro.

Cuando se había levantado aquella mañana, el hôtel de Lessay era una tumba. El conde no estaba en casa y frente a las puertas de la condesa se había encontrado un montón de caras fúnebres, entre ellas la de Charles.

Su amigo le había explicado lo que ocurría, muy nervioso, y él había permanecido a su lado, aguardando, hasta que Lessay había regresado y les habían dicho que la condesa había dejado de sangrar y estaba fuera de peligro inmediato. Bernard le había preguntado al conde si podía serle de servicio en algo y cuando éste había respondido que lo único que quería era dormir, había comido algo y se había escapado un rato a la sala de armas, para despejarse.

Había escuchado el rumor por casualidad, mientras recuperaba el resuello tras una ronda de asaltos, sentado en un taburete con la espada sobre las rodillas.

No había visto nunca antes a aquel tipo por la sala de armas. Era un espadachín flaco y cetrino, con ojos de hambre y la mandíbula ganchuda, que había estado observando muy atento los combates antes de sentarse a charlar con un normando con las muñecas de mantequilla al que Bernard había vapuleado ya dos veces.

Había sido el nombre familiar, pronunciado a media voz, casi con cautela, lo que le había puesto alerta:

—Monsieur de La Valette está que rabia con la historia del soldadito.

—¿Porque se le ha escabullido?

—Porque se ríe de sus amenazas. Anda paseándose por el Palacio de la Cité todos los días como si tal cosa. El marqués tiene gente encargada de sacarle las tripas en cuanto vuelva a poner el pie fuera del hôtel de Lessay.

De primeras, aquello le había sonado a cuento. Charles no había pisado la calle desde hacía días. Aunque se pasaba las horas gruñendo, suspirando y tratando de hacer creer a todo el mundo que no soportaba su forzado encierro. Pero una sospecha insidiosa se había ido abriendo hueco en su interior, como un gusano escarbando para llegar al corazón de una manzana. No tenía ni idea de lo que hacía su amigo cuando él no estaba. Y le sabía más que capaz de haber estado enredando sin contarle nada.

En un abrir y cerrar de ojos la duda se había convertido en certeza y la certeza en urgencia. Mientras él estaba allí, pasando la tarde con una espada sin filo entre las manos, el muy necio podía andar donde no debía, a riesgo de acabar con un palmo de blanca incrustado entre las costillas. Tenía que avisarle.

Se había calzado las botas y había agarrado sus cosas sin pararse a decir adiós ni siquiera a Bouteville, que andaba zurrando a un flamenco pretencioso en un rincón.

Espantó a los gatos de una patada rápida y cruzó el patio en dos zancadas. Los aullidos quejumbrosos del perro se fundían con el ulular del viento formando un solo lamento lúgubre y largo.

El quejido lastimoso del viento hacía vibrar los ventanales al otro lado de las cortinas, pero envuelto en la penumbra de la estancia, en el rincón abrigado entre la chimenea y la gran cama con dosel, a Charles le parecía que el sonido pertenecía a otro mundo, irreal y fantasmagórico.

Isabelle dormitaba, con la cabeza inclinada hacia un lado, las mejillas arreboladas y la respiración en calma; y él habría podido quedarse allí contemplándola toda la vida.

Aún no estaba fuera de peligro, pero al poco de llegar el cirujano, la condesa había dejado de sangrar y el niño se había movido. Seguía vivo. Aunque no sabían lo que podía pasar en las próximas horas. Todavía podía suceder lo peor.

Isabelle estaba muy asustada y apenas hablaba, aunque era ella quien le había hecho llamar, cuando los físicos y la comadrona se habían retirado y su marido se había ido a descansar. No habían tenido que ir a buscarle muy lejos. Apenas se había movido de la puerta de su antecámara en toda la mañana.

Suzanne le había hecho pasar, rogándole por lo más sagrado que fuera sensato y no alterara a la condesa con ninguna inconveniencia. Luego los había dejado a solas, e Isabelle le había pedido que le leyera algo, lo que quisiera, algo que él considerase hermoso y que les llevara a ambos muy lejos de allí. Pero se había quedado dormida al poco rato, exhausta.

Charles apenas se había atrevido a hablar. Estaba demasiado conmovido. La condesa le había estado rehuyendo desde la tarde en que se había atrevido a besarla pero ahora, en aquel trance, de todas las personas del mundo le había escogido a él para acompañarle. Se preguntaba si sería muy arriesgado atreverse a rozarle la frente con los labios antes de abandonar la habitación. No quería marcharse, pero la mejor amiga de la condesa, madame de Combalet, había anunciado su visita y debía de estar al llegar. No podía dejar que le sorprendiera allí, mudo y embobado, olvidado el libro que se suponía que estaba leyendo a los pies de la cama.

Suspiró. Ya que tenía que dejarla, aprovecharía al menos para ocuparse de sus asuntos. Aquella mañana le había enviado un billete a Boisrobert contándole que había descubierto las dos cartas inglesas. Pero aunque su recadero insistía en que le había entregado la nota al abad en mano, nadie se había puesto en contacto con él, así que a eso del mediodía había enviado otro aviso. Esta vez el mensajero le había dicho que se la había entregado al criado del abad. Pero aún no había respuesta.

Charles había meditado sobre aquel extraño silencio sin llegar a ninguna conclusión, y al final había decidido acudir él directamente a Richelieu. Pero no se olvidaba de las sombras que le habían perseguido hacía un par de noches. Si iba a salir a la calle, tenía que ser antes de que cayera la oscuridad.

Se incorporó muy despacio, para no molestar a Isabelle, pero apenas había esbozado el gesto cuando ella abrió los ojos, desorientada, como tratando de recordar dónde y con quién estaba. Entonces fijó la vista en él y sonrió con alivio:

—Gracias a Dios. He soñado que venía la muerte y que no volvía a veros.

Charles tragó saliva. Isabelle estaba confusa. El médico le daba cada tanto unas gotas de belladona para que descansara y había veces que mezclaba las ensoñaciones con la realidad. Pero ella le seguía mirando con sus grandes ojos de cierva brillantes de fiebre, prendidos de los suyos.

—No digáis eso ni por ensueño —respondió—. No os va a pasar nada.

Su voz le sonó palpitante e inconveniente, más reveladora que cualquier gesto que hubiera podido hacer.

Ella sacudió la cabeza. Tenía las pupilas dilatadas por las drogas y los labios secos:

—No me habéis entendido —susurró. Su mano derecha vibró tímidamente para llamarle.

Charles se puso de pie, muy despacio, como si Isabelle fuera un animal silvestre y cualquier movimiento brusco pudiera espantarla. Alargó su propia mano con cautela. Las lágrimas se le agolpaban otra vez en los ojos. No hizo nada por retenerlas:

—Yo sí que moriría si os sucediera algo.

Isabelle tenía los dedos fríos, destemplados. Charles sintió cómo se aovillaban para resguardarse dentro de sus dos manos y, cuando alzó la vista, vio que sus ojos también titilaban.

Permanecieron así unos instantes, sin decirse nada y sin que hiciera falta. Hasta que se escucharon unos pasos vivos que ascendían las escaleras acompañados de una voz firme que no paraba de lanzar preguntas.

Charles se incorporó y se llevó la mano de Isabelle a los labios para despedirse.

—Me tengo que ir.

Ella le agarró los dedos con una fuerza inesperada:

—No os marchéis. Tengo miedo de no volver a veros nunca más.

Charles dudó. No había nada que deseara más que quedarse junto a ella. Pero no podía ser. Delante de madame de Combalet su presencia resultaba comprometedora e inconveniente. En cuanto la dama entró en la estancia, aprovechó para escabullirse con precipitación, ante su sorprendida mirada. Sentía las mejillas abrasadas y estaba convencido de que si se quedaba allí dos minutos más, la amiga de la condesa lo adivinaría todo.

Corrió escaleras arriba a buscar los papeles. Las copias que había hecho a toda velocidad en el gabinete del conde estaban llenas de borrones, así que se las había guardado para él y había vuelto a transcribir los mensajes en cuartillas limpias para el cardenal, con su letra más cuidadosa. Tenía que ser rápido. Y no sólo por precaución por si alguien le estaba aguardando, ni para evitar que le alcanzara la noche, sino para regresar junto a Isabelle lo antes posible.

Se colgó las armas, se puso la capa y el sombrero, y comenzó a enfundarse los guantes. Pero cambió de opinión y se los guardó en un bolsillo. Prefería conservar sobre la piel el recuerdo del tacto frío de los dedos de su dama.

Madeleine se frotó las manos para hacerlas entrar en calor. Las tenía tan frías que le dolían como si se las hubiera quemado, igual que los pies. El viento se colaba por entre las tablas mal ensambladas del cobertizo y a través de su capa de lana, helándole los huesos.

Había abandonado el palacio de la reina madre aturdida y silenciosa, apretando contra su pecho el estuche de Anne. De vuelta a su cuarto, la duquesa de Montmorency la había ayudado a cambiarse de ropa, mientras ella recordaba su llegada a la granja de las afueras de Nancy, maltrecha, y cómo día a día había ido absorbiendo las fuerzas del bosque, de las piedras antiguas y de las lobas que aullaban en la espesura antes de salir de caza.

Pero había sido la sangre.

María de Médici se lo había explicado y la duquesa se lo había repetido mientras la envolvía en una capa oscura y la abrigaba maternalmente. La sangre de Cordelier. En el momento en que había derramado sangre enemiga con sus propias manos para vengar otra sangre, su destino por fin se había hecho posible. Aquello para lo que la habían protegido desde el día de su nacimiento. Lo que estaban aguardando. Aquella Cuya Voluntad se Cumple la había reconocido. Las serpientes, la tierra húmeda y la noche la esperaban.

Habían subido juntas a un carruaje que las había conducido hasta un lugar boscoso y despoblado a varias horas de París. Estaba dispuesto que permaneciese en aquella choza remota hasta que llegase el momento, para ordenar sus pensamientos y reflexionar, como un caballero andante que velara sus armas. Pero estaba tan asustada que no podía pensar en nada. No sabía muy bien sobre qué esperaban que cavilara tanto tiempo.

En el centro de la cabaña había un pequeño hogar encendido. El suelo era de tierra y no había más mobiliario que un primitivo banco de madera tallado a hachazos. Quizá fuera un refugio de pastores, pero estaba tan mal rematado que no creía que sirviera ni para resguardarse de un chubasco. A través de las tablas se veían las pocas hojas rojizas y marrones que les quedaban a los árboles, y que el viento arrancaba en remolinos multicolores. Pero si miraba seguido al exterior, los ojos se le llenaban de lágrimas y polvo.

Se sentó en el tosco banco y se arrebujó en su capa apretando el medallón con la rueda grabada que le colgaba al cuello. Antes siempre llevaba un crucifijo de oro, pero se lo habían quitado cuando estaba prisionera en Ansacq y no había vuelto a acordarse. Hasta ahora. Tal vez el propósito de aquellas horas solitarias fuera que se despidiera definitivamente de sus viejas creencias.

Se miró las manos. No llevaba guantes y las tenía congeladas. ¿Por qué no le habían dado guantes? ¿Se les había olvidado?

No se veía, pero estaban manchadas de sangre. La sangre inmunda de Cordelier.

Sonrió, pensando que aquel hombre había estado a punto de acabar con su vida acusándola de brujería, cuando ella no era más que una chiquilla inocente. Ojalá pudiera verla ahora, desde el infierno…

Por fin entendía la emoción callada de madame de Montmorency cuando se lo había contado todo. La duquesa había comprendido que el odio ingobernable que alimentaba en su corazón había dado fruto. Se había mostrado digna y la madre oscura iba a recibirla.

Madeleine no sabía si se sentía aliviada o aterrorizada. Tuvo que ponerse en pie y echar a andar. El cobertizo era tan pequeño que lo abarcaba con dos pasos.

Por momentos le parecía que aquello era imposible. Que estaba soñando o la tenían engañada. Que era todo una burla inexplicable. Pero no. Lo sentía en su interior. Había empezado a sentirlo casi desde que se había instalado en la casita de las afueras de Nancy, lejos de todo. Una fuerza nueva que la unía a la naturaleza y que la llenaba de una rabia que nunca había conocido. Había sabido que algo le estaba ocurriendo antes incluso de que nadie le explicara nada.

De pronto la puerta se abrió con un chirrido, empujada por la mano enguantada de madame de Montmorency:

—¿Va todo bien? Puedo traeros una manta si tenéis frío.

Era la encargada de velar por su bienestar aquella última tarde, pero no podía acompañarla dentro de la choza. Madeleine negó con la cabeza y enderezó la espalda, tiritando. La duquesa sonrió con dulzura:

—Todavía quedan unas horas. Esperaremos al anochecer para comenzar.

Ella asintió débilmente, y la dama salió cerrando la puerta tras de sí.

A través de las tablas se colaba la escasa luz de la tarde. Miró por un agujero, buscando el sol, para hacerse una idea de la hora que era. Pero no había manera de orientarse. El cielo estaba sembrado de nubes grises como ovejas sucias apelotonadas para calentarse, tan heladas de frío como ella.

Las nubes se habían amontonado en lo alto de París, cercadas por las violentas ráfagas de viento, y los tenderos cubrían sus puestos con telas enceradas para proteger las mercancías de la lluvia, haciendo aún más intransitable el barrio del mercado con su trajín.

Bernard avanzaba entre tropezones, cada vez con más prisa, por el mismo camino de todos los días. Bordeó la plaza por el norte y luego se desvió por la calle de los Ménétriers.

A menudo, después de ejercitarse en la sala de armas, entraba en alguna de las cantinas de la calle a beber algo. Vio al patrón de su taberna habitual, que descansaba apoyado en el quicio de la puerta. El hombre le saludó llevándose la mano al gorro de lana y Bernard le devolvió el gesto sin detenerse.

Un mocetón con la cara picada de viruela, poco más o menos de su edad, surgió de la calleja húmeda y sombría y le abordó muy cortésmente:

—Monsieur, disculpadme si os incomodo. ¿Seríais tan amable de indicarme cómo llegar a la taberna La Croix-de-fer? —Tenía un acento muy marcado, de algún lugar del norte, y hablaba con una deferencia excesiva.

El primer impulso de Bernard fue quitárselo de encima. No tenía tiempo de atender a ningún aldeano perdido. Entonces reparó en las ropas desvaídas del mozo y en su actitud tímida, y se vio a sí mismo recién llegado a París hacía poco más de dos meses.

No había estado nunca en La Croix-de-fer pero sabía que era

un tugurio que frecuentaban los amigos poetas de Charles. Y no estaba lejos de allí.

Cogió al tipo por el hombro para indicarle la dirección correcta, pero más que mirarle a él o al lugar que señalaba su dedo, el mozo parecía pendiente de algo que tenían detrás. Bernard estaba a punto de mandarle al infierno por malcriado y seguir camino, cuando sintió él también una presencia a su espalda.

No tuvo tiempo de girarse. De repente alguien se abalanzó sobre sus hombros y, antes de que pudiera siquiera hacer gesto de defenderse, le arrojó un trapo a la cabeza y le dejó ciego.

Intentó arrancárselo con una mano, mientras con la otra echaba mano a la ropera desfilada que llevaba al costado, pero casi de inmediato sintió un fuerte golpe en los riñones y un latigazo de dolor cuando alguien le golpeó con el acero de una empuñadura en la mano derecha. No sabía si eran dos, tres o cuatro hombres los que tenía encima. Las voces se confundían, dando órdenes, aunque una de ellas era con toda seguridad la del cazurro norteño.

Se revolvió como un oso, pataleando y lanzando cabezazos a diestro y siniestro, pero le arrojaron al suelo y de dos patadas en el estómago le dejaron sin aire. Le apretaron la capucha con una cuerda al cuello, le agarraron entre dos o tres y oyó acercarse un coche. Le metieron dentro a empujones. Él ni siquiera se podía mover. No podía respirar. Era como si una cota de malla ardiente le oprimiera el pecho.

El carruaje se puso en marcha de inmediato y Bernard dejó que le ataran las manos sin resistirse. Poco a poco iba recuperando el aliento y dejaba de quemarle el estómago. Todo había sido tan rápido que ni siquiera había tenido tiempo de sentir miedo. Sólo furia y el instinto de defenderse como una bestia acosada por una jauría de perros.

Entonces sintió la presión de un objeto macizo apoyado contra su pecho y escuchó el chasquido de un arma de fuego preparada para disparar.

Charles acarició la culata de la pistola y comprobó por segunda vez que estuviera bien amartillada.

Se había armado bien por precaución, igual que había mirado cuidadosamente a izquierda y derecha antes de enfilar el camino viejo del Temple en dirección al río, pero estaba tranquilo. Aún era de día y su ruta le llevaba a través del corazón de la ciudad. La multitud le daba seguridad. Incluso un matón a sueldo dudaría antes de asesinar a alguien ante testigos y arriesgarse a la horca. Aunque a lo mejor el marqués les había dado a sus sicarios la garantía de que les ayudaría a desaparecer de París con los bolsillos bien repletos. Tenía que ser prudente.

Se detuvo bajo el portón de entrada del hôtel d'O para otear a los transeúntes que caminaban con las cabezas gachas para protegerse de las ráfagas de viento que sacudían la larga calle, haciendo volar sombreros e hinchiendo los toldos de los comercios como velas de barco. Y antes de torcer hacia la calle de la Verrerie volvió a hacer lo mismo.

Entonces lo vio. Un rostro al que no era capaz de poner nombre, ancho y redondo, con las cejas espesas y una nariz pequeña e incongruente. Su dueño caminaba unos veinte pasos detrás de él. No le había dado tiempo a lanzarle más que una ojeada de refilón, pero Charles estaba seguro de que no era la primera vez que se lo cruzaba.

Se metió en la primera bodega que encontró a su paso, pidió un vaso de vino y lo despachó de dos tragos, sin perder de vista la puerta. El hombre pasó de largo, sin echar ni una mirada al interior sombrío, y Charles volvió a calmarse. Había cien razones por las que aquella cara podía serle familiar, decenas de sitios en los que podía haberse cruzado con aquel individuo.

Pagó al bodeguero y siguió su camino, avergonzado de haberse dejado dominar por los nervios.

Pero entonces volvió a verle. Apoyado en el muro de la iglesia de Saint-Merry. Aguardando. Se detuvo en seco. Justo a tiempo de ver cómo el tipo alzaba las cejas y le hacía una seña a otro hombre que había plantado en el lado opuesto de la calle. Fue cuando cayó en la cuenta. Ya sabía cuándo y dónde había visto antes aquella cara. Hacía dos días. En la gran sala del Palacio de Justicia. El estómago le dio un vuelco. Estaban vigilándole. E iban a por él.

Retrocedió de un salto, apartando de un empujón a un viejo cargado con un cesto, y echó a correr por la primera bocacalle. No necesitaba darse la vuelta para saber que los dos hombres le seguían. Escuchaba los gritos y las imprecaciones de los viandantes a los que iban avasallando en su persecución, con tan pocos reparos como él.

Trataba de pensar a toda velocidad, haciendo por no apartarse de las callejas más transitadas. La capa, el sombrero, las armas, todo le molestaba para correr. Las telas se le enredaban en el cuerpo y la hoja de la ropera le golpeaba las piernas.

No sabía a dónde iba. Se había alejado demasiado del hôtel de Lessay y la residencia del cardenal y el Louvre estaban aún a más distancia. Pero no tenía ninguna posibilidad contra dos matones armados. Sólo podía huir. Siguió corriendo, ciego, tropezando y volviéndose a levantar. Una carreta cargada de heno le cerró el paso y saltó por encima sin pensárselo.

A su derecha se abría un callejón solitario, de los que los viandantes utilizaban para aliviarse, apartados de las miradas ajenas. Se metió dentro a la carrera y miró a su alrededor, buscando una ventana abierta por la que escabullirse o un apoyo para trepar a un techo, desesperado.

Y sus plegarias fueron escuchadas. Más o menos a mitad del pasadizo había una casa abandonada. La puerta de la calle colgaba medio desprendida de sus goznes. La empujó, se coló dentro y cargó con el hombro para volver a cerrarla. La única ventana estaba sellada con tablones y la estancia estaba envuelta en una oscuridad impenetrable. Apenas lograba distinguir sus propias manos.

Pero no importaba. Agarró la pistola, colocó el dedo sobre el gatillo y se apostó junto a la puerta, acechante. A través de las rendijas de la madera se distinguía perfectamente la calleja. En cuanto el primero se acercara lo suficiente, le descerrajaría un tiro a bocajarro.

Si no fallaba, sólo le quedaría el otro. Y estarían uno contra uno, a solas, en aquel callejón infecto, acero frente a acero. Entonces, que fuera lo que tuviera que ser.

Se santiguó, alzó el cañón de la pistola y se dispuso a aguardar, escuchando cómo el viento furibundo arrastraba lejos de allí el sonido de las campanas de Saint-Mérry.

A lo lejos, las campanas de alguna iglesia dieron las tres. Bernard viajaba encapuchado entre dos hombres que le sujetaban un brazo cada uno con dedos engarrotados. Otro individuo presionaba el arma contra su pecho, pero alguien más tenía que ir guiando el carruaje. Así que por lo menos eran cuatro.

No le habían disparado. El pistolón amartillado no había sido más que un modo de mantenerle a raya y disuadirle de rebullirse más. Pero temía que no dudaran en usarlo si les daba algún motivo.

Superado el impulso inicial de revolverse a puñadas contra lo que fuera, ahora trataba de reflexionar. No habían dejado nada al azar. Le habían apaleado lo justo para cortarle las alas pero no tanto como para quebrantarle ningún hueso ni desgraciarle parte blanda. Tampoco se habían dejado provocar por sus insultos ni amilanar por sus amenazas. Dos de ellos se habían burlado de él hasta que un tercero, cuya voz sonaba ronca y resoluta, había ordenado que se callaran. Nadie debía dirigirle la palabra al prisionero. Y la autoridad de su tono dejaba bien claro quién mandaba allí.

Estaba seguro de que eran gente de oficio. ¿Quién los habría enviado? Intentó pensar en los enemigos que se había hecho en los últimos tiempos: la duquesa de Chevreuse, la baronesa de Cellai, la familia del barón de Baliros, la de Cordelier, si la tenía… Pero todo le sonaba a disparate.

Respiró hondo. Si hubieran querido matarle, ya lo habrían hecho. No se habrían molestado en ponerle el saco en la cabeza. Le llevaban a algún sitio y no para asesinarle. Se mordió el labio de pura impotencia. ¿Y Charles? Ya no podía avisarle de nada, pensó con súbita urgencia. Sólo podía rezar por que fuera prudente y no saliera de casa.

De pronto el carruaje se detuvo. Le retiraron el pistolón del pecho y le ordenaron que descendiera. Trató de alzar las manos y ponerlas por delante para orientarse, pero alguien tiró de la cuerda con que se las habían atado, impidiéndoselo. Trastabilló y estuvo a punto de caerse al suelo. Por suerte una mano firme le agarró del cuello de la camisa y le enderezó.

El trayecto había sido muy corto. No creía que hubieran salido de las murallas ni que hubieran cruzado el río tan siquiera. Le hicieron avanzar a empellones. El suelo era de piedra. Se oían pasos y voces a su alrededor; había más gente allí. Pensó en pedir ayuda pero desistió en el acto. Si a nadie le parecía raro que llevaran a un tipo a rastras con las manos atadas y la cabeza cubierta por un saco igual que un halcón, no iban a cambiar de opinión porque él se pusiera a bramar como un becerro.

Debían de haber entrado en algún edificio porque ahora las voces reverberaban de un modo distinto. El suelo parecía descender a cada paso y las voces a su alrededor se iban apagando. Una de ellas advirtió que tuviera cuidado con los escalones, y siguieron descendiendo en círculos. Pocas veces había respirado un aire tan fétido. Era una mezcla de humedad y podredumbre intensa. ¿Qué clase de lugar podía oler a escombrera de aquella manera?

Finalmente escuchó el ruido metálico de un cerrojo. Sus captores le propinaron un empujón, perdió pie y se precipitó hacia delante en un instante de incertidumbre que se le hizo eterno. No le habían avisado de que había otro escalón. Se golpeó la rodilla con tanta violencia que volvió a quedarse mudo de dolor. Escuchó unas risas y le empujaron con un pie.

Rodó instintivamente hacia delante y aterrizó en un suelo frío y húmedo. Unas manos zafias le aflojaron la cuerda y le arrancaron la capucha sin contemplaciones. Inspiró una bocanada de un aire tan hediondo que le dieron ganas de vomitar.

Escuchó que cerraban la puerta con cerrojo y luego unos pasos que se alejaron hasta que acabaron por fundirse con el silencio. Parpadeó varias veces para dar tiempo a sus pupilas a adaptarse, pero la negrura era completa.

La calleja estaba negra y callada. Hacía tiempo que había anochecido y Charles seguía aguardando.

Sus dos perseguidores no habían asomado siquiera. Y hacía un buen rato que tampoco le sobresaltaba ningún vecino apresurado. A medida que había ido cayendo la oscuridad, nadie había vuelto a aventurarse por la calleja y los sonidos del barrio se habían ido apagando hasta desvanecerse. Apenas se escuchaba de cuando en cuando, viajando a lomos del silbido del viento, alguna voz destemplada, un ruido de cacerolas o el ladrido ocasional de un perro.

No sabía cuánto tiempo llevaba allí escondido. Hacía mucho que había relajado la vigilancia, pero aún no se decidía a salir. Que ninguno de los dos sicarios hubiese asomado el morro por el callejón no significaba nada. Quizá habían adivinado sus intenciones y simplemente le aguardaban con la mano en la empuñadura del estoque, cada uno en una desembocadura del pasaje.

Pero no podía quedarse allí toda la vida atrapado. Tenía que ponerse a salvo. La cuestión era dónde. Durante el largo acecho en el callejón se había acordado varias veces de Isabelle. ¿Le estaría esperando? Le había pedido que no se marchara, había intentado retenerle... Y él no había hecho caso. Pero no se atrevía a volver al hôtel de Lessay. Si había despistado a los matones, tenía todas las papeletas para que le estuvieran acechando en el camino.

Su camarada Garopin se alojaba en el puente de Notre-Dame. No sabía si estaría en casa, pero la mujer con la que vivía le había dado un niño hacía un par de meses; seguro que ella no había ido a ningún sitio. Y se encontraba a dos pasos. Podía resguardarse allí y ya vería cómo regresar al hôtel de Lessay al día siguiente.

Cogió la pistola con la izquierda, desenvainó la espada y empujó la puerta muy despacio, con cuidado de no hacer ningún ruido. Una vez fuera, apoyó el hombro contra la pared y se fue deslizando, en silencio, hasta la bocacalle que bajaba al río. Antes de doblar la esquina se detuvo a coger aliento y alzó la mano armada para ponerse en guardia.

Se imaginó a su perseguidor apostado en la misma postura, a la vuelta de la pared, listo para ensartarle como a una gallina en cuanto pusiera el pie fuera del callejón. Respiró hondo, consciente de que aquél podía ser el último paso que diera en su vida.

Pero no había nadie. La calle estaba vacía.

No aguardó ni un instante. Continuó su camino pegado a la pared, como una alimaña, sobresaltándose por cualquier crujido, por los murmullos que llegaban de detrás de las puertas, maldiciendo la ventolera que camuflaba otros tantos ruidos.

No tardó en llegar a la vista del Sena. Detrás de los molinos de agua, a menos de cien pasos, estaban el puente y la casa de Garopin. Sólo tenía que cruzar el arenal del muelle, iluminado por los fanales de las tabernas de la orilla.

Cogió aliento y echó a correr, sorteando las isletas de luz como si cargase contra una fortaleza enemiga. Sólo le separaban unos pocos pasos del puente.

Entonces escuchó un silbido largo y agudo a su espalda, y sintió un escalofrío. Giró la cabeza. Dos figuras negras caminaban hacia él.

Los malditos se habían quedado rondando. Y le habían visto. La noche estaba tan cerrada que no podía verles el rostro, pero sí el brillo de dos aceros refulgiendo bajo la luz escasa de la luna.

Pero avanzaban lentos, sin prisas. Aún le daba tiempo de llegar a casa de su camarada. Se dio la vuelta, determinado. Y vio a un tercer individuo que aguardaba, espada y daga en mano, entre él y el puente, cortándole el paso.

Lo primero que Madeleine vio al salir del cobertizo fue un finísimo cuarto creciente que apenas iluminaba, enredado entre los jirones de nubes. La duquesa de Montmorency la tenía cogida de la mano y ambas miraban expectantes la figura que se acercaba por el sendero.

La oficiante era una mujer rubia y menuda vestida con una

túnica blanca que le dejaba los brazos al descubierto. Igual que la que ella llevaba debajo de la capa. Tenía un rostro ancho y los labios gruesos, y era la primera vez que Madeleine la veía. Llevaba las manos extendidas y entre ellas colgaba una serpiente viva.

La duquesa de Montmorency retiró con delicadeza la capa de los hombros de Madeleine, que quedó frente a frente con la mujer y el animal. Estaba tan tensa que ni siquiera sentía el frío. La oficiante alzó la serpiente parda como si fuera un objeto precioso.

El reptil parecía tranquilo. Su lengua bífida, que asomaba vibrante de entre sus mandíbulas cada poco, era la única parte de su cuerpo que se movía. Sus ojos estaban fijos y relucían con un brillo de cristal. Madeleine tragó saliva. Siempre le habían horrorizado las culebras y aquélla era la más grande que hubiera visto nunca. Cerró los ojos. Le habían dicho que se enroscaría en torno a su cuello y no se movería. Si empezaba a reptar hacia abajo, debía sujetarle la cabeza con la mano, con cuidado de no hacerle daño.

Sintió el peso del animal sobre el cuello. El reptil se agitó hasta encontrar una posición cómoda y se acurrucó en su pecho con un movimiento sorprendentemente suave. Había imaginado que estaría helada y apestaría, pero parecía tener la misma temperatura que su propio cuerpo y no olía a nada. Miró al frente para intentar olvidar la presencia del animal y agarró con fuerza la antorcha y el cuchillo que acababan de depositar en cada una de sus manos. Alzó la vista al cielo, oscurecido de nuevo por unas nubes grises, y esperó.

Una comitiva de unas quince o veinte mujeres vestidas de negro se colocó detrás de ella a la manera de una procesión. Las cinco primeras llevaban los cuencos de barro con las ofrendas. Miró hacia atrás y trató de reconocer algún rostro, pero era imposible, embozadas como iban en las capas. Hasta la duquesa de Montmorency había sido absorbida por el grupo anónimo de figuras negras.

Estaba sola. Era parte de la iniciación. Nadie podía sostenerla en su encuentro con Aquella Cuya Voluntad se Cumple.

Comenzó a caminar. No era la primera vez que marchaba en

procesión, vestida de blanco, a encontrarse con su destino. Pero esta vez nadie la insultaba desde los bordes del camino. Sólo se oía el arrastrar de muchos pies sobre la gravilla mojada del sendero.

Charles afirmó los pies sobre la grava y disparó la pistola, rezando por tener suerte. Era imposible apuntar bien con tanta rapidez, pero sólo tenía unos instantes antes de que llegaran los otros. El sombrero del tipo voló por los aires pero el hombre siguió en pie.

Arrojó el arma de fuego al suelo, blasfemando, desenvainó velozmente la daga y encaró a su enemigo. No tenía tiempo que perder. Se tiró al bulto, sin pensárselo, y el otro paró con el estoque. Charles liberó su acero y se dispuso a lanzar un revés, pero su contrincante se abalanzó contra él. Interpuso la mano izquierda y casi en el mismo movimiento se arrojó con todo el cuerpo sobre su rival. La estocada falló y sintió la punta de la daga enemiga en un costado, pero logró doblar el codo y golpear al matón con la guarda en la cara.

El fulano dio un paso atrás, tambaleándose, y Charles no perdió un momento. Volvió a golpearle el cráneo con el pomo de la espada, con todas sus fuerzas, mientras le ensartaba la daga hasta la empuñadura entre dos costillas.

Uno menos. Alzó la cabeza a toda velocidad. Los pasos de los otros estaban encima.

Ni siquiera le dio tiempo a darse la vuelta. Como venido de la nada, sintió un fuego intenso a la altura de los riñones y se quedó rígido, sin aliento. El tiempo se detuvo un instante. Eso era lo que se sentía cuando te atravesaban de una estocada. No dolía tanto como se había imaginado. Intentó contraatacar pero de repente tenía el brazo tan pesado que no le respondía.

Aguardó, impotente, a que llegara el segundo pinchazo, pero en lugar de eso escuchó una voz autoritaria dar una orden y el golpe no vino. Sólo sintió que le tiraban al suelo de una patada, que le pisaban la mano y le arrebataban la espada. La daga la había perdido en algún momento, no sabía cuándo.

Veía borroso y tenía algo húmedo y pastoso en la garganta, pero reconoció la voz del marqués de La Valette:

—Regístrale.

Unas manos se adentraron entre sus ropas y de repente le invadió una rabia cegadora. Tenía que evitar que se llevaran los papeles. Impedir que le arrancaran su triunfo. Pero los brazos le pesaban más y más, y no podía hacer nada.

No sabía si era la desesperación o la sangre lo que le estaba ahogando y haciéndole toser como un perro. Así le había dicho La Valette que iba a morir. Como un perro callejero. Si al menos no le quitaran los papeles… La herida le ardía y le congelaba la carne al mismo tiempo.

Volvió a escuchar la voz del marqués, más lejos que antes:

—Teníais que haberme hecho caso cuando os dije que os marcharais de París. Pobre insensato…

No la vio venir, pero sintió la segunda estocada, esta vez en medio del pecho.

Sintió que le agarraban de una pierna y le arrastraban hacia algún sitio. Recordó la predicción de la gitana del Louvre y un pavor supersticioso le invadió de pronto. Intentó suplicar: «En el río, no». Pero si llegaron a escucharle, no le hicieron caso.

Sólo sintió más frío y los ojos se le llenaron de arena y agua.

Madeleine tenía los ojos entrecerrados para evitar la mordida del viento. No quería llegar a su destino llena de lágrimas. De vez en cuando los abría para asegurarse de que no se apartaba del sendero, aunque caminaba tan despacio que era prácticamente imposible.

Casi se había olvidado de la serpiente enroscada en torno a su cuello. El animal parecía dormido o sumido en algún tipo de trance, y su lastre apenas la incomodaba. La antorcha y el cuchillo sin embargo pesaban cada vez más y casi no podía mantener los brazos extendidos como la costumbre requería.

Al cabo de un rato, avistó la encrucijada.

Justo en el lugar donde se encontraban los dos caminos había una roca similar a la piedra que solía visitar cuando paseaba con la criada muda en Lorena, aunque ésta no estaba tumbada. Le habían contado que eran restos de una época en la que todavía se veneraba a Aquella Cuya Voluntad se Cumple. Pero nadie lo recordaba ya, y los campesinos habían esculpido una cruz sobre la superficie rugosa de la piedra.

Madeleine se detuvo y esperó. Las cinco mujeres que portaban los recipientes de las ofrendas se adelantaron. Tras murmurar una breve plegaria en voz baja depositaron los cuencos de barro alrededor de la piedra: las vísceras de un cerdo, miel, queso, huevos y pescado. Luego se retiraron y la dejaron de nuevo sola delante de la piedra. Levantó los brazos, alzó el cuchillo y la antorcha, y recitó con los ojos cerrados:

> *Tú que abres la tierra, conductora de cachorros, que todo lo dominas, caminante, tricéfala, portadora de luz y virgen venerable; te invoco, cazadora de ciervos, dolosa, polimorfa.*

> *Aquí, diosa de la encrucijada, cuyas visiones respiran fuego; tú que alcanzaste en suerte terribles caminos y duros encantamientos; a ti te invoco junto con los muertos prematuros y los héroes que murieron sin mujer y sin hijos, silbando salvajemente y consumiendo su ánimo dentro del pecho.*

> *A ti te invoco, diosa de muchos nombres, la de las tres cabezas, que caminas en el fuego, de ojos de buey. Acepta nuestro sacrificio y consume tu cena en esta tu noche. Me presento ante ti como virgen y discípula, doncella dispuesta a servirte y a honrarte, otórgame tu protección y tu fuerza, y que en tu nombre pueda ser instrumento de tu poder, porque en mi mano sostengo tu antorcha y tu puñal y en mi cuello duerme tu serpiente. Que se cumpla tu voluntad.*

Abrió los ojos. La noche continuaba igual de nublada, las ofrendas seguían a los pies de la roca y la serpiente aún dormía en torno a su cuello. Bajó los brazos y se giró lentamente. A partir de ahora estaba prohibido mirar atrás, sucediera lo que sucediese. Las demás mujeres hicieron lo mismo y comenzaron a caminar de vuelta hacia el cobertizo. Cuando apenas habían avanzado unos pasos, Madeleine oyó un coro de ladridos, tan cerca que pensó que una jauría de perros iba a saltar sobre ella. Aun así mantuvo el dominio sobre sí misma y no se volvió. Siguió caminando. Los ladridos eran el mejor de los auspicios. La reina de los muertos había aceptado sus ofrendas.

III

Saint-Cloud, agosto de 1589

Los ojos se le estaban cerrando. Por fin. Su Majestad Enrique III de Valois llevaba horas dando vueltas en la cama, enloquecido por el chirriar incesante de los grillos y la caricia untuosa de la almohada. La canícula no le dejaba respirar. Había descorrido las cortinas de la cama y se había desprendido del bonete de noche y de la camisa, pero después de una hora yaciendo inmóvil, con el cuerpo bañado en sudor y envidiando al sirviente que dormía en el suelo, bajo la ventana abierta, había comprendido que no conciliaría el sueño sin ayuda. Había mandado avisar a su médico y éste le había recetado una tisana de hierbas amargas que le había hecho transpirar aún más pero que, finalmente, estaba haciendo efecto.

Lo peor de aquellas insoportables noches de verano eran los fantasmas que a falta de sueño se le colaban en la cama. Los recuerdos de la infancia, la añoranza de la primera juventud y los remordimientos de los últimos años. Los rostros yertos y fríos del duque y del cardenal de Guisa. Sus cuerpos deslavazados tendidos sobre el suelo del castillo de Blois. La excomunión de Roma.

Se agitó sobre las sábanas, sudoroso. No. Él no había pecado. A pesar de lo que hubiera decretado el Papa. Ambos merecían la muerte, duque y cardenal, y él como rey de Francia disponía de autoridad para dispensársela. Le habían humillado, le habían sometido a sus ambiciones y habían conspirado para que su propia capital se sublevase contra él. Aun ahora, con las dos alimañas muertas, París seguía desafiándole detrás de sus murallas. La ejecución de los dos hermanos malditos había sido un acto de justicia.

Los párpados le pesaban más y más. Por dos veces los abrió sobresaltado, inseguro de dónde se encontraba, pero finalmente cayó en un dormir hondo y espeso, y se perdió en un ensueño que le arrancó de aquella estancia para llevarle de vuelta al castillo de Blois, a orillas del Loira, donde había pasado el invierno.

Se encontraba asomado a la ventana, en sus aposentos privados. Una luna llena, blanca y brillante como el rostro de un espectro, señoreaba sobre el cielo raso de enero. El aire era cortante y limpio, y no había ni una sola estrella. Los tejados parecían de metal bruñido y las chimeneas y pináculos, dedos azules que apuntaban airados al firmamento.

Era todo muy extraño. Tenía la vaga conciencia de estar dormido, pero en los sueños los objetos nunca eran tan nítidos ni se correspondían de manera tan precisa con la realidad. Se apartó de la ventana y se dirigió a la escalerilla privada que comunicaba sus apartamentos con los de su madre, Catalina de Médici. Allí no había ventanas y no tuvo más remedio que guiarse palpando las paredes con las manos.

Su madre se estaba muriendo. Tras setenta años de constante lucha durante los cuales había visto abandonar este mundo, uno tras otro, a casi todos de los diez hijos a los que había dado la vida, una pleuresía le desgarraba los pulmones. No había podido resistir aquel tiempo tan gélido, y él tenía la sensación de que sólo se agarraba a la vida por pura desesperación, por terror a dejarle solo en el mundo.

Abrió la puerta con precaución y se acercó con pasos quedos al lecho donde yacía aquella mujer tan temida y vilipendiada. Los ojos se le llenaron de lágrimas. Catalina de Médici ya no era más que una anciana con la tez cerosa y los labios exangües que se iba apagando poco a poco. Un silbido fúnebre se escapaba de sus pulmones. Tenía los ojos cerrados y un brazo fuera de las sábanas oscuras, extendido junto a un pequeño escritorio damasquinado en plata y oro, sobre el que reposaba una carta a medio terminar.

Enrique III inclinó la cabeza para ver a quién iba dirigida y frunció los labios. Iba a romperla en pedazos cuando la voz trabajosa de su madre detuvo su gesto en el aire:

—No la toquéis. Tengo derecho a estar a su lado en el dolor… Eran sus hijos.

Retiró la mano. No por las palabras que acababa de pronunciar su madre, sino por las que se había callado. Por las que habían quedado sobreentendidas, perdidas entre las chirriantes hebras de aire que se escapaban de sus labios con cada respiración.

«Eran sus hijos.»

Los dos hombres que él había mandado matar días atrás eran hijos de Anna d'Este, una princesa italiana que había dejado su país poco después que su propia madre, décadas atrás, para casarse en Francia ella también. Era a ella a quien iba dirigida aquella carta de pésame.

Sus hijos. El duque y el cardenal de Guisa. Uno había caído acribillado a cuchilladas. El otro a golpes de alabarda. Luego había mandado que ambos cuerpos fueran descuartizados y sus restos reducidos a ceniza en las chimeneas del castillo para que nadie tuviera la tentación de recuperar los cadáveres ni honrarlos como héroes o mártires.

Clavó una mirada imperiosa en los ojos nublados de su madre y la mantuvo fija hasta que la expresión de reproche de la anciana se replegó, impotente frente al amor inmenso que le profesaba desde el día de su nacimiento. Luego acercó una silla al lecho y la tomó de la mano:

—¿Cómo os encontráis?

La vieja florentina le apretó los dedos con la poca fuerza que le quedaba y sacudió la cabeza. Su voz era apenas un murmullo:

—Desdichado. No sabéis lo que habéis hecho. La muerte de los Guisa será vuestra ruina. Todo está en peligro; vuestro reino, vuestro cuerpo y vuestra alma. —Liberó una mano y le acarició la mejilla, temblorosa. El pecho herido se le agitó en un brusco sollozo—. ¡Mi niño! ¡Mi niño adorado! Y yo no estaré aquí para protegerte…

El rey se revolvió, incómodo por la desmesurada reacción. La enfermedad la hacía desvariar. Pero su congoja le desgarraba por dentro. Le rodeó las manos con las suyas y se las llevó a los labios. Equivocado o no, su amor había sido el único que le había acompañado toda la vida.

De pronto, un brusco ataque de tos sacudió el cuerpo de la anciana, con tanta violencia que parecía que iba a arrancarle el pulmón a pedazos. Él se levantó y gritó que llamaran al médico Cavriana. Su madre le miraba con ojos desesperados, y entre espasmo y espasmo mascullaba algo ininteligible. Tuvo que inclinarse sobre ella para comprender:

—Tenía que haberlo sabido… Tenía que haberlo previsto… Estaba escrito.

Intentó calmarla, en vano. La anciana le apretó la mano con más fuerza. Fijó en él sus pupilas dilatadas y declamó con voz tétrica y solemne unas palabras que no eran suyas:

—*París conjura una gran muerte cometer, Blois la verá surgir a pleno efecto. El grande de Blois a su amigo matará. El reino dañado y doble duda.*

Un pellizco de desasosiego le retorció las tripas con tanto ahínco que sintió que se quedaba sin aliento. Se llevó las manos al estómago, pero el dolor no remitía. ¿Qué le estaba pasando? Bajó la vista y sólo entonces se dio cuenta de que tenía ambas palmas bañadas en sangre. Estaba tan sorprendido que no podía gritar ni pedir socorro, y la mancha roja de su jubón crecía y crecía…

Se sentó en la cama de golpe, desorientado y jadeando, y una bocanada de aire pegajoso se le coló en la garganta. El sol brillaba con fuerza. Châteauvieux, su gentilhombre de cámara, le informó de que eran cerca de las siete y media.

Parpadeó, tomándose su tiempo para recordar dónde se encontraba. Sí. Aquel era el castillo de Saint-Cloud. El pabellón en el que se había instalado se asomaba imperioso sobre el Sena y desde sus ventanas se divisaban los contornos difuminados por el sol de los campanarios y las almenas de su París. Habían llegado hacía dos días a las inmediaciones de la capital y sus tropas y las de su nuevo aliado, su primo Enrique de Navarra, se preparaban para asaltar la ciudad y someterla de nuevo a la obediencia.

Aún tenía el corazón acelerado. En sus treinta y siete años de vida no recordaba un sueño como ése. Hasta que el dolor del vientre le había hecho despertarse, poco había tenido de ilusión. Había vuelto a vivir con toda precisión, paso por paso y palabra por palabra, la última visita que le había hecho a su madre aquel invierno, antes de que la enfermedad la privase del habla y la muerte se la llevase. Lo único distinto había sido el angustioso momento en que las manos se le habían llenado de la sangre de su vientre justo antes de despertar… ¿Qué podía significar?

A pesar del calor, sintió un escalofrío. Era como si desde más allá de la tumba ella siguiera vigilándole, empeñada en seguir guiándole y protegiéndole, igual que había hecho en vida, con un amor tan extremo que había terminado asfixiándole.

Pidió que le trajeran agua para asearse y ropa limpia, y en cuanto su gentilhombre abrió la puerta para dar las órdenes, el joven conde de Auvergne se coló en la habitación. El rey sonrió. La compañía de su sobrino Charles era siempre bienvenida.

El mozo era el bastardo de su hermano mayor, muerto hacía quince años, y Enrique III lo había criado junto a él en la Corte, igual que si fuera un hijo. Aunque con su carita redonda, sus mofletes llenos y sonrientes y esa nariz respingona se parecía mucho más a su madre, la saludable hija de una familia burguesa, que a los frágiles Valois. Acababa de cumplir dieciséis años y aquélla era su primera campaña militar. Seguro que contaba las horas que faltaban para el asalto de París.

Le indicó con un gesto de la mano que se acercara y el adolescente cruzó la estancia en dos zancadas, reprimiéndose a ojos vista para no saltar de impaciencia. Enrique III había accedido a dejarle luchar en la compañía de su favorito, el duque de Épernon, aunque le había pedido a éste que no le quitara el ojo de encima. Su sobrino era joven y fuerte y se sentía invencible. Pero estaba más verde que el trigo de mayo. Exactamente igual que él cuando había dirigido sus primeras campañas, a la misma edad.

Por entonces aún se creía invencible. Había crecido rodeado de alabanzas. Cortesanos, embajadores y sirvientes le habían ensalzado desde niño por encima de sus hermanos. Se había hecho hombre escuchando elogios a su hermosura, su inteligencia, su carácter seductor y su amor por la música y las letras. Y cuando por fin había empuñado las armas, los homenajes no habían hecho sino arreciar. Los corifeos se habían desgañitado cantando su valor y su fuerza, su prudencia digna de un viejo capitán. ¿Cómo habría podido comprender que sus victorias le debían mucho más a las instrucciones de los experimentados generales que le guiaban de la mano que a su mérito personal?

O que un día el amor rendido del pueblo y la nobleza se convertiría en odio y desprecio. Que se vería obligado a huir de su propia capital acosado por tenderos, criados y menestrales. Que los parisinos, azuzados por los ultracatólicos del clan de los Guisa, iban a saltar a las calles acusándole de bujarrón infame, dispuestos a arrancarle del trono.

El pueblo le exigía virtudes viriles, belicosas, recias. Pero su salud era frágil y el único ejercicio que toleraba era la danza. Los torneos, la caza, la equitación y los juegos de pelota le dejaban exhausto durante días, acrecentaban la proporción de bilis negra de su organismo y acentuaban su predisposición melancólica. Poco a poco, su interés por la erudición y las artes se había convertido también en motivo de murmuración. Igual que su casta afición por la compañía de las damas, su empeño en vestir con elegancia y pulcritud o la vehemencia de sus amistades masculinas. Para los autores de los nauseabundos panfletos que habían acabado por volver al pueblo de París contra él, todo eran signos de enfermiza voluptuosidad. De que era un pusilánime, indigno de reinar. El último eslabón de la dinastía de los Valois, débil y corrupto, al que Dios había castigado con la esterilidad.

Él amaba a su mujer, Luisa de Lorena. Se había casado con ella por inclinación. Era dulce, alegre, comprensiva. Pero Dios se negaba a darles hijos. Y mientras, Francia se desangraba, desgarrada por las guerras de religión desde hacía casi treinta años, y ni católicos ni hugonotes confiaban en su rey.

Los seguidores de la religión reformada le consideraban un enemigo y seguían a su primo, el rey Enrique de Navarra, quien después de cinco cambios de confesión se había convertido definitivamente en su caudillo. Por su lado, los católicos recelaban de su tibieza en la persecución de los protestantes y la defensa de la fe de Roma, y habían puesto su confianza en el poderoso duque de Guisa. Y su esterilidad envenenaba la situación todavía más.

El rey de Navarra era su pariente más cercano por línea paterna, su heredero legítimo si no tenía hijos, según las leyes de Francia. Pero la mayor parte de la nación no estaba dispuesta a aceptar a un hereje como soberano. Y el clan de los Guisa había comprendido que aquélla era su oportunidad.

Nadie habría podido prever, medio siglo atrás, cuando la familia de los Guisa había empezado a entroncar con las dinastías reales de los Valois y los Estuardo de Escocia, que prosperarían como una mala hierba, ni que sus zarcillos acabarían enroscándose sobre los cabujones de la corona de Francia con tanta firmeza como para arrancársela de la cabeza a su legítimo dueño.

Eran muy ricos, disponían de tropas, tenían fama y poder, presumían de descender del mismísimo Carlomagno; y los católicos los consideraban los salvadores de la fe. París los veneraba. Cuando la primavera anterior la capital se había alzado en armas, erizada de barricadas, el duque de Guisa se había paseado por el centro de la ciudad, desarmado y vestido de blanco inmaculado, recibiendo la ovación y el homenaje del pueblo. Mientras que a él, el legítimo soberano, no le quedaba más remedio que escapar a escondidas.

Se había refugiado en el castillo de Blois, deshonrado y vencido. Solo.

Hacía años que había perdido a sus *mignons*. Sus favoritos, hermosos y fieros como dioses del Olimpo. Arrogantes y refinados. Dispuestos a morir y a matar por un elogio de su soberano, un malentendido o un simple capricho. Pero sus vidas habían sido tan breves como las de deslumbrantes estrellas fugaces.

En los últimos tiempos su única fuerza era su gran favorito, el duque de Épernon. Pero la primera condición que habían impuesto los Guisa para pactar y calmar al pueblo de París había sido que le alejara de la Corte. Luego le habían obligado a cederles todo el poder efectivo y le habían convertido en una marioneta; un prisionero.

Hasta que su soberbia los había traicionado. Se habían confiado. Le despreciaban de tal modo que eran incapaces de imaginar que pudiera tener la audacia de enfrentarse a ellos por sí solo. Ni siquiera habían imaginado que ya había determinado, en el secreto de su corazón, que tenían que morir.

La madrugada del 23 de diciembre había convocado al duque de Guisa a sus habitaciones. Una docena de hombres de su leal guardia gascona, los Cuarenta y Cinco, que el duque de Épernon había reclutado para él, le esperaban escondidos, con los aceros en la mano. Le habían acribillado al pie del lecho real, inmisericordes, y luego habían hecho lo mismo con su hermano el cardenal.

Allí había terminado para siempre su insolencia.

Se sacudió sus sombrías meditaciones. Su sobrino reía y charlaba animoso como si llevara horas despierto. Un gentilhombre, ataviado con el uniforme de terciopelo negro, birrete y cadena de oro que vestían quienes estaban a su servicio directo, entró en la estancia con ropas limpias entre las manos, para que pudiera cubrirse mientras desayunaba y le preparaban el agua para el aseo. Todas las prendas eran de color morado. Aún guardaba luto por la muerte de su madre.

El joven Auvergne se las arrebató al recién llegado con un gesto rápido y se las tendió sin parar de hablar sobre los preparativos del asalto. Mientras él permanecía con su pequeña corte castrense en el castillo de Saint-Cloud, a las afueras de París, sus ejércitos y los de su aliado Enrique de Navarra se desplegaban en torno a las murallas de la capital.

—Sire, me gustaría solicitar vuestro permiso para reunirme lo antes posible con monsieur de Épernon. Aunque el asalto no tenga lugar hasta mañana o pasado, estoy seguro de que aprendería mucho del arte militar asistiéndole también mientras dispone las tropas en torno a las murallas.

Enrique III suspiró, resignado. Era una crueldad retener junto a él todo el día a un muchacho de esa edad, ansioso por empezar a darle brillo a su nombre.

—Está bien, conde, marchaos. Id a que os preparen el caballo y las armas.

El adolescente le dio las gracias, entusiasmado con el permiso y el tratamiento. Apenas hacía unos meses que llevaba el título de conde. Lo había heredado de su abuela Catalina, quien siempre había sentido debilidad por él. Se despidió sin demorarse un instante y el monarca terminó de vestirse, pensativo. Le costaba hacerse a la idea de que su madre estaba muerta, después del encuentro tan vívido que había tenido con ella en sueños. Aún estaba espantado de lo real que había sido la ilusión y del dolor auténtico que había sentido en el estómago mientras las manos se le llenaban de sangre.

Apuró el caldo del desayuno. Necesitaba hacer de vientre. Ordenó que le trajeran la silla, todavía taciturno.

«París conjura una gran muerte cometer, Blois la verá surgir a pleno efecto.»

Meses después aún recordaba con desagrado las enigmáticas sentencias que había pronunciado su madre antes de morir. Las había reconocido de inmediato. Eran versos de Michel de Nostredame. Su madre conocía las centurias del sabio provenzal de memoria. Incluso les había llevado a él, a sus hermanos y a su primo Enrique de Navarra a su casa de la Provenza a conocerle, cuando eran niños, para que le revelase sus porvenires.

Siempre había sido aficionada a las artes ocultas. Uno de sus tesoros más preciados era un libro de astrología con páginas de bronce dorado en el que las constelaciones estaban representadas mediante círculos móviles. Ella misma era capaz de establecer horóscopos, manipulándolos, y junto a su hôtel particular había hecho construir una columna de cien pies de altura que servía como observatorio astronómico. Cuando viajaba llevaba consigo una cajita de ciprés llena de ídolos antiguos y amuletos misteriosos, y le gustaba rodearse de magos y nigromantes. En una ocasión habían encontrado en las habitaciones de su consejero, el florentino Cosme Ruggieri, una estatuilla de cera con el corazón atravesado con agujas.

Eran esas historias las que habían hecho que su madre inspirase un temor supersticioso entre el pueblo y sus enemigos, inescrutable, tras sus velos de viuda. Había quien la llamaba la Serpiente Negra.

Y Enrique III no se sentía con autoridad para condenarlos. Él mismo, que conocía la dulzura y el amor de que era capaz su madre, había sentido en ocasiones que no eran sólo los lazos del afecto filial los que le ataban a ella, sino una maraña de hilos viscosos de los que las parcas no le permitirían liberarse jamás.

Sabía de sobra que sus enemigos se reían de su misticismo. De sus ayunos, de sus encierros monacales y de los azotes disciplinarios que se propinaba y le dejaban la espalda sangrando. De las noches que pasaba en vela, recitando letanías sobre lechos de paja. Creían que sólo buscaba conmover a Dios para propiciar la concepción de un heredero.

Y en parte tenían razón.

Pero ninguno de ellos podía saber que todo brotaba de otro temor, mucho más inexpresable, un temor vago al que no habría sabido poner nombre, que le producía su propia familia y contra el que sentía la necesidad íntima de exorcizarse. Ni siquiera la muerte de su madre le había liberado de sus fantasmas secretos. Tenía la impresión de que la sangre de los Guisa había conjurado algún tipo de poder maligno que acechaba sus pasos y que si la anciana había regresado en sueños había sido sólo para advertirle.

Sacudió la cabeza. No podía dejar que le invadieran los temores supersticiosos. No estaba dispuesto a volver a ser el monarca débil de los últimos años. Se sentó en la silla, dándole vueltas a la idea de marchar al encuentro de las tropas que el duque de Épernon comandaba en su nombre y encabezar el asalto a París. Así impediría que el rey de Navarra recolectara todos los honores de la victoria. Volvería a ser un príncipe guerrero.

Paladeaba su nueva determinación cuando monsieur de Bellegarde y su procurador general le pidieron permiso para interrumpirle. En la antecámara aguardaba un monje dominico recién llegado de París. Decía que traía cartas de dos prisioneros de la Liga católica.

—Hacedle pasar. Le recibiré ahora mismo. Y traedme también papel y pluma. Quiero escribirle a mi esposa.

Aunque temiera por él, su dulce reina se sentiría orgullosa

cuando le contara que había decidido volver a capitanear a los ejércitos de Francia.

* * *

Jean-Louis de Nogaret, duque de Épernon, se enderezó sobre el lomo de su montura y clavó la vista en la ciudad que se alzaba tras las murallas buscando los torreones afilados del Louvre. Ahí estaba. Ceñudo y erguido junto al río. Aguardando su regreso. Después de más de un año.

No se había molestado en ponerse armadura. Aunque no eran aún las nueve de la mañana, el sol empezaba a pegar con fuerza y los pocos disparos que llegaban hasta las inmediaciones de su posición se quedaban cortos. Puso el caballo al trote y continuó con la inspección de los arrabales del norte de la ciudad tratando de localizar la mejor ubicación para sus tropas. No había ni un alma a la vista, aparte de los soldados. Quienes tenían a dónde ir se habían marchado ya y el resto permanecían encerrados en sus casas, aterrorizados por la cercanía del ejército.

El ataque estaba previsto para el día siguiente. La culminación de dos meses de victorias continuas sobre la Liga de los ultracatólicos. El rey se había mostrado inseguro de que fuera el momento de arremeter contra París. Pero el bribón de Enrique de Navarra lo había dejado muy claro el día que habían llegado a la vista de las murallas, con su desvergüenza habitual. ¿Qué sentido tenía, cuando uno pretendía a una moza, no atreverse a ponerle la mano en el seno?

Cuando finalmente el monarca había accedido, Épernon había sentido una alegría indisimulada y un estremecimiento. Desde que ordenara la muerte de los Guisa, su rey parecía investido de un valor y una determinación nuevas. Pero ni él ni ninguno de sus consejeros eran conscientes de la terrible osadía que había supuesto acabar con los dos hermanos. Y la vieja Catalina ya no estaba para protegerle.

Acarició las crines de su caballo con un gesto distraído. Catalina de Médici había sido quien le había introducido en el servicio del joven Enrique III hacía casi tres lustros, cuando ambos tenían poco más de veinte años, él no era aún más que el humilde señor de Caumont, y no poseía más que un caudal de orgullo y un corazón lleno de ambición por todo pertrecho.

Habían tardado en acomodarse el uno al otro. El rey recelaba de la recomendación de su madre y a Épernon le había costado hacerse a las peculiaridades del soberano. Enrique III era un hombre refinado hasta el extremo y él estaba todavía por desbastar. Un día se había ganado una regañina por entrar con el jubón desabrochado en sus apartamentos, y no había dudado en marcharse de malos modos, voceando que prefería regresar a su provincia antes que aguantar ni una sola recriminación en público.

Pero su rey, paciente, había mandado a buscarle.

Desgraciadamente, el puntilloso cuidado de la etiqueta y el vestuario no era la única singularidad de Enrique III. Nadie habría levantado una ceja sólo porque se disfrazase de mujer durante las fiestas del carnaval; la mitad de los hombres hacían lo mismo, aunque pocos lograban imitar los ademanes del bello sexo con tanta gracia como el monarca. Tampoco era infrecuente que un cortesano se colgara una perla discreta de la oreja. Pero a ninguno se le había ocurrido nunca prenderse largos pendientes de esmeraldas, ni encargar joyas iguales a las suyas para que las lucieran sus favoritos.

Por las calles de París circulaban incluso unos desvergonzados sonetos en los que el poeta Ronsard se despedía, melancólico, de los coños y antros velludos de las damas de la Corte, relegados al olvido por los culos calvos de los *mignons* del rey. En palabras del embajador español Bernardino de Mendoza, el gran problema de Su Majestad consistía en que «no disimulaba lo que era».

Durante un tiempo, al empezar a recibir las muestras de predilección del monarca, ostentosas y exageradas, Épernon no había sabido si sentirse triunfante o avergonzado. Pero el rey no había tardado en domesticarle. Y en unos años había colmado todas las ambiciones que pudiera alimentar, no ya un simple cadete de Gascuña, sino un grande de Francia. Nadie podía soñar con acumular más títulos y honores. Le debía todo lo que era.

Guiñó los ojos y escrutó de nuevo el movimiento incesante

que se percibía tras las murallas. Al otro lado se preparaba para la defensa un pueblo enardecido. Por el Papa, que había excomulgado a Enrique III tras la ejecución de los Guisa y su pacto con los herejes hugonotes. Por el miedo legítimo a la venganza del soberano, que a buen seguro iba a hacerles pagar caro las humillaciones a las que le habían sometido. Y sobre todo, por Anna d'Este y su hija Catherine, la madre y la hermana del duque y el cardenal asesinados por el rey en Blois.

Sus informadores contaban que la madre, perdido todo pudor, arengaba al pueblo desde los altares. La hija recorría en carroza las calles de la capital, con unas tijeras en la mano, proclamando que pensaba hacerle la tonsura a Enrique III y encerrarlo para siempre en un monasterio antes de que la atrapara y la hiciera arder en la hoguera. Y él habría dado con gusto varias pintas de sangre a cambio de que su capacidad para despertar el fanatismo de los parisinos fuera lo único que hiciera peligrosas a aquellas dos mujeres.

Ellas eran quienes le habían hecho temblar cuando había recibido la noticia de la muerte de los Guisa a manos de su rey. Su reacción inmediata había sido tratar de protegerle. Los Cuarenta y Cinco guardias de los que disponía no eran suficientes, así que había enviado a Blois cien arcabuceros gascones. Luego había corrido a poner a Enrique de Navarra, el reyezuelo de los hugonotes, al tanto de lo sucedido, y proponerle una alianza para afrontar unidos a la Liga católica y recuperar París.

Rió con ganas, contemplando con codicia las torres y las almenas de la capital. Que se desataran todas las furias del infierno y echaran espuma por la boca todos los que le aborrecían. Los que le llamaban Príncipe de Sodoma, brujo, sanguijuela y arpía cortesana. Los que distribuían panfletos ilustrados en los que aparecía con forma de demonio peludo y los que decían que había pagado todos sus títulos y riquezas con el culo. Que rabiaran y que soltaran todas las barbaridades que se les pasaran por la imaginación, porque iban a cerrarles la boca de una vez por todas. *Adversis clarius ardet.*

Echó un vistazo al otro lado del río, donde se distinguían con claridad los movimientos de los ejércitos aliados del rey de Navarra. Desde que habían firmado la paz, el hereje se mostraba como el súbdito más ferviente de Enrique III. Le llamaba «mi hermano» y «mi señor».

Que hiciera cuantas zalamerías quisiera. A él sólo le importaba que estuviera dispuesto para lanzar el ataque al día siguiente.

Había prisa.

Porque a Enrique de Navarra no le quedaban muchos días de vida. Estaba escrito en los astros. Y sin el penacho blanco de su rey guiándoles al corazón de la batalla, los herejes perderían la mitad de su valor. Había que ganar la guerra ahora.

De pronto, un ruido de cascos de caballo al galope le obligó a apartar la vista de la ciudad. El jinete venía por el camino de Saint-Cloud y llegaba gritando que traía un mensaje urgente para monsieur de Épernon. Un frío funesto le paralizó el corazón:

—¡El rey está herido! ¡Un monje de París le ha clavado un cuchillo en el vientre!

* * *

La noticia le llegó a Enrique de Navarra una hora antes del mediodía, cuando regresaba a su tienda de campaña después de inspeccionar las líneas. Su avanzadilla estaba instalada en pleno Pré aux Clercs, en las puertas mismas de la ciudad, y la moral de los hombres estaba tan alta que ni siquiera se molestaban en responder a los disparos de los parisinos con más que carcajadas.

El sol de agosto empezaba a achicharrarle el pellejo dentro del peto de la armadura. Hacía rato que sólo pensaba en arrancárselo y mojarse el gañote con un buen trago de vino antes de reunirse con sus oficiales para preparar el asalto, cuando un caballo irrumpió al galope en el campamento y el jinete saltó al suelo. Sin tiempo para respirar, le habló al oído.

El navarro no lo dudó ni un momento. Pidió un caballo a voces y, acompañado de dos docenas de fieles, puso rumbo al castillo de Saint-Cloud a galope tendido. Las dos frases del mensajero habían sido breves y urgentes: «Han herido al rey de una cuchillada en el vientre. Os pide que acudáis junto a él».

Ni una palabra más. La emoción y la incertidumbre apenas le dejaban pensar. Ni siquiera llegaba a distinguir qué sentía ni qué deseaba. No estaba preparado para algo así.

En invierno, nada más recibir la noticia de la muerte de los Guisa, había comprendido que su momento había llegado. Si alguna virtud le había dado Dios era la perspicacia para distinguir la ocasión a la mínima señal. Así que, después de años de guerras contra las tropas del rey, había proclamado en voz muy alta que la hora de la paz y la reconciliación había llegado. Francia tenía que dejar de sangrar.

Al reencontrarse con su primo Enrique III había llorado de alegría. Habían pasado juntos parte de la infancia y de la adolescencia. Pero la guerra, la religión, el odio partisano y los amigos y parientes asesinados les habían mantenido separados durante trece largos años. Ahora, por fin, les unía un propósito común: acabar con la Liga de los ultracatólicos, desmoralizados y perdidos tras la muerte de los Guisa.

Se habían arrojado el uno a los brazos del otro, emocionados, y en primavera sus tropas unidas, habían atravesado Francia encadenando una victoria tras otra, derribando las plazas fuertes de la Liga como meros castillos de naipes. La autoridad moral del rey de Francia y la energía del rey de Navarra, hermanadas, despertaban el entusiasmo del pueblo. Sólo dos meses habían tardado en llegar a las puertas de París.

Y ahora, de repente, todo corría el riesgo de derrumbarse.

Llegó tan rápido como pudo a Saint-Cloud y ascendió los escalones que conducían a los apartamentos del soberano de tres en tres. Un guardia escocés le salió al paso. La herida del rey no era grave, le informó, pero estaba celebrándose una misa junto a su lecho.

Enrique de Navarra y sus compañeros decidieron aguardar, para no verse mezclados en una ceremonia católica, mientras el soldado les ponía al tanto de lo ocurrido.

A primera hora de la mañana un monje dominico llegado de

París había solicitado hablar a solas con el rey, fingiendo que le traía cartas de dos prisioneros de la Liga católica. Se había presentado con el nombre de Jacques Clément y, tras entregarle dos mensajes falsos, le había pedido hablarle en secreto. El rey había hecho que su procurador y monsieur de Bellegarde se apartaran y, en cuanto se había acercado a él, el fraile había sacado un cuchillo del hábito y le había apuñalado en el vientre. No había intentado huir, sino que se había quedado inmóvil, con los brazos en cruz, orgulloso de su acción. Los guardias le habían dado muerte de inmediato. En cuanto al estado de Su Majestad, los cirujanos opinaban que la herida era benigna.

El navarro escuchaba sin interrumpirle, inseguro de si la ligereza que sentía en el pecho era hija de la trepidación o del alivio. En cuanto las puertas de la cámara real se abrieron, pidió que le anunciaran.

Enrique III yacía sobre el lecho, pálido y con los ojos entrecerrados. A sus pies se encontraban el joven conde de Auvergne y media docena de favoritos. Entre ellos, agarrado a uno de los postes de los pies de la cama, con el ceño sombrío y la mirada turbia, estaba el duque de Épernon, que alzó la vista al oír sus pasos y se le quedó observando fijamente con tal expresión de odio que por un momento el navarro temió que fuera a acusarle de haber armado él al monje.

No acababa de fiarse de él. Aunque hubiera luchado a su lado los últimos meses. A su lado, pero no a sus órdenes. Eso se lo había dejado claro desde el primer día, celoso de que pudiera desplazarle en el favor del soberano.

Pero el de Épernon no era el único rostro turbado. Los allí reunidos estaban todos tan inquietos como si la tierra estuviera temblando bajo sus pies. O como si no creyeran que la herida de Enrique III fuera tan benigna como los cirujanos afirmaban.

Se arrodilló junto al rey y le besó las manos. Éste sonrió, disimulando el dolor:

—Hermano mío, ya veis lo que han hecho conmigo nuestros enemigos.

Hacía mucho calor en aquella estancia cerrada y en la frente del monarca se habían formado gruesas gotas de sudor. Sus manos, sin embargo, estaban frías. Enrique de Navarra murmuró unas palabras de consuelo. Le recordó el diagnóstico de los físicos y le aseguró que sobreviviría.

Quería creerlo de verdad. Le necesitaba a su lado por más tiempo. Los católicos moderados, que se habían unido a sus fuerzas combinadas, no le seguirían a él solo. Si quería que los franceses llegaran a aceptarle en el trono un día, era imprescindible que el pueblo les viera luchar hombro con hombro, que les viera vencer juntos.

Pero su primo negó con la cabeza:

—Ha llegado el momento de que recojáis mi herencia. La justicia quiere que me sucedáis en este reino. Pero tendréis muchas dificultades si no os resolvéis a cambiar de religión. Os exhorto a ello, por la salvación de vuestra alma y por el bien que os deseo. —Alzó la voz y pidió a todos los presentes que se acercaran al lecho. Épernon obedeció el último, torvo—. Os ruego, como amigos míos que sois, y os ordeno, como vuestro rey, que reconozcáis tras mi muerte a mi hermano, aquí presente… y que para satisfacerme y para cumplir con vuestro deber le prestéis el juramento en mi presencia.

* * *

Un escalofrío súbito recorrió el cuerpo del monarca y Charles d'Auvergne alzó la vista, perdido, buscando al duque de Épernon. El bochorno de aquella noche de agosto estaba a punto de hacerles sofocar a todos y el adolescente llevaba más de una hora abrazado a los pies de su tío y soberano para proporcionarle calor.

Épernon le tranquilizó con un gesto de cabeza y se dirigió a los guardias:

—Avivad el fuego y traed otra manta.

Sólo quedaba una ventana abierta. A través de los postigos de madera un rayo de luna pálida trazaba un camino ceniciento sobre el suelo. El duque se acercó y la cerró también. Era lo poco que podía hacer ya por su rey. A primera hora de la tarde, su estado había empeorado súbitamente y los dolores se habían vuelto atroces. El final estaba cerca.

Regresó junto a la cama para abrigarle él mismo. Enrique III tenía el rostro más enjuto que nunca y las mejillas cubiertas de una áspera sombra negra. Hacía un rato que había perdido los sentidos de la vista y el oído, justo después de recibir la extremaunción, pero aún podía sentir la presencia de quienes le acompañaban en su última hora.

Al menos, los físicos le habían dejado por fin tranquilo. Un poco antes de la medianoche el duque había estado a punto de retorcerle el cuello a maese Hortoman, el médico personal de Enrique de Navarra. El maldito hereje había partido a pasar revista a las tropas y les había enviado a su matasanos, que no había tenido mejor idea que ordenar que administraran al rey un enema que casi de inmediato había vuelto a brotar por la herida de su vientre.

Le acarició la cabeza como a un niño, tratando de reprimir el llanto. El monarca llevaba el pelo cortado al ras del cráneo desde que la cabellera empezara a clarearle, hacía ya años. Siempre había sido meticuloso con la pulcritud de su apariencia. Y le había enseñado a serlo a él también. Que tuviera que morir sudando como un puerco y arrojando líquido por todos los orificios era una mofa cruel. Le besó la mano con devoción y las lágrimas le emborronaron los ojos.

En cuanto había visto al jinete de Saint-Cloud irrumpir entre sus tropas aquella mañana, había comprendido. Antes incluso de arrear como un loco a su montura y atravesar a galope tendido las líneas de soldados de vuelta al castillo. Ni siquiera el primer pronóstico de los médicos le había hecho dudar. Su rey iba a morir. No tenía ninguna duda.

Quien había armado de acero y fanatismo al monje de París no erraba nunca y no conocía la misericordia.

No se había separado de aquel lecho de muerte más que lo imprescindible para salir a aliviarse y a beber algo de vino con el que reponer fuerzas. Los demás entraban y salían, cariacontecidos y temerosos unos, rabiosos los demás, por haberse visto obligados a prestar juramento al hereje aquella mañana. Él también había jurado. Por no contrariar a su rey ni causarle dolor en sus últimos momentos. Pero que el diablo se lo llevase si pensaba agachar la cabeza como un cordero en el degolladero.

Las oraciones de los dos monjes arrodillados a los pies de la cama se habían adueñado del silencio de la estancia, porfiadas, como si tuvieran en verdad algún poder para librarles a todos del infierno. La noche avanzaba indiferente y la agonía de su señor parecía no tener fin. Sus labios balbuceaban incoherentes y en un momento dado le vio levantar una mano para persignarse por última vez.

Los dedos pálidos del monarca se alzaron hasta su frente, se deslizaron sobre sus ojos ciegos, descendieron sobre el pecho y allí se detuvieron, para siempre, sin llegar a trazar el listón transversal de la cruz. Uno de los frailes le cerró los párpados.

El duque se incorporó y se apartó de la cama, tambaleándose, luchando por encontrar un ápice de resignación en su espíritu. Pero la mano se le iba una y otra vez hacia el costado izquierdo. Tenía tantos enemigos que había adoptado la precaución de llevar siempre consigo una daga de hoja muy fina, afilada como la de un verduguillo y con la empuñadura breve y delgada, perfecta para camuflarla entre las ropas.

La rabia le ahogaba. Le habían engañado. Le habían tenido embaucado todos aquellos meses, asegurándole que era la sangre del otro la que buscaban y su señor estaba a salvo, para que se mantuviera manso. Pero le habían mentido. Al final le habían hecho pagar la muerte de los dos Guisa. La vieja Catalina había temblado con razón por la vida de su hijo. Ella sí había visto lo que iba a suceder.

Introdujo la mano en el ajustado jubón y agarró el pomo de la daga con toda la fiereza de la desesperación. De un movimiento brusco, la extrajo de entre sus ropas y dejó caer el brazo con fuerza. La hoja se quedó clavada en el batiente de madera de la ventana, vibrando.

Él se quedó contemplándola unos instantes, luego, se derrumbó sobre la pared y escondió la cabeza entre los brazos, sollozando de impotencia.

* * *

El ataúd esperaba en el patio del castillo sobre un coche tendido de telas moradas y tirado por ocho caballos con gualdrapas del mismo color. Bajo el cielo anubarrado, veinticinco gentilhombres aguardaban para escoltar el cuerpo de Su Majestad Enrique III hasta Compiègne y enterrarlo en la abadía que había fundado su antepasado Carlos el Calvo hacía seis siglos, en espera de que el fin de la guerra permitiera conducir sus restos al panteón real de Saint-Denis, al norte de París. Tres mil soldados abandonaban Saint-Cloud junto al cadáver y al duque de Épernon.

El joven conde de Auvergne observó a Enrique de Navarra terminar de abotonarse la ropilla violeta. Nunca se había imaginado que pudiera haber un monarca tan desguarnecido. Ni siquiera disponía de ropa con la que vestir de luto y había tenido que apropiarse de la del difunto y hacérsela ajustar al cuerpo.

El navarro tenía planeado acompañar al cortejo sólo unas pocas leguas y luego decidiría junto a sus consejeros hacia dónde dirigirse. Lo importante era alejarse de París. Con su menguada fortuna no podía sostener a las tropas reales, y los parisinos, que no lo ignoraban, podían organizar una salida contra ellos en cualquier momento.

Al muchacho aún le costaba pensar en aquel hombre como en el nuevo rey de Francia. Pero había decidido unir su destino al suyo. Su tío le había pedido antes de morir que le fuera leal y le mirara como un nuevo padre, y él pensaba cumplir su juramento. Y quizá fuera un iluso, pero guardaba esperanzas de que quien había sido el servidor más fiel de Enrique III cumpliera el suyo.

Abandonó la habitación discretamente y cruzó varias salas hasta llegar a la estancia en la que el rey había entregado el alma hacía tres días. Empujó los batientes de la puerta, tan silenciosamente como pudo. De espaldas a él, junto a la ventana, un hombre delgado, vestido de impecable terciopelo morado, contemplaba los preparativos de la partida del cortejo fúnebre.

—¿Monsieur?

El duque de Épernon giró la cabeza con la rapidez de un ave de presa:

—¿Qué hacéis aquí?

El adolescente tragó saliva. El duque estaba intratable desde la muerte del rey. Se había encargado personalmente de enterrar el corazón del difunto en la iglesia de Saint-Cloud, en un rincón discreto y sin ninguna señal, para que sus enemigos no pudieran vandalizarlo, pero, aparte de eso, había hecho poco más que deambular por las salas del castillo, sin hablar con nadie. Ni siquiera había participado en los acalorados debates de los demás nobles.

Apenas había recibido la noticia de la muerte del rey, Enrique de Navarra se había presentado en Saint-Cloud rodeado de leales. La Guardia Escocesa le había recibido de rodillas y los hugonotes que le acompañaban ostentaban una actitud altiva, conscientes de que escoltaban al nuevo soberano. Pero Charles d'Auvergne se había fijado en que por debajo de sus jubones asomaban coletos de cuero y cotas de malla.

No era una prevención vana. Los católicos ya estaban arrepentidos del juramento que habían realizado el día anterior. Los despojos del monarca difunto yacían aún sobre el lecho. El murmullo incesante de las oraciones de los monjes llenaba la estancia. Y los fieles de Enrique III arrojaban sus sombreros al suelo, jurando que preferirían morir de mil muertes antes que prestar obediencia al hereje. La rabia de Épernon había ido más allá de la insolencia. Cuando el rey de Navarra le había puesto la mano en el hombro, para consolarle, se la había sacudido y había mascullado entre dientes:

—Tendríais que estar vos en su lugar.

Charles d'Auvergne se había quedado sin aliento. Pero, a Dios gracias, nadie más que él, que estaba a su lado, lo había oído, y el navarro había tenido la sensatez de tomárselo como un arrebato provocado por el dolor.

Poco a poco la tormenta de descontento que azotaba las filas de los hombres de Enrique III había empezado a amainar.

Unos pocos, como Hercule de Rohan, un grandullón sin dobleces, joven y alegre, habían decidido apoyar al navarro sin ambages. El resto había acabado por ceder después de dos días de negociaciones y regateos. Enrique de Navarra había prometido instruirse en la religión de Roma, y los católicos habían dejado ver sus cartas, exigiendo honores y solicitudes particulares a cambio de no provocar un estallido feudal. Uno tras otro, príncipes, duques y mariscales habían ido firmando la Declaración por la que reconocían a Enrique de Navarra como nuevo rey de Francia.

Todos menos uno.

El duque de Épernon había puesto un pretexto fútil, una cuestión de preeminencia que nadie había terminado de creerse, y se había negado a añadir su nombre al del resto.

Charles d'Auvergne no lo comprendía. Sabía que Enrique de Navarra y el duque no se apreciaban demasiado, que en los últimos meses sólo habían sido aliados de conveniencia. Pero, aun así, el día anterior había visto al nuevo rey tragarse el orgullo y acercarse a Épernon para preguntarle por qué no había firmado y rogarle que se quedara a su lado. Juntos, le había dicho, destruirían a la Liga ultracatólica y vengarían al monarca asesinado.

Épernon le había mirado como si ni siquiera entendiera de qué le estaba hablando, y le había reiterado su intención de marcharse de Saint-Cloud al día siguiente y llevarse consigo el cuerpo de Enrique III.

Ahora mismo le contemplaba a él de un modo muy parecido. El brío habitual de su mirada se había apagado y tenía las mejillas descoloridas:

—¿No vais a decirme qué queréis?

El muchacho enderezó el torso:

—Monsieur, sabéis que mi afecto por el rey era sincero. Era como un padre para mí. Y yo sé que vuestra devoción era igual de auténtica. —El duque parpadeó, sin decir nada, y el adolescente se animó a seguir—: ¿Por qué no queréis uniros a nosotros para vengar su muerte? El rey de Navarra ha prometido instruirse en el catolicismo. Si vos le abandonáis, otros os seguirán y su ejército se debilitará todavía más. Él solo no puede nada contra la Liga, pero juntos aún podríais tomar París y...

Épernon alzó una mano para interrumpirle. Tardó en hablar y Charles d'Auvergne temió que sólo estuviera cogiendo fuerzas para expulsarle a voces de la estancia pero, en vez de eso, esbozó una sonrisa desengañada:

—¿De veras creéis que el rey de Navarra tiene intención de convertirse? ¿Y perder el apoyo de los hugonotes? Ese rústico es más listo que todos los grandes de Francia juntos. Y no tiene interés por vengar a nadie. Vendería a su hermana sin pestañear a cambio de que los parisinos le reconocieran como rey.

—Pero ¡monsieur! ¡Dicen que el prior del convento de dominicos al que pertenecía el asesino ha celebrado la muerte del rey desde el púlpito! ¡Que fueron los jefes de la Liga quienes azuzaron al monje y trastornaron su conciencia! ¡Que la hermana y la madre de los Guisa animan a los parisinos a festejar el crimen! —A medida que hablaba, su indignación crecía y su voz insegura de adolescente iba alzando el tono. Los ojos se le humedecieron—. ¡No puedo creerme que prefiráis recluiros en vuestra provincia a llorar! ¡Se lo jurasteis al rey antes de que muriera!

Habría seguido clamando pero no tuvo ocasión. Épernon se abalanzó sobre él, sujetándole por el cuello de la camisa. Su rostro, a un par de dedos del suyo, seguía pálido, pero sus ojos oscuros quemaban. Era alto y mucho más fuerte que él. Tuvo que agarrarse a uno de los postes de la cama para mantenerse erguido y levantó una mano para defenderse.

Pero con la misma rapidez con que se había echado sobre él, Épernon aflojó la presa. Parecía arrepentido de su violento impulso. Relajó la mandíbula y le plantó las dos manos sobre los hombros:

—Reconocí ante mi rey que el navarro era el heredero legítimo de la corona y lo mantengo. —Hablaba con voz sorda, concienzuda—. Pero Enrique III le exhortó también a que se convirtiera. Mientras siga una religión diferente a la mía, mi conciencia me impide permanecer a su lado.

Había terminado en un tono solemne y rígido que al joven Auvergne, incluso cegado por la indignación y la pena, le sonó a falso. Había algo más. Algo que el duque se callaba.

Iba a replicar, testarudo, cuando un clamor de salves, acompañado de un ruido de armas, ascendió desde el patio. Enrique IV, rey de Francia y de Navarra por derecho de sangre y por la voluntad de su nobleza, acababa de salir del castillo para permitir que las tropas mostraran también su acuerdo por aclamación.

—Vamos, *jeune homme* —le conminó el duque, girándose hacia la puerta—. No podéis hacer esperar a vuestro rey. Y a mí me aguarda un largo viaje.

´αρπυια

1

Bernard apoyó la frente sobre las rodillas, helado de frío, y arrimó las nalgas contra la pared. Se mantenía agazapado para reducir al máximo la superficie de contacto con las piedras húmedas, pero aun así tenía los huesos entumecidos, los dedos acalambrados y apenas sentía los pies. Apretó con fuerza los ojos deseando poder dormirse, pero la mollera no le daba descanso. Abrió los párpados, exasperado, y la oscuridad se tragó su mirada.

No sabía cuánto tiempo llevaba en aquella mazmorra. Toda la noche, a juzgar por los rugidos de su estómago. Al principio, al verse solo allí dentro, le había dominado la ira y se había arrojado contra la puerta dando voces hasta que se había quedado ronco.

Finalmente había comprendido que los aporreos no valían de nada y se había puesto a medir el calabozo con las manos, buscando no sabía qué. Quizá sólo necesitaba sentir que la situación no estaba totalmente fuera de su control. La exploración no había dado mucho de sí. Estaba en un agujero de cinco pasos de ancho por cinco de largo; tanto las paredes como el suelo eran de piedra, y si se ponía de puntillas rozaba el techo con el pelo. En una esquina había topado con unos restos secos que le parecieron heces humanas y, asqueado, se había sentado en el lado opuesto, tratando de razonar.

El trayecto en coche había sido muy breve. Tenía que seguir en el centro de París. Y sabía que estaba bajo tierra, le habían hecho descender un buen rato antes de arrojarle allí dentro. Además la humedad era inconfundible. Se habría jugado un brazo a que estaba en el Gran Châtelet. La formidable fortaleza de piedra, flanqueada de torreones, a donde iban a parar los criminales que mandaba arrestar el preboste de París.

Y eso sólo podía significar una cosa. Le habían identificado; a él y quizá también a Madeleine. Había llegado la hora de pagar por la funesta visita a casa de Cordelier. A saber si ella no estaba en otra celda por allí cerca, temblorosa y encogida en un rincón, igual que en aquella maldita prisión de Ansacq. Ya sabía él que aquel asunto iba a traer cola. Inspiró profundamente varias veces para calmar su corazón galopante.

Era un imbécil, un zote, un badulaque que se dejaba enredar por cualquiera y que sólo era capaz de ver las cosas claras después de que hubieran sucedido.

Se golpeó la coronilla contra la piedra varias veces y sintió el chasquido inconfundible de un insecto aplastado. Gruñó con rabia y se frotó el pelo con la manga del jubón. Aunque si su cabeza iba a acabar rodando cadalso abajo, tampoco importaba demasiado ir lleno de porquería. Un estremecimiento le mordió las tripas y trató de engañar al miedo pensando en otra cosa.

No dejaba de rondarle un pensamiento incómodo como una mosca cojonera: si estaba en manos de la justicia, ¿por qué no le habían prendido a cara descubierta? Para preparar la acechanza que le habían tendido tenían que llevar días vigilándole. ¿Qué pensaban hacer con él que requería tanto secreto?

Un repique de pasos le sobresaltó con violencia. Enderezó el pescuezo, con los músculos en guardia. Tomó aliento. Quizá saliera de dudas muy pronto. Se puso en pie, despacio, y tuvo que apoyarse en la pared para compensar el hormigueo de la pierna derecha. Comenzó a hacer círculos con el pie, que le temblaba ligeramente, mientras una llave giraba con fuerza en la cerradura.

Lo primero que vio al abrirse la puerta fue el resplandor de una llama y luego varios bultos, que cruzaron el umbral morosamente. El que portaba la antorcha la enganchó de un soporte de la pared y luego abandonó la mazmorra. Quedaron tres hombres frente a él.

Uno vestía un hábito de monje y tenía una barba larga y frondosa. Los otros eran soldados. La antorcha dejaba ver el rostro impasible del más alto; tanto él como su compañero eran lo bastante robustos como para reducirle a porrazos llegado el caso. Pero se les notaba relajados. Era obvio que para ellos aquello no era más que rutina.

El monje tenía la respiración trabajosa, como si un catarro recalcitrante se le hubiera agarrado al pecho. Avanzó dos pasos y, al colocarse delante de la luz, su cara se convirtió en un pozo negro. No tenía muchas carnes pero había algo implacable en lo anguloso de sus hombros y lo inmóvil de su presencia; parecía una mantis al acecho.

Bernard dejó de mover la pierna dormida y aguardó, con los puños apretados, lo que le pareció una eternidad, pero ninguno de los visitantes parecía inclinado a romper el silencio. Una corriente insoportable le recorría de la planta de los pies al muslo y, al final, acabó por patear el suelo para matar el condenado hormigueo con un bufido irritado:

—¿Quién sois? ¿Qué queréis de mí?

El jadeo del fraile resfriado llenó de nuevo el calabozo y Bernard consideró la posibilidad de arrojarse contra la puerta sólo para sacarle de su mutismo exasperante. Quizá aquello fuera una forma de tortura. Pero entonces el monje dejó oír una voz que sonaba cavernosa y mucho menos vacilante que su ardua respiración:

—Soy el padre Joseph du Tremblay, aunque mi humilde nombre carece de toda importancia. Sirvo a alguien más eminente y poderoso que yo, Su Ilustrísima el cardenal de Richelieu, presidente del Consejo del rey, y él es quien se interesa por vos. —Hizo una pausa para tomar aire—. Estáis en la prisión del Gran Châtelet.

La confirmación de sus sospechas le provocó otra mordida en el estómago y la pierna dejó de bullirle. Se decía que en el Châtelet había mazmorras tan profundas que las aguas del Sena se colaban en su interior y los guardias se olvidaban de los prisioneros encerrados. Las miasmas que flotaban en la fortaleza eran tan malignas que muchos de los que entraban acababan sus días allí, consumidos por la enfermedad, fuera su crimen grande o pequeño.

—¿El preboste de París quiere algo de mí? —preguntó, con cautela. No quería incriminarse.

—No sois muy perspicaz —respondió el monje, irónico—. Pensad un poco. Si fuera cosa del preboste, ¿qué necesidad tendría de capturaros en secreto?

Bernard se encogió de hombros, malhumorado:

—Y yo qué sé. Nunca antes había estado preso.

El monje suspiró:

—Vuestra propia conciencia os dirá sin duda por qué os encontráis en esta situación.

Hubo una pausa larga durante la cual Bernard repasó en su mente todos los embrollos en los que había tomado parte. Decidió hacerse el tonto y cruzó los brazos sobre el pecho con terquedad:

—No se me ocurre nada. A lo mejor os habéis equivocado de hombre.

La suave risa del monje le pilló desprevenido:

—Hijo mío, no tenemos tiempo de andar jugando al gato y al ratón. Veamos. Os llamáis Bernard de Serres y huisteis de vuestra provincia después de dar muerte al barón de Baliros. Lleváis un par de meses al servicio del conde de Lessay, a cuyas órdenes interrumpisteis una ejecución en la villa de Ansacq, interfiriendo en la justicia. Habéis ayudado a la reina Ana de Austria, junto a la duquesa de Chevreuse, que por cierto es vuestra amante, a comunicarse en secreto con una Corte extranjera, ejerciendo de mensajero, y hace unos días asesinasteis a un magistrado del Parlamento de París en su propia casa, de un modo tan alegre que incluso le proporcionasteis vuestras señas al cochero que os llevó hasta allí. ¿Me he dejado algo?

Bernard escuchaba con la boca abierta la lista de sus correrías. El demonio sabía cómo, pero estaban enterados de todos y cada uno de sus pasos. Aunque lo último, lo más grave, lo habían descubierto por culpa suya y sólo suya, porque era un bocazas. Abrumado, sintió que le flaqueaban las rodillas y volvió a apoyar la espalda contra la pared. Con la mitad de lo que sabían les sobraba para hacerle ajusticiar con todo derecho. ¿Cómo se podía haber torcido tanto su camino? Bufó, agobiado:

—¿Acaso me habéis ido siguiendo los pasos todo este tiempo?

—Sois muy prudente al reconocer las acusaciones —respondió el monje, y Bernard se maldijo a sí mismo—. No os serviría de nada mentir, tenemos pruebas y testigos de cada uno de vuestros crímenes.

La frialdad del capuchino le estaba poniendo cada vez más nervioso:

—¿Y para qué han enviado a un fraile? ¿Para darme la extremaunción? —Pretendía mostrar espíritu, pero su voz le sonó amarga y miserable.

—Está bien que comprendáis la gravedad del asunto. Pero no temáis, mi presencia aquí obedece a otros motivos más… esperanzadores para vos. —Le hizo ademán de que se acercara.

—¿Qué queréis decir?

El fraile le cogió del hombro y le obligó a agacharse hasta que sus cabezas quedaron a la misma altura. Ahora que se había vuelto hacia la luz sí podía verle el rostro enjuto, surcado de líneas severas, seco como el pergamino:

—Escuchad, hijo mío. Sin duda no ignoráis que Francia está amenazada por poderosos enemigos que la acosan desde fuera y desde dentro. Potencias extranjeras ambiciosas como buitres, pero también grandes señores franceses, mal aconsejados, que se dejan tentar por promesas de riquezas y privilegios.

Se detuvo, esperando que dijera algo. Bernard respondió de mala gana:

—Sí.

—Pero un reino no puede desangrarse en disputas internas. Un rey ha de poder gobernar sin que su nobleza se arroje a los brazos de sus enemigos cada vez que el viento no sopla a su conveniencia ¿no os parece?

—Mmm…

No quería asentir. No le gustaba la dirección que estaba tomando aquella lección de política. Trató de zafarse de la presa del capuchino estirando la espalda y éste debió de detectar su renuencia, porque su voz se hizo cortante:

—Está bien. Iré directamente al grano. ¿Disfrutasteis de vuestra estancia en Chantilly hace un par de meses? —Sin esperar a que Bernard contestara, aceleró el ritmo—. Ya sabemos que estuvisteis jugando a los caballeros andantes en Ansacq pero, además, en casa del duque de Montmorency se habló bastante de política, ¿no es verdad?

—Yo no sé nada. No pertenezco a los círculos íntimos…

—No seáis modesto —replicó el fraile—. Estoy seguro de que coincidisteis con el maestro Rubens. ¿No estaba allí invitado por madame de Montmorency? Tomando apuntes para hacerles un retrato a los duques, si no me equivoco…

—Yo no…

—Dejadme hablar, os voy a contar una anécdota interesante. No sé si conocéis al marqués de Mirabel, el embajador del rey de España. Es un hombre cabal, pero por lo visto no tiene demasiado control sobre su vida galante… Hace unos días, su enamorada, una juiciosa dama francesa, le vio guardar un papel entre sus ropas y, pensando que era un billete de amor de una rival, se lo arrebató en un descuido. La misiva la había escrito en efecto otra mujer. Pero sólo hablaba de política. Era una carta de la infanta Isabel Clara Eugenia, la gobernadora española de Flandes. Y nuestra dama, con gran sentido del deber, decidió no restituírsela a su amado sino entregársela al cardenal de Richelieu. ¿Qué os parece?

—Que la dama en cuestión es una raposa.

—Tened cuidado, muchacho. No estáis en situación de ofender a nadie. En cualquier caso, en su carta la infanta le pide a Mirabel que averigüe si ha habido avances en ciertas negociaciones en las que el pintor Rubens tomó parte en Chantilly. Al parecer, un grupo de grandes señores franceses estuvo escuchando con bastante entusiasmo las propuestas de un misterioso enviado inglés y Madrid quiere saber qué curso han seguido.

Bernard se quedó callado, luchando por olvidar lo poco que recordaba de su breve estancia en Chantilly. Intentó borrar de su memoria la imagen de la duquesa de Montmorency conduciéndole al pabellón del bosque, el súbito silencio que se había hecho entre todos los allí presentes al verle entrar… Como si hubiera riesgo de que el capuchino le leyera la mente en medio de la penumbra.

—Yo no entiendo de política.

—Ya sé, ya sé que sois un cordero inocente que no entiende de nada. Pero hay una cosa que sí sabréis decirme. ¿Quién andaba por allí de visita esos días? Rubens no vino a Francia sólo a pintar; la carta lo deja claro. Es un agente de la Corona de España. Pero había otros…

Bernard tragó saliva:

—No puedo…

Se ahogaba en aquella mazmorra estrecha. El fraile volvió a agarrarle y esta vez le apretó más fuerte:

—Conmovedor. No queréis traicionar a vuestro señor… No os preocupéis. Es de dominio público que, aparte de Rubens, Lessay y Bouteville estaban allí. Pero la carta menciona también a un enviado inglés y a otro gran señor francés que, por lo que insinúa la gobernadora española, debía de ser al menos de tan alto rango como el anfitrión… ¿Quiénes eran? Haced memoria.

Agobiado, Bernard agachó la testa y suspiró para ganar tiempo. Se cambió el peso de pierna y volvió a resoplar, atormentado.

—¿Y si os juro que no sé nada?

El fraile le soltó el brazo y susurró:

—Entonces la muerte del magistrado Cordelier os costará la cabeza. A vos y a la damita que os acompañó a su casa. —Inclinó el cuello con pesadumbre, como si fuera cosa hecha.

También a ella. Iban a ir juntos al cadalso, sin importar quién hubiera empuñado la daga. No les importaba. Si querían condenarlos a ambos, lo harían.

—De verdad que no…

El capuchino continuó como si no le hubiera oído:

—Por supuesto, podéis decirme cualquier cosa con la esperanza de que os libere y huir al extranjero en cuanto pongáis el pie en la calle. Pero en ese caso el Parlamento os juzgaría *in absentia* de igual modo, os despojaría de vuestros privilegios de nobleza y os declararía villano e infame. ¿Sabéis lo que eso significa? —Bernard estaba demasiado encogido como para responder, pero al fraile no le importó—. Seréis desposeído de vuestras tierras. La justicia hará arrancar cada árbol y cada matojo, sacrificará a vuestro ganado y mandará destruir vuestra casa solariega. Condenaréis a vuestra madre y a vuestra hermana a la miseria y a la deshonra.

Hablaba con una voz tan atronadora como la del cura de su parroquia cuando describía los tormentos del infierno. Bernard cerró los ojos, acorralado. La cabeza le daba vueltas. Un sudor frío le recorría la espalda transformando su camisa en un emplasto pegajoso. El fraile aguardaba impasible.

No quería convertirse en un judas. Pero no tenía elección. Algo tenía que decirles. Apretó los dientes.

—El inglés de Chantilly… era Holland.

Aquel nombre era el que menos daño hacía. Ni era santo de su devoción ni andaba por allí para que pudieran detenerlo. El capuchino inclinó la cabeza, complacido.

—¿Y qué pretendía ese hereje? Seguro que algo oísteis.

—No lo sé muy bien. No coincidí con él más que una noche. Escuché de refilón algo acerca de que quería enviar soldados, pero no sé cuántos, ni para qué. Os lo juro. Todo el mundo se calló cuando entré en la habitación.

Se escuchaba hablar y no se lo creía. Delatando sin pelos en la lengua, convertido en un perro traidor. Las palmas de las manos le sudaban a pesar del frío y el religioso seguía cabeceando, satisfecho:

—Algo es algo. ¿Quién más estaba presente?

Sólo faltaba uno por nombrar. César de Vendôme, el hijo de Enrique IV y Gabrielle d'Estrées. Si decía aquel nombre ya no podrían sonsacarle nada, porque no sabía más. Si decía aquel nombre se acabaría todo:

—El duque de Vendôme.

Ya estaba. Las orejas le ardían y tenía una sed terrible. Habría matado por un vaso de agua. Pero el capuchino no se movió ni una pulgada:

—Así que el Gran Bastardo…

—No sé nada más.

—Os creo. Por eso os vamos a dar otra oportunidad.

Bernard se puso en guardia de nuevo:

—¿Otra oportunidad?

—Prestad atención. Su Majestad el rey aguarda la visita de lord Holland para dentro de un par de semanas. Le envían de la Corte inglesa para tratar asuntos de Estado. Queremos saber si aprovecha para ponerse de nuevo en contacto con los conspiradores. Enteraos. No os separéis de Lessay, mantened los ojos abiertos. Y venid a contárnoslo todo. Mientras nos sirváis bien, el Parlamento ignorará vuestros crímenes y ni vuestra familia ni vuestra amiguita tendrán que sufrir ninguna desgracia. Pero no os paséis de listo. Si no encontráis nada o si lo que nos contáis no nos convence y no nos resulta útil, podríamos suponer que nos estáis engañando. O peor aún, que nos habéis traicionado y le habéis hablado a alguien de lo que ha pasado aquí hoy. Eso, por supuesto, supondría el fin inmediato de nuestro acuerdo.

Bernard cerró los ojos de nuevo, desazonado. Con una vez no iba a bastar. Le tenían cogido por los huevos y le iban a obligar a ser su espía hasta el día del Juicio. Su pecho era un campo de batalla lleno de muertos.

—Perded cuidado —dijo por fin, atragantado—. Haré lo que me pedís.

El monje le dio unas palmaditas en la mejilla:

—Sé que sois un buen cristiano y que albergáis en vuestro corazón el deseo de proteger al rey y a Francia. Ahora tenéis la oportunidad de hacer lo correcto y expiar al mismo tiempo vuestros pecados.

Bernard no contestó. Había temido quedarse sin cabeza en aquella prisión, pero al final había sido el honor lo que había perdido.

Un escribano puso por escrito todo lo que había confesado, para que no quedara duda de su ignominia, y luego le hicieron firmar el papel. Escuchó como en un trance el resto de las explicaciones del fraile acerca de su misión y la visita de Holland, y luego volvió a quedarse solo.

Al cabo de un rato, un carcelero vino a buscarle para conducirle al exterior. A Bernard los pies le pesaban como el plomo.

El sol estaba en todo lo alto. Eso era que no había pasado en el calabozo ni veinticuatro horas, pero por primera vez desde su llegada a París aspiró el aire de la calle con ganas. Tragó unas buenas bocanadas y estiró los músculos como un perro al que acabaran de quitar la correa y luego echó a correr. Corrió y corrió para que el frío de la mañana le sacudiera el olor a piedra húmeda y a insidia.

Con suerte, en el hôtel de Lessay no le habrían echado de menos. Se coló en el patio de rondón, y en el vestíbulo principal se chocó con dos lacayos, que en vez de saludarle bajaron los ojos, evitando mirarle de frente. Cuando se alejaban les oyó pronunciar el nombre de La Valette entre dientes y de repente recordó lo que había oído la tarde anterior en la sala de armas. No había vuelto a pensar en Charles. Tenía que subir corriendo a ver si estaba en su cuarto.

Antes de que pusiera un pie en el primer peldaño, otro criado le apartó con brusquedad, murmurando que tenía que ir a buscar un médico para la condesa. Desconcertado, Bernard vio a Suzanne, la doncella de madame de Lessay, que bajaba la escalera. Venía deshecha en lágrimas. Tuvo un mal presentimiento:

—¡Monsieur! —exclamó, nada más verle—. Han encontrado a vuestro amigo muerto en el río, acribillado a cuchilladas. ¡El Señor se apiade de su alma! Tan joven, tan apuesto, tan devoto de mi pobre señora…

Se le echó en los brazos sollozando y le clavó las manos en los hombros, suplicante.

Como si él tuviera el poder de hacerlos despertar a ambos de aquella pesadilla.

2

Pero estaba despierto y bien despierto.

Suzanne logró calmarse un poco y le contó que Charles había pasado todo el día anterior junto a madame de Lessay, pero que a media tarde le habían visto salir casi a la carrera, nadie sabía a donde. La condesa se había inquietado tanto que a la caída de la noche había enviado a buscarle, sin éxito, y esa mañana, desesperada, había mandado a preguntar a la morgue del Châtelet. Su mensajero acababa de regresar con la noticia.

Habían encontrado el cadáver de Charles en el Sena, de madrugada, con un par de estocadas en el cuerpo.

Bernard balbuceó algo incoherente, incrédulo. No era posible. Él mismo venía de allí. Había salido corriendo del Châtelet, despavorido, en cuanto le habían abierto las puertas. No era posible que el cuerpo sin vida de su amigo yaciera en las dependencias de la misma fortaleza, junto a otros cadáveres abandonados.

Pero Suzanne volvió a abrazarse a su cuello, sollozando. Era algo irreal pero tenía que ser verdad. Apartó a la criada, sin decir palabra. No tenía que preguntar quién era el responsable. Lo sabía. Los matones de La Valette habían asesinado a su amigo mientras él estaba encerrado en un calabozo por culpa de su mala cabeza, incapaz de prevenirle. Enfiló las escaleras, medio sonámbulo. Notaba en las tripas un vacío limpio, tan ancho como si una bala de cañón se las hubiese atravesado de parte a parte.

Abrió la puerta de su cuarto y arrojó al suelo la inútil espada de entrenamiento que sus carceleros le habían devuelto. Suspendido del respaldo de la silla colgaba su tahalí nuevo de cordobán repujado y, prendida de él, dentro de su vaina, la espada de verdad. La blanca de acero alemán bien templado y filos de espanto. La que servía para matar.

Se la colgó del torso, cerró la puerta tras de sí, y en dos zancadas descendió de nuevo las escaleras. Por el camino, escuchó que alguien le interpelaba, pero ni siquiera giró la cabeza. Salió al patio y alargó el paso, absorto en su cólera, con la mirada fija en el suelo y tan poco tino que fue a dar de cabeza contra dos hombres. Los ignoró, decidido a continuar por entre medias, haciéndose hueco a empujones, pero una mano le detuvo, sujetándole el hombro. Se la sacudió de malos modos, e iba seguir adelante cuando la voz de uno de los individuos le hizo detenerse sobre sus pasos:

—¡Monsieur de Serres! ¡Es la tercera vez que grito vuestro nombre! ¿Qué diablos os ocurre?

Bernard alzó la cabeza. El conde de Bouteville le contemplaba con curiosidad. Y junto a él se encontraba su primo Des Chapelles, que tantas horas había pasado instruyéndole en la sala de armas las últimas semanas. Pero no tenía tiempo de darle palique a nadie.

—Disculpadme, pero voy con prisas, messieurs.

Intentó seguir camino pero Bouteville le agarró del brazo:

—¿Ha pasado algo?

Bernard se soltó con un meneo brusco y una imprecación. Bouteville torció el gesto de inmediato, dio un paso atrás y se llevó la mano a la guarda de la espada. Él fue a hacer lo mismo, sin dudar. Si el impertinente no aguantaba malos modos que se quitara de en medio. Pero Des Chapelles alzó un brazo contemporizador y se interpuso entre ellos con voz calmada:

—Estáis descompuesto, Serres. —Le miró con fijeza—. Y nadie corre de ese modo para acudir a una partida de placer. ¿Qué ha sucedido?

Bouteville relajó la postura y le escudriñó también con interés. Bernard apretó los puños. No sabía si le convenía hablar. Pero la duda sólo duró un momento. Al fin y al cabo, en París no había hombres más adecuados que aquéllos para confiarles su propósito:

—Voy a buscar al marqués de La Valette —declaró—. Con Charles no quiso enfrentarse pero a mí no se atreverá a decirme que no.

Le faltaba temple para dar explicaciones más coherentes. Bouteville y Des Chapelles se miraron el uno al otro, circunspectos. Aunque no supieran de qué hablaba, estaba claro que habían adivinado sus intenciones.

—No tenéis experiencia en estas cosas —replicó Des Chapelles con voz solemne.

Bernard se encogió de hombros y levantó un dedo amenazador:

—No se me da un ardite. Ni soñéis que vais a detenerme.

—Sosegaos —intervino Bouteville—. Nadie va a impediros que hagáis lo que tengáis que hacer.

—Lo que vuestro honor os dicte que debéis hacer —apuntilló, grave, su acompañante. Bernard resopló. Como si a él le importara ahora el honor—. Pero no así. Uno no se da cita en el prado como un animal rabioso.

No comprendía lo que le estaba diciendo aquel engolado. Al infierno los discursos sobre el honor y los refinamientos caballerescos. Él sólo quería vengar a Charles:

—Me importa una higa vuestra opinión. La Valette ha matado a mi mejor amigo. No pretendo lucirme delante de todo París, sólo despacharle al infierno. Si queréis acompañarme, sed bienvenido, y si no, dejadme ir enhoramala.

—Por supuesto que deseamos serviros de segundos —replicó, veloz, Bouteville—. Pero si no os calmáis, será como si acudieseis a entregarle la vida en bandeja a vuestro contrincante.

No se enteraban. Le daba igual. No tenía miedo. La rabia le daba tanta fuerza que se sentía capaz de llevarse por delante a un escuadrón de tercios castellanos.

Y algo de eso debió de balbucear sin darse cuenta, porque Des Chapelles hizo un gesto de comprensión:

—Vuestra valentía está fuera de duda, Serres. Pero las cosas no se pueden hacer de cualquier manera. Permitidme que arregle el encuentro en un lugar discreto. Al crepúsculo.

Bouteville le posó ambas manos sobre los hombros y le habló muy despacio:

—Acompañad a monsieur Des Chapelles, serenaos, y dejad que os aconseje. Yo tengo que tratar con Lessay de un negocio de importancia, pero estaré a tiempo donde haya que estar.

Bernard sacudió la cabeza:

—No quiero que se me escape. Si se escabulle… —No podía seguir hablando sin que se le quebrara la voz.

—Monsieur de La Valette no va a salir corriendo a ningún sitio —respondió Bouteville—. Acudirá a donde le citéis.

La verdad era que todo aquello sonaba razonable. Y no querían detenerle. Los dos iban a acompañarle en aquel trance, a pesar de que no sabían siquiera lo que había ocurrido.

Se sintió avergonzado hasta el alma. Perdido entre la rabia y el dolor, se le había olvidado la promesa que había hecho hacía apenas una hora en la pestilente celda del Châtelet. No sólo había traicionado al hombre que ahora mismo estaba poniendo su ilustre espada a su disposición sin pensárselo dos veces, sino a Lessay y al resto de sus amigos cercanos.

Al menos, si moría aquella noche, terminaría con aquella deshonra.

Agachó la cabeza y, obedeciendo a Bouteville, se despidió y siguió a Des Chapelles hasta su residencia. Una vez allí, éste envió a un sirviente a buscar a La Valette para concertar un encuentro, pidió que les trajeran dos espadas negras y mandó despejar una sala para poder entrenar el tiempo de que dispusieran. Pero a Bernard la ira le cegaba y cometía muchos más errores que durante sus prácticas cotidianas.

Finalmente, Des Chapelles le ordenó que soltara el arma y le hizo sentarse en una de las sillas que habían arrimado contra la pared. Su instructor se acomodó a su lado, giró su asiento para mirarle cara a cara y alzó los ojos al cielo, como buscando inspiración:

—Escuchadme bien, Serres. Desgraciadamente, nuestros tiempos han convertido los encuentros armados en algo casi trivial. Hay mucha gente que no trata las armas con el respeto que se merecen. Pero se equivocan —amonestó, en un tono muy parecido al de un predicador en un púlpito—. Un duelo es siempre un asunto serio. Aunque lo que enfrente a los contendientes sea una bagatela. Las armas blancas no saben de medias tintas. El mismo Bouteville, que jamás se ceba en sus rivales y las más de las veces se bate por puro alarde, ha acabado con la vida de varios contrincantes sin pretenderlo. Y esta noche vos no le buscáis querella a La Valette por ningún punto de honor nimio, ni por bravuconada. El envite es la vida, sin tapujos.

—No necesito que me expliquéis eso —repuso Bernard, hosco—. No soy ningún niño. Y éste no es mi primer duelo.

—¿Estáis presumiendo de haber matado en vuestras tierras a ese viejo que ni siquiera podía con el peso del acero? No sabéis de lo que habláis. La Valette es un hombre de armas de los pies a la cabeza. Tenéis muy pocas posibilidades de vencer. Y si dejáis que os siga dominando la cólera, no tendréis ninguna. ¿Comprendéis? —Bernard le dijo que sí, humillado, y Des Chapelles pareció darse por satisfecho—. Ahora echad mano a la blanca. Os habéis acostumbrado a practicar con una espada de entrenamiento. En el rato que tenemos, tratad de habituaros al tacto de la que vais a usar esta tarde.

Bernard desenfundó la ropera, lentamente, y el acero produjo un sonido nítido y lleno de impaciencia al salir de la vaina. Des Chapelles había enviado a buscar un par de dagas. Le puso una en la mano izquierda y desnudó sus propios aceros con una celeridad endiablada.

Al ver las puntas afiladas danzar frente a él Bernard retrocedió un paso, instintivamente, y cerró la guardia, apretando bien los codos. El otro apenas hacía más que tantearle, sin hostigarle de verdad, pero aun así le parecía que la hoja enemiga iba a colarse entre sus dos filos en cualquier momento con la velocidad de una víbora. Estaba claro que sólo tenía una opción con La Valette. No iba a poder ganarle siendo conservador. Si quería matarle, tenía que arrojarse contra él en cuanto viera una oportunidad, sin preocuparse de las consecuencias. Aunque su enemigo le ensartara a él a su vez.

El criado que había ido a buscar al marqués les interrumpió y susurró algo al oído de su amo. Des Chapelles le miró a los ojos:

—Nos esperan en el Pré aux Clercs.

Había llegado la hora. Bernard asintió, solemne, se guardó las armas y se dirigió hacia la salida, pero Des Chapelles le agarró del brazo:

—Es probable que ésta sea vuestra última hora sobre la faz de la tierra, Serres. Recogeos, rezad a Dios para que os perdone vuestros pecados y poned en orden vuestra conciencia —le instó.

Aunque estaba acostumbrado a los arrebatos de fervor religioso de Des Chapelles, el primer impulso de Bernard fue mandarle a paseo. Le había dicho treinta veces que no tenía miedo. Pero su instructor tenía razón. Lo sensato y lo más piadoso era rogar por su alma antes de ponerla en manos de Dios.

Se arrodilló junto a él y pidió perdón tanto por la muerte del barón de Baliros como por la que esperaba provocar aquella tarde si Dios tenía a bien asistirle. En el cielo comprenderían que no podía faltar a su deber de gentilhombre. Luego cerró los ojos con fuerza y solicitó misericordia por su inmunda traición de aquella mañana en la celda del Châtelet, rogando por que el Altísimo comprendiera que no lo había hecho por interés, sino porque no le habían dejado otra escapatoria.

No creía tener más faltas graves sobre su conciencia. Excepto quizá…

Se puso en pie.

—Monsieur, si muero dentro de un rato querría pediros una merced.

—Lo que dispongáis.

—Guardo en mi estancia un broche de oro con una gran esmeralda y perlas engarzadas que pertenecía a mi amigo. Os ruego que se la hagáis llegar a la ciudad de Pau al cirujano Montargis y a su familia.

—Perded cuidado.

—Hay algo más. Charles sabía que La Valette le buscaba para matarle. Me hizo prometer que si algo le ocurría, le llevaría su corazón a su madre para que lo entierre junto a los restos de los suyos. En el caso de que no pueda cumplir con mi palabra…

—Yo me encargaré de hacérselo llegar.

Un crepúsculo plomizo empezaba a envolverlo todo en sombras y el viento silbaba tan acre y acerado como el día anterior. Caminaron en silencio. El lugar convenido era una pradera plantada de olmos situada a la espalda del monasterio de Saint-Germain, lugar habitual de paseo los días de buen tiempo. Pero en aquella época del año y a aquella hora, el Pré aux Clercs era una extensión desolada sobre la que se cernían las ramas desnudas de los árboles. Los riachuelos desbordantes habían convertido el suelo en lodo allí donde la escarcha no había congelado el firme, y aquí y allá brillaban parches de nieve solidificada. El viento soplaba inmisericorde y las aspas del molino que les vigilaba desde una loma cercana restallaban como un látigo.

Protegidas por un muro medio derruido aguardaban varias figuras. Tres caballos y cuatro hombres. A distancia, Bernard reconoció la silueta larga y afilada del marqués de La Valette y la planta atlética de Bouteville, que agitaba los brazos, charlando amistosamente con él. Los otros eran dos desconocidos. Cuando se acercó vio que tanto ellos como La Valette iban vestidos de punta en blanco. Calzaban coloridas medias de seda y zapatillas de terciopelo que se les hundían en el barro.

Uno de los extraños se adelantó dos pasos y, sin siquiera saludarle, le espetó:

—Monsieur de La Valette iba camino de los Capuchinos a escuchar vísperas. Pero ha tenido la gentileza de poner en suspenso sus planes y acudir a vuestra cita en primer lugar.

—Lamento haberos estropeado la tarde —replicó Bernard, mirando fijamente al marqués. Apretó los dientes para asegurarse de que no le temblaba la voz—. Pero habéis asesinado a mi amigo, como un bellaco y un cobarde. Y vais a responder por ello.

La Valette se encogió de hombros:

—El soldadito se lo merecía. Y traté de prevenirle de que si no se marchaba de París le haría matar. —Hizo una pausa y suspiró, como si le diera pereza seguir dando explicaciones—. En fin, sea. Estáis en vuestro derecho.

Bouteville intervino a su vez:

—Adelante entonces, messieurs. En un rato estará demasiado oscuro para batirse. —Se desprendió de la capa y la arrojó sobre el muro de piedra. Los demás le imitaron y se deshicieron de las prendas de abrigo para tener libertad de movimientos.

—Yo no tengo intención de hacer esperar a nadie. —Bernard desenvainó espada y daga, y avanzó hacia el marqués, determinado.

Los otros se emparejaron a su vez. El fulano que le había interpelado de tan malos modos se fue hacia Des Chapelles ropera en mano, mientras que el otro, un tipo moreno con la frente despejada que Bernard conocía de vista, le hizo una seña a Bouteville.

La Valette desnudó con parsimonia su propia ropera, una bella espada de vestir con una intrincada guarnición de oro, y esbozó una sonrisa torcida:

—Como comprenderéis, no se me había ocurrido armarme hasta los dientes para visitar un convento. No traigo mano izquierda.

Abrió la palma vacía, invitándole con el gesto a que envainara la daga que Des Chapelles le había proporcionado, para hacer más justa la pelea.

Bernard escupió con desprecio:

—Eso, monsieur, teníais que haberlo pensado antes de ordenar la muerte de nadie.

Al diablo caballerosidad y remilgos. Él tampoco le había dado oportunidad a Charles. Envalentonado, cerró el espacio que les separaba, consciente a medias de los otros dos combates que se habían enzarzado a su alrededor.

La comprensión se pintó como un relámpago en el rostro del marqués. Sus rasgos severos temblaron un instante y Bernard sintió una satisfacción despiadada al entrever su temor, pero no se despistó. Vio que su enemigo iba a agarrar una de las capas del muro para protegerse el flanco izquierdo. Antes siquiera de que esbozara el movimiento, se interpuso entre él y la pared, lanzándole una arriesgada estocada recta.

La Valette tenía el cuerpo retorcido y la paró con cierto esfuerzo. Bernard recuperó la posición y cerró la guardia justo a tiempo, porque la respuesta llegó como una centella. Interpuso el estoque como pudo, metió la daga y volvió a tirarse contra el marqués con todas sus fuerzas.

Con la ropera enredada en su daga, La Valette no tuvo más salida que agarrarle la espada con la mano para impedir que le ensartara. No llevaba más que guantes finos, de ceremonia, pero no le quedó otra que cerrar los dedos con fiereza, apretando, para impedir que el acero avanzara, aunque el filo le cortara la carne. Bernard recuperó la hoja de un tirón. Su rival gritó una blasfemia de puro dolor y, de un salto, se puso fuera de su alcance.

Él siguió acosándole. Las dos armas le permitían entrar en el terreno ajeno con cierta seguridad. Las botas también le ayudaban a vadear el fango mientras que el marqués había perdido las zapatillas y los pies descalzos se le quedaban atrapados en el lodo.

Caminaron en círculo, vigilándose. Él permanecía bien cubierto. La Valette mantenía la mano izquierda levantada y encogida, y la sangre le goteaba por el antebrazo. A Bernard aquello le azuzó el instinto como a una alimaña que hubiera catado el sabor de la presa, pero hizo por domeñar la impaciencia. Su adversario era mucho más diestro que él y, superada la sorpresa de verse en desventaja, había recobrado la serenidad. Aún tenía las de ganar, pero había que ser prudente.

Propósitos vanos. Al primer amago de su oponente entró al trapo sin pensarlo. Los filos entrechocaron de nuevo. Recibió un codazo en el rostro. Las espadas se engancharon y los cuerpos de ambos chocaron con un golpe sordo. En un momento entrevió una oportunidad de clavarle la daga en los ijares a La Valette, pero éste se dio cuenta a tiempo, se revolvió y logró interponer el brazo. Bernard notó cómo esta vez su filo desgarraba a su rival del codo a la muñeca. Pero en vez de apartarse, el marqués le propinó un rodillazo en el vientre y se arrojó contra él con todo su peso.

Cayeron ambos al suelo y Bernard pegó un espaldarazo. La nuca le golpeó contra algo duro y sintió como el suelo le retumbaba dentro de la cabeza. Apenas tuvo un instante para acordarse de su maltrecha mollera y rogar por que no le hiciera perder el conocimiento. Tenía la mano izquierda atrapada bajo el torso de La Valette y la espada le resultaba inútil desde tan cerca. Intentó soltar la empuñadura y agarrarla por la hoja, para usarla como un puñal y, aturdido aún por el porrazo, vio cómo su adversario alzaba el brazo derecho y dejaba caer el pomo de su espada contra su sien.

Giró la cara, justo a tiempo, y el acero le golpeó en la frente. Un estallido de fuego le invadió el cráneo y cuando reabrió los ojos, el marqués apretaba una rodilla sobre su pecho y tenía su daga en la mano, dispuesto a clavársela en la garganta. De pronto alguien surgió en tromba desde su costado derecho y se arrojó sobre ambos, sujetando a La Valette del brazo herido y tirando de él. Bernard veía borroso y no comprendía lo que estaba pasando pero distinguió una voz que resollaba agitada:

—Perdonadle la vida, monsieur. Habéis ganado a pesar de luchar en desventaja, todos somos testigos. Mostraos generoso ahora.

Le pareció que La Valette se enderezaba y se ponía en pie, pero no podía ver bien. Tenía unas botas a la altura de la cara. Alguien se interponía entre ellos.

—No os inmiscuyáis, Bouteville. Vos habéis acabado con vuestro combate, dejad que concluya yo el mío —replicó la voz de su enemigo.

Bernard quiso decirle a su improvisado protector que se apartara y les dejara terminar, pero no tenía fuerzas. La cabeza le daba vueltas del mismo modo que en la posada del camino de Argenteuil.

La respuesta de Bouteville sonó firme:

—Vuestro amigo tiene una estocada en el costado, monsieur.
—Bernard giró la cabeza trabajosamente y distinguió a unos diez pasos al rival de Bouteville, aovillado en el suelo y sujetándose el abdomen. Un poco más allá había otro cuerpo tendido en el barro—. Y vos también estáis herido. Hay que buscar un cirujano que os atienda a ambos lo antes posible. No es de hombres honestos ensañarse con un adversario indefenso.

Bernard parpadeó con fuerza e incorporó el torso. No sabía

cuándo había llegado, pero Des Chapelles estaba también junto a ellos.

—¡Al infierno vuestras lecciones, Bouteville! —exclamó La Valette tratando de hacerle a un lado.

Bernard tanteó a su alrededor buscando su espada y farfullando improperios. Le costaba hablar. Se llevó la mano a los labios y descubrió que tenía el belfo inferior roto de un tajo y un pedazo de carne ensangrentada colgando.

—Es poco más que un crío —medió Des Chapelles—. Y su amigo de la infancia ha muerto por orden vuestra; poneos en su lugar.

—A mí me parece un hombre hecho y derecho. Y el hijo de puta ni siquiera ha querido avenirse a luchar sin daga cuando ha visto que yo no la llevaba.

—No podéis matarlo a sangre fría —insistió Bouteville.

Por supuesto que no. Era él quien iba a matar a La Valette. Ya podían quitarse todos de en medio porque le iba a enviar al infierno ahora mismo. Por su vida que le iba a rebanar la garganta y a dejar que se ahogara en su propia sangre.

Pero no sabía si lo estaba gritando en voz alta o si las palabras sólo sonaban dentro de su cabeza maltratada. Nadie le prestaba atención.

Al menos había logrado ponerse de rodillas. Agarró al hombre que tenía delante por los faldones del jubón para apartarle y de repente le invadió una náusea invencible y tuvo que doblarse en dos para no vomitarse encima. Hundió las manos en el fango, sofocado entre arcadas y sollozos. Le sorprendió el sabor de las lágrimas. Ni siquiera se había dado cuenta de que estuviera llorando.

Entonces, el suelo se acercó vertiginoso a su cara y los ojos se le cerraron.

3

Dies iræ, dies illa,
Solvet sæclum in favilla,
Teste David cum Sibylla!

Las lágrimas arrasaron los ojos de Isabelle y borraron de su vista la masa oscura del ataúd de roble y los cuatro cirios de cera blanca que lo flanqueaban arrancando reflejos amarillentos a la vieja casulla del cura. Desistió de enjugarse; tenía el pañuelo empapado. Además, un momento de ceguera, por breve que fuera, era pura misericordia.

Dentro de aquella caja dura e inhóspita yacía su poeta. Antes de que la cerraran le había cortado un mechón de cabellos, le había besado la frente helada y le había acariciado el rostro liso y duro como el mármol, tan pálido que ya no era de este mundo. Los pómulos y la nariz se le habían afilado, transformando su hermosura en algo extraño e inhumano. Tenía los párpados sellados para siempre, y la boca hundida. Nunca más volvería a mirarla, ni a hablarle de amor y de belleza.

Las voces de los monjes se alzaron serenas y terribles:

Lacrimosa dies illa,
qua resurget ex favilla
iudicandus homo reus.
Huic ergo parce, Deus.

Día de lágrimas en verdad. Sintió que el brazo de Léna le rodeaba los hombros y hundió el rostro en el pecho de su amiga. Se repitió otra vez que la muerte no era más que el tránsito a la vida eterna. Triste para los que se quedaban, pero jubilosa para los que ya estaban en compañía del Señor. ¿Por qué no la consolaban las enseñanzas de la Iglesia?

La criatura que llevaba en el vientre le golpeó con fuerza en las costillas. Bienvenido fuera aquel dolor que la distraía del otro. Desde que había despertado sangrando, hacía dos días, los físicos le habían prohibido levantarse de la cama, pero al enterarse de la aparición del cadáver había sufrido una crisis de nervios tan intensa que sólo habían podido calmarla a base de jarabe de belladona. Respiró hondo y se dejó llevar dócilmente por las manos de su amiga Léna, que le hicieron alzar la cabeza con delicadeza y le secaron el rostro con un pañuelo. Sólo ellas dos estaban sentadas. El resto de los asistentes se apelotonaba a su espalda, tan cerca del altar como permitían las formas.

—Ya no queda mucho —susurró—. ¿Os encontráis con fuerzas?

—Sí.

Suzanne, que estaba de pie detrás de ellas, le entregó un pañuelo limpio a Léna, e Isabelle las vio intercambiar un gesto preocupado. Ambas temían los efectos que la emoción pudiera causarle y habían intentado convencerla para que se quedara en casa.

Igual que su marido, que la había advertido severamente que permaneciera en reposo, pero luego, en vez de quedarse a ofrecerle consuelo, se había encerrado a atender sus asuntos.

A nadie le importaba el muerto. Sólo a ella.

Había dado orden de rescatar el cuerpo de la morgue y de buscar un enterrador que organizara la discreta comitiva de monjes y menesterosos que habían acompañado a su poeta durante su último viaje. Ella y Léna le habían seguido en carroza, a paso lento, detrás del grupito de literatos y soldados que había convocado el tañer de las campanas de la parroquia de Saint-Nicolas-du-Chardonnet.

La iglesia estaba en obras. Había un campanario aún a medio terminar y el interior se encontraba todavía en peores condiciones. El fondo de la nave era un almacén de cascotes y maderos, y el templo ofrecía un aspecto de lo más desguarnecido, sin sus santos y sus cuadros. Las capillas se encontraban cerradas y el suelo estaba cubierto de una fina película blanca. Algunos de los asistentes se habían tapado la boca y la nariz con pañuelos para protegerse del polvo que se mascaba en el aire. El olor del incienso se unía con el de la argamasa y las flores en una mezcla ubicua y mareante. De haberlo sabido, habría insistido para que le enterraran en otra iglesia.

Pero el párroco de Saint-Nicolas se había presentado en su casa apenas había corrido la voz de que ella iba a ocuparse del entierro de su feligrés, para evitar que otras iglesias se adelantaran a reclamar el cuerpo y se embolsaran los costes del sepelio, e Isabelle no había tenido fuerzas para discutir: le había pagado dos veces lo que correspondía para que organizara una ceremonia digna.

La misa continuaba, monótona, y ella no quería escuchar. A su izquierda, Léna seguía la plegaria con los labios. Giró la vista hacia la derecha. Bernard de Serres observaba al oficiante con el ceño fruncido, como si fuera a saltar sobre él de un momento a otro. Sus miradas se cruzaron e Isabelle se llevó la mano al pecho: el gascón tenía los ojos espantados de un animal herido; ni siquiera parecía reconocerla. El día anterior había estado a punto de matar al marqués de La Valette en un duelo y tenía magulladuras por todas partes, un feo costurón en el labio y un rostro tan pálido que semejaba un aparecido. Entre las manos apretaba el cofrecito de madera y oro repujado que contenía el corazón de su amigo. El cirujano se lo había extraído aquella mañana para cumplir con sus deseos.

Tragó saliva con dificultad y apartó la vista de Serres y del tesoro que tenía entre las manos. El alma de Charles ya no estaba allí. Su espíritu, libre de su prisión de carne, volaba por fin en las alturas a las que pertenecía por naturaleza, sin duda conmovido por la profunda tristeza de todos los que allí se habían reunido.

La pena más desmedida de todas era la del abad de Boisrobert, que había aparecido en la iglesia borracho como una cuba y al que habían tenido que sacar a tirones de encima del ataúd al comienzo de la ceremonia. No dejaba de gritar que la culpa había sido suya. No era fácil distinguir lo que decía entre sollozos y gemidos, pero la condesa había creído entender que el día de su muerte, Charles le había pedido que acudiera a verle para no tener que salir de su casa, y él le había ignorado porque habían discutido y estaba convencido de que se trataba de alguna artimaña para congraciarse con él. Por eso el infeliz había tenido que salir de su casa, y de camino se había encontrado a los esbirros de La Valette.

Observó disgustada la figura abotargada del abad, que ahora lloraba en silencio, sorbiéndose los mocos. Si aquella historia era cierta, ella misma se veía capaz de empujarle de cabeza al hoyo que habían abierto a la derecha de la nave. Que acompañara a Charles en la muerte ya que no lo había hecho en vida.

Las patadas del nonato arreciaron. Quizá le inquietaran aquellos pensamientos asesinos. Sintió la caricia caliente de la sangre entre las piernas. Otra vez. Su corazón comenzó a latir, alocado.

Clavó la vista en la espalda del cura sin atreverse casi a respirar y se unió a su plegaria de todo corazón: «*Requiem æternam dona eis, Domine, et lux perpetua luceat eis*». Ya casi habían terminado. Se perdió en sus propios recuerdos tratando de ignorar las punzadas de su vientre. Alguien dio unos martillazos al fondo de la nave y uno de los poetas le imprecó con voz ácida.

Consiguió aguantar hasta el final de la ceremonia, pero aún quedaba lo peor. La asistencia se dirigía hacia la fosa. Se levantó trabajosamente. Serres caminaba junto a ella.

El abad de Boisrobert se llegó hasta su altura y alargó los dedos para tocar la caja que el gascón apretaba entre las manos, pero éste le dio un empujón:

—Que el diablo os lleve, Boisrobert.

El abad sorbió ruidosamente y se acercó aún más, sin dejarse amedrentar:

—Dejadme que me despida de su corazón.

Serres retiró la caja de su alcance y le imprecó:

—Si no estuviéramos donde estamos os partiría el alma ahora mismo. Todo ha sido culpa vuestra. Vos enredasteis a Charles y le metisteis en… —De pronto se percató de que ella les estaba escuchando y se calló, sacudiendo la cabeza.

Boisrobert no intentaba contener las lágrimas que rodaban sin recato por sus mejillas. Se quedó un momento clavado en el sitio con la cabeza gacha, pero las palabras del gascón debían de haber dado en el blanco, porque casi en el acto se dio la vuelta y salió de la iglesia.

Los seis menesterosos encargados de transportar el ataúd lo levantaron para descenderlo a la fosa. Los monjes comenzaron a cantar de nuevo e Isabelle sintió que las piernas le fallaban. Una cuchara dura y caliente le arrancaba trozos de las entrañas. Sintió que todo daba vueltas y tuvo miedo de caer al suelo, allí, delante del hoyo, y convertirse en una ofrenda votiva para su amor muerto. Las rodillas le temblaban y Léna apenas podía sujetarla.

De pronto Bernard de Serres la agarró de los hombros con fuerza, sosteniéndola. Léna estaba diciéndole algo al oído. Como en un trance, Isabelle vio al gascón entregarle la caja a Suzanne y darle una orden. Luego la levantó en brazos igual que si fuera una niña pequeña:

—Nos vamos a casa, madame.

Qué extraño que un hombre tan tosco fuera capaz de llevarla en volandas con tanto cuidado, como si tuviera miedo de romperla. Echó la cabeza hacia atrás y trató de no pensar en el dolor que la desgarraba. Si iba a morir, ¿qué mejor lugar que allí mismo? Pero todo iba tan rápido que apenas le daba tiempo a pensar. Llegaron al coche y Serres la acomodó con cuidado. Arrancaron. El traqueteo del carruaje la aturdía y apenas era consciente del trayecto.

No se dio cuenta de que habían llegado a su casa hasta que Léna no le apretó la mano. Miró por la ventanilla. En el patio había una barahúnda inaudita. Gentilhombres y lacayos discutían y se agitaban de un lado a otro entre un trajín de baúles y caballos.

El gascón descendió el primero del coche, para ayudarla, y entonces escuchó la voz crispada de su marido:

—Serres, por fin vais a perder París de vista. Salimos para Kergadou mañana a primera hora. Preparaos.

Isabelle tardó un instante en comprender. Se marchaba a Bretaña. Se había temido algo así desde que se había enterado de que el rey le había desposeído de sus cargos, aunque ni él ni nadie le había dicho nada de lo que había pasado. Sólo había oído comentarios en torno a su lecho, cuando pensaban que estaba dormida, pero sabía que su marido estaba impaciente por irse y dejarla allí.

Su esposo se acercó para ofrecerle la mano, pero ella no tenía fuerzas para caminar. La tuvo que coger en brazos, blasfemando entre dientes, y cuando Léna le apremió para que la llevase a sus aposentos, respondió con una grosería.

Isabelle murmuró:

—Me dejáis.

Él la miró con impaciencia:

—Madame, hace dos días que tendría que haberme marchado. Y en vez de eso, llevo pendiente de vos desde antes de ayer. Mientras vos andáis paseando por París, en lugar de obedecer a los médicos y cuidar de vuestra vida y de la de nuestro hijo. ¡Mirad en qué estado venís! Seguro que vuestras amigas os proporcionan toda la compañía que necesitáis.

Otro retortijón la dejó sin habla. El reposo ya no iba a servir de nada. Lo sabía. Pero casi le daba igual. Los ojos volvieron a llenársele de lágrimas y hundió el rostro en el pecho de su cruel esposo.

«Requiem æternam dona eis, Domine, et lux perpetua luceat eis.» Que fuera verdad, Dios santo, que la pureza de su amor tuviera el poder de otorgarle a su poeta el descanso eterno y la gloria. Y que el Altísimo reclamase también su vida, si así lo deseaba. Porque no imaginaba cómo iba a sobrevivir sin que la luz inefable de sus ojos azules le iluminara nunca más el alma.

4

Calma, por fin. Había caído la noche. El revuelo de gentilhombres se había ido apagando poco a poco y el patio del hôtel de Lessay se había quedado callado y vacío, aguardando a que llegara la mañana.

Bernard se sentó en los escalones de la puerta principal, agachándose con cuidado, igual que un viejo. Cualquier movimiento brusco y la cabeza empezaba a darle vueltas como una honda en manos de un pastor.

Se iba de París y, después de haberlo deseado tanto, no sentía ninguna alegría. El conde no se marchaba a su fortaleza de Bretaña ni resignado ni con la intención de hacer penitencia. Y el padre Joseph ya estaba informado de su partida. El monje del infierno le había enviado un billete aquella misma tarde, recordándole su compromiso. Exigía que le tuviera al tanto de cualquier intriga que se fraguara tras los muros del castillo de su señor.

Cerró los ojos. No había nada que deseara más que esconder la cabeza debajo del ala, echarse a dormir y hacer como si los tres últimos días no hubieran existido nunca. Pero no iba a servir de nada.

Charles estaba muerto y él era un traidor sin honra. Nada de eso se podía cambiar.

Tenía las alforjas dispuestas para partir. No le había costado mucho prepararlas. Apenas llevaba consigo unas pocas ropas, sus armas y los papeles de Charles. No podía abandonarlos. Guardaban el alma y la memoria de su amigo. La garganta le tembló en un sollozo y se puso en pie, resuelto. Tenía que pasar de algún modo aquella noche maldita y más allá de la puerta de Saint-Denis había tabernas que permanecían abiertas hasta la madrugada.

Entró en el establo. No había nadie. Cogió una montura y una cabezada del guadarnés y buscó a su pequeño berberisco para ensillarlo, pero al poco el portón se abrió con un chasquido y uno de los mozos de cuadra apareció frotándose el pelo revuelto. Le saludó con un gruñido y se dirigió al fondo del pasillo arrastrando los pies: el conde había pedido un caballo tranquilo y con el paso seguro.

Bernard acabó de ajustar la cabezada de su caballo, apretó la cincha y regresó al patio, conduciéndolo del diestro. Lessay salía en aquel momento del edificio, poniéndose los guantes y abrigado hasta las cejas. Cuando le reconoció, levantó la vista, sorprendido, y le rodeó los hombros con un brazo:

—¿Cómo os encontráis?

Bernard no tenía gana ninguna de hacerse el duro. Sacudió la cabeza, mostrándose tan descorazonado como se sentía:

—Charles no se merecía morir así. No nació gentilhombre pero era cien veces más noble que muchos que van por ahí presumiendo de cuarteles.

Lessay le apretó el hombro:

—No lo dudo. Y vos, ¿qué tal estáis de los golpes? Si preferís evitar el viaje y quedaros aquí con la condesa…

Bernard no le dejó acabar:

—Quiero salir de París. —Y he recibido órdenes de no separarme de vos para nada, habría podido añadir.

El palafrenero emergió de la cuadra con el caballo del conde de la mano. Lessay le acarició la frente al animal:

—Hacéis bien. El descanso en el campo os sentará bien. Para el cuerpo y para el espíritu. —Subió al caballo ágilmente y Bernard le imitó. Lessay le miró, inquisitivo—. ¿A dónde vais?

—A cualquier sitio, con tal de pasar la noche. Os acompaño a donde dispongáis.

—No os ibais a divertir mucho, creedme. Es mejor que vayáis a donde teníais previsto.

Bernard se pegó a su grupa. A lo mejor era que ya empezaba a pensar como un espía, pero la escurridiza respuesta del conde daba para recelar. Insistió:

—Permitidme acompañaros. No son horas de ir a ningún sitio sin escolta.

Lessay llevaba el sombrero bien calado y el cuello de piel levantado en torno a la mandíbula. Cuando se agachó a recoger el fanal encendido que le tendía el portero, Bernard se fijó en que las comisuras de sus labios se plegaban en una sonrisa granuja:

—En serio, Serres, no quiero ningún séquito. Se trata de un asunto privado. Voy a despedirme de una dama antes de partir. —Le miró fijamente y recalcó—. A solas.

Un encuentro galante. Se disculpó, abochornado. Vaya torpe indiscreto. Charles se habría reído de él hasta que se le hubieran saltado las costuras del traje. Una lástima que el capuchino no estuviera informado también de lo desmañado que era. Le habría liberado de su odioso cometido sin dudarlo.

Cruzaron la puerta y el conde se despidió de él y tomó el camino del río, calle abajo. Bernard le observó alejarse sin decidirse a ponerse en marcha a su vez. Muy secreta debía de ser la cita de su patrón para negarse a llevar consigo protección, ni siquiera un lacayo que le iluminara el camino. En todo el tiempo que llevaba junto a él no le había oído ni insinuar que frecuentase a dama alguna en la intimidad y ahora, de repente, no podía marcharse de París sin despedirse de ella. ¿Y si se había inventado aquella excusa para salir del paso y rechazar su compañía?

No sería la primera vez.

La noche que se habían conocido, Lessay le había contado que andaba rondando por el hospicio de los Quinze-Vingts porque tenía una cita con la mujer del maestre. Y si maître Thomas y su atormentada confesión no se les hubieran echado encima a ambos, un rato más tarde, frente a aquella misma puerta, él no habría descubierto nunca la verdad.

No podía descartar la posibilidad de que el conde hubiera vuelto a mentirle. A lo mejor, si le seguía, le conducía a otro tipo de cita, del estilo de la del castillo de Chantilly.

Hizo girar al caballo y lo guió calle abajo, tras los pasos de Lessay. Si podía ofrecerle algo al capuchino antes de marcharse de París, tal vez el monje confiaría en su buena voluntad y dejaría de resoplarle en el cogote durante un tiempo.

No fue fácil seguir al conde por las calles de la ciudad, entre el temor de perderle de vista y el miedo a que le descubriera, pero llevaba una ruta recta que permitía guardar las distancias. A la altura de la calle del Rey de Sicilia tomaron a la derecha y no volvieron a desviarse hasta la puerta de Saint-Honoré.

En cuanto salieron al campo, la negrura de la noche le envolvió por completo. Para no descalabrarse no le quedó más remedio que confiar en su montura y rezar por que no pisara una raíz o un hoyo que los mandara a los dos al suelo. A Dios gracias, Lessay llevaba el fanal en la mano y sus destellos parpadeantes le servían de guía.

Avanzaban siguiendo el curso del Sena, que corría turbulento a su izquierda. Los cascos de su montura se hundían hasta media altura en el fango de la rivera, silenciosos, y el viento y el fragor de las aguas crecidas ahogaban cualquier otro ruido que pudiesen hacer. Al cabo de un rato le invadió la certeza de haberse extraviado en un sueño tenebroso que se le iba tragando a cada paso y de que la llamita temblorosa que perseguía era un señuelo maligno que le atraía más y más dentro de aquella fantasía negra.

Muy de cuando en cuando surgía alguna otra luz en el camino. Una lumbre temblorosa que asomaba bajo la puerta de alguna granja o el farol que iluminaba la puerta de una venta. Si una de las veces no hubiera escuchado unas carcajadas recias y una risa aguda y femenina que respondía excitada, habría podido jurar que aquella oscuridad no estaba habitada por seres humanos.

Finalmente, una de las luces se fue haciendo más grande y el fanal que llevaba Lessay dejó de avanzar.

Bernard se paró en seco, a cierta distancia. Descendió del caballo y lo ató a una rama baja, detrás de unos matorrales. Para acercarse más a la luz había que cruzar sobre un puente de madera que sorteaba un torrente tan crecido que el agua encharcaba las tablas. Lo vadeó con precaución y descubrió que el resplandor provenía de una ventana. Un edificio se alzaba al fondo de un sendero.

Se refugió contra un tronco y esperó, mientras Lessay dejaba el caballo en el establo. Nadie lo recibió. Tampoco había más animales, ni rastro de presencia humana. El conde se dirigió a la puerta de la casa, la empujó y, durante un instante, un segundo rectángulo de luz encendió la noche antes de tragarse su sombra.

Bernard dejó su refugio y se acercó a pasos quedos. De pronto sintió un golpe y un dolor agudo en la rodilla derecha. Ahogó un juramento y extendió las manos. Se había chocado con un muro bajo que cercaba la casa. Buscó el modo de rodearlo y avanzó hasta la puerta caminando con cautela por los parches de negrura más intensa, para ocultarse a la visión de sus misteriosos habitantes. Entonces la luz del piso de arriba se ensombreció inesperadamente. Alzó la vista y vio una sombra que parecía la de Lessay cerrar las cortinas.

Se apresuró a alcanzar la entrada y pegó la oreja a la puerta. No se oía nada. La empujó muy despacio. No estaba cerrado con llave. Se hizo una promesa solemne. Si descubría algo comprometedor no le contaría al padre Joseph más que unas pocas migajas. Nada que pudiera poner en un brete serio a nadie. Inspiró hondo y entró en la casa, con el corazón trepidante.

La planta baja estaba a medio camino entre el hogar de un agricultor y un aposento señorial. Las paredes eran de piedra desnuda y no había más que una ventana pequeña, pero el suelo era de madera pulida y los muebles de buena factura. Del techo colgaba una lámpara de orfebrería en la que no ardían más que un par de velas a medio consumir.

Avanzó unos pasos cautelosos y se asomó a la cocina. En la chimenea quedaban rescoldos encendidos y aún flotaba el aroma de una cena recién preparada, pero también estaba desierta. Regresó a la sala principal y se apoyó en el pasamanos de la escalera, inseguro. Aquel sitio le daba mal pálpito. Parecía estar habitado y deshabitado a un tiempo. Hacía ya un rato que había concluido que debían de estar en Auteuil, en la casa que tenía Lessay, pero no entendía por qué no había ni un alma a la vista. Ni un criado que alimentara el fuego y se ocupara de los caballos. Sólo silencio y tinieblas. Los escasos signos de vida resultaban fantasmales. Como la aureola de las tres velas gastadas de la lámpara. Del piso de arriba no llegaba ni un solo rumor.

Se desabrochó las espuelas para no hacer ruido y subió unos pocos escalones de puntillas. Los peldaños estaban alfombrados a partir de media altura y amortiguaban sus pisadas. En el rellano del primer piso había dos puertas cerradas y por debajo de una de ellas parpadeaba vibrante la luz de las llamas de una chimenea. Si había alguien más allí dentro y podía averiguar su nombre para llevárselo al capuchino, se daba por satisfecho.

Tendió el oído pero sólo escuchó unos pasos y un chasquido de leña. No se oían voces. Y aquello era una imprudencia de tomo y lomo. En cualquier momento Lessay podía abrir la puerta y encontrarse con él cara a cara.

Al infierno el capuchino. Dio media vuelta. Tenía que marcharse de allí de inmediato.

Pero Satanás estaba claramente en su contra. Justo en ese momento escuchó el ruido inconfundible de un coche de caballos frente a la puerta de entrada. Dio marcha atrás y se pegó contra la pared tratando de refugiarse en la oscuridad. Sus pies tropezaron con algo. Más escalones. Por allí se debía de subir a la buhardilla o al granero. Ascendió cuatro o cinco peldaños de una zancada y se quedó inmóvil, conteniendo la respiración.

Entonces escuchó la puerta de la calle cerrarse con llave y enseguida unos pasos sobre los peldaños de la escalera. Maldijo en voz baja con toda su alma. Eran unos pies ligeros, acompañados de un inconfundible rumor de faldas. Una mujer. Lessay no le había mentido.

No era más que un menguado. Un imbécil, un zopenco y un patán. Un zote con los sentidos trastornados. Asomó la cabeza justo a tiempo de atisbar el revuelo de unas faldas que acababan de escabullirse en la estancia donde aguardaba el conde, dejando el batiente entreabierto. Luego escuchó a Lessay susurrar algo ininteligible y un rumor de ropas y abrazos.

Tenía que salir de allí. El rellano estaba envuelto en una penumbra tan densa que, aunque la puerta no estuviera bien cerrada, podía pasar por delante sin que le vieran.

Bajó los cuatro escalones de puntillas y apenas había dado dos pasos cuando escuchó la voz de Lessay, sedienta y cálida:

—Siento haber tenido que retrasar nuestra cita hasta hoy, estaba deseando venir. No te imaginas cómo te voy a echar de menos...

Bernard se encogió sobre sí mismo, incómodo por tener que ser testigo de la intimidad ajena.

Pero fue la respuesta de la mujer lo que le puso la piel de gallina y le paralizó en el sitio:

—¿No has pensado que a lo mejor no necesitas irte a ningún lugar? —La oyó susurrar—. Tienes en tu poder algo con lo que podrías comprar la buena voluntad del rey...

La entonación melosa le desorientó un momento. Pero habría reconocido aquel acento maldito aun sumergido en las mismísimas calderas del infierno. *Cap de Diu et deu diable.* ¿Qué hacía esa mujer allí y qué hacía Lessay refocilándose con esa hija del maligno?

Avanzó un paso más, protegido por la negrura, y atisbó por la puerta entreabierta con precaución. Al otro lado había un cuarto tapizado con telas doradas, tan suntuoso como la estancia de un palacio. Distinguió una chimenea que ardía con fiereza, un gran espejo, una mesa con viandas y un magnífico lecho de columnas.

Lessay tenía abrazada a la bruja y la estrechaba contra sí mientras sus manos le aflojaban los lazos del jubón:

—Ahora no quiero saber de intrigas ni de negociaciones...
—La besó, sobándole las ubres por encima de la ropa—. Olvídate tú también, que vas a pasar caliente todo el invierno con el recuerdo de esta noche.

Bernard estaba horrorizado.

Incauto. Si la dejaba, esa fiera le exprimiría el jugo hasta dejarle seco. Acostumbrada a la descomunal tranca de mulo del diablo, apenas debía empezar a saciar su lujuria con un simple mortal.

—Espera. —La hechicera posó una mano sobre el pecho del conde—. He estado pensando. Y ya sé cómo podemos entregarle el cordón al rey sin riesgo...

Lessay parecía no haberla oído. Sin hacerle caso, le desanudó las faldas, que cayeron al suelo hechas un revoltijo. La bruja se había quedado en camisa y las formas lascivas de su cuerpo se dibujaban obscenas bajo la tela fina. Bernard no lograba desviar la vista. Tenía el cuello tan tenso que sentía que se le iban a saltar las venas. Pero su miembro continuaba disminuido y acurrucado, como un trozo de carne muerta. La fatalidad le había hecho olvidar el sortilegio que mantenía su cuerpo marchito, pero ahí estaba otra vez la prueba. Se santiguó espantado.

El insensato de Lessay le agarró una mano a la italiana y la introdujo en el interior de sus calzones sin dejar de besarle la garganta. Y entonces fue cuando Bernard le escuchó pronunciar con toda claridad una frase inconcebible que le erizó la piel:

—Venga, prepara tus pócimas de bruja de una vez.

Se le secó el aliento. De modo que lo sabía. Lessay sabía que esa mujer era una hechicera y había decidido voluntariamente tomar parte en su aquelarre.

La bruja retiró la mano, impaciente:

—Escuchadme primero. Os digo que he tenido una idea y sólo hace falta actuar con un poco de tacto con el rey. Dejadme que deshaga el hechizo.

—Y yo os digo que dejéis el tema. No me jodáis esta última noche haciéndome pensar en ese malnacido.

Bernard sintió un soplo helado en el cogote. ¿Qué era aquello? Pócimas, conjuras, maquinaciones sobre el rey…

La bruja le acarició una mejilla al conde. El gesto era dulce pero su voz tenía un deje irónico:

—No seáis niño. ¿Vais a cavaros la fosa por un arrebato de orgullo? No me hagáis pensar que sois como la mayoría de los brutos del Louvre.

Bernard aguzó el oído. Tenía que enterarse de qué eran esas pócimas y hechicerías de las que trataban y qué tenían que ver con Luis XIII.

Pero Lessay no tenía ganas de charla. La atrajo de nuevo hacia él y la agarró de las nalgas:

—¿No podemos hablarlo después? —musitó.

A Bernard se le clavaron los ojos en las ancas rotundas de la bruja. En los libros que le había prestado el juez de Ansacq ponía que Belcebú tenía una verga bífida, para poder llenar a sus adoradoras por delante y por detrás a un tiempo, toda de hueso y gruesa como un brazo. Con los labios secos, la observó desprenderse del abrazo del conde, acercarse a la mesa y servirse una copa de vino:

—Habéis cambiado de opinión, ¿verdad? No me vais a dar el cordón. Ni siquiera lo habéis traído. —Lessay guardó silencio y ella alzó un dedo acusador—. Me lo habíais prometido.

—Las circunstancias han cambiado. Lo siento.

—¿Os estáis riendo de mí?

Lessay suspiró:

—No, madame. He estado tentado. Iba a deciros que sí a todo para contentaros y tener la noche en paz. Engañaros, diciéndoos que os lo daría antes de marcharme. Pero no estoy de humor para hacer teatro. —Se sentó en la cama—. No puedo entregaros el cordón porque ya no lo tengo.

Ella le miró fijamente:

—Pero no lo habéis destruido.

Tenía la voz fría, peligrosa. Y no preguntaba. Reclamaba una confesión.

—Se lo entregué a la reina madre hace dos días. Lo que haya hecho con él es asunto suyo.

La bruja plantó la copa sobre la mesa y el líquido salpicó sobre el mantel:

—No me toméis por lerda. Sois incapaz de dar un solo paso sin calcular meses antes dónde vais a poner el pie. Cuando se lo disteis, sabíais de sobra que esa majadera lo iba a arrojar a las llamas.

Lessay se encogió de hombros:

—Puede ser. El caso es que ya no hay cordón. Así que olvidadlo de una vez. —Alargó la mano, la agarró de la muñeca y la acercó a él—. Los dos sabemos que no habéis estado viniendo aquí por las noches sólo para convencerme de que os lo entregara a vos...

A Bernard el corazón se le atravesó en la garganta. Tuvo que contenerse para no gritar una advertencia. El conde miraba a aquella mujer como si tuviera delante algo comestible y delicioso, pero a él le parecía que estaba a punto de pegarle un bocado a una planta venenosa.

La bruja echó la cabeza hacia atrás, como una víbora a punto de atacar:

—Necio engreído. ¿Quién te has creído que eres para jugar conmigo de esta manera?

—¡Basta ya! —Lessay le dio un tirón del brazo y se puso en pie, airado—. No pienso aguantar que me exijáis nada. Ni ahora ni nunca. Haceos a la idea de una vez, si no queréis problemas.

Bernard tenía el corazón en la garganta. La hechicera estaba de espaldas a él, no le veía el rostro, pero no se había movido ni un paso. Su cuerpo rígido hacía frente al del conde. ¿Qué iba a pasar ahora? Sorprendido, la vio levantar una mano, con un ademán de autoridad, imponiendo una pausa, y algo raro debió de leer Lessay en su expresión porque aflojó la presa de su muñeca y se quedó mirándola, inquisitivo.

Ella bajó la mano lentamente. Tenía la cabeza inclinada, atenta a algo, aunque en la habitación no se escuchaba nada más que el chisporroteo de la chimenea. Bernard la observó darse la vuelta muy despacio. Tanto que, por un instante, le pareció que era sólo la cabeza de la bruja la que giraba mientras sus pies seguían clavados en el mismo sitio.

Parpadeó y la horripilante visión se disipó. Pero entonces comprendió, con espanto, que le estaba mirando a él. Sabía que estaba allí. Ignoraba qué tipo de hechicería había utilizado pero había descubierto su presencia.

—Mostraos, monsieur. Dejadme ver quién sois.

Su primer instinto fue echar a correr. Pero no estaba seguro de que las piernas le respondieran. La voz de la bruja le retenía en el sitio, fascinado.

Sin embargo, estaba claro que Lessay no estaba afectado por el mismo encantamiento porque, antes de que Bernard pudiera reaccionar, cruzó la habitación, agarró una espada de algún sitio y empujó la puerta de golpe. Cuando le vio la cara, se quedó perplejo. Le empuñó por la ropilla:

—¿Qué cojones es esto? ¿Qué hacéis aquí?

Bernard dio un paso atrás e intentó zafarse a manotazos, pero se notaba lento y torpe.

—Es evidente que vuestro hombre de confianza os estaba espiando —replicó la bruja—. Os dije que no era de fiar.

—¡No! —gritó Bernard. Pero no le salían más palabras. Estaba seguro de que se le notaba la mentira en la cara.

La hechicera no se había movido del sitio. Giró la cabeza hacia Lessay, implacable:

—O le quitáis vos de en medio de una vez o tendré que ocuparme yo de él.

Lessay dudó. Fue sólo un instante, pero suficiente para darle tiempo a soltarse de sus manos de un tirón. Aun así no atinaba a sacar la espada. Retrocedió, embrollado, sin recordar que tenía la escalera a su espalda hasta que pisó el primer escalón y, casi de inmediato, el vacío.

Cayó rodando escaleras abajo, pegándose golpazos en la espalda, la cabeza, las costillas, por todo el cuerpo. La empuñadura de la espada se le clavó en los riñones y, cuando por fin paró de rodar, el hombro izquierdo le ardía. Lessay se había lanzado escaleras abajo tras él y, antes de que pudiera reaccionar, tenía la punta de su espada en la garganta. Cerró los ojos y rezó, imaginando que ahí terminaba todo, pero sólo notó un pinchazo agudo bajo la mandíbula.

—Está bien, hijo de puta. Me vas a decir qué haces aquí.

Ni él mismo lo sabía. Los trompazos habían acabado de revolverle las pocas ideas que le quedaban firmes en la sesera. Pero tenía una advertencia que hacerle que no admitía espera. Trató de que sus palabras transmitieran toda la honradez y la buena intención que tenían:

—Esa mujer… Es una hechicera, monsieur. Una bruja. Vuelve locos a los hombres y los deja impotentes. —Intentó darle convicción a su mensaje con un gesto de cabeza, pero la punta afilada que tenía clavada en la garganta se lo impidió. Levantó las cejas—. Y luego los asesina.

Lessay achicó los ojos.

—¿Otra vez esa historia? Estáis perturbado.

—¡No! Escuchadme, os lo ruego… ¡Aún os podéis salvar!

—Ya he aguantado demasiado. Debería hacerle caso a la baronesa y quitaros de en medio. Os he perdonado lo imperdonable. Me habéis mentido, habéis conspirado a mis espaldas y ahora me espiáis. —Le golpeó la frente y la cabeza le reverberó contra el suelo. Cuando Bernard volvió a abrir los ojos, el conde había apartado la hoja, aunque aún le mantenía sujeto contra el suelo. Tenía la mirada lúgubre—. Tenéis suerte. Hace unos días maté a otro imbécil como vos y desde entonces no me ha ocurrido nada bueno. Pero que no os vea la cara nunca más. Ni en mi casa ni en ningún otro sitio. No quiero volver a cruzarme con vos. Porque os mato, os lo juro.

No le dio tiempo a ver caer el puño. Sólo sintió un golpe vibrante en la cara y perdió la visión un momento. De repente no sabía dónde estaba, ni qué había pasado. Aturdido, se dio cuenta de que le obligaban a ponerse en pie, entre tirones y patadas. La habitación daba vueltas. Medio gateó medio corrió hacia la salida. La puerta no se abría. Tironeó como un enajenado hasta que se dio cuenta de que la llave estaba puesta.

La noche cerrada le produjo aún más confusión. Dio varias vueltas sobre sí mismo frente a la casa, desorientado. Entonces descubrió la luz de la ventana recortada en el suelo, a sus pies, y se quedó inmóvil. Las contraventanas estaban abiertas y la bruja estaba allí arriba, vigilándole. Y puesto que Lessay no le había matado, ahora era ella quien iba a ir a buscarle.

5

Lessay se obligó a subir los peldaños a paso lento, haciendo por calmarse. Que el diablo se llevara a Serres una y mil veces. No estaba seguro de haber acertado dejándole ir. ¿Y si era verdad que alguien le había comprado para espiarle? Pero esos ojos espantados, esas manos temblorosas… Tal vez el gascón no tenía la cabeza en condiciones: nadie era capaz de fingir así.

Daba igual. Poco daño podía hacerle a aquellas alturas con lo que había oído, si es que había entendido algo. Y de cualquier modo, la fiesta se había jodido definitivamente. Se detuvo frente al triángulo de luz que proyectaba la puerta entreabierta. Había citado a Valeria esa última noche empeñado en llevarse de París un buen recuerdo que le confortara en la distancia, no para buscar guerra. Pero ya no había remedio.

Dejó escapar un suspiro al entrar en el cuarto y apoyó la espada sobre una silla. La italiana estaba de espaldas, mirando fijamente por la ventana:

—Ya se lo ha tragado la noche, con todos nuestros secretos. —Se dio la vuelta y le miró con desdén—. Sabía que no tendríais arrestos.

—Lo siento, madame, pero no soy vuestro asesino. —Se sirvió un generoso vaso de vino para sacudirse el disgusto—. Estoy convencido de que podréis solucionar vuestros problemas con Serres sin mí.

Valeria no se había vestido. Seguía en camisa, de pie en mitad de la estancia, con el peinado deshecho, desafiante. Pero mientras él estaba abajo, peleando con Serres, había recobrado el dominio sobre sí misma. La cólera brillaba en sus ojos aún más intensa que antes, concentrada, pero su voz era fría:

—No lo dudéis. Todo va a ser mucho más fácil sin vos. —Se dio la vuelta, despacio, y fijó la vista en las llamas de la chimenea—. No puedo permitir que alguien que me ha visto en estas condiciones vaya corriendo libre por las calles.

Se quedaron los dos en silencio. Valeria no apartaba la mirada del fuego, como si las llamas le hablaran en un lenguaje secreto y estuviera descifrando su crepitar.

Pensó en acercarse otra vez a ella e intentar apaciguarla, pero en realidad era él quien ya no tenía el cuerpo para nada. Le descorazonaba volver a sumergirse en la noche helada con el ánimo aún más negro de lo que lo había traído, pero aquello no tenía sentido.

—Eso es problema vuestro, madame. —Guardó la espada en la funda y buscó la ropa de abrigo—. Lamento que nuestra despedida haya sido tan poco placentera.

Al menos, así saldría temprano al día siguiente. Malditas las ganas que tenía de encerrarse en su castillo a ver pasar el invierno, pero era una vergüenza seguir en París y no aguantaba más recluido en su casa.

Ella no se inmutó. Seguía absorbida por las llamas de la chimenea. Que se fuera al infierno. Se caló el sombrero y cogió el estoque para colgárselo.

Entonces la escuchó preguntar:

—Estáis arrepentido, ¿verdad?

La miró. No se había movido. Ni siquiera parecía que le estuviera hablando a él. Resopló. No sabía a qué se refería pero lo último que le apetecía eran más porfías.

—Valeria…

La italiana alzó el rostro, en guardia, como si oír su nombre en sus labios fuera un insulto. El fuego le endurecía los rasgos y sus ojos parecían de ocre:

—Tan astuto, tan fino, tan precavido… Y lo perdéis todo por un arrebato de soberbia pueril. ¡Como si no os hubierais tragado

el orgullo mil veces para limosnearle beneficios a Luis XIII!
—Lessay dejó la espada sobre la mesa con un golpe seco. ¿Qué diablos buscaba ahora, provocándole? Se fue hacia ella y la agarró de los brazos, pero Valeria sonrió, mordaz—. ¿De veras pensabais que las agujetas del rey tenían algo que ver con la suerte de vuestro hijo?

La soltó igual de rápido que si su contacto quemara. ¿Cómo podía saber eso? Lo primero que se le pasó por la cabeza fue que había sido el fuego el que se lo había dicho. Se rió de sí mismo. Como si no hubiera tenido bastante con las locuras de Serres…

Valeria dio un paso hacia él. Sus pechos semidesnudos le rozaron el torso y su aroma silvestre le llenó la nariz. La agarró por la cintura sin darse siquiera cuenta. Pero ella seguía rígida:

—¿Qué habéis ganado traicionándome? —preguntó la italiana—. Decidme.

Su tono era más dócil, aunque sonara falso. Y era verdad que él había incumplido su promesa. Le desnudó un hombro y le acarició la piel. Se marchaba de París sin saber realmente lo que era aquella mujer. Aparte de algo peligroso y excitante. Pero eso no tenía relevancia para sus negocios:

—Vos no sois nadie en la Corte, madame. María de Médici es la madre del rey. Y seguirá siéndolo cuando Gastón reine algún día. No se olvidará de que le he entregado a ella las agujetas.

Después de recibir la carta del rey, había salido de su casa con tanta rabia que ni siquiera había pensado cómo explicar ante la florentina que aquel objeto estuviera en su poder. Así que le había dicho la verdad, que el día que le había llamado a su presencia, recién salido de la Bastilla, había mentido: no había quemado la caja de Anne Bompas.

No tenía ninguna buena justificación que excusara su embuste, pero ella estaba tan agradecida que no le había importado. Había posado el estuche sobre sus rodillas y lo había abierto, sin aguardar siquiera a quedarse a solas. Él la había observado escarbar con fingida displicencia entre los distintos objetos hasta dar con las agujetas de su hijo, y se había asegurado de dejarle claro que sabía qué era lo que le estaba entregando. De nada habría valido ofrecerle el cordón si ella no se daba cuenta de que conocía el valor de lo que estaba poniendo en sus manos.

María de Médici le había asegurado que no olvidaría su gesto. En aquel momento no podía hacer nada por él, pero estaba convencida de que su exilio no duraría mucho. Y en su tono había algo que era más que un simple deseo.

—¿Y para cuándo aguardáis la recompensa? —replicó Valeria, apartándole la mano y recomponiéndose las ropas—. ¿De veras creéis que esa confabulación de necios arrogantes en la que andáis enredado puede llegar a buen puerto? ¿Quiénes son vuestros aliados? ¿Gastón, Buckingham, madame de Chevreuse? ¿María de Médici? No me hagáis reír. Ni uno de ellos es de fiar.

Esta vez Lessay no se sorprendió. Hacía tiempo que estaba convencido de que Valeria lo sabía todo, a través de Mirabel, de Rubens o de quien fuera.

—¿Y vos sí sois de fiar? —Rió, sarcástico—. Decidme, ¿qué habría pasado conmigo si no guardara pruebas de vuestros crímenes?

—Yo jamás os he mentido. Desde que nos conocemos. —Valeria tenía la voz helada pero los ojos le ardían—. Y desde nuestro pacto en la iglesia, he cumplido con todo. Os he ayudado en cuanto estaba en mi mano. A cambio de nada. Vos no habéis hecho más que escabulliros.

—¿En lugar de ponerme a vuestro servicio para deshacer el hechizo del rey? Y después de dejar embarazada a Ana de Austria por arte de magia, ¿cuál era el plan? ¿Rezar para que una indigestión se llevara a Luis XIII por delante? No tengo tanta paciencia…

Se apartó de ella, desganado. A buenas horas estaban poniendo ambos las cartas sobre la mesa. Esa conversación sí que les habría llevado de cabeza al cadalso si Serres aún hubiera estado escuchando. Se abrigó otra vez en la capa y volvió a coger la espada. Aquello era una pérdida de tiempo. Ella estaba demasiado enfadada y él demasiado frustrado para gastar energías en convencerla de nada. Eso no era lo que entendía por una noche de placer.

Pero la voz de Valeria le detuvo una vez más, cuando ya tenía el pestillo en la mano:

—El rey va a morir.

No había un ápice de duda en su tono.

La miró, muy despacio. ¿De dónde le venía aquella certeza? ¿Sabía algo que él ignoraba o era otro de sus trucos?

—El rey va a morir —repitió Valeria, impávida—. Y va a morir sin descendencia porque tú me has traicionado.

Un escalofrío le recorrió los hombros pero no quiso sacudírselo delante de ella. En vez de eso, se echó a reír:

—¿A vos? Creía que era por el rey de España por quien hacíais todos los sacrificios. Pero tanto enfado por el asunto del cordón… —Volvió junto a ella y la tomó por la nuca—. Vos misma me lo dijisteis una vez. No sois desinteresada. Y lo cierto es que vuestra misión junto a la reina no puede resultaros más conveniente para vuestro propio provecho. Queréis que Ana de Austria sea regente para gobernarla en la sombra. Como una nueva Leonora Galigai. Para dominarla a ella, a Gastón, a María de Médici y a todos los inconscientes que os irritamos tanto… Ten cuidado de no terminar tú también en la hoguera, bruja.

La última palabra se la susurró al oído y luego enterró la boca en su cuello y lo lamió. Valeria echó la cabeza hacia atrás:

—Basta ya. Estoy cansada de amenazas. —Le puso una mano en el pecho—. Eso es lo que os enciende, ¿verdad? Sentir que estoy a vuestra merced…

No lo sabía bien. La agarró de las caderas y la estrujó contra él sin más remilgos:

—Me quedan unas horas antes de marcharme. Todavía estamos a tiempo de hacer las paces…

—No quiero hacer las paces con vos.

Se resistía, pero él no tenía intención de ceder:

—¿Y qué vas a hacer conmigo, entonces? —preguntó, juguetón, mientras dejaba caer su ropa de abrigo al suelo y tentaba los lazos de la camisa de la italiana.

Ella le alzó la cabeza con ambas manos y le miró directamente a los ojos:

—Aún no lo sé.

Rieron, observándose con mutua desconfianza.

Pero los ojos de Valeria seguían serios y feroces. Había una parte recóndita de ella que no estaba allí, junto a él.

Estuvo a punto de dejarla ir, pero entonces sintió que sus músculos tensos se fundían inesperadamente entre sus brazos, por fin, y Valeria se arrojó sobre su boca. Le besaba con ansia, con los dedos agarrados a sus hombros y a su pelo. Su lengua húmeda y cálida se agitó hasta doblegar a la suya, sin dejarle apenas corresponder, y el ímpetu de su abrazo le obligó a retroceder contra una de las columnas de la cama. Él se dejó hacer, aturdido por su deseo creciente. Por fin empezaba la noche a enderezarse.

Ella le mordió la boca, desenfrenada, y se pegó más a su cuerpo, haciéndole arder. Hasta que sintió el dolor agudo de una dentellada y un sabor a sangre. La separó de él a la fuerza. ¿Qué diablos…? La italiana tenía el pecho agitado y un hilo rojo le manchaba los labios. Le miraba con una fijeza extraordinaria, como un ave rapaz. La sujetó por los brazos, pero ella se inclinó y volvió a acercar su rostro al suyo, ávida, y le lamió la herida que le había hecho. Luego sonrió, enigmática. ¿Qué demonios le pasaba? Lo más raro de todo eran sus ojos. Tenía las pupilas dilatadas igual que si hubiera tomado beleño negro. Y el mismo frenesí. ¿Habría consumido algún brebaje antes de acudir a verle y le estaba haciendo efecto ahora?

Porque él no necesitaba nada. Estaba tan excitado que temía que no le diera tiempo ni a desvestirse. Le arremangó la camisa a Valeria de cualquier manera, le dio media vuelta contra el poste de la cama y se pegó a su espalda, manoseando esas nalgas que le volvían loco, mientras se desataba con premura las agujetas de los calzones. Tenía que hacerla suya aunque fuera una última vez antes de irse.

Pero ella se revolvió, haciéndole frente con autoridad. Seguía teniendo esos ojos:

—¿Aún no lo has comprendido? —susurró, acariciándole la mejilla—. Conmigo no se juega. Eres tú quien eres mío.

Mudo y ciego de deseo, Lessay no fue capaz de responder. Se dejó tumbar sobre la cama, sin desvestirse. Levantó el culo para bajarse los calzones y Valeria se arrancó la camisa. Sus pechos temblaron un momento, grandes y blancos. Fue a tocarlos pero ella le agarró de las manos y trepó encima de él sin dejar de mirarle con esos ojos alucinados. Se empaló en su verga y comenzó a ondular las caderas, igual que si estuviera domándole, demostrándole quién mandaba. Y sin embargo, seguía ausente. Tenía los ojos abiertos pero no le miraba, concentrada en algo que sólo ella veía. No gemía, ni suspiraba. Empezó a ponérsele mal cuerpo. Era como estar hincando con un fantasma.

La agarró de la cintura, la derribó sobre el lecho y se arrojó sobre ella. Le levantó las piernas, hundiéndose con afán en sus entrañas, tratando de arrancarle un mínimo signo de placer. Ella tenía las uñas clavadas en su espalda y los ojos oscuros incrustados en los suyos pero no se rendía, no reaccionaba. Siguió empujando, tratando de vencer la indiferencia de su coño. Aún le sabía la boca a sangre. Una gota roja se derramó sobre los labios de Valeria y ella la saboreó con la lengua y se estremeció, como si eso fuera lo único que la hacía sentir algo. ¿Se estaba riendo de él? Le daban ganas de agarrarla del cuello y abofetearla. Se detuvo, jadeante, y la agarró de la mandíbula:

—Maldita bruja —escupió—. Así te pudras en el infierno.

Nada. Ni siquiera respondió. La desmontó, airado, y se colocó las ropas de cualquier manera. Ella permaneció acostada, mirándole con indiferencia, sin abrir la boca. Pero cuando cerró la puerta de un portazo y bajó las escaleras, le pareció que sus carcajadas resonaban en lo alto de la casa como las de una ménade.

6

Bernard no se había atrevido siquiera a levantar la vista no fuera a encontrarse de nuevo con el rostro inmisericorde de la bruja. Entre tropezones y carreras se había alejado de la casa, buscando el caballo. El sonido de sus pisadas sobre la madera mojada del puente le había traído de vuelta a la realidad y empezaba a desgajarse poco a poco de aquel ensueño negro.

Trepó a la silla como pudo, magullado y con un dolor intenso en las costillas, e intentó encontrar el camino de vuelta. No era difícil. Sólo había que seguir el curso del Sena, corriente arriba. Comenzó a rezar, alternando avemarías y padrenuestros, con las riendas bien sujetas entre las manos cruzadas y la barbilla casi pegada al pecho.

La murallas de París tardaron en aparecer mucho menos de lo que se esperaba y entonces cayó en la cuenta de que no tenía a dónde ir. El conde le había expulsado de su casa. Lo que de verdad le pedía el cuerpo era enfilar la puerta de Saint-Jacques camino de Gascuña, para no volver. Pero no podía desaparecer sin más de la capital o el capuchino pensaría que había huido.

Se le ocurrió que al menos podía acercarse a casa de Lessay a recoger sus cosas. Hasta que el conde no regresara, nada sabían allí de su desgracia. Aliviado por haber dado con un plan, puso a su montura a trote ligero.

El patio estaba desierto. Condujo al caballo a la cuadra y lo desensilló él mismo a pesar de lo dolorido que estaba. Apoyó la frente en la nariz cálida del animal y murmuró una despedida.

Luego subió a su cuarto y recogió las alforjas que había preparado para llevar a Bretaña, con sus ropas y los papeles de Charles, y se las echó al hombro. Se prendió el broche que le había dado Gastón en el interior del jubón y regresó a la calle. Ahora necesitaba un sitio donde dormir.

Echó a andar sin rumbo fijo. Los torreones afilados de las fortificaciones del Temple se alzaban a su derecha, iluminados por un jirón de luna; agujas de un negro intenso en medio de la negrura más sucia del cielo. La Mano de Bronce, la posada donde había pasado sus últimos días maître Thomas, no estaba lejos, y era un sitio decente y limpio. Y aunque la última vez el posadero le había estafado como a un primo, era un tipo discreto en lo que de verdad importaba. No tenía sentido dar más vueltas.

Se plantó en el umbral del establecimiento justo cuando el tabernero empujaba hacia a la puerta a los últimos parroquianos beodos. El hombre le reconoció nada más verle y le dedicó una mueca amistosa:

—Monsieur. Para vos, mi casa está siempre abierta.

No era de extrañar, después de la pequeña fortuna que le había hecho ganar con su primera visita. Los borrachos protestaron por el trato de favor pero el tipo se mostró inflexible y los puso en la calle. Bernard cruzó el umbral, mohíno:

—Esta vez sólo quiero un cuarto donde dormir y una garrafa de vino —le dejó claro.

El posadero asintió:

—Tengo libre la estancia que ocupó vuestro amigo el escribano. Es la mejor de la casa.

Aquello olía a que iba a intentar sacarle otra vez todos los cuartos que pudiera. Pero en aquel momento le daba igual. Los ojos azules del mesonero sonrieron, y le acompañó escaleras arriba con una lámpara de aceite en cada mano. Bernard agradeció que no intentara darle conversación. El hombre se limitó a entregarle una de las luces, se agachó a prender la chimenea y, después de un escueto «buenas noches» sus anchas espaldas se alejaron por el pasillo y desaparecieron en una habitación del fondo, acunadas por una risa femenina.

Bernard cerró la puerta. En el cuarto había una cama, un arcón sin tapa, una silla y una mesa sobre la que posó la lámpara. Se quitó las botas y se dejó caer en el catre, derrengado, sin desvestirse siquiera. Le dolía todo el cuerpo.

Se tentó con cuidado las costillas y sintió un pinchazo lacerante que le hizo retener un grito. Por lo menos tenía un par de ellas rotas. Al día siguiente, con los músculos fríos, le iba a costar Dios y ayuda levantarse. Dio una vuelta en el colchón, y otra, y otra más. Pero estaba demasiado agitado para dormir.

Bajó del lecho con esfuerzo, se acomodó a la mesa frente a la garrafa de vino y le dio un trago largo y profundo. Luego colocó su poca ropa en el arcón y extendió los papeles de Charles sobre la mesa. Los había guardado por si había algo que pudiera enviarle a su familia, pero no había tenido ánimo de mirarlos aún. Y de pronto se acordó de Madeleine. No había pensado en advertirla de que la justicia estaba enterada de lo que había ocurrido con Cordelier porque de momento su deshonroso pacto con el capuchino la protegía, no tenía sentido angustiarla, y porque nadie debía enterarse de su condición de espía. Pero ahora que Lessay le había expulsado de su servicio, había perdido la oportunidad de expiar sus crímenes sirviéndole de soplón a Richelieu. Ya no le era útil a nadie, así que pronto irían a por él. Y luego a por ella…

Dio otro trago y volvió a estremecerse al pensar que podía acabar en el Châtelet igual que él. Volvió a imaginársela en una celda, como la que él había ocupado, vestida con el mismo camisón sucio de Ansacq. Asustada, sola, con las cucarachas correteando por encima de sus pies desnudos. Se frotó la cara y se levantó, arrastrando la silla con estrépito. Aquello era urgente.

Renqueando, se llegó hasta la puerta por la que había visto desaparecer al posadero y la aporreó. Al tipo, que le abrió descamisado, no le hizo mucha gracia que le molestara, pero al ver el escudo que brillaba en su mano le prometió enviarle en el acto recado de escribir.

Ahora venía lo más difícil: redactar el mensaje en sí. No tenía ni idea de cómo se las iba a arreglar para informar a Madeleine del peligro que corría sin revelar su pacto traidor con el capuchino. Bastante le reconcomía la vergüenza a él como para tener que compartir con ella su sucio secreto.

Porque a pesar de lo que había sucedido en casa de Cordelier, seguía convencido de que Madeleine tenía un corazón limpio. No era más que un pajarillo asustado, con esos ojos enormes que sólo se serenaban cuando él le sostenía la mirada, y un cuerpo tembloroso y cálido que se apretaba contra el suyo buscando consuelo. Quería protegerla a toda costa.

Llevaba un rato sobando la pluma, sin saber cómo comenzar a escribir. Entonces se iluminó: no necesitaba explicar nada. Sólo pedirle una cita para verse a solas como la última vez. Algo se le ocurriría de aquí a que respondiera; quizá hasta se solucionaran las cosas con el capuchino de algún modo. Inspirado, redactó el mensaje de un golpe y dobló la hoja con satisfacción. En cuanto amaneciera, enviaría al mozo a entregarla.

La vista se le fue a los papeles de Charles, que todavía estaban desperdigados sobre la mesa.

Ojeó unas pocas cuartillas, distraído. Estaban llenas de versos incomprensibles y palabras largas, y en la mitad de las páginas aparecía el nombre de una tal Belisa, rodeado de florituras y dibujitos.

Entonces sus dedos tropezaron con dos pliegos de papel diferente, más blanco y con el grano más fino, como el que usaba Lessay. En una de las hojas la pluma de su amigo había trazado una fila de letras sin sentido que a Bernard le sonaba haber visto antes en algún sitio y, debajo, garabateada con una mano apresurada que lo había llenado todo de borrones, una frase en latín. En la otra cuartilla había un texto breve que hablaba de un niño de pecho y una madre horripilante que le machacaba los sesos y, justo encima, unas pocas líneas en un idioma que habría podido jurar que era inglés.

Casi sin darse cuenta, se echó a reír. El muy cabrón.

No sabía dónde ni cuándo los había conseguido, pero eran los mensajes de Ansacq.

7

Lessay aguzó la vista, pero por mucho que lo intentara no conseguía distinguir ni una miserable luz. Todo eran árboles y espesura, y el sendero no era más que una mecha gastada, sucio de barro y niebla. Miró a su alrededor; le seguían una veintena de gentilhombres, todos encogidos sobre sí mismos con las capas por refugio y los muslos bien apretados contra el costado del caballo por si se les pegaba algo de calor. Nadie tenía ganas de hablar y sólo se oía el resoplar de las bestias o, de vez en cuando, el gruñir de un hombre descontento. Hasta Bouteville había perdido el ánimo de conversar leguas atrás.

La culpa era suya. Habían salido de buena mañana, aprovechando la luz fría que había pintado el camino de claridad y optimismo. Viajaban ligeros. Sus enseres habían partido el día anterior en unos cuantos carros, y el trajín de los preparativos, las bromas rudas de los hombres y la alegría de los animales habían amortiguado la comezón de sus agravios. Incluso se habían detenido a almorzar en la casa familiar de uno de sus gentilhombres, a media hora de Montigny y del camino real. Durante un rato largo habían disfrutado del calor del fuego, de la buena comida y de las chanzas que habían convertido su mortificante partida en una victoria contra el rey.

Pero un par de tragos de más le habían hecho perder la alegría mentirosa del vino y, sin saber cómo, se había encontrado rumiando agravios y amarguras otra vez, igual que en París.

Llevaba ansioso por escapar de la capital desde que había reci-

bido la maldita carta del rey. Tres jornadas completas sin parar de
darle vueltas a sus errores del día de la cacería del ciervo blanco,
tres días sufriendo el reproche silencioso de su llorosa mujer,
como si haberla dejado preñada fuera algún crimen, y, sobre todo,
revolviendo en su interior la injuria que le causaba la misma existencia de Luis XIII, imposible de ignorar aun sin tener derecho a
acercársele ni a entrar en su palacio. Y ahora su mente obcecada
seguía dándole vueltas a lo mismo, indiferente a las leguas que había puesto de por medio. Enrabietado, había ordenado que reem-
prendieran la marcha, aunque ya algunos susurraban que la comida se había alargado tanto que era mejor quedarse allí a pasar la
noche. Pero no les había escuchado.

Necio. Las piedras de Kergadou no iban a ninguna parte, y
ellos habían terminado atrapados en un laberinto de barro y soca-
vones que podían acabar costándoles más de un caballo. Bouteville se le puso al lado y sacó el bigote del embozo:

—¿No tendríamos que haber llegado ya al camino real?

Lessay sacudió la cabeza:

—Quizá no hayamos avanzado tanto como creemos. —Los
pulmones se le llenaron de un aire húmedo y malsano, y lamentó
haber abierto la boca.

—A lo mejor estamos dando vueltas en círculo y estamos a
punto de llegar a Montigny otra vez…

Su amigo se había ofrecido a acompañarle un par de jornadas
para alegrarle el camino y a fe que lo intentaba con tesón. Aunque maldita la gracia que tenía aquella broma.

—No creo. Habríamos reconocido algo.

—En una noche como ésta no reconoceríamos ni las tetas de
la reina madre así la tuviéramos encima del caballo. — Bouteville
suspiró—. Vamos a seguir un poco más a ver si se despeja la luna…

Aquella mención lúbrica le hizo pensar, inevitablemente, en
el infausto desenlace de la noche anterior. Era incapaz de entender qué demonio había poseído a Valeria para hacerla comportarse de un modo tan extraño. Sólo recordar el humillante final
de su cita y sus risas le llenaba otra vez de furia. Que se la llevaran
los diablos.

Ahora sólo quería localizar el camino real y entrar en calor en cualquier posada. Conocía bien la zona. Estaban cerca del valle de Chevreuse y de Dampierre, el castillo del marido de su prima Marie. Habían cazado juntos más de una vez en aquellos bosques. Pero en medio de aquella negrura ningún sendero conducía a donde debería.

De pronto le pareció ver un brillo pálido delante de ellos, a la derecha del sendero. Por fin. Tenía que ser la parada de postas. Aligeró el paso de su montura, pero al acercarse se dio cuenta de que la luz era demasiado débil. Además, se movía.

Oculta a intervalos por los árboles, daba la impresión de ser una especie de fuego fatuo que avanzaba errático hacia el sendero. Sobrecogido, detuvo el caballo y sus hombres hicieron lo mismo. El resplandor se les fue aproximando a trompicones y acabó por plantárseles delante, acompañado de un ruido de arrastrar de pies y unas voces apagadas que refunfuñaban.

No era ninguna aparición sobrenatural. Sólo tres viejas campesinas encorvadas y vestidas con harapos. Y la luz misteriosa no era más que un farol que una de ellas sujetaba con mano vacilante. Las otras dos mujeres, una muy alta y la otra casi enana, arrastraban un hato de ropa y enseres que hacían un ruido metálico cuando golpeaban las piedras del camino. Se habían quedado paralizadas al darse de bruces con aquel grupo de caballeros armados y les miraban boquiabiertas y asustadas.

Lessay interpeló a la del farol, que estaba más cerca:

—Mujer, ¿sabes si estamos cerca del camino real?

La campesina no reaccionó.

Las tres seguían inmóviles como estatuas, sin intención aparente de responder. Bouteville las rodeó con su montura, impaciente:

—¿Es que no tenéis lengua?

La más menuda dejó caer el hato y graznó, servil:

—Perdonad, monsieur. No estábamos seguras…

La del farol acabó la frase en voz muy baja:

—…de que no fueseis fantasmas.

Las palabras de la anciana flotaron ominosas en el aire. El brillo del farol acuchillaba la bruma y teñía de naranja los rostros arrugados e imperturbables de las mujeres. Bouteville regresó lentamente a su lado sin quitarles el ojo de encima:

—¿Y qué hacéis en el bosque a estas horas? Nada bueno, seguro.

La enana habló de nuevo:

—En lo que a los pobres concierne, monsieur, lo malo a veces resulta bueno. Ha muerto el viejo ermitaño y llevamos sus enseres a la aldea; a más de uno le hacen falta.

La mujer abrió el hato y sacó un caldero con el asa retorcida como prueba. Era una hora bien extraña para hacer mudanzas, pero a Lessay no le interesaba aquella historia:

—Estamos desorientados, podéis ganaros medio escudo si nos ayudáis. ¿Dónde está el camino real?

La que llevaba el farol señaló la negrura del sendero:

—Está aquí al lado. Ahí mismo hay una encrucijada. Si tomáis el desvío del norte llegaréis enseguida al camino real y a la posada de la Corva. El del sur os llevará al valle de Chevreuse y al castillo de Dampierre.

La enana cogió del brazo a la que había hablado:

—Pero la posada es un mal lugar, un nido de ladrones y cosas peores —advirtió muy seria—. ¿No lo habéis oído?

—No. No conozco ese sitio —respondió Lessay.

Las tres viejas rieron al unísono. Una risa ahogada y asmática.

—Claro. En París no saben nada…

—…de nada. Resguardaos. Pero no en esa posada. Mejor en el castillo, ése sí lo conocéis bien, sabéis lo acogedor que es. Viene una gran tormenta —añadió la del farol con una sonrisa desdentada—. Lo siento en los huesos.

Las tres mujeres se arrebujaron unas contra otras y se quedaron de nuevo inmóviles, aguardando el veredicto de los grandes señores. Lessay se arrimó a ellas y su caballo piafó, intimidado. ¿Cómo diablos sabía esa pordiosera que él conocía el castillo? Bouteville se revolvió con brusquedad:

—Propongo que les hagamos caso y nos recojamos en Dampierre. A Chevreuse no le importará que nos quedemos un par de días.

Lessay suspiró. Hubiera preferido la posada para seguir camino al día siguiente sin complicaciones. No quería que en la Corte se dijese que la suya había sido una media fuga, o que se quedaba a las puertas de París a la espera del perdón como un perrito faldero. Pero ahora dudaba. Una ráfaga súbita de viento se coló entre los árboles, escupiendo barro y arremolinándoles las capas.

La más alta de las mujeres no había abierto la boca todavía. Pero de pronto se tapó los oídos y dio dos pasos deslavazados hacia él. Su rostro de torpe bobalicona se había transformado en una pavorosa máscara de pánico. Abrió una boca totalmente desdentada y gritó, haciéndole saltar en la silla:

—¡El amo sois vos! ¡Pero vuestra semilla está maldita! ¡Sangre podrida y muerte!

La vieja extendió las manos para tocarle la pierna con dedos como garras y los ojos espantados. Lessay se la sacudió de encima con un ademán brusco y la mujer cayó al suelo presa de grandes sacudidas, igual que si la hubieran poseído los demonios.

—¡Hermana, hermana! —Las otras dos comenzaron a gritar despavoridas tratando de sujetarla. La enana buscó una rama en el suelo e intentó metérsela a la enloquecida entre los dientes.

Lessay las miraba fascinado y horrorizado por igual. Algunos de sus gentilhombres se santiguaron y retrocedieron. ¿Qué diablos había querido decir aquella perturbada?

Las tinieblas estaban jugando también con su imaginación, porque de pronto le daba la impresión de que detrás de las mujeres crecía una sombra más oscura que la noche que se iba acercando hacia ellos. Tuvo que dominarse para mantenerse impasible. Pero entonces escuchó el ruido de cascos y se dio cuenta de que no era más que un jinete solitario que avanzaba hacia ellos con gran precaución, como si también tuviera miedo de los hoyos del camino o de las viejas que chillaban como endemoniadas.

—¿Quién va? —gritó Bouteville con la mano en la guarda de la espada, animado ante la aparición de una posible amenaza terrenal.

—¡Mi nombre es Bressan! Estoy al servicio de la condesa de Lessay. ¿Quién pregunta?

Un coro de vítores amistosos recibió la respuesta y el jinete aceleró el paso de su montura, aliviado. A Lessay le trepó por las piernas un mal presentimiento. Aquel mozo era el gentilhombre de su mujer y aquella mañana se había quedado en París junto a ella. ¿Cómo era que surgía ahora en mitad de la noche, viajando en sentido contrario al que ellos llevaban?

—¿De dónde salís a estas horas, Bressan?

El mozo se bajó del caballo, se quitó el sombrero, y alzó un rostro contrito:

—Os estaba buscando, monsieur. Vengo de una posada que hay un poco más adelante. He ido parando por todo el camino real y nadie tenía noticia de vos desde hace más de una legua, así que pensé que quizá os habíais desviado y lo mejor era retroceder. He visto la luz entre los árboles y venía a preguntar.

Lessay sintió un cosquilleo desagradable en el estómago. De repente no quería saber por qué había venido Bressan a buscarle:

—¿Qué ha pasado?

—Malas noticias, monsieur. La condesa se ha puesto de parto, un poco antes del mediodía. La comadrona y el cirujano dicen que el pronóstico no es bueno.

Lessay echó un vistazo de reojo a las tres viejas, que permanecían encogidas y abrazadas en el suelo. Todavía resonaban en el aire los gritos de la loca. Semilla maldita. Sangre podrida y muerte. ¿De su esposa, del nonato o de los dos? Tiritó, abatido de pronto por el frío de la noche. Tenían que encontrar cobijo de una vez.

Pero las mujerzuelas les habían advertido de que no se acercaran a la posada. Y no quería tentar más a los hados desoyendo su consejo.

Dampierre. Era lo más razonable. Se refugiarían en el castillo de Dampierre y esperarían a que pasara la tormenta.

8

El delicioso círculo que formaban los labios de la duquesa de Chevreuse se rompió, dando paso a una carcajada estridente y un grito:

—¡Eso no! No soporto las cosquillas, ¡comportaos!

Lord Holland sacó la cabeza del agua humeante y asió a la dama por los hombros. Los bigotes mojados le colgaban como dos gatos escaldados a los lados de la cara. Aun así, ella le miraba arrobada como si fuera el mismísimo Apolo. Los dos amantes estaban completamente desnudos, sin camisa de baño, dentro de la tina de cobre, y sus cuerpos sinuosos se agitaban bajo el agua.

—Vuestra risa es mi sol después de tanta lluvia. Tenía tantas ganas de veros… —El acento con el que el inglés destripaba la noble lengua francesa era aún más terrible que su metáfora.

Ella jugaba a parecer severa, con el ceño y la boca fruncidos, aunque sus ojos chispeantes y los hoyuelos de sus mejillas traicionaban el deleite que sentía:

—Pues nadie lo diría, con lo poco que me escribís…

Él adoptó la misma pose de falsa acritud:

—¿Osáis poner en duda mi constancia? Eso merece un terrible castigo. —Volvió a sumergirse y ella comenzó a darle puñetazos en la espalda, chillando feliz.

El cardenal de Richelieu se frotó el mentón con impaciencia. Llevaba casi dos horas oculto detrás de un muro, en la habitación contigua. Los dos adúlteros no habían parado de retozar enjabonados hasta las cejas, sin sospechar que nadie pudiera estar espiándoles. Y él se arrepentía más a cada segundo que pasaba de la crédula superstición que le había llevado hasta aquel lugar.

La noche anterior había estado jugando al ajedrez hasta tarde con la baronesa de Cellai en los apartamentos de la reina. Su común interés por reconciliar a Ana de Austria y a Luis XIII les había ido haciendo congeniar en los últimos tiempos, y no era la primera vez que pasaban el rato de aquel modo. La amable compañía de la italiana le cosquilleaba la vanidad y, a pesar de que su belleza indiferente le intimidaba, disfrutaba contemplándola.

Ella había demostrado, como de costumbre, que era una adversaria formidable y la partida se había alargado tanto que habían acabado por dejarles solos. Entre movimiento y movimiento habían conversado de todo y de nada, sin ni siquiera parar para cenar. Y ya fuera por eso o porque le rondaba algún mal invernal, de pronto había empezado a sentirse débil y mareado.

En un momento dado, sus ojos se habían quedado enganchados de los de la italiana y había derribado la mitad de las piezas al tratar de mover la torre sin mirar al tablero. Habían tenido que poner fin a la partida y nada más regresar a su hôtel se había dejado caer en la cama, agotado.

En el breve duermevela le había parecido que seguía teniendo delante los ojos de la baronesa, fascinándole, pero en seguida se había quedado profundamente dormido y le había asaltado un extraño sueño: luz de velas, olor a aceite de jazmín, unas voces amortiguadas por el ruido del agua, carne blanca y resbaladiza... Imágenes imprecisas y engañosas. De pronto, una risa femenina, que conocía pero no lograba identificar. Unas manos que salpicaban, un calor opresivo y un hombre que preguntaba: «¿Matar al rey?». Una voz amenazadora, que se le escapaba... Matar al rey. Había luchado por verle el rostro a quienquiera que fuese entre los jirones del vapor, pero el hombre era sólo una figura borrosa. Las mujeres eran dos. Y una de ellas no se movía. Le miraba fijamente con una expresión entre asustada y libidinosa.

Se había despertado fuera de sí, sobresaltando al lacayo que le velaba. Imposible volver a dormir. El criado le había enjugado los sudores que le había provocado la pesadilla, a pesar del frío de la madrugada, y mientras su ayuda de cámara le ayudaba a ponerse una camisa limpia, un jubón y unos calzones negros, no había parado de darle vueltas al sueño, temeroso de que el recuerdo se le escapara cuando se le despejaran los sentidos. Estaba seguro de que había escuchado antes aquella voz de hombre. De que conocía a la mujer inmóvil y azarada.

No había sido hasta primera hora de la mañana, durante la preceptiva misa diaria, mientras el barbero le recortaba la perilla para aprovechar el tiempo, cuando había recordado dónde había visto antes el rostro de la mujer inmóvil de su sueño: tejido en un tapiz que representaba la historia de Susana y los viejos, y que colgaba de la pared del más suntuoso de los aposentos de la casa de baños de Jean Féval.

El reputado establecimiento se encontraba en un lujoso hôtel al fondo de un callejón, a los pies del Arsenal, e incluso los grandes señores lo frecuentaban en ocasiones señaladas; el día antes de una boda, después de un viaje largo o simplemente para encontrarse con discreción con una amante. Él sólo había estado allí una vez, hacía algo más de tres años, en la víspera de su investidura como cardenal, una efeméride más que merecedora del ritual del agua caliente, el vapor y el masaje.

No porque fuera enemigo del tratamiento. Más allá de la virtud de regular los humores y nutrir el cuerpo, Richelieu les reconocía a los baños humeantes un placentero efecto. Pero carecía de paciencia para guardar el reposo posterior que los médicos consideraban imprescindible con objeto de prevenir que los aires malsanos penetraran en el cuerpo a través de los poros dilatados. Y en cuanto a sus esporádicos encuentros amorosos, prefería lugares menos frecuentados por la Corte; no podía permitirse correr ningún riesgo.

Aun así, recordaba perfectamente el lujo casi oriental de la estancia que el bañista le había reservado en aquella ocasión. La gran bañera, las sábanas de seda, el aroma de flores, aceites y perfumes. Y el tapiz de la púdica y exuberante judía cuyo rostro se había asomado aquella noche a su sueño, envuelto en vapor y agua.

Había tardado un buen rato en decidirse. La ensoñación había sido más intensa y poderosa que una pesadilla normal. ¿Cómo saber si no era un mensaje de la divina Providencia? Una advertencia, una señal para ayudarle a confirmar o desmentir, de una vez por todas, si era cierto que pesaba alguna amenaza sobre el rey. Sería un crimen ignorarla. La muerte de Enrique IV les había enseñado a todos las consecuencias de desdeñar temerariamente los avisos del cielo.

Finalmente había decidido seguir su corazonada y había plantado a sus secretarios sin explicaciones para acercarse hasta los baños en un coche anónimo.

Jean Féval, el patrón, era un marsellés discreto y orgulloso de su honestidad. Le había acogido con extrema gentileza, pero se había negado a darle los nombres de los clientes que aguardaba aquel día, y Richelieu no se decidía a servirse de la autoridad que le confería su cargo para obligarle a hablar por un motivo tan peregrino. Tras casi media hora de tira y afloja dialéctico, había estado a punto de darse por vencido; el hombre parecía insobornable y se mostraba más escamado que intimidado por que el jefe del Consejo del rey, príncipe de la Iglesia para más inri, acudiera a su casa a hacerle aquellas preguntas en persona.

Estaba a punto de retirarse cuando escuchó unos pasos a su espalda y vio a Féval abrir los ojos en un gesto de prevención hacia quien fuera el recién llegado. El cardenal se dio la vuelta de inmediato y se encontró a un lacayo larguirucho. Colgado de un brazo cargaba un cesto exuberante repleto de frutas y dulces; y vestía con la librea plateada y azul de los duques de Chevreuse.

La segunda pieza del rompecabezas encajó de repente. La risa. La risa de su sueño. ¿Cómo no la había reconocido antes? La había escuchado tantas veces… No tenía duda alguna. Era la risa alegre y alborotadora de la cabritilla.

Con el lacayo allí plantado, a Féval no le había quedado más remedio que reconocer que aguardaba la visita de la duquesa para el mediodía. Madame de Chevreuse le había encargado que tuviera dispuesta una estancia y le había anunciado que la acompañaría un gentilhombre, pero el bañista juraba por su salud y la de su único hijo que no sabía de quién se trataba.

A Richelieu se le había agotado la paciencia. No tenía tiempo para andar templando escrúpulos. Sabía que el hijo por el que acababa de jurar con tanta alegría el bañista había estudiado leyes y hacía sus pinitos en la administración real. Mezclando una amenaza y una promesa en la misma frase, le había recordado al padre que cualquier palabra suya podía decidir la carrera del joven y dar alas o poner fin a todas sus esperanzas. El marsellés había comprendido que era más sensato claudicar y, sin parar de refunfuñar, le había conducido a través de un pasaje de servicio hasta una estancia de la primera planta, más pequeña que la que Richelieu recordaba, pero no menos lujosa.

Una vez allí, el bañista había descolgado un lienzo que pendía de una de las paredes, dejando al descubierto un panel de madera, y con una última ojeada de rencor lo había deslizado hacia un lado dejando a la vista una rendija diminuta. Quería que quedara claro que ya estaba hecha cuando había comprado el establecimiento. Nunca la había usado ni pensaba usarla. Era la primera y la última vez.

El cardenal le había asegurado que le creía, por supuesto, y nada más quedarse a solas se había inclinado sobre el agujero.

La estancia del otro lado del muro era la misma que había ocupado él tres años atrás. Y de una de las paredes, entre dos ventanas, colgaba el mismo tapiz de abigarrados colores, con su lúbrica versión de la historia de Susana y los viejos. La púdica judía miraba justo en su dirección, como si supiera que estaba allí, igual de emboscado que los dos ancianos togados con expresión de sátiros.

Ésa era la habitación en la que habían hablado de matar al rey en su sueño.

O eso había pensado al acomodarse en su escondite y al ver aparecer en el aposento, al mediodía exacto, a un tipo rubio y alto que había reconocido de inmediato.

Que lord Holland estuviera en París era sólo una sorpresa a medias. En la Corte aguardaban su llegada para mediados de mes. El rey Carlos I de Inglaterra había insistido en enviar una embajada para discutir las fricciones que causaba el entorno católico de su esposa francesa en Londres, así como la situación de los hugonotes de La Rochelle. Y como Buckingham no había conseguido que Luis XIII le concediera permiso para regresar a Francia, había decidido encargarle la misión a Holland.

Pero según sus noticias la delegación británica no había salido aún del puerto de Dover. ¿Sería posible que el bribón se hubiera adelantado de incógnito nada más que para robar unos días a solas con su amante?

Pudiera ser. Pero ¿y si había algo más? Al cardenal se le habían venido de inmediato a las mientes la carta que su sobrina le había escamoteado al marqués de Mirabel días atrás y la confesión que el padre Joseph le había extraído al gentilhombre gascón de Lessay. Aquélla no era la primera vez que Holland viajaba a solas por Francia. Ya había estado en Chantilly, tratando del envío de tropas inglesas a Francia. La decisión de quedarse allí oculto espiando a los dos amantes se había impuesto por sí sola.

Pero de momento no habían hecho más que refocilarse entre risas y frases bobas.

Acarició rítmicamente el bezoar que le colgaba del cuello, embelesado con los movimientos oscilantes de la espalda de la duquesa. Se había sentado a horcajadas sobre el inglés y lo cabalgaba con un ritmo moroso e hipnótico que al cardenal le hacía hormiguear las entrañas, mientras se la bebía con la mirada. La vio cerrar los ojos, de perfil, y echar la cabeza hacia atrás, sujeta al borde de la bañera, y la respiración se le aceleró. Cuando el hereje se agarró a sus tetas redondas y pesadas, amasándolas y retorciéndole los pezones, no pudo resistir más y las manos se le fueron solas a trastear con el cierre de sus calzones, frenéticas. Apoyó la frente en la pared, sin despegar la vista de aquella hembra lujuriosa, imaginándose que era él quien la tenía ensartada, quien le devoraba los labios y estrujaba sus carnes, jadeando con ansia, hasta que terminó de sacudir por completo aquella pulsión imparable.

Se apartó de la pared en el acto con un movimiento brusco, súbitamente malhumorado y avergonzado de su debilidad. Se limpió con la esquina del mantel de terciopelo que cubría una mesa y volvió a componerse las ropas, invadido de golpe por la melancolía y la temible bilis negra. Se sentía culpable y vacío. Todo aquello era una majadería, una pérdida de tiempo y un modo humillante de ponerse en evidencia, aunque fuera sólo ante sí mismo. Era un supersticioso que había pecado contra el primer mandamiento. Un soberbio arrogante que se creía digno de que el Cielo le enviara avisos durante el sueño, igual que si fuera ni más ni menos que el casto José. Era todo un dislate. La duquesa y el inglés eran dos intrigantes sin conciencia de Estado, pero no eran locos ni asesinos. Las palabras que había oído en su sueño eran sólo delirios de su imaginación, agotada de estar siempre en guardia.

Pero ya era tarde para arrepentirse. Regresó al agujero, apático, y suspiró aliviado al ver que las acrobacias amorosas de los dos tórtolos habían terminado.

Holland salió del agua y se frotó con energía desde los pies a la cabeza con un lienzo blanco. Finalmente agarró la toalla por ambos cabos, se la colgó del cuello y se quedó mirando el tapiz de Susana y los viejos, en una pose forzada que parecía la burda imitación de la de una estatua griega:

—Esa mujer no es trigo limpio. Sabe que la están mirando y se pavonea sin recato...

—Igual que vos. —Replicó la duquesa, riendo. Luego se puso en pie—. Ayudadme.

Tendió los brazos, aguardando a que su amante la asistiera para salir del agua. Ella sí que parecía la encarnación de la misma Venus. Richelieu la tenía tan cerca que le parecía que su propio aliento se confundía con el vaho neblinoso que le lamía las nalgas y los muslos mullidos. Casi le parecía que podía enredar las manos en la cascada de cabellos mojados que le caían sobre la espalda, acariciándole la hondonada de los riñones, y atraerla hasta él.

Sin embargo, fue el inglés quien la alzó en volandas, se la llevó hasta la cama y procedió a secarla con mucha más parsimonia de lo que había hecho consigo mismo, recreándose en todos los recovecos de su cuerpo. En silencio. Richelieu agradeció aquel momento de calma. Él también tenía tendencia a refugiarse en la contemplación para volver a encontrarse a sí mismo después de perderse en los placeres de la carne.

Aunque por lo visto no todo el mundo tenía la misma necesidad, porque en cuanto la piel de la mujer estuvo más o menos seca, el inglés alargó el brazo, se hizo con un racimo de uvas confitadas y le ofreció la mitad a su amante. Acto seguido, se envolvieron en sendas batas de seda y comenzaron a parlotear de nuevo, riéndose de boberías sin sustancia, sin dejar de devorar a dos carrillos.

El cardenal bufó, exasperado, y se sacó del bolsillo una propuesta de ley suntuaria que había redactado uno de sus secretarios para, al menos, aprovechar el tiempo trabajando. Lo último que quería era pasar allí el resto del día escuchando simplezas. Le daba media hora más a la Providencia para demostrar que el sueño que le había enviado tenía algún sentido. De otro modo, no le quedaría más remedio que concluir que había sido el diablo quien le había enviado la visión para mofarse de su credulidad y sus desvelos y torturarle obligándole a escuchar aquella cháchara inane.

Pero en vez de sosegarle, el trabajo le ponía aún más nervioso. En el borrador había varios errores graves y no tenía a mano a quien dictarle las correcciones oportunas. Intentaba memorizar los cambios que necesitaba hacer, irritado, cuando un par de frases provenientes de la otra habitación reclamaron su atención. Holland le estaba explicando a su dama que alguien le había reconocido camino de los baños y no creía que pudiera mantener su presencia oculta mucho más tiempo:

—Las relaciones entre vuestro rey y el mío ya están lo bastante tirantes. Si Luis XIII descubre que ando dando vueltas por su capital a escondidas, capaz es de pensar que he venido como espía.

—¿Tan pronto? —se lamentó ella—. Creía que íbamos a disfrutar el uno del otro un poco más… El rey se marcha mañana a Saint-Germain. Si se entera de que estáis aquí, tendréis que iros con él. La reina va también, puedo acompañaros. Pero será mucho más difícil encontrar ocasión de vernos a solas.

—A mí tampoco me hace gracia pero no veo otro remedio.

Bastante ha costado ya que Luis XIII accediera siquiera a recibir nuestra embajada.

La duquesa le pidió que le acercara otra fruta, mohína:

—Supongo que no se puede hacer nada... Todo es culpa vuestra y de vuestra improvisación.

—No sabía cuándo iba a poder escaparme... —respondió Holland con una zalamería teatral—. Qué más quisiera que poder venir a arrojarme a vuestros pies cada vez que me lo ordenarais.

Ella le besó la punta de la nariz:

—No os estoy hablando sólo de amor... Si hubiera sabido que vendríais tan pronto, habría convencido a Lessay para que os aguardase en París. Se marchó hace dos días.

—Habíamos dicho que nada de política. Estas horas son sólo para nosotros.

La cabritilla le acariciaba los rizos al figurín inglés, persuasiva:

—Lo sé. Pero esto os va a interesar. —En dos pinceladas viperinas, la duquesa puso al tanto a su amante de lo que había sucedido en el entorno de la reina en los últimos días y de la decisión del rey de desposeer a Lessay de sus cargos y privilegios—. Ya sabéis lo fastidioso que es mi primo. No se fía de Buckingham, ni de Gastón, ni de mí, ni de nadie... Desde que os entrevistasteis en Chantilly no ha hecho más que hablarme de cautela y precauciones.

—Y tiene razón. Deberíais ser prudente. Porque en cuanto os descuidéis, estoy dispuesto a raptaros y llevaros conmigo a Londres para siempre —respondió Holland, besándole los dedos uno por uno.

Ella sonrió con beatitud y le agradeció la banalidad con media docena de arrumacos antes de volver a ponerse seria:

—El caso es que por fin ha mandado al cuerno la prudencia. En la vida le había visto tan enfadado. —La duquesa se alzó sobre los codos y el cardenal tendió el cuello para no perderse ni una palabra—. Creo que habría podido quitarle la vida al rey con sus propias manos.

—*God's wounds*, eso sí sería una solución. Si Lessay se presta voluntario para matar al rey personalmente y dejarse descuartizar en plaza pública, podréis sentar a Gastón en el trono, casar a Ana de Austria con él y deshaceros de vuestro odiado cardenal sin tener que buscar aliados ni dentro ni fuera de Francia.

El inglés reía con ganas y Richelieu sintió que se le encogía el estómago. Su sueño se estaba haciendo realidad de una forma tan ligera que parecía una mascarada. La voz que había escuchado, hablando de matar al rey, era la de Holland. Pero se había equivocado al interpretarla. No sonaba amenazante sino cínica y desvergonzada. Para él era todo una broma.

La duquesa, en cambio, hablaba completamente en serio.

—Mi primo va camino de Bretaña pero se marcha en pie de guerra. Está convencido de que puede persuadir al duque de Montmorency para que se una a nosotros. Y no sé qué habrá tratado con la reina madre, no quiso darme detalles, pero… —La cabritilla bajó la voz y el cardenal se pegó a la pared para no perder ni una palabra—. Dice que María de Médici está obsesionada con la posibilidad de que Ana de Austria pueda quedarse encinta de Luis XIII. Que quiere ver a Gastón en el trono tarde o temprano. Y que no le extrañaría que cualquier movimiento a su favor contara con su beneplácito.

Holland ya no se reía:

—Teníais razón. Quiero hablar con Lessay.

—Ni se os ocurra poner nada por escrito —advirtió ella de inmediato—. Nadie ha vuelto a saber nada de las cartas que nos robaron en el camino de Argenteuil, pero si Lessay tiene razón y los ladrones eran hombres del rey… puede que Luis XIII esté sobre aviso. Es muy peligroso.

El cardenal se enderezó en su asiento, sorprendido. O sea que la duquesa tampoco tenía las cartas perdidas. Eso significaba que el soldadito Montargis y su amigo Serres también le habían contado a ella la historia de los misteriosos ladrones de correo, después de que ambos escamotearan los papeles camino del convento. Capaces eran de habérselos guardado para utilizarlos con cualquier propósito retorcido en un futuro.

Era una imprudencia propia de jovenzuelos ambiciosos y dados a creerse más listos que nadie. Casi todos los de su calaña solían acabar mal. Y Charles Montargis había terminado haciéndose matar por el duque de La Valette, el muy cretino. Si estuviera vivo le habría mandado a buscar de inmediato para sonsacarle qué había hecho con las dichosas misivas. Tenía que decirle al padre Joseph que averiguara si Serres sabía algo al respecto.

Holland permanecía callado, calculando las implicaciones de lo que acababa de revelarle la duquesa. Finalmente sonrió:

—De acuerdo. Lo que me habéis contado es muy interesante. Pero ahora toca cumplir con el trato. No más política.

—No más política —repitió ella, y a Richelieu le dio la impresión de que los bigotes del inglés se alzaban en aprobación.

Holland se arrodilló frente a la dama y empezó a desanudarle la bata. Otra vez. Y ahora fuera del agua, para que él no se perdiera ningún detalle.

Pero la conversación que acababa de escuchar le había apagado definitivamente los ardores. Temblaba sólo de pensar que María de Médici, su patrona y valedora, pudiera llegar a sumarse a algún tipo de acción contra su propio hijo.

Todo aquello le recordaba demasiado a los viejos fantasmas que las cuartetas de Jacobo le habían hecho remover en los archivos. Rumores sin sostén que habían corrido hacía años sobre la muerte del viejo Enrique IV, especulaciones perversas sobre su viuda a las que era mejor no prestar oídos. Sospechas vergonzantes que le habían llevado hacía unos días a irrumpir en la clausura de un convento y tratar de extraerle algún recuerdo razonable a una pobre loca que llevaba quince años encerrada. Craso error. Era de necios perder el tiempo en escarbar secretos, si de antemano uno sabía que no estaba dispuesto a creer lo que encontrara.

Se puso en pie y tiró del llamador para que Féval acudiera a buscarle y le guiara fuera del establecimiento sin que le viera nadie. No podía sacarse de la cabeza la pérdida de esas cartas que la cabritilla había enviado a Inglaterra el mes anterior. Hasta entonces se había consolado con la idea de que seguramente no eran más que imprudencias amorosas. Pero la duquesa había hablado con seria preocupación de ellas. Tenía miedo de que el rey las hubiera visto. De que estuviera sobre aviso. ¿Sobre aviso de qué?

Lo que estaba claro era que aquellos papeles contenían algo vital que se les había escapado delante de las narices. Quizá incluso contuvieran pruebas suficientes para haber detenido a alguno de los conjurados, por alto que estuviese, y haber puesto fin a aquel delirio.

Maldito guardia barbilampiño y maldito él mismo por haber hecho una excepción en su costumbre de no confiar en servidores bisoños. La culpa era sólo suya, por haberse dejado engañar por ese Montargis, que no era más que un mozalbete recién destetado.

Frenó de golpe sus pasos, a mitad de la escalera de servicio por la que el bañista le conducía a hurtadillas hasta la calle, paralizado por el curso que habían seguido sus propios pensamientos. Los versos de Michel de Nostredame resonaban en su mente con total claridad: «*Viejo cardenal por el joven embaucado…*».

Tragó saliva. La amenazadora mención a la muerte del rey que había escuchado en sueños y le había llevado hasta aquel lugar, a espiar amores ajenos, había resultado ser tan sólo una broma. Una exageración con la que la duquesa de Chevreuse había adornado su relato y a la que su amante había respondido con la misma falta de seriedad.

Pero la conspiración que se urdía contra Luis XIII era real.

Y el engaño de un joven embaucador le había impedido hacerse con unos papeles que habrían podido prevenirla.

Un temor pegajoso le recorrió el cuerpo y se le quedó prendido a las entrañas: la oscura profecía del mensaje inglés había empezado a cumplirse.

9

Vamos, Suzanne. Hazlo por tu señora.

La camarera le miró de soslayo, arrebujada en su mantón. Estaban refugiados en el soportal de la sala de pelota de la calle de la Perle, a pocos pasos del hôtel de Lessay.

—El conde fue muy claro antes de marcharse: no quiere que volváis a poner el pie en su casa.

Bernard estrujó los poemas con sus guantes de lana gruesa:

—Charles quería que madame de Lessay los tuviera. Sé que tenía que habérselos entregado antes, pero después del entierro no me atreví, estaba tan frágil... No pensé que no fuera a tener más ocasión.

—Dádmelos a mí. —Suzanne extendió una mano resuelta—. Yo se los entregaré a la condesa.

Se había imaginado que le propondría algo así. Respondió de carrerilla, sin dejar de mirarse los pies:

—No son sólo los papeles. Hay más cosas... Cosas que Charles me contó acerca de... de sus sentimientos por madame de Lessay. Me dijo que no quería morir sin que la condesa las supiera.

Era una mentira inmunda. Sentía que se estaba riendo de Charles y de la pobre dama al mismo tiempo. Pero no le quedaba otra.

—La condesa está muy débil. Han sido muchas desgracias juntas.

—¿Y no crees que esto podría consolarla?

Suzanne le miró, dudosa. El labio inferior le tiritaba de frío y tenía las mejillas rojas:

—Está bien. Os ayudaré. Si el conde quiere controlar lo que pasa en su casa, que no se hubiera marchado. Mi señora puede recibir a quien ella desee. Pero tengo que hablarlo con ella primero.

Bernard asintió, obediente, y acató sin rechistar las indicaciones de la camarera, que le ordenó que aguardase sin moverse a que regresara.

Había pasado tres días encerrado en la posada, machacado por el dolor de huesos y aguardando lo que tuviera que venir: un espectro enviado por la baronesa de Cellai para arrastrarle al infierno o los hombres de la justicia de París. Sabía que irían a buscarle tarde o temprano.

Pero tampoco sabía a dónde ir. Aún tenía el hombro izquierdo entumecido y, definitivamente, tenía más de una costilla rota. Seguía doliéndole el torso al respirar y no podía agacharse sin ver las estrellas. Tampoco había tenido noticias de Madeleine y empezaba a preocuparse seriamente; o se había marchado de la ciudad o le había sucedido algo. Estaba perdido, solo y triste.

Sólo tenía una esperanza. Una baza imprevista que quizá le valiese para salvar el cuello. Charles había dejado en sus manos algo que podía tener más valor para el rey que cuanto hubiera podido averiguar junto a Lessay: los mensajes de Inglaterra. Por más que los miraba y remiraba, él no veía qué podían querer decir. Pero sabía que eran lo bastante valiosos como para sacarle del atolladero.

Pero le quedaba un escrúpulo. Estaba seguro de que Charles había encontrado los mensajes registrando entre las pertenencias del conde, Dios sabía cuándo y cómo. Y si Lessay los había conservado todo ese tiempo tenía que haber un motivo. Su antiguo patrón no era de los que daban puntada sin hilo. No quería proporcionarle al cardenal nada que le pusiera en un brete serio, ni a él ni a ninguno de sus amigos, y no conocía a nadie lo bastante letrado a quien consultar. Además, ¿de quién podía fiarse?

Después de darle muchas vueltas, la única persona que se le

había ocurrido era la condesa de Lessay. Era tan instruida como la que más y, si los mensajes revelaban algo inconveniente, jamás traicionaría a su marido. Así que había escogido unos cuantos poemas de Charles, al azar, y había reclutado a un pilluelo del barrio para que fuera a buscar a Suzanne. La moza había respondido a su llamada, pero le había explicado, apesadumbrada, que su petición no llegaba en el mejor momento.

La condesa había perdido al niño que esperaba. La emoción del entierro de Charles había sido demasiado fuerte y al día siguiente, a mediodía, se había puesto de parto. Estaba tan débil que los médicos habían pensado que no lo resistiría. Habían sido doce interminables horas de dolores e incertidumbre. Al final, ella había sobrevivido, pero había alumbrado un niño rígido y frío, muerto ya antes de salir de su vientre.

Bernard no sabía ni cómo había logrado convencer a Suzanne de que su visita podía hacerle bien a su señora, pero al cabo de un rato vio regresar a la camarera, encogida bajo su mantón de lana. Antes de que pudiera abrir la boca, la muchacha le dejó muy claro cuáles eran las condiciones:

—Madame de Lessay os va a recibir. Pero os quiero calladito y con las orejas gachas si alguien os mira mal —le advirtió, agitando un dedo conminatorio delante de sus narices—. Me da igual por qué os ha retirado el conde su amistad. No es asunto mío. Pero mi señora tiene el alma herida. Cualquier emoción podría ser fatal. Como hagáis un solo gesto que la altere lo más mínimo, os despellejo vivo.

Los guardias de la puerta cuchichearon al verle pasar y los criados le miraban con la misma curiosidad con la que los labriegos de su aldea encaraban a los forasteros, pero nadie le dirigió la palabra. Suzanne le guió escaleras arriba, hasta la antecámara de la condesa y le ordenó que esperara un momento.

Bernard se quedó solo y miró en torno suyo, aturdido. Sintió un escalofrío. Él no había pisado los apartamentos de la condesa más de un par de veces durante el tiempo que había vivido en aquella casa, pero eso no justificaba la sensación de extrañeza que de repente le producía la estancia. No reconocía nada. Ni los muebles, ni los cuadros que colgaban de las paredes, ni las tapicerías. Era como si estuviera en aquel cuarto por primera vez.

Lo mismo le había sucedido hacía un rato, después de salir de la posada, en un cruce entre dos calles. De pronto se había sentido perdido, igual que si nunca antes hubiera pisado por allí, y se había quedado parado, sin saber por dónde seguir. No había sido más que un instante y en seguida se había recuperado, pero la sensación había sido la misma.

Se acarició la cabeza. Demasiados golpes. Se negó a rumiar más y Suzanne regresó a buscarle y le introdujo en el dormitorio de la condesa. Entró con pasos quedos y la camarera cerró la puerta a su espalda.

Madame de Lessay estaba acurrucada en el lecho, bajo las mantas y la colcha de brocado, bien peinada e incorporada sobre varios cojines. Pero tenía el rostro descolorido y los ojos húmedos e hinchados. Había estado llorando, y no poco.

Se acercó a ella muy despacio. Desde el primer día se había sentido intimidado en su presencia y nunca había sabido cómo tratarla. Le costaba hacerse a la idea de que era una mujer de carne y hueso, con las mismas emociones que cualquiera, y que apenas tenía un par de años más que él. Desde la muerte de Charles, su aflicción compartida les había hecho menos extraños, pero aun así se sentía amilanado. Y no quería causarle más dolor.

—Suzanne me ha dicho que teníais algo que entregarme de parte de monsieur Montargis.

Bernard no pudo evitar que los ojos se le fueran solos a su vientre. Estaba casi tan hinchado como hacía unos días. Pero no era más que un recipiente vacío. Inclinó la cabeza y le tendió los pliegos con los poemas:

—Charles sabía que su vida corría peligro. Y me hizo prometer que si algo le pasaba, os haría llegar estos versos.

En la posada se había preparado un discurso más largo y enredado. Pero a él las palabras galantes se le atascaban en los labios y ahora no se sentía capaz de pronunciarlas.

No parecía que fueran a hacerle falta. Madame de Lessay se había llevado la mano al corazón y permanecía sobrecogida e inmóvil. Finalmente, aceptó los papeles, temblorosa, y empezó a leer con un ansia febril. Las manos le vibraban y el pecho escueto le temblaba como a un gorrión:

—Oh, no puedo, no puedo… No tengo fuerzas… Es demasiado pronto. —Dejó caer los papeles sobre su regazo y le miró, como pidiéndole ayuda.

—Calmaos, madame —murmuró Bernard—. A Charles no le habría gustado veros sufrir…

La condesa parpadeó, tratando de ahuyentar las lágrimas:

—Os agradezco de todo corazón este regalo. Pero aún no puedo leerlos. Han sido sólo unas líneas y me ha parecido que le estaba escuchando de nuevo. Es su voz. Está vivo. Tan vivo… —Hablaba muy rápido, ansiosa, como si las palabras fueran un tónico mágico que sedara su dolor y necesitara más y más—. Vos le conocíais. Sabéis el alma tan grande que tenía.

Bernard notó que se le hacía un nudo en la garganta. Los ojos enormes de la condesa seguían clavados en él, con desamparo. Quería consolarla pero no le salía la voz.

Incapaz de decir nada, le cogió una mano, con tiento. Era aún más pequeña y delicada que la de Madeleine. Sin pensar, se la acurrucó contra el pecho y se quedó callado, aguardando a que la respiración de la condesa se hiciera más honda y la agitación la abandonara. Pero cuando la vio cerrar los ojos y sintió que la tensión de sus dedos se relajaba, tuvo que decidirse. Suzanne era capaz de venir a interrumpirle en cualquier momento. No podía esperar mucho más. Cogió aliento y anunció de carrerilla:

—Madame, no he venido sólo a traeros los poemas. Detenedme si no os sentís con fuerzas para escuchar lo que os voy a decir, pero… Creo que sé por qué murió Charles.

La condesa reabrió los ojos muy despacio y respondió, casi recitando:

—El marqués de La Valette había prometido vengar la muerte de su gentilhombre. Pero fue demasiado cobarde para enfrentarse a él cara a cara. Por eso organizó una emboscada…

—No, madame. Eso es lo que todos creen. Pero hay otro motivo. Charles guardaba en su poder ciertos papeles. Yo no entien-

935

do lo que dicen, sólo sé que eran valiosos. Y que monsieur de La Valette los buscaba. Estoy convencido de que fue por eso por lo que le mandó matar. —Respiró hondo—. Quizá con vuestra ayuda pueda desentrañar el misterio.

La condesa liberó su manita de entre las suyas y se la llevó otra vez al pecho. En el dedo corazón llevaba un anillo con una magnífica piedra azul. Murmuró:

—Lo sabía… Sabía que guardaba un secreto que no podía contar. Si hubiera tenido la confianza suficiente para hablarme de ello, tal vez… —Sacudió la cabeza, vencida—. ¿Tenéis aquí esos papeles?

Bernard introdujo la mano en el bolsillo, dudando. De pronto se daba cuenta de que a lo mejor no era lo más apropiado entregarle a una mujer que acababa de parir un niño muerto un texto sobre otra madre dispuesta a arrancarse a su hijo del pecho y machacarle los sesos. Decidió enseñarle sólo el otro mensaje, de momento.

—«*Inter festum omnium sanctorum et novam martis lunam veniet tenebris mors adoperta caput*». «Entre Todos los Santos y la luna nueva de marzo vendrá la muerte, con la cabeza cubierta de tinieblas» —tradujo de inmediato la condesa—. El final de la frase es de una elegía de Tíbulo, un antiguo poeta latino. Qué mensaje tan funesto. Parece una premonición.

Así que eso era lo que decía la frase en latín. ¿De qué muerte hablaría? ¿De la del rey? El día de Todos los Santos había pasado hacía más de un mes. Se fijó en que la condesa le miraba espantada. La pobre pensaba que aquellas líneas hablaban de la muerte de Charles. Procuró calmarla:

—No, no. El texto no se refiere a su muerte, de eso estoy seguro. Sé que lo copió de algún sitio. Pero no me explicó por qué era importante… —Señaló la fila de letras sin sentido que Charles había anotado más arriba—. Tampoco me dijo qué significaba ese galimatías.

Madame de Lessay acarició el papel, afligida, y a Bernard le pareció que contaba el número de letras. Cuando volvió a alzar la cabeza tenía una sonrisa tímida en los labios:

—Ese galimatías que decís y la frase en latín son la misma cosa. Se trata de un mensaje en clave con su transcripción. Seguro que monsieur Montargis lo descubrió en seguida. Era un maestro de los anagramas y los juegos de palabras. La primera letra de cada palabra latina coincide con una minúscula del texto original, ¿veis? Eso facilita mucho las cosas… —Bernard echó una ojeada de compromiso. No le interesaba qué técnica había utilizado el rey Jacobo para disimular su mensaje. Lo importante era que parecía inofensivo y podía entregárselo al cardenal sin problemas. Pero la condesa seguía ensimismada—. Monsieur de Serres, ¿seríais tan amable de acercarme aquel escritorio?

Señalaba distraídamente hacia una mesita cubierta con un tapete de color rojo.

Bernard le acercó la cajita tallada, preocupado. La dama tenía las pupilas dilatadas y la mano le temblaba un poco. No podía ser bueno que un puñado de letras la excitara tanto.

—Mirad, aproximaos —le invitó—. Sin la transcripción habría podido probar durante años, pero teniendo el texto en latín como guía es muy fácil darse cuenta.

La condesa mojó la pluma y volvió a escribir la frase en latín. Luego copió las letras del mensaje en clave, justo debajo, separándolas cada vez que se tropezaba con una minúscula, como si fueran palabras distintas:

iNTER fESTUM oMNIUM sANCTORUM eT pRIMAM
mARTIS lUNAM vENIET tENEBRIS…
fMSTQ bTRSUL nLMFUL rHMKSNQUL tS oQFLHL
iHQSFR jUMHL vTMFTS sTMTEQFR…

Bernard se fijó otra vez en la piedra azul que lucía en su mano derecha. Estaba convencido de que había visto antes esa joya en otro sitio. Pero la voz de la dama volvió a reclamar su atención:

—¿Veis? Cada una de las letras reemplaza a una letra distinta, siempre la misma. La *f* sustituye a la *i*, la *m* a la *n*, la *s* a la *t*, y así hasta el final. Lo que no sabemos es si están escogidas al azar o si hay una palabra clave.

—¿Una palabra clave?

—¿No sabéis lo que es? —La condesa sonrió con tristeza—. Pues es algo muy útil si un día queréis escribir una carta galante, para que nadie más que vuestra dama pueda leerla. Es muy sencillo. Sólo tenéis que poneros de acuerdo con ella en una palabra, por ejemplo: «Suspiro». Luego empezáis a sustituir las letras que la componen con las primeras letras del alfabeto. Las que están repetidas no cuentan, de modo que la segunda *s* de «suspiro» la eliminamos. Así:

SUPIRO
ABCDEF

Bernard hizo un gesto de asentimiento y la condesa continuó, complacida.

—Después, hacemos corresponder las letras que hemos dejado sin utilizar con el resto del alfabeto. Y ya tenéis un código indescifrable para cualquiera que no conozca la palabra clave:

SUPIROabcdefghjklmnqtvxyz
ABCDEFghijklmnopqrstuvxyz

—Y en el mensaje de Charles, ¿hay alguna palabra así? A lo mejor eso nos da una pista de lo que significa.

—Eso es lo que nos falta por saber. —La dama mordisqueó el extremo de la pluma, nerviosa—. Veamos, la *a* del mensaje en latín es una *H* en el texto en clave, la *b* es una *E*…

Bernard la observó trazar el alfabeto con caligrafía cuidadosa en una sola línea y luego, justo debajo, las letras correspondientes del mensaje de Jacobo. Pero de pronto la condesa se quedó quieta, con los ojos muy abiertos y la expresión alerta de un cervato rodeado por los lobos.

Bernard inclinó la cabeza para ver qué había escrito:

ABCDE…
HEKAT…

No había transcrito más que las cinco primeras letras. A primera vista no significaban nada. ¿Por qué parecía tan preocupada? Cogió el papel y lo estudió con atención:

—¿Qué es un Hekat?

—Falta una *e*. Las letras repetidas se eliminan, ya os lo he dicho. La palabra clave es «Hekate».

Bernard sintió que se le erizaban los pelos del cuello, sin saber por qué:

—¿Qué es un Hekate?

Pero era como si la emoción y el esfuerzo de garabatear aquellas líneas hubieran vaciado a la condesa de las pocas energías que le quedaban de un plumazo. Se llevó la mano al vientre y cerró los ojos con un gesto de dolor. Bernard no sabía si llamar a Suzanne. Seguro que la camarera le expulsaba de allí antes de que su señora tuviera ocasión de explicarle nada. Finalmente, reabrió los párpados, vencido el malestar, y sonrió, medrosa:

—Es un nombre griego. La diosa Hécate es un personaje mitológico. Como Júpiter o Apolo.

—Entonces no significa nada. —Bernard estaba decepcionado—. Es sólo que la persona que compuso el mensaje era alguien letrado, como vos y como Charles.

Pero ella sacudió la cabeza. Parecía una de esas niñas desvalidas de los cuentos que se perdían en el corazón del monte. Se había sacado la sortija azul del dedo y no paraba de jugar con ella. Habló muy bajito:

—Hécate era la diosa de las encrucijadas. De la frontera entre este mundo y el otro. La reina de la hechicería. La señora de la muerte y de los partos. Y su nombre no está sólo en este mensaje que condujo a monsieur Montargis a la tumba… —Cogió el anillo con ambas manos. Bernard estaba cada vez más convencido de que lo había visto antes—. Hace tres días, antes de marcharse, el conde me regaló esta alhaja. Me extrañó cuando vi el símbolo, pero no le di importancia. Pensé que me confundía…

Sus dedos nerviosos manipularon torpemente la piedra. Bernard no entendía lo que pretendía hasta que vio cómo el chatón giraba sobre sí mismo, dejando a la vista un sello de los que se utilizaban para lacrar la correspondencia. La condesa alargó un brazo tenso para mostrárselo. Tenía un dibujo extraño. Una especie de cuerda ensortijada sobre sí misma, sinuosa como una culebra, que formaba tres salientes en torno a una especie de rueda.

—¿Qué es esto, madame?

—Los griegos lo llamaban *strophalos*. La rueda de Hécate. Es una serpiente y un laberinto al mismo tiempo. El instrumento que usaban los antiguos para invocar sus oscuros poderes. —La voz de la dama era poco más que un hilo—. ¿Por qué aparece de repente por todas partes? El anillo… Los papeles de monsieur Montargis…

Y el niño muerto, concluyó Bernard en su mente. No le extrañaba que la condesa estuviera asustada. Tragó saliva. Porque ya sabía dónde había visto antes aquella sortija con el símbolo de la señora de los partos y la muerte.

Había sido en Ansacq. En la caja de Anne Bompas. Entre los demás enseres de bruja que había rescatado del incendio. En el mismo lugar en el que habían aparecido los mensajes de Inglaterra. De ahí era de donde la había sacado Lessay.

Aquello era demasiado para sus entendederas. Si ese anillo había pertenecido al ama de Madeleine… ¿acaso la vieja adoraba en sus aquelarres a esa tal Hécate? La condesa la había llamado «reina de la hechicería». Un repeluzno le recorrió la espalda de arriba abajo:

—Madame, ¿qué significa que el nombre de esa hechicera antigua aparezca en los papeles de Charles? ¿Creéis que los escribió una bruja?

La condesa tenía la mirada turbada, presa de algún pensamiento oscuro:

—No me habéis entendido. Se trata de una diosa griega. Para cualquier cristiano instruido la mitología no es más que materia de poemas y leyendas.

—Pero ¿era bruja o no? El sello que hay en el anillo es el símbolo con el que se la invocaba. Vos lo habéis dicho.

—Los antiguos llamaban a Hécate la reina de las brujas. Pero tenía muchos nombres… La implacable. La guardiana del inframundo. Sófocles decía que era la diosa de los Infiernos y la describía coronada de serpientes, pero a menudo se la representaba con cabeza de perra o acompañada por una jauría de perros espectrales que le prestaban obediencia.

Bernard sintió que el suelo se hacía blando bajo sus pies:

—¿Perros?

—Así es. Se sacrificaban cachorros en su honor y el aullido de los canes en la noche anunciaba su presencia.

Se agarró a uno de los postes de la cama, medroso. Tenía grabada a fuego la imagen de la baronesa de Cellai extendiendo la mano sobre los perros de caza del rey y a los animales postrándose a sus pies con la cabeza gacha y el rabo entre las patas.

—Y esa Hécate, ¿era muy poderosa?

—Mucho. Apuleyo la llama reina de los dioses. Y Hesíodo cuenta que todos, incluso Zeus, la respetaban. Que su poder se extendía sobre la tierra, el mar y el cielo. Quizá por eso, y porque guardaba los cruces de caminos, se la representaba con tres caras que miraban en tres direcciones diferentes. Tres mujeres con antorchas, serpientes o dagas en las manos. Como las tres Parcas que rigen los destinos de los hombres.

—Pero todo eso son cuentos de los antiguos. Esos dioses no existieron nunca —replicó Bernard, a la defensiva, recordando las lecciones de Charles—. Las brujas de verdad invocan al diablo y son enemigas de la Iglesia.

La condesa sonrió levemente:

—Los clásicos ya contaban historias sobre brujas y magas antes del nacimiento de Nuestro Señor. —Había vuelto a ponerse el anillo, a fuerza de juguetear con él, distraída—. Pensad, por ejemplo, en la historia de Medea…

Bernard negó con la cabeza:

—No he oído hablar nunca de esa señora, madame.

—¿No? Era una poderosa hechicera. Hija de Hécate y hermana de la maga Circe. Podía doblegar a los monstruos y a los guerreros, y sus cantos eran capaces de hechizar a las mismísimas parcas e instilar deseos de muerte en el corazón de los hombres.

—Volvió a llevarse la mano al pecho y respiró hondo, limpiándose por dentro. Sumergirse en todas esas leyendas antiguas parecía ayudarla a purgar su pena—. A las hijas del rey Pelias las engañó para que hicieran pedazos a su padre y lo arrojaran a un caldero hirviendo. Y cuando su esposo Jasón la abandonó por la princesa Glauca, no dudó en dar muerte a sus propios hijos, en venganza.

Bernard abrió la boca, sorprendido. Introdujo la mano en el bolsillo y estrujó el papel que no se había atrevido a entregarle a la condesa; el que hablaba de una madre capaz de aplastarle los sesos a su hijo, como esa Medea.

—¿Mató a sus propios hijos?

La condesa asintió con un lánguido gesto de cabeza.

—Así es. Es una historia terrible… El maestro Rubens ha pintado un cuadro sobre el tema por encargo de la duquesa de Montmorency, que lo tiene expuesto en su gabinete de curiosidades. Si no recuerdo mal, a la izquierda de la pintura aparece Medea, cargando con sus hijos muertos. Y a la derecha, envuelta en llamas, la princesa Glauca. —La condesa hablaba en un tono cada vez más bajo y recogido, más y más ausente—. Medea le había regalado un manto hermosísimo, pero hechizado con una magia oscura y poderosa, y al colocárselo en torno al cuerpo la muchacha se convirtió en una tea flameante que no dejó de arder hasta consumirse por completo.

—¿La quemó? —Había sido apenas un balbuceo. Aquel relato evocaba terribles imágenes en su mente. No de ninguna princesa antigua, que ni le iba ni le venía, sino de un hombrecillo enclenque y aterrorizado tragando carbones ardientes hasta abrasarse las entrañas, como si él mismo fuera la antorcha esa que llevaba la diosa Hécate. La bruja que instilaba deseos de muerte en el corazón de los hombres y hacía despedazar a los reyes.

Pero la condesa no le escuchaba. Se había quedado contemplando la sortija de su dedo, abstraída, preguntándose quizá cómo había vuelto a su sitio. Se la sacó, muy despacio, y la dejó encima de las sábanas con la misma precaución que si se tratara de un animal venenoso.

Bernard se acercó a la cama con el mismo cuidado. Sentía que la joya le observaba amenazante con su único ojo azul. Pero no podía callarse. Si tenía algún poder maléfico, la condesa debía saber la verdad.

—Madame, ese anillo… Tengo que decíroslo. No es la primera vez que lo veo. —Respiró hondo, a pesar del dolor de las costillas, y se lanzó—. Estaba en una caja que rescaté de la casa de la bruja de Ansacq antes de que la arrasara el fuego. Se la entregué a monsieur de Lessay en Chantilly y él ha debido de conservarla todo este tiempo…

La condesa alzó la vista:

—¿Queréis decir que pertenecía a una de las condenadas?

—Así es.

—No es posible. —La voz de la dama temblaba—. El conde lo compró para mí hace tres días. Para aliviar su despedida…

Bernard titubeó, azorado. Estaba seguro de que Lessay le había regalado a su mujer lo primero que había pillado a mano. Pero el desasosiego de la condesa le hizo morderse la lengua. Hasta para un bruto como él era evidente que había metido la pata, sobre todo cuando la vio agarrarse a las sábanas y romper a sollozar:

—Disculpadme, madame, os lo ruego… No hay duda de que me he equivocado.

Era como si las cuerdas y las serpientes de aquella hechicera maligna les hubieran ido cercando y ahora se hubieran puesto a apretar hasta ahogar a la pobre condesita. Intentó volver a cogerle la mano, pero ella la retiró con brusquedad.

—¡Dejadme! ¿Qué es lo que queréis de mí? —Le miró acusadora—. Decíais que veníais a hablarme de Charles pero no es verdad… Habéis venido a hacerme sufrir.

Bernard no tenía ni idea de cómo salir de aquello. Con una reverencia profunda, retrocedió hasta la puerta, barbotando más disculpas. Necesitaba ayuda. Suzanne debía de estar justo al otro lado porque entró en el cuarto en cuanto tocó la manilla. Corrió hacia su señora, airada:

—¡Me habíais prometido que no haríais nada que pudiera indisponer a madame de Lessay!

La condesa se derrumbó sobre el hombro de la muchacha, abrazada a los poemas de Charles:

—Es todo culpa mía… —repetía una y otra vez—. Las parcas me persiguen porque llevo la muerte dentro. Dentro de mi vientre y dentro de mi corazón. Todo lo que llevo dentro muere…

Lloraba sin retenerse, como una niña pequeña, sacudida por los sollozos.

Bernard quería quedarse e intentar consolarla de algún modo, pero alguien le agarró del brazo. Suzanne dio una orden y un lacayo le indicó que le siguiera hasta el exterior. No tenía sentido resistirse. Recuperó el papel con el mensaje en código que yacía sobre la colcha de la condesa y dejó que le arrastraran hasta la calle sin replicar.

Una ráfaga de viento helado le azotó las mejillas y su capa echó a revolotear en desorden, sacudiendo sus picos gastados con un aleteo violento. Volvió a guardarse en el bolsillo el mensaje del rey Jacobo. Estaba visto que no contenía más que brujerías y ensalmos mágicos que no tenían nada que ver con ninguno de sus amigos. Podía entregárselo a los hombres del rey, junto al de la mujer que asesinaba niños de pecho. Y rezar por que le sirviesen para pagar sus deudas.

Sólo tenía que llegarse hasta el convento de los Capuchinos y dejar un mensaje para el padre Joseph.

Se puso en marcha, decidido, pero a los pocos pasos se detuvo en seco. No sabía dónde estaba. ¿Cómo podía ser? No se había alejado casi del hôtel de Lessay, y había vivido en esa casa dos meses, conocía los alrededores. Y sin embargo, se encontraba igual de perdido que el día que había llegado a París. Le invadió la desolación más absoluta. Dos calles idénticas, estrechas y sucias, se abrían a su izquierda y a su derecha. Del cielo caían unos minúsculos copos de nieve que bailoteaban sobre los charcos grises y los paseantes apresurados apenas levantaban el hocico del suelo, escondidos bajo sombreros y capuchas.

Echó a andar al azar, esperando toparse con el río o con las murallas de la ciudad en algún momento, con algo que le sirviera de referencia. De vez en cuando se paraba a preguntarle a alguien. Pero tenía la sensación de que estaba dando vueltas y no llegaba a ningún sitio.

Se recostó en un muro, agotado y con el corazón palpitando. No recordaba haber estado tan asustado en su vida. ¿Era la ciudad la que se había convertido en una maraña impenetrable o era él que estaba perdiendo la razón? Ni una cosa ni otra. Aquello sólo podía ser obra de hechicería. Ése era el suplicio que había decretado para él la baronesa de Cellai.

Alzó los ojos al cielo, para pedir ayuda, y entonces la vio. Colgando de una viga de madera. Una cadena de hierro que sostenía una enorme mano de bronce. Estaba enfrente de la posada.

Corrió hacia la puerta, temeroso de que se desvaneciese, y subió a encerrarse a su cuarto, sin saludar y sin hablar con nadie. Se arrojó sobre la cama, sofocando un grito de dolor cuando se le clavaron las costillas, escondió la cabeza bajo la manta y permaneció acurrucado hasta que las turbulencias de su cabeza se fueron disipando y su respiración recobró un ritmo más o menos normal.

Cuando por fin se sintió con fuerzas, se sentó a la mesa, trabajosamente, a escribirle un mensaje al padre Joseph y se lo entregó a un mozo de la taberna. Si el monje quería los papeles que enviara a alguien a buscarlos. Y cuanto antes, mejor. Él no quería tenerlos más tiempo consigo.

Se puso en pie, abrió la ventana y dejó que entrara el frío de la tarde. Permaneció allí, inmóvil, hasta que llamaron a su puerta y uno de los mozos de la taberna le entregó un billete. Pero no era del capuchino, sino de Madeleine. Por fin. Decía que no había podido escribirle antes porque no le había sido fácil encontrar a alguien que le llevara la respuesta. Apenas la dejaban a solas. Pero le aguardaba en el jardín del hôtel de Montmorency cuando cayera la noche. Había conseguido hacerse con una llave de la portezuela trasera.

Bernard rompió el papel en pedazos, asustado. Tenía que avisar a Madeleine sin falta de que les habían descubierto. No podía dejarla sola en el jardín toda la noche, esperándole. Pero si volvía a salir de aquellas cuatro paredes, tenía miedo de perderse del todo y no volver a encontrar nunca más el camino de vuelta.

10

Madeleine tragó saliva. El ratón del hambre le mordisqueaba el estómago y tenía la boca seca y pastosa como si hubiera comido lana. Todo por culpa del ayuno.

Miró a su alrededor. Las otras cinco mujeres, sentadas en círculo sobre una alfombra basta, aguardaban con los ojos entrecerrados y las manos cruzadas sobre el regazo. La oficiante estaba sentada en medio, con la cabeza gacha hundida en un libro viejísimo que descansaba sobre sus rodillas. Era una dueña seca y gris, entrada en años, con manos sarmentosas y las uñas tan cortas que parecía que le habían segado un trozo de los dedos.

Las contraventanas del pequeño oratorio estaban cerradas y la única luz que iluminaba la estancia provenía de unas lámparas engarzadas en los muros. El aire se había impregnado del aroma de los pebeteros de cobre, en los que ardía una mezcla nauseabunda de especias. Resultaba impío reunirse en un lugar consagrado a los ritos cristianos con un propósito tan distinto. Pero era la coartada ideal: a nadie le llamaba la atención que la duquesa y sus visitantes cotidianas cerraran las puertas para orar juntas.

A esa misma hora, en otra vida, Madeleine habría bajado a la cocina a rezar el ángelus con Jeanne, la cocinera, y su hija Louison. Y a pesar del frío habrían salido al patio a arrojarse puñados de nieve mientras se reían de los versos de Grillon, el pobre cirujano enamorado. O se habrían colado en el establo a ordeñarse un vaso de leche de una de las vacas. En otra vida.

En esta nueva vida no tenía a nadie con quien divertirse, ni podía salir a disfrutar de la nieve y el sol. Todo era ayuno, y esa especie de misa llena de misterios. Cada día, desde su iniciación.

Era una ceremonia extraña y solemne, con una liturgia regulada por la intensidad de la luz, siempre cambiante. Las llamas temblorosas ilustraban la mudanza de los pensamientos de la reina de los muertos, el discurrir de su mente incognoscible. Las mujeres juraban que mirando las llamas y escuchando con atención podía oírse la voz de la Diosa. Era casi un milagro, un don precioso que la madre de la naturaleza otorgaba a sus más fieles servidoras muy de cuando en cuando.

Pero a ella no se había dignado aún decirle nada y Madeleine empezaba a dudar de aquellas historias. La penumbra, los vapores y los cánticos producían un sopor tan irresistible, que a lo mejor era sólo que esas mujeres que decían que habían escuchado cosas se habían quedado dormidas y lo habían soñado. Suspiró tan alto que las demás alzaron los rostros para mirarla. La oficiante levantó la vista del libro. Ella le dedicó una sonrisa angelical, y la mantuvo hasta que la mujer comenzó de nuevo a leer:

…y así fue como perdimos el respeto del que habíamos disfrutado antes de que sus iglesias proliferaran. Pero la reina de la noche estaba aquí antes que Zeus. La madre tierra es mucho más vieja que Cristo, los vientres de las mujeres más fructíferos que las palabras de los sacerdotes y nuestra paciencia, inagotable, como la lluvia que vuelve cada año a dar vida a las plantas y los animales del mundo.

Por eso esperamos. Ocultas, preservando el saber acumulado durante milenios y protegiendo a las elegidas de un mundo inhóspito y cruel. Aunque nuestros enemigos golpean al azar, atrapando a inocentes en su furia. Esperamos. Con nuestra vida al servicio de Aquella Cuya Voluntad se Cumple.

—«Atrapando a inocentes en su furia» —repitió Madeleine, en voz baja, presa de los recuerdos. Ella también había estado a punto de acabar en la hoguera. Igual que una de esas pobres viejas que la justicia quemaba a puñados por las aldeas de toda Europa sin que hubieran cometido más crimen que saber de hierbas y tisanas. Eran corderos sacrificados a la locura de los jueces, ignorantes de que el diablo era una patraña, un cuento para niños crédulos.

Sólo existía Ella, y no era una hechicera barata que perdiera el tiempo embrujando vacas. Era una diosa y exigía devoción.

La oficiante se detuvo y cerró el libro con un golpe seco. Las asistentes se pusieron de pie y Madeleine las imitó con ligereza. Por fin. No quedaba más que la oración final. Contempló la luz de las lámparas con toda la concentración de que era capaz y buscó a tientas las manos de las mujeres que tenía a cada lado. Así enlazadas, entonaron:

ʾΑταύρωτος, Μήτηρ, Ἅρπυια.
Virgen, Madre, Arpía.
Diosa con el alma en las estrellas, la que insufla la vida,
Diosa del paso, del cruce, del camino,
Diosa intermediaria, guía, la que sujeta las llaves,
Guía nuestros pasos.

ʾΑταύρωτος, Μήτηρ, Ἅρπυια.
Virgen, Madre, Arpía.
Diosa de los que nacen y los que mueren,
de los que son arrebatados sin ritos,
Diosa del teúrgo que contempla la noche,
Protégenos.

ʾΑταύρωτος, Μήτηρ, Ἅρπυια.
Virgen, Madre, Sabia.
Préstanos tu poder, en los sueños y en la vigilia,
Diosa de tres cabezas, portadora de la antorcha,
hija de la noche de negras vestiduras.
Ven.

La luz de las lámparas empezó a temblar cada vez más rápido y todas las llamas se extinguieron al mismo tiempo, dejando la habitación en la más profunda oscuridad. A Madeleine se le erizó el vello de la nuca. Entonces, el mismo soplo de aire que había apagado las luces le susurró en el oído: «Pronto».

Se quedó paralizada y sujetó con fuerza las manos de sus compañeras. ¿Había sucedido de veras o lo había imaginado? Alguien abrió las contraventanas y dos de las mujeres retiraron los pebeteros. Nadie había notado nada. Estalló en una risa estridente.

Madame de Montmorency se le acercó y la cogió suavemente por la cintura:

—Vamos, querida niña, conviene romper el ayuno cuanto antes.

Madeleine la agarró con fuerza del brazo, agradecida de poder apoyarse en ella, y le susurró al oído, eufórica:

—Me ha hablado, me ha hablado a mí.

La duquesa asintió, muda, la atrajo hacia sí y le dio un beso en la mejilla. Cogidas del brazo, echaron a andar hacia los apartamentos de su protectora. Allí solían tomar el almuerzo, que ahora era la única comida del día.

¿Qué habría querido decir la diosa? Estaba harta de vivir en aquel limbo de rituales, lecturas y conversaciones. Echaba de menos que el viento le acariciara las mejillas y el tacto de la tierra bajo los pies. Y estaba segura que Aquella Cuya Voluntad se Cumple no lo ignoraba.

Miró de reojo a la duquesa de Montmorency, que caminaba junto a ella con los andares descompasados por culpa de su leve cojera y una sonrisa beatífica pintada en la cara. No parecía que fuera a preguntarle nada. Quizá estuviera prohibido hablar de los mensajes de la soberana de las sombras, o quizá no creyera que le había hablado de veras. Pero para una vez que experimentaba algo especial no pensaba quedarse callada:

—¿No vais a preguntarme qué me ha dicho?

La dama negó con la cabeza y sonrió:

—Es vuestro tesoro. Guardadlo.

—¿Y si necesito que me ayudéis a entenderlo?

Madame de Montmorency se detuvo y suspiró, mirando a izquierda y a derecha como si buscara un argumento para disuadirla:

—Hay corriente aquí. Podemos hablar en mis habitaciones.

Madeleine sacudió la cabeza y se sentó encima de un arcón de madera, con los brazos cruzados y el mentón clavado en el pecho. No pensaba moverse de allí hasta que no hubieran hablado. Tras un momento de duda, la duquesa no tuvo más remedio que recogerse las faldas de mala gana para trepar al baúl y acomodarse. Los pies les colgaban a las dos sin tocar el suelo; los de su anfitriona más arriba, pequeños, como abalorios solitarios. Alzó la vista. No le gustaba fijarse demasiado en sus defectos. Buscó sus hermosos ojos castaños, a los que se podía mirar de seguido sin humillarla:

—Convendréis conmigo en que es muy extraño que, siendo tan importante como decís que soy, se me oculten tantas cosas.

—¿A qué os referís?

—A todo. ¿Qué va a ocurrir? ¿Cuándo? ¿Cuál es exactamente mi papel? Sólo leemos leyendas del pasado.

—Entiendo vuestra frustración, pero la Doncella ha de mantenerse inocente, conservar los ojos limpios.

La Doncella. Virgen para siempre jamás. Aquel título le había sonado distinguido en un principio, pero ahora que lo pensaba, era más bien una condena. Intentaba decirse que no era para tanto. Cientos de damitas de su condición acababan su vida en un convento, y sus votos de castidad no las hacían más infelices que muchas casadas. En cierto modo, eran más libres que ellas. Madeleine recordaba que cuando era una niña ella también había fantaseado con la idea de entrar en religión y convertirse en santa.

Pero ¿qué iba a hacer con Bernard de Serres? Iba a verle esa misma noche. En absoluto secreto, jamás le permitirían encontrarse con él si no. Qué absurdo mandato. Nadie podía hacer que renunciase a su amistad aunque tuviesen que pasarse la vida viéndose a escondidas, pero ¿cómo podía hacerle comprender que nunca podría entregársele del todo?

Ella estaba dispuesta a serle constante a pesar de todos los obstáculos, pero los hombres eran distintos... ¿Y si a él no le bastaba y no le quedaba más remedio que compartirlo con otra que no hubiera hecho votos de ningún tipo?

—Pero ¿por qué tengo que ser yo precisamente la Doncella?

Estoy condenada a darle la espalda al mundo. Hasta vos tenéis marido…

La dama dio un respingo. Madeleine no había querido ofenderla, pero ya estaba dicho.

—Hice lo que me ordenaron. —Parpadeó—. Yo ni había visto al duque cuando…

Madeleine la interrumpió, a sabiendas de que era una impertinencia:

—Sí, claro, también nacisteis para servir. Valiente sacrificio, entregaros a los brazos de un apuesto guerrero con más títulos y propiedades que el rey de Francia. Mi destino es acostarme con serpientes y pudrirme rodeada de viejas y cánticos griegos.

La voz se le rompió al final de la frase porque le habían entrado ganas de llorar. Además, sabía que estaba siendo injusta. Aquel matrimonio había sido una dura prueba para la duquesa. Ella había amado desesperadamente a su marido desde el primer momento, pero él no se había dignado a entregarle más que un cariño fraternal mientras revoloteaba de falda en falda, siempre pública y perdidamente enamorado de alguna otra. Hasta que habían atado su voluntad con la ayuda de la Arpía hacía apenas unos meses. De un modo parecido al que, hacía más de treinta años, la madre de su esposo, otra joven servidora de la diosa oscura, llamada Louise de Budos, había atado la voluntad del padre del duque, el condestable de Montmorency. Recordarle de aquel modo que la devoción de su marido era falsa había sido un golpe bajo.

Aun así, la duquesa la tomó de la mano sin rencor:

—Comprendo muy bien vuestra impaciencia, pero no siempre estaréis encerrada. En cuanto la ceremonia haya concluido podréis vivir como os apetezca. Seréis más poderosa de lo que nunca hayáis soñado.

Siempre estaban hablando de poder. Pero ¿qué significaba el poder si no podía hacer lo que le viniera en gana? Tenía la sensación de que la tomaban por necia:

—La Matrona y la Arpía ya son poderosas; no han tenido que renunciar a nada.

—No habléis así. La Matrona está a punto de afrontar el sacrificio más terrible que se le puede exigir a una madre. Y en cuanto a la Arpía… su suerte es la más pavorosa de todas.

Madeleine se estremeció. La Arpía era la única que podía mirar a la diosa a los ojos, y ése era un privilegio que consumía poco a poco. La mirada de la reina de los muertos era como uno de esos venenos que fortalecen un instante pero acaban royendo las entrañas, y cada vez que la arpía le abría su espíritu, era su cuerpo el que pagaba. Por eso su voz era la que más peso tenía en la tríada. La duquesa le había explicado que durante sus últimos años, Leonora Galigai apenas salía de sus habitaciones y llevaba siempre el rostro cubierto para que nadie pudiese leer en su semblante los estragos de su alma.

—Así que sus sacrificios también son más valiosos que el mío —rezongó—. Yo no soy nada. Doncellas hay a patadas. ¿Por qué iban a cambiar las cosas después de la ceremonia?

Madame de Montmorency dudó antes de contestar:

—Cambiarán. Hace demasiados años que no recibimos savia nueva. Pero tras la ceremonia nuestras fuerzas revivirán. La conjunción de los astros está sobre nosotras. Es el momento.

—¿Ahora?

El tono exaltado de su voz alarmó a la dama:

—Hoy no, pero muy pronto. —Le acarició la mano con suavidad.

Madeleine se dejó hacer, con un suspiro. Había estado leyendo los manuscritos antiguos sin encontrar ninguna descripción detallada de la ceremonia. Lo único que estaba claro en la mayoría de los textos era que la Doncella corría un gran peligro. Pero todo eran vaguedades y palabras rimbombantes, no se especificaba lo que pudiera ser, aunque daba la impresión de que era algo terrible. En uno de los más antiguos, con sus letras griegas casi ilegibles, le había parecido leer la frase: «Si la Doncella supera la prueba»… ¿Qué pasaba cuando no la superaba? Rascó la madera rugosa del arcón. La duquesa no iba a contarle nada más, estaba claro.

—¿Sabéis? Eso mismo me ha dicho la diosa.

—¿El qué?

—Pronto.

11

Bernard salió a la calle y alzó los ojos para despedirse de la enseña de La Mano de Bronce. El enviado del padre Joseph se había presentado hacía un rato a recoger los dos mensajes de Inglaterra. Pero no tenía nada claro que su deuda fuera a quedar saldada. Ahora se daba cuenta de lo poco creíble que iba a resultarle al capuchino su oportuna ruptura con Lessay. ¿Y si pensaba que lo había provocado todo para escabullirse del compromiso de espiarle? O, peor aún, que no era más que un truco y le había contado todo lo que había pasado en la prisión al conde.

No había opción. Tenía que avisar a Madeleine para que huyera antes de que fuera demasiado tarde. Pero no se decidía a alejarse de la posada. Tenía un miedo espantoso a que le volviera a pasar lo mismo que aquella mañana y no ser capaz de encontrar el camino de vuelta.

Antes de abandonar la habitación había estado rezando como no lo hacía desde la infancia. Con las rodillas hincadas en el suelo y la cabeza baja, había repetido una y otra vez las cuatro plegarias que se sabía, esperando que sus ruegos desenredaran el laberinto en el que se había convertido la ciudad.

Cogió aliento. La noche estaba nublada y oscura, pero el trayecto era breve y casi todo en línea recta.

No tenía sentido remolonear más. Se santiguó y echó a andar, sin mirar atrás, con una mano pegada a la pared para no desviarse. En el bolsillo se había guardado un rosario y de vez en cuando repasaba las cuentas entre los dedos para que le ayudara a resistir la hechicería que le tenía atenazado. No le cabía ninguna duda. Estaba seguro de que todo era obra de la baronesa de Cellai. Era ella quien había tendido aquella maraña de hilos para perderle, para conducirle al corazón de su red y atraparle.

Pasó frente a la entrada principal del hôtel de Montmorency con la zancada rápida y la cabeza gacha, de modo que no le reconocieran. Dobló la esquina y siguió arrimado a la pared del jardín igual que una rata, hasta que dio con la pequeña puerta. No había nadie a la vista y el farol solitario de un albergue, al otro lado de la calle, apenas alcanzaba a diluir la niebla creciente.

Tomó una lenta bocanada de aire, para no castigarse las costillas. Era la segunda vez que aguardaba la aparición de Madeleine delante de aquella portezuela. Pensó en la otra vez que se habían citado allí, en el humor tan distinto que traía entonces. Aquella aciaga tarde había sido el principio del fin, el comienzo de su ruina.

Las campanas del monasterio de los Mantos Blancos tocaron a vísperas con inesperada claridad en el aire frío e inmóvil de la noche. Era la señal.

La puerta se abrió y Bernard atisbó una mano pequeña y blanca que le hacía gestos al resplandor de un farol. Con un solo paso se coló dentro del jardín y Madeleine echó la llave. No se le veía el rostro; lo tenía medio escondido por la capucha de una amplia capa que arrastraba por el suelo.

Sin decir nada, le guió por un sendero pegado al muro hasta un rincón donde era imposible que les vieran desde la casa, dejó el farol sobre un banco y se bajó por fin la capucha. Sus hermosos ojos dorados estaban rodeados de sombras. Seguro que los fantasmas no la dejaban dormir.

—Aquí podemos hablar tranquilos. —El aliento se le escapaba en pequeñas explosiones—. Me tenéis inquieta. ¿Qué necesitabais decirme?

Le miraba a los ojos, nerviosa.

—Ha pasado algo —respondió, y se quedó callado. Aquello no iba a ser fácil.

—Por Dios, me estáis asustando, hablad de una vez.

Bernard dio gracias por la penumbra que le tapaba la cara. La historia que había preparado para ocultar su traición hacía aguas por todos lados.

—La justicia sabe lo que pasó en casa de Cordelier —confesó, sin más rodeos.

Ella dio un paso atrás y su rostro se perdió en las sombras:

—¿Van a detenerme?

—¡No! —Quería tranquilizarla, pero la verdad era que no tenía ninguna certeza—. No de momento, creo. No lo sé seguro…

Silencio. Y al cabo de un instante, la vocecita vacilante de Madeleine:

—¿No me habéis delatado, verdad?

—Por supuesto que no —respondió, vehemente.

—¿Entonces…?

—No os asustéis, pero el otro día me detuvieron por la calle y me condujeron al Châtelet —explicó a toda velocidad, saltando sobre los detalles más difíciles de justificar—. Me dejaron toda la noche en una celda y por la mañana vino un monje capuchino a interrogarme. Un tal padre Joseph. Dijo que estaba al servicio del cardenal. Alguien ha debido de identificarnos porque conocía también vuestro nombre. Pero os aseguro que no conté nada. Le dije que no sabía de qué me hablaban.

—¿Y os creyó?

Había tanta esperanza en aquella pregunta que a Bernard se le partió el alma:

—No lo sé. El caso es que me dejaron ir. A lo mejor no estaban tan seguros como querían hacerme creer… —Metió la mano en el bolsillo y apretó el rosario. Mentía por un buen motivo. Estaba seguro de que el cielo le perdonaría—. Pero tenéis que tener cuidado. Deberíais iros de París. Por si acaso.

Madeleine se acercó a él y el fuego de la llamita volvió a reflejarse en sus ojos bruñidos:

—Gracias —respondió, simplemente.

—Era mi deber avisaros.

—No. —Madeleine sonrió, con dulzura. Se arrimó todavía más y sus rostros quedaron a una pulgada—. Gracias por no contarles lo que pasó de verdad. Por protegerme.

Pobre inocente. Ya estaba otra vez con sus fantasías de caballeros de reluciente armadura. Si sospechara lo que había sucedido en realidad… La vergüenza y la cercanía de Madeleine le tenían aturullado. Cerró los ojos.

Y entonces, de la manera más inesperada, sintió el roce de sus labios. Fue un beso tímido y casto, y aunque sus cuerpos no se estaban rozando siquiera, la notó temblar.

Madeleine tenía la boca tan suave y jugosa que le apetecía mordisqueársela, pero se contuvo. Fue ella quien entreabrió los labios y le abrazó la primera. La presión palpitante de su cuerpo era tan insistente que no pudo por menos que apretarla contra su pecho.

Tanteó sus labios con la lengua y ella le imitó. Recorrió su figura con las manos y Madeleine le acarició el torso y los brazos tímidamente. ¿Hasta dónde quería llegar? Metió una pierna entre las suyas. Ella no protestó y dejó que la acariciara a placer. Bernard empezaba a ponerse nervioso. Aquello debería estar volviéndole loco de deseo. Pero su cuerpo no reaccionaba. Tenía la verga más flácida que la piel mudada de una culebra.

La agarró de las caderas y la estrujó contra él, desesperado. Enterró la boca en el hueco de su cuello y le dio un par de chupetones violentos. Nada. Entonces se dio cuenta de que Madeleine le estaba clavando un codo con firmeza en el pecho y se agitaba entre sus brazos, tratando de apartarle. Tuvo miedo de haber sido demasiado bruto. La había asustado:

—No, no, no puede ser… —balbuceaba, angustiada. La soltó de inmediato y la vio cubrirse la cara con las manos—. Cielo santo, qué imprudencia. Si me hubiera visto alguien… ¡No sabéis lo que hemos hecho!

Él se dejó caer en el banco. En realidad era un alivio que Madeleine hubiera decidido poner fin a la situación. Porque ahora se daba cuenta de que la moza le gustaba mucho, quizá muchísimo. Pero estaba emponzoñado. Nunca más sería un hombre. Se apretó la capa alrededor del cuerpo buscando protección. El labio roto y recosido le sangraba, le temblaban las manos, y la cabeza y el costado competían por darle punzadas. Respiró hondo, intentando calmarse.

Ella se arrebujó en su propia capa, súbitamente pudorosa. Ni siquiera le miraba a la cara. Bernard alzó la vista y engoló la voz, imponiendo distancia:

—Mademoiselle, yo he cumplido con mi deber. Os he avisado del peligro que corréis. Ahora os aconsejo que os marchéis. Deberíais regresar a Lorena, donde la justicia del rey no pueda alcanzaros.

Pobre niña, otra vez el exilio. Y menos mal que no sabía que no había matado a Cordelier para vengar a una mujer buena y cariñosa, como ella creía, sino a una bruja que rendía culto a una diosa infernal. No tenía que enterarse nunca. Él estaba dispuesto a llevarse el secreto a la tumba.

—¿Y vos? ¿Por qué no huis? —Su vocecita estaba perdida en las sombras, fuera del círculo de luz del farol. A Bernard le pareció que sonaba distinta, más dura y desconfiada.

No tenía fuerzas para tramar más mentiras:

—No lo sé.

Madeleine no contestó y de repente a Bernard le entró un miedo cerval a que le dejara solo. La lamparita del banco era lo único que le separaba de la oscuridad completa. Si se apagaba y ella no estaba allí para guiarle hasta la salida, seguro que se quedaba atrapado en el jardín, a la merced de quien viniera a buscarle. Pero tampoco deseaba volver a la calle. No quería volver a perderse en ese laberinto de piedras grises y frías en el que se había convertido la ciudad. Sacó el rosario del bolsillo y toqueteó las cuentas, pasándolas con velocidad entre los dedos.

¿Sabría Madeleine que en aquella casa tenían una imagen de una de las brujas antiguas? La que había hecho despedazar a un rey. La que había matado a sus hijos y había quemado viva a una rival. La condesa de Lessay se lo había dicho. A saber si no la adoraban también allí dentro.

Entonces, la voz de Madeleine susurró:

—Se me ocurre una cosa. ¿Por qué no me dejáis que hable con madame de Montmorency? Ya sabe lo que pasó en casa de Cordelier y es muy bondadosa y comprensiva, seguro que nos ayuda.

—¡No! —replicó, despavorido. ¿Cómo podía ser tan imprudente?—. ¡No habléis con ella! ¡No nos podemos fiar!

Madeleine se sobresaltó:

—¡Serres, calmaos! La duquesa no nos va a delatar.

—¿Vos qué sabéis? —Se puso de pie, buscándola en la oscuridad, y la agarró de los brazos—. Sois una inocente. ¡Una mujer cristiana no encarga que le pinten cuadros con escenas de hechicería para colgarlos en su casa!

—¿Qué disparates estáis diciendo? ¿De dónde habéis sacado esas ideas?

Bernard comprendió que la estaba asustando. Dulcificó el tono y le rozó la frente, poseído por un fuerte impulso de protegerla:

—Desventurada. A vos también os persiguen las brujas…

Madeleine le apartó la mano de un empujón y Bernard escuchó un tintineo. El rosario. De tanto tirar del rosario había acabado por romper el hilo y las cuentas se habían desperdigado por el suelo. Se arrodilló a recogerlas pero era imposible con los guantes, y las costillas rotas se le clavaban como cuchillos. Tras varios intentos no tuvo más remedio que desnudar la mano.

La arena estaba helada y dura, y apenas se veía. No estaba seguro de haberlas cogido todas, pero apretó las que tenía en el puño y se levantó. Demasiado rápido. La sangre de su maltrecha cabeza se le fue toda a los pies y se tambaleó. Buscó la pared con una mano, a ciegas. No sabía si estaba al norte o al sur, al este o al oeste.

Sintió que le agarraban de un brazo y, en seguida, el aliento de Madeleine, persuasivo, cerca de la oreja:

—No os encontráis bien. ¿Por qué no regresáis a casa y descansáis? Seguiremos hablando en otro momento. Os prometo que no le diré nada a nadie sin vuestro permiso.

Qué voz tan sabia tenía. Dulce y serena como las santas de las estampas.

Se dejó conducir hasta la puerta del jardín, dócilmente, y cuando la oyó accionar la cerradura se volvió hacia ella, confundido. Madeleine estaba muy seria. Apesadumbrada. Se acercó a él, se puso de puntillas y le dio un beso en la mejilla. Luego le buscó la mano con la suya y le puso en ella algo duro y redondo:

—Tomad. Guardadlo junto a las cuentas de vuestro rosario. Os protegerá. Pero no se lo enseñéis a nadie.

Bernard abandonó el jardín sin decir una sola palabra, escuchó la puerta cerrarse a sus espaldas y echó a andar, sonámbulo. Una vez bajo el farol del albergue, abrió el puño y vio un medallón de plata con una cadena. En una de las caras tenía grabado un dibujo que ya conocía. Una cuerda enroscada como una culebra en torno a una rueda.

Era el mismo símbolo del anillo de Anne Bompas. La rueda de Hécate.

La sangre se le heló en las venas.

Su primer impulso fue tirar el medallón, que le pesaba como si fuera de plomo, pero no se atrevió. No quería ofender a aquella diosa terrible.

Comenzó a caminar a toda prisa con la mano extendida y el colgante lo más alejado posible del cuerpo. Tenía que regresar a la posada cuanto antes.

No se dio cuenta de que había olvidado la precaución de ir tanteando el muro hasta que se vio perdido.

Se dio la vuelta, tratando de retroceder sobre sus pasos, pero la ciudad era otra vez un laberinto, como el del medallón de la bruja, y ahora además estaba oscuro. Todas las calles le parecían la misma. Los pocos viandantes pasaban de largo sin detenerse y los murmullos de sus voces se confundían con los del río. La cabeza le daba vueltas. No reconocía ningún camino y no sabía a dónde iba. Al infierno seguramente.

Siguió andando, aterido de frío y de miedo, durante un tiempo infinito, hasta que las piernas no le dieron más de sí. Entonces se dejó caer de rodillas en el fango. Abrió la mano que sostenía el medallón para comprobar que no lo había perdido y alzó la vista. Un enorme edificio de piedra con los techos achatados se levantaba delante de él. Estuvo a punto de echarse a llorar al darse cuenta de que lo reconocía. Por fin sabía dónde estaba.

Aquél era el palacio de María de Médici.

12

Se puso de pie, incrédulo, y cerró con fuerza los ojos.
Pero cuando los volvió a abrir, ahí seguía. Plantado delante de él, inamovible, a pesar de que estaba construido en el extremo más alejado de *La Mano de Bronce* de todo París, al otro lado del río y más allá de las murallas.

No comprendía cómo había llegado hasta allí, pero por lo menos ya no estaba perdido. Y con sus ventanas iluminadas y sus guardias deambulando, el palacio parecía ofrecerle refugio.

Cruzó el camino embarrado y se adentró bajo la cúpula del pórtico. Las alas laterales del enorme patio le acogieron en un abrazo protector y siguió avanzando hacia el regazo del edificio. La piedra dorada de los muros vibraba con calidez y sus pasos resonaban sobre las losas del suelo como el latido de un corazón gigantesco.

Penetró en el pabellón central, subió los peldaños de la escalinata y al llegar a lo alto se detuvo a mirar el abismo que se abría a sus pies. Tenía la impresión de encontrarse a gran altura, asomado a un foso muy profundo. Se le vino a la mente un sueño que solía tener de niño, una pesadilla en la que su casona familiar se convertía en un lugar mucho más grande, lleno de recovecos y corredores. Las galerías se retorcían sobre sí mismas, las puertas daban a estancias que no correspondían y era imposible subir o bajar escaleras porque los peldaños estaban insertados al revés, en el techo, construidos para hombres que anduviesen cabeza abajo.

Oyó un ruido a su espalda. Un hombre bajito, con grandes orejas de soplillo, el pelo tan rubio que parecía blanco y un jubón rosado, cruzó a paso ligero, lamentándose con un duro acento extranjero de lo tarde que era y de la tarea que aún le quedaba por terminar, antes de desaparecer en una estancia contigua.

Bernard echó a andar detrás de él.

Atravesó una estancia vacía con las paredes revestidas de madera pintada en oro y azul, y otras dos salas sin iluminar, casi a tientas. El palacio aún aguardaba a que María de Médici considerara las obras lo bastante avanzadas como para venir a habitarlo. Pero detrás de una puerta entreabierta se veía luz. Empujó el batiente y se detuvo en el umbral.

Frente a él se abría una galería en penumbra. Ambas paredes, a izquierda y derecha, eran una sucesión de ventanales que a pleno día debían de bañar de luz la sala entera pero a aquellas horas no eran más que negrura. Entre cada uno de los vanos colgaba un cuadro de grandes dimensiones. Habría cerca de dos docenas de lienzos, aunque no podía estar seguro porque la oscuridad devoraba el extremo opuesto de la estancia.

El individuo del pelo blanco trepaba por un andamio levantado frente a uno de los cuadros de la pared de la izquierda. Bernard se le acercó, mientras el hombre se acomodaba en el travesaño de madera iluminado por unas pocas velas y asía una paleta de pintura con un gesto de resignación.

Lo primero que le llamó la atención del lienzo a Bernard fueron las poderosas formas de las mujeres desnudas que surgían del agua en primer plano. Más arriba había un barco, un puñado de damas y gentilhombres y un ángel que sobrevolaba toda la escena tocando las trompetas. El pintor estaba retocando el rostro de un hombre de mirada aviesa y armadura negra que vigilaba toda la escena desde lo alto de la nave.

—Disculpadme, buen hombre. ¿Qué es este lugar?

El pintor parpadeó, desconcertado. Era un tipo joven y el pobre tenía las orejas tan separadas como aspas de molino:

—Es la galería privada de Su Majestad María de Médici y éstos son los óleos del maestro Rubens que ilustran su vida.

Bernard le pidió permiso al pintor, encendió una vela que había rodado al pie del andamio y se alejó unos pasos, abrumado por las formas ondulantes y los briosos colores de los lienzos.

La galería era larga pero estrecha, y los cuadros daban la impresión de desbordarlo todo con sus rojos violentos, su exceso de carnes trémulas y sus sombras profundas. En todos aparecía la misma dama lustrosa. A veces figuraba en el centro de una escena de Corte, rodeada de gentilhombres y prelados de capas rojas. Otras la acompañaban unos personajes cubiertos con retales de tela que apenas les tapaban las vergüenzas y que debían de ser dioses antiguos. En ocasiones, quien aparecía a su lado era un viejo rijoso con pinta de bobalicón. Ofendido, comprendió que representaba al mismísimo Enrique IV.

Se acercó a otro de los cuadros. María de Médici aparecía subida en una nube con las dos tetas al aire. El viejo verde estaba sentado a su lado y parecía que se le iban a salir los ojos de tanto mirarla. Ladeó la cabeza, curioso, y de repente la saliva se le quedó atragantada. Encima de los dos reyes había pintada una dama antigua, protegiéndolos y alumbrándolos con una antorcha. No pudo evitar pensar en lo que le había contado madame de Lessay sobre la diosa terrible de los papeles de Ansacq. Ella también solía llevar una antorcha en la mano.

Respiró hondo. No podía dejar que le apresara de nuevo la demencia. Él no entendía nada de dioses antiguos. La señora del cuadro podía representar cualquier otra cosa. Además, la condesa le había dicho que la tal Hécate tenía tres caras. Tres personas. Como el Padre, el Hijo y el Espíritu Santo. Y que siempre la seguían los perros. Esa mujer de la nube estaba sola y el único rostro que tenía ni siquiera parecía avieso.

Arrancó la vista del cuadro y la posó en la siguiente pintura. La madre del rey aparecía ahora recostada, con los pies descalzos como una menesterosa, acompañada por dos ángeles y tres mujeres que velaban por ella y por un recién nacido que una de ellas llevaba en brazos. Y a sus pies, vigilante, estaba el perro. Un bicho canijo y enano, que no levantaba una cuarta del suelo y que cualquiera habría podido despachar de una patada.

Sintió un dolor agudo en las costillas y tuvo que inclinarse hacia delante al darse cuenta de que se estaba riendo. Era una risita aguda y chillona, que a él mismo le rechinaba en los oídos, pero no podía contenerla.

Se plantó delante del siguiente lienzo. Allí había un perro más. A los pies de la reina madre. Saltando alrededor de sus faldas mientras el viejo Enrique IV le entregaba a su esposa una bola de esas que llevaban los reyes en las manos como símbolo de poder.

Dos pasos más y las risitas se le secaron en el gaznate.

Aquel cuadro era más ancho que alto y mucho más majestuoso que los anteriores. Tenía pintada una iglesia llena de damas y gentilhombres vestidos con sus mejores galas. Todos miraban a María de Médici, a la que unos prelados vestidos de rojo colocaban una corona sobre la cabeza. Pero no era ella quien ocupaba el primer plano.

Junto al altar, a sus anchas entre reyes y armiños, dos perros de caza cachazudos y satisfechos habían apartado a un lado el manto de flores de lis que recubría las escaleras y se habían acomodado delante de los nobles y los príncipes de sangre real, como si su presencia en un templo sagrado, en medio de una alta ceremonia, fuese lo más natural del mundo.

Pensó en lo que le había contado Charles sobre las amenazas contra la vida del rey y en el mensaje de Jacobo que hablaba de una madre asesina.

Se giró como un rayo. A través de las sombras vislumbró al hombrecito del pelo blanco que seguía subido en el andamio, con su apariencia inofensiva. Pero a él no le engañaba:

—¿Es que nadie ha visto esto? —voceó.

El pintor tenía el pincel en el aire, inmóvil, y daba la impresión de llevar un buen rato mirándole. No respondió. En vez de eso, se dejó caer abajo de la estructura de madera, echó a andar con paso ligero y desapareció por la puerta por donde habían entrado hacía un rato.

Bernard pensó en perseguirle pero se sentía atrapado por el torbellino de colores infernales y bestias malignas que le rodeaba. ¿Cómo había llegado hasta allí? Recordaba a Madeleine, estrechándose contra su cuerpo inerte en un jardín oscuro y luego un deambular frenético por las calles sumidas en la niebla, hasta que las paredes doradas del palacio de la reina madre habían aparecido frente a él. Se había sentido acogido. Pero todo había sido una trampa para arrojarle dentro de aquel recinto maléfico.

Corrió hacia el final de la galería y se detuvo horrorizado ante el lienzo que colgaba entre las dos puertas de salida. En un rincón del cuadro, unos forzudos en túnica se llevaban al anciano Enrique IV al cielo. Mientras, un grupo de cortesanos exaltados aclamaba a María de Médici. Tres mujeres rodeaban a la reina para ofrecerle personalmente la bola del poder. Y una serpiente inmunda celebraba con llamaradas el viaje del rey al reino de los muertos.

Bajo la mirada vigilante de dos perros que ocupaban el centro de la escena.

Se apartó de un salto y recorrió la sala en sentido contrario, lacerándose las costillas en su agitación. Mirara donde mirase las brujas le tenían rodeado. En un rincón devanaban sus hilos las tres parcas de las que le había hablado la condesa. Más allá, tres mujeres sobrevolaban el nacimiento de María de Médici, y otras tres mujeres desnudas velaban sobre la reina niña en otro rincón. Bernard trotaba de un lado a otro, dando tumbos como un ratón ciego.

¿Cómo era posible que todo aquello estuviera allí en medio, en un palacio real, a la vista de todo el mundo?

Bruja. La dueña de aquella casa era una bruja. Como Anne Bompas y la baronesa de Cellai. Y Madeleine y la duquesa de Montmorency. Igual que Marie, que le había embaucado con sus encantos y le había hecho traicionar al rey. Y la condesa de Lessay, que había parido un hijo muerto. Igual que la joven esposa del barón de Baliros, que había azuzado a su perro faldero para que volviera loco a sus sabuesos, allá en sus tierras, buscándoles la perdición a él y a su propio marido, y Ana de Austria, que le había forzado a beber un brebaje compuesto de chocolate para someterle a sus designios. Todas eran brujas.

Todas.

Y querían arrastrarle a su aquelarre.

Se detuvo, jadeante, frente al más terrible de todos los cuadros. Ante sus ojos horrorizados, la reina madre se dirigía hacia un templo redondo, escoltada por una multitud de hechiceras y seres diabólicos que empuñaban antorchas y culebras como si fueran armas. En el interior del edificio, una diosa velada la aguardaba, confundida entre las sombras.

Estuvo a punto de caer de rodillas, pero logró controlarse. El pintor. ¿Dónde estaba el pintor? Corrió hacia el andamio para hacerle bajar aunque fuera a rastras. Le iba a hacer confesar y le iba a llevar ante el rey para que le diera explicaciones.

Entonces se acordó de que le había visto salir de la sala. Daba igual. Le esperaría el tiempo que hiciera falta. Acercó la vista al cuadro y guiñó los ojos, asqueado por las carnes enfermizas de las tres mujeres desnudas que saludaban al barco desde el agua. Había pinceladas amarillas, rojas, hasta verdosas. ¿Quién podía pintar algo tan repugnante?

Sintió que iba a vomitar allí mismo si seguía mirándolas. Se dio media vuelta.

Y se topó con el careto mostachudo y picado de viruelas de un guardia con facha de malas pulgas. A cada costado llevaba a otro fulano con la misma pinta de sieso que él. Y detrás del trío se escondía el pintorzuelo del diablo, burlándose de él con su hocico arrugado y esas orejas puntiagudas.

—¡Es él! —gritó Bernard—. ¡Está al servicio de las brujas! ¡Hay que detenerle e interrogarle!

Pero los guardias no se movían.

No le quedaba más remedio que atrapar él mismo al pintor. Si daba ejemplo, los otros le seguirían.

Se arrojó contra él sin pensárselo, pero los guardias cerraron filas y se interpusieron entre ellos. Descorazonado, comprendió que aquel trío también servía al maligno. Intentó desenvainar la espada, pero antes de que pudiera siquiera esbozar el gesto sintió un golpe seco en la mandíbula. El mundo se volvió negro y cuando volvió a abrir los ojos le tenían agarrado de ambos brazos. Algo brillante y plateado se escapó de sus dedos y tintineó a sus pies. El medallón de Madeleine. Lo había llevado aferrado en el puño todo aquel tiempo. Uno de los guardias lo recogió del suelo, lo contempló con aprecio y se lo guardó bajo la casaca.

Le sacaron de la galería agarrado del cuello y de los brazos, y le arrastraron escaleras abajo. Una vez en la calle, le arrojaron al suelo y, después de patearle un par de veces, le amenazaron con meterle en una mazmorra para los restos si regresaba. Bernard se quedó quieto y encogido, convencido de que habían terminado de partirle los huesos que le quedaban enteros, hasta que se dio cuenta de que se llevaban su espada. Se incorporó gritando que estaba al servicio del conde de Lessay y que lo iban a pagar caro, sin importarle lo humillante de la mentira.

Los tres hombres se miraron, dudosos, y al final le arrojaron la ropera a un par de pasos. A Bernard le temblaba todo el cuerpo. Le costó volver a envainar el arma y tuvo que recostarse contra el muro que rodeaba al palacio para recuperar la respiración.

Al menos las calles parecían todas en su sitio otra vez. Si seguían sin moverse, quizá pudiera regresar a su refugio en La Mano de Bronce. Pero no se atrevía a despegar la espalda del muro. Las brujas podían verle.

Intentó serenarse. No. No estaba loco. Sabía lo que había visto. La reina de las brujas estaba presente en aquellos cuadros.

Repitió las palabras una y otra vez entre dientes para que la idea no se le escapara y empezaba a tranquilizarse cuando una sombra encorvada salió del palacio arrebujada en un manto. Bernard reconoció el pelo blanco y las orejas voladoras. No lo dudó. Cruzó la calle, le siguió unos pocos pasos y, en cuanto el tipo se detuvo frente al portón de una casa, se abalanzó sobre él, ignorando las punzadas que le acuchillaban el torso. Le arrojó a un callejón maloliente y le propinó varias patadas para que no gritara. Luego sacó la espada y posó la punta sobre el pecho de su prisionero. La luna creciente asomó un momento entre las nubes y pudo verle la cara de pavor pero, en cuanto regresó la oscuridad, el pintor volvió a ser una sombra más oscura que las otras, sin rasgos humanos.

—¡Confesad! ¿Quién sois?

—¡No me hagáis daño! —respondió la voz extranjera, aterrada.

—¡Decidme quién sois!

Un silencio, y la voz regresó, suplicante:

—Mi nombre es Van Egmont. Trabajo para el taller del maestro Rubens. Por favor, no me hagáis daño.

—Decidme la verdad. ¿Sois un brujo?

—¿Cómo?

El pasmo del tipo parecía auténtico. A lo mejor servía a los designios de las brujas sin saberlo. Por si acaso, le pegó un par de sopapos, para que no le diera por mentirle:

—¡Os he preguntado que si sois brujo!

—¡No sé de qué estáis hablando! —chilló el pintor—. Dejadme ir, por el amor de Dios.

—¿Creéis que soy un necio? He visto los perros, las antorchas y las serpientes. Hay brujas por todas partes. ¡Las tres mujeres de los antiguos! —Le pinchó el pecho con la punta de la espada—. Y vos estabais allí, pintando.

—Os juro que no sé de lo que habláis. Yo sólo soy un ayudante. Estaba retocando unos detalles, nada más. —El prisionero hablaba muy rápido. De pronto bajó el tono de voz, persuasivo—. ¿Os disgustan los perros? ¿Es eso? ¿Os gustaría que le pidiera al maestro Rubens que no pintara perros nunca más?

Cap deu diable. Ese renegado se estaba riendo de él. O le tomaba por orate, como los guardias. Se arrodilló frente a él, le agarró por el pescuezo y acercó su rostro al suyo, tanto que, aunque seguía sin poder verle la cara en la negrura, podía respirar su aliento.

—Si no me decís la verdad, por lo más sagrado que os muelo a palos hasta que no os quede un solo diente en la boca.

—Por el amor del cielo, os lo ruego, no me matéis… ¡Os juro que no entiendo lo que queréis de mí! —exclamó, desesperado—. Sabía que este encargo iba a ser un infierno desde el primer día… Y ahora me va a costar la vida… ¡No sé qué queréis saber!

Bernard escuchó un ruidito agudo y sintió unas sacudidas espasmódicas. El hombre estaba llorando y los sollozos le agitaban el cuerpo. Le propinó un bofetón para que dejara de gimotear:

—¿Un infierno? ¿Por qué?

—No sé, han sido tantas cosas… Hace más de tres años que

empezamos el trabajo en nuestro taller de Amberes. —El pintor volvió a quedarse callado y Bernard presionó el estoque para recordarle que seguía allí. Su prisionero reaccionó de inmediato—. ¡Los cambios, los cambios! Todo el tiempo había que hacer cambios… Cada pocos días llegaba una carta de María de Médici con nuevas propuestas y exigencias… Jamás he visto al maestro tan preocupado por una comisión. Desechaba los bocetos una y otra vez. Pasaba noches sin dormir, encerrado en el taller.

Nada de eso le interesaba. Él quería saber de las brujas:

—¿Qué más?

—El contrato. También ha habido problemas con eso… —respondió el pintor, rendido—. El contrato estipulaba que al maestro le encargarían otros veinticuatro lienzos dedicados a la vida del difunto Enrique IV, pero Richelieu ni siquiera ha mostrado interés por la memoria que le entregamos en abril…

Más detalles inútiles.

—¡No me interesan los contratos! Algo tenéis que saber, algo que sea importante. —Le zarandeó un poco más, casi por inercia—. Si los cuadros ya están entregados y colgados, ¿qué hacéis vos aquí todavía? ¿Y por qué seguís trabajando en ellos?

—El maestro me ordenó quedarme tras su marcha, en junio —hipó el pintor—. La reina madre le dejó a deber quince mil libras. Permanecí aquí para reclamar el pago y para aguardar instrucciones sobre la segunda parte del contrato. Mientras, le estoy dando unos retoques a un par de cuadros que tienen problemas. Uno de ellos es en el que estaba trabajando hace un rato.

—¿Qué le pasa?

—La última capa se había craquelado. Una de las modificaciones de última hora… El caballero de Malta al principio no era un caballero de Malta. Lo que el maestro había pintado era una dama con una corona y una antorcha en la mano, siguiendo las instrucciones de la reina madre…

Bernard se arrodilló y le agarró de las ropas:

—¿Una dama con una antorcha?

—Sí. No sé si representaba a la diosa Diana o a Vesta guiando a la reina hasta su nuevo hogar… Nunca estuvo muy claro. El maestro la pintó con unos rasgos severos y casi amenazantes —balbuceó el pintor—. La cuestión es que, tres días antes de partir, llegó un correo urgente de la reina madre, exigiendo que pintáramos encima cualquier otra cosa. Lo único imprescindible era que hiciéramos desaparecer a la diosa. Así que el maestro se acordó de que una galera de la Orden de Malta había acompañado a María de Médici hasta el puerto de Marsella y se apresuró a esconder a la diosa detrás del caballero que habéis visto.

A Bernard se le había secado la garganta. Habló con voz ronca:

—¿Y vos? ¿Qué es lo que estabais haciendo con el cuadro?

—Retocarlo, ya os lo he dicho —respondió el hombrecillo, ansioso—. Quizá el aprendiz se equivocó al preparar la mezcla. No lo sé. Algún error debido a las prisas… Apenas dio tiempo a que se secara la pintura. Es como si los pigmentos del rostro del caballero de Malta no se hubieran fijado bien… Hay que mirar con atención, pero a la luz de las velas se ven las sombras del rostro de la diosa que asoman por debajo. Estaba tratando de corregir el efecto.

Bernard no podía creerse tanta estupidez. Aquel mentecato no se daba cuenta de a lo que se estaba enfrentando:

—Necio. ¿Qué es eso que me cuentas de pigmentos y de aprendices? ¿No ves que es todo obra de las brujas?

—¿Qué brujas, monsieur? Yo no sé nada de brujas…

Le agarró de los pelos, desquiciado:

—¡Dime la verdad sobre las brujas!

—¡No sé nada! ¡Os juro que no sé nada!

El pintor trataba de encogerse y hacerse diminuto entre sus garras. Murmuraba algo, pero los sollozos apenas permitían entenderle y Bernard tardó un poco en darse cuenta de que estaba rezando en su idioma.

Lo soltó de un empujón, se dejó caer contra la pared y escondió la cabeza entre los brazos. ¿Y si era verdad que no estaba cuerdo? Escuchó un rumor a su espalda, como de un cuerpo arrastrándose, y luego unos pasos a la carrera y, cuando se dio la vuelta, el pintor había escapado. Qué más daba.

Echó a andar arrastrando la espada, esperando casi que el suelo se abriera a sus pies y se lo tragara entero. Los ojos de un gato callejero refulgieron un instante en la oscuridad y su mente evocó los ojos venenosos de la baronesa de Cellai. Volvió a escuchar la sentencia de muerte que había pronunciado contra él hacía apenas unas noches.

Charles había tenido suerte. Él por lo menos había muerto con la espada en la mano.

Frente a la puerta de Saint-Michel, una sombra se desgajó de las murallas y se acercó a él con paso ondulante. Era una moza de más o menos sus años. Se abrió el manto que la cubría y le enseñó las carnes. Llevaba las tetas a la vista y sonreía. Paralizado, la vio humedecerse los labios con su lengua de hechicera.

De pronto la zagala se pegó a él y le puso la mano entre las piernas. Bernard sintió un asco irreprimible y le propinó un revés con la guarda de la espada.

La bruja cayó al suelo y él se quedó mirándola, espantado.

Agachó la cabeza y echó a correr.

13

Luis XIII ojeó con desgana el infolio que le había puesto en las manos el abad de Boisrobert:

—«*The Tragedy of Macbeth… Actus primus. Scoena Prima*». —Estaba escrito en inglés y le resultaba incomprensible más allá del encabezamiento. Alzó la mirada—. ¿Qué pretendéis que haga con esto, monseigneur?

Richelieu hizo un gesto impaciente:

—Boisrobert, mostradle la cita a Su Majestad. Si permitís, sire…

Iban los tres acomodados en un carruaje que los conducía a Saint-Germain-en-Laye entre mullidos almohadones, protegidos de la intemperie como mujeres o blandos galancetes de salón. Pero el secreto de la conversación lo exigía.

El abad se humedeció dos dedos y pasó unas cuantas páginas antes de posar el índice sobre una línea:

—Aquí está: «*I have given suck, and know how tender 'tis to love the babe that milks me. I would, while it was smiling in my face, have plucked my nipple from his boneless gums and dashed the brains out, had I so sworn as you have done to this*».

—No hablo inglés, abad.

El cardenal abrió un cartapacio de marroquín rojo que llevaba sobre las rodillas y desdobló con parsimonia un papel: el segundo mensaje del rey Jacobo. El de la madre y el niño de pecho. Eran las mismas palabras.

Boisrobert carraspeó:

—En cuanto Su Ilustrísima me enseñó el papel, reconocí el pasaje. Uno no olvida con facilidad algo tan poderoso.

—¿Es un fragmento de una obra de teatro?

—En efecto. En la Corte inglesa existe una afición extraordinaria al arte de Talía. Y este verano, durante mi estancia en Londres junto a los duques de Chevreuse, asistí a decenas de representaciones. Ninguna me conmovió como ésta. El autor murió hace unos años, pero dos de sus amigos publicaron la colección de sus obras. El mismo conde de Pembroke, a quien le están dedicadas, fue quien me regaló el tomo.

Luis XIII enterró la mirada en la arboleda desnuda que transcurría a paso lento al otro lado de la ventana. Le repugnaba que aquel vicioso disfrazado de hombre de iglesia estuviera en el secreto de todo. Pero al final habían encontrado los dos mensajes perdidos de Jacobo gracias a él. Aunque les habían llegado a través de un gentilhombre gascón, a quien el padre Joseph había convencido de algún modo para que colaborara, quien los había encontrado en casa del conde de Lessay había sido un protegido de Boisrobert. Un hombre del regimiento de los Guardias que había aparecido muerto hacía unos días, cerca del río.

Tal vez por eso le parecía entrever entre los rasgos disolutos del abad las huellas de un dolor desasosegante.

Afortunadamente, cuando llegaran a Saint-Germain se desharían de él. Boisrobert seguía camino hasta Inglaterra. A su hermana Henriette le agradaba su compañía y a ellos les convenía tener unos oídos fieles en la Corte de Londres.

—¿Y por qué me envió el rey Jacobo una frase sacada de una pieza teatral? —preguntó—. ¿También sabéis eso?

El abad se revolvió en su asiento, con la desidia propia de un hombre molificado por el libertinaje, y se miró las uñas:

—Se trata sólo de una sospecha, sire. La obra forma parte del repertorio de la compañía teatral de Los Hombres del Rey. William Shakespeare, el autor, la escribió para Jacobo I. Era una de las favoritas del soberano y está ambientada en Escocia, su país natal. —El abad hablaba cada vez más despacio, como si no quisiera llegar a donde sus palabras le iban llevando. Finalmente se quedó callado y le lanzó una mirada de auxilio a Richelieu.

El cardenal se enderezó en su asiento y se estiró las puntas del jubón de terciopelo negro. Sin la sotana roja perdía bastante de la solemnidad que convenía a su posición. Los calzones le daban un aire altivo y desenvuelto con el que Luis XIII no acababa de sentirse a gusto.

—Lo que el abad de Boisrobert quiere decir, sire, es que la tragedia en cuestión trata sobre el asesinato del rey Duncan de Escocia a manos de uno de sus servidores. —Así que eso era. Otro mensaje que hablaba de reyes muertos—. Pero me temo que ésa no es la única coincidencia inquietante.

—¿Qué más hay? —interrogó, clavando los ojos en el abad.

Boisrobert volvió a abrir el tomo por la primera escena:

—Si vuestra majestad se fija en el texto, aquí, en la primera línea, dice: «*Thunder and Lightning. Enter three witches*». Que en nuestro idioma quiere decir: «Truenos y relámpagos. Entran tres brujas». Son estas hechiceras con sus profecías las que instilan en el corazón de Macbeth el deseo de matar a su rey. —Apoyó los codos sobre el libro—. Pues bien, estas tres brujas reciben una visita un poco más tarde: la diosa Hécate, que, llegada desde el mismo infierno, se proclama a sí misma como su ama.

—Y «Hekate» es la palabra clave que el rey Jacobo eligió para encriptar su tercer mensaje —apostilló el cardenal, solemne—. Es obvio que no se trata de una casualidad.

Luis XIII chascó la lengua. No necesitaba que le refrescasen la memoria. El tercer mensaje: «*Inter festum omnium sanctorum et primam martis lunam veniet tenebris mors adoperta caput*». Había sido Richelieu quien había desentrañado la palabra clave escogida por el enrevesado monarca inglés para componer su aviso. «Hekate.» La diosa del inframundo.

Y allí estaba otra vez.

—Condenado hereje… —masculló. La lengua se le embrolló, tartamuda—. ¿Qué objeto tienen estos juegos? ¿Enajenarnos a todos a base de supersticiones aun en el lecho de muerte?

El cardenal se inclinó hacia delante y adoptó el tono de humildad aduladora bajo el que se parapetaba siempre que él alzaba la voz:

—Quizá tengáis razón. No podemos descartar que el rey Jacobo delirase. Pero el asesinato de sus dos mensajeros dice a las claras que no podemos desdeñar sus advertencias. Y sabemos que el difunto monarca era un estudioso de la hechicería. Un hombre docto. El tratado de *Demonología* que escribió en su juventud es una obra destacable y ha tenido una influencia señalada en los tribunales ingleses.

—No es la erudición del rey Jacobo lo que pongo en duda, monseigneur, sino su cordura —replicó, brusco—. Los estudios pueden convertir a un necio en el hombre más sabio de la cristiandad, pero no pueden hacer que deje de ser un necio.

Volvió a fijar la vista en la ventana con determinación. Había salido de París para escapar de la opresión del Louvre y de sus recuerdos. No para cargar con los fantasmas de otro.

El cardenal le hablaba de la instrucción de Jacobo, pero se callaba que el sabio monarca había tenido parte en la muerte de decenas de mujeres escocesas acusadas de hechicería. Sólo porque una terrible tormenta había puesto en peligro su flota durante una travesía entre Dinamarca y las costas británicas, cuando aún era tan solo el rey de Escocia y no se había ceñido la corona de Inglaterra. El difunto soberano había asistido en persona a los interrogatorios y a las sesiones de tortura, convencido de que las encantadoras no sólo habían invocado la tormenta sino que habían moldeado una figurita de cera con su efigie y luego la habían derretido al fuego para acabar con su vida.

Y su convicción no había hecho sino acrecentarse cuando una de ellas le había susurrado al oído, en mitad del proceso, los detalles íntimos de la conversación que el rey había mantenido con su esposa durante su noche de bodas.

Una de las primeras medidas que Jacobo había adoptado al sentarse en el trono inglés había sido endurecer las penas por brujería. Había hecho arrojar al fuego los libros que refutaban las creencias en la hechicería y sus poderes. Y hacía pocos años había prestado su apoyo al conde de Rutland, padre de la esposa del duque de Buckingham, para que condenaran a muerte a dos mujeres acusadas de hechizar y causar la muerte de otro de sus hijos.

Luis XIII cruzó los brazos sobre el pecho y entrecerró los ojos. La cuestión era que los tres mensajes del rey Jacobo habían llegado por fin a sus manos. Y en contra de lo que esperaba, no habían supuesto reposo alguno para su espíritu. Más bien al contrario.

Sólo de pensar que el conde de Lessay los había tenido escondidos todo ese tiempo, se le sublevaban los ánimos. El muy zorro le había hecho creer que su intromisión en el asunto de Ansacq no había tenido más razón que su interés personal en la damita. Y ahora aparecía aquello en su poder. Era demasiada casualidad.

Un bache más profundo que los demás sacudió la carroza con violencia y a punto estuvo de darse con la cabeza contra el cristal. El abad se escurrió de su asiento y tuvo que agarrarse del brazo del cardenal. Luis XIII golpeó con un guante la ventana de vidrio y dio orden para que el coche hiciera un alto. No quería a Boisrobert sentado frente a él por más tiempo.

El abad bajó del carruaje abrazado a su volumen de teatro inglés. Un lacayo de unos veinte años, con los labios gruesos, los cabellos tostados y un bigotito incipiente, le aguardaba junto a la portezuela. Luis XIII le observó sostenerle el estribo a su amo, con un turbio malestar, que se acentuó cuando Boisrobert le estrechó el hombro al mozo para darle las gracias.

Apartó la mirada, con disgusto.

La vida del rey Jacobo también había estado llena de pecados inmundos. Quizá ésa era la razón profunda por la que había empleado sus últimas energías, antes del tránsito definitivo, en advertirle de lo que le aguardaba. Algo que su vigilancia y su experiencia le habían hecho capaz de leer en los astros y en las profecías de Nostradamus, pero que ellos no lograban ver. Seguramente confiaba en que la redención fuera menos difícil si lograba salvar de la muerte a otro rey cristiano.

La breve comitiva volvió a ponerse en marcha. No eran muchos, porque había decidido salir del Louvre muy temprano, antes del amanecer. La mayoría de los miembros del Consejo y lord Holland, que por fin se había decidido a hacer pública su presencia en París, les seguirían por la tarde, junto a la reina y sus damas.

El cardenal posó una mano sobre sus papeles, ahora que estaban a solas, y le miró con gravedad:

—Sire, hay otro asunto importante que tratar… Las fechas que el rey Jacobo indica en su misiva… Suponiendo, claro está, que hagan referencia a este año… —Richelieu trastabillaba—. No hay que caer en la superstición, pero… Deberíamos reforzar vuestra seguridad. No deberíais salir a la calle sin una fuerte escolta. Un loco con un puñal en la mano puede esconderse en cualquier sitio. Pensad en vuestro padre. Él se equivocó al descartar los avisos del cielo y de los sabios que habían interpretado sus señales… Quizá no deberíamos cometer la misma temeridad.

Era raro ver al cardenal enredarse con las palabras. El rey Luis se preguntó si tendría miedo de espantarle. A lo mejor era sólo que le avergonzaba mostrarse crédulo delante de él. Estuvo a punto de sonreír. ¿Qué sabría el cardenal de credulidad? Él no se pasaba las noches despierto, luchando contra una superstición ponzoñosa, temiendo que en cuanto cerrara los ojos regresara la angustia de los remordimientos y las pesadillas; no había visto a un hombre que amaba retorciéndose en el suelo como un poseído y hablando con la voz de un muerto.

Aunque no le habría importado saber qué era lo que le quitaba el sueño a su ministro. Sabía que no dormía apenas. ¿Sería su propia seguridad lo que le preocupaba?

No había duda de que en cuanto él muriera llegarían las hienas a arrojarse sobre los despojos. Igual que había ocurrido tras el asesinato de su padre. La alta nobleza de Francia y los príncipes de la sangre. Buitres y carroñeros. Y su ministro estaba en la lista negra de casi todos. Si él moría, ni siquiera el sostén de la reina madre, que siempre le había protegido, sería suficiente para salvarle.

Quizá por eso podía confiar en él. Las suertes de ambos estaban unidas.

—No, cardenal. Un rey no puede mostrarse jamás como si tuviera miedo de su propio pueblo —repuso, firme—. No habrá más medidas de seguridad que las ordinarias. Mi vida está en manos de Dios.

El prelado abrió la boca para replicar pero sus objeciones se perdieron en el aire. Su expresión revelaba un respeto sincero, que le reconfortó una pizca el alma.

Clavó la vista de nuevo en el paisaje escarchado y el silencio se hizo denso. «*Viejo cardenal por el joven embaucado.*» Hasta el mismo Michel de Nostredame había presentido que su destino y el del prelado estarían unidos hasta la muerte.

¿Sería verdad lo que temía Richelieu? ¿Sería el soldadito que había escamoteado las cartas que la duquesa de Chevreuse había enviado a Inglaterra el joven embaucador del que hablaban los versos de Nostradamus? Lo que estaba claro era que su engaño les había impedido cortar de raíz la conjura que se estaba fraguando. ¿Habría empezado a cumplirse la profecía?

De lo que su ministro no se había atrevido a decir nada, en cambio, era de la madre asesina contra la que parecía advertirles Jacobo. Ni siquiera la había mencionado. ¿Cómo atreverse a nombrar en voz alta tamaña abominación? Había abismos a los que nadie quería asomarse. Ni el cardenal se atrevía a insinuar nada, ni él habría admitido que lo hiciera.

Luis XIII sabía que su madre no le amaba. No le había amado nunca. Y él tampoco había logrado nunca quererla. De su primera infancia no recordaba más que a una mujer fría que acudía a visitarle a Saint-Germain dos o tres veces al año. Y tras la muerte de su padre apenas se había mostrado más cercana. Había crecido leyendo en sus ojos decepción y desprecio en lugar de afecto. Atormentado por el modo en que le arrebataba la palabra en público y por el desdén con el que le enviaba a jugar a los jardines, igual que a un infante irresponsable, cuando él pretendía asistir a las sesiones del Consejo, ya adolescente, haciéndole enrojecer de vergüenza. En una ocasión había llegado a agarrarle del brazo para expulsarle de la sala a tirones, sin importarle que hubiera una docena de testigos delante asistiendo a su humillación.

Pero ni en los peores momentos, ni a pesar de las vejaciones, ni cuando se había alzado en armas contra él, había olvidado que

977

se trataba de su madre. Que honrarla y respetarla era su deber ante Dios. Por eso había perdonado lo imperdonable y le había devuelto el lugar que le correspondía en la Corte, aunque su mutuo rencor no se hubiera extinguido y quizá no se extinguiera nunca.

Una madre capaz de matar a su propio hijo… El mero hecho de pensar en ello, sin pruebas de ningún tipo, era un oprobio y un pecado sin nombre.

Las ruedas del carruaje tamborilearon sobre un puente de madera. Estaban cruzando el Sena. Al otro lado, las terrazas del palacio donde había pasado sus primeros siete años de vida se desgranaban unas sobre otras hasta besar la orilla del río, a la sombra del austero castillo de los antiguos reyes capetos. Casi habían llegado. Y aún le quedaba un asunto que discutir con el cardenal:

—Anoche estuve hablando más de una hora con el duque de Chevreuse.

Richelieu parpadeó un par de veces, despertando de alguna cavilación, pero sus labios dibujaron de inmediato una sonrisa lenta:

—¿Le dijisteis que temíais haberos equivocado con Lessay?

—No con esas palabras. Me quejé de vos. Le dije que erais quien me había aconsejado mano firme, pero que yo tenía dudas. Y después de muchos rodeos le pregunté si él también pensaba que Lessay estaba en situación de causarme problemas y si no debería haber sido más paciente con él. —Sonrió a su vez—. Creo que le dejé pensando que estoy arrepentido de haberle castigado y que tengo miedo de las consecuencias.

—Eso es lo que queríamos. Tened por seguro que a estas alturas el contenido de vuestra charla íntima ya ha dado la vuelta por medio París y va camino de Dampierre. Lessay no tardará en enterarse.

Ojalá Richelieu tuviera razón. A cada hora que pasaba se arrepentía más de no haber devuelto a Lessay a su celda de la Bastilla después de su duelo con Rhetel. Cuando le había escrito para expulsarle de la Corte y desposeerle de sus cargos, en lo único en lo que había pensado había sido en quitárselo de en medio, en deshacerse de él de una vez y alejarle de la reina, sobre quien ejercía una influencia impropia. Sólo Dios sabía sobre qué habían estado conspirando los dos, paseando a solas, el día de la caza del ciervo blanco…

Pero pocos días después había llegado el cardenal a advertirle de que Holland estaba de incógnito en París. Su ministro había espiado una conversación privada que había mantenido con la duquesa de Chevreuse. Al escuchar lo que les había oído hablar sobre Lessay, se había dado cuenta del grave error que había cometido dejándole ir.

El conde no era peligroso por sí solo. No tenía fuerzas suficientes para causarles problemas. Pero era amigo de ingleses y españoles. Montmorency le escuchaba. Y era obvio que estaba coaligado con más gente. Quizá incluso con su propia madre…

Además, no podía olvidarse de que los mensajes de Jacobo habían aparecido en su casa… ¿Cómo saber si no había estado detrás de todo desde el principio?

Había pensado en fingir que le perdonaba e invitarle a regresar a la Corte, para detenerle e interrogarle. Pero Lessay no era ningún imbécil. Si sospechaba, huiría al extranjero.

Tenía que ser paciente para hacer que se confiara. Tender un cebo. Y aguardar.

Sabía que Lessay se había detenido en el castillo de Dampierre, camino de Bretaña. El duque de Chevreuse era un buen amigo del conde. Así que había empezado a hablarle en confidencia de sus dudas. A insinuarle que quizá estaría dispuesto a perdonar, pero no quería que nadie se enterara para que no le creyeran débil. Y le había solicitado consejo, rogándole discreción, seguro de que no tardaría en hacerle llegar los rumores al traidor, con la mejor de las intenciones.

—Seguid mostrándoos indeciso con Chevreuse, sire —le aconsejó Richelieu, con voz briosa—. Decidle que quizá le tenderíais la mano a Lessay, si os pide perdón y se muestra contrito, pero que no queréis mostraros blando, sino generoso.

Luis XIII achicó los ojos. No necesitaba que Richelieu le aleccionase en cuestiones de disimulo. Sin darse cuenta se había puesto a repiquetear con los dedos sobre la banqueta. De repente se sentía mucho más animoso. Era un alivio poder pensar en enemigos con rostro y nombre propio, a los que se poder encarcelar y detener con las armas. Los hombres de carne y hueso no le asustaban.

Pero había más. Una satisfacción mucho más íntima.

Jamás había sentido simpatía por Lessay. Ni siquiera cuando compartían juegos de niños. Ya entonces sospechaba que se reía de él a sus espaldas, igual que sus hermanos bastardos. Y aun así, llevaba toda una vida soportándole a su lado.

El cabrón era muy listo. Desde muy joven había aprendido a quedarse justo un paso por detrás de la raya de lo improcedente para no darle motivos claros de descontento. Pero él sentía su desdén. Sentía que le observaba, con su corazón tibio, burlándose de los torbellinos que padecía el suyo.

Y ahora, por fin, tenía algo de verdad contra él.

La carroza inició el ascenso a la abrupta colina del castillo. El cardenal preguntó:

—¿Tiene vuestra majestad pensado cenar con lord Holland esta noche?

—Qué remedio —rezongó—. Si tiene a bien salir de bajo las faldas de su concubina.

—De todos modos, haga lo que haga, le tendremos vigilado. Incluso cuando deje París. Podemos asignarle una escolta honorífica que le acompañe durante el camino de vuelta y que nos dé noticia de todos sus movimientos. Si intenta ponerse en contacto con Lessay o con cualquier otro lo sabremos.

—Supongo que he de creeros. Aún estoy esperando a que alguien me explique cómo es posible que hace dos días se encontrara en los baños de Féval, refocilándose con madame de Chevreuse, cuando le creíamos todavía en un puerto inglés. Y que en octubre estuviera de visita en Chantilly negociando a saber qué sin que nadie se enterase de nada.

Richelieu tuvo la finura de no intentar replicar. Lo agradeció. Bastante cuesta arriba se le hacía ya tener que mostrarle hospitalidad al inglés. Todavía le ardían las tripas al recordar que el duque de Buckingham había tenido la desfachatez de pedirle permiso para volver a pisar Francia hacía unas semanas. Y con sus aires de barbilindo y sus modales afeminados, Holland se le parecía enormemente. Pensándolo bien, no era tan raro que hubiese cometido la estrafalaria memez de presentarse en secreto en París.

Un pensamiento desagradable le cosquilleó la boca del estómago. Si Holland había cruzado el canal dos veces sin que nadie lo supiera, ¿quién le aseguraba que Buckingham no era capaz de hacer otro tanto? Ya había recorrido Francia y España de incógnito hacía sólo un par de años, junto al príncipe de Gales. Se lo imaginó, con sus ropajes cosidos de perlas, en la proa de una nave, surcando las aguas rumbo a las costas de Calais, y el aliento se le secó en la garganta. Holland también había llegado surcando las aguas. Conducido por el agua.

«Liqueducto.»

Y había venido a reunirse con sus enemigos. A tratar entre risas de su muerte. Richelieu lo había escuchado en persona. Y antes de eso, lo había oído en sus sueños: «Matar al rey».

El repicar de los cascos de los caballos sobre los adoquines le anunció que habían entrado en el patio de palacio. El carruaje se detuvo. Se fijó en que el cardenal le miraba con curiosidad y se preguntó si el desasosiego se le leería en el rostro.

Holland era el licueducto. Y en unas horas, estaría a su lado.

Se estremeció. «Y liqueducto y Príncipe embalsamado.»

¿Y si el cardenal tenía razón y era verdad que la profecía de Michel de Nostredame había empezado a cumplirse? Si no fuera así, ¿por qué iba haberle advertido la Providencia?

La puerta del carruaje se abrió desde fuera y el rostro rozagante de François de Baradas asomó de inmediato, atento y obsequioso. Su joven gentilhombre ni siquiera tenía recuerdo alguno del ataque que había sufrido la noche que había cenado a solas con él. ¿Habría sido también un ensueño?

Se puso en pie y descendió los escalones, controlando la emoción.

Si lo que se avecinaba no era más que una rebelión de su nobleza, aliada con los ingleses, ¿de dónde le venía esa certeza lóbrega de que era su alma la que estaba en peligro?

Quizá las hechiceras de los mensajes de Jacobo no fueran más que la obsesión de un pervertido supersticioso. Pero él no podía desprenderse de la convicción de que algo tenían que ver con sus atormentados sueños, con el recuerdo insistente de Leonora Galigai y su maldición. Y con la voz que hacía días le había anunciado desde el otro mundo: «Muy pronto».

14

M adeleine arrimó su silla a la del duque de Épernon y le cogió los dedos, secos como sarmientos:

—Hablaba como si intuyera la verdad. Me asusté mucho. Tanto, que se lo conté todo a madame de Montmorency y ahora no puedo dormir pensando en las consecuencias.

—No sufráis. Habéis hecho lo correcto.

—Pero el pobre Serres actuaba con la mejor intención. Se arriesgó a venir a verme porque estaba preocupado por mí. Quería que supiera que la justicia nos había identificado para que me diera tiempo a huir. Y le he pagado delatándole. Soy peor que Judas. —Le costaba contener las lágrimas—. ¿Creéis que corre peligro, que ellas…?

El duque se inclinó sobre ella, acariciándole la mano. Era media mañana, pero no habían mandado descorrer las cortinas para bloquearle el paso al frío, y llevaban un buen rato susurrando en la penumbra como conspiradores:

—Parece un hombre de recursos. Apuesto a que a estas horas ya está bien lejos de París.

—¿De veras lo pensáis? —Deseaba creerle con todas sus fuerzas.

—Sin duda —respondió el duque, rotundo—. Es lo que yo haría en su lugar. Marcharme lejos. Olvidaos de él, tenéis otras cosas más importantes de las que ocuparos.

Madeleine sonrió un poco, por fin. La certeza de monsieur de Épernon le daba esperanzas. Serres también era un hombre práctico, seguro que ya se había puesto a salvo.

Se alegraba de haber descargado su conciencia con el duque. Tenía fama de arisco, pero con ella se transformaba. Su duro acento gascón, tan parecido al de Serres, se llenaba de miel cuando estaban juntos y su rostro perdía rigidez. Sus frecuentes visitas eran de las pocas cosas que aliviaban su soledad en aquella casa de piedra y silencios.

Ahora se había quedado ensimismado, contemplando la lámpara encendida que la criada había colocado en la mesa de trabajo: un león de cristal en cuyo vientre ardía el aceite. Suave por fuera y fiero por dentro. Al cabo de un momento, susurró:

—Mademoiselle, ésta es la última vez que nos vemos.

—¿La última?

—Antes de la ceremonia. —La miró a los ojos—. Yo no voy a Saint-Germain.

Madeleine se cerró bien el chal que le cubría el cuello y tragó saliva. La ceremonia. Llevaban siglos preparándola pero aún no le habían dado ningún detalle concreto. El misterio requería adhesión ciega e ignorancia casi absoluta. Y ella deseaba y temía por igual que llegara la hora de una vez, para poder dejar de especular e imaginar escenarios de pesadilla.

—A mí me gustaría que vinierais. —Su voz resonó aguda—. Estaría más tranquila.

—No puede ser. Lo siento mucho.

Hablaba con tanta firmeza que estaba claro que no iba a servirle de nada insistir. Y tampoco podía decirle por qué desde la noche anterior tenía más miedo que nunca a la prueba que la aguardaba.

La Doncella era el símbolo de la pureza y de la inocencia.

Y ella no sabía si seguía siendo digna. No estaba segura de que su abrazo con Bernard de Serres no la hubiera corrompido. Aquella mañana había descubierto con espanto que tenía en la garganta la marca de sus labios y las sensaciones que había despertado en ella el apasionado beso no dejaban de atosigarla como moscas pegajosas. Era imposible preguntarle a nadie sin delatarse. Volvió a ajustarse el chal, aunque estaba segura de que ya estaba bien tapada.

—Muy bien. Si no queréis acompañarme, no lo hagáis. No os echaré de menos.

El duque rió, encantado con su desplante:

—Así me gusta, que mostréis carácter. Anne estaría orgullosa si pudiera veros.

Otra vez Anne. Siempre se las arreglaba para mencionarla.

La primera vez que había escuchado el nombre de su ama en labios de aquel hombre se había quedado perpleja por su tono de nostalgia. Pero ya no la sorprendía. Sabía que se habían conocido tiempo atrás, cuando Anne vivía en la Corte, y estaba segura de que habían estado enamorados, aunque él nunca decía nada concreto. Quizá en el futuro le preguntara, cuando el recuerdo de su ama no le hiciera tanto daño.

Sonrió, halagada con la comparación, pero entonces escuchó un rumor a su espalda. Se giró. Una figura vestida con ropas negras acababa de entrar por la puerta del fondo y se acercaba hacia ellos entre un crujir de faldas de seda, solemne como un ánima del purgatorio.

Madeleine tembló, pero cuando la sombría visitante llegó junto a ellos, la luz de la lámpara pintó en el aire las facciones de una dama joven y hermosísima. Iba vestida de luto, con el cabello negro cubierto por un velo, y sonreía, aunque sus ojos, bordeados de sombras, estaban llenos de escarcha:

—Qué oscuro está esto, apenas puedo veros las caras. —Descorrió una de las cortinas—. Mucho mejor, ¿no os parece?

La súbita irrupción de la luz les hizo parpadear a ambos. El duque de Épernon se puso en pie y ella le imitó en el acto. Acababa de adivinar quién era la recién llegada:

—Madame —murmuró, cohibida.

La baronesa de Cellai. Madame de Montmorency le había hablado de ella y le había dicho que habían coincidido en la fiesta de Lessay, pero Madeleine no recordaba su rostro. Aquélla era la primera vez que se encontraba frente a la Arpía.

Inspiró profundamente, tratando de dominar su nerviosismo, y fijó la vista en el fulgor de la lámpara. La luz que ilumina los caminos. «*Portadora de la antorcha. Guía nuestros pasos.*»

La sombría dama le lanzó una ojeada de arriba abajo a monsieur de Épernon y le espetó, sin ceremonias:

—¿Qué hacéis vos aquí?

—Os estaba esperando, madame. Esta carta me llegó anoche. —El duque extrajo unos papeles doblados del interior de su jubón—. Mademoiselle Paulet se encuentra a salvo en Bruselas. No ha querido escribirnos hasta ahora por prudencia.

Se había envarado y su rostro se había vuelto impenetrable. No parecía el mismo hombre de hacía cinco minutos.

La baronesa de Cellai cogió la carta:

—¿Bruselas? Habíamos acordado que el maestro Rubens la acogería en Amberes. —Tenía acento extranjero, pero era menos resonante que el de la madre del rey.

—Cierto, pero hay un brote de peste sin precedentes en la ciudad y han tenido que alejarse para evitar el contagio.

La Arpía ojeó la misiva con rapidez. Tenía varias páginas:

—Es arriesgado, ¿no os parece? En Bruselas, cerca de la Corte, es más fácil que alguien pueda reconocerla. —Alzó la vista—. En cualquier caso, no es culpa vuestra. Os agradezco vuestros desvelos, monsieur.

La frase era amable pero el tono no podía ser más severo. Era evidente que le estaba despidiendo. El duque captó la insinuación pero no mostró prisa alguna por obedecer. Se giró hacia ella con toda la tranquilidad del mundo:

—Adiós, mademoiselle. —La miraba muy serio—. Prometedme que seréis obediente y que tendréis mucho cuidado con todo.

Madeleine estaba perpleja y la solemnidad del duque la intimidaba. Se le hizo un nudo en la garganta y sólo pudo responder con un gesto de cabeza. Monsieur de Épernon les dedicó una inclinación cortés a cada una y se marchó sin decir más, tieso e insondable.

La Arpía le siguió con la mirada, callada. Madeleine estaba fascinada por su belleza serena y su autoridad natural. Los goznes de la puerta chirriaron al cerrarse y la italiana la tomó de la mano. Tenía los dedos fríos:

—Espero que monsieur de Épernon no os haya agitado el

ánimo. Madame de Montmorency tiene instrucciones de mantenerse alejada del mundo por vuestro propio bien. No sé cómo ha conseguido convencerla ese hombre de que la orden no iba con él.

—No. Yo… —Buscó las palabras con cuidado—. La compañía me hace bien…

—Veo que sois leal. Preciosa cualidad… Si se elige el partido adecuado. —La baronesa sonrió para quitarle aridez a sus palabras—. ¿Me acompañáis a dar un paseo por el jardín? El cielo anuncia nieve. Aprovechemos antes de que empiece la tormenta.

—Sí, me gustaría mucho. —Al aire libre se sentiría menos atrapada.

Se abrigaron y salieron al jardín. El cielo parecía casi blanco. Los árboles estaban desnudos y los arriates muertos; sólo resistían algunos arbustos de hoja pequeña y poco lustre. No había nadie afuera, aparte de un par de jardineros que estaban podando los manzanos que había junto a la tapia. La baronesa se giró hacia ella con curiosidad:

—Tenía muchas ganas de conoceros. Era importarte que nos viéramos antes de la ceremonia, ¿no os parece?

—Sí. —Era una respuesta insulsa, pero se sentía encogida. La Arpía provenía de una antigua familia de mujeres sabias que habían aprendido a encauzar el poder de la madre negra y por eso ejercían su autoridad sobre todos sus servidores; era una estirpe que había nacido en algún lugar de Oriente mucho antes del nacimiento de Cristo. Todo lo que decía tenía intención. Y seguro que no se le escapaba nada.

—Estoy muy satisfecha con vos. Me han hablado del notable progreso de vuestros estudios y, sobre todo, de vuestro arrojo personal. Habéis derramado sangre enemiga por iniciativa propia. Supongo que os han explicado que ése era el rito de paso imprescindible. Aquella Cuya Voluntad se Cumple requiere sacerdotisas capaces de sacrificarse.

—Gracias. —Enderezó los hombros, halagada—. La Matrona me lo explicó todo.

—Es una suerte, porque así por fin podemos poner en marcha

la ceremonia —dijo la italiana. Se detuvo y Madeleine la imitó—. Partimos esta tarde hacia Saint-Germain.

El corazón le dio un salto:

—¿Esta tarde? ¿Ya?

—Pensé que os alegraría la noticia. Me habían dicho que estabais impaciente.

Madeleine miró a izquierda y derecha, desasosegada. Le daba vergüenza confesar que tenía miedo:

—He estado leyendo mucho. Los textos dicen que la Doncella corre gran peligro.

Madame de Cellai le puso ambas manos en las mejillas:

—Pobre niña. No tenían que haberos permitido leer ciertos libros antiguos. Es natural que estéis asustada. —Le acarició el rostro—. La misericordia no es uno de los atributos de Aquella Cuya Voluntad se Cumple.

Madeleine la escuchaba espantada. ¿Cómo podía decir aquellas cosas tan tranquila? Había esperado que la consolara, no que alimentara sus temores.

—Lo peor es la incertidumbre. No encuentro ninguna descripción concreta de la ceremonia —murmuró.

La italiana volvió a cogerla de la mano y reanudó el paseo:

—Cuanto menos sepa la Doncella, más serena estará. Así es más seguro, ¿comprendéis?

—No mucho. Aunque todo el mundo dice que es por mi propio bien. —A lo mejor, fingiendo resignación, terminaba por sentirla—. ¿No podéis decirme al menos…? Nadie quiere contarme tampoco cómo está previsto que muera el rey.

—No hay motivo alguno por el que tengáis que saberlo. No os concierne y no debe preocuparos.

Madeleine no estaba de acuerdo. No le parecía justo que la duquesa de Montmorency supiera cosas que ella, que iba a participar en la ceremonia, ignoraba. Y sólo porque la consideraban demasiado joven.

Más aún cuando su responsabilidad era tan grande. Ésa era otra de las cosas que le daban miedo:

—¿Y si algo sale mal por mi culpa?

Los dedos de la Arpía se tensaron sobre los suyos:

—Nada debe salir mal. Y nada lo hará si os limitáis a seguir las instrucciones que os demos cuando llegue el momento. —La baronesa hablaba en un ceremonioso tono de superioridad—. Imagino que os han explicado que, una vez que se inicie la ceremonia, no habrá ocasión de repetirla si algo falla. La reina de las encrucijadas no se digna a bendecir dos veces la sangre de aquellas que no están a la altura. No sabemos cuánto habría que aguardar para que las estrellas vuelvan a sernos favorables. Lustros tal vez.

Madeleine sabía todo aquello de sobra. Las estrellas se alineaban de modo favorable muy de tarde en tarde y no por mucho tiempo. Desde el día de Todos los Santos, la Madre oscura esperaba su ofrenda, pero sólo hasta finales de marzo, cuando brotara la luna nueva. Si algo salía mal, la Soberana de las Sombras las consideraría indignas. No habría segundas oportunidades. ¿Por qué tenía que recordárselo? Daba la impresión de que la baronesa había acudido a verla sólo para ponerla aún más nerviosa. Pero a lo mejor conseguía que le explicara alguna otra de las cosas que le ocultaban, aunque no tuviera que ver directamente con su papel en la ceremonia:

—¿Ni siquiera podéis decirme quién será el instrumento? ¿Si será alguien que yo conozca?

Las crónicas llamaban «instrumento» a la persona que cometía el regicidio y que a menudo pagaba con su propia vida. Madeleine había intentado sacarle información al respecto a madame de Montmorency, pero su anfitriona se había escabullido con tanta urgencia que la había dejado aún más inquieta. No era más que una intuición, pero estaba convencida de que había algo en lo que iba a pasar que la desazonaba.

El grito agudo de un mirlo la sobresaltó y la baronesa de Cellai la tomó del brazo:

—No insistáis; ésa es mi decisión y de nadie más. La única persona al corriente es madame de Montmorency, y sólo porque tiene un papel que cumplir. ¿Habéis comprendido?

—Sí —respondió, achantada.

—Si me lo permitís, os daré un consejo. Cuando os atenacen las dudas, os ayudará pensar en todo lo bueno que saldrá de la ceremonia, y en que a partir de mañana se acabará vuestra reclusión.

—¿Podré visitar a la duquesa Nicole en Lorena?

—Por supuesto. Todas seremos más fuertes. Y podremos prestarle asistencia política y militar, si hace falta. Su marido dejará de ser un problema.

Lorena era aún una tierra hostil para ellas. Madeleine se había empapado de los viejos anales. Los misterios de la soberana de las sombras eran más antiguos que los cultos paganos de la Grecia clásica, pero desde hacía muchos siglos sólo sobrevivían ocultos en las orillas del Mediterráneo, amparados en las tinieblas. Era la reina Catalina de Médici quien los había traído a aquel lado de los Alpes cuando se había sentado por primera vez en el trono, junto al rey Muy Cristiano de Francia.

De repente Madeleine se dio cuenta de que sus pasos las habían ido llevando hasta el rincón del jardín donde se había refugiado con Bernard de Serres la noche anterior. El lugar donde había mancillado su pureza. Le asaltó la sospecha de que era la Arpía la que la había conducido hasta allí. No podía dejar que adivinara su zozobra:

—Estoy dispuesta. Es sólo que creía que teníamos un poco más de tiempo.

La baronesa de Cellai se sentó en el banco:

—Madame de Montmorency me ha puesto al corriente de la visita que recibisteis anoche.

Madeleine se puso colorada y se sentó a su lado, con el estómago hecho un nudo de nervios. No sabía qué decir. Se llevó la mano al cuello. No podía dejar de revivir lo que había ocurrido allí, el abrazo ansioso de Serres, su boca…

Entonces empezó a notar una leve presión en la garganta; algo que impedía el paso normal del aire y que iba creciendo poco a poco. Giró la cabeza, asustada. La Arpía tenía los ojos cerrados y la cara vuelta hacia el cielo blanco, indiferente. Pero Madeleine sentía su espíritu despiadado hurgando dentro de ella. Y le hacía daño. No sabía cómo decirle que no había nada más. No habían ido más allá. Era virgen. Virgen.

La sensación opresiva desapareció de golpe. Apenas había durado un momento y no estaba segura del todo de que no hubiera sido su imaginación. Boqueó, tratando de calmarse.

La Arpía se dirigió a ella como si no hubiera sucedido nada. Su voz era un susurro acariciante:

—En realidad, también quería hablaros de un asunto muy grave que os concierne.

—¿A mí? —Tragó saliva, acorralada.

—Nunca debisteis involucrar a ese Serres en vuestro acto de venganza. No sé cómo os han identificado, pero supongo que os dais cuenta de que si os apresa la justicia no podremos llevar a cabo la ceremonia. Por eso tenemos tanta prisa.

Madeleine enterró la barbilla en el forro de su capa para ocultar su turbación:

—No lo pensé en su momento.

—Pues hay que pensarlo todo. Entiendo que sintáis que podéis confiar en él. Habéis sufrido mucho y Serres ha estado a vuestro lado. Pero es muy peligroso. Ya visteis lo que pasó anoche en cuanto os dejasteis conmover. Los suspiros castos son materia de poemas pastoriles. En la vida real las cosas pasan de otra manera. Ni vos sois una dama inaccesible en lo alto de un balcón ni él un caballero andante que vaya a conformarse con una prenda atada al brazo y vuestros buenos deseos. Ya tenéis edad para comprenderlo. No es la primera vez que os ponéis en riesgo y esta vez sabéis lo que está en juego. —Hizo una pausa que a Madeleine se le hizo eterna—. No pienso permitir que nos acarreéis la ruina sólo porque no sois capaz de prevenir que un mozo caliente os arremangue las faldas.

Las duras palabras cayeron en su conciencia como piedras.

—Lo siento mucho. Yo no sabía…

Notó que se le arremolinaban las lágrimas en los ojos. La Arpía suavizó el tono:

—Sois muy joven y Anne os tuvo demasiado tiempo aislada sin conocer vuestro destino. Es comprensible que cometáis algún error. Pero no olvidéis nunca que os va la vida en defender vuestra virginidad.

Ella enrojeció de nuevo:

—Serres nunca… Os aseguro que nunca he corrido riesgo a su lado… La culpa fue sólo mía. No es ninguna amenaza, os lo prometo. —Se limpió las mejillas con una esquina de la capa.

Un jardinero encorvado que arrastraba una cesta llena de ramas las saludó con una inclinación de cabeza. La italiana la tomó de la mano, con un gesto maternal:

—Escuchad. No somos ermitañas que vivamos aisladas. Todas tenemos amistades, obligaciones, personas a las que debemos lealtad… Una vida sometida a las leyes de los hombres. Pensad en las capas de una cebolla. Las exteriores representan vuestra posición visible en el mundo, con sus distintas facetas. Las capas intermedias esconden vuestros secretos personales, ocultos a los ojos del público, cada vez más y más recónditos. Algunos son niñerías sin importancia. Otros podrían acarrear la perdición si se conocieran: ambiciones particulares, lealtades ocultas, falsos amores, traiciones… Incluso crímenes. —La baronesa le acariciaba la mano y su voz seguía siendo amable, pero Madeleine no dudaba de que se refería a la muerte de Cordelier—. Ni vos sois una tímida doncellita incapaz de hacerle daño a una mosca, ni yo soy tan sólo una devota dama de Ana de Austria, como cree el mundo. Pero todo eso: nuestros sentimientos, nuestras aspiraciones, nuestras fidelidades, por lejos que estén de la superficie, por intensamente que nos afecten, no son más que capas de la cebolla. Lo importante es el corazón. Nuestra condición de sacerdotisas de la señora de las profundidades y las tres caras. Todo ha de subordinarse a su servicio. Y nadie debe levantar nunca la última capa de nuestros secretos. Nadie debe llegar a vislumbrar el corazón. Ni amantes, ni familia, ni amistades. Necesito saber que entendéis lo que está en juego, que puedo confiar en vos.

Madeleine notaba una tensión latente bajo el tono mesurado de las palabras de la baronesa. Quería borrar la mala impresión que le había causado:

—Os prometo que a partir de ahora seré prudente —titubeó.

Le costaba articular las palabras que la Arpía esperaba que pronunciara—. No volveré a ver a Bernard de Serres.

Se miraron un rato largo, ella desolada, la Arpía inquisitiva:

—Está bien. Aprecio vuestra renuncia en su justa medida. Yo también soy una mujer. —Le acarició el pelo, compasiva por fin—. No he venido a amonestaros. Estamos a punto de afrontar algo muy grande juntas y no estaba previsto actuar con tanta precipitación. Habría sido mejor si hubierais tenido más tiempo para prepararos.

Madeleine también habría querido disponer de más tiempo. Ahora que había llegado la hora, el miedo se había comido toda su impaciencia. Pero quería disimularlo:

—Creí que estabais contenta de mi iniciativa y de que todo se pudiera poner en marcha de una vez...

—Me complace que hayáis mostrado carácter. Doncella, Madre y Arpía, las tres deben derramar sangre con sus propias manos antes de ser dignas de intermediar entre el reino de los muertos y este mundo. Pero normalmente es un momento que se prepara con cuidado, no el producto de una fuga imprudente para satisfacer un odio personal delante de testigos.

Otra vez la estaba regañando. Nada le parecía bien:

—Pues la Matrona me felicitó sinceramente —replicó, contrariada—. Me dijo que había sido muy valiente y que estaba orgullosa de mí.

—Es posible. Pero que una persona apruebe una acción no la convierte en menos temeraria.

—María de Médici no es una persona cualquiera. Es la Matrona. La madre del rey. —Sabía que estaba siendo impertinente pero estaba frustrada. La Arpía era demasiado exigente—. Y se alegró de que hubiera acabado con la vida de un hombre que le había hecho tanto daño a Anne. Ella también la quería mucho. Y mi ama la quería a ella. Hasta había hecho dos muñequitas iguales para protegernos a las dos. Estaban dentro de un estuche que...

Se mordió la lengua. La baronesa la miraba tan concentrada que le dio miedo haberse pasado de la raya. A lo mejor le disgustaba que hubiera intimado demasiado con la Matrona. Madame de Montmorency le había contado que había habido tiranteces entre ellas desde la llegada de la baronesa a París, en primavera, a causa de unos cuadros que María de Médici había hecho colgar de las paredes de su palacio.

La duquesa pensaba que tampoco era tan grave, porque sólo los iniciados podrían interpretar los símbolos que encerraban. Pero, según la Arpía, eso era lo de menos. Los lienzos mostraban cosas que debían permanecer siempre ocultas. E incluso había obligado a la reina madre y al pintor a destruir algunos.

De pronto la italiana la tomó por la barbilla y la obligó mirarla a los ojos. Madeleine se asustó, recordando la sensación de ahogo de hacía unos instantes. Pero después de bucear en su mirada un momento, la Arpía sólo musitó:

—Estabais junto a ella cuando quemó las agujetas del rey.

—Sí —admitió, incómoda. No entendía por qué la baronesa le daba esa importancia. Al principio, cuando había visto a la reina madre arrojar aquel cordón al fuego, Madeleine no había comprendido nada, pero María de Médici se lo había explicado. Aquello era parte de su venganza. Con ese gesto se aseguraban de que Luis XIII, que tanto daño les había hecho a ambas, no pudiera concebir herederos, ni siquiera en el breve tiempo de vida que le quedaba.

—Y supongo que no os dijo por qué tenía tanta prisa en arrojarlo a las llamas, nada más recibirlo de manos de monsieur de Lessay, ¿verdad? —preguntó la baronesa—. Adivino que se calló que lo único que quería era hacerlo desaparecer antes de que yo me enterara de que lo había encontrado.

Madeleine la miró, boquiabierta:

—No sé lo que queréis decir. Ella me dijo que…

—Dejadme que os cuente algo, niña. Hace unos pocos meses nadie en la Corte sabía de la existencia de ese cordón, aparte de Luis XIII. Y si él no se lo hubiese revelado a Ana de Austria este verano y ella no hubiese confiado en mí, yo no me habría enterado nunca tampoco. Comprendí que la historia era real nada más escucharla, pero lo natural era asumir que las agujetas se habían

993

perdido para siempre o que habían acabado en el fuego después de que Luis XIII ordenara la ejecución de Leonora Galigai. No le di más vueltas. Pero me equivocaba. Leonora le había encargado a Anne su custodia. Y ella no se lo había dicho a nadie porque había prometido guardar el secreto. Incluso ante María de Médici. Luis XIII también la había detenido tras mandar asesinar a Concino Concini. Había decidido expulsar a su madre de la Corte y exiliarla al castillo de Blois, bajo vigilancia. María estaba desesperada e incluso temía por su vida. Estoy segura de que Anne no confiaba en que no utilizara el cordón para negociar en su propio provecho si llegaba a saber de su existencia, deshaciendo el conjuro si hacía falta. O que en el futuro, el interés dinástico o una reconciliación pudieran llevarla a devolvérselo a su dueño. Al fin y al cabo son madre e hijo. Afortunadamente, Anne lo conservó todo este tiempo. Sin deshacer el maleficio pero sin destruir el cordón tampoco. A la espera. Hasta hace un par de meses. Sabía lo importante que era. Las estrellas se estaban alineando y el tiempo corría. Comprendió que tenía que informarnos antes de que el rey muriera. Por eso, cuando vinisteis las dos a París en septiembre pasado, lo trajo consigo. —La baronesa hizo una pausa para asegurarse de que estaba siguiéndola—. Por desgracia, después de la fiesta de los condes de Lessay yo caí muy enferma. Anne sólo pudo hablar con María de Médici y, sabiamente, no quiso entregarle el cordón sin antes consultarme a mí. Y cuando salió corriendo de vuelta a Ansacq, tras vos, no se atrevió a dejarlo en casa de la duquesa de Chevreuse y volvió a llevárselo consigo junto al resto de sus pertenencias de importancia.

—¿Y vos no supisteis nada?

—No. Y nunca lo habría sabido de haber sido por la Matrona. Me lo ocultó a propósito porque sabía que si el cordón caía en mis manos desharía el hechizo. Y eso era lo último que ella quería. Así que se calló y se limitó a rezar, rogando por que el fuego que había arrasado vuestra casa de Ansacq lo hubiera destruido.

—Pero al final lo descubristeis.

La Arpía achicó los ojos, complacida:

—Querida niña. Apenas nos conocemos. Pero os aseguro que no resulta fácil ocultarme secretos durante demasiado tiempo. —Le acarició el rostro y Madeleine se estremeció. Estaba segura de que a la baronesa se le escapaban muy pocas cosas. Pensó en cómo le había arrancado la verdad sobre lo que había ocurrido con Bernard, hacía un momento. No se imaginaba que se atreviera a tratar del mismo modo a la reina madre, pero quién sabía.

—¿Y qué hicisteis?

—Tuvimos una discusión muy tensa. Ella estaba convencida de que el cordón había desaparecido para siempre en el incendio. Yo, en cambio, tenía esperanzas de encontrarlo aún. De que Anne lo hubiera puesto a salvo en otro sitio. Y todavía teníamos tiempo. Vos acababais de escapar de Ansacq. Hice lo posible por indagar, con precaución… Sabía que si ella le ponía la mano encima antes que yo, lo destruiría.

—Y teníais razón. El cordón no había ardido —exclamó Madeleine, comprendiendo—. Anne lo había escondido en su estuche rojo, detrás de la chimenea. Pero Serres lo encontró a tiempo y se lo entregó al conde de Lessay antes de que mi casa se quemara.

—En efecto. Y María de Médici fue lo bastante hábil para averiguarlo, de algún modo, y conseguir que el conde le entregara el estuche la misma mañana en que vos acudisteis a conocerla. Por eso arrojó el cordón al fuego de inmediato, antes de que yo pudiera enterarme.

La baronesa se quedó callada, esperando a que dijera algo. Madeleine tenía la impresión de que era una especie de prueba, pero no sabía cómo salir con bien de ella. Entre traicionar a la Matrona, que tan comprensiva se había mostrado con ella, y contrariar a la Arpía, tenía que haber un término medio. Mejor quitarle hierro al asunto:

—¿Y eso es muy grave? ¿Qué nos importa a nosotras si el rey tiene hijos o no?

—Escuchad, estamos a punto de entregarle la vida del rey a la señora de las sombras. El trono va a quedarse vacío. Y puesto que Luis XIII no tiene hijos, será su hermano quien le suceda. Pero si

Ana de Austria estuviera embarazada, Gastón no podría ser coronado. Habría que esperar al parto. Y si Aquella Cuya Voluntad se Cumple hiciera que la reina alumbrara un varón, habría sido un juego de niños quitar de en medio a ese principito inconstante y conseguirle la regencia a ella, igual que la conseguimos para Catalina y la propia María de Médici durante la minoría de sus hijos. —La italiana hablaba con tanta seguridad como si los deseos de la madre oscura y los suyos fueran uno, y estuviera en su poder manipular las hebras que regían el azar del sexo del heredero. Quizá lo estaba—. El rey de España nos habría ayudado a sostenerla y yo habría estado a su lado para guiarla. Habríamos tenido trece largos años para crecer y prosperar. En cambio, cuando Gastón gobierne, reinará la incertidumbre más completa. Su madre cree que puede dominarle, pero no se da cuenta de que se deja influenciar por cualquiera. En su empeño por seguir ocupando el primer plano político a toda costa, la Matrona nos ha puesto las cosas mucho más difíciles a todas.

—Comprendo —dijo Madeleine, débilmente. Aunque la verdad era que todas esas consideraciones políticas se le escapaban, la lucha soterrada por el poder que creía percibir entre la baronesa de Cellai y la reina madre la dejaba aún más intranquila. No debía de resultarles fácil encontrar un punto de acomodo. Si a ella, que no era nadie y estaba abrumada por todo lo que le estaba sucediendo, le costaba tanto obedecer sin rechistar, para una reina coronada y madre de reyes como era María de Médici debía de ser casi imposible someterse dócilmente a los designios ajenos; y la Arpía no parecía de las que ejercían la autoridad con guante de seda.

La italiana pareció percibir su inquietud y le dio un beso cariñoso en la mejilla:

—Era importante que conocierais la verdad, pero todo eso es agua pasada. Ahora hay que dejar de lado las rencillas. —Se levantó del banco—. Es hora de prepararnos para el viaje.

Madeleine se puso de pie a su vez. De repente, le invadió un desamparo tan espeso que podía mascarlo entre los dientes. No estaba segura de si era pura, no sabía por qué su vida corría peligro durante la ceremonia...

La baronesa la cogió de las manos:

—Querida niña. No voy a pretender medir mi incertidumbre con la vuestra. Yo siempre supe cuál era mi destino. Pero voy a confesaros algo: yo también tengo miedo cada vez que miro a la Guardiana de los Muertos a la cara.

15

Tres golpes secos resonaron en la puerta y el rosario se le cayó al suelo del sobresalto. Alargó el brazo para recogerlo y gritó, sin bajarse de la cama:

—¿Quién es?

No permitía que entrara nadie sin preguntar. Le había dejado claro al mesonero que no quería mujeres cerca. Ni para servirle ni para adecentar el cuarto. Pero no se fiaba de que le obedeciera.

—Soy yo, Poullot —respondió la voz recia del patrón.

Bernard se ató el cordón de los calzones precipitadamente y se puso en pie tan rápido como pudo, agarrándose el costado dolorido.

De niño, cuando se caía de un árbol o regresaba a casa con una pedrada en la frente, su madre siempre le frotaba la herida con una medalla de la Virgen que llevaba escondida bajo las ropas. Decía que las imágenes de la Madre de Dios protegían al cuerpo de todo daño grave. Así que había estado restregándose el rosario por la verga y las pelotas con empeño, mientras rezaba lo más fervorosamente que podía.

Pero se habría muerto de vergüenza de tener que explicárselo a alguien. En cuanto se compuso las ropas, gritó:

—¡Adelante!

Poullot cerró la puerta a sus espaldas y se plantó en mitad de la estancia, con los brazos cruzados sobre el pecho y las piernas abiertas:

—Un gentilhombre desea veros.

—¿Qué gentilhombre? —Nadie sabía que estaba allí refugiado, excepto el padre Joseph. ¿Iba a seguir atosigándole? Ya no le quedaban amigos a los que espiar. Pegó un respingo súbito. Las brujas. Podían haber utilizado un conjuro para encontrarle. ¿Y si era un emisario de las brujas? Se le escapó un grito—: ¿A quién le habéis contado que estoy aquí?

El mesonero cabeceó:

—Escuchad, mozo. Os consiento todas las extravagancias mientras no arméis jaleo y sigáis pagando. Pero andaos con ojo. Cada día os parecéis más al fulano por el que vinisteis a preguntar hace dos meses. —Le molestó que Poullot hablara de maître Thomas como de un loco. Ojalá hubiera comprendido él a tiempo la seriedad de sus advertencias. Iba a replicar, pero el posadero se adelantó—. La visita espera. Es un hombre embozado. Viene solo y no me ha dicho su nombre. Pero paga la discreción con escudos de oro. ¿Queréis que le haga pasar, sí o no?

Lanzó una moneda al aire un par de veces y se la guardó de nuevo en la palma con un guiño.

Bernard decidió resignarse a lo que el cielo le tuviera deparado. Si las brujas le habían encontrado, de nada iba a valerle intentar huir. Respiró hondo:

—Que pase.

Poullot salió de la habitación y, al instante, una figura enmascarada, alta y silenciosa, envuelta en un manto negro, ocupó su lugar.

El misterioso visitante comprobó que la puerta estuviera bien cerrada e inspeccionó con cuidado el cuarto, asegurándose de que estaban solos. Todo sin abrir la boca. Bernard no le quitaba ojo de encima. Su actitud y sus andares seguros parecían más los de un gran señor que los de un diablo, pero no había que confiarse.

Finalmente, el extraño se acomodó en la silla y se bajó el embozo. Bernard se quedó de piedra al escuchar el profundo acento gascón:

—Bueno. Por lo menos estáis todavía vivo… —El duque de Épernon se arrancó la máscara, se desembarazó del abrigo y el sombrero, y depositó una pistola sobre la mesa, con parsimonia—. Disculpad, pero un anciano como yo no puede deambular por las calles a solas a estas horas sin algo de protección.

Bernard no daba crédito. Sólo había visto a ese hombre dos veces. Una en el Louvre, la noche de los perros. La otra, hacía unos días, en la puerta del gabinete de curiosidades del hôtel de Montmorency. Pero aquel viejo bravío era inconfundible.

Se puso en guardia. También era el padre del malnacido que había asesinado a Charles.

—¿Qué queréis de mí? ¿Cómo me habéis encontrado?

El duque le escrutaba con fijeza y Bernard cayó en la cuenta de que estaba descalzo, con la camisa mal remetida y los pelos en desorden.

—Mademoiselle de Campremy me ha dicho esta mañana que os alojabais aquí y he decidido probar suerte. Está preocupada por vos. Parece que anoche fuisteis a verla y mostrasteis un comportamiento un tanto… errático. Que hablasteis de cosas que no deberíais saber.

Bernard sintió que el corazón le latía más fuerte. No se había equivocado. Era un enviado de las brujas:

—No sé de qué me estáis hablando.

—Por supuesto que lo sabéis. —El viejo cruzó una pierna sobre la otra y apoyó un codo en la mesa—. De lo que pasó anoche en el jardín. La brujas. La duquesa de Montmorency. Medea. ¿Fue vuestro amigo quien os habló de esas cosas? ¿El poeta que espiaba a Angélique Paulet?

Bernard se puso rígido:

—El hombre al que mandó matar vuestro hijo. No sabéis cómo lamento no haber sido capaz de arrancarle las entrañas —escupió—. Si habéis venido a pedirme cuentas, estoy dispuesto a desquitarme con vos.

El duque no movió ni una ceja:

—Monsieur de La Valette es bastante mayorcito para resolver sus asuntos privados sin tener que llevar a su padre pegado al culo, *gojat*. Al buscarle querella no hicisteis más que cumplir con un amigo. Igual que mi hijo cumplía con su deber cuando le mandó matar. No tengo nada contra vos.

—Le mató para que no le llevara al rey los papeles del rey de Inglaterra. Los papeles en los que el rey Jacobo le advertía contra las brujas que buscan su muerte y contra su propia madre…

No necesitó que el viejo duque se lo confirmara. Al pronunciar las palabras en voz alta, todos los dislates que habían estado arrancándole bocados de cordura durante días habían cobrado sentido de golpe. La madre asesina del mensaje inglés. La bruja Hécate. Las hechiceras de los cuadros. Todas malditas. Y el marqués de La Valette era su servidor. Quizá también lo fuera el anciano que seguía contemplándole impasible, acodado a la mesa.

Enterró la cara entre las manos. No, ésos no eran razonamientos propios de un cristiano. El posadero se lo había advertido. *Diu vivant.* ¿Y si se estaba volviendo loco de verdad? Se arrojó contra el duque y le agarró de la botonadura del jubón:

—¿Quién os ha enviado? ¿Habéis venido a torturarme antes de llevarme al infierno?

Épernon intentó sacudírselo de encima, sin éxito. Levantó la mano derecha. Y en su mejilla restalló un bofetón, sonoro y humillante:

—*Diu me dau, mossiu!* ¿Queréis tranquilizaros?

Bernard se llevó la mano al carrillo, desbarajustado. Normalmente le habría arrancado la cabeza a cualquiera que le hubiera tocado la cara. Pero aquel golpe inesperado le había sacado de un empellón del torbellino de enajenación en el que se estaba ahogando. Como a un borracho espabilado de un guantazo. Estaba casi agradecido.

El duque se puso de pie, cruzó hasta la ventana y permaneció un rato contemplando la noche, con las manos enlazadas tras la espalda. Luego se giró de golpe y Bernard tragó saliva. Había visto halcones observando con más piedad el señuelo cuando les quitaban la capucha:

—Mañana a primera hora el rey va a morir —anunció—. Y es muy probable que mademoiselle de Campremy también pierda la vida.

Ahora estaba claro. Aquél no era el duque de Épernon sino un diablo que había adoptado su forma para venir a burlarse de él. No había otra explicación. Esperó a que empezara a reírse y su rostro se contorsionara, transformándose y revelando su verdadera identidad. Pero su visitante seguía mirándole con la misma seriedad.

—¿Qué burla es ésta, monsieur? Por lo más sagrado que no comprendo lo que buscáis.

—Pues es muy sencillo. Quiero que me ayudéis a impedir que esta madrugada ocurra lo que está escrito.

Bernard se apoyó en el respaldo de la silla. Su corazón era un huracán. Aquello tenía que ser algún truco. Decidió encastillarse:

—Yo no sé nada de ninguna conjura contra el rey.

—¿Conjura? Nadie os está hablando de política, *gojat* —replicó el duque, el diablo o lo que fuera—. Os estoy hablando de sangre. Es su sangre lo único que les interesa.

Con infinito cuidado, convencido de que la respuesta iba a ser una carcajada descreída, Bernard preguntó:

—¿A las brujas?

Silencio.

El viejo le observaba bajo un ceño huraño, sin despegar los labios. Pero no le contradecía. En vez de asustarse, Bernard sintió que la losa que le aplastaba el pecho desde hacía días se descomponía y se hacía arenilla a sus pies. El duque no se reía de él. No estaba loco:

—Claro que son las brujas… Estaba todo en los mensajes. La reina de la hechicería, la señora de la muerte… La madre… —El alivio le podía más que la prudencia. Soltó una carcajada de pura excitación y arrancó a hablar sin orden ni concierto, atropellando unas palabras con otras en su afán por regurgitarlo todo. De los cuadros del palacio de María de Médici, de las tres caras de las brujas, de las calles que se contorsionaban para impedirle encontrar el camino, de la duquesa de Montmorency y del lienzo de la maga que había asesinado a sus hijos, de la noche en que la baronesa de Cellai había dominado a los perros con una mirada, de su voz sombría pronunciando la sentencia: «Enemigo». Agarró al duque de una manga—. Por eso no dejo que se me acerque ninguna mujer. Por cada brujo, diez mil brujas. Me lo dijo el cura de Ansacq. Aunque él sólo hablaba del diablo, no de esa hechicera de los caminos. Pero sabía que ninguna mujer era de fiar. Y Madeleine tampoco. Me entregó un talismán la otra noche. Me dijo que era para protegerme, pero llevaba el símbolo de la rueda y las serpientes...

Había ido bajando la voz, invadido por el desaliento. Madeleine, tan dulce y tan inocente. Lo único bonito que le había pasado desde que había puesto el pie en París. Y ella también era una bruja.

Épernon se arrancó su mano de la manga:

—Curas de pueblo. Necios y fanáticos. Si hubiera estado allí, le habría prendido fuego a la aldea entera.

—Pero tenían razón. Madeleine de Campremy y su ama eran brujas. —Bajó la voz, reflexionando—. Aunque quizá no fuera culpa suya. El padre Baudart me explicó en Ansacq que las mujeres son más receptivas al maligno por naturaleza.

El duque le miró como si tuviera ganas de pegarle otra vez, pero al final se conformó con soltar un resoplido sarcástico, antes de volver a acomodarse en la silla y mirarle con interés.

—Vuestras sandeces no me interesan. Pero habéis nombrado a la baronesa de Cellai. ¿Por qué? ¿Qué tiene ella que ver con Ansacq o con los papeles de Inglaterra?

—No lo sé. No tengo ni idea de qué tiene que ver con nada. Pero siempre he sabido lo que era. Desde antes de la noche de los perros. Desde que... —Iba a mencionar a maître Thomas, cuando un escrúpulo absurdo le detuvo. No sabía qué sentido tenía la lealtad a aquellas alturas. Pero había prometido no decir nada—. No puedo contároslo.

El duque encogió los ojos un instante y sacudió una mano:

—Está bien. Guardad vuestros secretos. Aunque poco os quiere el azar si os ha llevado a cruzaros con ella en mal momento. De cualquier forma, hay un vínculo entre todas esas mujeres que sin duda os habrá llamado la atención. —Bernard se le quedó mirando. La respuesta debía de ser más obvia de lo que parecía porque

Épernon se impacientó—. ¡La baronesa de Cellai, madame de Montmorency, la reina madre! ¿Qué es lo que tienen en común?

No lo sabía. Las tres mujeres no podían ser más distintas. Además, el tamborileo de las uñas del duque sobre la mesa le estaba poniendo nervioso. Se aventuró:

—¿Son extranjeras? —El viejo alzó los ojos al techo y Bernard se apresuró a puntualizar, convencido de que iba por el buen camino, aun sin saber a dónde le llevaba—: Son italianas.

—Siempre son italianas —confirmó Épernon, lóbrego—. Vienen del sur, del Mediterráneo, y de aún más a oriente. De los montes de Tesalia y las costas del Egeo. Igual que las lenguas y los cultos paganos. Está en su sangre… En el alma maldita de su estirpe.

Bernard no sabía dónde estaban todos esos lugares, lejos de Francia probablemente. Pero se sorprendía de no haberse dado cuenta antes. Italianas. Todo el mundo sabía que los italianos eran envenenadores, adivinos y nigromantes. Con más razón tenían que serlo sus mujeres. Entonces cayó en la cuenta:

—¿Y madame de Chevreuse?

El duque parpadeó, desconcertado, como si le hubiera hablado en otro idioma:

—¿Qué pasa con madame de Chevreuse?

—Que no es italiana. Nació a pocas leguas de París y tiene sangre bretona.

—¿De qué diablos me estáis hablando?

—¡Me hechizó nada más llegar a París! Si no hubiera sido por su culpa, no habría…

Un sonido alborozado interrumpió sus explicaciones. El duque se estaba riendo de él. Bernard cruzó los brazos, ofendido, pero fue Épernon quien atajó su propio regocijo dando un palmetazo sobre la mesa:

—¡Basta! Las sandeces que os haya hecho hacer lo que tiene la cabritilla entre las piernas son cosa vuestra. Bien iría el mundo si cada mujer que enreda a un mancebo inexperto fuera bruja. Prestad atención de una vez. No estáis en vuestras montañas. Olvidaos de las mozas que acaban en la hoguera por no haberse dejado hincar por algún fanático y de las viejas curanderas. Nadie hace un pacto con el maligno a cambio de un par de vuelos nocturnos en escoba si por las mañanas tiene que seguir destripando terrones en el culo del mundo. —El duque agachó los hombros y su voz se convirtió en un susurro rasposo—. Os estoy hablando de poder de verdad. De ocupar tronos y someter la voluntad de los guerreros más poderosos. De un puñado de almas en deuda eterna con el Tártaro.

Bernard comprendió:

—Como vos y vuestro hijo. Madame de Chevreuse me dijo que teníais un demonio que os protegía y que por eso vuestros enemigos no habían logrado nunca acabar con vos.

El duque le lanzó una ojeada fulgurante:

—Yo no soy más que un servidor. Como el flamenco, ese Rubens que pintó el cuadro de la duquesa de Montmorency y ha decorado la galería de la reina madre. Él sirvió en Mantua en su juventud, antes de que nadie conociera su nombre, en la Corte de la hermana de María de Médici. Yo me encontré con mi destino en el Louvre —explicó, con una mueca turbia—. Cuando hablé por primera vez con la reina Catalina tenía más o menos vuestra edad. Y una ambición que habría podido devorar el mundo. Ella era ya la viuda vestida de negro. Madre de dos reyes y de una reina. Pocos hombres habrían podido resistirse a sus promesas… No tardé mucho en hacer el juramento. Un juramento más inexorable que cualquier pacto de vasallaje de los tiempos antiguos. Inextinguible. Un juramento ante la diosa de sangre negra capaz de llenar de horror a Lucifer.

Bernard tragó saliva y un sabor a hierro le humedeció la garganta. La solidez de las palabras de Épernon estaba despejando la bruma que le ahogaba, dando realidad a la amenaza que hasta ese momento sólo había existido en su cabeza.

—Entonces es verdad. La reina madre se ha entregado a la magia negra. Eso es lo que descubrió Charles —musitó—. *Sang de Diu*, ¿cómo puede una madre desear la muerte de su propio hijo?

—Los deseos de María de Médici no tienen ninguna importancia, *gojat*. Lo que va a ocurrir no es decisión suya. Aunque fuera su hijo bienamado, tendría que entregarlo. El momento ha llegado. Está escrito en los astros. La reina de los muertos reclama la sangre de un rey ungido.

—Pero ¿para qué?

—Es la ofrenda que exige a cambio de su favor. Aunque los siglos hayan relegado al olvido a la soberana de las sombras, incluso los reyes de los hombres le están sometidos. —El duque se encogió de hombros—. Y debe de ser difícil saciarse sólo a base de sacrificios de perros y libaciones de miel, supongo.

—Pero ¿qué tiene que ver en esto Madeleine?

—No es difícil de adivinar. La señora de las encrucijadas tiene tres rostros. Por eso entre sus siervas elige a tres sacerdotisas: doncella, madre y arpía. Sabéis quién es la madre. Imagináis quién es la arpía, aquella a la que más teméis.

—Y ella es la doncella…—murmuró Bernard desolado.

—Es una niña inocente —replicó el duque, con una intensidad fiera—. Hace sólo dos meses no sabía nada de nada. Ni por qué había venido a París ni cuál era su destino.

Bernard se indignó:

—¿Y quién tiene la culpa de que se halle en poder de las brujas? ¡Estaba a refugio en Lorena! Si vuestro hijo no la hubiera traído de vuelta para entregársela a madame de Montmorency…

—No sabéis de lo que habláis. La duquesa de Lorena es hija de Margarita de Mantua. La sobrina carnal de María de Médici. ¿Tengo que explicaros qué significa eso? La niña sólo aguardaba en Nancy a que llegase su hora.

—Pero ¿qué tiene ella que ver con todas esas grandes señoras italianas? No es más que la hija de una modesta familia de Picardía.

—Mademoiselle de Campremy es hija de un gentilhombre francés, en efecto. Pero su madre era una dama provenzal. Su sangre viene de la Liguria.

Bernard sintió un estremecimiento al pensar en el modo en que los tentáculos de la fatalidad los habían estrangulado a todos. Pensó en la fiesta del conde de Lessay. En los invitados bailando la volta. Charles y él, juntos, contemplando cómo revoloteaban las faldas de las mujeres, y Madeleine con las mejillas encendidas por la risa y la emoción.

—Pero ¿por qué la han elegido a ella? —insistió—. ¿No hay más doncellas con la sangre envenenada en ese aquelarre? ¿O es que el demonio ya las ha poseído a todas?

Épernon tardó en responder y Bernard frunció la frente. Que le ahorcaran si el viejo no estaba conteniendo la risa:

—Satanás no me ha hecho parte de sus victorias galantes, desgraciadamente... Pero ella estaba marcada por los astros desde el día de su nacimiento. Hace quince años. Un 14 de mayo. —El duque pronunció la fecha con solemnidad y luego se quedó callado, aguardando algo. Bernard no sabía qué esperaba—. *Diu vivan, gojat!* Es el día en que murió Enrique IV. La niña nació mientras corría la sangre real.

—Así que siempre ha sido bruja...

—En cierto modo. Pero al arrancar una vida humana con sus propias manos, ella misma selló su destino.

Una vida humana... Bernard recordó a Madeleine arrodillada junto al cadáver de Cordelier, con las manos teñidas se sangre. Alzó la vista, despavorido:

—Acaso... ¿Acaso va a matar ella al rey? ¿Para vengarse de lo que ocurrió en Ansacq? ¿Por eso teméis por su vida?

—Ya os lo he dicho. Ni la política ni el rencor tienen nada que ver con lo que va ocurrir —respondió el viejo, con voz opaca—. Está escrito en los astros. La soberana de las sombras reclama un sacrificio de sangre real. Y la ceremonia es peligrosa. Sobre todo para la Doncella.

Bernard se frotó los brazos para ahuyentar un soplo de frío. No quería ni imaginarse a qué tipo de abominaciones iban a entregarse las tres mujeres para provocar la muerte del rey.

—¿Y a vos qué se os da, monsieur? —espetó de malos modos, desasosegado—. Decís que estáis al servicio de esas hijas del infierno pero venís a contarme sus secretos. No sé si queréis que pierda la poca razón que me queda o si sois un producto de mi imaginación.

El duque se incorporó de golpe. Nadie debía haberle hablado en ese tono en lustros. Le miró con desdén, caminó hasta la ventana y cruzó los brazos, torvo:

—Sois demasiado joven. No sabéis nada. Apuesto a que aún creéis que habéis encontrado a la mujer de vuestros sueños cada vez que dais con una que os deja que se la metáis. —Alzó el ceño sombrío y sus ojos oscuros le taladraron—. Yo he vivido treinta veces más que vos. Y he amado a dos personas en toda mi vida. La primera era mi rey, y le enviaron a la muerte de la mano de un monje fanático armado con un cuchillo. A la otra, la envenenaron en una mazmorra de Ansacq como si fuera un perro callejero. Pero si puedo evitarlo, nadie va a tocarle un pelo a mi hija.

—¿Madeleine es vuestra...? —Estaba seguro de que había comprendido mal. Estaba tan aturdido que ni le salían las palabras.

Pero no hacía falta. Al duque le brotaban a borbotones, tumultuosas y apasionadas.

—Primero mataron a mi rey. Enrique III era mi soberano. Y ellas sabían que haría lo imposible por evitar que lo tocaran. Por eso me engañaron cuando hace treinta y cinco años llegó también la hora ineludible de derramar sangre real. Me dijeron que habían elegido al rey de Navarra. Y las creí. Si la reina Catalina hubiera sobrevivido unos meses más... Nadie se habría atrevido a rozarle un pelo de la cabeza, a pesar del asesinato de los Guisa. Pero Catalina no resistió. Y la vieja Anna d'Este, Matrona maldita, no perdonó la muerte de sus hijos.

—¿La muerte de Enrique III fue también cosa de hechicería?

Pero el duque seguía ensimismado:

—No quise seguir sirviéndolas. Me marché. Pero con los años dejé que mi pequeña Anne me fuera amansando. Y ellas fueron pacientes. Me querían de vuelta a su lado. Quizá sea verdad que me protege un espíritu infernal, después de todo. —Lanzó un resoplido sardónico—. O tal vez, simplemente, era demasiado poderoso, y preferían reconquistarme antes que deshacerse de mí. Habían pasado los años. Las malnacidas que habían acabado con la vida de mi señor estaban ya todas bajo tierra, devoradas por los gusanos. A mí aún me ataba mi juramento. Y Enrique IV me odiaba. Me temía, pero me odiaba. Quería roerme hasta el último hueso de las alas. Me lo estaba arrebatando todo, bocado a bocado. Y hacía veinte años que debía estar muerto. ¡Buen pago le dio Ravaillac por sus todas sus felonías!

Apenas se había movido. No había descruzado los brazos y tenía los hombros encogidos, agazapado como una alimaña, sumergido en sus recuerdos; en un pasado que de alguna forma estaba ligado con la suerte de Madeleine, la de Luis XIII y con la suya propia.

De pronto levantó la cabeza con un gesto belicoso:

—¿No sirven vino en esta posada?

Bernard se acercó a la puerta del cuarto y asomó la cabeza por primera vez en tres días para llamar a voces a un mozo. En menos de un minuto había una jarra y dos vasos de loza encima de la mesa.

El duque se había mantenido de cara a la ventana, ocultando el rostro, pero en cuanto se quedaron solos regresó a su asiento y le invitó a que ocupara una segunda silla que había traído el mozo. Parecía mucho más templado:

—La niña vino al mundo a la misma hora en que yo sostenía el cuerpo agonizante de Enrique de Navarra. Pero, por lo visto, aún no se fiaban de mí. —Le pegó un trago largo al vino—. El horóscopo la señalaba sin lugar a dudas. Era una de ellas. Y lo tenían fácil para engañarme. Yo estaba atrapado en París, asegurándole la regencia a María de Médici, y Anne estaba muy lejos. Hacía muchos años que había regresado a la Provenza y no pisaba la Corte. Yo llevaba meses sin verla. Así que me dijeron que ni la madre ni la criatura habían sobrevivido al parto. Se la dieron a los Campremy para que la criaran y Anne se instaló con ellos, como si fuera su ama.

—¿Estáis hablando de Anne Bompas? ¿La mujer que murió en la prisión de Ansacq? —Le costaba contener el tono de incredulidad.

Épernon sonrió con tristeza:

—Me tuvieron engañado quince años. Y ni siquiera se atrevieron a contármelo a la cara. No supe nada hasta hace poco más de dos meses. El día de San Miguel. Angélique Paulet citó a monsieur de La Valette en una fonda del muelle del Heno. La baronesa de Cellai le aguardaba allí, escondida en las sombras, como siempre, para revelárselo. Anne y la niña estaban a punto de llegar a París y no podían guardar el secreto más tiempo. —El duque tomó otro sorbo de vino y se lo pasó de mejilla a mejilla antes de tragárselo y dejar escapar una risa brusca—. ¿Os dais cuenta? Esa extranjera recién llegada, esa impertinente, que ni siquiera había visto la luz del día cuando yo ya era el hombre más poderoso de Francia, sabía que mi mujer y mi hija estaban vivas, mientras yo lo ignoraba. Tal vez no sea justo cargar al mensajero con las culpas, menos aún cuando es carne de tu carne, pero en mi vida le he lanzado a nadie más injurias que las que le arrojé a mi hijo cuando vino a contármelo.

Bernard abrió la boca. El día de San Miguel… Su primer día en París. La buhardilla de Charles, el juego de la gallina ciega en el Louvre, la lucha a muerte con los matones de los Quinze-Vingts, y la partida de cartas en el hôtel de Chevreuse… Así que ésa era la misteriosa cita entre Angélique Paulet y La Valette que había traído a Charles de cabeza tanto tiempo. Con razón había llegado el marqués a casa de Marie con ese humor agrio y provocador.

Pero no se le había borrado del todo el recelo:

—¿Y tanto afecto le habéis cogido a una hija de cuya existencia no habéis sabido en quince años como para desafiar a las brujas por ella?

El duque apoyó ambas palmas sobre la mesa de un golpe:

—La niña no es sólo hija mía. Es la hija de Anne. Yo me enteré de lo que estaba ocurriendo en Ansacq demasiado tarde, cuando el proceso se hizo público en París. Pero madame de Montmorency estaba en Chantilly. Ella sabía lo que estaba pasando. La reina madre también lo sabía y tampoco abrió la boca. No les importó sacrificar a Anne porque ya no la necesitaban. Dejaron que la torturaran. La dejaron morir… —La rabia se le escapaba a escupitajos entre los dientes—. Y la muy necia se resignó para no revelar sus secretos. ¡Os juro que si me hubiera enterado a tiempo me habría colado en ese calabozo y la habría estrangulado por cretina! Madeleine es su hija. Tiene su fuego. Y si tengo una oportunidad de arrebatársela al infierno, no la voy a dejar pasar.

A Bernard no le daba tiempo a pensar. Se le mezclaban las imágenes de la criatura inocente que había viajado junto a él a Lorena con el rostro maldito de la baronesa de Cellai y el eco de la sentencia de muerte que había pronunciado contra él. Madeleine era una de ellas, era su aliada…

—¿Sabe ella que es vuestra…?

—No —le cortó el viejo, seco—. ¿Qué bien podría hacerle? Ya está bastante asustada. Si sobrevive, ya habrá tiempo. Pero para eso, como os he dicho, necesito vuestra ayuda.

Bernard hizo reparar a su interlocutor, con un gesto de los brazos, en su estancia revuelta y su propia facha desastrada. Le daban ganas de echarse a reír:

—¿Qué ayuda puedo yo ofrecerle a nadie, monsieur?

Épernon chascó la lengua con desdén:

—¡Oh, monsieur, no os preocupéis! No voy a pediros nada que esté fuera de vuestro alcance. En realidad, es curioso que para impedir una catástrofe baste con algo tan sencillo. —Recorrió con la punta de un dedo el borde de su vaso de loza antes de fijar en él una mirada impasible—. ¿No lo comprendéis? Lo único que tenéis que hacer es sacudiros la modorra, calzaros esas botas que tenéis tiradas bajo la cama y marchar a Saint-Germain a advertir al rey.

Ya no cabía ninguna duda. Lo que tenía enfrente era un diablo. Y se había colado en su cuarto sólo para burlarse. Se cruzó de brazos:

—Así que vivimos en el mundo al revés y yo no me había enterado. Ésa debe de ser la razón de que un duque y par del reino necesite venir a una fonda a pedirle a un desarrapado que le haga de correveidile para poder hablar con el rey. ¿Por qué no lo hacéis vos mismo?

—No habéis comprendido nada, monsieur. No puedo permitirme que ellas sepan de mi intervención. Yo estoy dispuesto a hacer los baúles para el infierno cuando haga falta. No tengo miedo. Pero, además de Madeleine, tengo tres hijos legítimos. Y os aseguro que si descubren que he roto mi juramento, la muerte es lo menos fiero que les espera. La señora a la que sirvo no sabe lo que es la clemencia.

—*Mort de Diu!* De modo que, para proteger a vuestra familia, ¿soy yo quien tiene que acabar en el infierno? ¿Me habéis tomado por un mártir o un majadero?

Una sonrisa lenta se dibujó en las comisuras de los labios del duque. A medida que se ampliaba, más siniestra resultaba:

—Creí que no necesitaba decíroslo. Vos no arriesgáis nada, monsieur, porque ya estáis muerto. —Hizo una pausa para asegurarse de que había comprendido—. La baronesa de Cellai no os va a dejar escapar. Lo sabéis tan bien como yo. El mesonero me ha dicho hace un rato que habéis perdido la razón. Pero vos y yo sabemos que no es verdad. Os la están arrebatando. La Arpía os está extraviando dentro de vuestra propia mente. Y Átropos la implacable tiene ya las tijeras en la mano.

Se hizo el silencio. El duque tenía razón.

Esconderse no iba a valerle de nada, igual que no le había valido a maître Thomas. Estaba sentenciado pero aún podía salvar a Madeleine. Podía evitar la muerte del rey. A lo mejor, si lo lograba, su alma no se iba de cabeza al infierno cuando las brujas se la arrebataran.

—Muy bien. Supongamos que me convencéis. Supongamos que salgo corriendo ahora mismo y llego a Saint-Germain antes del amanecer. ¿Y si el rey no me recibe? Y si lo hace, ¿cómo va a creerme? Si os hago caso, me van a correr a gorrazos. Eso es lo único que va a pasar.

La breve risa del duque sonó como un ladrido:

—Monsieur de Serres, no estáis hablando con una tierna adolescente con la cabeza llena de libros de caballerías. Si el rey no os atiende, acudid al cardenal. O al padre Joseph.

Bernard se puso en guardia:

—¿Qué queréis decir?

—Que aunque la niña se haya tragado el cuento ese de que os dejaron libre después de jurar que no sabíais nada de la muerte de

Cordelier, vos y yo sabemos que eso no es posible. Ni el padre Joseph ni nadie es tan idiota como para poner en libertad al principal sospechoso de un crimen y darle la oportunidad de que huya. Aunque vos, curiosamente, no habéis huido. Si estáis en la calle con la cabeza sobre los hombros, sólo puede ser porque habéis comprado vuestra vida de algún modo. Y yo me apuesto la mía a que si delatáis a alguien el cardenal os escuchará. ¿Me equivoco?

El tono era desdeñoso y desaprobador. El viejo zorro sabía que era un traidor:

—Está bien —se resignó—. ¿Qué he de decir? ¿Qué es lo que va a ocurrir mañana?

Y entonces, para su pasmo, el duque suspiró, le mostró ambas palmas y confesó, con la mayor simpleza:

—No lo sé.

—Os estáis riendo de mí.

—Os lo juro por mis hijos. No lo sé —recalcó, haciendo énfasis en cada sílaba—. Sé que será mañana al alba. Pero eso es todo.

A Bernard se le escapó una risita nerviosa:

—¿Qué queréis que haga entonces, monsieur? ¿De verdad pretendéis que me presente ante el rey para contarle que su madre practica las artes oscuras y planea matarle para ofrecer su sangre en sacrificio, sin más?

—No, claro está. María de Médici es intocable sin pruebas. —El duque se quedó un instante pensativo—. Una lástima… Si mi hijo no hubiera sido tan diligente y le hubiera permitido a vuestro amigo entregar los papeles que llevaba consigo, esos que hablaban de la madre asesina, todos habríamos salido ganando. Vos no tendríais que llorar su pérdida y el rey estaría ya en guardia contra su madre.

Bernard alzó la cabeza:

—¿Y si os digo que el rey tiene esos papeles?

El duque le miró, escamado:

—¿Qué estáis diciendo?

—Que tiene las cartas de Inglaterra.

—¿Estáis seguro?

—Más que seguro. Las cartas que hablan de la bruja Hécate y de la madre dispuesta a asesinar a su hijo a partir del día de Todos los Santos. Encontré una copia entre los papeles de Charles. Y yo mismo se la hice llegar.

Una alegría salvaje se pintó en el rostro del viejo:

—Magnífico. Nada podría convenirnos mejor. Vuestras advertencias no les sonarán a nuevo. Además, ¿cómo no prestar oído al hombre que les ha permitido echar mano a los mensajes del rey Jacobo después de tanto tiempo? Aun así, atacar de frente a la madre del rey sería insensato. —Hizo una pausa y le miró, cargado de intención—. Pero hay otra… Una extranjera sin apenas nombre ni protectores de relevancia.

Bernard sintió cómo todo el dominio de sí mismo que le quedaba se le escurría patas abajo.

—¿La baronesa de Cellai?

—¿Os asusta? Demostráis que estáis cuerdo. Pero ahora está débil. Y seguirá débil hasta que corra la sangre del rey. Ésa es quizá la única razón por la que seguís vivo. Ahora no puede malgastar sus fuerzas. —Sonrió, mostrando los dientes—. Acusadla a ella. Decid que habéis oído que trama la muerte del rey y que practica la hechicería. Luis XIII os creerá. Trata de ocultarlo, pero la reina de las serpientes lleva meses susurrándole al oído. No tengo duda de que los malos sueños y las premoniciones le devoran. Y os aseguro que si esta noche registran con cuidado las pertenencias de la baronesa encontrarán pruebas más que suficientes de vuestras palabras. Para que la ceremonia pueda celebrarse, las tres sacerdotisas deben reunirse a solas. Si ella está retenida, no ocurrirá nada.

—Pero ¿evitará eso la muerte del rey? Aunque detengan a la baronesa, si hay un asesino pagado o un fanático… Quiero decir, ¿qué impide que un Ravaillac se acerque a Luis XIII y le apuñale mientras registran a la bruja?

El viejo respondió con una terrible indiferencia:

—Para seros franco, monsieur, eso no me preocupa. Si ellas no pueden reunirse mientras ocurre, la muerte del rey no tendrá mayor trascendencia que la vuestra o la mía. Y mi hija estará a salvo.

Bernard reflexionó unos instantes en silencio. A él no le dejaba tan tranquilo eso de permitir que mataran al rey, y la encomienda no le parecía tan sencilla como al duque:

—Muy bien. Digamos que corro a Saint-Germain y que acuso a la baronesa de cualquier barbaridad. Supongamos, como vos decís, que me conocen y me hacen caso. ¿Cómo se supone que la he descubierto? ¿Qué digo si me preguntan?

Épernon sacudió una mano:

—Qué más da. Inventaos cualquier cosa. Que os beneficiáis a su criada de confianza y ella os lo ha contado, por ejemplo. Da igual que la sirvienta lo niegue si descubren pruebas. Y creedme, las descubrirán. Para que la reina de las sombras pueda arrebatarle el alma al rey, la Arpía debe atraparla antes en una figurita de cera moldeada con sus propias manos. Y jamás le confiaría a nadie algo tan valioso. Lo tendrá con ella.

Un escalofrío le erizó la espalda. Épernon estaba muy seguro de lo que decía. Si de verdad encontraran algo así entre las pertenencias de la baronesa de Cellai, sería bastante para expulsarla de la Corte. Tal vez incluso para encerrarla o para enviarla a la hoguera. Por primera vez entrevió una posibilidad de salvación también para él. Quizá no estuviera condenado, después de todo. El corazón empezó a latirle más fuerte.

—¿Y la reina madre?

—Ni siquiera necesitáis nombrarla. Basta con que detengan a la otra. Ya pensarán ellos por sí solos en los mensajes de Jacobo. No vais a contarles ninguna historia que les resulte extraña. María de Médici ya le otorgó su confianza a otra compatriota hace años. Otra italiana aficionada a las artes ocultas que acabó en la hoguera por orden del rey. El recuerdo de esa vieja historia servirá para dar mayor credibilidad a vuestras palabras.

Bernard se puso en pie y echó a andar por el cuarto. El duque guardaba silencio, consciente a buen seguro del torbellino en el que estaba sumido.

Tenía miedo. Mucho miedo. Pero no quería morir acurrucado como un conejo. Se asomó a la ventana y volvió a sentir un estremecimiento al recordar su deambular extraviado por las calles de aquella ciudad fantasmal. Después de traicionar a todos sus amigos, había pensado que ya no podía caer más bajo. Y se había equivocado. Además de traidor, se podía ser cobarde.

Pero aún estaba a tiempo de lavar su honor. Quizá incluso de salvar la vida. Él había llegado a París con la aspiración de servir al rey. Y eso era lo que iba a hacer.

Apoyó las manos sobre la mesa, determinado:

—¿Estáis seguro de que me decís la verdad, monsieur? ¿Estáis convencido de que no sabéis quiénes ni cómo van a matar al rey?

—No estoy acostumbrado a repetir las cosas. Si os digo que no sé nada es que no sé nada.

Bernard se incorporó, sacó el hato en el que guardaba sus pertenencias de debajo de la cama y de un zarpazo extrajo los papeles de Charles. Deshizo la cuerda que los anudaba y los esparció por el suelo hasta que encontró el que buscaba. Regresó a la mesa y se lo plantó al duque delante de las narices:

—Supongo entonces que tampoco sabéis de qué habla esto.

Épernon leyó en voz baja:

—¿Qué demonios…?

—Es el tercer mensaje de Inglaterra. El único que llegó a las manos de Luis XIII. —Bernard no recordaba ni la mitad de las explicaciones de Charles. Pero sabía que trataban de la muerte de otros tres reyes. Le contó al duque, de mala manera, lo que guardaba en la memoria, y éste pareció captar la esencia sin problemas—. Supongo que ahora podréis decírmelo. ¿Cómo va a morir el rey?

El duque volvió a leer los cuatro versos, esta vez en voz alta:

> *«Viejo cardenal por el joven embaucado,*
> *Fuera de su cargo se verá desarmado,*
> *Arlés no muestras que se perciba el doble;*
> *Y liqueducto y el Príncipe embalsamado».*

Arrojó el papel sobre la mesa:

—No entiendo ni una palabra.

—¿Estáis seguro?

—*Mal de terre!* ¿Cuántas veces voy a tener que responder a esa pregunta para que os convenzáis, *gojat?* —Bernard no sabía si fiarse o no. El duque se dio cuenta. Le indicó con un gesto que volviera a tomar asiento e inclinó el torso sobre la mesa—. Lo único que os puedo decir es que ninguna de ellas se manchará las manos. Será otra persona. Alguien que se le acercará durante las horas de la madrugada para cumplir con lo que está escrito. Y habrá sangre. No será un envenenamiento, no morirá ahogado. Necesitan que corra la sangre. Porque del mismo modo que la muerte del rey resulta intrascendente sin ceremonial, el ceremonial sólo es un rito vacío sin su sangre. No puede llevarse a cabo. Pero no sé qué ocurrirá. Quizá todo tenga la apariencia de un accidente, como la lanzada que acabó con Enrique II en un torneo. Tal vez sea un demente, como Ravaillac, o una conjura de Corte. Lo ignoro. Si han escogido esta madrugada es porque los hilos del destino ya están entretejidos. Ya no pueden dar marcha atrás. La reina de las sombras aguarda la sangre del rey en unas horas y no admite dudas ni errores. Saben que si esta noche fallan, no les otorgará otra oportunidad. Pero si queréis llegar a tiempo a Saint-Germain, no tenemos tiempo para adivinanzas.

El duque hablaba con pasión y urgencia. Bernard asintió, convencido, y casi fervoroso:

—Está bien. Estoy dispuesto. Pero necesito una montura.

El viejo se puso de pie y se envolvió otra vez en su capa:

—No os preocupéis. Bajad a los establos dentro de una hora. Tendréis un caballo ensillado esperándoos. Mientras tanto, tomad. —Le entregó la pistola que había dejado encima de la mesa al llegar.

Bernard dudó:

—¿No necesitáis protección para el camino de vuelta?

El duque volvió a colocarse el antifaz y el chapeo negro sobre la cabeza.

—Vos tenéis más necesidad de guardaros que yo —advirtió. Otra vez parecía un diablo de incógnito—. Enterrar clavos en el suelo y coser los ojos de un animal indefenso mientras se mur-

muran invocaciones no son los únicos métodos con los que se puede acabar con la vida de un hombre.

—¿Queréis decir…?

—Que armar unos cuantos brazos está al alcance de cualquiera. Y que si yo he averiguado dónde estabais escondido, ella también lo hará. No creo que quiera dejar ningún cabo suelto antes de mañana. Sed precavido.

Bernard aguardó a que el duque cerrara la puerta a sus espaldas. Luego rescató las botas de debajo de la cama, se ciñó la espada y la pistola, y se apostó en la ventana a contar los minutos.

16

Nevaba otra vez. Los copos caían gordos y rápidos como si los estuvieran tirando a puñados desde el cielo, emborronando los rectángulos de luz que dibujaban en el suelo las ventanas de la fonda. Acodado en el alféizar, Bernard vigilaba con la mirada fija, atento a que las calles no se doblaran sobre sí mismas ni cambiaran de dirección. El mundo daba la impresión de estar en orden, y la ciudad parecía de nuevo un lugar sólido y fiable.

Tal vez porque la reina de las hechiceras la había abandonado.

Cerró la ventana. Aún faltaba para la hora, pero no tenía ni idea de cómo se llegaba a Saint-Germain. Más valía pedir indicaciones con tiempo. Asomó la cabeza por la puerta, acarició la espada y la pistola, y concluyó que podía arriesgarse a salir de allí unos minutos para hablar con el mesonero. Luego volvería a encerrarse hasta que llegara el caballo.

Bajó las escaleras muy despacio, sujetándose el costillar. La sala común estaba abarrotada y, después de tantos días aislado en su estancia, le costó adentrarse en el guirigay de risas y voces. El patrón, que iba camino de las cavas cargado de jarras vacías, se detuvo en seco al topárselo al pie de la escalera.

—Vaya. Parece que la visita os ha espabilado.

—Necesito ir al castillo de Saint-Germain. Tenéis que explicarme dónde está —replicó, sin dar pábilo a la charla. No quería que Poullot le hiciera preguntas.

El mesonero captó la urgencia de su tono. Eran unas siete leguas de camino, le dijo, desde la puerta de Saint-Honoré. Seguía dándole detalles cuando la puerta de la calle se abrió y tres hombres arrebujados en sus capas entraron en la hostería.

El patrón alzó la vista para indicarle a uno de los mozos que despejara una mesa, pero el que caminaba al frente del grupo la rechazó con un gesto breve. Se trataba de un fulano moreno y narigudo, y tenía una mueca torcida y desapacible que Bernard conocía: era el italiano que le había recibido las dos veces que había ido a casa de la baronesa de Cellai. El perro guardián de la bruja.

No le cupo duda. Estaba allí para matarle.

Pero aún no le había visto. Aprovechando que las recias espaldas del mesonero le cubrían a medias, inició un repliegue silencioso, tanteando con el talón los escalones. Poullot le observó, extrañado:

—¿Qué demonios os pasa ahora?

Su voz atrajo la mirada del italiano y se acabó el tiempo de los disimulos.

Bernard pegó un salto y salió en desbandada escaleras arriba, tragándose las lanzadas que le daban las costillas. Un revuelo de gritos y carreras estalló a sus espaldas, pero él ni giró la cabeza. No podía perder tiempo ni para respirar. No atinaba a encontrar la llave de su habitación y el perro de la baronesa y sus secuaces estaban casi encima. Por suerte había una puerta entreabierta al fondo del corredor. Una vieja repeinada asomaba la cabeza para husmear el jaleo. La apartó de un empellón y se arrojó dentro del cuarto junto con ella.

Le pidió la llave a voces, cerró la puerta y empujó una mesa para atrancarla. El italiano y sus matones aporreaban la madera y se escuchaban las voces de Poullot y sus mozos. El mesonero era hombre de armas y no toleraba desórdenes en su establecimiento, pero Bernard no creía que fuera a jugarse el cuello por un simple huésped. Estaba atrapado y la mujer no paraba de chillar.

Se dirigió a la ventana murmurando una plegaria, la abrió de golpe y dio gracias al cielo. La formidable mano de bronce de la enseña de la fonda colgaba justo debajo.

Apretó los dientes, se dio impulso y se sentó a horcajadas sobre el marco de la ventana. Desde allí alargó el brazo bueno, se asió con fuerza a la barra de hierro de la que pendía la mano y se dejó caer. Se le escapó un grito de dolor y apenas pudo sujetarse antes de precipitarse al suelo.

El porrazo fue fuerte y le dejó las dos palmas abrasadas, pero le dio tiempo a aovillarse y no se hizo daño en los tobillos. Gateó para incorporarse. Tenía que desaparecer de allí antes de que sus perseguidores salieran tras él. Tal vez a Épernon le hubiera dado tiempo a enviar el caballo.

Corrió hasta la esquina, asomó la cabeza y escupió un reniego. Junto a la puerta de la cuadra se alzaba una silueta oscura, con la capa sobre un hombro y la mano en la guarda de la espada. Adiós montura.

Tenía que alejarse de allí. Cruzó la calle en diagonal, amparándose en las sombras, y se precipitó bajo los muros de la abadía de Saint-Nicolas-des-Champs. Apenas tuvo un instante para respirar. La puerta de la posada se abrió de un empellón arrojando luces, gritos y figuras oscuras a la noche. Y al tipo del establo no se le había escapado el ruido de sus zancadas. Al menos cuatro hombres avanzaban a paso ligero en su dirección.

Echó a correr pegado al muro y dando resbalones sobre la nieve. En la primera esquina giró a la derecha. Sus pasos resonaban en la noche, dejando un rastro fácil para sus perseguidores, pero no tenía la sangre fría necesaria para calmarse e intentar escurrirse en silencio. Atravesó una vía más ancha, esquivó a una pandilla de juerguistas nocturnos y siguió corriendo hasta perderse en una maraña de callejones.

Se encontró en un pasadizo estrecho y negro. A su derecha dormía una fila de viviendas a oscuras, con las contraventanas cerradas. A la izquierda corría un muro de piedra. Al fondo, el resplandor tímido de un farol parecía indicar la presencia de una calle principal. Se detuvo, rogando por que el sigilo le ayudara a escabullirse. Y entonces distinguió, con claridad, una voz con acento italiano dando órdenes a sus perseguidores para que se separaran. Casi de inmediato dos siluetas oscuras se recortaron frente a él, a la salida del callejón.

Se quedó inmóvil, pegado al muro de piedra, sin atreverse a dar un solo paso cuyo sonido pudiera delatarle. Vio a los dos hombres hablar en voz baja. Uno de ellos se quedó de guardia en el sitio, pero el otro se adentró en la calleja y echó a andar directo hacia él. Bernard se adosó con más ahínco a la pared y palpó una especie de nicho. Se deslizó dentro del hueco y descubrió que era el vano de una cancela cerrada con candado. Guiñando los ojos creyó distinguir al otro lado un gran patio y decenas de cruces de piedra sobre las que se había ido posando la nieve. Un cementerio.

Respiró hondo, haciendo por calmarse. El tipo que se había quedado en la calle principal había desaparecido de su vista, aunque seguro que seguía por allí, rondando arriba y abajo. El otro avanzaba con tiento por el callejón, cada vez más cerca.

Bernard calculaba que se encontraba entre las calles de Saint-Denis y Saint-Martin, las dos vías paralelas que atravesaban la ciudad de norte a sur. Seguramente, los dos matones habían decidido separarse para apostarse cada uno en una de ellas, cortándole toda salida. Y aún había otros dos que no sabía dónde le aguardaban, pero seguro que rondaban cerca. Tenía que hacer algo o se quedaría atrapado en la ratonera.

La negrura le hacía invisible y pronto se tragaría también al tipo que se acercaba. Esperó, sin respirar, cavilando a toda prisa. Si aguardaba a que pasara a su lado podía disparar la pistola de Épernon a bocajarro, pero el estallido alertaría al resto de los sicarios.

Las luces de la calle del fondo volvieron a iluminar al fulano que se había quedado allí de guardia y luego sus pasos se alejaron de nuevo, esta vez calle arriba. El otro ya estaba casi encima de él. Esperó hasta que se puso a su altura. No era más que una sombra densa, que apestaba a tabaco y humedad, y un resplandor intermitente largo y plateado junto al costado. Dos pasos más. Pasaba de largo. Le daba la espalda.

Era el momento.

Le saltó a los lomos como un oso, derribándole el sombrero y rodeándole el cuello con el brazo derecho para impedirle gritar. El tipo era fibroso y bastante más bajo que él. Luchó con denuedo, intentando estamparle contra el muro, revolverse. Pero Bernard aguantó. Apretó y apretó con fuerza, tratando de sofocar los sonidos guturales que emitía. Poco a poco su presa cejó en su resistencia. Escuchó el sonido de la espada al soltarse de su mano, y luego sintió que las piernas del matón flojeaban y que dejaba de pelear por completo.

Lo dejó caer al suelo, no sabía si vivo o muerto, y salió corriendo en dirección contraria a donde estaba apostado su compinche, sin preocuparse por el ruido. Ni siquiera se detuvo a mirar en la esquina. Giró hacia el sur, tratando de pensar. Oyó voces, no sabía de quién, y volvió a meterse entre las callejas del barrio del mercado y la iglesia de Saint-Eustache.

Necesitaba refugio. Y un caballo. Y no llevaba ni una moneda encima. Pero conocía a alguien que vivía allí al lado y que sólo unos días atrás le habría prestado asistencia sin un parpadeo. Ahora no estaba ni siquiera seguro de que quisiera recibirle en su casa, pero no tenía otra opción.

Llegó al hôtel de Bouteville resollando. El portón estaba cerrado y tuvo que gritar para despertar al portero.

—¡Abridme! ¡Me persiguen! Tengo que ver a monsieur de Bouteville. ¡Inmediatamente!

El vigilante entreabrió la puerta. Le reconoció y le dejó pasar sin alharacas. Al poco, un criado salió a atenderle. Su señor dormía en la habitación de su esposa. ¿Estaba seguro de que sus asuntos no podían esperar? Su rostro debía de hablar muy claro porque ni siquiera tuvo que insistir. El lacayo le dijo que le siguiese, le instaló en una antecámara del primer piso, arrojó un par de troncos a la chimenea para avivar los rescoldos y fue a buscar a su señor.

En cosa de unos minutos, apareció Bouteville. Traía el pelo aplastado y los ojos entrecerrados y legañosos, y venía envuelto en una bata de rica tela roja, tiritando de frío y mascullando. Bernard no quiso darle tiempo a que despertara:

—Ya imagino que he dejado de ser bienvenido en esta casa, monsieur. Pero necesito un caballo. Es una cuestión de vida o muerte. Os ruego que me asistáis esta noche y os juro que no os importunaré nunca más.

Bouteville se arrebujó en su bata y guiñó los ojos varias veces:

—*Sang de Dieu*, Serres, ¿qué os ocurre? Parece que os persigue el diablo.

Le miraba muy serio, con una desconfianza impropia de la espontaneidad amistosa con la que le trataba siempre. No sabía qué le habría contado exactamente Lessay, pero estaba claro que sabía de su desgracia.

Se planteó decirle la verdad. Que no le perseguía el diablo sino los enviados de una diablesa. Y que había varias vidas en juego aquella noche. Entre ellas, la del rey. Pero no se atrevía. Y no sólo por miedo a que le tomara por demente.

Aunque la mano ejecutora fuese la de un esbirro, Bernard no sabía si lo que acechaba a Luis XIII era una conjura de Corte. Y no se le habían olvidado ni la conversación que había interrumpido en Chantilly, con aquellos enviados extranjeros, ni el rapapolvo de Lessay después de que perdiera las cartas de la reina en el camino de Argenteuil. Los papeles que le habían robado podían comprometer a mucha gente, le había advertido.

Además, la duquesa de Montmorency estaba implicada. Épernon se lo había confirmado. No podía esperar que Bouteville tomara partido por él contra su pariente.

Tenía que ceñirse al plan. Detener a las hechiceras sin complicar a ninguno de sus viejos amigos:

—No puedo decíroslo. Lo siento. Pero necesito vuestra ayuda —insistió, atropellando las palabras—. Necesito ese caballo.

Bouteville no le quitaba ojo:

—Está bien. Hagamos una cosa. Vamos a sentarnos juntos. Y vos vais a calmaros, a ver si hay algo que sí podáis contarme. —Le hablaba en un tono apaciguador, como a un animal asustado o a un desequilibrado.

Le indicó una silla y llamó al criado y le pidió que trajera una botella de hipocrás. A Bernard le bailoteaban los pies. Quería decirle a Bouteville que tenía prisa y que no había tiempo para charlas, pero no quería que desconfiara más de él, así que se sentó, apoyándose en el brazo de la silla con cuidado y sujetándose el costado. Su anfitrión alzó las cejas, curioso.

—He tenido problemas —rezongó por toda respuesta. No iba a decirle que se había machacado las costillas rodando por unas escaleras mientras peleaba con Lessay.

Pero Bouteville debía de conocer ya la historia, porque torció los labios, tanteándose el bigote entumecido por el sueño, y no insistió. Esperó a que el criado llenara las dos copas y depositara sobre la mesa la botella de cristal esmerilado:

—Lessay me arranca los huevos si se entera de que os tengo aquí sentado bebiendo vino —le advirtió, con el primer amago de sonrisa que Bernard le veía—. No tenéis buena apariencia. ¿Estáis enfermo?

La misma inflexión cautelosa.

—El conde os ha contado…

Bouteville asintió:

—He pasado un par de días con él en Dampierre. Hemos tenido tiempo de hablar de vuestras hazañas. —Le miró con severidad—. Lo de las cartas de la reina no pasaría de ser una imprudencia boba, si cuando os las robaron no lo hubieseis ocultado. En cuanto a lo de la casita de Auteuil… Tendréis que darme una buena explicación si queréis que os ayude. ¿Qué demonios hacíais allí escondido?

A Bernard las piernas le seguían tamborileando. No tenía tiempo de mostrar contrición ni de dar explicaciones. Ni mucho menos podía decir la verdad.

—Monsieur de Lessay lo sabe. Se lo dije.

—Ya. —El tono seguía siendo reticente—. Esperaba que tuvierais otra explicación. Más cuerda.

—Lo siento. Podéis pensar de mí lo que queráis. Pero tengo que llegar a Saint-Germain. Sólo os pido que me prestéis un caballo. O unas monedas para conseguir uno. Os aseguro que después de esta noche no volveréis a verme la cara nunca más, ni vos ni el conde.

Bouteville le pegó sorbo a su copa, meditabundo, y un brillo granuja le atravesó la mirada:

—Entonces, ¿es verdad? ¿Los sorprendisteis juntos? ¿Lessay se ha estado trajinando a la baronesa de Cellai todo este tiempo?

Bernard se impacientó. Bouteville no le escuchaba. No le estaba tomando en serio. ¿Y cómo podía hablar de la italiana con esa ligereza?

—Imprudente —advirtió, con los dientes prietos—. No mentéis siquiera a esa mujer.

La carcajada de su interlocutor le desconcertó:

—¡Cristo, con el perro guardián! Y luego dicen que sois un indiscreto que ha perdido el seso. No os preocupéis. Ya sé que lo mantenían en secreto para guardarle a ella la reputación. —Bouteville alzó los ojos, incrédulo—. ¡Y el cabrón de Lessay llevaba poniéndola de cara a La Meca desde que salimos de la Bastilla! Dice que preparaba unos brebajes afrodisíacos que le provocaban un furor inextinguible. Y que se dejaba hacer de todo…

Pronunció el final de la frase sílaba a sílaba, dejando que la última vocal colgara en el aire y le miró, expectante, incitándole a que negara o confirmara la historia.

Pero Bernard sólo quería salir de allí cuanto antes:

—Os lo suplico, prestadme el caballo y dejadme ir. —Bajó la voz. Su conciencia le impelía a darle otro aviso—. Y olvidaos de esa mujer.

—¿Qué decís? ¿Ahora que se ha quedado sin nadie que la consuele? ¿Dejar que vuelva a los rezos? Con la de cosas que se pueden hacer de rodillas… —Estalló en una nueva carcajada, pero se enfrió de golpe al ver que Bernard no le seguía. Cabeceó, decepcionado, y se levantó de la silla—. En fin, vos sabréis. Mandaré que os preparen ese caballo. Pero es el último favor que os hago. No volváis a recurrir a mí. Si Lessay no confía en vos, me fío de su juicio.

Bernard se puso en pie detrás de él. Lo sensato era aceptar su ayuda y salir corriendo de una vez, sin enredar más. Pero aquel hombre había sido todo generosidad con él desde su primer encuentro. Aunque le hubiera retirado su amistad, no podía dejar que se metiera en la boca del lobo. Se interpuso ante la puerta:

—Monsieur, dejad que os devuelva el favor. Escuchad mi consejo. No os acerquéis a la baronesa de Cellai. No os dejéis cegar por la lujuria. Es una bruja. Os hechizará como ha hechizado a Lessay. —El ansia por hacer que le creyera le había vuelto la voz rasposa—. Decís que el conde os hablado de ella. Decidme, ¿os ha contado acaso que tiene el poder de convertir en eunucos a los hombres? ¿Que envenenó a monsieur de La Roche? ¿Eh? ¿Os ha contado eso?

Bouteville le puso una mano en el hombro:

—Serres, ¿estáis seguro de que os encontráis bien? En este estado no deberíais salir corriendo a ningún sitio.

¿No iría a arrepentirse de lo del caballo? Sacudió la cabeza con energía:

—Eso da igual. No puedo quedarme aquí. No lo comprendéis. —Le agarró del brazo y le miró fijamente a los ojos—. La baronesa de Cellai me persigue para matarme porque he descubierto su secreto.

Una nueva carcajada:

—*Mort de Dieu*, ¿hasta ese punto le avergüenzan sus revolcones con Lessay?

Bernard parpadeó con pasmo. Era inconcebible que alguien pudiera bromear sobre aquello. Le clavó una mirada aún más intensa y le apretó el brazo:

—No es asunto de jácara, monsieur.

Bouteville asintió, como dándole la razón, pero tenía una incomprensible expresión de piedad en la mirada y Bernard se daba cuenta de que estaba disimulando:

—Serres, intentad calmaros y escuchadme. Estáis enfermo. No os encontráis en condiciones de ir a ningún sitio. Voy a mandar llamar a un físico. En cualquier caso, es mejor que os quedéis aquí esta noche.

—¡Imposible! —gritó. Pero Bouteville alzó un dedo admonitorio que dejó claro que no admitía réplica.

Bernard se desesperaba. No podía perder más tiempo. Si no había más remedio, tendría que confesar lo que estaba en juego. Entonces le asaltó un pensamiento desasosegante. ¿Y si Bouteville no pretendía asistirle? ¿Y si era todo un ardid para que no llegara a su destino?

Claro. Eso era. Por eso se empeñaba en retenerle. Le había estado sonsacando, tratando de que dijera cuanto sabía sobre la baronesa de Cellai. No había duda. Estaba confabulado con su prima, la duquesa de Montmorency, y con el resto de las brujas. Qué incauto había sido.

Tenía que disimular. Relajó los músculos y fingió que acataba la decisión de su anfitrión.

En ese momento la puerta se abrió de nuevo y el mismo lacayo de antes introdujo a un recién llegado, chorreante y lleno de barro. Bernard lo reconoció de inmediato. Era uno de los gentilhombres de Lessay, uno de los que habían partido con él hacia Bretaña. Un buen tipo que le había ayudado a encontrar su sitio durante sus primeros días en París. Ahora, sin embargo, le miraba con la frente arrugada, preguntándose sin duda qué pintaba allí.

Bouteville le saludó con cordialidad:

—¡Monsieur Du Perrier! Vaya nochecita para viajar.

—Traigo noticias —respondió el otro, y le entregó un billete lacrado—. Me he tomado la libertad de pedirle al hombre de la puerta que me preparen una montura fresca.

Bouteville les dio la espalda a ambos y leyó el mensaje en silencio.

—¿Salís ya de vuelta? —preguntó después—. Es más de medianoche.

—Monsieur de Lessay quiere continuar camino para Bretaña mañana. Ya llevamos cinco días en Dampierre. Y con la nevada que está cayendo, mejor no remolonear. ¿Hay respuesta? —preguntó, indicando con la cabeza el billete que Bouteville conservaba en la mano.

Éste negó con la cabeza y se lo guardó en el bolsillo de la bata.

—Tomad algo caliente por lo menos antes de marchar —le dijo, propinándole una palmada en el hombro—. Lucien, acompaña a monsieur Du Perrier a la cocina.

El viajero le dio las gracias y se marchó tras el criado, sin dirigirle a él ni un saludo. A Bernard no le importó. Sólo podía pensar en una cosa. En unos minutos habría en el patio un caballo ensillado. Aguardando.

—Serres… —La voz de Bouteville sonaba dubitativa—. Antes me habéis dicho que queríais un caballo para ir a Saint-Germain.

—Así es.

—¿Por qué a Saint-Germain? —insistió Bouteville—. ¿Qué os lleva allí?

Tenía una mano en el interior del bolsillo donde había guardado el billete de Lessay y su actitud era diferente. Suspicaz. ¿Qué diablos habría leído? Bernard no sabía qué contestarle.

Un sonido de cascos repiqueteó sobre el empedrado del patio. Las manos le sudaban. Una pavesa saltó de la chimenea al suelo. Bouteville le hizo gesto de que aguardara, agarró el atizador y se inclinó sobre el fuego para recolocar los troncos. Bernard se llevó la mano a la pistola que llevaba sujeta a la cintura. Era ahora o nunca.

Dos pasos rápidos y, antes de que su anfitrión tuviera tiempo de incorporarse, le descargó un golpe sobre la nuca con la culata. Bouteville dobló las rodillas e hizo ademán de agarrarse a la repisa de la chimenea. Bernard no tuvo más remedio que propinarle un segundo culatazo, menos fuerte. Esta vez su víctima cayó de hinojos sobre el suelo, antes de derrumbarse del todo, sin hacer casi ruido.

Bernard jadeó hondo, sin acabar de creerse lo que acababa de hacer. Se agachó y le puso una mano en el cuello. Gracias al cielo. Seguía respirando. Pero ya podía darse prisa la baronesa de Cellai si quería ser ella quien le arrebatara la vida, porque el primer duelista de Francia le iba a poner bien caro el privilegio en cuanto se despertara.

¿Qué demonios le habría enviado Lessay que le había vuelto tan suspicaz con él de repente? Una infracción más o menos no tenía importancia a esas alturas. Introdujo la mano en el bolsillo de Bouteville. Desdobló el billete y leyó:

Madame de Montmorency lo ha arreglado todo. Al alba, en Saint-Germain, en la cabaña del arlesiano. Iré solo. Después me marcho a Bretaña sin perder tiempo. Os escribiré en cuanto pueda.

Lessay iba camino de Saint-Germain... Por eso Bouteville había querido saber qué iba a hacer él también allí. Volvió a dejar el papel en su sitio. Salió de la habitación y bajó las escaleras sin encontrarse con nadie. Un palafrenero acababa de ajustarle la cabezada a un caballo en el patio, bajo un techado a resguardo de la nevada, que no había aflojado ni un ápice. Se acercó a él con paso tranquilo:

—Éste me lo llevo yo. Prepárale otro a monsieur Du Perrier.

El mozo no puso ningún problema. Bernard calzó el estribo y se izó sobre la silla. La casa seguía tranquila. Con suerte, le dejarían un buen rato de ventaja.

Atravesó el portón y puso el caballo al trote, presa de una turbación sin nombre. «Al alba en Saint-Germain, en la cabaña del arlesiano.» En el pecho le retumbaba el eco insistente de otras líneas igual de oscuras, que anunciaban la muerte del rey: *«Arlés no muestras que se perciba el doble; Y liqueducto y el Príncipe embalsamado».*

«La cabaña del arlesiano... Arlés...» Aquello no podía ser casualidad. ¿Y qué demonios hacía Lessay rondando por Saint-Germain, la misma madrugada en que las brujas habían dispuesto la muerte de Luis XIII, cuando hacía una semana que había partido hacia Bretaña? ¿Qué iba a hacer allí que requería tanto secreto?

Entonces lo supo.

«Fuera de su cargo se verá desarmado.» Eso era lo que decía el verso anterior. Charles y él habían dado siempre por sentado que se refería al cardenal. Sólo porque Nostradamus hablaba de un cardenal en la primera línea de la cuarteta. Pero todo el mundo lo sabía. Las profecías eran traicioneras. Y se habían equivocado. Porque la hora de la muerte del rey había llegado y nadie había destituido a Richelieu de su cargo. Aquel verso no hablaba de él.

Lessay en cambio sí había perdido cargos y honores. Y ahora anunciaba su presencia encubierta aquella misma madrugada en Saint-Germain, donde se encontraba Luis XIII, y en un sitio que llamaba la «cabaña del arlesiano». Y una de las hechiceras era quien lo había arreglado todo.

No entendía cómo ni por qué, era demasiado descabellado,

pero la horrible certeza le agarró de las tripas. Era Lessay quien iba a matar al rey.

Atravesó el puente y la puerta de Saint-Honoré, y partió al galope. Se inclinó sobre las orejas del animal y murmuró una oración. Corre, caballo, corre. De la fuerza de aquellos cuatro cascos que volaban sobre la tierra, arrancando puñados de barro y nieve, dependía la salvación del rey, la de Madeleine, la de Lessay y la suya propia.

17

El tejado de chamiza de la cabaña del arlesiano estaba hundido bajo el peso de la nieve. La choza se encontraba abandonada desde la muerte del viejo provenzal y, a no ser que alguna bestia hubiera anidado dentro, ningún ser vivo iba a aparecer por allí a aquellas horas del alba.

Lessay puso pie a tierra. Había recorrido más de cuatro leguas en tinieblas desde el valle de Chevreuse bajo la nevada, y ahora amanecía en un mundo blanco y entumecido de sombras plomizas. El cielo tenía el color del acero y los pájaros chillaban desde sus escondrijos.

Caminó hasta la choza, con la respiración caliente del caballo pegada al cuello.

A pesar de sus propósitos de no entretenerse demasiado, llevaba ya casi una semana en el castillo de Dampierre. Se había pasado un día entero aguardando la tormenta que las tres viejas del camino habían pronosticado, con el corazón ensombrecido por la noticia, recibida esa misma tarde, de que su hijo había nacido muerto. Al final no había estallado tempestad alguna, y al atardecer de la jornada siguiente había resuelto partir pasada la noche.

Justo entonces había llegado el billete de la duquesa de Montmorency anunciándole que Holland estaba en París y quería tratar con él en privado. Sin embargo, el inglés tenía miedo de que tanto a él como a Marie les tuvieran vigilados. Por eso ella se había ofrecido a hacer de intermediaria. A Lessay le había parecido una solución prudente. La duquesa estaba al tanto de sus negociaciones de Chantilly y era fiable y discreta.

Había decidido quedarse en Dampierre hasta que pudieran verse, pero no iba a ser tarea fácil. Ni siquiera cuando Holland emprendiera el regreso a Londres. Estaba convencido de que le pondrían una escolta y no le perderían de vista ni a sol ni a sombra. Tenían que buscar el momento antes, pero debían tomar mil precauciones.

Y en cuanto la Corte se había desplazado a Saint-Germain, el bosque se había impuesto como el único sitio donde les sería posible verse a solas. A Lessay se le había ocurrido que aquella cabaña decrépita y apartada de los caminos principales era el sitio perfecto para una cita secreta.

Adosado a una de las paredes de la choza había un cobertizo desvencijado donde el viejo arlesiano que había vivido allí guardaba sus cabras. La puerta estaba atascada y tuvo que forcejear un poco para abrirla. Pero el caballo no quería entrar. Plantado firmemente en el suelo, se negaba a dar ni un solo paso. Tenía los ojos espantados y los ollares temblorosos.

Maldiciendo entre dientes, escrutó la penumbra, buscando qué ocurría. Tardó un rato en verlo. Un zorro muerto. No debía de llevar mucho allí porque había dos pájaros picoteándole los ojos con fruición. Agarró la alimaña por la cola y la arrojó afuera, lo más lejos posible. Esta vez sí, el caballo accedió a entrar en la cuadra.

Le quitó la cabezada, aflojó la cincha y cogió la pistola que llevaba en la silla por prudencia. Los bosques estaban llenos de salteadores de caminos.

Quizá habrían podido buscar un lugar menos solitario para su encuentro, pero no tenían muchas opciones. Toda cautela era poca. Le habían llegado a Dampierre unos rumores de los que no sabía qué pensar.

Hacía dos días que el duque de Chevreuse le había escrito para contarle que había mantenido una conversación íntima con Luis XIII durante la cual le había parecido intuir que el monarca no estaba seguro de haber obrado bien expulsándole de la Corte. El marido de su prima creía que el rey tenía miedo, sobre todo de haber enfadado a sus parientes y amigos. Estaba preocupado por no parecer débil, pero tenía la intuición de que si él se mostraba humilde y le escribía pidiendo perdón, quizá considerase volver a admitirle en la Corte.

Lessay se había puesto en guardia de inmediato. Aquello le daba mala espina. Conocía lo bastante a Luis XIII para saber que sus rencores eran largos y difíciles de apagar. Y no hacía ni dos semanas que le había quitado sus cargos.

No se atrevía a poner la mano en el fuego y no pensaba tomar ninguna decisión todavía, pero no sería la primera vez, ni la segunda, que Luis XIII fingiera timidez y flaqueza para hacer que un enemigo se confiara y asestarle un golpe inesperado. ¿Y si tenía algo nuevo contra él? Capaz era de haber forzado a Ana de Austria a confesar de qué habían hablado en la granja el día de la cacería del ciervo blanco…

A lo mejor se estaba alarmando por nada, pero lo único prudente era liquidar de una vez aquella entrevista con Holland, llegar a un acuerdo rápido y marcharse ya a sus tierras a organizar desde allí lo que fuera necesario, sin remolonear más.

La puerta de la cabaña colgaba de los goznes, atrancada por la nieve. La empujó con cuidado. El chamizo tenía un agujero y la nieve había formado un charco en el centro de la estancia, que estaba emponzoñada de humedad. Confiaba en que Holland no tardara mucho. Se arrebujó en la capa y se sentó en un banco bajo y estrecho que había junto a la pared. A esperar.

Los dos suizos dormitaban apoyados en sus alabardas a la espera de que vinieran a relevarlos con el amanecer. Apenas levantaron la cabeza cuando oyeron el galope del caballo acercándose a la verja del palacio.

Bernard se detuvo. No sabía si tenía que anunciar quién era y a dónde iba o si podía pasar sin más. El viaje había sido un infierno de barro y oscuridad. Le dolía hasta el alma y se había perdido varias veces, pero por fin había conseguido llegar a Saint-Germain cuando apenas clareaba.

—Vengo a ver al rey. Traigo noticias importantes de París.

Uno de los suizos le miró con incomprensión. El otro murmuró algo en su idioma y luego levantó la vista:

—El rey no está —respondió con un acento pedregoso—. Se ha marchado antes del alba.

—¿Cómo que se ha marchado? ¿A dónde?

No lo comprendía. Tras la reja, el patio del palacio se desperezaba. Las dependencias de la servidumbre empezaban a bullir y en las ventanas había luces encendidas. Todo indicaba la presencia de la Corte.

El suizo se encogió de hombros:

—De caza, diría yo. Le acompañaban media docena de hombres nada más y llevaban perros y un pájaro cetrero.

Maldito imbécil. El rey no se había marchado de Saint-Germain, sólo había salido de caza.

—¿De caza a dónde?

El guardia hizo un gesto vago con la mano:

—Al bosque.

—¿Quién iba con él?

Pero el suizo se encogió de hombros otra vez, sin más, y no respondió.

Exasperado, Bernard cruzó entre medias de los dos bárbaros. Nada más verle entrar en el patio, dos guardias de corps vestidos de rojo y azul surgieron de una garita. Le confirmaron lo que habían dicho los suizos. Pero ellos sí sabían quiénes formaban la escolta del rey:

—Hace más de una hora que salió de palacio, junto a monsieur de La Valette y un puñado de monteros.

El frío de la alborada le llenó las entrañas. No podía ser. El rey se había marchado con el marqués de La Valette. El servidor de las brujas. Después de todo lo que había tenido que hacer aquella noche para llegar hasta él… A pesar de sus carreras endiabladas. Había llegado tarde.

—¿Y el cardenal de Richelieu? —preguntó, a la desesperada—. ¿El padre Joseph?

En realidad, de poco valían uno y otro sin el rey. Sólo Luis XIII podía ordenar que registraran a una dama de la reina. En su ausencia, la máxima autoridad era María de Médici. Así que Madeleine, la baronesa de Cellai y ella misma eran ahora mismo intocables, por mucho que se desgañitara acusándolas.

—Su Ilustrísima se aloja en la ciudad, en la calle de la Verrerie —dijo el guardia.

Bernard apenas le escuchó. Lo que hacía falta era encontrar a Luis XIII y prevenirle.

Miró en torno suyo. A un costado del palacio se alzaba un castillo severo e imponente protegido por un foso. Y al otro se abría una inmensidad negra de copas de árboles que se prolongaba hasta donde alcanzaba la vista y se confundía con lo más profundo de la noche. Era ridículo pensar en encontrar a nadie, buscando al azar, en esa enormidad. Pero si avisaba a Richelieu quizá podrían enviar gente que conociera las rutas de caza favoritas del rey.

No. No podía dar la alarma. Hablar con el cardenal y conducir hasta allí a la guardia era llevarles también hasta Lessay. Y ésa sería la mayor de todas sus traiciones.

No sabía qué hacer. Le resultaba inconcebible que el conde osara cometer el desatino de alzar la mano contra el rey. Pero ¿qué, si no, podía llevarle a aquel lugar, a escondidas, a la misma hora a la que iba a morir el rey?

Entonces cayó en la cuenta. No había necesidad alguna de recorrer el bosque a la desesperada para encontrar a Luis XIII. Él sabía exactamente hacia dónde le conducía su destino y qué era lo que le aguardaba.

—Decidme —le preguntó al soldado—, ¿conocéis un lugar que llaman la cabaña del arlesiano?

Los guardias de corps se miraron el uno al otro. No conocían ningún sitio con ese nombre, pero ante la insistencia de Bernard, se avinieron a preguntar. Un criado viejo envuelto en una deslucida capa de lana se acercó renqueando:

—Monsieur se refiere sin duda a la choza del viejo Batistet. Estará a una media legua, más allá de la charca —explicó—. Era un furtivo que se salvó de la horca porque asistió a Enrique IV en una ocasión en que Su Majestad había perdido su camino. El buen rey le otorgó el derecho a instalarse en el bosque y buscarse la vida a su guisa. Pero hará diez años que murió. Allí ya no hay nadie.

Bernard le echó una última ojeada a las ventanas del palacio, preguntándose dónde se encontrarían las brujas y qué estarían haciendo.

Encaró al viejo:

—Dime, ¿cómo se llega hasta allí?

Escuchó sus explicaciones con toda la atención del mundo. No debía de ser fácil encontrar una choza abandonada en mitad del bosque. Luego amartilló el arma que le había dado Épernon, hizo dar media vuelta al caballo y lo lanzó al galope hacia una de las avenidas que atravesaban el bosque. La fronda se lo tragó en unos instantes. Agachó la cabeza y siguió adelante, por entre las ramas blancas que intentaban agarrarse a sus ropas para detenerle, mientras la espesura salvaje murmuraba contra él.

El perro aulló, asustado, y se paró en seco, pero un solo murmullo de la Arpía le hizo entrar en la estancia con el rabo entre las patas. Era un mestizo negro, flaco y pulgoso. Aun así, a Madeleine le inspiraba ternura. Sus ojos enormes y húmedos le pedían clemencia a ella y sólo a ella. O quizá la miraba porque sabía que iban a compartir destino. Era injusto. A ella por fin le habían explicado lo que iba a pasar. Y por qué la muerte se llevaba a veces a la Doncella. Y la habían ayudado para que no tuviera miedo. Pero nadie había hecho nada para tranquilizar al pobre animal. Dio un traspié en el último escalón. Por suerte, el brazo de la Matrona la sujetaba con fuerza.

Estaban las tres solas.

Ἀταύρωτος, Μήτηρ, Ἅρπυια.

Se encontraban en un sótano abandonado del castillo viejo de Saint-Germain, justo en frente del palacio nuevo donde se alojaba el rey. Cuatro antorchas iluminaban la bóveda. A un lado estaban las estrechas escaleras por las que habían descendido y al fondo arrancaba un corredor que se hundía en la oscuridad. En medio de la estancia alguien había dispuesto una mesa baja. La Arpía colocó encima los elementos que iban a necesitar: hierbas, hojas, un cuchillo de doble filo y una cesta cubierta con un paño. Al lado, un pebetero humeaba débilmente sobre su trípode, dibujando formas misteriosas en el aire: un pájaro con cabeza de caballo, un fauno, una flor atravesada por una flecha… Sonrió. Todo era tan hermoso… Desde la seda negra y brillante de sus vestidos hasta la humedad que rezumaban los muros de piedra. Todo tenía su propósito y su alma, y contribuía a la armonía del mundo. El frío del aire cortaba la respiración, pero ella sentía el corazón templado gracias al elixir que le había preparado la Arpía.

Nepenthe, la droga que expulsaba la tristeza. Nepenthe para olvidar, para calmar el dolor, para tener sueños placenteros. Una copa para lord Holland, especiada con semillas de adormidera, y una copa para ella, aderezada con pasta de seta matamoscas que anulase el efecto soporífero. Y jengibre, para que la sangre fluyera.

Cómo se enredaban a veces los hilos del destino. El conde de Lessay la había emplazado a ella una vez con segundas intenciones, y ahora era él el engañado. Convertido en un mero instrumento. La Arpía había echado a girar la rueca y las hebras del destino habían empezado a estirarse. No quedaba sino someterse. Igual que cuando Aquella a quien todas habían jurado servir reclamaba la sangre de un hermano, de un amigo o de un hijo. Lord Holland se hallaba sumergido en un letargo profundo del que no iba a poder liberarse para acudir a su cita. Así que Lessay estaba ahora solo, esperando en el corazón del bosque, sin saber que los hados iban a llevar hasta él a otro. Duerme, duerme dulce inglés…

Dejó caer al suelo la bolsa de cuero que llevaba en la mano, y el golpe metálico la sobresaltó. Había calculado mal la distancia. Un sonido vibrante y limpio rebotó en los muros. Esperaba no haber roto el iynx que le habían entregado en custodia. Lo extrajo de la bolsa y lo contempló con reverencia. Era una rueda plana, de oro, con los bordes dentados e incrustada de zafiros que dibujaban el laberinto de la diosa de las encrucijadas. Comprobó los dos agujeros por los que pasaba la trenza de cuero y golpeó la superficie con un dedo, arrancándole de nuevo una vibración tímida. No tenía ningún desperfecto. Respiró aliviada y se lo entregó a la Matrona con una inclinación cortés.

El perro yacía a los pies de la Arpía, inmóvil y resignado.

Las tres murmuraron al unísono:

—*Adrasteia, adrasteia, adrasteia.*

Necesidad. Destino ineludible.

La Arpía asió el cuchillo de doble filo y con la otra mano tomó una rama de laurel, que besó tres veces antes de arrojarla al pebetero. Luego cogió un puñado de sal e hizo lo mismo mientras recitaba:

—*Fuego sagrado y multiforme. Esta sangre te abrirá las puertas. Encuentra el camino.*

Dejó caer el cuchillo tan rápido que Madeleine apenas pudo seguirlo con la vista y, de un solo movimiento, degolló al perro con terrible pericia. La sangre del animal se extendió por el suelo igual que una flor que se abriera al sol y empapó el borde del vestido de la Arpía, que levantó el cuchillo como si fuera la hostia consagrada. Unas gotas de sangre cayeron en el pebetero.

Las tres recitaron de nuevo:

—*Adrasteia, adrasteia, adrasteia.*

La Matrona alzó el iynx y tiró de las cuerdas. La rueda comenzó a girar con rapidez. Emitía un sonido ululante y ominoso. La oscuridad que las rodeaba se hizo más densa y las antorchas temblaron.

Madeleine se acercó al pebetero. En un impulso súbito se quitó los zapatos y hundió los pies en la sangre del perro. La Arpía la estaba mirando a los ojos, implacable, pero una sonrisa de ánimo se abría camino en su gesto.

La sangre caliente en los pies, la fraternidad de la Arpía, la música celestial de la Matrona. El corazón de Madeleine estaba a punto de estallar, pleno. Recitaron juntas:

—*Tú que abres la tierra, conductora de cachorros, que todo lo dominas, caminante, tricéfala, portadora de luz y Virgen venerable; te invocamos, cazadora de ciervos, dolosa, polimorfa. Te invocamos.*

Con un gesto decidido, la Arpía cogió el brazo de Madeleine, alzó su cuchillo chorreante de sangre y le hizo dos tajos en la muñeca formando una cruz. Luego repitió la operación con el otro brazo. Ella no sintió dolor alguno, sólo la frialdad de la hoja.

Alzó el brazo derecho y dejó caer unas pocas gotas en el pebetero. *Adrasteia*.

Luis XIII levantó el brazo y liberó a la prima de azor de su caperuza:

—Muy bien, preciosa, vamos allá.

El ave giró la cabeza, alerta, y sus ojos naranjas se encogieron. Era un animal espléndido, que había criado con el mayor mimo monsieur de La Valette.

El marqués había llegado a Saint-Germain con ella la noche anterior. Había hecho que dos de sus volateros la trajeran de Angulema para poder ofrecérsela y hacerse disculpar su participación en un duelo en el Pré aux Clercs días atrás. El enfrentamiento no había dejado muertos y la justicia había hecho la vista gorda, pero aun así La Valette había tenido la delicadeza de solicitar su perdón personal.

Luis XIII había aceptado el obsequio, agradecido. Era el azor de mayor tamaño que jamás hubiera visto. Para un cetrero apasionado como el marqués, no debía de ser fácil desprenderse de un ejemplar así.

Los monteros soltaron a los perros de la correa y los tres echaron a correr entre los árboles, con las narices en el suelo, salpicando nieve. En cuanto la primera corneja levantó el vuelo, Luis XIII dejó partir al azor.

El pájaro se escabulló entre las ramas bajas y la rapaz la persiguió como un dardo azulado, sorteando los árboles con endiablada precisión.

—¡Vamos! —El rey azuzó a su montura tras el cascabeleo del bordón y la prima. Los demás le siguieron. El marqués de La Valette y sus volateros, a caballo; a la carrera los cuatro monteros.

Durante el crepúsculo del día anterior había vivido las horas más largas y sombrías de su vida. Por momentos había creído que iba a morir ahogado en su angustia, incapaz de soportar el tormento incesante de los presagios y los fantasmas de traición. El cardenal embaucado, las fechas cumplidas, un enemigo llegado a través del agua durmiendo en su mismo palacio y las sospechas inmundas sobre su madre…

Para engañar a la angustia se había aferrado a la compañía del marqués de La Valette y a una interminable conversación sobre cetrería, y le había sorprendido lo fácil que le resultaba hablar con aquel hombre de su común afición. Se había sentido a gusto en su sociedad y en la de sus volateros; dos hombres entecos, serios y sentenciosos, padre e hijo, fuente inagotable de anécdotas y útiles artimañas.

Cuando al romper del alba el marqués había propuesto salir a volar a la prima de azor, antes de que la Corte despertara, sin la compañía ruidosa de gentilhombres y damas, había reflexionado un momento.

Una escueta partida de caza. Quizá eso era lo que su asesino aguardaba. Se imaginó un tirador embozado, apostado en la espesura. Y en vez de asustarle, la posibilidad de enfrentarse a su destino le había enardecido, alzando parte del peso funesto que le oprimía el alma. Se había ceñido una espada, pero no quería escolta. Un gentilhombre que compartía su pasión, dos cetreros avezados, sus perros y sus monteros eran compañía más que suficiente.

La prima de azor había atrapado a la corneja justo en el linde de una charca de unos doscientos pies de ancho que poblaban las ánades en verano. Pero ahora estaba helada y cubierta por la nieve, y ni siquiera se distinguía dónde estaba la orilla.

Luis XIII desmontó y le hizo una seña a La Valette para que le siguiese. Hasta que el ave se hiciera a él, la presencia de su antiguo dueño la pondría en confianza, aunque el marqués no pudiera llamarla a su puño. Tenía el brazo izquierdo inutilizado y envuelto en vendas por culpa de las heridas que se había llevado en su reciente duelo.

El rey introdujo la mano en la buchaca para ofrecerle al azor un trozo de carne y, de repente, un aullido estremecedor hizo temblar el aire.

Levantó la cabeza. Uno de los perros, plantado en medio de la espesura, alzaba la garganta al cielo. Los otros se mostraban también inquietos. Habían dejado de rondar en busca de presas y tenían la cola y las orejas gachas. De pronto uno de ellos se quedó clavado en el sitio, como si hubiera localizado un rastro, y de inmediato echó a correr, ladrando con escándalo. Los demás le imitaron.

Luis XIII se sacó el guante cetrero, dejó el ave a cargo de los hombres del marqués y saltó de nuevo a caballo. Los perros habían echado a galopar sobre la charca helada, a través del claro, ignorando las voces de los monteros. Vaciló. Su yegua iba herrada con ramplones para el hielo, pero una cosa era el peso de un sabueso de apenas treinta libras y otra un jinete y su montura. Los ladridos sonaban cada vez más frenéticos, encendiéndole la sangre. ¿Qué tipo de rastro podía haberles enloquecido así? Su excitación era contagiosa. Tamborileó sobre las riendas. Sentía la vida bullirle entre los dedos y sofocar los desasosiegos de la noche.

No dudó más. Echó el caballo hacia delante, ignorando los gritos de advertencia a sus espaldas.

—¡Sire! —La voz del marqués de La Valette resonó alarmada—. ¡Por el amor de Dios, deteneos! ¡No sabéis si el hielo puede aguantar!

Por toda repuesta, puso la yegua al galope y giró la cabeza:

—¡Rodead la charca si tenéis miedo, marqués! ¡Yo os espero al otro lado!

La Valette avanzó al paso, timorato, y el rey lanzó una carcajada, riéndose de su apocamiento. Estaba cerca del centro del lago. Entonces escuchó un crujido seco y la yegua perdió un pie. El suelo se estaba abriendo.

Con un impulso, ayudó al animal a enderezarse y le obligó a seguir galopando, huyendo hacia la orilla, entre la nieve que le espolvoreaba el rostro, animándolo a voces para alejarse del peligro. Más cerca ya de la ribera, el hielo volvió a hacerse más sólido. Luis XIII felicitó a su montura con una palmada y buscó al marqués con la cabeza.

Pero su accidente había disuadido del todo a La Valette, que dio marcha atrás y puso a su caballo al galope por la orilla, seguido por sus hombres. Los monteros echaron a correr tras ellos.

Luis XIII no se detuvo. Los perros continuaban camino a través de la espesura, aunque los ladridos habían ido apagándose y la marcha de sus formas pardas también parecía más lenta. Los siguió con la misma ansia con la que ellos perseguían su rastro, volcando en la carrera toda su angustia y su impaciencia. Era algo que había aprendido de niño. Cuando el alma le hacía sufrir, él respondía sometiendo a su cuerpo al esfuerzo de la intemperie y el ejercicio violento. Hasta lograr que se adormeciera, aturdida de agotamiento.

Sentía frío y calor al mismo tiempo, los ojos le lloraban y le invadía un desahogo salvaje. Giró la cabeza por última vez. Había perdido a La Valette y a los monteros. Pero no le importó. Conocía bien aquella zona del bosque, ya encontraría el camino de vuelta.

Bernard galopaba enloquecido por un camino totalmente blanco, sin ninguna huella de pisadas. De repente desembocó en una encrucijada que el viejo no había mencionado. Detuvo su montura y se quedó inmóvil, escuchando el aire helado del alba. Nada. Ni el crujido de una rama. Avanzó al paso, con precaución, hasta situarse en el centro del cruce de caminos y miró a su alrededor. La claridad comenzaba a pintar más nítidos los contornos de las cosas, pero todavía era un mundo lleno de sombras.

Lo más lógico era seguir adelante. Si no, el criado le habría advertido. Aun así, había algo que le compelía a detenerse en medio de aquellos cuatro caminos, como si alguien estuviera tratando de murmurarle un secreto y él no supiera hacia dónde tender la oreja para escuchar.

No tenía tiempo de sandeces. Se decidió a seguir de frente y chasqueó la lengua, pero el caballo que le había robado a Bouteville, agotado, tardó en reanudar su avance.

Entonces le pareció oír, hacia el este, el ruido de unas voces humanas amortiguadas por la distancia. Levantó la cabeza. ¿Sería la partida del rey? Dudó. Aguzó el oído de nuevo y algo más al norte oyó unos ladridos ominosos y urgentes. Su corazón latió con más fuerza sin que supiera por qué. No había nada más natural que unos perros de caza en un bosque. Pero a él le daba la impresión de escuchar a los heraldos de las brujas.

Las sombras oscuras de los perros aparecían y desaparecían entre las ramas, pero sus ladridos excitados no se interrumpían nunca. Estaban muy cerca. Luis XIII sentía que le iba la vida en alcanzarlos. Azuzó aún más a su yegua. Las gotas de agua que su avance febril arrancaba de las ramas le golpeaban el rostro. Adelante, adelante.

De pronto, los ladridos cesaron. Un poco más allá se distinguía un claro. Puso la yegua al paso y se acercó. En medio había una choza casi derruida. De inmediato reconoció la casita de Batistet, un trampero que le regalaba trufas para aliñar la carne que cazaba cuando era niño. Hacía años que había muerto, y él no había vuelto por allí.

Los tres perros aguardaban en la misma linde del bosque, observando la cabaña con las orejas en punta, las fauces babeantes y la cola entre las patas. Nunca los había visto así. Dudoso, se bajó de la yegua e hizo ademán de acercarse a ellos con la palma extendida.

Los sabuesos le ignoraron, como si no le conocieran.

Entonces recordó, y la sangre se le heló en las venas. A Batistet le llamaban el arlesiano. «*Arlés no muestras…*»

Y de repente temió que sus perros no hubiesen llegado hasta allí siguiendo ningún rastro, sino poseídos por algún demonio que les había obligado a arrastrarle hasta aquel lugar. A solas.

Sonó un crujido y se refugió en la espesura, llevándose la mano a la empuñadura de la espada. Había alguien dentro de la cabaña. La puerta colgaba, podrida, y no se movía, pero por el hueco vio salir una figura armada, envuelta en una capa de piel y un sombrero. ¿Un fantasma? Quien fuera iba murmurando algo que cortó el silencio del alba blanca:

—Ya era hora de que os decidierais a dejar las sábanas, Holland. ¿Para qué diablos os habéis traído esa jauría de perros?

Luis XIII guiñó los ojos. Él conocía aquella voz que le confundía con otro. Y no era un espectro. El pulso le martilleaba en los oídos. ¿Lessay? No. No tenía sentido.

El hombre de la cabaña se detuvo junto a la puerta, inmóvil, escrutando la espesura. Luis XIII le vio echarse la capa a un lado y aflojar la espada, despacio. Era él. Habría reconocido hasta en el infierno su modo sinuoso de moverse.

Los perros aullaron al unísono y el rey apretó con fuerza la empuñadura de su ropera. Lessay le había confundido con el licueducto. Desde la cabaña, sólo veía su figura entre la sombra de las ramas, como un doble de Holland, a quien a todas luces estaba aguardando.

—*Arlés no muestras que se perciba el doble* —recitó, en voz baja.

Lessay, a quien él mismo había desposeído de sus honores.

—*Fuera de su cargo se verá desarmado…*

No era más que un necio. Había perdido meses aferrándose a la presencia de Richelieu, convencido de que si no le alejaba de su lado, la profecía no se cumpliría.

«*Viejo cardenal por el joven embaucado…*» Nostradamus sólo alertaba del engaño que le iba a impedir a Richelieu encontrar las cartas que le habrían advertido a tiempo de quién era su verdadero enemigo. Un enemigo que le odiaba y deseaba verle muerto, que conspiraba para sentar a otro en su trono.

Y que aguardaba la llegada del licueducto, en la cabaña del arlesiano. «*…Y liqueducto y Príncipe embalsamado.*» Él era quien quería verle embalsamado. Él y toda su calaña de malditos conspiradores. Y ninguno de los sabios a los que había consultado había sabido advertirle.

Sus propios perros le habían traído hasta el lugar donde iba a morir. Así estaba dispuesto que sucediera. Había sido un iluso al pensar que sus desvelos podían torcer lo que estaba escrito en los astros. Hasta sus fieles animales se habían plegado a la voluntad de una fuerza superior.

Sintió ganas de reír e increpar a los cielos.

¿Por qué no le habían advertido? Lessay era sólo un hombre, aunque fuera mejor esgrimista que él. Si hubiera sabido que le iban dar la oportunidad de morir por las armas, no habría pasado tantos meses penando sin sueño. Eso era a todo lo que tenía que enfrentarse si lo deseaba. A un hombre y su espada.

Tragó saliva. No quería morir a los veinticuatro años, maldito, y sin haber engendrado siquiera un heredero. Pero tenía que acabar con la incertidumbre de una vez por todas. Costara lo que costase. Un rey no podía ser esclavo del miedo.

Dio un paso adelante, mostrándose, y la insufrible gallardía del rostro de su enemigo se convirtió en estupefacción. Se miraron a los ojos, solos en el silencio helado del páramo. Lessay estaba desconcertado. Mejor, quizá la sorpresa jugara a su favor.

Luis XIII se desembarazó de la casaca y desenvainó la espada, dominando el temblor de su cuerpo con la pura fuerza de su voluntad.

Madeleine temblaba de frío en el sótano húmedo, orgullosa de su entereza y de que la ceremonia siguiera su curso. La Arpía sacó de la cesta las dos figuritas de cera y se las entregó. Representaban a la Víctima y al Instrumento. La de Luis XIII estaba de rodillas, con la cabeza inclinada hacia delante, ofreciéndose en sacrificio. La de Lessay tenía las manos alzadas y los dos puños cerrados. Ambas tenían atado alrededor del cuello un pelo robado a su respectivo dueño; el hilo de su destino.

Las tres sacerdotisas cantaron:

—*Kolossoi, kolossoi, kolossoi.*

Madeleine alzó las muñequitas. La sangre le corría por los antebrazos. Sentía el vestido empapado y la cabeza ligera. Se preguntó cuánto aguantaría antes de desmayarse; cuánto, antes de morir desangrada. No tenía miedo. En su pecho sólo había aceptación. *Adrasteia.*

El gemido espeluznante del iynx la espabiló. La Matrona seguía estirando la cuerda y haciendo rotar la rueda, infatigable, para que el destino no parara de girar y la sangre real atrajera a la Destructora de Rostro Severo y Grito Penetrante.

Madeleine respiró hondo. Era su turno. Recitó con voz pastosa:

—*Desde las profundidades se levanta tu fuerza. Desde el subsuelo, tráenos tu luz.*

La Arpía le clavó tres alfileres a cada figurita. Uno en la cabeza para nublar la mente, otro en el corazón para exaltar el odio y el tercero en el vientre para alimentar la ira. Luego las cogió con suavidad de entre los dedos de Madeleine y las aplastó una contra otra muy cerca del fuego. La cera comenzó a deshacerse de inmediato y a gotear en el pebetero:

—*Espada de Hécate de los caminos, préstanos tu ira. La ira que te anima cuando atraviesas las encrucijadas de la tierra y el infierno, coronada de serpientes. Furia y fuego sagrado. Haz que les consuma la violencia. Adrasteia.*

Lessay vio a Luis XIII arrojarse contra él lleno de furia y soltó un reniego incrédulo. ¿Qué diablos era aquello? Dio varios pasos atrás, como un novicio, descompuesto por la sorpresa, y tardó unos instantes preciosos en desenvainar su propia espada.

El rey cerró el espacio. Tenía la mirada candente de un iluminado. Las espadas se tocaron. Aquello iba en serio. Lessay intuyó la pared de la cabaña a su espalda y blasfemó una vez más, enfadado consigo mismo, al ver que se había encerrado solo. Tenía que salir de ahí como fuera.

Amagó un ataque a fondo, quedándose corto a propósito, esperando que el rey retrocediera y le abriera hueco para escabullirse. Pero Luis XIII ni siquiera se inmutó y él a duras penas consiguió replegarse sin que le tocara, perdiendo otra vez posición.

El rey no cesaba de acosarle con una determinación temeraria. No medía las distancias, entraba en su espacio y abría la guardia continuamente, ofreciéndole mil ocasiones de acuchillarle si quisiera. Parecía poseído. Trató de calmarlo:

—¡Sire! ¡Esto es una locura!

Su voz despistó al rey un brevísimo instante y Lessay no dudó. Pegó un tirón de su capa, la lanzó contra la punta del rey, envolviéndola, y embistió contra él, con la guarda por delante, decidido a salir de aquella posición aunque fuera por fuerza bruta. Pero los pies se le hundieron en la nieve, ralentizándole. Le dio tiempo a ver venir la estocada baja, pero no a apartarse. La hoja de su contrincante le atravesó el muslo.

Se revolvió como pudo para quitárselo de encima y recuperar la distancia. Ambos jadeaban. Se quedaron plantados el uno frente al otro, vigilándose. Luis XIII tenía la mirada determinada y predadora.

Lessay se afirmó en guardia. Un hilo de sangre le corría por la pierna derecha y ensuciaba la nieve bajo sus pies. La rabia le aceleró el pulso.

Le estaba bien empleado, por cretino.

El rey no era ningún diestro de armas. No había blandido una espada desde las cuatro lecciones de rigor que había recibido de crío. Tenía que haberle puesto en su sitio en un abrir y cerrar de ojos. Pero no se había atrevido. Una especie de respeto supersticioso le había paralizado.

Necio y mil veces necio.

De eso era de lo que se estaba aprovechando ese cabrón. Se sabía intocable. De ahí le venía ese valor temerario. Le miró a la cara. El hijo de puta seguía mudo y tenía una mueca ferviente y casi jubilosa, tan incomprensible como su aparición repentina en aquel lugar, a solas.

Pero no era momento de hacerse preguntas. Luis XIII volvía al ataque y la herida de la pierna le empezaba a arder. Tenía que templarse. Con la pierna a rastras no tenía ninguna posibilidad de huir. Su única opción era hacerle razonar. Pero la mera visión de aquel rostro santimonioso le enturbiaba el pensamiento y le encendía una hoguera en el pecho. Una ráfaga de viento sacudió las ramas desguarnecidas de los árboles y se coló en el claro, barriendo la superficie nevada y salpicándole el rostro. Era como si con cada uno de los cristales de agua helada se le fuera clavando en la carne una sensación de ira ingobernable.

Dieron un par de pasos, en círculo, tentándose los filos. Aquel ruin se equivocaba de cabo a rabo si creía que le iba a dejar volver a tocarle.

Luis XIII se abalanzó de nuevo contra él, con el mismo valor ciego, y esta vez Lessay no dudó. Al infierno con todo. Dejó que el rey entrara en su terreno, con toda la sangre fría del mundo y, en el último instante, con un movimiento veloz desvió su estocada. Le tenía al alcance. Le agarró la mano de la espada con la zurda y le descargó un tajo sobre un lado de la cabeza y, casi de inmediato, un golpe seco en la mandíbula con el pomo de acero.

El rey se tambaleó, aturdido por el impacto, y cayó de rodillas.

Lessay le arrancó el estoque de la mano y retrocedió dos pasos. Quedaron de nuevo el uno frente al otro, en silencio. Tres aullidos de perro se elevaron a coro.

Bajó la vista. En el suelo sucio se mezclaban los chorreones pisoteados de su propia sangre con la sangre del rey, que goteaba lentamente de la hoja de su espada.

La sangre del rey se hacía esperar y las antorchas llevaban un rato temblando, amenazando con apagarse. Madeleine las observaba preocupada. Su propia sangre seguía corriendo y tenía los brazos cada vez más pesados. Entonces la intensidad de la luz empezó a aumentar. Creció y creció hasta acabar en una explosión cegadora. Parpadeó, sorprendida y esperanzada. La sangre fluía. Venía la diosa.

El aire se solidificó al compás del ulular del iynx. Trató de mover un brazo, pero le costaba un esfuerzo extraordinario, igual que si estuviera debajo del agua. Todo el cuerpo le cosquilleaba como si mil hormigas se pasearan por su piel desnuda.

Miró a las otras y vio a la Matrona entregarle el iynx a la Arpía. Madeleine tenía la impresión de que los pies de las dos mujeres no tocaban el suelo. Las antorchas temblaron de nuevo, imperiosas. Era la señal.

Las tres sacerdotisas se arrodillaron en el suelo de piedra luchando contra el inmenso peso del aire. Ἀταύρωτος, Μήτηρ, Ἅρπυια.

La Matrona se levantó, lenta y majestuosa, con los brazos en alto:

—*Bienvenida, Hécate terrorífica. La curva del cielo se borra. Las estrellas no brillan. La luz de la luna se esconde y la Tierra se agita. Tu rayo revela la esencia de todas las cosas. Bienvenida, Hécate terrorífica.*

La Arpía se incorporó también y comenzó a tirar de las cuerdas del iynx. La música era ahora más apremiante, más rápida.

Madeleine trató de alzarse pero las piernas no la obedecían. Sintió una fuerza avasalladora inundarle el pecho y tirar de su alma hacia arriba, hacia arriba. ¿Sería la muerte ya? Había perdido tanta sangre que no era imposible…

No le importaba. Era el hilo de su sangre el que traía a la señora de los caminos al mundo. Ahora, el de la Matrona las ataría a todas el tiempo necesario para que se impregnaran de su poder, hasta que la Arpía considerara que ya era suficiente y les proporcionara el último hilo, el que debían cortar para devolver a la Diosa al inframundo.

De pronto se encontró flotando en el techo abovedado de la estancia. Abajo seguía su cuerpo arrodillado e inmóvil, sangrando. El humo endulzado con especias dibujaba olas en el aire sobre las que cabalgaban niños desnudos cubiertos de oro. Un caballo hecho de luz pisoteó las olas y un niño le lanzó flechas de oscuridad. Madeleine gritó exultante.

Desde arriba vio cómo la Matrona se acercaba a la mesita, cogía el cuchillo de doble filo y, con pulso firme, se hacía dos cortes en cada brazo:

—*Adrasteia!*

Luis XIII estaba a sus pies.

Había perdido el sombrero y la hoja de la espada le había abierto una brecha en la cabeza. La sangre fluía aparatosa, pero la herida no parecía grave. Era el golpe lo que le mantenía postrado y aturdido, con las manos en el suelo y la frente gacha.

Lessay tenía una espada en cada mano. Apoyó la del rey contra el suelo, la pisó y partió la hoja en dos. Luego arrojó los trozos lo más lejos que pudo.

El viento se había arremolinado a ras del suelo blanco y el enardecedor ulular de los perros se había acallado. La pierna le abrasaba. Aún le bullía la sangre, pero eso no le impedía darse cuenta de la enormidad de lo que había hecho.

¿Y ahora qué? Luis XIII no iba a perdonarle nunca que hubiera alzado la mano contra él. La humillación. Cada segundo que el malnacido pasaba arrodillado en la nieve, a su merced, era un segundo que agravaba su condena. Le daban ganas de sacudirle para levantarle de una vez.

Echó un vistazo de reojo al desvencijado establo. Podía subir al caballo y quitarse de en medio lo más rápido posible. Pero irían a por él. Si no le atrapaban de inmediato, irían a buscarle a Dampierre o le interceptarían camino de Bretaña. Y de poco iba a servirle alegar que no había hecho más que defenderse. Si Luis XIII había intentado matarle cuando él no había movido ni un solo dedo, no iba a dejarle escapar ahora. Y podía tergiversar cuanto quisiera lo ocurrido. Era la palabra de un conspirador contra la del monarca soberano.

El corazón le latía a ritmo de galope de carga. No había más que cuatro personas que supieran de su presencia allí. Tres eran amigos. Conspiradores, como él. Bouteville, Holland, la duquesa de Montmorency. Ninguno de ellos hablaría.

La cuarta persona era el rey.

Tembló al darse cuenta de lo que estaba pensando. Con un solo gesto podía salvar su propio cuello y poner en el trono a Gastón. Sin que nadie se enterara.

El hombre que tenía a sus pies iba vestido de paño rústico. Nada indicaba que fuera una persona de calidad. En la espesura se escondían salteadores que podían haberle confundido con un cualquiera. La culpa recaería sobre quienes le habían dejado solo. Y aunque descubrieran las huellas de su caballo en la nieve, en cuanto tomara el camino real, el rastro se volvería imposible de seguir.

Luis XIII levantó la cabeza. La sangre le cubría parte del rostro y tenía la mirada convulsa y desorientada de un animal silvestre atrapado en una red. Clavó sus ojos oscuros en los suyos:

—¿Oís eso…? —preguntó, agitado—. Una música… Es como un chirrido… Unas voces de mujer…

Lessay tardó en contestar. Le costaba sacar las palabras de la garganta:

—Es el viento. Y los perros que aúllan.

El rey parecía confuso, perdido en alguna realidad de su imaginación.

Sintió un ramalazo de piedad y sus dedos se encogieron en la empuñadura de la espada, dubitativos. El miserable no era más que un desgraciado carcomido por la infelicidad. Pero entonces Luis XIII parpadeó con fuerza, luchando contra el ensueño que le tenía atrapado. Y de inmediato su mirada se volvió dura e inclemente.

No. Con otro tipo de hombre, quizá habría una posibilidad de negociar. Pero no con Luis el Justo. Tentó la culata de la pistola con la zurda, pero enseguida descartó la idea. Podía haber gente cerca. Tendría que ser con la espada.

Luis XIII había comprendido lo que ocurría. Intentó incorporarse, aturdido aún, y trató de agarrarle de un brazo para sostenerse, pero se tambaleó y volvió a hincar una rodilla en el suelo. Era el momento. Lessay alzó la espada y apoyó la punta en el pecho de Luis XIII. Su enemigo le miró a los ojos, digno y desafiante, y él respiró hondo.

Estaba a punto de hacerlo.

Iba a matar al rey.

El marqués de La Valette contuvo el aliento y alzó una mano para prevenir a sus hombres, que aguardaban más atrás, ocultos entre la arboleda con los caballos y las armas en la mano. El rey, indefenso, tenía una rodilla en el suelo y la espada de Lessay se apoyaba sobre su pecho.

Hacía un rato, cuando los perros habían empezado a agitarse, a la orilla de la charca, se le había puesto la piel de gallina. Había llegado el momento.

Los monteros se habían quedado atrás, incapaces de seguir a los caballos, pero ellos habían logrado que el rey no les tomara demasiada ventaja. Habían llegado a la vista del claro a tiempo de ver a Luis XIII y a Lessay caminando en círculos, el uno frente al otro, agazapados y listos para saltarse al cuello. El conde cojeaba, pero el rey se movía sin maña, abriendo espacios por doquier. No tenía ninguna opción.

La noche anterior, la Arpía le había dicho que no se preocupara. Los astros estaban alineados. La sangre correría. Pero él no las había tenido todas consigo hasta ese momento. De una ojeada rápida había calibrado la situación. El caballo de Lessay no estaba a la vista. Mejor. Eso les daba tiempo de sobra, cuando ocurriera lo inevitable, para no dejarle escapar.

Las órdenes habían sido claras. La Corte no podía permitirse un regicidio misterioso e inexplicado. Richelieu y sus fieles estaban en guardia, después de recibir los mensajes del rey Jacobo. Las sospechas y las salpicaduras podían llegar a cualquier sitio, incluyendo a María de Médici. Era imprescindible ofrecerle al pueblo un culpable.

La otra orden había sido aún más insistente. No podían arriesgarse a que la justicia apresara al asesino. El Instrumento debía morir en el sitio. Lessay estaba metido en demasiadas intrigas. La Arpía no quería juicios ni interrogatorios que pudieran sacar a la luz cualquier nombre inconveniente.

Todo debía quedar sellado en aquel claro.

Ya no se oían los perros. Bernard puso el caballo al paso, convencido de que se había perdido otra vez, aguzando el oído para recuperar el rastro. Y, casi sin darse cuenta, se encontró al borde de un claro.

Lo que vio le dejó sin habla.

Lessay y Luis XIII, solos, en mitad de la nieve, frente a una cabaña desvencijada.

El conde había hecho al rey arrodillarse a sus pies. Le tenía sujeto por un brazo y llevaba la espada desenvainada en la mano. Boquiabierto, le vio alzar el arma con intención inequívoca.

No tenía tiempo de intentar comprender. Hundió los talones con fuerza en los ijares de su caballo y se abalanzó en tromba contra ellos:

—¡Por el amor de Dios, monsieur! ¡Teneos!

En algún momento, su mano se había apoderado de la pistola. Disparó por encima de la cabeza de los dos hombres, para achantarlos. Lessay retrocedió al oír su voz y echó mano a su vez a un arma de fuego. Bernard frenó a su caballo y saltó al suelo justo a tiempo. El tiro del conde se perdió en algún sitio por encima de las orejas del animal.

El brinco hizo que las costillas se le clavaran en el torso, se encogió de dolor y no pudo evitar cerrar los ojos. Los reabrió de inmediato, temiendo encontrarse con la punta de la espada de Lessay en la garganta. Sabía lo rápido que era.

Con alivio comprobó que el conde tenía la guardia en alto, pero seguía clavado en el sitio, con el gesto demudado. Bernard desenvainó y se interpuso frente al rey, estremecido al ver su rostro cubierto de sangre y el suelo manchado.

—¿Habéis perdido la cabeza, monsieur? ¿No veis lo que estáis haciendo? ¡Es el rey! —gritó.

Lessay soltó un bufido de incredulidad:

—Hijo de perra. —Le hablaba a él, pero sus ojos insistían en buscar a Luis XIII a sus espaldas—. Tenía que haberte matado.

Y parecía dispuesto a solucionar el descuido en aquel mismo instante, porque antes de poder reaccionar, Bernard se encontró su hoja a dos palmos de la cara y comprendió que había fracasado. Había intentado salvar al rey y proteger a su patrón al mismo tiempo… pero para eso habría tenido que llegar antes. Su carrera salvaje a través del bosque había sido inútil. Al rescatar a Luis XIII cuando tenía ya la espada en la garganta, había condenado a Lessay. El rey iba a exigir que el conde pagara.

Por supuesto que Lessay le quería muerto.

Pero ¿por qué estaban solos? ¿Dónde estaban los monteros del rey y el marqués de La Valette?

Paró la primera estocada, sin saber siquiera cómo, y sólo entonces cayó en la cuenta de que el conde estaba herido. La pernera derecha de sus calzones tenía una mancha oscura y se movía con rigidez, más lento que de costumbre. Tenía que aprovecharlo. Aunque tuviera molidos la mitad de los huesos, sus piernas estaban sanas y él era el más fuerte de los dos.

Seguramente fueron sólo segundos, pero él los sintió como una eternidad. De repente tenía mil ojos y mil brazos. Le daba tiempo a apartarse, a interceptar cuchilladas, incluso a respirar un par de veces antes de intentar un ataque propio. Con el rabillo del ojo vio al rey incorporarse, lacio como un espantapájaros, y buscar sostén junto a la cabaña. La distracción estuvo a punto de costarle cara y el filo de la espada de Lessay le desgarró una manga. El juego de piernas de su rival era cada vez más lento, pero seguía teniendo el brazo rápido.

Entonces le pareció oír unas voces, a lo lejos. ¿Serían los monteros? Tenían que haber oído los disparos. Atajó una estocada, a un par de pulgadas de sus tripas, y antes de que el conde pudiese liberar la espada se arrojó contra él, agarrándole el brazo, acometiendo con toda su potencia. La treta funcionó. A Lessay le falló la pierna herida y los dos rodaron por el suelo. Manotearon, tratando de acortar el agarre de los estoques y sujetar la mano del contrario. Las voces del bosque eran cada vez más claras y llamaban al rey.

Sólo se le ocurría una cosa para tratar de enmendar el desaguisado antes de que llegaran. Relajó la presa del brazo de Lessay y murmuró a toda prisa, antes de que éste pudiera acuchillarle:

—Coged mi caballo y huid.

El conde no dudó ni un segundo. Un golpe en la cara, un empujón y una patada, y se había escabullido. Bernard se aovilló, fingiendo más dolor del que sentía, pero cuando volvió a abrir los ojos se dio cuenta de que algo había salido mal.

Lessay no se había marchado. Estaba de pie, pero seguía junto a él, inmóvil.

Levantó la vista.

El marqués de La Valette, a caballo, hacía frente al conde, cortándole la salida. Unos pasos por detrás se acercaban otros dos jinetes, espada en mano. Uno de ellos rodeó a Lessay, impidiéndole retroceder, y el segundo se dirigió directamente hacia él.

El marqués de La Valette saltó al suelo antes de que Lessay pudiera lanzarle una estocada al caballo y uno de sus hombres le imitó, a toda velocidad, mientras el otro se encargaba de mantener apartado al campesino.

La aparición de Serres, galopando a través del claro como un jinete del Apocalipsis, le había dejado paralizado. Se había planteado intervenir a la desesperada. Pero él tenía un brazo inútil y sólo disponía de dos hombres. El gascón y Lessay también eran dos. Era imposible prever cómo podía terminar aquello. Y las voces de los monteros se escuchaban ya a poca distancia.

Sólo le quedaba tiempo de cumplir la última orden de la Arpía y matar a Lessay antes de que pudieran atraparle.

El conde permanecía inmóvil, con la espada apuntando al suelo, dudando entre seguir luchando o aceptar que estaba atrapado. Le miraba fijamente, con un gesto de sorpresa ofendida, como pidiéndole explicaciones. Con motivo. Aunque tenían cuentas pendientes, La Valette nunca había pensado que las liquidarían de ese modo. Pero había órdenes que no se podían discutir.

Se escuchó un rumor entre los árboles y los monteros irrumpieron en el claro, con las escopetas listas y expresión de alarma, tratando de descifrar lo que estaba ocurriendo.

La Valette avanzó un paso, con precaución, y señaló a Lessay con la espada:

—Este hombre ha atacado al rey.

Serres lanzó una exclamación. Uno de los monteros le encañonó y él les hizo una seña a sus dos servidores, que se situaron a espaldas del conde. Lessay estaba cansado y herido. Al menos, acabarían rápido. Les indicó con un gesto de cabeza a sus segundos que se preparasen.

Y justo en ese instante resonó en el claro la orden, firme y soberana:

—¡Que nadie lo mate! ¡Le quiero vivo!

Madeleine bailaba alborozada en el aire. El aullido del iynx la acunaba y hacía flotar sus ropas negras en un remolino hermoso y turbulento. No quería mirar hacia abajo por miedo a que su cuerpo genuflexo la reclamara. Había perdido tanta sangre que no debía de faltar mucho para que llegara la muerte y, cuando sucediera, quería estar volando.

Entonces, inesperadamente, la música se detuvo.

Durante un instante interminable, el aire fue perdiendo solidez. Las antorchas temblaron enloquecidas y acabaron por apagarse del todo, dejando un vacío negro. Madeleine cayó y cayó hasta aterrizar en su propio cuerpo con un golpe que la dejó aturdida y temblorosa.

Un ataque de tos incontrolable la sacudió. Le dolían todos los huesos y el efecto de las drogas había desaparecido de repente. Algo le aprisionaba los pulmones por dentro. Puso las palmas de las manos en el suelo encharcado de sangre y trató de respirar con serenidad, pero boqueaba igual que un pez fuera del agua.

No entendía nada. Apenas había empezado a sentir el poder de Aquella Cuya Voluntad se Cumple y la Arpía no se había cortado aún. No podía haber concluido ya todo.

Hubo un momento de silencio y la voz de la Matrona susurró en la oscuridad:

—¿Qué ha pasado? Nos hemos quedado solas.

La diosa las había abandonado, Madeleine también lo sentía. Levantó la cabeza. La única luz visible era la de la llama del pebetero. Apenas alcanzaba a iluminar débilmente el rostro de la Arpía, que tenía las cejas fruncidas y los labios apretados:

—El instrumento no ha podido arrancarle la vida al rey —murmuró—. Todo ha sido en vano.

En vano. Su iniciación, sus penurias, la muerte de Anne. Todo en vano.

¿Habría sido culpa suya? Estaba convencida. La Diosa Terrible las había abandonado porque no era pura. Quiso preguntarles a la Arpía y a la Matrona. Intentó hablar. Movió los labios, pero no emitió ningún sonido. Se llevó las manos a la garganta y trató de gritar.

Nada.

Había salido el sol. Las siluetas de los árboles trazaban franjas de color gris metálico sobre el suelo del claro nevado y un fogonazo de luz ascendía entre las ramas desnudas, pero Bernard tenía más frío que nunca.

Estaba sentado en un tronco caído, frente a la cabaña del arlesiano, con las rodillas encogidas. Las carreras dementes de la noche y la madrugada no le habían dejado sentir el tiempo glacial. Pero ahora que todo había terminado, el frío del amanecer se le había colado de golpe en el cuerpo. Encogió los dedos de los pies y se frotó los brazos, ojeando con envidia la gruesa casaca del hombre que le vigilaba.

No había podido hacer nada para ayudar a Lessay. Encañonado de cerca por uno de los monteros, no había tenido más remedio que permanecer inmóvil, aguardando el inevitable desenlace. El conde había hecho amago de hacer frente a La Valette con escasos ánimos. No tenía opción. Le rodeaban seis hombres. Al final, había entregado él mismo la espada.

A Bernard también le habían pedido la suya, por prevención, y aunque le trataban con deferencia, le habían dejado al lado un montero armado con una escopeta que no le quitaba ojo de encima.

Seguían todos en el claro, aguardando la llegada de la Guardia de Corps. El marqués de La Valette había mandado a uno de sus hombres a buscarla, encomendándole discreción. Lo más prudente era que el rey regresara escoltado, pero no querían revuelo. A Luis XIII le habían enjugado la sangre y no tenía más que un corte superficial bajo del pelo. Se encontraba dentro de la cabaña, reponiéndose, y Lessay estaba encerrado en el cobertizo, vigilado estrechamente.

Una nube densa de vaho le brotó de los labios y Bernard se quedó mirando hasta que se disolvió. No era sólo el frío lo que le tenía entumecido. Aquella calma súbita le aturdía. ¿Había terminado todo? El rey estaba vivo. Quién sabía lo que comprendía Luis XIII de lo que había pasado en aquel claro, pero si el duque de Épernon no había mentido en la posada, estaba a salvo, las hechiceras habían perdido su oportunidad. ¿Qué harían ahora? ¿Le aguardarían en Saint-Germain para vengarse por haberles robado la vida del monarca?

Había escapado de ese pozo negro en el que había estado sumido durante días, con la razón extraviada, haciéndole ver magas e hijas del maligno en cada esquina. Temblaba sólo de pensar que había estado a punto de acabar como el pobre maître Thomas. Pero no sabía si de verdad había logrado desprenderse de la inmunda tela de araña en la que le había tenido atrapado la Arpía, o si sólo era que las hechiceras estaban exhaustas después de aquella noche y tarde o temprano volverían a por él. Prefería no pensar.

Levantó la cabeza. Alguien salía de la cabaña. Se tensó involuntariamente. El marqués de La Valette. El servidor de las brujas. El asesino de Charles. Convertido en protector del rey, ahora que sus propósitos habían fracasado. Llevaba el brazo izquierdo en cabestrillo, recuerdo de su enfrentamiento en el Pré aux Clercs, y venía hacia él:

—Monsieur de Serres, el rey desea veros.

—¿A mí?

—¿Qué os extraña? Quiere daros las gracias. Le habéis salvado la vida —Sonrió. La mueca, con aquellos dientes separados, resultaba casi amenazadora. Bernard se puso en pie, titubeante—. No os preocupéis. No le he dicho nada.

No le entendía:

—¿Nada? ¿Nada de qué?

—De vuestro intento de dejar escapar a Lessay en el claro. —El marqués se plantó a un paso de él—. Algunos lo considerarían una traición, pero al fin y al cabo, comparado con el servicio que habéis prestado, se trata de una falta menor… No merece la pena ni mencionarla.

Bernard sacudió la cabeza ¿Era una amenaza? No tenía fuerzas para enfrentarse a más intrigas:

—Dejadme pasar, por favor.

El marqués se quedó quieto, mirándole fijamente a los ojos:

—Debisteis matar a Lessay y acabar con todo cuando tuvisteis la oportunidad. Le habríais hecho un favor. —Otra vez aquella sonrisa—. Vos sois el responsable de que el rey le haya atrapado vivo. ¿Sabéis cuál es la pena para los regicidas, tengan éxito o no en sus propósitos?

Por supuesto que lo sabía. Descuartizamiento en plaza pública. Después de un espantoso suplicio. Se quedó mirando la mueca insidiosa del marqués, tan difícil de interpretar. No sabía si se estaba regodeando o si por el contrario le estaba recriminando por haber abocado a Lessay a algo así. Intentó razonar:

—Pero a un hombre de la posición del conde… A alguien de su alcurnia, aplicarle una pena infamante… Su Majestad no…

Las frases se le quedaban a medias. La Valette no respondió. Sólo se encogió de hombros y echó a andar hacia la cabaña, dándoles la espalda a él y a su desazón.

Bernard le siguió, arrastrando los pies. Le había salvado la vida al rey. Luis XIII quería agradecerle personalmente su comportamiento. Pero si ése era el sabor de la victoria y el deber cumplido, tenían un regusto más amargo de lo que nunca hubiera imaginado.

ἐπίλογος

Desde arriba, la comitiva se asemejaba a una procesión de insectos multicolores, incongruentes en el paisaje nevado: los soldados vestidos de azul y rojo, la carroza real, resplandeciente con sus adornos dorados, varios coches más modestos y los gentilhombres a caballo. El sol se estaba ocultando raudo, apresurado por poner fin a otro día de invierno.

Luis XIII había decidido regresar a la capital sin aguardar a Ana de Austria, que le seguiría al día siguiente, y, dentro de la carroza real, Bernard de Serres contemplaba petrificado al soberano, que sujetaba la cortina de la ventana con una mano enguantada. El tiempo infernal de las últimas semanas había destrozado los caminos y el traqueteo era continuo.

El rey no había querido separarse de él desde que habían dejado la cabaña del arlesiano, como si fuera un talismán. Había insistido en que se quedara a su lado incluso mientras su médico le atendía, y había hecho que el físico se ocupara también de sus costillas rotas. Luego habían almorzado una sopa de cebolla y unas perdices en amigable silencio. No parecía importarle que fuera incapaz de pronunciar palabra.

Bernard hubiera preferido hacer el viaje de vuelta a París a caballo, pero Luis XIII había insistido en que le acompañara en su carroza. Allí podría descansar su cuerpo molido y ambos estarían más tranquilos. La verdad era que el monarca llevaba callado casi todo el trayecto. Sólo había hecho un par de comentarios sobre el efecto que las abundantes nieves podían tener en los cultivos que dormían, esperando la primavera, y Bernard lo agradecía. No tenía ganas de hablar. Había pasado todo el día luchando por mantener la espalda tiesa y el semblante amable, pero llevaba el estómago en la garganta. Lo que el cuerpo le pedía era derrumbarse y echarse a llorar como un niño. Había salvado al rey, sí, pero a costa de traicionar a todos los suyos.

Y aún quedaba el juicio. A buen seguro el rey esperaba de él que contase la verdad de lo que había visto. Como si no fuera bastante con que hubiesen capturado a Lessay por culpa suya…

El conde viajaba en otro carruaje, a poca distancia de ellos, custodiado. Bernard pensó en la generosidad con la que le había abierto las puertas de su casa, sin conocerle de nada, cuando había llegado a París, y apretó fuerte los ojos, intentando borrar la imagen de Luis XIII de rodillas y Lessay a punto de atravesarle con la espada.

Ya le había costado bastante explicar aquella mañana su providencial aparición en la cabaña del arlesiano. No sabía ni cómo se le había ocurrido la historia.

Había contado, trastabillándose, que era Lessay quien le había citado allí. Habían tenido una desavenencia unos días antes y el conde le había despedido de su servicio. Pero él había insistido en reconciliarse con él para poder seguir informando al padre Joseph, tal y como había prometido en la celda del Châtelet, y al final su patrón había accedido a verle. Era él quien había elegido aquel lugar y aquella hora.

La historia hacía aguas por todos lados y, por el modo en que el cardenal le había mirado cuando le habían hecho repetirla en su presencia, Bernard estaba convencido de que no acababa de creérsela. No le extrañaba. Como a los jueces les diera por tirar del hilo, iba a ser incapaz de cruzar el río sin mojarse y sin arrastrar con él al fondo a todos los que le habían protegido desde su llegada a París sin sospechar que era un patán que destruía todo lo que tocaba.

Y luego estaban las brujas; sólo pensar en ellas le causaba sudores fríos.

De la baronesa de Cellai no sabía nada de nada. Se la imaginaba agazapada en alguna habitación recóndita del castillo, junto a esas muñequitas que atrapaban el alma de las personas. Pero María de Médici había acudido la primera a las habitaciones de Luis XIII a interesarse por su estado, y había pedido conocerle. Él se había acercado tragándose el miedo y buscando madera que palpar con la mano. Los ojos de la reina madre se habían llenado de súbita fiereza. Le había tocado la cara, como si quisiera aprenderse sus rasgos de memoria, y le había dicho:

—Ya me he enterado de que es a vos a quien debo que mi hijo siga con vida, monsieur. No lo olvidaré, podéis estar tranquilo.

Bernard había respondido con una reverencia profunda, deseando que se lo tragara la tierra. Sólo él sabía que aquella aparente cortesía era una condena a muerte.

No había tenido valor para preguntarle por Madeleine. ¿Con qué excusa podía hacerle una pregunta así en público? Había pasado el resto del día sin saber si estaba viva o muerta o si le había sucedido algo aún más terrible y que no se atrevía ni a imaginar.

Hasta que había bajado al patio, detrás del rey, listo para partir, y mientras aguardaba a que Luis XIII se instalara en el coche, había visto descorrerse el cortinaje de una de las ventanas del primer piso y la había reconocido. Estaba muy pálida y su carita seria era lo más triste que había visto en su vida, pero estaba viva.

El alivio le había inundado el pecho. Pero ella se había quedado mirándole, apenada e inmóvil como una muñeca, y Bernard había sentido que se le pinzaba el corazón. La voz del rey, llamándole por su nombre para que entrara en el coche, le había sobresaltado y casi al mismo tiempo había visto una mano femenina que agarraba a Madeleine por el brazo y la hacía alejarse de la ventana.

No sabía si su intervención había contribuido o no a salvarle la vida pero, en cualquier caso, ahora les pertenecía a ellas.

El traqueteo del coche le devolvió al presente. Luis XIII había soltado por fin la cortina:

—Si queréis, podéis echar una cabezada. Dios sabe cuánto tiempo lleváis sin dormir.

Bernard hizo un esfuerzo por enderezarse. Le cohibía que el rey se mostrara tan cercano:

—Gracias, sire. Me encuentro bien.

Los gruesos labios de Luis XIII se curvaron en una sonrisa tímida:

—Me gustaría recompensaros como os merecéis. Aunque haya sido la Providencia la que os haya llevado al lugar preciso en el momento justo esta mañana, el brazo que blandía la espada era vuestro.

Bernard se revolvió en su asiento. No sabía cómo responder sin enfangarse aún más. Aceptar el agradecimiento del rey por salvarle la vida equivalía a afirmar que Lessay había intentado matarle. Cada muestra de amistad del soberano le convertía en un mayor traidor.

—Sire, yo soy un hombre sencillo. Ni siquiera entiendo muy bien lo que ha pasado.

—No me sorprende. En cierto modo, parece que todo hubiera sido orquestado por los hados. —El rey bajó la voz, como confesando algo deshonroso—. Yo también llegué hasta la cabaña del arlesiano sin saber bien cómo ni por qué. De casualidad. Siguiendo a mis perros.

Tenía un brillo febril en la mirada que alertó a Bernard. El rey había recibido los tres mensajes de Jacobo. Tenía que saber que todo lo que había ocurrido aquella mañana en el bosque estaba escrito. Tenía que saber de su madre y de las brujas. Pero ¿qué quería de él? ¿Que confirmara cuanto temía o que le tranquilizara? Si cuando la vida de Luis XIII aún corría peligro habría sido una locura acusar a la reina madre de hechicería, más lo era ahora. No. Ya había terminado todo. El rey había sobrevivido y con eso bastaba. Lo único seguro era aferrarse a su papel de rústico:

—Mi padre siempre decía que lo que parece casualidad no es más que nuestra ignorancia de los planes de Dios.

Luis XIII se arrebujó en su capa:

—Dios… o el diablo. ¿Quién sabe? —Bernard no habría sabido decir si al rey le aliviaba su respuesta o le había decepcionado. Pero después de un rato de silencio, Luis XIII volvió a mirarle a los ojos, insistente y esperanzado—. Decidme, vos encontrasteis los mensajes del rey Jacobo de Inglaterra. ¿Llegasteis a leerlos?

El corazón comenzó a galoparle descompasado:

—No. —Se mordió la lengua. Luis XIII no se lo iba a creer—. Es decir, sí, los miré, pero como no entendía nada, no hice mucho caso.

El rey le contempló un momento, ensimismado. Bernard intuía que había esperado algo más de su charla. Quizá por eso había insistido en viajar a solas con él en su coche. Y le estaba desencantando.

—Es igual. —El monarca se quedó callado un rato, arrebujado en su capa, antes de hablarle otra vez—: Vuestras tierras están en Pau, ¿no es así? Me gustaría erigir vuestro señorío en baronía, en agradecimiento. Y daros una posición en la Corte.

Bernard se enderezó de golpe, sorprendido. El rey iba a concederle un título. ¿Estaba hablando en serio? Durante un instante se olvidó de sus angustias. Barón de Serres. No sonaba nada mal. Pero fue algo muy breve. ¿De qué valía una dignidad como aquélla si iba a morir sin descendientes en cuanto alguno de los muchos enemigos que se había hecho le pusiera la mano encima? Lo que necesitaba era poner tierra de por medio.

Se armó de valor:

—Sire, os agradezco profundamente vuestra generosidad. No puedo ni imaginarme lo honrado que se sentiría mi padre si viviera, y llevaré el título que vuestra majestad me otorga con el mayor orgullo. Pero… Me temo que la Corte no es sitio para mí en estos momentos. Si fuera posible, me gustaría dejar París.

Luis XIII no podía tener idea ni de la mitad de la gente que quería verle muerto. No eran sólo las brujas. Bouteville, Marie y seguro que algunos más debían de andar ya detrás de su pellejo. Pero tenía que comprender que su acción le había puesto en una posición muy difícil.

—Está bien. —Parecía decepcionado—. Si eso es lo que queréis.

Bernard tragó saliva:

—Hay otra cosa, sire.

Era algo que llevaba pensando todo el día y que no se había atrevido a decir hasta ahora. Quizá no volviera a tener otra oportunidad.

—Le habéis salvado la vida a vuestro rey, podéis hablar sin timidez, monsieur.

—No sé si se trata de un atrevimiento por mi parte. Vuestra majestad ya ha sido suficientemente generosa, pero… Os ruego que tengáis clemencia con el conde de Lessay. —Había ido bajando la voz según hablaba y la última palabra fue apenas un susurro.

La reacción del rey fue inmediata. Se echó hacia delante y sus ojos se convirtieron en dos rendijas negras llenas de odio:

—¿Clemencia? Monsieur de Serres, en casos de lesa majestad, no hay nada más inhumano que la clemencia —escupió entre dientes—. No volváis a pedirme algo así. Ni a pensarlo siquiera.

Bernard agachó la cabeza. Mejor retroceder o empeoraría las cosas aún más:

—Perdonad si os he ofendido, sire. Soy sólo un campesino ignorante.

La voz del rey se tiñó de un odio venenoso:

—Sabed que vuestra fidelidad ciega hacia ese traidor no es ninguna virtud. Si tuvierais idea de todo lo que… —se interrumpió a media frase. La confianza que le había demostrado a lo largo del día se había borrado de su expresión de un plumazo—. No importa. Será mejor que os marchéis de París cuanto antes, ya que tanto lo deseáis. Le escribiré a mi hermana, la reina de Inglaterra. Os encontrará acomodo en la Corte de Londres.

Bernard trató de inclinarse, en agradecimiento, pero con las costillas vendadas sólo consiguió esbozar un movimiento envarado.

—Gracias —dijo sin más. No se le ocurría otra cosa.

El rey se reclinó en el asiento y se subió la capa a modo de embozo, dando la conversación por terminada. Bernard aguardó un buen rato, sin atreverse siquiera a pestañear, y luego descorrió disimuladamente la cortina. A lo lejos se intuían ya las murallas de la ciudad. El crepúsculo le daba un aire fantasmal que le estremeció. Deseó que el carruaje fuera mucho más lento para no tener que llegar nunca.

Inglaterra. Lo mismo le daba un sitio que otro mientras estuviera lejos.

Un cuervo solitario voló hacia la carroza graznando como un loco. Sobresaltado, Bernard corrió la cortina con tanta violencia que arrancó el remate de flecos del cordón y se quedó con él en la mano. Levantó la vista, alarmado.

Pero el rey no se había dado cuenta. Estaba dormitando en su rincón, con la respiración serena y la conciencia, sin duda, tranquila.

El conde de Lessay apretó el puño con fuerza, hasta que los nudillos se le amorataron, y luego abrió los dedos lentamente, extendiéndolos cuanto daban de sí y sintiendo cómo los tendones se estiraban sobre los músculos y los huesos.

El primer acto de un suplicio por regicidio consistía en cortarle al reo la mano que había atentado contra la vida del rey. Eso, si el criminal tenía suerte. Otras veces, el verdugo le atravesaba la palma con un puñal y arrojaba azufre hirviendo sobre la herida.

En la penumbra, apenas podía distinguir las rayas entrecruzadas que le surcaban la palma. La única que sabía distinguir era la de la vida. No parecía muy larga. La recorrió con el pulgar de la otra mano y, de pronto, los dedos empezaron a temblarle y tuvo que cerrar el puño para contenerlos.

Se forzó a no levantar la vista para no ver si sus dos guardianes se habían dado cuenta. La custodia estrecha a la que estaba sometido exigía que permanecieran siempre junto a él, día y noche, dentro de la misma celda, obligándole a mantener el dominio sobre sí mismo sin descanso.

Eran dos fulanos que le habrían destrozado los nervios al mismo santo Job. Uno grande, cachazudo, no paraba de mascar tabaco. El otro, pequeño, con el pelo lanoso de un rubio sucio y los dientes prominentes. Un buey y un borrego. La imaginación no les alcanzaba ni para matar el tiempo jugando a las cartas y desde que estaban allí encerrados no habían interrumpido su vigilancia intensa y muda más que para quejarse por la comida y el frío.

Exasperado, se tumbó sobre el camastro de paja acomodando con cuidado la pierna herida, que le había vendado un cirujano, y se cubrió con la capa, tratando de conciliar el sueño. Había pasado ya dos noches dando vueltas en aquella yacija incómoda e infectada de pulgas y apenas había conseguido pegar ojo.

Los dedos se le fueron solos al amuleto que llevaba colgado del cuello. La manita negra de Leonora Galigai. No era que le hubiese protegido mucho, pero acariciarla le llevaba siempre de vuelta a la iglesia de Saint-Séverin y al momento en que Valeria se la había arrebatado, mientras la hacía suya sobre la piedra del altar. Y Dios sabía lo que necesitaba de recuerdos agradables en aquel agujero húmedo y oscuro.

Sus carceleros habían demostrado un negro sentido del humor al encerrarle precisamente en aquel calabozo del Palacio de Justicia. Se hallaba en la misma torre en la que había pasado sus últimos días el capitán de la Guardia Escocesa que le había arrebatado la vida al rey Enrique II en un torneo. En la misma celda en la que había estado recluido François Ravaillac, el asesino de Enrique IV, antes de su ejecución. Cerró los ojos, tratando de no pensar. Deseaba dormir un poco antes de que regresaran los dos consejeros del Parlamento con su escribano y continuaran los interrogatorios.

El día anterior las sesiones habían comenzado antes del alba, en el mismo calabozo. Él lo había negado todo con tan pocas palabras como le había sido posible. No. Jamás había atentado ni planeado atentar contra la vida del rey. Luis XIII se había arrojado contra él sin previo aviso, confundiéndole quizá con un bandido. No había hecho más que defenderse. La herida de Su Majestad era accidental.

Los magistrados no le habían creído, por supuesto. En ninguna cabeza cuerda cabía que el rey hubiese desenvainado contra un súbdito pacífico sin motivo, poniendo su propia vida en la balanza; ni que hubiese confundido con un bandido a un hombre al que trataba desde la infancia. Lessay no podía reprocharles su escepticismo. Ni siquiera él comprendía aún lo que había pasado en aquel claro. Por qué Luis XIII se había arrojado sobre él como un poseído, ni por qué Holland no había aparecido. No le habían permitido comunicarse con nadie desde su detención, ni cara a cara, ni por escrito, así que no sabía nada.

Tampoco tenía mucha importancia. Por una vez en su vida no tenía ánimo de especular. Sabía que estaba condenado. No había vuelto a ver al rey más que unos instantes, antes de subir al coche que le había conducido de Saint-Germain a París. Pero en el modo en que los ojos de Luis XIII habían rehuido los suyos había leído de forma inequívoca su sentencia de muerte.

—¿Qué hacíais en ese lugar cuando todo el mundo os creía en el castillo del duque de Chevreuse? —El más joven de los dos investigadores era un imbécil que por algún motivo pensaba que su situación le daba derecho a hablarle en cualquier tono.

—Me habían llegado rumores de que el rey estaba dispuesto a perdonar mis faltas. Quería presentarme ante él.

—Eso podría explicar vuestra presencia en Saint-Germain, monsieur, pero no por qué os encontrabais escondido en una cabaña abandonada, en mitad del bosque. ¿Estabais aguardando a lord Holland? ¿Por qué? ¿Qué teníais que tratar con él?

—No estaba aguardando a nadie. No sé por qué mencionáis a lord Holland.

Los interrogatorios habían continuado en el mismo tono durante todo el día, con breves descansos, en los que volvía a encontrarse a solas con el bovino y el ternasco. Y él había seguido dando una y otra vez las mismas respuestas, a sabiendas de que no se sostenían, y con la incertidumbre de no saber si los jueces habían averiguado algo que él ignorara.

Aquella mañana, en cambio, había venido a buscarle a primera hora un exento, acompañado por cuatro arqueros, y le había pedido que le acompañara. No le había quedado más remedio que apoyarse en el hombro del borrego para seguirle por las bóvedas del viejo castillo, renqueando, hasta la base de la torre Bombec. Unos escalones les habían conducido hasta el sótano y a una pequeña puerta de gruesa madera que habían tenido que atravesar agachando la cabeza, para acceder a una estancia estrecha, sin ventanas, e iluminada con antorchas.

La colección de ominosos artefactos de cuerda y madera que había en medio de la sala despejaba todas las dudas acerca del lugar donde se encontraba.

Había saludado cortésmente, decidido a no mostrarse intimidado. A buen seguro aquello no era más que la representación teatral que permitía la ley: enseñarle al acusado los instrumentos de tortura para meterle el miedo en el cuerpo y hacer que confesara. No significaba en absoluto que estuvieran dispuestos a aplicarla. Y menos a alguien de su condición.

Acto seguido, los interrogadores le habían presentado los instrumentos uno a uno, explicándole cómo se utilizaban. Los terribles borceguíes que destrozaban las piernas, introduciéndose en la carne; la mesa de madera donde tendían a los prisioneros con el torso desnudo para obligarles a tragar cántaros de agua hasta que el estómago se llenaba y boca y nariz quedaban sumergidas; el potro, que dislocaba los huesos; la polea mediante las que se pendía al reo, con los brazos atados a la espalda, para ir suspendiéndole pesas de los tobillos. Lessay los había dejado hablar sin pronunciar palabra. Entendía muy bien el porqué de aquella exhibición.

Los jueces no la necesitaban para llevarle al cadalso. Con la palabra del rey y con todos los testigos de que disponían, les bastaba y les sobraba para sentenciarle legalmente a muerte si así lo deseaban. Pero no querían condenarle sin haber obtenido antes la reina de las pruebas: la confesión. Su nombre les intimidaba, tenían miedo de crearse enemigos inconvenientes. Una admisión pública de culpabilidad les exoneraría de toda responsabilidad.

Y, sobre todo, les incomodaba su insistencia en acusar a Luis XIII de haber echado mano a la espada el primero. Toda aquella parafernalia tenía como fin convencerle de que dejara de obstinarse en una versión de la historia que nadie quería oír y declarara que él era el único culpable.

Pero no les iba a dar el capricho.

Había repetido las mismas respuestas que el día anterior, hasta que el magistrado joven se había acercado a él, untuoso. Tenía un bulto de grasa en la frente del que resultaba difícil apartar la mirada:

—Reflexionad sobre vuestra obcecación, monsieur —le había dicho—. Veo que no os tomáis en serio lo que os acabamos de enseñar. Pero os aseguro que no es ninguna pantomima para intimidaros. El crimen del que se os acusa es muy grave y el canciller ha dado permiso para que se os someta a la cuestión si os empecináis en no confesar.

Lessay achicó los ojos, tratando de averiguar si el patán mentía o si trataba de jugar con él. No tenía la menor idea de si, llegado el caso, sería capaz de resistir las tres sesiones de tormento que permitía la ley. Pero los jueces tampoco podían saberlo. Y si aguantaba, y después de la tortura seguía sosteniendo que era el rey quien le había atacado, la sospecha quedaría en el aire, ponzoñosa, aun después de que le ejecutaran. Y eso era lo último que deseaba nadie. No. Estaba casi seguro de que no iban a atreverse a tocarle.

Pero, por si acaso, miró de arriba abajo a aquel cretino:

—Pedidle mejor que reflexione al canciller, monsieur. Porque si me asisten las fuerzas, os aseguro que no pienso ayudar al rey a salir de esto con la cara limpia.

Se dio media vuelta en el camastro, incómodo. No sabía cuántas horas habían pasado desde aquella conversación. Era imposible seguir el curso del tiempo en ese hoyo en penumbra. Pero con sólo recordarla, los latidos del corazón le retumbaban en el pecho y la saliva se le hacía hiel. No conseguía dormir.

Escuchó el cerrojo de la puerta y contuvo el aliento. Otra vez.

Pero en esta ocasión no eran los guardias ni los consejeros del Parlamento. Sorprendido, Lessay vio al cardenal de Richelieu entrar en la celda. Llevaba el solideo y la sotana roja. Detrás de él, un guardia sostenía una antorcha.

Se puso en pie, apoyándose en la cama, pero el ministro del rey alzó una mano:

—Descuidad, monsieur, sé que estáis lesionado. Tomad asiento y yo haré lo mismo.

El guardia enganchó la antorcha en el muro y el cardenal se

acomodó en una silla. Lessay se sentó en el borde del camastro, sin soltar palabra. La aparición del prelado le había levantado una expectación en el pecho por la que no quería dejarse llevar.

—No aguardaba vuestra visita.

—He estado leyendo vuestras declaraciones, monsieur. —El rostro delgado del cardenal tenía las mejillas más hundidas que de costumbre y las bolsas de sus ojos parecían más oscuras—. Convendréis en que son poco creíbles.

Lessay reprimió una sonrisa. Intuía que su bravata había tenido éxito. El canciller no se atrevía a someterle a la cuestión. No quería arriesgarse a que mantuviera su versión de lo ocurrido y empezaran a correr rumores. ¿Habría pedido él la intercesión de Richelieu o estaría el cardenal allí por orden del rey? Se encogió de hombros, sin contestar.

Richelieu suspiró y les hizo un gesto con la mano a los dos guardias:

—Dejadnos solos. —El cordero y el buey se miraron el uno al otro y abandonaron la celda, arrastrando los pies. El cardenal apenas aguardó a que salieran. Su voz hasta entonces plácida se volvió metálica y urgente—. ¿A qué estáis jugando, monsieur? ¿De veras pensáis que el rey no sabe que estabais conspirando contra él? ¿Que por eso aguardabais a Holland escondido en esa cabaña?

Lessay se preguntó si el inglés no le había traicionado. Al fin y al cabo, no se había presentado a la cita. Miró a los ojos al cardenal, con la misma placidez fingida:

—No sé de qué me estáis hablando.

Richelieu respondió con una lenta sonrisa, calculada para darle a entender que él sí sabía muchas cosas, y que sólo iba a contarle lo que le resultara conveniente:

—No os preocupéis. Holland niega que haya tenido ningún contacto con vos. Y dado que pasó toda la noche y gran parte de la mañana durmiendo en su cuarto, no tenemos motivo oficial para no creerle. Pero vos y yo sabemos que miente. El rey os escuchó pronunciar su nombre y yo no pongo en duda su palabra. —El cardenal se había ido excitando y le señalaba con un dedo acusador, pero de pronto bajó la voz—. Del mismo modo que no pongo en duda la vuestra cuando decís que no fuisteis el primero en echar mano al estoque.

La sorpresa hizo que Lessay abriera los ojos de par en par:

—*Sang de Dieu!* Entonces…

—¡Entonces nada, monsieur! ¡Eso no os hace inocente! Tratasteis de matar al rey cuando estaba indefenso. Y si uno de vuestros propios gentilhombres no lo hubiera impedido, habríais cumplido vuestro propósito y habríais huido sin dejar rastro. Merecéis la muerte.

Lessay soltó una imprecación, avergonzado de haber mostrado debilidad para nada, y se puso en pie con un movimiento de rabia. La pierna le propinó un latigazo y tuvo que apoyarse en el muro. Al final iba a desear que se la ataran de una vez a un caballo y se la arrancaran de cuajo.

—¿A qué habéis venido entonces, Richelieu? ¿A hacerme perder la entereza?

—He venido a aconsejaros. A ayudaros. —El cardenal hablaba con suavidad, sin dejarse arrastrar por su tono beligerante—. Merecéis la muerte, Lessay, pero no cualquier muerte. Un hombre de vuestro nacimiento no debería sufrir penas infamantes. Os ofrezco morir como corresponde a vuestro rango: por la espada, decapitado, sin que el verdugo os ponga la mano encima.

Lessay no pudo evitar reírse. Tristes bazas las que tenía para negociar. Una oleada de desesperación le subió a la garganta y golpeó la pared con el puño.

—Iros al infierno —masculló. Aunque bajo la luz naranja de la antorcha y vestido con aquellos ropajes rojos, el cardenal daba la impresión de haberlo traído consigo.

—Lessay, ¿os hacéis una idea del suplicio al que os enfrentáis? Reflexionad. Aún podéis morir con honor.

—No necesito vuestras buenas intenciones. Tengo amigos y parientes que intercederán por mí.

Richelieu elevó los ojos al cielo:

—Vamos, monsieur, ¿tan poco conocéis a vuestro soberano? Os tenía por un hombre perspicaz. No sólo habéis atentado contra su vida. Le habéis humillado. Le golpeasteis. Hicisteis que el rey Muy Cristiano se arrodillara ante vos. ¿Tenéis idea de lo que me ha costado arrancarle la oferta que os estoy haciendo?

Lessay se llevó la mano al talismán del cuello, en un gesto inconsciente de protección.

—¿Qué es lo que queréis a cambio?

—Que admitáis vuestra culpabilidad y dejéis de arrojar sombras sobre el comportamiento del rey. Que confeséis qué era lo que ibais a negociar con Holland. —El conde alzó las cejas y el cardenal le apremió—: Aquí no hay jueces ni escribanos, Lessay, estamos los dos solos. Dejad de hacer comedia. Ambos sabemos que no estabais en Saint-Germain para reconciliaros con Su Majestad. ¿Quién más sabía de vuestra cita con el inglés?

—Nadie sabía nada —mintió. Aquella respuesta era una admisión de su cita con Holland, pero el cardenal tenía razón. No tenía sentido seguir negándolo si querían negociar.

Richelieu sonrió:

—¿Nadie? ¿Ni siquiera vuestros amigos de Chantilly? Montmorency, Vendôme, Bouteville... Ah, y el enviado de la gobernadora española de Flandes, el maestro Rubens. —La voz del cardenal estaba cargada de ironía—. Creo que la reunión fue a primeros de octubre, corregidme si me equivoco. Eso es lo que dicen las cartas de España que hemos interceptado y la declaración escrita de Bernard de Serres. ¿Sigue Inglaterra dispuesta a prestaros tropas?

Lessay no se lo podía creer. Hijo de puta. Richelieu se había estado guardando el as hasta el final, riéndose de él, a la espera de que bajara la guardia. ¿Y cuánto tiempo llevaba la sabandija de Serres espiándole, con esa cara de zamarro inofensivo? No se había equivocado tanto con una persona en su vida.

—No es ningún secreto que Rubens estuvo en Chantilly hace un par de meses —replicó—. Acudió a tomar apuntes para un retrato de los duques. Y Holland ha venido a Francia más de una vez para encontrarse con madame de Chevreuse. No hay crimen en ello. Si Serres os ha contado otra cosa, miente.

El cardenal se puso en pie. Una soberbia sonrisa de triunfo se había tragado de golpe toda la falsa humildad tras la que se escondía. Le tenía cogido por los huevos y lo estaba disfrutando.

—Sed sensato, Lessay. No os empecinéis. Contadles a los magistrados algo que estén dispuestos a creer. Decidles que el rey os sorprendió cuando acudíais a negociar con Holland y en un momento de enajenación decidisteis acabar con su vida. Acabemos todos con esto de una vez.

El cardenal se había acercado a él mientras hablaba. Lessay levantó un brazo para advertirle que no diera un paso más, le dio la espalda y apoyó las manos en la pared. ¿Qué se creía el muy malnacido? ¿Que le iba a dar las gracias por obligarle a escoger entre dos formas de deshonor? No quería deberles nada, ni a él ni al rey. Sólo sentía furia y desaliento.

—¿Qué garantía me ofrecéis?

—¿Cómo?

—Si me confieso culpable. ¿Cómo sé que el rey cumplirá su palabra? —Se giró, belicoso—. ¿Cómo sé siquiera que estáis aquí con su consentimiento? ¿Que, aunque confiese cuanto tengáis a bien inventaros, no voy a acabar de igual modo en mitad de una plaza pública con el cuerpo triturado por tenazas y amarrado a cuatro caballos?

Richelieu alzó las cejas:

—Os doy mi palabra.

Lessay resopló, sardónico. Sentía el contacto del amuleto de Leonora Galigai como si el plomo le ardiera contra la piel. Luis XIII también les había hecho una promesa a los magistrados que habían juzgado a aquella mujer. Les había pedido que la condenaran por «lesa majestad divina y humana» para dar ejemplo, nada más, asegurándoles que él le conmutaría la sentencia en pena de prisión.

Los magistrados le habían creído. Pero al final no había habido indulto y Leonora había terminado en la hoguera.

Le pegó un tirón al talismán, de pura impotencia. La cadena de oro se rompió y se encontró con la manita negra en la palma.

Todo aquello parecía una mala farsa. Leonora Galigai había intentado comprar su vida con un conjuro desesperado y había fracasado porque el rey no la había creído. Ahora, sin embargo, ocho años después, a Luis XIII le torturaban los remordimientos. Había caído en la superstición hasta el punto de convencerse de que era la maldición de aquella mujer lo que le impedía hacerle un hijo a su esposa. Lessay estaba seguro de que si la florentina volviera a ofrecerle una oportunidad, el rey le otorgaría la vida sin dudarlo a cambio del viejo cordón.

Y él, que lo había tenido en su poder, se lo había entregado en un arrebato de cólera a María de Médici para que lo destruyera.

Richelieu seguía plantado frente a él, aguardando. Maldito fuera. Apretó el puño, deseando tener fuerzas para hacer añicos el condenado amuleto.

Y de repente sintió un aleteo en el estómago. Abrió los dedos de la mano, excitado. Le daba miedo pensar siquiera en lo que se le acababa de ocurrir. Era una apuesta arriesgada. Si fallaba, ya podía despedirse de cualquier misericordia. Pero tenía que intentarlo.

Alzó la vista y extendió el brazo, mostrándole el amuleto a Richelieu.

—¿Reconocéis esto?

El cardenal lo acercó a la luz de la antorcha. Tardó un poco en contestar:

—Desde luego. Es el talismán de…

Lessay no le dejó acabar. La impaciencia le podía:

—Llevádselo al rey. Y decidle que también yo tengo un trato que proponerle. Pero que el precio es más alto. —Hizo una pausa—. Quiero la vida.

* * *

Luis XIII se acodó en la ventana de su gabinete. Sentía como si el tiempo hubiera retrocedido casi una década. Tenía quince años otra vez y, asomado a ese mismo lugar, trataba de decidir si debía concederle la gracia a Leonora Galigai, tal y como les había prometido a los jueces, o dejar que la ajusticiaran.

Nunca hubiera pensado que tendría que volver a enfrentarse

al mismo dilema. ¿Se trataba de una burla del cielo o de una segunda oportunidad?

Imposible saberlo. Lo único cierto era que en lo alto conocían el secreto que llevaba guardado, como una mancha de hollín en el alma, sobre lo que había ocurrido de verdad en Saint-Germain. No le había dicho a nadie que él había sido el primero en empuñar el arma. Que el miedo y la superstición le habían llevado a atacar al conde de Lessay, cuando éste ni siquiera había sacado su espada de la funda.

Aunque intuía que el cardenal lo sabía. Él era el único que podía entender qué significaba que todo hubiera ocurrido precisamente en la cabaña del arlesiano. El único que había oído hablar del licueducto. Y después de regresar al palacio, había sentido su curiosidad de inmediato. Por eso había querido volver a París en el acto, antes de que el bosque le susurrara sus secretos al prelado y a todos los que le acompañaban.

Por un momento había pensado, tontamente, que el gentilhombre que le había salvado la vida podría comprenderle. Él tenía que saber hasta qué punto habían sido todos piezas de un destino oscuro. Pero Bernard de Serres había resultado ser un espíritu sencillo, que ni siquiera entendía lo que había pasado. Y que parecía más preocupado por que le concediera la gracia a Lessay que agradecido de su favor. Le había dado alojamiento en el Louvre cerca de su pabellón, porque el muchacho no tenía a dónde ir, pero ahora ansiaba deshacerse de él en cuanto fuera posible e Inglaterra era la mejor solución. En cuanto les ofreciera su testimonio a los jueces y rodara la cabeza del conde.

Exhaló otro suspiro, hondo y solitario. Su madre le había invitado a almorzar en sus apartamentos y hacía un rato largo que le esperaba. Pero temía el breve trayecto hasta su estancia y los asaltos de los nobles que, sordos a su categórica determinación, llevaban dos días acosándole para pedirle la gracia para el criminal. Los Rohan y los Montmorency, su propio hermano Gastón, los bastardos Vendôme; individuos que le resultaban odiosos y otros que gozaban de su aprecio, como Chevreuse o Hercule de Montbazon. El mismo marqués de La Valette. Aquella mañana, a la salida de misa, había tenido que enfrentarse a la condesa de Lessay, que se había arrojado a sus pies y le había suplicado entre lágrimas, asistida por una sobrina del cardenal. Incluso a su misma madre había tenido que prohibirle que volviera a mencionar el nombre de Lessay si quería recibir sus visitas.

Aquel enjambre de inoportunos que le mantenía cercado en sus apartamentos era lo que le había decidido a ceder a las instancias del cardenal, empeñado en que le permitiera visitar al conde en su celda y tratar con él. Si conseguía que confesara de una vez, terminaría el purgatorio.

Pero el regreso de Richelieu no le había traído más que duda y zozobra, en la forma de un objeto cuya vista le había producido de inmediato un nudo en el estómago: el talismán que la italiana Leonora llevaba colgado del cuello día y noche cuando él era un niño.

—Monsieur de Lessay dice que lo encontró entre las posesiones de la vieja de Ansacq —le había explicado el cardenal—. Y asegura que tiene en su poder otro objeto de Leonora Galigai que apareció en el mismo sitio. Algo que la italiana os arrebató antes de su ejecución y cuyo valor sólo vuestra majestad conoce. No ha querido decirme más, insiste en que es un asunto confidencial. Le he permitido ponerlo por escrito, en privado, por si realmente era importante.

Richelieu le había tendido un papel lacrado. Era obvio que se moría de curiosidad por saber lo que decía. Él se había quedado inmóvil, sin atreverse a cogerlo. No podía ser. Al final, se lo había arrancado al cardenal de las manos de golpe y le había pedido que le dejara a solas.

Lo había leído con el corazón temblando y sus sospechas se habían confirmado. No sabía cómo conocía Lessay la historia, pero el malnacido aseguraba que tenía en su poder el cordón con el que Leonora Galigai había anudado el destino de su dinastía, así como el conjuro escrito de la mano de la bruja. Se ofrecía a entregárselos. Y prometía secreto absoluto. A cambio de que le perdonara la vida.

La misma oferta que hacía ocho años.

Se apartó de la ventana y apoyó las manos en la mesa. Aún tenía muchas dudas sobre lo que había sucedido en el bosque de Saint-Germain, dudas para las que a buen seguro nunca encontraría respuesta. Pero una cosa sabía con absoluta certeza: Lessay había querido matarle. De rodillas, como a un esclavo. Lo había visto en sus ojos. Le había visto preparar la estocada. Y ahora pretendía comprar su salvación cínicamente. ¡Una muerte digna era ya más misericordia de la que merecía! Tanta desvergüenza le sublevaba.

Pero no hacía menos real su antigua culpa ni sus remordimientos. Ni el recuerdo de Leonora. ¿Y si Dios sólo le había mostrado clemencia en Saint-Germain para darle la ocasión de ejercerla a su vez? ¿Y si estaba ofreciéndole una oportunidad de enmienda?

El cardenal decía que los reyes estaban más expuestos a la cólera divina que los particulares. Y él había pensado tantas veces que no era la maldición de Leonora, sino el cielo, quien no le permitía tener herederos… Para castigarle por lo que había hecho.

Quizá si ahora le daba la oportunidad de recuperar el cordón, era que por fin había aceptado su contrición. Por fin iba permitirle proporcionarle un Delfín a Francia.

Los dedos de la mano zurda se le enredaron en las agujetas de seda gris que usaba para atarse los calzones aquel día. El cordón que le había robado Leonora Galigai era de color verde, con hilos de oro; no se le había olvidado. Por más que el tiempo hubiera difuminado algunos detalles de su memoria, estaba seguro de que lo reconocería si lo viera.

Con la esperanza palpitándole en el pecho, mandó llamar al cardenal, que aguardaba en la antecámara.

—Si fuera verdad que Lessay tiene en su poder algo que me pertenece —preguntó sin más preámbulo—, algo que incumbe al bien de la Corona y de toda la nación, ¿consideraríais una claudicación por mi parte concederle la vida?

Richelieu torció la cabeza. Sufría por no saber qué le ocultaba. Pero había secretos que no estaba dispuesto a compartir con nadie:

—Consideraría que vuestra majestad se comporta con sabiduría —respondió por fin el cardenal—, ya que puede hacerle pagar su crimen al conde de igual modo, encerrándole a perpetuidad en cualquier prisión y quitándole la libertad de disfrutar de la vida que le concede; y al mismo tiempo, obtener el reconocimiento de la nobleza de la Corte por su misericordia.

Confortado por la aprobación de su ministro, le pidió que le acompañara, mientras meditaba sus palabras, y descendieron la escalerilla que conducía a los apartamentos de la reina madre. La había mantenido a distancia desde el regreso de Saint-Germain, sin una verdadera razón.

Aquél era otro tiznón de sucio bochorno. ¿Cómo había podido dejar que la superstición le arrebatara de un modo tal que había llegado a creer posible lo innombrable? Fuera Dios o el diablo quien le había conducido hasta la cabaña del arlesiano, nada había tenido que ver su madre con lo que había ocurrido entre él y Lessay. Era una ignominia haberla pensado capaz de la abominación criminal de la que su corazón la había creído responsable.

Una culpa más que añadir a los malditos mensajes del rey Jacobo, que le habían trastocado la cabeza con cuentos de brujas, amenazas en latín y falsas profecías, hasta hacerle cometer el pecado de ir en busca de su propia muerte, acometiendo arrebatado al conde de Lessay. Había estado a punto de provocar él mismo que se cumplieran los vaticinios.

Miró de reojo al cardenal. Le habría gustado conocer qué pensaba de todo aquello. Pero si ni siquiera cuando su vida corría aún peligro se habían atrevido ninguno de los dos a dar voz a sus temores sobre el significado que podía tener el mensaje de la madre asesina, menos aún podían hacerlo ahora, que había quedado claro que lo habían malinterpretado. Estaba convencido de que Richelieu sentía un deseo tan ardiente como el suyo de enterrar en lo más profundo aquellas inmundas sospechas.

Cierto era que aún quedaban enigmas relacionados con las endemoniadas cartas inglesas. Aunque no contuvieran más que paparruchas, los asesinatos de los mensajeros y el paje del rey Jacobo habían sido reales, las idas y venidas de Angélique Paulet igualmente misteriosas… Quizá con el tiempo lograsen resolver el enigma. Pero no había ningún indicio de que tuvieran nada que ver con su madre.

Iba tan ensimismado que se sobresaltó al toparse con dos damas a los pies de la escalera. Una era la duquesa de Montmorency, que se retiró de inmediato con una disculpa. La otra, una jovencita desconocida, con un bonete en la cabeza, que se limitó a mirarle despavorida. Pasó por delante de ellas, rápido, antes de que la duquesa se atreviese a importunarle con más peticiones de clemencia.

Richelieu le dijo al oído:

—Se trata de mademoiselle de Campremy, sire. La damita de Ansacq. Desde que le disteis permiso para regresar, la protegen los duques de Montmorency. Vuestra madre también le ha tomado afecto. Circulan rumores sobre ella. —El cardenal bajó la voz—. Dicen que es hija de monsieur de Épernon.

El rey giró la cabeza. La duquesa de Montmorency había cogido de la mano a la muchacha y le murmuraba algo al oído. ¿Cómo se atrevían a traérsela a su propia casa para que le acusara con esa mirada silenciosa?

—¿Por qué no habla? ¿Me tiene miedo?

—No puede, sire. Ha perdido la voz.

—¿Muda? ¿Acaso…? —Le habían dicho que en Ansacq no habían llegado a torturarla. Pero quizá sólo la impresión del proceso, el miedo, en un alma tan joven…

—No sabría decirle a vuestra majestad, pero creo que ha sido algo reciente. Nada que tenga que ver con lo que ocurrió.

Luis XIII sacudió la cabeza. Qué sabía el cardenal… Todo tenía que ver. Aquella niña era otra inocente a la que había estado a punto de enviar a la hoguera. Su presencia allí parecía un aviso más de la Providencia, que le exigía que sacrificara su rencor y sus deseos de venganza a cambio de un heredero.

Se detuvo antes de atravesar la puerta que daba acceso a los apartamentos de su madre:

—Monseigneur, quiero que regreséis al Palacio de la Cité. Decidle a Lessay que si es algún tipo de treta no tendré miseri-

cordia. Pero que si es verdad que tiene lo que dice, le concederé
la vida.

* * *

La baronesa de Cellai atravesó la puerta principal del hôtel de
Lessay, en silencio. El vestíbulo estaba en penumbra y su sombra
flotaba dentro del círculo de luz tembloroso del candelabro que
portaba el lacayo que la había recibido. Iba envuelta en una capa
de piel de lobo que le arrastraba por el suelo, con el semblante
escondido bajo la capucha, y podía sentir la desconfianza que
emanaba del cuerpo del sirviente igual que si se tratara del olor a
podredumbre de un cadáver. Pero no quería mostrar el rostro si
no era necesario.

Llevaba días sumida en una nube de humor tan negro que ni
siquiera había salido de casa, temerosa de que su ira asomara por
debajo del hábito de devota que estaba obligada a revestir en público. Estaba débil, agotada y vacía. Le había costado horas decidirse a realizar aquella visita.

Alzó la vista antes de emprender la subida de la escalera de
piedra. La barandilla labrada y los sólidos peldaños se iban difumi-
nando hacia arriba en un vacío de oscuridad solemne. La saboreó
con fruición.

Era la segunda vez que entraba en aquella casa. La primera,
había sido la noche de la fiesta de los astros. Volvió a ver en su
mente a los invitados pavoneándose por las salas suntuosas, iluminadas por innumerables lámparas de brazos, compitiendo por hacerse notar. A los sirvientes atareados que atravesaban a toda prisa
el suelo ajedrezado de losas blancas y negras. La casa rezumaba
vida, música y excitación.

Ella, en cambio, había tratado de pasar desapercibida mientras
buscaba a la Doncella entre el gentío. Había salido de su reclusión
sólo para verla, aunque fuera a distancia. No se había permitido
más que la licencia de zaherir el orgullo de un pobre astrólogo,
por el placer estéril de discutir, sin creer siquiera en las tesis que
defendía.

Pero luego la noche se había torcido de golpe, hasta acabar en desastre.

Había accedido a acompañar a Lessay a la soledad del jardín porque sabía que maître Thomas había escapado a los dos asesinos de Mirabel y sospechaba que él le protegía. Pero sus acusaciones y amenazas la habían alarmado mucho más de lo que había dejado entrever, y había cometido el error de provocarle en vez de calmarlo. No le había quedado más remedio que adormecer su voluntad para asegurarse de que no la atacara de momento, confiando en que lograría encontrar al secretario de su marido a tiempo.

Cuando se había tropezado con maître Thomas de regreso a los salones no había podido creer en su fortuna. Y no había querido dominar el impulso pueril de demostrarle al conde de lo que era capaz. De enseñarle a respetarla.

El pobre escribano era quien había sufrido las consecuencias. Se vio a sí misma agazapada en la pequeña escalera de servicio, tanteando con las manos las paredes para filtrar el ruido de las decenas de inocentes que se divertían, desenfrenados. Su ira había explotado incontenible al encontrar por fin el escondite de aquel desgraciado. Había sacrificado sus fuerzas con gozo, obligándole a someterle su albedrío y a darse muerte a sí mismo.

Había pagado muy caro el alarde. Y no sólo en su cuerpo. Había pasado días encerrada, combatiendo los delirios y la fiebre, hasta que había logrado volver a cerrar su espíritu a la oscuridad y a los aullidos que se habían colado en su alma mientras las entrañas de maître Thomas ardían. Las puertas entre este mundo y el otro no se abrían nunca impunemente.

Pero eso no era lo más grave. Durante su postración, no sólo se había desencadenado el desastre de Ansacq, sin que ella pudiera hacer nada, sino que los nudos con los que mantenía dormida la desconfianza de Lessay se habían desatado. A partir de ese momento había tenido que sobrevivir con las pocas fuerzas que le restaban hasta que llegara el momento de derramar la sangre del rey, debilitada y vulnerable, perdida toda posibilidad de control real sobre quienes la rodeaban.

Y todo había culminado en ese momento incomprensible, en los sótanos del castillo viejo de Saint-Germain, en que las hebras del destino se habían deshecho entre sus manos frente al grito mudo de la Doncella aterrorizada y la mirada desorientada y yerma de la Matrona. El vacío había sido tan lacerante como si le hubieran arrancado las vísceras de cuajo.

Se arrebujó en la capa, presa de un intenso escalofrío, y saludó con un gesto a una muchacha de aspecto fresco y desenvuelto que había salido a buscarla al rellano.

Madame de Lessay la aguardaba en su dormitorio. Estaba envuelta en una gruesa piel de marta y tenía el cabello sujeto con unas simples cintas. Parecía un pajarillo indefenso. Un candelabro con tres velas blancas le iluminaba el rostro pálido y con una mano acariciaba un cartapacio negro que había sobre la mesa a la que estaba sentada. Le hizo un gesto para que se instalara a su lado:

—Os agradezco que hayáis venido finalmente, madame.

La baronesa se bajó la capucha con parsimonia:

—Disculpad lo intempestivo de la hora. He venido tan pronto como me ha sido posible. —No era verdad. Había estado a punto de no responder al billete, nervioso y apresurado, que aquella mujercita le había enviado a media tarde, pidiéndole que fuera a verla para tratar de un asunto urgente que requería discreción absoluta. Pero al final la curiosidad la había derrotado. Los ojos se le fueron al vientre que la condesa protegía con una mano crispada—. Siento mucho vuestra pérdida.

Madame de Lessay asintió, en silencio, y agarró la mano de su criada. Casi sin darse cuenta, Valeria permitió que su conciencia se deslizara hasta tocar la de la dama y se dejó invadir por el dolor que le había dejado ese hijo que habían enterrado sin siquiera ponerle nombre. Ella sabía desde hacía tiempo lo que iba a suceder. Lo había visto en los sueños que la esencia de beleño negro le provocaba a su amante las noches que pasaban juntos. Pero ¿de qué habría valido anunciarle que la vida de su primogénito iba a truncarse antes de llegar a ser? ¿Que la guardiana de las puertas no iba a permitirle cruzar con éxito al mundo de los vivos? No había nada que nadie pudiera hacer.

Su anfitriona extendió una mano menuda y volvió a señalar la silla:

—Por favor, sentaos.

Sus enormes ojos de cierva brillaban, inquisitivos. Tenía la frente despejada y la boca pequeña. Valeria se imaginó a Lessay besando aquellos labios suaves con la misma voracidad con que mordía los suyos y se le escapó una sonrisa incrédula. Aquella damita no era más que una niña que había crecido encerrada en un convento y no sabía del mundo más que lo que le contaban sus poetas.

—Espero de todo corazón que el rey se apiade de vuestro marido, madame —le dijo—. Rezo por ello varias veces al día.

—Gracias. Me conmueve vuestra preocupación. Supongo que tratabais al conde a diario en la Corte —contestó la condesa, con una singular reserva—. Decidme, ¿le conocéis bien?

Valeria se puso en guardia. La pregunta ocultaba un recelo que no podía precisar pero que no eran celos de esposa. Se concentró, en vano. Los pensamientos de la condesa eran un torbellino impenetrable.

—Apenas —respondió, con cautela. Hablar de Lessay reavivaba aún más su bilis negra. Si todo hubiera salido bien, ese hombre debería estar ya muerto y enterrado—. Le estoy muy agradecida por su generosidad tras la muerte de mi esposo, pero tenemos pocos intereses en común. Llevo una vida muy recogida.

—Yo también quería mucho a monsieur de La Roche. Era tan cariñoso, tan sabio… —La condesa se cubrió la boca con un pañuelo—. Cada vez que me acuerdo de la muerte tan terrible que tuvo…

Las lágrimas le rodaron por las mejillas y Valeria la observó en silencio. La condesita no lloraba sólo por La Roche. El niño muerto y la inminente ejecución de su marido habían exacerbado sus nervios. Pero había algo más… Otra pena. Otra muerte que le lastraba el alma. Le era imposible ver claro.

—Terrible en verdad. Fue muy doloroso.

Madame de Lessay alzó los ojos con una insólita expresión de suspicacia y pidió a la criada que las dejara solas. Posó la mano sobre el cartapacio que había sobre la mesa y, en cuanto la muchacha cerró la puerta, espetó sin preámbulos:

—Aquí hay algo que seguramente os interese. —Abrió el portafolios. Dentro había varios papeles. Escogió uno y se lo entregó sin decir nada.

Valeria no necesitó leer más de dos líneas. Era una de las cartas que su marido le había escrito a Lessay antes de morir. Era tan agresiva como se había imaginado. La acusaba de ser un instrumento del demonio y de querer acabar con su vida. ¿Cómo habían llegado esos papeles a manos de la condesa?

Lo depositó sobre la mesa, fingiendo indiferencia:

—Es una lástima que el conde no destruyera estas cartas. ¿Por qué conservar testimonios de lo enturbiado que tenía mi esposo el juicio en sus últimos días y manchar así su memoria?

La mujercita tenía el chal agarrado con una mano. La miraba con dureza:

—Yo no sé si vuestro esposo tenía sano el juicio o no, madame. Sólo sé lo que decía en esas cartas. Y hay algo más. —Escogió otro papel y leyó, con voz temblorosa—: «Yo te ato, Michel, ato tus palabras y tus acciones, así como tu lengua…».

Valeria lo reconoció en el acto. Era el conjuro que había deslizado bajo la almohada de su marido y que maître Thomas le había robado. Madame de Lessay no conocía su letra. No podía estar segura de que lo hubiese escrito ella. Pero lo sospechaba.

—Será mejor que no sigáis leyendo. Hay cosas con las que no se juega —advirtió, con acento duro. La condesita la miró, asustada, y dejó caer el papel encima del montón como si quemase. Ella le dedicó una sonrisa pérfida—. ¿No me digáis que os he intimidado? ¿No creeréis en hechicerías?

El susto hizo que los pensamientos de madame de Lessay se fundieran en un solo punto gris, que concentró todo su miedo y su indignación:

—¿Eso qué más da? Lo que importa es que al parecer vos sí. Aunque lo que haya escrito sea un disparate, demuestra que deseabais la desgracia de vuestro esposo. Y no hace falta creer en la magia para administrar venenos —replicó, sofocada—. Había resuelto ser diplomática, pero no puedo. Fingís piedad, inocencia… cuando habéis sido la destrucción de un hombre bueno.

La voz se le quebró. Escondió de nuevo la boca en el pañuelo y Valeria volvió a entrever otra pena con el rostro de otro muerto en sus llantos, pero no podía concentrarse en eso ahora. Estaba tentada de levantarse, apoderarse del paquete y arrojarlo al fuego. Bastantes problemas le había causado su infausto marido para dejar que siguiera complicándole la vida desde la tumba.

Aunque la culpa había sido sólo suya. Era ella, que siempre se preciaba de tenerlo todo bajo control, quien se había equivocado una y otra vez. Había creído dominar a su marido a través del amor y la admiración que le inspiraba, a su secretario mediante el miedo, y a Lessay por la fascinación que sentía por ella. Pero todos se le habían escabullido entre los dedos, uno detrás de otro. Sobre todo el conde.

Había creído que con hacerle sentir que estaba en sus manos sería suficiente para engatusarle. Le había ayudado a descifrar a medias los documentos de Anne Bompas con los que se había presentado en su casa, callándose sólo lo más comprometedor, para que creyera en su buena voluntad, y en la iglesia de Saint-Séverin había jugado a un juego peligrosísimo, provocándole y poniéndose a su merced de forma temeraria, para hacerle creer que la había atrapado. Había calculado que bastaría con descubrirle su condición de espía del rey de España, por arriesgado que fuera, para convencerle de que le había entregado todos sus secretos, y que así dejaría de escarbar en sus asuntos. Que el éxtasis de sus noches de lujuria ataría su voluntad igual que doblegaba los ardores de su cuerpo siempre ansioso.

Soberbia arrogante…

Ella, que exigía celo y vigilancia a todo el mundo, se había confiado hasta la insensatez, desoyendo a su intuición y manteniendo su relación oculta, no sólo ante el mundo, sino ante sus hermanas de sangre negra, escuchando más a la carne que a la razón, segura de poder controlarle. Cómo se arrepentía.

Buceó en los ojos de aquella mujercita incauta y vio más incertidumbre de la que mostraba su vehemencia. La condesa no estaba del todo segura de sus acusaciones. Tenía miedo y estaba perdida.

Dulcificó la expresión y colocó una mano sobre las suyas:

—Madame, no nos tratemos como enemigas. He venido a ayudaros en lo que dispongáis. Decidme qué queréis de mí.

La condesita parpadeó, medrosa, y Valeria dejó que su conciencia fluyera de nuevo, entrelazándose con la de la dama e infundiéndole serenidad y confianza. Sus ánimos dispares se deslizaron juntos, creando una ilusión de amistad y buena voluntad que la decidió a hablar:

—Esta tarde el rey me ha concedido diez minutos para visitar a mi esposo en su calabozo. He ido con la muerte en el alma, pensando que era una despedida. Pero… —Hizo una pausa, buscándole la mirada, sorprendida aún de lo que iba a decir—. El conde dice que el rey ha aceptado perdonarle la vida si le entrega un objeto que lleva años buscando. O más bien, si le hacemos creer que se trata de ese mismo objeto. Porque el original ha desaparecido. Yo no sé si mi marido ha perdido el juicio, no entiendo nada de lo que está pasando, pero…

Rompió a llorar otra vez. Valeria había oído que también había llorado a los pies del rey, pidiéndole gracia, y que Luis XIII ni siquiera había tenido arrestos para mirarla a los ojos.

Le estrechó la mano, compasiva:

—¿Qué objeto es ése?

Los ojos de la condesa parpadearon, en alerta:

—Me ha hecho jurar que no se lo contaría a nadie.

—¿A nadie excepto a mí?

—Dice que sois la única persona que ha visto el original. Que podéis ayudarme a engañar al rey.

—Ya veo.

—También me ha advertido de que no accederíais a auxiliarnos fácilmente. Y me ha dicho que, a cambio de vuestra colaboración, os ofreciera esto —añadió la condesa con hilo de voz, empujando los papeles hacia ella—. Que el cielo me perdone si sois culpable y estoy ayudando a libraros de un justo castigo. Ojalá le hubiera hecho caso a mi esposo y no los hubiese leído.

Valeria tuvo que hacer un esfuerzo para no tocarlos:

—Decidme lo que tengo que hacer.

La condesita se puso en pie y le pidió que aguardara. Iba a buscar algo a su gabinete.

En cuanto la vio salir por la puerta, Valeria se levantó también, agitada.

Adivinaba perfectamente lo que iba a intentar Lessay. No tenía claro cómo pensaba hacerlo, pero era obvio que lo que pretendía era entregarle al rey un cordón falso. En secreto, sin que María de Médici tuviera posibilidad alguna de enterarse y descubrir el engaño. Un cordón que convenciera a Luis XIII de que se había deshecho la maldición que pesaba sobre él y valía la pena tratar de engendrar un heredero.

Heredero que jamás vendría, por supuesto. La Matrona se había asegurado de ello al arrojar a las llamas el cordón auténtico. Pero eso era lo de menos para el éxito de la jugada.

Cerró la tapa del cartapacio que contenía los papeles con los que Lessay pretendía ganarse su colaboración y posó una mano encima. El conde era un diablo audaz. Si el rey descubría la burla, la carnicería que le esperaba haría palidecer la tinta con la que habían descrito el tormento de Ravaillac. Pero el ardid era tan simple y tan tortuoso al mismo tiempo que se habría carcajeado si no hubiera tenido que batallar con la cólera.

Era la misma ira que había sentido en la casa de Auteuil, al darse cuenta de que Lessay se estaba burlando de ella. De que ya no tenía el cordón. Había entendido en el acto que su peligroso juego había llegado demasiado lejos. Revivió la burla y las amenazas del conde. La grotesca aparición de Bernard de Serres. La certeza de que lo estaba poniendo todo en riesgo.

Cuando Lessay había regresado a la habitación, desafiante y obcecado en su desobediencia, después de dejar escapar al intruso, había comprendido sin duda ninguna que tenía que convertirlo en su instrumento.

Y de inmediato había sabido que Aquella Cuya Voluntad se Cumple aprobaba su decisión. En el momento en que había sentido en sus labios el sabor de la sangre de su amante, su corazón se había congelado y en su pecho había anidado la risa implacable de las Erinias.

Había sido duro aceptarlo: el rey no engendraría ningún heredero. Ana de Austria no sería regente. Gastón heredaría la corona, como María de Médici deseaba, convencida de que con su hijo favorito en el trono, ella sería la más fuerte de las dos. Ya no tenía sentido retrasar el momento de hacer correr la sangre del rey. Y aquella decisión era suya y de la guardiana de las sombras. Así que había impuesto el sacrificio del conde, sin importarle suscitar descontento entre algunas de sus hermanas, para echar tierra con su muerte sobre sus propios errores y sus imprudencias.

Y había fallado. Lessay continuaba vivo. Luis XIII continuaba vivo. Y la señora de las tinieblas las había dejado solas. Nada había cambiado. Y casi podían sentirse afortunadas de que sólo la Doncella hubiera quedado marcada. La Matrona seguiría rumiando sus agravios contra su hijo, mientras su influencia se iba debilitando día a día. Y ella se encontraba varada en aquella Corte extranjera, junto a una desdichada y solitaria reina española que no tenía autoridad ni influjo alguno. Obligada a seguir refugiada en las sombras si no quería alejarse del poder…

Se le revolvió la sangre y levantó un remolino que estuvo a punto de apagar las velas de la estancia. Pero unos pasos quedos la obligaron a calmarse y se alisó la falda, expectante.

La condesa traía otro envoltorio de tela. Lo depositó sobre la mesa. Dentro había una docena de cordones, en diferentes tonos de verde y con distintos trenzados, entretejidos de hilos de oro. De oro eran también los herretes que traía en la otra mano, con forma de estrella y con un diamante engarzado. Le pidió permiso para cogerlos. Si no recordaba mal, poco o nada se distinguían de los de Luis XIII.

—Los cordones los han comprado las criadas en distintos comercios para no levantar sospechas. Los herretes son los que le regalé a mi esposo este verano. No los ha lucido nunca. Decía que estaban pasados de moda. Parece un juego del destino que ahora puedan servir para salvarle la vida… Me ha repetido que son los que tenemos que utilizar.

—Muy convincente.

—También tengo esto. —Estiró un pliego mil veces arrugado y se lo mostró un momento sin entregárselo. Era el conjuro de la agujeta, escrito de puño y letra de Leonora Galigai—. Al parecer debería convencer a Su Majestad de que el cordón es el auténtico.

Desde luego. Hacía más de ocho años que el rey no había visto las agujetas que Leonora le había robado. Con que se parecieran lo suficiente, los herretes de diamantes y el texto de Leonora harían el resto.

La estratagema sólo tenía un fallo. Requería la colaboración de alguien que hubiera visto el cordón auténtico y supiera cómo era. Y Lessay sólo la tenía a ella, que lo había tenido en sus manos en la iglesia de Saint-Séverin, con tiempo de observarlo con atención. Y que podía equivocarse a propósito y condenarle al cadalso.

—Tenéis muy buena mano en esta partida, madame. ¿Comprendéis lo que es todo eso?

—Me lo imagino. No quiero saber más.

Valeria observó el contenido del paquete bajo la mirada inquieta de la condesa. Casi podía tocar su miedo. La dama no era boba. Sabía que podía engañarla. Debía de ser muy extraño poner la vida de un ser querido en manos de alguien de quien recelaba tanto.

Paladeó el momento con deleite. Lessay tampoco confiaba en ella. Pero al final no le había quedado más remedio que rendirle todas sus armas. Demostrarle que ya no era un peligro para ella. A cambio de la esperanza de su ayuda. Sin garantías.

Y sin saber que era ella quien había decretado su sacrificio en Saint-Germain.

Sintió un cosquilleo placentero y alzó la mirada.

La condesita aguardaba, sin atreverse a decir más. Valeria sonrió con turbiedad:

—Comprendo la suspicacia que sentís hacia mí, madame. Pero pensad que vuestro esposo amaba al mío como a un padre. ¿Creéis que si sospechara que tuve algo que ver con su muerte confiaría en mí para algo así? —Acarició morosamente los cordones—. ¿Que pondría su vida en mis manos?

—Supongo que no.

Lo cierto era que atreverse siquiera a solicitar su complicidad para perpetrar aquel engaño, después de haberle escamoteado el cordón auténtico en las narices, requería no poca desfachatez.

Inclinó la vista y escogió una de las trencillas de seda:

—Éste.

—¿Estáis segura?

—Sí. Ahora sólo tenemos que hacerle tres nudos, a la misma distancia unos de otros. Así, mirad.

—¿Cómo sabéis…?

Valeria posó dos dedos sobre los labios de la condesa:

—No hagáis más preguntas. —Depositó el cordón en su palma y le cerró la mano suavemente en torno a la seda de la trencilla—. Ponedle los herretes y llevádselo al rey. Y podéis decirle a vuestro marido que estamos en paz.

* * *

Bernard anudó el cordón de las alforjas y le echó un último vistazo a aquel cuarto frío, ubicado bajo los tejados del Louvre, que Luis XIII le había asignado a su regreso de Saint-Germain.

Se había pasado varios días sin hacer más que dormitar y gemir, como un alma en pena, esquivándose de la vista de todos y fingiendo unas fuertes fiebres, para no tener que responder a las preguntas de los dos consejeros del Parlamento que habían acudido a tomarle testimonio. Quería retrasar en lo posible el momento de consumar su traición, pero al tiempo rogaba por que todo acabara de una vez y el rey le permitiera abandonar la Corte y escapar de la venganza segura de las hechiceras.

Sólo a media mañana del tercer día, uno de los guardias le había contado que el rey había mandado a Lessay a la prisión de Vincennes, pero el proceso contra él se había anulado. No habría juicio.

El alivio le había desatado el nudo que tenía en el estómago y que apenas le había dejado roer algo de comida desde hacía una semana. Llevaba veinticuatro horas engullendo sin parar y, ahora, con la panza repleta, incluso empezaba a contemplar la perspectiva de instalarse en Londres con algo más que mustia resignación.

Se marchaba de París casi tan ligero como había llegado, pero sólo en apariencia.

Luis XIII le había recompensado con diez mil libras contantes y sonantes. En las caballerizas reales le aguardaban un caballo y una montura. Y ahora era el barón de Serres.

Lo único de valor que había tenido que resignarse a dejar atrás era el broche de esmeraldas que le había regalado el hermano del rey. El día anterior había mandado a buscar sus pertenencias a la Mano de Bronce. Pero el bribón del posadero decía que no recordaba haber visto ninguna joya. No le había quedado más remedio que consolarse pensando que Charles se estaría riendo a carcajadas de su infortunio desde donde estuviera.

Abrochó las correas de cuero de las alforjas. En el respaldo de la silla tenía la espada y la ropa de abrigo, y sobre el asiento descansaban el sombrero y una carta. La habían introducido por debajo de su puerta por la noche, mientras dormía.

Se la había enviado Madeleine de Campremy y la había leído por lo menos diez veces. Desplegó el papel de nuevo:

Amigo mío, perdonadme que os haga llegar mis palabras de este modo furtivo, pero aunque quisiera, no me sería posible hablaros cara a cara. Seguramente nunca más tendré la oportunidad, ni volveré a cantar o a leer mis libros favoritos en voz alta junto al fuego, como tanto me gustaba hacer en mi vieja casa de Ansacq. Pero eso es algo que ni os incumbe ni debe preocuparos.

Quizá nunca volvamos a vernos. He oído decir que os marcháis a Inglaterra. Os deseo la mejor de las fortunas. Nadie conoce mejor que yo vuestro arrojo y vuestra nobleza, porque a nadie habéis dado más pruebas. Me rescatasteis de la peor de las muertes y me protegisteis entre vuestros brazos, me consolasteis con la mayor honestidad durante el largo y doloroso camino a Lorena y habéis encubierto mis imprudencias con la lealtad y la firmeza de un hermano.

Merecéis una vida larga y feliz, y una mujer que tenga libertad para amaros.

No os olvidéis de mí. Siempre seréis mi caballero andante.

No entendía nada. Leía aquellas palabras y le parecía oír otra vez a la zagala que había conocido en la fiesta de Lessay, inocente y alegre, y con la cabeza llena de libros de caballerías. Era una carta tan dulce… Estaba llena de buenos deseos y sólo le decía cosas bonitas. ¿Cómo era posible que esa niña fuese una hechicera? ¿No le guardaba rencor por haberle salvado la vida al rey? Y si no quería que se preocupara por ella, ¿para qué le decía esas cosas tristes? Le hacía pensar en la última imagen que guardaba de ella, solitaria y muda, en la ventana del castillo de Saint-Germain. Libertad para amarle… Y le pedía que no la olvidara.

Dobló el papel, pensativo, y de pronto la puerta de la habitación se abrió sin aviso previo. Escondió la carta a su espalda, por instinto, dispuesto a increpar a quien fuera que se hubiese tomado la libertad de entrar sin llamar, pero se quedó mudo al ver en el umbral a la duquesa de Chevreuve.

Tenía la sensación de que habían pasado siglos desde la última vez que se habían visto. Marie vestía un opulento vestido de Corte, de color gris brillante, con el cuello almidonado desplegado en abanico en torno a su rostro. Llevaba los cabellos adornados con perlas. Toda ella parecía una alhaja preciosa.

Su voz también cortaba como un diamante:

—¿Qué ocultáis ahí? ¿Otro mensaje robado? Vuestro amo el cardenal debe de encontrar muy provechosa vuestra costumbre de espiar la correspondencia ajena.

—Se trata de una carta privada, madame, nada que os incumba.

Marie se adentró en la habitación y Bernard dio dos pasos atrás, intimidado. Si alguna vez había tenido algo que reprocharle a aquella mujer, se le había olvidado, después de todo lo que había pasado en los últimos días. Pero no entendía qué podía venir a buscar a la habitación de un traidor. Nunca hubiera imaginado que quisiera volver a mirarle a la cara.

La observó mientras acariciaba con la punta de los dedos la pluma de su sombrero, la guarda de su espada… Por último, la duquesa fijó la mirada en las alforjas:

—Vaya. Veo que ya lo habéis dispuesto todo. Tenéis prisa por quitaros de en medio…

—No hay nada que me retenga aquí ya, madame.

Una mueca tensa, que habría sido difícil de calificar de sonrisa, estiró las comisuras de los labios de la duquesa:

—Así que vuestro plan es instalaros en Londres…

—El rey me envía junto a su hermana, la reina Henriette.

—Ya. —Marie jugueteó con el collar de perlas que llevaba al cuello e inclinó la cabeza a un lado, con inocencia—. Una lástima que no vaya a poder ser…

—No os entiendo.

—Me refiero a vuestro plan de salir corriendo a esconderos entre las faldas de la reina de Inglaterra. Me temo que no va a poder ser. Anoche le pedí a lord Holland que le hiciera ver al rey la absoluta imposibilidad de admitir ni a un francés más en la Corte de Londres. Y menos a un aventurero, un duelista que tuvo que huir de sus propias tierras y que hace sólo unos días intentó matar al marqués de La Valette.

Bernard la contemplaba mudo, perplejo por la ligereza con la que la duquesa le anunciaba que había desbaratado todos sus planes de huida. Se dejó caer en la cama:

—No puede ser verdad. Nadie me ha dicho nada.

—Supongo que os lo anunciarán en cualquier momento. Yo he querido adelantarme por si se olvidaban de deciros a qué se debe el cambio de planes. Para que sepáis que no os olvido.

Bernard alzó la vista:

—Madame, sé que no vais a creerme. Pero os juro por lo más sagrado que jamás tuve intención de traicionar ni a monsieur de Lessay ni a nadie. Si la fatalidad no hubiera…

—¿La fatalidad? Golpeasteis a monsieur de Bouteville por la espalda. ¿Qué tiene eso que ver con la fatalidad? Actuasteis con intención. Igual que cuando aceptasteis entregar la correspondencia de la reina. —Marie se iba acalorando, dando suelta a todo su rencor—. Admitidlo. Nadie os robó las cartas, ¿verdad? Se las entregasteis al cardenal. Tened la gallardía de confesar, al menos.

—Os doy mi palabra, madame. Esas cartas me las robaron. ¿De qué me valdría seguir fingiendo a estas alturas?

—¡Mentís! —escupió—. ¡Mentís y habéis mentido siempre!

—Os juro que nunca le he deseado ningún mal al conde. Nadie se ha alegrado más que yo de la gracia del rey.

Fue como si hubiera pinchado a una víbora con un palo:

—¿La gracia del rey? ¿A la prisión perpetua en el torreón de Vincennes le llamáis gracia?

—La muerte es irreversible, madame. De la prisión se puede salir.

—Por supuesto que se puede salir —replicó Marie, venenosa—. El rey es un pobre enfermo. Morirá más pronto que tarde. Y aún antes que eso nos desharemos del cardenal. Mi primo no va a dejarse la vida en Vincennes, contad con ello. Saldrá de allí de una forma u otra.

Bernard debatía en su mente el modo de hacer comprender a Marie que nada le alegraría más, cuando de repente, con el rabillo del ojo, vio un extraño junto a la puerta. Giró la cabeza. Había un guardia plantado en medio del umbral. Alzó las cejas e intentó avisarla. Pero Marie guardaba tanto coraje que no percibía sus advertencias. El soldado esperaba en imperturbable silencio, pero a buen seguro no se había perdido sus últimas palabras.

Optó por ponerse en pie y acercarse a él:

—¿Queríais algo de mí?

—Os ruego que me acompañéis, monsieur —respondió el soldado—. El padre Joseph du Tremblay quiere hablar con vos.

Giró la cabeza. Marie les miraba sin inmutarse, altiva y con el pecho agitado. Bernard saludó profundamente, se caló el sombrero y abandonó el cuarto, preguntándose qué iba a ser de él si su hermosa enemiga no le había mentido y era verdad que se negaban a acogerle en Inglaterra.

Descendió las escaleras tras el guardia, cavilando. Podía regresar a sus tierras y gastar parte de su dinero en arreglar la casona familiar. Había estado deseando volver desde que había puesto el pie en la capital. Pero le aterrorizaba pensar que podía conducir a las brujas hasta su familia. No se atrevía a pensar siquiera hasta dónde podía llegar su venganza.

Era muy extraño. En apenas unos meses había vivido más de lo que le convenía a cualquier hombre en toda su vida. Cualquiera le diría que estaba equivocado, que las experiencias eran una suma, y muy ventajosa además. Pero en las tripas él se sentía menguado, comido por las restas. Había perdido a Charles, la libertad de volver a su hogar, el honor que había dejado tirado en la profundidad de un calabozo del Châtelet y hasta la fe en las enseñanzas de su padre, que solía decir que el único método seguro para no tener problemas en esta vida era no buscarlos.

Porque era mentira. De nada servía proponerse no meterse en líos, pues ya se las arreglaría el mundo para arrastrarle a uno, igual que un río crecido a los brotes más nuevos.

Y ahora el destino iba a complicársele todavía más…

Su guía le condujo hasta la pequeña galería de la planta baja, a la puerta del jardín. El día estaba muy frío y en el cielo no había más que unas pocas nubes blancas. Distinguió a un monje de hábito gris que leía su breviario mientras paseaba entre los parterres. El padre Joseph. El fraile maldito que le había obligado a convertirse en un delator. El capuchino mandó al soldado que les dejara solos:

—Buenos días, monsieur. Tenía ganas de volver a veros. —Le tomó del brazo, igual que si fueran viejos amigos—. Lamento profundamente las condiciones de nuestro primer encuentro… En fin, espero que comprendáis que todo fue por el bien del rey y de Francia.

—¿Para qué me habéis mandado llamar? —gruñó Bernard.

El capuchino cabeceó, desaprobando su impaciencia, pero cedió:

—¿Es vuestro sincero deseo trasladaros a la Corte inglesa?

Así que él iba a ser el encargado de darle la noticia. Se encogió de hombros:

—De lo que tengo ganas es de marcharme de París. La vida palaciega no es para mí.

—Eso es exactamente lo que me decía el rey hace unos instantes. Sois un hombre que ama la vida al aire libre, igual que él. Su Majestad se pregunta si en su deseo de favoreceros no os causaría un menoscabo enviándoos a Londres. —El capuchino estrechó la presa en la que encerraba su brazo derecho y acercó su rostro al suyo—. Un hombre tan joven como vos, seguro que ambiciona gloria y acción. Ilustrarse con las armas.

—Con gusto me uniría a cualquier regimiento si Francia estuviera en guerra, padre.

El monje le propinó unas palmaditas sobre el dorso de la mano:

—Mi inocente muchacho, Francia no está en guerra, pero debería estarlo. Contra el infiel, que vive instalado en los Santos Lugares y domina el Mediterráneo oriental. No hay mayor enemigo. Hace años que le rezo a nuestro Señor para que los creyentes de todas las naciones unan sus fuerzas en una justa milicia contra el Turco —suspiró—. Desgraciadamente, desde que Su Majestad tuvo que enfrentarse a la avidez del rey de España en el norte de Italia, la primavera pasada, la alianza cristiana contra el infiel parece cada día más difícil.

—El caso es que de momento no hay guerra —insistió Bernard.

—No, no la hay. Pero eso no significa que haya que dejar a los mahometanos campar a sus anchas. Por eso los Caballeros de San Juan cumplen la santa misión de proteger a los cristianos que habitan las costas, luchar contra los piratas berberiscos y hostigar las ciudades moras.

—¿En barco? —preguntó, alarmado. Estaba viendo dónde quería ir a parar ese monje visionario y tenía que pararle los pies de inmediato. Una cosa era irse lejos de París y otra muy distinta acabar en el fin del mundo, en una galera enviada a pique por una escuadra de infieles. ¿Tantas ganas tenía Luis XIII de deshacerse de él?

—Desde la isla de Malta —confirmó el capuchino— ¿Sabéis dónde se encuentra?

—No. Ni siquiera he visto nunca el mar, padre.

—Sois un hombre del sur. Os encontraríais a gusto en el Mediterráneo. Y el Gran Maestre de la Orden es un francés de Toulouse. El rey os ha escrito una carta de recomendación para que se la entreguéis a vuestra llegada, si la propuesta de marchar os seduce. —Bernard aceptó el papel lacrado que le tendía el capuchino, demasiado aturdido para replicar—. Por supuesto, si preferís permanecer en París o regresar a vuestras tierras, sois libre de actuar como os plazca. Pero yo en vuestro lugar consideraría dónde se puede lograr más honor. Meditadlo con calma.

El capuchino le propinó unas palmaditas en el rostro y, sin más palabras, se despidió y se alejó por el sendero.

Bernard se quedó inmóvil, observándole, con las botas bien plantadas en tierra firme, preguntándose cómo sería sentir el agua bajo los pies.

Cerró los ojos y se imaginó que se encontraba en el puerto de Marsella, embarcando en una galera. Hacía calor. Los chillidos de los pájaros rompían la quietud del aire, la espuma le salpicaba el rostro, el aire sabía a sal, y los cánticos rudos de los marineros espantaban toda la incertidumbre del corazón de los navegantes. Justo entonces, un soplido de viento apartó una nube del cielo y el sol del mediodía le besó los párpados.

Sonrió. En las islas del Mediterráneo no debía de llover ni nevar nunca. Y estaban lo bastante lejos como para confiar en que ninguna maldición le seguiría.

Se llevó una mano al bolsillo donde había guardado la carta de Madeleine, recordando las palabras que le había escrito: «Merecéis una vida larga y feliz, y una mujer que tenga libertad para amaros».

Probó a pronunciar el nombre de la isla en voz alta, saboreándolo:

—Malta.

Y no necesitó darle más vueltas. La imaginación se le llenó de misteriosas reinas moras de ojos negros vestidas con gasas transparentes, tesoros arrebatados a los infieles y combates victoriosos contra los piratas.